日華大辭典
（二）

林茂 編修

蘭臺出版社

注音索引

ㄉ

搭(ㄉㄚ) 809
達、逹(ㄉㄚˊ) 809
答(ㄉㄚˊ) 811
打(ㄉㄚˇ) 812
大、大(ㄉㄚˋ) 824
得(ㄉㄜˊ) 863
徳(德)(ㄉㄜˊ) 866
杲、枲(ㄉㄞ) 868
逮(ㄉㄞˇ) 868
載(ㄉㄞˋ) 869
怠(ㄉㄞˋ) 870
殆(ㄉㄞˋ) 871
代(ㄉㄞˋ) 871
帯(帶)(ㄉㄞˋ) 871
袋(ㄉㄞˋ) 873
貸(ㄉㄞˋ) 874
待(ㄉㄞˋ) 876
弋、代(ㄉㄞˋ) 879
黛(ㄉㄞˋ) 886
治(ㄉㄞˋ) 886
刀(ㄉㄠ) 886
到(ㄉㄠˇ) 887
島(ㄉㄠˇ) 889
搗(ㄉㄠˇ) 891
導(ㄉㄠˇ) 894
到(ㄉㄠˋ) 895
悼(ㄉㄠˋ) 896
盜(盜)(ㄉㄠˋ) 896
道(ㄉㄠˋ) 898
稲(稻)(ㄉㄠˋ) 904
蹈(ㄉㄠˋ) 905
兜(ㄉㄡ) 905
斗(ㄉㄡˇ) 905
豆(ㄉㄡˋ) 906
痘(ㄉㄡˋ) 907
逗(ㄉㄡˋ) 908
闘(鬥)(ㄉㄡˋ) 908

箪(ㄉㄢ) 909
丹(ㄉㄢ) 909
担(ㄉㄢ) 911
単(單)(ㄉㄢ) 912
眈(ㄉㄢ) 917
耽(ㄉㄢ) 917
胆(ㄉㄢˇ) 918
啖(ㄉㄢˋ) 918
淡(ㄉㄢˋ) 919
蛋(ㄉㄢˋ) 920
弾(彈)(ㄉㄢˋ) 920
憚(ㄉㄢˋ) 925
誕(ㄉㄢˋ) 925
亘(ㄉㄢˋ) 926
佃(ㄉㄢˋ) 926
蟷(ㄉㄤ) 928
襠(ㄉㄤ) 928
当(當)(ㄉㄤ) 928
鐺(ㄉㄤ) 937
党(黨)(ㄉㄤˇ) 937
蕩(ㄉㄤˋ) 938
灯(燈)(ㄉㄥ) 939
登、登(ㄉㄥ) 941
鐙(ㄉㄥ) 944
等(ㄉㄥˇ) 944
滴(ㄉㄧ) 947
低(ㄉㄧ) 948
的(ㄉㄧˊ) 952
笛(ㄉㄧˊ) 954
嫡(ㄉㄧˊ) 954
敵(ㄉㄧˊ) 955
覿(ㄉㄧˊ) 958
荻(ㄉㄧˊ) 959
鏑(ㄉㄧˊ) 959
底(ㄉㄧˇ) 959
抵(ㄉㄧˇ) 961
牴(ㄉㄧˇ) 962
砥(ㄉㄧˇ) 962

邸(ㄉㄧˇ) 962
第(ㄉㄧˋ) 963
逓(遞)(ㄉㄧˋ) 965
締(ㄉㄧˋ) 965
蒂(ㄉㄧˋ) 969
諦(ㄉㄧˋ) 969
地、地(ㄉㄧˋ) 970
弟、弟(ㄉㄧˋ) 982
帝(ㄉㄧˋ) 983
喋(ㄉㄧㄝˊ) 984
畳(疊)(ㄉㄧㄝˊ) 985
蝶(ㄉㄧㄝˊ) 986
諜(ㄉㄧㄝˊ) 987
鰈(ㄉㄧㄝˊ) 987
凋(ㄉㄧㄠ) 987
彫(雕)(ㄉㄧㄠ) 987
貂(ㄉㄧㄠ) 989
鯛(ㄉㄧㄠ) 989
調(ㄉㄧㄠˋ) 989
弔(ㄉㄧㄠˋ) 994
吊(ㄉㄧㄠˋ) 995
掉、掉(ㄉㄧㄠˋ) 997
銚(ㄉㄧㄠˋ) 997
釣(ㄉㄧㄠˋ) 997
癲(ㄉㄧㄢ) 1001
顛(ㄉㄧㄢ) 1001
典(ㄉㄧㄢˇ) 1001
点(點)(ㄉㄧㄢˇ) 1002
淀(ㄉㄧㄢˋ) 1012
奠(ㄉㄧㄢˋ) 1012
殿(ㄉㄧㄢˋ) 1012
澱(ㄉㄧㄢˋ) 1014
靛(ㄉㄧㄢˋ) 1015
店(ㄉㄧㄢˋ) 1015
佃、佃(ㄉㄧㄢˋ) 1017
電(ㄉㄧㄢˋ) 1017
丁、丁(ㄉㄧㄥ) 1024
疔(ㄉㄧㄥ) 1026

釘(ㄉㄧㄥ) 1026
頂(ㄉㄧㄥˇ) 1027
鼎(ㄉㄧㄥˇ) 1029
定、定(ㄉㄧㄥˋ) 1029
訂(ㄉㄧㄥˋ) 1036
碇(ㄉㄧㄥˋ) 1036
錠(ㄉㄧㄥˋ) 1036
督(ㄉㄨ) 1037
都、都(ㄉㄨ) 1037
読(讀)(ㄉㄨˊ) 1039
瀆(ㄉㄨˊ) 1044
毒(ㄉㄨˊ) 1044
独(獨)(ㄉㄨˊ) 1046
髑(ㄉㄨˊ) 1052
堵(ㄉㄨˇ) 1052
賭(ㄉㄨˇ) 1052
篤(ㄉㄨˇ) 1055
蠹(ㄉㄨˋ) 1056
杜(ㄉㄨˋ) 1056
妬(ㄉㄨˋ) 1057
度(ㄉㄨˋ) 1058
渡(ㄉㄨˋ) 1061
鍍(ㄉㄨˋ) 1064
多(ㄉㄨㄛ) 1064
奪(ㄉㄨㄛˊ) 1072
鐸(ㄉㄨㄛˊ) 1073
朶(ㄉㄨㄛˇ) 1073
躱(ㄉㄨㄛˇ) 1073
咄(ㄉㄨㄛˋ) 1073
堕(墮)(ㄉㄨㄛˋ) 1076
舵(ㄉㄨㄛˋ) 1076
惰(ㄉㄨㄛˋ) 1076
堆、堆(ㄉㄨㄟ) 1077
碓(ㄉㄨㄟˋ) 1077
兌(ㄉㄨㄟˋ) 1077
対、対(對)(ㄉㄨㄟˋ) 1078
隊(ㄉㄨㄟˋ) 1083

注音索引

端、端(ㄉㄨㄢ) 1084
短(ㄉㄨㄢˇ) 1088
緞(ㄉㄨㄢˋ) 1091
段、段(ㄉㄨㄢˋ) 1091
斷(斷)(ㄉㄨㄢˋ) 1093
鍛(ㄉㄨㄢˋ) 1099
蹲(ㄉㄨㄣ) 1100
盾(ㄉㄨㄣˋ) 1100
遁(ㄉㄨㄣˋ) 1101
噸(ㄉㄨㄣˋ) 1101
頓(ㄉㄨㄣˋ) 1102
鈍(ㄉㄨㄣˋ) 1103
冬(ㄉㄨㄥ) 1104
東(ㄉㄨㄥ) 1106
恫(ㄉㄨㄥˋ) 1108
洞(ㄉㄨㄥˋ) 1109
凍(ㄉㄨㄥˋ) 1109
胴(ㄉㄨㄥˋ) 1110
動(ㄉㄨㄥˋ) 1111
棟(ㄉㄨㄥˋ) 1116

ㄊ

他(ㄊㄚ) 1118
鉈(ㄊㄚ) 1122
塔(ㄊㄚˇ) 1122
沓(ㄊㄚˋ) 1122
踏(ㄊㄚˋ) 1123
獺、獺(ㄊㄚˋ) 1127
特(ㄊㄜˋ) 1128
苔(ㄊㄞ) 1133
胎(ㄊㄞ) 1133
台(ㄊㄞˊ) 1134
駘(ㄊㄞˊ) 1137
颱(ㄊㄞˊ) 1137
擡(ㄊㄞˊ) 1137
太、太(ㄊㄞˋ) 1137
汰、汰(ㄊㄞˋ) 1142
泰(ㄊㄞˋ) 1142
態、態(ㄊㄞˋ) 1142

掏(ㄊㄠ) 1146
滔(ㄊㄠ) 1149
絛(ㄊㄠ) 1149
韜(ㄊㄠ) 1149
濤(ㄊㄠ) 1149
桃(ㄊㄠˊ) 1150
逃(ㄊㄠˊ) 1151
淘(ㄊㄠˊ) 1154
陶(ㄊㄠˊ) 1154
綯(ㄊㄠˊ) 1155
討(ㄊㄠˇ) 1156
偷、偷(ㄊㄡ) 1158
投(ㄊㄡˊ) 1158
頭(ㄊㄡˊ) 1164
透(ㄊㄡˋ) 1169
貪、貪(ㄊㄢ) 1176
灘(ㄊㄢ) 1176
痰(ㄊㄢˊ) 1176
潭(ㄊㄢˊ) 1177
談(ㄊㄢˊ) 1177
壇(ㄊㄢˊ) 1178
曇(ㄊㄢˊ) 1179
檀(ㄊㄢˊ) 1180
壜、壜(ㄊㄢˊ) 1180
譚(ㄊㄢˊ) 1180
罈(ㄊㄢˊ) 1181
坦(ㄊㄢˇ) 1181
炭(ㄊㄢˋ) 1181
撢(ㄊㄢˋ) 1183
嘆、歎(ㄊㄢˋ) 1186
湯(ㄊㄤ) 1187
堂(ㄊㄤˊ) 1190
唐(ㄊㄤˊ) 1191
螳(ㄊㄤˊ) 1194
糖(ㄊㄤˊ) 1194
疼(ㄊㄥˊ) 1194
籐(ㄊㄥˊ) 1196
膛(ㄊㄥˊ) 1196

騰(ㄊㄥˊ) 1196
籐(ㄊㄥˊ) 1197
藤(ㄊㄥˊ) 1197
梯(ㄊㄧ) 1198
啼(ㄊㄧ) 1198
堤(ㄊㄧˊ) 1199
提、提(ㄊㄧˊ) 1199
蹄(ㄊㄧˊ) 1201
醍(ㄊㄧˊ) 1201
題(ㄊㄧˊ) 1201
鵜、鵜(ㄊㄧˊ) 1203
体、体(體)(ㄊㄧˇ) 1204
剃(ㄊㄧˋ) 1211
剔(ㄊㄧˋ) 1213
涕(ㄊㄧˋ) 1213
替、替(ㄊㄧˋ) 1214
髢、髢(ㄊㄧˋ) 1217
嚏(ㄊㄧˋ) 1217
薙、薙(ㄊㄧˋ) 1218
帖、帖(ㄊㄧㄝ) 1218
貼(ㄊㄧㄝ) 1218
鐵(鐵)(ㄊㄧㄝˇ) 1220
挑(ㄊㄧㄠ) 1225
条(條)(ㄊㄧㄠˊ) 1226
蜩(ㄊㄧㄠˊ) 1228
眺(ㄊㄧㄠˋ) 1228
跳(ㄊㄧㄠˋ) 1229
糶(ㄊㄧㄠˋ) 1233
天(ㄊㄧㄢ) 1233
添(ㄊㄧㄢ) 1245
田(ㄊㄧㄢˊ) 1248
恬(ㄊㄧㄢˊ) 1251
甜(ㄊㄧㄢˊ) 1251
填(ㄊㄧㄢˊ) 1251
忝(ㄊㄧㄢˇ) 1252
厅(廳)(ㄊㄧㄥ) 1253
汀(ㄊㄧㄥ) 1253

聽、聽(聽)(ㄊㄧㄥ) 1253
廷(ㄊㄧㄥˊ) 1257
亭、亭(ㄊㄧㄥˊ) 1258
庭(ㄊㄧㄥˊ) 1258
停、停(ㄊㄧㄥˊ) 1259
町(ㄊㄧㄥˇ) 1263
挺、挺(ㄊㄧㄥˇ) 1265
梃、梃(ㄊㄧㄥˇ) 1265
艇(ㄊㄧㄥˇ) 1265
禿(ㄊㄨ) 1266
凸(ㄊㄨˊ) 1266
囪、図(圖)(ㄊㄨˊ) 1267
突(ㄊㄨˊ) 1270
徒(ㄊㄨˊ) 1282
屠(ㄊㄨˊ) 1288
荼、荼(ㄊㄨˊ) 1288
途(ㄊㄨˊ) 1289
塗(ㄊㄨˊ) 1291
土、土(ㄊㄨˇ) 1293
吐(ㄊㄨˇ) 1299
兔(兔)(ㄊㄨˋ) 1304
托(ㄊㄨㄛ) 1305
託(ㄊㄨㄛ) 1306
脫(ㄊㄨㄛ) 1307
陀(ㄊㄨㄛˊ) 1311
駝(ㄊㄨㄛˊ) 1311
駝(ㄊㄨㄛˊ) 1313
妥(ㄊㄨㄛˇ) 1313
楕(橢)(ㄊㄨㄛˇ) 1313
拓(ㄊㄨㄛˋ) 1313
柝(ㄊㄨㄛˋ) 1314
唾(ㄊㄨㄛˋ) 1314
推(ㄊㄨㄟ) 1315
頹(ㄊㄨㄟˊ) 1319
腿(ㄊㄨㄟˇ) 1320
退(ㄊㄨㄟˋ) 1320

蛻(ㄊㄨㄟˋ) 1326	楠(ㄋㄢˊ) 1404	碾(ㄋㄧㄢˇ) 1456
団、団、団(團)(ㄊㄨㄢˊ) 1326	難(ㄋㄢˊ) 1404	輦(ㄋㄧㄢˇ) 1458
吞(ㄊㄨㄣ) 1328	曩、曩(ㄋㄢˇ) 1409	念(ㄋㄧㄢˋ) 1459
屯(ㄊㄨㄣˊ) 1331	赧(ㄋㄢˇ) 1413	唸(ㄋㄧㄢˋ) 1461
豚(ㄊㄨㄣˊ) 1331	嫩(ㄋㄣˋ) 1413	娘(ㄋㄧㄤˊ) 1461
臀、臋(ㄊㄨㄣˊ) 1332	囊(ㄋㄤˊ) 1414	孃(孃)(ㄋㄧㄤˊ) 1462
褪、襢(ㄊㄨㄣˋ) 1332	曩(ㄋㄤˇ) 1414	釀(釀)(ㄋㄧㄤˋ) 1462
通(ㄊㄨㄥ) 1333	能(ㄋㄥˊ) 1414	凝(ㄋㄧㄥˊ) 1463
同(ㄊㄨㄥˊ) 1348	尼(ㄋㄧˊ) 1417	寧(ㄋㄧㄥˊ) 1465
桐(ㄊㄨㄥˊ) 1358	泥(ㄋㄧˊ) 1418	檸(ㄋㄧㄥˊ) 1465
銅(ㄊㄨㄥˊ) 1359	猊(ㄋㄧˊ) 1421	獰(ㄋㄧㄥˊ) 1465
童(ㄊㄨㄥˊ) 1360	霓(ㄋㄧˊ) 1421	佞(ㄋㄧㄥˋ) 1466
僮(ㄊㄨㄥˊ) 1360	擬(ㄋㄧˇ) 1421	奴(ㄋㄨˊ) 1466
瞳(ㄊㄨㄥˊ) 1361	昵(ㄋㄧˋ) 1423	駑(ㄋㄨˊ) 1467
筒(ㄊㄨㄥˇ) 1361	逆(ㄋㄧˋ) 1423	努(ㄋㄨˇ) 1467
統(ㄊㄨㄥˇ) 1362	匿(ㄋㄧˋ) 1428	弩(ㄋㄨˇ) 1468
桶(ㄊㄨㄥˇ) 1363	溺(ㄋㄧˋ) 1428	怒(ㄋㄨˋ) 1468
痛(ㄊㄨㄥˋ) 1364	睨(ㄋㄧˋ) 1429	搦、搦(ㄋㄨㄛˋ) 1470
慟(ㄊㄨㄥˋ) 1367	捏(ㄋㄧㄝ) 1430	諾(ㄋㄨㄛˋ) 1471
ㄋ	涅(ㄋㄧㄝˋ) 1431	懦(ㄋㄨㄛˋ) 1471
拿(ㄋㄚˊ) 1368	嚙(ㄋㄧㄝˋ) 1431	糯(ㄋㄨㄛˋ) 1471
吶(ㄋㄚˋ) 1368	齧(ㄋㄧㄝˋ) 1432	暖(ㄋㄨㄢˇ) 1471
那(ㄋㄚˋ) 1368	顳、顳(ㄋㄧㄝˋ) 1433	農(ㄋㄨㄥˊ) 1473
納(ㄋㄚˋ) 1368	鳥(ㄋㄧㄠˇ) 1433	濃(ㄋㄨㄥˊ) 1476
捺(ㄋㄚˋ) 1371	裊(ㄋㄧㄠˇ) 1437	膿(ㄋㄨㄥˊ) 1478
訥(ㄋㄚˋ) 1372	嬝(ㄋㄧㄠˇ) 1437	弄(ㄋㄨㄥˋ) 1479
乃、迺(ㄋㄞˇ) 1372	嬲、嬲(ㄋㄧㄠˇ) 1437	女、女(ㄋㄩˇ) 1480
奈(ㄋㄞˋ) 1373	尿(ㄋㄧㄠˋ) 1438	虐(ㄋㄩㄝˋ) 1486
耐(ㄋㄞˋ) 1374	牛(ㄋㄧㄡˊ) 1438	瘧(ㄋㄩㄝˋ) 1486
內(ㄋㄟˋ) 1377	忸(ㄋㄧㄡˇ) 1440	
呶(ㄋㄠˊ) 1395	紐(ㄋㄧㄡˇ) 1441	
撓(ㄋㄠˊ) 1396	粘(黏)(ㄋㄧㄢˊ) 1441	
鐃(ㄋㄠˊ) 1397	年(ㄋㄧㄢˊ) 1443	
惱(ㄋㄠˇ) 1397	拈(ㄋㄧㄢˇ) 1452	
腦(腦)(ㄋㄠˇ) 1398	鮎(ㄋㄧㄢˇ) 1453	
南(ㄋㄢˊ) 1400	鯰(ㄋㄧㄢˇ) 1453	
喃(ㄋㄢˊ) 1403	捻(ㄋㄧㄢˇ) 1453	
	撚(ㄋㄧㄢˇ) 1455	

搭（ㄉㄚ）

搭〔漢造〕懸掛、乘坐

搭載〔名、他サ〕（往飛機、船舶、火車、汽車等上）裝（貨）、載（人）、裝載

　船に貨物を搭載する（往船上裝貨）
　船客十五名を搭載している（載船客十五名）
　荷物を搭載したトラック（載貨物的卡車）
　其の軍艦は十二インチ砲十門を搭載している（那隻軍艦上裝著十門十二英寸大砲）

搭乗〔名、自サ〕搭乘（車、船、飛機等）

　旅客機に搭乗する（搭乘客機）
　飛行機に搭乗してアメリカへ行く（搭乘飛機到美國）
　搭乗員（飛機的機組、船員、乘務員）
　搭乗人数（搭乘人數）人数人数人数
　搭乗券（車票、船票、機票）

達、達（ㄉㄚˊ）

達〔接尾〕（表示人的複數）們、等

　子供達（孩子們）
　私達（我們）
　生徒達（學生們）

達〔漢造〕（道路）通達、如願以償、（技能）純熟、（見識）達觀，卓越、傳達、送達、到達、下達

　四通八達（四通八達）
　通達、通達（通知，通告、傳答，下達、深通，熟悉、暢通）
　栄達（顯達、發跡、飛黃騰達）
　調達（籌措、供應、辦置）
　練達（幹練、精通、熟練通達）
　上達（上進，長進，進步、上呈）
　熟達（熟練、嫻熟）
　伝達（傳達、轉達）
　送達（送交，通知、遞送，傳送）
　速達（快信、快遞）
　到達（到達、達到）
　配達（送、投遞）
　下達（向下傳達）
　進達（轉呈、轉遞）
　申達（下指示、下指令）

達する〔自、他サ〕到達、達到、通達，精通、達成，完成、通知，指示

　頂上に達する（到達山頂）
　目的地に達する（到達目的地）
　幸福に達する道（到達幸福的路）
　北は日本海に達する（北到日本海）
　人口は九百万に達する（人口達九百萬）
　其の損失は三百万円以上に達する（其損失達三百萬日元以上）
　九十歳に達する（高達九十歲）
　書道に達する（通達書法）
　剣道に達する（精通劍術）
　武芸に達している（精通武藝）
　茶道に達する（精通茶道）
　目的を達する（達到目的）
　望みを達する（達到願望）
　書は達するのみ（書信但求達意而已）
　命令を達する（下達命令）
　交通違反者を厳重処分する旨達する（指示嚴重處分違反交通規則者）

達観〔名、他サ〕達觀、看得遠，看得清

　彼は人生を達観している（他看得開人生）
　彼は全てを達観した人だ（他是個對一切達觀的人）
　将来を達観する（看清未來）
　世界の情勢を達観する（看清世界情勢）
　政党間の醜い争いを達観する（看破政黨間醜陋的鬥爭）

達見〔名〕卓見、卓識
　達見の持ち主（具有卓見之士）

達し、達示〔名〕（官廳、上級發出的）指示、命令、通知
　其の筋の御達示（有關方面的命令）
　今日午後二時市役所に出頭せよ言う達示が来た（來了通知叫今天下午兩點到市政府去）
　遅刻しない様にと御達示が有った（有指示不得遲到）
　達示書（告示、通知書）
　達示文（告示、通知書）
　達示物（通知的事情）

御達し、御達示〔名〕（官廳、上級發出的）指示、命令、通知
　遅刻しない様にと御達示が有った（有指示不得遲到）

達士〔名〕通達（精通）事物的人

達識〔名〕遠見、卓見（＝達見）
　達識の士（有遠見的人）

達者〔名、形動〕精通，熟練、健康、壯健、圓滑，精明
　算数が達者だ（精通算數）
　筆が達者だ（字寫得熟練）
　口の達者な男（能說會道的人）
　腕の達者な大工を頼む（找一位手藝高強的木匠）
　彼のフランス語は達者だ（他的法語說得很熟練）
　達者な老人（健康的老人）
　では、御達者で（祝你健康）
　彼は運動するから達者だ（他因為經常運動所以健康）
　目が達者なので、眼鏡を掛けずに新聞を読んでいる（因為眼睛好看報不戴眼鏡）
　達者作り（身體健康）
　達者な奴（老奸巨猾）

達成〔名、他サ〕達成、成就、完成（＝成し遂げる）
　目的を達成する（達到目的）
　目的達成を目差して努力する（為達到目的而努力）
　其の計画は達成し易い（這個計畫容易完成）

達て、たって〔副〕強、硬、死乞百賴
　達ての御願いだ（懇切的願望）
　達て言おうなら（如果硬要說的話）
　達て御望みと有れば御覧に入れます（如果您一定要看就讓您看一下）
　達ての仰せですから有り難く頂戴しましょう（您既然說得這麼懇切我就謝謝您收下了）
　嫌なら、達てと言う訳ではない（如果不願意也並不強求）

達筆〔名ナ〕善書，字寫得漂亮、善於寫文章，文章寫得漂亮←→悪筆
　達筆の人（善書的人、字寫得漂亮的人）
　彼は中中達筆だ（他的字寫得很好）
　彼の文面は中中達筆だ（他的文筆極為流暢）

達意〔名〕達意、意思通達
　達意の文を書く（寫意思通達的文章）
　文章は達意を旨と為る（文章以達意為目的）

達眼〔名〕慧眼

達人〔名〕精通者，高手、達觀的人
　彼は剣道の達人だ（他是一位擊劍的高手）

達文〔名〕辭意通達的文章、文理通暢的文章

達弁、達辯〔名〕能說、善辯←→訥弁
　達弁の人（雄辯家、有口才的人）

達磨〔名〕〔佛〕達摩、（玩具）不倒翁、（像不倒翁的）圓形物。（俗）下等妓女，娼妓
　達磨忌（達摩忌辰－農曆十月五日）
　達磨ストーブ（圓火爐）
　血達磨（血人）
　達磨船（駁船）
　達磨市（正月紙糊吉祥物不倒翁販賣的市集－歲末年初在社寺開設）

達頼喇嘛〔名〕〔佛〕（西藏的）達賴喇嘛
達入、立入〔名〕〔古〕男子漢的志氣。〔劇〕（武打場面的）演技、吊垂線測量墨線或樹木等是否垂直
達引く、立て引く〔自五〕爭執，爭持、（表示慷慨）替別人付錢或墊錢
達引、立引，立て引き〔名、自サ〕爭執、競爭、敵對
　恋の達引（爭情人）
達引ずく、立引ずく、立て引きずく〔名〕爭持、爭執而相持不下、各持己見不肯相讓
　斯う為っては達引ずくだ（這樣一來只有相持不下）

答（ㄉㄚˊ）

答〔漢造〕答、回答、答覆
　問答（問答、商量，議論，爭論）
　回答（回答、答復）
　解答（解答）
　応答（應答、應對）
　返答（回答、回信、回話）
　正答（正確的回答）
　誤答（誤答、錯答）
　即答（立即回答）
　速答（速答、快答）
　明答（明確回答）
　名答（漂亮的回答）
　確答（明確的回答）
　筆答（筆答）
　口答（口頭回答）
答案〔名〕答卷、試卷
　答案を出す（交試卷）
　答案を調べる（看試卷）
　白紙の答案（白試卷）
　模範答案（標準答卷）
　答案用紙（試卷紙）
答辞〔名〕答辭

卒業生を代表して答辞を述べる（代表畢業生致答辭）
答主題〔名〕〔樂〕答題
答酬〔名、自サ〕回答，答覆，回信、（回信信封上用語）敬覆，奉答，拜覆
答申〔名、他サ〕（對上級諮詢的）答覆、報告
　委員会からの答申を待つ（等待委員會的答覆）
　教育制度に就いて文部省に答申する（就教育制度問題向文部省提出報告）
　答申書（對上級詢問的匯報）
　答申案（對某件事的意見報告）
答電〔名、自サ〕回電、復電
　答電を打つ（拍回電）
　激励電報に対して答電する（對鼓勵電報拍回電）
答弁〔名、自サ〕答辯、回答
　答弁が旨い（善於答辯）
　答弁に窮する（無言答對）
　答弁を求める（要求答辯）
　野党の質問に答弁する（對在野黨的質問進行答辯）
　答弁書（被告的答辯書）
答砲〔名〕（軍艦或砲台發射的）答禮砲
　答砲を打つ（放答禮砲）
答訪〔名、自サ〕回訪、回拜
答礼〔名、自サ〕還禮、回禮
　答礼に訪問する（回拜）
　生徒の敬礼に対して答礼する（對學生的敬禮還禮）
　答礼砲（還禮砲）
答拝〔名、自サ〕鄭重的行禮、鄭重的對待
答拝〔名、自サ〕回拜、鄭重的行禮（=答拝）
答える、応える〔自下一〕回答、答覆、答應（=答える、応じる）
答え、応え〔名〕回答、答覆
　答えも為ず（並不答覆）弄える

答える〔自下一〕回答、答覆、解答

答えて言う（回答說）応える堪える

答える言葉が無い（無話可答）

然うだと答える（回答說是的）

質問に答える（回答提問）

私は如何答えて良いか分らなかった（我不知道怎樣答覆是好）

呼べば答える程の所だ（近在咫尺）

問題に正しく答える（正確地解答問題）

問題が難し過ぎて答えられない（問題太難答不出來）

答え、答〔名〕回答，答覆、（問題的）解答，答案

即座の答え（當場答覆）応え堪え

はっきりした答えを為る（作出明確的回答）

何度も戸を叩いたが答えが無かった（敲了好幾次門可是沒人答應）

旨い答え（漂亮的解答）

答えを出す（解答）

答えが違う（答錯）

答えを求める（求解答）

計算機が答えを出した（計算機作出了答案）

口答え〔名、自サ〕（對長上）頂嘴、頂撞、反唇相譏

親の注意に口答えする（對父母的規勸還嘴頂撞）

良く口答えを為る（愛頂嘴）

打（ㄉㄚˇ）

打〔名〕〔棒球〕打、擊、擊球

〔漢造〕（也讀作打）打，擊，拍。〔棒球〕擊球

彼は投打両面でチームの中心と為っている（他在投球擊球兩方面都是隊中主力）

殴打（毆打、打人）

乱打（亂打，亂撞、〔排球、網球等賽前互相〕練打）

好打（〔棒球〕得分的擊球、關鍵的一擊、精彩的一擊）

巧打（巧打）

快打（〔棒球〕打的漂亮，打得好、好球

安打（〔棒球〕安全打-保險的一擊）

本塁打（本壘打、還壘打）

適時打（及時的安打）

打擲（打、揍）

打打、丁丁（〔象聲〕丁丁）

打開〔名、他サ〕打開、開闢（途徑）、解決（問題）

局面の打開を努力する（努力打開局面）

難局を打開する（打開難局）

行き詰りを打開する（打開難局）

打開策（解決辦法）

打楽器〔名〕〔樂〕打擊樂器←→弦楽器、管楽器

打楽器の伴奏を伴った（有打擊樂器伴奏）

打器〔名〕〔考古〕伐木狩獵工具（指刀斧槍頭之類）

打毬〔名〕〔古〕馬球（唐代船入日本的騎馬打球競賽）（=毬打ち）

打球〔名〕〔棒球〕打球、打出的球

打球がぐんぐん延びて場外に飛び出した（打出的球越飛越遠越出場外）

打撃〔名〕打擊、衝擊。〔棒球〕擊球（=バッティング）

相手の胸に打撃を加えた（打了對方的胸部）

精神的に強い打撃を受けた（精神上受到強烈打擊）

敵の真正面から痛烈な打撃を与える（從敵人正面給以迎頭痛擊）

値下がりで酷い打撃を被った（因落價受到嚴重打擊）

今度の打撃は青木君から始めた（這次以青木開始擊球）

S大学は打撃に於いては優秀である（S大學在擊球方面佔優勢）

六大学リーグでは華華しい打撃戦を展開されるだろう（在六大學聯賽中將出現漂亮的擊球戰）

打擊率（打擊率）

打鍵〔名〕〔樂〕按（鋼琴等的）鍵、彈鋼琴

打算〔名、自他サ〕算計、盤算
　損得の打算も無い（不計較得失）

打算的〔形動〕打小算盤的、患得患失的
　打算的な男（患得患失的人）
　彼の男の為る事は何でも打算的だ（那人幹甚麼事都打小算盤）

打子〔名〕〔機〕凸輪、偏心輪、桃子輪

打者〔名〕〔棒球〕擊球員（=バッター）
　打者の位置に就いている（擊球員已就位）
　打者はバッターボックスに立っている（擊球員站在擊球員區裡）

打順〔名〕〔棒球〕擊球順序
　打順が回って来る（輪到擊球的順序）

打診〔名、他サ〕〔醫〕叩診，敲診。〔轉〕試探，探詢
　胸や背中を打診する（敲診胸部和背部）
　病院へ行くと先ず打診が有る（到了醫院首先是敲診）
　打診板（敲診板）
　打診器（敲診器）
　相手の意向を打診する（試探對方的意向）
　相手の意見を打診する（試探對方的意見）
　世論の趨勢を打診する（探詢輿論的趨向）世論

打陣〔名〕〔棒球〕擊球員的陣容
　強力な打陣（很強的擊球員的陣容）

打数〔名〕〔棒球〕擊球員上場擊球次數

打製〔名〕打製（石器）
　打製石器（〔考古〕打製石器-從舊石器時代到新石器時代的遺物）
　打製石斧（〔考古〕打製的石斧）

打席〔名〕〔棒球〕擊球員的位置、擊球員席位
　打席に就く（就擊球員位）

打線〔名〕〔棒球〕擊球員的陣容、實力
　上位の打線が振るわない（強隊的擊球實力沒發揮出來、強隊擊球陣容不振）

　相手チームの打線を沈黙させる（壓倒對方球隊的擊球陣勢〔使之緘默〕）

打点〔名〕〔棒球〕擊球得分
　打点を上げる（獲得擊球分數）

打電〔名、自サ〕打電報、拍電報
　郷里の父へ打電する（給家鄉的父親拍電報）

打棒〔名〕〔棒球〕球棒（=バット）、擊球（=打擊）
　打棒が冴える（擊球熟練）
　味方の打棒が大いに振るった（我方擊球十分出色）

打ち棒、打棒〔名〕〔古〕刑棍

打撲〔名、他サ〕撲打、碰撞
　打撲傷（〔醫〕挫傷、碰傷、跌傷、摔傷）
　打撲傷を受ける（受挫傷）
　打撲傷で出場不能（因挫傷而不能出場）

打率〔名〕〔棒球〕安全打率、安全打對全部擊球數的比率
　打率が上がる（安打率升高）
　打率が下がる（安打率下降）

打力〔名〕〔棒球〕擊球的力量
　打力に於いて勝る（在擊球的力量方面勝過對方）
　打力は有るが守備が劣る（雖有擊球的力量但守備的粒量卻很差）

打打、丁丁〔副〕（象聲）丁丁
　木を伐る音が打打と響く（伐木聲丁丁作響）

打打発止、丁丁発止〔副〕（刀劍互砍聲）叮噹、鏗鏘
　打打発止と斬り結ぶ（叮噹地互砍、激烈地論戰）

打擲〔名、他サ〕打、揍
　罪も無い子供を打擲する（打無辜的孩子）
　散散に打擲する（狠狠地揍）

打ち打擲〔名、他サ〕（打ち是接頭詞）（打擲的加強說法）狠打、狠揍

打つ、拍つ、討つ、伐つ、撃つ〔他五〕打，敲，拍，鍛造，製造，壓，彈，感動，打動，撒，擲，投、

ㄉ

編，搓，綁、耕，翻，刨、上演，舉行、測量、灌注、指責、交付、採取、賭，下棋

〔自五〕內部流動

打つ〔他五〕打，揍、碰、撞、擊（球）、拍、敲響、射擊、指責、打動、打字，拍發、打進、注射、貼上，刻上，彈（棉花）、擀（麵條）、耕、鍛造、捶打、編，搓、張掛、丈量、下棋、賭博、交付部分、繫上、演出、採取措施某種行動或動作

〔自五〕內部流動

相手の頭を打つ（揍對方的頭部）
打ったり蹴ったりする（拳打腳踢）
びしゃりと人の耳を打つ（啪地打了一記耳光）
散散に打つ（痛打、毒打）
倒れて頭を打つ（摔倒把頭撞了）
波が岸を打つ（波浪沖擊海岸）
ヒットを打つ（〔棒球〕安全打）
球を打つ身構えを為る（拉好架勢準備擊球）
手を拍って喜ぶ（拍手稱快）
鼓を打つ（擊鼓）
鐘を打つ（敲鐘）
今三時を打った所だ（剛響過三點）
鳥を撃つ（打鳥）
空気銃で鳥を撃つ（用空氣鎗打鳥）
大砲を撃つ（開砲）
三発撃つ（射擊三發）
誤って人を撃つ（誤射傷人）
投網を打つ（投網、撒網）
礫を打つ（擲小石頭）飛礫
水を打つ（灑水）
首を討つ（砍頭）
敵を討つ（殺敵、報仇）仇
賊を討つ（討賊）
不意を討つ（突然襲擊）
非を打つ（責備）

心を打つ（扣人心弦）
私は強く胸を打たれました（使我深受感動）
タイプライターを打つ（打字）
電報を打つ（拍電報）
釘を打つ（釘釘子）
杭を打つ（打椿）
コンクリートを打つ（灌混凝土）
注射を打つ（打針）
裏を打つ（裱貼裡子）
額を打つ（掛匾額）
銘を打つ（刻銘）
古綿を打ち直す（重彈舊棉花）
饂飩を打つ（擀麵）
田を打つ（耕田）
刀を打つ（打刀）
箔を打つ（捶箔片）
能面を打つ（製作能樂面具）
衣を打つ（搗衣）
紐を打つ（打繩子）
幕を打つ（張掛帳幕）
土地を打つ（丈量土地）
碁を打つ（下圍棋）
将来への布石が打たれた（已為今後作好準備）
博打を打つ〔賭博〕
手金を打つ（付定錢）
罪人に縄を打つ（綁縛罪犯）
芝居を打つ（演戲、耍花招、設騙局）
相撲の興行を打つ（表演相撲）
新しい手を打つ（採取新的措施）
ストを打つ（斷然舉行罷工）
もんどり（でんぐり返し）を打つ（翻跟斗）
寝返り許り打って寝付けない（輾轉反側睡不著）

打てば響く（馬上反應、馬上見效）

打てば響く様な返答（立即做出回答）

彼の人は打てば響く様な人だ（他是個乾脆俐落的爽快人）

脈打つ、脈撃つ（脈搏跳動）

脈が打つ、脈が撃つ（脈搏跳動）

打つ、撃つ〔他五〕射擊、攻擊

鳥を撃つ（打鳥）

空気銃で鳥を撃つ（用空氣鎗打鳥）

大砲を撃つ（開砲）

三発撃つ（射擊三發）

誤って人を撃つ（誤射傷人）

打つ、拍つ〔他五〕拍

手を拍って喜ぶ（拍手稱快）

打つ、討つ〔他五〕殺、討、攻

首を討つ（砍頭）

敵を討つ（殺敵、報仇）仇仇

賊を討つ（討賊）

不意を討つ（突然襲擊）

打遣る、打っ棄る〔他五〕〔俗〕扔掉，拋棄，扔掉，不管。〔相撲〕身子後仰把逼近摔跤場地邊的對方扔出自己身後的界外。〔轉〕最後一刻轉敗為勝

紙屑を窓から打遣る（把紙屑從窗戶扔掉）

あんな所に傘が打遣って有る（那裡丟著一把雨傘）

危いから打遣って置く訳に行かない（因為危險不能扔下不管）

中途迄遣って打遣って行って仕舞った（幹了半截扔下就走了）

構わずに打遣って置いて下さい（請別管我）

九回の裏にツーラン、ホーマーで相手を打遣る（第九局的第二場用得兩分的本壘打轉敗為勝）

打遣らかす〔他五〕〔俗〕（打遣る、打っ棄る的強調形式）丟開、不管（＝ほったらかす）

仕事を打遣らかす（把工作扔下不管）

家庭を打遣らかす（扔開家庭不管）

打遣り、打っ棄り〔名〕〔相撲〕最後把逼過來的對方扔出場地的招數。〔轉〕最後轉敗為勝、向海裡拋棄髒土石頭等的地方

打遣りを食う（最後關頭被出賣了）

打遣りを食わせる（最後關頭背棄對方）

打遣りで勝つ（緊要關頭取勝）

打って一丸と成って〔連語〕萬眾一心、抱成一團、緊緊團結在一起

打って変わる、打って変る〔自五〕大變樣、變得截然不同

打って変わった態度を取る（態度判若兩人）

打って変わって良い人間と為る（完全變成好人）

紅葉の秋の大渡河の河畔は、白昼の強い日差しとは打って変わって、夜に為ると、豪雨に良く襲われる（紅葉季節的秋天大渡河畔常常是白天烈日當空一到晚上天氣驟變暴雨傾盆）

打たせる〔他下一〕策馬前進

静静と打って変わる（徐徐策馬前進）

打瀬網〔名〕〔漁〕囊式拖網

打瀬網で魚を捕る（用囊式拖網捕魚）

打ち〔接頭〕打，擊、稍微、用於加強語氣或調整語調、與下面接的詞構成各種新的意義

打ち砕く（打碎）

打ち据える（痛打）

打ち見る所異状が無い（稍微一看沒有什麼變化）

困難に打ち克つ（克服困難）

不幸が打ち続く（連續發生不幸）

声を打ち上げる（提高嗓門）

打ち解ける（融洽起來）

打ち明ける（坦白、說實話）

打ち切る（截止、結束）

打ち合う，打合う，撃ち合う，撃合う〔自五〕（打ち是接頭詞）適合，相適應，互打，對打

〔他五〕互相射擊

両方から礼砲を撃ち合う（互放禮砲）

打ち合い，打合い、撃ち合い，撃合い〔名〕對打，互相毆打、(也寫作射ち合い)互相射擊

　　撃ち合いを為る（互相毆打）

　　撃ち合いを遣る（互相射擊）

打ち合わす、打合す〔他五〕使…相碰、互擊，對打、(預先)商量，碰頭(=打ち合わせる打ち合せる)

打ち合わせる、打ち合せる〔他下一〕使…相碰、互擊，對打、(預先)商量，碰頭

　　石と鉄を打ち合わせる（使石頭和鐵相碰）

　　出発の時刻を打ち合わせる（商量動身的時間）

　　今後の対策を打ち合わせる（商量今後對策）

　　公社員は仕事に出る前、広場に集って色色と打ち合わせる（社員出工前聚集在廣場上碰頭）

打ち合わせ、打合せ〔名〕事先商量、碰頭

　　打ち合わせを為る（碰頭、預先商洽）

　　其の件に就いては打ち合わせが出来ている（那問題事先已商量過）

　　打ち合わせ会（預備會、碰頭會）

打ち明ける、打明ける〔他下一〕毫不隱瞞地說出、坦率說出↔包み隠す

　　心を打ち明ける（說出心裡話）

　　秘密を打ち明ける（吐露秘密）

　　身の上を打ち明ける（傾訴身世）

　　私の心を貴方に打ち明ける（把我的心思全說給你聽）

　　打ち明けて話を為る（打開天窗說亮話）

　　打ち明けて言えば（老實說來、開誠布公地說）

　　今迄此の事は誰にも打ち明けなかった（這件事情過去對誰也沒有說過）

打ち明け話、打明け話〔名〕心腹話、知心話

　　互いに打ち明け話を為る（交談知心話）

打ち上げる，打上げる、打ち揚げる，打揚げる〔他下一〕(往高處)發射、波浪把東西沖上岸、結束(演出、比賽、宴會等)。〔圍棋〕(把對方死棋從棋盤)拿掉

〔自下一〕波浪沖拍

　　花火を打ち上げる（放焰火）

　　人工衛星を成功裏に打ち上げた（成功地發射了人造衛星）

　　彼は内野フライを打ち上げる（他打了一個內野高飛球）

　　岸に打ち上げられた海草（被浪沖上岸的海草）

　　津波で大きな船が岸に打ち上げられていた（因為海嘯大船被沖上岸來）

　　三ヵ月の芝居興行を打ち上げた（結束了三個月的戲劇演出）

　　岸に波が打ち上げている（波浪沖拍著海岸）

打ち上げ、打上げ〔名〕發射、演出結束。〔圍棋〕比賽結束、工作結束時的宴會

　　ロケットの打ち上げは成功した（火箭發射成功）

　　其の宇宙船は打ち上げの準備中であった（那太空船正在準備發射）

　　打ち上げ台（〔火箭〕發射台）

　　打ち上げ場（〔火箭〕發射場）

　　打ち上角度（發射角度）

　　打ち上げ塔（發射塔）

　　打ち上げ用ロケット（發射用火箭）

　　打ち上げの日（閉幕日）

打ち上げ花火、打上げ花火〔名〕焰火(=仕掛花火)

　　打ち上げ花火が上がる（焰火騰空而起）

打ち網、打網〔名〕〔漁〕撒網(=投網)

打ち緒、打緒〔名〕縧帶(=組紐)

打ち落とす，打ち落す、撃ち落とす，撃ち落す〔他五〕打落、擊落、砍下

　　柿を打ち落とす（把柿子打下來）

　　敵機を撃ち落とす（擊落敵機）

　　首を打ち落とす（砍下腦袋）

打ち下ろす〔他五〕從上往下打(砍)、從上往下射擊、(打ち是加強語氣的接頭詞)使勁放下

上から槌を打ち下ろす（從上面往下打槌子）

山の上から敵を打ち下ろす（從山上往下射擊敵人）

打ち下ろしサーブ、打下ろしサーブ〔名〕〔網球〕高手發球

打ち返す、打返す〔他五〕還擊，打回去、翻（地）、重彈、回電

〔自五〕（波浪）又沖擊回來

球を打ち返す（把球打回去）

酷く打ち返して遣る（狠狠地還擊）

左手で打ち返す（用左拳還擊）

田畑を打ち返す（翻地）

古綿を打ち返す（重彈舊棉花）

波が浜に打ち返している（波濤向海灘滾滾沖擊回來）

打ち返し、打返し〔名〕還擊，打回去、重彈舊棉花。〔劇〕翻轉布景

打ち返し綿（重彈的舊棉花）

古綿を打ち返しに出す（把舊棉花拿去重彈）

打ち更える〔他下一〕重新打（＝打ち直す）、重新鍛造（刀劍等）

打ち掛かる〔自五〕向…打去、猛撲

打って掛かる〔連語、他五〕猛打、猛擊

打ち掛け、打掛け、裲襠〔名〕（古時日本武士家中）婦女禮服（現代用為結婚時新娘禮服）（＝搔取）、（各種出門穿的）罩衫

打ち掛け、打掛け〔名〕〔圍棋〕暫停

打ち掛けに為る（未終局而暫停）

今日は此れで打ち掛けに為る（今天就此暫停）

打ち重なる、打重なる〔自五〕（打ち是加強語氣的接頭詞）重疊、重複在一起

不幸が打ち重なる（連遭不幸、禍不單行）

打ち菓子、打菓子〔名〕用模子壓製的糕點

打ち方、打方〔名〕射擊，放槍，放砲、（槍砲、鼓、球類、圍棋等的）打法，下法

打ち方始め（〔軍〕射擊）

打ち方止め（〔軍〕停止射擊）

針の打ち方を教える（教針灸的扎法）

打ち固める、打固める〔他下一〕砸牢固，砸堅固、（打ち是加強語氣的接頭詞）鞏固，使堅固

家の地盤を打ち固める（把屋子的地基砸牢）

プロレタリア階級独裁を打ち固める（鞏固無產階級專政）

社会主義の経済的土台を打ち固める（鞏固社會主義的經濟基礎）

打ち勝つ、打勝つ〔自五〕（勝つ的加強說法）戰勝、（棒球拳擊）打法勝過對方←→打ち負ける。〔棒球〕（擊球員和投手相比）擊球員善於安全打←→投げ勝つ

帝国主義に打ち勝つ（戰勝帝國主義）

人民は必ず反動派に打ち勝つ事が出来る（人民一定會戰勝反動派）

打ち勝つ，打勝つ，打ち克つ，打克つ〔自五〕克服

貧困に打ち勝つ（戰勝貧困）

病苦に打ち勝つ（戰勝疾病）

有らゆる困難に打ち勝つ（克服一切困難）

人間は必ず自然に打ち勝つ（人定勝天）

打ち金，打金、撃鉄〔名〕〔軍〕擊鐵（＝撃鉄）。〔機〕動力錘的頭部，沖面

銃の打金を起す（扳起槍枝的擊鐵）

打ち金、打金〔名〕〔商〕（彌補差價的）補貼費

打ち気、打気〔名〕〔棒球〕積極準備打（投來的球）

打ち傷、打傷〔名〕打傷、碰傷

膝の傷は昔の打傷です（膝蓋上的傷疤是從前的碰傷）

打ち興ずる，打興ずる〔自サ〕（興ずる的加強說法）消遣、作樂（＝面白がる、打ち興じる，打興じる）

囲碁に打ち興ずる（下圍棋消遣）

打ち興じる，打興じる〔自上一〕消遣、作樂（＝打ち興ずる，打興ずる）

トランプに打ち興じる（玩撲克牌取樂）

打ち切る、打切る〔他五〕（切る的加強說法）切，砍、截止，結束，中止。〔圍棋〕下完（一盤棋）

刀で打ち切る（拿刀砍）

放送を打ち切る（停止廣播）

交渉を打ち切る（停止談判）

此の仕事は経費不足の為打ち切る（這工作因經費短缺而中途停止）

申し込みは二十日で打ち切る（申請至二十日截止）

一局を一日で打ち切る（一天下完一局）

打ち切り、打切り〔名〕截止、結束、中止

此処で打ち切り（到此為止）

仕事が打ち切りに為る（工作結束）

仕事を途中で打ち切りに為る（沒做完就結束工作）

打ち崩す、打崩す〔他五〕〔棒球〕狠狠地打，把對方的氣餡壓下去、擊潰，打垮

ピッチャーを打ち崩す（把投手的氣勢壓下去）

敵陣を打ち崩す（擊潰敵人的陣勢）

打ち砕く、打砕く〔他五〕（砕く的加強説法）打碎，粉碎，打爛，摧毀，詳加分析使易懂

野望を打ち砕く（粉碎野心）

暗黒に閉ざされた旧社会は徹底的に打ち砕かれた（黑暗的舊世界被徹底摧毀了）

彼の勇気は脆くも打ち砕かれた（一下子就挫傷了他的勇氣）

打ち砕いて話す（通俗易懂地説）

打ち寛ぐ〔自五〕（寛ぐ的加強説法）寬暢、隨便、不拘束

打ち寛いで座る（隨便地坐下）

友と打ち寛いで話を為る（和朋友無拘無束地談話）

打ち首、打首〔名〕〔古〕斬首、斬刑（=斬罪）

打ち首に為る（問斬）

打ち首に為る（斬首）

打ち消す、打消す〔他五〕（消す的加強説法）熄滅，消除、否定、否認

水を掛けて火を打ち消す（澆水滅火）

事実を打ち消す（否定事實）

表向きは打ち消す口振りの様である（表面像是否認的口氣）

打ち消し、打消し〔名〕消除，否定，否認。〔語法〕否定

打ち消しの助動詞（否定助動詞）

打ち粉、打粉〔名〕磨刀粉、痱子粉、（壓製蕎麵條時撒的）撲麵

打ち粉を振って手打ち饂飩を作る（撒上撲麵擀麵條）

打ち込む〔他五〕打進，砸進、射進、猛擲，猛撲，猛揍。〔圍棋〕打入（敵陣）、澆灌（混凝土）

〔自五〕熱中、迷戀、專心致志

地面に杭を打ち込む（把樁子砸進地裡）

釘を頭迄打ち込む（把釘子深深地釘進去）

刀を打ち込む（猛砍一刀）

弾を敵の胸に打ち込む（把子彈射進敵人的胸膛）

ボールを敵陣に打ち込む（把球叩進對方場界）

海に打ち込む（扔進海裡）

弟は竹刀を取って激しく打ち込んで来た（弟弟拿起竹劍向我猛撲過來）

学習に打ち込む（努力學習）

科学研究に打ち込む（埋頭於科學研究工作）

彼は偉く彼女に打ち込んでいる（他深深迷戀上了她）

打ち込み、打込み〔名〕熱中，迷戀，全神貫注。（網球）高壓球。（劍道）猛刺。〔圍棋〕打入（敵陣）。澆灌（混凝土）

仕事への打ち込みが足りない（工作的幹勁不足）

大変な打ち込み振りだ（深深墜入情網）

打ち懲らす〔他五〕懲戒、懲罰（=懲らしめる）

打ち頃〔名〕〔棒球〕（對擊球員）好打（的球）

打ち頃の球（好打的球）

打ち殺す，打殺す，撃ち殺す，撃殺す〔他五〕（殺す的加強説法）殘殺，殺死，打死、擊斃，槍斃

棒で犬を打ち殺す（用木棒把狗打死）

小銃で打ち殺す（用步槍打死）

打ち毀す，打毀す，打ち壊す，打壊す〔他五〕（毀す的加強說法）破壞、毀壞、搗毀、打碎

原則を打ち毀す（破壞原則）

計画を打ち毀す（使計畫落空）

大衆との結び付きを打ち毀す（破壞和群眾的聯繫）

古い国家機構を打ち毀す（摧毀舊的國家機構）

打ち毀し，打毀し，打ち壊し，打壊し〔名〕毀壞、搗毀。〔史〕搗毀暴動（江戶時代人民反抗反動統治、

而搗毀奸商、高利貸住宅、官府等的暴動）

天明の打ち毀し（天明搗毀暴動-1783年發生）

打ち萎れる〔自下一〕（萎れる的加強說法）萎靡不振、垂頭喪氣

打ち敷き、打敷き〔名〕〔古〕桌布、布單、鋪佛壇用的桌布（多用金絲綿緞）

打ち沈む〔自五〕（打ち是加強語氣的接頭詞）消沉、憂鬱、無精打采、悶悶不樂、垂頭喪氣

酷く打ち沈んでいる（非常消沉）

悲しみに打ち沈んでいる（因悲傷而無精打采）

彼の打ち沈んだ様子を見ると気の毒に為る（看到他那垂頭喪氣的樣子感到可憐）

打ち従える，打従える、討ち従える，討従える〔他下一〕征服、制服

敵を打ち従える（制服敵人）

打ち据える、打据える〔他下一〕（据える的加強說法）安放、放穩。〔舊〕痛打、打倒

番頭が丁稚を打ち据える（掌櫃把學徒直打得動彈不得）

ステッキで打ち据える（用手杖痛打）

打ち過ぎる、打過ぎる〔自上一〕（過ぎる的加強說法）過度、過分、（日子）過去、（時間）消逝

釘を打ち過ぎて薄板が割れた（釘子釘得太重薄板裂了）

御無音に打ち過ぎ申し訳有りません（〔書信用語〕久疏問候深感抱歉）

打ち捨てる、打捨てる〔他下一〕（捨てる的加強說法）棄、扔、拋棄、不管。〔古〕（武士用語）斬殺、砍死

芥を道に打ち捨てた儘に為ている（把垃圾扔得滿街都是）

一寸した病気なら打ち捨て置いても自然に治るだろう（若是得點小病不理會它也自然會好的）

仕事を打ち捨てる（撂下工作）

打ち損なう、撃ち損なう〔他五〕未擊中、失誤

的を撃ち損なった（未擊中目標）

打ち損ない，打損ない、撃ち損ない、撃損ない〔名〕未擊中、失誤

打ち揃う、打揃う〔自五〕（打ち是加強語氣的接頭詞）聚齊、湊在一起

三人打ち揃って家を出た（三個人一起走出家門）

打ち絶えて、打絶えて〔副〕（下接否定）完全、全部

久しく打ち絶えて便りが無い（久無音訊）

打ち倒す，打倒す，射ち倒す，射倒す〔他五〕（倒す的加強說法）打倒、推翻、打敗、打垮

拳闘で相手を打ち倒す（在拳擊中把對手打倒）

激しい銃撃に遭って彼は打ち倒された（遭到猛烈射擊他被打倒在地上）

敵を打ち倒す（打倒敵人）

競争相手の会社を打ち倒す（打敗競爭對手的公司）

打ち倒れる〔自下一〕（倒れる的加強說法）倒塌、垮台、倒閉、病倒（＝倒れる）

打倒〔名、他サ〕打倒、打敗、（拳擊）打倒對方（使他在十秒鐘內站不起來）（＝ノックアウト）

敵を打倒する（打倒敵人）

A校の卓球チームは打倒B校を合い言葉に練習に励んでいる（A校乒乓球隊以打敗B校作為口號在加緊進行練習）

打ち出す、打出す〔他五〕錘出或壓出凸花紋、提出（主張）、打出來、打出去、打散場鼓、（撲克）先出牌

（出す的加強說法）拿出，取出，伸出，露出，提出，展出，做出

（出す作接尾詞用法）開始打，打起來

　　花模様(はなもよう)を打(う)ち出(だ)す（錘成凸花紋）

　　主題(しゅだい)をはっきりと打(う)ち出(だ)す（突出主題）

　　問題解決(もんだいかいけつ)の新(あたら)しい方途(ほうと)を打(う)ち出(だ)す（提出解決問題的新方法）

　　正(ただ)しい闘争戦術(とうそうせんじゅつ)を打(う)ち出(だ)す（提出正確的鬥爭策略）

　　効果的(こうかてき)な対策(たいさく)は何(なに)も打(う)ち出(だ)せない（拿不出任何有效的對策）

　　打出(うちで)の小槌(こづち)で宝(たから)を打(う)ち出(だ)す（〔童話〕用萬寶錘把寶貝敲出來）

　　テレタイプ(teletype)が其(そ)のニュース(news)を打(う)ち出(だ)していた（電傳打字機已把這消息打出去了）

　　大砲(たいほう)を打(う)ち出(だ)す（開砲）

　　君(きみ)が打(う)ち出(だ)す番(ばん)だ（輪到你先出牌）

打ち出し、打出し〔名〕散戲，散場，錘出或壓出凸花紋，凸紋製作模型、發球、(撲克)出牌權，先出牌

　　打(う)ち出(だ)しは十時(じゅうじ)（十點散場）

　　打(う)ち出(だ)し後(ご)（散場後）

　　打(う)ち出(だ)し太鼓(たいこ)（散場時打的鼓）

　　打(う)ち出(だ)しに為(な)る（鏤刻）

　　打(う)ち出(だ)し細工(さいく)（壓花工藝）

　　打(う)ち出(だ)し細工(さいく)の品(しな)（砸花工藝品）

　　打(う)ち出(だ)しの優先権(ゆうせんけん)（〔高爾夫〕球先發權）

打って出る〔自下一〕出馬，登台（開始社會活動）、出擊敵人

　　選挙(せんきょ)に打(う)って出(で)る（參加競選）

　　政界(せいかい)に打(う)って出(で)る（登上政治舞台）

　　新進(しんしん)スター(star)と為(し)て打(う)って出(で)る（做為初露頭角的明星登上影壇）

打ち立てる，打立てる，打ち樹てる，打樹てる〔他下一〕（立てる的加強說法）建立、樹立、奠定

　　基礎(きそ)を打(う)ち立(た)てる（奠定基礎）

　　革命政権(かくめいせいけん)を打(う)ち立(た)てる（建立革命政權）

　　将来(しょうらい)の方針(ほうしん)をはっきり打(う)ち立(た)てる（明確地樹立以後的方針）

　　人間(にんげん)は必(かなら)ず自然(しぜん)を克服(こくふく)すると言(い)う壮大(そうだい)な志(こころざし)を打(う)ち立(た)てる（樹立人定勝天的雄心壯志）

　　革命人民(かくめいじんみん)の為(ため)に打(う)ち立(た)てた偉大(いだい)な功績(こうせき)は永遠(えいえん)に不滅(ふめつ)である（為革命人民立下的豐功偉績是永存的）

　　独立(どくりつ)した比較的整(ひかくてきとの)った工業体系(こうぎょうたいけい)と国民経済体系(こくみんけいざいたいけい)を打(う)ち立(た)てる（建立一個獨立的比較完整的工業體系和國民經濟體系）

打ち違う、打違う〔自五〕錯打，打錯、互相交叉，成為十字形、相左，沒遇上、（違う的加強說法）完全錯誤

　　慌(あわ)てて二行(にぎょう)打(う)ち違(ちが)えた（慌慌張張打錯了兩行）

打ち違い、打違い〔名〕錯打，打錯（的東西）、互相交叉，十字斜交叉形、相左，走岔開（沒遇上）

　　電報(でんぽう)の打(う)ち違(ちが)い（電報的錯拍）

　　タイピスト(typist)の打(う)ち違(ちが)い（打字員的錯打）

　　旗(はた)を打(う)ち違(ちが)いに立(た)てる（把旗子交叉插起來）

　　木(き)を打(う)ち違(ちが)いに打(う)ち付(つ)ける（把木頭交叉著釘上）

打ち違える、打違える〔他下一〕（用刀等）對打，交鋒、使相左，使遇不上，打錯

　　電報(でんぽう)を打(う)ち違(ちが)えた（打錯了電報）

打ち散らす、打散らす〔他五〕（散らす的加強說法）弄亂，弄散開、打散，驅散

　　敵(てき)を打(う)ち散(ち)らす（把敵人打散）

打ち継ぐ〔他五〕〔圍棋〕接著下、繼續比賽

打ち付ける、打付ける〔他下一〕碰，撞，釘（上），投，扔

　　転(ころ)んで頭(あたま)を打(う)ち付(つ)ける（跌倒把頭撞了）

　　頭(あたま)を壁(かべ)に打(う)ち付(つ)ける（把頭撞在牆上）

　　柱(はしら)に板(いた)を打(う)ち付(つ)ける（把木板釘在柱子上）

　　底(そこ)に釘(くぎ)を打(う)ち付(つ)けた靴(くつ)（底上釘了釘子的鞋）

　　石(いし)を打(う)ち付(つ)ける（扔石頭）

　　舟(ふね)が岩(いわ)に打(う)ち付(つ)けられる（船被撞岩石上）

打ち付け、打付〔形動〕突然，忽然、露骨，直率
　打ち付けな御願いですが（很冒昧請您…）
　打ち付けに話す（直言不諱地說）

打って付け〔形動ノ〕〔俗〕理想、合適、適合、恰當
　打って付けな役（最適當的角色）
　打って付けの言葉（最恰當的話）
　君に打って付けの仕事だ（這是對你正合適的工作）
　其の役には打って付けの人だ（他做那工作再合適不過了）

打ち続く、打続く〔自五〕（続く的加強說法）連綿、接連不斷
　打ち続く長雨（連日下雨）
　打ち続く物価の上昇（物價直線上升）
　不幸が打ち続いた（連遭不幸）
　数年間戦乱が打ち続く（連年戰亂不止）

打ち続ける、打続ける〔他下一〕（続ける的加強說法）連續、連續打，連續射擊
　興行を一カ月間打ち続ける（連續演出一個月）
　大砲を打ち続ける（不斷開砲）

打ち集う、打集う〔自五〕（集う的加強說法）聚會、集會
　同窓生が打ち集って楽しい一夜を過す（校友們聚在一起歡度一晚上）

打ち連れる、打連れる〔自下一〕同去、一起去、搭伴去
　兄弟三人打ち連れて花見に行った（兄弟三人一起看櫻花去了）
　一同打ち連れて上海へ行く（大家一同到上海去）

打ち手、打手〔名〕（也寫作討ち手、討手）參加討伐的人，追捕手（=討っ手）、射擊手、劍子手、賭博者

打つ手〔連語〕辦法、對策、採取的手段
　今と為っては殆ど打つ手が無い（事到如今幾乎無計可施）
　打つ手に窮する（毫無辦法）
　打つ手は彼の手此の手と変わる（辦法變來變去）
　戦後最大の経済恐慌に見舞われた独占資本は此処数年打つ手無しの苦境に立っていた（遭受戰後最大的經濟危機的壟斷資本最近幾年處於束手無策的困難境地）

打手〔名〕〔棒球〕擊球員

打っ手繰る〔他五〕奪，劫掠，硬搶、敲竹槓、額外要錢，謀取暴利
　折角読んでいる本を打っ手繰る奴が有るか（哪裡有把人家正看著的書硬給搶走的呢？）
　バーで酷く打っ手繰れた（在酒吧被敲了一個大竹槓）

打ち出の小槌、打出の小槌〔名〕萬寶槌（童話中一敲就可實現一切願望的小搥）
　打ち出の小槌で宝を打ち出す（用萬寶槌把寶貝敲出來）

打ち解ける、打解ける〔自下一〕融洽，無隔閡，無拘束，無戒心、（解ける的加強說法）溶解，融化
　すっかり打ち解ける（十分融洽、水乳交融）
　打ち解けた話し合い（融洽的協商）
　打ち解けて語り合う（融洽交談）
　打ち解けて付き合う（無隔閡地來往）
　彼等は本当に打ち解けた間柄である（他們真是親密無間）
　彼は誰にでも打ち解けて話を為る（他對誰都坦率交談）
　酒を飲むと打ち解けて来る（喝起酒來就沒有什麼隔閡了）
　彼の人は何処か打ち解け無い所が有る（他好像還有點拘謹）
　氷が打ち解ける（冰化）

打ち解け、打解け〔名〕融洽、沒有隔閡
　打ち解け話、打解け話（實話、貼心話）
　打ち解け話を為る（說實話、談知心話）

打ち所、打所〔名〕碰撞的地方、（認為有問題）應打上記號的地方
　打ち所が悪かった（撞到要害處）

非の打ち所が無い（無可非議、找不到缺點）

打ち止める，打止める、撃ち止める，撃止める、討ち止める，討止める〔他下一〕釘住，釘牢、結束（演出，比賽）、殺死，擊斃

芝居を打ち止める（散戲）

敵を打ち止める（殺死敵人）

唯一発で虎を打ち止めた（只一槍就把老虎打死了）

打ち止め，打止め、打ち留め，打留め〔名〕（相撲或戲劇演出的）結束，終了、（彈球盤的）停止使用

打ち止めに為る（結束、結束演出或比賽）

本日で打ち止め（今天結束）

此の一番が今日の打ち止めだ（這場是今天最後一場比賽）

打ち止め無し（〔彈球盤〕可以使用）

打ち取る，打取る、撃ち取る，撃取る、討ち取る，討取る〔他五〕殺死，擊斃、擊敗，打敗，攻取，捕獲

敵の大将を打ち取る（擊斃敵軍主將）

決勝戦で強敵を打ち取る（決賽時打敗強敵）

打ち直す，打直す〔他五〕重新打、重彈（舊棉花）

此の部分丈タイプを打ち直して下さい（請把這一部分重新打字）

綿を打ち直す（重彈棉花）

打ち眺める〔他下一〕（眺める的加強說法）眺望、凝視

打ち鳴らす，打鳴らす〔他五〕鳴、敲響（＝鳴らす）

鐘を打ち鳴らす（鳴鐘、敲鐘）

打ち鳴らし，打鳴らし〔名〕〔古〕（和尚念經用的）磬

打ち荷、打荷〔名〕（船遇險時為減輕載重）投棄貨物、投棄的貨物（＝投げ荷）

打ち荷を為る（拋棄船上貨物）

打ち抜く，打抜く、撃ち抜く，撃抜く、打ち貫く〔他五〕穿孔，打孔、穿透，鑿通、打穿、射穿、打到底。〔圍棋〕提掉（抽吃的子）

山を撃ち抜いてトンネルを作る（鑿通山腹開隧道）

ブリキ板からビールの栓を撃ち抜く（用馬口鐵板沖製啤酒瓶蓋）

ピストルの弾が敵の心臓を撃ち抜く（手槍的子彈打穿敵人的心臟）

打って打って撃ち抜く（打了又打一打到底）

敵が降参する迄撃ち抜く（打到敵人投降為止）

打ち抜き、打抜き〔名〕打眼，鑽孔（的東西）、打穿，打通，機井，自流井、（灸的）穴位

打ち抜き型（沖模）

打ち抜き機（打孔機、穿孔機）

打ち抜きプレス（沖壓機）

打ち抜きの二間（打通的兩個房間）

打ち延ばす〔他五〕錘薄

金を打ち延ばして箔に為る（把金子錘成金箔）

打ち延べ、打延べ〔名〕錘薄、金屬作的煙管

打ちのめす〔他五〕打倒、打垮

散散に打ちのめす（打得落花流水）

侵略者を打ちのめす（狠狠打擊侵略者）

私は打ちのめされた様な気持だった（我感到徹底垮了）

不況に打ちのめされて会社が倒産した（遭到蕭條的嚴重打擊公司倒閉了）

打ち剝ぎ、打剝ぎ〔名〕劫路賊

打ち払う、打払う〔他五〕撣（掉）（＝払う）

塵を打ち払う（撣掉灰塵）

打ち払う、打払う、撃ち払う〔他五〕趕走，驅散、（用槍砲）擊退

山賊を撃ち払う（驅散土匪）

敵艦を撃ち払う（擊退敵艦）

打ち払い、打払い〔名〕拂塵、布撣子（＝塵払い）

打ち払い，打払い、撃ち払い，撃払い〔名〕（用槍砲）擊退（敵人）

打ち火、打火〔名〕〔古〕鑽火、用燧石打的火（＝切火、鑽火）

打ち拉ぐ〔他五〕打垮、摧殘
当時彼は事故で肉親を失い打ち拉がれていた（當時他因慘遭不幸失去親人悲痛欲絕）

打ち紐、打紐〔名〕絛帶（=組紐）

打ち歩、打歩〔名〕〔商〕貼水 升水 溢價（=プレミアム）
打ち歩発行（溢價發行）
打ち歩公債（溢價發行的公債）
打ち歩相場（升水匯率）
八分の打ち歩で新株を発行する（貼水票面額8%發行新股票）
米ドル対カナダドルの為替相場は三セントの打ち歩に為っている（美元對加元的匯率升水三美分）

打ち伏す、打ち臥す〔自五〕（伏す的加強說法）趴下、躺下、伏下
地べたに打ち伏して練習する（趴在地上練）

打ち振る、打振る〔他五〕（振る的加強說法）（用力）搖、揮動
赤旗を打ち振って汽車を止める（揮動紅旗叫火車停住）

打ち任す、打任す〔他五〕（任す的加強說法）放任、聽其自然
何も彼も打ち任して置く（一切聽其自然）

打ち負かす、打負かす〔他五〕打敗、戰勝
此れは誰が誰を打ち負かすかと言う問題だ（這是誰戰勝誰的問題）
小国でも大国を打ち負かす事が出来る（小國能夠打敗大國）

打ち負ける、打負ける〔自下一〕〔棒球〕打輸、在打的方面輸給對方↔打ち勝つ

打ちまくる、撃ちまくる〔他五〕連續猛擊
打ちまくっていた銃撃の音も絶えた（密集的槍聲也停止了）

打ち撒き、打撒〔名〕〔古〕為了驅邪而撒的米，在神前供的米（=散米）、（宮中女官用隱語）米

打ち豆、打豆〔名〕（用木槌砸碎的）蒸熟的大豆瓣（做湯菜時用）

打ち回る〔他五〕到處打。〔圍棋〕處處得手（一般指布局時一方搶得多數好點）

打ち身、打身〔名〕跌打損傷、生魚片
腰に打ち身を負う（腰部撞傷）
打ち身が痛む（青腫部分很痛）

打ち見る、打見る〔他上一〕（打ち是接頭詞）乍看、稍一看、從外表上看
打ち見た所（乍一看、從外表上看）
打ち見た所大した作品は無かった様だ（乍一看好像沒有什麼了不起的作品）

打ち見、打見〔名〕乍看、稍一看、從外表看
打ち見には（乍看、稍一看、從外表看）

打ち水、打水〔名〕（為了涼快或防止塵土飛揚在門前或庭院）灑水、灑的水
庭に打ち水を為る（在院子裡灑水）

打ち向かう〔自五〕向著、朝著、面向，趨向，傾向，轉向、臨近、對抗（=向かう）

打ち物、打物〔名〕（鍛造的）刀槍、鍛造器物，鍛件↔鑄物。〔樂〕敲打樂器、用模子打的乾點心
打物取っては人に後れを取らぬ（玩刀槍不後於人）
打物師（鍛工、刀匠）
鋳物と違って打物に為っているから丈夫です（與鑄件不同這是鍛件所以結實）

打ち物業、打物業〔名〕（刀槍等）砍刺術

打ち破る、打破る、撃ち破る、撃破る〔他五〕（破る的加強說法）打破、攻破
迷信を打ち破る（破除迷信）
敵を打ち破る（擊敗敵人）
正義の事業は如何なる敵にも打ち破られはしない（正義的事業是任何敵人也攻不破的）

打破〔名、他サ〕打破、擊破
悪習を打破する（破除惡習）
旧慣の打破を目差す（以打破舊習為目標）
敵を打破する（打敗敵人）

打ち寄せる、打寄せる〔自下一〕（波浪）滾來。（敵人等）迫近
〔他下一〕（波浪把東西）沖來、捲來
波が打ち寄せる（波浪滾滾而來）

岩に打ち寄せる波の音（浪濤拍打岩石的聲音）

波がひたひたと磯へ打ち寄せている（波浪嘩啦嘩啦地沖擊著海岸）

打ち寄せる敵の大軍（大舉進攻的敵軍）

波が海草や木片を海岸に打ち寄せる（波浪把海草木片沖上海岸來）

打ち分け、打分 〔名〕〔圍棋〕平局、不分勝負

四番打って打分だった（下四局不分勝負）

打ち綿、打綿 〔名〕彈的棉花、（尤指）重彈的舊棉花

古打綿（重彈的舊棉花）

打ち綿機、打綿機 〔名〕〔機〕軋棉機

打綿機 〔名〕軋棉機

打ち割る、打割る 〔他五〕（割る的加強說法）打碎，打破、坦白、說亮話

打ち割って話せば（坦率地說、打開天窗說亮話）

打つ、撲つ 〔他五〕（打つ、拍つ、討つ、伐つ、撃つ的強調說法）打，敲，撃。〔俗〕演說

背中を打つ（撃背）

演説を打つ（講演）

一席打つ（講演一番）

打っ 〔接頭〕〔俗〕打、砸、表示勢頭兇猛

打っ毀す（打碎、砸爛）

水を打っ掛ける（潑水）

打っ飛ばす（刮跑、飛跑）

打っ裂く 〔他五〕（用力）撕開、撕裂（＝裂く）

打裂 〔名〕撕破，撕裂、背後下半身開叉的和服外掛（＝打裂羽織）

打裂羽織（武士為便於乘馬或旅行時穿的背後下半身開叉的和服外掛）

打ち 〔接頭〕（打ち的俗話說法）表示加強語氣（根據下面動詞有時說成打っ、打ん）

打ち毀す（打壊）

打ち殺す（打死）

打ち放す（發射）

打ん殴る（毆打）

大、大（ㄉㄚˋ）

大 〔名〕大、大月←→小、大量、大學、成人、卓越、極，很，非常

〔接尾、漢造〕（也讀作大）大、宏大、大量、重大、尊崇、隆重，至上、大致

鶏卵大の雹（雞蛋般大的冰雹）

声を大に為る（放大聲音）

大、中、小に分ける（分為大中小三種尺碼）

大は小を兼ねる（大能兼小、大的能代替小的使用）

大の虫を生かし、小の虫を殺せ（為了能爭取完成大事要犧牲小節）

京都より東京の方が人口が大だ（東京的人口比京都多）

生ビールの大を下さい（給我大杯生啤酒）

声を大に為て核兵器禁止を訴える（大聲疾呼禁止核武器）

大なり小なり（不論大小）

一年には大の月が七ケ月有る（一年有七個大月）

今月は大（の月）だ（這個月是大月）

大千円 小五百円（大人一千日元兒童五百日元）

大音楽家（大音樂家）

良く大を成す（幹得出色、很有成就）

大人物（大人物）

二人は大の仲良しだ（兩個人非常要好）

彼は大の煙草好きだ（他是非常愛好吸煙的人）

東大（東京大學）

私大（私立大學）

短大（短期大學）

女子大（女子大學）

大の男（成年男人）

大の字（伸開兩手兩脚、成大字形）

大の字に為ってベットで寝る（四腳朝天地仰身躺在床上）
葉書大の大きさ（明信片一般大）
小豆大（小豆粒那麼大）
実物大（和實物同樣大）
遠大（遠大）
拡大、廓大（擴大、放大）
寛大（寬大）
巨大（巨大）
最大（最大）
細大（巨細）
甚大（很大、非常大）
絶大（極大、巨大）
壮大（宏大）
増大（增大、增多）
長大（長大、高大）
超大（超大）
兆大（兆大）
莫大（莫大）
博大（廣大、宏大）
肥大（肥大）
尾大（尾大〔不掉〕）
雄大（雄偉、宏偉）
総大将、総大将（總司令、領袖、頭目）
大英帝国（大英帝國）
大日本（大日本）

大悪 〔名〕非常兇惡的人、壞透了的人（＝極惡人）

大阿羅漢 〔名〕〔佛〕（對羅漢的尊稱）大阿羅漢、大羅漢

大宇宙 〔名〕（macrocosmos 的譯詞）。〔哲〕（對人類小宇宙而言）大宇宙←→小宇宙

大茴香 〔名〕〔植〕大茴香
　大茴香油を石鹸の香料に用いる（用大茴香油作肥皂的香料）

大円 〔名〕大圓。〔數〕（球的）大圓（通過球中心的平面與球面相交所得的圓）

大和尚 〔名〕〔佛〕高僧、方丈（＝法印大和尚位）、體格魁梧的和尚

大王 〔名〕（對王的敬稱）大王
　閻魔大王（閻羅王）

大王松 〔名〕〔植〕長葉松

大黄 〔名〕〔植〕大黃（健胃劑、瀉劑）、黃色染料

大往生 〔名、自サ〕無疾而終、壽終正寢
　八十六歳で大往生を遂げた（活到八十六歲無疾而終）
　彼は眠るが如き大往生を遂げた（他像睡覺似的安然死去）

大音 〔名〕大聲（＝大音声）

大音声 〔名〕大聲（＝大声）
　大音声を上げる（大聲喊）
　大音声で名乗る（大聲自報姓名）

大恩 〔名〕大恩、厚恩
　私は彼の大恩を受けている（我蒙受他的大恩）
　大恩有る人に背く（背叛大恩人）

大歌劇 〔名〕（grand opera 的譯詞）。〔劇〕（全劇只用唱不用說白的）大歌劇

大芽胞 〔名〕〔生〕大孢子

大回転 〔名〕〔滑雪〕滑下旋轉動作比賽（＝大回転競技）

大学 〔名〕大學、（四書之一）大學。〔史〕大學寮（培養貴族子弟成為官吏的學院或掌管此事的機構＝大学寮）
　大学を卒業して大学院に入る（大學畢業後進大學研究院）
　大学に行く（上大學、在大學讀書）
　大学に通う（上大學、在大學讀書）
　大学ノート（大學生用大型筆記本）
　大学生（大學生）
　大学教授（大學教授）
　大学入試共通試験（全國公立大學入學統一考試、現為共通一次試験）
　大学院（大學研究院）

大学者（大學者、鴻儒、碩學）

大学校〔名〕大學、行政官廳直接管轄的高等院校

警察大学校（警察學院）

大格闘〔名〕大格鬥、大搏鬥

大喝、大喝〔名、自サ〕大聲申斥、大聲呼喊

大喝一声（大喝一聲）

大寒、大寒〔名〕大寒（二十四節氣之一）、嚴寒

大寒に入る（進入大寒）

大監督〔名〕（英國教會的）大監督、大主教

大企業〔名〕大企業

大吉〔名〕大吉←→大凶、大兇、大吉日（＝大吉日）

大凶、大兇〔名〕大凶←→大吉、罪大惡極（的人）

大規模〔名、形動〕大規模、規模宏大

組織が大規模に為る（組織規模宏大）

大規模な建築物（規模宏大的建築）

大規模集積回路（大規模集成電路）

弾丸を大規模に前線へ送る（將彈藥大批運往前線）

大弓〔名〕正規的弓（將近230厘米）←→半弓

大弓、弩〔名〕（古代彈射石塊的）弩

大臼歯〔名〕〔解〕大臼齒

大叫喚〔名〕大聲喊叫、大叫喚地獄

大胸筋〔名〕〔解〕大胸肌

大恐慌〔名〕〔經〕大恐慌大危機（有時專指1929年波及全世界的經濟大恐慌）

大経師〔名〕裱糊匠（＝表具師）

大強風〔名〕〔氣〕烈風、九級風

大嫌い〔形動ノ〕最討厭、極不喜歡、非常厭惡←→大好き

煙草が大嫌いだ（極不喜歡吸煙）

私の大嫌いな（の）人（我最討厭的人）

私は甘い物が大嫌いだ（我最討厭吃甜的東西）

大工〔名〕木匠、木工（活）

大工を頼む（雇木匠）

日曜に大工を為る（星期天做木匠活）

雪隠大工（笨木匠－除了蓋廁所其他木匠工作不能勝任）

大宮司〔名〕大宮司（各大神宮、神社神職之長）

大勲位〔名〕大勲位（國家最高勲位-授與大勲位菊花大綬章和大勲位菊花章頸飾）

大憲章〔名〕（Magna Carta 的譯詞）大憲章（1215年制定的英國憲法）（＝マグナ、カルタ）

大元帥〔名〕大元帥

大股筋〔名〕〔解〕大股肌

大孔〔名〕〔動〕出水孔

大黒〔名〕（七福神之一）財神（＝大黒天）。〔俗〕僧侶之妻（＝梵妻）

桃源寺の大黒さんに会った（遇到桃源寺和尚的妻子）

大黒天〔名〕（來自梵語 Mahakala）。〔佛〕廚房神、（七福神之一）財神

大黒柱〔名〕（房屋的）主柱，頂樑大柱。〔轉〕台柱，擎天柱，中流砥柱

一家の大黒柱（一家的台柱）

大黒頭巾〔名〕大黒天神式的帽子

大根、大根〔名〕〔植〕蘿蔔。〔謔〕技藝拙劣的演員（＝大根役者）

大根卸し（蘿蔔泥、磋床-磨蘿蔔泥的器具）

大根漬（鹹醃蘿蔔）

大根役者（〔謔〕技藝拙劣的演員）

大根〔名〕（事物的）根本，根源、〔古〕蘿蔔（＝大根）、粗箭頭

大鷺〔名〕〔動〕白鷺

大索〔名〕〔海〕大索、粗繩、大纜

大三角帆〔名〕〔船〕大三角帆、大三角帆船

大三角帆船（大三角帆船）

大姉〔名〕〔佛〕女居士（加在婦女戒名下的稱呼）←→居士、有婦德的女人

大師〔名〕〔佛〕大師（對佛、菩薩的尊稱）、大師（朝廷對高僧的賜號或諡號）、弘法大師

御大師様（弘法大師）

大師流（弘法大師的書法）

大司教〔名〕〔宗〕（天主教的）大主教

大字〔名〕大字、大寫數字（如壹貳參肆等）

大字〔名〕大字（日本町，村內的小的區劃名稱、大字內有小字）

*字（閭）小字（巷）

大の字〔連語〕大字

大の字に為ってベッドに寝ている（四肢伸開像個大字睡在床上）

大事〔名〕大事，大事業，嚴重問題、（用大事を取る形式）慎重，謹慎←→小事

〔形動〕重要，貴重（常用大事に為る形式）愛護，珍惜，保重，當心

国家の大事（國家大事）

大事を企てる（籌畫大事業）

火事は大事に為らないで鎮火した（火災沒有造成大問題就撲滅了）

其れは一大事だ（那可是一個嚴重問題）

彼は非常に大事を取る人だ（他是個謹慎小心的人）

大事を取ってもう一度を調べる（為了慎重再調查一次）

大事を取り過ぎて、仕事が少しも捗らない（由於太慎重工作一點也進展不了）

何よりも今は勉強が大事だ（當前用功學習比什麼都重要）

其れが一番大事な問題だ（這是最重要的問題）

今は一番大事な時だ（當前是最重要的關頭）

大事な物が有りましたら、御預かりします（如有貴重的東西可以代為保管）

時を大事に為る（珍惜時間）

御身体を御大事に（請保重身體）

旅行中は御大事に（為為さい）（旅途中要多加保重）

大事の前の小事（想成大事不能忽略小事、為了成大事不妨放棄小事）

大事無い〔形〕無妨、不要緊、沒有關係（＝構わない）

傷はもう大事無いから心配する必要は有りません（傷口已經不要緊請不必擔心）

大事〔名〕大事、重大事件、嚴重事件

大事に為った（事態嚴重了）

大事を仕出かした（弄出大亂子來了）

遣り損なったら大事だ（搞壞了可不得了）

汽船も飛行機も無い時代にアフリカへ行こうと言うのは中中の大事でした（在沒有輪船和飛機的時代想到非洲去可是件了不得的事情）

大慈〔名〕〔佛〕大慈大悲

大慈大悲（大慈大悲、廣大無邊的慈悲）

大悲〔名〕〔佛〕（佛、菩薩的）慈悲心、（大悲観音）觀世音菩薩（＝観音）

大自然〔名〕大自然

大自然の懐に抱かれる（處在大自然的懷抱中）

大蛇〔名〕〔動〕蟒、大蛇（＝大蛇、蟒，蟒蛇）

大蛇〔名〕〔舊〕蟒、大蛇（＝大蛇、蟒，蟒蛇）

八岐の大蛇（神話中的八頭八尾的大蛇）

大車輪〔名〕大的車輪。〔體〕（器械體操單槓的）大回環、拼命，努力

大車輪で勉強する（拼命用功）

大車輪で仕上げる（努力完成）

工場は大車輪で操業している（工廠正在大力開工）

大主教〔名〕〔宗〕（聖公會及其他教會的）大主教

大衆、大衆〔名〕〔佛〕眾生、眾僧徒

大衆〔名〕〔佛〕眾生、眾僧徒（＝大衆）、大眾，群眾

勤労大衆（勤勞大眾、勞動人民）

大衆の言葉（大眾語言、群眾呼聲）

国民大衆に呼び掛ける（號召人民群眾、向人民群眾呼籲）

大衆的（大眾化的、群眾性的）

大衆性（大眾性、群眾性）

大衆運動（群眾運動）

大衆物（大眾性節目、大眾讀物）

大衆向き（面向群眾、適合於群眾、為大眾所愛好）

ㄉ

大衆文学（大眾文學＝通俗文学）
大衆文芸（大眾文藝、大眾文學）
大衆路線（群眾路線）
大衆化（大眾化、通俗化）
大衆伝達（向群眾宣傳、廣泛宣傳活動-廣播電視報刊圖片電影戲劇講演等宣傳活動的總稱）
大衆課税（大眾課稅-由廣大群眾負擔的課稅-主要指糖酒等消費稅）
大衆闘争（群眾性政治經濟鬥爭）

大循環〔名〕〔生理〕大循環←→小循環

大序〔名〕〔劇〕歌舞伎的開場戲、淨瑠璃的第一段，序幕

大小〔名〕大小，大與小。〔舊〕大刀與小刀（古代武士所佩長短雙刀的簡稱）、大鼓和小鼓、大月和小月
事は大小を問わず彼に尋ねよ（事無巨細要問他）
大小様々な人形が揃っています（大小各色各樣的偶人都齊全）
大小の差が有ります（有大小之別）
大小に依り並べて下さい（請按大小排列）
大小に拘り無く皆使えます（不論大小都用得上）
大小を計って見る（量一下大小）

大小便〔名〕大小便

大乗〔名〕〔佛〕大乘（以利他主義普度眾生為宗旨的教義）←→小乗
大乗的（大乘的、從全局著眼的）
大乗的見地（不拘於小節瑣事從大局著眼的觀點）
大乗経（大乘經-華嚴經，法華經，涅槃經等之稱）←→小乗経

大嘗会〔名〕大嘗會（天皇即位後第一次舉行的新嘗祭）

大嘗祭〔名〕大嘗祭（＝大嘗会）

大上段〔名〕〔擊劍〕大上段（將刀高高舉起向下砍的姿勢）。〔喻〕威脅的態度
大上段の構え（揮刀下劈的架式）

批評家に小説が書けるかと大上段に構える（採取威脅態度說評論家會寫小說嗎？）

大丈夫〔形動〕牢固，可靠、安全，安心，放心，不要緊
〔副〕（單用詞幹）一定、沒錯
〔名〕好漢、男子漢、大丈夫（＝大丈夫、大丈夫、丈夫、益荒男）
動かしても大丈夫な様に確り縛って置け（要捆結實使它搖動也無妨）
戸締まりは大丈夫かね（門鎖得牢固嗎？）
此れなら大丈夫だ（如果這樣就沒錯啦）
そんなに無理して大丈夫かね（這樣勉強幹不要緊嗎？）
さあ、もう大丈夫だ（啊！現在算是安全了）
彼に任せて置けば大丈夫だ（交給他就放心啦）
此の水は飲んでも大丈夫でしょうか（這水喝也行吧！）
此の建物は地震に為っても大丈夫だ（這建築即使發生地震也沒問題）
大丈夫明日は天気だ（明天一定是好天氣）
自転車で行けば大丈夫間に合う（騎自行車去一定來得及）
彼は大丈夫成功する（他一定會成功）
彼の人には大丈夫任せて置ける（交給他做沒錯）

大丈夫、大丈夫〔名〕好漢、男子漢、大丈夫（＝丈夫、益荒男）

丈夫〔名〕（男子的美稱）丈夫（＝丈夫、益荒男）

丈夫〔形動〕（身體）健康，壯健、堅固，結實
体を丈夫に為る（使身體健壯起來）為る為る
御蔭様で丈夫です（託您福我很健康）
丈夫で居る（〔身體健康）
母は元通りすっかり丈夫に為った（母親恢復得完全和過去一樣健康）
子供は田舎に居ると丈夫に育つ（孩子在鄉村裡會健康地成長起來）
丈夫な箱（結實的箱子）

丈夫に出来た靴（做得結實的鞋子）

此の織物は丈夫で長持ちする（這個料子結實耐用）

其は体裁を構わず丈夫一方に出来ている（那件東西做得不講外表只求結實）

気を丈夫に持つ（振作起來、不灰心）

丈夫、益荒男〔名〕男子漢，大丈夫，壯士，勇猛的武士（=益荒猛男）

丈夫振り（丈夫氣概、男子漢的氣派）

大静脈〔名〕〔解〕大靜脈

大触角〔名〕〔動〕觸角、第二觸角

大人〔名〕大人，成人（=おとな）、長者，德高望重的人、（對尊長、師長、學者等的尊稱）大人

大人国（〔童話中的〕大人國）

彼は悠揚迫らず大人の風格が有る（他從容不迫有長者風度）

大人は小人の誤りを咎めない（大人不見小人怪）

大人〔名〕大人，成人（=おとな）←→小人

入場料は大人が五百円、小人は参百円（門票費大人五百日元小孩三百日元）

夫人〔名〕（江戸時代國學家之間對師長的尊稱）夫子大人。（古代對顯貴的尊稱）大人（=主）

鈴屋の大人（鈴屋的夫子大人-對本居宣長的尊稱）

大人〔名〕大人、成人、成年人

〔形動〕（小孩）老實，聽話、老成

大人に為る（長大成人）

大人の女（成年婦女）

彼の子は口の利き方が丸で大人の様です（那孩子講話簡直像個大人）

君は農村に来て大人に為った（你來到農村變成大人了）

坊やは本当に大人です事（寶寶可真乖）

御利口ですから大人に為為さいね（寶寶聽話要老實呆著）

彼は年の割に大人だ（他按年齡來說很老成）

人は年を取ると大人に為る（人是年歲一大舊老成了）

大人しい〔形〕老實的，安祥的，溫順的，善良的，馴順的、雅致的，素氣的

大人しい人（老實的人、規矩的人）

大人しい子供（老實的孩子、聽話的孩子）

大人しい娘（溫順的少女）

彼は大人しくて真面目な人だ（他是個忠厚老實人）

此の子は大人しくて、喧嘩を為た事が無い（這孩子老實從來不打架）

大人し然うな顔を為ている（長了〔裝出〕一副安祥的面孔）

牛も馬も大人しい動物だ（牛馬都是馴順的動物）

敵は大人しく銃を捨てて降参した（敵人乖乖地繳槍投降了）

彼も大人しく言う事を聞く様に為った（他也服服貼貼地聽起話來了）

大人しく服従する（俯首聽命、老老實實地服從）

大人しく為為さい（老實點！規矩點！）

大人しく為ないと、何処へも連れて行かないよ（不老實哪兒也不帶你去啦）

滅多に無い大人しさ（罕見的安祥樣子）

大人しい色（雅緻的顏色）

此の柄は大人しい（這花樣很素氣）

彼女は形の大人しい靴を履いている（她穿著一雙樣式普通的鞋）

大人しげ〔形動〕老實的樣子、溫順的樣子

此の子は大人しげに見えるが実は腕白だ（這孩子表面看來很老實其實很淘氣）

大人気無い〔形〕沒有大人氣概的、沒有大人樣子的、孩子氣的、小孩子一樣的

そんな大人気無い真似を為るな（別幹那麼孩子氣的事）

子供相手に喧嘩するとはあんまり大人気無い（跟孩子吵太沒大人樣了）

大人しやか〔形動〕老實、安祥、穩靜

ㄉ

大人しやかな振る舞い（老實的舉止）

田舎で大人しやかに暮らす（在鄉下安安靜靜地過日子）

大人びる〔自上一〕像大人樣、帶大人樣、老成起來

其の子は大人びている（那孩子一副大人樣）

彼の子は言葉使いが大人びている（那孩子說話帶大人樣）

大人びた子供は嫌いだ（我不喜歡老成的孩子）

大人ぶる〔自五〕裝大人神氣、擺大人樣子

大人ぶった表情を為ている（裝出一副大人的神氣）

大人物〔名〕大人物、偉大人物

其れが彼の大人物たる所以だ（這就是他所以成為偉大人物的原因）

大人数、大人数〔名〕人數眾多、很多人←→小人数

大尽〔名〕富豪，大財主、在妓院中揮霍無度的人

大尽振る舞いを為る（揮金如土、揮霍無度）

大尽遊び（揮霍無度地冶遊、擺闊氣）

金が有り余って大尽遊びを為る（錢太多而揮霍）

大尽風（擺闊氣-一般指冶遊）

大尽風を吹かす（擺闊、揮霍）

大臣〔名〕大臣，部長。〔史〕（太政大臣、左大臣、右大臣、內大臣等）太政官的最高級官吏

大臣の椅子を狙う（覬覦大臣席位）

大臣の中で一番中心と為るのは総理大臣だ（大臣之中的核心是總理大臣）

大臣病に取り付かれている（中了想當部長的魔、一心想當大臣）

大臣〔名〕（〝大殿〞的轉變）。〔古〕大臣、公卿的敬稱

大審院〔名〕〔舊〕大審院（明治憲法規定的最高司法機關）

大神宮〔名〕伊勢大神宮

大豆〔名〕〔植〕大豆、黃豆

大豆粕（豆餅）

大豆油（豆油）

大豆粉、豆の粉〔名〕炒大豆粉、炒黃豆粉（=豆搗、黃粉）

大好き〔名、形動〕最喜歡、最愛好、非常喜愛

甘い物が大好きです（最愛吃甜的）

君の大好きな俳優は誰（你最喜歡的演員是誰？）

大好きだと言う程では有りませんが、好きです（雖不是最喜歡可也喜歡）

初めは嫌いだったのが、何時の間にか大好きに為って仕舞った（開始並不喜歡可是不知不覺地變成最喜歡的了）

大星雲〔名〕大星雲

大赤斑〔名〕〔天〕（木星的）大紅斑

大膳〔名〕〔動〕斑鳩。〔史〕御膳房（=大膳職）

大膳職（〔史〕御膳房）

大選挙区〔名〕大選舉區（地域大名額多的選區）←→小選挙区、中選挙区

大千世界〔名〕〔佛〕大千世界（=三千世界）

大前提〔名〕〔邏〕大前提←→小前提

大前庭腺〔名〕〔解〕前庭大腺

大僧正〔名〕〔宗〕大僧正（最高位僧侶）

大賊〔名〕大賊、大盜

大俗〔名、形動〕庸俗（不堪）、大俗物，極庸俗的人

大卒〔名〕大學畢業（=大学卒業）

大それた〔連体〕狂妄的、無法無天的、窮凶惡極的、不知天高地厚的

大それた考え（狂妄的念頭）

大それた計画（狂妄的計畫）

大それた企み（狂妄的計畫）

大それた野心（野望）（狂妄的野心）

大それた奴（無法無天的傢伙）

大それた夢（狂妄的幻想）

大それた罪を犯す（犯了滔天大罪）

大多数〔名〕大多數、大部分、半數以上

大多数の意見は遠足に行く事に賛成だ（大多數意見贊成去遠足）

大多数で当選する（以大多數選票當選）

大多数を占める（占大多數）

大多稜骨〔名〕〔解〕大多角骨（腕骨之一）

大体〔名〕大體、大致、概要、輪廓

〔副〕大體，大致，大部分，差不多，本來，根本，總之

御意見の大体は伺って居ります（已經聽到您的大致的意見）

大体を述べる（講述概要）

両国の意見は大体に於いて一致した（兩國意見大體上已經一致）

大体から言えば（從大體上說來）

大体の地方は豊作だ（大部分地區是豐收）

大体次の通り（大致如下）

大体以上説明した通りです（大致如上述的那樣）

大体出来上がった（差不多完成了）

損害は大体百万円の見込だ（估計損失約達一百萬日元）

大体そんな事を考えるのが間違っている（本來心裡想這種事就不對）

大体そんな事は有る筈が無い（本來不會有這種事）

大体君が良くない（總之是你不好）

其れは大体中国から渡って来た物だ（這本來就是從中國傳來的）

大体私がそんな事を言った覚えは無い（總之我不記得說過那樣的話）

大隊〔名〕〔軍〕營

工兵大隊（工兵營）

大腿〔名〕〔解〕大腿（＝太腿、太股）

大腿骨（大腿骨）

大腿筋（大腿肌）

大腿切断（截斷大腿）

大腿四頭筋短縮症（股四頭肌短縮症、膝僵直症）

大大的〔形動〕大大的、很大的、大規模的

大大的な攻撃（大規模攻擊、大舉攻擊）

大大的に宣伝する（大肆宣傳）

大大的発展を遂げた（有了很大發展）

学校の創立五十周年の御祝いが大大的に行われた（隆重地舉行了五十周年校慶活動）

大胆〔名、形動〕大膽，勇敢，無畏，厚顏，冒失，放肆

大胆不敵（大膽無畏，膽大包天，旁若無人，天無怕地不怕、〔轉〕厚顏無恥）

彼奴は大胆不敵な野郎だ（那小子是個天不怕地不怕的傢伙）

大胆に発言する（大膽發言）

大胆な行動（大膽的行動）

英雄豪傑は子供の時から大胆だ（英雄豪傑從兒童時代就勇敢）

白昼掛かる凶行を働くとは実に大胆だ（竟敢白晝行兇實在膽大妄為）

母親に嘘を付く何て大胆な子だ（這孩子竟敢對母親說謊真是放肆）

大団円〔名〕大團圓、（戲劇、小說、故事的）圓滿收場、圓滿結局的場面（＝フィナール、大尾）

真犯人が現れて、探偵小説は大団円に為った（真犯人出現偵探小說就此圓滿結束了）

大旦那、大檀那〔名〕（向寺廟布施的）大施主（＝大旦那、大檀那）。（闊人家的）老（太）爺大，老板（＝親旦那、親主人）←→若旦那（大少爺、小東家）

大旦那、大檀那〔名〕〔佛〕大施主，大檀越，（舊時雇工對主人的父親的尊稱）老爺，大老爺←→若旦那

大地〔名〕大地、陸地

大地を踏む（踏上陸地）

光は大地を照らす（陽光普照大地）

母なる大地（大地母親）

大地主〔名〕大地主

大地主、大ブルジョア階級（大地主大資產階級）

大腸〔名〕〔解〕大腸、結腸

大腸炎（結腸炎）

大腸菌（大腸桿菌）

大腸カタル（結腸炎）

ㄉ

大篆〔名〕（漢字字體的）大篆←→小篆

大天狗〔名〕（天狗為一種想像的妖怪，人形有雙翼，臉紅鼻高）大天狗、位高的天狗、非常自負（的人）

大刀、大刀〔名〕大刀、長刀←→小刀、小刀、脇差

　大刀を腰を差す（腰配大刀）

　大刀踊り（大刀舞）

大刀、太刀〔名〕長刀。〔古〕直刀

　大刀を佩く（佩帶長刀）

　大刀捌きも鮮やかだ（大刀揮舞得俐落）

大同〔名、自サ〕（世界）大同、大致相同、合併，大聯合

　小異を捨てて大同に付く（捨小異就大同）

　大同団結（大同團結－不同黨派或團體為共同目的聯合起來團結合作）

　保守、革新二大政党実現の為に各派の大同団結を望む（為了實現保守和革新兩大政黨希望各派大同團結）

　大同小異（大同小異、相差無幾）

　大同小異の実力（大同小異的實力）

　成績は大同小異に見える（看來成績相差無幾）

大道〔名〕大道，大街，大馬路、（也讀作大道）（為人的）大道理，正當途徑

　坦坦たる大道（平坦大道）

　大道で説教する（在大街上宣教）

　博愛は人倫の大道也（博愛乃人倫之大道理）

　大道廃れて仁義有り（大道廢而有仁義）

　大道商（街頭攤販、露天商店＝大道商人）

　大道商人（街頭攤販、露天商店）

　大道易者（沿街算掛者、路旁卜者）

　大道芸人（街頭藝人）

　大道演説（街頭演說、路旁演講）

大道具、大道具〔名〕〔劇〕大道具（指布景用的房屋、岩石、樹木、背景等）←→小道具

　大道具方、大道具方（道具員、布景員）

大道〔名〕大街，寬廣的大路（＝大通り）、遠路，長途、36 以町為 1 里的里程（相當於 3、9273 公里）←→小道

大東亜共栄圏〔名〕〔史〕大東亞共榮圈（第二次世界大戰期間日本帝國主義企圖建立受其控制的包括中國在內的東亞各國勢力範圍）

大動脈〔名〕〔解〕大動脈，主動脈。〔轉〕主要的幹線

　大動脈弓（大動脈弓）

　大動脈瘤（主動脈瘤）

　大動脈炎（主動脈炎）

　大動脈catarrh性動脈瘤破裂（主動脈竇動脈瘤破裂）

　国鉄の大動脈（國營鐵路的幹線）

大統領〔名〕（特指美國）總統。〔俗〕（對有一技之長者表示親暱的尊稱）師傅，老板

　大統領候補（總統候選人）

　大統領官邸（總統官邸）

　大統領府（總統府、美國白宮）

　大統領国家安全保障担当補佐官（總統國家安全助理）

　よう、大統領（啊！老板）

大統〔名〕大統、皇統、帝位

　大統を継ぐ（繼承帝位）

大徳、大徳〔名〕大德，大恩大德、德高者、德高的僧侶、高僧。〔轉〕僧侶。〔古〕財主

大納言〔名〕〔史〕（明治四年以前太政官制時）太政官的副職，副首相。〔植〕豬肝赤（一種大粒紅小豆＝大納言小豆）

大納会〔名〕（交易所）年終最後一場交易←→大発会 初立会

大難〔名〕大難，大災難、嚴重困難

　大難に遭う（遭大難）

　大難を逃れる（避免一場大難）

　大難を突破する（突破難關）

　大難小難交交至る（大難小難接踵而來）

　大難が小難で済む（以小難避開一場大難）

大二〔名〕第二，第二位（＝二番目）、次要

大二の問題（次要問題）

大二アルコール（〔化〕仲醇）

大二インターナショナル（第二國際）

大二義（第二義、次要）←→第一義

大二義的な問題（次要問題）

大二組合（第二工會-由原有企業工會分裂出來另組織的工會）

大二形容詞（第二形容詞、シク活用的形容詞）

大二次（第二次）

大二次世界大戦（第二次世界大戰）

大二次産業（第二次產業-對礦產、農林水產品等進行第二次加工的產業）←→第一次產業、第三產業

大二次製品（第二次產品-指第一次產品加工後的產品）←→第一次製品

大二種郵便物（第二種郵件-明信片）

大二水銀塩（〔化〕汞鹽）

大二人称（〔語法〕第二人稱）

大二身分（〔史〕第二身分-法國大革命前的貴族為第二等級或第二身分）

大弐 〔名〕〔史〕"太宰府"的副長官

大日如来 〔名〕〔佛〕大日如來佛（真言宗供奉的佛祖-意為照耀大地的太陽萬物的慈母）

大熱 〔名〕高燒、炎熱

大念仏 〔名〕大聲念佛、釋迦念佛

大の 〔連體〕大的、很，非常

大の男（大漢，高大的男人、大男子漢）

泣くな、大の男が見っとも無い（不要哭大男子漢不好看）

大の月（大月、大建-陽曆有31日、陰曆有30日的月份）

私は肉が大の好物だ（我非常喜好吃肉）

大の虫 〔連語〕大蟲

大の虫を生かして小の虫を殺せ（犠牲小我完成大我）

小の虫を殺して大の虫を生かす（犠牲小我完成大我）

大脳 〔名〕〔解〕大腦

大脳皮質（大腦皮質）

大脳半球（大腦半球）

大農 〔名〕大規模農業生產、富農（=豪農、大百姓）

北海道では伝統的に大農を行っている（在北海道一向施行大規模機械耕作）

日本には大農は余り無い（在日本富農並不很多）

大八 〔名〕排子車、兩三個人拉的兩輪運貨車（=大八車、代八車）

大八車、代八車（排子車、兩三個人拉的兩輪運貨車）

大八車を曳く（拉排子車）

大発 〔名〕大摩托艇（=大型発動機艇）

大発会 〔名〕（交易所）新年後最初的交易（=初立会）←→大納会

大発生 〔名〕（昆蟲等）突然蔓延

大磐石 〔名〕大塊岩石。〔轉〕磐石

国家を大磐石の安きに置く（使國家安如磐石）

此れで会社も大磐石だ（這樣公司也非常穩固了）

大般若経 〔名〕〔佛〕大般若（波羅蜜多）經

大飛球 〔名〕〔棒〕高且遠的騰空球

大分、大分 〔副〕很、甚、頗、相當地

大分寒く為った（已經很冷了）

病気が大分悪い（病情很不好）

成績が大分進歩した（成績頗有進步）

大分買物を為た（買了好些東西）

大分借金が有る（有相當的欠債、有不少債務）

此の頃は学生の中に眼鏡を掛けている者が大分居る（近來學生中戴眼鏡的相當多）

彼は六十歳を大分越している（他已經過了六十歲好多了）

彼の人は大分フランスに居た（他在法國呆了很久）

此の前御目に掛かってから大分に為ります（從上次見到您以後過了很久了）

大福〔名〕多福、豆餡年糕（=大福餅）
　大福長者（多福的大財主）
　大福帳（〔舊〕流水帳=台帳）
　大福帳に記入する（記入流水帳）
　今だに大福帳式の勘定だ（至今仍沿用舊式流水帳）
　大福餅（大福餅-一種豆餡日本點心）

大仏、大仏〔名〕大佛（像）
　奈良の大仏（奈良的大佛）
　鎌倉にも大仏が有る（鎌倉也有大佛）

大便〔名〕大便、糞便（=糞、うんこ、うんち）
　大便を為る（拉屎、解大便）
　大便を催す（要大便）
　大便が気持良く出ない（大便不暢）
　大便器（便盆、馬桶）

大謀網〔名〕〔漁〕（用數艘船拖拉橢圓形）大漁網

大胞子〔名〕〔植〕大孢子（=大芽胞）
　大胞子嚢（大孢子囊）

大名〔名〕〔舊〕諸侯←→小名、奢侈，豪華（的人）
　大名に取り立てられる（被封為諸侯）
　彼の家は御大名だ（他家裡豪華得很）
　大名の様な暮しを為る（過著王侯一樣的奢侈生活）
　大名芸（自認為了不起而實際上）平凡的武藝〔技藝〕=旦那芸）
　大名縞、大明縞（細條紋紡織品）
　大名行列（〔史〕諸侯攜儀仗出行的行列、〔轉〕高官顯貴等攜帶大隊隨從出行或遊玩）
　大名屋敷（諸侯的〔豪奢〕宅地）
　大名華族（〔舊〕諸侯出身的明治維新後的華族）
　大名旅行（豪奢的旅行、〔俗〕議員以視察為名的遊覽旅行）

大名〔名〕好名聲、諸侯（=大名）

大紋〔名〕大形花紋、染有大形家徽的古代衣服

大門〔名〕大門第，望族、（寺院等的）大門，正門

大門〔名〕（城郭、大宅的）大門、正門（=表門）

大門〔名〕（房屋正面的）大門（=大戸）、大海峽
　明石大門（明石大海峽）

大文字〔名〕大字、大手筆，大塊文章，優秀的文章、
　大文字の火（〔八月十六日晚在京都如意岳山上點燃的〕大字形篝火）（=大文字の火）

大文字〔名〕大字、（西歐文字的）大寫，大寫字母（=頭文字）←→小文字
　欧文の固有名詞の語頭は大文字で書く（西歐文字的專有名詞的頭一個字母要大寫）

大躍進〔名〕大躍進

大用〔名〕重大事項、大便

大容量記憶装置〔名〕〔計〕大容量儲存器

大リーグ〔名〕〔體〕大競賽聯合會、大聯賽（一般指美國兩大職業棒球聯合會的定期聯合競賽大會）

大理石〔名〕〔礦〕大理石（=マーブル）

大力〔名〕大力，力大無窮、大力士
　大力の持主（力氣非常大的人）
　大力無双の勇士（力大無比的勇士）
　日本一の大力だ（日本最強的大力士）

大礫〔名〕〔地〕中礫

大惑星〔名〕大行星（指木星、土星、天王星、海王星四大行星）

大した〔連體〕非常的、驚人的、大量的、了不起的。（下接否定語）不值一顧的、沒有什麼了不起的、並不怎樣的
　大した発明（驚人的發明）
　大した金（巨款）
　此の日曜日は大した人出だった（這星期天街上人可真多）
　大した物だ（是件了不起的事情）
　大した腕前（了不起的本事）
　大した病気でない（不是什麼大病）

大した心配は要らない（不必太擔心）

大した不都合は無い筈だ（不會有什麼太不合適的）

大した事は無い（沒有什麼了不起）

彼の英語は大した物でない（他的英語並不怎麼樣）

大して〔副〕並不太、並不怎麼

大して難しくない（並不太難）

大して遠くない（並不怎麼遠）

大して変わらない（差不多、沒有什麼不同）

大して悪くない（並不太壞）

雪は大して降らなかった（雪沒有下得很大）

名前等は大して関係ない（名字沒有多大關係）

彼が成功したのは大して不思議ではない（他的成功沒有什麼稀奇的）

大安〔名〕大吉日、黃道吉日（=大安日）

大尉〔名〕〔軍〕上尉（舊海陸空中最高級的尉官）←→中尉、少尉

大意〔名〕大意、要旨（=粗筋）

此の小説の大意を掻い摘んで述べる（摘述這小說的大意）

言葉通りではなく大意丈を申します（不是按原話只將大意說一說）

大隠〔名〕（徹底大悟的）隱居者

大隠は市に隠る（大隱隱於市）

大雨、大雨〔名〕大雨、豪雨←→小雨

大雨が降る（下大雨）

大悦〔名〕大悅、大喜

大火〔名〕大火災

大火に遭う（遭到大火災）

大火に為る（起了大火）

一昨夜近くに大火が遭った（前天夜裡附近發生大火）

大化の改新〔名〕〔史〕大化改新（645年-大化元年的一次政治改革）

大家〔名〕大房子（=大屋）、專家，權威，大師，巨匠、名門，富豪，大戶人家（=大家）

音楽の大家（音樂大家）

絵の大家（大畫家）

大家の説を引用する（引用名家的說法）

彼は英文学の大家だ（他是英國文學的權威）

大家〔名〕大富人家，大戶人家、巨室，望族（=大家）

大家の坊っちゃん育ち（大戶人家的少爺出身）

大家、大屋〔名〕房東（=家主）←→店子、正房，上房，主房（=母屋）

大家さんに家賃を納める（向房東交房租）

大屋根〔名〕（上層樓的）主要屋頂、大屋頂←→小屋根

大家族〔名〕大家族、大家庭

大家族の家父長（大家庭的家長）

大過〔名〕大過錯嚴重錯誤

三十年大過なく勤めた（沒犯大錯誤工作了三十年）

然う言っても大過なかろう（那樣說也並無大錯吧！）

大過去〔名〕〔語法〕過去完成時態

大禍〔名〕大禍，大難、凶日，不吉利的日子（=大禍日）

大廈〔名〕大廈

大廈高楼が立ち並ぶ（高樓大廈鱗次櫛比）

大廈の倒れんと為るは一木の支うる所に非ず（大廈將傾非一木所能支）

大我、大我〔名〕〔哲〕大我←→小我

大河、大河〔名〕大河、大江

大陸には日本で想像出来ない様な大河が有る（大陸上有在日本不可想像的大河）

大河小説〔名〕（法 romanfleuve 的譯詞）（描述家族或社會集團的生活歷史的）大規模長篇小說

大河トーラス〔名〕〔原〕大河氏環（在美國居住的日本人〝大河千弘〞發明的熱核反應實驗裝置）

大会〔名〕大會、全體會議

ㄉ

演芸大会（曲藝大會）
陸上競技大会（田徑賽運動會）
市民大会を開く（召開市民大會）

大海、大海、大海〔名〕大海、廣口茶筒
　大海の一粟（滄海一粟）
　大海は塵を選ばず（宰相肚裡能撐船、〔喻〕氣量寬宏能容人納物）
　大海を手を堰く（以手遮天、〔喻〕痴心妄想難能做到）
　見渡す限りの大海（一望無際的大海）

大海原〔名〕汪洋大海
　敵艦を大海原の中に葬りさる（把敵艦埋葬在汪洋大海中）

大塊〔名〕大塊
　氷の大塊（大冰塊）

大害、大害〔名〕大害、大災←→小害
　大害を被る（遭受重大損害）

大概〔名ナ〕大部分、概略
〔副〕大概、大多、多半、幾乎、大致、差不多
　大概の会員は出席した（大部分的會員都出席了）
　大概の説明を為る（說明梗概）
　大概の（な）値段なら買って置こう（價錢差不多就買吧！）
　彼は明日大概来るだろう（他明天大概會來）**大旨概ね**
　大概そんな事だろうと思った（我想大概是這麼回事）
　明日は大概晴れでしょう（明天多半是晴天）
　大概そんな所だ（大致是這樣）
　私は日曜日には大概出掛けません（我星期天差不多不出去）
　大概同じ年輩の者だ（幾乎是年歲相仿的人）
　冗談も大概に為ろ（開玩笑也要適可而止）
　大概に為て置く物だ（不要過分）

大概念〔名〕〔邏〕大概念

大岳、大嶽〔名〕大山、高山峻嶺

大旱〔名〕大旱
　大旱に雲霓を望むが如し（如大旱之望雲霓）

大奸、大姦〔名〕大奸（臣）、大惡（人）
　大奸は忠に似たり（大奸似忠）

大患〔名〕大患、大病，重病
　国家の大患（國家的大患）
　大患に罹る（得重病）

大患い〔名〕大病、重病（＝大病、重病）

大官〔名〕大官、高官←→小官
　大官連中が水害地を視察する（大官們視察水災區）
　某大官の語る所に依れば（據某高官說）

大観〔名、他サ〕概觀，通觀、（風景的）偉觀、（文獻資料的）全集，集成，大全
　政局を大観する（通觀政局）
　日本アルプスの大観に目を奪われる（為日本阿爾卑斯山的偉觀而望得出神）
　日本料理大観（日本烹飪大全）

大艦〔名〕巨艦
　大艦巨砲主義（巨艦大砲主義）

大鑑〔名〕大鑒（文獻資料等全面扼要的編撰物）
　邦楽大鑑（國樂大鑒）

大願〔名〕大願。〔佛〕普度眾生的大願
　一生の大願を成就する（實現一生的大願）
　大願成就（宏願實現）

大気〔名〕大氣，空氣、大度量、大膽，膽壯，豪邁的心胸
　大気は地表から遠退く程稀薄に為る（離地表越遠大氣就越稀薄）
　大気圏外（外層空間）
　大気差（蒙氣差、大氣折射）
　大気汚染（大氣污染）
　大気療法（〔醫〕空氣療法）
　彼は大気だ（他度量大）
　酒を飲むと大気に為る（一喝酒膽子就壯起來）

大気圧（大氣壓＝気圧）
大気光（〔天〕氣輝）
大気静力学（氣體〔空氣〕靜力學）
大気潮汐（〔天〕大氣潮）
大気圏（大氣圈、大氣層）
大器〔名〕大容器、大才，英才
　大器晩成（大器晩成）
大義〔名〕大義、為人之道
　大義を悖る（違背大義）
　大義凜然（大義凜然）
　大義名分（大義名分）
　大義親を滅す（大義滅親）
大疑〔名〕大疑、懷疑
　大疑は大悟の基（大疑乃大悟之本）
大儀〔名〕大典、隆重儀式
〔形動〕吃力，辛苦，麻煩，厭倦、（表示感謝用語）辛苦辛苦！受累啦！麻煩你了
　即位の大儀（登基大典）
　病後なので一寸動いても大儀だ（因為是病後稍微動一動都感覺吃力）
　大儀な仕事（費勁的事）
　毎日行くのが大儀だ（每天要去真麻煩）
　大儀そうに歩いている（很吃力似地走著）
　御大儀（様）でした（您辛苦啦！受累受累！）
大逆〔名〕大逆
　大逆罪（大逆罪）
　大逆無道（大逆不道）
　大逆事件（大逆事件）
大挙〔名、自サ〕大舉，大規模行動、大業，大計畫
　大挙侵入（大舉入侵）
　大挙して攻撃する（大舉進攻）
　祖国統一の大挙（統一祖國的大業）
大饗〔名〕大宴會
大曲〔名〕〔樂〕大規模的樂曲↔小曲、（雅樂曲分類用語）規模大格式高的樂曲

大曲がり、大曲り〔名、自サ〕（道路等）大拐彎、拐大彎的地方
大局〔名、自サ〕大局，全局，整個形勢。〔圍棋〕全局形勢
　大局に目を着ける（大處著眼、通觀全局）
　大局に関係が無い（無關大局）
　大局から論ずる（就大局而論）
　大局を重んじる（以大局為重）
　大局を制す（控制全局）
　大局の利益の為に屈辱をも耐え忍ぶ（為大局的利益委曲求全）
大極殿、大極殿〔名〕大極殿（天皇理朝政、行大典的大殿）
大金、大金〔名〕巨款、巨額金錢、巨額資金
　大金を銀行に預ける（將巨款存入銀行）
　大金を儲ける（賺大錢、發大財）
　大金を投ずる（投入巨額資金）
　大金を掛けて家を造る（花費鉅款修建房屋）
　彼には大金が転げ込んだ（他得到了一筆大錢）
　大金を落とした（遺失了一筆巨款）
　大金を投げ出す（投下巨資、拋出巨款）
　大金儲け（賺大錢、發大財）
　大金持ち（富豪、大富翁、大財主）
大禁〔名〕大禁、嚴厲的禁令
　大禁を犯した（犯了大禁）
大愚〔名〕大愚、極愚的人↔大賢
　大賢は大愚に似たり（大智若愚）
大君〔名〕大君（對君主的尊稱）、（江戶時代）對將軍的稱號
大君〔名〕（當代）天皇（尊稱）（廣義地用作親王、王子、王女的尊稱）
大軍〔名〕大軍、重兵
　大軍を率いる（率領大軍）
　大軍を興す（發大軍、動重兵）
　大軍に関所無し（大軍難擋）

大群〔名〕大群
　蝗の大群が押し寄せた（大群蝗蟲蜂擁而來）

大兄〔名〕（多用於書信）大兄、仁兄、兄長

大系〔名〕大系（蒐集某方面的文獻著述編成的叢書之類）
　近代文学大系（近代文學大系）
　理科大系（理科大系）

大計〔名〕大計、遠大計畫
　国家百年の大計を樹立する（制定國家百年大計）

大慶〔名〕大慶、極大的喜慶（慶賀）
　目出度く御卒業の由大慶至極に存じます（欣聞畢業謹致衷心的祝賀）

大圏〔名〕〔地〕大圈（通過地球中心的平面與地球相交形成的圓、環球一周的圓圈＝大円）
　大圏航路（沿大圓的航線、地球兩地點間的最短航線＝大圏コース）
　大圏コース（沿大圓的航線、地球兩地點間的最短航線）

大権〔名〕（舊憲法規定的）日本天皇特有的（不經過議會的）統治權

大賢〔名〕大賢、聖賢←→大愚
　大賢は大愚に似たり（大智若愚）

大験〔名〕很有效驗

大言〔名、自サ〕大言、大話
　大言を吐く（說大話、口出大言）
　大言壮語（說大話、豪言壯語）
　大言して恥じない（大言不慚）

大呼〔名、自サ〕高呼、大聲呼喊
　万歳を大呼する（高呼萬歲）

大悟、大悟〔名、自サ〕〔佛〕大悟、大悟，完全醒悟
　大悟徹底（大徹大悟、看破紅塵）
　翻然大悟する（恍然大悟）

大語〔名〕說大話（＝大言）

大公〔名〕大公（歐洲小國君主之稱）、王公，親王（歐洲對君主家屬中男子的尊稱）

大公使〔名〕大使和公使

大功〔名〕大功、大功勳
　大功を立てる（立大功）

大巧〔名〕大巧、極巧
　大巧は拙なるが如し（大巧若拙）

大江〔名〕大江、大河

大江戸〔名〕（大是美稱）江戶（現今東京）

大行〔名〕大事業
　大行は細謹を顧みず（大行不顧細謹－史記項羽本紀）

大行天皇〔名〕大行天皇、太上天皇（在天皇死後未立諡號期間的稱呼）

大孝〔名〕大孝、至孝

大幸〔名〕大幸、最大幸福

大効〔名〕大效、特效
　此の薬はインフルエンザに大効が有る（此藥對流感有特效）

大綱〔名〕大綱、綱要、要點（＝大綱、大本、あらまし）
　大綱に就いては、異議無し（對於大綱無異議）

大綱〔名〕大索，粗繩（＝太い綱）、大綱，提綱（＝大綱）
　牛が大綱を切って逃げた（牛掙斷繩索跑掉了）

大甲類〔名〕〔動〕板足鱟亞綱（＝広翼類、巨甲類）

大剛，大剛、大豪，大豪〔名〕非常剛強有力（的人）
　大剛の男（特別剛強的人）
　大剛の彼に迚も敵わない（無論如何也敵不過那樣剛強的人）敵う叶う適う

大国〔名〕（領土廣的）大國、（國力強的）強國←→小国
　大国が小国を侮る（大國欺侮小國）
　大国主義（大國主義）
　中国は大国だ（中國是個大國）

大獄〔名〕大獄、（逮捕多人的）重大犯罪事件
　安政の大獄（1859年安政年間的大獄）

大婚〔名〕大婚（天皇結婚）
　大婚式（天皇結婚儀式）

大佐〔軍〕上校（舊海陸軍中校官最高級）

大差〔名〕顯著的不同、很大的差別
　二者の間には大差が有る（兩者之間有很大差距）
　患者の容体は昨日と大差（が）無い（患者的病情和昨天差不多）
　此れは欧米製の物に比して大差無い（這個和歐美的產品比較沒有多大差別）
　彼は大差を付けられて第二位に終わった（他以很大差距得了個第二名）

大才〔名〕大才、有大才能（的人）（＝優れた才能）←→小才、小才

大祭〔名〕（主要神宮、神社的）重要祭祀（如伊勢神宮的神嘗祭、祈年祭等）（＝大祭り）←→例祭、大祭（天皇親自主持的皇室祭典如元始祭、皇靈祭等）

大祭り〔名〕（主要神宮、神社的）重要祭祀（如伊勢神宮的神嘗祭、祈年祭等）（＝大祭）

大罪〔名〕大罪、重罪
　大罪を犯した（犯了大罪）

大作〔名〕傑作、傑出的作品、大型作品、巨著，大部頭的著作
　後世に残る大作（流傳後世的傑作）
　壁画の大作に取り組む（埋頭於大型的壁畫）
　此の小説は大作だが、傑作とは言えない（這部小說是部巨著但卻不能說是一部傑作）

大策〔名〕重要策略、重大計畫（＝大計）

大冊〔名〕大冊子、大部頭（的書）、大厚本（書）←→小冊
　二千ページも有る大冊（有兩千頁厚的大厚本書）

大盞〔名〕大盞、大酒杯
　大盞を傾ける（喝一大杯）

大山、太山〔名〕大山（＝大きな山）
　大山鳴動して鼠一匹（雷聲大雨點小、虎頭蛇尾）
　大山木、泰山木（〔植〕荷花玉蘭）

大山〔名〕大山，高大的山、大投機
　大山が外れる（大投機落空）
　大山桜（〔植〕〔野生的〕大山櫻花）

大山猫（〔動〕猞猁）

大旨〔名〕大意、大致的旨趣（＝大意）

大旨、概ね〔名、副〕大概、大致、大體、大部分（＝大概）
　成績は大旨良好だ（成績大致良好）
　大旨解った（大體明白了）
　参会者は大旨労働者でした（參加會的大部分是工人）

大疵〔名〕大缺點

大志〔名〕大志、遠大的志願
　大志を懷く（胸懷大志）
　青年よ！大志を抱け（青年啊！要有大志）

大使〔名〕大使
　特命全権大使（特命全權大使）
　駐日 America 大使（美國駐日大使）
　無任所大使（無任所大使、巡迴大使）
　大使級会議（大使級會議）
　大使館（大使館）

大社〔名〕大神社，有名的神社、出雲大社（＝出雲大社）

大赦〔名〕〔法〕大赦
　大赦に遇って出獄する（遇到大赦而出獄）

大酒〔名、自サ〕大酒量（的人）、大量喝酒
　彼は大酒家だ（他是大酒量的人）
　大酒は身体に悪い（大量喝酒對身體有害）

大酒〔名〕多量的酒、酒鬼，酗酒的人，喝大酒的人（＝大酒飲み）
　大酒を食らう（酗酒、喝大酒）
　大酒を飲む（酗酒、喝大酒）
　大酒飲み（酒鬼、酗酒〔的人〕、喝大酒〔的人〕）

大樹〔名〕大樹（＝大木）、大樹將軍（中國漢代大將馮異以及後來征夷大將軍之別稱＝大樹將軍）
　大樹の陰に休む（在大樹蔭下休息）
　寄らば大樹の蔭（歇涼要依靠大樹蔭、要挑可靠處去安身）

大儒〔名〕大儒、大學者

一代の大儒（當代的大學者）

大州〔名〕大洲、大陸

五大州（五大洲）

大所〔名〕大處，要點、大戶、寬敞的場所

大所高所から物を見る（從大處著眼）

大所、大所〔名〕〔俗〕有錢人家，大戶人家，（某界的）著名人物、大家、大廠商

此の町の大所（這城鎮的大戶）

画壇の大所（繪畫界的權威、大畫家）

繊維業の大所（纖維業的大廠商）

此の道の大所（這方面的權威）

大所帯〔名〕巨大的財產、大家庭、（人口多的）大戶人家

大書〔名、他サ〕用大字體寫（的字）、大書特書

大暑〔名〕大暑（二十四節氣之一）、酷暑、炎熱

五十年来の大暑だ（五十年來沒有過的炎熱）

大将〔名〕大將，上將（舊海陸軍最高級將官）（海軍〝大將〞曾稱大将）、（某集團的）頭目，頭頭。〔俗〕主人，老闆，頭頭。〔俗〕你，老朋友。〔謔〕那個傢伙

彼は彼のグループの大将だ（他是那一幫的頭頭）

餓鬼大将（小鬼頭）

御山の大将俺一人（這裡的頭頭只有咱家我）

彼が大将に為って一切取り仕切っている（由他作主辦理一切）

大将居るかい（老闆在家嗎？）

おい大将、一杯飲みなよ（喂！你倒是喝一杯呀）

大将は今朝から些か機嫌が悪い（那個傢伙早晨就有點不高興）

大将〔名〕〔史〕（近衛府長官）大將。〔舊〕海軍大將

大正〔名〕〔史〕大正（大正天皇嘉仁的年號、嘉仁是第123代天皇、明治天皇的第三皇子、1912年即位在位14年）

大正琴（大正琴）

大正時代（大正年代）

大正月〔名〕新正（正月一日至七日期間=松の内）←→小正月

大匠〔名〕名匠

大笑〔名、自サ〕大笑（=大笑い）←→微笑

呵呵大笑（哈哈大笑）

大笑い〔名、自サ〕大笑、大笑柄，大笑話

腹を抱えて大笑い（を）為る（捧腹大笑）

一座を大笑いさせる（弄得哄堂大笑）

其れで皆大笑いを為ました（因此大家大笑一場）

其奴は大笑いだ（那可真是個大笑話）

彼の人の御目出度い事と言ったら大笑いだ（提起他那種憨勁真夠上個大笑柄）

大詔〔名〕詔書（天皇向全國頒發的詔令=詔、みことのり、勅）

大勝、大捷〔名、自サ〕大勝←→大敗、辛勝

我が軍は大勝した（我軍大捷）

大勝を得る（獲得大勝）

大勝を博する（獲得大勝）

大勝利〔名〕大勝

大賞〔名〕（對某一領域成就卓越者的）獎賞、重賞

大檣〔名〕〔船〕帆船大檣、主檣、主桅（=メン、マスト、main mast）

大檣の大帆（主檣的大帆）

大食〔名、自サ〕吃得多、大飯量、食量超常（=大食い）←→小食

彼は大食だ（他飯量大）

大食の若造（大飯量的小伙子）

近頃段段大食に為った（近來漸漸食量大起來了）

余り大食と胃拡張に為る（吃得過多會成胃擴張）

彼は大食家だ（他是飯量大的人）

病気上がりだから大食して行けない（病剛好別吃太多）

大食漢（大肚漢）

大食い〔名ナ、自サ〕〔俗〕飯量大、吃得多、貪吃（的人）（=大飯食い）

大食いな（の）奴（貪吃的傢伙）
大食いして働かない（好吃懶做）
痩せの大食い（瘦人飯量大）
大食いは胃に悪い（多吃傷胃）
君も中中大食いだね（你的飯量也夠大呀！）

大飯食い〔名〕〔俗〕飯量大、吃得多、貪吃（的人）（＝大食い）

大食（タージ）〔名〕（波斯語 tazi）〔古〕（唐代對阿拉伯人的稱呼）大食、對回教徒的泛稱

大織冠、大織冠〔名〕孝德天皇在大化三年所定十三階冠位的高位

大身〔名〕高官、豪紳，富豪←→小身

大身〔名〕大刃、長刃（的刀）、長槍
大身の槍（長刃矛）

大震〔名〕大地震

大震災〔名〕大震災、大地震的災害（一般指1923年9月1日關東大地震）

大酔〔名、自サ〕大醉、泥醉

大水〔名〕大水，洪水（＝大水）、大河，大湖

大水〔名〕大水，洪水（＝洪水）
大水が出る（漲大水、發大水）
大水に流される（被大水沖走）
堤防が決壊して大水に為る（堤防決口洪水成災）

大数〔名〕大數，（億兆以上的）巨大數字←→小数、概數，大概的數字，大多，大概
大数の法則（〔統計〕大數定律）

大成〔名、自他サ〕（徹底地）完成，大成、集大成，全集、大成就
恩師の研究を受け継いで此れを大成した（繼承恩師的研究把它完成了）
徒然草の緒註を大成した（集徒然草的各家註釋的大成）
万葉集註釈の大成（萬葉集注釋的大成）
彼は今に大成する（他不久將大有成就）

大声、大声〔名〕大聲
大声疾呼（大聲疾呼）

大声〔名〕大聲、高聲

大声の人（大嗓門的人）
大声を出す（叫喊、大聲講）
大声で話す（大聲講話）
大声で喋る（大聲講話）
大声で呼ぶ（大聲呼喚）
大声で叫ぶ（大聲喊叫）
大声を揚げて助けを求める（大聲呼救）
大声を張り上げて騒ぎ立てる（大吵大鬧）
大声を上げて聞こえなくする（大聲叫喊著使別人的聲音聽不見）

大青〔名〕〔植〕大青、菘藍（可製靛青染料）

大政〔名〕大政、國家大政
大政奉還（〔史〕大政奉還-慶應三年、即1867年10月、德川幕府十五代將軍德川慶喜、將國家大政歸還天皇）

大聖〔名〕大聖、德高望重的聖人

大西洋〔名〕〔地〕大西洋
大西洋中央海嶺（大西洋中央海底山脈）
北大西洋条約機構（北大西洋公約組織＝NATO）
大西洋憲章（大西洋憲章）

大石〔名〕〔圍棋〕大片子、大塊石頭（＝大きな石）

大石〔名〕大石頭、岩石（＝大きな石、巌）

大切〔形動〕要緊，重要，貴重（＝重要）、珍惜，保重，小心（＝大事）
外国語を学ぶには不断の練習が一番大切だ（學外語最重要的是經常練習）
大切な所丈覚えれば良い（只要記住重要部分就行了）
此処は大切な箇所です（這裡是要緊的地方）
此の絵は大切だから良く保管し為さい（這幅畫是貴重的要好好保管）
今こそ大切な時だ（現在正是關鍵時刻）
私の大切な時計（我心愛的表）
時間を大切に為る（珍惜時間）
御体を大切に為て下さい（請保重身體）

毀れ物ですから大切に取り扱って下さい（易碎品請小心搬運）

大切り〔名〕切大塊、〔劇〕（當天演出節目的）最後一幕，壓軸戲、〔轉〕收場，結尾，結束

肉を大切りに為る（把肉切成大塊）

大刹、大刹〔名〕大寺院

大節〔名〕大義、大事

大戰〔名，自サ〕大戰爭、世界大戰（＝世界大戰）

第二次大戰（第二次世界大戰）

大漸〔名〕病情加重（特指帝王的病情加重）

大全〔名〕大全、十全、完備

料理法大全（烹飪法大全）

経済学大全（經濟學大全）

大宗〔名〕大宗，主要部分、（藝術界的）權威，宗師，大家

輸出の大宗を占める（占出口的大宗）

日本画壇の大宗（日本畫壇的權威）

大相、大層〔形動，副〕很，甚，非常，了不起（＝大変、酷く）、過分，過甚，誇張（＝大袈裟、仰山）

街では大層な人出だ（街上人山人海）

大層な事を遣った（做了了不起的事）

今日は大層暑い（今天很熱）

彼は大層其れを欲しがっている（他非常想要這個）

大層御馳走に為った（多蒙款待，很叨擾了）

御爺さんは未だ御元気ですね（老爺爺還很硬朗啊！）

大層な事を言う（誇張）

然う大層に考えないが良かろう（不要想得太嚴重）

大層らしい（像是很了不起的、誇張的）

其れ許りの事を大層らしく言う（這麼點事說成很了不起似的）

大相場〔名〕〔商〕（證券交易等）堅挺的行情

大相撲〔名〕〔相撲〕盛大的相撲比賽、（日本相撲協會舉辦的）專業力士相撲比賽、（一時難分勝負的）激烈回合

大相撲初場所（每年一月在東京國技館舉行的相撲比賽大會）

大相撲に為る（成為一時勝負難分的激烈回合）

大喪〔名〕大喪（天皇為先帝、皇后、皇太后、太皇太后服喪）

大葬〔名〕大葬（天皇、皇后、皇太后等的葬儀）

大則〔名〕根本的大原則、大事

大息、太息〔名，自サ〕嘆息、嘆氣（＝溜息を付く）

長大息（長嘆）

天を仰いで大息する（仰天長歎）

大息〔名〕深吸氣，深呼氣、嘆氣（＝溜息）

大息を付く（長出一口氣、嘆一口氣）

大知、大智〔名〕大智、大智慧←→小知

大知は愚の如し（大智若愚）

大痴〔名〕大愚（＝大愚）

大著〔名〕偉大著作、傑出的著作、（頁數多、冊數多的）巨著、（對他人作品的敬稱）大作

大抵〔副〕大抵，大都，大約，大部分，差不多

（下接推量語）大概，多半

（下接否定語）一般，普通，容易，適度，不過分

此の病気に罹った物は大抵死ぬ（得了這種病的人大都要死的）

夏目漱石の小説は大抵読んだ（夏目漱石的小說差不多都看了）

君の知っている事なら、僕も大抵知っている（你知道的事情我也大都知道）

大抵の事は自分で遣る（差不多的事都自己做）

日曜日は大抵釣りに出掛ける（星期天一般都去釣魚）

大抵の人は映画が好きだ（一般人都愛看電影）

大抵そんな物だ（一般說來就是這樣）

今頃は大抵到着しただろう（現在大概已經到了）

朝から空が曇っているから夕方には大抵雨が降るだろう（從早晨就陰天傍晚多半要下雨）

用事が有りませんから大抵伺えると思います（因為沒有事情大概可以來看你）

物事は大抵の努力では成し遂げられない（事情單靠普普通通的努力是不可能辦成的）

此れ丈の家族を養うのは大抵じゃない（養活這麼一大家人口不是容易的）

冗談も大抵に為ろ（開玩笑也要適可而止）

大帝〔名〕大帝

ピョートル大帝（彼得大帝）

大敵〔名〕大敵、強敵、勁敵、多數的敵軍←→小敵

油断大敵（千萬不可疏忽）

白蟻は木造家屋の大敵だ（白蟻是木造房屋的大敵）

Aチームは和が軍の大敵だ（A隊是我隊的勁敵）

大敵たりとも恐るる勿れ、小敵たりとも侮る勿れ（大敵亦不足懼小敵亦不可侮）

大典〔名〕大典、重大儀式、國家的典禮、重大法典、重要的法律

憲法発布の大典が行われた（舉行頒布憲法的大典）

不磨の大典（不朽的重大法典）

不朽の大典（不朽的重大法典）

大都〔名〕大都會

大都市〔名〕大城市

大度〔名〕大量、大度量←→小量

大度有る人物（有大度量的人物）

寛仁大度の人（寛宏大量的人）

大盗、大盜〔名〕大盜、大竊賊（=大賊、大盜人）

大任〔名〕大任、重任

大任を果す（完成重大使命）

大任を帯びて派遣される（帶著重大任務被派遣出去）

大任を負っている（肩負重任）

大破〔名、自他サ〕大破、嚴重毀壞←→小破

敵の軍事基地を大破する（大破敵人軍事基地）

暗礁に乗り上げて船は大破した（船觸上暗礁船體嚴重破壞了）

大杯、大盃〔名〕大（酒）杯（=大白）

大杯をぐっと一気に飲み干す（一口氣喝一大杯）

大杯〔名〕大（酒）杯

大旆〔名〕大旗、旗幟（=旗印）、〔舊〕皇帝或將軍的旗幟

独立の大旆を掲げる（舉起獨立的旗幟）

大敗〔名、自サ〕大敗（=大負け）←→大勝

第二次世界大戦もドイツの大敗に終った（第二次世界大戰也是以德國的大敗而告終）

AチームがBチームに大敗した（A隊大敗於B隊）

大白〔名〕大（酒）杯（=大杯、大盃）

大白を傾く（飲一大杯、痛飲）

大半〔名、副〕大半、多半、過半、大致、大部分

市の大半は火事で焼けた（市街的大部分被火燒毀了）

其の内大半は貧農である（其中大半是貧農）

彼は生涯の大半を中国で暮した（他的一生一多半是在中國度過的）

大半の仕事は終った（大部分的工作已經完了）

夏休みの宿題は大半片付いた（暑假作業差不多都做完了）

大藩〔名〕大藩（有廣大領土的諸侯）←→小藩

大尾〔名〕結尾、結局（=終わり、終い）

新聞小説は今日で大尾と為った（報上的小說今天是結尾）

大病〔名、自サ〕大病、重病

大病を患う（患重病）煩う

大病に罹っている（得了重病）

大病で床に付いている（因重病臥床）床

大病に薬無し（病入膏肓、無可救藥、事到無法挽回的地步）

大廟〔名〕太廟，天皇家廟、伊勢大神宮的別稱

大夫〔名〕〔舊〕大夫（日本受五位以上勳位者的通稱）、〔舊〕大夫（中國舊制官職名、位居士之上、卿之下）、〔轉〕出色人物、諸侯的家臣之長、松樹的雅稱

大夫、太夫〔名〕〔史〕（古時五位的官職）大夫、（歌舞伎、淨琉璃等藝人中地位較高的）上等藝人、（歌舞伎中的）旦角、頭等妓女（＝花魁）

　　大夫元、太夫元（劇團的老板＝興行主）
　　大夫職（最高級藝伎）

大輔〔名〕〔史〕大輔（日本古時中央各省的次官）

大部〔名〕大部頭著作或書籍、大部分（＝大部分）
　　五千語から成る大部の文書（有五千字的長篇文件）
　　全三十卷に及ぶ大部の全集だ（共達三十卷的大部頭全集）
　　水害の為此の村の家屋の大部は流失した（這村子的房屋因水災大部分沖走了）

大部分〔名、副〕大部分、多半←→一部分
　　出席者の大部分は家庭の主婦でした（出席者大部分是家庭主婦）
　　工事は大部分出来上がった（工程基本上完成了）
　　大部分の人は賛成した（大部分的人贊成）

大部屋〔名〕大房間，大屋子，（劇場裡）普通演員的休息室、〔轉〕普通演員，（醫院的）大病房
　　大部屋から幹部に昇進した（從一般演員升為主要演員了）
　　個室が満員なので大部屋に入っている（因為單間病房沒有空的住在大病房裡）

大兵〔名〕大軍
　　大兵を率いて救援に赴く（率領大軍前往救援）
　　たいへいを出す（派出大軍）

大兵〔名〕魁偉，身材高大，彪形大漢←→小兵
　　大兵肥満の四十男（四十來歲的彪形大漢）

大別〔名、他サ〕大致區別、大致區分←→細別

　　生物は動物と植物に大別される（生物大致分為動物與植物）
　　日本の政党は保守と革新に二種に大別する事が出来る（日本的政黨大致可分為保守和革新兩個派別）

大変〔名〕大事業、大事故、大變動
〔形動〕重大、嚴重、厲害、很、非常、不得了
〔副〕很、太、非常
　　国の大変（國家的重大事變）
　　此れからが大変だ（今後可是困難重重的）
　　入費が大変だ（花費太多）
　　今日は大変でした（今天可真夠受的）
　　見付かったら大変だ（如果被發現可不得了）
　　大変だ、火事だ（不得了啦！著火了！）
　　御母さんが大変な事に為った（家母發生了很大的意外）
　　時局に大変な変動が起きた（時局發生了重大變動）
　　大変な間違いを仕出かした（幹了一件大錯事）
　　昨日は大変な雪でした（昨天下了一場好大的雪）
　　大変な手続だ（手續太麻煩）
　　大変な目に合った（吃大苦頭、倒了大霉）
　　大変な見物人です（好多好多看熱鬧的人）
　　大変な道だ（非常壞的路）
　　旅客から大変喜ばれている（深受旅客的歡迎）
　　大変面白い（很有趣）
　　大変金が掛かる（很費錢）
　　天気が大変暑い（天氣很熱）
　　大変失礼しました（太失禮了、實在對不起）
　　大変御邪魔しました（太打擾啦！）
　　大変残念でした（非常遺憾）
　　大変御世話に為りました（多承關照）

大編、大篇〔名〕大作、雄編

大邦〔名〕大國（=大国）

大法〔名〕大法、重要法令
　天下の大法（國家之大法）

大法輪〔名〕〔佛〕大法輪

大法螺〔名〕（吹）牛皮、（說）大話
　大法螺を吹く（大吹牛皮）
　彼は大法螺吹きだ（他是個愛說大話的人、他是個牛皮大王）

大砲〔名〕大砲
　大砲を打つ（開砲、放砲）
　大砲を堡壘に向ける（把大砲對著碉堡）
　大砲よりバター butter（要黃油不要大砲）

大鵬〔名〕大鵬
　大鵬は一飛びに九万里も昇ると云う言い伝えが有る（有這樣的傳說大鵬一飛升天九萬里）
　大鵬の志（大鵬之志）

大木〔名〕大樹、巨樹
　松の大木（大松樹）
　神社に樟の大木が有る（神社裡有大樟樹）楠
　大木に風に折られる（樹大招風）

大木戸〔名〕（作正門用的）大柵欄門、（也寫作大城戸）（江戶時代設在城市出入口作關卡用的）城門，關卡

大本、大本〔名〕基礎、根基、根本原則
　国家の大本（國家的基礎）
　外交方針の大本に変わりは無い（外交方針的基本原則沒有改變）

大本山〔名〕〔佛〕大本山（位於総本山下、統帥小寺院的大寺院）

大本営〔名〕大本營、（戰時設在天皇之下）最高統帥部

大本〔名〕根本、根源、根基
　教育の大本（教育的根本）
　大本は決まっている（基本原則已經定下來了）

大本教〔名〕〔宗〕大本教（神道教的一支、戰後改稱愛善苑）

大麻〔名〕〔植〕大麻（=大麻、麻）、（伊勢神宮等神社所給的）神符、〔藥〕大麻（=印度大麻、マリファナ marihuana）
　大麻油（大麻油）

大麻〔名〕〔植〕大麻（=麻）

大枚〔名〕〔俗〕巨款
　大枚百万円の金を出した（拿出了百萬日元的巨款）
　毎月大枚の金を送る（每月匯去巨款）
　大枚三十万円出して時計を買った（花了三十萬日元巨款買錶）

大命〔名〕敕令、天皇的命令
　組閣の大命を受ける（拜受天皇組織內閣的命令）
　大命降下（〔舊〕天皇命令總理大臣候補人組織內閣）

大望、大望〔名〕大志、宏願、奢望、野心
　大望を抱く（胸懷大志）抱く抱く
　若い時には誰しも大望も抱く物だ（年輕時誰都懷有大志）
　彼は総理大臣に為ろうと言う大望を抱いている（他抱著要當總理大臣的野心）
　大望に駆られて彼は罪を犯した（他在野心驅使下犯了罪）

大約〔副〕大約、多半、大略、大概（略、大凡）
　此の映画館には大約五百人は入る（這家電影院可容納大約五百人）
　大約二千人の人出であった（大約有二千個遊覽的人）

大厄〔名〕大難，大災難。〔迷〕關口，厄運年（男子42歲、女子33歲）
　大厄を免れた（躲過了大難）
　今年は大厄だから万事に気を付けた方が良い（今年是厄運年一切都要小心才好）

大役〔名〕重大使命，艱巨任務、（劇、電影的）重要角色
　大役を遂行する（完成重大使命）

委員長の大役を引き受ける（接受委員長的重任）

大役を仰せ付かる（被授以重任）

此れは大役だ（這可是艱巨任務）

大勇〔名〕大勇

大勇を振るって此の計画を断行する（鼓起大勇氣來堅決執行這個計畫）

大勇 怯なるが如し（大勇如怯）

大要〔名、副〕大要、要點、概要、摘要

大要を説明する（說明要點）

中国歴史の大要を講義した（講解了中國史的概要）

大要次の如し（要點如下）

此の事件の大要を御話しましょう（〔向您〕談談這件事件的大概）

大洋〔名〕大洋、大海

大洋に乗り出す漁船団（開往大洋的漁船團）

大洋の真ん中に在る島（大洋當中的海島）

大洋を横断する航路（橫斷大洋的航線）

大洋の彼方に在る大陸（大洋對岸的大陸）

大洋洲（大洋洲=オセアニア）

大洋性（大洋性、海洋性）

大欲、大慾〔名〕大慾望、貪婪

大欲は無欲に似たり（大慾似無慾）

大乱〔名〕大亂、大動亂

戦争で天下大乱だ（戰爭造成天下大亂）

国に大乱を引き起こす（在國中引起大亂）

大利〔名〕厚利←→小利

大陸〔名〕大陸、大洲、中國大陸（日本舊指中國）、（在英國指）歐洲大陸

ユーラシア大陸（歐亞大陸）

南アメリカ大陸（拉丁美洲大陸）

大陸間弾道ロケット（洲際導彈）

大陸に渡る（去中國大陸）

イギリス海峡を横切って大陸に着く（橫渡英國海峽到歐洲）

大陸氷河（大陸冰川）

大陸棚、大陸棚（大陸架）

大陸的（大陸性的、不拘小節的、呆笨的、馬馬虎虎的）

大陸性（大陸性）

大陸塊（大陸塊）

大陸斜面（大陸坡）

大陸移動説（大陸漂移說）

大略〔名〕宏謀，雄才大略，概略，概要，概況

〔副〕大略、大致、大約、大概

英才大略の人（英才大略之人、非常有才智的人）略粗

以上が大略の内容です（以上所說的是大概內容）

新聞で事件の大略を知った（從報紙上了解了事件的概略）

此れ迄の経過の大略を説明する（說明迄今為止的經過概況）

大略次の通りです（大致如下）

事情は大略察しています（情況大致已經了解）

大略竣工している（大致已經完工）

大量〔名〕大量，多量，大批←→少量，大度量，大氣量，寬宏大量

大量の品物（大量的物品）

大量の蜜柑が入荷した（大量的橘子運到了）

大量の輸入品（大批進口貨）

大量の人（寬宏大量的人）

大量生産（大量生產、成批生產=量產）

大漁、大漁〔名〕大量捕撈、漁業豐收

千葉県の銚子で鰹の大漁が有った（在千葉縣的銚子捕到了大量的鰹魚）

鰯の大漁で浜は大賑わいだ（因鰮魚的豐收海邊特熱鬧）

大漁踊り（漁村的豐收舞）

大漁旗（〔標誌〕漁業豐收的旗幟）

大漁貧乏（魚多傷漁-因魚產豐收魚價大跌漁家反而遭受損失）

大魚〔名〕大魚
大魚は小池に棲まず（大魚不棲小池、大才不能小用）
大魚を逸す（使大魚逃脫、大功未成、在大事上失敗）

大猟〔名〕大量獵獲、大規模的狩獵
今日の兎狩は大猟だ（今天獵兔收獲不小）
大猟を祈る（祝狩獵豐收）

大輪〔名〕大朵（花）←→小輪
大輪の菊（大朵菊花）

大礼〔名〕大典，隆重儀式、皇室的典禮
即位の大礼（即位大典）
大礼奉祝（慶祝即位大典）
大礼服（大禮服）

大霊〔名〕〔哲〕（先驗論的所謂）超靈、上帝

大老〔名〕長老，年高有德的人、〔史〕大老（江戶幕府輔佐將軍的最高執政官）

大牢、太牢〔名〕太牢（祭祀用的豚牛羊三牲）←→少牢、大牢（江戶時代監禁平民的監獄）

大禄〔名〕俸祿很高

大〔造語〕（形狀，數量）大，多、（程度）很，非常、大體，大概，最後，根本、倫次居長
大水（大水災）
大通り（大街）
大声（大聲、高聲）
大入り（客滿）
大人数（很多人）
大急ぎ（趕緊）
大怪我（重傷）
大慌て（非常慌張）
大威張り（非常得意、擺大架子）
大喜び（非常高興）
大掴み（大約、扼要）
大本（根本）

大詰め（最後階段）
大晦日（除夕）
大叔母（姑祖母、姨祖母）

大いさ〔名〕（常用於數學上）（分量、程度等的）大小（=大きさ）

大いなる〔連体〕（大きなる的轉變）大的、偉大的（=大きい、偉大な）
大いなる国家（偉大的國家）
大いなる業績（偉大的成就）
然う思うのは大いなる誤りである（那樣想是大錯特錯）

大いに〔副〕（大きに的轉變）（在程度、分量、範圍上）大、很、甚、頗、非常、大大地（=甚だ、非常に）
大いに喜ぶ（大為高興）
大いに違う（大不一樣、迥然不同）
大いに結構だ（好得很）
大いに遣ろうじゃないか（讓我們大幹一場吧！）
大いに外国語を勉強する（努力學習外語）
大いに人民に役立つ（大有利於人民）
大いに意気込み、常に高い目標を目差す（鼓足幹勁力爭上游）
大いに協力し合う（大力協作）
大いに啓発される（深受啟發）
大いに鍛えられる（得到很好的鍛鍊）
大いに捲くし立てる（大放厥詞）
大いに議論する（高談闊論）
大いに腕前を発揮する（大顯身手）
大いに自信が有る（頗有自信）
大いに意味が有る（具有重大意義）

大きい〔形〕（形狀、體積、面積、數量等）大，巨大，高大、（規模、範圍、程度等）偉大，宏偉、重大、誇大、年長←→小さい
非常に大きい（非常大）
可也大きい（相當大）

ㄅ

彼は大きい家に住んでいる（他住在一所大房子裡）

彼の犬は小牛の様に大きい（那隻狗有小牛那麼大）

息子は私よりずっと大きい（兒子比我高大很多）

大きい声では言えない（可不能聲張出去）

今度の計画は非常に大きい（這次計畫非常宏偉）

損害が大きかった（損失重大）

彼は人物が大きい（他氣量大）

此れは我我に取って大きい問題だ（這對我們是個重大問題）

大きく構える（架子很大）

事を大きく言う（誇大其辭）

大きい事を言うな（別說大話）

君の言う事は少し大きくて信用出来ない（你說的話有點誇大使我不能相信）

大きい兄さん（大哥）

大きい姉さん（大姊）

兄は僕より三つ大きい（哥哥比我大三歲）

大きい薬缶は沸きが遅い（大器晚成）

大きく写る（顯得很重要）

大きくする（擴大、增大、加劇、使重大化）

大きく出る（口氣大）

大きくなる（長大、變大、大起來、重大化、嚴重化）

大きさ〔名〕（體積、面積等的）大小、尺寸

実物の大きさ（實物大小）

現物の大きさ（實物大小）

大きさが小さい（尺寸小）

此の位の大きさだ（是這麼大小）

拳位の大きさだ（拳頭那麼大小）

針の先位の大きさだ（針頭那麼大小）

数学上の点は大きさを持たない（數學上的點沒有大小）

大きさは此れと大体同じだ（大小跟這個差不多）

大きさは何の位に為ますか（尺寸要多大的？）

中位の大きさのを見せて下さい（把中等大小的拿給我看看）

異なった大きさの二軸A、B（不同大小的兩個軸A和B）

此の部屋の大きさは八畳です（這房間八塊蓆子大）

此の上着の大きさは私にぴったりだ（這件上衣的尺寸對我正合適）

大きな〔連体〕大、巨大、偉大（＝大きい）←→小さな

大きな荷物（大件行李）

大きな音（巨響）

大きな肖像画（巨幅畫像）

大きな贈り物（厚禮）

大きな誤り（大錯特錯）

大きな変化（巨變）

大きな災い（浩劫）

大きな功績（豐功偉績）

大きな意気込み（沖天的幹勁）

大きなショック（重大衝擊）

大きな誇り（非常自豪）

大きな教訓を受ける（受到深刻教訓）

大きな損害を受けた（深受其害）

大きな励ましを受けた（深受鼓舞）

大きな喜びに燃える（格外高興）

大きな喜びを感じる（非常高興）

大きな興味を覚える（很感興趣）

大きな成果を上げている（取得了偉大成果）

大きな役割を発揮する（起很大作用）

大きな視野に立つ（高瞻遠矚）

大きな口を叩く（誇誇其談）

大きな足取りで前進する（大踏步前進）

大きな御世話だ（多管閒事！用不著你管！不勞您大駕！）

大きな顔を為る（顯得了不起、擺大架子、面無愧色）

大きな口を利く（說大話、誇海口）

大きな所を見せる（顯示自己慷慨大方）

大きに〔副〕很、甚、頗、非常（＝大いに）

〔感〕（關西方言）謝謝、多謝（＝大きに有り難う）

大きに御尤もです（誠然誠然！很對很對！就是就是！）

大きに御世話に為りました（多承關照、實在給你添麻煩了）

大きに御苦労様（勞駕得很、太叫您受累了）

そんな事は大きに御世話だ（〔諷〕那太勞您駕啦、請你少管閒事）

大きやか〔形動〕非常大的樣子、很強壯的樣子

大きやかなる風呂敷包（好大的包袱）

大商い〔名〕大買賣

大商いを営む（經營大買賣）

大商人〔名〕大商人、豪商、巨賈

大胡坐〔名〕（無禮貌地）盤腿大坐

無遠慮に大胡坐を掻く（毫不客氣地盤腿大坐）

大顎、大顋〔名〕〔動〕（昆蟲等節足動物的）大顎腳、大鰓腳

大足〔名〕大腳、大步（＝大股）、大木屐（進入深泥田時穿用的木屐形大木板）

馬鹿の大足（傻子腳大）

大足で歩く（大步走）

大味〔名、形動〕味道平常，味道不夠鮮美。〔轉〕不夠細膩，稀鬆平常←→小味

大味な（の）魚（味道平常的魚）

大味な表現（粗枝大葉的描繪、不夠細膩的描寫）

大汗〔名〕大汗

大汗が出る（出大汗）

大汗を掻く（出大汗、流大汗、異常努力）

皆と一緒に頑張って大汗を掻いた（和大家一起出大力流了大汗）

大頭、巨頭〔名〕大頭，大腦袋，巨頭，首腦（＝巨頭）

大頭株（大頭、巨頭）

彼は日本財界の大頭（株）である（他是日本金融界的巨頭）

大当たり、大当り〔名〕（演出等）大成功、中頭彩、大豐收

大当たりの小説（暢銷的小說）

大当たりの映画（非常成功的影片、賣座好的影片）

大当たりを取る（取得很大的成功、連日客滿）

訪日の中国曲芸団は大当たりでした（訪日的中國雜技團取得了很大的成功）

福引きで大当たりを取る（抽籤中頭彩）

今年の葡萄は大当たりだった（今年的葡萄大豐收）

大熱熱〔名〕〔俗〕（戀愛）搞得火熱、非常親暱

二人は大熱熱だ（兩個人搞得火熱）

大穴〔名〕大洞、大虧空、（賽馬、賽車等）大冷門

地面が陥落して大穴が開く（地面陷落開個大洞）

今月は酷い大穴を開けた（這個月弄出了很大的虧空）

家庭の収入に大穴が開いた（在家庭收入上出現了大虧空）

大穴を当てる（押中大冷門）

大穴を狙う（壓大冷門、賭大空門）

大甘〔形動〕太寬，太姑息，太溫和，太樂觀，太天真

子供に大甘な親（溺愛孩子的父母）

其の考えは大甘だ（那種想法太天真了）

大嵐〔名〕大風暴、大暴風雨

革命の大嵐（革命的風暴）

大嵐が来然うだ（要來大暴風雨）

ㄉ

大蟻食〔名〕〔動〕大食蟻獸

大有り〔名〕有很多、（有る的強調說法）有，當然有

　　大有りだとも（當然是有）

　　有るとも、有るとも、大有りだ（當然有當然有有的是）

大荒れ、大荒〔名〕大風暴，大暴風雨（＝大嵐）。〔轉〕大鬧，大風波

　　大荒れの海（狂風巨浪的海洋）

　　大荒れに荒れる（大鬧特鬧）

　　臨時国会は大荒れに為りそうだ（看樣子臨時國會要起大風波）

大粟、粱〔名〕〔植〕粟、黃粱

　　大粟還り（〔植〕貓尾草梯牧草＝チモシー）

大慌て〔名、形動〕非常驚慌、非常著急

大忙し〔形動〕大忙、特忙

　　忙しいも忙しい、大忙しだよ（確實是忙忙得不可開交）

大急ぎ〔名、形動〕緊急，火急、匆促，匆忙

　　大急ぎの注文（緊急定貨）

　　大急ぎで読む（趕緊讀、匆匆忙忙地讀）

　　大急ぎで内閣を作り上げる（匆匆忙忙把內閣拼湊起來）

　　大急ぎで議案を通過させた（迫不急待地通過了議案）

　　大急ぎの用事で此れから出掛けなくては為りません（我因為有件急事馬上就得出去）

　　大急ぎで駆け付けたが、矢張り間に合わなかった（匆匆忙忙趕到了可是仍然沒趕上）

大痛手〔名〕重傷、重大打擊、重大損失、重大創傷

　　大痛手を受ける（受重傷、受到重大打擊）

大一座〔名〕大劇團

　　団十郎大一座（市川團十郎大劇團）

大一番〔名〕〔相撲〕（勝負攸關的）最重要的一場比賽

大銀杏〔名〕銀杏的大樹、十兩以上的力士梳的銀杏葉形的髮型

大糸掛〔名〕〔動〕梯螺

大威張り〔名、形動〕非常傲慢、非常自豪，理直氣壯

　　大威張りに威張る（非常傲慢）

大鼾〔名〕大鼾聲、大呼嚕

　　大鼾を搔く（打大呼嚕、鼾聲如雷）

大犬座〔名〕〔天〕大犬座

大犬の陰囊〔名〕〔植〕阿拉伯婆婆納

大入り〔名〕（劇場等）觀眾很多、非常叫座、滿座

　　大入り満員（〔牌示〕客滿、滿座）

　　此の映画は四週間大入りだった（這部影片連續四個星期場場客滿）

　　劇場は立錐の余地なく大入り満員だ（觀眾多得無立錐之地）

　　此のショーは急度大入りに為るよ（這場演出一定很叫座）

　　閲覧室は何時も大入りだ（閱覽室總是滿座）

　　大入り袋（〔劇院等〕慶祝客滿的獎金袋）

　　大入り場（〔劇場等為盡量容納觀眾不設座位的〕散座、站票席）

大入れ〔名〕〔建〕藏納接頭、嵌入

大入道〔名〕大禿和尚、大禿頭

大岩切草〔名〕〔植〕大岩桐（＝グロキシニア）

大受け〔名〕〔俗〕大受歡迎、很有人緣

　　巡回医療隊は貧農、下層中農に大受けだ（巡迴醫療隊大受貧下中農歡迎）

大嘘〔名〕大謊言

　　とんでもない大嘘（彌天大謊）

　　大嘘を付く（撒大謊、瞞天過海）

大内〔名〕大內、皇宮（＝内裏、御所）

　　大内刈り（〔柔道〕下裡絆子－腳尖朝外勾住對方膕窩把他絆倒）

　　大内山（大內、皇宮）

大内裏〔名〕〔舊〕皇宮、大內

大写し〔名、他サ〕（電影）特寫（＝クローズ、アップ）

　　大写しに為る（拍特寫）

大写しの画面（特寫鏡頭）

大売り捌き、大売捌き〔名〕大推銷、大甩賣

大売り出し〔名〕大賤賣、大甩賣、大減價

歳暮大売り出し（年終大減價）

大役畜〔名〕大牲畜

大祖父〔名〕曾祖父（＝曾祖父、曾祖父）

大祖母〔名〕曾祖母（＝曾祖母、曾祖母）

大伯父、大叔父、從祖父〔名〕（祖父的弟兄）從祖父、伯祖、伯公、叔祖、叔公、舅爺

大伯母、大叔母、從祖母〔名〕（祖母的姊妹）從祖母、姑祖母、姑祖、姑婆、姑奶、姨奶

大岡裁き〔名〕（以江戸時代著名法官大岡忠相的故事為題材的）大岡審案的評書劇本等

大奥〔名〕〔史〕江戸城內將軍夫人的府邸、宮中

大男〔名〕大個子、彪形大漢↔小男

体格の立派な大男（身體魁梧的大漢）

見上げる許りの大男（得仰著臉瞧的大個子）

大男総身に知恵が回りかね（個子大智慧差）

大鬼蓮〔名〕〔植〕王蓮

大女〔名〕體格特別魁梧的女人、塊頭大的女人↔小女

大火事〔名〕大火、大火災

地震で大火事が起った（由於地震引起大火）

大鋸、大鋸〔名〕大鋸

大鋸で丸太を挽く（用大鋸鋸圓木）

大鋸引き（鋸木工）

大鋸〔名〕大鋸

大鋸で引く（用大鋸鋸）挽く

大鋸を引く（拉大鋸）

大貝、貝〔名〕（漢字部首）頁部、頁字旁

大掛かり、大掛り〔名、形動〕大規模、規模宏大

大掛りな（の）工事（規模宏大的工程）

一連の大掛りな計画（一套規模宏大的計畫）

大掛りに調査する（大規模地進行調査）

大掛りな農地基本建設に取り組む（開展大規模的農田基本建設）

其の時の計画は実に大掛りだった（那時候的計畫實在規模宏大）

大角〔名〕（徑30公分以上的）大方材

大角羊〔名〕〔動〕（北美產的）大角羊、加拿大盤羊

大角豆、豇豆〔名〕〔植〕豇豆

大風〔名〕大風

大風が吹く（刮大風）

大風が吹こうものなら一メートルから二メートル近くの波が立つ（一刮起大風來浪頭就高達一兩米）

大風〔名、形動〕〔舊〕狂妄、驕傲自大、妄自尊大（＝大柄横柄）

大風な態度（妄自尊大的態度）

大風な口の利き方（說話狂妄自大）

大風〔名〕大風（＝大風）、痲瘋病的別名（＝癩病）

大風子〔名〕〔植〕大風子

大風子油（大風子油）

大風呂敷〔名〕大包袱（皮）、說大話，誇大口，吹牛皮

大風呂敷で包む（用大包袱皮包上）

大風呂敷を広げる（說大話，誇大口，吹牛皮）

大風呂敷を広げて人を煙に巻く（說得天花亂墜使人如墜五里霧中）

大方〔名〕多半，大概，大體，大部分。〔俗〕（來自漢字的〝大方〞，正確說法應是〝大方〞）一般人，大家，諸位

〔副〕（一般不寫漢字）大概、大約、大致、差不多

出席した人の大方は学生だった（出席的人大部分是學生）

其の事の大方はもう分っている（那件事的大概情況已經知道了）

大方の話は王さんから伺いました（大致的情況已聽王先生說了）

大方の考えが其方向いている（一般人的想法傾向那方面）

大方の読者の御叱正を請う（請諸位讀者指正）

ㄉ

大方然うだろう（大概是那樣吧！）

仕事は大方出来上がった（工作基本上做完了）

用意した金は大方使って終った（準備的錢差不多花光了）

大方〔名〕寬宏大量（的人）、高明的人，有學識的人，世間一般的人，對高貴婦女的稱呼

〔副〕大約、大概、大致（＝大方、あらまし）

大方の教示を乞う（請大方指教）

大形、大型〔名、形動〕（同類中的）形狀大的，大號的、（同形狀中的）大型，重型，巨型（一般寫作大形）大花樣，花樣大的←→小形、小型

大形機械（重型機器）

大形トラック（大型載重車）

大形乗用車（大型轎車）

大形爆弾（重磅炸彈）

大形マスゲーム（大型團體操表演）

大形天然色記録映画（大型彩色記錄片）

大形石油化学コンビナート（大型石油化工聯合企業）

大形の地震（強烈地震）

大形の浴衣（大花的浴衣）

大型株〔名〕（鋼鐵、重型電機、電力、造船等）大公司股票

大形、大仰〔名、形動〕〔俗〕誇大，誇張（＝大袈裟）、舖張，小題大作

大形に言う（誇大地說）

大形な仕草（誇張的動作）

大形な身振りで話す（用誇張的姿勢講話）

宴会も余り大形に遣る必要は無い（宴會也不必大事舖張）

彼の人は何事も大形に為る（他無論什麼事總要小題大作）

大矩〔名〕（土木建築工程上用於測直角的）大三角規

大鐘〔名〕（寺院等的）巨鐘、大吊鐘

大株主〔名〕大股東

大釜〔名〕大鍋

製糖用大釜（製糖用的大鍋）

大鎌〔名〕（長柄）大鐮刀

大鎌で草を刈る（用大鐮刀割草）

大神〔名〕〔宗〕（神的敬稱）大神（＝大御神）

大神ゼウス（宙斯神）

大神宮〔名〕伊勢大神宮

大亀〔名〕大烏龜

大柄〔名、形動〕身量大，骨架大、大花樣，大花紋←→小柄

大柄な人（大骨架的人、大塊頭）

彼は年に為ては大柄だ（照他的年齡來說個頭大）

彼女には大柄の着物が良く似合う（她穿大花的和服合適）

大柄〔名、形動〕傲慢無禮、妄自尊大、旁若無人（＝横柄、押柄、大柄）

大柄、横柄、押柄〔形動〕傲慢無禮、妄自尊大、旁若無人

横柄な態度で人を呼び付ける（用傲慢的態度叫人）

横柄な様子で入って来る（旁若無人的樣子走進來）

横柄な口を利く（說話傲慢無禮）

横柄に振る舞う（舉止傲慢）

横柄に構える（趾高氣揚）

彼奴は横柄な奴だ（他是個妄自尊大的傢伙）

大川〔名〕大川、大河（在東京特指隅田川下游）

大川端（隅田川下游右岸一帶）

大川口（大河的入海口）

大革、大鼓、大鼓〔名〕（"能樂"等使用的）大鼓（放左膝上用手拍打）←→小鼓

大釘〔名〕大釘子

大釘で打ち付ける（用大釘釘上）

大絎〔名〕大針腳，粗絎、絎針，大針

大口、大口〔名〕大口，大嘴、大話，大批，大宗←→小口

大口を開ける（張開大嘴）

大口を開けて笑う（張著大嘴笑）

大口を叩く（利く）（說大話、吹牛、誇海口）

大口（の）注文（大批訂貨）

一番大口の輸出品（最大宗的出口貨）

大口の化繊を発注する（訂購大批化學纖維）

大口買い入れは特別に安くします（大批採購特別減價）

大口魚〔名〕鱈的別名（=鱈）

大熊座〔名〕〔天〕大熊座

大熊星〔名〕〔天〕大熊星（座）

大組〔名、他サ〕〔機〕總裝配。〔印〕（報紙的）拼版，排大版，編排版面←→小組

一ページに大組する（編排成一整排）

大組部品（〔機〕部件-多個組件組成）

大蔵〔名〕國庫

大蔵省（大藏省-日本政府的財政部已改為財務省）

大蔵大臣（大藏大臣-日本政府的財政部長、〔謔〕家庭主婦）

大蔵経〔名〕〔佛〕大藏經（=一切経）

大車〔名〕大車、運貨車

大車、土木香〔名〕〔植〕土木香

大袈裟〔名〕〔劍術〕從肩膀向下斜砍

〔形動〕誇大，誇張（=大形）、鋪張，小題大作

大袈裟に斬る（斜肩帶背地砍下）

大袈裟な話（誇大的說法、誇張的故事）

大袈裟な感情表出（誇大的表情）

少し大袈裟に言えば（如果稍微誇大一點說）

大袈裟に物を言う風習（浮誇風）

大袈裟に書き立てる（大肆宣揚、大書特書）

大袈裟に騒ぎ立てる（大驚小怪）

大袈裟に吹聴する（大吹大播）

彼は何時でも大袈裟に物を言う（他總是誇大其辭）

冠婚葬祭は大袈裟に為る必要が無い（紅白喜事無需大肆鋪張）

何でも大袈裟に為るのは彼の人の癖だ（什麼事都是小題大作是他的老毛病）

大蝙蝠〔名〕〔動〕狐蝠

大零し〔名〕大發牢騷、大大抱怨

弟は映画に行かれなかったので大零した（弟弟因為沒能去看電影就嘟嘟囔囔沒個完）

大駒〔名〕〔象棋〕大棋子（指最強的兩個棋子飛車和角行）

大坂鮨、大坂寿司〔名〕大阪式壽司（=押し寿司-用木製模型裝上醋飯）←→江戸前寿司

大桜草〔名〕〔植〕大櫻草

大匙〔名〕（喝湯用的）大匙、湯匙

大札〔名〕（票面額大的）大鈔←→小札

大札〔名〕大的木牌或金屬牌、大鈔、（江戶時代）（看戲劇雜技等演出的）整日票，大人票←→小札、（江戶時代）（劇場演出期間的）營業兼會計員

大雑把〔形動〕草率，粗率，粗枝大葉、粗略，大略

大雑把な遣り方（粗枝大葉的做法）

大雑把な考え方（粗率的想法）

仕事が大雑把だ（工作草率）

大雑把に原稿を纏めた（潦潦草草地寫完了稿子）

大雑把に読み終る（走馬看花地讀完）

大雑把にではなく、真剣且綿密に組織する（認真地精細地而不是粗枝大葉地去組織）

大雑把な見積もりを立てる（作粗略的估計）

大雑把に言って成功だったと言える（大體說來可以說是成功了）

大薩摩（節）〔名〕大薩摩曲（淨瑠璃的一個流派、曲調豪放雄壯、後被收入長唄中，現常在歌舞伎的啞劇場面中演奏）

大騒ぎ〔名、自サ〕大吵大鬧，大吵大嚷，大混亂、轟動一時

会場は大騒ぎに為る（會場大亂）

上を下への大騒ぎ（鬧得天翻地覆）

飲めや歌えの大騒ぎを為る（又喝又唱狂歡大鬧）

こんな事は何も然う大騒ぎする事は無い（這樣的事也用不著那麼大吵大嚷）

世界記録を破ったと言うので一時大騒ぎされた（因為打破了世界記錄曾經轟動一時）

大騒ぎされたニュース（轟動一時的消息）

全国のマスコミを挙げての大騒ぎ（一時轟動全國宣傳工具）

大山椒魚〔名〕〔動〕鯢、蠑螈（＝半裂き）

大路〔名〕大路、大街（＝大通り）←→小路

都大路（都城大街）

大潮〔名〕（陰曆初一、十五的）大潮、朔望潮

大鹿、麋〔名〕〔動〕麋、犴、駝鹿

大仕掛け、大仕掛〔形動ノ〕大規模

大仕掛けな（の）工業建設計画（規模宏偉的工業建設計畫）

大仕掛けに油田を開発する（大規模地開發油田）

大仕掛けに見える割には金は掛からない（看來規模很大但並不那麼費錢）

大敷き網、大敷網〔名〕〔漁〕大兜網（一種舊式固定魚網設在沿海岸的魚道形成一堵牆中間呈三角口袋形）

大仕事〔名〕大事業、重大任務、費力氣的工作

此れは大仕事です（這是一項艱鉅的任務）

彼奴は急度大仕事を遣らかすよ（他一定會幹出一番大事業來）

此れからが大仕事だ（費力氣的工作在後頭呢？）

大時代〔名、形動〕古老、古舊、落後於時代

大時代の（な）言い方（古老的說法）

大時代の（な）衣装（古色古香的服裝）

大時代な物の考え方（落後於時代的想法）

彼の俳優の演技は如何にも大時代だね（那演員的演技非常古老）

大芝居〔名〕名演員配演的好戲、規模宏大的劇院，（特指江戶時代）官許的大劇院

近来に無い大芝居を見せた（他們上演了一場近來罕有的好戲）

大芝居を打つ（搞一個大騙局、孤注一擲地大幹一場）

大島〔名〕大島綢（鹿兒島大島地方特產的絲織品）（＝大島紬）

大島紬（大島綢-鹿兒島大島地方特產的絲織品）

大島節（大島小調-起源於伊豆七島的大島的一種民謠）

大島山茶花（〔植〕油茶）

大凍〔名〕嚴寒

大凍三日無し（天無三日寒）

大霜〔名〕大霜嚴霜

大霜の朝（嚴霜的早晨）

菊は大霜に遭られた（菊花被嚴霜打了）

大霜の三日目に雨（大霜後第三天有雨）

大麝香猫〔名〕〔動〕大靈貓

大寿林〔名〕〔動〕蘆鷰

大猩猩、大猩猩〔名〕〔動〕大猩猩（＝ゴリラ gorilla）

大筋〔名〕梗概、概略、主要經過、主要內容（＝粗筋）

事件の大筋丈話す（只談事件的主要經過）

計画の大筋を説明する（說明計畫的主要內容）

大筋の分析を為る（作概略的分析）

大筋の計画を立てる（訂個大體的規畫）

大筋で一致する（在主要看法上一致）

大雀の鉄砲〔名〕〔植〕大看麥娘

大勢〔名〕大批（的人），眾多（的人），一群人〔副詞性用法〕（人數）眾多，很多←→小勢

大勢の友達（許多朋友）

大勢の前で恥を搔く（當眾出醜）

大勢の者が殴り合う（聚眾鬥毆）

敵は大勢で味方は小勢だった（敵眾我寡）

大勢の者に打撃を与える（打擊一大片）

大勢で見送りに行った（很多人一起前往送行）

子供が大勢集って来る（孩子們聚集了一大群）

援軍が大勢遣って来た（大批援軍趕來）

大勢に手無し（寡不敵眾）

大勢の眼鏡は違わぬ（群眾的眼睛是雪亮的）

大勢〔名〕大勢、大局、總的趨勢

大勢は既に定まった（大局已定）

大勢は我我に有利である（形勢對我方有利）

インフレの大勢を食い止める（抑制通貨膨脹的趨勢）

世界の大勢に通じている（通曉天下大勢）

大勢の赴く所に従う（順從大勢所趨）

大勢〔名〕〔舊〕多數的人、人數眾多（＝大勢、多勢）

大勢が押し掛けて来た（大隊人群蜂擁而來）

大勢の敵と戦う（和人數眾多的敵人戰鬥）

大関〔名〕〔相撲〕大關（僅次於最高級相撲力士橫綱的稱號、以前曾為力士最高級的稱呼）。〔轉〕（某方面）最有實力者，最優秀者，出類拔萃的人

大世間〔名〕〔舊〕大世面、廣大社會

大世間を知っている（見過大世面）

大世間を知らない人（沒見過大世面的人、不懂世故的人）

大節季、大節季〔名〕年末、除夕（＝大晦日）

大掃除〔名、他サ〕大掃除，大清掃。〔轉〕大清洗，刷新

毎年四回大掃除を為す（每年大掃除四次）

市政の大掃除を断行する（堅決實行市政的全面刷新）

組合内部の大掃除を遭る（進行工會內部的刷新）

大底〔名〕〔商〕一年間的最低價、行情暴跌時期的最低價

大袖〔名〕〔古〕（中古朝賀用的）大袖禮服外衣、肥大的衣袖，長袖

大外刈〔名〕〔柔道〕下外絆子（先把對方的身體扭轉向後、然後用腳向對方支撐體重的腿、從外側下絆把他摔倒）

大外刈を掛ける（下外絆子）

大空〔名〕天空（＝大空，太空，大空，太空）

晴れ渡る大空（萬里無雲的天空）

青青と為た大空を仰ぐ（仰視碧藍的天空）

大空の下で（在天空下）

大空を飛翔する（在空中飛翔）

大空，太空、大空，太空〔名〕〔佛〕大空、太空，天空，空間（＝大空）

大損〔名〕大賠錢、大虧本、重大損失←→大儲け

大台〔名〕〔商〕（股票、期貨等）一百日元單位、（證券，物價等的）大關

二百円の大台を割る（跌到二百日元以下）

平均株価が五百円の大台を割る（平均股價跌破五百日元大關）

１００円大台割れ（跌破一百日元大關）

１００円大台替り（漲過一百日元大關掛零）

同紙は発行部数を四百万の大台に乗せた（該報發行份數已增至四百萬大關）

一千円の大大台に乗せる（漲到一千日元大關）（一千日元單位稱大大台）

一兆円の大台を超える（突破兆元大關）

世界の総人口は既に四十億人の大台に乗った（世界人口總數已經達到了四十億大關）

予算が三兆円の大台を超えた（預算突破了三兆元大關）

大鯛〔名〕〔動〕大鯛魚

大太鼓〔名〕大鼓←→小太鼓

大太刀〔名〕（中古作戰時背或扛的）大刀

大鷹〔名〕〔動〕蒼鷹

大助かり〔名〕大為得救、非常省事

子供が手伝って呉れるので大助かりだ（有孩子幫忙省事多了）

然うして貰えれば大助かりだ（如果能那麼辦就幫了大忙了）

大立ち回り、大立回り〔名、自サ〕（戲劇中的）激烈的武打場面、激烈的武鬥

舞台が大立ち回りに為る（舞台上出現大武打的場面）

大立ち回りを演じる（打成一團）

ㄉ

殴り合いが始まって大立ち回りに為った（開始對毆後打得不可開交）

大立、大殺陣〔名〕激烈的武打場面、激烈的武鬥（＝大立ち回り、大立回り）

大立て者、大立者〔名〕（劇團等的）台柱，最優秀的演員、（某方面或團體中的）巨頭，大人物，重要人物

彼女は一座の大立者だ（她是劇團的台柱）
財界の大立者（金融界的巨頭）
文壇の大立者（文藝界的巨匠）
政界の大立者（政界的要人）

大店、大店〔名〕大商店、大鋪子

大谷渡り〔名〕〔植〕叢蕨

大束〔名〕大捆、大把
〔名、形動〕大方、誇大、大手大腳

大束の薪（大捆的柴火）
髪を大束に結う（梳個大髻）
大束を決める（擺架子、裝腔作勢）
大束な事を言う（誇口、說大話）
大束に出る（擺闊氣、大手大腳）

大玉〔名〕大的圓球、（直徑8毫米以上的）大珍珠、（水果等）大的顆粒、（商業上的）大批訂貨

大津絵〔名〕大津畫（十七世紀末期元祿時代近江國大津地方創始的一種由通俗佛畫轉變的漫畫）

大通事、大通詞〔名〕〔史〕（江戸時代長崎的中國語或荷蘭語的）高級譯員，譯員長

大掴み〔名、形動、他〕大把抓、概括，概要，扼要，粗略（＝大雑把）

南京豆を大掴みに掴む（大把抓花生）
教え方が大掴みだ（教法粗略）
大掴みに言えば（扼要地說）
内容を大掴みに掴む（提綱挈領）
大掴みな纏め方（粗略的概括方法）
大掴みな報道に拠ると（據初步消息）
解説が大掴み（に）過ぎる（解說過於粗略）

大晦、大晦日、大晦日〔名〕除夕、大年、大年三十

大晦日の夜は年越蕎麦を食べる（大年三十夜裡吃過年的蕎麥麵條）
大晦日の夜は除夜の鐘の音を聞く（大年三十晚上聽除夕的鐘聲）
大晦日は総決算（年終算總帳）
大晦日が来る（到了除夕）
大晦日に為る（到了除夕）

大年、大歳〔名〕〔舊〕大年、除夕（＝大晦、大晦日、大晦日）

大年越し（過年、過大年）

大槌、大槌〔名〕大錘

大筒〔名〕（盛酒的）大竹筒。〔古〕大砲←→小筒

大綱〔名〕粗繩、根本，大綱

此れを大綱と為す（以此為大綱）

大粒〔名〕大粒、大顆

大粒の汗が頬を伝わった（大顆的汗珠順著雙頰流下來）

大詰め、大詰〔名〕〔劇〕最後一場，最後一幕。〔轉〕結局，結尾，最後階段

芝居の大詰め迄見た（直看到了戲的最後一幕）
大詰めで悪人が成敗された（在最後一場壞人受到了懲罰）
一箇月に亙る興行が大詰めに近付く（一個月的演出即將結束）
審議が大詰めに為る（審議進入最後階段）

大爪草〔名〕〔植〕大爪草（石竹科一年生草）

大手〔名〕〔軍〕正面進攻部隊（＝王手）←→搦め手、（城的）正門（＝王手）←→搦め手、（作大批交易的）大戶頭，大企業，大公司（＝大手筋）

大手を破る（突破正門）
大手搦め手から攻める（從前後門一起攻打、從各方面攻打、用各種方法進攻）
大手買主（大主顧）
大手十八社（十八家大公司）
大手鉄鋼会社（大鋼鐵公司）

大手合い、大手合（〔圍棋〕〔決定選手名次或段位的〕正式圍棋大比賽＝大手合わせ、大手合せ）

大手合わせ、大手合せ（正式圍棋大比賽＝大手合い、大手合）

大手筋（〔商〕〔交易所中的〕大戶頭、大企業，大公司，大廠商）

大手亡（〔商品名〕無蔓扁豆）

大手門（城的正門）

大手〔名〕伸開的雙臂

大手を広げて迎える（張開兩臂歡迎、熱烈歡迎）

大手を広げて立ちはだかる（張開兩臂蕩擋住去路）

大手を振る（大搖大擺、大模大樣、無所顧忌）

大手を振って歩き回る（大搖大擺地走來走去）

大手を振って進む（勇往直前）

帝国主義が至る所で大手を振って横行する時代はもう永遠に過ぎ去った（帝國主義者肆無忌憚地到處橫行霸道的時代已經一去不復返了）

大手鞠〔名〕蝴蝶戲珠花（＝手毬花、手鞠花）

大出来〔名〕成績極好、非常出色、特別成功

大出来、大出来（好極了！好極了！）

今晩の会は大出来だった（今天晚上的會開得非常成功）

此の作文は大出来だ（這篇作文非常出色）

大天竺鼠、大豚鼠〔名〕〔動〕刺鼠

大天井〔名〕〔商〕（一定期間内的物價、行市的）最高峰

大戸〔名〕（房屋正面的）大門、（商店等臨街的）大拉門

大戸を下ろす（放下大拉門、關上大門）

大胴〔名〕（〝能樂〟等使用的）大鼓（＝大鼓）

大通り〔名〕大街、通衢、大馬路

大通りや路地（大街小巷）

賑やかな大通り（熱鬧的大街）

街灯の明るい大通り（燈火通明的大街）

大通りの行き止まり（大街盡頭）

大通りを歩く（在大街上走）

大通りを横切る（橫過馬路）

横町から大通りに出る（從小巷走上大街）

大通りに通じる道（通向大街的路）

大通〔名〕〔俗〕嫖妓人情世故（的人）、冶遊的老在行，精通冶遊之道（的人）

大蜥蜴〔名〕〔動〕（印度、馬來西亞等地產的）大蜥蜴、圓鼻巨蜥

大年増〔名〕（四十歲上下的）中年婦女

大殿〔名〕（宮殿的）正殿、（封建時代對大臣的尊稱）大老爺、（對貴族的父親或有時在貴族的兒子面前對貴族本人的尊稱）太老爺，大老爺

大殿〔名〕〔古〕顯貴人物的宅邸、貴婦人的尊稱

大供〔名〕〔俗〕（不懂事的）大人、大孩子、老小人（來自〝小供〟相對稱的戲語）

子供許りか大供迄集った（豈止小孩子連大孩子也都來了）

大鳥、鳳、鵬〔名〕（鶴、鸛等）大鳥、（傳說中的）鳳，鵬

大凪〔名〕非常風平浪靜

海は油を流した様な大凪だ（海上像一面鏡子似地風平浪靜）

大名題〔名〕〔舊〕（〝歌舞伎〟等）全天演出的總劇目、海報牌，大戲報←→小名題、主要演員

大鉈〔名〕（劈木材用的）厚刃砍刀

大鉈を振るう（大刀闊斧地整頓）

大波〔名〕大浪、巨浪

甲板が大波に洗われる（巨浪漫過甲板）

大波が襲い掛かって来る（巨浪捲來）

大波武〔名〕〔動〕西伯利亞綠喉潛鳥

大滑〔名〕（墊在馬鞍下防止磨傷馬背的）鞍屜

大野〔名〕大原野、遼闊的原野

大野貝〔名〕〔動〕沙海螂（一種軟殼的長蛤蠣）

大呑込み〔名〕完全領會、完全理解

大場〔名〕大的場地。〔圍棋〕大場（可占有利地位的著眼點）

タ

大場所〔名〕大的場所大廣場正式的場所。〔相撲〕正式大比賽（現每年在東京和大阪共舉行六次=本場所）

大馬鹿〔名〕〔俗〕大混蛋、大傻瓜、糊塗蟲
　大馬鹿者（大混蛋、大傻瓜、糊塗蟲）

大葉子、車前草、車前〔名〕〔植〕車前草

大葉擬宝珠〔名〕〔植〕大葉玉簪花

大橋〔名〕大橋
　三条大橋（京都的三條大橋）
　関門大橋（下關和門司之間的關門大橋）

大橋〔名〕大橋
　大橋を架設する（架設大橋）

大嘴〔名〕〔動〕鸚鵡鵼、巨嘴鳥

大話〔名〕〔舊〕講猥褻故事（一種民間講故事的形式、主要講些男女間的下流趣聞以博得聽眾大笑）

大羽〔名〕（鳥類羽毛中的）大羽、正羽

大幅、大巾〔名、形動〕寬幅（的布）、大幅度←→小幅
　大幅の木綿（寬幅的棉布）
　キャラコの大幅を六尺下さい（請給我拿六尺寬幅白細布）
　ドルの大幅な（の）切り下げ（美元的大幅度貶值）
　大幅な（の）値下げを為る（大幅度減價）
　大幅な（の）人事異動を行う（進行廣泛的人事調動）
　大幅に後退する（大大倒退）
　大幅に縮小された数字（大為縮小了的數字）
　支出を大幅に削減する（大量削減開支）
　価格が大幅に引き上げられる（價格大幅度地提高）
　大幅に遣る（大肆鋪張、大擺闊氣）

大ハルシャ菊、大波斯菊〔名〕〔植〕大波斯菊（=コスモス）

大流行〔名〕〔舊〕大流行（=大流行）

大流行〔名〕大流行

大膚脱ぎ〔名、自サ〕（諸膚脱ぎ的誇張說法）光膀子、光脊樑、赤背
　大膚脱ぎに為って一生懸命に働く（光著膀子拼命工作）
　大膚脱ぎに為って掛かる（甩開膀子幹）

大祓、大祓〔名〕大祓禊（古來每年六月及十二月最後一天京都朱雀門前舉行的驅災淨罪的神道儀式、現在宮中和全國各神社仍舉行）

大原女、大原女〔名〕（頭上頂著木柴鮮花等從京都大原鄉來到京都市內的）大原的女行商，女叫販

大針〔名〕大針、大號針

大梁〔名〕〔建〕大樑、棟樑

大判〔名〕大張的紙，大開本、（江戶時代通用的）橢圓形大金幣，銀幣（一個〝大判〞等於十個〝小判〞）
　大判のノート（大開本的筆記本）
　大判の洋罫紙（大張橫格紙）
　片面刷りの大判紙（單面印刷的大幅紙張）
　大判小判ざくざく（大小金幣銀幣嘩啦嘩啦地多得很）
　大判金（大金幣）
　大判銀（大銀幣）

大番〔名〕（中古及鎌倉時代為守衛皇宮）輪流駐在京都的地方武士（=大番役）、（江戶時代）輪流守衛江戶京都大阪三城的武士（=大番組）。〔俗〕大型大號的

大鴇〔名〕〔動〕大鴇、鴇（涉禽類）

大反魂草〔名〕〔植〕金光菊

大盤振舞〔名〕（古時招待親友的）新正宴會。〔轉〕盛宴，盛大的酒席
　大盤振舞を為る（大請客、大擺酒席）

大引、大引き〔名〕〔建〕（日本式房屋）地板支柱上的楞木

大引、大引け〔名〕（交易所的）收盤、收盤時的行市←→寄付
　大引に為る（收盤）
　大引値段（收盤價格、收盤行市）
　大引が二百円に為る（收盤行市二百日元）

大樋燒〔名〕大樋陶器（石川縣金澤市大樋町產的一種陶器）

大百姓〔名〕（大規模經營農業的）豪農

大評判、大評判〔名〕〔舊〕轟動一時、非常出名、滿城風雨（現代日語中一般讀作大評判）

彼の事件は其の町で大評判に為った（那個事件在那個城鎮裡鬧得滿城風雨）

其の歌は大評判だ（那首歌非常出名）

大びら、おおっぴら〔形動ノ〕（おおっぴら是大びら的強調形式）公然、公開、毫不掩飾、毫無顧忌、肆無忌憚、明目張膽

おおっぴらな態度（毫不掩飾的態度）

領土主權に対するおおっぴらな侵犯（對領土主權的肆意侵犯）

おおっぴらに悪い事を為る（毫無顧忌地做壞事）

おおっぴらに不正を働く（公然舞弊貪污）

おおっぴらに逆らう（公開頂撞）

白昼におおっぴらに泥棒を働く（光天化日之下肆無忌憚地進行偷盜）

おおっぴらには手が出さない（不敢明目張膽地行事）

大平目, 大鮃, 大鮃〔名〕〔動〕（產於太平洋的）大比目魚、庸鰈

大広間、大広間〔名〕大廳，大會場、（江戶時代）（江戶城內各地諸侯的）集會大廳

大服茶、大福茶〔名〕（為驅邪）元旦清晨汲的水泡茶，加入梅干，山椒，昆布，黑豆等喝下

大船〔名〕大船

大船に乗った（様な気持）（〔像坐在大船上一般〕非常放心、穩若泰山）

大船に乗った様な気持ちで居為さい（請你完全放心）

僕に任せりゃ大丈夫、大船に乗った積りで居給え（交給我沒錯只管放心好了）

大振り、大振〔名、他サ〕〔棒球〕用力揮擊球棒

〔名、形動〕大型、大號←→小振り

もう少し大振りの品を見せて下さい（請拿再略大一點的給我看看）

うんと大振なのが良い（特大的好）

大振り袖、大振袖〔名〕袖子特別長（的婦女和服）、穿特別長袖和服的（年輕）婦女

大振舞〔名〕盛大的酒席、大酒宴、大請客

大降り〔名〕（雨雪等）下得大、下大雨、下大雪←→小降り

雨が大降りに為る（雨下得大起來）

昨日の大降りで河の水が溢れた（由於昨天的大雨河水氾濫了）零れる溢れる

大降り三日無し（大雨不超過三天）

大帽子花〔名〕〔植〕大花鴨跖草

大ボス〔名〕大頭子，大老板、總後台

大骨〔名〕大骨頭、非常辛苦、費大力氣

とんだ大骨だった（費了很大的勁）

大骨を折る（費很大力氣）

大間〔名〕間距大、大廳，大房間，寬敞的房間

大間違い〔名〕大錯特錯

大間違いを仕出かす（弄出嚴重錯誤）

僕を五十と見たのか、大間違いだ（你以為我五十歲了嗎?那差太遠了）

大まか〔形動〕粗枝大葉，不拘小節。粗略，概略（＝大雑把）

大まかな人間（粗率的人）

仕事が大まかだ（工作不過細）

大まかに見積もる（粗略估計）

大まかに言えば（籠統地說）

大まかな統計に拠ると（據不完全統計）

大楣〔名〕〔建〕大木、大過木、過梁

大負け〔名〕大敗、大減價

大負けを食った（吃了個大敗仗）

大負けに負ける（大大減價）

大負けに負けて千円です（特別大減價只能讓到一千日元）

大真面目〔形動〕非常認真、一本正經、過分認真

ヶ

大真面目に仕事に取り組む（非常認真地埋頭工作）

彼が大真面目だと言うから驚く（說他一本正經那才是個怪事）

大股〔名〕闊步，大踏步、邁大步、張開雙腿←→小股

大股を広げる（大叉腿）

大股に歩く（邁大步走）

大股に悠悠と立ち去る（闊步揚長而去）

彼は私達を率いて大股に進んでいった（他邁著大步帶領我們前進）

嵐に挑んで大股で前進する（冒著大風雨大踏步前進）

大待宵草〔名〕〔植〕大待宵草、紅桿月見草（=宵待草）

大回り、大廻り〔名、自サ〕繞遠、繞大彎、轉大彎←→小回り

大回りを為る（繞大彎）

其処を行くと大回りに為る（打那兒走可就繞遠了）

左に曲る車は大回りを為る（向左轉彎的車轉大彎走）

右大回り左小回り（〔日本交通規則〕向右轉大彎向左轉小彎）

大回し、大廻し〔名〕繞遠，繞大彎、在主要港口間航行（的船）

大回転〔名〕〔滑雪〕滑下旋轉動作比賽（=大回転競技）

大政所〔名〕〔史〕太夫人（"攝政""關白"的母親的尊稱、特指"豐臣秀吉"的母親）

大御〔接頭〕〔古〕接於有關神或天皇的事物之上、表示尊敬

大御稜威（皇威=御稜威、御稜威、稜威）

大御歌（天皇作的詩歌）

大御酒（獻給神或天皇的酒）

大御心（天皇的心意）

大御言（聖旨、詔書、敕語）

大御手（天皇的手）

大御馬（天皇騎的馬）

大御代、大御世（〔天皇統治的〕聖代、治世）

大御門（〔古〕天皇、大帝）

大御位（皇位、帝位）

大御宝（〔古〕黎民-來自美化天皇愛民如寶之意）

大御、お御〔接頭〕表示鄭重、尊敬等意思

大御足（您的腳、他的腳）

大御大きい（大）

大御所〔名〕〔史〕隱退的將軍（的住所）、（某一方面的）權威，泰斗

大御所家康公（隱退將軍德川家康公）

文壇の大御所（文壇的泰斗）

医学界の大御所（醫學界的權威）

大見得〔名〕〔劇〕大亮相（歌舞伎中特別誇大的亮相姿勢）。〔轉〕（由於得意或自豪）故作誇大的表情或姿態

大見得を切る（亮相、擺個架式）

彼は議会で政府の財政方針を扱き下ろして大見得を切った（他在國會上評擊政府的財政方針

大顯身手）

水泳は得意中の得意だと大見得を切る（吹噓說游泳是最得意的拿手戲）

大見出し〔名〕（報刊的）大（字）標題、誇大的標題，耀眼的標題

三段通しの大見出し（三段通欄的大標題）

大見出しを付ける（加上大標題）

大見出しででかでかと書き立てる（用大標題引人注意地大書特書）

彼の事件は大見出しで新聞に報道された（那個事件在報上用大標題報導出來了）

大宮〔名〕皇宮、神宮、皇太后的尊稱

大宮人〔名〕〔史〕廷臣、朝臣、公卿

大宮司〔名〕大宮司（各大神宮、神社神職之長）

大昔〔名〕太古、上古、遠古

昔、昔、大昔（很早很早以前）

大昔の遺物（遠古的遺物）

其れは大昔の事だ（那是古老年代的事情）

其れは大昔から有る事だ（那是自古就有的事情）

大向こう、大向う〔名〕（原指舊時劇場樓上正面最後的席位）站票席（的觀眾）、一般觀眾，群眾

大向こうで芝居を見る（在站票席看戲）

大向こうの人気を狙う（迎合觀眾的趣味）

大向こうを唸らせる（博得滿場的讚賞、受到群眾的熱烈歡迎）

熱演で大向こうを唸らせた（熱烈的表演博得了廣大觀眾的讚賞）

票集めの為に大向こうを唸らせる演技を為る（為了獲得選票故作姿態討好群眾）

大麦〔名〕〔植〕大麥

大麦の粒（大麥粒）

大麦を碾いた粉（大麥磨的粉）

大紫〔名〕〔動〕大紫蝴蝶（=大紫蝶）（一種紫色翅膀的大蝴蝶1957年被日本昆蟲學會定為国蝶）。〔植〕紫杜鵑

大目〔名〕大眼睛、大斤（〞斤〞普通為160匁、但根據商品不同斤或大或小，以200匁為一斤的叫做大目），（也寫作多目）（在份量上）略多些←→少な目，寬恕，饒恕，寬容，容忍

大目を剥いて見据える（瞪著大眼睛盯盯地看）

少し大目に計る（秤得略高點）

飯を大目に装う（多盛點飯）装う

大目に見る（寬恕、寬大處理、不加追究）

過失を大目に見る（寬恕過錯）

大目に見て下さい（請高抬貴手吧！）

今度丈君の行いを大目に見て遣ろう（只這一次寬恕你的行為）

其の事は大目に見られていた（那件事當時是寬大處理的）

大目玉〔名〕大眼睛，大眼珠，申斥，斥責

大目玉を剥く（瞪大眼睛）

大目玉を食う（挨了一頓申斥）

大目玉を食らう（挨了一頓申斥）

大目玉を頂戴する（挨了一頓申斥）

親父に見付かって大目玉を食った（叫父親看到了挨了一頓責罵）

彼奴に大目玉を食らわした（狠狠地申斥了他一頓）

大儲け、大儲〔名〕賺大錢、獲得巨大利潤

商売で大儲けを為る（靠做買賣發大財）

大持て〔名〕〔俗〕大受優待、大受歡迎、很吃香

大持てに持てる（倍受歡迎、紅極一時）

彼の人は何処へ行っても大持てだ（他無論到哪裡都大受歡迎）

大元締〔名〕大總管、總頭目

やくざの大元締（流氓的總頭目）

経団連の会長は財界の大元締だ（經濟團體聯合會的會長是日本經濟界的總頭目）

大物〔名〕大東西、大作品，巨著、大獲獵物、大事業，大生意，大人物，有實力的人物

今度の絵画展には可也大物が出ている（這次畫展展出了不少大作品）

今年は大物は続続出版されている（今年有些巨著陸續出版）

大物が捕まったぞ（捉住一個大隻的）

何か大物が掛かったぞ（有個大魚上鉤了）

大物に手を出す様に為った（搞起大事業來了）

今度の内閣は大物揃いだ（新內閣的成員全是些大人物）

政府の大物が名を列ねていてる（列著政府重要人物的名字）

大物入り、大物入〔名〕（家庭經濟上）開支很大、花費很大

田中の家では此の度の建て増し費丈でも大物入りでした（在田中家裡只是這次的增建費就是一筆很大的開支）

大物食い〔名〕（相撲、圍棋等）常常戰勝高手（的人）

彼の力士は大物食いだ（那位力士常常戰勝高手）

大盛り、大盛〔名〕盛得很滿（=山盛り）
　飯を大盛りに装う（把飯盛得滿滿的）
　大盛り三人前（大碗的三份）

大谷石〔名〕大谷石（一種火山灰凝成岩、產於栃木縣河内郡城山村大谷一帶、廣泛用於下水道、石牆）

大谷渡り〔名〕〔植〕叢蕨

大矢数〔名〕江戶時代京都射箭比賽、俳句成句比賽、江戶前期的俳諧集

大八洲〔名〕日本列島的古稱（八是多數之意）
　大八洲国（日本國的美稱）

大安売り〔名、他サ〕大賤賣、大減價（=大売出し）
　破天荒の大安売り（空前的大賤賣）
　本日大安売り（本日大減價）
　反物の特別大安売り（布匹特別大減價）

大雪、大雪〔名〕大雪
　大雪が降る（下大學）
　山は大雪に閉ざされた（大學封山）
　大雪を冒して前進する（冒著大雪前進）
　大雪に飢渴無し（大雪兆豐年）

大雪〔名〕大雪（=大雪）、大雪（二十四節氣之一）
　大雪山（〔地〕大雪山）
　大雪山国立公園（大雪山國立公園）

大指〔名〕（手腳的）大拇指（=親指）

大弓、弩〔名〕（古代彈射石塊的）弩、大弓

大様〔形動〕（也寫作鷹揚）落落大方、胸襟開闊、高雅穩重、很有氣派、慷慨、豪爽、闊綽
〔副〕大致、大概
　人間が大様だ（為人落落大方）
　大様な人柄（為人豁達）
　大様な態度（豁達大度的態度）
　大様に構える（氣派十足、端起架子）
　何時迄も大様に構えては行けない（總端架子可不行）
　大様に頷く（大模大樣點點頭）肯く
　大様な金遣いを為る（花錢大方）

　大様違わず（大致不差）

大横這い〔名〕〔動〕葉蟬

大凡〔名、副〕大體、大概情況、大致、大約（=大体、粗方、凡そ）
　大凡の事情は聞いている（大概情況已經聽到了）
　必要な金の大凡を言って下さい（請你把所需款項大概說一下）
　大凡の見積もり（大概的估計）
　大凡の見当は付く（心裡大致有個譜）
　大凡（は）理解出来た（大體能夠理解了）
　大凡五十人も入れば良い（大約有五十個人就可以）
　大凡十年位前の事です（是大約十年以前的事情）
　大凡当っている（大致猜對了）
　大凡の説明を聞いたら、自分で始めて見て下さい（聽了大概的說明之後請自己開始試試看）

大弱り〔名〕非常為難、大傷腦筋

大らか〔形動〕落落大方、胸襟開闊（=大様）
　大らかな心の持ち主（胸襟豁達的人）
　大らかな持て成す（慷慨大方的款待）
　大らかに見える（顯得落落大方）
　大らかな性格（豁達開朗的性格）

大瑠璃〔名〕〔動〕琉璃鳥、白腹藍鶲

大瑠璃草〔名〕〔植〕大琉璃草

大業、大技〔名〕（相撲、柔道等的）大動作、拼勝負的招數←→小業
　大業を振う（使大動作、施展大招數）振う奮う篩う揮う震う

大業物〔名〕鋒利的寶刀

大業〔名〕大業、大事業
　世界平和の大業に獻身する（獻身於世界和平的大業）

大鷲〔名〕〔動〕虎頭海鵰

大童〔形動ノ〕（來自古代奮戰時丟盔散髮狀）拼命幹，努力奮鬥，奮不顧身，手忙腳亂，忙得不可開交
　　大童で働く（拼命幹）
　　大童に為って働く（拼命幹）
　　田植えで大童に為っている時（插秧大忙季節）
　　大童の活躍を為る（進行緊張的活動）
　　展覧会の準備に大童だ（為準備展覽會忙得不可開交）

大割引〔名〕大減價、大折扣

大芥菜、高菜〔名〕〔植〕大芥

大和、倭〔名〕大和（古時的國名屬今奈良縣）、日本國的異稱

〔造語〕表示日本特有等意
　　大和芋（一種山芋）
　　大和歌（和歌、日本詩）
　　大和絵（日本的風俗畫）
　　大和琴（大和琴、日本琴）
　　大和心（日本精神＝大和魂、日本人的風尚－喜歡清潔清淡）
　　大和魂（日本民族精神－日本軍國主義曾利用為鼓吹好戰的口號）
　　大和塀（竹骨杉樹皮編的籬笆）
　　大和民族（日本民族）
　　大和撫子（〔植〕瞿麥，石竹花、〔溫柔而剛強的〕日本女性的美稱）
　　大和島根（日本國的別稱）
　　大和言葉（日本固有的語言＝和語、和歌，雅語＝雅言）

大垂髪〔名〕（來自滑らかす）垂髮（現在是皇族禮裝時的髮型）

大蚊、蚊蛉〔名〕〔動〕大蚊、長腳蚊

大宰府〔名〕〔史〕大宰府（古時設在九州筑前的官廳、管理九州壹岐對馬、也負責當地國防外交事務）

大宰帥〔名〕大宰府的長官

大蒜〔名〕〔植〕蒜

大輔〔名〕〔史〕大輔（日本古時中央各省的次官）

得（ㄉㄜˊ）

得〔名〕得←→失，利益，有利，賺頭←→損
〔形動〕合算、上算、便宜←→損
〔漢造〕獲得，取得、理解，掌握、有利，上算
　　害に為って得には為らない（有害無利）
　　二万円の得に為る（賺了兩萬日元）
　　損を為る者が有れば得を為る者が有る（有賠的就有賺的、有吃虧的就有佔便宜的）
　　買った方が得だ（買下上算）
　　覚えた丈得だ（記住一點就不吃虧）
　　得な地位を占める（佔據有利地位）
　　皆に好かれて得ですね（博得大家喜歡真划得來）
　　近道を取る方が得だ（走近路上算）
　　拾得（拾得）
　　取得（取得、收受、收取）
　　修得（學習、學會、掌握）
　　習得（學習、學會、掌握）
　　所得（所得，收入，收益、所有物）
　　獲得（獲得、取得、爭取）
　　生得（天生、生來）
　　取得（取得）
　　取得、取德（拿到就算便宜、拿到就算賺頭）
　　納得（理解，領會，同意，信服）
　　体得（體會、體驗、通曉、領會）
　　自得（自己體會、自己滿足、自己得到、自作自受）
　　会得（領會、體會、理會）
　　損得（損益、得失、利害）
　　利得（獲利、收益、盈利、利益）
　　一挙両得（一舉兩得＝一石二鳥）

得する〔自サ〕合算，上算，賺，占便宜←→損する、節省

早く準備を為ていて得した（因為早作了準備上算了）

得しようと損しようと構わない（不計較得失）

歩いてバス代を得する（步行省下公車費）

ごて得、ごね得〔名〕〔俗〕嘮嘮叨叨地糾纏歪理取得便宜（取得補償）

得意〔名〕主顧、顧客

〔形動〕得意，滿意，心滿意足←→失意，自滿，自鳴得意，得意洋洋、拿手，擅長

御得意さん（顧客）

彼の店は婦人連を御得意に持っている（那個商店有許多婦女主顧）

彼の会社はアメリカに御得意が多い（那個公司在美國有許多顧客）

得意回り（到處兜攬生意〔的人〕）

得意先（主顧、顧客）

得意先を争う（爭奪顧客）

此の店は良い得意先が有る（這個商店有好顧客）

得意場（主顧、顧客）

彼は今得意の絶頂に在る（他現在得意到極點了）

彼の得意の時代は過ぎた（他的得意時期已過）

誰にも得意な時代が有る（任何人都有得意的時候）

得意顔（得意的面孔）

褒められて得意に為る（受到誇獎而洋洋得意）

彼は人のあら捜しを遣って得意に為っている（他專挑別人的毛病而沾沾自喜）

ラジオの話に為ると、得意に為って話し出す（一提到收音機他就洋洋自得地說起來）

得意げに成功談を為る（洋洋得意地大談成功的經過）

彼は其の成功を大いに得意がっている（他對自己的成功表示洋洋自得）

得意の鼻を蠢かす（顯得洋洋得意）

得意満面（得意洋洋）

得意の業（擅長的技藝）

英語は御得意でしょう（您擅長英語吧！）

私は人の前で話を為るのは余り得意ではない（我不擅長在人前講話）

彼は数学が得意だ（他擅長數學）

得業〔名、自サ〕修完課程

得業士（得業士-舊制專門學校給予畢業生的稱號）

得業生（畢業生）

得策〔名〕得策、上策、好辦法、有利的方策

其の方法が得策だと思う（我以為那是個好辦法）

彼は得策を思い付いた（他想出一個好辦法）

然う言う遣り方は不得策だ（那樣作法不高明）

得失〔名〕得失

デフレ政策の得失を論ずる（論述通貨緊縮政策的得失）

得失は殆ど相半ばしている（利弊幾乎相等）

得心〔名、自サ〕徹底了解、完全同意

得心の行く迄話す（談到心服口服）

双方得心ずくで離婚する（經雙方完全同意後離婚）

得喪〔名〕得喪、得失（=得失）

利害得喪（利害得失）

得点〔名〕（學習、競賽等的）得分

得点掲示板（計分牌）

両軍の得点差が大きく為った（兩隊得分拉大）

試験の得点が気に為る（擔心考試的分數）

得度〔名、自サ〕〔佛〕出家（為僧）

得道〔名、自サ〕〔佛〕悟道、領會道理，了解

得得〔形動タルト〕洋洋得意

一等に為って得得と為ている（得了第一洋洋得意）

外遊談を得得と（為て）語る（得意洋洋地談出國旅行情況）

得票〔名、他サ〕（選舉時）得票

圧倒的な得票で当選した（以壓倒多數的得票當選）

得票が少なかった（得票很少）

得分〔名〕分得的份（＝分け前）。〔舊〕賺頭，盈餘（＝儲け）

此れが君の得分だ（這是你的份）

自分の得分を減らしても皆が満足する様に分ける（寧願減少自己的份分得使大家滿意）

必要経費を差し引いた残りが得分に為る（扣除所需經費剩下的是賺頭）

得米〔名〕（佃戶向地主交的）租糧（＝小作米）

得用、徳用〔名、形動〕廉價而適用、物美價廉、經濟適用

家庭用得用型（家庭用的輕便型）

石炭を使うよりもガスの方が得用です（煤氣比煤經濟適用）

大きい方が得用だ（大的經濟適用）

得用品（經濟適用品）

得率〔名〕（化學工業等從一定原料中生產出的）產品率

得恋〔名、自サ〕〔俗〕得到對方的愛情←→失恋

得〔他下二〕（得る的文語形式、得的終止形為得）得到，能夠、精通、擅長

得る〔他下二〕（得る的文語形式、主要用於書寫語言中、活用形為え、え、うる、うる、うれ、えよ）得，得到、（接尾詞用法、接動詞連用形下）能夠，可能

大いに得る所が有る（大有所得）

少しも得る所が無い（毫無所得）

利益を得る（得到利益）

実行し得る計画（能夠實行的計畫）

其れは有り得る事だ（那是可能有的事）

得る〔他下一〕得，得到、理解、領悟、能，能夠、（以せざるを得ない形式）不得不，不能不

〔接尾〕（接在其他動詞連用形下、連體形，終止形多用得る）能，可以

利益を得る（得利）得る獲る選る彫る彫る

病を得る（得病）

志を得る（得志）

信頼を得る（取得信任）

貴意を得度く存じます（希望徴得您的同意）

知識を得る（獲得知識）

所を得る（得其所）

間一髪気が付いて、漸く事無きを得た（馬上發覺才幸免於難）

何の得る所も無かった（毫無所得）

人民から得た物のを人民の為にもちいる（取之於民用之於民）

国際的に幅広い共鳴と支持を得ている（贏得了國際上廣泛的同情和支持）

其の意を得ぬ（不理解其意）

彼に面会する事を得なかった（未能與他會面）

賛成せざるを得なかった（不得不贊成）

如何しても其の方向に動かざるを得ない（怎麼也不能不向那方向移動）

知り得る限りの情報（所能知道的情報）

一人では成し得ない（一個人做不成）

有り得ない（不會有、不可能）

売る〔他五〕出售、出賣、出名、挑釁←→買う

物を売る（賣東西）得る得る

布を売る（賣布）布布

高く売る（貴賣）

現金で売る（以現金出售）

値段を間違えで売って終った（賣錯了價錢）終う仕舞う

元を切って売る様では商いに成らない（虧本賣就做不成生意了）

名を売る（出名）

男を売る（露臉、賣弄豪氣）

友を売る（出賣朋友）友伴共供

味方を売る（出賣同伴）
味方見方観方看方視方

国を売る（賣國）

媚を売る（獻媚）

喧嘩を売る（找碴打架）

恩を売る（賣人情）音温怨遠御穏

其は売られた喧嘩だった（那是由於對方挑釁而打起來的架）

選る〔他五〕選擇（=選ぶ、択ぶ、撰ぶ、よる）

選りに選って最後に残った一粒の真珠（再三挑選最後留下來的一顆珍珠）

選りに選って僕が当たるとは（選來選去沒想到把我選上）当る中る

彫る〔他五〕雕刻（=彫る）、雕上，刻上（=彫り付ける）、挖通，挖穿（=繰り抜く）、刻紋嵌鑲

得難い〔形〕難得的、貴重的、來之不易的

得難い品（稀罕的東西）

又と得難い好機会（難得再有的好機會）

然う言う人は中中得難い（那樣人實在難得）

得体〔名〕本來面目（=本性、正体）

得体の知れない人（來歷不明的人）

得体の知れない病気（莫名其妙的病）

得体の知れない代物（稀奇古怪的東西）

魚だか何だか得体が知れない（似魚非魚、不倫不類）

得て〔副〕每每，往往、（用於否定句）得

自惚れると得てして失敗する物だ（自以為了不起往往就要失敗）

其れは得てして有り勝ちの事だ（那是常有的事）

得てして忘れ勝ちである（總是健忘）

得て近付く可からず（不得接近）

得手〔名、形動〕得意、拿手、擅長（=得意）

其れが彼の得手なのだ（那是他的拿手好戲）

文学は私の得手ではない（我不擅長文學）

得手に帆（を揚げる）（如魚得水、大顯身手）

得手に棒（如虎添翼）

得手勝手（任性、放肆=我が儘）

得手勝手な人（任性的人）

得手勝手な事を言う（說專為自己方便的話）

得手勝手な振舞を慎む（律己慎行）

得てして〔副〕每每，往往（=得て）

得たり〔連語〕（由動詞得的連用形+助動詞たり構成）好極了（=占めた）

得たりと許り承諾する（欣然應允）

相手が組み付いて来たので、得たりと許り投げ飛ばす（對方撲上前來正好把他摔倒）

得たりや応〔連語、感〕（得意時發出的感嘆聲）好極、妙極

得たり賢し〔連語〕太好了、恰中下懷

得たり賢しと承諾する（欣然應允、立刻答應）

うっかり褒めたら得たり賢しと自慢話を始めた（無意中一稱讚他就自鳴得意地誇起海口來了）

得たり顔〔名〕得意的面孔、得意洋洋（=したり顔）

得たがる〔他五〕（得る的連用形+助動詞たがる）渴望、垂涎、想得到

得物〔名〕（原指合手的武器）（手中的）武器、最得意（拿手）的事物（=得手物）

手頃な得物（合手的傢伙）

得物は何も持っていない（什麼武器也沒拿）

手手に得物を持って押し寄せる（手裡都拿著武器蜂擁而上）

得易い〔形〕（動詞得る的連用形+形容詞易い）易得←→得難い

得易からぬ人物（難得的人物）

得易き物は失い易い（來的容易去得快）

とく（德）（ㄉㄜˊ）

徳〔名、漢造〕德，德性，德行，恩德，德望，品德、（與得通用）利益，好處

徳が備わる（有德）

徳の高い人（德高的人）
厚意を徳と為る（對厚意感恩戴德）
徳を施す（施恩）
彼の徳に与かる（受到他的恩德）預かる
世人は彼の徳に服した（世人欽佩他的德望）
故人の徳を傷付ける（有傷死者的德望）
彼の徳を仰ぐ（敬仰他的品德）
早起きが三文の徳（早起三朝勝一工）
徳は孤為らず必ず隣有り（德不孤必有鄰－論語）
徳を以って怨みを報ず（以德報怨－論語）
高徳（高尚品德）
公徳（公德）
仁徳、仁徳（仁德）
人徳（品德）
神徳（神的恩德）
陰徳（陰德）
婦徳（婦德、婦道）
不徳（不道德、沒有德望）
武徳（武人的道德、武士的道德）
福徳（有福有德、有福有錢）
聖徳（聖德－封建時代尊稱天子之德）
盛徳（盛德、德高望重）
威徳（威德）
遺徳（遺德）
道徳（道德）
悪徳（敗德、惡行）
恩徳（恩德）
有徳、有徳，有得（有德、德高、富裕）
十徳、十徳（〔江戸時代學者、醫師、畫家做禮服用的〕袖根縫死的一種短身和服）

徳育〔名〕德育←→体育、知育

徳川幕府〔名〕〔史〕德川幕府（德川家族統治時期在江戶設立的行政機構＝江戶幕府）

徳義〔名〕道義
徳義を守る（遵守道義）守る
徳義を重んじる（尊重道義）
徳義に背く（違背道義）
徳義に悖る（違背道義）
徳義上の問題（道義上的問題）
徳義心に訴える（訴諸道義心）
徳義地に落つ（道義掃地）

徳人、徳人，得人〔名〕德高的人、富翁

徳性〔名〕德性
徳性を養う（休養德性）

徳政〔名〕德政。〔史〕（鎌倉幕府末期、為了挽救武士的窮苦、廢除武士的借貸合同、返還抵押品的）德政令

＊徳政一揆（〔〈史〉室町幕府時代、農民為了反抗高利貸的壓迫、要求政府廢除借貸合同而發動的〕德政暴動）

徳操〔名〕德操、節操
徳操堅固な人（節操堅定的人）

徳沢〔名〕德澤、恩澤、恩惠

徳俵〔名〕〔相撲〕埋在場地外側東西南北四面正中間的各一個草袋

徳風〔名〕德風
徳風を慕う（仰慕德風）

徳望〔名〕德望
徳望の高い人（德高望重的人）

徳目〔名〕道德的項目（指忠孝仁義等、即儒教所稱的五常）

徳用、得用〔名、形動〕廉價而適用、物美價廉、經濟適用
家庭用得用型（家庭用的輕便型）
石炭を使うよりもガスの方が得用です（煤氣比煤經濟適用）
大きい方が得用だ（大的經濟適用）
得用品（經濟適用品）

徳利〔名〕酒壺（＝徳利、銚子）
〔俗、諺〕不會游泳的人（＝徳利、金槌）

ㄉ

徳利に詰める（倒在酒壺裡）
徳利で燗を付ける（用酒壺燙酒）
僕は徳利だ（我不會游泳）

徳利〔名〕（徳利的促音化）酒瓶。〔俗〕不會游泳的人、套頭毛衣

徳利で売る（〔酒等〕論瓶賣）
一升徳利に二升は入らない（一升的酒瓶盛不下兩升酒、人的酒量各有一定）
徳利ジャケツ（套頭短上衣）

徳化〔名、他サ〕（君主等施行的）徳化

徳化を及ばす（使受徳化）

徳器〔名〕徳行和器量、品徳和才能

徳教〔名〕徳教

徳行〔名〕徳行

徳行の士（有徳之士）
徳行を以て知られる（以徳行聞名）

呆、獃（ㄉㄞ）

呆、獃〔漢造〕滯笨不靈敏、痴笨的人、發愣

阿呆、阿房〔名、形動〕〔俗〕愚，蠢，傻子，渾人（＝馬鹿）

此の阿呆奴（你這個傻瓜）
阿呆な事を為る（作蠢事）
阿呆等と人を罵っては行けない（不許罵人傻瓜）

阿呆面〔名〕呆臉、蠢相

阿呆律義〔名〕死心眼、憨直（＝馬鹿正直）

阿呆陀羅経〔名〕（江戸時代沿門乞討的和尚模仿經文的訓讀唱的）諷刺時事的俚謠

阿呆垂れ〔名〕傻瓜、糊塗蟲（＝馬鹿者）

呆ける、惚ける〔自下一〕（常用作結尾語構成複合動詞）精神恍惚，昏聵（＝呆ける、惚ける），著迷，熱中，發瘋（＝夢中に為る）

病み呆ける（病糊塗了）
遊び呆ける（玩得發瘋）

呆ける、惚ける〔自下一〕精神恍惚

病み呆ける（病糊塗了）耄ける惚ける暈ける

呆然〔形動タルト〕呆然（＝ぼんやりする）

彼の図図しさに一同は唯呆然と為る許であった（大家對他那種厚顔無恥不禁目瞪口呆）

呆れる、惘れる〔自下一〕吃驚，驚訝、嚇呆，愕然（＝呆気に取られる）

こんな酷い物が五千円だって？呆れたね（這樣次貨要五千日元？真嚇人）
君の記憶の悪いのには呆れた（真想不到你的記性這麼壞）
呆れて物も言えない（嚇得說不出話來）
皆呆れて顔を見合わせた（大家驚嚇得面面相覷）
呆れた奴だ（這種人真少有！）

呆れ返る〔自五〕十分驚訝、驚訝到極點（＝すっかり呆れる）

此の光景を見て皆呆れ返った（看到這種情況大家都十分驚訝）
彼の話の分らないのには全く呆れ返る（他那種不開竅實在令人驚訝）

呆れ果てる〔自下一〕十分驚訝、驚訝到極點（＝呆れ返る）

呆気〔名〕發呆、發愣

人人は呆気に取られて、口も利けなかった（大家都目瞪口呆說不出話來）

呆気ない〔形〕不盡興的、不過癮的、短促的、簡單的

呆気ない講演（沒意思的演講）
呆気ない勝利（太簡單的勝利）
呆気ない死に方だ（死得太簡單了）
勝負が呆気なく終ってがっかりする（比賽簡簡單單就完了大失所望）
ビール一本では呆気ない（只一瓶酒太不過癮了）

呆気無さ〔名〕沒勁、沒意思、不盡興

余りの呆気なさに皆呆れる（因為太沒勁了大家都為之愕然）

逮（ㄉㄞˇ）

逮〔漢造〕追及

逮捕〔名、他サ〕逮捕、拘捕、捉拿
　泥棒を逮捕する（逮捕小偷）
　犯人の逮捕に全力を挙げた（全力以赴捉拿罪犯）
　犯人は其の場で直ぐ逮捕された（犯人在現場立即被逮捕了）
　逮捕状（〔法〕拘票）

逮夜〔名〕〔佛〕忌日前夜、殯葬前夜
　今夜は逮夜だから仏壇に御灯明を上げよう（今晚是忌日前夜在佛壇上點上明燈吧！）
　逮夜の御勤めを為る（忌日前夜在靈前念經）
　逮夜経（忌日前夜誦經）

戴（ㄉㄞˋ）

戴〔漢造〕戴、穿戴、推崇
　頂戴（領受，收到，得到、吃、請、賞給，賜給，贈給）
　推戴（推戴、推舉）
　奉戴（奉戴、推戴）

戴冠〔名、自サ〕加冕
　戴冠式（加冕典禮）

戴天〔名〕戴天、生存於世
　不俱戴天（不共戴天）

戴白〔名〕頭頂白髮（的人）、老人

戴勝〔名〕〔動〕戴勝（鳥）

戴く、頂く〔他五〕頂，戴，頂在頭上，頂在上面、擁戴、（貰う的自謙語）領受，拜領，蒙…賜給，要、（食う，飲む的自謙語）吃，喝，抽

〔補動、五型〕（的敬語）請（給）…
　雪を戴く富士（頂上積雪的富士山）
　頭に霜を戴く（滿頭白髮）
　星を戴いて帰る（披星戴月而歸）
　共に天を戴かず（不共戴天）
　木村先生を会長に戴く（推舉木村先生為會長）
　此の本は叔父に戴いたのです（這本書是叔叔給我的）
　結構な物を戴きました（蒙您賞給很好的東西）
　御払い物は何なりと戴きます（收買一切破爛）
　御返事を戴き度い（請賜回音）
　戴きます（〔吃飯前的客套話〕我要吃了）
　酒も煙草も戴きません（不喝酒不抽菸）
　十分戴きました（吃得很飽了）
　御先に戴きました（吃過了）
　今晩来て戴き度い（今天晚上請來一趟）
　もう一度説明して戴きとう存じます（請再說明一次）
　窓を開けて戴けませんか（可否請您打開窗戶？）
　然うして戴ければ有り難い（若能那樣可謝謝了）
　良い事を教えて戴きました（您教給了我個好辦法）
　此れは叔父さんに作って戴いた物です（這是叔叔給做的）

戴き，戴、頂き，頂〔名〕〔俗〕（體育、比賽等）（我方）贏定了、贏到家←→麓
　此のゲームは此方の戴きだ（這場比賽我們贏定了）

頂〔名〕（物的）頂，上部、（山）巔，（樹）尖
　頭の頂（頭頂）
　帽子の頂（帽頂）
　初秋と言うのに、富士山の頂にはもう雪が降った（雖然剛剛入秋富士山頂上已經下了雪）

戴ける、頂ける〔自下一〕（戴く、頂く的可能形式）能夠得到，可以領到（=貰える）、滿可欣賞，相當不錯
　御褒美が戴ける（可以得到獎賞）
　御金を戴けるとは有り難い（能給錢可太好了）
　此の酒は中中戴ける（這個酒相當不錯）
　此の芝居は中中戴ける（這個戲相當不錯）

其の考えは戴ける（那是個好主意）

彼の態度はどうも戴けない（他的態度很壞）

戴き立ち、戴立ち〔名〕（客套話）吃完飯就告辭

戴物，戴き物，頂物，頂き物〔名〕〔敬〕別人給的東西（＝貰い物）

此の万年筆は戴物です（這枝鋼筆是別人給的）

怠（ㄉㄞˋ）

怠〔漢造〕懶惰、鬆懈

倦怠（倦怠、厭倦、厭膩）

勤怠（勤惰）

懈怠（懈怠、倦怠、懶散）

緩怠（怠慢、過失）

過怠（怠慢、過失、罰款）

過怠金（罰款）

怠業〔名、自サ〕怠工（＝サボタージュ法）、偷懶

怠業戦術を持って闘争する（採取怠工戰術進行鬥爭）

組合員全員が怠業する（全體工會會員實行怠工）

怠状〔名〕悔過書、道歉信

怠惰〔名、形動〕怠惰、懶惰←→勤勉

怠惰な(の)習慣を付けると中中直らない（懶惰成習就很難改）

人間は怠惰に為ると出世しない（人要懶惰就不會出息）

怠惰を恥と為る（以懶惰為恥）

手の付けられない怠惰な奴だ（無可救藥的懶惰傢伙）

怠納、滞納〔名、他サ〕滯納、拖欠、逾期未繳

怠納処分（拖欠稅款的處分）

嘗て税金を怠納した事は無い（從沒有拖欠過稅款）

彼は怠納に為っていた金を完納した（他把拖欠的款項全彌補上了）

怠納者（〔稅款〕拖欠戶）

怠慢〔名ナ〕怠慢、懈怠、玩忽、不注意、不履行

職務怠慢の廉で免職に為った（因玩忽職守而免職）

怠慢な学生は落第させる（怠惰的學生就讓他留級）

此の災難は知事の怠慢から起こった（這場災難是由於縣長的疏忽而引起）

怠慢罪（怠慢罪、疏忽罪）

怠ける、懶ける〔自、他下一〕懶惰、怠惰

学課を怠ける（不用功）

学校を怠ける（逃學）

仕事を怠ける（玩忽職務、不認真工作）

怠けて暮す（悠忽度日）

今日は一日怠ける終った（今天閒了一天）

怠け癖〔名〕懶癖

怠け癖が付く（養成懶惰的習慣）

怠け心〔名〕懶惰思想、好逸惡勞

怠け心に打ち勝つ（克服好逸惡勞的思想）

怠け者〔名〕懶漢←→働き者

彼の怠け者は困った物だ（對那個懶漢真沒辦法）

怠け者で毎日遊んで許り居る（是個懶漢成天游手好閒）

怠る〔自五〕懶惰，怠慢（＝怠ける、懶ける），疏忽，大意（＝油断する）、（病）稍癒，見好

怠らずに働く（不懈地工作）

仕事を怠る（工作懶散、不認真工作）

職務を怠る（玩忽職守、失職）

然うした間にも彼は勉強を怠らなかった（就是在那個時間他對學習也沒鬆懈）

注意を怠る（疏忽大意）

手紙の返事を怠った（疏忽了回信）

何時もの所で、ブレーキを掛ける事を怠ったら列車は脱線するかも分らない（在那個老地方要是疏忽了剎車列車說不定會脫軌的）

怠り〔名〕懶惰，怠慢、疏忽，大意

怠り無く（毫不怠慢地、即時地、認真地、非常注意地）
　　怠り無く返事を為る（即時地回信）
　　怠り無く任務を遂行する（認真地完成任務）

殆（ㄉㄞˋ）

殆〔漢造〕危險、將近、差不多
　　危殆（危急、危險＝危險）

殆〔副〕非常，實在（＝本当に、すっかり）、幾乎（＝殆ど）
　　殆閉口した（實在沒辦法、我實在服了）
　　生きているのが殆嫌に為った（我再也不想活下去了）
　　私は彼に殆愛想が尽きた（我對他實在討厭透了）
　　彼女には殆愛想が尽きた（她實在把人煩死了）
　　殆食べて終った（幾乎吃光了）

殆ど、幾ど〔名、副〕（殆的變化）大致，大概，大體上、大部分、幾乎、差一點
　　殆どが異議を唱えている（大多數提出異議）
　　殆どが賛成した（大部分贊成）
　　問題は殆ど解決された（問題大體上已經解決了）
　　此の工事は殆ど完成している（這工程大部分完成了）
　　病人は昨日と殆ど変わりが無い（病人大致和昨天一樣）
　　殆ど意味が無い（幾乎沒有意義）
　　私には殆ど不可能だ（在我幾乎是不可能的）
　　殆ど全部の人が反対する（幾乎所有人都反對）
　　彼が全快したのは殆ど奇跡だ（他完全恢復健康幾乎是個奇蹟）
　　成功の見込みは殆ど無い（幾乎沒有成功的希望）
　　殆ど命を失う許りだった（差一點喪了命）
　　私は殆ど溺死する所だった（我差一點沒淹死）

玳（ㄉㄞˋ）

玳〔漢造〕玳瑁（爬蟲類形像龜甲可以做裝飾品）
玳瑁、瑇瑁〔名〕〔動〕玳瑁、瑇瑁

帯（帶）（ㄉㄞˋ）

帯〔漢造〕帶，帶子、佩帶、從屬，具有、地區，區域、地層
　　衣帯（衣服和腰帶、穿衣束帶）
　　玉帯（玉帶）
　　着帯（孕婦用繫腹帶）
　　包帯、繃帯（繃帶）
　　丁字帯（丁字形繃帶）
　　携帯（攜帶）
　　所帯，世帯、世帯（〔自立門戶的〕家庭）
　　声帯（聲帶）
　　妻帯（〔男子〕結婚、成家、娶妻）
　　臍帯（臍帶）
　　一帯（一帶、一條）
　　地帯（地帶、地區）
　　火山帯（火山帶）
　　熱帯（熱帶）
　　寒帯（寒帶）
　　環帯（〔動〕體環）
　　森林帯（森林帶）
　　地衣帯（地衣帶）
　　化石帯（化石帶）

帯する〔他サ〕佩帶（＝帯びる）
　　サーベルを帯する（佩帶軍刀）対する体する
　　武器を帯する（攜帶武器）

帯域〔名〕〔電〕頻帶，波段。〔理〕光帶、區，帶，區域，範圍
　　帯域フィルター（帶通濾波器）

帯気音〔名〕〔語〕閉破音（=有気音）

帯勲〔名〕佩帯勲章、授有勲章

帯下〔名〕〔醫〕（婦女的）白帯（=腰気、白帯下）

帯下〔名〕束帯子的腰部、從帯子到脚底下的尺寸

帯剣〔名、自サ〕帯刀、佩剣

　戦前の警官は帯剣していた（戰前的警察佩帯著刀）

　帯剣を引き抜く（抽出佩剣）

帯黄色〔名〕帯黄色

帯黄褐色〔名〕帯黄褐色、淺黄褐色、鹿毛色

帯黒色〔名〕帯黒色

帯磁〔名、自サ〕帯磁、起磁、磁化（=磁化）

帯出〔名、他サ〕帯出、攜出

　禁帯出（禁止帯出）

　室外へ帯出禁止（禁止帯出室外）

　図書の帯出部数は一回に八冊以内（每次帯出的圖書限八冊以内）

帯杖〔名〕（杖是武器的意思）身上帯著武器

帯状〔名〕帯狀、瓶狀，囊狀

　帯状疱疹（〔醫〕帯狀疱疹）

　帯状高気圧型（〔氣〕帯狀高氣壓型）

　帯状の土地（帯狀土地、長條形土地）

　帯状葉（〔植〕瓶狀葉）

　帯状組織（〔解〕囊狀組織）

帯状〔名〕帯狀、長條形、細長條形

　帯状刳形（〔建〕帯狀凹凸形裝飾）

　帯状を為た物（帯狀物）

　帯状公園（長條形公園）

　帯状都市（長條形城市）

　帯状作（〔農〕條播帯狀播種）

帯小数〔名〕〔數〕帯小數、帯小數的數（如 3、1416）

帯分数〔名〕〔數〕帯分數（如 2 1/2 之類）

帯水層〔名〕〔地〕含水層、蓄水層

帯線〔名〕〔樂〕連結符號

　帯線で結ぶ（用連結符號連起來）

帯電〔名、自サ〕〔理〕帯電

　ガラス棒を絹布で擦ると帯電する（玻璃棒用綢一摩擦就帯電）

　帯電体（帯電體、載流子）

帯刀〔名、自サ〕帯刀，佩刀、佩帯的刀

　帯刀御免（允許帯刀-江戸時代准許非武士的農民或商人佩刀）

　苗字帯刀を許される（允許稱姓帯刀）

帯同〔名、他サ〕帯同、偕同

　首相は蔵相を帯同して西下した（首相偕同財政大臣去關西）

　夫人を帯同して訪日する（偕同夫人訪日）

　秘書を帯同する（攜帯秘書）

帯佩、体佩、体拝〔名〕佩刀、身上配大刀的姿態、風姿，風采

帯理論〔名〕〔理〕能帯學說

帯緑〔名〕帯緑色、發緑的顔色

　帯緑色（帯緑色）

帯びる〔他上一〕佩帯，攜帯、擔任、擔負、負有、帯有、含有、圍繞，靠近

　剣を帯びる（佩剣）剣

　身に寸鉄を帯びず（手無寸鐵）

　重い任務を帯びる（負有重任）

　公用を帯びて出張する（因公出差）

　赤みを帯びた紫（帯點紅色的紫色）

　少し酸っぱ味を帯びている（帯著點酸味）

　負の電気を帯びる（帯負電）

　電荷を帯びさせる（使帯電荷）

　顔を喜色を帯びている（面帯喜色）

　憂色を帯びた顔（帯愁容的臉）

　殺気を帯びている（殺氣騰騰）

　彼は酒気を帯びている（他帯有酒氣）

　東に川を帯びた丘（東面圍繞著河的山丘）

帯〔名〕帯，帯狀物、帯子、腰帯、封帯（=帯紙）、腰封（=帯封）、連續節目（=帯番組）

〔解、動〕帯，扣帯

　背中に帯の有る上着（背後有橫帯的上衣）

帯の様な川（像條帶子似的河）
帯を結ぶ（繫帶子）
帯を解く（解開帶子）
腰に帯を締める（以帶束腰）
帯に短し襷に長し（高不成低不就、高低不成材、上下不合用）
帯紐解く（完全放心不加警惕、男女同枕共席）
帯を緩くす（放心、不加提防）

帯揚げ〔名〕（女子和服裝飾用的）帶子裡的襯墊

帯祝い、帯祝〔名〕（婦女懷孕第五個月為保護胎兒束〝岩田帯〞時的）束帶祝賀

帯金〔名〕鐵箍，箍鐵、（刀鞘上栓刀帶用的）刀環

帯紙〔名〕（繞在雜誌或書籍外面作廣告用的）紙帶，腰封、（郵寄報紙、雜誌用的）封帶紙（＝帯封）

帯枯葉〔名〕天幕毛蟲的蛾

帯皮、帯革〔名〕皮帶，皮腰帶（＝バンド、革帯）、〔機〕（帶動機器運轉的）皮帶，傳動帶（＝ベルト、調べ革）

帯側、帯側〔名〕（作女子和服帶子面的厚料子）帶子面

帯際〔名〕繫帶處

帯グラフ〔名〕帶狀圖表

帯鋼〔名〕帶鋼，帶狀鋼材、（包裝等用）鋼條，箍鐵
帯鋼で箱を巻き付ける（用鋼條把箱子箍起來）

帯桟〔名〕（板門）中腰的橫帶

帯地〔名〕帶子料、做和服帶子用的料子

帯式コンベヤー〔名〕〔機〕帶式傳送機

帯締、帯締め〔名〕（婦女和服帶子上面）束緊用的細條帶

帯白裸〔名〕〔俗〕（女子腰上不束帶子）半露胸懷的懶散樣子

帯芯〔名〕（婦女和服）帶子裡面硬的布質襯蕊

帯鉄〔名〕（包裝等用的）箍鐵、鐵箍（＝帯金）

帯解き姿〔名〕帶解衣散敞胸露懷的邋遢姿態

帯止，帯止め，帯留，帯留め〔名〕（兩頭帶有金屬卡扣）緊束在和服帶子上面的綠帶（＝帯締、帯締め）、（穿過綠帶飾在帶子前面的）裝飾用的帶子扣

帯鋸〔名〕（木工用）帶鋸
帯鋸盤（〔機〕帶鋸機）

帯番組〔名〕（廣播、電視等連日在同一時間演出的）連續節目

帯封〔名〕（郵寄報紙、雜誌等用的）封帶、腰封
新聞に帯封を為て送る（把報紙捆上封帶郵寄）

帯模様〔名〕〔建〕（用窄帶折疊或交織而成的）帶狀裝飾圖案

袋（ㄉㄞˋ）

袋〔名、漢造〕（也讀作袋）袋
砂糖五袋（砂糖五袋）
布袋（布袋-七福神之一、類似彌勒佛）
風袋（包裝用的包皮、外表，外觀，打扮）
魚袋（朝廷伺候高級官人別的地位標示的魚形符）
郵袋（郵袋）

袋葉植物〔名〕〔植〕瓶狀葉植物（如豬籠草）

袋、嚢〔名〕袋，口袋、腰包。〔俗〕子宮，胞衣的別名、果囊，水果的內皮，似袋的東西、不能通過
米を袋を入れる（把米裝進袋裡）
袋を貼る（糊紙袋）
袋入り（袋裝）
蜜柑の袋（柑橘的內皮）
胃袋（胃）
袋小路（死胡同）
袋（の中）の鼠（囊中之鼠、甕中之鱉）

御袋〔名〕〔俗〕母親、媽媽（成年男子在和別人說話時對自己母親的親密稱呼）
家の御袋（我媽）家中裏
御袋の作った料理が食べ度いなあ（我真想吃我媽做的菜啊！）

袋網、嚢網〔名〕（捕魚用的）袋狀網

袋入り〔名〕袋裝、袋裝的東西

袋帯〔名〕（穿和服時繫的）筒袋

袋織り〔名〕雙層筒狀織物（用做帶子、貼身衣等）、（雙層）織成袋狀，筒織，筒織布

袋掛け〔名〕（為防止病蟲害給梨、蘋果等）套紙袋

袋熊〔名〕無尾熊（=コアラ(koala)）

袋蜘蛛〔名〕（產於南歐等地）塔蘭圖拉毒蜘蛛

袋子、袋児〔名〕〔醫〕被包子

袋小路〔名〕死路，死胡同。〔轉〕無進展，一籌莫展←→抜け小路

　袋小路に入り込む（走進死胡同）

　袋小路に突っ込む（鑽牛角尖）

袋叩き〔名〕群毆，眾人圍打一人、把人裝在口袋裡毆打

　袋叩きに為て気を失わせる（眾人圍著打昏過去）

袋棚〔名〕（設在壁中的）櫥櫃，壁櫥（=袋戸棚）。〔茶道〕茶櫥

袋地、袋地〔名〕（被別人的土地包圍起來的）不通公路的土地

袋角〔名〕鹿茸

袋詰機〔名〕〔機〕裝袋機

袋戸〔名〕（櫥櫃的）滑動門

袋戸棚〔名〕（設在壁中的）櫥櫃，壁櫥（=袋棚）

袋綴じ〔名〕（舊式線裝書的裝訂法）折頁線裝

袋ナット(nut)〔名〕〔機〕蓋形螺母

袋縫い〔名〕〔縫紉〕袋縫（裡外縫兩行兩行針腳間成袋狀）

袋猫〔名〕〔動〕（澳洲產）袋貓

袋鼠〔名〕〔動〕有袋老鼠、袋鼠（=カンガルー(kangaroo)）

袋の鼠〔名〕甕中之鱉

袋張り、袋貼り〔名〕（糊紙時）只糊四周（中間不抹漿糊）、（業餘）糊紙袋

袋町〔名〕（沒有出口不能通行的）街道

袋道〔名〕不能通行的路

袋耳〔名〕記性好，聽過一次就不忘（的人）、筒狀布邊

袋物〔名〕紙袋，錢包，提包，旅行袋（的總稱）、裝在袋裡的東西

貸（ㄉㄞˋ）

貸〔漢造〕借給←→借

　賃貸（出租=賃貸し）

　賃貸借（租賃合約）

貸借〔名、他サ〕借貸（=貸し借り）。〔經〕貸方和借方

　彼とは貸借関係が有る（和他有借貸關係）

　貸借を決算する（結清借貸帳目）

　貸借勘定書（借貸清單）

　貸借対照表（資產負債表）

　貸借対照表を作成する（編製資產負債表）

貸し借り、貸借り〔名、他サ〕借貸、借出和借入

　御金の貸し借りは為ない方が良い（最好不要做金錢的借貸）

　貸し借り無し（無借貸、兩不欠）

貸費〔名〕借給費用、借給學費

　三年間の貸費を得る（得到三年期間的借給費用）

　貸費生（借學費的學生）

貸与〔名、他サ〕借給、貸與、出借

　無料で貸与する（免費出借）

　貸与を受ける（接受借款）

　大切な書物を御貸与下さり有り難う存じます（謝謝承您借給寶貴的書籍）

貸す〔他五〕借給，借出，出借，租給，租出，出租，幫助，提供（智慧、力量等）

　金を貸す（借給錢）

　電話を貸して戴けますか（可以借給我用一下電話嗎？）

　済みませんが、火を貸して下さい（對不起請借個火）

　万年筆を忘れたので、友達に貸して貰いました（我忘帶鋼筆了向朋友借了一支）

　一寸貸して呉れ（請借我一用！）

　彼に貸して遣ろう（借給他吧！）

一年前に貸した本が今日返って来た（一年前借出的書今天還回來了）

土地を貸す（出租土地）

家を建てて人に貸す（蓋房子出租給人）

此の部屋は学生に貸そうと思います（我想把這間房子出租給學生）

手を貸す（幫忙）

力を貸す（幫忙）

知恵を貸す（代為策劃、代出主意）

耳を貸す（傾聽）

一寸顔を貸して呉れ（你來一下、我有點事和你談）

大声では話し難いから、一寸耳を貸して呉れ（用大聲說有些困難請〔把耳朵湊近一點〕）

貸し〔名〕借給、貸款、貸方（=貸し方）←→借り

貸しボート（出租的小船）

貸し自動車（出租的汽車）

当日貸し（當日借貸）

彼には未だ一万円貸しに為っている（他還欠我一萬日元）

君に（は）貸しが有る（你還欠我的錢）

此の間の貸しを返して貰う（請把前幾天的欠款還給我）

勘定の貸しが取れない（收不進來帳款）

貸し衣裳〔名〕供出租的衣服（如結婚用服裝等）

貸し馬〔名〕出租的馬、受雇用的馬

貸馬車〔名〕出租馬車

貸馬車賃（馬車租金）

貸し売、貸売〔名、他サ〕賒銷（=掛売り）←→現金売り

酒類を貸売する（賒賣酒類）

貸し方、貸方〔名〕債主，債權人，借給別人錢的人（=貸手）、借給或租給的方法方式、（寫作貸方）（複式簿記的）貸方←→借り方

貸方勘定（簿記上的貸方帳目）

貸し切る、貸切る〔他五〕包租、全部租出、全部貸出

船を貸し切る（包租一條船）

貸し切り、貸切り〔名〕包租

貸し切り（の）バス（包租公車）

貸し切り（の）飛行機（包租飛機）

貸し切り（の）列車（包租火車）

貸し切りの観光バスで東京見物を為る（坐包租觀光巴士參觀東京）

貸し切り席（包租席、包廂）

貸し切り車（包車）

貸し金、貸金〔名〕貸款←→借り金

貸し金庫、貸金庫〔名〕出租保險箱

貸し越し、貸越し、貸越〔名〕（銀行的）透支

貴方には十万円の貸し越しに為っている（你透支了十萬日元）

当座貸越（活期透支、往來帳信貸）

貸し下げる、貸下げる〔他下一〕（政府機關等）借給、租給（人民）

貸座敷、貸し座敷〔名〕（日本式房間）出租的會場宴會廳（=貸席）、妓院（=女郎屋）

貸室、貸し室〔名〕（公寓等）出租的房間（=貸間）

貸室有り（〔牌示〕有房間出租）

二間続きの貸室を借りる（租兩間連著的出租房間）

貸間、貸し間〔名〕出租的房間（=貸室、貸し室）

貸間有り（〔牌示〕有空房間出租）

貸間を探す（找出租的房間）

離れを貸間に為る（把獨間房間出租）

賄付き貸間（帶包伙的出租房間）

貸間暮し（租房間住〔的生活〕）

貸し部屋、貸部屋〔名〕出租的房間

貸し家、貸家〔名〕出租的房子（=貸し家, 貸家、貸し屋, 貸屋）

貸し自動車〔名〕（不帶司機）出租的汽車（=レンタカー）

貸し席、貸席〔名〕出租的（宴會）會場、會場出租業者、招藝妓作樂租用的房間

貸し席を借りる（租會場、租宴會會場）

貸し席を営む（以出租會場為業）

ㄅ

貸し倒れ、貸倒れ〔名、自サ〕呆帳、荒帳
　貸し倒れに為った貸金（收不回來的放款）

貸し出す、貸出す〔他五〕出借、貸款，放款
　図書室で本を貸し出す（在圖書室出借書）
　図書館が学生に本を貸し出す（圖書館出借給學生圖書）
　銀行が人民公社に金を貸し出す（銀行向人民公社貸款）

貸し出し、貸出し〔名〕出借，出租、放款，貸款
　図書館の本は誰にでも貸し出しを為ます（圖書館的書誰都借給）
　此の本の貸し出しを御願い出来ますか（這本書可以出借嗎？）
　貸し出し期間を更新する（變更出借期間）
　貸し出し期間を延長する（延長出借期間）
　貸し出し用図書（出借用的圖書）
　貸し出し予約図書（預約出借的圖書）
　不当貸し出し（非法貸款）
　非常貸し出し（緊急貸款）
　貸し出しを制限する（限制貸款）
　銀行は彼に五十万円の貸し出しを為た（銀行借給他五十萬日元的貸款）

貸し地、貸地〔名〕出租的土地←→借り地
　貸し地を借りて家を建てる（租地皮蓋房子）

貸賃、貸し賃〔名〕租金←→借賃
　衣裳の貸賃を取る（收衣服的租金）

貸し付ける〔他下一〕貸款、出借、出租
　A社に一億円貸し付ける（貸給A公司一億日元）
　銀行が中小企業に資金を貸し付ける（銀行貸給中小企業資金）

貸付、貸し付け、貸付け〔名〕貸款、出借、出租
　長期貸付（長期貸款）
　信用貸付（信用貸款）
　彼の銀行は貸付を主な業務と為る（那家銀行以放款為主要業務）
　貸付利子（貸款利息）

貸付金（貸款）

貸付信託（信託貸款）

貸手、貸し手〔名〕出租或出借的人、債主←→借り手

貸主、貸し主〔名〕債主（=貸手、貸し手）←→借り主

貸ビル、貸しビル〔名〕出租的辦公大樓

貸布団、貸し布団〔名〕出租的被褥

貸舟、貸し舟〔名〕出租的船隻

貸ボート、貸しボート〔名〕出租的小船
　貸ボート屋（出租小船的店鋪）
　貸ボートに乗る（坐出租小船）

貸本、貸し本〔名〕出租的書籍（雜誌）
　貸本屋（租書鋪）

貸店、貸し店〔名〕出租的店鋪

貸元、貸し元〔名〕放款的人，債主、（賭博的）莊家，局東

貸し家，貸家、貸し屋，貸屋〔名〕出租的房子
　貸家を捜す（找出租房子）
　此の家を貸家に為る（把這所房屋出租）
　貸家が無い（沒有空房出租）
　貸家有り（〔牌示〕空房出租）
　貸家札（空房出租的牌子）
　貸家建て（出租用的房子）
　貸家普請（蓋出租的房子、〔轉〕建造簡陋的房子）

貸料、貸し料〔名〕出租費

待（ㄉㄞˋ）

待〔漢造〕款待、對待、等待
　接待（接待、招待、施捨）
　歓待、歡待（款待、熱情招待）
　招待、招待（招待、邀請）
　優待（優待）
　虐待（虐待）
　特待生（因成績優異給予免費待遇的學生）

待機〔名、自サ〕待機，伺機、待命
　今待機中である（現在在伺機）

洪水に備えて待機する様にとの命令を受けた（接到做好防洪準備待機而動的命令）

何時でも救援に行ける様に待機している（待命以備隨時可以出發救援）

待球〔名〕〔棒球〕等待（便於回擊的）好球

待遇〔名、他サ〕待遇，工資，報酬、接待，對待，服務

〔接尾〕（接在身分、職務名稱下）待遇

待遇を改善する（改善待遇）

此の会社は待遇が良い（這公司的待遇很高）

旅館の待遇が良い（旅館的服務周到）

同等に待遇する（同等對待）

あんなに親切な待遇を受け様とは思いも寄らなかった（一點都沒想到會受到那樣殷勤的接待）

冷やかな待遇を受けたから、二度とあんな所は行かない（因為受到了冷遇再也不到那樣的地方去了）

内国民待遇（本國人民待遇）

乗用車の使用は局長待遇以上の人に限る（使用小轎車限於局長待遇以上的人）

待避〔名、他サ〕〔鐵路〕會車、待避、避讓

普通列車が駅で特急を待避する（慢車等特快車駛過）

道路の両側に待避する（待避在道路兩旁）

待避駅（〔鐵路〕會車站、錯車站）

待避線（〔鐵路〕會車線、錯車線）

待避所（避車處-設在隧道、橋樑兩旁以等待列車通過）

待望〔名、他サ〕期望、期待、等待

待望の雨（期待已久的雨）

故国へ帰る日を待望する（等待歸國的日子）

待ち望む、待望む〔他五〕盼望、期待、殷切希望（＝待ち設ける、待設ける）

彼の帰りを待ち望む（盼望他回來）

子供の健やかな成長を待ち望む（盼望孩子茁壯成長）

待命〔名、自サ〕待命，另候任用、（官吏或軍人的）有官無職

待命大使（另候任用大使）

待命休職（留官去職）

待つ、俟つ〔他五〕等待、期待、（寫作俟つ）倚賴，需要。〔古〕對待

busを待つ（等公車）

chanceを待つ（等待時機）

待て！（等一下！停一下！別動！）

暫く此処で御待ち下さい（請在這裡稍候）

彼を長い事待った（等了他很久）

前途には未だ未だ辛い仕事が君達を待っている（前途還有更繁重的工作在等待你們）

此の問題が解決される迄には何年も待たねば為るまい（這個問題的解決還得等待好幾年）

今か今かと待つ（殷切地期望）

首を長くして待つ（翹首盼望）

御返事を楽しみに為て待つ（盼望您的回信）

待ってましたと許りに応じる（欣然應諾、欣然接受）

明日は御待ちして居ります（盼望您明天來）

両両相俟つ（兩者相輔相成、兩者互相依存）

今後の努力に俟つ（有待於今後的努力）

此の問題は説明を俟たずして明らかである（這個問題不說自明）

学校教育は家庭の協力を待つ（學校教育需要家庭協力）

礼を以て待つ（待之以禮）

待つ内（間）が花（期待期間最甜蜜）

待つ身は長い（等待的時候覺得時間很長）

待てど暮せど（無論怎麼等待）

待てど暮せど帰って来ない（怎麼等也不回來）

待てば海路（甘露の日和）有り（耐心等待終會時來運轉）

待宵草〔名〕〔植〕宵待草、月見草

待ち明かす、待明かす〔他五〕等到天亮，徹夜等候。
〔轉〕長期等候，久候
　今にも君が来るかと思って昨夜一晩待ち明かした（以為你隨時會來我昨天晚上一直等到天亮）
　一月待ち明かす（一直等了一個月）

待ち倦む〔他五〕等得厭煩、等得不耐煩（＝待ち詫びる）
　私は彼の帰りを待ち倦んだ（我等他回來都等得厭煩了）

待ち詫びる〔他上一〕等得厭煩、等得不耐煩、等得焦急（＝待ち倦む）
　医者の来るのを待ち詫びている（等候醫師來等得焦急）
　息子の帰宅を待ち詫びる（等孩子回來等得焦急）

待ち草臥れる〔他下一〕等得厭倦（＝待ち倦む）
　開会が遅れて待ち草臥れる（遲遲不開會等得厭倦）

待ち合わせる、待ち合せる〔自他下一〕（約定時間和地點）等候會面
　我我は公園で待ち合わせる事に為た（我們約定在公園會晤）
　六時に駅で待ち合わせましょう（六點鐘在火車站會面吧！）
　汽車を待ち合わせている間にデパート(department store)に行って見た（在等火車的時候我去百貨公司轉了一下）
　此処で人と待ち合わせる（在這裡等人會面）

待ち合わせ、待ち合せ〔名〕（約定時間和地點）等候會面
　此の列車は台中で二十分の待ち合わせで台北行き急行列車に接続致します（這列車在台中站等候二十分鐘可以轉乘開往台北的快車）
　何方か御待ち合わせですか（您在這裡等著誰嗎？）
　待ち合わせ公式（〔電〕延遲公式）

待ち合い、待合い、待合〔名〕等待，等候、等候的地方、等候室、專供招妓遊樂的酒館
　待ち合いの時間（等候的時間）
　待ち合いで饗応する（在酒館裡大肆款待）
　待ち合い政治（幕後政治、幕後交易）
　待ち合い茶屋（招妓遊樂的酒館）

待合室〔名〕等候室
　病院の待合室（候診室）
　駅の待合室（候車室）

待ち付ける〔他下一〕等候會面
　駅頭で友人を待ち付ける（在車站前面等候會見朋友）

待ち受ける、待受ける〔他下一〕等待、等候（＝待ち迎える）
　帰り道で待ち受ける（在歸途上等候）
　待ち受けた手紙が来た（等待的信來了）
　思い掛けぬ災難が彼を待ち受けている（意外的災難即將降臨到他頭上）

待ち設ける，待設ける、待ち儲ける，待儲ける〔他下一〕（有所準備地）等候，迎候（＝待ち受ける）、期待，期望
　客を待ち設ける（迎候客人）
　彼を待ち設けている所へ折り良く遣って来た（正在盼他來可巧他來了）
　敵の襲来を待ち設ける（等候敵人來襲）
　待ち設けた人は来なかった（盼望的人沒有來）
　今か今かと待ち設ける（殷切盼望）

待ち望む、待望む〔他五〕盼望、期待、殷切希望（＝待ち設ける、待設ける）
　彼の帰りを待ち望む（盼望他回來）
　子供の健やかな成長を待ち望む（盼望孩子茁壯成長）

待ち構える、待構える〔他下一〕（做好準備而）等待、等候（＝待ち設ける，待設ける、待ち儲ける，待儲ける）
　チャンス(chance)が来るのを待ち構える（等待機會的到來）

待ち構えていた相手が到頭遭って来た（我們嚴陣以待的對手終於來了）

待ち兼ねる、待兼ねる〔他下一〕等得不耐煩〔=待ち詫びる〕、焦急等候，久候

待ち兼ねて到頭先に帰った（等得不耐煩終於先回去了）

待ち兼ねた様に言い出した（像等得不耐煩似地說了出來）

とっても御待ち兼ねるよ（真叫人等得不耐煩！）

待ち兼ねの手紙（等了好久的信）

彼の来るのを待ち兼ねている（急著等他來）

母が帰って来るや待ち兼ねていた娘はわっと泣き出した（媽媽一回來等急了的女兒哇地一聲哭了起來）

待ち焦がれる、待焦がれる〔他下一〕焦急等待、渴望、殷切盼望

夏休みを待ち焦がれる（焦急等待暑假的到來）

彼の（が）来るのを待ち焦がれる（渴望他來）

待ち暮らす、待ち暮す〔他五〕終日等候、日夜等待，久候

一日中待ち暮らす（等了一整天）

勝利の来る日を待ち暮らしていた（日夜等待勝利的到來）

待ち肥、待肥〔名〕〔農〕底肥、基肥

待ち時間、待時間〔名〕等候時間

待ち時間三分毎に三十円戴きます（〔出租汽車〕等候時間每三分鐘收費三十日元）

待ち女郎、待女郎〔名〕（舊時婚禮時的）女儐相

待ち賃、待賃〔名〕等候費

待ち賃を取られた（被索取了等候費）

待ち遠、待遠〔名形動〕久候、久等、久待

御待ち遠様（でした）（〔客套話〕讓您久等了）

待ち遠しい、待遠しい〔形〕急切等待、等得使人焦急、久等也不來、盼望已久

彼の帰りが待ち遠しい（殷切盼望他回來）

子供達には御正月が待ち遠しい（孩子們急切盼望過新年）

夜の明けるのが待ち遠しかった（乾等天也不亮）

生徒達は暑中休暇を待ち遠しがっている（中小學生們在急切盼望放暑假）

待ちに待った〔連語〕等了又等、盼望很久、等候很久

待ちに待った御正月（盼望已久的新年）

待ち抜く〔他五〕等到…（結束）

嵐の止む迄待ち抜いた（一直等到暴風雨結束）

待ち場、待場〔名〕〔建〕齒形待接插口

待ち針、待針〔名〕〔縫紉〕繃針

待ち人、待人〔名〕盼望的人

待ち人来たらず（〔封簽用語〕等人不遇、行人不歸）

待ち伏せる、待伏せる〔他下一〕埋伏，伏擊、隱蔽起來等候，守候

待ち伏せている敵を避ける（避開埋伏的敵人）

木の蔭で待ち伏せる（埋伏在樹蔭）

待ち伏せて獲物を捕る（隱藏起來等候捕食）

待ち伏せ、待伏せ〔名、他サ〕埋伏、伏擊

敵の来る道に待ち伏せを置く（在敵人的來路上設下埋伏）

敵の来る道に待ち伏せを為る（在敵人的來路上設下埋伏）

待ち伏せに遇う（遭到伏擊）

待ち伏せを食う（遭到伏擊）

待ち伏せを止める（撤除埋伏）

敵を待ち伏せする（伏擊敵人）

待ち惚け、待惚け〔名〕白等、空等、白白等候

待ち惚けを食わす（叫人白等）

一日待ち惚けを食った（白等了一天）

代、代（ㄉㄞˋ）

代〔名、漢造〕代，輩、一世、時代、年齢、代價，費用、代表、代理、世代、地質時代

代が換わる（換代）

彼の人の代に為ってから急に繁盛した（到了他這一輩突然興旺起來）

親の代から始めた商売（從父親一代開始的買賣）

人は一代、名は末代（人活一世名留永世）

本代（書錢）

御代は後で払います（回頭付錢）

時代（時代，朝代，當代，現代，古色古香，古老風味）

次代（下一代）

地代、地代（地租、地價）

紙代（報費）

誌代（雜誌費）

昭代（昇平之世、太平盛世）

上代（上代、古代）

城代（城主出陣時代替城主守城的武士、江戸時代代替大名守城的家老）

古代（古代）

近代（近代、現代）

現代（現代、現今、當代）

当代（當代、現代、那個時代、現在的天皇、現在的戸主）

二十代（二十代）

年代（年代、時代）

足代（車費、交通費）

身代金（賣身錢、贖身錢）

名代（〔舊〕代理〔的人〕）

譜代、譜第（世代相傳的譜系、代代相傳的家臣）

歴代（歷代、歷屆）

末代（後世、死後）

初代（第一代）

聖代（聖世-對封建王朝統治的美稱）

盛代（盛世）

累代（世世代代）

世代、世代、世代（世代、一代）

舌代（便條、通知）

絶代（絕世）

古生代（古生代）

代案〔名〕代替方案

代案を準備する（準備代替方案）

代位〔名、自サ〕取代別人的地位。〔法〕代位（取代當事者的地位行使權利）

代印〔名、自サ〕代章、代簽、代他人蓋章

代印で済ます（用代章了事）

私が君の代印を為よう（我代你蓋章吧！）

代印でも宜しい（別人代你簽名也可以）

代員〔名〕代理人（=代人）

代詠〔名、他サ〕代吟，代誦（詩歌）、代吟的詩歌

代演〔名〕代演（角色）

主役の代演者（主角的代演者）

代価〔名〕代價，價錢，貨款（=値段、代金）。〔轉〕代價，損失，犧牲

代価を払う（付價款）

代価無料で（無償地、免費地）

此の本の代価は未だ貰ってない（這本書錢還沒有收）

如何なる代価を払っても（不論付出多大代價）

尊い人命を代価と為る（以寶貴的人命作為代價）尊い

代神楽、太神楽〔名〕（在〝伊勢神宮〞演奏的）神樂（=太太神樂）、太神樂（江戸時代的雜技、包括獅子舞、耍碟、變魔術等）

代官〔名〕代理官職的人、（江戸時代）幕府直轄地的地方官

代願〔名、自サ〕代人祈禱（者）、代人請求（申請）

代願人（代申請人）

代議〔名、自サ〕代議、代表別人商議

代議員（代議員-經公選參加會議評議的人員）

代議士（議員、眾議院議員的俗稱）

代議士に当選する（當選為眾議院議員）

代議士の候補に立つ（當議員候選人）

代議制度（議會制度）

代休〔名、自サ〕補假

　代休を与える（給補假）

代金〔名〕價款、貨款

　代金を払う（付價款、付貨款）

　代金を受け取る（領取價款）

　代金を請求する（要求付款）

　代金を催促する（催交價款）

　此れは貴方に上げるのですから代金は要りません（這是送給您的不收價款）

　代金支払い保証手数料（〔商〕保付價款佣金）

　代金引換（〔商〕交貨付款、憑現款交貨）

　代金引換郵便（代收貨款郵件）

　代金取り立て、代金取立（〔商〕〔匯票的〕託收）

　代金後払い（〔商〕貨到付款）

代決〔名、他サ〕代為決定、代理別人作的決定

代言〔名、自サ〕代言，代別人辯論（申述）、代言人，辯護人（=代言人）

　代言人（代言人、辯護人）

代行〔名、他サ〕代行、代辦、代理

　事務を代行する（代行職務）

　社長の代行を為る（代行經理的職務）

　代行機関（代理機關、代辦處）

代香〔名、自サ〕代人在靈前燒香（的人）

代講〔名、自サ〕代講、代人講演或講課（的人）

代作〔名、他サ〕代作，代別人寫作、代筆，別人代寫的作品

　卒業論文を代作する（代寫畢業論文）

　実は彼の小説は代作何だ然うだ（聽說那部小說實際是別人代筆）

代参〔名、自サ〕代人參拜神佛（的人）

　祖母の墓に父の代参を為た（代替父親參拜了祖母的墳墓）

　神社に代参の者を遣って病気全快を祈らせた（派個人代替參拜神社祈禱疾病痊癒）

代日、代日〔名〕代替的日子、（代替假日的）補假（=代休）

代執行〔名〕〔法〕代執行（行政機構代替執法機構對不遵行法規者依法執行）

代書〔名、他サ〕代書，代筆，替別人書寫文書、代書人（=代書人）

　代書を職業と為る（以代書為業）

　代書人（以代人寫文書為職業的人=代書）

代署〔名、自サ〕代人簽名、代簽的名←→自署

代将〔名〕（美國軍制中上校與少將中間的）準將

代償〔名〕代償，替別人賠償、賠償，補償，報酬，代價

　心臓の代償不全（〔醫〕心臟代償不能）

　壊した窓硝子の代償を払う（賠償打破的玻璃窗）

　代償の有無に拘らず（不論有無報酬）

　勝つには勝ったが代償が大き過ぎた（勝是勝了可是付出的代價太大了）

代診〔名、他サ〕代診（的醫生）

　今日は院長が不在なので私が代診します（今天院長不在由我代診）

　代診が診察する（代診醫生看病）

代数〔名〕代數，輩數，世代的數。〔數〕代數（=代数学）

　代数で解く（用代數解答）

　代数式（代數式）

　代数方程式（代數方程式）

　代数和（代數和）

　代数関数（代數函數）

代走〔名〕〔棒球〕代跑、替補跑壘（員）

　代走者（關鍵時刻替補原跑壘員上場的跑壘員=ピンチ、ランナー）

代打〔名〕〔棒球〕代打、替補擊球

代打者（關鍵時刻上場的替補擊球員=ピンチ、ヒッター）

代替〔名、他サ〕代替（=代わり）

代替品（代替品、代用品）

代替〔名〕〔俗〕代替（=代替）

代替品（代替品、代用品）

代替の利かない品物（不能用別的代替的東西）

代替わり、代替り〔名〕（帝王）換代、（戶主、店主的）更換

前の主人が失敗して彼の店は代替わりに為った（以前的店主失敗了那家商店換了店主）

代代、代々〔名〕世世代代、歷代、輩輩

私の家は代代米屋だ（我家輩輩開米店）

家は代代農業を営んで來た（我家是世代代經營農業）

代代、世世〔名〕世世代代（=代代）。〔佛〕過去，現在，未來

代代其の地に住む（世世代代住在那個地方）

代わる代わる、代る代る〔副〕輪流、輪換、輪班（=代り代り）

掃除当番は代る代るに遣る（衛生值日輪流作）

姉妹は代る代る母を看病した（姉妹倆輪流看護母親的病）

彼等は代る代る遣って來た（他們輪流地前來）

代り代り〔副〕輪流、輪換、輪班（=代わる代わる、代る代る）

二人で代り代りに運転する（兩人輪流開車）

代地〔名〕替換的土地（=替地）

代地が無い（沒有代替的土地）

代置〔名、他サ〕替換、更換、代替（=置き換え、取って換える）

代読〔名、他サ〕代讀

助役が市長の祝辞を代読する（副市長代讀市長的賀辭）

弔辞の代読を頼まれる（受託代讀弔辭）

代入〔名、他サ〕〔數〕代入、置換

此の代数式中のxにaを代入する（把a代入這個代數式中的x）

代人〔名〕代表人、代理人（=名代）

代人を出す（派代理人）

私は病床に在るので代人が（代わって）投票した（我臥病在床由代表替我投了票）

代任〔名、自サ〕代表（人）、代理（人）、代職（者）

佐藤大使の代任に田中氏を当てる（由田中氏代理佐藤大使的職務）

代燃〔名〕代用燃料

代燃車（使用代用燃料的車）

代納〔名、他サ〕代納，代繳、以實物代應繳的現款

僕の授業料を叔父が代納して呉れた（叔父替我繳了學費）

小作料の代納と為て籾を納める（繳納稻穀代替地租）

代八車、大八車〔名〕排子車、兩三個人拉的兩輪運貨車

代八車を曳く（拉排子車）

代引〔名〕交貨付款、憑現款交貨（=代金引換）、代收貨款郵件（=代金引換郵便）

代引で注文する（以交貨付款方式訂購）

代筆〔名、他サ〕代筆，代書、代寫的文件

手紙を代筆する（代寫書信）

代筆の履歴書（代寫的履歷）

母の代筆を為る（替母親代筆）

代筆者（代書者、代筆者）

代表〔名、他サ〕代表

クラスの代表を選ぶ（選班代表）

代表に為る（當代表）

私は会社の代表と為て来ました（我是作為公司的代表來的）

団員一同を代表しまして一言御挨拶申し上げます（我代表全體團員講幾句話）

彼の考え方は、此の頃の若い人の考えを代表している（他的想法代表現代青年的思想）

代議士は国民の良き代表で無ければ為らない（議員必須是人民的好代表）

代表権（代表權）

代表的（代表的、有代表性的）

自動車は日本の代表的な輸出品だ（汽車是日本有代表性的出口貨）

大阪は日本の代表的な商工業都市である（大阪是日本有代表性的工商業城市）

代表作（代表作品）

代品〔名〕代用品、代替品

代品で間に合わせよう（用代用品將就吧！）

代物〔名〕代替物、代用物（＝替え物）

豆餡の代物に棗を用いる（用棗代替豆餡）

代物弁済（用代替物還清債務）

代物〔名〕價錢，價款（＝代金）、錢，金錢（＝銭）

代物〔名〕商品，物品、(蔑)東西，人物，傢伙、美人，美女，貨款，價款

此れは二万円も為た代物です（這是價值兩萬日元的東西）

彼奴は大した代物だ（他是個了不起的傢伙）

厄介な代物（討厭的傢伙）

得体の知れない代物（莫名其妙的傢伙）

中中の代物だ（是個相當漂亮的美人）

代返〔名、自サ〕代替應到（教師點名時代缺席者答到）

代返の頼み（託人代替應到）

代返を為て貰う（請給代替應到）

代弁、代辨〔名、他サ〕代替賠償、代辦事務，代理職務

損害を代弁する（替人賠償損失）

社長の外遊中は専務が事務を代弁する（總經理出國期間由專務董事代理職務）

代弁人（代理人、代理店）

代弁、代辯〔名、他サ〕代辯、代言

代弁者（代言人）

僕が君の意見を代弁して置きました（我已替你發表了你的意見）

新聞は世論の代弁者である（報紙是輿論的代言人）世論

代脈〔名〕代替醫師診脈（病）、代診（＝代診）

代務〔名〕代辦、替人辦事

代務人（代辦人）

代目〔名〕換代、世代更替

代わり目, 代り目、変わり目、変り目〔名〕轉折點，轉變期、區別，差別、交替的時候，替換的時候

気候（陽気）の変わり目（氣候轉變的時候）

月の変わり目（月底、月初）

学期の変わり目（學期結束新學期開始的時候）

潮の変わり目（潮漲潮落之際）

季節の変わり目は病気に為り易い（季節轉變期容易得病）

時候の変わり目には骨節が痛む（季節變換的時候就骨節疼痛）

四季の変わり目（四季的差別）

代名詞〔名〕〔語法〕代名詞。(俗)（以某詞指某事或某物意義吻合的）代名詞

エコノミック、アニマルと言う言葉が日本人の代名詞に使われた事が有る（經濟動物一詞曾被用作日本人的代名詞）

代役〔名、自サ〕〔劇〕代演（者）、替角

代役を為る（代演、當替角）

代役を勤める（代演、當替角）

Ｔの代役と為て抜擢されたのが彼女の出世の糸口だ（被提名當Ｔ的替角是她發跡的開端）

代用〔名、他サ〕代用

米の代わりに小麦粉を代用する（用麵粉代替大米）

代用食（代用食品－米麵以外充作主食的食品）

代用食に御芋を食べる（吃白薯作代用食品）

此の部屋は書斎の代用に為る（這間屋子代替書齋）

代用教員（臨時代課教員）

代用品（代用品）

代理〔名、他サ〕代理、代理人（＝代理人）

社長の仕事を代理する（代理經理職務）

代金代理取立て（代收貨款）

代理で受け取る（代領、代收）

父の代理で伺います（代理父親去拜訪）

校長代理（代校長）

代理人（代理人、代表）

代理店（代理店、代理商）

代赭〔名〕〔礦〕代赭石，紅赭石、赭色、黃褐色

代赭で染める（用紅赭染）

代謝〔名、自サ〕〔生理〕代謝

新陳代謝（新陳代謝）

代謝機能が弱い（代謝功能衰弱）

代謝物質（代謝物）

代謝貯槽（代謝貯庫）

代謝拮抗物質（抗代謝物）

代〔造語〕材料，原料、基礎、代替，代用品、價款，費用、水田、分的份

糊代（貼紙抹糨糊的地方）代白城

御霊代（祭祀替身）

飲み代（酒錢）

代掻き（插秧前平整水田）

取り代（該拿的份）

白〔名〕白、白色。（圍棋）白子。白色的東西。（比賽時紅白兩隊的）白隊。無罪、清白

白のブラウス（白色罩衫）城代

白を黒と言い包める（指黑為白，混淆是非）

白を持つ（拿白子）

白優勢（白子佔優勢）

白を着る（穿白上衣）

白が勝った（白隊勝了）

白とも黒とも判然と為ない（還不清楚有罪還是無罪）

容疑者は白と決まった（嫌疑者斷定為無罪）

城〔名〕城、城堡。（屬於自己的）領域、範圍

城をを築く（築城、構築城堡）城白代

城を守る（守城）守る護る守る洩る漏る盛る

城を囲む（圍城）

城を攻め落とす（攻陷城池）

敵に城を明け渡す（把城池讓給敵人、開城投降）

城に枕に討死する（死守城池、為守城而戰死）

代馬〔名〕插秧前耕田的馬

代掻き〔名、自サ〕（插秧前）平整水田

代田〔名〕插秧前的田、插秧準備整理的田

代、世〔名〕世、世上，社會、一生，一世、時代，年代、〔古〕年齡

世の為に為る（有益於社會）

世の辛酸を嘗める（備嘗人世辛酸）

世の終わり（世界末日）

世の荒波に揉まれる（經風雨、見世面）

世に名を揚げる（揚名於世）

世に知られている（聞名於世）

世に聞こえた名所（著名的名勝）

世に知られない人（默默無聞的人）

世に入れられない人（不容於世的人、被社會遺棄的人）

世に稀な品（世上罕見的物品）

世に阿る（諂う）（迎合潮流、趨炎附勢）

世に送り出す（送到社會上、問世）

世に処する（處世）

世を厭う（儚む）（厭世）

世を捨てる（逃れる）（遁世、隱居、出家）

世を去る（去世、死去）

世を驚かす（震驚世界）

我が世（我這一生）

世を送る（生活、度過一生）

世を終る（結束一生）

青春時代は此の世の花だ（青春時代是一生最快活的時代）

彼は成功して、我が世の春を湛えている（他成功了高興地享受人生）

唐の世に多くの詩人が居た（唐朝出了很多詩人）

明治の世に生まれた（出生於明治時代）

世と共に進む（與時俱進）

此の日進月歩の世に（在這日新月異的年代）

世に遅れぬ様に為る（使不落後於時代）

日本には、長い間武士の支配する世が有った（日本曾有過很長的武士統治時代）

前の世（前世）

此の世（今世）

来む世（來世）

彼の世（來世、死後的世界）

彼の世に行く（去世、死亡）

彼の人はもう此の世には居ない（他已不在人世）

世が世なら（如果生逢其時）

世に会う（生逢其時）

世に在り（在世，活著、得勢、得時）

世に言う（所謂）（常言道、俗話說）

世に逆らう（反時代潮流）

世に出る（出生、出名，出息、進入社會）

世の営み（生計）

世の覚え（社會上的評價）

世を挙げて（舉世）

世を知る（懂得人情世故、情竇初開）

世を憚る（忍ぶ）（避世人耳目、離群索居）

世を渡る（生活、處世、度日）

代える、換える、替える〔他下一〕換，改換，更換、交換、代替，替換

〔接尾〕（接動詞連用形後）表示重、另

医者を換える（換醫師）

六月から夏服に換える（六月起換夏裝）

此の一万円札十枚に換えて下さい（請把這張一萬日元的鈔票換成十張一千日元的）

彼と席を換える（和他換坐位）

布団の裏を換える（換被裡）

書面を以て御挨拶に代えます（用書面來代替口頭致辭）

簡単ですが此れを以て御礼の言葉に代えさせて戴きます（請允許我用這幾句簡單的話略表謝忱）

書き換える（重寫）

着換える（更衣）

代え、換え、替え〔名〕代替，替換（物），代理（人）、按比率（交換）

電球の代え（備用的電燈泡）

代えが居ない（無人代替）

替え襟（替換用的領子、假領）

代え歯車（替換的齒輪、備用的齒輪）

一台五千円代えで買う（按每台五千日元的價錢收買）

代わる，代る、換わる，換る、替わる，替る〔自五〕更換，更迭、代替，替代，代理

内閣が代る（內閣更迭）

来学期から英語の先生が代る（下學期起更換英語教員）

…取って代る（取而代之）

機械が人力に（取って）代る（機器代替人力）

部長に代って応対する（代替部長進行接待）

私が暫く代って遣りましょう（由我來替做幾天吧！）

私に代って尋ねて下さい（請你替我問一下）

ㄉ

父に代って御客を案内する（我替父親招待客人）

一同に代って御礼申し上げます（我代表大家向你致謝）

代わり，代り，替わり，替り〔名〕代替，替代，代理、補償，報答

（常用御代り）再來一碗（飯湯等），再來一盤（菜等）

代りの品（代替品）

石炭の代りに為る燃料（代替煤的燃料）

此れはステッキの代りに為る（這個可以代替拐杖用）

人の代りに行く（代理別人去）

薪の代りに石炭を燃料と為る（不用柴而用煤作燃料）

代りを届けさせる（叫人送去替換的東西）

英語を教えて貰う代りに、日本語を教えて上げましょう（請你教給我英語我來教給你日語）

手伝って上げる代りに雑誌を買って下さい（我幫你的忙請你給我買一本雜誌）

昨日毀した茶碗の代りを持って来た（我拿來了一個碗補償昨天打破的那個）

先立って奢って貰った代り今日は私が奢ろう（前些天你請我了今天換我來請客）

御飯の御代りを為る（再來一碗飯）

コーヒーの御代りを為る（再來一杯咖啡）

代わり合う、代り合う〔自五〕輪流、依次交替

代り合って父の看護を為る（輪流看護父親）

代り合って休暇を取る（輪流請假）

代わり映え，代り映え、代わり栄え，代り栄え〔名〕（下面多接否定語）變得更好、變得起色

一向に代り映えが為ない（改變毫無起色、絲毫沒有顯出改變的好處來）

改築しても代り映えが為ない（改建了也不比過去更好）

代り映えの為ない顔触れ（毫無起色的人選）

代わり番、代り番〔名〕輪流，交替（=代り番こ）、輪流的次序

代り番に見張るを為る（輪流監視、輪流警備）

代り番に勤める（輪流值勤）

代り番に遣る（輪流做）

我我は部屋を代り番に使った（我們輪流使用這個房間）

其の海峡には二隻の連絡船が代り番に往復している（有兩艘連絡船輪流往返於那個海峽）

代り番こ〔名〕〔俗〕輪流（=代わり番、代り番）

代り番こに自転車に乗る（輪流騎自行車）

ブランコに代り番こに乗る（輪流盪鞦韆）

黛（ㄉㄞˋ）

黛〔名〕黛（古代婦女畫眉的顏料）、描眉的筆（=黛）、青黑色

黛色〔名〕青黑色

黛青〔名〕黛青、黛青色

黛、眉墨〔名〕眉黛、描眉，描的眉、（寫作 黛 ）遠看群山的景像

駘（ㄉㄞˋ）

駘〔名〕馬銜脱落、放蕩的

駘蕩〔形動タルト〕駘蕩、安適舒暢

春風駘蕩たる風景（春風駘蕩的風景）

春風駘蕩たる花の都（春風駘蕩的花都）

春風駘蕩と為て日は中中暮れない（春風和煦夜幕遲遲不落）

刀（ㄉㄠ）

刀〔名、漢造〕刀（=刀）、雕刻刀、刀形古錢

刀を帯びる（帶刀、佩刀）

刀を構える（綽起刀來-擺出廝殺的姿勢）

刀の使い方（雕刻刀的使法）

刀を売って牛を買う（賣刀買牛、解甲歸田）

日本刀、日本刀（日本刀）

大刀、大刀，太刀（大刀、長刀）

陣刀（陣刀）

新刀（新刀）

新新刀（新製的刀）

古刀（古刀）

執刀（執刀、操刀）

小刀、小刀（小刀、短刀）

短刀（短刀、匕首）

佩刀（佩刀、帶刀）

帶刀（帶刀，佩刀、佩帶的刀）

廃刀（廢除佩刀）

抜刀（拔刀、拔出鞘的刀）

名刀（名刀、寶刀）

銘刀（名牌刀）

宝刀（寶刀）

鈍刀（鈍刀）

利刀（利刀、快刀）

木刀（木刀）

軍刀（軍刀）

彫刻刀（雕刻刀）

青竜刀（中國青龍刀、大刀）

解剖刀（解剖刀）

一刀（一刀、一把刀）

一刀両断（一刀兩斷、毅然決然）

刀下〔名〕刀下

刀下に自若と為ている（在刀下泰然自若）

刀下の鬼と為る（成為刀下鬼）

刀架〔名〕刀架、放刀的架子（＝刀掛け，刀掛、刀懸け，刀懸）

刀貨〔名〕（古代的）刀幣、刀形貨幣（＝刀銭）

刀圭〔名〕藥勺，藥匙。〔轉〕醫術，醫學

刀圭家（醫師）

刀圭術（醫術）

刀剣〔名〕刀劍

刀工〔名〕刀工、刀匠（＝刀鍛冶）

刀匠〔名〕刀匠、刀工（＝刀工、刀鍛冶）

刀根〔名〕刀根、柄腳、柄舌、扁尾（刀、銼等插入柄中的部分）

刀痕〔名〕刀痕、刀傷的痕跡

眉間に刀痕が有る（眉間有刀痕）

刀自、刀自〔名〕主婦、老婦人、老婦人的尊稱、貴婦人的尊稱、〔古〕（宮廷的）低級女官

刀傷〔名〕刀傷（＝刀傷）

刀心〔名〕安進刀把部分的刀身部分（＝中子）

刀身〔名〕刀身

刀刃〔名〕刀刃

刀泉、刀銭〔名〕〔古〕貨幣，錢幣、（寫作刀錢）刀幣

刀瘢〔名〕刀傷的痕跡

刀筆〔名〕（古代中國）在竹簡上書寫文字的筆、文書紀錄（的小官）。〔轉〕細小無趣的工作

刀〔名〕刀（的總稱）、小刀（＝小刀、小刀）、大刀（＝大刀、大刀，太刀）

刀の刃（刀刃）

刀の背（刀背）

刀の鍔（刀的護手）

一振の刀（一把刀）

刀二振（刀兩把）

刀の刃が毀れる（刀折刃）刃

刀で切る（用刀砍）

刀折れ矢尽きる（刀折盡忠、失去戰鬥手段、喻事物無法繼續進行）

刀の錆に為る（作刀下鬼）

刀掛け，刀掛、刀懸け，刀懸〔名〕刀架（＝刀架）

刀鍛冶〔名〕刀匠

刀狩り〔名〕從武士以外的人領主沒收刀槍等（豐臣秀吉在天正十六年的實行刀狩令較有名）

刀背打ち〔名〕用刀背打（＝峰打ち）

刀豆、鉈豆〔名〕〔植〕刀豆

倒（ㄉㄠˇ）

倒〔漢造〕顛倒、打倒、倒下、至極

ㄉ

転倒、顛倒（顛倒、跌倒、驚慌失措，神魂顛倒）

<ruby>卒倒<rt>そっとう</rt></ruby>（昏倒、暈倒、暈厥）

<ruby>昏倒<rt>こんとう</rt></ruby>（昏倒、暈倒）

七転八倒、七転八倒，七転八倒、七顛八倒，七顛八倒，七顛八倒（亂滾、一次又一次栽倒）

<ruby>圧倒<rt>あっとう</rt></ruby>（壓倒、勝過、超過）

<ruby>絶倒<rt>ぜっとう</rt></ruby>（捧腹、笑得前仰後翻）

<ruby>傾倒<rt>けいとう</rt></ruby>（傾倒、傾注）

倒影〔名〕倒影、夕陽殘照

　湖面に映る富士の倒影（映在湖面上的富士山倒影）

倒円錐形〔名〕倒圓錐形

倒潰、倒壊〔名、自サ〕倒塌

　塀が倒潰した（牆倒了）

　地震の為倒潰家屋二百戸に及んだ（由於地震倒塌房屋達二百戸）

　倒潰物（倒塌的建築物）

倒閣〔名、他サ〕倒閣、打倒內閣

　倒閣を目指す（目標指向倒閣）

　倒閣の準備を進める（進行倒閣的準備）

　倒閣運動（倒閣運動）

倒句〔名〕倒裝句

　倒句法（倒裝句法、倒置法）

倒懸〔名〕倒懸。〔轉〕非常困苦，苦痛

倒語〔名〕倒語（故意顛倒發音的隱諱語如これ說成れこ）、倒錯語（由於記憶錯誤或發音而產生倒錯，多為兒童語和方言，如エレベーター說成エベレーター

倒錯〔名、自他サ〕（位置、順序）顛倒。〔醫、心〕顛倒，反常，乖戾

　倒錯した愛（同性愛）

　性欲倒錯（〔醫〕性慾倒錯、性慾反常）

倒産〔名、自サ〕破產。〔醫〕橫產（=逆子）

　其の会社は不景気で倒産した（那個公司因蕭條而破產）

倒産屋（廉價購買快要倒閉的商店物資轉手倒賣的投機商）

倒叙〔名、他サ〕〔史〕（由後代開始向前代）倒敘、（由事件的結果開始）倒述

　倒叙日本史（倒敘日本史）

　倒叙推理小説（倒述偵探小說）

倒生〔名〕〔植〕倒生、下方狹窄

　倒生胚珠（倒生胚珠）

倒置〔名、他サ〕倒置，顛倒放置。〔修辭〕倒置，倒裝

　前の句を倒置して文意を強める（把前句倒裝過來以加強文意）

　倒置法（倒置法）

倒幕〔名、自サ〕〔史〕打倒幕府（特指江戸幕府）

　倒幕運動（打倒幕府運動）

倒伏〔名、自サ〕〔農〕（稻麥等）倒伏

倒木〔名〕倒了的樹

倒卵形〔名〕倒卵形

倒立〔名、自サ〕倒立（=<ruby>逆立<rt>さかだ</rt></ruby>ち）

　倒立振子（〔地震儀上的〕倒立擺）

　倒立型エンジン（invertedengine 的譯詞）（〔機〕倒缸發動機）

　倒（立）像（〔理〕倒立圖像）

倒す、転す〔他五〕〔方〕推倒，碰倒（=<ruby>倒す、転ばす<rt></rt></ruby>）、轉移，挪走（=<ruby>移す<rt>うつ</rt></ruby>）。〔俗〕竊取，昧起來（=くねる）

　うっかり歩いている子供を倒す（沒留神把走著的小孩碰倒了）

　足を倒す（滑倒）

　そっと人の物を倒す（竊取別人的東西）

倒ける、転ける〔自下一〕（關西方言）跌跤、摔倒（=<ruby>転ぶ、倒れる<rt></rt></ruby>）

　石に躓いて倒ける（絆在石頭上摔倒）

倒けつ転びつ〔連語、副〕跌跌撞撞地、連爬帶滾地

　息を切らして倒けつ転びつ走っていった（上氣不接下氣連爬帶滾地跑掉了）

倒す〔他五〕放倒、推倒、打倒、弄倒、賴帳

　木を倒す（把樹砍倒）

体を横に倒せ（把身體横臥！）

インク瓶を倒して手を汚した（打翻了墨水瓶把手弄髒了）

相手が強いから、中中倒せない（對手太強很難打倒）

内閣を倒す（推翻内閣）

台風で家屋が沢山倒された（因颱風房子被刮倒了好多）

古い家を倒して建て直した（把老房子拆掉重新改建了）

チャンピオンを倒した（擊敗了冠軍）

借金を倒した（把借債賴掉了）

彼奴に十万円許り倒された（被那傢伙賴掉了十萬日元左右的債）

倒す、斃す、殪す〔他五〕殺死、擊斃

一発で猪を倒した（一槍就把野豬打死了）

敵将を倒す（擊斃敵將）

倒れる〔自下一〕倒塌、倒台、倒閉、病倒

石に躓いて倒れる（被石頭絆倒）

地震で家が倒れた（房屋因地震倒塌了）

此の柱一本で家が倒れないのだ（就憑這根柱子房子不倒）

クーデターで、政府は倒れて終った（政府因政變垮台了）

保守党内閣が倒れた（保守黨內閣垮台了）

平家が倒れて源氏の世に為る（平家滅亡成了源氏的天下）

銀行が倒れた（銀行倒閉了）

此の会社は倒れ掛かっている（這家公司將要倒閉了）

去年は倒れた会社が沢山有った（去年倒閉的公司很多）

彼は重い病気で倒れた（她得了重病臥病不起了）

余りの激務に倒れた（工作過於繁忙累倒了）

今君に倒られては大変だ（現在你若是病倒了可不得了）

倒れても土を掴む（摔倒了也要抓把土、喻貪得無厭-不放過任何機會為己謀利）

倒れぬ先の杖（未雨綢繆、防患於未然）

倒れる、斃れる、殪れる、仆れる〔自下一〕死、斃（＝死ぬ）

大統領は終に反対派に狙撃されて倒れた（總統終於被反對派狙擊而死）

疫病で数千の人人が倒れた（數千人死於瘟疫）

凶弾に倒れた（被兇手發射的子彈擊斃）

倒れて後已む（死而後已）

倒れ掛かる〔自五〕倒在（牆上等）、將要倒下

島（ㄉㄠˇ）

島、嶋〔漢造〕島

列島（列島、群島）

離島（孤島、離開島嶼）

群島（群島、一群島嶼）

半島（半島、〔舊〕朝鮮）

孤島（孤島）

無人島（無人島、沒有人跡的島嶼）

火山島（火山島）

島司〔名〕〔史〕島司（在府縣知事管轄下的一個島嶼的行政官）

島嶼〔名〕島嶼

島嶼群（群島）

日本列島は多くの島嶼から為る（日本列島由許多島嶼組成）

島人、島人〔名〕島上居民、住在島上的人

島民〔名〕島上居民

島〔名〕島嶼。（喻）（與周圍情況不同的）某一狹窄地區、（也寫作林泉）庭園泉水中的假山，有泉水假山的庭院。〔俗〕特定地區，（特指）東京的兜町

瀬戸内海には島が多い（島上的居民）

島に流す（流放到孤島上）

離れ島（遠離大陸的孤島）

方言の島（方言區）

池の中の島に水鳥が群れている（水鳥群集在水池假山上）水鳥

取り付く島が無い（無依無靠、沒有辦法、無法接近）

彼の語調は取り付く島が無い様に強かった（他的口氣強硬得令人無法接近）

縞〔名〕（布的）縱橫條紋，格紋、條紋布、條紋花樣

縞に織る（織出條紋）織る折る居る

縞のズボン（有條紋的褲子）縞島

白と黒の細かい縞の有る布地（有黑白細條紋的布料）有る在る或る

白地に青い縞うを立てた（白底藍條紋的）青い蒼い 立てる建てる経てる絶てる断てる

彼は何時も縞の服を着ていた（他經常穿著條紋衣服）着る切る斬る伐る

陽光が納屋の羽目板の隙間から射し込んで干草の上に明るい縞を描いていた（陽光從儲藏室的板壁縫射進來乾草上照出些光亮的條紋）描く画く書く描く欠く

格子縞（格紋）

縞板（〔工〕網紋板）

縞柄（條紋花樣）

縞物（條紋布）

縞絽（條紋羅）

腹に縞の有る魚（腹部有條紋的魚）魚魚魚

島宇宙〔名〕〔天〕河外星雲

島隠れ、島隠〔名〕〔船〕隱沒在島後、在島後避難

船が島隠れに走って行く（船在島後面航行）

島陰〔名〕隱沒在島後、島嶼後邊

船は島陰に入って見えなく為った（船駛到島後看不見了）

島影〔名〕島的形像

島影を認める（看見有個島）

島国、国〔名〕島國

日本、イギリス等は島国だ（日本英國等是島國）

島国根性（島國居民特有的氣質）

島国根性を捨てる（丟掉島國的氣質）

島島〔名〕各個島嶼、許多島嶼

島田〔名〕島田髷、島田髮型（主要是未婚女子或婚禮時梳的一種婦女髮型=島田髷）

島田に結う（梳成島田髷）

正月が近付いたので髪を島田に結う（正月即將到來把頭髮梳成島田髮型）

島田崩し（變形島田髷－主要是藝妓或服喪期間梳的一種日本婦女髮型）

島田髷（島田髮型－主要是未婚女子或婚禮時梳的一種婦女髮型）

島台〔名〕（婚禮時放在桌上用作裝飾品的）蓬萊山形的盆景

婚礼に島台を贈る（為婚禮送蓬萊山形的盆景）

島伝い〔名〕沿著各島、從一個島嶼到另一島嶼

小舟が島伝いに漕いで行く（小船沿著各島划過去）

南洋の群島を島伝いに旅行する（一個島挨一個島地旅行南洋群島）

島伝い作戦（串島作戰）

島流し、島流〔名、他サ〕（把罪人）流放到（遠方的）孤島

島流しに為る（流放到孤島上）

頼朝は伊豆に島流しに為った（為れた）（源頼朝被流放到伊豆島）

今度の転任は島流しだよ（這次的調職簡直是流放）

島抜け、島脱け〔名、自サ〕（流放孤島的罪人）從島上逃跑、逃出孤島的罪犯

島破り〔名〕（流放孤島的罪人）從島上逃跑、逃出孤島的罪犯（=島抜け、島脱け）

島根〔名〕（根是接辭）島嶼（=島）、島國（=島国、島国）

沖の島根（海上的島嶼）

大和島根（日本島國、大和島國）

島巡り〔名、自サ〕巡迴島嶼、乘船遊覽各島、遊覽島內各地

島守り、島守〔名〕島嶼看守人

島山〔名〕島上的山、山形的島（庭院水池中的）假山

搗（ㄉㄠˇ）

搗〔漢造〕把東西舂碎
搗鉱機〔名〕〔機〕搗礦、機碎礦機
搗精〔名、他サ〕精搗（糙米）
搗き精げる〔他下一〕（把稻米）舂白
搗く、舂く〔他五〕搗、舂
    米を搗く（舂米）
    餅を搗く（舂年糕）
    搗いた餅より心持ち（禮輕情意重）
付く、附く〔自五〕附著，沾上、帶有、配有、增加、增添、伴同、隨從、偏袒、向著、設有、連接、生根、扎根
（也寫作點く）點著、燃起、值、相當於、染上、染到、印上、留下、感到、妥當、一定、結實、走運
（也寫作就く）順著、附加、（看來）是
    泥がズボンに付く（泥沾到褲子上）
    血の付いた着物（沾上血的衣服）
    鮑は岩に付く（鮑魚附著在岩石上）
    甘い物に蟻が付く（甜東西招螞蟻）
    肉が付く（長肉）
    智慧が付く（長智慧）
    力が付く（有了勁、力量大起來）
    利子が付く（生息）
    精が付く（有了精力）
    虫が付く（生蟲）
    錆が付く（生銹）
    親に付いて旅行する（跟著父母旅行）
    護衛が付く（有護衛跟著）
    他人の後からのろのろ付いて行く（跟在別人後面慢騰騰地走）
    君には迚も付いて行けない（我怎麼也跟不上你）
    不運が付いて回る（厄運纏身）
    人の下に付く事を好まない（不願甘居人下）
    あんな奴の下に付くのは嫌だ（我不願意聽他的）
    彼の人に付いて居れば損は無い（聽他的話沒錯）
    娘は母に付く（女兒向著媽媽）
    弱い方に付く（偏袒軟弱的一方）
    味方に付く（偏袒我方）
    敵に付く（倒向敵方）
    何方にも付かない（不偏袒任何一方）
    引き出しの付いた机（帶抽屜的桌子）
    此の列車には食堂車が付いている（這次列車掛著餐車）
    此の町に鉄道が付いた（這個城鎮通火車了）
    谷へ下りる道が付いている（有一條通往山谷的路）
    種痘が付いた（種痘發了）
    挿し木が付く（插枝扎根）
    電灯が付いた（電燈亮了）
    もう明かりが付く頃だ（該點燈的時候了）
    ライター（lighter）が付かない（打火機打不著）
    此の煙草には火が付かない（這個煙點不著）
    隣の家に火が付いた（鄰家失火了）
    一個百円に付く（一個合一百日元）
    全部で一万円に付く（總共值一萬日元）
    高い物に付く（花大價錢、價錢較貴）
    一年が十年に付く（一年頂十年）
    値が付く（有價錢、標出價錢）値
    然うする方が安く付く（那麼做便宜）
    色が付く（染上顏色）
    鼻緒の色が足袋に付いた（木履帶的顏色染到布襪上了）
    足跡が付く（印上腳印、留下足跡）
    帳面に付いている（帳上記著）
    染みが付く（印上污痕）污点

跡が付く（留下痕跡）

目に付く（看見）

鼻に付く（嗅到、刺鼻）

耳に付く（聽見）

気が付く（注意到、察覺出來、清醒過來）

目に付かない所で悪戯を為る（在看不見的地方淘氣）

目鼻が付く（有眉目）

凡その見当が付いた（大致有了眉目）

見込みが付いた（有了希望）

判断が付く（判斷出來）

思案が付く（想了出來）

判断が付かない（眉下定決心）

話が付く（說定、談妥）

決心が付く（下定決心）

始末が付かない（不好收拾、沒法善後）

方が付く（得到解決、了結）

けりが付く（完結）

収拾が付かなく為る（不可收拾）

彼の話は未だ目鼻が付かない（那件事還沒有頭緒）

御燗が付いた（酒燙好了）

実が付く（結實）

牡丹に蕾が付いた（牡丹打苞了）

彼は近頃付いている（他近來運氣好）

今日は馬鹿に付いている（今天運氣好得很）

ゲームは最初から此方に付いていた（比賽一開始我方就占了優勢）

川に付いて行く（順著河走）

塀に付いて曲がる（順著牆拐彎）

付録が付いている（附加附錄）

条件が付く（附帶條件）

朝飯とも昼飯とも付かぬ食事（既不是早飯也不是午飯的飯食、早午餐）

シルクハットとも山高帽とも付かない物（既不是大禮帽也不是常禮帽）

板に付く（純熟，老練、貼附，適當）

手に付かない（心不在焉、不能專心從事）

役が付く（當官、有職銜）

付く〔接尾、五型〕（接擬聲、擬態詞之下）表示具有該詞的聲音、作用狀態

がた付く（咯噔咯噔響）

べた付く（發黏）

ぶら付く（幌動）

付く、点く〔自五〕點著、燃起

電灯が付いた（電燈亮了）

もう明かりが付く頃だ（該點燈的時候了）

ライターが付かない（打火機打不著）

此の煙草には火が付かない（這個煙點不著）

隣の家に火が付いた（鄰家失火了）

付く、就く〔自五〕沿著、順著、跟隨

川に付いて行く（順著河走）

塀に付いて曲がる（順著牆拐彎）

就く〔自五〕就座，登上、就職，從事，就師，師事、就道，首途

席に就く（就席）

床に就く（就寢）床

塒に就く（就巢）

緒に就く（就緒）

食卓に就く（就餐）

講壇に就く（登上講壇）

職に就く（就職）

任に就く（就任）

実業に就く（從事實業工作）

働ける者は皆仕事に就いている（有勞動能力的都參加了工作）

師に就く（就師）

日本人に就いて日本語を学ぶ（跟日本人學日語）習う

帰途を就く（就歸途）
世界一周の途に就く（起程做環球旅行）
壮途に就く（踏上征途）

突く〔他五〕支撐、拄著
杖を突いて歩く（撐著拐杖走）
頬杖を突いて本を読む（用手托著下巴看書）
手を突いて身を起こす（用手撐著身體起來）
がっくり膝を突いて終った（癱軟地跪下去）

突く、衝く〔他五〕刺，戳、冒，衝、攻，抓，乘
槍で突く（用長槍刺）
針で指先を突いた（針扎了指頭）
棒で地面を突く（用棍子戳地）
鳩尾を突かれて気絶した（被擊中了胸口昏倒了）
判を突く（打戳、蓋章）
意気天を突く（幹勁衝天）
雲を突く許りの大男（頂天大漢）
つんと鼻を突く臭いが為る（聞到一股嗆鼻的味道）
風雨を突いて進む（冒著風雨前進）
不意を突く（出其不意）
相手の弱点を突く（攻擊對方的弱點）
足元を突く（找毛病）

突く、撞く〔他五〕撞、敲、拍
毬を突いて遊ぶ（拍皮球玩）
鐘を突く（敲鐘）
玉を突く（撞球）

吐く、突く〔他五〕吐（=吐く）、說出（=言う）、呼吸，出氣（=吹き出す）
反吐を吐く（嘔吐）
嘘を吐く（說謊）
息を吐く（出氣）
溜息を吐く（嘆氣）

即く〔自五〕即位、靠近
位に即く（即位）
王位に即かせる（使即王位）
即かず離れずの態度を取る（採取不即不離的態度）

漬く、浸く〔自五〕淹、浸
床迄水が漬く（水浸到地板上）

漬く〔自五〕醃好、醃透（=漬かる）
此の胡瓜は良く漬いている（這個黃瓜醃透了）

着く〔自五〕到達（=到着する）、寄到，運到（=届く）、達到，夠著（=触れる）
汽車が着いた（火車到了）
最初に着いた人（最先到的人）
朝台北を立てば昼東京に着く（早晨從台北動身午間就到東京）
手紙が着く（信寄到）
荷物が着いた（行李運到了）
体を前に折り曲げると手が地面に着く（一彎腰手夠著地）
頭が鴨居に着く（頭夠著門楣）

憑く〔自五〕（妖狐魔鬼等）附體
狐が憑く（狐狸附體）

築く〔他五〕修築（=築く）
周囲に石垣を築く（四周砌起石牆）
小山を築く（砌假山）

搗き、搗〔名〕搗
搗の足りない米（沒有搗到家的稻米）

搗き上げる〔他下一〕搗完
米を搗き上げる（把米搗完）

搗き臼、舂き臼〔名〕搗米臼

搗き杵、舂杵〔名〕搗米杵

搗き砕く〔他五〕搗碎、舂碎、研成粉末
米を搗き砕いて粉に為る（把米搗成米粉）
薬種を搗き砕く（把藥材研成粉末）

搗き米、搗米〔名〕白米、精白米
搗き米屋（搗米鋪）

ㄉ

搗き立て、搗立て〔名〕剛剛舂好
　搗き立ての餅（剛剛舂好的年糕）
　搗き立ての餅の様な肌（油潤光滑的肌膚）

搗き潰す〔他五〕搗碎、舂碎、研碎

搗き手〔名〕舂米者、搗年糕者

搗き減り，搗減り，舂き減り，舂減り〔名、自サ〕（米等）舂時的損耗
　搗き減りが酷い（損耗太大）
　彼の米屋に頼むと酷く搗き減りする（托那個米店舂米損耗太大）

搗き混ぜる〔他下一〕搗混、摻混、混淆（＝混ぜる）
　事実と虚構を搗き混ぜる（把事實和虛構混在一起）

搗き混ぜ、搗混ぜ〔名〕搗混，舂混（物）、摻混，混雜

搗つ〔他四〕搗、舂（＝搗く、舂く）

搗ち合う，搗合う〔自五〕衝突，相撞、趕在一起，湊到一塊
　頭と頭が搗ち合って瘤が出来た（頭撞頭撞了個包）
　祭日と日曜が搗ち合う（節日和星期日趕在一起）
　其の日は丁度日曜日と搗ち合う（那一天正好跟星期日碰在一起）
　仕事が搗ち合って、何方から始めたら好いか分らない（工作碰在一起了不知從哪一項作起是好）

搗ち上げる〔他下一〕〔相撲〕用胳膊肘部用力往上頂對手的喉嚨

搗ち栗，搗栗、勝ち栗，勝栗〔名〕曬乾後搗去皮殼的栗子（慶祝勝利和過年時用）

搗布〔名〕〔植〕一種褐藻類的海草（可以採碘）、黑海帶（＝荒布）

導（ㄉㄠˇ）

導〔漢造〕引導、指導、教導、傳導
　誘導（誘導、引導、感應、衍生）
　先導（先導、嚮導、引路）
　教導（教導、指導）
　嚮導（嚮導）
　指導（指導、教導、領導）
　訓導（教導、日本舊式小學教員的正式名稱現改為教諭）
　引導（引導、〔佛〕引導-眾生皈依佛門或死者往生淨土）
　半導体（半導體）

導引〔名、他サ〕引導、誘導、嚮導

導因〔名〕誘因、動機

導音〔名〕〔樂〕導音

導火線〔名〕導火線、引線
　導火線を付ける（裝上引線）
　第二次世界大戦の導火線（第二次世界大戰的導火線）

導管、道管〔名〕導管，輸送管。〔植〕導管
　導管組織（導管組織）

導函数、導関数〔名〕〔數〕導數、導出函數、微商

導師〔名〕〔佛〕佛，菩薩、主持佛事葬禮的首座僧

導磁度〔名〕〔理〕（磁阻的倒數）磁導、導磁性率

導者〔名〕嚮導（＝案内者）

導集合〔名〕〔數〕推導集

導出〔名、他サ〕導出、引出、得出←→導入
　論理的に結論を導出する（從邏輯上引出結論）

導き出す〔他五〕導出、引出、得出、推出、演繹出（結論、真理）

導水〔名〕導水、引水
　導水管（導水管）
　導水渠（飲水渠）
　導水橋（渡槽）
　導水堤（防河防沙堤）
　導水路（輸水道）

導線〔名〕〔電〕導線

導体〔名〕〔電〕導體、導電體←→不導体
　良導体（良導體）
　不良導体（不良導體）
　半導体（半導體）

導体結合（電耦合）

導電〔名、自サ〕導電
導電体（導體）
導電性（導電性）
導電率（導電率）

導灯、導燈〔名〕〔航〕導航標燈

導入〔名、他サ〕導入，引進，引入，輸入、引用 ←→導出
外資を導入する（引進外資）
新種を北海道に導入する（把新品種引進北海道）
導入部（〔樂〕序曲、〔小說等的〕楔子）

導尿〔名〕〔醫〕導尿

導波管〔名〕〔電〕波導管

導波器〔名〕〔電〕波導器

導標〔名〕〔海〕方向標

導流島〔名〕（道路中間分開慢車道的）交通島

導輪〔名〕〔機〕導輪、主動輪、驅動輪

導、標〔名〕指南、嚮導
地図を導に進む（拿地圖作嚮導往前走）

導く〔他五〕引導、指導、領導
人の正道に導く（引導人走上正道）
邪道に導く（引入邪途）
革命を勝利に導く（引導革命走向勝利）
中国を光明に導く（把中國引向光明）
先生が学生を導く（老師指導學生）
案内人に導かれて見物する（讓嚮導領著參觀）見物
地上から電波に依って飛行機を進路に導く（從地面上用電波給飛機導航）
事業を失敗に導いた原因（導致事業失敗的原因）

導き、導〔名〕指導、引導、領導
今後共御導きの程を御願い致します（今後仍請多加注意）

到（ㄉㄠˋ）

到〔漢造〕到、到達、到頭、周到
殺到（湧向，湧來、蜂擁而至，紛紛來到）
周到（周密、綿密）
精到（周詳、精細周到）
懇到（懇切周到）

到達〔名、自サ〕到達、達到
山頂に到達した（到達山頂）
同じ結論に到達する（達到同樣結論）
到達点（達到點、目標）
到達地（到達地點）
到達目標（達到目標）
到達距離（達到距離、作用範圍、作用半徑、射程）
到達率（〔半導體〕遷移率）
到達主義（〔法〕到達主義-身在他地的訴訟人所表示的意見自該表示確已到達對方時開始生效=受信主義）

到着〔名、自サ〕到達、抵達
昨日東京に到着した（昨天到達東京）
午後三時全員無事に到着した（午後三點全體人員安全到達）
列車は定時に到着した（火車準時到站）
列車の到着が遅れる（火車晚點）
到着順に並ぶ（按到達順序排隊）
到着機（到達的飛機）
到着駅（到達站）
到着港（到達的港口）
到着値段（〔商〕送到價格）

到底〔副〕（下接否定詞、語氣甚強）怎麼也、無論如何也（=迚も、如何しても）
彼がそんな事を為るとは到底信じられない（我怎麼也不能相信他會做那種事）
到底彼を言い負かす事が出来ない（怎麼也說不過他）
到底間に合わない（怎麼也趕不上）

到底成功の望みは無い（無論如何也沒有成功的希望）
到底有り得ない事だ（無論如何也不可能有）

到頭〔副〕終於、終究、到底、結局（＝終に、最後に）
到頭雨に為った（到底下起雨來了）
三時間待ったが、彼は到頭来なかった（等了三小時但他終於沒有來）
忙しくて、其の映画は到頭見に行けなかった（忙得終於沒能去看那部電影）
到頭酒で死んだ（終於死在酒上了）

到来〔名、自サ〕來到、（別人）送來、送到的禮物
愈愈危機が到来した（危機終於來到了）
時節到来、大いに奮闘しよう（時機已到努力奮鬥吧！）
機会の到来を待つ（等待機會到來）
到来の品（送來的東西）
此の品は到来物ですが、御笑納下さい（這東西是別人送給我的請您收下）

到る、至る〔自五〕到，至、到來，來臨、達，及，到達
正午東京に到る（中午到東京）
福島を経て仙台に到る（經福島到達仙台）
足跡到らざる無し（足跡無所不至）
悲喜交交到る（悲喜交集）
受付時間は九時より正午に到る（受理時間九點到中午）
微細な点に到る迄注意を払った（直到極細微的地方都加以注意）
本線は未だ開通の運びに到らない（此線還沒達到通車階段）
五時に到っても未だ来ない（到五點鐘還沒有來）
其れが下で彼は一大発見を為すに到った（由此他完成了一個很大的發現）
事此処に到っては策の施しようが無い（事已至此無計可施）

到る処，到る所、至る所〔名、副〕到處（＝何処でも）
世界の到る処から手紙が来た（從世界各處來了信）
到る処に友達が居る（到處有朋友）
彼は到る処で持て囃された（他到處受到歡迎）
人間到る処に青山有り（人間到處有青山）
目下、到る処花盛りだ（現在到處花朵盛開）

悼（ㄉㄠˋ）

悼〔漢造〕悼念
痛悼（痛悼）
追悼（追悼）

悼詞〔名〕悼詞（＝弔辞）

悼辞〔名〕悼詞、悼辭（＝弔辞）
悼辞を読む（念悼辭）
友人総代で悼辞を述べる（代表全體友人致悼詞）

悼惜〔名、他サ〕悼惜、悼念、哀念

悼む、傷む〔他五〕悼、哀悼
友人の死を悼む（哀悼友人之死）
故人を悼む（哀悼死者）
御臨終です、御悼み申し上げます（臨終了我向您表示哀悼）

痛む〔自五〕疼痛。（因打擊或損失等）痛苦，悲痛，苦惱，傷心
虫歯が痛む（蛀牙疼）痛む傷む悼む
傷が痛むので眠れなかった（傷口痛得不能睡覺）
心が痛む（傷心）
懐が痛む（金錢上受到意外損失）
不幸な友の身の上を思うと胸が痛む（想到朋友的不幸遭遇很痛心）
痛む上に塩を塗る（火上澆油）

悼み、傷み〔名〕悼念

盗（盜）（ㄉㄠˋ）

盗〔名、漢造〕盗賊、偷盗
　盗に食を齎す（盗糧）
　夜盗（夜賊、地蠶）
　窃盗（竊盗、竊賊、小偷）
　強盗（強盗）

盗汗、盗汗，寝汗〔名〕盗汗、虛汗
　盗汗を掻く（出盗汗、出虛汗）

盗掘〔名、他サ〕盗掘（埋藏物、古墳等）、私自開採（礦產）

盗罪〔名〕〔法〕竊盗罪、強盗罪

盗作〔名、他サ〕剽竊（他人作品、設計等）（＝剽窃）
　彼に盗作する意図は無かった（他沒有剽竊的意圖）
　彼のデザインは盗作だ（那設計是剽竊的）

盗視、偷視〔名、他サ〕偷看（＝盗み見）
　盗視する癖が有って人に嫌われる（因有偷看的毛病遭人厭惡）

盗心、盗心，盗み心〔名〕盗心、做賊的念頭
　盗心を起す（起盗心）
　御金が無いと彼は直ぐ盗心を起こす（一沒錢他就興起做賊的念頭）

盗窃〔名〕盗竊

盗泉〔名〕盗泉（山東泗水的泉水名-傳說孔子路過盗泉因惡其名渴而不飲其水）
　渴しても盗泉の水を飲まず（渴不飲盗泉水、喻無論怎麼困苦也不作不義的事）

盗賊〔名〕盗賊（＝盗人、盗人、泥棒）
　盗賊の一味（盗賊的同夥）
　盗賊鴎（〔動〕賊鷗）

盗聴〔名、他サ〕偷聽、竊聽
　電話を盗聴する（竊聽電話）
　盗聴者（竊聽者）
　盗聴器（竊聽器）
　盗聴事件（竊聽事件）

盗電〔名、自サ〕偷電
　盗電を発見された（被發現偷電）

盗難〔名〕失竊、被盗
　盗難に遭う（失竊）
　盗難に掛かる（失竊、被盗）
　昨夜彼女のアパートで盗難が遭った（昨晚在她公寓裡出盗案了）
　盗難事件（盗竊案）
　盗難保険（竊盗保險）

盗伐〔名、他サ〕盗伐
　国有林を盗伐する（盗伐國有林）

盗犯〔名〕竊盗犯
　盗犯防止（防盗）

盗品〔名〕贓物
　盗品故買（故意買贓物）
　盗品市場（鬼市）

盗癖〔名〕偷竊的毛病
　盗癖の有る子（有盗癖的孩子）

盗用〔名、他サ〕盗用、竊用、剽竊
　私印を盗用する（盗用私章）
　デザインを盗用する（剽竊他人設計）
　大作家の小說の一部を盗用する（剽竊大作家小說的一部分）

盗塁〔名、自サ〕〔棒〕盗壘
　盗塁王と為る（成為盗壘大王）

盗む、偷む〔他五〕盗竊、偷偷地、偷閒。〔棒〕盗壘
　金を盗む（偷錢）
　彼の時計を盗まれた（他的錶被偷了）
　人目を盗んで（偷偷地、背著人目）
　足音を盗んで廊下へ出た（躡足溜到走廊裡）
　私は仕事の暇を盗んで遣って来ました（我乘工作空閒趕來了）
　半日の閑を盗んで（擠出半天的空閒）

盗み〔名〕偷盗、盗竊
　盗みを為る（行竊、偷東西）
　盗みを働く（做賊、行竊、偷東西）
　盗みを覚える（學會偷盗、行竊、偷東西）

盗みに入る（鑽進人家行竊）

盗み足〔名〕躡足走、輕輕地走

盗み聞き〔名、他サ〕偷聽
電話を盗み聞きする（偷聽電話）

盗み食い〔名、他サ〕偷來吃、偷偷地吃，背著人吃東西
盗み食いの野良猫（偷東西吃的野貓）
彼は何時も台所の物を盗み食いする（他老偷吃廚房裡的東西）

盗み撮り〔名〕偷著照相
盗み撮り写真（偷著照的相片）

盗み見る〔他上一〕偷看、偷著看、偷偷地看（＝盗み見を為る）

盗み見〔名、他サ〕偷看
彼の方を一寸盗み見する（偷偷看了他一眼）

盗み読み〔名、他サ〕偷看、偷偷地看
人の手紙を盗み読みしないで下さい（請不要偷看別人的信）

盗み笑い〔名〕偷笑、竊笑、暗笑
盗み笑いを為る（竊笑）

盗人〔名〕（盗人的音便）。〔俗〕賊、小偷（＝盗人、泥棒）

盗人〔名〕〔舊〕盗賊、小偷（＝盗人、泥棒）
盗人を捕まえる（捉賊）
盗人根性（賊性、賊心）
盗人宿（盜賊藏身的旅店）
盗人萩（〔植〕山馬蝗）
盗人猛猛しい（做了壞事反而蠻不講理、厚顏無恥、賊喊捉賊）
盗人に追銭（賠了夫人又折兵）
盗人に鍵を預ける（揖盜入室）
盗人にも三分の理有り（強盜也有三分裡）
盗人の後の棒千切り木（賊走了拿棍棒、賊走關門）
盗人の昼寝（喻為幹壞事做準備）
盗人を捕えて見れば我子也（是出意外、手足無措、對親人也不應該放鬆警惕）
盗人を見て縄を綯う（發現小偷搓繩子、喻臨渴掘井，臨陣磨槍，臨時抱佛腳）

道（ㄉㄠˋ）

道〔漢造〕〔古〕（地區區劃名）道、北海道、道路、道理、道教、佛教、專門技藝，學問

山陽道（〔史〕山陽道-古日本八道之一、包括播磨、美作、備前、備中、備後、安芸、周防、長門、八個國）

東海道（東海道-古日本八道之一、東海街道-江戶時代從京都到東京的沿海道路、東京神戶間的幹線道路）

*八道（日本的八個道-東海道、東山道、北陸道、山陽道、山陰道、南海道、西海道、北海道的八道）

来道（來到北海道）

国道（國道、公路）

歩道（人行道）

車道（車行道）←→歩道、人道

人道（人的道理、人行道）

斜道（斜面、斜坡道）

舗道、鋪道（用柏油等）鋪過的道路、鋪築過的路面、柏油路（＝ペーブメント pavement）

大道、大道（大街、大馬路、大道理）

大道商、大道商人（街頭攤販、露天商店）

新道（新路）←→旧道

旧道（舊路）

県道（縣道、用縣的經費修築管理的道路）

府道（府經營的公路）

市道（市建道路、傷人之道）

私道（私人修建的道路）←→公道

水道（自來水管、航道、地峽、自來水和下水道的總稱）

食道（〔解〕食道）

赤道（赤道）

糧道（糧道、運糧道路）

両道（兩個道、兩個方面）

軌道（軌道）

鉄道（鐵路）

隧道、隧道（隧道、墓道=墓道）

間道（捷徑=近道、脇道、抜道）

火道（火山口）

口道（〔動〕口道）

正道（正確的道路、正當的道理、大道理）

政道（政治之道）

世道、世道（世道）

常道（原則作法、普通作法）

成道（〔佛〕成道、悟道）

外道（佛教以外的教門、旁門左道、信邪教的人、心術不好的壞人、目標種類以外的魚）

極道、獄道（無惡不作、胡作非為、為非作歹、放蕩不羈〔的人〕）

邪道（邪路，歧途、邪門歪道、邪說、邪教）

非道（殘忍、殘暴、無情義）

王道（王道-封建帝王以孔孟之道統治人民的方法←→覇道、（royalroad的譯詞）捷徑，速成法）

覇道（覇道）

無道、無道（殘暴、不合道理）

仏道（〔佛〕佛教、佛法）

神道（〔以崇拜王室祖先為中心的日本固有的〕神道）

神道（神祇、神靈之道）

臣道（為臣之道）

求道（求道、修道、修行）

球道（投球飛行路線、棒球技術）

入道（〔佛〕皈依、出家、出家人、禿頭）

修道（修道）

書道（書道、書法=入木道）

入木道（書法）

諸道（各種技藝，許多技能、諸事，各方面、行政區畫的各道）

茶道（茶道-日本特有的點茶，喝茶的禮節儀式=茶道、茶の湯、〔史〕茶役，茶博士=茶坊主）

茶道（茶道-在寂靜閒雅的環境中休養心神學習禮法的日本特有的沏茶喝茶的方法規矩、〔史〕茶役，茶博士=茶坊主）

婦道（婦女的道德、婦女應遵守的準則）

剣道（劍術=劍術）

弓道（弓箭術）

権道（權術、臨機應變的措施）

芸道（技藝之道）

武道（武藝，武術-劍道，柔道，弓道、武士道）

画道（繪畫的方法）

柔道〔柔道〕

花道、華道（插花術）

歌道（作和歌的技術方法）

斯道（此道，這方面、孔孟的仁義之道、好色之道）

公道（公道，正義、交通公路）

坑道（坑道、巷道、地下道）

黄道（〔天〕黃道、黃道吉日）

弘道（弘道）

皇道（皇道）

香道（焚香以供欣賞）

孝道（孝道）

士道（士道、武士精神=武士道）

武士道（武士道-日本幕府時代形成的武士道德律、是維持封建體制思想的支柱、以重視忠誠、信義、犧牲、廉恥、禮儀、純潔、樸實、節儉、尚武、名譽等為內容）

師道（為師之道）

報道（報導）

唱道（倡導、提倡）

称道（稱道）

商道（商業道德）

聖道（〔佛〕聖道、佛道、佛門）

ㄉ

ㄉ

言語道断（豈有此理、荒謬絕倫）

道家、道家〔名〕道教、道士

道歌〔名〕有教訓意義的詩歌、宣揚佛教或宋儒心學的教訓歌

道学〔名〕道學，道德學、宋儒的理學、道教、（江戶時代）通俗道德論（=心学）

　道学者（道學家、滿口仁義道德的人）

　道学者流の考え（道學家之流的想法、腐儒的想法）

　私は何も道学者ではない（我並不是一個迂腐的道學先生）

　道学的（道學式的、迂腐的、滿口仁義道德的）

　道学先生（道學先生、迂腐不通世故的人=道学者）

道管、導管〔名〕導管，輸送管。〔植〕導管

　導管組織（導管組織）

道灌草〔名〕〔植〕王不留行

道義〔名〕道義

　道義に背く（違背道義）背く 叛く

　道義に反する（違背道義）

　道義に地に落ち（道義掃地）

　道義を重んじる（尊重道義）

　道義の頽廃を嘆く（悲嘆道德敗壞）嘆く 歎く

　些かの道義心も無い（毫無道義之心）些か 聊か

道教〔名〕〔宗〕道教

　道教信者（道教信徒、道士）

道教え〔名〕〔動〕斑蝥、虎蟲（=斑猫）

道具〔名〕〔佛〕佛具，佛事用具、（作手工活的）工具、家庭生活用具，家具。〔劇〕道具、舊家具，舊貨（=古道具）、某件東西上應具備的東西、工具，手段

　百姓道具（農具）百姓（農民）百姓（一般人民）

　大工道具（木工工具）

　道具で細工する（用工具雕琢）

古道具屋（舊貨店、舊家具店）

職人は道具を大切に為る（手藝人珍惜工具）

道具を使う動物は人間丈だ（只有人是使用工具的動物）

所帯道具（家庭生活用具）

勝手道具（廚房炊事用具）

化粧道具（化妝用品）

家財道具（家具什物、一切家具用品）

台所の道具一式（一套廚房用具）

新所帯で道具が揃っていない（新建家庭、家具還不齊備）新所帶新所帶

大道具（大道具）

小道具（小道具）

道具部屋（道具房）

家の場面の道具（房間布置的道具）

道具好きの人（喜愛選購舊貨的人）

道具選み（選擇玩弄器物的嗜好）

顔の道具が悪い（五官不整）

人を道具に使う（拿別人當工具使用）使う 遣う

言語は思想伝達の道具である（語言是傳達思想的工具）

道具方（舞台布景員、換布景者、大道具管理員）

小道具方（道具管理員）

道具立て、道具立（準備道具、各種準備）

道具立てを為る（做各種準備）

道具立てが整った（準備齊全、萬事俱備）

道具商（舊貨商）

道具箱（工具箱、特指木工工具箱）

道具屋（舊貨商、舊貨店、家具店）

道化、道外、道戯〔名〕滑稽，逗笑、丑角，逗笑的人，滑稽演員

道化方（滑稽演員）
道化芝居（滑稽劇）
道化役者（滑稽演員）
道化者（滑稽演員、善於逗笑的人）
道化師（專演滑稽劇的人、善於打諢逗笑的人）
道化猿（〔動〕懶猴＝鈍間猿、ロリス）

道化る〔自下一〕逗笑、戲謔、開玩笑、作滑稽像（＝諧謔ける、巫山戯る）
　道化た真似を為る（作逗笑的樣子）
　道化た恰好を為る（作逗笑的樣子）
　道化て見える（顯得滑稽可笑）
　道化ているのか真面目なのか（你是當真還是開玩笑？）

道交法〔名〕〔法〕道路交通法
道産〔名〕（常讀作道産）北海道的產物、北海道出生
　道産バター（北海道產的黃油）
　道産子（北海道出生的人）
道内〔名〕北海道境內
道民〔名〕北海道的居民
道立〔名〕北海道立
　道立自然公園（北海道立自然公園）
道士〔名〕〔宗〕（道教的）道士、（佛教的）僧人，和尚，方士，仙人
道者〔名〕〔佛〕香客，巡禮者（＝巡礼）。〔佛〕修行者、道士
　道者時分（春分前後朝山拜佛季節）
　道者宿（香客住的旅店）
道術〔名〕道士的仙術、方士的方術
道牀、道床〔名〕（鐵路枕木下的）路基
道場〔名〕〔佛〕道場，修行的地方、練武場、教授武藝的場所
　禅宗の道場に籠る（固守在禪宗的道場中修練）
　柔道の道場に通う（每天到柔道場去練習）
　道場荒し（擾亂練武場的人）
　道場破り（擾亂練武場的人）
　道場廻り（巡迴各練武場進行挑戰）

道心〔名〕道德心，道義心，道德觀念，良心。〔佛〕信道心，皈依心、十三歲或十五歲以上皈依佛門的人
　道心から出た行い（出自道義心的行為）
　道心を起こす（起皈依心，頓悟心）
　道心堅固の僧（信心堅定的和尚）
　道心者（皈依佛門的人、佛教信徒）
道人〔名〕僧侶，出家人、道士、方士、居士，脫離世俗的人，看破紅塵的人
道祖神〔名〕守路神（＝手向けの神）
　分れ道に道祖神が立っている（在岔路口立著守路神像）
道陸神〔名〕守路神（＝道祖神）
道俗〔名〕僧俗
　道俗男女（僧俗男女）
道諦〔名〕〔佛〕道諦（四諦之一）
道断〔名〕沒法說
　言語道断（豈有此理、荒謬絕倫）
道中〔名〕〔舊〕途中，旅途中、妓女盛裝在妓館區遊行（＝花魁道中）
　では道中御無事で（祝一路平安）
　道中何卒御気を付けに為って（祝一路保重）
　話で道中の憂さを紛らす（借閒談以排遣旅途的無聊）
　道中案内（旅行指南）
　道中駕籠（出租的椅轎）
　道中笠（旅行用竹笠）
　道中記（旅行日記、旅行指南）
　道中差し（旅行時配帶的短刀）
　道中師（〔古〕往返驛站間傳遞郵件的人、在旅途中騙財的人）
　道中双六（畫有東海道五十三個驛站的升官圖）
道中〔名〕道路當中。〔舊〕途中
　道中で寝そべる（隨便躺臥在道路當中）

道聽塗説〔名〕道聽塗說

道程〔名〕路程，行程（=道程）、過程，道路（=経過、成り行き）
　二十キロの道程を一日で歩く（一天走二十公里的路程）
　学問研究の道程は長く険しい（研究學問的道路漫長而險峻）

道程〔名〕路程、距離（=道程）
　大した道程ではない（並不太遠）
　町までは相当な道程だ（離市鎮相當遠）
　台中から台北迄は何の位の道程ですか（從台中到台北有多遠？）

道統〔名〕道統、儒學傳統

道德〔名〕道德
　公衆道德（公共道德）
　道德を守る（遵守道德）守る守る盛る洩る漏る
　道德上の問題（道德上的問題）
　道德心（道德心）
　道德哲学（倫理學）
　道德的（道德的）
　道德的制裁（道德的制裁）
　道德的に説明する（從道德上解釋、說教）
　理屈は如何有ろうと道德的に良くない行為だ（不管理由如何在道德上是說不過去的作法）
　道德家（道德家、講道德的人）

道念〔名〕道義心、求道心、僧妻（=大黒、梵妻）

道破〔名、他サ〕道破、說破（=言い切る、喝破）
　一言の下に道破する（一語道破）

道標〔名〕路標（=道標、道導）
　道標が立っている（豎著路標）

道標、道導〔名〕路標（=道案内）。〔轉〕入門，指南。〔動〕斑蝥（=斑猫）
　道標を見て山を登る（看著路標爬山）上る登る昇る
　初学者の道標（初學者的入門書）

　日本語学習の道標（日語學習指南）

道服、道服〔名〕道士服裝、僧服。〔古〕（男子的）外出服，室內便裝

道明寺（糒）〔名〕（糯米蒸後晾乾的軍用或旅行用的）乾糧

道楽〔名、自サ〕（業餘的）愛好，嗜好，癖好、放蕩，墮落，吃喝嫖賭，不務正業
　私の道楽は釣です（我的愛好是釣魚）
　絵は道楽で始めた物だ（畫畫是由於愛好開始的）
　彼は何も道楽が無い（他沒有什麼癖好）
　道楽に文学を為る（作為消遣搞文學）
　道楽が過ぎる（過於放蕩）
　道楽息子（放蕩的兒子、浪子）
　道楽を為尽くす（吃喝嫖賭無所不好）
　道楽者（賭徒、浪蕩公子、酒色之徒）

道理〔名〕道理、情理
　道理を尽くして説明する（盡情盡理地說明）
　道理が分かる（懂道理）分る解る判る
　道理に背く（違背道理）叛く背く
　道理に叶わない（不合情理）叶う適う敵う
　道理に外れている（不合情理）

道理で〔副〕當然、怪不得、無怪乎（=成程）
　道理で嬉しい顔を為ている（怪不得看起來挺高興的）
　道理で彼は疲れていた（怪不得他累了）
　道理で君は彼を弁護すると思った（怪不得你替他辯護呢）

道路〔名〕道路
　高速道路（高速公路）
　有料道路（收費公路）
　道路を開く（開闢道路）
　道路工事を行う（進行修路工程）
　一方通行の道路（單行道）
　道路が開通する（道路開通）
　道路を掘り返す（翻修道路）

道路橋（公路橋）

道路元標（〔由起點至所經各地的〕路牌）

道路標識（〔豎在路旁提起行車人注意的〕路牌）

道路里程標（〔從起點起〕標注距離的牌子、里程標）

道話〔名〕宣讀為人之道的話、（江戶時代用通俗的語言解釋融合神，儒，佛三教的）倫理講話，警世通言

道、途、路、径〔名〕道路、道義，道德、方法，手段、路程、專門、領域、手續、過程、路上，途中

道を歩く（走路）

道を尋ねる（問路）尋ねる訪ねる訊ねる

道を譲る（讓路）

道を迷う（迷路）

道を説く（講道、說教）説く梳く解く溶く

道に背く（違背道義）背く叛く

道に叶う（合乎道義）叶う適う敵う

帰り道（歸途）

子たる物の道（為人子者之道）

生活の道（生活方法）

治療の道が無い（無法治療、沒有方法之治療）

外に採る可き道が無い（別無辦法）

道を急ぐ（趕路）

村迄は一里程の道だ（離村有一里左右的路程）

問題解決の道は未だ未だ遠い（離解決問題還很遙遠）

道が捗る（路上無阻）

千里の道を遠しともせず（不遠千里）

其の道の人に聞く（向那領域的專家請教）

其の道の達人（那領域的高手）

ちゃんとした道を踏んで来る（履行正式的手續）

学校へ行く道で先生に会う（在去學校的途中遇上老師）会う遭う逢う遇う合う

道が付く（有了路子、可以聯繫了、有了頭緒）

道を切る（斷絕關係、斷絕往來）

道を決する（決定前進的方向）

道を付ける（開闢道路、弄出頭緒、作出開端）

道を開く（開闢途徑、鋪平道路）

彼は後進に道を開く為辞職した（他為後進開闢道路而辭職）

道案内〔名〕嚮導、路標（=道標、道導、道標）

道案内を頼む（請人當嚮導、雇個嚮導）

道案内を立てる（立路標）

道板〔名〕（上下船的）跳板

道糸〔名〕從釣竿頂端到鉛錘之間的釣魚線

道草、路草〔名〕路旁的草

牛が道草を食べている風景（牛在吃路旁草的情景）

道草を食う（在途中耽擱〔閒逛〕）食う喰う食らう喰らう

放課後は道草を食わないで家へ帰る（下了課就一直回家）

何処で道草を食っていたんだ（在哪裡閒逛了？）

道芝〔名〕路旁的矮草、路旁的雜草

道順〔名〕路線（=道筋）。〔轉〕順序，程序

八卦山への道順（通往八卦山的路線）

然う行った方が道順だ（那麼走順路）

道順が悪い（不順路、繞腳）

先ず皆と相談してから始めるのが道順ではないかね（是否應該先和大家商量一下再開始呢？）

道すがら〔副〕〔舊〕沿路、沿途、一路上（=道道）

道すがら風景を眺める（沿路觀看風景）眺める長める

道すがら話を為る（邊走邊談）

道道〔副〕一路上（=道すがら）

道道話を為て歩く（一路上邊說邊走）

道道其の事を考えていた（一路上考慮了那件事）

道筋〔名〕（通過的）道路，路線，道理，條理（=筋道）

行進の道筋に見物人が立つ（在遊行的路旁站著看熱鬧的人）見物（值得看的東西）

道筋が立たない（沒有道理、講不通）

道連れ〔名〕旅伴、同行（者）

貴方と道連れなら結構です（和你搭伴好極了）

汽車の中で他所の人と道連れに為る（在火車裡和生人搭上旅伴）

冥土の道連れ（黃泉路上的伴侶）

旅は道連れ世は情け（行旅靠伴侶處世靠人情）

道均し〔名〕平路、壓路機

道均しを為る（平整道路）

道為らぬ〔連體〕不道德的、不正當的

道為らぬ行為（不正當的行為）

道為らぬ恋（不正當的戀愛）

道の辺〔名〕路旁（=道端）

道端〔名〕路旁

道端で茶店を開く（在路旁開設茶館）

道火〔名〕火藥的捻子、導火線（=火縄、口火）

道開き〔名〕開路、入門，指南、道路開通典禮

道普請〔名〕修路（工程）、築路（工程）

道普請を為る（修路、築路）

道普請に行く（去修路）行く往く逝く行く往く逝く

其処は今道普請中だ（那裏現在正在修路）

道行、道行き〔名〕（歌舞伎）（男女）私奔的場面、（韻文體的）旅行記，紀行、（旅行用的）和服外套。〔轉〕（事情的）經過，過程

男と道行を極める（女子與情人私奔）

稲（稲）（ㄉㄠˋ）

稲〔漢造〕稲、水稲

水稲（水稲）

晩稲、晩稲，晩生，奧手（晩稲）

早稲（早稲）←→奧手

陸稲、陸稲（陸稲）

稲熱病、稲熱病〔名〕〔農〕稲瘟病

稲〔名〕〔植〕稲、稲子

稲の苗（稲苗、稲秧）

稲を刈る（割稲子）

稲を実る（稲子成熟）

稲の出来が良い（稲子的收成好）

稲を作る（種稲）

稲を扱く（捋稲子）

稲の取り入れを為る（收割稲子）

稲株（稲茬）

稲刈〔名〕割稲子

稲刈機（割稲機）

稲扱き，稲扱、稲扱き，稲扱〔名、自サ〕去稲殻、脱殻機

稲搗き，稲搗、稲舂き，稲舂〔名〕舂米

稲搗き歌（舂米歌）

稲〔名〕稲

荒稲（稲子、稲穀）←→和稲（米）

和稲（米、去殼的稲子）

稲〔名〕稲、稲子（=稲）

稲掛け，稲掛、稲掛け，稲掛、稲架け、稲架、稲架〔名〕曬稲穗的架子

稲株〔名〕稲茬

稲幹〔名〕〔植〕（帶葉的）稲幹、稲莖

稲車〔名〕運（割下的）稲子的車

稲子、蝗〔名〕〔動〕蝗蟲

稲作〔名〕種稲子稲子的收成

稲作に転換する（改種稲子）

今年の稲作は良い（今年的稲子收成好）

稲雀〔名〕啄食稲穀的麻雀

稲田〔名〕稲田

稲束〔名〕稲捆

稲妻〔名〕閃電（=稲光）、飛快，閃電一般
  稲光が光る（打閃）
  稲光が走り、雷鳴が轟いた（電光閃閃雷聲隆隆）
  稲妻形（電光形、之字形）
  稲妻の様な速さで身を隠した（飛快地躲了起來）
  稲妻の如く眉を動かした（閃電似地飛動了一下眉頭）

稲葉〔名〕稲葉

稲光〔名〕閃電（=稲妻）
  稲光が光る（打閃）
  稲光が為る（打閃）

雷〔名〕雷（=雷）、雷神。〔轉〕大發雷霆（的人），咆嘯如雷（的人）
  雷が鳴る（打雷、雷鳴）
  雷に打たれて死ぬ（被雷打死）
  雷が家に落ちた（雷劈了房屋）
  雷が落ちる（雷擊、落雷）
  雷様（雷神爺）
  初雷（初雷）
  到頭親父の雷が落ちた（老爺子終於大發雷霆了）
  雷を落す（暴跳如雷）

稲葺き、稲葺〔名〕稲草房頂、用稲草葺房頂（=藁葺）

稲穂〔名〕稲穂（=稲の穂）
  稲穂が出揃った（稲穂出齊了）

稲筵、稲蓆〔名〕用稲草編的草蓆、一片成熟的稲穂

稲叢〔名〕稲堆

稲荷〔名〕五穀神。〔俗〕（五穀神的使者）狐狸，狐仙、油炸豆腐包的酸飯糰（=稲荷鮨、稲荷寿司）、小豆飯（=小豆飯）
  稲荷鮨、稲荷寿司（油炸豆腐包的酸飯糰）
  稲荷神社（稲荷神社、供奉五穀神的神社－後轉為各種産業的守護神）

蹈（ㄉㄠˋ）

蹈〔漢造〕實行、踐履
  舞蹈、舞踏（舞蹈）

蹈襲、踏襲〔名、他サ〕承襲、沿襲、沿用
  前例を踏襲する（沿用舊例）
  前内閣の政策を踏襲する（沿襲前内閣的政策）

蹈鞴、踏鞴〔名〕腳踏的大風箱
  蹈鞴を踏む（踩大風箱、〔轉〕踩腳〔後悔〕、蹬空）

兜（ㄉㄡ）

兜〔漢造〕衣服等的小袋（兜肚）、帽類（兜盔）

兜巾、頭巾、頭襟〔名〕（修道者在山野巡行時戴的）黑布頭巾。〔建〕方柱頂

兜率〔名〕兜率天（欲界六天的第四位）（=兜率天）

兜状体〔名〕〔動〕（昆蟲）外顎葉

兜、甲、冑〔名〕頭盔
  兜を被る（戴頭盔）
  兜を脱ぐ（投降、認輸）
  彼は到頭兜を脱いだ（他終於屈服了）
  兜を見透かされる（被人窺破秘密）

兜魚類〔名〕〔動〕甲冑魚綱

兜水母類〔名〕〔動〕兜水母目

兜町〔名〕兜町（東京都中央區日本橋的街名、通稱株屋町、是東京證券交易所的所在地）。〔轉〕東京證券交易所（的俗稱）

兜虫〔名〕〔動〕獨角仙（=皂莢虫）
  兜虫類（鞘翅目）

斗（ㄉㄡˇ）

斗〔名〕斗（=斗升、斗枡）、酒勺（=柄杓）

〔接尾〕（助數詞用法）斗（一升的十倍、約18公升）

〔漢造〕星名、喻高大、喻容量微小、（讀作斗）。〔俗〕鬥的簡寫
  胆、斗の如し（膽大如斗）
  米五斗（米五斗）

ㄉ

五斗米（五斗米、喻俸祿少）

五斗米に節を曲げる（為五斗米折腰）

酒一斗（酒一斗）

北斗（北斗星）

泰斗（泰斗、權威、大師）

斗胆（斗膽）

斗室（斗室）

闘争（鬥爭、爭鬥）

斗掻き，斗掻、概〔名〕（用斗量穀物時用以刮平的）斗刮（=枡掻）

斗栱、枓栱〔名〕〔建〕斗拱（=枡組、斗組、枡形）

斗酒〔名〕斗酒

斗酒猶辞せず（斗酒亦不辭）

斗南〔名〕北斗星以南。〔轉〕天下，普天之下

斗南の一人（天下一人、天下第一人）一人

斗米〔名〕一斗的米、一點點的米、微薄薪水（=五斗米）

斗量〔名〕用斗量的容量

枡〔名〕〔建〕斗拱（=枡形）

枡、升〔名〕（液體、穀物等的）量器，升，斗（木製或金屬製有方形或圓筒形）、（升斗量的）分量（=枡目）（管道連接處的）箱斗，（劇場等正面前方隔成方形的）池座，（沐浴池水用的）水斗，舀斗

一升枡（升）枡斗鱒

一斗枡（斗）

五リットル枡（五公升量器）

不正枡（非法的升斗-小於或大於法定標準的升斗）

枡掻き（刮斗用的斗板）

枡で量る（用升斗量）

枡で量る程有る（多得車載斗量）

枡が十分です（（分量足）

枡が足りない（分量不足）

枡で芝居を見る（坐在池座看戲）

斗組、枡組〔名〕（櫥窗、欄杆等的）方格（結構）。〔建〕斗拱

枡組棚（〔公共浴池或游泳池等處放置衣物的〕方格櫃）

斗〔名〕（漢字部首）斗字旁

斗升、斗枡〔名〕斗（容量單位）

豆（ㄉㄡˋ）

豆〔名〕〔植〕豆（=豆）、豆（中國古代的祭器）
〔漢造〕（也讀作豆）豆、（舊地方名）伊豆國（今靜岡縣南部）

豌豆（〔植〕豌豆）

大豆（〔植〕大豆、黃豆）

伊豆の国（伊豆國）

豆〔漢造〕豆

大豆（大豆）

伊豆の踊り子（伊豆舞孃）

豆椒類〔名〕〔植〕豆椒類

豆状骨〔名〕〔解〕豌豆骨

豆状鉄鉱〔名〕豆粒大小的鐵礦砂

豆乳〔名〕豆漿

豆腐〔名〕豆腐

餡掛け豆腐（〔烹〕澆汁豆腐、勾芡豆腐）

凍り豆腐（凍豆腐）

高野豆腐（凍豆腐）

焼き豆腐（〔烹〕烤豆腐）

湯豆腐（〔烹〕燙豆腐）

豆腐婆（豆腐皮）

豆腐殻（豆腐渣）

豆腐切（切成的豆腐塊）

豆腐屋（豆腐房、賣豆腐的）

豆腐に鎹（白費、徒勞、不起作用）

彼に意見したとて豆腐に鎹だ（給他提意見是白費）

荳、菽、豆〔名〕豆（大豆、小豆、蠶豆、豌豆等的總稱）、大豆，黃豆（=大豆）。〔俗〕女陰，陰核（=雛尖）

〔接頭〕小、小型、袖珍

　枝豆（毛豆）

　隱元豆（扁豆）

　豆を煮る（煮豆）似る

　豆御飯（豆飯）

　豆粒程の事（豆粒大的事情、芝麻小事）

　豆の支柱（豆角架）

　豆科の植物（豆科植物）

　豆を煎る様な機関銃の音（像炒豆似的機槍聲）煎る入る要る射る居る鑄る炒る

　豆粕（豆餅）

　豆電球（小型燈泡）

　豆タクシー（小型計程車）

　豆タンク（小型坦克車）

　豆人形（小型人偶）

　豆本（袖珍本）

　豆star（電影小明星）

　豆を植えて稗（種豆得稗）

　豆を煮るに萁を焚く（煮豆燃豆萁、〔喻〕骨肉相殘）炊く

豆油〔名〕豆油

豆の油〔名〕豆漿、豆汁（用作豆腐、油畫顏料、染色材料）（＝豆油、豆汁，豆油）

豆油〔名〕豆漿、豆汁（＝豆の油、豆汁，豆油）

豆油、豆汁〔名〕豆漿、豆汁（用作豆腐、油畫顏料、染色材料）（＝豆油、豆の油）

豆石〔名〕〔地〕豆石

豆板〔名〕（江戶時代）豆狀小銀幣，碎銀（作為丁銀的輔幣流通）（＝豆板銀）、豆糕（炒豆和糖壓成板狀的糕點）、〔建〕蜂窩板

豆銀〔名〕（江戶時代）豆狀小銀幣（＝豆板）

豆炒〔名〕炒豆（＝炒豆）、糖炒豆，糖米花

豆打ち、豆打〔名〕播豆種、（立春前後）撒豆驅邪（的人）（＝豆蒔き、豆蒔、豆撒き、豆撒）

豆蒔き、豆蒔、豆撒き、豆撒〔名〕播豆種、（立春前後）撒豆驅邪（的人）（＝豆打ち，豆打、鬼払い）

豆粕〔名〕豆餅

豆幹、豆殻、萁〔名〕豆萁。〔轉〕急性人，性急的人（因豆萁燃燒時劈哩啪啦作響）

豆黃金（虫）〔名〕〔動〕日本金龜子

豆cock〔名〕〔機〕小龍頭、小型旋塞

豆咲き〔名〕（豆科植物的）蝶形花

豆鹿〔名〕〔動〕鼷鹿（產於熱帶亞洲、馬來群島及西非）

豆絞り〔名〕蠟染著豆點大圓點的布

豆藏〔名〕〔古〕（丑角打扮，演戲法，雜技，口技的）江湖藝人。〔罵〕饒舌者，喋喋不休的人，耍嘴皮子的人

豆素麵〔名〕粉絲（＝春雨）

豆象（虫）〔名〕〔動〕豆象、豆象鼻蟲

豆太鼓〔名〕（玩具）波浪鼓、撥浪鼓

豆台風〔名〕（直徑一百公里一下的）小型颱風

豆倒し〔名〕〔植〕菟絲子、菟絲子屬的植物

豆炭〔名〕煤球

　豆炭を作る（壓煤球）作る造る創る

豆搗き、豆搗〔名〕炒黃豆粉（＝黃な粉）

豆の粉、大豆粉〔名〕炒大豆粉、炒黃豆粉（＝豆搗き、豆搗、黃粉）

豆粒〔名〕豆粒

豆鉄砲〔名〕（玩具）（以豆粒作子彈的竹槍）

豆電球〔名〕（手電筒等用的）小電燈泡

豆本〔名〕袖珍本

豆回し〔名〕〔動〕斑鳩（＝斑鳩、鵤、斑鳩、鵤）。〔方〕蠟嘴（鴲、蠟嘴鳥）

豆名月〔名〕陰曆九月十三日的月亮（舊俗此夜用毛豆供月，故名）（＝栗名月）

　芋名月（陰曆八月十五日的月亮）（舊俗此夜用芋頭供月，故名）

逗（ㄉㄡˋ）

逗〔漢造〕停止不進

逗留〔名、自サ〕逗留、暫住、暫時停留（＝滯在）

　旅館に逗留する（暫住在旅館）

　一個月逗留の予定（準備暫時呆上一個月）
　一個月一箇月一ケ月一か月一個一箇

　長逗留を為る（長期逗留）

痘（ㄉㄡˋ）

痘〔漢造〕痘

　　水痘（〔醫〕水痘＝水疱瘡）

　　種痘（接種牛痘）

　　牛痘（牛痘）

　　天然痘（天花＝疱瘡）

痘種〔名〕〔醫〕痘苗

痘漿〔名〕〔醫〕痘瘡水、膿疱水

痘瘡〔名〕〔醫〕天花（＝痘瘡、天然痘）

　　痘瘡に罹る（出天花）痘瘡ワクチンワクチン

痘苗〔名〕〔醫〕痘苗（＝痘瘡vaccine）

痘面〔名〕麻臉（＝痘痕面）

痘痕、痘痕〔名〕麻子、（像麻子似的）坑坑洼洼

　　彼の人は痘痕が有る（他有麻子）

　　壁が痘痕に為る（牆上變成坑坑洼洼）

　　痘痕も靨（麻子也看成酒窩）笑窪靨

　　惚れた目には痘痕も靨（情人眼裡出西施）

痘痕、疱瘡、疱瘡〔名〕〔古〕麻子、痘痕（＝痘痕、疱瘡）

鬪（鬥）（ㄉㄡˋ）

鬪〔漢造〕戰鬥、鬥爭

　　戦鬪（戰鬥＝鬪い、戦い）

　　争鬪（鬥爭＝争い）

　　決鬪（決鬥）

　　春鬪（春天要求提高工資的鬥爭＝春季鬪争）

　　力鬪（竭力奮戰＝力戦）

　　悪戦苦鬪（艱苦戰鬥）

　　奮鬪（奮鬥、奮戰）

　　敢鬪（勇敢奮戰、英勇戰鬥）

　　健鬪（奮鬥、勇敢鬥爭）

　　拳鬪（拳擊＝ボクシング）

　　暗鬪（暗鬥、〔劇〕沒台詞沒伴奏的武場＝默ー默劇）

　　死鬪（死鬥、殊死戰鬥）

　　私鬪（為私利私仇而鬥）

鬪技〔名〕（氣力、技術的）比賽

　　鬪技に参加する（參加比賽）

　　鬪技に勝つ（在比賽中獲勝）

　　鬪技に負ける（在比賽中失敗）

　　鬪技場（比賽的場地）

　　鬪技者（比賽者）

鬪牛〔名〕鬥牛（兩牛相鬥）（＝牛合せ）、鬥牛（人與牛鬥）、鬥牛（鬥牛用的牛）

　　鬪牛はSpainの国技だ（鬥牛是西班牙的國技）

　　鬪牛士（鬥牛士）

　　鬪牛が荒れ狂う（鬥牛凶暴）

鬪球盤〔名〕克朗球（家庭遊戲的一種彈子戲）

鬪魚〔名〕〔動〕鬥魚（觀賞用的一種熱帶魚）

鬪鶏〔名〕鬥雞（＝蹴合い、鶏合せ）、鬥雞用的雞

　　鬪鶏試合（鬥雞比賽）

　　鬪鶏場（鬥雞場）

鬪鶏、軍鶏〔名〕鬥雞（＝シャム鶏）

　　鬪鶏に喧嘩を為せる（讓鬥雞鬥架）シャム（暹邏-泰國舊稱）

　　鬪鶏の卵（鬥雞的蛋）

鬪犬〔名〕鬥狗、鬥犬用的狗

鬪魂〔名〕鬥志、鬥爭精神（＝鬪志）

　　不屈の鬪魂（不屈不撓的鬥志）

　　鬪魂を漲らす（鬥志昂揚）

　　鬪魂を燃やす（鼓起鬥志）

鬪志〔名〕鬥志、鬥爭精神（＝鬪魂）

　　鬪志を燃やす（鬥志昂揚）

　　鬪志剥き出しの姿勢（一副要鬥的姿態）

　　鬪志が固い（鬥志堅強）固い硬い堅い難い

　　競争と為ると鬪志が湧いた（一爭奪起來鬥志就湧現出來）湧く沸く涌く

　　彼は若い頃は鬪志満満だった（他年輕時充滿鬥志）

　　鬪志を沸き立たせる（鼓起鬥志）

選手達は必勝の闘志を燃やしている（運動員們燃起必勝的鬥志）

闘士〔名〕戰士，士兵（的美稱）、（為了主義、比賽等勇敢戰鬥的）鬥士，戰士

労働運動の闘士（勞工運動的鬥士）

闘士型の男（戰鬥型的人）

闘将〔名〕鬥志旺盛的主將（運動員）、（政治運動等的）猛將

彼は往年、労働運動の闘将だった（他當年是供人運動的猛將）

闘諍〔名〕鬥爭

闘争〔名、自サ〕（矛盾雙方或兩個階級的）鬥爭、爭鬥

武力闘争（武力鬥爭）

獅子と象が闘争する（獅子和象爭鬥）

階級闘争（階級鬥爭）

労働者と資本家の闘争（工人與資本家的鬥爭）

労働組合の闘争本部（工會的鬥爭總部）

賃上げ闘争（要求提高工資的鬥爭）

闘病〔名、、自サ〕和疾病奮鬥

癌との闘病に五年に過す（和癌症奮鬥了五年）

闘病生活を送っている（過著和疾病奮鬥的生活）

闘う、戦う〔自五〕戰爭，戰鬥，鬥爭，競賽，比賽

敵兵と戦う（與敵兵戰鬥）

戦わずに勝つ（不戰而勝）

戦う毎に勝つ（每戰必勝）

最後の一人に為っても戦う（剩最後一個人也要戰鬥）

貧困と戦う（與貧困做抗爭）

困難と戦って、終に事業を成功させた（與困難作抗爭終將事業做成功了）

寒さと戦い乍北の海を進んで行く（冒著寒冷向北海前進）

優勝を目差して戦う（為獲取優勝而戰）

正正堂堂と戦おう（要正大光明地比賽）

母校の名誉を掛けて戦う（為母校的名譽而奮戰）

闘い、戦い〔名〕戰爭，戰鬥，鬥爭，競賽，比賽

箪（ㄉㄢ）

箪〔漢造〕盛飯用的竹器，方的叫笥，圓的叫箪

箪笥〔名〕衣櫥、衣櫃、五屜櫥

洋服箪笥（大衣櫃）

造り付けの箪笥（〔樓房的〕壁櫥衣櫃）

箪笥預金（秘藏的存款）

箪食瓢飲〔名〕簡單的飲食、安於清貧

丹（ㄉㄢ）

丹〔漢造〕紅色，朱紅色、丹誠、丸藥、鉛丹、（舊地方名）丹波国、丹後国

練丹（煉丹術，煉金術、煉製的丹藥，靈丹妙藥=練薬）

仙丹（仙丹）

万斤丹（萬斤丹）

反魂丹（返魂丹）

黄丹（鉛丹）

丹花〔名〕紅花

丹花の唇（〔美人的〕紅唇）

丹後〔名〕丹後（日本京都府北部地方）丹後絲綢（=丹後縮緬）、丹後產的帶花紋的布（=丹後縞）

丹漆〔名〕紅色的漆

丹砂〔名〕〔礦〕朱砂、辰砂

丹朱〔名〕朱紅色、朱砂，辰砂，丹砂

丹心〔名〕丹心、赤心（=真心）

報国の丹心（報國的丹心）

丹唇〔名〕朱唇

丹青〔名〕紅和藍、繪畫。〔轉〕色彩

丹青の道に長ずる（長於繪畫）

丹青の妙を尽す（極盡色彩之妙）

丹誠、丹精〔名、自サ〕丹誠，真誠、努力，竭力，盡心

丹誠を込めて（很真誠地）籠める混める込める篦める

丹誠を尽す（誠心誠意）

多年の丹誠の結果（多年努力的結果）

丹誠を凝らす（竭盡全力）凝らす懲らす

丹誠を込めった傑作（精心的傑作）

丹誠して書いた絵（費盡心思畫的畫）

丹誠した甲斐が有って野菜が良く出来た（由於精心培養蔬菜長得很好）

丹前〔名〕套在和服外面的寬袖棉袍（=褞袍）、（歌舞伎）（走下舞台時在花道使用的）一種獨特的揮手方式和步法

丹前姿（江戶初期流行的游客俠客等的一種打扮）

丹頂〔名〕〔動〕丹頂鶴

丹頂鶴（丹頂鶴）

丹田〔名〕丹田、下腹部

丹田に力を入れる（下腹部用力）

丹田に力を込める（下腹部用力）

丹毒〔名〕〔醫〕丹毒

創傷性丹毒（創傷性丹毒）

丹毒に罹った顔（患有丹毒的臉）

丹念〔名、形動〕精心、細心

極めて丹念に校正する（細心校對）

丹念に書いた模様（精心繪製的花樣）

丹念に作る（精心細做）

丹波栗〔名〕丹波栗（丹波-京都府及兵庫縣一帶，生產的大栗子）

丹碧〔名〕丹青、紅色與青色

丹薬〔名〕丹藥，丸藥、（長生不老的）仙丹妙藥

丹〔名〕紅土，紅顏料，紅色、朱色、塗成紅色的東西

丹塗り橋（油成紅色的橋）

丹の鳥居（〔神社前的〕紅色華表）

二、弐〔名〕二，二個、第二，其次。（三弦的）中弦，第二弦。〔棒球〕二壘手、不同

〔漢造〕（人名讀作二）二，兩個、再，再次、並列、其次，第二、加倍

二足す二は四（二加二是四）

二の膳（正式日本菜的第二套菜）

二の糸（三弦的中弦）

二の次（第二、次要）

二の矢を番える（搭上第二支箭）使える遣える仕える支える悶える痞える

二の足を踏む（猶豫不決）

二の句が告げない（愣住無言以對）

二の舞（重蹈覆轍）

二に為て一でない（不同、不相同、不是一回事）

一も二も無く（立刻、馬上）

二郎、次郎（次子=次男）

信二、信二（信二）

尼〔名、漢造〕尼僧、尼估（=尼）

比丘尼（比丘尼）

修道尼（修女）

尼〔名〕尼姑（=比丘尼）、修女（=修道尼）。〔俗〕〔罵〕臭娘們，臭丫頭

尼に為る（削髮為尼）尼天甘雨海女亜麻

此の尼奴（這個臭娘們！）

此の尼、出て行け（你這個臭娘們！滾出去！）

荷〔名〕（攜帶或運輸的）東西，貨物，行李、負擔，責任，累贅

荷を送る（寄東西、運行李）

荷が着く（貨到）

荷を運ぶ（搬東西）

荷を引き取る（領取貨物〔行李〕）

馬に荷を付ける（替馬裝載貨物）

荷が重過ぎる（負擔過重）

子供が荷に為る（小孩成了累贅）

肩の荷を卸す（卸下肩上的負擔〔責任〕）

荷を担う（負擔責任、背上包袱）

年取った母親の世話が荷に為っていた（照料年邁的母親曾是他的負擔）

社長を辞めて荷を卸した（辭去經理卸下了重擔）

荷が下りる（卸掉負擔、減去負擔）

荷が勝つ（責任過重、負擔過重）

荷が勝ち過ぎる（責任過重、負擔過重）

此は私には荷が勝った仕事だ（這項工作對我來說負擔過重）

煮〔名〕煮（的火候）

〔造語〕煮、燉的食品

煮が足りない（煮得不到火候）

水煮（水煮、清燉）

下煮（先煮、先下鍋燉〔的食品〕）

クリーム煮（奶油烤〔魚、肉〕）

鯖の味噌煮（醬燉青花魚）

雑煮（煮年糕-用年糕和肉菜等合煮的一種醬湯或清湯食品）

丹色〔名〕紅色、土紅色

丹土〔名〕紅土

丹塗り〔名〕朱漆、漆或油成朱紅色的東西

丹塗り橋（油成紅色的橋）

丹塗りの鳥居（〔油成朱紅色的牌坊）

丹塗りの剥げた大きいな円柱（紅漆剝落的大圓柱）剥げる禿げる接げる矧げる

担（ㄉㄢ）

担〔漢造〕擔，挑、承擔、負擔

負担（負擔、承擔、背負）

分担（分擔）

荷担、加担（參加，參與、支持，袒護）

担架〔名〕擔架

担架で運ぶ（用擔架搬運）

担架に乗せる（放在擔架上）

担架隊（擔架隊）

担眼触角〔名〕〔動〕（蝸牛等的）擔眼器

担子器〔名〕〔植〕擔子

原生担子器（原擔子）

担子菌〔名〕〔植〕擔子菌

担子菌類（擔子菌綱）

担子地衣類〔名〕〔植〕擔子菌地衣類

担子胞子〔名〕〔生〕擔孢子

担税〔名〕負擔捐稅

担税力（負擔捐稅的能力）

担税者（負擔捐稅者）

担当〔名、他サ〕擔當、負擔、擔任

家庭欄担当の婦人記者（負責家庭欄的女記者）

其は私の担当です（那是我負責的工作）

輸出部を担当している（擔任出口處的工作）

ニュースのアナウンスを担当する（擔任新聞廣播）

担任〔名、他サ〕擔任、擔當（=受け持ち）

私の担任は記録係です（我擔任的是記錄員）

二年の英語を担任する（擔任二年級的英語）

担任教師（班主任）

クラス担任（班主任）

担保〔名〕〔法〕抵押（=抵当）

十分な担保を取って金を貸す（取得充分的抵押後把錢借出）

土地を担保と為る（以土地為抵押）

家屋を担保に入れる（將房產交作抵押）

家屋を担保に取る（拿房產作抵押）

担保を入れる（交作抵押）

担保貸し金（抵押貸款）

担保者（擔保人、保證人）

担保品（抵押品）

担保付き（帶抵押）

担保付き債券（有抵押債券）

担桶、擔桶〔名〕木桶、糞桶、肥料桶（=肥担桶）

担桶で水を担う（用木桶挑水）

担桶に肥しを入れる（把肥料放入糞桶）

担げる、肩げる〔他下一〕擔、扛（=担ぐ）

　鍬を担げる（肩鋤）傾げる

担ぐ〔他五〕擔，扛，挑。〔轉〕推戴，擁戴，以…為領袖、迷信、騙、耍弄

　鉄砲を担ぐ（扛槍）

　箱を肩に担ぐ（把箱子扛在肩上）

　リュックサックを担ぐ（背起登山背包）

　天秤棒で担ぐ（用扁擔挑）

　彼を会長に担ぐ（推他為會長）

　彼を委員長に担ぎ上げる（擁戴他為委員長）

　今日は日が悪いと言って担ぐ（迷信說今天的日子不吉利）

　彼に担がれた（我上他的當了）

　君は担がれたんだよ（你受騙了）

　すっかり担がれた（大上其當、完全被騙了）

　誰も来ないのに客だと言って母を担ぐ（本來沒有人來硬說有客人來了和媽媽開玩笑）

担ぎ〔名〕挑擔子（的人）

　蕎麦屋の担ぎ（賣蕎麵條的擔子）

担ぎ上げる〔他下一〕抬起，擔起、捧上台

　神輿を十人で担ぎ上げる（由十人將神轎抬起）

　王党の党首に伯爵を担ぎ上げる（把伯爵捧上台擔任保皇黨的黨魁）

担ぎ込む〔他五〕（把病人等）抬進、抬入

担ぎ出す〔他五〕抬出，擔出、〔轉〕炮製出，捧出，推戴

　会長に知事を担ぎ出す（推戴知事為會長）

担ぎ出し〔名〕抬出、捧出、推戴

担ぎ屋〔名〕迷信家（=語弊担ぎ）、惡作劇的人，作弄人的人，騙人的人。〔俗〕私運管制物資者，黑市商人

　僕の母は担ぎ屋だった（我母親過去是個迷信的人）

　担ぎ屋を為ている（跑單幫、做黑市生意）

　担ぎ屋が闇米を売りに来る（跑單幫的來賣黑市米）来る

担う、荷う〔他五〕擔，挑（=担ぐ）、擔負，背負（=負う）

　薪を担う（挑柴）薪薪

　重責を双肩に担う（肩負重任）

　将来の日本を担う（肩負未來的日本）

　衆望を一身に担う（身負重望）

　次代を担う人達（肩負下一代的人們）

担い〔名〕擔，挑、挑桶（=担い桶）、擔負，承擔

　担い棒（扁擔）

　担い発条（承重板簧）

担い商人〔名〕貨郎、行商

担い商い〔名〕（挑著擔子）沿街叫賣（的商販）、貨郎、行商

担い太鼓〔名〕（二人抬的）大鼓

担い手〔名〕挑東西的人、旗手，中堅，肩負重任的人

　文化の担い手（發展文化中堅人物）

担え銃〔連語〕（口令）扛槍

　担え銃！（槍上肩！）

単（單）（ㄉㄢ）

単〔漢造〕單一，無雙、單調、單位、單薄、單打比賽

単なる〔連體〕僅僅、只不過（=只の、唯の）

　単なる空想だ（僅僅是空想）

　単なる噂に過ぎない（只不過是謠言罷了）

単に〔副〕（常下接だけ、のみ、ばかり等詞）單、僅、只（=只、唯に）

　其は単に模倣に過ぎない（那只不過是模倣）

　其れは単に私一人のみ為らず私の家族全体の為に為ります（那不僅對我一人而且對我全家人都有好處）

　単に聞いて見ただけだ（只不過打聽一下罷了）

単衣〔名〕單衣（=単物）、一件衣服

単、一重〔名〕（単物之略）（単衣之略）單瓣、單衣↔袷

 単の帯（單層腰帶）
 単帯（單層腰帶）
 単の桜（單瓣櫻花）
 単衣（單衣）
 単物（單衣）
 こんなに寒いのに単を着ている（這麼冷卻穿著單衣）
 単瞼、一重瞼（單眼皮）

一重〔名〕單層、一層↔八重
 壁一重隔てる丈だ（只隔著一層牆）
 紙一重の差（一紙之差、分毫之差）

単位〔名〕單位。〔教〕學分
 実用単位（〔理〕實用單位）
 基本単位（基本單位）
 重量単位（重量單位）
 君の計算は単位が違っている（你算的單位錯了）
 人口は千単位で示している（人口是以千為單位來表示）
 家族は社会の単位と認める（家庭被認為是社會的基本單位）
 四単位のフランス語（四個學分的法語）
 彼は卒業に必要な単位が取れなかった（他沒能取得畢業所必需的學分）
 単位制度（學分制）
 単位工程（〔化〕基本過程、單元作業＝單位過程）
 単位過程（〔化〕基本過程、單元作業＝單位工程）
 単位行列（〔數〕單位矩陣）
 単位格子（〔化〕單位晶格、晶胞）
 単位突然変異（〔生〕基因點突變）
 単位操作（〔化〕基元操作、單元處理）

単意〔名〕單義、只有一個意義
 単意語（單義詞）

単為生殖〔名〕〔生〕單姓生殖。〔植〕無配子生殖

単為結実〔名〕〔植〕單性結實

単為胞子〔名〕〔植〕單性接合孢子、無配合子

単一〔名、形動〕單一、單獨、簡單
 キリスト教は単一の神を持つ宗教だ（基督教是擁有單一神的宗教）
 単一の民族から為る国家（由一個民族構成的國家）
 単一の行動を取る（採取單獨行動）
 単一税率（單一稅率）
 単一神教（一神教）
 単一制御（〔電〕單向控制、單紐操作）
 単一調整（〔電〕單向調整、單紐調諧）
 単一の組合を組織する（組織單獨工會）
 単一機械（簡單機器）
 単一な組織（簡單的組織）
 単一化（單一化、一元化、簡化）
 単一層（〔理〕單分子層）
 単一格子（〔理〕簡單點陣）

単因子雑種〔名〕〔植〕單性雜種

単液電池〔名〕單液電池

単音〔名〕〔語〕單音，音素（聲音的最小單位）。〔樂〕單音↔複音
 単音語（單音節詞）
 単音ハーモニカ（單音口琴）

単音楽〔名〕〔樂〕主調音樂

単花〔名〕〔植〕單花

単花果〔名〕〔植〕單花果

単花被〔名〕〔植〕單被

単果〔名〕〔植〕單果↔集合果

単価〔名〕單價，單位價值。〔生〕單價
 生産単価（生產單價）
 単価五十円で買い入れる（以單價五十日元買進）
 単価染色体（單價染色體）

単科大学〔名〕單科大學、專科大學、學院↔総合大学

単核〔名〕〔醫〕單核
　単核白血球増加症（單核白血球增多症）

単殻〔名〕〔動〕單殼
　単殻軟体動物（單殼軟體動物）

単簡〔名、形動〕簡單（＝簡単、手短）
　うんと単簡に返事を為る（作極簡單的答覆）

単環テルペン〔名〕〔化〕單環萜烯

単眼〔名〕〔動〕單眼、側單眼（昆蟲）←→複眼

単眼鏡〔名〕單片眼鏡

単官能分子〔名〕〔化〕單官能分子

単軌〔名〕單軌、單線鐵路

単記〔名、自サ〕（在選票上只填寫一名候選人名的）
　單式←→連記
　単記投票（單式投票）

単機〔名〕單機、一架飛機

単騎〔名〕單騎、隻身匹馬
　単騎敵陣に突入する（單騎突入敵陣）
　単騎旅行（單人騎馬旅行）

単脚句〔名〕單韻詩句

単級〔名〕〔教〕（小學因學生人數少而進行的）
　複式教學、複式班級

単球菌〔名〕〔生〕單球菌

単極〔名〕〔電〕單極
　単極スイッチ（單刀開關）
　単極電位（單極電位）
　単極誘導（單極感應）

単結合〔名〕〔理〕單鍵

単結晶〔名〕〔理〕單結晶、單晶體

単元〔名〕〔哲〕單元，單子（＝モナド）。〔教〕單元
　単元論（單元論-德國唯心主義哲學家萊布尼茨的學說）
　単元制度（單元制度）
　単元学習（單元學習）
　単元的（單元的）

単絃運動〔名〕〔理〕簡諧運動（＝単振動）

単語〔名〕單詞

英単語（英語單詞）

重要単語（重要單詞）

単語を並べて英語を話す（羅列單詞講英語、說蹩腳的英語）

単語を引く（查單詞）

単語を沢山知っている（知道很多單詞）

単語帳（單詞本）

単行〔名〕單獨施行。〔舊〕單獨旅行，一個人走
　単行本（單行本）
　単行本と為て発行する（作為單行本發行）
　論文を単行本に纏める（把論文匯集成單行本）
　単行法（〔法〕單行法）
　単行犯（〔法〕單行犯）

単鉱岩〔名〕〔地〕單礦物岩

単項式〔名〕〔數〕單項式

単孔類〔名〕〔動〕單孔目

単坐、単座〔名〕單座位、單座飛機
　単座戦闘機（單座戰鬥機）

単彩〔名〕單色、一色
　単彩画（單色畫）
　単彩画法（單色畫法）

単細胞〔名〕〔動〕單細胞
　単細胞動物（單細胞動物）
　単細胞植物（單細胞植物）
　単細胞生物（單細胞生物、單分體）

単作〔名、他サ〕〔農〕單季、一季、一荏
　米の単作地帯（種一季水稻的地區）

単産〔名〕各行業工會

単繖花序〔名〕〔植〕單歧聚傘花序

単出集散花序〔名〕〔植〕單歧聚傘花序

単子〔名〕〔哲〕單子、單元（＝モナド）
　単子論（單子論-德國唯心主義哲學家萊布尼茨的學說）

単子葉〔名〕〔植〕單子葉←→双子葉
　単子葉植物（單子葉植物）

単子葉類（單子葉類）

単糸〔名〕〔紡〕單線、單股線

単字字典〔名〕單字字典

単試合〔名〕（乒乓球．網球）單打比賽（＝シングルス）←→複試合

単式〔名〕簡單形式、單一形式

単式火山（〔地〕簡單圓錐狀火山）

単式農法（〔農〕單一經營、單種栽培）

単式簿記（單式簿記）

単式印刷（〔印〕膠板印刷）

単軸〔名〕〔植〕單軸、獨軸

単軸結晶〔名〕〔化〕單軸結晶

単視限〔名〕〔光〕無雙象場

単車〔名〕單人雙輪摩托車（＝スクーター、オートバイ）

単舎〔名〕〔醫〕單糖漿（＝単舎利別）

単舎利別、単シャリベツ（〔醫〕單糖漿）

単斜〔名〕〔地〕單斜層、單斜摺皺、單斜結構

単斜晶系〔名〕〔化〕單斜晶系

単縦陣〔名〕〔軍〕縱隊陣形

単縦陣で進む（以縱隊陣形前進）

単縦陣を成している（排成縱隊的陣形）

単縦線〔名〕〔樂〕（畫分每一小節間的縱線）節線

単縦列〔名〕一路縱隊。〔軍〕縱隊陣形（＝単縦陣）

単縦列で行進する（以一路縱隊行進）

単純〔名、形動〕單純、簡單←→複雑

頭が単純だ（頭腦簡單）

単純な思想（單純的思想、簡單的思想）

単純な色彩（單純的色彩）

物事を単純に考える（簡單地思考事物）

単純梁（〔建〕簡支樑）

単純泉（只含少量鹽類的礦泉）

単純再生産（〔經〕單純再生產）

単純林（〔林〕純林、單一林）

単純化（單純化、簡單化）

行き過ぎた単純化（過分簡單化）

彼は物事を単純化し過ぎる傾向が有る（他有把事物過份簡單化的傾向）

単純蛋白質（〔生化〕簡單朊）

単称〔名〕簡單的名稱。〔邏〕單稱（只表達一個事物）

単称名辞（單稱名詞）

単称命題（單稱命題）

単勝〔名〕單勝式-賭博的一種方法猜中在賽馬，賽車，賽艇獲第一名的馬或選手（＝単勝式）

単勝式（單勝式-賭博的一種方法猜中在賽馬，賽車，賽艇獲第一名的馬或選手）、〔上述賭博的〕單勝式票券）

単蒸留〔名〕〔化〕簡單蒸餾

単色〔名〕單彩，一色、（把太陽光用三稜鏡分析出來的）單色，單一色彩

単色画（單彩畫）

単色光（單色光）

単身〔名〕單身、隻身

単身敵地に乗り込む（單身衝入敵陣）

単身踏み止まる（只剩下單獨一個人）

単身赴任（單身赴任）

単身寄留（出外單獨寄居）

単身銃〔名〕單筒獵槍

単信〔名〕〔無〕單工、單向通信

単信式電信（單工電信）

単信式電信法（單工電信法）

単振子〔名〕〔理〕單擺←→複振子

単振動〔名〕〔理〕簡諧運動（＝単絃運動）

単数〔名〕〔數、語〕單數←→複数

単数と複数（單數和複數）

此の語は単数です（這個詞是單數）

単性〔名〕〔植〕單性

単性花（單性花）

単性生殖（單性生殖、單性繁殖）

単性雑種（一對基因雜種）

単声〔名〕〔樂〕單聲

単声合唱（單聲合唱）

単成火山〔名〕〔地〕單火山

単節条虫類〔名〕〔動〕無節條蟲亞綱

単線〔名〕單線，一條線。〔鐵、電〕單線，單軌←→複線

其の線は単線である（那條線是單線）

事故の為同区間は単線で折り返し運転を行っている（由於意外該區間現在靠單線往返運行）

単線鉄道（單線鐵路）

単線式（電氣列車的地電迴路方式）

単旋歌〔名〕〔樂〕單聲部旋律的作品、無伴奏的齊唱作品

単繊条〔名〕單縷、單纖維

単素環式化合物〔名〕〔化〕同素環化合物

単相〔名〕〔理〕單相

単相交流（單相交流）

単相交流発電機（單相交流發電機）

単操業〔名〕（不倒班的）一班工作

単装砲〔名〕〔軍〕一座砲樓只安裝一門砲

単層表皮〔名〕〔植〕單列表皮

単側帯波法〔名〕〔電〕單邊帶

単側帯波法送信（單邊帶傳輸）

単打〔名、自サ〕〔棒球〕一壘打（=シングル、ヒット）

左翼に単打を放つ（向左翼進行一壘打）

単体〔名〕〔化〕單體，單質，單一成分←→化合物、單一的物體

金属は全て単体である（金屬都是單體）

単体雄蕊（〔植〕單體雄蕊）

単調〔名、形動〕單調、平庸、無變化、無抑揚頓挫

毎日の生活の耐え難い単調さ（每天生活難以忍受的單調）耐え難い堪え難い

単調な色（單調的色彩）

此処の景色は単調だ（這裡景色單調）

単調な演説（枯燥乏味的演講）

単調音（〔樂〕單音調）

単蹄〔名〕〔動〕單蹄

単蹄動物（單蹄動物）

単的、端的〔形動〕直率，不隱諱，直截了當、明顯，清楚

単的に言う（直率地說）言う云う謂う

内面生活を単的に写す（如實地描寫內心的活動）写す移す映す遷す

其処に単的に現れている（在那裏明顯地表現出來）現れる表れる顕れる

単綴〔名〕〔語〕單音節

単綴語（單音節詞）

単綴語族（單音節語系）

単伝〔名〕〔佛〕單傳（佛法只傳給某一個僧人）。〔佛〕以心傳心（佛法不借文字或語言而直接以心傳心）（=以心伝心）

単刀直入〔名、形動〕一人揮刀衝入敵陣。〔轉〕乾脆，單刀直入，直截了當

単刀直入に話すが良い（最好直截了當的說）

単動機関〔名〕單缸發動機、單作用式發動機

単糖類〔名〕〔化〕單糖

単独〔名、形動〕單獨、獨自、單身

単独で行く（單獨去）

単独で事を為る（單獨行事）

単独に現れる現象（單獨出現的現象）

小さなヨットに乗って単独で太平洋を横断したのは彼が最初であった（他是第一個單獨駕駛小快艇橫渡太平洋的人）

単独会見（單獨會見）

単独講和（單獨媾和）

単独行為（單獨行為）

単独内閣（一黨內閣）

単独行動（單獨行動）

単独海損（〔商〕單獨海損）

単独飛行（單獨飛行）

単軟膏〔名〕（以蜂蠟和芝麻油為原料製成的）黃色軟膏

単乳管〔名〕〔生〕無節乳汁管

単能機械〔名〕〔機〕單能機

単発〔名〕単引擎←→双発、單發←→連発
　単発機（單引擎飛機）
　単発銃（單發槍）
単板〔名〕單板、單片板、一塊板←→合板
単板法〔名〕〔攝〕單板法（不做底片直接取得照片的攝影方法）
単比〔名〕〔數〕單比←→複比
単被花〔名〕〔植〕單被花←→両被花、無被花
単複〔名〕簡單與複雜。〔植〕單瓣與雙瓣、（馬票）單式與複式、單衣與夾衣、（網球、乒乓球）單打與雙打
単複相植物〔名〕〔植〕雙單倍交迭體
単文〔名〕簡單的文章。〔語法〕簡單句←→複文
　〝花が咲く〟が単文である（〝花開〟是簡單句）
単分子層〔名〕〔生〕單分子層
単分子反応〔名〕〔生〕單分子反應
単弁〔名〕〔植〕單瓣（＝一重）←→重弁
　単弁花（單瓣花）
単変〔名〕〔化〕單變現象
単母音〔名〕〔語〕單元音
　単母音化（單元音化）
単方〔名〕〔醫〕（只有一種藥的）單配方←→複方
単本位〔名〕〔經〕單本位←→複本位
　単本位制（單本位制）
　単本位貨幣（單本位貨幣）
単巻変圧器〔名〕自耦單卷變壓器
単名数〔名〕〔數〕單名數←→複名數
単名手形〔名〕〔商〕單名票據
単葉〔名〕〔植〕單葉。〔飛機〕單翼←→複葉
　単葉（飛行）機（舊式的單翼飛機）
単利〔名〕〔商〕單利
　単利法（單利計算法）
単離〔名〕〔化〕離析、分離
単流操作〔名〕單流操作、單程操作
単量体〔名〕〔化〕單量體
単列縦陣〔名〕單列縱隊

眈（ㄉㄢ）

眈〔漢造〕垂目下視的樣子
　虎視眈眈（虎視眈眈）
眈眈〔形動タルト〕眈眈
　各チームは眈眈と（為て）優勝を狙っている（各隊都在野心勃勃地企圖得到優勝）
　虎視眈眈と為て王座を狙う（虎視眈眈覬覦王位）

耽（ㄉㄢ）

耽〔漢造〕沉溺、入迷
耽溺〔名、自サ〕沉溺、沉湎、沉醉
　酒食に耽溺する（沉溺於酒色）
　耽溺生活（放縱生活、放蕩生活）
　耽溺生活を送る（過放蕩生活）
耽読〔名、他サ〕埋頭讀、讀得入迷
　探偵小説を耽読する（入迷地讀偵探小說）
　耽読者（書迷、癖好讀書的人）
耽美〔名〕耽美、唯美
　耽美派（唯美派）
　耽美主義（唯美主義）
耽る〔自五〕耽於，沉湎，沉溺，入迷，埋頭，專心致志
　飲酒に耽る（沉湎於酒）老ける更ける深ける吹ける拭ける噴ける葺ける
　贅沢に耽る（窮奢極侈）
　空想に耽る（想入非非）
　小説を読み耽る（埋頭讀小說）
老ける、化ける〔自下一〕老、上年紀、變質、發霉
　年寄老けて見える（顯得比實際年紀老）老ける化ける耽る更ける深ける
　彼女は老けるのが早い（她老得快）早い速い
　彼は年より老けて見える（他看起來比實際年齡老）
　彼は年齢よりも老けている（他比實際歲數看起來老）

三十に為ては彼は老けて見える（按三十歲說他面老、他三十歲顯得比實際年紀老）

彼は此の数年来めっきり老けた（他這幾年來顯著地蒼老）

米が老けた（米發霉了）

芋が良く老けた（白薯蒸透了）

石灰が老ける（石灰風化）石灰石灰

深ける、更ける〔自下一〕（秋）深、（夜）闌

秋が更ける（秋深、秋意闌珊）老ける耽る蒸ける

夜が更ける（夜闌、夜深）

胆（ㄉㄢˇ）

胆〔名、漢造〕膽（=胆）、膽子，膽量（=肝玉、肝魂）、真心

胆が据わる（有膽量）据わる座る坐る

胆斗の如し（膽大如斗、非常膽大）

臥薪嘗胆（臥薪嘗膽）

大胆（大膽，勇敢，無畏，厚顏，冒失，放肆）

豪胆、剛胆（大膽、勇敢）

落胆（灰心、氣餒、消沉、沮喪）

心胆（心膽、心和膽）

肝胆（肝和膽、赤城、真誠的心）

魂胆（膽量，精神力，內幕，複雜情況）

胆液〔名〕〔生理〕膽汁（=胆汁）

胆管〔名〕〔解〕膽管

胆管炎（〔醫〕膽管炎、膽道炎）

胆気〔名〕膽量、勇氣

胆汁〔名〕〔生理〕膽汁

胆汁酸（〔化〕膽汁酸）

胆汁症（〔醫〕膽汁病）

胆汁質（〔心〕膽汁質）

胆石〔名〕〔醫〕膽石

胆石病（膽石病）

胆石性腹痛（膽結石性腹絞痛）

胆大〔名〕膽大、豪膽

胆大心小（膽大心細）

胆嚢〔名〕〔解〕膽囊

胆嚢炎（〔醫〕膽囊炎）

胆嚢切開術（膽囊切開術）

胆嚢摘出術（膽囊截除術）

胆勇〔名〕膽量和勇氣

胆略〔名〕膽略

胆略の有る人（有膽略的人）

胆力〔名〕膽力、膽量

臆病な男でもないが惜しい事に胆力が欠けている（他並不是怯懦的人可惜缺乏膽量）

胆、肝〔名〕〔解〕肝臟、內臟，五臟六腑、膽子，膽量（=肝玉、肝魂、度胸）、心，內心深處

胆が太い（膽子大）

胆の小さい人（膽小鬼）

此の事を胆に銘じて忘れては為らない（你要把這件事牢實記在心裡）

胆が座っている（膽子壯、穩若泰山）据わる座る坐る

胆に答える（深受感動）答える応える堪える

胆に染む（銘感五內）

胆も興も醒める（掃興、大殺風景）醒める覚める冷める褪める

胆を煎る（焦慮、擔心、關照、幹旋、操持）

胆を奪われる（嚇倒）

胆を落とす（大失所望、灰心喪氣）

胆を潰す（喪膽、嚇破膽）

胆を消す（喪膽、嚇破膽）

胆を抜かれる（喪膽、嚇破膽）抜く貫く貫く

胆を冷やす（嚇得提心吊膽）

啖（ㄉㄢˋ）

啖〔漢造〕吃（=食らう、喰らう）

啖呵〔名〕口齒鋒利（的話）

啖呵を切る（說得淋漓盡致、罵得痛快淋漓）
切る 着る 斬る 伐る

淡（ㄉㄢˋ）

淡〔名、漢造〕淡、冷淡、清淡、淡泊、淡薄、（舊地方名）淡路國（=淡路国）

淡と為て水の如し（淡如水）

濃淡（濃淡、深淺）

冷淡（冷淡、冷漠、不熱心、不關心、不熱情、不親熱）

枯淡（淡薄）

恬淡、恬澹（恬淡、淡泊）

淡路国（淡路國-現在兵庫縣淡路島、南海道的一國）

淡影〔名〕輪廓、陰影

淡影を表す（顯出陰影〔輪廓〕）

淡海水〔名〕微鹹水、半鹹水

淡海、近江〔名〕〔地〕近江（近畿地方舊國名之一、今滋賀縣）

近江商人（近江出身的商人-自古以善於經商出名）商人 商人 商人

近江の海（琵琶湖）

淡褐色〔名〕淡褐色

淡湖〔名〕〔地〕淡水湖←→鹹湖

淡紅色〔名〕淡紅色

淡黃色〔名〕淡黃色

淡黄色の髪の人（淡黃色頭髮的人）

淡菜〔名〕〔動〕淡菜、殼菜、貽貝

淡彩〔名〕淺淡彩色

淡彩画（淡彩畫）

淡如、澹如〔形動タルト〕恬靜寡欲

淡色〔名〕淡色

淡色団（淡色團）

淡水〔名〕淡水（=真水）←→鹹水

塩水を淡水に為る（把鹽水變成淡水）塩水 塩水

其の装置は一日に十万噸の塩水を淡水化する能力が有る（那個設備有一天淡化十萬噸鹹水的能力）一日 一日 一日 一日 化する 架する 課する 科する 嫁する 掠る

淡水魚〔名〕淡水魚

淡水湖〔名〕淡水湖

淡青色〔名〕淡藍色

淡赤色〔名〕玫瑰紅色

淡淡〔形動タルト〕淡、清淡、淡漠、淡泊、漠不關心

川魚の淡淡と為た味（河魚的清淡味道）川魚 川魚

淡淡たる心境（淡泊的心境）

落選しても淡淡と為た態度（即使落選也漠然置之）

淡白、淡泊〔名、形動〕（味道、色彩）淡，素、坦率，爽直、（對金錢、名利等）淡然，淡泊，恬淡

淡泊食物（清淡的食物）

淡泊な色（素色）

淡泊な男（坦率的人）

金銭に淡泊である（對金錢恬淡）

淡碧〔名〕淡青色

淡墨〔名〕淡墨

淡墨の山水画（淡墨的山水畫）

淡味〔名〕清淡的口味、淡泊的興趣

淡藍色〔名〕淡藍色

淡緑〔名〕淺綠

淡緑色（淺綠色）

淡竹〔名〕〔植〕淡竹

淡い〔形〕（色、味）淡，淺（=薄い）←→濃い、些微、清淡，淡泊

淡い色の服（淺色衣服）

淡い水色の空（淺藍色的天空）水色 水色

淡い望みを掛ける（抱一線希望）

淡い恋心を抱く（懷有輕微的戀慕心情）抱く 抱く

君子の交わりは淡くして水の如し（君子之交淡如水）

淡雪〔名〕（下得很薄的）微雪

ㄉ

春の淡雪が日射しに溶ける（春天的微雪陽光一照就溶化）解ける 融ける 熔ける 鎔ける 梳ける

淡す、醂す〔他五〕去澀味（=醂す）

此の柿は未だ十分醂していない（這柿子還澀）

蛋（ㄉㄢˋ）

蛋〔漢造〕禽類的卵（=卵、玉子）

蛋白〔名〕蛋白、蛋白質

蛋白を塗る（〔感光紙等〕塗蛋白）

蛋白糖（䏡類、蛋白䏡、蛋白初解物）

蛋白繊維（䏡纖維、蛋白質纖維）

蛋白光〔名〕乳光、乳色

蛋白質〔名〕〔生化〕蛋白質

蛋白質に富む（富有蛋白質）

上質の蛋白質を含む食物（含有上等蛋白質的食物）

糖蛋白質（糖䏡）

硬蛋白質（硬䏡）

蛋白質栄養品（蛋白質營養品）

蛋白質プラスチック（䏡塑料、蛋白質塑料）

蛋白質分解酵素（解䏡酶）

リボ蛋白質〔名〕〔化〕核糖䏡

蛋白石〔名〕〔礦〕蛋白石、貓眼石（=オパル）

蛋白質のブローチ（貓眼石的胸針）

蛋白腺〔名〕〔動〕蛋白腺

蛋白尿症〔名〕〔醫〕蛋白尿（見於腎臟病）

蛋白粒〔名〕〔動〕糊粉粒

弾（彈）（ㄉㄢˋ）

弾〔漢造〕彈、砲彈、彈劾，抨擊、問罪、彈撥

砲弾（砲彈）

防弾（防彈）

被弾（被子彈打中）

飛弾（飛彈、流彈）

爆弾（炸彈）

巨弾（巨大的砲彈或炸彈、強有力的攻擊或批評）

不発弾（臭子彈、不發火的子彈）

曳光弾（曳光彈）

焼夷弾（燒夷彈、燃燒彈）

糾弾、糺弾（彈劾、抨擊、痛斥、譴責、聲討）

指弾（彈指、排斥、斥責、非難）

試弾（試射擊、試彈鋼琴）

連弾、聯弾（二人合彈一個樂器）

弾じる〔他上一〕彈、彈奏（=弾ずる）

彼はピアノを弾じている（他正在彈鋼琴）弾じる 談じる 断じる

弾ずる〔他サ〕彈、彈奏（=弾じる）

琴を弾ずる（彈琴）弾ずる 談ずる 断ずる

琵琶を弾ずる（彈琵琶）琵琶枇杷

弾圧〔名、他サ〕鎮壓、壓制

弾圧を加える（加以鎮壓）加える 銜える 咥える

弾圧を被る（遭到鎮壓）被る 蒙る 被る

反動政府が組合運動を弾圧する（反動政府鎮壓工會運動）

弾雨〔名〕彈雨

硝煙弾雨（硝煙彈雨）

弾劾〔名、他サ〕彈劾、譴責、責問

弾劾演説（彈劾演說）

弾劾裁判所（彈劾法庭-為審理被起訴的法官由參眾兩院議員組成的特別法庭）

弾劾案（彈劾提案）

政府弾劾案を提出する（提出彈劾政府的提案）

弾丸〔名〕槍彈，砲彈、（彈弓的）彈丸

弾丸雨霰の中を進む（冒著槍林彈雨前進）

高速度弾丸（高速砲彈）

弾丸道路（高速公路）

弾丸列車（高速列車、子彈列車）

弾丸黒子の地（彈丸之地、芝麻粒大的土地）

弾弓〔名〕彈棉花的弓、彈弓（=弾弓、弾弓）

弾弓、弾弓〔名〕〔古〕彈弓（=弾弓）

弾琴〔名〕彈琴

弾痕〔名〕彈痕、子彈或砲彈打過的痕跡
 弾痕の残っている窓（留有彈痕的窗戶）
 其の船体には弾痕が沢山有った（在那艘船體上有很多彈痕）

弾子〔名〕霰彈、裝填在砲彈內部的許多彈丸

弾糸〔名〕〔植〕彈絲（將胞子從胞子囊內彈出的螺旋狀器官）、彈琴，彈箏

弾指、弾指〔名、他サ〕彈指（表示輕視、非難）。〔喻〕排斥，厭惡、（=爪弾き）。〔佛〕彈指（表示極短的時間）
 弾指される（受排斥）

弾正〔名〕〔史〕彈正、巡查彈正（日本實行律令制時法院的法官職稱）

弾性〔名〕〔理〕彈性、彈力
 弾性に富む（富有彈性）
 護謨は弾性が有る（橡膠有彈性）護謨ゴム
 弾性曲線（彈性曲線）
 弾性限界（彈性極限）
 弾性ゴム（彈性橡膠）護謨ゴム
 弾性衝突（彈性碰撞）
 弾性設計（彈性設計）
 弾性体（彈性體）
 弾性波（彈性波）
 弾性疲労（彈性疲勞）
 弾性余効（彈性後效）
 弾性履歴現象（彈性滯後現象）
 弾性率（彈性模數、楊氏模數）
 弾性振動（彈性振動）
 弾性コンプライアンス（彈性滯後）

弾奏〔名、他サ〕彈奏（樂器）
 ピアノを弾奏する（彈奏鋼琴）
 弾奏楽器（弦樂器）

弾奏法（彈奏法）

弾倉〔名〕〔軍〕彈倉、彈匣
 弾倉に弾を入れる（把子彈裝進彈匣裡）

弾体〔名〕（飛彈的）彈體構架

弾着〔名〕彈著、命中
 弾着距離（射程）
 弾着観測（彈著觀測）
 弾着観測機（彈著觀測機）

弾頭〔名〕（導彈、魚雷等的）彈頭
 ミサイルの弾頭（導彈的彈頭）
 核弾頭（核彈頭）
 熱核弾頭（熱核彈頭）
 水爆弾頭（氫彈彈頭）
 核弾頭ミサイル（核彈頭導彈）

弾道〔名〕〔軍〕彈道
 曲射弾道（曲射彈道）
 弾道曲線（彈道曲線）
 弾道係数（彈道係數）
 弾道学（彈道學）
 弾道ミサイル（彈道式導彈）

弾道弾〔名〕彈道導彈
 中距離弾道弾（中程彈道導彈）
 準中距離弾道弾（中近程彈道導彈）
 短距離弾道弾（短程彈道導彈）
 大陸間弾道弾（洲際彈道導彈）
 空中発射弾道弾（空中發射彈道導彈）

弾尾類〔名〕〔動〕纓尾目

弾片〔名〕〔軍〕彈片

弾幕〔名〕〔軍〕彈幕、火網
 弾幕を張る（拉開火網）張る貼る
 猛烈な弾幕射撃を行う（進行猛烈的彈幕射擊）

弾薬〔名〕彈藥
 弾薬を詰める（裝彈藥）
 武器弾薬（武器彈藥）

弾薬箱（彈藥箱）

弾薬車（彈藥車）

弾薬庫（彈藥庫）

弾力〔名〕彈力、彈性

彼の筋肉には弾力が無い（他的肌肉沒有彈性）

此の古いゴム紐にはもう弾力が無い（這鬆緊帶已經沒有彈力了）

弾力率（彈性率、彈性系數）

弾力性〔名〕彈性、靈活性

弾力性の有る政策（具有靈活性的政策）

弾力性に乏しい（缺乏靈活性）

弾、玉、丸〔名〕子彈

ピストルの弾（手槍的子彈）

弾が頭に命中した（子彈擊中頭部）

鉄砲の弾を込める（裝子彈）込める混める篭める籠める

玉、珠、球〔名〕玉，寶石，珍珠、球，珠，泡，鏡片，透鏡，（圓形）硬幣、電燈泡、子彈、砲彈、台球（＝撞球）。〔俗〕雞蛋（＝玉子）。〔俗〕妓女，美女。〔俗〕睾丸（＝金玉）、（煮麵條的）一團、（做壞事的）手段，幌子。〔俗〕壞人、嫌疑犯（＝容疑者）。〔商〕（買賣股票）保證金（＝玉）。〔俗〕釘書機的書釘。〔罵〕傢伙、小子

玉で飾る（用寶石裝飾）靈魂彈

玉の台（玉石的宮殿、豪華雄偉的宮殿）

玉の様だ（像玉石一樣、完美無瑕）

玉と為って砕く共、瓦と為って全から じ（寧可玉碎不為瓦全）

硝子珠、ガラス珠（玻璃珠）

糸の球（線球）

毛糸の球（毛線球）

露の珠（露珠）

シャボン玉（肥皂泡）

球を投げる（投球）

球を打つ（擊球）

玉を選ぶ（〔喻〕等待良機）

額に珠の様な汗が吹き出した（額頭上冒出了豆大的汗珠）

眼鏡の珠（眼鏡片）

十円玉（十·口元硬幣）

玉が切れた（燈泡的鎢絲斷了）

玉の跡（彈痕）

玉に当る（中彈）

玉を込める（裝子彈）

玉を突く（打撞球）

馬の玉を抜く（騙馬）

饂飩の玉を三つ（給我三團麵條）

女の玉に為て強請を働く（拿女人做幌子進行敲詐）

玉を繋ぐ（續交保證金）

玉に瑕（白圭之瑕、美中不足）

玉を転がす様（如珍珠轉玉盤、〔喻〕聲音美妙）

玉を抱いて罪あり（匹夫無罪懷璧其罪）

玉の杯底無きが如し（如玉杯之無底、華而不實）

玉磨かざれば光無し（器を成さず）（玉不琢不成器）

偶、適〔副〕（常接に使用、並接の構成定語）偶然、偶而、難得、稀少（＝偶さか）

偶の休日（難得的休息日）

偶の休みだ、ゆっくり寝度い（難得的假日我想好好睡一覺）

偶の逢瀬（偶然的見面機會）

偶に来る客（不常來的客人）来る

偶には遊びに来て下さい（有空請來玩吧！）

彼とは偶にしか会わない（跟他只偶而見面）

偶に一言言うだけだ（只偶而說一句）

偶に遣って来る（偶然來過）

偶に有る事（偶然發生的事、不常有的事）

偶には映画も見度い（偶而也想看電影）

弾込め〔名、自サ〕裝子彈

弾込めして有る銃（裝有子彈的槍、子彈上膛的槍）

弾除け，弾除、玉除け，玉除〔名〕防彈、防彈用具

玉除けのチョッキ（防彈背心）

玉除けの御守り（防彈護符）

弾く〔他五〕彈、彈奏、彈撥

バイオリンを弾く（拉小提琴）

琴を弾く（彈琴）

三味線（彈三弦）

引く、惹く、曳く、挽く、轢く、牽く、退く、轆く、碾く〔他五〕拉，曳，引←→帶領，引導。引誘，招惹。引進（管線），安裝（自來水等）。查（字典）。拔出，抽（籤）。引用，舉例。減去，扣除。減價。塗，敷。繼承，遺傳。畫線，描眉，製圖。提拔。爬行，拖著走。吸氣。抽回，收回。撤退，後退，脫身，擺脫（也寫作退く）

綱を引く（拉繩）

袖を引く（拉衣袖、勾引、引誘、暗示）

大根を引く（拔蘿蔔）

草を引く（拔草）

弓を引く（拉弓、反抗、背叛）

目を引く（惹人注目）

人目を引く服裝（惹人注目的服裝）

注意を引く（引起注意）

同情を引く（令人同情）

人の心を惹く（吸引人心）

引く手余った（引誘的人有的是）

美しい物には誰でも心を引かれる（誰都被美麗的東西所吸引）

客を引く（招攬客人、引誘顧客）

字引を引く（查字典）

籤を引く（抽籤）

電話番号を電話帳で引く（用電話簿查電話號碼）

例を引く（引例、舉例）

格言を引く（引用格言）

五から二を引く（由五減去二）

実例を引いて説明する（引用實例說明）

此は聖書から引いた言葉だ（這是引用聖經的話）

家賃を引く（扣除房租）

値段を引く（減價）

五円引き為さい（減價五元吧！）

一銭も引けない（一文也不能減）

車を引く（拉車）

手に手を引く（手拉著手）

子供の手を引く（拉孩子的手）

裾を引く（拖著下擺）

跛を引く（瘸著走、一瘸一瘸地走）

蜘蛛が糸を引く（蜘蛛拉絲）

幕を引く（把幕拉上）

声を引く（拉長聲）

薬を引く（塗藥）

床に油を引く（地板上塗一層油）床床油脂膏油油

線を引く（畫線）

蝋を引く（塗蠟、打蠟）

罫を引く（畫線、打格）

境界線を引く（設定境界線）

眉を引く（描眉）

図を引く（繪圖）

電話を引く（安裝電話）

水道を引く（安設自來水）

腰を引く（稍微退後）

身を引く（脫身、擺脫、不再參與）

手を引く（撤手、不再干預）

金を引く（〔象棋〕向後撤金將）

兵を引く（撤兵）

鼠が野菜を引く（老鼠把菜拖走）

息を引く（抽氣、吸氣）

身内の者を引く（提拔親屬）
風邪を引く（傷風、感冒）
気を引く（引誘、刺探心意）
彼女の気を引く（引起她的注意）
血を引く（繼承血統）
筋を引く（繼承血統）
尾を引く（遺留後患、留下影響）
跡を引く（不夠，不厭、沒完沒了）

弾き語り〔名〕獨奏獨唱（一個人邊彈三弦邊唱淨琉璃等、現在也指以鋼琴，小提琴，吉他獨奏獨唱等）

弾き熟す〔他五〕彈熟、熟練地彈奏
難しい難曲を弾き熟す（把難曲彈熟）

弾き初め〔名〕（新年）初次彈三弦（箏、琵琶等）、初次彈新的三弦（箏、琵琶等）

弾き手、弾手〔名〕（三弦、箏、琵琶、提琴等的）彈奏者
曲も良いし、弾き手も上手い（曲子也美彈奏者彈得也好）旨い巧い上手い甘い美味い
琴の日本一の弾き手（日本首屈一指的彈箏者）

弾く〔他五〕彈、打（算盤）、防，抗，排斥
弦を弾く（彈弦）
球を弾く（彈球）
爪で弾く（用指甲彈出去）
彼は算盤を弾くのは速い（他打算盤打得快）
此のレインコートは水を弾く（這件雨衣不透水）
油類は水を弾く（油類不溶於水）

弾き〔名〕彈力、彈簧。〔俗〕手槍
弾き鉄砲（彈簧槍）
弾き金（彈簧、槍的扳機）
弾き壺（緩衝筒）

弾き返る〔他五〕彈回、駁回（惡言）

弾き出す〔他五〕彈出、揪出、算出
爪で弾き出す（用指甲彈出去）
悪い奴を弾き出す（把壞人揪出去）
算盤で弾き出す（用算盤算出）算盤十露盤

弾ける〔自下一〕裂開、綻開（=爆ぜる）
豆が熟して、鞘が弾けた（豆子成熟豆莢裂開了）
実が弾けて種子が跳び出す（果實裂開種子跳出來）
盥が日に当たって弾けた（木盆曬裂了）
彼の人は迚も太っていて、洋服が弾けて然うです（他太胖西裝都像要綻開了）
才弾けた男（機靈鬼、頭腦機靈應該加以提防的人）

弾け豆〔名〕爆豆、開花豆

弾む〔自五〕彈，跳，蹦。（情緒）高漲，起勁。（聲音）抬高。（呼吸）急促，變粗
〔他五〕（一狠心）拿出很多錢
ボールが一メートル弾んだ（皮球蹦了一米高）
気分が弾む（情緒高漲）
話が弾む（談得起勁）
心が弾む（心裡興奮）
仕事を為ても此れ迄の様に弾まない（工作起來也不像先前那樣起勁）
声を弾ませて話す（抬高嗓門講話）
余り急いだので其処に着いた時は息が弾んでいた（由於走得太急到達那裏時直喘氣）
チップを弾む（一高興給很多小費）
金時計を弾む（一狠心買一隻金錶）

弾み〔名〕彈力，彈性、勢頭，勁頭，興頭、（偶然的）機會，（一時的）形勢、（剛一…的）剎那
此のボールは弾みが良い（這個皮球彈力大）
仕事に益益弾みが付いて来た（工作越來越起勁了）
弾みが付いてどんどん得点した（因為打得起勁連續得分）
車に弾みが付いて、一寸止まらぬ（車跑得正起勁一時剎不住）
弾みが抜ける（敗興、洩氣）

一寸した弾みで（由於偶然的機會）

物の弾みで（迫於當時的情勢）

如何した弾みがドアが開かなく為った（不知為什麼門打不開了）

如何言う弾みが然う為って終った（不知甚麼緣故一下子落得這樣）

自転車を避けようと為る弾みに転んだ（剛一閃身要躲自行車就摔倒了）

階段を下りる弾みに足を滑らした（剛一下樓梯腳就滑了）

弾み車、勢車〔名〕〔機〕飛輪、慣性輪

憚（ㄉㄢˋ）

憚〔漢造〕顧慮、畏服

忌憚（顧慮）

憚る〔他五〕顧忌、避諱

〔自五〕發展、擴張

人目を憚る（怕人看見）

世間を憚る（怕人議論、怕人說長道短）

外聞を憚る（怕別人聽見）

彼を憚って何も言わない（對他有所顧忌什麼也不敢說）

少しも憚る所が無い（毫無顧忌）

誰に憚る事も無い（毫無顧忌）

他人の家で何の憚りも無く（在別人家裡隨隨便便無所顧忌）

私は誰の前を憚らず自分の考えを述べる（我在任何人面前都能毫無顧忌地闡述自己的想法）

過ちを改むる憚る事勿れ（過則無憚改）

空に憚る（〔雲〕布滿天空）

憎まれっ子世に憚る（討人嫌的孩子反而在社會上有出息）

憚り〔名〕顧忌、避諱。〔舊〕廁所

憚り無く言う（毫無忌憚地說）

何の憚りも無く話す（毫無顧忌地說）

憚りが多い（顧慮多）

憚りは何方（廁所在哪裡？）

憚りは何処に有りますか（廁所在哪裡？）

憚り様〔名〕謝謝、勞駕、對不起，（挖苦、譏諷的語氣）好可憐啊!（=御気の毒様）

どうも憚り様（多謝多謝、真對不起、太麻煩您了）如何も

憚り様ですが一寸マッチを（對不起借個火）

憚り様ですがドアを開けて下さい（勞駕您開一下門）

憚り様ですが水を一杯下さいませんか（對不起請給我一杯水）

憚り乍〔副〕（用於對長上說話時、表示謙恭）請原諒、對不起、很冒昧、請勿見怪（=恐縮乍）、恕我不客氣地說，不是說大話，不是誇口，敢說

憚り乍申し上げます（請恕我大膽地說）

憚り乍貴方の考えは違っていると思います（請勿見怪我認為你的想法是錯誤的）

憚り乍私はそんな人間ではない（我敢說不不是那種人）

憚り乍此れでも代議士です（儘管如此我還算是個議員）

憚り乍此れでも昔はスキーヤーだった（別小看人以前我還是位滑雪運動員哪！）

憚り乍、私も歌手の端くれだ（我敢這樣說我也算是半個歌手）

憚り乍私は人様に借金なぞは鐚一文も有りませんからね（不是說大話我一文錢也不欠別人的呀）

誕（ㄉㄢˋ）

誕〔漢造〕荒唐，不實在，不合情理、放肆、無拘束、誕生，生日

虛誕（妄誕、虛妄）

妄誕、妄誕（妄誕、荒謬）

荒誕（荒誕、荒謬、荒唐）

降誕（神佛，君主，聖人等的誕生）

生誕（誕生）

聖誕祭（聖誕節=クリスマス）

誕生〔名、自サ〕出生，誕生、成立，創辦

男児が誕生した（生了個男孩）

誕生地（出生地）

村に新しく診療所が誕生した（村裡新建了診所）

誕生日（生日、生辰、誕辰）

誕生日のプレゼント（生日禮物）

長男の誕生日に付き（為慶祝長子的生日…）付き就き

五十回の誕生日を迎える（迎接五十壽辰）

御誕生日御目出度う御座います（恭賀壽辰）

誕生祝い（祝壽、祝賀生日、生日禮物）

誕生祝いを為る（祝賀生日）

誕生祝いを贈る（贈送生日禮物）

誕生石（誕生石-如四月份是鑽石）

誕辰 〔名〕誕辰、生日（=誕生日）

昨日殿下は第十九回の誕辰を祝われた（昨天殿下慶祝了他的十九歲誕辰）

誕妄 〔名〕胡說八道

旦（ㄉㄢˋ）

旦、旦 〔漢造〕天亮、早晨

元旦（元旦=元日、元旦早晨）

歲旦（元旦、新年）

平旦（天明時分-特指午前四時）

早旦（早晨）

旦那、檀那（〔名〕〔佛〕檀越，施主，主人，老爺）

旦日 〔名〕明天、明天早上

旦夕 〔名〕旦夕，早晚，平素，經常，朝夕

旦夕師に仕える（朝夕侍奉老師）仕える使える遣える支える閊える痞える

旦夕慈しんだ蘭の花（朝夕珍愛的蘭花）慈しむ

旦夕に迫る（危在旦夕）迫る逼る迫る競る

其の城の運命も旦夕に迫った（那座城的命運也危在旦夕了）

彼の命旦夕に迫っている（他的生命危在旦夕）命

旦つく 〔名〕〔俗、蔑〕老爺、主人（=旦那、檀那）

家の旦つく位分らず屋は無い（沒有像我家主人那樣不通情理的了）

旦暮 〔名〕旦夕、朝夕

旦暮に糸を垂れる（朝夕垂釣）垂れる足れる

老病身を侵して、余命旦暮を待つ（老病侵身餘命危在旦夕）侵す犯す冒す

旦那、檀那 〔名〕〔佛〕檀越，施主、（商人家的雇傭者稱男主人）主人，老爺、（妻妾稱丈夫）老爺、稱別人的丈夫、（商人對男主顧的稱呼）先生。〔俗〕（稱呼比自己地位高的男人或警察）老爺

檀那は今御出掛けに為る所です（主人現在正要出門）

檀那様は御元気でいらっしゃいますか（您丈夫好嗎？）

檀那、御安くして置きます（先生便宜點賣給您）

警察の檀那が来られた（警察老爺來了）

大檀那（大老爺）

若檀那（少爺）

小檀那（小少爺）

檀那芸（〔名〕商人等玩票）

檀那寺（〔名〕〔佛〕施主所屬的寺院、普提寺）

但（ㄉㄢˋ）

但 〔漢造〕但是（不過）、但書（例外事項）。（舊地方名）但馬國-現在的兵庫縣北部（=但馬国）

但、只、唯、直、徒 〔名〕白，免費（=無料、ロハ）、唯，只，僅，普通，平常

〔副〕白，空（=空しく、無駄に）、只，僅，光（=只管、単に、唯、僅かに）、〔古〕直接（=直に）

〔接〕但是、然而（=但し）

但で上げます（免費奉送）上げる揚げる挙げる

此を君に但で上げます（這個免費送給你）

但でも要らない（免費也不要、白給也不要）要る　入る　射る　居る　鋳る　炒る　煎る

但で貰う事は出来ない（不能白要）

但で貰う訳には行かない（不能白要）

但で働く（不要報酬工作、免費工作）

其は但働きだ（那是白幹的了）

但で入場出来る（可以免費入場）

子供は但で入れる（小孩可以免費進去）入れる　容れる　煎れる　炒れる　鋳れる　居れる　射れる　要れる

修理代は一年間但です（一年免費修理）

此が百円とは但みたいな物だ（這個才一百元好像不要錢似的）

そんな悪口を言うと但置かないぞ（那麼罵人可不白饒你）擱く　置く　措く

もう一度こんな事為たら但で置かない（要是再做出這種事可不能饒你）

此は但では済まされない、奢れ（這可不能白拉倒請客吧！）

此を彼が知ったら但で済むまい（萬一他知道這件事可不會就這麼了事）済む　住む　棲む　澄む　清む

其は但で食べた方が美味い（那還是不加別的東西來得好吃）旨い　美味い　甘い　上手い　巧い

但食いする人（白吃的人＝只食いする人、徒食いする人）

彼は但の人ではない（他不是個平常的人）人物

但の体ではない（他不是個正常的身體、他懷孕了）

此は但事ではない（這非同小可、這不是小事、這可不是鬧著玩的）

但の鼠ではない（不是好惹的）

但でさえ暑い（本來就很熱）

但為らぬ物音が為る（響了嚇人的聲音）

中身は但の水だった（裡頭只是水）

但で骨折らせは為ないよ（不會叫你白費力氣的）骨折

彼の男は可惜命を但捨てた（那傢伙可惜白送了命）捨てる　棄てる

語学の習得は但練習有るのみ（要學好語言只有練習）有る　在る　或る

但一つ丈有る（只有一個）

但一言丈言った（只說了一句話）一言一言　一言

但自分の事を考える（只顧自己）

辺りに人影は無く但野を渡る風の音が聞こえる許りだった（周圍不見人影只聽見刮過草原的風聲）辺り　当り　中り　人影　人影　音　音　音　音　音

深い意味は無い但聞いて見た丈だ（沒有什麼特別的意義只不過打聽了一下）聞く　聴く　訊く　利く

君は但言われた通りに為れば良い（你只照人家說的辦就行了）良い　好い　善い　佳い　良い　好い　善い

彼が何を聞いても少女は但泣く許りだった（他問少女但她都不回答只是哭個不停）少女少女

但泣いて許り居る（光是哭）泣く　鳴く　啼く　無く　居る　入る　煎る　炒る　鋳る　射る　要る

但金儲け考える商人（唯利是圖的商人）商人　商人　商人

但研究許りしている（光是埋頭研究著）

但欠伸許りしている（直打哈欠）

皆帰って但一人残った（都回去了只剩一個人）一人　一人　一人

友人と言えば但一人君丈だ（提到朋友只有你一個人）言う　云う　謂う

但の一日も休まない（連一天也不休息）一日　一日　一日　一日　朔日　朔

彼女が唯一人の生き残りだ（她是唯一的倖存者）

驚く勿れ此が但の十円だ（聽了別吃驚這個只要十元）勿れ　莫れ　驚く　愕く　優しい　易しい

ㄉ

彼は但の一度も優しい言葉を掛けて呉れた事が無い（他從來連一句體貼的話都沒跟我說過）

其は良い考えた但彼女がうんと言うが如何か（那真是個好主意就不知道她答不答應）

其は面白いよ但少し危ないよ（那很有趣但是有點危險）如何如何如何如何

但し、但〔接〕但、但是

明日臨時休校。但し、教職員は出校する事（學校明天臨時停課但教職員要到校）

此れ丈は聞いて知っている。但し真偽の保証は出来ない（這一點我是聽說了的但難以保證是否真實）

野球は出来ない。但し見るのは好きだ（我雖不會打棒球但喜歡觀看）

引き受けても良い、但し条件が有る（接受是可以的但有條件）

但し外国では此の様には行かない（但是在外國則不行）

但し付き〔名〕附有條件、帶有條件

但し付きの代物（附有條件的商品）

但し書き〔名〕（法律、貿易等的）但書、附加的條款

但し書きを加える（附加但書）加える咥える銜える

蟷（ㄉㄤ）

蟷、螳〔漢造〕螳螂（=蟷螂）

蟷螂, 螳螂、蟷螂〔名〕〔動〕螳螂

蟷螂の斧（螳螂擋車、〔喻〕自不量力）

襠（ㄉㄤ）

襠〔漢造〕袴襠

襠〔名〕〔縫紉〕（因幅寬不足等）接幫佣的布料、（和服裙子的）內襠

羽織に襠を入れる（給外掛幫上一塊布）町

袴の襠が高い（裙子內襠太靠上）

当（當）（ㄉㄤ）

当〔名,漢造〕正當,恰當,適當,當然、本,這個、現在,當前,當面,目前,擔當,承擔,遇到,碰到、月底交割的期貨（=当限）

彼の言う事は当を得ている（他說得恰當）

此の研究所の設置は尤も当を得た物である（設立這個研究所很適當）尤も最も

彼の提案は全く当を失している（他的提案根本不得當）

当の敵は昔に知人であった（當前的敵人是以往的熟人）

当の本人は少しも心配していなかった（他本人一點也沒有擔心）

配当（分配、分紅、紅利）

担当（擔當、擔負、擔任）

反当、段当（每一段地=反当り、段当り）

一騎当千（一騎當千）

妥当（妥當、妥善）

失当（失當、不當、不適當、不合適）

穏当（穩當，妥當，穩健，溫和）

適当（適當,恰當,正好,適度,隨便,馬虎）

不当（非法、無理、不正當、不合理）

至当（最適當、最恰當、最合理）

当為〔名〕〔哲〕（德 Sollen 的譯詞）務本、本分（=有る可き事、為す可き事）

当意即妙〔名、形動〕隨機應變、機敏、機警

当意即妙の答え（機敏的回答）

当意即妙の才に富んでいる（富於臨機應變之才）

当意即妙に答える（臨機應變地回答）答える応える堪える

当意即妙に教授の問題を答える（隨機應變地回答教授的問題）

当意即妙の言葉で難関を突破した（以機敏的言詞突破難關）

当下〔名〕目下、目前（=只今、目下）

当該〔連体〕該、有關（=其の）

当該警察署（該管警察署）

当該官庁に申し出る（向該管官廳申述）

契約書の当該条項は左の通りである（合約的有關條款如下）

当確〔名〕（新聞用語）當選確實、當選無疑（=当選確実）

当季、当期〔名〕本季，本期，這個期間、本季節，這個季節

当期配当（本期分紅）

当帰〔名〕〔植〕當歸

当局〔名〕當局、負責處理該項事務的機關

当局の責任或る回答を要求する（要求當局負責解答）

当局の責任を追及する（追究當局的責任）追究 追窮

学校当局（學校當局）

当局者（當局者、負責人）

当限〔名〕〔商〕（交易所）月底交割的期貨（=当月限）←→先限、中限

当家〔名〕本家，本宅，我們這家（=此の家）←→他家

当家の長男は未だ学生です（我們這家的長子還是學生）

御当家（尊府、貴宅）

当月〔名〕該月，那個月、本月（=今月）

当月限（月底交割的期貨）

当今〔名〕今上、當代的天皇（=今上）

当今〔名〕當今、現在、目前（=今、近頃）

当今の時勢（現在的時勢）

当今の娘は活発だ（現在的女孩子很活潑）

当座〔名〕即席，當場，眼前，臨時（=即座）、當時，一時，暫時，短時，即席吟詠（的）詩歌、（銀行用語）活期，往來、活期存款（=当座預金）

其は当座に逃げ口上だ（那是臨時的遁詞）

当座の小遣いに困らない（眼前的零用錢倒不缺）

当座の手段と為て此の行動が取られた（作為臨時的應付手段採取了這種行動）

五万円有れば、当座の間に合う（有五萬日元的話眼下應付）

当座売り（當場現金出售）

当座買い（現金購入）

此処に来た当座は、何でも面白かった（剛到這裡那段時間覺得什麼都有趣）

来た当座は、一寸仕事に慣れなかった（剛來的時候工作有點不大習慣）

銀行と当座を開く（與銀行開設往來帳戶）

当座借り（短期〔臨時〕借款）

当座貸し（短期〔臨時〕貸款）

当座勘定（活期存款帳戶、臨時往來帳戶）

当座買入れ金（活期〔短期〕借款、拆款）

当座貸付（短期貸款〔放款〕）

当座貸越（〔銀行方面的〕短期透支）

当座借越し（〔用戶方面的〕短期透支）

当座振り込み（付款人把款項直接存入收款人的銀行臨時往來戶頭）

当座尻（活期存款餘額）

当座小切手（活期存款支票）

当座払い（付現、用現款支付=現金払い）

当座帳（〔商店的〕流水帳）

当座凌ぎ（應付眼前、臨時湊合）

此れ丈有れば当座凌に為る（只要有這麼多眼前就能應付）

地震の後、庭でテントを張って当座凌ぎを為た（地震後在院子裡搭起帳篷臨時湊合了）

当座逃れ（當場蒙混過去、臨時支吾過去、暫時蒙混過關）

後で返事すると当座逃れを為た（說了句以後答覆當場蒙混過去了）

当座漬け（暴醃鹹菜）

当座（預金）（活期存款）

小口当座（預金）（小額活期存款）

当座（預金）に預け入れる（存入活期存款）

銀行に当座（預金）の口座を開く（在銀行開活期存款戶頭）

当座（預金）通帳（活期存款簿）

当歳〔名〕一歲，當年生、今年，本年
　当歳の駒（當年生的馬）
　当歳児（一歲的嬰兒）
当作〔名〕〔農〕當年的收成
当山〔名〕此山，該山、此寺，該寺
当事〔名〕（不直接使用）當事、直接與該事有關
　当事者（當事者、當事人）
　当事国（當事國）
当て事、当て事〔名〕指望，期待（的事）、謎語，懸賞（=当て物）
　当て事は外れ易い（指望容易落空）
　当て事と何とやらは向うからは外れる（期待的事總難十拿九穩）
当時〔名、副〕當時，那時（=其の時、其の頃）。〔舊〕現在，目前（=今、現在）
　当時首相の田中氏（當時的首相田中氏）
　当時も今と同様（那時也和現在一樣）
　当時は未だ汽車と言う物が無かった（那時候還沒有火車呢）
　其の小説は出た当時大した人気だった（那部小說出版時曾轟動一時）
　当時流行の柄（目前流行的花樣）流行流行
当日〔名、副〕當日、當天、那一天（=其の日）
　当日限り通用の切符（當天有效的車票）
　当日売りの切符（當天出售的車票）
　当日雨天の際は中止（屆時遇雨停演）
　運動会の当日は、雲一つ無い上天気に恵まれた（運動會那天遇到萬里無雲的好天氣）
当たり日、当り日〔名〕發瘧疾（等）的日子、獲利多的日子、吉利的日子
当社〔名〕本公司、本神社
　当社の出版物（本公司的出版物）
当主〔名〕現在的戶主（家長）←→先代、（商店等）現在的主人
　徳川家の当主（徳川一家的戶主）
当住〔名〕（寺院的）現在主持、現在居住的人、（一族中的）嫡系，正支

当所、当処〔名〕此處，那裡、當地、本交易所（=当取引所）、（股票交易所自稱）本所的股票（=当所株）
　当所売買、当処売買（〔商〕在自己的營業所或附近進行的交易）
　当所払い手形（〔商〕可在付款銀行所在地的票據交換所進行交換的票據）←→他所払い手形
当て所、宛所〔名〕收信（件）人住址
　受取人当て所に尋ね当たらず（找不到收信人住址）
当て所〔名〕目的、目標（=目当て）
　当て所(も)無く歩き回る（毫無目標地轉悠）
当初〔名、副〕當初、最初（=初め）
　此処に勤めた当初の頃は何にも分からなかった（剛開始在這裡工作時什麼都不懂）
　当初の計画を改める（改變當初的計畫）改める 革める 検める
　当初から話して置いた（一開始就告訴她了）
　当初予算（原始預算）
　当初からのメンバー（最初的成員）
当職〔名〕現職、現任的職務、這個職務
当世〔名〕當代、當今、現代、現今、現時
　当世好みのデザイン（時髦的樣式）
　そんな古い考えは当世流行らない（那種老想法現在已經不流行了）
　そんな身形は当世風で無い（那樣打扮已不時興）
　当世風の髪（時髦的髮型）
　当世向きの髪（時髦的髮型）
　当世風（時髦、時興）
当節〔名〕〔舊〕現今、現時、現在、當前（=此の頃）
　当節の事情（現時的情況）
　当節では婦人の地位が高く為った（現在婦女的地位提高了）
　当節の若い人は実に溌剌たる物だ（現在的年輕人真活潑）
当千〔名〕（一騎）當千。〔喻〕武勇無敵

当選〔名、自サ〕當選、中選←→落選
- 一等に当選した（被選為一等）
- 彼は最高点で当選した（他以最高分當選）
- 当選の見込みが有る（有當選希望）
- 彼の当選は無効と為った（他的當選無效了）
- 当選確実（〔選舉前估票〕確有可能當選）
- 繰り上げ当選（遞補當選）
- 当選証書（當選證）
- 当選訴訟（當選訴訟）
- 当選御礼（當選人對投票人致謝）

当籤〔名、自サ〕中籤、中獎、得彩
- 一等に当籤する（中頭獎）
- 宝籤に当籤する（得彩）
- 当籤券（中獎的彩票）

当たり籤、当り籤〔名〕有獎的彩、中了獎的彩
- 当り籤を引いた（抽中了彩）

当然〔名、副、形動〕當然、理所當然、理應如此（＝当り前）
- 理の当然である（理所當然）
- 当然彼は知らない（他當然不知道）
- 当然然う有る可きだ（當然應該是那樣）
- 彼は当然の報いを受けた（他受到應得的報應）
- 彼が怒るのも当然だ（怪不得他生氣）

当代〔名、副〕當代，現代，現今，該時代，那個時代、現在的天皇、現在的戶主（＝当主）
- 当代の大音楽家（現代大音樂家）
- 当代の名画を集める（蒐集那個時代的名畫）
- 当代は先代の養子だ（現在的戶主是上一代的養子）

当地〔名〕當地、本地、此地
- 当地に御出での節は是非御立ち寄り下さい（您到此地來時務必請到舍下）
- もう涼しく為りましたが、御当地は如何で御座いますか（天氣已涼貴地如何？）如何如何

当直〔名、自サ〕值班（人）（＝当番、宿直、日直、泊り番）
- 私は今晩当直です（我今天晚上值班）
- 交代で当直する（輪流值班）
- 今夜の当直は誰ですか（今晚誰值班？）
- 当直を引き渡す（交班）
- 当直を引き継ぐ（接班）
- 当直日は何時ですか（哪天值班？）
- 当直医（值班醫生）
- 当直員（值班人）

当番〔名、自サ〕值班（人）
- 当番に付く（值班）
- 当番の係員（值班員）
- 当番が明ける（值完班）明ける開ける空ける飽ける厭ける
- 今日の掃除当番は誰ですか（今天的打掃輪到誰的班？）
- 毎週一度私は当番に為る（我每週值班一次）
- 台所の仕事は子供達が当番で手伝います（廚房的工作由孩子們輪流幫忙）

当店〔名〕本店（＝此の店）
- 当店自慢の特製ケーキ（本店引為自豪的特製蛋糕）

当道〔名〕此道，斯道，這種技藝，自己的專業、中醫內科

当人〔名〕本人、當事人
- 被害を受けた当人に聞いて見る（詢問受害者本人）
- 当人を呼び出して調べる（傳喚當事人進行調查）
- 此の人物は当人の父だ（這個人就是當事人的父親）

当年〔名〕今年，本年，當年，那時。〔動〕（西伯利亞、阿拉斯加產的小候鳥）雅鶺
- 僕は当年取って二十歳に為る（我那年虛歲二十歲）二十歳二十歳二十歳
- 当年は寒さが何時迄も続いている（今年冷得太長）

未だ当年の元気を失っていない（精神還不減當年）未だ未だ

此れは彼の初期の作品である、当年の彼の傾向を知るには便利である（這是他的早期作品有助於理解他當年的思想傾向）

当年、当年〔名〕當年的馬駒

当たり年、当り年〔名〕豐年，好年頭，順利的年頭，走運的年頭

今年は麦の当り年だ（今年是麥子的豐收年）今年今年

今年は君の当り年だ（今年是你走運的年頭）

当否〔名〕是否正確、是否適當、是否恰當

当否は扨置き（當否暫且不論）

此の学説の当否は早急には判定出来ない（不能立刻斷定這個學說是否正確）早急早急

此の試案の当否は後日判明するだろう（這個試行辦法是否合適日後會清楚）

当腹〔名〕現在妻子所生（的子女）←→先腹

当分〔名、副〕目前、暫時

此処当分（目前）

当分取り止めに為る（暫時停下）

当分の間休養する（暫時休養一下）

雨は当分止むまい（雨一時不會停）

来週から当分休暇を取る（從下星期起暫時請假）

此の寒さが当分の間続くだろう（寒冷還要繼續幾天）

当方〔名〕我們、我方←→先方

当方も皆元気です（我們也都很好）

当方は何時でも差し支え御座いません（我們這方面什麼時候都沒問題）

当方は此れで良いと為ても先方は何と言うかな（即使我方認為這樣做可以可是對方如何呢？）

当面〔名、自サ〕目前、當前、面臨

当面の急務（當務之急）

当面の問題から片付ける（先處理當前的問題）

困難な問題に当面する（面臨困難問題）

当夜〔名、副〕當夜，該夜，那天晚上、今夜

事件当夜のアリバイが無い（沒有事件當夜的不在場證明）

当薬〔名〕〔植〕苦龍膽、（入藥的）乾苦龍膽

当薬竜胆（〔中藥〕苦龍膽）

当用〔名〕（單獨使用時較少）現用，目前使用、當前的事情

当用を満たす（滿足當前的需要）

当用必需品（日用必需品）

当用日記（日記、雜記）

当用漢字〔名〕當用漢字（1946年日本政府規定的公文，法令，報刊，雜誌等使用的漢字、共1850字但文學作品，科技書籍等不在此限、後來對於字體，習慣發音等又作了幾次增補和調整、1981年改為常用漢字）

当来〔名〕〔佛〕來世

当落〔名〕（選舉的）當選和落選

当落は明日判明する（明天就可以知道當選或落選）明日明日明日

当流〔名〕（我們）這一流派、現代流行的作法（作風）

当量〔名〕〔理、化〕當量

熱の仕事当量（熱工當量）

当量点（〔化〕當量點）

当量濃度（〔化〕當量濃度、規定濃度）

当路〔名〕當局、當道

当路の大臣（當道的大臣）

当路者（當局者）

当惑〔名、自サ〕為難、困惑、感覺棘手

如何して良いのか当惑した（不知怎麼辦才好）

此の問題には当惑している（對於這個問題感到棘手）

如何御返事して宜しいか当惑致します（不知如何答覆您才好）

当惑の色が顔に現れた（臉上現出為難的樣子）

当惑した様に返事を躊躇った（好像有些為難遲遲不肯回答）

当惑顔（困惑的神色）

当に、正に、方に、将に〔副〕（也寫作方に、当に）真正，的確，確實，實在

（也寫作方に、当に、将に）即將，將要

（常寫作当に，下接文語助動詞可し的各形）當然，應當，應該

（也寫作方に）方，恰，當今，方今，正當

彼こそ正に私の捜している人だ（他才正是我在尋找的人）

正に貴方の仰る通りです（的確像您說的那樣、您說的一點不錯）

御手紙正に拝受致しました（您的來信卻已收到）

金一万円正に受け取りました（茲收到一萬日元無誤）

此れは正に一石二鳥だ（這真是一舉兩得）

正に出帆先と為ている（即將開船）

花の蕾は正に綻びんと為ている（花含苞待放）

彼は正に水中に飛び込もうと為ていた（他正要跳進水裡）

正に死ぬ所だ（即將死掉）

両国は正に戦端を開かんと為ている（兩國將要開戰）

アフリカは正にアフリカ人のアフリカである可きだ（非洲應當是非洲人的非洲）

正に罪を天下に謝す可きである（應該向天下謝罪）

今や正に技術革命を断行す可き時である（當今必須堅決進行技術革命）

時正に熟せり（時機恰已成熟）

正に攻撃の好機だ（正是進攻的好機會）

当たる、当る〔自五〕碰，撞，正當，適值，成功，達到預期效果、受歡迎、博得好評

〔他五〕（東京商人的隱語）刮、剃，磨碎，研碎

ボールが顔に当った（球碰到臉）

其の日は丁度父の誕生日に当る（那天正是我父親的生日）

今度の計画は当った（這次的計畫成功了）

今度の演説は当った（這次演說博得好評）

顔を当る（刮臉）（一般說顔を剃る）

胡麻を当る（把芝麻研碎）

当たる，当る，中る〔自五〕（光線）照射，曬、取暖、擔任，（課堂上）被問、（果實）腐壞，抵抗、對抗、對待、刺探、試探、對照、查看、相當於、位於、中，說對，猜對←→外れる、中毒，受害、適用，合適，接觸，沾染，遭，挨

日が当る（有陽光）

隣のビルが建って日が当らなく為った（旁邊蓋起了大樓遮住了光線）

火に当る（烤火）

当番に当る（值日）

英語の時間に当った（英文課上被詢問了）

箱詰の蜜柑が全部当った（裝箱的橘子全爛了）

当る可からざる勢い（銳不可當之勢）

辛く当る（苛刻對待）

方方当って見たが値段は同じだ（打聽過好幾家價錢都一樣）方方方方

電話で当って見よう（打電話了解一下）

直接本人に当って見為さい（直接問一問本人吧！）

此の中国語に当る英語は何ですか（相當於這句話的英語怎麼說）

学校は京都市の西北に当る（學校在京都市的西北方）

弾が足に当った（子彈射中了腿）

彼の予測が当った（他猜對了）

其の非難は当らない（那種指責不對）

暑さに当る（中暑）

河豚に当って死んだ（吃河豚中毒身亡）

其の規則は此の様な場合にも当る（那項規則也適用於這種場合）

ㄉ

雨が当らない様にシートで覆いを為る（用防水布蓋上以免淋雨）

馬鹿が当る（遭報應）

当るを幸い（隨手、順手）

当って砕けよ（不管成敗幹它一場）

当たり，当り、中り〔名〕碰，撞、觸感、待人接物、頭緒，著落、試做、射中，命中率←→外れ、成功。〔圍棋〕叫吃。〔棒球〕擊球，（釣魚）上鉤

〔造語〕平均，每、（接在他詞下、不單用）中毒，受害

当りの柔らかい酒（味道柔和的酒）辺り

彼は当りが柔らかい（他很隨和）

犯人の当りが付いた（犯人有了線索）

当りを付ける（〔正式做之前〕試做）

弾の当りが良い（子彈打得準）

今度の企画は当りを取った（這次計畫獲得很大的成功）

大当り（非常成功）

素晴らしい当り（〔球〕打得好）

当りが有る（魚碰鉤了）

一畝当りの収量（每畝的平均產量）

一人当り二冊（每人兩冊）

食当り（食物中毒）

暑気当り（中暑）

当たり狂言、当り狂言〔名〕成功的戲、叫座的戲

当たり芸、当り芸〔名〕（某一演員）成功的演出、叫座的戲目

〝滝の白糸〟は〝花柳〟の当り芸だ（〝瀑布的白線〟是〝花柳〟叫座的戲目）

当たり障り、当り障り〔名〕妨礙、觸犯（=差し障り）

当り障りが有る（有妨礙）

当り障りが無い（沒妨礙）

当り障りの無い態度を取る（採取不即不離的態度）

此れなら誰にも当り障りが無かろう（這樣的話就對誰都沒妨礙了吧！）

当たらず障らず、当らず障らず〔連語〕不即不離、不痛不癢、態度不明朗、不表明意見

当らず障らずの返事を為る（作不痛不癢的答覆）

当たり散らす、当り散らす〔自五〕（為泄怒等對周圍的人胡亂）發脾氣（=八つ当りを為る）

彼は不機嫌な時には妻と子に当り散らす（他不高興的時候就對太太孩子發脾氣）

当たり取り、当り取り〔名〕（隧道工程的）鑿掉

当たり箱、当り箱〔名〕硯台盒（=硯箱）（商人忌諱的說法、為忌諱墨を磨る與身代を磨る同音）

当たり外れ、当り外れ〔名〕好壞、中與不中、成功與失敗

作物は当り外れが有る（作物的年成有好有壞）

此の事業は当り外れが無い（這種事業保險）

当て外れ〔名、形動〕落空、失望

今度は何も彼も皆当て外れだ（這一回什麼都落空了）

当て外れの結果に為った（結果落空了）

当たり鉢、当り鉢〔名〕研鉢（=擂鉢）（商人的忌諱說法）

当たり前、当り前〔名、形動〕當然，自然，應該（=当然）、普通，正常（=普通）

二と二を足すば四に為るのは当り前だ（二加二等於四是當然的）

借りた物を返すのは当り前だ（借的東西還給人家是應該的）

其は当り前さ（那是自然的嘍！）

彼が来なかったのも当り前さ（他沒來也是難怪的）

当り前の料理（普通的飯菜）

此の寒さは当り前じゃない（這種冷法不正常）

当り前の手段では駄目だ（使用正常手段是不行的）

彼は当り前の人間じゃない（他不是個正常人、他精神不正常）

当り前ならもう卒業する頃だ（按正常情況已經是畢業的時候了）

今日も当り前に学校へ行った（今天也像往常一樣到學校去了）

当たり物、当り物〔名〕如願以償的東西、討人喜歡的東西、博得好評的東西、吃了中毒的東西

当て物〔名〕謎語，猜謎，（猜中的）獎品，懸賞，（砍東西時墊在下面的）墊子，（怕水溢出蓋在上面的）蓋子

余興に当て物を為る（拿猜謎作餘興）

当たり屋、当り屋〔名〕走運的人、生意興隆的商店。〔俗〕故意撞汽車（企圖訛詐）的人。〔棒球〕成績最好的擊球員

彼は其の日の当り屋だった（他是那天成績最好的擊球員）

当たり役、当り役〔名〕（演員扮演的）最成功的角色、叫座的角色（=適役，嵌まり役）

其は梅蘭芳の当り役の一つだった（那是梅蘭芳所扮演的最成功的角色之一）

当たらす、当らす〔他五〕使擔當（某工作）（=当たらせる）

当たらない、当らない〔連語〕不必、用不著（=及ばない）、不恰當，不合適（=適当でない）

詰まらん事で怒るには当らない（用不著為一點小事生氣）

何も驚くに当らない（不必大驚小怪）

然う為るには当らない（不必那麼作）

然う訳すのは当らない（那麼譯不恰當）

彼を罰するのは当らない（懲罰他是不恰當的）

当てる、宛てる、充てる〔他下一〕碰，撞，接觸、安，放，貼近、曬，烤，吹，淋、適用、指名，給，發，分配，撥給，充作，猜（中），推測（正確）。〔柔道〕擊（要害處）

〔自下一〕（投機）成功、得利

ボールを窓硝子に当てた（把球打在玻璃窗上了）ガラス

ズボンに継ぎを当てる（給褲子補釘）

物差を当てる（用尺量）

座布団を当てる（鋪上坐墊）

耳元に口を当てて話す（貼著耳朵說）

火に当てる（烤火）

風に当てると早く乾く（讓風吹吹乾得快）

漢字に仮名を当てる（把漢字標上假名）

生徒に当てて答えさせる（指名叫學生回答）

母に当てて手紙を書く（給母親寫信）

教育費に当てる（撥作教育費）

旨く当ててた（猜對了）

中に何が入っているか当てて御覧（裡面有什麼你猜猜看）

籤を当てる（抽籤）

当てられる〔自下一〕（來自当てる的被動式）中毒、厭煩，煩惱，吃不消，不自在

傷んだ魚を食って当てられる（因吃了壞魚而中毒）傷む悼む痛む

暑さに当てられる（中暑）

彼の毒気に当てられる（他那種討厭勁真叫人吃不消）

彼の夫婦の仲の良いのにはすっかり当てられた（看到那兩口如膠似漆使我艷羨得很）

当て、宛〔造語〕寄給，匯給，致，每，平均，分攤

中央図書館当ての手紙（寄給中央圖書館的信）

林さん当てに為替手形を送る（寄給林先生匯票）

一人当て千円（每人一千日元）

当て〔名〕目的，目標，指望，依靠，墊，護具

夕飯後当ても為しに浜辺を散歩した（晚飯後在海邊漫無目的地散步）

何時迄も親を当てに為るな（別老指望父母）

彼の言う事は当てに為らない（他說得靠不住）

ボーナスが出ると思ったのに当てが外れた（我以為有獎金結果卻落了空）

肩当て（墊肩）

脛当て（護腿）

当て先、宛先〔名〕收信（件）人的姓名住址

郵便物には当て先をはっきりと記す事（郵件上要寫清收件人的姓名住址）

当て所、宛所〔名〕收信（件）人地址

受取人当て所に尋ね当たらず（找不到收件人地址）

当て名、宛名〔名〕收件人姓名（住址）

封筒に当て名を書く（在信封上寫上收件人姓名〔住址〕）

手紙が当て名不明で戻って来る（信件因為收件人姓名〔住址〕不清楚退回來）

当て字、宛字〔名〕借用字、假借字（書寫日語詞彙時、借用與原意義無關而讀法相同的漢字的寫法）

〝めでたい〟を〝目出度い〟と書くのは当て字だ（把〝めでたい〟寫作〝目出度い〟是假借字的寫法）

当て字を書くのは止めよう（不要寫假借字了）

当て石〔名〕（試驗黃金真偽的）試金石

当て馬〔名〕（在雌馬與種馬交配前暫時備用的）試情牡馬、（賽馬時與優勝候補馬實力接近的）對抗馬、（選舉時為牽制其他候選人而參加競選的）候選競選人

当て木〔名〕〔醫〕（夾骨折用的）夾板

当て木で固定した脚（用夾板固定起來的脚）

当て切れ〔名〕做補丁用的布塊

当て子〔名〕圍兜兜（=涎掛け）

当てっこ〔名〕〔俗〕猜謎

友達を当てっこ（を）為る（和朋友比賽猜謎）

当て擦る〔自五〕諷刺、指桑罵槐、含沙射影

人の失敗を当て擦る（諷刺別人的失敗）

実は私に当て擦っているのだ（其實那是諷刺我呢）

当て擦り〔名〕譏諷、諷刺

当て擦りを言う（說諷刺話）

彼の言葉は私への当て擦りだ（他的話是對我的諷刺）

当て込む〔他五〕指望，期待、估計，預料

御天気を当て込む（期待有個好天氣）

当て込む程の事でもない（並不是值得期待的）

親の遺産を当て込んで借金する（指望父母的遺産借債）

当て込み〔名〕指望、期待

当て込みが外れる（指望落空）

当て推量、当て推量〔名、他サ〕（隨意）推測、猜測

全く（の）当て推量です（完全是猜測）

とんでもない当て推量（胡亂推測）

其は君の当て推量だ（那是你的一種猜測）

当てずっぽう〔名、形動〕〔俗〕胡猜、瞎猜

当てずっぽうを言う（胡說、瞎猜）

当てずっぽうに（で）答える（胡亂回答）

当てずっぽうな（の）返事を為る（胡說八道的答覆）

当てずっぽうで旨く言い当てる（瞎猜猜對了）

当て付ける〔他下一〕譏諷、諷刺、指桑罵槐（=当て擦る）

然う当て付けなくても良いじゃないか（何必說那樣的諷刺話呢？）

子供を叱って夫に当て付けがましい（申斥孩子說給丈夫聽）

当て付け〔名〕譏諷、諷刺（=当て擦り）

当て付けを言う（譏諷、諷刺）

当て付けがましい〔形〕帶諷刺的樣子

当て付けがましい事を言う（說話帶刺）

当て付けがましい態度（帶諷刺的態度）

当て無し〔名〕沒有目的 沒有目標（=目当てが無い事）

当て無しに歩く（沒有目標地走）

当て逃げ〔名〕（汽車，船等）撞了別的車船後逃走、闖禍後逃走

当て嵌まる〔自五〕適用，適合，合適，恰當

役柄に当て嵌まる（對職務性質很合適）

此の規則が当て嵌まらない場合も有る（這項規則也有時不適用）

此の例に良く当て嵌まる問題だ（是很適合這個例子的問題）

当て嵌める〔他下一〕適用、應用

条項を無理に当て嵌める（勉強適用某項條款）

規則に当て嵌めるて処分する（適用規章加以處分）

クロスワード、パズルに字を当て嵌める（給縱橫填字字謎填上適當的字）

当て身〔名〕〔柔道〕攻擊要害的招數

相手の当て身を食らわす（攻擊對方要害）

鐺（ㄉㄤ）

鐺〔漢造〕鋃鐺（刑具）、鐺鐺（金玉聲）、茶鐺（有腳的鍋）、鐺戶（煎鹽的人家）

鐺〔名〕鞘尾，刀鞘的末端、鞘尾的裝飾、橡子頭的裝飾

鐺が詰まる（〔因債台高築〕）一籌莫展、窮途潦倒

党（黨）（ㄉㄤˇ）

党〔名、漢造〕〔古〕鄉里、黨羽，同夥、政黨

党を組む（結黨）
党を組織する（組織政黨）
党に入る（入黨）入る入る
党を脱退する（脫黨、退黨）
徒党（〔企圖做壞事的〕黨徒）
私党（私人的黨、營私的黨）
残党（餘黨、殘餘的黨徒）
与党（執政黨=政府党、志同道合的夥伴=徒党）
野党（在野黨）←→与党
脱党（脫黨、退黨）←→入党
離党（（脫黨、退黨）←→入党
入党（入黨）←→脱党、離党
解党（解散政黨、政黨的解散）
改党（改入其他政黨）
立党（建黨）
公明党（公明黨）
自民党（自民黨）
自由党（自由黨）

党員〔名〕（政黨的）黨員

党員に為る（入黨、成為黨員）
党員名簿（黨員名冊）

党紀〔名〕黨紀、黨的紀律

党紀を乱す行動（違反黨紀的行動）

党規〔名〕黨章、黨的章程

党規を守る（遵守黨章）守る守る
党規違反の廉で党から除名された（由於違反黨章被開除黨籍）

党規約〔名〕黨規章

党旗〔名〕黨旗

党議〔名〕黨的決議、黨內的議論

党議に拠って決まる（根據黨的決議來決定）寄る拠る因る縁る依る由る選る撚る縒る
党議に服する（服從黨的決議）服する復する伏する

党綱〔名〕黨綱、黨的綱領（政綱）

党三役〔名〕黨的三首腦（自民黨的幹事長、總務會長、政務調查會長、副總裁稱為黨四役）（社會黨的中央執行委員長、副委員長、書記長、統制委員長稱為黨四役）

党首〔名〕（日本政黨的）總裁、黨的首領、黨主席、黨總書記

党情〔名〕黨內情、黨的內幕

党色〔名〕黨派性、黨派色彩

党人〔名〕（屬於黨派、政黨的）黨人

党人派（黨派的人）
党人根性（頑固的黨派性）
党首を囲む党人達（圍繞著黨首的黨人們）

党是〔名〕黨的基本方針

党是に反する行い（違反黨的基本方針的行為）

党性〔名〕黨性

党勢〔名〕黨的勢力

党勢を拡張する（擴張黨的勢力）
党勢を拡大する（擴張黨的勢力）
衆議院に於ける各党の党勢（眾議院中各黨的勢力）於ける置ける掛ける擱ける

党籍〔名〕黨籍
　党籍から除く（開除黨籍）除く覗く覗く
　党籍を離脱する（脫黨）
　党籍を転じる（轉入另一政黨）
　党籍証明書（黨證）

党争〔名〕黨爭、黨派之爭
　党争の外に在って超然と為る（超然於黨爭之外）

党葬〔名〕黨葬

党則〔名〕黨章

党同伐異〔名〕黨同伐異

党内〔名〕黨內
　党内事情（黨內的情況、黨內的形勢、黨內的理由、黨內的問題）

党派〔名〕黨派、派別、派系
　党派を超えて（超越黨派）
　党派を結ぶ（結黨）
　党派色の無い（無黨派的、超黨派的）
　彼の党派関係は如何か良く分からない（不大清楚他屬於哪個黨派）
　二つの党派に分かれて争う（分成兩派互相鬥爭）
　党派心（黨性、派性）

党輩〔名〕伙伴、同伙

党閥〔名〕黨閥

党費〔名〕黨的費用、黨員交的黨費

党風〔名〕黨風

党弊〔名〕黨政之害，政黨政治之弊害、黨爭之害、黨派爭奪的弊端

党務〔名〕黨務、政黨（黨派）的事務

党友〔名〕黨友

党与〔名〕黨徒（=仲間）

党利〔名〕（自己所屬）黨的利益
　党利党略に走る（偏於自己所屬政黨的利益和策略）

党略〔名〕黨的策略
　党利党略（黨的利益和策略）

　一党の党略に由って左右される（被一黨的策略所左右）

党類〔名〕黨羽、黨徒
　党類を集める（糾集黨徒）

党論〔名〕黨的意見
　党論は内閣援助に傾いている（黨的意見傾向於支持內閣）

党項、タングート Tangut〔名〕古部落名，在今青海境內

蕩（ㄉㄤˋ）

蕩〔漢造〕搖盪、放蕩、全部搞光、平靜
　漂蕩（飄盪、漂流、飄動）
　放蕩（放蕩、吃喝嫖賭）
　遊蕩（放蕩、荒唐、沉湎於酒色）
　掃蕩、掃討（掃蕩）
　春風駘蕩（春風駘蕩）

蕩児〔名〕蕩子、浪子

蕩心〔名〕放蕩心、游蕩心（=蕩けた心）
　蕩心をそそる（引起遊蕩心）

蕩尽〔名、他サ〕蕩盡，耗盡，消耗殆盡、糟塌乾淨、傾家蕩產
　巨万の富を蕩尽する（蕩盡萬貫家財）

蕩然〔形動タルト〕蕩然、空曠
　蕩然と為て地を払う（蕩然無存）

蕩蕩〔形動タルト〕（水勢）浩蕩
　蕩蕩たる水勢（浩蕩的水勢）

蕩かす〔他五〕溶化，熔化（=溶かす）、迷蕩，使銷魂，使心蕩神馳
　バターを蕩かす（把黃油化開）
　人の心を蕩かす様な音楽（蕩人心魂的音樂）
　男を蕩かす（迷住男人）

蕩ける〔自下一〕溶化，融解、心蕩神馳，神魂飄蕩
　暑さで蝋燭が蕩ける（蠟燭因天熱而熔化）
　暑さでチョコレートが蕩ける（巧克力因天熱而熔化）
　斯う暑くては体も蕩け然うだ（天這麼熱連身體都要熔化了）

美しい音楽に心が蕩ける様だ（優美的音樂使人心蕩神馳）

灯（燈）（ㄉㄥ）

灯、燈〔接尾、漢造〕燈、（助數詞用法）（用於計算燈數）盞

　五灯（五盞燈）
　街燈（街燈、路燈）
　外燈（屋外的電燈）
　提灯（提燈、燈籠、鼻涕泡）
　尾灯（尾燈）
　紅灯（紅燈、花街柳巷、紅色燈籠）
　軒灯、軒燈（門燈）
　神灯（供神用的神燈）
　献灯（向神社寺廟獻燈、獻納的神燈）
　電灯、電燈（電燈）
　伝灯、伝燈（傳授佛法）
　龕燈（向一方面射光的孔明燈、供神佛的燈）
　走馬灯（走馬燈＝回り燈籠）
　常夜灯（常明燈）
　幻灯（幻燈）
　舷燈（夜行船兩側掛的紅綠燈右綠左紅）
　点灯、点燈（點燈）←→消灯
　消灯（熄燈）
　行灯（方形紙罩燈座）
　万灯、万燈（佛前供奉的許多燈火、長柄紙燈籠）

灯影、燈影〔名〕燈影、燈光（＝燈影、火影、灯火、燈火）

燈影、火影〔名〕火光，燈光、燈影，人影
　山に登ると町の燈影がちらほら見える（到山上可以望見城裡的點點燈光）
　障子に映った燈影の母にそっくりだ（照在紙窗上的人影和母親一模一樣）

灯下、燈下〔名〕燈下、燈光下（＝灯火の下、燈火の下）
　灯下に書を繙く（在燈下讀書）紐解く

灯架、燈架〔名〕燈架、燈台

灯蛾、燈蛾〔名〕燈蛾（＝火取り虫、火取り蛾）

灯光、燈光〔名〕燈光
　灯光が漏れる（露出燈光）漏れる 洩れる 盛れる 守れる
　灯光信号（燈光信號）

灯燭〔名〕燈火（＝灯火、燈火）

灯心、燈心〔名〕（油燈的）燈芯
　灯心を搔き立てる（拔燈芯）
　灯心抑え（挑燈芯）
　灯心で須弥山を引き寄せる（用燈芯拉須彌山、怎樣也辦不到、蚍蜉撼樹）
　灯心で竹の根を掘る（用燈芯挖竹根、勞而無功）掘る 彫る

灯心蜻蛉，灯心蜻蛉〔名〕〔動〕燈心蜻蜓、豆娘

灯船〔名〕（在不便建築燈塔的地方停泊船隻桅桿掛燈作為航行標誌的）燈船（＝燈台船、浮燈船）

灯台、燈台〔名〕〔古〕燈架，燭台、燈塔
　灯台守（燈塔看守人）
　灯台下暗し（丈八燈塔照遠不照近）

灯台草〔名〕〔植〕澤漆、五風草

灯標〔名〕（指示礁石或暗礁的）燈標

灯明〔名〕神佛前供的明燈、佛燈（＝御灯）
　御灯明を上げる（供上明燈）
　灯明皿（佛燈盤）
　灯明台（明燈座）

灯油、燈油〔名〕燈油、煤油
　灯油機関（煤油內燃機）
　白灯油（無色透明的燈油）

灯用、燈用〔名〕燈用
　灯用石油（燈用煤油）
　灯用アルコール（燈用酒精）

灯籠、燈籠〔名〕（院中或簷下吊的石、木、竹或金屬製裝飾用）燈籠
　石灯籠（石燈籠）
　吊灯籠（吊燈籠）
　回り灯籠（走馬燈）

ㄅ

灯籠に火を入れる（點燈籠）
灯籠踊り（盂蘭盆會夜晚的燈籠舞）
灯籠流し（盂蘭盆會時放河燈）
灯籠舟（盂蘭盆會時用麥桿等製的燈船）

灯〔名〕神佛前供的燈、明燈（＝灯明）

御灯（神佛前供的明燈）

火〔名〕火、火焰（＝炎）、燈光，燈火（＝明かり）、炭火、爐火、火的熱量、火災（＝火事）、憤怒之火

火が燃える（火燃燒）
火が消える（火熄滅）
火に当たる（烤火）
煙草に火を付ける（點香菸）
火を燃やして暖まる（生火取暖）
火を煽ぐ（煽火）
火を玩ぶ（玩火）
火を放つ（放火）
ライターの火が付かない（打火機打不著）
ガソリンは非常に火が付き易い（汽油非常易燃）
蝋燭の火（蠟燭的火焰）
火を点す（付ける）（點燈）
火を消す（熄燈）
夜遅く迄火が付いている（燈亮到深夜）
小屋の火を頼りに進む（憑著小屋的燈光前進）
火を起こす（生火）
火を焚き付ける（點起爐火）
火を掻き立てる（挑火）
火を継ぐ（添火）
暖炉の火が消えた（暖爐的火滅了）
薬缶を火に掛ける（把水壺放在火上）
火を通す（為防腐等加熱）
火の見櫓（火警瞭望台）
火の用心（小心火災）

火を出す（發生火災）
火を付ける（放火縱火）
胸の火（滿腔怒火）
目から火が出る（眼裡冒火）
火の様に怒る（大發雷霆、勃然大怒）
顔から火が出る（羞得面紅耳赤）
火が消えた様（頓失生氣、非常沉寂）
火が火を呼ぶ（一傳十十傳百）
火が降っても槍が降っても（即使上刀山下火海也要…）
火が降る（非常貧窮）
火に油を注ぐ（火上加油）
火の車（火焰車生活貧困）
火の付いた様に（嬰兒突然大聲哭泣的樣子）
火の無い所に煙は立たぬ（無風不起浪）
火の中水の中（赴湯蹈火）
火を吹く力も無い（毫無力氣、精疲力盡、非常貧窮）
火を見るよりも明らかだ（十分清楚）

灯、火〔名〕燈光、燈火（＝明かり）

火を点す（付ける）（點燈）
火を消す（熄燈）
夜遅く迄火が付いている（點燈到深夜）
小屋の火を頼りに進む（憑著小屋的燈光前進）

灯、燈、点火〔名〕〔舊〕（燈、火把、蠟燭等）照明物，燈，燈火（＝灯、燈）、燈油（＝灯油）
灯を点ける（點燈）付ける衝ける憑ける突ける漬ける就ける着ける

灯、燈〔名〕燈火（＝灯火、燈火）
行燈の灯（紙燈籠的燈火）

灯火、燈火〔名〕燈，燈火（＝明かり、灯、燈）。〔轉〕光明，光亮、火炬、松明（＝松明）
灯火を点す（點燈）
灯火が点いている（燈亮著）付く就く着く搗く突く衝く憑く

940

家家の灯火が見える（看見萬家燈火）

其の言葉が我が足元を照らす灯火だ（他的話給我指出光明之路）

風前の燈火、風前の灯（風燭殘年）

灯火、燈火〔名〕燈火、燈光（=灯火、燈火、明かり、灯）

灯火の下で読書する（在燈光下讀書）

沿岸の灯火が見える（望見沿岸的燈火）

灯火親しむ可き候と為った（來到秋涼適於燈下讀書的時候）候

灯火設備（燈光設備）

灯火管制（夜間防空的燈火管制）

灯す，燈す，点す，灯す，点す〔他五〕點燈

提灯に火を点す（點燈籠）

蝋燭を点す（點蠟燭）

ランプが点して有る（燈亮著）

終夜と点して置く（整夜點著燈）

灯る，燈る，点る，灯る，点る〔自五〕燈火亮、點著

電灯の点っている部屋（點著電燈的房間）

小屋にはランプが薄暗く点っていた（小屋裡點著暗暗的油燈）

港一面に灯が明明と点っている（整個港口燈火輝煌）

明かりが点る（燈亮了）

蝋燭が点る（蠟燭亮了）

川邊の宿に色取り取りの灯が点る（河邊的旅館點著各種顏色的燈）

仏壇の蝋燭の火が点る（佛龕的蠟燭點著）

町にはもう灯が点っている（街上已經點上了燈）

登、登（ㄉㄥ）

登（也時也讀作と）〔漢造〕登，攀登、就高位、出勤、上班、記載、刊登、（舊地方名）能登の国（今石川縣北部）

先登（最先到達、最先登上敵人的城堡）

羽化登仙（羽化登仙）

登山、登山〔名、自サ〕登山（=山登り）、到山上寺廟去修行←→下山

富士を登山する（攀登富士山）

登山家（登山家）

登山鉄道（登山鐵路）

登山熱（登山熱潮）

登山口（登山口）

登場、登場〔名〕登場（戲劇的舞台和戲曲小說人物等出現、某場面，事件等人物出現、新製品等出世）

登場人物（登場人物）

登城、登城〔名、自サ〕〔古〕進京（晉謁將軍）、武士到諸侯的居城任職←→下城

登頂、登頂〔名、自サ〕攀登到山頂

珠穆朗瑪峰に登頂する（登上聖母峰頂峰）珠穆朗瑪 Qomolangma

初登頂（首次登上山頂）

登攀、登攀〔名、自サ〕攀登、登山

泰山に登攀する（攀登泰山）

登攀隊（登山隊）

登攀用具（登山用具）

登位〔名〕（皇帝）登極、即位（=登極）

登院〔名、自サ〕（議員）出席議會

登院を励行させる（要求議員出席議會）

定刻に登院する（準時出席議會）

登院停止（停止議員出席-對參眾兩院議員的懲罰不超過三十天）

登科〔名〕（古時中國的）登科，科舉及第。〔轉〕考試合格

登花〔名〕〔植〕有完整的雌蕊、花後結果的花←→不登花

登遐、登霞〔名〕（天子死亡的敬稱）登遐、駕崩

登記〔名、他サ〕〔法〕（不動產、船舶、商業等在主管部門）登記、註冊

不動産登記（不動產登記）

身分登記（身分登記）

正式の登記を為る（進行正式登記）

登記して在る（已登記在案）
登記手続（登記手續）
登記料（登記費）
登記証書（登記證）
登記済み証（已登記證明）
登記抹消（撤銷登記）
登記所（〔辦理登記事務的〕登記所）
（註冊船-記入船舶登記簿的二百噸以上的船舶）
登記簿（〔登記所登記用的〕登記簿）
登記法（登記法-不動產登記法、船舶登記法等的總稱）
登記名義人（登記人、登記者姓名）

登極〔名〕（帝王的）登極、登基

登校〔名、自サ〕（學生）上學、到校←→下校
始業式当日は九時に登校せよ（開學典禮當天要九點到校）
八時前に登校する（八點前上學）

登降〔名、自サ〕登降、升降、上下（＝上り下り）

登高〔名〕登上高處

登桁礼〔名〕（海軍的）登舷禮（指水手在船舷邊列隊歡迎）

登載〔名、自他サ〕登載、刊載、揭載、刊登
官報に登載する（登在政府公報上）
新聞に登載する（登在報紙上）

登場〔名、自サ〕〔劇〕登場、出場、上場、出演←→退場、（新品、人物等）登場、出現
女主人公が登場する（女主人公上場）
配役を登場順に並べる（按上場順序排列分派的角色）
役者が下手から登場する（演員從舞台左方登場）下手下手
登場順（出場順序）
登場人物（登場人物）
新登場の番組（電視廣播等的新節目）
新製品が登場する（新製品登場）

此の事件の登場人物は誰と誰ですか（這個事件牽涉的人物都是誰呀！）
汚職事件に政界の大物が続々登場する（貪汙事件中陸續出現了政界的要人）

登仙〔名、自サ〕登仙、成仙。（對貴人死亡的敬稱）仙逝
羽化登仙（羽化登仙）

登壇〔名、自サ〕登上講壇、上台←→降壇
登壇して演説する（上台演說）

登庁〔名、自サ〕（到機關）上班←→退庁
毎朝九時に登庁する（每天早上九點上班）
初登庁（〔政府機關的長官〕初次上任）

登板〔名、自サ〕〔棒球〕投手站在投手板上←→降板
登板を命ぜられる（被令投球）
初登板（首次投球）

登簿〔名、他サ〕（在機關文簿上）登記、註冊
登簿済（已註冊）
登簿料（登記費）
登簿トン数（登記噸數）

登用、登庸〔名、他サ〕起用、錄用
人材を登用する（起用人材）

登竜門〔名〕登龍門、飛黃騰達的門路、發跡的門徑
文壇への登竜門（登上文壇的門徑）
此のコンクール(concours法)は多くの演奏家の登竜門と為った（這個競演會成了許多演奏家飛黃騰達的門徑）

登臨〔名、自サ〕登臨、君臨

登楼〔名、自サ〕登樓、登上高樓、逛妓院

登録〔名、他サ〕登記。〔法〕（在有關機關）註冊、登錄
会員と為て登録する（登記為會員）
此のマーク(mark)は登録して在る（這個商標已經註冊）
許可と登録の手続を済ませた（辦完許可和註冊手續）
其の自動車は小林の名前で登録して在る（那輛汽車是用小林的名字登記的）

此の意匠は特許局に登録されている（這個圖案已經在特許局登記了）

登録済（已註冊）

登録意匠（〔法〕登記的圖案）

登録公債（〔法〕註冊公債-僅登記持有人姓名股份、不發公債券）

登録商標（〔法〕註冊商標）

登る、上る、昇る〔自五〕（寫作登る）登上，攀登←→降りる

（寫作昇る）上升←→沈む，下がる

（寫作上る）進京←→下る、升級，高昇（=上る）←→下がる、（數量）達到，高達、上溯，逆流、被拿出，被提出

山に登る（登山）

木に登る（上樹）

屋根に登る（上屋頂）

階段を登る（上樓梯）

崖を登る（攀登懸崖）

演壇に登る（登上講壇）

王位に登る（登上王位）

彼の山は楽に登れる（那座山很容易爬上去）

高く登れば登る程寒く為る（上得越高越冷）

土手に登っては行けません（不許上堤壩）

太陽が昇る（太陽上升）

空に昇る（騰空）

昨日は寒暖計が二十度に昇った（温度計昨天升到二十度）

東京に上る（上東京）

都に上る（進京）

地位が上る（升級）

百万円以上に上る（達到一百萬日元以上）

死者が数百人に上る（死者達到數百人）

魚が川を上る（魚逆流而上）

海から川へ上った許りの鮭（剛從海裡迴游到河裡的鮭魚）

会議に上る（被提到會議上）

日程に上る（被提到日程上）

話題に上る（成為話題）

人の口に上る（被人們談論）

其の問題は多分来年の議会に上るだろう（那個問題可能在來年的議會上提出來）

食膳に上る（〔新鮮菜餚〕擺上飯桌）

登り、上り、昇り〔名〕登上，攀登、上坡（路）、（寫作上り）上行列車、（寫作上り）進京←→下り

木上り（爬樹）

山上り（登山、爬山）

エレベーター（elevator）の上りを待つ（等電梯上來）

下りは楽だが上りは辛い（下容易上難、好下不好上）

急な上りを進む（上陡坡）

上りに差し掛かる（走上上坡路）

其処から道は上りに為る（從那裡起是上坡路）

道は其の地点迄緩やかな上りに為っていた（道路到哪裡為止是慢坡）

道は五度の上り勾配に為っている（路的坡度是五度）

上りは十時に発車する（上行車十點發車）

五時発の上りで行く（搭五點開的上行車去）

上りと下りは此の駅で擦れ違う（上行車和下行車在這個車站錯車）

御上りさん（〔蔑〕進京遊覽的鄉下人）

登り口、上り口〔名〕登山口、樓梯口

登り坂、上り坂〔名〕上坡（路）、上升，走向繁榮←→下り坂

上り坂を進む（走上坡路）

道はずっと上り坂だ（路一直是上坡）

汽車が上り坂をゆっくり進んで行く（火車緩緩地爬坡前進）

上り坂に在る会社（正在發展中的公司）

会社は今上り坂だ（公司正在走向繁榮）

値段は相変らず上り坂だ（價格仍在上升）
上り坂の選手（正在紅起來的選手）
登り詰める、上り詰める〔自下一〕上到頂點，爬到頂峰、非常熱中
山頂に上り詰める（爬到山頂）
最高の地位迄上り詰める（升到最高地位）

鐙（ㄉㄥ）

鐙〔漢造〕騎馬的腳踏器（鞍鐙）
鐙〔名〕馬鐙
鐙を外す（甩鐙）
鐙革（馬鐙皮帶）
鐙綱〔名〕〔海〕鐙索
鐙骨、鐙骨〔名〕〔解〕鐙骨

等（ㄉㄥˇ）

等〔名〕等、等級
〔接尾〕等、等等、諸如此類
〔漢造〕等、相等、等級、伙伴
一等から三等迄入賞（一至三等受獎）
等外に落ちる（落於等外、名落孫山）
商品を検査して等を分かつ（檢查商品分成等級）
慶応、早稲田、明治等の私立大学（慶應早稲田明治等私立大學）
牛馬等の家畜（牛馬等家畜）
同等（同等級、同資格）
丙等（丙等）
平等（平等、同等）
不等（不等、不齊、不同）
優等（優等）
上等（上等、高級、優秀）
下等（下等、低級、低劣、卑劣）
中等（中等、中極）
高等（高等、上等、高級）
降等（降等、降級）

等圧〔名〕（氣象）等壓
等圧線（〔氣〕等壓線）
鞍狀等圧線（氣壓谷）
等圧面天気図（〔氣〕等壓面圖）
等位〔名〕等級，級別，品位、等位，級別相同，職位相同
等位節（〔語法〕對等子句）
等雨線図〔名〕〔氣〕等雨線圖
等雨量線〔名〕〔氣〕等雨量線
等黄卵〔名〕〔生〕均黃卵
等温〔名〕〔氣、理〕等溫（=同溫）
等温線（〔地、理〕等溫線）
等温動物（恆溫動物）
等温層（同溫層）
等温変化（〔理〕等溫變化）
等化〔名〕〔電〕均衡，平衡、同等化，均值化。〔生〕組成代謝，合成代謝
等化器（均衡器、平衡器）
等価〔名〕等價，價值或價格相等。〔化〕等價，化合價相等
等価物（等價物、等值物）
等価の商品（價格相等的商品）
等価回路〔名〕〔電〕等效電路
等加速度運動〔名〕〔理〕等加速度運動、勻加速運動
等外〔名〕等外、一定等級之外
等外品は安い（等外品便宜）安い易い廉い
四着以下は等外です（〔賽跑〕第四名以下不上名）
我が校の選手は善戦空しく等外に落ちた（我校運動員白白奮戰一場沒有上名）空しい虛しい
等外の作品（落選的作品）
等角〔名〕〔數〕等角
等角三角形（等角三角形）
等角線（等角線）
等角投影図（等角投影圖）

等角写像（〔數〕保形表示、保角表示）

等閑〔名〕等閑、忽視（＝等閑）
其は等閑に付す可きでない（那可不容忽視）
決して等閑に付しては行けない（決不可等閑視之）

等閑視 等閑視（等閑視之）
等閑視する（等閑視之）視する資する死する

等閑〔名、形動〕等閑、忽視、馬虎、玩忽（＝疎か、好い加減）
等閑に為る（等閑視之）
職務を等閑に為る（玩忽職守、不認真工作）
礼儀を等閑に為る（不注意禮節）
等閑な返事（隨便應付的回答）
等閑に出来ない問題（不容忽視的問題、不能等閑視之的問題）
其の問題は等閑には出来ない（不能忽視那個問題）

等間隔〔名〕等間距、間隔相等
等寒線〔名〕〔氣〕等寒線
等脚三角形〔名〕〔數〕等腰三角形
等脚目〔名〕〔動〕等足目
等脚目の動物（等足目動物）
等脚類〔名〕〔動〕等足目
等級〔名〕等級
等級を付ける（定出等級）
等級別に並べる（按等級排列）
品質により細かに等級を設ける（根據品質細分等級）設ける儲けるも受ける
其の旅客機の座席には三つの等級が有る（那架客機座位有三個等級）有る在る或る
其のホテルは等級別が無い（那家旅館不分等級）

等距離〔名〕〔數〕等距離
等傾線〔名〕〔建〕等傾線
等語線〔名〕〔語〕等語線
等高〔名〕〔地〕等高
等高線（等高線）

等号〔名〕〔數〕等號（＝イコール記号）
等根〔名〕〔數〕等根
等差〔名〕等差，等次，差別。〔數〕等差
等差税率（差別税率）
貧富の等差に依って課税する（按貧富的差別來課稅）
カスト(Kaste 德)とは、身分の等差に由って、四姓に分れる極端に厳しい身分制度である（種姓是根據身分的差別分為四姓的極端嚴格的身分制度）
等差級数（〔數〕等差級數、算數級數）
等差数列（〔數〕等差級數、算數級數）

等時曲線〔名〕〔理〕等時曲線、等時降落軌跡
等時性〔名〕同步、等時性
振子の等時性（擺錘的等時性）
等時的〔形動〕等時的、均匀的、時間間隔一致的
等時的リズム rhythm（均匀的節奏）
等磁線〔名〕等磁性
等磁力線〔名〕〔理〕等磁力線
等翅目〔名〕〔動〕等翅目
等式〔名〕〔數〕等式、相等
等軸〔名〕等角軸
等軸晶系（等軸晶系）
等質〔名、形動〕等質、性質相等
色は違うが、等質の製品だ（顏色不同但性質相同的製品）
等斜屋背〔名〕〔建〕等斜屋頂
等斜褶曲〔名〕〔地〕等斜褶皺、等傾褶皺
等斜谷〔名〕〔地〕等斜谷
等暑線〔名〕〔氣〕等夏溫線
等照度曲線〔名〕〔理〕等照度線
等色〔名〕〔理、光〕同色、等色（線）
等身、等身〔名〕等身、和身長相等
等身大である（和身體一般大）
等身の銅像（等身的銅像）
彼の著書は等身に及んでいる（他的著作等身-數量龐大）

等親 〔名〕〔法〕（親等的舊稱）等親、親族遠近的等別

　三等親（三等親）

等震弧 〔名〕〔地〕等震弧

等震線 〔名〕〔地〕等震線

等深線 〔名〕〔地〕（海、河、湖等）等深線

等水溶液 〔名〕〔化〕等氫離子溶液

等数 〔名〕數量相等、相等的數量

等相面 〔名〕〔理〕波前、波陣面

等速 〔名〕〔理〕等速

　等速運動（等速運動）

等速度 〔名〕等速度

等大 〔名〕大小相等、等體積、等容積

等値 〔名〕等値

　等値概念（〔邏〕等値概念）

　等値交換に由る方法（等値交換的方法）

　等値線（〔地〕等値線）

等地温線 〔名〕〔地〕等温線

等張 〔名〕〔生化〕等滲壓

等直径 〔名〕〔理〕等直徑

等電位 〔名〕〔電〕等電位

　等電位面（等位面）

等電点 〔名〕〔電〕等電點

等等 〔接尾〕（等的強調形式）等等

　梨、林檎、葡萄等等の果物が秋には豊富に出回る（在秋天梨蘋果葡萄等等水果大量上市）

等日照線 〔名〕〔氣〕等日照線

等倍数 〔名〕〔數〕等倍數

等比 〔名〕〔數〕等比

　等等級数（〔數〕等比級數）

　等比数列（〔數〕等比級數、幾何級數）

等伏角線 〔名〕〔理〕等磁傾線

等分 〔名、他サ〕均分、相同的分量

　費用を等分して負擔する（平均分擔費用）

　一メートルを三等分する（把一米平均分為三分）

　塩と砂糖を等分に入れる（放同樣份量的鹽和砂糖）入れる容れる

　等分に分ける（分成相等的分量）

等分子溶液 〔名〕〔化〕等分子溶液

等分布荷重 〔名〕〔理〕均匀負載

等辺 〔名〕〔數〕等邊

　等辺三角形（等邊三角形）

　等辺多角形（等邊多角形）

等変圧線 〔名〕〔氣〕等變壓線

等偏角線 〔名〕〔理〕等偏角線、等磁偏線

等方位角線 〔名〕〔理〕等偏角線（＝等偏角線）

等方性 〔名〕〔理〕各向同性

等容 〔名〕〔理〕等容、等體積

　等容線（等容線、等體積線）

等流 〔名〕〔機、土木〕均匀流

等量 〔名〕等量、同量、分量相等

　大匙三杯の醤油に等量の酒を加える（三大匙醬油加上同量的酒）加える咥える銜える

等、抔 〔副助〕（表示列舉）等

（表示舉例、由許多事物中只具體舉出一件作代表來說）等等，云云，之類，什麼

（表示加強否定的語氣）絶不、（表示輕視或謙虛之意）像…這樣的

　菓子や茶等を売る店（賣點心或茶等的商店）

　彼は絵や音楽等を習った（他學了繪畫音樂等）習う学ぶ

　金等要らない（錢什麼的不要）

　毎日忙しくて、本等読む時間が無い（每天很忙沒有時間讀書〔這類東西〕）

　其の事は国会等で問題に為った（那件事在國會等等〔這類機關〕成了問題）

　被災地に寝具・衣類、食料等の救済物資を送る（向災區運送被褥衣服糧食等救濟物）

　此れ等は面白い話だ（這些東西是有趣的故事）

　ケーキ等は御好きですか（糕點之類的你喜歡嗎？）

外人客達は京都等の名所旧跡を遊覧した（外賓們遊覽了京都等名勝古蹟）

御茶等一つ召し上がりませんか（喝杯茶〔之類的東西〕怎麼樣？）

猫等は御好きですか（貓〔甚麼的〕你喜歡嗎？）

彼は自殺する等と言っている（他說要自殺云云）

急ぎ等するもんか（著的什麼忙，我才不忙呢）

彼は嘘等言った事は無かった（他從未撒過謊）

私は決して嘘等付かない（我絕不說謊）

彼の事等眼中に無い（並不把他放在眼裡）

僕等には出来ない事です（這種事像我這樣的人是做不到的）

御前の事等気に掛けるもんか（我才不為你擔心呢）

君等の出る幕ではない（不是你這號人出風頭的時候）

私の事等心配為さらないで下さい（請不要為我勞神）

どうせ僕等は駄目でしょう（反正像我這樣的是不成的）

此の仕事は御前等には任せられない（這件工作不能委派你這樣的人來做）

なんど〔副助〕等、等等，云云，之類（=等）

等〔接尾〕（接名詞、代詞或人稱代名詞下）（表示複數）們、（指同類人或事、對人不能用於長輩、接第一人稱、表示自謙）等、一些（接名詞下）調整語氣，並表示其狀態時用

子供等（孩子們）

子供等に話を為る（跟孩子們說話）

御前等（你等、你們這些人）

御前等の知った事か（是你們這些人知道的事嗎？）

私等（我們）

私等には分からぬ（我們這些人不懂）

此れ等（這些）

此れ等の人（這些人）

佐藤等（佐藤這些人）

稀等に（很少）

賢し等（自作聰明）

等しい、均しい、斉しい〔形〕（性質、數量、狀態、條件等）相等的、相同的、一樣的、等於的 ←→異なる

殆ど無いに等しい（幾乎等於沒有）

法律等無いに等しい（簡直跟沒有法律一樣）

其は詐欺にも等しい行為だ（那簡直是欺騙的行為）

長さを等しくする（使長度相等）

二辺の等しい三角形（兩邊相等的三角形）

正三角形は三辺の長さが等しい（正三角形三邊相等）

二の五倍は、五の二倍に等しい（二的五倍等於五的二倍）

泥棒に等しい行い（等於竊盜的行為）

鬼にも等しい心（鬼一般的心腸、殘忍的心腸）

等しく、均しく、斉しく〔副〕（來自形容詞等しい、均しい、斉しい的連用形）一致，一樣地，平均地、〔古〕（用…と等しく的形式）立即，立刻（=同時に）

全員に等しく分配する（平均分配給全體人員）

費用を等しく分担する（費用均攤）

万人等しく仰ぐ（萬人全都敬仰）

全員等しく反対した（全體一致反對）

等し並み、等し並〔名、形動〕相同、同等、同樣

等し並みの扱い（同樣的處理，同樣的待遇）

其れと此れは等し並には考えられない（那個和這個不能一樣看待）

滴（ㄉㄧ）

滴〔漢造〕滴、滴數

余滴（〔筆尖等的〕殘餘水滴=残滴、〔轉〕點滴，花絮）

夂

点滴（點滴〔穿石〕、點滴注射）

水滴（水滴〔＝滴、雫〕、〔注水研墨用的〕硯水壺〔＝水入れ、水差し〕）

雨滴（雨滴、雨點〔＝雨垂れ〕）

硯滴（硯水壺、往硯上滴的水）

涓滴（小水滴、〔轉〕極小或極少量的東西）

懸滴（〔植〕懸滴）

一滴、一滴、一滴（一滴）

数滴（數滴）

滴下〔名、自他サ〕滴下、點滴
　試験液を数滴滴下させる（滴下數滴試驗液）

滴下水銀電極〔名〕〔理〕滴汞電極

滴数計〔名〕〔理〕（表面張力）滴重計

滴虫類〔名〕〔動〕滴蟲類、纖毛蟲綱

滴定〔名、他サ〕〔化〕滴定（法）
　滴定濃度（滴定率、滴定度）
　滴定曲線（滴定曲線）
　滴定酸度（可滴定酸度）
　滴定指数（滴定指數）

滴滴〔形動タルト〕滴答滴答、流落貌（＝ぽたぽた）
　涙は滴滴と為て落ちた（眼淚滴答滴答地流下）

滴瓶〔名〕（眼藥的）滴瓶

滴薬〔名〕〔藥〕滴藥

滴、雫〔名〕水滴、水點（＝滴り）
　露の滴（露水珠）
　滴が垂れる（水點往下滴）
　涙が滴と為って彼女の頬を伝わった（一滴滴的眼淚從她臉上流了下來）
　木の葉から雨の滴が落ちる（雨滴從樹葉上掉下來）

滴る〔自五〕滴
　木の葉から滴が滴る（從樹葉上滴下水滴）
　額から汗が滴る（汗珠從額頭上流下來）
　新緑滴る許り（新綠嬌翠如滴）

水の滴る様（〔婦女、演員等〕嬌滴滴、嫵媚）

滴り、瀝り〔名〕水滴、水點（＝滴、雫）
　血の滴り（血滴）
　露の滴り（露珠）
　滴り積りて淵と為る（滴水成河、聚少成多）

滴らす〔他五〕使滴下
　汗を滴らす（滴汗、流汗）
　水をゆっくり滴らす（讓水慢慢地滴下去）

滴，滴し、垂らし〔名〕（液體）滴
　一滴（一滴）
　目薬二滴（眼藥二滴）
　胡麻油を一滴すると味が引き立つ（滴上一滴麻油味道就會好起來）

低（カー）

低〔名、漢造〕低
　高より低と（從高到低）
　高低（高低、凹凸、起伏、上下、漲落）
　最低（最低←→最高、最壞、最劣＝最悪）
　平身低頭（低頭，俯首、低頭認罪）

低圧〔名〕低氣壓、低電壓、低壓力←→高圧
　密室内を低圧に為て肺の手術を為る（降低密封室氣壓做肺部手術）
　高圧の電流はトランス(transformer)に由って低圧に為れる（高壓電流通過變壓器變為低壓）
　低圧回路（低壓電路）

低位〔名〕低地位、低等級
　繊維は輸出量で自動車より低位に在る（纖維在出口量上位置比汽車低）
　低位株（低值股票）
　低位炭（低級煤）

低域フィルター(filter)〔名〕〔無〕低通濾波器

低雲〔名〕低雲

低音〔名〕低音，低聲。〔樂〕男低音，低音部（＝バス(bass)、ベース(bass)）←→高音

此のラジオは低音がはっきり出る（這個收音機低音發得清楚）

低音歌手（男低音歌手）

第二低音（次中音部）

コーラスで低音部を歌う（在合唱團裡唱低音部）

低温〔名〕低温←→高温

低温で消毒する（用低溫消毒）

低温殺菌（低溫殺菌）

今年の夏は低温であった（今年夏天氣溫低）

低温手術（〔醫〕低溫手術）

低温流通体系（〔蔬菜肉類等從產地到用戶的〕低溫流通體系）

低温脆性（〔化〕低溫脆性、冷脆性）

低下〔名、自サ〕降低，低落，下降←→上昇、（力量、技術、質量等）下降←→向上

気温が急激に低下してセ氏五度に為った（氣溫急遽下降到攝氏五度）

メーターの指針は低下しつつある（表針在下降著）摂氏 セ氏 華氏 カ氏

生徒の学力が目立って低下している（學生的學力在明顯地下降）

技術の低下が憂慮される（擔心技術的下降）

酒は病気に対する抵抗力を低下させる（酒會降低對疾病的抵抗力）

低価〔名〕低價（=安値）

低価で売る（低價出售）

低回、低徊〔名、自サ〕低首徘徊

故人を思って低回する（懷念亡人而低首徘徊）

低回顧望去る能わず（徘徊瞻望不忍離去）

考え事を為乍庭を低回する（在庭院低頭徘徊思考問題）

低回趣味、低徊趣味（〔名〕（〝夏目漱石〟提倡的）悠然自得的心境遨遊詩境的趣味、悠然欣賞自然藝術和人生的情趣、（對藝術等的）膚淺涉獵）

低開発〔名〕未開發、不發達

低開発国（發展中國家）

低開発地域（未開發地區）

低額〔名〕低額、少額←→高額

低額（の）所得者（低收入者、收入少的人）

低学年〔名〕（小學）低年級（的學生）←→高学年

低学年は近い所に遠足に行く（低年級去近處郊遊）

低気圧〔名〕低氣壓←→高気圧、（精神）消沉，不高興、（局勢、氣氛）不穩，緊張，險惡

低気圧が近付き、天気が崩れ然うだ（低氣壓臨近要變天）

此の低気圧の中心は海中に在る（這個低氣壓的中心在海上）

低気圧は東南に進んでいる（低氣壓向東南方行進著）

彼は朝から低気圧だ（他從早上就精神消沉）

両国の間に低気圧が低迷している（兩國間空氣緊張）

政界の低気圧が京都から起り然うだ（政界的不穩局勢可能從京都發生）

低級〔名、形動〕低級、下等←→高級

低級な映画（低級的影片）

低級な読者（低級的讀者）

低級な趣味（低級趣味）

低級な新聞（迎合低級趣味的報紙）

低級な漫画本を追放する（取締低級的漫畫書）

低級品（次品、低級品、等外品）

低吟〔名、他サ〕低聲吟誦←→高吟

月を見乍ら詩歌を低吟する（一邊看著月亮一邊低聲吟誦詩歌）詩歌詩歌

低金利〔名〕低利息

低金利政策（低利息政策）

低空〔名〕低空←→高空

グライダーが低空を飛ぶ（滑翔機低空飛行）飛ぶ跳ぶ

低空飛行（〔飛機等〕低空飛行、〔學生等成績不佳〕勉強升級）

低血圧〔名〕〔醫〕低血壓←→高血圧

低血糖性ショック〔名〕〔醫〕胰島素休克

低減〔名、自他サ〕降低，低落、減低，減少
　罪を低減する（減刑）
　生産力が低減する（生產力降低）
　人口の増加率は低減して来た（人口的增長率降下來了）
　今年度の出費は低減している（本年度的開支減低了）
　運賃を大幅に低減する（大幅度降低運費）

低語〔名、自サ〕小聲說話
　只微かに低語の声が聞こえるのみである（只隱約地聽見低語聲）

低山帯〔名〕（植被的垂直分布帶的一個）低山帶（介於丘陵帶和亞高山帶之間的位置）

低次〔名〕層次低、程度低←→高次
　低次抵当権（〔法〕低次抵押權）

低姿勢〔名〕低姿勢、謙遜、謙卑、遷就的態度、甘居人下←→高姿勢
　低姿勢を取る（採取低姿勢）
　近頃彼は低姿勢だ（近來他變得客氣了）

低湿〔名、形動〕低濕、又低又濕←→高燥
　此の地方は低湿で健康に悪い（這地方又低又濕對健康不好）
　地下室は低湿で健康に悪い（地下室低窪潮濕對健康不好）
　甚だしく低湿の地は農業にも適しない（過於低濕的土地也不適於農業）
　低湿な沼地を田畑に改造する（改造低濕的沼澤地為田地）

低質〔名、形動〕劣質
　低質炭（劣質煤）
　彼の店は低質な茶を売っている（那家店賣劣質的茶）

低周波〔名〕〔電〕低周波、低頻率←→高周波

低唱〔名、自サ〕低聲唱←→高唱
　愛唱歌のメロディーを低唱し乍ら散歩する（一邊低聲唱心愛的歌曲一邊散步）

低障害、低障碍〔名〕〔體〕低欄賽跑（=ロー、ハードル low hurdle）

低障害競走（低欄賽跑）←→高障害競走

低水〔名〕低潮、低水位
　低水点（低水位點）

低数性〔名〕〔生〕亞倍性

低声〔名〕低聲、小聲←→高声
　低声で歌う（低聲哼唱）歌う謳う謠う唄う
　低声でひそひそと囁く（竊竊私語）

低性能〔名〕低效能、低效率、性能低劣
　低性能船舶（性能低的船）

低速〔名〕低速度←→高速
　低速ギア（〔自行車的〕低速齒輪）
　低速車（低速車輛、慢行車輛）

低俗〔名、形動〕低俗、庸俗、下流←→高尚
　低俗な言行（下流的言行）
　最近低俗な流行歌が好まれている（最近庸俗的流行歌很受歡迎）
　趣味が低俗に為る（趣味庸俗化）

低地〔名〕低地、窪地←→高地
　低地地方（低窪地區）
　大雨が降ると低地は直ぐ水に浸かる（一下大雨窪地馬上淹沒）大雨大雨浸かる漬かる

低張〔名〕〔理〕低滲壓

低潮〔名〕低潮
　最低潮（小潮、最低潮）

低調〔名、形動〕低調，音調低、不熱烈，不活潑，不旺盛、水準低←→好調
　今年の御祭は低調だ（今年的節日不夠熱鬧）
　市場は低調だ（市面蕭條）市場市場
　低調な試合（不熱烈的比賽）
　商売がどうも低調だ（買賣老是不見起色）
　低調な作品（水準不高的作品）

低賃金〔名〕低工資
　低賃金労働（廉價勞動）
　低賃金政策（低工資政策）

低電圧アーク〔名〕低電壓電弧

低度〔名、形動〕程度低←→高度

封建時代の工業技術は低度の物であった（封建時代的工業技術是很低的）
低度の熱（低燒）
低度の近視眼（度數淺的近視眼）

低頭〔名、自サ〕低頭
平身低頭して謝る（低頭哈腰認錯）謝る誤る
低頭して謝意を表する（低頭致謝）表する評する

低熱〔名〕低熱
低熱セメント（低熱水泥）

低能〔名、形動〕低能、智能不足（＝精神薄弱）
低能な子供（低能的孩子）
極めて低能の子（極其低能的兒童）
低能児（低能兒）
低能教育（低能兒的教育）
先生は低能な学生に悩まされている（老師為低能的學生煩惱）

低発熱量〔名〕〔理〕低卡值、低發熱量

低物価〔名〕低物價
低物価政策（低物價政策）

低膨張ガラス〔名〕耐熱玻璃

低木〔名〕矮樹、〔植〕灌木（＝灌木）←→高木
低木林（灌木群落）
道の両側に低木を植える（在道路兩旁種植灌木）植える飢える餓える

低迷〔名、自サ〕低垂，瀰漫、沉淪，淪落、徘徊、（行情）呆滯
暗雲が低迷している（暗雲瀰漫。〔喻〕空氣緊張隨時可能發生事件）
市場は低迷状態だ（市面呆滯）
貧窮のどん底に低迷している（沉淪於貧窮的底層）
株価は八十円台を低迷した（股票行市始終停留在八十多日元上）

低翼〔名〕〔空〕低翼
低翼単葉の飛行機（低翼單翼飛機）

低落〔名、自サ〕低落、降低、下跌←→高騰
為替相場が低落した（匯兌行市下跌了）
人気が低落の一途を辿る（聲望不斷跌落）
貨幣価値が低落する（幣值低落）
物価が低落する（物價下跌）

低利〔名〕〔經〕低利、利率低←→高利
政府から建設費を低利で借り受ける（以低利率從政府借到建設費）
低利で金を貸す（低利貸款）
低利資金（低利資金）

低率〔名、形動〕低率，比率低、低廉。〔商〕低利率←→高率
低率の料金（收費低廉）
低率の税（低稅率）
投票者は半数にも満たない低率であった（投票者的比率低沒達到一半）
回収率は五パーセントの低率だった（回收率很低僅達百分之五）

低劣〔名、形動〕低劣、低級（＝俗悪）
低劣なの読み物（低劣的讀物）
如何にも低劣に見える（看來確很低劣）
低劣な趣味（低級趣味）

低廉〔名、形動〕低廉、便宜（＝安価）←→高価
低廉なホテル（便宜的旅館）
低廉な価格（廉價）
値段が低廉だ（價格低廉）
米価は低廉であるとは言い難い（米價並不能說是便宜）

低い〔形〕低，矮，低微，低賤、（聲音）低←→高い
背が低い（身材矮小）
彼女の背が低い（她身材嬌小）
温度が低い（溫度低）
気温が低い（氣溫低）
鼻が低い（鼻子低）
低い土地（地勢低）

ㄉ

低い丘（矮山丘）
私の血圧は低い（我的血壓低）
飛行機が低く飛んでいる（飛機飛得很低）
新生児の死亡率が低い（新生兒死亡率低）
緯度が低い（緯度低-接近赤道）経度
緯度の低い地方（緯度低的地方）
文化が低い（文化程度低）
見識が低い（見識淺）
低い役目（低微的職位）
身分が低い（身分低賤）
彼の能力は低くない（他的能力不低）
彼の人は能力は有るのだが、地位は未だ未だ低い（他能力是有不過地位很低）
不当に低く評価される（被評價得過低）
低い声で唱う（低聲唱歌）
彼女の声は低い（她的聲音低沉）
もっと声を低くして下さい（請把聲音再放低些）
腰が低い（謙恭）

低さ〔名〕低、低度

低き〔名〕（低し的連體形）低處←→高き
低きに就く（就低、向低處）
水は低きに流れる（水往低處流）

低み〔名〕低處、低的部分←→高み

低人、矮人、侏儒〔名〕（低人的音便）矮子、矮個子（=小人）

低まる〔自五〕變低←→高まる
音が低まる（聲音變低）音音音
声が低まって来た（聲音低下來了）
低まった土地（低窪土地）

低める〔他下一〕使低、降低←→高める
温度を低める（降低溫度）
部屋の温度を低める（降低房間溫度）
音を低める（降低聲音）
程度を低める（降低程度）
声を低めて下さい（請放低聲音）
身を低める（低下身體、哈腰、鞠躬）
慇懃に、腰を低めて、微笑み掛けた（恭恭敬敬地哈下腰去微微一笑）

低め〔名、形動〕略低、稍低←→高め
低めに持つ（低些拿）
もっと低めに為る（再稍低一點）
賃上げ率を低めに抑える（把漲價率壓低〔棒球〕比好球帶稍低的地方）抑える 押える

的（ㄉ一ˊ）

的〔接尾〕〔形動型〕（接名詞下構成形容動詞的詞幹或成為連體修飾表示）關於，對於，如…一般的，似乎，好像、表示狀態或性質，在…上的。〔俗〕（接於人名或職務名稱下）表示親近或輕蔑

〔漢造〕的、中的

科学的（な）知識が必要である（需要關於科學的知識）
政治的（な）関心が足りない（不太關心政治）
野獣的本能（野獸般的本能）
悲劇的な生涯（〔似乎〕悲劇的一生）
考えが左翼的に為っている（思想似乎左傾了）
徹底的に調べる（徹底調查）
私的な問題（私人的問題）
教育的（な）見地から見る（從教育上的觀點來看）
現実的には不可能だ（實際上是不可能的）
ませ的（阿正這傢伙）
泥的（小偷）
泥的を捕まえた（抓住小偷了）
射的（打靶、涉及）
標的（標的、靶子、目標）
病的（病態的、不健康的、不健全的、不正常的）
目的（目的、目標）

きんてき
金的（金色射箭標的-在方一寸左右的金色木板中央畫有直徑三分的圓圈）

てき
敵〔名〕敵，敵人，仇敵（＝敵，仇、仇）、（競爭的）對手、障礙、大敵←→味方

〔漢造〕對手，對方、敵對、敵人，敵方

きょうつう　てき
共通の敵（公敵、共同的敵人）

てき　みかた　くべつ
敵と味方の区別（敵我界限）

てき　まわ　もの
敵の回し者（內奸）

ぜんご　てき　う
前後に敵を受ける（腹背受敵）

てき　おび　よ
敵を誘き寄せる（誘敵）

むか　ところてきな
向う所敵無し（所向無敵）

てきみかた　みわ
敵味方を見分ける（分清敵我）

あいて　と　ふそく　な　てき
相手に取って不足の無い敵だ（棋逢敵手）

かれら　ぼく　てき
彼等は僕の敵ではない（他們不是我的對手）

きょえい　いっしん　てき
虛栄は一身の敵だ（虛榮為一身之敵）

ぜいたく　てき
贅沢は敵だ（奢侈是敵人）

あ　こと　せいこう　いちばん　てき
飽きる事は成功の一番の敵だ（滿足是成功的大敵）

てき　ほんのうじ　あ
敵は本能寺に在り（聲東擊西、出奇制勝、醉翁之意不在酒）

てき　み　や　は
敵を見て矢を矧ぐ（臨陣磨槍、臨渴掘井）

ひってき
匹敵（匹敵、比得上、頂得上）

ふてき
不敵（大膽，勇敢，無畏、無恥，厚臉皮，目中無人）

むてき
無敵（無敵、戰無不勝）

きゅうてき
仇敵（仇敵）

しゅくてき
宿敵（宿敵、多年來的敵人）

おんてき
怨敵（仇敵）

ちょうてき
朝敵（國賊、叛逆）

たいてき
大敵（大敵，強敵，勁敵、多數的敵軍）

たいてき
対敵（對敵，敵對、對頭，對手，敵方）

かそうてき
仮想敵（假想敵）

かたき　あだ
敵、仇〔名〕（寫作敵）敵、對手、競爭者（也作接尾詞用法）。（寫作敵、仇）仇人，仇敵（＝仇）

こい　かたき
恋の敵（情敵）

しょうばい　かたき
商売の敵（商業的競爭者）

かたき　やぶ
敵を破る（打敗對方）

こ　まえ　しあい　ま　こんど　かたき
此の前の試合で負けたので、今度こそ敵を破られば為らない（上次的比賽輸了這次一定要戰勝對方）

こいがたき
恋敵（情敵）

しょうばいがたき
商売敵（上夜競爭者）

ごがたき
碁敵（圍棋對手）

ふぐたいてん　かたき
不倶戴天の敵（不共戴天的仇敵）

め　かたき
眼の敵（眼中釘）

かたき　う
敵を討つ（復仇．報酬）

かたき　う　うら　は
敵を討って恨みを晴らす（報仇雪恨）

ふたり　おたが　かたきどうし
二人は御互いに敵同士だ（兩人是死對頭）

かたきやく　えん
敵役を演ずる（演反派角色）

かたき　と
敵を取られる（被仇人殺死）

えど　かたき　ながさき　う
江戸の敵を長崎で討つ（張三的仇報在李四身上）

てきかく，てきかく、てっかく，てっかく〔形動〕正確、準確、恰當

てきかく　ひょうげん
的確な表現（正確的表現）

てきかく　やく
的確に訳す（恰當地翻譯）

ものごと　てきかく　はんだん
物事を的確に判断する（準確地判斷事物）

ねんがっぴ　てきかく　わ
年月日は的確は分かっていない（年月日說不準確）

てきちゅう　てきちゅう
的中、適中〔名,自サ〕射中、擊中、猜中

や　まと　まんなか　てきちゅう
矢は的の真中に的中した（箭射中了靶的正當中）

ぼく　よそう　てきちゅう
僕の予想が的中した（我猜中了）

じしん　お　い　よそう　みごと　てきちゅう
地震が起こると言う予想は見事に的中した（預想要發生地震完全猜對了）

てきや
的屋〔名〕（賣假藥之類的）騙人攤販、江湖騙子（＝野師、香具師）

てきや　こうじょう　だま　ふかそうぞう　もの　か
的屋の口上に騙されてとんでもない物を買った（受江湖騙子花言巧語的欺騙買了個上當的東西）

まと
的〔名〕的，靶、目標，標的、要害，要點

まと　あ
的に当たる（中靶、中的）

ㄉ

的に命中する（中靶、中的）

的を狙う（瞄準靶子）

ピストルは的を外れた（手槍沒有射中〔靶子〕）

的に達しない（〔射程〕達不到靶子）

的を越す（射過了靶子、超越目標、飛過指定地點）

的を射る（射靶、打靶）射る 入る 要る 居る 鋳る 炒る 煎る

命を的に戦う（拼命戰鬥）

其の旗竿は、我が軍の砲撃の絶好の的に為った（那隻旗桿成了我軍打砲的最好靶子）

嘲笑の的と為る（成為嘲笑的對象）

攻擊の的と為る（成為攻擊的對象）

羨望の的と為る（成為羨慕的對象）

崇拜の的と為る（成為崇拜的對象）

尊敬の的と為る（成為尊敬的對象）

批判の的と為る（成為批判的對象）

非難の的と為る（成為責難的對象）

注目の的と為る（成為注目的對象）

答えが質問の的を外れている（答非所問）

的の外れた質問（不中肯的質問）

的を付く（擊中要害）付く 着く 突く 就く 衝く 憑く 点く 尽く 搗く 吐く 附く 撞く 潰く

的が立つ（遭報應）立つ 経つ 建つ 絶つ 発つ 建つ 断つ 裁つ 起つ 截つ

的の無い弓は引かれぬ（無的不張弓、不見兔子不撒鷹）

的玉〔名〕〔撞球〕靶球、目地球

的場〔名〕打靶場、掛靶的地方←→弓庭

的外れ〔名、形動〕（原意為箭離開了靶子）離題、不中肯

的外れな非難（不中肯的責難）

何から何迄的外れだ（諸事不順、一切都不順當）

的矢〔名〕（用於練習等用的）射靶用的箭

的屋〔名〕射箭場

的弓〔名〕射靶用的弓

笛（ㄉㄧˊ）

笛〔漢造〕笛

笛声（笛聲）

胡笛（胡笛）

牧笛（牧笛）

銀笛（銀色豎笛）

汽笛（汽笛）

号笛（信號敵）

警笛（警笛）

鼓笛（鼓和笛子）

笛手〔名〕吹笛的人

笛〔名〕笛子，橫笛、哨子（＝呼子、呼子）

笛を吹く（吹笛）笛鱓吹く 拭く 噴く 葺く

集合の笛を吹く（吹集合哨）

笛を合図に行動する（以哨音為信號採取行動）

ふえを吹けども踊らず（百呼不應、怎麼誘導也無人響應）

笛鯛〔名〕〔動〕紐西蘭真鯛

笛竹〔名〕竹笛、作笛的竹子。〔轉〕音樂

笛吹き、笛吹〔名〕吹笛的人、善於吹笛的人、以吹笛為職業的人、扇動者。〔動〕箭柄魚的別名

虎落笛〔名〕（和歌的季語）（由於強烈的冬風）竹籬笆發出的呼嘯聲

嫡（ㄉㄧˊ）

嫡〔漢造〕（也讀作 嫡）嫡、正支

嫡妻、嫡妻〔名〕元配、正室（＝嫡室）←→側室

嫡子、嫡子〔名〕嫡子、嗣子、繼承人、嫡出長子←→庶子

嫡嗣、嫡嗣〔名〕嫡子、嗣子、繼承人、嫡出長子

嫡室、嫡室〔名〕元配、正室（＝嫡妻）←→側室

嫡出、嫡出〔名〕嫡出←→庶出

嫡出子（嫡子）

嫡庶、嫡庶〔名〕嫡出和庶子、嫡子和庶子

嫡女、嫡女〔名〕嫡女（元配生的長女）

嫡宗（ちゃくそう、てきそう）〔名〕正宗、正統、正系

嫡孫（ちゃくそん、てきそん）〔名〕嫡孫

嫡嫡（ちゃくちゃく、てきてき）〔名〕嫡系、正支、真正的，道道地地的（＝嫡流（ちゃくりゅう））

嫡伝（ちゃくでん、てきでん、てきでん）〔名〕嫡傳、嫡系相傳

嫡男（ちゃくなん）〔名〕嫡子、嫡出長子

嫡母（ちゃくぼ、てきぼ）〔名〕（尤指庶子稱父親的正室）嫡母、妾所生之子對父親正室的稱呼

嫡流、嫡流（ちゃくりゅう、てきりゅう）〔名〕嫡流，正支、嫡系，正統←→庶流（しょりゅう）

敵（ㄉㄧˊ）

敵（てき）〔名〕敵，敵人，仇敵（＝敵，仇、仇（かたき、かたき、あだ））、（競爭的）對手、障礙、大敵←→味方（みかた）

〔漢造〕對手，對方、敵對、敵人、敵方

共通の敵（きょうつうのてき）（公敵、共同的敵人）

敵と味方の区別（てきとみかたのくべつ）（敵我界限）

敵の回し者（てきのまわしもの）（內奸）

前後に敵を受ける（ぜんごにてきをうける）（腹背受敵）

敵を誘き寄せる（てきをおびきよせる）（誘敵）

向う所敵無し（むかうところてきなし）（所向無敵）

敵味方を見分ける（てきみかたをみわける）（分清敵我）

相手に取って不足の無い敵だ（あいてにとってふそくのないてきだ）（棋逢敵手）

彼等は僕の敵ではない（かれらはぼくのてきではない）（他們不是我的對手）

虚栄は一身の敵だ（きょえいはいっしんのてきだ）（虛榮為一身之敵）

贅沢は敵だ（ぜいたくはてきだ）（奢侈是敵人）

飽きる事は成功の一番の敵だ（あきることはせいこうのいちばんのてきだ）（滿足是成功的大敵）

敵は本能寺に在り（てきはほんのうじにあり）（聲東擊西、出奇制勝、醉翁之意不在酒）

敵を見て矢を矧ぐ（てきをみてやをはぐ）（臨陣磨槍、臨渴掘井）

匹敵（ひってき）（匹敵、比得上、頂得上）

不敵（ふてき）（大膽，勇敢，無畏、無恥，厚臉皮，目中無人）

無敵（むてき）（無敵、戰無不勝）

仇敵（きゅうてき）（仇敵）

宿敵（しゅくてき）（宿敵、多年來的敵人）

怨敵（おんてき）（仇敵）

朝敵（ちょうてき）（國賊、叛逆）

大敵（たいてき）（大敵，強敵、勁敵、多數的敵軍）

対敵（たいてき）（對敵，敵對、對頭，對手，敵方）

仮想敵（かそうてき）（假想敵）

公敵（こうてき）（公敵、公共的敵人、公眾的敵人）

抗敵（こうてき）（抗擊敵人）

強敵、剛敵（ごうてき、ごうてき）（強敵、勁敵）

的〔接尾〕〔形動型〕（接名詞下構成形容動詞的詞幹或成為連體修飾表示）關於，對於，如…一般的，似乎，好像、表示狀態或性質、在…上的。〔俗〕（接於人名或職務名稱下）表示親近或輕蔑

〔漢造〕的、中的

科学的（な）知識が必要である（かがくてき（な）ちしきがひつようである）（需要關於科學的知識）

政治的（な）関心が足りない（せいじてき（な）かんしんがたりない）（不太關心政治）

野獣的本能（やじゅうてきほんのう）（野獸般的本能）

悲劇的な生涯（ひげきてきなしょうがい）（〔似乎〕悲劇的一生）

考えが左翼的に為っている（かんがえがさよくてきになっている）（思想似乎左傾了）

徹底的に調べる（てっていてきにしらべる）（徹底調查）

私的な問題（してきなもんだい）（私人的問題）

教育的（な）見地から見る（きょういくてき（な）けんちからみる）（從教育上的觀點來看）

現実的には不可能だ（げんじつてきにはふかのうだ）（實際上是不可能的）

正的（ませてき）（阿正這傢伙）

泥的（どろてき）（小偷）

泥的を掴まえた（どろてきをつかまえた）（抓住小偷了）

射的（しゃてき）（打靶、涉及）

標的（ひょうてき）（標的、靶子、目標）

病的（びょうてき）（病態的、不健康的、不健全的、不正常的）

目的（もくてき）（目的、目標）

金的（きんてき）（金色射箭標的—在方一寸左右的金色木板中央畫有直徑三分的圓圈）

敵する〔自サ〕敵對，為敵、匹敵，對抗

我が猛攻に敵し兼ねて退却した（わがもうこうにてきしかねてたいきゃくした）（敵不住我方的猛攻而退卻了）敵する　適する

ㄉ

現在彼に敵するボクサーは一人も居ない（現在沒有一個拳擊家能和他匹敵）

彼の口には敵し難い（他的口才難與匹敵）

君は彼には到底敵し得まい（你怎麼也敵不過他）

敵す〔自五〕敵對，為敵、匹敵，對抗

敵意〔名〕敵意、仇視的心

敵意を抱く（敵視、懷敵意）抱く抱く

敵意を差し挟む（敵視、懷敵意）

彼は君に対して敵意を持っている（他對你懷有敵意）

年来の敵意を忘れ去る（忘卻多年來的仇視心情）

敵営〔名〕敵營

敵営を襲う（襲擊敵營）

敵影〔名〕敵人的影子

戦場には既に敵影を認めない（戰場上已經看不見敵人的影子）

十キロ以内に敵影を認めず（十公里以內不見敵影）

敵貨〔名〕敵貨

敵愾心〔名〕敵愾心

敵愾心を抱く（懷敵愾心）

敵愾心を煽る（激起敵愾心）

敵愾心を起こ差す（激起敵愾心）

敵愾心が盛り上る（敵愾心高漲）

敵方〔名〕敵方、敵人方面

敵方の様子を探る（刺探敵方的動靜）

敵側〔名〕敵方、敵人一邊

敵側に味方する（站在敵人一邊）

敵艦、敵艦〔名〕敵艦、敵人的軍艦

敵艦が現れた（發現敵艦）

敵艦を領海から駆逐する（把敵艦從領海驅趕出去）

敵旗〔名〕敵旗

敵機〔名〕敵機、敵人的飛機

敵騎〔名〕敵人的騎兵

敵軍〔名〕敵軍

四方を敵軍に囲まれた（四面被敵軍包圍）

敵軍は十重二十重と囲まれている（敵軍陷於重重包圍中）

敵軍を蹴散らす（衝散敵軍）

敵国、敵国〔名〕敵國

敵国をスパイする（偵探敵情）

仮想敵国（假想敵國）

敵国語（敵對國家的語言）

敵産〔名〕敵國（敵人）的財產

敵産を封鎖する（封鎖敵産）

敵産処理（處理敵産）

敵視〔名、他サ〕敵視、仇視

彼等は互いに敵視している（他們互相敵視）

周囲から敵視される（受到周圍的敵視）

敵失〔名〕〔棒球〕對方隊的失誤

敵失に由る得点（由於對方的失誤而得到了分數）

敵手〔名〕對手、敵手、敵人

好敵手を失う（失掉好對手）

敵手に落ちる（落入敵手）

主要陣地が敵手に陥った（主要陣地陷於敵人手中）

高地を敵手に渡す（把高地交給敵人）

敵手を逃れる（逃出敵手）逃げる

敵讐〔名〕仇敵（＝敵、仇）

敵襲〔名〕敵人的襲擊

敵襲を受ける（受到敵人的襲擊）

敵襲を警戒する（警戒敵人的襲擊）

敵襲に備える（防備敵人的襲擊）備える供える具える

敵将〔名〕敵將

敵将を捕虜する（俘虜敵將）

敵城〔名〕敵城

敵城に迫る（逼近敵城）

敵情、敵状〔名〕敵情

敵情を探る（刺探敵情）
敵情に通じている（通曉敵情）

敵陣〔名〕敵陣
敵陣に入って戦う（衝入敵人陣地戰鬥）
敵陣を突く（殺進敵陣）
敵陣を突破する（突破敵陣）
敵陣を奪う（奪取敵軍陣地）
敵陣を抜く（攻下敵陣）

敵性〔名〕敵性、敵對性
敵性国家への輸出を禁止する（禁止向敵對國家輸出）

敵勢、敵勢〔名〕敵人的勢力、敵軍勢力、敵軍
敵勢が増すのを警戒する（警戒敵勢的增加）
敵勢を迎え撃つ（迎擊敵軍）

敵船〔名〕敵船
敵船を見付ける（發現敵船）
敵船を攻撃する（攻擊敵船）

敵前〔名〕敵前
敵前に臨む（逼近敵前）臨む望む
敵前に近付く（逼近敵前）
敵前上陸を敢行する（斷然進行敵前登陸）
敵前渡河を為る（敵前渡河）
敵前から逃げる（臨陣逃跑）
敵前上陸用舟艇（敵前登陸用船艇）

敵対〔名、自サ〕敵對、作對
彼に敵対するのは損だ（跟他作對划不來）
人民に敵対する立場に追い込まれる（陷入與人民為敵的地位）
敵対行為（敵對行為）
敵対的矛盾（對抗性的矛盾）
敵対行動（敵對行動）

敵弾〔名〕敵人子彈
敵弾に倒れる（被敵人擊斃）
敵弾を受けた（中了敵人子彈）

敵地〔名〕敵國領土、敵人占領地
敵地に深く入り込んだ（深入敵地）
敵地に侵入する（侵入敵域）
危険を冒して敵地に乗り込む（冒著危險闖進敵地）

敵中〔名〕敵人中間
敵中を横断する（橫穿敵陣）
敵中に躍り込む（闖進敵營）

敵背〔名〕敵人背後
敵背を衝く（襲擊敵人背後）

敵匪〔名〕敵匪

敵兵〔名〕敵兵
敵兵が降服した（敵兵投降了）

敵本主義〔名〕（來自敵は本能寺に在り）聲東擊西、出奇制勝、別有用心、醉翁之意不在酒
其は全く敵本主義に出た物だ（這完全是醉翁之意不在酒）
彼の行為は敵本主義だ（他的行動是聲東擊西）

敵味方〔名〕敵我、敵友
敵味方入り乱れて戦う（敵我混戰）
敵味方の区別が付かない（敵我不分）
彼の勇気には敵味方共に感心した（對於他的勇敢敵我雙方都很欽佩）

敵塁〔名〕敵人的堡壘
敵塁を脅かす（威脅敵堡）

敵、仇〔名〕（寫作敵）敵，對手，競爭者（也作接尾詞用法）、（寫作敵、仇）仇人，仇敵（＝仇）
恋の敵（情敵）
商売の敵（商業的競爭者）
敵を破る（打敗對方）
此の前の試合で負けたので、今度こそ敵を破られば為らない（上次的比賽輸了這次一定要戰勝對方）
恋敵（情敵）
商売敵（上夜競爭者）

碁敵（圍棋對手）

不俱戴天の敵（不共戴天的仇敵）

眼の敵（眼中釘）

敵を討つ（復仇、報酬）

敵を討って恨みを晴らす（報仇雪恨）

二人は御互いに敵同士だ（兩人是死對頭）

敵役を演ずる（演反派角色）

敵を取られる（被仇人殺死）

江戸の敵を長崎で討つ（張三的仇報在李四身上）

仇、寇〔名〕〔古〕（唸作あだ、あた）敵人（=敵）、仇人（=仇、敵）、仇恨（=怨み，仕返し）、報仇、危害，毀滅

父の仇を討つ返す（為父報仇）徒

恩を仇で返す（恩將仇報）

其の事を仇に思う（為那事而懷恨）

親切の積りが仇と為った（好心腸竟成了惡冤家）

愛情が彼女の身の仇と為った（她的愛情反而毀滅了她）

仇を恩で報いる（以德報怨）

仇を成す（為る）（加以危害,禍害人,冤枉人.動物禍害人）

仇討ち〔名、自サ〕報仇（=仇討ち，仇討，敵討ち，敵討、仕返し）

父の仇討ちを為る（為父報仇）

今度の試合で仇討ちを為るぞ（這次比賽一定要復仇）

仇討ち狂言（〔淨琉璃、歌舞伎中〕以復仇為題材的戲劇）

敵討ち，敵討、仇討ち，仇討〔名〕報仇，復仇。〔轉〕奪回，贏回

親の敵討ちを為る（為父母報仇）

此の間の試合の仇討ちを為る（贏回前幾天比賽的敗仗）

敵同士〔名〕冤家、敵對的人

二人は敵同士だ（他們二人是冤家）

敵役〔名〕〔劇〕反派角色、招怨的人

芝居の敵役を為る（扮演戲劇中的反派角色）

敵役を買って出る（甘願當一個招怨的人）

敵う〔自五〕敵得過，趕得上、（以敵わぬ、敵わない的形式）經得起，受得住

ランニングに掛けては彼に敵う人が無い（論賽跑沒有能趕得上他的人）適う叶う

数学では彼に敵わない（在數學方面我不如他）

相手が強過ぎるので迚も敵わない（對方實力過強怎麼也敵不過）

大関に敵う地位（比得上大關的地位）

此れは敵わない（這可受不了）

斯う暑くては敵わぬ（這樣熱可吃不消）

こりゃあ、敵わん（這怎麼得了、這可吃不消）

敵わぬ時の神頼み（臨時抱佛腳）

適う、叶う〔自五〕適合，合乎、能達到，能實現

道理に適う（合乎道理）敵う

礼儀に適う（合乎禮節）

彼女の理想に適った青年（合乎她理想的青年）

彼等の意に良く適った物である（這頗合它們的胃口）

道に適えば助けが多く、道に背けば助けが少ない（得道多助失道寡助）

私に適う事なら御引き受けします（凡是我能做的我就接受）

其は迚も私の力には適わない（那絕不是我能力所及的）

望みが適う（希望得到滿足）

多年の願いが適ってこんな嬉しい事は無い（多年的宿願得償無上欣喜）

其は願ったり適ったりだ（那正是我所盼望的）

覿（ㄉㄧˊ）

覿〔漢造〕見（覿面）

覿面〔形動〕眼前，立刻（顯出效果或報應）、面對面，瞪著看

効果覿面（立刻見效）

天罰覿面（立刻有報應）

因果は覿面（立刻有報應、現世現報）

覿面に利く（立刻見效）利く効く聞く聴く訊く止まる留まる停まる

此の薬を飲むと頭痛が覿面に止まる（頭痛吃這個藥立刻止痛）止まる留まる停まる泊まる

此の薬は頭痛には覿面に効く（這藥對頭痛立即見效）

荻（ㄉㄧˊ）

荻 〔漢造〕草名，生長水邊，和蘆葦同類

　　蘆荻（蘆荻）

荻花 〔名〕荻花

荻 〔名〕〔植〕荻（生長水邊或濕地的多年生草本植物）

鏑（ㄉㄧˊ）

鏑 〔漢造〕箭鏃曰鏑、箭頭

鏑 〔名〕鏑，鳴鏑，箭鏃（一種箭頭木或鹿角所製、形如蕪菁、穿有小孔、射出時作響）、帶鏑的箭（＝鏑矢）

鏑矢 〔名〕帶鏑的箭（打信號用）

底（ㄉㄧˇ）

底 〔名〕程度、種類

〔漢造〕底、達到、底子

　　此の底の品（這類東西）

　　目的の為には手段を選ばぬ底の男（為目的不擇手段的那類人）

　　水底、水底（水底）

　　海底（海底）

　　払底（匱乏、缺乏、告罄）

　　徹底（徹底、貫徹始終、徹底了解）

　　到底（怎麼也、無論如何也）

　　根底、根柢（根底、基礎）

　　基底（基礎、基底）

　　心底、真底（內心、本心、真心）

　　船底、船底（船底）

　　胸底（心中、內心深處）

　　筐底（箱底）

底角 〔名〕〔數〕底角

底止 〔名、自サ〕底止、止境

　　底止する所を知らず（不知伊於胡底）

　　インフレは底止する処を知らず（通貨膨脹沒有止境）

底数 〔名〕〔數〕底數、基數

底生植物 〔名〕〔植〕水底植物、海底植物

底生生物 〔名〕〔植〕水底生物、海底生物

底生動物 〔名〕〔植〕水底動物、海底動物

底節 〔名〕〔動〕基節

底線 〔名〕〔數、動〕底線、基線

底層湿原 〔名〕〔地〕低位沼澤

底堆石 〔名〕〔地〕冰河底堆石

底盤 〔名〕〔地〕岩基

底氷 〔名〕〔地〕底冰

底部 〔名〕底部、最深處、最裡頭

底辺 〔名〕〔數〕底邊。〔俗〕（社會的）底層

　　三角形の底辺（三角形的底邊）

　　底辺に生きる（生活在社會的底層、過著最貧困的生活）

底本 〔名〕（翻譯或校訂古典異本所用的）底本，藍本（為區別定本-標準本、也讀作底本）、〔古〕原稿，草稿

底面 〔名〕〔數〕底面

　　円錐体の底面（圓錐體的底面）

底流 〔名〕（河海的）底流。〔轉〕暗流，暗中的形勢

　　革命の底流を成す政治思想（形成革命暗流的政治思想）

　　表面は和やかな会合であったが、不安、懐疑の複雑した気分が底流を成していた（表面上是和睦的聚會但暗中卻隱藏著一種懷疑不安的複雜氣氛）

底 〔名〕底、最低處、最底下、到頭、邊際、內心、真心

川の底（河底）

コップの底に砂糖が残っている（杯底留有糖）

底の厚い鍋（厚底鍋）厚い暑い熱い

靴の底を換える（換鞋底）換える変える代える替える帰る返る孵る蛙

海の底に潜る（潜入海底）

物価が底を付いた（物價跌落到底了）

荷物が底積みに為っていたんだ（貨物堆在最底下壓壞了）

底が知れない淵（無底深淵）

底が知れない孤独さ（無限孤獨）

底の知れない人（高深莫測的人、莫名其妙的人）

心の底から祖国を熱愛する（衷心熱愛祖國）

底が浅い（根底淺、基礎不牢）

底が堅い（行市堅穩-已經落到一定限度不會再落了）堅い硬い固い難い

米綿は底が堅く大引けと為った（美棉收盤堅穩）

底を入れる（行市落到底）

底を叩く（用盡、倒光）叩く敲く

底を払う（用盡、倒光）

米櫃の底を叩く（把米吃得一乾二淨）

底を割る（表明內心、行市打破最低大關）

底を割って話す（說出真心話）

底上げ〔名〕提高水平

国民生活水準の底上げを図る（謀求人民生活水平的提高）図る計る測る量る諮る謀る

底方〔名〕〔古〕到底、到頭

底方無き淵（無底深淵）

底意〔名〕（多用於貶意）內心、用心、意圖（=下心）

彼の底意が分からない（不知他何所用心）

彼が賛成したのは底意が有っての事だ（他贊成是有用意的）

底意無く話す（坦率地講、開誠佈公地講）

彼の底意を良く聞いて下さい（請你詳細問問他到底是什麼主意）

底意地〔名〕心眼、心裡的主意

底意地（が）悪い（壞心眼、心眼不好）

底石〔名〕〔建〕鋪底的碎石

底板〔名〕底板，底上的板、〔機〕底板，座板，墊板

底入れ〔名、自サ〕〔商〕（行市）跌到最低限度

底魚〔名〕底棲魚類

底気味〔名〕（說不出來的）內心感覺

底気味が悪い（毛骨悚然、內心覺得可怕）

底気味の悪い笑い（獰笑）

底気味悪い〔形〕令人毛骨悚然、覺得可怕（=底気味が悪い）

底気味悪い笑いを浮かべている（臉上現出令人毛骨悚然的獰笑）

にやにや底気味悪く笑っている（令人可怕地嗤嗤地獰笑）

底力〔名〕底力、潛力、深厚的力量

底力の有る声（深沉的聲音）

底力が無い（沒有潛力）

彼が底力を出せば誰も敵うまい（他若把潛力拿出來恐怕沒有人敵得過）敵う適う叶う

底土、底土〔名〕底土、心土、下層的土、表土下層的土壤←→上土

底土を掘り起こす（翻起底土）

底積み、底積〔名〕（裝船時）堆在下面（的貨物）←→上積み

圧力に耐える荷物を底積みに為る（把耐壓的貨物放在最底層）

底無し〔名〕沒有底、掉底（=底抜け）

底無しの沼（沒有底的沼澤）

底無しの酒飲み（海量的人）

彼は底無しの酒飲みだ（他是個海量的人、他是個酒鬼）

彼の食欲は底無しだ（他的飯量大極了）

底無しに食う（沒完沒了地吃）

底無しの箱（掉底的箱）

底荷〔名〕〔船〕壓艙物（=底積み、底積）
　底荷を積み（裝壓艙物）

底抜け〔名〕掉了底，沒有底、無止境、極端、海量、〔罵〕吊兒郎當的人
　底抜けの桶では役に立たない（掉了底的桶不頂用）
　底抜けの柄杓では水が汲めない（沒有底的杓子舀不上水來）
　底抜けの御人善し（老好人）
　底抜けの楽天家（極端的樂觀者）
　底抜けに明るい性格（非常明朗的性格）
　底抜けに騒ぐ（鬧得天翻地覆、狂歡不已）
　底抜けの大酒飲み（有海量的大酒徒）
　此の底抜け奴（你這個吊兒郎當的傢伙）
　底抜け騒ぎ（大吵大鬧地狂歡）
　底抜け騒ぎを演じる（高興得鬧歡了天）

底値〔名〕〔商〕（行市）最低價
　底値に達する（達到最低價）
　鋼鉄株は今が底値だ（鋼鐵股票目前是最低價）

底翳、內障〔名〕〔醫〕內障（白內障、綠內障、黑內障）
　私の左眼は白底翳に罹っていた（我左眼得了白內障）
　底翳に罹った目（內障眼）
　白底翳（白內障）
　黒底翳（黑內障）
　青底翳（青光眼）

底冷え〔名、自サ〕寒冷徹骨、冷徹心底
　底冷えが為る（寒冷徹骨）
　霜の降る夜は酷く底冷えする（下霜的夜裡寒冷徹骨）

底光り〔名、自サ〕從深處發光
　底光りの為る目（炯炯發光的眼神）
　底光りの為る人品（不露鋒芒的人）
　良く拭き込んだ廊下は底光りが為ている（走廊擦得暗暗發光）

底引き網，底引網、底曳き網、底曳網〔名〕拖網（=トロール-，trawler-）
　底曳き網で魚を捕る（用拖網捕魚）

底開き〔名〕底開、底卸
　底開き船（底卸式船）
　底開き車（底卸式車）

底肉刺、底豆〔名〕腳上磨出的水泡
　底豆を出す（腳上起泡）
　底豆が出来て歩けない（腳磨出泡來不能走路）

抵（ㄉㄧˇ）

抵〔漢造〕抵押、抵抗、大概
　大抵（大抵，大都，大約，一般，大部分，差不多，大概，多半，普通，一般，容易，適度，不過分）

抵抗〔名、自サ〕抵抗，反抗，抗拒，抗衡。〔理〕抵抗，阻力
　消極的抵抗（消極抵抗）
　攻撃に抵抗する（抵抗攻擊）
　被害者は余程抵抗したらしい（被害者好像進行了相當的抵抗）
　抵抗を受けずに占領した（沒有遇到抵抗就佔領了）
　弾圧に対して頑強に抵抗する（頑強地抵抗鎮壓）
　フランスの抵抗運動（〔二次大戰時〕法國的抵抗運動）
　規定に対して抵抗を感ずる（對規定感到抵觸）
　規定に対して抵抗感が有る（對規定感到抵觸）
　抵抗罪（反抗罪）
　風に抵抗して進む（頂風而進）
　流線型は空気の抵抗が少ない（流線型空氣的阻力少）
　銅は電気抵抗が少ない（銅電阻小）
　抵抗箱（電阻箱）
　抵抗コイル（電阻線圈）

抵抗力（抵抗力）
　病気に対して抵抗力が有る（對疾病有抵抗力）
　海岸の敵の抵抗力を弱める（削弱海灘上敵人的抵抗力）
抵抗炉（〔電〕電阻爐）
抵抗係数（〔理〕阻力系數、〔電〕電阻係數）
抵抗温度計（電阻溫度計）
抵抗器（〔電〕電阻器）
加減抵抗器（變阻器）
抵触、牴触、觝触〔名、自サ〕抵觸、觸犯
　法令に抵触する（觸犯法律）
　法律に抵触しない範囲で悪事を働く（在不觸犯法律的範圍內幹壞事）
　私は法律に抵触する様な事を何も為ていない（我並沒有做什麼觸犯法律的事情）
抵当〔名〕抵押（品）、擔保
　抵当に取る（作為抵押、當抵押品）
　家具を全部抵当に為て金を借りる（以全部家具作抵押借款）
　家具を全部抵当に入れて金を借りる（以全部家具作抵押借款）
　抵当を取って金を貸す（憑抵押品貸款）
　抵当を受け戻す（贖回抵押品）
　其の金は土地が抵当に為っている（那筆錢是以土地作抵押的）
　抵当証書（抵押契據）
　抵当証文（抵押契據）
　抵当流れ（押死、流當、因不履行債務喪失贖回抵押品的權利）
　抵当権（抵押權）
　抵当権設定者（抵押人）
　抵当権者（受押人）
　抵当権を実行する（執行抵押權）

牴（ㄉㄧˇ）

牴〔漢造〕牛低頭以角觸人為牴、牴觸，衝突
牴触、抵触、觝触〔名、自サ〕抵觸、觸犯
　法令に抵触する（觸犯法律）
　法律に抵触しない範囲で悪事を働く（在不觸犯法律的範圍內幹壞事）
　私は法律に抵触する様な事を何も為ていない（我並沒有做什麼觸犯法律的事情）
　此の建物は建築基準法に抵触している（這棟建築不符合建築基準法）
　貴方の行為は法律に抵触する（你的行為觸犯法令）
牴牾く〔他四〕非難、惡意誹謗、仿造

砥（ㄉㄧˇ）

砥〔名〕砥、磨刀石（＝砥石）
　砥で研ぐ（用磨刀石磨）研ぐ磨ぐ砥ぐ
　坦坦砥の如き大道（平坦似鏡的大道）大道大道
　荒砥（粗磨刀石）
　仕上げ砥（細磨刀石）
砥石〔名〕磨刀石
　砥石で包丁を研ぐ（用磨刀石磨菜刀）
　砥で研ぐ（用磨刀石磨）
　砥石車（砂輪）
　研削砥石（砂輪）
砥革〔名〕（磨剃刀用的）磨刀皮帶（＝革砥）
砥草、木賊〔名〕〔植〕木賊
　木賊色（墨綠色）
　木賊類（木賊類）
砥糞〔名〕（磨刀時磨石上積存的）磨刀泥
砥粉、砥の粉〔名〕砥石粉（黏土燒製的粉末、用於磨刀，漆器打底，木板或柱子的塗料）

邸（ㄉㄧˇ）

邸〔漢造〕府邸、公館、旅店
　総理大臣邸（總理大臣公館）
　徳川公爵邸（徳川公爵府邸）
　官邸（〔高級官員或大臣的〕官邸＝官舍、公邸）

公邸（官邸、公館）

別邸（別墅、別宅＝別宅）←→本邸

本邸（主宅、主要住處）

旅邸（旅店）

邸宅〔名〕宅邸、公館（＝邸、屋敷）

郊外に大きな邸宅を構えている（在郊外建有很大的住宅）

邸内〔名〕府邸內、宅邸內

盜賊が邸內に忍び込んだ（盜賊竄進府邸裡）

子供の遊び場所と為て邸内を開放する（開放私邸庭院作為兒童遊戲場）

邸、屋敷〔名〕（房屋的）建築用地，房地，宅地，宅邸，公館，住宅

家屋敷を売り払う（賣出房屋與地皮）

親の屋敷に家を建てる（在父母的宅地上蓋房子）

屋敷内に建て増す（在宅地內增築）

彼処にも彼の屋敷が有る（那裏也有他的一所住宅）

屋敷町（公館街、住宅街）

第（ㄉㄧˋ）

第〔漢造〕（也讀作第）順序、冠於數詞前表示次第、錄取，考試及格，住宅，宅邸

次第（次序，順序，程序，聽任，全憑，立即，馬上）

第五章（第五章）

及第（考上、及格）

落第（留級、沒考上、不及格）

聚樂第（豐臣秀吉在京都修建的城郭風宅邸）

邸宅（宅第）

第一〔名〕第一，首先、最好，最佳，首屈一指的、首要，最重要的

〔副〕第一、首先

第一課（第一課）

第一放送（第一套廣播節目）

先ず第一に何を遣ろう（首先我要做什麼呢？）

世界第一のオペラ歌手（世界最優秀的歌劇歌手）

健康が第一だ（健康第一、健康最重要）

第一の理由は斯うだ（第一個理由是這樣的）

第一彼の顏が気に食わない（首先他的長相我就不喜歡）

彼の所へ行こうと思った事は無い。第一、彼の家が何処に在るのかも知らない（我從未想要去他家首先他家在哪兒我都不知道）

第一アルコール（〔化〕伯醇）

第一インターナショナル（第一國際 1864-1876）

第一歩（開端、第一步）

第一歩を踏み出した（邁出了第一步）

第一指（〔解〕拇指）

第一面（報紙的第一版面）

夕刊の第一面（晚報的第一版）

第一着（第一名，最先到達、首先，第一步）

井上が第一着だ（井上跑第一）

第一着に（首先）

第一線（〔戰場〕最前線、〔活動〕最前列）

映画界の第一線で活躍している（活躍在電影界的第一線）

第一審（〔法〕一審、第一審）

彼は第一審では勝ったが第二審で敗訴と為った（他在第一審勝訴了但在第二審敗訴了）

第一流（頭等、第一流）

彼は第一流の役者だ（他是第一流演員）

第一義（第一要義、最重要、本旨、至上）

其は第一義の問題ではない（那不是最重要的問題）

国際信義を守る事が外交の第一義である（遵守國際信義是外交的第一要義）

第一義的地位に置く（放在首位）

第一人者（首屈一指的人）

彼は現代作家の第一人者だ（他是現代作家中首屈一指的人）

ㄅ

第一人称（〔語法〕自稱、第一人稱-如 私、僕、俺）←→第二人称、第三人称

第一次波（〔理〕初波、地震縱波）

第一次產品（第一次產業的產品-糧食、糖、橡膠等）

第一次產業（第一次產業-農林、水產等直接開發自然界的產物）

第一次製品（第一次製品-從原料直接製成的製品、如粗鐵為第一次製品，鋼條為第二次製品，鋼絲為第三次製品）

第一次世界大戦（〔史〕第一次世界大戰 1914-1918）

第一印象（第一印象、最初印象）

第一印象を語る（談談最初印象）

彼は第一印象が大変良くない（他給人的第一印象很不好）

第一触角（〔動〕第一觸角、小觸角）

第一宇宙速度（第一宇宙速度-人造衛星環繞地球旋轉所必須的速度秒速7、9公里）

第一卵母細胞（〔生〕初級卵母細胞）

第一精母細胞（〔生〕初級精母細胞）

第一種郵便物（第一種郵件-國內普通郵件之一）

第二〔名〕第二、第二位、次要

第二の問題（次要問題）

第二アルコール（〔化〕仲醇）

第二インターナショナル（第二國際）

第二次（第二次）

第二次世界大戦（第二次世界大戰）

第二次產業（第二次產業-指對礦產、農林水產品等進行第二次加工的產業）

第二次製品（第二次製品-指第一種產品加工後的產品）

第二義（次要、第二義）←→第一義

第二義的な問題（次要問題）

第二人称（〔語法〕第二人稱 對稱-如貴方、君、御前）

第二身分（〔史〕第二身分、第二等級-法國大革命前貴族為第二身分或第二等級）

第二組合（第二工會-由原有的企業工會分裂出來另組織的工會）

第二水銀塩（〔化〕汞鹽）

第二形容詞（〔語法〕第二形容詞、シク活用的形容詞）

第二郵便物（第二種郵件-國內普通郵件之一的明信片）

第弐〔名〕〔史〕〝太宰府〞的副長官

第三〔名〕第三、第三者、局外人

第三アルコール（（〔化〕叔醇）

第三インターナショナル（第三國際、共產國際＝コミンテルン）

第三塩（〔化〕叔鹽）

第三人称（〔語法〕第三人稱、他稱-如彼、彼女）

第三の火（第三種火-核反應產生的熱能）

第三者（第三者、局外人、當事人以外的人）

第三者の助言を聞く（聽取第三者的忠告）

第三者の位置に立つ（站在第三者的地位）

第三国（第三國、當事國以外的國家）

第三胃（〔動〕〔反芻動物的〕第三胃）

第三音（〔樂〕第三音）

第三紀（〔地〕第三紀）

第三紀層（第三紀層）

第三世界（第三世界-指發展中亞、非、拉國家）

第三世代（〔計〕第三代-使用集成電路的電腦略稱、使用電子管的電腦為第一世代、使用晶體管的電腦為第二世代）

第三速度（第三檔速度）

第三速度歯車（第三檔齒輪）

第三接触（〔天〕生光-日全蝕或月全蝕結束的時刻＝生光）

第三帝国（第三帝國-指納粹統治下的德國）

第三脳室（〔解〕中腦＝間腦）

第三勢力（第三勢力、中間力量）

第三次產業（第三次產業-指運輸、通訊及其他服務性企業）←→第一次產業、第二次產業

第三共和国（第三共和國-指拿破崙三世退位後到第二次世界大戰前的法國）

第三債務者（〔法〕第三債務者-對債務者負有債務的第三者）

第三宇宙速度（第三宇宙速度-物體擺脫太陽系引力束縛而飛往星際空間所必須的速度-即秒速超過16，7公里的速度）

第三階級（平民-法國大革命前與僧侶貴族相對立的平民階級）

第三身分（平民＝第三階級）

第三種郵便物（第三種郵件-指定期報刊、雜誌等印刷品郵件）

第四、第四〔名〕第四

第四階級・第四階級（第四階級-無產階級、勞動者＝プロレタリアート）

第四種郵便物（第四種郵件-國內普通郵件之一、印刷物及農產品種子等的開封郵件）

第四紀（〔地〕第四紀）

第五〔名〕第五

第五種郵便物（〔舊〕第五種郵件-印刷物及農產品種子等的開封郵件）

第五共和国（第五共和-指1959年施行戴高樂新憲法後的法國）

第五部隊（特務、間諜、第五縱隊＝第五列）

第五列（特務、間諜、第五縱隊）

某國の第五列（某國的間諜）

第六感〔名〕（視、聽、嗅、味、觸五官感覺以外的）直感、直覺、第六感、超感官知覺

第六感を働かす（開動第六感）

警官の第六感で直ぐ此れは臭いと睨んだ（由於警察的直覺馬上就認為這個有些可疑）

第六感で分かる（憑直覺可以察覺到）分かる分る解る解かる判る

第八芸術〔名〕第八藝術、（無聲）電影（來自〝電影〞排列於文藝、音樂、繪畫、戲劇、建築、雕刻、舞蹈等七種藝術之後）

第九芸術〔名〕（對〝無聲電影〞的第八藝術而言）第九藝術、有聲電影（＝トーキー-有聲電影）

逓（遞）（ㄉㄧˋ）

逓〔漢造〕傳遞、相繼

郵逓（郵遞）

駅逓（驛遞、驛傳）

逓加〔名、他サ〕遞增

逓減〔名、自他サ〕遞減←→逓増

報酬逓減の法則（收益遞減法則）

人口は逓減している（人口在遞減）

逓降変圧器〔名〕〔電〕降壓變壓器

逓昇変圧器〔名〕〔電〕遞升變壓器

逓次〔名〕逐次、依次、順序

逓次に展開する（逐次展開）

逓信〔名〕傳遞信息、通信，郵電

逓信事務（郵電業務）

逓信省（郵政省的舊稱）

逓信大臣（郵政大臣的舊稱）

逓送〔名、他サ〕遞送、傳遞

消火の為バケツの逓送を為る（為了救火傳遞水桶）

逓送費（郵遞費）

逓送手（郵遞員）

逓送人（郵遞員）

逓増〔名、自サ〕遞增←→逓減

鉄鋼の生産は年と共に逓増している（鋼鐵生產與年俱增）

逓伝〔名、他サ〕傳遞，遞送、順次傳送，由一驛站送往下一驛站、驛站的車馬，人夫

締（ㄉㄧˋ）

締〔漢造〕繫緊、簽訂

結締（締結、捆紮）

締する〔他サ〕締交

交わりを締する（締交、結交）締する呈する挺する訂する

締結〔名、他サ〕締結、簽訂

講和条約を締結する（簽訂合約）

通商協定が締結された（簽訂了通商協定）

締着材〔名〕〔建〕連接材

締盟〔名、他サ〕締盟、結盟

締盟国（盟國）

締約〔名、自他サ〕締約、締結條約（契約）

相互不可侵を締約する（締結互不侵犯條約）

締約国（締約國）

締まる、締る〔自五〕繃緊、繫緊、緊張、收斂、節儉。〔商〕（行市）堅挺

寒さで身が締まる（身體凍得捲縮起來）

縄が締まった（繩子繫緊了）

帯が締まらない（帶子繫不緊）

締まった顔（緊張的面孔、嚴肅的面孔）

肉が締まっている（肌肉緊繃繃的、肌肉結實）

締まった体格（肌肉結實的體格）

気持ちが締まる（精神緊張起來）

締まった人（無懈可擊的人）

締まらない（鬆懈、不嚴肅）

締まらない顔（不嚴肅的面孔）

締まらないなあ（吊兒郎當！）

腰の所がきりっと締まったトレンチコート（腰部勒得緊繃的軍用雨衣）

締まって行こうぜ（加油！加把勁！）

締まった口（緊閉的嘴）

もう締まっても良い年頃（已經到了老成持重的年歲了）

行状が締まって来た（行徑收斂了）

今月から収入が減るので余程締まらないと生活が出来ない（從本月起收入減少，不大力節約就過不下去）

家庭を持って締まって来た（成了家以後樽節起來了）

金を使っても締まる所は締まる（用錢可是應該節省的地方就節省）

小締まる（行市略挺）

取り締まる（取締、管理）

締まる，締る、閉まる，閉る〔自五〕關閉、緊閉←→開く

此の戸は中中締まらない（這扇門總也關不緊）

戸が締まっている（門關著呢、門關上了）

門はぴったりと閉まっていた（門緊緊地關閉著）

ドアが独りでに閉まる（門自動關閉）

郵便局はもう閉まっていた（郵局已經關門了）

此の辺の商店は九時には閉まって仕舞う（這一帶商店九點就打烊了）

締まり、締り〔名〕嚴緊，緊張、管理、監督、節制，節省、關門，閉門

締まりが無い（鬆懈、不嚴緊）

口に締まりが無い（嘴不嚴）

行動に締まりが無い（動作遲緩、行動不緊張）

締まりの無い文章（不簡練的文章）

締まりの無い顔（懈怠的面孔）

彼の男は締まりが無い（他太懈怠）

締まりが無い風を為るな（不要邋邋遢遢的）

締まりの無い筋肉（鬆弛的肌肉）

締まりを付ける（加以管束）

全体の締まりに当たる（總管全局）

締まりの良い人（節約的人、謹慎的人）

締まり屋（節儉的人、吝嗇的人）

戸に締を為る（關上門）

締まりは大丈夫かね（門都關好了嗎？）

締まりを為てから寝る（關上門再睡）

締まり屋、締り屋〔名〕節儉的人、吝嗇的人

彼は中中の締まり屋だ（他是個非常節儉的人、他是個非常吝嗇的人）

締める、閉める、搾める、絞める〔他下一〕繫結、勒緊，繫緊

（常寫作閉める）關閉，合上、管束

（常寫作絞める、搾める）榨，擠、合計，結算

（常寫作絞める）掐，勒、掐死，勒死、嚴責，教訓、縮減，節約、（祝賀達成協議或上樑等時）拍手

 帯を締める（繫帶子）

 締め直す（重繫）

 縄を締める（勒緊繩子）

 ボルトで締める（用螺絲擰緊）

 財布の紐を締めて小遣いを遣らない様に為る（勒緊錢袋口不給零錢）

 靴の紐を締める（繫緊鞋帶）

 三味線の糸を締める（繃緊三弦琴的弦）

 ベルトをきつく締める（束緊皮帶）

 褌を締める（束緊兜襠布、下定決心、認真對待）

 桶板は箍で締めて有る（飯桶用箍緊箍著）

 戸を閉める（關上門）

 窓をきちんと閉める（關緊窗戶）

 ぴしゃりと閉める（砰地關上）

 本を閉める（合上書）

 入ったら必ず戸を閉め為さい（進來後一定要把門關上）

 店を閉める（關上商店的門、打烊、歇業）

 社員を締める（管束公司職員）

 此の子は怠けるからきつく締めて遣らねば為らぬ（這孩子懶必須嚴加管束）

 油を搾める（榨油）

 菜種を搾めて油を取る（榨菜籽取油）

 酢で搾める（揉搓魚肉使醋滲透）

 帳面を締める（結帳）

 勘定を締める（結算）

 締めて幾等だ（總共多少錢？）

 締めて五万円に為る（總共五萬日元）

 首を絞める（掐死、勒死）

 鶏を絞める（勒死小雞）

 蛇は獲物に素早く巻き付いて絞めた（蛇敏捷地盤住虜獲物把它勒死了）

 彼奴は生意気だから一度締めて遣ろう（那傢伙太傲慢要教訓他一頓）

 経費を締める（縮減經費）

 家計を締める（節約家庭開支）

 さあ、此処で御手を拝借して締めて戴きましょう（那麼現在就請大家鼓掌吧！）

占める〔他下一〕佔據，佔有，佔領、（只用特殊形）表示得意

 上座を占める（佔上座）

 第一位を占める（佔第一位）

 勝ちを占める（取勝）

 絶対多数を占める（佔絕對多數）

 上位を占める（居上位、佔優勢）

 机が部屋の半分を占める（桌子佔了房間的一半）

 女性が三分の一を占める（婦女佔三分之一）

 敵の城を占める（佔領敵人城池）

 大臣の椅子を占める（佔據大臣的椅子、取得部長的職位）

 此れは占めたぞ（這可棒極了）

 占め占め（好極了）

 味を占める（得了甜頭）

湿る〔自五〕濕、濡濕

 夜露で湿っている（因夜間露水濕了）

 湿った海苔（潮濕的紫菜）

 湿らないように為る（防潮）為る為る

 毎日の雨続きで家の中が湿って気分が悪い（因為每天陰雨連綿室內潮濕不舒服）

締め〆〔名〕合計，總共（在數字前寫作〝〆〞）、（寫在書信封口上的）〝〆〞符號（意為〝緘〞）、（日本紙〝半紙〞）一百帖，二千張

 締めを為る（合計）

 今月迄で一度締めを出して下さい（到本月底請結算一次）

今日迄の締めは幾等に為りますか（到今天為止共計多少錢？）

封を為た所に締めを書く（在封口處寫上〆）
書く欠く描く搔く掻く斯く画く

紙は締めで買う方を安く付く（紙按百帖買便宜）

塵紙一締め（衛生紙兩千張）

締めて〔副〕（也寫作〝〆て〟）合計，共計、緊張，加油

締めて幾等だ（一共多少？）

締めて掛かる（加油、全力以赴）

締め上げる、締上げる〔他下一〕掐住（脖子等）往上揪、使勁勒緊、嚴厲追究

回りの者から締め上げられて音を上げる（遭到周圍的人嚴厲追究叫起苦來）

締め緒、締緒〔名〕細紮用的細繩

締め固め〔名〕〔建〕壓實、夯實

締め固め試験（壓實試驗）

締め金、締金〔名〕（帶、繩末端上用於束結的）帶扣、卡子（=尾錠）

ベルトの締め金を緩める（鬆開帶扣）

締め木、締木、搾木〔名〕（搾油用）搾木、油搾

締め木を掛ける（上搾、搾油）

締め切る、締切る〔他五〕屆滿，截止、（也寫作閉め切る）封閉，緊閉

寄付募集を締め切る（募捐截止）

八日で締め切る（八號截止）

原稿もう締め切っても良いでしょうか（已經可以截稿了吧！）

月末で生徒の募集を締め切る（月末停止招生）

月曜祭日は正午迄で為替取り扱いを締め切ります（星期天假日辦理匯兌道中午截止）

戸を締め切る（把門關緊）

締め切った部屋（門窗緊閉的房子）

表門は何時も締め切った儘だ（前門總是關著不開）

彼の家は戸障子を何時も締め切っているので、どんな人が住んでいるのか分らない（那一戶的門窗老是關著所以不知道什麼人住著）

締め切り、締切り〔名〕（也寫作〝〆切〟）截止，屆滿、封死，封閉。〔機〕停汽，斷流。〔建〕圍堰，沉箱

募集締め切り（募集期滿）

新聞記事の締め切り時間（報紙消息的截稿時間）

締め切りの日に申し込む（在截止那天提出申請）

予約締め切りは本月末日だ（預約截止是本月底）

締め切り迄には未だ一週間有る（到截止還有一星期）

締め切り期日（截止日期）

締め切り日（截止日）

戸を締め切りに為て置く（把門封閉上）

締め切りに為たドア（封死的門）

締め切りの窓（封閉的窗戶）

締め切り弁（斷流閥）

締め切り点（截斷點）

締め切り調速法（停汽調速法）

締め切り工事（沉箱工程）

締め切り堤（圍堰堤）堤

締め具、締具〔名〕（繫滑雪板的）皮帶（=ビンディング 巻Bindung）。〔機〕緊固件

締め括る〔他五〕繫緊，扎緊，管束，管理、結束，總結

若い連中を締め括る（管束年輕人）

家事を締め括る（管理家務）

話の内容を短く締め括る（簡短地總結談話的內容）

文章を手際良く締め括る（用漂亮的筆法結束文章）

締め括り〔名〕結束、管束

締め括りを付ける（結束、總結）

締め括りの無い男（拖泥帶水的人）

論文の締め括りを付ける（寫出論文的結語）

締め括りを遣る（管束）

少し口喧しく言わないと締め括りが付かぬ（不嚴厲點說就管不住）

締め込む、締込む〔他五〕關在裡邊、鎖在裡邊

締め込み、締込み〔名〕（相撲（力士的）兜襠布（＝褌、回し）

大きな腹にきっちりと締め込みを為て土俵に上がる（大肚子上繫緊兜襠布登上場來）

締め殺す、締殺す〔他五〕勒死

紐で締め殺す（用繩子勒死）

犬を締め殺す（把狗勒死）

手で締め殺す（用手掐死）

締め鯖、締鯖〔名〕〔烹〕鹽醋浸青花魚肉

締め代、締〔名〕〔機〕過盈量

締め太鼓〔名〕（能樂等使用勒緊鼓面的皮帶）可調音的鼓

締め高、締高〔名〕（也寫作〝〆高〟）合計、共計、總計

締め高を出す（總計）

締め高は百万円に為る（共計一百萬日元）

締め出す，締出す、閉め出す，閉出す〔他五〕關在門外。〔轉〕排擠，排斥

夜遅く帰って家の者に締め出されて終った（夜裡回來晚了被家人關在門外）

学閥を作って傍系の人を締め出す（結成學閥對旁系人排斥）

教会から締め出す（趕出教會）

締め出し、締出し〔名〕關在門外

締め出しを食う（吃閉門羹）

締め出しを食わせる（響以閉門羹）

昨日は下宿で締め出しを食った（昨天在公寓吃了閉門羹）

締め付ける、締付ける〔他下一〕勒緊，繫緊、管束，束縛

帯で体を締め付ける（用帶子把身體繫緊）

コルセットは体をぎゅうぎゅう締め付ける（緊腰衣把身體箍得緊緊的）

胸を締め付けられる様な気持だ（被管得簡直喘不過氣來）

締め付け、締付け〔名〕擰緊，繫緊、嚴加管束

締め付け螺旋（擰緊螺釘）

締め付けを強化する（加強管束）

締め縄〔名〕船上繫物的短繩

締め梁〔名〕〔建〕繫樑

締め棒〔名〕（大車勒緊載貨用的）絞棍

締め技〔名〕〔柔道〕掐脖子的技巧（招數）

締め技に入る（掐住對手脖子）

蔕（ㄉㄧˋ）

蔕〔漢造〕花或瓜果與根莖相連接的部分

蔕〔名〕〔植〕（柿子或茄子等上殘留的）蔕

トマトの蔕と取る（去掉番茄的蔕）蔕臍

蔕〔名〕（瓜果的）蔕（＝蔕）

蔕落ち、臍落ち〔名、自サ〕（瓜熟）蔕落、蔕落的瓜果

諦（ㄉㄧˋ）

諦〔漢造〕（也讀作諦）看透，死心、道理，真理

真諦、真諦〔佛〕真諦←→俗諦、根本意義

俗諦（淺俗的佛法）

妙諦、妙諦（妙諦、真隨）

諦観、諦観〔名、他サ〕注視，冷靜觀察，仔細觀察，看清本質、看破，想開，達觀

世の成り行きを諦観する（注視社會的動向）

晩年の彼は諦観の境地に在った（到了晚年他的心境就達觀了）

乱世に諦観して隠遁する（看破亂世而隱遁起來）

諦視〔名、他サ〕仔細觀察

現実を諦視する（仔細觀察現實）

諦念、諦念〔名〕分辨領悟道理、達觀的心情

諦める〔他下一〕斷念、死心、抱達觀

雨が降り出したので、ハイキングに行くのを諦めた（因為下起雨來所以決心不去郊遊了）

ク

一度は失敗したが、諦めては居ない（失敗過一次但還沒有死心）

此れ許りは諦め切れない（唯有這一點還不能死心）諦める 明める

諦め〔名〕斷念、死心、達觀

　諦めが良い（想得開、很達觀）

　諦めの悪い人（想不開的人）

　如何しても諦めが付かぬ（怎樣也想不開、無論如何也不死心）

　何事も諦めが肝腎だ（凡事達觀最重要）

地、地（ㄉㄧ丶）

地〔名，漢造〕地，土地，地面、當地、天生，本來、質地，實地，實際，肌膚，肌理。〔圍棋〕（所占的）地盤、（小說等中對話以外的）敘述部分、伴唱（=地謠）、（裱糊用）底紙（=地紙）、伴奏

　地を掘る（刨地）掘る 彫る

　地を均す（平地）

　グランドの地を均す（平整運動場）

　地の者（本地人）

　地酒（本地產的酒）

　地の産物（本地的物產）

　其の事なら地の人が詳しい（那事當地人清楚）

　歌ってる内に地声が出る（唱著唱著就露出天生的嗓音）

　小説を地で行く様な波瀾に富んだ人生（猶如小說一般波瀾起伏的一生）

　気取っても直ぐ地が出る（西洋鏡也有拆穿的一天）

　地の声（真嗓音）

　地を出す（表露本性、說出真心話）

　此の布は地が悪い（這塊布質地不好）

　此の布は地が厚過ぎる（這料子太厚）

　地が荒い（織得粗）

　地が詰んでいる（織得緻密）詰む 積む 摘む 抓む

　白地の赤い模様（白地紅花紋）

　白地に青の花模様（白底藍花）

　黒の地に白で字が書いて有る（黑地上寫著白字）

　地で行く（〔用小說戲劇中描寫的行動在實際生活中〕真地去做）

　肌の地が粗い（皮膚粗糙）荒い 粗い 洗い

　膚の地が荒れる（皮膚粗糙）

　私は地肌が荒い（我的皮膚粗糙）

　此の小説は地の文が少ない（這本小說敘述部分很少）

　地を弾く（伴奏）

　地に着いた（踏實的、扎實的）

　地に着いた研究（踏實的研究）

　地の女（良家婦女-對職業婦女而言）

　地を打った（老一套的、口頭禪的）

　生地、素地（本色，素質、質地、衣料、布料、素胎，坯）

　木地（木紋，木材的紋理、露出木紋的漆器）

　下地（底子，基礎，準備，素質，資質、醬油、墻底）

　御下地（醬油、原湯）

　織地（質地、料子）

　洋服地（西裝料）

　浴衣地（做浴衣的料）

地合〔名〕（紡織品的）質地。〔商〕總的行情。〔圍棋〕雙方實空對比，實力均衡

地厚〔名、形動〕質地厚←→地薄

　地厚の布で作る（用厚布做）

地網〔名〕拖網、大拉網（=地引き網、地曳き網）

地雨〔名〕霪雨、連綿久雨←→時雨

　地雨に為る（霪雨連綿）

地嵐〔名〕從山上吹向海面的風

地息〔名〕地氣（從地面蒸發出來的水氣）

地板〔名〕〔建〕鋪地板、（抽屜的）底板

地糸〔名〕紡織品用線

地色〔名〕（布、畫等的）底色、本色、原色

　振袖の地色を紫を為る（用紫色作長袖和服的質地）

地薄〔名、形動〕（布等）質地博←→地厚

地唄、地歌〔名〕地方歌謠，本地歌曲、（江戶時代）京都一帶的歌謠（＝京唄）
　地唄は鄙びていて良い（地方歌謠有地方味好聽）
　地唄舞（京都一帶盛行的一種舞蹈＝京舞）

地謠〔名〕（謠曲的）伴唱、伴唱人、伴唱段落
　地謠男（自己無能又好挑別人毛病的人）

地黃〔名〕〔植〕地黃（＝佐保姫）

地織り、地織〔名〕土布、家織布

地顏〔名〕沒化妝的臉、本來面目（＝素顏）
　地顏の方が綺麗だ（不化妝倒漂亮）

地固め〔名、自サ〕〔建〕打地基（＝地形）。〔轉〕打好基礎，作好準備
　地固めを為てから土台を作る（打好地基後建築底座）作る造る創る
　此れで地固めが出来た（這樣一來基礎就打好了、這樣一來準備工作就完成了）

地金、地金〔名〕（做貨幣、器物的）原料金屬，生金銀、（鍍金等的）坯，胎。〔轉〕本性，本來面目
　真鍮の地金に銀鍍金して有るメダル（黃銅胎鍍銀的徽章）
　鍍金が剝げて地金が出た（鍍層剝落露出了胎子）剝げる禿げる接げる矧げる
　地金を出す（露馬腳、暴露真面目）
　地金が出る（露馬腳、暴露真面目）
　幾等隱しても地金は出る物だ（無論怎樣掩飾也要露出馬腳）
　彼は酒を飲むと地金が現れる（他一喝酒就現出原形）

地紙〔名〕做扇子，傘等用的紙、〔裱糊金銀箔時用的〕底紙
　地紙に渋を塗る（往扇子上塗柿漆）
　地紙形（扇形）

地髮〔名〕（對假髮而言）真髮←→入れ髮

地絹〔名〕農家自織自用的絲織品、（裱糊書畫用的）底絹

地狂言〔名〕〔劇〕票友演出的古典戲、以對話為主的歌舞伎、地方戲

地際〔名〕緊挨地面、緊貼地皮
　地際で茎を切り取る（緊挨著地皮把莖砍下來）

地口〔名〕詼諧語、俏皮話、雙關語（如把年の寄いのに白髮が見える說成沖の暗いのに白帆が見える）
　地口を言う（說俏皮話）

地隈〔名〕（繪畫的）拖絹

地蜘蛛〔名〕〔動〕地蜘蛛

地毛〔名〕（對假髮而言）天生的頭髮
　地毛で島田を結う（用自己的頭髮挽成島田髻）

地声〔名〕真嗓子、天生的嗓音←→裏声
　地声だから如何しようも無い（天生嗓是這樣實在沒有辦法）

地獄〔名〕〔佛〕地獄←→極楽。〔轉〕苦難，深淵，受苦的地方、（火山）噴火口、（溫泉）噴熱水口，泉眼。〔俗〕私娼，暗娼，賣淫婦
　交通地獄（交通擁擠不堪）
　試験地獄（考試鬼門關）
　此の世の地獄（人間地獄）
　爆発現場は丸で此の世の地獄だった（爆發現場簡直是活地獄）
　別府の地獄巡り（遊覽別府的各溫泉噴水口）
　地獄極楽は此の世に在る（天堂地獄就在人間、善惡報應今生不爽）
　地獄で仏（に逢う）（絕路逢生、枯木逢春）
　地獄にも鬼許りではない（世上也有善人君子）
　地獄にも知る人（到處有知己）
　地獄の一丁目（走向毀滅的第一步、非常可怕的地方）
　地獄の上の一足飛（危險萬分）
　地獄の馬は顔許りが人（人面獸心）
　地獄の沙汰も金次第（有錢能使鬼推磨、錢能通神）
　地獄は壁一重（一失足將成千古恨）
　地獄も住家（住慣了哪裡都舒適、地以久居為安）

地獄絵（地獄圖）

地獄変（相）（地獄圖）

地獄覚（別人想忘掉的事情反而記得牢）

地獄落とし（老鼠夾）←→極楽落

地獄楔（木工的擴裂楔）

地獄詰（乘客等過於壅擠）

地獄腹（〔罵〕光生女孩的女人）

地獄耳（聽一遍就永遠不忘、專善於聽別人的隱私）

彼の女は地獄耳だ（那個女人耳朵尖）

彼の男は地獄耳だから気を付け為さい（那個男人專愛聽別人的隱私你要加小心）

地境〔名〕地界

地境に木を植える（在地界上栽樹）植える飢える餓える

地先〔名〕某地附近、近海

地先漁（近海捕魚）

地酒〔名〕當地出産的酒

地侍〔名〕當地武士、農村武士

地所、地所〔名〕土地，地面、地皮、地産

地所が狭い（地面狹窄）

家を建てる為に地所を買う（為蓋房子買塊地皮）

百平方メートルの地所（一百平方米的地皮）

地所ブローカー（地産經紀人）

地所会社（地産公司）

地所持ち（土地所有者、地産所有主）

地所熱（搶購地皮熱潮）

地所熱に浮かされた人（熱中於搶購地皮的人）

地震〔名〕地震

大地震（大地震）

有感地震（有感地震）

無感地震（無感地震）

火山地震（火山地震）

地震の中心（震央）

地震を予報する（預報地震）

地震が起こった（發生了地震）

日本は地震が多い（日本地震多）

今朝可なりの地震が逢った（今天早上發生了相當厲害的地震）

昨夜軽い地震が遇った（昨晚發生輕微地震）

地震、雷、火事、親父（〔世上四大可怕的事情〕地震落雷火災父親）

地震帯（地震帶）

地震火災（地震火災）

地震波（地震波）

地震学（地震學）

地震観測（地震觀測）

地震計（地震儀）

地震探査（地震探礦法）

地辷り、地滑り〔名、自サ〕〔地〕（斜坡的）地表滑落，塌坡、〔喻〕大的變革，大的變動

雨で地盤が緩み、地滑りが遇った（因雨地面鬆軟發生了地表滑落）

地滑り的（天翻地覆的、壓倒的、一點一點〔但很激烈的〕）

選挙に於ける地滑り的大勝利（選舉中壓倒的大勝利）

社会の地滑り的変動（社會的極其顯著的大變革）

地滑り的に齎される再軍備（一點一點地帶來的重新武裝）

地蔵〔名〕〔佛〕地藏（菩薩）

地蔵尊（地藏菩薩）

地蔵菩薩（地藏菩薩）

地蔵眉（彎曲的濃眉）

地蔵顔（笑容、溫和面孔）

借りる時の地蔵顔、返す時の閻魔顔（借時笑容滿面還錢時臉似閻羅）

地蔵顔の顔も三度（事不過三、得意不可再往）

地染め、地染〔名〕染地，（花布中）染花樣以外的部分、當地染的東西（布等）

地代、地代〔名〕地租、地價
　地代を取り立てる（催收地租）
　地代を上げる（提高地租）上げる挙げる揚げる
　地代で生活する（靠地租生活）
　地代帳（收租帳）
　地代が上がる（地價高漲）上がる騰がる挙がる揚がる

地卓〔名〕〔地〕方山

地玉，地卵、地卵〔名〕當地產的雞蛋、伏地雞蛋

地団太、地団駄〔名〕（因悔恨等）跺腳
　地団駄を踏む（頓足悔恨懊喪）
　彼は地団駄踏んで残念がった（他頓足搥胸地懊悔）
　腹を立てて彼は頻りに地団駄を踏む（他氣得直跺腳）

地鎮祭〔名〕（土木工程的）奠基儀式、破土典禮
　厳かに地鎮祭が執り行われる（隆重地舉行破土典禮）

地付き〔名〕（某地）土生土長、（某地）舊有、（某地）生產
　地付きの東京っ子（土生土長的東京人）
　地付きの町内会（舊有的街道居民會）
　地付きの魚（當地產的魚）魚肴

地突き、地搗き〔名、他サ〕打地基（=地固め、地形）
　コンクリートで地突きを為る（用水泥打地基）

地続き〔名〕接壤、毗連、地面鄰接
　地続きの土地（毗連的土地）
　工場が私の宅と地続きなので騒騒しい（工廠和我家鄉接吵得厲害）
　日本とアジア大陸は昔地続きに為っていた然うだ（據說早先年日本和亞洲大陸毗連著）

地坪〔名〕地基的坪數←→建坪
　地坪を測る（測量地基的坪數）測る量る計る図る諮る謀る

地頭〔名〕該地，當地、（封建時代領主指派管理庄園的）庄頭
　地頭職（庄頭職務）
　泣く子と地頭には勝てない（對蠻不講理的人毫無辦法）
　地頭が変われば掟も変わる（庄頭一換章程也變、一個人一個令）

地頭〔名〕不戴假髮時的頭

地取り、地取〔名〕（建築等）地面區劃。〔圍棋〕占地盤。〔相撲〕練習、調查犯人的行動蹤跡
　地取りを為る（區劃地面）
　地取りに努める（盡量多占地盤）努める勤める務める勉める
　地取りが彼の人の強味（占地盤是他的拿手）
　地取り調査（犯人蹤跡調查）

地鳥、地鶏〔名〕本地雞、當地產的雞

地内〔名〕地區內
　此の地内に立ち入る可からず（此地禁止進入）

地直し〔名〕（在剪裁前）燙平衣料（=地伸し）
　アイロンを掛けて地直しを為る（用熨斗燙平）

地鳴〔名〕鳥平時的（非生殖期的）鳴聲

地鳴り〔名〕（地震時）地鳴、地盤鳴動
　地鳴りが為る（地盤鳴動）
　地鳴りが為て山崩れが始まった（地盤鳴動後開始山崩了）

地均し〔名、自他サ〕平整土地、壓路機（=ローラー）。〔喻〕事先的準備工作
　地均しを為る（平整土地）
　地均しを為てからコンクリートの道を作る（把地平整以後鋪水泥路）
　地均しローラー（壓路機）
　地均しで均す（用壓路機壓平）
　反対が出ない様に地均しを為て置く（為使不至有人反對而事前做好工作）
　相手との交渉は、私が地均しを為て置く（和對方的交涉事先由我來做工作）

地女房〔名〕良家婦女←→遊女

地縫い〔名〕〔縫紉〕繃上（製和服時把布縫成兩大塊）

地主〔名〕地主←→小作農
不在地主（不在地主、長期在外的地主）
因業な地主（殘忍的地主）
彼の家は地主で、小作人に多くての土地を貸している（那家是地主租給佃戶很多土地）
地主階級（地主階級）

地塗り〔名〕（畫的）底色、（漆器泥金畫的）塗地

地鼠〔名〕〔動〕土撥鼠

地熱、地熱〔名〕〔地〕地熱
土地を深く掘って行くと地熱が高く為る（把土地深挖下去地熱便增高）
地熱の利用（利用地熱）
地熱発電、地熱発電（地熱發電）

地の粉〔名〕（製漆器時）塗底的粉末

地伸し〔名、他サ〕（在剪裁前）燙平衣料
地伸しを為ないと洋服が出来た後で恰好が崩れる（若不把衣料燙平西裝做好後會走樣）

地乗り〔名、自サ〕〔馬術〕齊步，整齊步伐、騎馴悍馬

地場〔名〕當地，本地。〔經〕當地交易所的交易員（會員）
地場産業（具有地方特點的地方工業）

地肌、地膚〔名〕地表面、沒化妝的皮膚、素地（布料，陶瓷等未加裝飾的底面）
雪解けで地肌が見えて来た（由於雪融地面露出來了）
クリームを付けて地肌の荒れるのを防ぐ（擦上面霜免得皮膚變粗）

地話〔名〕以歷史為題材的相聲

地離れ〔名〕（釣魚）（春天河魚離開河底）開始游動

地腹〔名〕（沒鼓起來的）本來的肚子
地腹が大きい（原來肚子就大、天生肚子大）

地腫れ〔名、自サ〕（傷口、腫瘍周圍等）全面腫起
背中が全体に地腫れしている（整個後背腫起一大片）
顔全体に地腫れした（臉全部腫了）

地盤〔名〕地基，地面、地盤，勢力範圍
固い地盤（堅固的地基）固い硬い堅い難い
此の家は地盤が確りしていない（這所房子地基不牢靠）
此の辺は地盤が緩いから地震の時は危険だ（這一帶地基鬆軟地震時危險）
地盤沈下（地基下沉）
確実な地盤（堅實的地盤）
地盤争いを為る（爭地盤）
農村を地盤と為て立候補（以農村為地盤參加競選）
日本の市場に地盤を築き上げる（在日本市場建立地盤）

地引き，地引、地曳き，地曳〔名〕拖網、用拖網捕魚
漁師が大勢で地引きを為ている（漁夫們在一起拖網捕魚）大勢大勢
地引き網、地曳き網（拖網）
地引き網を引く（拉拖網）

地響き〔名、自サ〕地面震動、地盤震動（=地鳴り）
地響きを立てて戦車を通る（坦克把地震得轟響開了過去）
大きな石が地響きを立てて落ちて来た（大石頭震得山響掉了下來）
そんなに暴れると家中地響きが為る（這樣亂鬧把整個房子都震得轟響）

地拍子〔名〕（謠曲的）拍子（一句基本上分八拍子）

地風〔名〕（布料等的）成色、質地
絹の様な地風を持つ繊維（具有綢緞一樣成色的纖維）

地袋〔名〕（壁龕下邊的）小壁櫥←→天袋

地吹雪〔名〕（地面積雪被強風吹起的）風卷雪

地太〔名〕紡織品裡的粗紗

地べた〔名〕地面
地べたに座る（坐在地上）
地べたに寝る（躺在地上）

地米〔名〕當地（出產的）稻米

地祭〔名〕（土木工程的）奠基儀式、破土典禮（=地鎮祭）、秋冬間以火燒地以增益地力的民間例行活動

地回り、地廻り〔名〕（由該城市附近）運來，上市、經常來往於本地附近的商人等、本地的混混，當地的地痞流氓

　　地回りの米（附近地方產的米）

　　地回り米（當地米、伏地米）

　　地回りの商人（經常來往於本地的商人）商人

　　地回りの若者（本地的混混、本地的二流子）

　　地回り船（近海船、航行於本地的船隻）

地味〔名、形動〕樸素，質樸，不華美、保守↔派手

　　地味な色（樸素的顏色）

　　地味な模様（素淡的花樣）

　　地味な着物（樸素的衣服）

　　時流に合った地味なネクタイ（時興的樸素領帶）

　　極地味な家（極其簡陋的房子）

　　彼の人の仕事は地味で余り目立たない（他的工作樸實不太顯眼）

　　地味に暮らす（生活質樸）

　　身形を地味に作る（往樸素打扮）

　　地味に稼ぐ（踏踏實實地工作）

　　考えが地味だ（思想保守）

　　地味な人（思想保守的人、作風樸實的人）

　　遣り方が地味だ（做法保守）

　　地味な遣り口（保守的作風）

　　彼の商売振りは迚も地味だ（他的經營方法很保守）

地味〔名〕土質、土地的肥瘠

　　地味の瘠せた土地（磽薄的土地、薄地）瘠せる 痩せる

　　地味が肥えている（土地肥沃）肥える 超える 越える

　　地味が米作に適しない（土質不適於種水稻）

地道〔名〕緩步、普通步伐（=地乗り）

〔形動〕踏實、勤勤懇懇、質樸（=地味）

　　地道を踏ます（讓〔馬〕走緩步）

　　地道な人（踏踏實實的人）

　　地道な職業（正經職業）

　　地道な研究（踏實的研究）

　　地道に働いて暮す（勤勤懇懇地工作度日）

　　地道に稼ぐ（勤勤懇懇地工作）

　　地道な遣り方が安全だ（踏實的做法穩妥）

　　彼は地道に砭砭と遣る方だ（他是個腳踏實地工作的人）

　　地道な商売を為る（做實實在在的買賣）

地道〔名〕大地具備的性質，法則、地下道，隧道、地球軌道

〔形動〕穩健，勤懇（=地道）

地虫〔名〕〔動〕金龜子、蠐螬蟲

　　地虫に作物を荒される（莊稼被蠐螬蟲毀壞）

地面〔名〕地面，地上、土地，地皮，地段

　　雨で地面が潤った（地面因下雨濕了）潤む

　　地面に坐って遊ぶ子供（坐在地上玩的孩子）坐る 座る 据わる

　　地面から一メートル上の所（離地面一米的地方）

　　地面には雪が三尺も積っている（地上積有三尺多深的雪）積む 摘む 詰む 抓む

　　広い地面（大片土地）

　　地面を借りる（租一塊土地）

　　地面を買う（買地）

　　地面の値が騰貴した（地價漲了）値 値

　　地面師（土地販子、用別人的土地進行詐騙的人）

地元〔名〕本地，當地、自己居住的地方

　　地元新聞（本地報紙）

　　地元で名の有る力士（當地有名的大力士）

　　地元の資材を利用する（利用當地的資材）

　　地元のチームが優勝した（主隊獲得了冠軍）

地元の観衆は猛烈に声援する（當地的觀眾大力聲援）

其の計画に対して地元で反対の声が上がった（那計畫在當地引起了反對的聲音）

地元民（當地人）民民

地模様〔名〕（繪畫等）底子上的花紋（圖案）

地紋〔名〕織物上織染的花紋

竜の地紋の有る布地（織有龍形花紋的布）
竜 龍 竜龍

地雷〔名〕〔軍〕地雷

敵の地雷を発見した（發現敵人的地雷）

敵の兵士が地雷に触れて爆死した（敵兵碰到地雷炸死了）

其処には地雷が仕掛けて有る（那裏埋有地雷）

地雷火（地雷）

地雷源（埋雷地帶）源

地雷弾（地雷彈）

地雷〔名〕地上的雷聲、地雷（＝地雷）

地雷〔名〕落地雷、地的鳴動

地力〔名〕實力、本來的力量

地力を発揮する（發揮本來有的力量）

地力〔名〕〔農〕地力、土地生產力

地力を保つ（保持地力）

地力逓減（地力遞減）

地栗鼠〔名〕〔動〕黄鼠

地瀝青〔名〕瀝青、柏油（＝アスファルト asphalt）

地炉〔名〕地爐

地牢〔名〕地牢、土牢

地蠟地蠟〔名〕〔礦〕地蠟

地割り〔名〕土地的區劃、地皮的區劃

小屋の地割りを決める（決定小屋地皮的區劃）

地割れ〔名〕（因地震等）地裂

地震で地割れが出来た（因地震出現地裂）

旱天続きで地割れが為て来た（因日久天旱地裂了）

地〔名〕地，大地，地球←→天，土地，土壤、地表、地面、陸地、地方，地區、地點、地盤、地勢、地位、立場、（對上面而言）下面、領土

〔漢造〕地，土地、地方、地位、身分、境遇、天生，質地

地と天程の開き（天壤之別）

地上から空中に向けて発射する（從地面向太空發射）

足が地に着いていない（沒有腳踏實地）

地の中に埋める（埋在土裡）

地を割って芽が出る（芽從土裡鑽出來）

外国の地を踏む（踏上外國土地）

団栗の実が地に落ちる（橡實落在地上）

地の果て、海の果て（天涯海角、天南地別）

景勝の地（名勝之地）

思い出の地（懷念的地方）

当地の名物（本地的名產）

彼は晩年に此の地で送った（他在這個地方度過了晚年）送る贈る

地を占める（占地勢）占める閉める締める絞める染める湿る

地の利を得る（得地利）得る得

立錐の地も無い（無立錐之地）

地を易うれば皆然り（易地則皆然）

双方地を変えて考えて見る必要が有る（雙方應該設身處地地考慮一下）

天地無用（〔寫在貨物包裝的表面上〕請勿倒置）

地を割く（割地）割く咲く割く

フランスとドイツは地を接している（法德國土毗連）

一敗地に塗れる（一敗塗地）

地に墜ちる（墜地、誕生、衰落）墜ちる落ちる堕ちる

彼の名声は全く地に墜ちた（他的名聲完全掃地了）

名教地に墜つ（名教墜地）

地を掃う（掃地、完全喪失）掃う払う祓う
道義地を掃う（道義掃地、全然不講道義）
天地（天壤，天和地、天地，世界、〔書畫等的〕上下）
対地（對地面）
大地（大地、陸地）
代地（替換的土地）
台地（高地、高崗、高起的平地）
陸地（陸地）
土地（土地，耕地，土壤，土質，當地、地面，地區、領土）
寸地（寸地、寸土）
余地（餘地、空地）
輿地（大地、全球、全世界）
宅地（地皮，住宅用地，已建有住宅的宅地）
墓地（墓地、墳地）
内地（〔對殖民地而言的〕本土，本國←→外地、國内、距離沿海較遠的地方）
外地（〔對殖民地而言的〕外地、國外，外國）
現地（現場、當地，現住地方）
玄地（遙遠的土地）
見地（見地，觀點，立場、查看土地）
検地（丈量土地面積地界、檢查土地收穫量、檢查電線和土地的絕緣情況）
門地（門第）
境地（環境、處境、心境、領域）

地圧〔名〕地壓、地心壓力
地圧曲線（地壓曲線）

地衣〔名〕〔植〕地衣
地衣類（地衣類）
地衣帯（地衣帶）

地位〔名〕地位、職位、級別，身分
社会的地位（社會地位）
文学史上の地位（在文學史上的地位）
地位の有る人（有地位的人）
女性の地位を高める（提高婦女的地位）
有利な地位に在る（居有利地位）
地位が高い（地位高）
地位が低い（地位低）
教師の地位（教師身分）
石油は輸出品の中で重要な地位を占めている（石油在輸出品中占著重要地位）

地異〔名〕地異、地變（指地震、海嘯、洪水等）
天変地異（天變地異、自然界的災害）

地役権〔名〕〔法〕地役權（為自己方便而使用他人土地的權利、如在他人土地上的通行權）

地縁〔名〕（因住在同一地區而發生的）鄉土關係、同鄉關係←→血縁

地温〔名〕地表溫度、地內溫度
地温勾配（〔理〕地溫陡度）

地下〔名〕地下、陰間、秘密（地方）←→地上
地下に埋める（埋在地下）
彼のビルは地上八階地下二階である（那座大樓是地上八層地下兩層）
地下資源（地下資源、礦藏）
地下要塞（地下要塞）
地下道（地下道）
地下壕（防空洞）
地下に眠る（長眠於地下、死去）
地下組織を作る（建立地下組織）
地下に潜る（潛入地下）
地下工作（地下工作）
地下ケーブル（地下電纜＝地下線）
地下水（地下水）
地下室（地下室）
地下茎（地下莖，根莖、球根）
地下道（地下道、地道、坑道）
地下鉄（地下鐵、地鐵）
地下街（地下街道、地下商店街）

ㄉ

地下結実（〔植〕地下結實-如花生）
地下運動（地下工作、秘密活動）
地下線路（〔電〕地下線路）
地下資源（地下資源）
地下核実験（地下核試驗）
地下核爆発（地下核爆發）

地下〔名〕（不准上清涼殿的）四，五品以下的官吏或門第←→堂上、殿上、不在宮中供職的人，平民，庶民

地下足袋、直足袋〔名〕（工作時穿的日本式）膠皮底布襪子

地価〔名〕地價、土地價格
　地価が上がる（地價上漲）

地界〔名〕土地的邊界、地上的世界←→天界

地階〔名〕（高層樓房的）地下室、（樓房的）一樓，第一層
　デパートの地階は駐車場に為っている（百貨公司的地下室是停車場）

地塊〔名〕〔地〕地塊
　地塊運動（地塊運動）

地核〔名〕〔地〕地心

地殻〔名〕〔地〕地殼
　地殻変動（地殼變動）
　地殻運動（地殼運動）
　地殻構造学（地殼構造學）
　地殻均衡（地殼均衡）

地学〔名〕地學（有關地球的各種科學的總稱-包括自然地理學、地質學、礦物學、地球物理學、地球化學、地震學、海洋學、氣象學、天文學等）、地理學的舊稱

地気〔名〕地氣、大地的生氣。〔理〕接地（＝アース earth）
　地気線（地線）

地祇〔名〕地神（＝地神）←→天神

地球〔名〕地球
　地球を一周する（繞地球一周）
　地球は太陽の回りを廻る（地球圍繞太陽轉）
　巡る 廻る 回る 繞る

地球は西から東に回転する（地球由西向東轉）
地球の引力を発見したのはニュートン Newton である（發現地球引力的是牛頓）
地球物理学（地球物理學）
地球科学（地學）
地球熱学（地熱學）
地球化学（地球化學）
地球の軌道（地球軌道）
地球赤道面（地球赤道平面）
地球電磁気学（地磁學）
地球大気線（〔天〕大氣譜線）
地球潮汐（〔地〕固體潮）
地球楕円体（〔近似地球的〕地球橢圓體）
地球儀（地球儀、地球模型）

地久節〔名〕〔舊〕（日本皇后的誕辰）千秋節←→天長節（天長節-日皇誕辰的舊稱）

地峡〔名〕〔地〕地峽、地頸（＝地頸）
　パナマ地峡 Panama（巴拿馬地峽）

地橋〔名〕〔地〕陸橋

地銀〔名〕地方銀行（＝地方銀行）

地区〔名〕地區
　文教地区（文教區）
　風致地区（風景區）
　東北地区の代表（東北地區的代表）

地形〔名〕地形、地勢、地貌
　複雑な地形（複雜的地形）
　地形の利用（利用地形）
　日本の地形は水力発電に適している（日本的地形適於水利發電）
　地形性降雨（地形雨）
　地形図（地形圖）

地形〔名〕地形（＝地形）、整地

地形〔名〕〔建〕打地基（＝地固め）、（建築的）基礎工程
　地形を強くする（把地基打結實）

家を建てるには地形を確り遣らねば為らない（蓋房時必須打好地基）
コンクリート地形（用水泥打的地基）

地形〔名〕地形（=地形）

地峡〔名〕地峡（=地峡）

地警〔名〕地方警察（=地方警察）

地券〔名〕地契、土地執照

地検〔名〕地方検察廳（=地方検察庁）

地溝〔名〕〔地〕地溝
地溝帯（地溝帶）

地窖〔名〕地窖（=穴倉）

地裁〔名〕地方裁判所、地方法院（=地方裁判所）

地史〔名〕〔地〕地球的歷史
地史学（地球歷史學）

地誌〔名〕地誌
郷土の地誌を編む（編輯郷土誌）
地誌学（地誌學）

地磁気〔名〕〔理〕地磁
地磁気図（地磁圖）

地軸〔名〕〔地〕地軸
地軸を揺るがす響き（震動地軸的音響、巨大的音響）

地質〔名〕〔地〕地質
崩れ易い地質（容易塌陷的地質）
地震に弱い地質（經不起地震的地質）
地質学（地質學）
地質時代（地質時代）
地質図（地質圖）
地質構造（地質結構）
地質探査隊（地質探勘隊）
地質年代（地質時期）

地質〔名〕（布的）質地
此の反物の地質は粗い（這匹布質地粗）粗い
荒い洗い
地質が良い（質地好）
地質が悪い（質地粗）

地象〔名〕〔地〕地象（指地震、山崩、地陷等變異現象）←→天象

地上〔名〕地上←→地下、人間，人世←→天上
地上二十階地下二階のビル（地上二十層地下兩層的大樓）
地上部隊（地面部隊）
地上茎（地上莖）
地上子葉（〔植〕地上子葉）
地上の楽園（人間樂園）
地上権（〔法〕地上權）
地上実験（〔軍〕地上試驗）
地上植物（〔植〕高位芽植物）
地上勤務（地勤）
地上標識（〔空〕地上標誌）

地上げ〔名、他サ〕墊高土地
地上げ道（高出平地的馬路、人行道）

地心〔名〕〔地〕地心、地球中心
地心視差（地心視差）

地神〔名〕地神、地祇（=地祇）←→天神

地図〔名〕地圖
球面地図（球面地圖）
歴史地図（歷史地圖）
地図を引く（繪製地圖）
地図を描く（繪製地圖）描く画く
海で使う地図は海図と言う（海上使用的地圖叫海圖）
地図を頼りに（憑地圖）頼り便り
地図に出ている（地圖上有）
地図で探す（用地圖尋找）探す捜す
地図学（地圖學、製圖學）

地水〔名〕地下水、地裡的水

地水火風空〔名〕〔佛〕（構成萬物的）地、水、火、風、空五大

地勢〔名〕地勢、地形
地勢が険しい（地勢險阻）

地勢を見る（看地勢）

地勢の高い寒冷地帯（地勢高的寒冷地區）

地勢の関係で、冠水し易い（由於地勢的緣故容易淹水）

地政学〔名〕地緣政治學、地理政治學

地政学者（地緣政治學家、地理政治論者）

地積〔名〕土地面積

地積測量（測量土地面積）

地籍〔名〕土地的戶籍

地籍台帳（地籍冊）

地線〔名〕〔電〕地線

地租〔名〕〔法〕土地稅（現已改為固定資產稅）

地租を納める（繳納地稅）納める 収める 治める 修める

地租付加税（地稅的附加稅）

地方への地租委譲（把地稅轉讓給地方）

地相〔名〕地形、地貌、（土地的）風水

地層〔名〕〔地〕地層

地層の傾斜（地層的傾斜）

鸚鵡貝の化石が古い地層の中から発見された（從古代地層中發現了鸚鵡貝化石）

地帯〔名〕地帯、地區

工場地帯（工廠區）工場 工場

住宅地帯（住宅區）

山岳地帯（山岳地區）

森林地帯（森林地帶）

砂漠地帯（沙漠地帶）

要塞地帯（要塞地帶）

非武装地帯（非軍事區）

地壇〔名〕（古代中國皇帝祭祀地神的）地壇

地中〔名〕地中、地裡、地下

地中から掘り出す（從地裡挖出來）

地中に埋める（埋在地裡）

地中線（〔電〕地下線）

地中植物（〔植〕隱芽植物、地下芽植物）

地底〔名〕地底、地下深處

地点〔名〕地點

予定の地点（預定的地點）

甲地点から乙地点へ地下鉄を引く（由甲地點向乙地點修建地鐵）

等高線は同じ高さの地点を結び付けた物だ（等高線是把同樣高度的地點連結起來的線）

地電流〔名〕大地電流

地動説〔名〕〔天〕地動說（哥白尼所倡地球繞太陽轉而不是太陽繞地球轉的學說）←→天動説

地徳〔名〕（天地人三德之一）大地的恩惠

地蜂〔名〕地蜂

地番〔名〕〔法〕地號、土地編號

地番の整理（整理土地編號）

地番の変更（變更地號）

地被植物〔名〕地被植物、地表植物

地表〔名〕地表、地球表面

地表に亀裂が生ずる（地表發生龜裂）生ずる 請ずる 招ずる

地物〔名〕地上物。〔軍〕地物，掩蔽物

地物を利用して隠れる（利用地物隱藏起來）

地物〔名〕（主要指食物）當地的物產、土產←→旅物（用火車等運來的外地貨）

地物の大根（土產的蘿蔔）

地平〔名〕大地的平面。〔地〕地平面

地平座標（地平座標）

地平線〔名〕〔地〕地平線

夕日が地平線に沈む（夕陽落入地平線下）

太陽が地平線上に昇る（太陽昇到地平線上）昇る 上る 登る

地変〔名〕地變、地殼變動（指地震、火山爆發、山崩等）

天災地変（天災地變）

地歩〔名〕地位、位置、立足點

地歩を得る（取得地位）得る 得る

地歩を占める（取得地位）占める 閉める 締める 絞める 染める 湿る

地歩を失う（喪失地位）

地歩を保つ（保持地位）

地歩を固める（鞏固地位）

彼は画壇に確固たる地歩を占めている（他在繪畫界上占有不可動搖的地位）

失った地歩を取り戻す（奪回失去的地位）

地方〔名〕地方，地區、（對中央而言）地方，外地

コレラが流行している地方（正鬧霍亂的地區）

関東地方（關東地區）

地方の人が東京に出て来る（外地的人來到東京）

地方を旅行する（到外地去旅行）

地方で有名な画家（外地有名的畫家）

地方官（地方官）

地方官庁（地方官廳）

地方機関（地方機關）

地方公務員（地方公務員）

地方回り（地方巡迴）

地方化（地方化，局限、使地方化，使限於局部、使具有地方性，使帶有地方色彩）

地方区（以都，道，府，縣為單位的地方選區）←→全国区

地方色（地方色彩）

地方紙（地方報紙、當地報紙）

地方時（〔天〕地方時）

地方税（地方税）←→国税

地方訛（地方口音、鄉土音）

地方版（〔報紙的〕地方版）

地方病（地方病、鄉土病）

地方分権（地方分權）←→中央集権

地方団体（地方團體＝地方公共団体）

地方自治（地方自治）

地方巡業（〔劇團等的〕地方巡迴演出）

地方財政（地方財政）

地方長官（地方長官-都，道，府，縣知事的舊稱）

地方鉄道（〔對國營鐵路而言的〕地方民營鐵路）

地方銀行（地方銀行、地方普通銀行）

地方議会（地方議會-都、道、府、縣、市、町、村的議會）

地方公務員（〔在地方團體工作的〕地方公務員）

地方交付金（〔中央撥給地方團體的〕地方補助金）

地方検察庁（〔法〕地方檢察廳＝地検）

地方裁判所（〔法〕地方法院＝地裁）

地方事務所（地方辦事處）

地方公共団体（地方公共團體）

地方〔名〕（室町時代）掌管京都的房屋宅地道路商店及訴訟的官廳、（江戶時代）農村，村政，村吏←→町方、（海員用語）陸地、（舞蹈）音樂伴奏，樂隊、（能樂）伴奏者

地方役人（村吏）

地方の囃子で幕が開く（在樂隊伴奏下開幕）

地貌〔名〕〔地〕地形

地脈〔名〕地脈、地下水路

地名〔名〕地名

北海道の地名にはAinu語の物が多い（北海道的地名很多是愛奴語）

地名辞典（地名辭典）

地目〔名〕〔法〕地目、土地名目（表示土地種類的名稱-如宅地、農地、山林、道路等）

地目転換届け（地目轉換申報書）

地文、地文〔名〕〔地〕地文、地文學

地文学、地文学（地文學、自然地理學-地學、氣象學、海洋學的總稱）←→天文学

地輿〔名〕大地、地球、坤輿

地利〔名〕地利（土地生出來的利益，如農耕，畜牧，山林，礦山等的產物）、地勢

地の利〔連語〕地利、有利地形、地理上的優勢

地の利を占める（占地利）
地の利を得る（得地利）
地の利は人の和に如かず（地利不如人和-孟子）

地理〔名〕地理、地理情況
　自然地理（自然地理）
　人文地理（人文地理）
　地理を研究する（研究地理）
　地理的位置（地理上的位置）
　此の辺の地理は心得ている（我熟悉這一帯的地理情況）
　此の辺の地理に不案内だ（我不熟悉這一帯的地理情況）
　東京の地理に暗い（不熟悉東京的街道）
　地理学（地理學）
　古代地理学（古代地理學）

地塁〔名〕〔地〕地壘

地類〔名〕土地種類（=地目）

地歴〔名〕地理歴史、地理和歴史

地龍、穴蜂〔名〕〔動〕地蜂、穴蜂
　黒地龍（黒穴蜂）

地、土〔名〕土、土地、土壌、土質、地面，地表
　祖国の土を踏む（踏上祖國的土地）
　黒い土（黒土）
　良く肥えた土（肥沃的土壌）
　土を盛って田畑を造る（墊土造田）
　土を掛ける（蓋土、培土）
　土を掻いて見る（扒開土看）
　土の匂いに溢れる（郷土氣息十足）
　土の中に埋める（埋在土裡）
　土の様な顔色（面如土色）
　土を掘る（掘地）
　土を起こす（翻地）
　蔓草が土を這う（蔓草爬地）
　稲の穂が垂れて土に付き然うだ（稲穂垂得快要觸地了）
　土一升（に）金一升（寸土千金、喻地價昂貴）
　土が付く（〔相撲〕輸、敗）
　土積りて山と為る（積土成山、滴水成池、集腋成裘）
　土に帰る（歸土、入土、死）
　土に灸（白費力）
　土に（と）為る（死）
　異郷の土と為る（死於他郷）

弟、弟（ㄉㄧˋ）

弟〔名〕弟（=弟）←→兄

〔漢造〕（也讀作弟、弟）弟、弟子，徒弟、自己謙稱
　兄たり難く弟たり難し（難兄難弟、優劣難分）
　兄弟、兄弟（兄弟、弟兄）
　舎弟（舎弟）←→舎兄
　義弟（義弟，盟弟、內弟、小叔、妹夫）
　貴弟（令弟）
　従弟（表弟、堂弟）←→従兄
　従兄弟、従兄弟（表兄弟、堂兄弟）
　異母弟（異母弟）
　幼弟（幼弟）
　高弟（高足、得意門生）
　皇弟（日皇之弟）
　孝弟、孝悌（孝悌、孝敬父母兄友弟恭）
　師弟（師傅和徒弟、老師和學生）
　子弟（子弟，少年、兒子和弟弟）
　姉弟（姉姉和弟弟）
　門弟、門弟子（門人、弟子）
　徒弟（徒弟、門人、弟子=弟子）
　愚弟（舎弟）

小弟、少弟（舍弟、小弟、幼小的弟弟）
←→大兄

弟子、弟子〔名〕弟子、徒弟、門生、學徒

弟子に為る（當徒弟、當門生）

弟子に為る（收作門生）

弟子を取る（收門徒、收徒弟）

相弟子（師兄弟）

兄弟子（師兄）

弟弟子（師弟）

姉弟子（師姐）

彼は河上先生の弟子だ（他是河上老師的學生）

弟子入り（拜師、當學徒）

弟妹〔名〕弟妹、弟弟和妹妹

弟妹を慈しむ（疼愛弟妹）慈しむ愛しむ

弟〔名〕弟弟←→兄。〔轉〕年齡小，經歷淺

兄と弟（哥哥和弟弟）

私には弟が三人居ります（我有三個弟弟）三人三人

上の弟（大的弟弟）

下の弟（底下的弟弟、小的弟弟）

末の弟（最小的弟弟）

中の弟（中間的弟弟）

三番目の弟（第三個弟弟）

弟嫁（弟媳、弟婦、弟妹）

弟さんは何処に御勤めですか（你的弟弟在哪裡工作？）

君は僕より三つ弟だ（你比我小三歲）三つ

弟弟子（師弟）

弟分（義弟、盟弟、如弟）

弟〔名〕〔俗〕弟弟（＝弟）

兄弟（兄弟、弟兄）

弟切草、小連翹〔名〕〔植〕小連翹

帝（ㄉㄧˋ）

帝〔漢造〕（也讀作帝）天子，皇帝、天神、帝國主義（＝帝国主義）

大帝（大帝）

聖帝（聖明的皇帝＝聖天子）

皇帝（皇帝）

女帝（女王、女皇、女皇帝）

先帝（先帝＝先代の天子）

聖武帝（聖武帝）

天帝（天帝、上帝）

上帝（上帝、造物者）

米帝（美國帝國主義）

反帝（反對帝國主義）

煬帝（煬帝）

帝位〔名〕帝位

帝位に即く（即帝位）付く就く着く突く衝く憑く点く尽く搗く吐く附く撞く潰く

帝位に在る（在帝位）

帝位を継ぐ（繼承帝位）継ぐ告ぐ次ぐ注ぐ接ぐ

帝位を譲る（讓帝位）

帝位を奪う（篡奪帝位）

帝位を争う（爭奪地位）

帝位を窺う（覬覦帝位）窺う伺う覘う

帝王〔名〕帝王、皇帝、天子

帝王神権説（帝王神權說）

無冠の帝王（無冕的帝王、記者）

ゴルフ界の帝王（高爾夫球界的大王）

帝王切開（剖腹產術-德文 Kaiserschnitt 的譯詞）

帝王切開術（剖腹產術）

帝冠〔名〕冕、皇冠

帝紀〔名〕歷代天子從即位到駕崩為止的紀錄、史書關於帝王的記述、帝王應遵守的法則

帝居〔名〕皇宮、帝王的住處（＝皇居）

帝京〔名〕帝都、帝王住的京城

帝業〔名〕帝業

帝業を輔ける（輔弼帝業）助ける 援ける

帝号 〔名〕皇帝的稱號

帝国 〔名〕（世襲皇帝統治的國家）帝國、（狹義指）大日本帝國、沒有帝王而向外擴張的國家

大英帝国（大英帝國）

帝国海軍（大日本帝國海軍）

第三帝国（第三帝國-希特勒時代的德國）

帝国主義（帝國主義）

帝国主義は資本主義の窮極の段階である（帝國主義是資本主義的最高階段）

帝国主義は没落の一途を辿っている（帝國主義一直在走下坡）一途一途一図

帝室 〔名〕帝室、皇家

帝室御物（皇室御用珍品）

帝室博物館（日本皇室博物館-1950年改為国立博物館）

帝城 〔名〕皇城、宮城（＝宮城）

帝政 〔名〕帝政

帝政ロシアは革命に因って消滅した（沙皇俄國因革命而被消滅了）

帝政復活（帝政復辟）

帝祖 〔名〕皇帝的先祖、皇帝的祖父

帝祚 〔名〕地祚、帝位

帝大 〔名〕〔舊〕帝國大學（＝帝國大学）

帝展 〔名〕〔舊〕帝國美術展覽會的簡稱（現改為日展）

帝都 〔名〕皇帝居住的京城

帝廟 〔名〕祭祀帝王的廟宇

帝陵 〔名〕皇陵

帝釈（天）〔名〕（梵語 Sakra-devanamIndrah 的譯詞）。〔佛〕帝釋天（佛法的保護神）

帝、御門 〔名〕天皇，日皇，朝廷，皇室，皇宮，宮門。〔古〕聖上

帝揚羽 〔名〕〔動〕鳳蝶

帝雉 〔名〕〔動〕（台灣特產）帝雉、黑長尾雞

喋（ㄉㄧㄝˊ）

喋 〔漢造〕多言

喋喋 〔副、自サ〕絮說、喋喋不休、嘮嘮叨叨

彼の業績に就いては今更喋喋する迄も無い（關於他的成就已無需贅言）

当節は簡易生活と言う事が喋喋される（當前大家都在談論簡易生活）

喋喋喃喃 〔副、自ザ〕喃喃私語、唧唧咕咕

喋喋喃喃と囁き合う（喃喃私語）

喋る 〔自、他五〕說，講，說出，洩漏，饒舌，多嘴多舌，喋喋不休，能言善辯，能說會道

何を喋っても良い（說什麼都可以）

決して其の事を喋っては行けないよ（可決不准講那件事啊！）

家の娘も喋るよ（我的女兒會說英語）

彼奴の喋る事はさっぱり分からん（他說的我一點不明白）

彼は平素余り喋らない（他平素不大講話）

うっかり喋る（無意中說出、信口開河）

他の奴に喋ったら承知しないぞ（若說給別人我可不饒你）

彼は何でも喋って終う（他什麼都信口說出）終う仕舞う

誰にも喋るな（對任何人都不准洩漏）

実に良く喋る女だ実に（真是個饒舌的女人）

のべつ幕無しに喋る（口若懸河地說個沒完）

彼は三時間立て続けに喋った（他一口氣說了三個小時）

喋らせて置くと切りが無い（讓他一聊起來就沒完）

喋り 〔名〕（一般加接頭詞御）饒舌（者）、喋喋不休（的人）、口若懸河（的人）、嘴不嚴謹（的人）

彼の御喋りが又告げ口を為たな（那個喋喋不休的快嘴又再傳舌搬弄是非了）

あんたは御喋りね。何も秘密に出来ないわ（你的嘴真不嚴這樣的話甚麼事也保不了密）

随分御喋りの女だなあ（好一個饒舌的女人啊！）

御喋り、御饒舌〔名、形動、自サ〕健談，好說話，愛瞎聊，多嘴多舌、話匣子，愛講話的人，愛饒舌的人，多嘴多舌的人，閒談，聊天

御喋りな女（愛講話的女人）

御喋りの御婆さん（碎嘴子的老太婆）

彼の子は御喋りだ（那孩子多嘴多舌）

御喋りするな（別嚼舌頭啦！別瞎聊啦！）

彼は余計な御喋りは為ない（他不講廢話）

彼の男は御喋りだ（他多嘴多舌）

一寸御喋りする内に時間に為った（閒聊了一小時時間就到了）

何を御喋りしているのか（他們在閒聊什麼？）

喋くる〔自五〕〔俗〕閒聊、閒扯（=喋る）

一日中喋くっていたら疲れた（我閒聊了一整天累了）

喋り立てる〔自、他下一〕油嘴滑舌、口若懸河、喋喋不休（=喋り捲る）

喋り散らす〔他五〕散布、到處亂說

他人の私事を喋り散らす（到處亂說別人的私事）

喋り手〔名〕饒舌者、喋喋不休的人、口若懸河的人

喋り捲る〔自、他五〕油嘴滑舌、口若懸河、喋喋不休

一人で喋り捲る（一個人喋喋不休地講）

喋り捲って相手に物を言わせない（自己口若懸河不讓對方講話）

畳（疊）（ㄉㄧㄝˊ）

畳、帖〔接尾〕（助數詞用法）（計算草蓆、蓆墊）疊、塊

〔漢造〕重疊

六畳の部屋（鋪六塊草蓆的房間）

四畳半（四疊半草蓆）

日本では部屋の大きさを何畳敷きと言う（在日本房間的大小論鋪幾塊草蓆）

重畳（重疊、最好，好極）

畳韻〔名〕（漢詩等的）疊韻（例如艱難、滅裂）

畳句〔名〕（歌詞中的）疊句、重疊的詞句

畳語〔名〕〔語〕疊詞（如我我、山山）

畳字〔名〕疊字符號（如々、ゝ、我々等）（=踊り字）

畳まる〔自五〕堆積、折疊（=重なる）

ボタンを押すと自動的に足が畳まる（一按電鈕腿就自動折疊起來）

畳む〔他五〕折疊、關閉、合上、藏在心裡。〔俗〕殺，幹掉

布団を畳む（疊被）

ハンカチを畳んでポケットに入れました（把手帕疊起來放進口袋裡）

本を畳む（合上書）

雨が止みましたから、傘を畳みましょう（雨停了把傘合上吧！）

店を畳んで田舎へ行きます（關閉店鋪去鄉下）

父が亡くなったので、家を畳んで他の所へ移ります（因為父親去逝了收拾家當遷到別地方去）

将来の夢を胸に畳んで誰にも言いません（把將來的夢想藏在心中對誰也不講）

万事胸に畳んで置く（什麼事都藏在心裡）

先ず彼奴から畳んで終おう（先把那傢伙幹掉）

畳んで終え（結果了他！）

畳み〔名〕（下接名詞、作接頭詞用）折疊、折疊式

畳み地図（折疊地圖）

畳み寝台（折疊床）

畳み小刀（折刀）

畳〔名〕（日本房屋鋪在地板上的厚）草蓆，榻榻米、（木屐、草鞋上的）草襯墊

畳を敷いた部屋（鋪草蓆的屋子）

畳を上げて掃除する（掀開草蓆打掃）

畳は新しい方が良い（草蓆是新的好）

畳と女房は新しい方が良い（草蓆和老婆以新的為好）

畳の上で死ぬ（善終、壽終正寢）

畳の上の水練（在草蓆上練游泳、紙上談兵）

畳み上げる〔他下一〕疊起、疊好
　布団を畳み上げる（把被子疊好）

畳椅子〔名〕折疊椅

畳鰯〔名〕小沙丁魚乾

畳表〔名〕榻榻米的蓆面
　大至急二階の畳表を取り替えて呉れ（趕快把二樓的草蓆面給我換上新的）

畳替え〔名〕換草蓆面
　畳替えを為る（換草蓆面）

畳み返す〔他五〕反折、反疊

畳み掛ける〔自下一〕接二連三地做或說、說或做個不停
　畳み掛けて聞く（一個勁地問）

畳紙、畳紙〔名〕（包和服等用的）包裝紙、（古時經常攜帶於懷中備用的）草紙、寫詩歌用的紙（＝懷紙）

畳み込む〔他五〕折疊進去，折疊起來，放在心裡，藏在心裡、說或做個不停（＝畳み掛ける）
　御膳の足を畳み込む（把食案的腿折疊起來）
　新聞に散しを畳み込む（把宣傳單折進報紙裡）
　今日の言葉を良く畳み込んで置け（把今天的話好好記住吧！）

畳み込み〔名〕〔數〕折合式，折積、折疊式。〔海〕縮帆
　畳み込みボート（可折疊的小艇）

畳水練〔名〕在草蓆上練游泳、紙上談兵

畳叩き〔名〕敲打掉草蓆的塵土、敲打草蓆塵土的棍子

畳建具〔名〕草蓆和日本房間設備
　畳建具付き貸家（有草蓆和日本房間設備的出租房間）

畳み直す〔他五〕重新疊、重新折

畳橋〔名〕開啟橋、吊橋

畳梯子〔名〕折疊梯子

畳針〔名〕製作草蓆用的粗針

畳縁〔名〕草蓆的布邊

畳目〔名〕折痕、草蓆面的網眼

畳目の付いた新しい袴（帶著折痕的新褲裙）

畳屋〔名〕（製作或經營草蓆的）草蓆店

畳〔名〕（包和服等用的）包裝紙、（古時經常攜帶於懷中備用的）草紙、寫詩歌用的紙（＝懷紙、畳紙、畳紙）

蝶（ㄉㄧㄝˊ）

蝶〔名〕〔動〕蝴蝶（＝蝶蝶、胡蝶，蝴蝶）
　蝶よ花よと育てる（嬌生慣養）
　蝶よ花よと愛しむ（嬌生慣養）

蝶足〔名〕（食案的）蝴蝶翅膀形腿

蝶貝〔名〕珍珠貝、珍珠母、夜光貝

蝶形〔名〕蝶形
　蝶形結びに為る（結成蝴蝶結）
　リボンを蝶形に結ぶ（把絲帶打成蝴蝶結）
　蝶形弁（〔機〕瓣閥）

蝶形花冠〔名〕〔植〕蝶形花冠

蝶鮫〔名〕鱘魚
　篦蝶鮫（白鱘）
　蝶鮫の鰤（鱘魚子醬）

蝶蝶〔名〕〔動〕蝴蝶（＝蝶、胡蝶、蝴蝶）

蝶蝶魚〔名〕〔動〕蝴蝶魚

蝶蝶夫人〔名〕（歌劇名）蝴蝶夫人（＝マダム、バタフライ）

蝶番〔名〕（門窗上的）合葉，鉸鍊、關節的連接處
　戸に蝶番を付ける（給門安上合葉）
　戸の蝶番が外れている（門上的合葉掉了）
　蝶番を外す（卸下合葉）
　発条付蝶番（彈簧絞鏈）
　顎の蝶番が外れた（下巴掉了）
　蝶番関節（〔解〕屈戌關節）

蝶豆〔名〕〔植〕藍花豆

蝶結び〔名〕蝴蝶結
　蝶結びのネクタイ（蝴蝶結領帶）
　リボンを蝶結びに為る（把緞帶繫成蝴蝶結）

ちょうるい
蝶類〔名〕〔動〕蝶類

かれい
鰈〔名〕〔動〕鰈（比目魚科）

諜（ㄉㄧㄝˊ）

ちょう
諜〔漢造〕喋喋不休、間諜

ちょうちょう
諜諜（喋喋不休）

かんちょう
間諜（間諜、特務＝回し者、スパイ）

ちょうじゃ
諜者〔名〕間諜（＝回し者、スパイ）

ちょうち
諜知〔名、他サ〕探知、偵查
てきぐん　どうせい　ちょうち
敵軍の動静を諜知する（偵查敵軍的動靜）

ちょうほう
諜報〔名〕諜報、情報
ちょうほう　はい
諜報が入る（得到情報）
ちょうほうもう　は　めぐ
諜報網を張り巡らす（布置諜報網）
ちょうほういん
諜報員（諜報員）
ちょうほうきかん
諜報機關（情報機關）
ちょうほうかつどう
諜報活動（情報活動）

しめ　あ　　　しめ　あ
諜し合わす、示し合わす〔他五〕（預先）商定，約定、互相示意（＝諜し合わせる、示し合わせる）

しめ　あ　　　　　しめ　あ
諜し合わせる、示し合わせる〔他下一〕（預先）商定，約定、互相示意
しめ　あ　　　　ばしょ
諜し合わせた場所（預先商定的地點）
しめ　あ　　　　じこく
諜し合わせた時刻（預先商定的時間）
か　　しめ　あ　　　　　お　とお
予ねて諜し合わせて置いた通り（按照事前商定那樣）
あいつら　みなしめ　あ　　　それ　わたし　かく
彼奴等は皆諜し合わせて其を私に隠しているのだ（那些傢伙是事先合計好瞞著我的）
けいさつかん　め　め　しめ　あ　　　　はんにん　と
警察官が目と目で諜し合わせて犯人に飛び掛った（警察互相遞個眼神就朝犯人猛撲過去）

しめ　あ　　　　しめ　あ
諜し合わせ、示し合わせ〔名〕（預先）商定，約定
しめ　あ　　　　　す
諜し合わせを為る（預先商定、約定）
か　　　しめ　あ　　　　よ　じゅうじ　きしゃ
予ねての諜し合わせに依って十時の汽車に乗る（按照事前的約定坐十點的火車）
ちんもく　しめ　あ
沈黙の諜し合わせ（保持緘默的約定）

鰈（ㄉㄧㄝˊ）

ちょう
鰈〔漢造〕〔動〕鰈
ちょうざめ
鰈鮫（鰈鮫）

凋（ㄉㄧㄠ）

ちょう
凋〔漢造〕寒冰使萬物零落為凋、枯萎、衰敗

ちょうい
凋萎〔名〕凋萎

ちょうすい
凋衰〔名〕凋衰（失勢、活力和氣力沒了）

ちょうらく
凋落〔名、自サ〕凋落，凋謝，凋零，枯萎。〔喻〕衰敗，沒落，衰亡
あき　くさき　ちょうらく　きせつ
秋は草木の凋落する季節である（秋天是草木凋零的季節）草木草木
しぜんしゅぎぶんがく　ちょうらく
自然主義文学の凋落（自然主義文學的沒落）
ちょうらく　うんめい　たど
凋落の運命を辿る（走上沒落的命運）

ちょうれい
凋零〔名〕凋落、老衰

しぼ　　しぼ
凋む、萎む〔自五〕枯萎、凋謝（＝萎れる）、癟
はな　しぼ
花が凋んだ（花枯萎了）
ふうせん　しぼ　　　ちじょう　お
風船が凋んで地上に降りた（氣球癟了掉在地上了）
きぼう　しぼ
希望が凋む（希望不大了）

彫（雕）（ㄉㄧㄠ）

ちょう
彫〔漢造〕雕刻
もくちょう　　　　　　　　きぼ
木彫（木雕、木刻＝木彫り）

ちょうきん
彫金〔名〕雕金、鏤金
ちょうきんじゅつ
彫金術（雕金術）

ちょうこう
彫工〔名〕雕刻工、雕刻匠

ちょうこく
彫刻〔名、他サ〕雕刻
ぶつぞう　ちょうこく
仏像を彫刻する（雕刻佛像）
だいりせき　ぞう　ちょうこく
大理石で像を彫刻する（用大理石雕刻像）
ちょうこくてき　かお
彫刻的な顔（雕刻型的臉輪、廓清晰的臉）
たく　　　ちょうこく
巧みな彫刻（巧妙的雕刻）
こおり　ちょうこく
氷の彫刻（冰雕）
ちょうこくか
彫刻家（雕刻家）
ちょうこくじゅつ
彫刻術（雕刻術）
ちょうこくはん
彫刻版（雕刻版）
ちょうこくぶつ
彫刻物（雕刻品）
ちょうこくとう
彫刻刀（雕刻刀）

彫刻具座（〔天〕雕具星座）

彫歯獣〔名〕（古生物）雕齒獸

彫心鏤骨〔名〕雕心鏤骨、煞費苦心
　彫心鏤骨の結果、彼の名句が生まれた（費盡心思之後才寫出那個佳句）
　彫心鏤骨の作（苦心之作）

彫塑〔名、自サ〕雕塑、雕刻和塑像
　美術展の彫塑の部（美術展覽會的雕塑部）

彫像〔名〕雕像
　大理石の彫像（大理石的雕像）

彫琢〔名、他サ〕雕琢、琢磨、推敲
　輝く許りの彫琢を施した首飾り（雕琢得耀眼的項鍊）
　幾度も彫琢された後に出来上がった名文（幾經推敲之後寫成的名文）彫る得る選る

彫る〔他五〕雕刻（=彫る）、雕上，刻上（=彫り付ける）、挖通，挖穿（=繰り抜く）、刻紋嵌鑲

得る〔他下一〕得，得到、理解、領悟、能，能夠、（以せざるを得ない形式）不得不,不能不

〔接尾〕（接在其他動詞連用形下、連體形，終止形多用得る）能，可以
　利益を得る（得利）得る獲る選る彫る彫る
　病を得る（得病）
　志を得る（得志）
　信頼を得る（取得信任）
　貴意を得度く存じます（希望徵得您的同意）
　知識を得る（獲得知識）
　所を得る（得其所）
　間一髪気が付いて、漸く事無きを得た（馬上發覺才幸免於難）
　何の得る所も無かった（毫無所得）
　人民から得た物のを人民の為に用いる（取之於民用之於民）
　国際的に幅広い共鳴と支持を得ている（贏得了國際上廣泛的同情和支持）
　其の意を得ぬ（不理解其意）

　彼に面会する事を得なかった（未能與他會面）
　賛成せざるを得なかった（不得不贊成）
　如何しても其の方向に動かざるを得ない（怎麼也不能不向那方向移動）
　知り得る限りの情報（所能知道的情報）
　一人では成し得ない（一個人做不成）
　有り得ない（不會有、不可能）

得る〔他下二〕（得る的文語形式、主要用於書寫語言中、活用形為え、え、うる、うる、うれ、えよ）得，得到、（接尾詞用法、接動詞連用形下）能夠，可能
　大いに得る所が有る（大有所得）売る
　少しも得る所が無い（毫無所得）
　利益を得る（得到利益）
　実行し得る計画（能夠實行的計畫）
　其れは有り得る事だ（那是可能有的事）

売る〔他五〕出售、出賣、出名、挑釁←→買う
　物を売る（賣東西）得る得る
　布を売る（賣布）布布
　高く売る（貴賣）
　現金で売る（以現金出售）
　値段を間違えで売って終った（賣錯了價錢）終う仕舞う
　元を切って売る様では商いに成らない（虧本賣就做不成生意了）
　名を売る（出名）
　男を売る（露臉、賣弄豪氣）
　友を売る（出賣朋友）友伴共供
　味方を売る（出賣同伴）
　味方見方観方看方視方
　国を売る（賣國）
　媚を売る（獻媚）
　喧嘩を売る（找碴打架）
　恩を売る（賣人情）音温怨遠御穏

其は売られた喧嘩だった（那是由於對方挑釁而打起來的架）

選る〔他五〕選擇（=選ぶ、択ぶ、撰ぶ、選る）

選りに選って最後に残った一粒の真珠（再三挑選最後留下來的一顆珍珠）

選りに選って僕が当たるとは（選來選去沒想到把我選上）当る中る

彫り〔名〕雕、雕刻（=刻み）

彫板〔名〕木版（=版木）

彫櫛〔名〕雕飾的梳子

彫り付ける〔他五〕雕上、刻上（=刻み付ける、張り付ける）

彫り物，彫りもの，彫り物，彫物〔名〕雕刻（品）、文身，刺青（=入墨）

彫物を為る（雕刻）

此のステッキは柄に彫物が為て有る（這隻手杖的柄上有雕飾）

彫物師（雕刻師）

腕に彫物を為る（在胳膊上刺青）

背中に龍の彫物が有る（脊背上刺有龍的刺青）

彫る〔他五〕雕刻、刺青

像を彫る（雕像）彫る掘る

板に名前を彫る（在板上刻名字）

背中に龍を彫る（在背上刺一條龍）龍

掘る〔他五〕挖、刨、挖掘

溝を掘る（挖溝）溝溝

芋を掘る（挖白薯）

石炭を掘る（挖煤）

庭に池を掘る（在庭院裡挖池塘）

前足で穴を掘る（用前腳挖洞）

自ら墓穴を掘る（自掘墳墓）自ら自ら（自然而然地）

彫り〔名〕雕刻

彫りが旨い（刻得好）旨い巧い上手い甘い美味い

彫りが良い（雕刻得好）

彫り師（雕刻師）

彫りの深い顔（輪廓很深的臉龐）

木彫りの人形（木刻娃娃）

彫り上げ、彫上げ〔名〕浮雕（=浮き彫り、浮彫）、雕完

彫り上げ細工（浮雕工藝品）

貂（ㄉ一ㄠ）

貂〔名〕〔動〕貂

貂の皮（貂皮）

黒貂（黑貂）

鯛（ㄉ一ㄠ）

鯛〔名〕〔動〕鯛、棘鬣魚（俗稱加級魚、大頭魚）

蝦で鯛を釣る（拋磚引玉）釣る吊る

腐っても鯛（瘦死駱駝大於牛）

鯛の尾より鰯の頭（寧為雞口不為牛後）

鯛網〔名〕鯛網、捕鯛網（=鯛縛り網）

鯛茶〔名〕〔烹〕生鯛魚片茶泡飯（=鯛茶漬）

鯛味噌〔名〕摻有鯛魚肉的黃醬

鯛飯〔名〕（澎）鯛飯（將生鯛魚片浸於芝麻油醬油就熟米飯食用或將鯛魚肉置米飯上蒸澆蘑菇湯食用）

鯛焼き〔名〕鯛魚形的豆沙餡點心

調（ㄉ一ㄠˋ）

調〔漢造〕調整、調訓、協調、調製、調查、調子

好調（順利、情況良好）

順調（順利、良好）

協調（協調、合作）

強調（強調，極力主張、行市漸挺）

同調（調整音調、同一步調）

低調（低調，音調低、不活躍，不旺盛）

高調（高音調、調子提高、情緒高漲）

硬調（〔攝〕調子硬，反差強、〔商〕行情看漲）

ㄉ

軟調（〔攝〕反差弱，黑白對比度軟弱、〔商〕疲軟）

完調（充分具備體力條件等）

堅調（行情堅挺、漲價趨勢）

乱調（步調混亂，調子紊亂，行市忽漲忽落，猛烈波動、不協和音）

不調（不成功，談不攏，不順利，委靡、疏忽，大意，笨拙）

不調和（不調和、不協調）

音調（音調、聲調、語調、音律、韻律）

曲調（曲調、調子）

口調（語調、聲調、腔調）

格調（格調、風格）

浪花節調（浪花曲調）

翻訳調（翻譯調）

講談調（講評調）

近代調（近代調）

調印〔名、自サ〕簽字、蓋章

条約の正式調印（條約的正式簽訂）

調印式が行われる（舉行簽字儀式）

講和条約の調印を終えた（媾和條約簽字完畢）

夫夫双方を代表して協定に調印する（分別代表雙方在協定書上簽字）

日中和平友好条約が東京で調印され、発効された（中日和平友好條約在東京簽字生效）

調音〔名、自サ〕〔樂〕調音、〔語〕發音動作

調音叉（調音叉）

調楽〔名〕演奏音樂、舞樂正式演出前事先練習

調管〔名〕〔樂〕（吹奏樂器的）曲管、調管

調義、調儀〔名〕計畫、策略籌謀（的才智）

調教〔名、他サ〕調教、訓練

象を調教する（訓練象）

馬を調教する（訓練馬）

調教師（訓練師）

調光器〔名〕〔電〕調光器、光度調整器

調号〔名〕〔樂〕（樂譜開頭的）調號（如#、b等）

調合〔名、他サ〕調合，配合。〔藥〕調劑，配藥

此の絵は色の調合が良い（這幅畫的顏色配合得好）

風邪薬を調合する（配感冒藥）

薬の調合を間違える（把藥配錯）

調査〔名、他サ〕調查

人口調査（人口調查）

世論を調査する（調查輿論）世論世論世論

其の事件は目下鋭意調査中です（那個事件現在正在積極調查之中）

秘密裏に調査が進められている（在秘密地進行調查）

調査報告（調查報告）

調査団（調查團）

調査委員（調查委員）

調剤〔名、自サ〕〔藥〕調劑、配藥

処方箋通りに調剤する（按處方配藥）

調剤師（藥劑師）

調剤法（調劑法）

調子〔名〕〔樂〕音調、腔調、語調、格調、狀態，情況、勢頭，勁頭，做法，辦法

調子が高い（音調高）

調子が低い（音調低）

調子が合う（合調）

調子が外れる（走調）

調子を取る（打拍子）

調子を変える（改變調子）

調子を上げる（提高音調）

調子を下げる（降低音調）

三味線の調子を合わせる（調整三弦的音調）

pianoに調子を合わせて歌う（隨著鋼琴的調子唱）

此のpianoは調子が狂っている（這架鋼琴走了調）

調子記号（調號）

言葉の調子が強過ぎる（語氣太強）

調子を付けて読む（加上腔調讀）

声の調子が高い（語調高）

又例の調子だ（又彈起老調來了）

翻訳で原文の調子を伝えるのは難しい（在翻譯中體現出原文的格調很困難）

原文の調子を出来るだけ壊さぬ様に古典を現代語に訳す（盡可能保持原文風格把古典譯成現代語）

調子の高い作品（格調高的作品）

体の調子が良い（身體的情況好）

機器の調子が良くない（機器運轉不靈）

万事調子良く行った（一切順利）

此の調子では今月中には出来上がるまい（按這種情況本月完不成）

少し調子が変だ（情況有點不對頭）

仕事の調子が出て来た（工作的勁頭來了）

其の時の調子で出来不出来が有る（憑當時勢頭有時做得好有時做得壞）

調子に乗って喋る（得意忘形地說起來）

調子に乗って遣り過ぎると失敗する（趁勢做過火就會失敗）

妙な調子で喧嘩を始めた（不知為何打起架來）

調子を呑み込む（掌握做法）

斯う言う調子で遣るのだ（要這麼做）

其の調子其の調子（對了對了 就那麼做）

今度は調子を変えて遣って見よう（這回改變做法試試看）

調子を合わせる（奉承、恭維、打幫腔、順著對方的意思說）

調子付く〔自五〕起勁，來勁。〔轉〕得意忘形

機械が漸く調子付く（機器逐漸好使了）

遣れば遣る程調子付いて來る（越幹越起勁）

調子付くと中中止められない（一得意起來就輕易也停不下）

彼奴は直ぐ調子付く（那個傢伙動不動就得意忘形）

調子者（輕率的人，得意忘形的人、吹捧的人，打幫腔的人）

調子外れ（走調、不合拍、荒腔走板）

調子外れに歌う（唱得走調）

調湿器〔名〕恆溫器、溫度調節器

調質油〔名〕〔冶〕調質油、回火油

調習〔名〕訓練、操練

調書〔名〕（案件的）調查記錄、報告書

予審調書（預審記錄）

調書に取る（寫成報告書）

調書を作成する（做記錄）

此の事件の調書は五千枚に達する（這個案件的記錄長達五千頁）

調色〔名〕調合顏色

調色板（調色板）

二重調色（雙重調色）

調進〔名、他サ〕承做、替主顧做

菓子を調進する（承做點心）

商品券調進（承辦禮券）

調性〔名〕〔樂〕調性、因吊

調製〔名、他サ〕調製、製造、製作

注文通りに調製する（按照訂貨調製）

注文に応じて調製する（承做訂貨）

調製法（製造法）

調製食品（熟食、現成副食品）

調整〔名、他サ〕調整、調節

価格を調整する（調整價格）

労資関係の調整（調節勞資關係）

意見の調整（調整意見）

ラジオの音量を調整する（調節勞資關係）

調整器（調整器）

調整室（廣播的調節室）

調節〔名、他サ〕調節、調整

ㄅ

米価の調節（調整米價）
ガスの火を調節する（調節煤氣的火力）
室内の温度を自動的に調節する（自動調節室內溫度）
調節が出来ない（沒法調節）
調節器（調節器）
調節弁（調節閥）

調素〔名〕〔語〕調位（即漢字的四聲-即四個音調）

調速機〔名〕〔機〕調速器、限速器
電気調速機（電動調速器）
船舶調速機（船用調速器）
発条調速機（彈簧調速器）
偏心調速機（偏心調速器）
危急調速機（緊急調速器）
自動調速機（自動調速器）

調帯〔名〕〔機〕輪帶、傳動帶

調べ帯〔名〕〔機〕傳動帶

調達〔名、他サ〕籌措（資金等）供應辦置（貨品等）
旅費を調達する（籌措旅費）
土地を抵当に資金を調達する（拿土地作抵押籌措資金）
注文通りに調達する（按照訂貨的要求供應）
御入用の物は何でも調達致します（凡是您需要的貨品都能辦置送上）

調定〔名、他サ〕査定、調査確定
調定税額（查定稅額）
調定漏れ（查定漏掉）
調定済み（已經查定）

調停〔名、他サ〕調停
紛争調停（調停紛爭）
家庭紛争調停（調停家庭紛爭）
強制調停（強制調停）
任意調停（自願調停）
争議を調停する（調停勞資糾紛）
調停役を買って出る（出來作調停人）
調停を打ち切る（停止調停）
調停を申し出る（申請調停）
調停の労を取る（擔任調停）
中に立って調停する（從中調停）
調停に乗り出す（出面調停）
調停に掛ける（提交調停）
調停に服する（服從調停）
調停で解決する（以調停解決）
其の問題は調停に付された（那個問題已提交調停了）
調停裁判（調停裁判）

調度〔名〕家具，日用器具。〔古〕弓矢
事務室の調度（辦公室的器具）
家具調度を整える（備置家具和日用器具）
嫁入りの調度品（嫁妝）
調度品（日常用品）

調馬〔名〕訓練馬
調馬場（訓馬場）
調馬師（訓馬師）
調馬演習（訓馬演習）

調髪〔名、自サ〕梳頭、理髮、燙髮
床屋へ調髪（し）に行く（到理髮店去理髮）
調髪師（理髮師）

調伏〔名、他サ〕〔佛〕憑佛力降伏惡魔，調和心身克服邪念、（把人）詛咒死

調弁〔名、他サ〕（在戰地）籌備、備辦（糧秣）

調法〔名形動〕方便、便利、適用
調法な台所道具（適用的廚房用具）
不調法、無調法（不周、大意、失禮、笨拙）

調法がる、重宝がる〔他五〕珍視、珍惜、器重（=重んじる）
何処へ行っても調法がられる人物（到哪裡都受器重的人）

手先が器用なので皆から調法がられる（因為手巧受到大家器重）

調味〔名、自サ〕調味
　胡椒で調味する（用胡椒調味）
　調味料（調味料、作料）

調物〔名〕調理後收藏的東西

調薬〔名、自サ〕調劑
　調薬法（調劑法）
　調薬師（調劑師）

調理〔名、他サ〕烹調，做菜、調理，管理
　調理場（廚房）
　調理人（廚師）
　調理法（烹調法）
　調理台（烹調板、案板）
　野菜を調理する（烹調蔬菜）

調律〔名、他サ〕〔樂〕調準音調
　ピアノを調律する（調準鋼琴的音調）
　調律師（調律師）

調練〔名、他サ〕訓練、操練、練兵
　新兵を調練する（訓練新兵）

調和〔名、自サ〕調和、（顏色）配合、（聲音）和諧、（關係）協調
　調和が取れる（配合、協調）
　音が調和しない（音調不和諧）音音音
　色彩の調和（顏色的配合）
　夫婦の間に調和を保つ（夫婦之間保持和諧）
　調和を損なう（破壞協調）
　其は其の場の雰囲気と調和しなかった（那和那種場合的氣氛不協調）
　其の色は貴方の髪と少しも調和しない（那種顏色和你的頭髮一點也不協調）
　調和数列（〔數〕調和級數）
　不調和（不調和、不諧調）

調べる〔他下一〕調查，查閱，研究、檢查，查找、審問，審訊。〔樂〕調音、奏樂，演奏（樂器）
　事実を調べる（調查事實）
　辞書を調べる（查字典）
　徹底的に調べる（徹底調查）
　鉱石を分析して金の有無を調べる（分析礦石檢查有沒有黃金）
　古い文献を調べる（查閱古文獻）
　試験の答案を調べる（審閱試卷、給試卷評分）
　帳簿を調べる（查帳）
　電話番号を調べる（查電話號碼）
　金は調べずに受け取った（錢沒核對就收下了）
　船内を隈なく調べる（普遍檢查船內）
　犯人を調べる（審問犯人）
　被告を調べる（審問被告）
　ピアノの調子を調べる（調鋼琴的音）

調べ〔名〕調查。審查，審問。檢查。（音樂的）演奏，樂曲。調音。（音樂、詩歌的）調子，音調
　調べが行き届く（調查周密）
　此の点は未だ良く調べが出来ていない（這一點還沒有仔細調查過）
　調べが付く（調查清楚）
　警察で調べを受ける（在派出所受審問）
　在庫調べ（查庫存）
　税関の調べ（海關的檢查）
　楽の調べ（樂曲）
　妙なる調べ（美妙的音樂）
　ピアノの調べ（鋼琴調音）
　歌の調べ（歌的音調）

調べ上げる〔他下一〕徹底調查、調查完畢

調べ革〔名〕傳動皮帶
　軸に調べ革を掛ける（給軸掛上傳動皮帶）

調べ車〔名〕傳動輪（＝ベルト車）
　調べ車にベルトを掛ける（給傳動輪掛上傳動帶）

調べ直す〔他五〕再調查、重新檢查

調べの緒〔連語〕〔樂〕（小鼓的）調音帶

調べ物〔名〕調查研究、調查工作、研究對象
　調べ物を為る（作調查工作）
　調べ物が有る（有要調查的東西）

調う、整う、斉う〔自五〕齊備，完備，（常寫作整う）整齊，完整，勻稱，協調，（常寫作調う）（協議等）達成，談好，商妥
　準備が整う（作好準備）
　食事の用意が整った（飯準備好了）
　目鼻立ちが整っている（五官端正、眉目整齊）
　色の塗り方が整っている（顏色塗得均勻）
　整った文章（完整無缺的文章）
　整った服装を為ている（衣履整齊）
　隊形が整う（隊形整齊）
　足並みが整う（步調整齊）
　調子が整う（協調）
　商談が調う（交易談妥）
　協議が調う（達成協議）
　縁談が調う（婚事談妥）

調える、整える、斉える〔他下一〕（常寫作整える）整理，整頓，使整齊、備齊，整備好（常寫作調える）達成（協議），談妥
　服装を整える（整理服裝）
　部屋を整える（把房間收拾整潔）
　身形を整える（打扮整齊）
　隊列を整えてから行進を開始する（整頓好隊伍後開始遊行）
　行間を整える（〔印〕整版）
　旅装を整える（備齊旅裝）
　旅行費を整える（備齊旅費）
　夕食の用意を整える（準備好晚飯）
　準備を整える（作好準備）
　交渉を調える（達成協議）
　商談を調える（談妥交易）
　縁談を調える（婚事談妥）

弔（ㄉㄧㄠˋ）

弔〔漢造〕弔唁
　哀弔（哀悼）
　敬弔（敬弔）
　追弔（追悼＝追悼）

弔する〔他サ〕弔唁（＝弔う）

弔意〔名〕哀悼、弔唁
　謹んで遺族に弔意を表する（謹向遺族表示哀悼之意）

弔慰〔名、他サ〕吊問、弔唁
　弔慰の手紙（弔唁信）
　弔慰金（奠儀、撫恤金）
　事故犠牲者に弔慰金百万円を贈る（贈給因事故而犧牲的人一百萬日元撫卹金）

弔花〔名〕（弔唁的）花圈

弔歌〔名〕輓歌
　弔歌一首を友の霊前に捧げる（以輓歌一首獻於亡友靈前）

弔客、弔客〔名〕弔客、弔唁者
　弔客が次次と訪れる（弔唁者陸續到來）訪ねる尋ねる

弔旗〔名〕弔旗、半旗
　弔旗を掲げる（掛弔旗、下半旗）

弔祭〔名〕弔祭
　弔祭を行う（祭奠）
　弔祭料（奠儀）

弔詞〔名〕弔詞、悼詞

弔詩〔名〕弔詩

弔辞〔名〕弔辭、悼辭
　霊前で弔辞を読む（在靈前致悼辭）

弔銃〔名〕（為悼唁軍人之死等）鳴槍致哀

弔恤〔名〕悼唁撫卹

弔書〔名〕悼文

弔鐘〔名〕弔鐘、喪鐘

弔電〔名〕弔電、唁電←→祝電
　弔電を打つ（發唁電）

弔文〔名〕祭文、悼辭
　弔文を読む（致悼辭）

弔砲〔名〕悼唁禮砲
　弔砲を発する（打悼唁禮砲）

弔問〔名、他サ〕悼唁、弔慰
　遺族を弔問する（向遺族表示慰問）
　弔問客が絶えない（悼唁者絡繹不絶）

弔う、弔う〔他五〕弔喪，悼唁、為死者祈冥福
　亡き人を弔う（弔喪）
　遺族の宅を弔う（到遺族家去悼唁）
　後世を弔う（為來世祈冥福）

弔い，弔、弔い，弔〔名〕悼唁，悼慰，悼喪，葬禮，葬儀、（舉行佛事）為死者祈冥福（=、）
　遺族に弔いの言葉を述べる（弔慰遺屬）
　御弔いに参列する（参加葬禮）
　今日は御弔いに行って来た（今天去参加了葬禮）
　弔いの鐘が鳴った（喪鐘敲響了）

弔い合戦〔名〕（安慰死者靈魂的）復仇戰爭

弔（ㄉㄧㄠˋ）

吊〔名〕懸掛

吊錨〔名〕〔海〕吊錨
　吊錨ダビット（吊錨柱）
　吊錨滑車（起錨滑車）

吊る〔他五〕吊，懸，掛（=吊るす、吊る）。〔相撲〕（把對手）舉起
　蚊帳を吊る（掛蚊帳）
　剣を吊る（配劍）
　橋を吊る（架吊橋）
　棚を吊る（吊擱板）
　首を吊る（上吊）

吊る、釣る〔他五〕（寫作釣る）釣（魚）、引誘，誘騙
　川で魚を釣る（在河邊釣魚）
　蜻蛉を釣る（釣蜻蜓）
　甘言で人を釣る（用動聽的話引誘人）
　釣られて笑う（被誘得發笑）
　多くの人が彼の広告に釣られた（很多人受了那個廣告的騙）
　海老で鯛を釣る（用蝦米釣大魚、拋磚引玉、一本萬利）

攣る〔自五〕（也寫作吊る、釣る）抽筋（=引き攣る）。（也寫作吊る、釣る）往上吊
　筋が攣る（抽筋）筋筋
　足が攣る（腳抽筋）
　怒りで顔が攣った（氣得臉上直抽搐）怒り怒り
　目尻が攣っている（吊眼梢）
　目の攣った女（吊眼梢的女人）

吊り、吊〔名〕吊起、吊繩、吊鉤。〔相撲〕（把對方）攔腰舉起
　ズボン吊（褲子的吊帶）
　宙吊（懸掛）

吊り上がる、釣り上がる〔自五〕吊起來、釣起來、向上吊
　起重機を使うと重タンクも易易と吊り上がる（用起重機的話即便是重型坦克也能輕而易舉地吊起來）
　目尻が吊り上がる（眼梢往上吊）

吊り上げる、釣り上げる〔他下一〕（寫作釣り上げる）釣上來、吊起來。〔商〕抬高（物價）、（也寫作攣り上げる）向上吊
　十ポンドも有る大魚を釣り上げる（釣上一條足有十磅的大魚）
　錨を吊り上げる（把錨吊起來）
　綱を付けて石を吊り上げる（拴上繩子把石頭吊起來）
　吊り上げて組み立てる方法（吊裝的方法）
　物価を吊り上げる（抬高物價）
　石油の価格を吊り上げる（提高油價）
　目を吊り上げる（吊起眼梢〔發火〕）

吊るし上げる、吊し上げる〔他下一〕吊起來、逼問，圍攻

狸を縛って吊るし上げる（把狐狸綁上吊起來）

ボスを吊るし上げる（圍攻惡霸）

こっ酷い吊るし上げられた（被狠狠地整了一頓）

吊るし上げ、吊し上げ〔名〕吊起，掛起、逼問，圍攻

吊し上げの刑（吊刑）

彼は吊し上げに為れた（他受到圍攻）

人を吊し上げに為る（整人）

暴力的吊し上げ（暴力批鬥）

吊り下す、吊り卸す〔他五〕吊下來

大きな木箱に収まった展示品は慎重にクレーンで吊り下された（裝在大木箱裡的展品，用起重機小心謹慎地吊著卸了下來）

吊り下がる、釣り下がる〔自五〕懸掛、垂掛、垂吊

鉄棒に吊り下がる（吊在單槓上）

吊り下がって死ぬ（上吊自殺）

蜘蛛が天井から吊り下がって來る（蜘蛛從天花板垂吊下來）

吊り下げる、釣り下げる〔他下一〕吊掛、懸掛

腰に剣を吊り下げる（把劍配在腰上）

天井からランプを吊り下げる（從天花板上把燈吊下來）

柱の上に提灯が吊り下がて有る（柱子上掛著燈籠）

吊り足場〔名〕〔建〕吊式腳手架

吊蛇、釣蛇、長吻蛇〔名〕〔動〕釣蛇

吊網〔名〕吊床、吊繩床

吊り落とし、吊落し〔名〕〔相撲〕（把對方）舉起摔倒

吊籠、吊り籠〔名〕吊著的筐籃、（氣球或飛艇下面的）吊籃，吊艙（=ゴンドラ）

吊鐘、釣鐘〔名〕（寺院等的）吊鐘

吊鐘を鋳る（鑄造吊鐘）

吊鐘堂（鐘樓）

吊鐘草、釣鐘草〔名〕〔植〕風鈴草屬。〔植〕沙參（=釣鐘人参）

吊鐘マント、釣鐘マント〔名〕（軍人或學生穿的）長斗篷

吊革、釣革〔名〕（電車等的）吊環

吊革にぶら下がる（拉著吊環）

吊鎖〔名〕〔機〕吊鏈、懸鏈

吊車〔名〕〔建〕吊窗滑輪

吊索〔名〕〔海〕（船篷等的）吊索

吊巣〔名〕（鳥的）吊巢、懸巢

吊り出す、釣り出す〔他五〕開始垂釣、騙出來，引誘出來，勾引出來。〔相撲〕（把對方）攔腰抱起摔出界外

甘言で女を吊り出す（用甜言蜜語把女人勾引出來）

情報を吊り出す（騙取情報）

吊り出し、釣り出し〔名〕開始垂釣，下鉤、引誘出來。〔相撲〕（把對方）攔腰抱起摔出界外

吊棚、釣棚〔名〕（從天花板上吊下來的）吊板，行李架、（壁龕旁邊的）擱板

吊棚に花瓶を置く（把花瓶放在擱板上）

吊綱〔名〕〔海〕吊揚索、千斤索

吊手，吊り手、釣手，釣り手〔名〕（寫作釣手）釣魚人、（蚊帳的）吊繩，掛繩

蚊帳の吊手を外す（解下蚊帳的掛繩）

吊天井、釣天井、釣り天井〔名〕（必要時放下來可以壓死人的）掛吊床，活動的天花板、吊式平爐

吊床、釣床，釣り床〔名〕吊床（=ハンモック）、（日式房間）簡略壁龕（=壁床）

吊床を吊る（掛吊床）

吊床を畳む（疊起吊床）

吊扉〔名〕吊門

吊繩，吊り繩〔名〕吊繩、吊東西用的繩

ボートの吊繩（船上吊小艇的繩子）

窓の吊繩（吊窗繩）

吊橋，吊り橋、釣橋，釣り橋〔名〕吊橋，懸橋，飛橋，鐵索橋、（必要時橋面可以吊起來的）吊橋

吊橋を掛ける（架吊橋）

谷間の吊橋を渡る（過山谷間的吊橋）渡る渉る亘る

吊梯子，吊り梯子、釣梯子，釣り梯子〔名〕吊梯、繩梯、軟梯

吊り柱〔名〕〔空〕（飛機的）機翼頂架

吊花，吊り花，釣花，釣り花〔名〕（生花）吊花 ←→置花、掛花

吊紐，吊り紐〔名〕吊帶、吊繩
　窓の吊紐（吊窗帶）

吊船、釣船，釣り船〔名〕（寫作釣船）釣魚船、船形吊式花瓶（多為竹製）

吊繃帶〔名〕吊（繃）帶
　吊繃帶で腕を吊っている（用吊繃帶吊著胳膊）

釣目，釣り目、吊眼，吊り眼、攣目，攣り目〔名〕眼角上吊的眼睛

吊羅針儀〔名〕〔海〕掛式羅盤

吊ランプ〔名〕吊燈（=吊るすランプ、吊しランプ）

吊環，吊り環、吊輪，吊り輪〔名〕〔體〕吊環

吊るす、吊す〔他五〕吊、懸、掛（=吊る）
　干柿を吊るす（把乾柿掛起來）
　シャンデリアが天井から吊るして有る（天花板下掛著枝形吊燈）

吊るし、吊し〔名〕吊、懸、掛。（俗）現成的西服、柿餅（=吊るし柿）、蘿蔔乾（=吊るし大根）。〔古〕吊起拷問
　吊しを買う（買現成的西服）

吊るし柿、吊し柿〔名〕柿餅（=干柿）

吊るし切り、吊し切り〔名〕吊起來切
　鮟鱇の吊し切り（吊起來切鮟鱇魚）

吊るし責、吊し責〔名〕（江戶時代刑罰的一種）反綁雙臂吊起拷問

吊るし大根、吊し大根〔名〕蘿蔔乾

吊るし玉、吊し玉〔名〕（希臘建築的）垂飾、懸飾

吊るし棒、吊し棒〔名〕〔體〕吊桿

吊るしランプ、吊しランプ〔名〕吊燈（=吊ランプ）

吊れる、釣れる〔自下一〕（寫作釣れる）上鉤，好釣，能釣，容易釣、吊起來，向上吊
　魚が良く釣れる（魚很好釣）
　此処では鮒が釣れる（這裡能釣鯽魚）
　魚が居ても釣れない（有魚但不上鉤）
　今日は大物が面白い様に釣れる（今天大魚很有意思地上鉤）
　目尻が吊れている（吊眼梢）
　怒ると直ぐ目が吊れる（一發火就橫眉豎眼）

掉、掉（ㄉㄧㄠˋ）

掉、掉〔漢造〕高舉其手而搖動為掉、搖擺（尾大不掉）、表示動作完成、賣掉

掉尾〔名〕擺尾、最後、最後幹勁（=掉尾）
　掉尾を飾る（圓滿結束）
　掉尾の勇を奮う（鼓起最後一鼓勇氣〔幹勁〕）

掉尾〔名〕（掉尾的習慣讀法）（魚被捕時）使勁擺動尾巴、最後的幹勁、結尾，最後
　掉尾を飾る（最後來個漂亮的結尾、修飾最後部分）
　掉尾文（主語最後出現的掉尾句）
　掉尾を勇を奮う（鼓起最後的勇氣、做最後的努力）

銚（ㄉㄧㄠˋ）

銚〔漢造〕蒸飯的小鍋為銚、一種有柄的小型烹煮器

銚子〔名〕酒瓶、酒瓶裡的酒。〔古〕長把酒壺
　銚子の御代り（再要一瓶酒）
　御銚子を付ける（燙酒、溫酒）

銚釐〔名〕燙酒用的壺

釣（ㄉㄧㄠˋ）

釣〔漢造〕以曲鉤取魚為釣、釣魚、找的錢

釣果〔名〕釣魚的收穫

釣魚〔名〕釣魚（=魚釣り）
　釣魚師（釣魚人）

釣魚〔名〕釣著玩的魚、供比賽釣魚用的魚

釣人、釣人〔名〕釣魚的人

釣友〔名〕釣友、釣魚的朋友（=釣り友達）

釣る、吊る〔他五〕（寫作釣る）釣（魚）、引誘，誘騙

　川で魚を釣る（在河邊釣魚）
　蜻蛉を釣る（釣蜻蜓）
　甘言で人を釣る（用動聽的話引誘人）
　釣られて笑う（被誘得發笑）
　多くの人が彼の広告に釣られた（很多人受了那個廣告的騙）
　海老で鯛を釣る（用蝦米釣大魚、拋磚引玉、一本萬利）

吊る〔他五〕吊，懸，掛（＝吊るす、吊す）。〔相撲〕（把對手）舉起

　蚊帳を吊る（掛蚊帳）
　剣を吊る（配劍）
　橋を吊る（架吊橋）
　棚を吊る（吊擱板）
　首を吊る（上吊）

攣る〔自五〕（也寫作吊る）抽筋（＝引き攣る）、（也寫作吊る、釣る）往上吊

　筋が攣る（抽筋）筋筋
　足が攣る（腳抽筋）
　怒りで顔が攣った（氣得臉上直抽搐）怒り怒り
　目尻が攣っている（吊眼梢）
　目の攣った女（吊眼梢的女人）

釣瓶〔名〕（汲井水用的）吊桶、吊水桶

　釣瓶で水を汲む（用吊桶汲水）組む汲む酌む
　釣瓶竿（栓吊桶的竹竿）
　釣瓶縄（吊桶繩）
　釣瓶井戸（用吊桶汲水的井）

釣瓶打ち〔名〕（槍的）連發、齊射

　釣瓶打ちに撃つ（齊射、連續發射）

釣瓶落とし、釣瓶落し〔名〕（像水桶掉進水裡似的）降落得很快

　釣瓶落としに為る（垂直落下、使一下子落下）
　秋の日は釣瓶（秋天的太陽落得快）

釣り、釣〔名〕釣魚、（常用御釣的形式）找的錢（＝釣銭）

　沖釣（海上垂釣）
　釣の醍醐味（釣魚的妙趣）
　釣に行く（去釣魚）
　釣を為る（釣魚）
　釣が上手だ（善於釣魚）
　釣を出す（拿出找的錢、往外找錢）
　釣を貰う（收到找的錢）
　御釣を下さい（請找給我錢）
　此れ、御釣です（這是找給您的錢）
　一万円札で釣が有りますか（一萬日元的鈔票能找開嗎？）
　御釣が無い（沒有零錢找）
　釣を出さない（不找零錢）
　釣は要らない（不用找錢）
　千円札で釣が來る（拿出一千日元會找回錢來–值不到一千日元）

釣り合う〔自五〕平衡，均勻、勻稱，相稱

　此の方程式は釣り合っている（這個方程式平衡）
　釣り合った夫婦（適配的夫妻）
　上着の色とネクタイが良く釣り合う（上衣的顏色和領帶很相稱）
　油絵は日本間には釣り合わない（日式房間掛油畫不適稱）
　釣り合わぬは不縁の基（不適配是造成離婚的根源）

釣り合い、釣合〔名〕平衡，均衡、勻稱，相稱

　釣合を保つ（保持平衡）
　釣合が取れていない（不平衡）
　釣合を失って倒れた（失掉平衡跌倒了）
　輸出と輸入の釣合が取れない（出口和進口不平衡）
　釣合錘（〔機〕平衡錘）
　釣合梁（〔建〕平衡樑）

釣合弁（〔機〕平衡閥）

釣合試験（平衡試験）

釣合の取れた夫婦（適配的夫妻）

運動を為た人の体は釣合が取れている（做運動的人體格勻稱）

絨毯とカーテンは良く釣合が取れている（地毯和窗簾很調合）

釣り上がる、吊り上がる〔自五〕吊起來、釣起來、向上吊

起重機を使うと重タンクも易易と吊り上がる（用起重機的話即便是重型坦克也能輕而易舉地吊起來）

目尻が吊り上がる（眼梢往上吊）

釣り上げる、吊り上げる〔他下一〕（寫作釣り上げる）釣上來、吊起來。〔商〕抬高（物價）、（也寫作攣り上げる）向上吊

十ポンドも有る大魚を釣り上げる（釣上一條足有十磅的大魚）

錨を吊り上げる（把錨吊起來）

綱を付けて石を吊り上げる（拴上繩子把石頭吊起來）

吊り上げて組み立てる方法（吊装的方法）

物価を吊り上げる（抬高物價）

石油の価格を吊り上げる（提高油價）

目を吊り上げる（吊起眼梢〔發火〕）

釣り下がる、吊り下がる〔自五〕懸掛、垂掛、垂吊

鉄棒に吊り下がる（吊在單槓上）

吊り下がって死ぬ（上吊自殺）

蜘蛛が天井から吊り下がって來る（蜘蛛從天花板垂吊下來）

釣り下げる、吊り下げる〔他下一〕吊掛、懸掛

腰に剣を吊り下げる（把劍配在腰上）

天井からランプを吊り下げる（從天花板上把燈吊下來）

柱の上に提灯が吊り下がて有る（柱子上掛著燈籠）

釣虻、吊虻、長吻虻〔名〕〔動〕釣虻

釣り糸、釣糸〔名〕釣魚線、（也寫作吊糸）吊東西的繩子

釣糸を垂れる（垂下釣魚線）垂れる足れる

釣り餌、釣餌〔名〕釣餌、魚食

釣り落とす〔他五〕（魚上鉤而）沒釣上來

釣り落とした魚は大きい（跑掉的魚都是大的、〔喻〕未得到手的東西都是很的）

釣花瓶〔名〕吊式花瓶（=釣花活け）

釣り籠、釣籠〔名〕（釣魚用）魚簍

釣鐘、吊鐘〔名〕（寺院等的）吊鐘

吊鐘を鋳る（鑄造吊鐘）

吊鐘堂（鐘樓）

釣鐘草、吊鐘草〔名〕〔植〕風鈴草屬。〔植〕沙參（=釣鐘人參）

釣鐘人参〔名〕〔植〕沙參

釣鐘manteau法、吊鐘manteau法〔名〕（軍人或學生穿的）長斗篷

釣鐘虫〔名〕〔動〕鐘蟲（的總稱）（纖毛蟲類緣毛目的原生動物）

釣釜〔名〕（吊在火上使用的）吊鍋

釣革、吊革〔名〕（電車等的）吊環

吊革にぶら下がる（拉著吊環）

釣り木、釣木〔名〕（吊板棚或板架等用的）吊木

釣り具、釣具〔名〕釣魚用具（=釣道具）

釣楔〔名〕〔機〕吊楔

釣り込む、釣込む〔他五〕引誘，誘進、（圈套）吸引，迷住

仲間に釣り込む（引誘入夥）

巧みに顧客を釣り込む（巧妙地引誘顧客）顧客顧客

広告に釣り込まれて、つい買って終った（受到廣告的引誘就隨手買下了）

思わず釣り込まれる微笑（不由得受到感染而發出的微笑）

話が上手なので、つい釣り込まれて終った（因為說得很動聽不由得給吸引住了）

話に釣り込まれて、時の経つのを忘れる（被說得吸引住忘掉了時間的經過）

釣り込み腰、釣込腰〔名〕〔柔道〕引誘的架勢

釣り竿、釣竿、釣竿〔名〕釣竿、魚竿
　釣竿を肩に為て出掛けた（扛著釣竿出去了）

釣り師、釣師〔名〕釣魚人
　此の川には釣師が大勢出る（這條河常有很多人來釣魚）

釣忍〔名〕（為了增加涼爽感）吊在簷頭的蔥草

釣り銭、釣銭〔名〕找的錢、找回的錢、找給的錢（＝釣）
　釣銭を出す（往外找錢）
　釣銭を間違える（找錯錢）
　釣銭を誤魔化す（少找給錢）
　釣銭御断り（不找零錢）
　釣銭の要らぬよう御用意願います（請備好零錢免得找錢）

釣り出す、吊り出す〔他五〕開始垂釣、騙出來，引誘出來，勾引出來。〔相撲〕（把對方）攔腰抱起摔出界外
　甘言で女を吊り出す（用甜言蜜語把女人勾引出來）
　情報を吊り出す（騙取情報）

釣り出し、吊り出し〔名〕開始垂釣、下鈎、引誘出來。〔相撲〕（把對方）攔腰抱起摔出界外

釣り台、釣台〔名〕（抬嫁妝或病人等用的）擔架、擔物架
　釣台で病人を運ぶ（用擔架抬病人）

釣太鼓〔名〕吊在架上的鼓

釣棚、吊棚〔名〕（從天花板上吊下來的）吊板，行李架、（壁龕旁邊的）擱板
　吊棚に花瓶を置く（把花瓶放在擱板上）

釣り球、釣球〔名〕鐘擺。〔棒球〕吊球 誘球（＝フェイント）
　釣球を投げる（投誘球）

釣提燈〔名〕（掛在簷下等的）燈籠、吊燈籠

釣手, 釣り手、吊手, 吊り手〔名〕（寫作釣手）釣魚人、（蚊帳的）吊繩，掛繩
　蚊帳の吊手を外す（解下蚊帳的掛繩）

釣り天狗、釣天狗〔名〕自吹釣魚能手的人

釣天井, 釣り天井、吊天井〔名〕（必要時放下來可以壓死人的）掛吊床，活動的天花板、吊式平爐

釣戸〔名〕（開時往上推關時往下落的）吊門

釣戸棚〔名〕吊櫥、懸櫃

釣道具〔名〕釣魚用具（如魚竿、魚鈎等）

釣灯籠〔名〕掛的燈籠、（隱）妾

釣床, 釣り床、吊床〔名〕吊床（＝ハンモック）、（日式房間）簡略壁龕（＝壁床）
　吊床を吊る（掛吊床）
　吊床を畳む（疊起吊床）

釣り殿、釣殿〔名〕〔古〕（古代貴族住宅建築的東西廊南端的）水閣、水榭

釣り場、釣場〔名〕釣魚場、釣魚的地方
　此の辺は釣場が多い（這附近釣魚場很多）

釣橋, 釣り橋、吊橋, 吊り橋〔名〕吊橋，懸橋，飛橋，鐵索橋、（必要時橋面可以吊起來的）吊橋
　吊橋を掛ける（架吊橋）
　谷間の吊橋を渡る（過山谷間的吊橋）渡る 涉る 亘る

釣梯子, 釣り梯子、吊梯子, 吊り梯子〔名〕吊梯、繩梯、軟梯

釣花, 釣り花、吊花, 吊り花〔名〕（生花）吊花←→置花、掛花

釣花活け〔名〕吊式花瓶

釣花入れ〔名〕吊式花瓶（籃）

釣り針、釣針〔名〕釣鈎、魚鈎
　釣針に餌を付ける（把魚餌安在魚鈎）

釣髭〔名〕翹梢鬍子

釣船, 釣り船、吊船〔名〕（寫作釣船）釣魚船、船形吊式花瓶（多為竹製）

釣船草〔名〕〔植〕野鳳仙花

釣堀、釣り堀〔名〕（收費）釣魚池

釣目, 釣り目、吊眼, 吊り眼、攣目, 攣り目〔名〕眼角上吊的眼睛

釣れる、吊れる〔自下一〕（寫作釣れる）上鈎，好釣，能釣，容易釣、吊起來，向上吊
　魚が良く釣れる（魚很好釣）

此処では鮒が釣れる（這裡能釣鯽魚）

魚が居ても釣れない（有魚但不上鉤）

今日は大物が面白い様に釣れる（今天大魚很有意思地上鉤）

目尻が吊れている（吊眼梢）

怒ると直ぐ目が吊れる（一發火就橫眉豎眼）

釣られる〔自下一〕（釣る的被動形式）受到引誘、受到影響

太鼓の音に釣られる（被鼓聲引誘）

人の話に釣られる（受到別人的話的影響）

癲（ㄉㄧㄢ）

癲〔漢造〕精神錯亂的病症為癲

瘋癲（〔俗〕瘋癲，瘋子，精神病、〔聚集在東京新宿站前及車站地下道奇裝異服吸毒的〕青少年們）

癲癇〔名〕〔醫〕癲癇、羊癲瘋

癲癇を起こす（癲癇發作）

癲狂〔名〕癲狂、瘋子、癲癇

顛（ㄉㄧㄢ）

顛〔漢造〕頭頂為顛、錯倒、墜落、搖動震盪、跌倒、瘋狂

顛倒、転倒〔名、自他サ〕顛倒、跌倒、驚慌失措，神魂顛倒

本末を顛倒する（本末顛倒）

今や彼等の地位は顛倒した（現在他們的地位顛倒過來了）

仰向けに顛倒した（仰面跌倒了、跌個四腳朝天）

階段に踏み外して顛倒する（踩空樓梯跌倒）

驚いて気が顛倒する（嚇得神魂顛倒）

気も顛倒する許り驚いた（差一點嚇暈了）

顛沛〔名〕顛沛、轉瞬間

顛覆、転覆〔名、自他サ〕（車船等）顛覆，翻倒、推翻（政府）

汽車が脱線顛覆した（火車脫軌翻覆了）

嵐が舟を顛覆させた（暴風吹翻了船）

革命に因って旧政府は顛覆された（由於革命舊政府被推翻了）

政府の顛覆を謀る（企圖顛覆政府）

顛末〔名〕始末、原委、來龍去脈

事件の顛末を語る（敘述事件的始末）

君達が別れるように為ったを説明して下さい（請告訴我妳們所以離婚的經過）

顛落、転落〔名、自サ〕滾下、墜落、暴跌

列車から顛落して死亡した（從火車上滾下摔死了）

夜の女に顛落する（淪為娼妓）

十万円に顛落する（暴跌到十萬日元）

第五位に顛落する（突然降到第五位）

典（ㄉㄧㄢˇ）

典〔名〕典禮、儀式、禮節

〔漢造〕書籍、依據、法則、儀式、抵押、掌管

華燭の典を挙げる（舉行婚禮）

教典（教育上的典章、〔宗〕教典，經典）

経典（經書、〔佛〕經典，佛經）

経典（經典〔著作〕）

聖典（聖人的經典，經書、〔宗〕聖典，聖經）

成典（成文的法典、規定的典禮儀式）

性典（性典、性知識全書）

盛典（隆重的儀式）

仏典（佛書、佛教經典）

内典（〔佛〕佛經）←→下典

下典（〔佛〕佛教經典以外的書籍）

文典（文典、語法書）

国典（國家的法典、國家的典禮儀式、日本的典籍）

楽典（〔樂〕樂典、西樂基礎課本）

辞典（辭典、詞典）

字典（字典）

事典（事典、百科詞典）

宝典（寶典、片覽）

法典（法典）

古典（古書、古典作品）

出典（典故的出處）

大典（重大儀式，國家的典禮，重大法律，重要的法律）

祭典（祭禮、盛典、祭祀的儀式、慶祝活動）

式典（儀式、典禮）

特典（特別的儀式、特別的恩典、特別待遇）

典雅〔名,形動〕典雅、嫻雅、雅致、斯文

典雅な美人（嫻雅的美人）

典雅な服装（雅致的服装）

典儀〔名〕典禮、一事

典拠〔名〕文獻根據、可靠的根據

此の小説にはちゃんとした典拠が有る（這部小說有十分可靠的根據）

典型〔名〕典型、模範（=手本）

彼の描き出した人物は近代人の典型だ（他描寫出來的人物是現代人的典型）

彼は典型的な科学者だ（他是個典型的科學家）

典型的な日本婦人（典型的日本婦女）

典故〔名〕典故（=故実）

典獄〔名〕（刑務所長的舊稱）典獄長、監獄管理員

投獄者は先ず典獄の前で身の上や犯罪に就いて調べられた（入獄者首先在典獄長面前受到有關身世和犯罪情況的審查）

典座、典座〔名〕六知事之一（寺廟內負責眾僧飲食的職位）

典侍〔名〕内侍女官（日本皇宮中最高級的女官）

典章〔名〕典章、規章制度

典籍〔名〕典籍、書籍（=書物）

古今の典籍を蒐集する（搜集古今典籍）

典範〔名〕典範，模範、法典

此の事柄は典範と為て尊ぶ可き物である（這事是人們應該尊重的典範）尊ぶ 尊ぶ

此の規則は典範と為て尊ぶ可き物である（這規則是人們應該尊重的典範）

皇室典範（皇室法典）

典物〔名〕當的東西（=質草、質種）

典薬〔名〕〔史〕宮中（幕府）司藥的官員

典礼〔名〕典禮、儀式

朝廷では皇太子御成婚の典礼が執り行われた（朝廷舉行了皇太子的完婚儀式）

典例〔名〕典例、先例

典例を古文書に求める（尋典例於古代文獻）

典麗〔名,形動〕典雅美麗

女王の典麗な容姿に人人は目を奪われた（女王典雅美麗的姿容光彩奪目）

点（點）（ㄉ一ㄢˇ）

点〔名〕點（=ぽち、ちょぼ）、標點、評分、得分、論點、觀點

〔接尾〕（助數詞用法）點、件

〔漢造〕點、燃點、檢查、點頭、注入、批點、加上點、漢字的筆畫、舊時計時單位、事項

点を打つ（點點）

感心した文の横に点を打つ（在覺得好的字句旁邊點點）

大切な文章の横に点点を付けた（在重要文章的旁邊加上了點）

大の字の右肩に点を打つと犬に為り、御中の所に点を打つと太に為る（大字旁邊點一點是犬

中間點一點是太）

一点の雲も無い空だ（萬里無雲）

飛行機は小さく為って到頭点の様に為った（飛機逐漸變小最後就像一個小點了）

文に点を打つ（給句子打上標點）

今度の試験は点が良かった（這次考試分數好）

点を付ける（給分、評分）

勉強して点を稼ぐ（用功爭取分數）

点が上がった（分數上來了）

彼の先生は点が辛い（那老師給分苛）
彼の先生は点が甘い（那老師給分寬）
反則が有ったので点には為らなかった（因為犯規沒有計分）
点を入れる（得分）
点の打ち所が無い（無懈可擊）
其の点は同意出来ない（這一點我不能同意）
彼とは仕事の点でも家族の点でも関係が深い（無論在工作方面或是在家庭方面和他的關係都很深）
値段の点で折合が付かない（在價錢上不能達成協議）
学問の点では、彼の人の方がずっと上だ（就學問而論他高超得多）
全ての点に於いて（在各方面）
少しも偽善者らしい点は見えない（一點也看不出來像個偽善者）
此の点では僕は自信が有る（在這一點上我有自信）
五点（五分）
数学の試験は百点だった（數學考試得了百分）
六十点以下は落第だ（六十分以下不及格）
百点（一百分）
満点（滿分）
衣類を三点盗まれた（被偷去三件衣服）
地点（地點）
盲点（〔解〕盲點、〔轉〕空隙，漏洞，空白點）
観点（觀點、看法、見地）
眼点（〔動〕眼點）
中心点（中心點）
拠点（據點）
出発点（起點、出發點）
沸騰点（〔理〕沸點）
評点（評分，分數、評語和批點）

氷点（〔理〕冰點）
標点（標點）
起点（起點、出發點）←→終点
終点（終點）
基点（基點）
疑点（疑點）
重点（重點）←→支点、力点
始点（起點）
死点（〔機〕沖程的死點、有死亡危險的地點）
至点（冬至或夏至的至點）
視点（觀點、視線的集中點、〔繪畫〕視線與畫面成直角的地平線上的假定點）
時点（時間、時候、時間經過的某一點）
批点（批點，圈點、批評之點，修改之點）
美点（優點、長處）
採点（評分數）
得点（得分）
特点（特徵）
同点（同分、該點）
最高点（最高分、最高得票數、最高水準）
次点（得分第二位、票數僅次於當選人）
平均点（平均分數）
及第点（合格分）
落第点（不及格分數、分數不及格）
斑点（斑點）
黒点（黑點、太陽黑子）
汚点（污點）
灸点（灸穴、灸治）
圏点（圈點）
読点（日語句中的頓號〝、〞）
句点（句點〝。〞）
句読点（句點和讀點〝。＆、〞）
原点（原點、基準點、座標的交點）

減点（扣分）

訓点（日本人讀漢文時注在漢字旁邊和下方的日文字母及標點符號）

濁点（表示濁音的符號－日語濁音假名右上角的雙點 〝゛〟-び）

返り点（讀音順序符號－〝上、下〟）

声点（音調符號）

焦点（焦點、目標）

加点（追加分數、加上訓讀點）

火点（陣地火力點、火災的起火地點）

合点、合点（理解，領會，認可，同意，首肯，點頭）

要点（要點、要領）

熔点、溶点（熔點）

難点（缺點、困難之點、難懂的地方、難處理的地方）

論点（論點、爭論點、討論的地方、討論的中心）

欠点、缺点（缺點、不及格分數）

問題点（爭論點）

疑問点（疑問點）

点じる〔他上一〕點（火）、泡（茶）、點，滴、標點，加批點（=点ずる）

火を点じる（點火）

茶を点じる（〔茶道〕泡茶）

目が痛いので目薬を点じる（眼睛痛所以點眼藥）

点ずる〔他サ〕點點、點（茶），點，滴、點火，點燈，點驗，點數，加批點、選定場所（時日）

朱を点ずる（點紅點）点ずる転ずる

主人が一服の茶を点じて呉れた（主人給我點了一杯茶）

目に薬を点ずる（點眼藥）

日暮れに為って家家は街灯を点じた（來到黃昏家家戶戶都點上了路燈）

点汚〔名〕髒污、污染、污點

点火〔名、自サ〕點火

ガソリンを掛けて点火する（澆上汽油點火）

ランプに点火する（點燈）

花火に点火する（放煙火）

点火器（點火器）

点火管（點火管）

点火紙（點火用紙捻）

点火装置（〔機〕火花塞）

爆発点火装置（炸藥點火裝置）

点火コイル（點火線圈）

点火栓（火花塞）

点火プラグ（火花塞）

点火、燈、灯〔名〕〔舊〕燈，燈火，照明物（=燈、灯）、燈油（=灯油）

灯を付ける（點燈）

点画〔名〕（構成漢字的）點與畫、筆畫

点画をはっきりと書く（把筆畫寫清楚）

点画の少ない字（筆畫少的字）

点眼〔名、自サ〕點眼藥、上眼藥

医者に点眼して貰う（請醫師給點眼藥）

点眼器（點眼器）

点眼水（眼藥水）

点鬼簿〔名〕生死簿（=過去帳－寺院裡的死者名冊）

点景、添景〔名〕（風景畫或照片上添加的）點綴性人物或動物

田園風景の点景に稲を刈る農夫を描いた（為點綴田園風景畫上割稻子的農民）描く画く

点検〔名、他サ〕檢點、檢查

服装を点検する（檢查服裝）

人員を点検する（查點人員）

誤りを点検する（檢查錯誤）

点検を受ける（受檢查）

忘れ物は無いかともう一度点検する（再檢查一下有沒有忘掉的東西）

点検員（檢查員）

点呼〔名、他サ〕點名

点呼を取る（點名）

参加者が揃ったか如何かを点呼して調べる（點名檢查參加者是否到齊）

きちんと整列してから、人員を点呼する（排好隊伍然後點名）

指名点呼（指名點名）

点光〔名〕（電視）點光源

点刻〔名、他サ〕（雕刻）點刻

点刻具（點刻工具）

点刻者（點刻者）

点差〔名〕（比賽時）分數之差

点在〔名、自サ〕散在、散布

島島の点在する海（島嶼散布的海）

岩礁が彼方此方に点在する海岸（暗礁到處散在的海岸）

山の麓に民家が点在する（山麓到處有人家）

点彩法〔名〕〔美〕點畫法

点竄術〔名〕〔數〕點竄術（一種日本特殊高等數學，用以解方程式、類似中國古代的天元算法）

点字〔名〕點字、凸字

盲者が手で点字を読む（盲人用手指摸讀點字）

点字の新聞を発行する（發行點字的報紙）

点字法（點字法）

点式〔名〕（評定俳句優劣時所用的）批點方式

点者〔名〕（和歌等作品的）評定人

点集合〔名〕〔數〕點集

点出〔名、他サ〕為引人注目特別點出

点食〔名〕（金屬表面的）點蝕、銹斑

点心〔名〕（舊作点心）。〔佛〕（正餐前的）簡單小吃，點心，茶點，（中國宴席最後上的）點心、正餐外的簡單的飲食，零食（=間食）

点心を摘む（吃點心）摘む 抓む 撮む 摘む 積む 詰む 抓む

何卒点心を御撮み下さい（請嚐點點心吧！）

点図〔名〕（日本訓讀漢字用的）標點符號的圖解

点数〔名〕（評分的）分數，（比賽）得分、（物品或展品等的）件數

答案の点数が足りない（答案分數不夠）

点数を付ける（判分、記分）

合格の点数に達する（達到及格的分數）

点数を稼ぐ（搶分、賺分、討好）

出品点数（展品件數）

商品の点数を揃える（備齊商品的件數）

帳簿と現物の点数が一致しない（帳簿和現貨件數不符）

点睛〔名〕點睛

画龍点睛（畫龍點睛）

点線〔名〕點線←→実線

点線の引いて有る所に名前を書き為さい（請在畫有點線的地方寫上姓名）

点線の所から切り取って下さい（請從點線的地方撕下）

点苔〔名〕〔畫〕點苔

点対称〔名〕〔數〕點對稱

点茶〔名〕〔茶道〕泡茶、沏茶

今日は友人の家で点茶を為た（今天在朋友家裡點茶了）

点付け〔名、他サ〕記分、評分數（=採点）

点綴、点綴〔名、自他サ〕點點散在，星羅棋布，綴合，連綴

其処は人家が点綴している（那裡有幾家人家分散著）

海には船の火が蛍の様に点綴している（海上船隻燈火像螢火蟲一般點點散在著）

車窓から眺めは次次と美しい景色を点綴する（從車窗望去接連出現點點的美景）

珠玉の様な名文を点綴した文集（綴輯了許多珠璣的文集）

点滴〔名〕點滴、點滴注射

点滴石を穿つ（點滴穿石）

静かに軒の点滴を聞く（靜聽檐下雨滴）

点滴注射（點滴注射、打點滴）

点滴輸血（點滴輸血）

点滴反応（〔化〕斑點反應）

点的器〔名〕（火砲瞄準練習用的）點標器

点点〔副〕（常用点点と形式）點點，散在，水點，滴落

〔名〕幾個小點、（兒語）虛線

平野の中に民家が点点と建っている（原野上散在地建有一些民房）

空には星が点点と輝いている（滿天星斗閃耀著）

雨垂れが点点と落ちる（雨點滴滴答答地滴落）

塩酸で洋服に点点が出来た（鹽酸把西裝燒了幾個小洞）

点点を付ける（劃虛線）

点電荷〔名〕〔理〕點電荷

点灯、点燈〔名、自サ〕點燈←→消灯

夕暮れ時家家は次次に点灯した（黃昏時刻家家戶戶陸續點上了燈）

点灯管（引燃管）

点灯飼養（點燈飼養、利用照明的飼養法）

点頭〔名、自サ〕點頭（＝頷く、肯く）。〔植〕轉頭

聴衆は頻りに点頭した（聽眾頻頻點頭）

点頭症（〔醫〕點頭症）

点取り〔名〕爭取高分、得分、計分的人

点取り主義（分數主義）

此の遊びは点取りゲームです（這個遊戲是靠得分定勝負的）

僕は点取りを為るよ（我來計分）

点取り虫（〔蔑〕分數迷、一味爭分數的學生）

点播〔名〕〔農〕點播

点描〔名、他サ〕點畫（法）（不用線而用點的描繪手法-如西洋新印象派的畫法），速寫，素描（＝スケッチ）

点描の肖像画が壁に掛かっている（點畫的肖像畫掛在牆上）

日常生活を点描する（素描日常生活）

人物点描（人物速寫）

点本〔名〕標有訓讀古漢文標點的書籍←→無点本

点滅〔名、自他サ〕（燈光）忽亮忽滅

明かりを点滅させて合図を為る（使燈光一亮一滅打信號）

広告塔の電光が夜空に点滅している（廣告塔的電光在夜空中忽亮忽滅）

点滅器（燈的開關）

点訳〔名、他サ〕（把普通的文字或文章）譯成點字（盲字）

点訳奉仕（代譯點字）

点薬〔名、他サ〕點眼藥、眼藥水

眼に点薬を点す（點眼藥）差す指す刺す挿す射す注す鎖す点す

点てる〔他下一〕〔茶道〕泡茶

抹茶を点てる（泡茶待客）立てる建てる点てる経てる絶てる発てる断てる裁てる

立てる〔他下一〕立、立起、冒、揚起、扎、立定、燒開、燒熱、關閉（門窗）、傳播、散播、派遣、放、安置、掀起、刮起、制定、起草、尊敬、維持、樹立、完成、響起、揚起、保全、保住、用、有用、創立、弄尖、明確提出、泡茶、沏茶

〔接尾〕（接動詞連用形下）用於加強語氣

電柱を立てる（立電線桿）建てる立てる経てる絶てる発てる断てる

卵を立てる（把雞蛋立起來）裁てる点てる起てる閉てる截てる

煙を立てる（冒煙）

砂埃を立てる（揚起沙塵）

湯気を立て部屋の乾燥を防ぐ（放些濕氣防止屋子乾燥）

手に棘を立てる（手上扎刺）棘刺

喉に魚の骨を立てる（喉嚨扎上魚刺）

志を立てる（立志）

誓いを立てる（發誓）

願を立てる（許願）

風呂を立てる（燒洗澡水）

襖を立てる（襖を閉てる）（關上隔扇）襖衾

戸を立てる事を忘れるな（別忘了關門）

噂を立てる（傳播謠言）

名を立てる（揚名）名名
使者を立てる（派遣使者）
人を立てて交渉する（派人交渉）
候補者を立てる（推舉候選人）
彼を矢面に立てる（使他首當其衝）
彼を証人に立てる（叫他做證人）
波を立てる（掀起波浪）
風を立てる（起風）風風（風、風度、風氣、風景、風趣、諷刺、樣子，態度、情況，狀態、傾向、趨勢、打扮，外表）
泡を立てる（起泡）泡沫粟
水飛沫を立てる（水花四濺）
計画を立てる（定計畫）
方針を立てる（制定方針）
案を立てる（起草方案）
親分と立てる（尊為首領）
立てる所は立てて遣らねば為らない（該尊敬就必須尊敬）
生計を立てる（維持生計）
手柄を立てる（手柄を樹てる）（立功）
身を立てる（立身處世）
大きな声を立てないで下さい（請不要大喊大叫）
唸りを立てて飛ぶ（吼叫著飛起）
顔を立てる（保全面子）
義理を立てる（盡情分）
役を立てる（使之有用）役役（戰役、使役）
新学説を立てる（創立新學說）
新記録を立てる（創新紀錄）
鋸の目を立てる（把鋸齒銼尖）
証拠を立てる（提出證據）
茶を立てる（茶を点てる）（沏茶）
騒ぎ立てる（大吵大嚷、鬧哄哄）

書き立てる（大寫特寫）
気を引き立てる（抖擻精神）
呼び立てる（使勁喊）
喚き立てる（叫嚷）
飾り立てる（打扮得華麗）
囃子立てる（打趣起哄）
腹を立てる（腹が立つ）（生氣、發怒）

立てる、建てる〔他下一〕蓋，建造，創立，建立
アパートを建てる（蓋公寓）
家を建てる（蓋房子）家家家家家家
国を建てる（建國）

点前、点前，手前〔名〕（茶道的）禮法（規矩）
茶の点前（茶道的禮法）

点ける〔他下一〕（有時寫作付ける）點火，點燃、扭開，拉開，打開
ランプを点ける（點燈）
煙草に火を点ける（點菸）
マッチを点ける（劃火柴）
ガスを点ける（點著煤氣）
部屋が寒いからストーブを点けよう（屋子冷把暖爐點著吧！）
電燈を点ける（扭開電燈）
ラジオを点けてニュースを聞く（打開收音機聽新聞報導）
テレビを点けた儘出掛けた（開著電視就出去了）

付ける、着ける、附ける〔他下一〕安上，掛上，插上，縫上，寫上，記上，注上，定價，給價，出價，抹上，塗上，擦上，使隨從，使跟隨，尾隨，盯梢，附加，添加，裝上，裝載，打分，養成，取得，建立、解決
（用に付けて形式）因而，一…就、每逢…就
列車に機関車を付ける（把機車掛到列車上）
剣を銃口に付ける（把刺刀安在槍口上）
カメラにフィルトーを付ける（把照相機安上濾色鏡片）

ツ

上の句に下の句を付ける（〔連歌、俳句〕接連上句詠出下句）

如露の柄が取れたから新しく付けなければならない（噴壺打手掉了必須安個新的）

シャツにボタンを付ける（把鈕扣縫在襯衫上）[shirt button]

部屋が暗いので窓を付けた（因為房子太暗安了扇窗子）

日記を付ける（記日記）

出納を帳面に付ける（把收支記在帳上）

其の勘定は私に付けて置いて呉れ（那筆帳給我記上）

次の漢字に仮名を付け為さい（給下列漢字注上假名）

値段を付ける（定價，要價、給價，出價）

値を幾等に付けたか（出了多少價錢？）

値段を高く付ける（要價高、出價高）

薬を付ける（上藥、抹藥）

パンにバターを付ける（給麵包塗上奶油）[pao butter]

手にペンキを付ける（手上弄上油漆）[pek 荷]

ペンにインキを付ける（給鋼筆醮上墨水）[pen ink]

タオルに石鹸を付ける（把肥皂抹到毛巾上）[towel]

護衛を付ける（派警衛〔保護〕）

病人に看護婦を付ける（派護士護理病人）

被告に弁護士を付ける（給被告聘律師）

彼の後を付けた（跟在他後面）

彼奴を付けて行け（盯上那個傢伙）

スパイに付けられている（被間諜盯上）[spy]

手紙を付けて物を届ける（附上信把東西送去）

景品を付ける（附加贈品）

条件を付ける（附加條件）

体内に段段と抵抗力を付ける（讓體內逐漸產生抵抗力）

乾草を付けた車（裝著乾草的車）乾草

点数を付ける（給分數、打分數）

五点を付ける（給五分、打五分）

子供に名を付ける（給孩子命名）

父親を付けた名前（父親給起的名字）

良い習慣を付ける（養成良好習慣）

職を手に付ける（學會一種手藝）

技術を身に付ける（掌握技術）

悪い癖を付けては困る（不要給他養成壞習慣）

方を付ける（加以解決、收拾善後）

紛糾に結末を付ける（解決糾紛）

関係を付ける（搭關係、建立關係）

決着を付ける（解決、攤牌）

速く話を付けよう（趕快商量好吧！）

君から話を付けて呉れ（由你來給解決一下吧！）

其に付けて思い出されるのは美景（因而使人聯想到的是美景）

風雨に付けて国境を守る戦士を思い出す（一刮風下雨就想起守衛邊疆的戰士）

気を付ける（注意、當心、留神、小心、警惕）

けちを付ける（挑毛病、潑冷水）

元気を付ける（振作精神）

智慧を付ける（唆使、煽動、灌輸思想、給人出主意）

箸を付ける（下箸）

味噌を付ける（失敗、丟臉）

目を付ける（注目、著眼）

役を付ける（當官）

理屈を付ける（找藉口）

付ける、着ける、附ける〔他下一〕（常寫作着ける）
穿上、帶上、佩帶（＝着用する）（常寫作着ける）
（駕駛車船）靠攏、開到（某處）（＝横付けに為る）

服を身に着ける（穿上西服）

軍服を身に着けない民兵（不穿軍裝的民兵）

制服を着けて出掛ける（穿上制服出去）

ピストルを着けた番兵（帶著手槍的衛兵）[pistol]

面を着ける（帶上面具）

自動車を門に着ける（把汽車開到門口）
船を岸壁に着ける（使船靠岸）

付ける、着ける、附ける〔接尾〕（接某些動詞+（さ）せる、（ら）れる形式的連用形下）經常，慣於，表示加強所接動詞的語氣、（憑感覺器官）察覺到

行き付けた所（常去的地方）
遣り付けた仕事（熟悉的工作）
怒鳴られ付けている（經常挨申斥）
叱り付ける（申斥）
押え付ける（押上）
酷く怒って本を机に叩き付けた（大發雷霆把書往桌子上一摔）
聞き付ける（聽到、聽見）
見付ける（看見、發現）
嗅ぎ付ける（嗅到、聞到、發覺、察覺到）

即ける、就ける〔他下一〕使就位、使就師

席に即ける（使就席）
局長の地位に即ける（使就局長職位）
位に即ける（使即位）
職に即ける（使就職）
先生に即けて習わせる（使跟老師學習）

漬ける、浸ける〔他下一〕浸，泡（＝浸す）

着物を水に漬ける（把衣服泡在水裡）

漬ける〔他下一〕醃，漬（＝漬物に為る）

菜を漬ける（醃菜）
塩で梅を漬ける（醃鹹梅子）
胡瓜を糠味噌に漬ける（把黃瓜醃在米糠醬裡）
寒い地方では野菜を沢山漬けて置いて、冬に食べる（寒冷地方醃好多菜冬天吃）

点く、付く〔自五〕點著、燃起

電灯が付いた（電燈亮了）
もう明かりが付く頃だ（該點燈的時候了）
ライターが付かない（打火機打不著）
此の煙草には火が付かない（這個煙點不著）
隣の家に火が付いた（鄰家失火了）

付く、附く〔自五〕附著，沾上、帶有，配有、增加，增添，伴同，隨從，偏袒，向著，設有，連接，生根，扎根，（也寫作熯く）點著，燃起，值，相當於，染上，染到，印上，留下，感到，妥當，一定，結實，走運，（也寫作就く）順著，附加，（看來）是

泥がズボンに付く（泥沾到褲子上）
血の付いた着物（沾上血的衣服）
鮑は岩に付く（鮑魚附著在岩石上）
甘い物に蟻が付く（甜東西招螞蟻）
肉が付く（長肉）
智慧が付く（長智慧）
力が付く（有了勁、力量大起來）
利子が付く（生息）
精が付く（有了精力）
虫が付く（生蟲）
錆が付く（生銹）
親に付いて旅行する（跟著父母旅行）
護衛が付く（有護衛跟著）
他人の後からのろのろ付いて行く（跟在別人後面慢騰騰地走）
君には迚も付いて行けない（我怎麼也跟不上你）
不運が付いて回る（厄運纏身）
人の下に付く事を好まない（不願甘居人下）
あんな奴の下に付くのは嫌だ（我不願意聽他的）
彼の人に付いて居れば損は無い（聽他的話沒錯）
娘は母に付く（女兒向著媽媽）
弱い方に付く（偏袒軟弱的一方）
味方に付く（偏袒我方）
敵に付く（倒向敵方）
何方にも付かない（不偏袒任何一方）
引き出しの付いた机（帶抽屜的桌子）

ク

此の列車には食堂車が付いている（這次列車掛著餐車）

此の町に鉄道が付いた（這個城鎮通火車了）

谷へ下りる道が付いている（有一條通往山谷的路）

種痘が付いた（種痘發了）

挿し木が付く（插枝扎根）

電灯が付いた（電燈亮了）

もう明かりが付く頃だ（該點燈的時候了）

ライターが付かない（打火機打不著）

此の煙草には火が付かない（這個煙點不著）

隣の家に火が付いた（鄰家失火了）

一個百円に付く（一個合一百日元）

全部で一万円に付く（總共值一萬日元）

高い物に付く（花大價錢、價錢較貴）

一年が十年に付く（一年頂十年）

値が付く（有價錢、標出價錢）

然うする方が安く付く（那麼做便宜）

色が付く（染上顏色）

鼻緒の色が足袋に付いた（木屐帶的顏色染到布襪上了）

足跡が付く（印上腳印、留下足跡）

帳面に付いている（帳上記著）

染みが付く（印上污痕）污点

跡が付く（留下痕跡）

目に付く（看見）

鼻に付く（嗅到、刺鼻）

耳に付く（聽見）

気が付く（注意到、察覺出來、清醒過來）

目に付かない所で悪戯を為る（在看不見的地方淘氣）

目鼻が付く（有眉目）

凡その見当が付いた（大致有了眉目）

見込みが付いた（有了希望）

判断が付く（判斷出來）

思案が付く（想了出來）

判断が付かない（沒下定決心）

話が付く（說定、談妥）

決心が付く（下定決心）

始末が付かない（不好收拾、沒法善後）

方が付く（得到解決、了結）

けりが付く（完結）

収拾が付かなく為る（不可收拾）

彼の話は未だ目鼻が付かない（那件事還沒有頭緒）

御燗が付いた（酒燙好了）

実が付く（結實）

牡丹に蕾が付いた（牡丹打苞了）

彼は近頃付いている（他近來運氣好）

今日は馬鹿に付いている（今天運氣好得很）

ゲームは最初から此方に付いていた（比賽一開始我方就占了優勢）

川に付いて行く（順著河走）

塀に付いて曲がる（順著牆拐彎）

付録が付いている（附加附錄）

条件が付く（附帶條件）

朝飯とも昼飯とも付かぬ食事（既不是早飯也不是午飯的飯食、早午餐）

シルクハットとも山高帽とも付かない物（既不是大禮帽也不是常禮帽）

板に付く（純熟，老練、貼附，適當）

手に付かない（心不在焉、不能專心從事）

役が付く（當官、有職銜）

付く〔接尾、五型〕（接擬聲、擬態詞之下）表示具有該詞的聲音、作用狀態

がた付く（咯噔咯噔響）

べた付く（發黏）

ぶら付く（幌動）

付く、就く〔自五〕沿著、順著、跟隨

川に付いて行く（順著河走）

塀に付いて曲がる（順著牆拐彎）

就く〔自五〕就座，登上、就職，從事、就師，師事、就道，首途

席に就く（就席）

床に就く（就寢）床

塒に就く（就巢）

緒に就く（就緒）

食卓に就く（就餐）

講壇に就く（登上講壇）

職に就く（就職）

任に就く（就任）

実業に就く（從事實業工作）

働ける者は皆仕事に就いている（有勞動能力的都參加了工作）

師に就く（就師）

日本人に就いて日本語を学ぶ（跟日本人學日語）習う

帰途を就く（就歸途）

世界一周の途に就く（起程做環球旅行）

壮途に就く（踏上征途）

突く〔他五〕支撐、拄著

杖を突いて歩く（撐著拐杖走）

頰杖を突いて本を読む（用手托著下巴看書）

手を突いて身を起こす（用手撐著身體起來）

がっくり膝を突いて終った（癱軟地跪下去）

突く、衝く〔他五〕刺，戳、冒、衝、攻，抓，乘

槍で突く（用長槍刺）

針で指先を突いた（針扎了指頭）

棒で地面を突く（用棍子戳地）

鳩尾を突かれて気絶した（被擊中了胸口昏倒了）

判を突く（打戳、蓋章）

意気天を突く（幹勁衝天）

雲を突く許りの大男（頂天大漢）

つんと鼻を突く臭いが為る（聞到一股嗆鼻的味道）

風雨を突いて進む（冒著風雨前進）

不意を突く（出其不意）

相手の弱点を突く（攻擊對方的弱點）

足元を突く（找毛病）

突く、撞く〔他五〕撞、敲、拍

毬を突いて遊ぶ（拍皮球玩）

鐘を突く（敲鐘）

玉を突く（撞球）

吐く、突く〔他五〕吐（=吐く）、說出（=言う）、呼吸，出氣（=吹き出す）

反吐を吐く（嘔吐）

嘘を吐く（說謊）

息を吐く（出氣）

溜息を吐く（嘆氣）

即く〔自五〕即位、靠近

位に即く（即位）

王位に即かせる（使即王位）

即かず離れずの態度を取る（採取不即不離的態度）

漬く、浸く〔自五〕淹、浸

床迄水が漬く（水浸到地板上）

漬く〔自五〕醃好、醃透（=漬かる）

此の胡瓜は良く漬いている（這個黃瓜醃透了）

着く〔自五〕到達（=到着する）、寄到，運到（=届く）、達到，夠著（=触れる）

汽車が着いた（火車到了）

最初に着いた人（最先到的人）

朝台北を立てば昼東京に着く（早晨從台北動身午間就到東京）

手紙が着く（信寄到）

荷物が着いた（行李運到了）

体を前に折り曲げると手が地面に着く（一彎腰手夠著地）

頭が鴨居に着く（頭夠著門楣）

ㄉ

搗く、舂く〔他五〕搗、舂
　米を搗く（舂米）
　餅を搗く（舂年糕）
　搗いた餅より心持ち（禮輕情意重）

憑く〔自五〕（妖狐魔鬼等）附體
　狐が憑く（狐狸附體）

築く〔他五〕修築（＝築く）
　周囲に石垣を築く（四周砌起石牆）
　小山を築く（砌假山）

点す, 灯す, 燈す, 点す, 灯す〔他五〕點燈
　提灯に火を点す（點燈籠）
　蝋燭を点す（點蠟燭）
　ランプが点して有る（燈亮著）
　終夜と点して置く（整夜點著燈）

点火、燈、灯〔名〕〔舊〕燈，燈火，照明物（＝燈、灯）、燈油（＝灯油）
　灯を付ける（點燈）

点る, 灯る, 燈る, 点る, 灯る〔自五〕燈火亮、點著
　電灯の点っている部屋（點著電燈的房間）
　小屋にはランプが薄暗く点っていた（小屋裡點著暗暗的油燈）
　港一面に灯が明明と点っている（整個港口燈火輝煌）
　明かりが点る（燈亮了）
　蝋燭が点る（蠟燭亮了）
　川邊の宿に色取り取りの灯が点る（河邊旅館點著各種顏色的燈）
　仏壇の蝋燭の火が点る（佛龕的蠟燭點著）
　町にはもう灯が点っている（街上已經點上了燈）

淀（ㄉㄧㄢˋ）

淀〔漢造〕淺水為淀

淀、澱〔名〕（流水）淤塞、淤塞處、沉澱（物）

淀む、澱む〔自五〕淤塞、沉澱、停滯、不流暢
　淀んだ水（淤水）
　溝の水が淀む（溝水淤塞）
　バケツの水の底に芥が淀む（水桶的水底下沉澱些髒東西）
　淀む事無く意見を述べる（滔滔不絕地發表意見）
　空気が淀んで息が詰まり然うだった（空氣不流暢覺得有些憋得慌）

淀み、澱み〔名〕淤水，淤水處，停滯，停頓（常用淀みなく形式）
　川の淀みに浮き草が漂っている（河的淤水處漂著浮萍）
　淀み無く喋る（不停地說、流暢地講、滔滔不絕地講）
　少しの淀みも無く演説を為る（口若懸河地發表演說）

奠（ㄉㄧㄢˋ）

奠〔漢造〕以牲禮祭祀、安定
　乞巧奠、乞巧奠（舊曆七月七日乞巧節〔＝七夕祭り〕）
　釈奠、釈奠、釈奠（丁祭－仲春，仲秋上丁日的祭孔儀式）
　香奠、香典（奠儀）

奠都〔名、自サ〕奠都、建都
　東京に奠都する（奠都於東京）

殿（ㄉㄧㄢˋ）

殿（有時讀作殿）〔漢造〕殿堂、殿軍、敬稱
　宮殿（宮殿）
　神殿（神殿、神社的大殿）
　寝殿（宮中的寢殿、宮殿式建築的正殿）
　新殿（新殿）
　拝殿（拜殿、神社正殿的前殿）
　仏殿（佛殿、佛堂）
　御殿（府第、豪華的住宅、〝清涼殿〞的別稱）
　清涼殿（日本宮中的清涼殿－准許上殿人員的集合所）

紫宸殿、紫宸殿（日本宮中的正殿＝南殿）

便殿、便殿（便殿-供天皇、皇后等休息用的臨時場所）

神楽殿（在已有的建築物上增建的閣樓）

伏魔殿（伏魔殿、〔轉〕〔罪惡的〕溫床，淵藪）

貴殿（〔男人在信裡用的對稱〕您、台端）

光明院殿（光明院殿）

殿上〔名〕宮殿之上、日本宮中清涼殿的一室（准許上殿人員的集合所）（＝殿上の間）

升殿、准許上清涼殿，紫宸殿←→地下（不准上清涼殿的四、五品以下的官吏或門第）

蔵人所的別稱（＝蔵人所-掌管宮中文書、總務的機關）←→地下

殿上人（准許上殿的人員-五品以上的公卿及六品的蔵人）公卿公卿公卿

殿下〔名〕殿堂下、（對皇族的敬稱）殿下

皇太子殿下（皇太子殿下）

親王殿下（親王殿下）

殿下は今日旅行に出られた（殿下今天旅行去了）

殿宇〔名〕殿宇、殿堂

殿軍〔名〕殿軍、後衛部隊（＝殿）

殿軍は敵の追撃に反撃し乍退却した（殿軍一邊反擊敵人的追擊一邊退卻了）

殿舎〔名〕府邸、宮殿

殿中〔名〕宮殿之中、（江戶時代）將軍府

殿堂〔名〕殿堂，高大壯麗的公共建築、佛殿、神殿

美の殿堂（美術館）

音楽の殿堂（音樂廳）

学問の殿堂（學府）

殿廊〔名〕宮殿或殿堂等的走廊

殿〔名〕〔古〕貴族的邸宅、貴族的敬稱、主公的敬稱、妻子對丈夫的敬稱、婦女對男人的敬稱。攝政、関白的尊稱

〔代〕您、老爺

御殿様（老爺）

殿方（男人、爺們）

殿、御仕度が出来まして御座ります（老爺，準備好了）

殿〔接尾〕（接於姓名或表示身分的名詞下）表示尊敬（尊敬程度較樣輕、現僅用於正式而莊重的場合或函件等、一般老人用於私事較多）

隊長殿（隊長先生）

山田太郎殿（山田太郎先生）

人事課長殿（〔寫在信封上〕人事科長台啟）

殿方〔名〕（婦女對男子的敬稱或雅稱）男人們

殿方用（男用）

殿方は此方へ何卒（男人們請到這邊來）

殿御〔名〕〔舊〕婦女對男人的敬稱（＝殿方）、婦女對丈夫，情人的敬稱

好いた殿御と（和情人一起）

殿様〔名〕（對貴族、主君的敬稱）老爺，大人、（江戶時代）大名和高級旗本的敬稱。〔謔〕（有錢而不諳世故的）老爺

殿様に仕える（侍候老爺）

彼は殿様だからそんな俗事は分かる物か（他是個大老爺哪裡曉得那些世俗瑣事）

殿様仕事（不惜時間金錢的悠閒工作）

殿様扱い（優厚的待遇）

殿様芸（老爺們玩的技藝、膚淺的技藝、宮廷藝術）

殿様蛙（田雞、田蛙）

殿様暮し（奢侈的生活、貴族生活）

殿原〔名〕〔古〕（對貴族或一般男子的敬稱）老爺們、男人們

殿〔名〕後衛，殿後，殿軍、（行列、順序中）最後，末尾（的人）

殿を勤める（當殿軍、作後衛）

A部隊を殿に回す（調A部隊為殿軍）

殿に遣って來る（最後來到）

殿から二、三番目の成績だ（成績倒數第二三名）

登山では足の強い者が殿に廻る（登山時腿壯的人在最後）

澱（ㄉㄧㄢˋ）

澱〔漢造〕澱粉

　　沈澱、沈殿（沉澱）

澱み、沈澱〔名〕沉渣、殘渣、沉澱物（＝澱み、淀み）

澱粉〔名〕〔理〕澱粉

　　薩摩芋から澱粉を取る（從甘藷中提取澱粉）

　　澱粉糖（澱粉糖）

　　澱粉糊（漿糊）

　　澱粉質（澱粉質）

　　澱粉糖化酵素（澱粉酶）

澱〔名〕（液體中的）沉渣、沉澱物

　　水の澱（水裡沉澱物）

　　酒の澱（酒裡沉渣）

　　コーヒーの澱（咖啡渣）

　　澱が沈んだ（渣滓沉澱了）

　　澱を立てる（攪起沉渣）

　　澱酒（渾酒）

檻〔名〕（動物的）欄，籠，圈，（罪犯、瘋子的）牢房，牢籠

　　虎を檻に入れる（把老虎圈在籠裡）

　　檻の中のライオン（獸欄裡的獅子）

　　熊の檻（熊籠）

　　続続と檻から飛び出す（紛紛出籠）

折り、折〔名〕折，折疊、折疊物，折縫，時候，時機

〔接尾〕（計算紙盒木盒的助數詞）盒，匣。（作紙張的助數詞）開數

　　子供の折の思い出（孩子時候的回憶）

　　其の折私も其処に居合わせた（那個時候我也正在那裡）

　　上海へ行った折に彼を訪れました（去上海的時候我訪問過他）

　　忙しく彼に会う折が無い（忙得沒有機會跟他見面）

　　此れは又と無い折だ（這是難得的機會）

　　折が有れば早速御訪ね致します（有了機會我就盡早去拜訪您）

　　折を待つ（等待時機）

　　折を利用する（利用時機）

　　折が良い（時機好）

　　折が悪い（時機不好）

　　折に触れて（碰到機會、偶而、即興）

　　折も有ろうに（偏偏在這個時候、偏巧這時）

　　折も折（正當這個時候、偏巧這時）

　　折を見て（看機會、找時機、見機行事）

　　菓子を折に入れる（把點心放在盒裡）

　　海苔巻きを折に詰める（往盒子裡裝壽司飯捲）

　　御菓子一折（一盒點心）

　　折詰の鮨を二折注文する（訂購兩盒壽司）

　　二つ折の本（對開本的書）

　　八つ折の本（八開本的書）

　　二つ折に為る（折成對開）

　　もう一つ畳むと三十二折に為る（再折疊一次就成三十二開）

澱む、沈澱む〔自五〕沉澱、凝結、停滯（＝澱む、淀む）

澱み、沈澱〔名〕沉渣、殘渣、沉澱物（＝澱み、淀み）

　　コーヒーの澱み（咖啡的沉渣）

　　御茶の澱み（茶底、茶根）

澱、淀〔名〕（流水）淤塞、淤塞處

澱む、淀む〔自五〕淤塞、沉澱、停滯，不流暢

　　淀んだ水（淤水）

　　溝の水が淀む（溝水淤塞）

　　バケツの水の底に芥が淀む（水桶的水底下沉澱些髒東西）

　　淀む事無く意見を述べる（滔滔不絕地發表意見）

　　空気が淀んで息が詰まり然うだった（空氣不流暢覺得有些憋得慌）

澱み、淀み〔名〕淤水，淤水處，停滯，停頓（常用淀みなく形式）

川の淀みに浮き草が漂っている（河的淤水處漂著浮萍）

淀み無く喋る（不停地說、流暢地講、滔滔不絕地講）

少しの淀みも無く演説を為る（口若懸河地發表演說）

癜（ㄉㄧㄢˇ）

癜〔漢造〕顏色異常的皮膚病

癜〔名〕〔醫〕白癜風、白斑病

店（ㄉㄧㄢˋ）

店〔漢造〕商店

商店（商店）

書店（書店＝本屋）

売店（〔設在車站、劇場等內部的〕小賣部、小賣店、售貨亭）

露店（攤販）

開店（開設店鋪、開門營業）←→閉店

閉店（歇業、倒閉、停止營業）

本店（〔對支店而言〕總店、這個店鋪、本號）

支店（支店、分行）

分店（分店、分公司）

弊店（〔對自己商店的謙稱〕敝店）

代理店（代理店、代理商、經售店）

小売店（小賣店、零售店）

小店（小商店、〔謙〕敝號、小號，我店）

薬店（藥店）

喫茶店（茶館、咖啡館－供應咖啡、紅茶、點心或簡單飲食的飲食店）

店員〔名〕店員、售貨員

デパートの店員に為る（當上百貨公司的店員）

御一報次第店員を参上致させます（您一通知就派店員到府上去）

店主〔名〕店主人、老板

店主が出て客に挨拶する（店主人出來問候客人）

店是〔名〕鋪規、店鋪的箴言

店則〔名〕鋪規、商店的規則

店頭〔名〕門市、門面、鋪面

売り子が店頭に立って客を呼び入れている（店員站在商店門口招攬顧客）

店頭に客が群がっていた（顧客盈門）

店頭に飾られている（被陳列在鋪面上）

此れは店頭に飾って置く物で、売るのでは有りません（這是裝飾櫥窗的不是出售的）

店頭売買（門面交易、在證券公司不在交易所買賣）

店頭装飾（鋪面的布置）

店内〔名〕店鋪內部

店内は広くて明るい（店鋪裡寬敞而明亮）

店舗〔名〕店鋪、商店

道の両側には近代的な店舗が並んでいる（道路兩旁排列著現代化的商店）

店舗向きの家（門市房、鋪面房）

一階を店舗に二階を住宅に為る（一樓做商店二樓做住宅）

店務〔名〕商店的業務

店名〔名〕店名、商店的字號

手拭いに店名が染めて有る（手巾上印有商店字號）

店名入りのタオル（印有商店字號的毛巾）towel

店、棚〔名〕店（＝店、見世）、出租（借住）的房子（＝貸家、借家）

御店（店、店鋪）

御店に奉公する（在店鋪當店員）

店を出す（開店）

店借り（租房子）

店を借りる（租借房子）

店賃（房租）

店商い、棚商い〔名〕在店鋪賣

店請け、店請〔名、自サ〕替租房人擔保（的人）

店請け人（為房客擔保的人）

店請け人が有りますか（有租房擔保人嗎？）

店卸し，店卸、棚卸し，棚卸〔名、他サ〕〔商〕盤貨，盤點存貨。〔轉〕――批評缺點

夏物の店卸しを為る（盤點夏季用品）

店卸しに付き休業（盤點貨物停止營業）付き就き

人の店卸し許り為ないで、少しは自分の事も考え為さい（別光批評別人也要想想自己吧！）

店貸し〔名、自サ〕出租房子（的人）

店借り、棚借り〔名〕租房住（的人）、房客

店蜘蛛〔名〕〔動〕在室內角落等結網的蜘蛛

店子〔名〕〔舊〕租房人、房客（=店借り）←→家主、大家

店前、店先〔名〕店前、商店門前

店前を借りる（借用商店門前的空地）

店晒し〔名〕陳貨、滯銷貨、店裡擺著（長期賣不出去的）舊存貨

布団が店晒しに為って色が変わっている（被子長期滯銷顏色變了）

斯う言う品は店晒しに為り勝ちです（這樣的東西不易賣出去）

其の品は売れないで店晒しに為っている（那種貨賣不出去成了陳貨）

店立て〔名〕屋主逼房客搬家

店立てを食う（被屋主攆走）

店立てを食わす（攆房客搬家）

店賃〔名〕房租（=家賃）

店者〔名〕在商店工作的人（老闆、伙計）

店、見世〔名〕商店、店鋪

店を経営する（經營商店）

店を開ける（商店開門）開ける明ける空ける飽ける厭ける

店を閉める（商店關門）閉める絞める締める占める染める湿る

店を閉じる（商店關門）

店を開く（開設商店）

店を出す（開設商店、開始營業）

店を持つ（開設商店）

店を張る（開設商店）

店を引く（關店、妓女休息）

店を畳む（歇業、關閉商店）

店を譲る（轉讓店鋪）

店の者（商店的店員、櫃上的伙計）

店に勤める（在商店工作）勤める努める務める勉める

店へ買物に行く（去商店買東西）

彼の店は高い（那個商店東西貴）

彼の店は品物を安く売るので、何時も客が一杯だ（那家商店東西賣得便宜所以常常有很多顧客光顧）

私は彼の店が買い付けた（我經常在那個商店買東西）

其の本は未だ店に出ない（那本書還沒在店裡賣）

こんな所に店を出しちゃ行かん（不得在這裡擺攤）

店で売っている様な品とは違う（這和商店裡賣的貨色可不一樣）

今は店がもう終っている（現在商店已經關門了）

御父ちゃん、御店だよ（〔看見來了顧客孩子喊〕爸爸，有人來買東西了）

彼は机の上に一杯店を広げて何かの編集の仕事を為ている（他在桌上鋪開攤子在編寫什麼東西）

店売り〔名、他サ〕在店鋪賣

店売り価格（零售價格）

其の雑誌は店売り（は）為ない（那雜誌不在書店零賣）

店懸かり，店懸り、店掛かり，店掛り〔名〕商店的構造（規模）（=店の造り）

店飾り〔名〕裝飾店面、裝飾櫥窗

店構え〔名〕店鋪的構造（格局）

堂堂と為た店構え（很有氣派的商店格局）

店口〔名〕商店的門面

店先〔名〕店頭、商店的門前
　品物を店先に並べる（把商品擺在店頭）
　店先の商売（店頭的買賣）
　店先渡し（店頭交貨）

店仕舞い、店仕舞〔名、自サ〕關店（＝閉店）、停業，倒閉（＝廃業）←→店開き
　魚屋さんは夜早く店仕舞いする（魚店晚上早早停止營業）
　不景気で店仕舞いする（因為不景氣歇業）
　店仕舞いで大売出しを為る（倒閉大賤賣）

店台〔名〕櫃台（＝カウンター）

店番〔名〕商店看守人、站櫃檯的
　店番を為る（看櫃台、站櫃檯）
　母に代わって店番を為る（代替媽媽看手守商店）

店開き、店開〔名、自サ〕開店，營業、開始營業←→店仕舞い
　朝の店開き（早上商店開門營業）
　午前七時に店開きだ（上午七點開始營業）
　新設の郵便局は今日から店開きする（新設的郵局今天開始營業）

店屋〔名〕商店、店鋪
　子供が御店屋さんごっこを為る（孩子開商店玩）

店屋〔名〕商店，店鋪、小吃店、小飯館
　店屋物（從飯館叫的便飯）
　店屋物の料理（從小飯館叫來的菜）
　昼飯は店屋物で済ませる（午飯吃從飯館叫的便飯）

佃、佃（ㄉㄧㄢˋ）

佃、佃〔漢造〕承租他人田地耕種或為他人傭耕的人、租地耕種、打獵
　佃戸（佃戶）

佃〔名〕〔古〕耕田、熟地、莊園主直接經營的田地、（江戸時代）佃曲（＝佃節）

佃煮〔名〕〔烹〕（原產地是江戸佃島）甜烹海味（用醬油、糖、料酒等煮小魚、蛤蜊、紫菜、海帶等、可長期保存）

佃節〔名〕（江戸時代）佃曲、隅田川小調（隅田川遊船上流行的一種民間小調）

電（ㄉㄧㄢˋ）

電〔名〕電報
〔漢造〕電光、電氣、電報、電車
　電見た（電悉）
　雷電（雷電）
　来電（來電、發來的電報）
　発電（發電）
　送電（輸電、供電）
　放電（放電）←→充電
　停電（停電、停止供電）
　感電（感電、觸電）
　帯電（帶電）
　充電（充電）
　ウナ電（急電、加急電報）
　打電（打電報、拍電報）
　入電（來電）
　返電（回電、復電）
　変電（變電）
　飛電（閃電、快電，加急電報）
　外電（外電、由國外拍來的電報）
　光電（光電）
　公電（公事電報、官廳發的電報）
　親電（親自發的電報）
　心電図（心電圖）
　国電（日本國有鐵路電車-国鉄電車的簡稱）
　市電（市營電車、室內電車）
　終電（末班電車）
　初電（頭班電車、最初的電報）←→終電

電圧〔名〕〔理〕電壓

今日は電圧が高いので電灯が明るい（今天電壓高所以電燈亮）

電圧計（電壓計）

電圧降下（電壓下降）

電位〔名〕〔理〕電位、電場、電勢

電位計（靜電計）

電位滴定（電位滴定）

電位差（電位差）

電位差計（電位計）

電位壁（〔理〕位壘）

電液〔名〕電鍍液

電化〔名、自他サ〕電化、電氣化

家庭を電化する（使家庭電氣化）

鉄道の電化で輸送が速く為る（由於鐵路電氣化運輸快起來了）

電化住宅（電話住宅）

ローカル線を電化する（使支線電氣化）

縦貫鉄道の電化工事が完成した（完成了縦貫鐵路的電氣化工程）

電火〔名〕閃電（=稲光、稲妻）

電荷〔名、自サ〕〔理〕電荷

電荷には正負の二種が有る（電荷有正負兩種）

プラスの電荷（正電荷、陽電荷）

負電荷（負電）

陽電荷（正電）

電界〔名〕〔理〕電場（=電場、電場）

電界の強さ（電場強度）

電界発光（電致發光、場致發光）

電解〔名、他サ〕〔理〕電解（=電気分解）

電解質（電解質）

電解酸化（電解氧化）

電解分析（電解分析）

電解分離（電離）

電解槽（電解槽）

電解物（電解質）

電解液（電借液）

電解苛性ソーダ（電解氫氧化鈉）

電解研磨（電解研磨、電解拋光）

電解質整流器（電解整流器）

電解精錬（電解精煉）

電解コンデンサー（電解電容器）

電為〔名〕電匯、電報匯款（=電報為替）

電気〔名〕電，電氣，電力、電燈

未だ電気が来ない（電還沒來）

電気に触れて死ぬ（觸電而死）触る触れる

仕事は全部電気で為る（所有工作全部用電）

此の針金が電気が通じている（這鐵絲有電）

水力と火力で電気を起こす（用水力和火力發電）

エボナイト棒を毛皮で擦ると電気が起こる（用毛皮摩擦硬橡膠棒則生電）毛皮毛皮

電気会社（電力公司）

電気係り（電工）

電気学（電學）

電気化学（電化學）

電気火葬（電力火葬）

電気感応（電感應）

電気器具（電器）

電気技師（電力工程師）

電気機関車（電力機車）

電気剃刀（電鬍刀）

電気玩具（電動玩具）玩具

電気計器（電氣儀表）

電気工（電工）

電気工学（電工學）

電気光学（電光學）

電気工芸学（電工藝學）

電気合成（電合成）

電気炬燵（電氣炕爐）
電気焜炉（電爐）
電気座布団（電坐墊）
電気自動車（電動汽車）
電気照明（電光照明）
電気鋸（電鋸）
電気漂白（電漂白）
電気布団（電縟）
電気風呂（電澡盆）
電気分析（電解分析）
電気放射（放電）
電気毛布（電毯）
電気冶金（電冶金）
電気熔接（電銲）
電気力学（電動力學）
電気を付ける（開燈）
電気を消す（關燈）
電気を消して寝る（關燈睡覺）
電気アイロン（電熨斗）
電気飴（棉花糖）
電気椅子（電椅-處死的一種刑具）
電気陰性度（〔理〕電負性、陰電性）
電気鰻（〔動〕電鰻）
電気泳動（〔理、化〕電泳）
電気温度計（遙測溫度表）
電気回路（電路＝サーキット）
電気化学当量（〔理〕電化學當量）
電気化学列（〔化〕〔元素〕電化序）
電気釜（電鍋）
電気竈（電灶）
電気器官（〔動〕放電器）
電気共振（〔理〕電共振）
電気緊張（〔醫〕電緊張）

電気金鍍金（電鍍金）
電気水母（〔動〕電水母）
電気計算機（電動計算機）
電気光学効果（〔理〕電光效應）
電気仕掛け（電動）
電気磁石（電磁鐵）
電気写字機（電動寫字機）
電気食刻（電刻）
電気集塵器（電吸塵器）
電気シャベル（電鏟）
電気スタンド（檯燈）
電気ストーブ（取暖電爐）
電気浸透（〔理〕電滲透）
電気振動（〔理〕電振動）
電気制御（電控）
電気製版（〔印〕電版）
電気製品（電器）
電気精錬（電解精煉）
電気石（〔礦〕電氣石）
電気洗濯機（電動洗衣機）
電気素（〔無〕以太-以前假定傳遞電磁波的媒介質）
電気掃除機（電動吸塵器）
電気暖房（電氣暖房）
電気蓄音機（電唱機）
電気通信（電信、電訊、無線電通信）
電気鉄道（電化鐵路）
電気伝導（〔理〕導電）
電気銅（電解銅）
電気透析（〔理〕電滲析）
電気導体（電導體）
電気透熱療法（〔醫〕電放熱療法）
電気鯰（〔動〕電鯰）

電気二重層（電偶層、電雙重層）
電気粘性効果（〔化〕電荷黏度效應）
電気発動機（馬達）
電気花火（電花炮）
電気針（〔醫〕電針）
電気版（〔印〕電鑄版）
電気歪み（〔理〕電致伸縮）
電気複屈折（〔理〕電場致雙折射）
電気輻射（電輻射）
電気分解（〔理〕電解）
電気変移（〔理〕電位移）
電気ボイラ（電熱鍋爐）
電気盆（起電盆）
電気マイクロメータ（電動量儀、電動測微儀）
電気麻酔（電麻醉）
電気マッサージ（電按摩法）
電気マシン（電動縫紉機）
電気メス（〔醫〕高頻手術刀）
電気鍍金（電鍍）
電気屋（電工、電料行）
電気湯沸かし（燒水電爐）

電器〔名〕電器（電氣器具的簡稱）

電機〔名〕電機、電動機
　重電機（重型電機）
　電機子（〔電〕電樞、轉子）
　電機抵抗（〔理〕電阻）

電休〔名〕停電
　今日は電休の為工場は休みだ（今天因為停電工廠停工）工場工場
　電休日（〔規定的〕停電日）

電球〔名〕電燈泡
　白熱電球（白熾燈泡）
　閃光電球（閃光燈泡）
　電球を取り替える（換燈泡）
　電球をソケットに付ける（把燈泡安在插口裡）
　電球が切れた（燈泡壞了）

電橋〔名〕〔電〕電橋

電業〔名〕電氣工業

電極〔名〕〔理〕電極
　電極電位（電極電位）

電撃〔名〕電撃、閃電式，迅雷不及掩耳
　高圧の電線に触れて強い電撃を受けて死ぬ（觸高壓電線受強烈的電撃而死）
　電撃療法（〔醫〕電撃療法、電休克療法）
　電撃的に攻撃する（閃電式攻撃）
　電撃戦（閃電戦、閃電攻撃）
　電撃作戦（閃電戦、閃電攻撃）

電鍵〔名〕電鍵、電報鍵
　電鍵盤（鍵盤）

電源〔名〕電力資源、（供電的）電源
　峡谷地帯に電源を開発する（在峡谷地帯開發電源）
　電源地帯を探る（尋找電源地帯）
　電源開発（開發電源）
　電源を切る（切斷電源）

電弧〔名〕〔理〕電弧、弧光（=アーク）

電工〔名〕電工、電力工業（=電気工業）
　電工長（電工組長）

電光〔名〕電光，閃電、電燈光
　電光朝露（〔喩〕短暫無常的人生）
　夏の夜空に電光が閃く（夏夜空中電光閃耀）
　電光ニュース（電光快報-用電光組字報導新聞）
　電光石火〔連語〕電光火石，風馳電掣，極快，瞬間、極敏捷
　電光石火の如く（如閃電一般、眨眼之間）
　飛び來る矢を電光石火の早業で打ち払う（以閃電式的手法打掉了飛來的箭）

電算機〔名〕電子計算機（=電子計算機）

電子〔名〕〔理〕電子

電子顕微鏡（電子顯微鏡）
電子説（電子學說）
電子論（電子論）
電子音楽（電子音樂）
電子産業（電子工業）
電子オルガン（電子琴）
電子銃（電子槍）
電子管（電子管）
電子計算機（電子計算機＝コンピューター）
電子受容体（〔化〕電子接受體）
電子対結合（〔理〕共價鍵）
電子対生成（〔理〕電子偶生成）
電子対創性（〔理〕電子偶產生）
電子供与体（〔化〕電子給予體）
電子雲（〔理〕電子雲）
電子殻（〔理〕電子殻、電子層）
電子軌道（〔化〕電子軌道）
電子工学（電子學＝エレクトロニクス）
電子光学（電子光學）
電子写真（電子照像）
電子スピン共鳴（〔理〕電子自旋共振）
電子スペクトル（〔理〕電子光譜）
電子ビーム（〔理〕電子束）
電子ボルト（〔理〕電子伏特）
電子頭脳（電脳＝電子計算機）
電子雪崩（〔理〕電子雪崩－半導體中電流增大現象）
電子配置（〔理〕電子配置、電子排列）
電子放出（〔理〕電子放射）
電子捕獲（〔理〕〔軌道〕電子〔被核〕俘獲）
電子冷凍（電子冷凍）
電子ガス（〔理〕電子氣）

電磁〔名〕〔理〕電磁

電磁気（電磁）
電磁単位（電磁單位）
電磁弁（電磁閥）
電磁力（電磁力）
電磁気学（電磁學）
電磁石（電磁鐵）
電磁波（電磁波）
電磁場（電磁場）
電磁ポンプ（電磁邦補）

電車〔名〕電車

電車の運転手（電車司機）
赤電車（末班車）
一番電車（首班車）
終電車（末班車）
電車に乗る（坐電車）
電車で行く（坐電車去）
町迄電車が通じている（電車通到鎮上）
此の家は電車の便が良い（這所房子坐電車方便）
電車賃（電車費）

ちんちん電車〔名〕市內有軌電車

電場、電場〔名〕〔理〕電場

電場発光（〔電〕電致發光、場致發光）

電食〔名〕〔理〕電蝕、電化學腐蝕

電飾〔名〕（霓虹燈廣告牌等）電飾，燈飾、（節日等的）燈飾，燈彩（＝イルミネーション）

電信〔名〕電信、電報

無線電信（無線電信）
電信に由って現地と連絡する（用電報和當地聯繫）
電信が不通に為った（電報不通了）
電信が開かれた（通電報了）
電信機（電報機）
電信局（電報局）
電信係（報務員）

ク

電信為替（電報匯款）

電信柱（電線桿、大個子=電柱）

電信法（電報局）

電請〔名、他サ〕用電報請示

本国政府の訓令を電請する（電請本國政府的指示）

電閃〔名〕閃電，電光、刀光，刀光劍影

電線〔名〕電線、電纜

電線を架する（架電線）

電線を張る（架電線）

電線を引く（架電線）

切れた電線に触ると危険だ（觸摸斷了的電線危險）

海底電線（海底電線）

電線敷設（敷設電線）

電送〔名、他サ〕電傳、電報傳真

写真を電送する（電傳照片）

電送写真（電傳照片）

電槽〔名〕電解槽、電解池

電束〔名〕〔理〕電通量

電束密度（電通量密度）

電束電流（電移電流）

電卓〔名〕台式電子計算機（=電子式卓上計算機）

電探〔名〕雷達、無線電定位器（=電波探知機、レーダー radar）

電池〔名〕〔理〕電池

蓄電池（蓄電池、電瓶）

乾電池（乾電池）

電池を取り付ける（裝上電池）

電池に充電する（給電池充電）

電蓄〔名〕電唱收音機、電動留聲機（=電気蓄音機）

電蓄でレコードを聞く（用電唱機聽唱片）record

電着〔名〕〔理〕電極沉積

電柱〔名〕電線桿（=電信柱）

電柱を立てる（立電線桿）

電鋳〔名〕電鑄

電堆〔名〕（電）電堆

電停〔名〕電車站（=電車の停留所）

電鉄〔名〕電力鐵道（=電気鉄道）

電鉄会社（電力鐵道公司）

電鍍〔名、他サ〕〔理〕電鍍（=電鍍金）

電灯、電燈〔名〕電燈

電灯を取り付ける（安裝電燈）

暗く為ったから電灯を付けよう（天黑了開電燈吧！）

電灯を消す（熄燈）

此の村は未だ電灯が引かれていない（這個村莊還沒有安上電燈）

こんな片田舎でも大概の家に電灯が有る（這樣偏僻的鄉間也差不多家家有電燈）

懐中電灯（手電筒）

電灯の笠（燈傘）

電灯料金（電燈費）

電灯料（電燈費）

電灯線（電燈線）

電動〔名〕電動

電動機（〔理〕馬達）

電動力（〔理〕電勢）

電動発電機（電動發電機）

電動子（〔電〕電樞、轉子）

電熱〔名〕電熱

電熱を利用して室内の保温を為る（利用電熱做好室内保溫）

電熱器（電熱器）

電波〔名〕〔理〕電波

太陽電波（太陽電波）

信号電波（無線電波束）

発信者不明の電波がキャッチされた（收到了發信者不明的電波）catch

故国の声を電波に乗せて海外へ送る（向海外播送祖國的聲音）

電波探知器（雷達）

電波望遠鏡（無線電望遠鏡）
電波妨害（接收時他台來的干擾）
電波影像鏡（雷達顯示器）
電波探位（無線電定位）
電波強度（電波強度）
電波操縱（無線電導航）
電波航法（無線電操縱）
電波探知鏡（平面位置雷達指示器）
電波天文学（射電天文學）
電波星（〔天〕電波星、射電星、無線電星）

電媒質〔名〕（電）電介質

電媒分極〔名〕（電）電介質極化

電髪〔名〕〔舊〕燙髮（＝パーマネント、ウエーブ）permanent wave

電瓶〔名〕電瓶

電報〔名、自サ〕電報
　暗号電報（密碼電報）
　海外電報（國外電報）
　至急電報（急電）
　電報を打つ（打電報）
　話が決まり次第電報する（事情決定後就拍發電報）
　結果を電報で知らせて下さい（請把結果用電報通知我）
　直ぐ来るように彼に電報を打ち為さい（請打電報給他叫他馬上來）
　電報発信紙（電報紙）
　電報頼信紙（電報紙）
　電報配達係り（電報投遞員）
　電報取扱局（電報局）
　電報為替（電匯）

電命〔名〕電令
　大使は帰国の電命を受けた（大使接到回國的電令）

電纜〔名〕電纜（＝ケーブル）cable

電離〔名、自サ〕〔理〕電離

電離エネルギー（電離能量）energy
電離層（電離層）
電離損失（電離損失）
電離電流（電離電流）
電離熱（電離熱）
電離箱（電離室）

電略〔名〕電報種類的略號（如加急電報寫作ウナ等）（＝電信略号）

電流〔名〕〔理〕電流
　電流の強さ（電流強度）
　此の電線には今電流が通じている（這個電線現在通著電）
　電流計（電表）
　電流効率（電流效率）
　電流遮断器（電流斷路器）
　電流滴定（電流滴定）
　電流動力計（電功率計）
　電流秤（電流秤）

電量計〔名〕電量計、庫倫計

電量分析〔名〕〔化〕電量分析

電力〔名〕電、電力
　此の機械は電力を食う（這部機器耗電）
　今月は電力の消費量が多かった（本月電力消耗量多）
　水力発電に由る電生産量（水力發電量）
　電力計（電力計）
　電力料金（電費）
　電力会社（電力公司）

電令〔名、自サ〕電令

電鈴〔名〕電鈴（＝ベル）bell
　ボタンを押して電鈴を鳴らす（按電鈕鳴電鈴）button

電炉〔名〕電（溶）爐（＝電気炉）

電炉鋼（電爐鋼）

電路〔名〕〔理〕電路
　閉電路（閉路）

開電路（開路）

電路を閉じる（切斷電路）

電路を開く（接通電流）開く 開く

電話〔名、自サ〕電話、電話機

卓上電話（桌上電話）

長距離電話（長途電話）

無線電話（無線電話）

公衆電話（公用電話）

呼び出し電話（傳呼電話）

電話を引く（安裝電話）

会社へ電話（を）為る（向公司打電話）

電話が鳴る（電話響了）

下らぬ事で電話を掛ける（為無聊的事打電話）

電話は御話中です（電話占著線呢）

御電話です（您來電話了、是您的電話）

電話に出る（接電話）

電話が遠い（電話聽不清楚）

電話が切れた（電話斷了）

電話を切る（把聽筒掛上）

電話を繋ぐ（接通電話）

電話が掛からない（電話掛不上）

電話を掛け違い（掛錯電話）

電話御断り（電話不外借）

一寸電話を貸して頂けませんか（借用一下電話可以嗎？）

電話局（電話局）

電話機（電話機）

電話帳（電話簿）

電話料（電話費）

電話線（電話線）

電話託送電報（話傳電報）

電話市外番号係（電話長途查詢台）

電話一般問合せ係（電話服務台）

電話加入者（電話用戶）

電話交換手（電話接線員）

電話口（電話口、電話機附近）

電話番号（電話號碼）

電話ボックス（電話亭）

丁、丁（ㄉ一ㄥ）

丁〔名〕（天干的第四位）丁

〔漢造〕成年男子、男傭人、達到役齡的男子、（線裝書的）張（正面和背面兩頁）

丁以下は落第と為る（丁以下不及格）

丁組の生徒（丁組的學生）

壯丁（壯丁、成年男子、徵兵適齡者）

裝丁、裝釘、裝幀（裝訂）

使丁（工友、聽差、勤雜工）

馬丁（馬夫、馬童、牽馬人）

園丁（園丁、園林工人）

正丁、正丁（〔律令制〕稱二十二歲至六十歲的健康成年男子-作為租稅，兵役等的對象）

丁字〔名〕丁字形（=丁字形）

隊列は丁字形に為った（隊伍排成丁字形）

丁字定規（丁字尺）

丁字形（丁字形）

丁字帶（丁字形繃帶）

丁字路（丁字街）

丁字草〔名〕〔植〕橢圓葉水乾草

丁重、鄭重〔名、形動〕鄭重、殷勤、誠懇

鄭重な挨拶（鄭重的寒暄）

鄭重な態度を取る（採取敬重的態度）

招かれて鄭重な持て成しを受けた（被邀請去受到殷勤的態度）

鄭重を極める（極其鄭重）

言葉使いが何時も鄭重で穏やかである（說話總是懇摯和藹）

鄭重に葬る（厚葬）

丁寧、叮嚀〔名、形動〕很有禮貌，鄭重其事，非常懇切、小心謹慎，注意周到←→ぞんざい（粗魯 不禮貌）

丁寧な人（謙恭和藹的人）
丁寧な口を利く（說話很有禮貌）
丁寧に御辞儀を為る（恭恭敬敬地行禮）
どうも御丁寧に（謝謝您太周到了）
彼は御丁寧に態態自分で出掛けた（他竟鄭重其事地特意親自去了）
答案を丁寧に読み直す（仔仔細細地把答案重念一遍）
本を丁寧に取り扱う（小心謹慎地拿放書本）
仕事を丁寧に為る（仔細做工作）
丁寧な看護を受ける（受到非常周到的護理）
万事に丁寧である（對一切事情都很謹慎）
丁寧に説明する（仔仔細細地說明）
彼の先生は丁寧に教えて呉れる（那位老師仔仔細細地教我們）
彼の職人は仕事が丁寧だ（那個手藝人作工仔細）
丁寧語（敬語、鄭重語、客氣說法-如です、ます、御座います、御水、御飯）

丁年〔名〕成丁、成年（現在是滿二十歲）

丁年に達すれば兵役の義務が生ずる（一到成年就有服兵役的義務）
丁年未満だ（未成年）
丁年に達しない（未成年）

丁夜〔名〕（古代中國把一夜分為甲，乙，丙，丁，戊五分）四更（丑時、現在的早上一點到三點左右）

丁稚〔名〕學徒、徒弟

丁稚上がりの支配人（學徒出身的經理）
丁稚に遣る（打發去學徒）
鍛冶屋の丁稚に為る（跟鐵匠當學徒）
丁稚奉公を為る（學徒）
丁稚小僧（徒工）

丁〔名〕（骰子的）偶數，雙數←→半、（線裝書的）頁，張（表裡兩頁為一丁）、（市街町以下的區分）巷，段

〔接尾〕（助數詞用法）（線裝書的）頁數、（豆腐的）塊數、（在飲食店飯菜的）碗數，碟數

丁か半か（單數還是雙數）
本の丁数を数える（計算書的頁數）
五百丁有る本（一千頁厚的書）
日の出町三丁目（日出街三段）
横丁（橫巷）
上巻十丁裏を参照（參看上卷第十頁背面）
豆腐三丁（豆腐三塊）
天丼二丁上がり（炸蝦蓋飯兩碗做得了）
白丁、白丁（〔舊〕無官無位的一般男子、祭神時的扛物人）
白丁、白張（馬童、拿傘和鞋的侍從）
庖丁、包丁（菜刀、廚師、烹調）
仕丁，使丁，仕丁，使丁（古時官府的勤雜，聽差）
落丁（缺頁）
乱丁（書籍裝訂錯頁）

丁合い，丁合、張合い，張合〔名〕核對帳目、登帳，記帳

此の店は丁合いが厳格だ（這家商店嚴格核對帳目）
丁合いを為る（登帳）
丁合いを取る（查書中有無掉頁、登帳計算損益）

丁銀、挺銀〔名〕江戶時代通用的貨幣的一種（＝銀丁）

丁子〔名〕〔植〕丁香、（從丁香提取的）香料，藥料、（從丁香提取的）丁香油

丁子精（丁香精）
丁子末（丁香粉）
丁子油（丁香油）

丁数〔名〕偶數（＝偶數）、（線裝書的）頁數

丁数を数える（數頁數）

丁丁、打打 〔副〕（象聲）丁丁

木を伐る音が丁丁と響く（伐木丁丁作響）

丁丁発止、打打発止（〔刀劍互砍〕叮噹、鏗鏘）

丁丁発止と斬り結ぶ（叮噹地對砍、〔喻〕激烈地論戰）

丁付け、丁付 〔名〕編頁碼

丁付けを調べる（查頁碼）

本の丁付けが違っている（書的頁碼錯了）

丁付け機（頁碼機）

丁と 〔副〕東西互撞聲

丁と打つ（撞得當的一聲）

丁度、恰度 〔副〕整，正、正好、恰好、剛，才、好像，宛如

今十二時丁度だ（現在正十二點）

丁度十人（整十個人）

丁度三日（整三天）

丁度一万円（整一萬日元）

丁度其の時に（正好在那個時候）

丁度同じ日に（正好在同一天）

丁度図星に（正說在心坎上）

弾丸が丁度敵の頭に当たった（子彈恰好打中敵人的頭）

丁度良い時に着く（到得正是時候）

丁度良い所へ来た（來得正好）

丁度間に合った（恰好正趕上）

丁度日曜日だった（恰巧是星期天）

丁度開会時期に当たっている（適值開會期間）

丁度今帰った許り（正好剛剛回來）

丁度仕事を遣り終った所だ（剛剛做完工作）

丁度電話しようと思っていた所だ（剛要打電話）

丁度外出しようと為た途端に雨が降り出した（剛要出門就下起雨來了）

丁度そっくりだ（一模一樣）

丁度太陽の様だ（好像太陽一樣）

桜が散って丁度雪の様だ（落櫻宛如下雪一般）

私が見たのは丁度君が言ったのと同じ様な物だ（我所看到的恰如你所說的）

丁場、町場 〔名〕兩個驛站之間的距離、分擔的工區

其処迄は本の一丁場だ（到那裏只不過一站的距離）

丁半 〔名〕（骰子點數的）偶數和奇數。〔賭博〕骰子寶，擲骰子

丁半を争う（押骰子寶）

丁番 〔名〕（木匠用語）折頁（＝蝶番-鉸練）

丁日 〔名〕雙數的日子↔半日

丁目 〔接尾〕（街巷區劃單位）段、巷、條

銀座一丁目（銀座一段）

新宿二丁目五番五号（新宿二段五巷五號）

丁髷 〔名〕（明治維新以前男子梳的）髮髻

五十余の丁髷の男（一個五十多歲梳髮髻的男人）

丁髷物（以明治維新以前的時代為背景的歷史小說、歷史劇、歷史片）

丁幾、チンキ 〔名〕〔藥〕酊劑、藥酒

ヨード丁幾、ヨードチンキ（碘酊、碘酒）

丁幾剤（酊劑）

丁 〔名〕（火の弟之意）丁（天干的第四位）

疔（ㄉㄧㄥˊ）

疔 〔名〕〔醫〕疔瘡

疔が出来た（長了個疔瘡）

釘（ㄉㄧㄥˊ）

釘 〔漢造〕尖端細長用於貫穿和固定物體的東西

装釘、装丁、装幀（裝訂）

釘植 〔名〕〔解〕釘狀關節

釘 〔名〕釘、釘子

釘の先（釘子尖）

釘の頭（釘子頭、釘子帽）

釘を抜く（拔釘子）

箱の蓋を釘で打ち付ける（用釘子釘上箱蓋）

帽子を釘に掛ける（把帽子掛在釘子上）

柱に釘を打つ（往柱子上釘釘子）

出ていた釘に服を引っ掛けて破いた（冒出來的釘子把衣服劃破了）

釘が利く（釘子釘得牢、〔申斥勸說等〕有效，生效）

釘に為る（〔手腳凍得〕冰涼、凍僵）

釘を刺す（〔為了防止對方言而無信〕說好、講妥、叮囑妥當）

釘を打つ（"為了防止對方言而無信"說好、講妥、叮囑妥當）

其の点は一本釘を射して置いた（那一點我已叮囑妥當）

糠に釘（徒勞、無效、白費事）

僕何かが忠告しても糠に釘だ（像我這樣的人去勸說也是白搭）

釘打ち機〔名〕打釘機

釘隠し〔名〕掩蓋釘帽的裝飾鐵片

釘応え〔名〕釘的釘子牢固、（喻）有效、堅固、耐久

釘裂き〔名〕被釘子劃破（的破口）

ズボン釘裂きを拵えた（褲子劃破了）

釘裂きを繕う（修補被釘子劃破的地方）

釘締め〔名、他サ〕釘住，釘死、定死、囑咐妥當

釘付け〔名、他サ〕釘住，釘牢、釘死。〔轉〕使固定不動，困住

窓を釘付けに為る（把窗戶釘死）

箱に蓋を釘付けする（把蓋釘在箱子上）

値段を百円に釘付けする（把價錢凍結在一百日元）

敵を陣地に釘付けに為る（把敵人困住在陣地上）

釘抜き、釘抜〔名〕起釘器、拔釘鉗子

釘目〔名〕釘眼、釘孔

釘目が小さい（釘眼小）

頂（ㄉㄧㄥˇ）

頂〔漢造〕頭頂、頂禮、頂點

灌頂（灌頂）

骨頂、骨張（透頂、已極、無以復加）

帰命頂礼（頂禮膜拜、膜拜時口唱的詞句）

山頂（山頂、山巔）

絶頂（絕頂、頂峰、極限、最高峰）

天頂（天頂、頂點）

頂華〔名〕〔建〕尖頂飾

頂芽〔名〕〔植〕頂芽

頂角〔名〕〔數〕對頂角

頂器官〔名〕〔動〕頂器

頂上〔名〕頂峰，山巔，頂點，極點

ヒマラヤの頂上を征服する（登上喜馬拉雅山的頂峰）

富士山の頂上には未だ雪が有った（富士山的頂上還有積雪）

頂上の眺め栄えも言われぬ程です（頂峰上眺望的風景簡直無法形容）

今が暑さの頂上だ（現在是炎熱的頂點）

景気も此れが頂上でしょう（好景氣也算到這頂峰了吧！）

彼の人気も今が頂上だ（他的紅運現在已經達到頂點）

頂上会談（最高級會議）

世界平和に関する頂上会談はパリで行われる事に為った（關於世界和平的最高級會議決定在巴黎召開）

頂生〔名〕〔植〕頂生

頂生花（頂生花）

頂生芽（頂生芽）

頂生植物（頂生植物）

頂層〔名〕〔建〕頂層、墙帽

頂戴〔名、他サ〕（貰う的謙虛說法）領受，收到，得到

ㄉ

（食べる的謙虛說法）吃

（作補助動詞的命令形用法）請（＝て下さい）

（作動詞的命令形用法）賞給，賜給，贈給（＝下さい）

賞状を頂戴する（領到獎狀）

御小言を頂戴する（受到申斥）

御目玉を頂戴する（受到申斥）

御勘定は未だ頂戴しませんが（還沒有收您的帳單呀）

此れを頂戴出来ましょうか（這個可以給我嗎？）

早く御返事を頂戴し度い（希望盡快得到您的回信）

御写真を頂戴出来ませんか（可否把您的照片給我一張？）

先日は結構な品を頂戴して誠に有り難う（前些日子承蒙贈給我很好的東西非常感謝）

さあ頂戴しよう（那麼我們來吃吧！）

大層美味しく頂戴致しました（我吃得非常香甜）

十分頂戴しました（我吃得很飽了）

自由頂戴します（我隨便自己來取）

明日来て頂戴（請明天來）

御使いに行って頂戴（請去跑一趟）

一緒に行って頂戴（請和我一起去）

早くして頂戴（請快點做）

其を貸して頂戴（請把那個借給我）

もっと頂戴（再給我點！）

御小遣を頂戴（給我點零錢）

御流れ頂戴（〔酒宴上對長上用語〕請賜給我您的酒杯裡的酒）

頂戴物（領受的東西、旁人贈給的東西）

頂戴物を他所へ回す（把旁人贈送的東西又送給別人）

頂端〔名〕〔植〕頂端

頂端細胞（頂端細胞）

頂端成長（頂端生長）

頂端分裂組織（頂端分生組織）

頂点〔名〕〔數〕頂點、頂尖，最高處，極點，絕頂

三角形の頂点（三角形的頂點）

山の頂点（山頂）

塔の頂点（塔尖）

喜びが頂点に達した（高興到了極點）

彼の人気が頂点に達した（他的聲望達到了頂峰）

頂天眼〔名〕（金魚的品種）望天

頂門〔名〕頭、頭上

頂門の一針（頂門一針、當頭棒喝、一針見血、深刻的教訓）

彼の忠告は正に頂門の一針だった（他的忠告非常剴切）

頂礼〔名〕〔佛〕頂禮（＝頂戴礼拝）。〔轉〕行最敬禮，頂禮膜拜

頂く、戴く〔他五〕頂，戴，頂在頭上，頂在上面、擁戴

（貰う的自謙語）領受，拜領，蒙…賜給，要

（食う、飲む的自謙語）吃，喝，抽

〔補動、五型〕（…て貰う的敬語）請（給）…

雪を戴く富士（頂上積雪的富士山）

頭に霜を戴く（滿頭白髮）

星を戴いて帰る（披星戴月而歸）

共に天を戴かず（不共戴天）

木村先生を会長に戴く（推舉木村先生為會長）

此の本は叔父に戴いたのです（這本書是叔叔給我的）

結構な物を戴きました（蒙您賞給很好的東西）

御払い物は何なりと戴きます（收買一切破爛）

御返事を戴き度い（請賜回音）

戴きます（〔吃飯前的客套話〕我要吃了）

酒も煙草も戴きません（不喝酒不抽菸）
十分戴きました（吃得很飽了）
御先に戴きました（吃過了）
今晩来て戴き度い（今天晚上請來一趟）
もう一度説明して戴きとう存じます（請再說明一次）
窓を開けて戴けませんか（可否請您打開窗戶？）
然うして戴ければ有り難い（若能那樣可謝謝了）
良い事を教えて戴きました（您教給了我個好辦法）
此れは叔父さんに作って戴いた物です（這是叔叔給做的）

頂き，頂、戴き，戴〔名〕〔俗〕（體育、比賽等）（我方）贏定了、贏到家←→麗
此のゲームは此方の戴きだ（這場比賽我們贏定了）

頂〔名〕（物的）頂，上部、（山）巔，（樹）尖
頭の頂（頭頂）
帽子の頂（帽頂）
初秋と言うのに、富士山の頂にはもう雪が降った（雖然剛剛入秋富士山頂上已經下了雪）

頂ける、戴ける〔自下一〕（戴く、頂く的可能形式）能夠得到，可以領到（＝貰える）、滿可欣賞，相當不錯
御褒美が戴ける（可以得到獎賞）
御金を戴けるとは有り難がた（能給錢可太好了）
此の酒は中中戴ける（這個酒相當不錯）
此の芝居は中中戴ける（這個戲相當不錯）
其の考えは戴ける（那是個好主意）
彼の態度はどうも戴けない（他的態度很壞）

頂物，頂き物、戴物，戴き物〔名〕〔敬〕別人給的東西（＝貰い物）
此の万年筆は戴物です（這枝鋼筆是別人給的）

鼎（ㄉㄧㄥˇ）

鼎〔漢造〕鼎、帝王寶器、三公、三方面對立
九鼎大呂（〔喻〕高貴的地位〔聲響〕）

鼎坐〔名、自サ〕三人對坐
鼎坐して謀議を凝らす（三人對坐凝神謀劃）

鼎峙〔名、自サ〕鼎立（＝鼎立）

鼎談〔名、自サ〕三人對面交談

鼎沸〔名〕鼎沸
海内鼎沸（海內鼎沸）

鼎立〔名、自サ〕鼎立
当時三国は鼎立の姿であった（當時三國呈鼎立之勢）
今秋のリーグ戦は早稲田、慶応、立教の三大学が鼎立すると予想されている（估計今年秋季的聯賽將出現早稻田慶應立教三大學的鼎足之勢）
鼎立戦（三方爭奪冠軍賽）

鼎〔名〕鼎
鼎の軽重を問う（問鼎之輕重、〔轉〕取代某權勢者的地位）
ドゴール大統領の鼎の軽重を問われる程の一大危機に直面するに至っている（面臨戴高樂總統的地位將被取代的危機）
鼎の沸くが如し（有如鼎沸）
国内は乱れて、鼎の沸くが如し（舉國動亂有如鼎沸）
鼎を定む（奠都、建都）

定、定（ㄉㄧㄥˋ）

定〔名〕〔舊〕的確，不錯（＝其の通り）。〔佛〕禪定
〔漢造〕決定、固定、限定
知らぬが定か（說不知道是真的嗎？）
案の定（果然、果如所料）
案の定然うだった（果然是那樣）
案の定失敗した（果然失敗了）
定に入る（入定）
入定（入定，禪定、圓寂）

禅定（ぜんじょう）（禪定、入山修行）

必定（ひつじょう）（必定、一定）

治定（じじょう）（治理安定、決定，決心、必定，必然）

定木、定規（じょうぎ）〔名〕（木工或石工等使用的）尺，規尺。〔轉〕尺度，標準

雲形定規（くもがたじょうぎ）（雲形尺、曲線規）雲形雲形

三角定規（さんかくじょうぎ）（三角尺）

丁字定規（ていじじょうぎ）（丁字尺）

定規を当てて断つ（じょうぎをあててたつ）（用尺量著截斷）

定規で線を引く（じょうぎでせんをひく）（用尺畫線）

杓子定規（しゃくしじょうぎ）（清規戒律、死板的規矩）

定規を当てた様な人（じょうぎをあてたようなひと）（合乎標準的人、一本正經的人）

定規に嵌った考え（じょうぎにはまったかんがえ）（死板的想法、一成不變的想法）

人を皆一つの定規に当てようと為るな（ひとをみなひとつのじょうぎにあてようとするな）（不要用一個尺度去衡量所有人）

定規（ていき）〔名〕定規、一定的規矩

定規液（ていきえき）（〔化〕規定溶液、當量溶液）

定客、常客（じょうきゃく）〔名〕常客、老主顧

其の方は店の定客です（そのかたはみせのじょうきゃくです）（那位是我們店的老住顧）

店の定客を大切に為る（みせのじょうきゃくをたいせつにする）（好好照顧店裡的常客）

定小屋（じょうごや）〔名〕常設的劇場（雜耍場）（某劇團、演員的）專用劇場

定業（じょうごう）〔名〕〔佛〕前世的報應

定業（ていぎょう）〔名〕固定工作

定業に付く（ていぎょうにつく）（有了固定工作）

定業が無い（ていぎょうがない）（沒有固定工作）

定斎（じょうさい）〔名〕（據說對夏季中暑等有效的）一種煎藥

定斎屋（じょうさいや）（〔肩挑藥箱的〕江湖賣藥人）

定斎売り（じょうさいうり）（〔肩挑藥箱的〕江湖賣藥人）

定式（じょうしき）〔名〕固定的儀式，定期舉行的儀式、固定的辦法

大晦日が定式の清めの湯（おおみそかがじょうしきのきよめのゆ）（除夕固定要淨身的沐浴）

定式幕（じょうしきまく）（〔歌舞伎舞台上的黑、土紅、黃綠色的〕三色幕）

定式（ていしき）〔名〕一定的方式（格式）、一定的儀式

未だ定式が出来ていない（まだていしきができていない）（還沒有一定格式）

考え方を定式化する（かんがえかたをていしきかする）（使觀點定型化）

定石（じょうせき）〔名〕〔圍棋〕棋譜，一定的著法。〔轉〕公式，準則，一般規律，固定的辦法

定石を覚える（じょうせきをおぼえる）（背棋譜）

其は犯人捜査の定石に過ぎない（それははんにんそうさのじょうせきにすぎない）（那只不過是搜查犯人的一般手法）

定石通りの対策（じょうせきどおりのたいさく）（照例的對策）

此れは商売の定石に為っている（これはしょうばいのじょうせきになっている）（這是做生意的一貫手法）

定席、常席（じょうせき）〔名〕固定的座位、常設的曲藝場，常設雜耍場

此処は講師の定席だ（ここはこうしのじょうせきだ）（這裡是講師專座）

講釈の定席（こうしゃくのじょうせき）（常設的說書館）

定席（ていせき）〔名〕（圖書館或客廳等某人）固定的席位

定跡（じょうせき）〔名〕〔象棋〕棋譜、棋式

定跡を知らない（じょうせきをしらない）（不懂棋譜）

定先、常先（じょうせん）〔名〕〔圍棋〕經常使黑子、經常先走

定詰め、定詰（じょうづめ、じょうづめ）〔名、自サ〕經常在固定地點值勤（的人）、（江戶時代大名等）在一定期間內在江戶值勤

定得意、常得意（じょうとくい）〔名〕常主顧、老主顧

店の定得意（みせのじょうとくい）（商店的老主顧）上得意（じょうとくい）（好顧客、大主顧）

彼の方は当店の定得意です（あのかたはとうてんのじょうとくいです）（他是本店的老主顧）

定盤（じょうばん）〔名〕〔機〕平台、平板

締め定盤（しめじょうばん）（緊固型板）

定府（じょうふ）（名（江戶時代諸侯和他的臣下）常住江戶←→参勤交代（さんきんこうたい）

定法（じょうほう）〔名〕定規，固定的規章，常規，通用辦法

定法通り島流しの刑を言い渡す（じょうほうとおりしまながしのけいをいいわたす）（按照定規宣判流放到孤島去）

バントで二塁に送るのが定法だ（用輕打把跑者送到二壘是常規）

定店〔名〕〔古〕（在一個地方的）固定商店

定命〔名〕〔佛〕定命、定數、（注定的）壽命
　定命と思って諦める（認為是定數而認命）
　定命で死ぬ（壽命已到而死）常命で死ぬ（活到通常受命而死、善終）

定命〔名〕宿命、壽命（＝寿命）
　定命論者（宿命論者）

定紋〔名〕（用於衣服或器物上的）一定的家徽（紋章）
　定紋付きの提燈（繪有家徽的燈籠）
　島津家の定紋（島津家的家徽）

定宿、常宿〔名〕經常投宿的旅館
　東京での定宿は第一ホテルだ（我在東京常住的旅館是第一飯店）

定連、常連〔名〕常客，經常來的人們、老伙伴，老搭擋
　彼は其の料理店の定連だ（他是那家飯店的常客）
　野球見物の定連（常去看棒球比賽的人）見物（值得看的東西）
　定連が毎日の様に集まる（老伙伴幾乎每天碰頭）
　何時もの定連と浅草に出掛けた（與老搭擋一起上淺草去了）

定〔漢造〕定、確定、決定、一定不變。〔佛〕禪定
　平定（平定、征服）
　安定（安定、穩定、安穩）
　改定（重新規定）
　決定（決定）
　一定（一定、規定、固定）
　協定（協定）

定圧〔名〕〔理〕定壓
　定圧を与える（施加定壓）
　定圧自由エネルギー（定壓自由能）

定案〔名〕定案，確定的案件、已定方案、既定想法

　未だ定案は無い（還沒有一定的方案）

定位〔名、自他サ〕（動、心）定位，定方向。〔醫〕（分娩時胎兒頭顱的）定位

定員〔名〕定員、編制員額、規定的人數
　定員五百名の映画館（定員五百人的電影院）
　定員を超過した（超過定員）
　出席者が定員に達しない為会は延期に為った（因出席者不足規定人數會議延期了）
　乗客を定員以上に乗せては行けない（乗客不可超過定員）
　部隊は定員を満たした（部隊達到編制員額）

定役〔名〕規定的勞役

定温〔名〕常溫，恆溫、一定的溫度
　此の室内は定温を保つように調節されている（這個室内調節得經常保持恆溫）
　定温動物（常溫動物、混血動物）
　定温槽（恆溫槽）

定価〔名〕定價
　当店の品は全て定価通りに売ります（本店一切商品均按定價出售）
　定価の一割引で売る（按定價九折出售）
　定価表（定價表、價目單）
　定価票（價目標籤）

定芽〔名〕〔植〕定芽

定格〔名〕〔電〕額定
　定格電流（額定電流）

定額〔名〕定額、定量
　定額の収入（定額收入）
　定額に達しない（不足定額）
　矢張り定額の予算で処理する（仍照定額預算處理）
　定額賃金（固定工資）
　定額貯金（定額儲蓄）
　定額小為替（定額匯款、限定數額的郵政匯款）
　定額制料金（統一收費）

定滑車〔名〕〔機〕定滑車←→動滑車

定款〔名〕（公司的）章程
定款を決める（訂立章程）
定款を改正する（修改章程）
定款の第一条に会社の性格を規定する（章程的第一條規定公司的性質）

定期〔名〕定期、一定的期限（期間）
旅客機は定期的に往復している（客機定期往返飛行）
定期航路（定期航路）
定期貸付（限定期限的貸款）
定期刊行（定期刊行）
定期航空機（班機）
定期公演（定期公演）
定期乗車券（月票、定期車票）
定期船（班輪、定期船）
定期取引（定期交易、期貨交易）
定期払い（定期付款）
定期便（班機、班輪、班車、定期船、定期車）
定期保険（定期保險）
定期預金（定期存款）

定義〔名、他サ〕定義
国家と言う言葉に定義を下す（給國家這個名詞下定義）
三角形の定義を述べ為さい（請你敘述一下三角形的定義）
簡単に定義する事は容易でない（簡單地下個定義是不容易的）

定脚デリック derrick 〔名〕〔土木〕定脚吊桿

定休〔名〕（商店或公司等）定期休息日←→臨休
定休日（定期休息日）
商店の定休日（商店的定期休息日）
本新聞は日曜と定休は休刊します（本報星期日及規定休息日停刊）
今度の定休には遠足に行く（這次規定的休息日去郊遊）

定給〔名〕固定工資
定給で雇う（按固定工資雇用）

定形〔名〕定形、一定的形狀
定形を保つ（保持定形）
定形郵便物（〔規定形狀大小重量限50克以內的〕定型郵件）

定型〔名〕定型、一定的規格（格律）
定型詩（定型詩-有一定格律的詩：如漢詩五言或七言絕句或和歌，俳句等）
定型に嵌った和歌（合乎格律的和歌）

定見〔名〕定見、主見
定見の無い人（沒有定見的人）
定見が有る（有定見、有主意）
無定見（無主見）

定限〔名、他サ〕限定、限制
定限利息（法律限定範圍內的利息）

定言的〔形動〕〔哲〕定言的、斷言的←→仮言的、選言的
定言的命題（定言命題）
定言的判断（定言判斷）

定稿〔名〕定稿（最終的原稿）

定向進化〔名〕〔生〕直向演化

定刻〔名〕定時、準時
汽車が定刻に到着する（火車準時到達）
定刻に十分遅れた（比規定時間誤了十分鐘）
定刻通りに試合を始める（比賽準時開始）
船は定刻に出航する（輪船按時開船）
昼食は十二時三十分を定刻と為る（午餐時間定為十二點半）

定差方程式〔名〕〔數〕差分方程式

定時〔名〕定時，準時、定期
定時外迄働く（加班工作）
仕事が閑で定時に帰る（工作不忙準時回家）
電車は定時に発車した（電車準時開了）
定時刊行（定期發行）
定時総会（定期大會、例會）

定時制〔名〕定時制（規定一年最低的出席日數、利用農閒早晚業餘授課的一種教育學制）←→全日制、通信制

　　定時制高校（非全日制高中）

定日〔名〕指定的日期、規定的日期

　　定日に集会する（在規定的日期集會）

　　定日払い手形（定期付款票據）

定収〔名〕固定收入（＝定収入）

　　定収を得る（獲得固定收入）

定住〔名、自サ〕落戶，定居，常住、固定的住處

　　僕は此の都市に定住する事に為た（我決定在這個城市落戶）

　　老年に為って定住の地を求める（上了年紀找個定居的地方）

　　遊牧民は定住する事無く草を追って放浪する（游牧民族沒有一定的住處跟著牧草流浪）

　　ジプシーは定住の地を持たない（吉普賽人沒有固定的住處）

定常〔名、形動〕固定、穩定、正常、固定不變、恆常不變

　　定常状態（〔理〕穩定狀態）

　　定常波（〔理〕定波、駐波）

　　定常電流（〔電〕穩定電流、穩態電流）

　　定常飛行（〔飛機對重力方向和風向不改變姿勢的〕穩定飛行）

　　定常流（〔理〕穩定流、均勻流）

定食〔名〕客飯←→一品料理

　　定食を取る（吃客飯）

　　夕食はホテルの定食で済ませる（晚飯吃旅館的客飯）

　　定食の時間は一品料理の注文を受け付けない（客飯時間不賣零菜）

定植〔名、他サ〕定植←→仮植

　　杉の苗を山に定植する（把杉樹苗定植在山上）

定職〔名〕固定的職業、安定的工作

　　定職の無い人は生活が安定しない（沒有固定職業的人生活不諧定）

　　戦争の為定職を失った（因戰爭失去了固定職業）

定数〔名〕定數，定額、定數，宿命，注定的命運。〔理〕常數，恆數←→変数

　　出席者が定数に満たない時は流会に為る（出席者不滿規定人數時則流會）

　　此れが定数だと諦める（認為這是命中注定而死心塌地）

定性〔名〕〔化〕定性

　　定性的（定性的、性質的、屬性的）←→定量的

　　定性因子（〔生〕性別決定因子）

　　定性分析（〔化〕定性分析）←→定量分析

定積〔名〕〔數〕一定的面積（體積）、一定的乘積

　　定積比熱（〔理〕定積比熱）

定積分〔名〕〔數〕定積分

定説〔名〕定說、定論

　　彼の論文は学界で定説と為っている（他的論文在學術界已成定論）

　　此の発見は従来の定説を履す物だ（這個發現要推翻以往的定論）

定旋律〔名〕〔樂〕（基督教儀式中的）無伴奏齊唱樂

定礎〔名〕奠基

　　定礎式を行う（舉行奠基典禮）

定則〔名〕成規、一定的規則

　　クラブの定則を定める（制定俱樂部的規則）

　　定則を守る（遵守規則）

定速〔名〕定速、一定的速度

定足数〔名〕決定人數、規定人數

　　定足数に達した（達到法定人數了）

　　定足数に満たない（不滿法定人數）

　　定足数を欠く（不足法定人數）

定置〔名、他サ〕安置在一定地方

　　定置漁業（在一定水域內撒網的漁業）

校内定置の消火器（安放在校内一定地點的滅火器）

定置機関（固定式發動機）

定置網（定置網）

定着〔名、自他サ〕定著，固定，定居。〔攝〕定影，顯像。〔建〕固定

遊牧民が水辺に定着する（游牧民定居水濱）

新しい風習が此の国に定着した（新的風尚在這個國裡扎了根）

定着液（定影劑、顯像液）

定着板（錨定板）

定点〔名〕〔數〕定點、（為繼續觀測氣象、海象國際上規定的幾十個）海上定點

直線上の一定点（直線上的一個定點）

定点観測（定點觀測）

定電圧〔名〕〔電〕恆定電壓

定電流〔名〕〔電〕穩定電流

定道〔名〕固定的道路

定動詞〔名〕〔語法〕（英語的）限定動詞

定年、停年〔名〕退休年齡

我我の定年は満六十歳だ（我們的退休年齡是年滿六十歲）丁年（成年）

彼は今年で定年だ（他今年該退休了）

定年に達する（達到退休年齡）

定年退職（退休）

定年制（退休制度）

定比例の法則〔名〕〔化〕定比定律

定評〔名〕定評、公認

良いと言う定評を得る（得到好的定評）得る

世間に既に定評が有る（社會上早有定評）

此の本は内容が優れていると言う定評が有る（這本書的内容一般認為很突出）

定偏角プリズム〔名〕定偏角棱鏡

定本〔名〕（古典中經權威學者研究而）肯定的版本、標準本、通行本

定訳〔名〕標準的翻譯、通行的譯法

定容〔名〕〔理〕等容、等體積、一定的容積

定容比熱（定容比熱）

定理〔名〕〔理〕定理

ピタゴラスの定理（〔數〕畢達哥拉斯定理、勾股定理）

定立〔名、他サ〕〔哲〕確定命題，（正反合的）正、命題，論題（＝テーゼ）←→反定立

定立波（〔理〕定波、駐波）

定律〔名〕〔理、化〕定律，法則。〔樂〕固定的節奏

ボイル、シャールの定律（波義耳-查理定律）

定率〔名〕一定的比率

定率税（比例稅）

定量〔名〕定量

患者には定率の牛乳を与えられる（對病人給定量的牛奶）

定量分析（〔化〕定量分析）←→定性分析

定例、定例〔名〕定例、慣例、常規

定例に依って（按照定例）

毎月定例の児童会を開く（召開每月的兒童例會）每月每月

定例を打破した（打破常規）

定例会（例會）

定例閣議（內閣例會）

此の動議は定例に背く（這個動議不合乎慣例）背く叛く

定論〔名〕定論

世間上の定論（社會上的定論）

学術上の定論（學術上的定論）

定まる〔自五〕決定，規定、安定，平定，穩定，固定、確定、明確、安靜

或る定まった時刻に（在某一規定的時刻）

定まった方法で実施する（按規定的方法實行）

供給は需要に依って定まる（供應根據需求來決定）

時と場所は未だ定まらない（時間和地點還沒定下來）未だ未だ

色色議論を為た末、やっと規則が定まった（經過總總爭論的結果規則總算定下來了）
天下が定まる（天下平定）
反乱が定まった（叛亂平息了）
風が定まった（風平息了）
天気が定まらない（天氣陰晴不定）
考えが定まらない（想法不定）
心が定まらない（主意不定）
彼は定まった職業が無い（他沒有固定的職業）
彼は定まった収入が無い（他沒有固定的收入）
態度が定まった（態度已定）
大勢が定まった（大勢已定）大勢（大批、眾多）
生有る者が死ぬのは定まった事だ（有生者必死是十分明確的事）
深夜、人定まって（夜深人靜）

定める〔他下一〕定，決定，規定，制定、平定、鎮定、奠定、評定、論定
人数を定める（決定人數）人数人数人数
日を定める（規定日期）
値段を定める（定價錢）
金額を定める（定金額）
目標を定める（決定目標）
制度を定める（規定制度）
党の路線、方針、政策を定める（規定黨的路線方針政策）
法令の定める所により（按照法法令的規定）
法律に依って定めて有る（法律有所規定）
心を定める（下定決心、打定主意）
度胸を定める（放開膽量）
身を定める（安下身來、結婚成家）
僕は間食を為ぬ事に定めている（我決定不吃零食）
天下を定める（平定天下）

内乱を定める（平定內亂）
国家の基礎を定める（奠定國家的基礎）
都を定める（奠都、定都）
基礎を定めた人（奠基人）
品物の等級を定める（評定貨品的等級）

定め〔名〕規定，決定，固定，一定，穩定，定數，命運
定めの人数（規定的人數）
定めの時刻（規定的時刻、約定的時刻）
国の定め（國家的規定）
其が法律の定めだ（那是法律的規定）
定めを守る（遵守規章）守る守る
特別の定め無き限り（如無特殊規定）
定め無い世の中（變化不定的社會）
定め無き空（變幻莫測的天氣）
悲しい定めに泣く（為悲慘的命運而哭泣）

定めし〔副〕（下面一定要接推量語、し是加強語氣的助詞）想必，一定（＝定めて、嘸かし）
彼も定めし苦労を為た事だろう（他也一定很辛苦了吧！）
定めし御疲れの事でしょう（您一定很累了吧！）

定めて〔副〕〔舊〕（下面接推量語）想必，一定（＝定めし、嘸、屹度）
定めて満足したでしょう（想必滿意了吧！）
定めて面白い事が多かろう（一定會有很多有意思的事吧！）
定めて辛い事だったろう（想必是很艱苦的吧！）

定か〔形動〕清楚·明確·確實（＝確か、明らか、はっきり）
定かに見えない（看不清楚）
闇の中にも定かに見える建物（在黑暗中也能看得很清楚的房屋）
定かな事情は分からない（確實的情況不明白）
其の後の彼の動静は定かでない（那以後他的消息不明）
定か為らぬ蘆山の姿（不識廬山真面目）

訂（カーム丶）

訂〔漢造〕訂立、改正
- 校訂（校訂、審定、校勘）
- 更訂（更正、更改、訂正）
- 改訂（修訂）
- 増訂（増訂）
- 補訂（補訂）

訂する〔他サ〕訂正、修訂（=訂正する）

訂正〔名、他サ〕訂正、改正、修訂
- 誤りを訂正する（訂正錯誤）訂する 挺する 呈する
- 訂正の上再版を出す（訂正後發行再版）
- 此の本はすっかり訂正した（這本書完全修訂了）
- 時間割りの一部を訂正する（改動一部分課程表）
- 訂正版（修訂版）

碇（カーム丶）

碇〔漢造〕繋舟石、繋船的石墩或鐵錨

碇置〔名〕拋錨
- 浮標碇置（浮標拋錨）

碇泊、停泊〔名、自サ〕停泊、拋錨
- 港内に外國航路の商船が停泊している（外國航線的商船停在港内）
  - 停泊所（停泊地）
  - 停泊地（停泊地）
  - 停泊位置（停泊位置）
  - 停泊料（停泊費）
  - 停泊日数超過割増金（停泊超期費）

碇、錨、矴〔名〕錨、碇
- 錨を揚げる（起錨）揚げる 上げる 挙げる
- 錨を揚げって出帆する（起錨出航）
- 錨を抜く（拔錨）脱ぐ
- 錨を下す（拋錨、下碇）下す 卸す 降ろす
- 錨を打つ（拋錨、下碇）打つ 撃つ 討つ
- 錨穴（錨鏈孔）
- 錨草、碇草（〔植〕淫羊藿）
- 錨鈎（〔釣〕錨形鈎）
- 錨結（〔海〕漁夫結、繋錨結）
- 錨酢漿（家徽名-以酢漿草的葉形三錨組成的東西=酢漿草錨）
- 錨綱、碇綱（錨纜、錨索）
- 錨縄（錨纜、錨索=錨綱、碇綱）
- 錨紋蛾（錨紋蛾科的蛾）

錠（カーム丶）

錠〔名〕鎖

〔接尾〕（助数詞用法）（數藥片）片

〔漢造〕鎖、藥片
- 錠を下す（上鎖、鎖上）
- 錠を掛ける（上鎖、鎖上）
- 錠を外す（打開鎖頭）
- 錠を開ける（打開鎖頭）
- 錠を挾じ開ける（撬開鎖頭）
- 此の戸は錠が掛からない（這個門鎖不上）
- 錠が掛けて有る（鎖著）
- 一回三錠宛飲む（每次各服三片）
- 手錠、手鎖（手銬）
- 施錠（上鎖、加鎖）
- 鉄錠（鐵鎖）
- 南京錠（荷包鎖）
- 糖衣錠（糖衣錠）
- 健胃錠（健胃錠）

錠剤〔名〕藥片（=タブレット）←→散剤、液剤
- 錠剤を飲む（吃藥片）

錠前〔名〕鎖（=錠）
- 錠前を掛ける（鎖上）
- 錠前を付ける（安上鎖、裝上鎖）

錠前を抉じ開ける（把鎖頭撬開）

錠前が利かない（鎖頭不好用）

錠前付き戸棚（帶鎖的櫥櫃）

錠前屋（鎖匠、鎖鋪）

督（ㄉㄨ）

督〔漢造〕監督、督促

家督（長子，繼承人、戶主的身分，家長的身分，〔明治憲法規定的〕戶主的地位，戶主的義務）

監督（監督，監視，督促，監督者、管理人、導演、領隊、幹事、教練、監考）

提督（海軍提督、艦隊司令官）

総督（總督）督する得する

督する〔他サ〕監督、統帥、督促

督学〔名〕督學

督学官（督學官）

督戦〔名、自サ〕督戰

司令官自ら督戦に当たる（司令官親自督戰）

督戦隊（督戰隊）

督促〔名、他サ〕督促、催促

督促の手紙を書く（寫催促信）

彼に早く行くよう督促する（督促他快去）

借金を支払うように督促する（催促還債）

税務署から督促状が来た（稅務局發來催促納稅的通知）

督促手続（〔法〕〔債權人要求還債的〕催促手續）

督励〔名、他サ〕督勵、激勵

部下を督励して仕事を急がす（督勵部下加緊工作）

都、都（ㄉㄨ）

都〔名〕都、首都（＝東京都）

〔漢造〕首都、東京都、都市

都の水道局（首都自來水公司、東京自來水公司）

京都（京都）

古都（古都、故都）

故都（故都）

旧都（故都）

新都（新首都）

皇都（皇都）

江都（江戶-舊時東京的別稱）

商都（商業都市）

省都（中國的省會）

水都ベニス（水都威尼斯）

都営〔名〕東京都經營

都営バス（東京都經營的公車）

都営住宅（東京都經營的住宅）

都下〔名〕首都內，東京都內、都轄地區（東京都中心二十三區以外的外圍地區）（＝東京都下）←→都内

都雅〔名、形動〕都雅、嫻雅（＝雅やか、上品）

都会〔名〕都市，城市←→村落、（東京）都議會（＝都議会）

都会に住む（住在城市）

都会生活（都市生活）

都会人（都市的人）

都会病（由於城市環境而產生的城市疾病、農村人嚮往城市生活的傾向）

都議〔名〕都議會議員（＝都議会議員）

都議会〔名〕東京都議會

都議会議員（都議會議員）

都市〔名〕都市、城市

都市と農村の差（城鄉差別）

衛星都市（〔大都市周圍的〕衛星城市）

都市計画（都市計畫）

都市国家（古代雅典的城邦、都市國家）

都市銀行（總行設在大城市全國有分行的商業銀行-富士、三菱、第一、三井、住友、三和、大和、太陽、神戶、東海、協和、東京勸業等十三大銀行及北海道拓殖銀行的總稱）

都城〔名〕有城堡的都市

都人〔名〕都市的人

都人（みやこびと）〔名〕城裡人、首都的人

都人士〔名〕都市人（=都人）
　農民の苦労は都人士の解する所ではない（農民的辛勞非都市人所能理解）

都心〔名〕都市中心
　官庁、会社のbuildingが立ち並ぶ都心（官署公司的大樓鱗次櫛比的都市中心）

都塵〔名〕都市的喧囂
　都塵を避けて郊外に遊ぶ（躲避城市的喧囂到郊外去遊玩）

都制〔名〕〔法〕東京都制、大都市自治制度

都政〔名〕東京都的行政

都税〔名〕〔法〕東京都稅

都勢調査〔名〕首都情況調查、東京情況調查（包括工農商業、文教、衛生、交通、人口等各方面）

都俗〔名〕都市的風習

都知事〔名〕東京都知事

都庁〔名〕東京都政府

都電〔名〕東京都經營的電車

都道府県〔名〕都道府縣（日本現有一都、一道、二府、四十三縣）

都督〔名〕都督、長官，統率

都内〔名〕都城內、整個東京都、東京都中心區（共分二十三個區）↔都下

都鄙〔名〕城鄉（=都と田舎）
　都鄙に広まる（遍及城鄉）
　都鄙の間の文化の差は狭まりつつ有る（城鄉間的文化差別逐漸縮小）

都府〔名〕都會、都市

都邑〔名〕都邑、城市（=都会）

都立〔名〕東京都立
　都立の高校（都立高中）
　都立大学（都立大學）

都都一、都都逸〔名〕都都逸（一種俗曲、用口語由七、七、七、五格律組成、主要歌唱男女愛情）

都〔漢造〕總括，統帥、全部，總共

都維那（〔梵語 karmadana 的音譯〕三綱之一、寺院內統轄諸事務的職位）

都合〔名、自他サ〕某種情況，關係，理由，原因，方便，合適（與否），機會，湊巧，順利（與否），準備，安排，設法，抽出，騰出，通融，挪用，調度，借用
〔副〕總共、共計
　何かの都合で（由於某種情況〔關係、原因〕）
　其の時の都合で（看那時的情況）
　仕事の都合で出張を見合わせた（由於工作關係不出差了）
　都合に依っては船で行くかも知れない（看情況也許乘船去）
　経費の都合により工事を取り止める（因經費關係停止施工）
　時間の都合も有るから此の辺で切り上げる（因為也有時間的關係就此結束）
　都合が良い（方便、合適）
　今日は都合が悪い（今天不方便）
　其は大衆に取って都合が悪い（那對群眾不方便）
　自分に都合の良い事許り考える（只顧自己方便）
　人の都合を考えて遣る（替別人想想是否方便）
　万事都合良く行った（一切進行得順利）
　都合悪く留守だった（不湊巧他沒在家）
　都合良く行けば良いが（但願進行得順利才好）
　今日は都合良く家に居たので、彼に会えた（因為今天湊巧在家所以能夠見到他）
　何とか都合しよう（設法安排一下吧！）
　斯う言う都合に為っている（準備這麼做，是這麼安排的）
　時間の都合を付ける（安排時間、抽出時間）
　何とか為て都合を付けて呉れ（請給想個辦法）
　都合が付き次第（情況一旦允許）
　都合次第に為る（看情況如何再決定）

午後は都合が付きませんか（您下午沒時間嗎？）

為る可き都合を付けて出席して下さい（請務必騰出時間參加）

明日の会には是非都合して出席して下さい（明天的會請您務必安排一下時間參加）

如何しても時間の都合が付かない（怎麼也騰不出時間來）

トラックの都合が付いた（卡車借到了）

部屋は都合しても貰えなかった（房間沒有借到）

金を少し許り都合して呉れないか（能否借給我一點錢）

卒業生は文科、理科合わせて都合五百人である（畢業生文科理科合起來總共是五百名）

都度〔名〕每次、每逢

其の都度喧嘩を為る（每次都要吵架）

歯を磨く都度血が出る（每次刷牙都出血）

彼は上京の都度僕の家に泊る（他每次來東京都住在我家）

帰省の都度恩師を訪ねる（每逢回鄉一定拜訪恩師）

必要為らば其の都度渡します（需要的時候隨時交給你）

都、京〔名〕首都，中央政府所在地，繁華的都市

都へ上がる（進京）

都を京都から東京へ移した（把首都從京都遷到東京）

花の都（花都、華麗的都市）

森の都（一片樹海的城市）

住めば都（久住為家、久居自安）

都入り〔名〕進京←→都落ち

都大路〔名〕京城大道

都落ち〔名〕從京城逃往外地、由都市搬到鄉下←→都入り

平氏の都落ち（平氏因失敗逃離京城）

転任で都落ちする（調到外地去工作）

都踊り〔名〕（每年四月間會演的）京都藝妓的舞蹈

都草〔名〕〔植〕百脈根

都住まい、都住い〔名〕住在城市

都住いを為る（居住在城市）

都育ち〔名〕在都市長大（的人）

都鳥〔名〕〔動〕蠣鷸

都上り〔名〕進京、進城

初めての都上り（頭一次進京）

都忘れ〔名〕〔植〕雞兒腸、六月菊（＝東菊）

読（讀）（ㄉㄨˊ）

読〔漢造〕（有時讀作読、読、読）讀、朗讀、默讀、句讀

精読（精讀、細讀＝細読）

購読（訂閱）

交読（〔基督教禮拜儀式中會眾和牧師〕輪流應答、輪流吟唱）

講読（講解）

代読（代讀）

乱読、濫読（濫讀、亂念）←→精読

一読（讀一次、念一遍）

味読（仔細閱讀、一邊玩味一邊閱讀）←→卒読

卒読（草率閱讀←→熟読、讀完＝読了）

再読（再讀、重讀）

細読（細讀、詳讀＝精読）

愛読（喜歡讀）

朗読（朗讀、朗誦）

音読（朗讀←→默読、日語漢字的音讀←→訓読）

默読（默讀）←→音読

訓読（訓讀、用日本固有語言讀漢字的方法←→音読、在漢文上注訓點按日語的文法讀漢文）

通読（通讀）

熟読（熟讀、細讀、精讀）←→卒読、速読

速読（速讀、快讀）

句読（文章中加句點〝。〟和頓點〝、〟的地方、漢文的讀法、句點〝。〟和讀點〝、〟）

読過〔名、他サ〕讀完、漏讀（＝読み逃がす）
　其の小説を一気に読過した（一口氣看完了那部小說）

読会〔名〕讀會（日本舊憲法時代審議法案時的順序）
　第一読会（第一讀會）
　議案は第二読会に掛けられた（議案已提交二讀會）
　議案は第三読会省略で可決と為った（議案免去三讀會通過了）

読解〔名、他サ〕閱讀和理解（文章）
　古典を読解する（閱讀理解古典作品）
　読解力（閱讀和理解能力）
　読解指導（閱讀和理解指導）

読み解く、読解く〔他五〕正確解讀（難懂的文章、密碼等）

読経、読経〔名、自サ〕〔佛〕念經←→看経

読後〔名〕讀後
　此の本の読後の印象は如何ですか（這本書的讀後印象如何？）
　読後感（讀後感）

読史〔名〕讀史
　読史備用（讀史備要）

読字〔名〕讀字、識字
　読字力（識字的能力）

読者〔名〕讀者
　読者の声（讀者之聲）
　此の雑誌は読者が多い（這份雜誌讀者多）
　此の本は愛読者が多い（這本書愛讀的人多）
　此の一年で本誌には十万の読者が付いた（這一年來本雜誌有了十萬讀者）

読誦〔名、他サ〕〔佛〕高聲誦經（＝読経、読経）

読誦〔名、他サ〕朗讀、朗誦

読書、読書〔名、自サ〕讀書
　静かに読書する（靜靜地看書）
　彼の読書の範囲は真に広い（他讀書的範圍很廣泛）真に誠に実に

読書家（讀書家）

読書人（讀書人）

読書三到（讀書三到－眼到、心到、口到）

読書三余（讀書三餘－讀書最適當的三個餘暇：即冬天、夜間、陰雨時）

読書百遍自ら見る（讀書百遍義自見）自ら

読み書き〔名〕讀寫、學問
　彼は読み書きを覚えた（他學會了讀書寫字）
　読み書き算盤を習う（學習讀書寫字算術）学ぶ
　読み書きも碌に出来ない（連讀書寫字都不太會）
　子供に読み書きを教える（教小孩讀書寫字、教小孩識字）

読心術〔名〕（從面部表情、肌肉活動了解對方思想、意圖）讀心術

読唇術〔名〕（聾人從說話人口形了解意義的）讀唇術

読図〔名、他サ〕閱讀地圖（圖表）
　読図力（閱讀圖表的能力）

読破〔名、他サ〕讀破、讀完（＝読み通す、読通す）
　France革命史を読破する（讀完法國革命史）
　万巻の書を読破する（讀破萬卷書、博覽群書）

読み破る〔他五〕讀破、讀遍、全部讀完（＝読み通す, 読通す、読破する、読み尽くす, 読み尽す）
　万巻の書を読み破る（讀書破萬卷）

読譜〔名〕〔樂〕讀譜
　彼は読譜が遅い（他讀譜讀得慢）遅い晩い襲い

読本〔名〕讀本，課本，教科書、解說書，指導書
　国語読本（國語課本）
　英語の読本（英語教科書）
　経済読本（經濟學讀本）
　文章読本（文章解說）

読み本、読本〔名〕（江戸時代）文藝讀物（的總稱）←→絵本、語り本、謡い本、（江戸時代後半期的一種夾雜著漢字的）長篇傳奇小說←→草紙

読了〔名、他サ〕讀完
- 息も付かずに読了した（一口氣讀完）

読点〔名〕（日語句中的）頓號、頓點（〝、〞）
- 句読点（句號和頓號、句點〝。〞和讀點〝、〞）
- 読点を打つ（加頓號）

読む〔他五〕讀，念，誦，看、朗讀、閱讀、解讀、揣摩、數數、考慮（棋的著數）
- 大声で読む（大聲念）大声大声
- 朗朗と読む（朗朗而讀）
- 御経を読む（念經）
- アナウンサーは原稿を読み乍放送する（廣播員念著稿子廣播）
- 子供に物語を読んで聞かせる（念故事給孩子聽）
- ざっと読む（瀏覽、粗略地一看）
- 念を入れて読む（仔細讀）
- 手紙を読む（看信）
- グラフを読む（看圖表）
- 目盛りを読む（看刻度、看分量、看尺寸）
- 毎日新聞を読む（每天看報）
- 此の本はは読んで面白い（這本書讀起來有趣）
- 此の本は広く読まれている（這本書擁有廣泛的讀者、這是一部暢銷書）
- 相手の心を読む（揣摩對方的心思）
- 彼の人は人の心を読むのが旨い（他擅於體察別人的心意）
- 人の心が顔色で読める（從神色可以看出人的心思）顔色顔色
- 敵の暗号を読む（解讀敵人的密碼）
- 入場者の数を読む（數入場者的人數）
- 票を読む（數票數、點票數）
- 相手の先の手を常に読まなければ行けない（必須時刻考慮對方下一步棋怎麼走）
- 君は此の手が読めるかね（這一著棋你能看出來嗎？）

読む、詠む〔他五〕詠、吟、作（詩）（=作る）
- 彼は和歌を詠むのが旨い（他擅長作詩歌）
- 此の俳句は冬の景色を詠んだ物だ（這個俳句是詠冬季景色的）

読み〔名〕念，讀、訓讀（按日語讀漢字的讀法）、（對棋局等的著數或一般事物形勢的）判斷，盤算
- アナウンサーが読みを間違えた（廣播員念錯了稿子）
- 読み書き（讀寫、識字）
- 此の字の読みが分からない（我不知道這個漢字的訓讀）
- 辞書の漢字の読みを調べる（用字典查漢字的讀法）
- 読みが速い（步數看得快）
- 彼は読みが早い（他看得快）
- 読みが深い人（深謀遠慮的人）
- 彼は先の読みが深い（他看得深遠）
- 彼は此の文章の読みが足りない（這篇文章他理解得還不夠透徹）

読み上げる、読上げる〔他下一〕高聲朗讀、讀完，念完（=読み終える）
- 作文を読み上げる（大聲念作文）
- 提案を読み上げる（宣讀提案）
- 名簿を読み上げる（大聲點名）
- 此の小説を一晩で読み上げる（一晚上讀完這本小說）

読み上げ算〔名〕（珠算）（隨著別人念出數字）連續加減、隨念隨打

読み誤る〔他五〕念錯，讀錯（=読み損なう、読み違える）、誤解，弄錯意思
- 信号を読み誤る（看錯了信號）
- 僕も三字読み誤った（我也念錯了三個字）

読み誤り〔名〕念錯、誤讀
- 先生に読み誤りを指摘される（被老師指出讀錯的地方）

読み合わせる、読み合せる〔他下一〕校對、核對

原稿と校正刷りとを読み合わせる（按原稿核對校樣）

書類を読み合わせる（核對文件）

計算を読み合わせる（核對計算數字）

読み合わせ、読み合せ〔名〕（一人讀原稿一人）校對，核對。〔劇〕演員對台詞

二人で読み合わせを為る（兩個人一起校對）

読み入る〔自五〕專心地讀、聚精會神地讀（＝読み耽る）

読み売り、読売〔名〕（江戸時代在街頭）邊讀邊賣的瓦版報紙（報販）

読み落とす、読み落す〔他五〕念漏掉、念脫落

其処はつい読み落としました（那裡無意中念漏掉了）

読み終わる〔自五〕讀完

未だ半分も読み終わらない（還沒讀完一半）

読み終わったら其の本を返して下さい（那本書讀完了請還給我）

読み返す、読返す〔他五〕再讀、重新讀、反復讀

始めから読み返す（從頭再讀一遍）

手紙を何度も読み返した（把信反復看了好幾遍）

読み替える、読替える〔他下一〕（同一個漢字）用另一讀法來念。〔法〕（條文中的詞句在不違原意的情況下）換用另一措辭

読み掛ける〔他下一〕開始讀、讀到中途（＝読み始める、読み止す）

読み掛けの本（剛開始讀的書、剛讀了一部分的書）

読み方、読方〔名〕（字的）讀法，念法、（文章內容的）理解法、（以前日本小學的）語文課

此の漢字には三通りの読み方が有る（這個漢字有三種讀法）

彼の読み方ははっきりしている（他念得很清楚）

此の字の読み方が分からない（不知道這個字的念法）

此の一節は幾通りもの読み方が有る（這一節有好幾種理解法）

読み方試験（語文考試）

読み聞かせる〔他下一〕讀給別人聽

姉さんは毎日祖母に新聞を読み聞かせる（姊姊每天給祖母讀報）

彼等に読み聞かせよう（念給他們聽聽）

読み切る、読切る〔他五〕讀完，看完（＝読み終わる）、（對棋局等）算計到最後一著

此の小説は未だ読み切っていない（這本小說還沒看完）

一息に読み切る（一口氣讀完）

此れ丈の本は一生掛かったって読み切れない（這麼多的書我一輩子也看不完）

彼は読み切れない程雑誌を取っている（他訂購的雜誌多得看不完）

最後の一手迄読み切る（算計每一步棋直到最後一著）

読み切り、読切り〔名〕讀完，念完、全文一次登完（的報刊上的文章）←→連載、斷句，分清句讀（＝句読）

読み切り小説（完篇小說、一次刊完的短篇小說）

此の雑誌の小説は何れも読み切りに為っている（這本雜誌上的小說都是一次刊完了）

読み切り点（句讀標點、句讀符號）

読み癖，読癖、詠み癖，詠癖〔名〕習慣獨法（＝慣用読み）、個人獨特的讀法（＝詠み癖，詠癖，読み癖，読癖）

南殿、冷泉、施薬院等は伝統的な読み癖である（南殿、冷泉、施薬院等的讀法是傳統的習慣讀法）

此れは昔からの読み癖だ（這是過去的習慣讀法）

此は彼の読み癖だ（這是他的習慣讀法）

読み下す，読下す、訓み下す〔他五〕從上往下讀、（從頭到尾）通讀，瀏覽、（按日語語序）讀解漢文

手紙をざっと読み下す（草草把信瀏覽一番）

漢文を読み下す（用日語順序讀漢文）

読み下し〔名〕（按日語順序加上送り仮名）讀解漢文
　読み下し文（用日語順序讀解的漢文）

読み応え〔名〕值得讀、越讀越愛讀
　読み応えの有る本（值得一讀的書、讀起來費時間的書、讀起來耐人尋味的書）
　此の本は読み応えが有る（這本書值得讀、這本書讀起來費時間、這本書讀起來發人深省）

読み熟す〔他五〕讀通、讀懂
　此れは私には読み熟せません（這本書我讀不懂）
　原作を自由に読み熟し得る読者（能毫不費力地讀懂原著的讀者）

読み頃〔名〕適合讀、使人愛讀
　読み頃の本（使人愛讀的書）

読み止す〔他五〕讀到中途停下（放下）
　客が来たので小説を読み止して座を立つ（因為來了客人放下小說離開座位）
　本を読み止した儘友達と散歩に出掛ける（放下手頭看的書跟朋友出去散步）

読み止し〔名〕讀到中途、沒有讀完（＝読み掛け）
　読み止しの本（讀到中途的書）
　彼の小説は読み止しに為っている（那本小說還沒看完）
　本を読み止しに為し儘出て行く（讀到中途扔下書就出去）

読み捨てる〔他下一〕沒讀完就放下、匆匆過目、倉促一讀

読み損なう念錯，讀錯（＝読み捨てる）、誤解、弄錯意思

読み損ない〔名〕念錯、誤讀（＝読み誤り）

読み違い〔名〕讀錯、念錯（＝読み誤り）
　日本人の名前は読み違いを為易い（日本人的名字容易念錯）
　読み違いを為ない様に気を付け為さい（注意不要念錯）

読み違える〔他下一〕念錯、誤讀（＝読み誤る）

読み尽くす、読み尽す〔他五〕讀遍、遍讀

読み付ける〔他下一〕讀慣、讀熟（＝読み慣れる）

法文を読み付ける（讀慣法令條文）法文法文（佛經）

読み手、読手〔名〕讀（書，文件，報紙）的人、善於讀的人、（玩歌留多、カルタ時）唱讀書歌的人←→取り手
　聞き手から読み手に廻る（聽完別人念輪到自己念）

読み手，読手、詠み手，詠手〔名〕作詩的人、吟詩的人、和歌，俳句的作者
　歌の読み手（詩歌作者、詩歌朗誦人）

読み出〔名〕有看頭、（分量大，有內容）經得起讀
　此の本は読み出が無い（這本書沒看頭）
　紅楼夢は随分読み出が有る（紅樓夢很有看頭）

読み通す、読通す〔他五〕通讀全篇
　一気に読み通す（一口氣讀完）

読み取る、読取る〔他五〕讀懂、理解、領會、看明白
　小説の粗筋を読み取る（理解小說的梗概）
　目の色で人の心を読み取る（從眼神看透人的內心）
　言外の意を読み取る（理解到言外之意）
　彼の気持を読み取る（看明白他的心意）
　君は作者の意の有る処を十分読み取っていない（你沒有充分理解作者的原意）

読み流す、読流す〔他五〕讀得流暢、草草過目，粗枝大葉地閱讀
　難しい原文をすらすらと読み流す（非常流暢地閱讀很難的外文）
　肩の凝らない小説を読み流す（草草閱讀輕鬆的小說）

読み慣れる〔他下一〕讀慣、看慣
　読み慣れた本（常讀的書、喜歡讀的書）
　読み慣れると然う難しくない（讀慣了並不怎樣難）

読み難い〔形、連語〕難讀
　君の字は読み難い（你的字很難讀）
　此れは読み難い本だ（這本書很難讀）

読み人，読人，詠み人，詠人〔名〕詩歌作者、詩歌吟詠者
　此の短歌は詠人知らずだ（這首和歌作者不詳）

読み耽る〔自、他五〕埋頭閱讀、專心閱讀、讀得出神
　彼は何時も書物を読み耽っている（他總是埋頭看書）
　哲学書にを読み耽る（埋頭讀哲學書）
　時の経つのも忘れて小説を読み耽っていた（看小說入了迷連時間都忘了）

読み札、読札〔名〕（遊戲用歌留多、カルタ的）唱讀牌（歌留多、カルタ分為上下句兩副、下句的一副攤開在兩組玩牌人面前、由唱讀人念上句、兩組玩牌人競取與此相連的下句牌、以取多者為勝、上句為唱讀牌、下句為認取牌）←→取り札（搶的牌）

読み振り、読振り〔名〕讀的好壞，讀的情況、（也寫作訓み振り、訓振）詩歌的風格

読み物、読物〔名〕讀物（=書物）、（有內容的）可以一讀的文章、（報刊上）通俗有趣的作品、（說書場的）節目（能樂）隨拍朗誦的歌詞，主角朗誦的起誓書等
　児童読み物（兒童讀物）
　通俗読み物（通俗讀物）
　少年向きの読み物（適合少年的讀物）
　此の論文は中中の読み物だ（這是一篇值得一看的論文）
　読み物風な文章（通俗有趣的文章）
　何か読み物は無いか（有什麼通俗有趣的書嗎？）
　今晩の読み物（今晚的節目）

読み易い〔形、連語〕好讀、容易讀
　此の本は読み易く書いて有る（這本書寫得很好懂）

読み渡す〔他五〕宣讀、（文件）博覽群書

読める〔自下一〕（読む的可能形動詞）能念，會念、可以讀，可以念、明白，理解、值得讀
　容易に読める筆跡（清楚易讀的字跡）
　此の自伝は小説の様に読める（這本自傳可以當小說讀）
　彼の人の字は天から読めない（他寫的字根本看不懂）
　色色の意味に読める（可以理解為各種意思）
　其で読めた（這就明白了）
　やっと君の心がはっきり読めた（好容易才弄明白你的心意）
　彼女の心は容易に読めない（她的心思不易理解）
　不平だと言う事が顔色で読めた（從神色可以看出他心裡不滿意）
　一寸読める作品だ（值得一讀的著作）

読ませる〔他下一〕（來自読む的使役形式）引人愛讀、引人入勝
　中中読ませるね（寫得實在引人入勝啊！）

瀆（ㄉㄨˊ）

瀆〔漢造〕褻瀆
　冒瀆（冒瀆、褻瀆）

瀆職〔名、自サ〕瀆職、貪污（現多用污職）
　瀆職する官吏が増える（貪污的官員增多）
　瀆職事件（瀆職事件）
　瀆職罪（瀆職罪、貪汙罪）

瀆神〔名〕褻瀆神明
　瀆神の行為（褻瀆神明的行為）

瀆聖〔名〕褻瀆（冒瀆）神聖

毒（ㄉㄨˊ）

毒〔名、他サ、漢造〕毒、毒物、毒藥、毒害、惡毒、毒辣
　有毒（有毒）
　中毒（中毒）
　毒を飲む（服毒）飲む呑む
　毒を呷る（服毒）呷る煽る
　毒を仰ぐ（服毒）仰ぐ煽ぐ扇ぐ
　毒を盛る（下毒）盛る守る盛る洩る
　毒が廻った（毒性發作）廻る回る周る

河豚の毒に当たる（中了河豚的毒）当たる当る中る

酒を飲み過ぎると毒に為る（飲酒過多有害）

此の本は子供には毒だ（這本書對小孩有害）

薄暗がりで読書するのは目の毒です（在暗淡的光線下讀書對眼睛有害）

社会を毒する人物（危害社會的人）

彼の舌には毒が有る（他說話惡毒）

彼女の声は毒を含んでいる（她的語聲裡有毒辣味道）

毒にも薬にも為らぬ（既無害也無益）

彼は毒にも薬にも為らない男だ（他是既無益也無害的人）

毒を食わば皿迄（一不做二不休）

毒を以て毒を制す（以毒攻毒）

無毒（無毒）←→有毒

解毒（解毒、去毒）

鉛毒（鉛毒、鉛中毒）

煙毒（有害氣體）

病毒（病毒、引起疾病的毒）

毒する〔他サ〕毒害←→益する

青年を毒する小説（毒害青年的小說）

毒中り〔名、自サ〕中毒（=中毒）

毒忌み〔名〕（服藥時的）禁忌

毒空木〔名〕〔植〕毒空木

毒液〔名〕毒液、毒汁

毒焔〔名〕（有毒瓦斯放散的）毒焰、（歹徒的）氣燄

毒牙〔名〕（蛇等的）毒牙。〔喻〕毒手, 惡毒手段

毒牙に掛かる（遭受毒手）

毒蛾〔名〕〔動〕毒蛾、黃蛾

毒蛾皮膚炎（毒蛾皮膚炎）

毒ガス〔名〕毒氣、毒瓦斯

毒ガス弾（毒氣彈）

毒害〔名、他サ〕毒死，毒殺（=毒殺）、殘害

奸臣に因って毒害される（被奸臣毒死）

毒茸、毒蕈〔名〕毒蘑、毒蕈（=毒菌）

毒魚〔名〕毒魚、有毒的魚

毒口〔名〕惡毒的話（=毒舌）

毒口を利く（說惡毒的話）聞く聴く訊く利く効く

毒気、毒気〔名〕毒氣，有毒的氣體、惡意，壞心眼（=毒気）

ガスの毒気に当って気を失う（煤氣中毒失去知覺）

毒気の無い人（沒有壞心眼的人）

毒気を抜かれる（嚇破膽、嚇得目瞪口呆）

毒消し〔名〕解毒劑

毒言〔名〕惡毒話（=毒舌）

毒殺〔名、他サ〕毒死

国王を毒殺する（毒死國王）

毒死〔名、自サ〕毒死、服毒而死

ソクラテス(Socrates)は毒死させられた（蘇格拉底是被毒死的）

毒蛇、毒蛇〔名〕毒蛇

毒蛇の口（〔喻〕災難、危險的地方）

毒手〔名〕毒手、殺害手段、毒殺手段

敵の毒手に掛かって死ぬ（被敵人殺害）

悪漢の毒手に陥る（陷入歹徒的毒手）

毒手を下す（下毒手）

毒酒〔名〕毒酒

毒針〔名〕（蜜蜂等尾部的）毒針

毒刃〔名〕兇器、行兇的刀

刺客の毒刃に倒れる（被刺客刺死）

毒水〔名〕毒水、含有毒質的水

毒性〔名〕毒性、毒質

毒性が強い（毒性強）

其の薬の毒性は極めて低い（那藥毒性很小）極める窮める究める

毒舌〔名〕刻薄話、挖苦話、惡毒的話

毒舌を叩く（說苛薄話）叩く敲く

毒舌を振う（說尖酸刻薄的話）振う奮う揮う震う篩う

毒舌を振って相手を攻撃する（大肆挖苦攻擊對方）

毒舌家（尖嘴薄舌的人）

彼は国内切っての毒舌家だ（他是國內頭號說刻薄話的人）

毒芹〔名〕〔植〕毒芹

毒線〔名〕（蛇等的）毒線

毒素〔名〕（食物腐敗後分泌出的）毒素（＝トキシン）

腐った肉の毒素に因って中毒を起こす（由於腐肉的毒素而引起中毒）

毒素兵器（毒性武器、細菌武器）

毒草〔名〕毒草↔藥草

毒草は食べられない（毒草不可食用）

毒草を除く（剷除毒草）

毒草を見分ける（辨別毒草）

毒草を肥料に為る（化毒草為肥料）

毒断〔名〕〔醫〕（生病或服藥時）忌口（的食物）

毒血〔名〕毒血、有毒的血

毒血症〔名〕〔醫〕毒血症、血中毒症

毒虫、毒虫〔名〕毒蟲（如蜜蜂、蠍子）

毒虫に刺された（被毒蟲螫了）

毒突く〔自五〕大罵、惡罵、狠罵、迎頭痛罵

ぷんぷん怒って、行き成り〝馬鹿〞と毒突いた（沖沖大怒一開口就罵了一聲〝混蛋〞）

頼みを断ったら彼に散散毒突かれた（拒絕了他的要求卻被他惡罵了一頓）

毒毒しい〔形〕似乎有毒的，好像有毒的、惡毒的，兇惡的、（顏色）濃艷的，刺眼的

此の茸は如何にも毒毒しい（這個蘑菇好像有毒）

毒毒しい物を言い方を為る（說話惡毒）

毒毒しい顔付で拝ら笑う（惡狠狠地冷笑）

毒毒しげに笑う（獰笑）

毒毒しい口紅（鮮豔刺眼的口紅）

毒毒しい色の洋服（濃豔刺眼的西裝）

毒人参〔名〕〔植〕毒胡蘿蔔、鉤吻葉芹（＝ヘムロック hemlock）

毒筆〔名、他サ〕惡毒的筆鋒、刻薄的文章

毒筆を振う（揮弄惡毒的筆鋒）

毒婦〔名〕狠毒的女人

毒物〔名〕毒物、毒藥

酒に毒物を混じて毒殺を企む（酒裡摻上毒藥企圖毒死）

毒物学（毒藥學）

毒見、毒味〔名、他サ〕嘗嘗是否有毒。〔轉〕嘗嘗（菜的）鹹淡

殿様の食事の毒見を為る（為老爺飯前試毒）

御毒見する（嘗嘗是否有毒）

一寸毒見（を）為る（嘗嘗鹹淡）

毒麦〔名〕〔植〕毒麥。〔宗〕聖經中的稗子，莠草

毒矢〔名〕毒箭

毒薬〔名〕毒藥

毒薬を仰ぐ（服毒）

毒薬を呑む（服毒）

毒薬を呑んで自殺する（服毒自殺）

毒薬変じて薬と為る（轉害為利）

毒除け、毒除〔名〕預防中毒（的東西）

毒除けの薬草（可防中毒的草藥）

毒除けに薬を飲む（吃藥防毒）

此の草は毒除けに為る（這種草可以預防中毒）

独（獨）（ㄉㄨˊ）

独〔漢造〕單獨、獨自、單，一個、德國

単独（單獨、獨自、單身）

日独（日本和德國）

独泳〔名、自サ〕一個人游泳、遙遙領先地游泳

宛ら独泳の如く他を引き離して泳ぐ（好像一個人在游泳似地把別人遠遠落在後面）

独演〔名、他サ〕獨演，個人演出。〔轉〕不容他人插話地發表意見

ピアノ（piano）の独演会を催す（開鋼琴演奏會）

落語を独演する（一個人說單口相聲）

独演会（獨演會、獨奏會）

独往〔名、自サ〕我行我素、獨往獨行

自主独往の精神（獨立自主的精神）

独我論〔名〕〔哲〕唯我論

独学〔名、自サ〕自學、獨自學習
独学で大学卒業の資格を得た（自學取得了大學畢業的資格）
独学でドイツ語を学ぶ（自學德語）習う

独眼〔名〕獨眼、一隻眼
独眼竜（獨眼英雄、伊達正宗的綽號）

独居〔名、自サ〕獨居
独居の徒然を慰める（安慰獨居的寂寞）徒然徒然
独居監房（隔離牢房、單人牢房）

独吟〔名、自サ〕獨自吟誦、獨自作詩（多指連歌、俳句）

独禁法〔名〕〔法〕獨占禁止法-關於禁止壟斷的法律（=独占禁止法）

独言〔名〕獨語（=独り言）

独り言、一人言〔名〕自言自語（的話）
独り言を言う（自言自語）言う云う謂う
彼は何時もぶつぶつ独り言を言っている（他總是嘮嘮叨叨地在自言自語）

独見〔名〕自己一個人的見解（見識）

独鈷、独鈷〔名〕〔佛〕（也讀作独鈷）金剛杵-真言宗用的佛具、銅或鐵製的兩頭尖的短棒、手持用於擊退煩惱（=金剛杵）、金剛杵形花樣的紡織品、（僧侶隱語）（調味用的）木魚（=鰹節）
独鈷杵（金剛杵=独鈷）
独鈷鈴（〔佛〕金剛杵鈴-密宗用的一種法器、鈴的把手形如金剛杵
独鈷石（〔史〕繩文後期的一種石器-狀似独鈷）

独語〔名、他サ〕自言自語（=独り言）、德語，德國話（=ドイツ語、独逸語）

独行〔名、自サ〕獨行，自己一個人去、自力更生，我行我素
独立独行の精神を養う（培養自力更生的精神）

独航〔名、自サ〕獨航
独航船（〔捕魚後轉送到大船的〕中型魚船）

独坐、独座〔名、自サ〕獨坐

独坐して瞑想に耽る（獨坐瞑想）

独裁〔名、自サ〕獨裁，專政、獨斷，獨行
プロレタリア独裁（無產階級專政）
個人の独裁（個人獨裁）
独裁政治を敷く（施行獨裁政治）敷く布く如く若く
協会の運営は独裁では旨く行く筈が無い（協會由一個人獨斷獨行是決做不好的）
独裁的な男（專斷的人）

独在論〔名〕〔哲〕唯我論（=独我論）

独自〔名、形動〕獨自、個人
独自の見解を述べる（闡明個人的見解）述べる陳べる延べる伸べる
独自な見解を出す（獨出心裁）
各国の独自の立場（各國獨自的立場）
独自の行動を取る（採取獨自行動）

独酌〔名、自サ〕自斟自飲
独酌で酒を飲む（自斟自飲）

独修、独習〔名、他サ〕自學、自修
ラテン語を本で独修する（看書自學拉丁文）
ギターを独修する（自學吉他）
独修書（自學書）

独唱〔名、他サ〕獨唱（＝ソロ）←→合唱
ピアノの伴奏で独唱する（由鋼琴伴奏獨唱）
独唱曲（獨唱曲）

独身〔名〕獨身（=独り身）
未だ独身ですか（還沒結婚嗎?）未だ未だ
独身で暮らしている（過著獨身生活）
一生独身で通す（一輩子不結婚）

独り身〔名〕（未婚）獨身、單身（=独身）
一生独り身で通す（一輩子不結婚）
未だ独り身です（還沒結婚、還是單身）

独慎〔名〕慎獨、〔舊〕（犯人違反紀律時在一定期間）隔離反省

独人〔名〕德國人（=独逸人、ドイツ人）

独参湯〔名〕安神湯（藥）、（歌舞伎）經常叫座的戲。〔轉〕一定成功的手段

　"忠臣蔵"は歌舞伎の独参湯だ（"忠臣藏"是歌舞伎始終叫座的劇目）

独占〔名、他サ〕獨占（＝独り占め）。〔經〕壟斷，專營

　一室を独占する（獨占一個房間）
　郵便、煙草等は政府の独占事業だ（郵政香菸等是政府專營事業）
　独占価格（壟斷價格）
　独占禁止法（壟斷禁止法）
　独占金融資本（壟斷金融資本）
　独占事業（專營企業）
　独占資本（壟斷資本）
　独占資本主義（壟斷資本主義）
　資本体（壟斷企業）

独り占い〔名〕自我占卜、自己卜卦

　独り占いを為る（自己給自己算命）
　独り占いの札を並べる（擺紙牌為自己占卜）

独り占め、一人占め〔名、他サ〕獨占 獨自霸占（＝独占）

　独り占めに為る（獨佔）
　広い部屋を独り占め（に）為る（獨占一個大房間）
　遊び場の独り占めは止めよう（不要獨占遊戲場）
　電車等で席を独り占めするのは良くない（在電車等上獨霸座位不好）

独善〔名〕獨善，只顧自己、自以為是（＝独り善がり）

　其の考えは独善過ぎる（那種想法過於為自己打算了、那種想法太自私了）
　君の意見は独善的で、全く客観性が無い（你的意見過於主觀沒有一點客觀性）
　独善的な考え方（自以為是的想法）
　彼は独善に陥っている（他犯了自以為是的毛病、他剛愎自用）

独り善がり〔名、形動〕自以為是、自命不凡、沾沾自喜

　彼の独り善がりには呆れる（他的自命不凡令人吃驚）
　独り善がりの考えは行けない（自以為是的想法是不行的）
　君丈は私を信じて呉れるに違いない。其も私の独り善がりか（只有你一定相信我不過這是否也是我的主觀臆斷呢）

独擅場〔名〕只顯得一個人的場面、一個人獨占的場面（＝独り舞台）

　其の芝居は彼の独擅場だ（那齣戲數他演得好）
　此の研究発表会は彼の独擅場の感が有る（這次研究報告會大有他一人獨占之感）

独壇場〔名〕（独擅場之訛）個人獨占舞台

　此の研究発表会は彼の独壇場の感が有る（這次研究報告會大有他一人獨占之感）

独ソ〔名〕德國和蘇聯

　独ソ不可侵条約（德蘇互不侵犯條約－1939年）

独走〔名、自サ〕（比賽時）一個人跑、（賽跑時）遙遙領先、（工作）搶先、單獨行動

　百メートルを独走する（百米賽跑一個人遙遙領先）
　最後の一周は彼の独走の観が有った（最後一周簡直就他一個人跑了）
　二百メートルのコースを独走してタイムを計る（一個人跑二百米計時）
　会から脱退して独走する態勢を見せる（退會作出單獨行動的姿態）
　君丈独走しては困る（你一個人單獨行動可不好辦）
　団体行動に独走は許されない（團體行動不允許單獨行動）

独奏〔名、他サ〕獨奏（＝ソロ）←→合奏

　ピアノを独奏する（獨奏鋼琴）
　独奏楽器（獨奏樂器）

独創〔名、他サ〕獨創

　此の方法は彼の独創である（這方法是他獨創的）

僕の独創した酒の製法（我自己獨創的製酒法）

A博士の独創に為る新薬（A博士獨創的新藥）博士博士

彼には独創の才が有る（他有獨創的才能）

独創力（獨創力）

独創性（獨創性）

独創的（獨創的）

独漕〔名、自サ〕（賽船時）一條船單獨划、一個人單獨划

独尊〔名〕獨尊

唯我独尊（唯我獨尊）

独断〔名、他サ〕獨斷、專斷、擅斷

彼の独断で此の様に決めた（由他獨斷這樣決定了）

其の遣り方は独断に陥る（那種做法未免獨斷）

独断的（獨斷的）

独断的に遣る（獨斷獨行）

独断論（dogmatism的譯詞）（〔哲〕教條主義、武斷的主張）

独断専行（獨斷獨行）

独断専行と強権政治を反対する（反對獨斷獨行和強權政治）

独特、独得〔形動〕獨特

彼（の）独特の方法（他的獨特的方法）

日本酒独特の風味（日本酒特有的風味）

彼の文章は独特の（な）味が有る（他的文章有獨特的風味）

独任〔名〕（一人）單獨負責

独任制（一人單獨負責制）

独白〔名、自サ〕〔劇〕獨白（=モノローグ、独り台詞）

ハムレットの独白は有名だ（哈姆雷特的獨白是有名的）

独り台詞〔名〕〔劇〕獨白（=独白）

独夫〔名〕獨身男子、殘暴的統治者

独舞〔名〕（一個人）單舞

独り舞台〔名〕獨腳戲，一個人表演、獨自出類拔萃，一個人的天下，一個人說了算（=独り天下）

彼の芝居はAの独り舞台だった（那齣戲A演得出類拔萃）

今日の野球は大川君の独り舞台だった（今天的棒球賽大川特別突出）

独り舞台の選挙（沒有競爭對手的選舉）

会議が議長の独り舞台に為っては行けない（會議不能由主席一個人發號施令）

音楽の話に為ると、彼の独り舞台だ（一談起音樂就光聽他一個人的了）

彼は独り舞台で当選した（他沒有人和他競爭就當選了）

独仏戦争〔名〕〔史〕（1870-1871年的）普法戰爭

独文〔名〕德文、德國文學（=独逸文学、ドイツ文学 Deutschland德ぶんがく）、（大學的）德國文學科

独歩〔名〕獨自步行、自力，自主、無雙，獨一無二，無與倫比

独立独歩で今日の基礎を築いた（靠自己的力量打下了今天的基礎）

当代独歩の詩人（當代獨一無二的詩人）

古今独歩の名手（古今無雙的名手）

独り歩き〔名、自サ〕獨自走路，一個人走路、自己會走路、自立，獨立

此の夜更けに独り歩きは危ない（這樣深夜獨自走路危險）

此の子は独り歩きが出来る様に為った（這個孩子能夠自己走路了）

彼は未だ独り歩きが出来ない（他還不能自食其力）

独峰〔名〕獨峰、孤峰、孤山

独房〔名〕單身牢房

政治犯と為て独房に入れられた（作為政治犯被關進單身牢房）

独立〔名、自サ〕孤立，單獨存在、獨立，不受他人援助（束縛、支配）/〔法〕獨立←→隸属

独立した峰（孤峰）

独立家屋（孤立的房屋、孤家子）

母屋から独立した部屋（和主房不相連的房屋）

ㄉ

子供は子供と為て一個の独立の人格を認めて遣らなくては為らない（應該承認孩子作為一個孩子是有獨立的人格的）一個一個

独立宣言（獨立宣言）

独立権（獨立權）

独立採算制（單獨核算制）

独立プロ、独立プロダクション（獨立自營的電影製片廠）

独立独行（依靠自己、自力更生）

独立独歩（依靠自己，自力更生、我行我素，別具一格，與眾不同）

独立自尊（獨立自尊）

独立栄養（〔植〕自養營養）

独立変数（〔數〕自變數、自變量）←→従属変数

独立国（獨立國）

独立語（獨立語）

独り立ち〔名、自サ〕（小孩）獨自（會）站立、獨立生活，自食其力、孤立（=独立）

赤ちゃんは御誕生前後に独り立ちが出来るように為る（嬰兒在生日前後就能夠站立了）

親から離れて独り立ちする（離開父母自食其力）

息子はもう独り立ち出来るように為った（兒子已經能夠自立了）

大学を卒業したのだから独り立ちする積りです（因為已經大學畢業了打算自己謀生）

独力〔名〕獨力、自己的力量

独力で遣る（獨力做）

独力で経営する（獨力經營）

独力で叩き上げた人（靠個人奮鬥成功的人）

独話〔名、自サ〕自言自語（=独り言）、（在眾人前）一個人說

独和〔名〕德日辭典（=独和辞典）

独逸、ドイツ〔名〕（歐洲）德意志

独逸語、ドイツ語（德語）

独逸体操（德意志器械體操）

独逸民主主義共和国（首都ベルリン）（德意志民主共和國）（首都柏林）

独逸連邦共和国（首都ボン）（德意志聯邦共和國）（首都波恩）

独楽〔名〕陀螺

独楽を廻す（轉陀螺）

独楽が澄む（陀螺轉得很穩〔宛如靜止〕）

独楽鼠、高麗鼠〔名〕〔動〕（一種具有在平面上轉來轉去的習性的）高麗鼠、白色家鼠

独楽鼠の様に立ち働く（像高麗鼠似地忙忙碌碌勞動）

独活〔名〕〔植〕土當歸（五加科多年生草）

独活の大木（大草包、大而無能的人）

一人〔名〕一人、一個人

部屋の中には子供が一人居た（房間裡有一個孩子）

一人しか合格しなかった（只有一個人考中）

女中を一人雇い度い（想雇一個女僕）

蜜柑を一人に二つ宛上げます（每個人給兩個橘子）

一人も其の問に答えられなかった（沒有一個人能回答那個問題）

彼は千人に一人と言う人物だ（他是個千裡挑一的人物）

独り、一人〔名〕獨自，單獨一個人、（未婚的）單身，獨身

独りで面白がっている（獨自高興）

独りで旅を為る（單人旅行）

独りの考え丈では決められない（光靠別人的意見不能決定）

彼の子はもう独りで服を着替えられる（那孩子已經能自己換衣服）着替

彼の人は四十に為ったのに未だ独りだ（他已經四十歲了卻還是單身）

独り〔副〕只，光，單（下接否定語），獨自，獨力

此れは独り日本丈でなく、世界の問題だ独り一人（這不只是日本而是世界的問題）

此れは独り君達丈でなく、私達の事でも有る（這不光是你們也是我們的事）

独り涙に暮れる（獨自流淚）

独りを楽しむ（悠然自得）

独りを慎む（慎獨）

独り案内〔名〕自學的書籍、自修讀本（=独修書）

独り男〔名〕單身漢←→独り女

独り女〔名〕單身女人←→独り男

独り合点、独り合点〔名、自サ〕自以為是、自以為明白（理解）

彼は独り合点で喋っていた（他自以為是地信口胡言）

独り合点していないで、話を良く聞き為さい（不要自以為理解要好好聽）

独り呑み込み〔名〕自以為是、自以為知道、自以為已經明白（=独り合点、独り合点）

独り勝ち〔名〕（勝ち是接尾詞）經常獨居、獨自取勝

独り決め〔名、自サ〕獨斷，獨自決定、自己認定，自己確信不疑

大事な事を独り決めする何て、酷いなあ（重要的事情竟自己獨斷太不像話了）

人に相談しないで、独り決めするのは良くない（不跟別人商量就獨自決定是不好的）

妹は夏休みに東京へ行ける物と独り決め（に）為ている（妹妹自己以為暑假時能到東京去）

彼は出来ぬ物と独り決めしている（他自己認定辦不到）

独り暮らし、独り暮し、一人暮らし、一人暮し〔名〕獨居、單身生活、一個人過日子

独り暮らしを為る（一個人生活）

独り暮らしは暢気で良い（單身生活消遙自在）

独り稽古〔名〕自修、自學（=独修、独習）

独り子，一人子、独りっ子，一人っ子〔名〕獨生子

独りっ子は両親の愛情を独占する（獨生子獨佔父母的寵愛）

独りっ子なので甘やかされている（因為是獨生子所以很被寵愛）

独りごちる〔自上一〕（独り言つ的轉變）自言自語

御前はもっと生きなければと、彼は独りごちた（他自言自語說你必須繼續活下去）

独り言つ〔自四〕〔古〕自言自語（由独り言、一人言轉變而成現代口語中轉變為独りごちる）

独り芝居〔名〕〔劇〕單人劇、獨角戲

独り芝居を遣る（唱獨角戲）

独り住い〔名〕獨居、獨自生活（=独居）

独り住いで暮らす（獨自過日子）

独り相撲、一人相撲〔名〕唱獨角戲、（差太多）不能較量

独り相撲を取る（唱獨角戲）

誰も相手に為ないので独り相撲に終った（誰也不加理睬結果落得唱獨角戲）

どうも私が独り相撲を取っていた様だ（看來是我一個人唱獨角戲）

独り旅、一人旅〔名〕獨自（一人）旅行

独り旅の人（獨自旅行的人）

東京へ独り旅を為る（獨自一人到東京去旅行）

独りでに〔副〕自行地、自動地、自然（而然）地

虫歯が独りでに抜けた（蛀牙自己脫落了）

其のドアは前に立つと独りでに開く（那個門只要站在前面就會自動打開）

風も無いのに、蠟燭の火が独りでに消えた（並沒有風蠟燭竟自然而然地熄滅了）

放って置いても独りでに良く為る（不去管它也自然會好）

独り天下、一人天下〔名〕一個人的天下、專斷獨行、飛揚跋扈

彼の家は主人の独り天下だ（那個家是家長掌大權）

独り天狗〔名〕獨自驕傲的人、妄自尊大的人

独り寝〔名〕獨宿、一個人睡

其の内小犬も独り寝に慣れて、夜も鳴かなく為った（不久小狗也習慣於自己睡覺夜裡也不叫了）

独りぼっち、一人ぼっち〔名〕（一人法師的轉變）孤獨一人、無依無靠

ㄉ

独りぼっちに為る（成為孤零零一人）

俺も独りぼっちでは彼等に敵わない（我單獨一個人也敵不過他們）

彼の子は友達が居ないらしく、何時も独りぼっちで居る（那孩子似乎沒有朋友總是孤零零一個人）

独りぼっちで余生が心許無い（他無依無靠晚年令人擔心）

独り息子、一人息子〔名〕獨子、獨生子

独り娘、一人娘〔名〕獨生女

独り者、一人者〔名〕一個人，獨自一人、獨身，單身漢

私は全くの独り者です（我完全是獨自一個人）

彼は独り者だ（他是個單身漢）

彼は独り者で暢気に暮らしている（他還沒結婚無憂無慮地過著日子）

独り笑い〔名、自サ〕一個人笑、獨自發笑

髑（ㄉㄨˊ）

髑〔漢造〕頭枯骨為髑、死人的骨頭

髑髏〔名〕骷髏（=髑髏、曝首）

髑髏崇拝（骷髏崇拜）

髑髏、曝首〔名〕髑髏、骷髏、死人的骨頭（=髑髏、曝首、髑髏）

髑髏の埋まっている嘗ての戦場（遍地骷髏的古戰場）

髑髏、曝首〔名〕頭蓋骨（=曝首、髑髏）

地中から曝首を掘り出す（從地下挖出頭蓋骨）

堵（ㄉㄨˇ）

堵〔名、漢造〕牆（=垣）

見物人堵の如し（遊人如堵）

安堵（放心、〔古〕領主對領地所有權的確認）

堵列〔名、自サ〕排列成行

両側に堵列する（排列兩旁）

道の両側に堵列して見送る（排在道路兩旁歡送）

賭（ㄉㄨˇ）

賭〔漢造〕以金錢為注比賽輸贏

賭する〔他サ〕賭、豁出來、孤注一擲

生命を賭する（豁出生命）

命を賭して敵を戦う（豁出命來和敵人戰鬥）

賭場〔名〕賭場

賭場荒らし（擾亂賭場的人）

賭博〔名〕賭博（=博打）

賭博に耽る（耽於賭博）耽る更ける深ける老ける

賭博で財産を失う（把財產賭光）

賭博犯（賭博犯）

賭博開張罪（開賭場牟利罪）

賭博常習者（賭鬼）

賭ける〔他下一〕打賭，賭輸贏、（也寫作懸ける）拼上，賭上

金を賭ける（賭錢）

金を賭けて、トランプを為る（打撲克牌賭錢）

麻雀に金を賭ける（打麻將賭錢）

命を賭けて戦う（拼命奮戰）

今度は優勝を賭けて戦った（這次為奪得冠軍而奮戰）

今度の研究に全てを賭けている（這次研究豁出了一切）

主義の為に身命を賭ける（為主義不惜生命）

掛ける、懸ける、架ける〔他下一〕懸掛、戴上，蓋上、搭上，捆上，繫上、架上，鋪上、澆、秤，衡量、花費、坐上、放上、乘、課稅、懸賞、分期繳款、開動、釣魚、發動，進行、燙，刷，碾壓、設圈套、鎖上、扣上、提交、鉋木頭、掛簾幕、揚帆、懇求、寄託、結巢，搭小房、交配、（常以慣用的搭配形式）表示把某動作加在別人身上

〔接尾〕表示動作剛開始、表示動作未完而中斷、表示動作即將發生的樣子

看板を掛ける（掛上招牌）書ける。欠ける。賭ける。駆ける。描ける。賭ける

数珠を手に掛ける（把念珠掛在手上）翔ける。翔る。搔ける。駈ける。斯ける

壁に額を掛ける（把匾額掛在牆上）

客間に掛け物が掛けて有る（客廳裡掛著畫）

オーバーを洋服掛に掛けなさい（把大衣掛在衣架上吧！）

首を獄門に掛ける（把首級掛在獄門上）

花輪を首に掛ける（把花環套在脖子上）

眼鏡を掛ける（戴眼鏡）

テーブルにテーブル掛を掛ける（把桌布蒙在桌上）

布団を掛ける（蓋上被子）

鍍金を掛ける（鍍上金）

積荷にシートを掛ける（用帆布把貨堆蓋上）

顔にベールを掛ける（臉蒙上面紗）

梯子を壁に掛ける（把梯子搭在牆上）

肩に手を掛ける（把手搭在肩上）

着物を衣紋掛に掛ける（把衣服搭在衣架上）

樽に縄を掛ける（用繩子捆上木桶）

荷物に紐を掛ける（用細繩捆上行李）

襷を掛ける（繫上掛和服袖子的帶子）

橋を掛ける（架橋）

鉄道を掛ける（鋪鐵路）

背中に水を掛ける（往背上澆水）

花に水を掛ける（澆花）

サラダにソースを掛ける（往沙拉上倒辣醬油）

目方を掛ける（秤分量）

天秤に掛ける（衡量厲害得失）

秤に掛ければ目方が直ぐ分る（用秤一秤馬上就知道多麼重）

費用を掛ける（花經費）

時間を掛ける（花費時間）

一週間掛けて此の論文を書いた（花一個星期寫了這篇論文）

家具に沢山の金を掛けた（在家具上花了很多錢）

腰を掛ける（坐下）

椅子に掛ける（坐在椅子上）

掛けた儘でいる（坐著不動）

どうぞ御掛けなさい（請坐）

火に鍋を掛ける（把鍋坐在火上）

五に二を掛ける（五乘以三）

国民に税金を掛ける（向國民徵稅）

賞金を掛ける（懸賞）

毎月五千円宛保険料を掛ける（每月繳納五千元的保險費）

エンジンを掛ける（發動引擎）

時計の螺旋を掛ける（上錶弦）

ラジオ（蓄音機）を掛ける（開收音機：留聲機）

馬力を掛ける（加馬力）

ブレーキを掛ける（剎車）

君の好きなレコードを掛けよう（給你聽一個你喜歡的唱片吧！）

針で魚を掛ける（用魚鉤釣魚）

網で鳥を掛ける（用網捕鳥）

攻撃を掛ける（發動攻擊）

召集を掛ける（進行召集）

ストライキを掛ける（進行罷工）

服にアイロンを掛ける（燙衣服）

洋服にブラシを掛ける（刷西服）

ローラを掛ける（滾壓）

罠を掛ける（設圈套）

罠を掛けて騙す（設圈套騙人）

鎌を掛ける（用策略套出秘密）

兎を罠に掛ける（套兔子）

人をペテンに掛ける（騙人）

ㄎ

謎を掛ける（出謎語）

門に錠を掛ける（把門鎖上）

ボタンを掛ける（扣上鈕扣）

戸に鍵を掛ける（鎖上門）

錠が掛けてある（鎖著呢）

裁判に掛ける（提交審判）

議題を会議に掛ける（把議題提交會議討論）

木に鉋を掛ける（鉋木頭）

篩を掛ける（過篩子）

窓に幕を掛ける（窗戶掛上帷幕）

左手に籠を掛ける（左手挎著筐）

肩に鞄を掛ける（肩上挎著皮包）

帆を掛ける（揚帆）

希望を掛ける（寄託希望）

願を掛ける（許願）

蜘蛛が巣を掛ける（蜘蛛結網）

小屋を掛ける（搭小屋）

雌牛に雄牛を掛ける（使雄牛和母牛交配）

医者に掛ける（就醫）

病人を医者に掛ける（使病人就醫）

目を掛ける（特別關懷、愛護照顧、注視）

部下に目を掛ける（特別關懷部下）

御目に掛ける（給人看、讓人看）

では遣って御目に掛けましょう（那麼做給你看吧！）

手を掛ける（動手撫摸、動手打人、精心照料）

手を掛けては行けない（不要摸）

彼は私に手を掛けた（他動手打了我）

手を掛けた孤児（精心照料的孤兒）

口を掛ける（打聽、勸誘）

勤め口が無いかと方方に口を掛ける（到處打聽有沒有用人的地方）

号令を掛ける（發號令、喊口令、發號施令）

電話を掛ける（打電話）

学校（彼）に電話を掛ける（給學校：他：打電話）

声を掛ける（開口、打招呼）

出掛ける時に、声を掛けてくれ（出門時請打個招呼）

心配を御掛けして済みません（叫你擔心了對不起）

親に苦労を掛ける（讓父母操心）

御迷惑を掛けました（給您添麻煩了）

望み（期待）を掛ける（寄託希望）

君達青年に望みを掛ける（寄託希望於你們青年身上）

敵を馬蹄に掛ける（驅散敵人）

思いを掛ける（愛慕、戀慕）

誘いを掛ける（勸誘、引誘）

彼に誘いを掛けたら直ぐ乗って来た（用話一引誘他馬上就上鉤了）

手塩を掛ける（精心照料）

手塩を掛けて育てた子（親手撫養大的孩子）

気に掛ける（擔心、掛心、掛念、懸念、惦念=気に掛かる。心に掛かる）

気に掛けない（不擔心、不掛心）

気に掛け為さる（放在心上）

心に掛ける（掛心、擔心、掛念、惦念）

歯牙にも掛けない（不值一提）

手に掛ける（照料、伺候、處理）

手に掛かる（落在…手裡）

拍車を掛ける（加速、加快、加緊）

鼻に掛ける（自滿、自誇、自豪）

鼻に掛かる（說話帶鼻音、驕傲自滿）

輪を掛ける（大一圈、變本加厲、更厲害）

彼を言い掛けて止めた（他剛要說又不說了）

本を読み掛けたら、友人が来た（剛要看書朋友來了）

観客が席を立ち掛ける（觀眾開始從座位上站起來）

建て掛けた家（沒有蓋完的房子）

読み掛けた本（讀了一半的書）

舟が沈み掛けている（船眼看就要沉了）

此の肉は腐り掛けている様だ（這塊肉似乎要腐爛了）

翔る〔自五〕（在高空）飛翔

空を翔る飛行機（在空中飛翔的飛機）

鷹が空を翔る（老鷹在高空飛翔）

欠ける、缺ける、闕ける〔自下一〕出缺口、缺額，不足、（月）缺←→満ちる

茶碗が缺ける（碗有缺口了）

刃が缺ける（缺刃）

教員が二人缺ける（教員有兩個缺額）

此の本は一ページ缺けている（這本書缺一頁）

彼の人は経験に缺ける（他缺乏經驗）

一万円に千円缺ける（一萬日元中缺一千日元）

夜毎に缺けて行く月（每晚逐漸虧缺的月亮）

駆ける、駈ける〔自下一〕快跑、奔跑（=走る、奔る）

決勝点迄驀地に駆ける（一直向決勝點猛衝）

時間に遅れまいと為て急いで駆ける（生怕遲到趕快跑）

賭け、賭〔名〕賭、打賭、賭博

君と賭けを為よう（跟你打個賭吧！）

賭けに負ける（賭輸了）

賭けに負けて一文無しに為った（賭錢輸得一文不名）

賭けに勝つ（賭贏了）

トランプで賭けを遣る（用撲克牌賭錢）

賭け麻雀を遣る（打麻將賭錢）

賭け碁（賭圍棋）

賭け馬、賭馬〔名〕賽馬時用的馬、賽馬時打賭的馬

賭け金、賭金〔名〕賭注

賭け金を競り上げる（競相增加賭金）

賭碁〔名〕賭錢或賭物品的圍棋

賭碁を遣る（下圍棋賭博）

賭け事、賭事〔名〕賭博（=ギャンブル）

賭け事を為る〔賭博〕

賭け事に熱中する（熱中於賭博）

僕は賭け事は嫌いだ（我討厭賭博）

賭け勝負〔名〕賭博、賭輸贏（=賭け事）

賭手〔名〕賭客、打賭的人、賭博的人

賭け元〔名〕（賭場）收付賭錢的人、（賽馬場）登記賭注的人

賭け物、賭物〔名〕賭品

賭弓、賭射〔名〕射箭賭博（的弓箭）

篤（ㄉㄨˇ）

篤〔漢造〕忠實、病篤

懇篤（誠懇，熱誠、詳細，懇切周詳）

危篤（危篤、病危）

篤と〔副〕認真地、仔細地、審慎地

篤と調べる（仔細調查）

篤と御覧を願います（請好好看）

篤と考えた上に、御返事しましょう（仔細考慮後答覆）

篤と〔副〕（篤と的促音化）認真地、好好地、審慎地

篤学〔名〕篤學、好學

篤学者（好學的人）

篤学の士（篤學之士）

篤行〔名〕篤實（誠實）的品性

篤行者を表彰する（表揚篤實敦厚的人）

篤厚〔名〕篤實敦厚、心誠意實

篤志〔名〕慈善心，仁慈心腸、樂善好施，熱心公益

彼の人は篤志家だ（他是個慈善家）

篤志の方の御協力を願います（希望熱心公益人士協助）

此の病院は一個人の篤志に依って維持されている（這醫院靠一個人的熱心公益維持著）

ㄉ

篤実〔名、形動〕篤實、誠實
　温厚篤実な（の）青年（溫厚誠實的青年）

篤信〔名、他サ、形動〕篤信、虔誠
　篤信な（の）人（有虔誠信仰的人）
　篤信家（篤信者）

篤農〔名〕熱心於農業生產（的人）
　篤農家（熱心研究農業生產的人）

篤い〔形〕危篤、病勢沉重
　病が篤い（病危）厚い篤い熱い暑い

熱い〔形〕熱←→冷たい、温い、熱衷、熱心、熱愛
　熱い御茶を飲む（喝熱茶）
　酒を熱くして飲む（把酒燙熱了喝）
　顔が熱い、熱が有るらしい（臉發熱似乎發燒了）
　御風呂が熱過ぎて、入れない（澡堂太熱了進不去）
　食べ物は熱いのが好きだ（我喜歡吃熱的食物）
　国を愛する熱い心は誰にも負けない（愛國的熱枕絕不落於人後）
　二人は今議論に熱くなっている（他們倆談得正火熱）
　二人は熱い仲だ（兩個人如膠似漆）

暑い〔形〕（天氣）熱←→寒い、涼しい
　蒸される様に暑い（悶熱）
　茹だる様に暑い（悶熱、酷熱）
　今年の夏は特別暑い（今年夏天特別熱）
　今は暑い盛りだ（現在是最熱的時候）
　昼間は暑かったが、夕方から涼しく為った（白天熱傍晚涼快起來了）
　風が無いので暑くて眠れない（因為沒風熱得睡不著）

厚い〔形〕厚、深厚、優厚（也寫作篤い）
　此の辞典は随分厚いね（這部辭典真厚啊）
　厚く切って下さい（請切厚一些）
　厚さ五ミリmillimetreの板で箱を作る（用五厘米厚的木板做箱子）
　友情に厚い（友情深厚）
　厚い持て成しを受ける（受到深厚的款待）
　厚い同情を寄せる（寄以深厚的同情）
　厚い報酬を受ける（受到優厚的報酬）
　厚く御礼を申し上げます（深深感謝）
　増給は下に厚くす可きだ（加薪應該對下面優厚些）

蠹（ㄉㄨˋ）

蠹〔名〕蠹，書魚（=蠹魚、衣魚、紙魚）、蛀蟲，木蠹（=木食虫）

蠹魚〔名〕書蠹，蠹魚，紙魚，銀魚、蛀蟲（=蠹魚、衣魚、紙魚）、書呆子

蠹毒〔名、他サ〕蛀蝕、蛀蟲。〔轉〕（內部的）破壞分子

杜（ㄉㄨˋ）

杜〔漢造〕落葉果樹果實可吃、斷絕，堵塞、釀酒人、森林

杜氏〔名〕（杜氏的長音便、中國古代名釀酒人-杜康）杜氏，釀酒人、（廣義指）醬油製造者

杜鵑、杜鵑，子規，時鳥，不如帰〔名〕〔動〕杜鵑、杜宇、布穀、子規
　杜鵑花（〔植〕杜鵑花、映山紅）

杜詩〔名〕杜甫的詩

杜若、杜若，燕子花，杜若〔名〕〔植〕杜若、燕子花（=杜若，燕子花）

杜絕、途絕〔名、自サ〕杜絕、斷絕、停止
　吹雪で交通が途絶した（因大雪交通斷絕了）
　取引が途絶した（交易停止了）
　密輸入が途絶した（走私進口杜絕了）

途絶える、跡絶える〔自下一〕斷絕、杜絕、中斷（=中断する）
　大雨で交通が跡絶えた（因大雨交通斷絕了）
　雪が積って人の往来が跡絶えた（雪深沒有行人了）
　息子からの便りが跡絶えた（兒子的消息斷了）

杜〔漢造〕杜撰

杜撰〔名、形動〕杜撰，沒有根據地編造、（做法等）粗糙，草率←→緻密、綿密

　杜撰な著書（杜撰的著作）

　此の小説は杜撰な所が多い（這小說有很多杜撰的地方）

　杜撰な管理（管理不善）

　杜撰な工事（工程粗糙）

　杜撰な遣り方（草率的做法）

　杜撰な設計図（粗糙的設計圖）

杜漏〔名、形動〕（工作）疏漏

　杜漏な所が多い（漏洞很多、多有疏漏之處）

杜松〔名〕〔植〕杜松

杜、森〔名〕樹林、森林（特指神社周圍樹林繁茂的林地）

　森の都（樹木繁茂的城市）

　鎮守の森（鎮守神廟周圍的樹林）

　御宮の森は昔の儘少しも変わっていない（神社周圍的樹林還是過去那樣一點也沒變）

　森の奥深くに、美しい湖が有った（森林深處有一個清澄的湖）

　木を見て森を見ず（見樹不見林）

　＊（森和林都是樹林、但前者一般指規模較大的）

妒（ㄉㄨˋ）

妒〔漢造〕忌恨別人勝過自己

　嫉妒（嫉妒）

妒心、妬心〔名〕嫉妒心

妬心〔名〕嫉妒心

妒婦、妬婦〔名〕嫉妒心強的女人

妬む、嫉む〔他五〕嫉妒，嫉羨、嫉恨，憤恨

　人の名声を妬む（嫉妒別人有聲望）

　彼は同輩に酷く妬まれている（他遭受同輩深深的嫉恨）

　妬んで然う言うのだ（他因為嫉恨才那麼說的）

妬み，妬、嫉み，嫉〔名〕嫉妒、嫉妒心

　妬みを受ける（遭受別人嫉妒）

　妬みを持たない（沒有嫉妒心）

　妬みを感じる（感到嫉妒）

妬ましい、嫉ましい〔形〕感到嫉妒的、令人妒羨的

　友達の頭の良さが妬ましい（朋友腦筋好令人妒羨）

　人の成功を妬ましく思う（對別人的成功感到嫉妒）

　妬ましくて堪らない（嫉妒得不得了）

妬ましさ〔名〕嫉妒的心情、嫉妒的程度

　妬ましさで胸を張り裂ける様だ（嫉妒得死去活來的）

妬ましげ〔形動〕嫉妒的樣子

妬ましがる〔自五〕感到嫉妒、覺得妒羨

妬く、焼く〔他五〕忌妒、吃醋

　他人の成功を妬く（嫉妒別人的成功）

　人の成績が良かったからと言って、妬いては行けない（不要因為人家成績好而嫉妒）

焼く〔他五〕焚，燒、燒製、燒烤，焙、炒、燒熱、曬黑。〔攝〕沖洗。〔醫〕燒灼

　紙屑を焼く（燒廢紙）

　落ち葉を掃き集めて焼く（把落葉掃在一起燒掉）

　匪賊に因って村の家は残らず焼かれて終った（村裡的房屋被土匪燒得一乾二淨）

　木を焼いて炭を作る（燒木製炭）

　陶磁器を焼く（燒製陶瓷器）

　餅を焼く（烤年糕）

　飯を油で焼く（用油炒飯）

　焼き鏝を真赤に焼く（把烙鐵燒得通紅）

　日は背中を焼く（太陽曬黑後背）

　膚を焼く（曬黑皮膚）

　キャビネに焼く（沖洗成六寸照片）

　扁桃腺が腫れたので医者に喉を焼いて貰った（因扁桃腺腫了請醫生把喉頭燒灼一下）

　世話を焼く（幫助、照顧）

　手を焼く（嚐到苦頭、感到棘手、無法對付）

ㄉ

妬ける、焼ける〔自下一〕嫉妒、吃醋

 妬けて仕方が無い（嫉妒得很）

焼ける〔自下一〕著火，燃燒、燒熱、熾熱、燒成、烤製、曬黑、曬褪色、燒心，胃酸過多、（天空、雲）變成紅色

 家が焼ける（房子著火）

 火事で本が焼けて灰に為って終った（因失火書燒成了灰）

 焼鏝が真赤に焼けた（烙鐵燒得通紅）

 今日は焼ける様な暑さだ（今天火燒一般的熱）

 此の茶碗は良く焼けている（這個碗燒得很好）

 十分焼けていないパン（pao）（烤得不夠火候的麵包）

 肉は未だ良く焼けない（肉還沒烤好）

 背中は日に焼けた（後背被太陽曬黑了）

 着物が日に焼けて色が褪せる（衣服被太陽曬褪色）

 胸が焼ける（燒心、醋心、胃酸過多）

 西の空が焼ける（西方的天空發紅）

 世話が焼ける（麻煩人）

 焼けた後の火の回り（賊走關門、馬後炮）

度（ㄉㄨˋ）

度〔名〕尺，尺度、程度，氣度、氣量，次數、回數、（眼鏡的）度數。〔數〕角度。〔地〕（經緯）度。〔理〕度

〔漢造〕（也讀作度）規則，規定、氣度，氣量。〔佛〕救濟。〔佛〕出家、回數，次數、期間、尺度、（讀作たく）推測，估量，度數，角度、計算音程的單位

 緊張の度を強める（加強緊張程度）

 君の冗談は度が過ぎた（你開玩笑過火了）

 酒は度を過すと体に悪い（飲酒過度傷害身體）

 倹約も度を越えるとけちに為る（過度節省就成了吝嗇）

 親切も度を越すと有難迷惑だ（過分親切反而使人不安）

 度を失う（失度、慌神）

 "地震だあ！"の声に人人は度を失って一斉に家から飛び出した（一聽到喊地震人們都慌慌張張從家裡跑了出來）

 怒りで度を失わない様に為さい（不要因為發怒而失卻冷靜）

 一二度見た丈だ（只見過一兩次）

 実験は度を重ねるに従って成功に近付いた（實驗隨著次數的增加而接近成功）

 度の強い眼鏡（度數深的眼鏡）眼鏡

 度が進む（〔眼鏡〕度數加深）

 君の近眼鏡は何度か（你的近視眼鏡多少度？）

 眼鏡の度を強くする（加深眼鏡的度數）

 此の眼鏡の度が合わない（這副眼鏡的度數不合適）

 四十五度の角（四十五度角）角門廉

 北緯五十度に在る（在北緯五十度）

 体温は四十度に上がった（體溫升到四十度）

 温度は零度に下がった（溫度降到零度）

 制度（制度、規定）

 法度、法度（〔封建時代的〕法令、〔轉〕禁止，不准）

 大度（大度量）

 襟度（胸襟、氣度、氣宇）

 済度（〔佛〕超度、〔轉〕解救）

 再度（再度、又一次、第二次＝二度）

 得度（〔佛〕出家）

 初度（初次、第一次）

 毎度（每次、經常，屢次）

 二度（兩次、再次）

 初年度（頭一年度、第一年度）

 会計年度（會計年度）

 忖度（揣度、推察）

緯度（〔地〕緯度）←→経度

経度（〔地〕經度）

軽度（輕度）

傾度（傾斜度）

温度（溫度、熱度）

高度（高度，高級、〔地〕高度，海拔、〔天〕由地平線到天體的仰角）

精度（精密度）

剛度（〔建〕強度）

鮮度（新鮮程度）

先度（前幾天）

繊度（纖細度）

尖度（〔數〕峰態、峭度）

彩度（彩色的純度、彩色的飽和度）

明度（明亮度）

色度（色度、色品）

密度（密度）

硬度（〔金屬等的〕硬度、〔水中鈣鎂的鹽類的多少的〕硬度）

光度（光度）

濃度（濃度）

感度（靈敏度）

透明度（透明度）

危険度（危險程度）

三十八度（三十八度）

長三度（〔音程〕長三度）

度する〔他サ〕〔佛〕度，濟度、講解道理使之覺悟
　度し難い奴（冥頑不靈的傢伙）

度し難い〔形〕無法挽救的、不可救藥的、不可理喻的
　度し難い悪人（不可救藥的壞人）
　彼の男の愚かさ加減は度し難い（他那種渾勁簡直不可理喻）

度合〔名〕程度（=程、程合）
　濃淡の度合（濃淡程度）

　自覚の度合（覺悟的程度）
　強弱の度合（強弱程度）
　物価騰落の度合（物價漲落的幅度）

度外〔名〕計算以外、法度以外、範圍以外
　度外に置く（置之度外）

度外視〔名、他サ〕置之度外（=無視する）
　利益を度外視する（把利益置之度外、犠牲利益）利益（功德、佛的恩惠）
　世論を度外視して遣り通そうと為る（想不顧輿論做到底）世論輿論

度外れ〔名、形動〕非常、特別、出奇、超出限度、非比尋常
　今日は度外れに暑い（今天熱得厲害）暑い熱い厚い篤い
　度外れな大きな体（異常魁偉的體格）
　度外れのな大声で怒鳴る（用特大的聲音喊叫）大声大声
　度外れの悪戯（出了圈的淘氣、非常淘氣）

度器〔名〕度器（量長度的工具）

度数〔名〕次數，回數，頻度、（角度、溫度的）度數
　欠席の度数を数える（計算缺席次數）
　度数制（〔電話按次數收費的〕回數制）
　三角形の各角の度数を測る（測量三角形各角的度數）
　寒暖計の度数がぐんぐん上がる（溫度計的度數不斷上升）

度数〔名〕次數、回數（=度数、回数）

度肝、度胆〔名〕膽子
　度胆を抜く（使大吃一驚、嚇破膽子）
　度胆を抜かれる（被嚇破膽子）
　見物人の度胆を抜く様な離れ業（嚇得觀眾捏一把汗的驚險表演）
　大出版を企画した他社の度胆を抜く（計劃大規模出版使其他出版社大吃一驚）

度胸〔名〕膽量、氣魄
　中中度胸の有る人（有膽量的人）

度胸が小さい（膽小）

此処が君の度胸の見せ所だ（這要看你膽量如何了？）

彼は遭って見る丈の度胸が無い（他沒有試試看的膽量）

彼女は度胸を据えて彼に話した（她壯起膽子對他說了）

度胸の座った人（有膽量的人）

度胸定（測驗膽量）

度胸試し（試驗膽量）

男は度胸、女は愛嬌（男子要勇敢女子要溫柔）

度牒〔名〕〔佛〕（僧侶的）度牒

度度、度度〔副〕屢次、屢屢、再三、三番五次（＝屢，屢屢、數，數數）

忠告度に及ぶ（屢次進行忠告）

今年は度度地震が遇った（今年屢次發生地震）遇う会う合う逢う遭う有る在る或る

彼には度度会います（常常見到他）

度度御手数を掛けて済みません（屢次麻煩您對不起）済む住む澄む棲む清む

彼の方は体が弱いので度度学校を休みます（他因為身體弱常常缺課）

度盛り、度盛〔名、自サ〕（溫度計等的）刻度

度盛りを為る（標度、刻度數、劃分度）

度量〔名〕度量，氣度，胸襟、長度和容量、尺和升斗

彼の人は度量が大きい（他的度量大）

度量の広い人（度量大的人）

度量衡〔名〕度量衡、尺斗和秤

度量衡器（度量衡器、計量器）

メートル度量衡法（公制、米突制）

度量衡原器（標準計量器）

度忘れ〔名、自サ〕（度是接頭詞）一時想不起來、突然忘記、一時蒙住

其の時度忘れして困った（那是一時想不起來很為難）

彼の人の名を度忘れして終った（一時蒙住想不起他的名字）

度い〔助動〕（希望助動詞）（接動詞和動詞型助動詞せる，させる，れる，られる連用形之後）想，打算

（接れ，られ，下され，為され等敬語下面時表示）要求

御茶が飲み度い（想喝茶）

何も食べ度くない（什麼也不想吃）

映画を見度かろう（想要看電影吧！）

買い度ければ買っても良い（你要想買也可以買）

スキーにも、スケートにも行き度んだけど、暇が無いわ（滑雪滑冰我都想去可是沒有時間呀）

明日来られ度い（請明天來）

補注を読まれ度い（請讀補注）

御一報下され度く御願い申し上げます（敬請來信告知）

私も拝見致し度う御座います（我也想看看）

度し〔助動〕〔古〕（度い的文語形式）想、打算

映画は見度し金は無し（想看電影可是沒錢）

遊びに行き度し（想去遊玩）

度〔名〕度，次，回、（反復）次數

〔接尾〕（作助數詞用法）回數

クリスマスの度に新しい洋服を拵えます（每次聖誕節都做新衣服）旅足袋

彼等は顔を合わせる度に喧嘩する（他們每次一見面就吵架）

試みる度毎に力量が増す（每試一次力量就增加）

スキーも度を重ねる毎に上達する（滑雪也只要反復練習多次就會進步）

三度（三次）

幾度も（好幾次）

旅〔名〕旅行

旅に立つ（出去旅行）立つ建つ経つ絶つ発つ断つ裁つ起つ截つ

旅に出る（出門、外出）旅度足袋

日本一周の旅に出る（周遊日本）

旅の空（旅途、異郷）

旅の空で家族を思う（旅途中想念家人）思う想う

退屈な汽車の旅（無聊的火車旅行）

旅は道連れ世は情（出門靠朋友處世靠人情、在家靠父母出門靠朋友）

旅から旅に流離う（到處流浪）

旅に行き暮れる（旅行途中天黑、前不著村後不著店）暮れる刳れる繰れる呉れる

旅の恥は掻き捨て（不在家門口丟臉、意謂在陌生地方做丟臉的事做完走開滿不在乎）

可愛い子には旅を為せよ（可愛的孩子要打發出去磨練一番、子女不可嬌生慣養）

足袋〔名〕日本式短布襪

足袋を履く（穿布襪）

足袋を脱ぐ（脱布襪）

地下足袋（膠底布襪）

足袋屋（經營日本式布襪的店鋪或人）

度重なる〔自五〕反復、再三再四、回數增多

度重なる失敗（接二連三的失敗）

無心も度重なると嫌に為る（索取次數多了也令人討厭）

度重なる水害で米の収穫はゼロ（接二連三的水災稻子顆粒未收）

渡（ㄉㄨˋ）

渡〔漢造〕横渡、度過、轉移

過渡期（過渡期）

譲渡（讓渡、轉讓、讓與）

渡英〔名、自サ〕赴英、到英國去

渡欧〔名、自サ〕赴歐、到歐洲去

渡欧の途に在る（在赴歐途中）途道路

飛行機で渡欧する（搭飛機赴歐）

渡河〔名、自サ〕渡河

我軍は敵前渡河して猛追撃に移った（我軍在敵前渡河後轉入猛烈追撃）

渡河作戦（渡河作戰）

渡海〔名、自サ〕〔舊〕渡海、航海、（瀨戶內海一帶方言）渡船、旅客船

渡海屋（航海業者）

渡海船（航海船）

渡去〔名、自サ〕（候鳥）飛走、飛離（棲息的地方）

渡御〔名、自サ〕（節日的）神輿啟行、（日皇或皇后等）起駕（=御出座）

渡航〔名、自サ〕（乘船或飛機）出國、行海

ヨーロッパへ渡航する（往歐洲去）

渡航免状（〔舊〕出國護照）

渡渉、徒渉〔名、自サ〕徒渉、徒步涉水、跋渉

其の川は渡渉し得る（那條河可以徒步渡過去）得る得る

渡渉作戦（渡河作戰）

渡世〔名、自サ〕度世、處世、職業（=世渡り、生業、生業）

大工を渡世に為ている（以作木工為業）

渡世人（賭徒、無賴）

渡船〔名〕渡船、擺渡（=渡し船）

渡船場（渡口=渡し場、渡り場）

渡し船、渡し舟〔名〕擺渡船（=渡船）

渡し船に乗る（乗擺渡船）

渡し船で川を渡る（坐擺渡船過河）

渡し場（渡口）

渡鮮〔名、自サ〕到朝鮮去

渡線橋〔名〕（横跨鐵路線連接月台和出口的）天橋（=オーバー、ブリッジ、跨線橋）

渡台〔名、自サ〕到台灣去

渡唐〔名、自サ〕〔史〕到中國去

渡唐銭（唐宋元時流入日本的中國銅錢）

渡島〔名、自サ〕到海島上去

渡頭〔名〕渡口（=渡船場、渡し場、渡り場）

渡独〔名、自サ〕到德國去

渡日〔名、自サ〕赴日、到日本去

貿易代表団は来月渡日する（貿易代表團下月赴日）

渡仏〔名、自サ〕赴法、到法國去

渡米〔名、自サ〕赴美、到美國去

渡洋〔名、自サ〕渡過海洋

 渡洋作戦（渡洋作戰）

 渡洋爆撃（渡洋轟炸）

渡来〔名、自サ〕渡來、舶來、由外國輸入

 南蛮渡来の品（舶來品）

 鉄砲は種子島から渡来した（槍由種子島傳來）

渡す〔他五〕渡，送過河、搭，架，交，付，給，交給，讓與，授予

〔接尾〕（接動詞連用形）表示遍及的意思

 客を対岸に渡す（把客人渡到對岸）

 船で人を渡す（用船渡人）

 此の舟では人を渡せる丈で、物を渡す事が出来ない（這隻小船只能渡人不能渡貨）

 向う側へ渡して貰えますか（你能把我渡過河對岸去嗎？）

 川に橋を渡す（在河上架橋）

 掛け橋を渡す（搭個跳板）

 杭から杭へ綱を渡す（從一個樁往另一個樁上拉繩子）

 金を渡す（付款）

 此の券は引換に現品を渡します（憑此券兌換現貨）

 此れは彼に渡す金だ（這是付給他的錢）

 政権を渡す（讓出政權）

 家を人手に渡す（把房子賣給別人）

 城を渡す（交出城堡）

 給料を渡す（發工資）

 卒業証書を渡す（授予畢業證書）

 課長の椅子を後任者に渡す（把科長的職位移交給繼任人）

 私は直ぐに鍵を彼に渡した（我立即把鑰匙交給了他）

 次から次へと奥の方に渡して行く（一個挨一個地往裡遞過去）

 店を人手に渡す（把店鋪盤給別人）

 辺りを見渡す（往四下環視）

 眺め渡す（四處眺望）

渡し〔名〕擺渡，渡船，渡口、跳板。〔機〕（車床的）馬鞍、過橋。〔商〕交付，交給，交貨

 渡しで河を渡る（坐擺渡過河）

 渡しで俺を待て（在渡口等我）

 支払い渡し（付款交貨）

 引き受け渡し（接單後交貨）

 代金引換渡し（現款交貨）

 直渡し（即期交貨）

 先渡し（遠期交貨）

 早渡し（早期交貨）

 近日渡し（近期交貨）

 一部渡し（部分交貨）

 定期渡し（定期交貨）

 月極め渡し（按月交貨）

 着荷渡し（貨到即付）

 指図人渡し（向指定人交貨）

 駅渡し（車站交貨）

 埠頭渡し（碼頭交貨）

 工場渡し（工廠交貨）工場工場

 艀渡し（駁船交貨）

 本船積み込み渡し（甲板交貨）

 渡し不足（交貨不足）

 前渡し（先付、定金）

渡し株〔名〕〔商〕交付（的）股票（交易所結算時賣方將應付股票交出去或交出的股票）←→受け株

渡し切り費〔名〕〔經〕一次付清的經費

渡し込み〔名〕〔相撲〕外側抱腿推摔（相撲的一種）著數

渡し銭〔名〕擺渡錢、過橋費

渡し賃〔名〕擺渡錢、過橋費（=渡し銭）

渡し場、渡り場〔名〕渡口（=渡船場）

 渡し場で船を待つ（在渡口等船）

渡し船、渡し舟〔名〕擺渡船
　渡し船に乗る（乘擺渡船）
　渡し船で川を渡る（坐擺渡船過河）

渡し守〔名〕渡船的船夫

渡る〔自五〕渡，過、（從海外）渡來，傳入、（風等）掠過、（候鳥）遷徙、渡世、過日子、到手，歸…所有、全力以赴地對付、普及

〔接尾〕（接動詞連用形下表示）遍及廣範圍、徹底

〔自四〕〔古〕去、來、在（行く、来る、在り的敬語）

　船で海を渡る（坐船渡海）
　河を渡る（過河）
　道を渡る（過馬路）
　アメリカ渡る（渡美）
　橋を渡る（過橋）
　綱を渡る（走鋼絲）
　太陽が空を渡る（太陽運行天空）
　左右を見てから渡りましょう（看好左右再橫過馬路）
　煙草は何時日本に渡ったか（菸草什麼時候傳到日本的？）
　仏教は六世紀に日本に渡って来た（佛教在六世紀傳到日本）
　此の品は中国から渡った物らしい（這個東西可能是從中國傳來的）
　青田を渡る風（掠過稻田的風）
　涼しい風が川面を吹き渡った（涼風吹過了河面）
　燕が春と共に渡って来た（燕子一到春天就飛來了）
　世を渡る（過日子）
　働かねば世の中は渡れない（不勞動就不能在社會上活下去）
　世を渡るのも楽でない（過日子也不容易）
　如何か斯うか世を渡る（勉強度日）
　給料を渡る（薪水到手）
　会員の手に渡る（歸於會員手中）
　未だ渡らない人は居ませんか（還有沒拿到的人嗎？）
　此の家は彼の兄の手に渡った（這所房子歸他哥哥了）
　此の件は誰の手に渡る事に為るのか（這件事歸誰管呢？）
　四つに渡る（〔相撲〕二人雙臂相扭在一起）
　印刷物が全員に渡る（印刷品普遍發給全體人員）
　行き渡る（普及）
　鳴り渡る（響徹）
　明け渡る（天大亮）
　暮れ渡る（天黑）
　冴え渡る（清澈、響澈）
　大空に響き渡る（響徹雲霄）
　渡る世間に鬼は無し（社會上到處都有好人）

亘る、亙る〔自五〕（指時間）經過，繼續、（指範圍）涉及，關係到
　会議は一週間に亘って行われた（會議舉行了一星期）渡る渉る亘る亙る
　演説は五時間に亘った（演說繼續了五小時）
　彼は前後三回に亘って此の問題を論じた（他前後三次論述了這個問題）
　話が私事に亘る（談到個人私事）
　詳細に亘って説明する（詳細解釋）
　各学科に亘って成績が良い（各門學科成績都好）良い好い善い良い好い善い
　談話は色色の問題に亘った（談話涉及到種種問題）色色種種種種種種

渡り〔名〕渡過，渡航，渡口，聯繫，搭關係，（由外國）傳來，進口（貨）、（到處）流動。〔圍棋〕（為連接兩子而在中間下的）渡子。〔樂〕滑音，延音。〔電〕換接，轉換。〔商〕支付
　鳥の渡り（候鳥遷徙）
　渡りを付ける（搭上關係）
　仲間入りの渡りを付ける（入伙時交見面禮）

ㄉ

彼とは渡りが付いた（跟他聯繫上了）

オランダ渡り（從荷蘭進口的貨物）

渡りの職人（流動的手藝人）

渡りを打つ（下渡子）

東京銀行渡りの手形（東京銀行支付的票據）

渡りに舟（急奔渡口恰有停舟，〔喻〕正中下懷）

世渡り（生活、謀生、處世）

世渡りの旨い男（善於處世的人）

世渡りの道（處世之道）

世渡りを始める（開始自己謀生）

渡り合う〔自五〕交鋒，打到一起，論戰，互相爭論

　　激しく渡り合う（激烈交鋒）

　　刀を持って渡り合う（拿刀廝殺）

　　彼と四、五回渡り合った（跟他交過四五個回合）

　　こんな風に一か月も敵を渡り合った（這樣跟敵人周旋了一個月）

　　会議の席で渡り合う（在會議上激烈爭辯）

　　憲法問題で渡り合う（為憲法問題互相爭論）

渡り腮〔名〕〔建〕雄榫嵌入

渡り歩く〔自五〕（為謀生等）各處奔走、到處流浪（漂泊）

　　全国を渡り歩いて来た人（走遍全國的人）

渡り板〔名〕跳板

　　渡り板を掛ける（搭跳板）

　　舟から岸に渡り板を渡す（從船向岸上搭跳板）

渡り稼ぎ〔名〕到處奔走作工（賺錢）、流動打短工

渡り台詞〔名〕（歌舞伎）數名演員輪流道白的台詞

渡り線〔名〕〔鐵〕道岔

渡り初め〔名、自サ〕（橋梁或道路等的）開通典禮（日俗選當地高齡夫婦或一家祖孫三對夫婦齊全者率眾走過以示慶祝）

渡り鳥〔名〕候鳥←→留鳥、從外國引進的鳥。〔轉〕到處奔走謀生的人

渡り人〔名〕到處流浪謀生的人、外鄉人，外地遷來定居的人（=渡り者）

渡り奉公〔名〕〔俗〕（漂泊各處住在主人家裡幹活的）流動短工

渡り間、徑間〔名〕〔建〕（以墩分隔的）橋跨、墩距、跨距

渡り者〔名〕到處流浪謀生的人、外鄉人，外地遷來定居的人（=渡り人）

渡り物〔名〕進口貨、祖傳的物品、世襲財產、轉手物，轉地的物品，（主人給的）薪俸，薪米

渡り廊下〔名〕（連接兩個建築物的）遊廊、走廊（=渡殿）

　　渡り廊下を渡る（走過遊廊）

渡殿〔名〕〔建〕（寢殿的）遊廊、走廊

渡座、移徙〔名〕（引越し的敬語）（古、方）喬遷、搬家、遷居

鍍（ㄉㄨˋ）

鍍〔漢造〕以電解或其他化學方法，將某種金屬均勻的附著於另一金屬或物體表面上

鍍液槽〔名〕電鍍槽

鍍金、鍍金〔名、自サ〕鍍金（銀）

　　銀で鍍金した食器（鍍銀的餐具）

鍍金、滅金〔名、他サ〕鍍，鍍金。〔轉〕掩飾，金玉其外，虛有其表

　　金鍍金のピン（鍍金的別針）

　　銀鍍金の匙（鍍銀的匙）

　　銅に銀を鍍金する（在銅上鍍銀）

　　鍍金が剥げる（原形畢露）

　　偉然うな事を言っていたが、鍍金が剥げた（說了些冠冕堂皇的話一下子現原形了）

　　兎角鍍金は剥げ易い（偽裝總是容易暴露的）

鍍銀〔名、自サ〕鍍銀

多（ㄉㄨㄛ）

多〔名、漢造〕多←→少。（以多と為る形式）（認為重要）值得感謝

多を頼んで横暴な振舞を為る（依仗人多勢眾橫行霸道）

御援助を大いに多と為て居ります（深深感謝您的援助）

関係者の苦労を改めて多と為度い（對有關人員的辛苦願再次表示感謝）

繁多（繁多、繁忙）

煩多（麻煩、煩瑣）

幾多（許多、多數）

雑多（各式各樣、五花八門、種類繁多、許許多多）

多淫〔名、形動〕好色、淫蕩、淫慾過度

多淫の（な）人（好色的人、淫蕩的人）

多雨〔名〕雨天多、雨量多

高温多雨（高溫多雨）

日本では六、七月が一番多雨の季節だ（日本的六七月是最多雨的季節）

多塩基〔名〕〔化〕多鹼價

多塩基酸（無機多鹼價酸、有機多元酸）

多円錐投影〔名〕〔數〕多圓錐射影

多音字〔名〕〔語〕多音字

多音節〔名〕〔語〕多音節

多音節語（多音節語）

多寡〔名〕多寡

寄付は金額の多寡に拘わらず受付ます（捐助不拘金額多少都接受）

茶代の多寡に依って待遇を異に為る（隨小費的多少而接待有所不同）異異

多価ワクチン〔名〕〔藥〕多價疫苗、多型疫苗

多角〔名〕多角，多邊，多方面，多種多樣

多角貿易（〔經〕多邊貿易）

多角決済方式（多邊決算方式〔貿易〕）

多角経営（多種經營）

多角化（多樣化〔經營〕）

多角的〔形動〕多方面的

多角的な農業経営（多方面的農業經營）

多角的な趣味（多種多樣的興趣）

多角形、多角形〔名〕〔數〕多角形、多邊形（=ポリゴン polygone）

糸の多角形（〔機〕索多邊形）

球面多角形（球面多角形）

凹多角形（凹多角形）

凸多角形（凸多角形）

正多角形（正多角形、正多邊形）

多額〔名、形動〕大金額、大數量←→少額

消費量が多額に上がる（消費數量增多、消費量達巨大數額）

多額の（な）御金を寄付した（捐贈了鉅款）

多額の費用が掛かる（需要大筆費用）

多額の利潤を上げる（賺得厚利）

多核細胞〔名〕〔生〕多核細胞

多核性〔名〕〔生〕多核性、多核的、多環的

多核体〔名〕〔生〕多核細胞

多渇症〔名〕〔醫〕煩渴

多感〔名、形動〕多感

多情多感（多情善感）

多感な（の）青年（多感的青年、易動感情的青年）

多管罐〔名〕焰管鍋爐、火管式鍋爐（=多管ボイラ boiler）

多環式〔名〕〔化〕多環的

多環式化合物（多環化合物）

多汗症〔名〕多汗症

多官能化合物〔名〕〔化〕多功能化合物

多官能分子〔名〕〔化〕多官能分子

多岐〔名、形動〕歧路很多、（涉及）多方面、複雜

問題が多岐に亘る（問題涉及許多方面）渡る亘る渉る

事態が多岐を極める（事態極為複雜）

多岐亡羊（歧路亡羊、頭緒紛繁、無所適從）

多岐管（〔機〕多支管、集合管）

多技〔名〕多技

多義〔名〕多義

一語で多義に亘る（一詞多義）

多義語（多義詞）

多極〔名〕多極，（勢力）多方面分散。〔理〕多極
 多極化（多極化）
  世界政治の多極化時代（世界政治的多極化時代）
 多極発電機（多極發電機）
 多極管（〔電〕多極管）
多極紡錘体〔名〕〔植〕多極紡錘體
多形〔名〕〔化、植〕多形、多種形式
 多形体（多晶型物）
 多形花（多形花）
 季節的多形現象（季節性多形現象）
多芸〔名〕多藝、多才
 彼は多芸多才の人だ（他是多才多藝的人）
 此れで彼女が如何に多芸であるかが分かる（由此可知她是多麼多才多藝）
 多芸は身立たず（藝多不養家）
 多芸は無芸（樣樣精通樣樣稀鬆）
多型対等因子〔名〕〔生〕複等位基因
多桁式〔名〕（簿記）多欄式（帳簿）
 多桁式仕訳帳（多欄式分科目帳）
多血〔名〕多血、易於激動，富於感情，血氣方剛
 多血質（〔心〕多血質、容易激動的氣質）
 多血漢（易於激動的人、血氣旺盛的人）
 多血症（〔醫〕多血病）
多結晶〔名〕〔理〕多晶體
多元〔名〕〔哲〕多元↔一元
 多元論（多元論）
 多元方程式（〔數〕多元方程數）
 多元描写（從許多角度描寫）
 多元的（多元的，多元性、〔生〕多源的）
 多元放送（聯播、聯合多家電台的廣播）
多言、多言〔名、自サ〕許多話，多加論述，多費言詞，多嘴，饒舌
 多言を要しない（無需多說）要する擁する
 悪戯に多言を弄する（白費唇舌、白白地多說）弄する漏する労する
 多言は禍の本（禍從口出、饒舌是禍根）
多原型〔名〕〔植〕多原型
多原子分子〔名〕〔理〕多原子分子
多原発生説〔名〕〔生〕多原發生說
多幸〔名、形動〕多幸、多福、幸福
 御多幸を祈ります（祝你幸福）
 多幸多福（多福多幸）
 彼は多幸な一生を送った（他度過了幸福的一生）
多項式〔名〕〔數〕多項數
 多項式関数（多項式函數）
多孔状〔名〕〔地〕多孔狀（構造）
多孔度〔名〕〔機〕孔隙率、孔積率
多孔板〔名〕〔動〕篩板、穿孔板
多孔煉瓦〔名〕多孔磚
多国語〔名〕多國語言
 多国語対照聖書（各國語對照聖經）
 多国語に通じている（通曉許多國家的語言）
多国籍企業〔名〕跨國公司、多國籍企業
多恨〔名〕多恨
 多情多恨（多情多恨）
多婚性〔名〕〔動〕多配性
多座機〔名〕〔空〕多座飛機
多才〔名〕多才
 多才多芸の人（多才多藝的人）
多妻〔名〕多妻
 一夫多妻（一夫多妻）
 多妻の風習（多妻的風俗）
多彩〔名、形動〕多彩、彩色繽紛、五顏六色
 多彩な花屋のウインドー（美麗多彩的花店櫥窗）
 多彩な行事（豐富多彩的活動）
 多彩な催しを繰り広げる（展開豐富多彩的文娛活動）

都会生活の多彩な楽しみに憧れる（嚮往城市生活中豐富多彩的樂趣）憧れる憬れる

多罪〔名〕多罪、（書信用語）罪甚，失禮
　妄言多罪（妄言失禮）
　乱筆多罪（草草不恭）

多細胞〔名〕多細胞←→単細胞
　多細胞生物（多細胞生物）
　多細胞動物（多細胞動物）
　多細胞毛（多細胞毛）

多作〔名、他サ〕著作多，作品多，大量寫作←→寡作、耕種大量農作物
　多作で有名な作家（以作品多而著名的作家）

多産〔名〕多産，産子多，産卵多、産量大
　多産のレグホーン（産卵多的來亨雞）
　林檎の多産地帯（蘋果産量大的地區）

多士〔名〕人材多
　多士済済（人材濟濟）

多子〔名〕多子、多子女
　多子の人（多子女的人）
　多子家庭（多子女的家庭）

多子葉〔名〕〔植〕多子葉

多事〔名〕事多，工作繁忙、事件多，變故多
　此の二三日多事で休む暇も無い（這兩三天工作繁忙連休息時間都沒有）
　彼の生涯は多事（多端）であった（他的一生多災多難）
　昨年は内外多事（多端）の年であった（去年是内外多事的一年）
　国家多事の時に際して（當此國家多事之秋）

多事多端〔名、形動〕多事多端、非常忙碌
　多事多端な（の）生涯（多災多難的一生）
　多事多端を極める（極端忙碌）
　多事多端で遣り切れない（忙得不可開交）

多事多難〔名、形動〕多事多難
　多事多難な年を送る（度過多事多難之年）

多指症、多趾症〔名〕〔醫〕多指（趾）畸形

多指動物、多趾動物〔名〕多指（趾）動物

多視症〔名〕〔醫〕視物顯多症

多識〔名〕博識、博學

多軸船〔名〕〔船〕多軸船

多次体〔名〕〔數〕多次體、超立體

多室〔名〕〔生〕多室、多房、多腔
　多室胞子嚢（〔植〕苔蘚的孢蒴）

多湿〔名〕濕度大
　高温多湿の気候（高溫濕潤的氣候）

多謝〔名、自他サ〕多謝，深謝、很抱歉，失禮
　御厚情多謝（多謝厚意）
　御好意を多謝する（多謝您的好意）
　妄言多謝（胡說一通對不起）
　不注意からの失火を多謝する（因疏忽而失火深表歉意）

多種〔名〕多種、種類多
　作品は多種に渡る（作品種類繁多）
　多種多様（多種多樣、種類繁多）
　多種多様な辞典（各式各樣的辭典）
　多種多様な人間像（各種各樣的人物形象）

多趣〔名〕興趣多、興趣廣

多趣味〔名、形動〕愛好多、興趣多樣←→没趣味
　多趣味な人（興趣廣泛的人）

多衆〔名〕群眾、多數人（＝大勢）

多重〔名〕多重
　多重方式（多重方式）
　多重線（〔理〕多重譜線）
　多重星（雙星）
　多重塔（多層塔）
　多重結合（〔化〕重鍵）
　多重散乱（〔化〕多次散射）
　多重交換装置（〔電〕多路掃描裝置）
　多重プログラミング（〔計〕多道程序設計）
　多重プロセシング、システム（〔計〕多處理系統）

多周波〔名〕〔電〕多頻率

多出血〔名〕〔醫〕（手術或產後）大出血
多出集散花序〔名〕〔植〕多歧聚繖花序
多書〔名〕許多書
多少〔名〕多少、多寡
〔副〕多少、稍微
- 多少を問わず（不管多少）
- 金額の多少は問題では在りません（問題不在金額多少）
- 人出の多少は天気に依る（出來的人多少與天氣有關）
- 多少に拘わらず御注文は敏速に調達致します（訂貨無論多少都及時供應）
- 英語は多少分かる（多少懂些英語）
- 多少病気が良く為る（病稍有好轉）
- 多少見込みが有りますか（多少有些希望嗎？）
- 君も其の件に付いては多少責任が有る（在這件事上你多少也是有責任的）

多生〔名〕〔佛〕回生多次、讓多數人生存
- 一殺多生の剣（殺一活眾之劍）

多祥〔名〕多福、多吉祥
- 御多祥を祈る（祝您多福）

多照〔名〕〔農〕日照時間長
- 高温多照（高溫日照時間長）
- 今年の気象条件は現在迄高温多照に経過した（今年的氣象條件迄今為止一直是高溫多晴）

多情〔名、形動〕多情，輕佻，水性楊花、多情善感，易動感情，容易激動
- 多情な女（多情的女人）
- 多情な青年時代（多情善感的青年時代）
- 多情仏心（多情憨厚）
- 多情多恨（多情多恨）
- 多情多恨の一生を送る（度過多情多恨的一生）
- 多情多感（多情多感、多情善感）
- 多情多感な人（多情善感的人）

多色〔名〕多種顏色

多色画（多色畫）
多色彩色（多色畫法、彩飾法）彩色彩色
彩色性（〔礦〕多色性）
彩色性染料（多色染料）
多色刷（三色以上的印刷品）

多食〔名、他サ〕多食、吃得多
- 多食症（〔醫〕多食症）

多心ケーブル〔名〕多心電纜

多心皮〔名〕〔植〕多心皮
- 多心皮雌蕊（多心皮雌蕊）

多神教〔名〕〔宗〕多神教←→一神教

多数〔名〕多數，許多、多數人，許多人←→少数
- 多数の書物が有る（有許多書）
- 多数を占める（占多數）占める閉める締める絞める染める湿る
- 三分の二の多数を辛うじて獲得する（勉強獲得三分之二的多數）
- 多数の人を招いて宴を張る（邀請許多人舉行盛宴）
- 学生の多数は帰省した（許多學生都回家了）
- 多数の為に少数を犠牲に為る（為了多數而犠牲少數）
- 彼等は多数を頼んで横暴に振舞った（他們仗著人多橫行霸道）
- 多数決（多數決定、多數表決）
- 多数人（多數人）
- 多数者（多數派）
- 多数性（〔植〕多基數式）
- 多数票（多數票）
- 多数党（多數黨）

多勢〔名〕〔舊〕多數人、人數眾多（＝大勢）
- 多勢の人が集める（聚集很多人）大勢（大勢、大局）
- 多勢の家族（大家庭、大家族）
- 敵は多勢だ（敵人眾多）
- 多勢に無勢（寡不敵眾）

多声音楽〔名〕〔樂〕複調音樂（=ポリフォニー polyphony）

多性雑種〔名〕〔生〕多性雜種、多對基因雜種

多性受精〔名〕〔動〕多精入卵、多精受精

多節条虫類〔名〕〔動〕多節條蟲亞綱

多染性〔名〕〔醫〕多染色性

多層〔名〕多層
    多層表皮（〔植〕多列表皮）

多相〔名〕〔電〕多相
    多相電動機（多相電動機）
    多相交流（多相交流）

多足〔名〕〔動〕多足、補足（=補い、補足）
    多足類（多族類）

多多〔副〕很多（=沢山）
    申し上げ度い事が多多御座います（有很多事要向您講）
    其位の事は世間に多多有る（那樣的事社會上多得很）
    多多益益弁ず（多多益善）

多大〔名、形動〕很大、極大
    多大の（な）犠牲を払う（付出很大的犧牲）
    多大の成果を上げる（取得很大的成績）
    多大の損害を蒙る（蒙受了極大的損害）蒙る 被る

多胎現象〔名〕〔醫〕多胎現象

多体雄蕊〔名〕〔植〕多體雄蕊

多段〔名〕〔機〕多段、多級、多階、級聯
    多段式ロケット rocket（多級火箭）
    多段圧縮機（多級壓縮機）
    多段タービン turbine（多級渦輪輪機）

多端〔名〕事情多、事件多
    多事多端の毎日（每天事情繁多）
    内外多端（内外事件繁多）

多柱式〔名〕〔建〕多柱式
    多柱式建築（多柱式建築）

多党〔名〕多黨
    多党制（多黨制）

多頭〔名〕多頭
    多頭政治（多頭政治）

多島海〔名〕〔地〕多島海、（特指）愛琴海

多糖類〔名〕〔化〕多醣類

多読〔名、他サ〕多讀、博覽群書
    多読主義（多讀主義）

多難〔名〕多難
    前途多難（前途多難）
    国家多難の時（國家多難之秋）
    今は全く多難な時代である（現在簡直是多難的時代）
    多難の前途が横たわっている（前途多難）

多肉〔名〕〔植〕多肉、肉質、果肉多
    多肉果（多肉粿）
    多肉葉（肉質葉）
    多肉茎植物（肉質莖植物）

多尿症〔名〕〔醫〕多尿症、頻尿症

多人数、多人数〔名〕多數人、許多人（=大勢）←→小人数
    多人数の家族（人口多的家庭）
    多人数の意見に従う（服從多數人的意見）

多年〔名〕多年（=長年）
    多年に亘る（經過多年）
    多年の希望を達する（達到多年的宿願）
    多年の努力が水の泡に為った（多年的努力成了泡影）

多年生〔名〕〔植〕多年生
    多年生植物（多年生植物）
    多年生野菜（多年生蔬菜）

多能〔名、形動〕多能、多藝
    多能の人（多藝的人）
    多芸多能の才子（多才多藝的才子）
    多能工作機械（萬能工作母機）

多売〔名、自サ〕多賣、多銷
    薄利多売（薄利多銷）

多胚現象〔名〕〔植〕多胚現象

多発〔名、自サ〕多發，經常發生。〔醫〕多發，常見、（飛機等）多引擎

　　事故多発地域（經常發生事故的地區）
　　多発機（多引擎飛機）
　　多発式（多引擎式）←→単発式
　　多発性（〔醫〕多發性）

多病〔名、形動〕多病、易病
　　多病な人（多病的人）
　　芭蕉は多病な人だったと伝えられている（傳説松尾芭蕉是個多病的人）
　　才子多病（才子多病）

多夫〔名〕多夫
　　一妻多夫制（一妻多夫制）

多福〔名〕多福（=多幸）

御多福、阿多福〔名〕（大胖臉、低鼻梁、小眼睛的）醜女假面具（=御多福面、御亀）、（類似多福面具的）醜女人（=御亀）。〔機〕雙螺栓法蘭盤（的俗稱）

　　御多福の面を被る（戴多福假面具）
　　御多福風（流行性腮腺炎的俗稱）
　　御多福面（臉部扁平的醜女人、面貌謾罵婦女醜八怪樣）
　　御多福面（〔大胖臉、低鼻梁、小眼睛的〕醜女假面具（=御亀））
　　御多福豆（糖煮蠶豆）

多分〔名〕大量

〔副〕（下接推量語）大概、或許
　　多分の御寄付を頂きました（接到您的大量捐款）
　　多分に御心遣いを頂きまして恐縮です（多承關照實在過意不去）
　　多分に疑わしい所が有る（很有可疑的地方）
　　多分の出資が得られた（得到很多的資金）
　　多分に有る（很多、多得很、有的是）
　　多分大丈夫だろう（大概不要緊的）
　　彼は多分来ないだろう（他大概不會來的）
　　彼が言う事は多分本当だろう（他説的大概是真的吧！）

多聞〔名〕見聞廣博

多聞天〔名〕〔佛〕毘沙門天王（四大天王之一）（=毘沙門天）

多弁〔名、形動〕愛説話、能説會道
　　多弁な人（能説會道的人）
　　多弁は雄弁ではない（能説並不等於善辯）
　　多弁能無し（能説沒本事）
　　商人は一般に多弁で愛想が良い（商人一般都是能説會道善於應酬）
　　多弁装飾（〔建〕多葉飾）

多瓣〔名〕〔植〕多瓣

多片状断口〔名〕〔礦〕多片狀段口

多辺形〔名〕〔數〕多邊形、多角形

多辺的〔形動〕多邊的、多角的
　　多辺的条約（多邊條約）

多辺貿易〔名〕〔商〕多邊貿易

多鞭毛蟲類〔名〕〔動〕多鞭毛蟲科

多忙〔名、形動〕百忙、很忙、繁忙、忙碌
　　多忙な一週間（繁忙的一星期）
　　多忙を極める（十分忙、異常繁忙）
　　御多忙の所を御邪魔して済みません（在您百忙之中來打擾很抱歉）
　　年末は何の家も多忙だ（年末誰家都很忙碌）
　　多忙な（の）毎日を送る（每天過得忙忙碌碌）

多望〔名〕有前途、前途有望、有很大希望
　　多望の土地（大有希望的土地）
　　前途多望の青年（大有前途的青年、前途有望的青年）

多宝塔〔名〕〔佛〕（上圓下方）二層寶塔

多方面〔名〕多方面
　　多方面に亙る活躍（活躍在各方面）
　　多方面に活動する（在各方面活動）
　　彼の趣味に多方面に亙っている（他的興趣是多方面的）

多房電圧計〔名〕〔電〕複室靜電電壓表

多民族国家〔名〕多民族國家

多面〔名〕多面、多方面
- 多面角（〔數〕多面角）
- 多面に亘って活躍する（在多方面活動）
- 多面に亘って利用価値が有る（在多方面有利用價值）
- 多面的（多方面的）
- 多面体（〔數〕多面體）

多毛〔名〕多毛
- 多毛類（〔動〕多毛目）
- 多毛症（〔醫〕多毛症）

多毛作〔名〕〔農〕一年多熟←→一毛作、二毛作

多目的〔名〕多目地
- 多目的ダム（多用途水壩）

多用〔名〕事多、繁忙
- 御多用中、恐縮ですが（在您很忙的時候很抱歉）
- 御多用中御手数を掛けて済みません（在您百忙中來麻煩您真對不起）

多葉〔名〕〔植〕多葉。〔飛機〕多翼
- 多葉（飛行）機（多翼飛機）

多様〔名、形動〕多種多樣、各式各樣（=色色、様様）
- 多様性（多樣性）
- 多種多様の宣伝ポスター貼って有る（貼著多種多樣的宣傳畫）

多欲、多慾〔名、形動〕多慾、貪婪（=欲張り）
- 多欲は身を滅ぼす（多慾則亡身）

多羅葉〔名〕〔植〕大葉冬青

多硫化ナトリウム〔Natrium 德〕〔名〕〔化〕多硫化鈉

多硫化物〔名〕〔化〕多硫化合物

多量〔名、形動〕大量、數量多
- 出血多量の為死亡した（因大量出血而死亡）
- 多量の反物（大批的布匹）
- 鉄分を多量に含んでいる（含有大量鐵分）

多力〔名、形動〕力量大、有權勢

多い〔形〕（數量、次數）多←→少ない
- 中国は人口が多い（中國人口眾多）
- 去年の今頃は雨が多かった（去年這個時候雨很多）
- 日本は地震の多い国だ（日本是常發生地震的國家）
- 彼の図書館には自然科学の本が多い（那個圖書館裡自然科學的書籍很多）
- 教えられる所が多い（受到很多教益）
- 量が多く為る（量增多）
- 数が多く為る（數目增多）
- 多ければ多い程良い（越多越好、多多益善）
- 此の大学では、英語科の学生の方が日本科の学生よりずっと多い（這個大學裡英語科的學生遠比日語科的學生多）
- 多く働けば多く得る（多勞多得）
- 多く、速く、立派に、無駄無く民生主義社会を建設する（多快好省地建設民生主義社會）

覆い、被い〔名〕遮蓋，遮蔽、遮蓋物，遮蔽物
- 荷物に被いを為る（把貨物蓋上）
- 本の表紙に被いを為る（把書的封面包上）
- 穀物の山に被いを掛ける（糧食堆蓋上覆蓋物）
- 被いを取る（拿開覆蓋的東西）
- 椅子の被い（椅套）
- 雨被い（雨布、雨篷）
- 日被い（遮陽篷、涼篷）

多く〔名〕（來自文語形容詞多し的連用形）多數、許多（=沢山）

〔副〕多半、大多（=大方、大抵）
- 多くの場合には（在多數的情況下）
- 多くを言う必要は無い（無須多說）
- 其に付いて多くを語らなかった（關於那一點沒有多說）
- 多くの議論を呼んだ（引起了很多議論）
- 多くの国家と友好関係が有る（和許多國家有友好關係）

多くの人人の協力（眾人的協助）

此の製品は多くは農村向きです（這種產品大部分面向農村）

今回の卒業生は多く実業方面へ行きます（這次畢業生多半到生產部門去）

彼の言う事は（の）多くは当たっている（他說的大都說對了）

多く（と）も〔連語、副〕至多、最多、充其量←→少なくとも

多くとも百キロは有るまい（最多也不會有一百公斤）

多かれ〔連語、副〕（文語形容動詞多かり的命令形）祝多有、希望多有

若き二人に幸多かれと祈る（祝兩位年輕夫妻多福！）

多かれ少なかれ〔連語、副〕或多或少、多多少少、多少有點

多かれ少なかれ皆一様に被害を蒙った（或多或樣受到了災害）

多かれ少なかれ役に立つ（多少總有點用處）

多かれ少なかれ互いに影響する（多多少少總會互相影響）

多き〔名〕（來自文語形容詞多し的連体形）多

金額の多きを望まない（金額不要很多）

兵は多きを貴ばず（兵不貴多）

多過ぎる〔自上一〕（由多い的詞幹多+過ぎる構成）過多、太多

人口の多過ぎる都市（人口過多的城市）

今年は雨が多過ぎる（今年雨水過多）

少し塩が多過ぎた（鹽放得有點多了）

手荷物が二キロ多過ぎた（隨身攜帶的行李超重二公斤）

多め〔名、形動〕（份量）多一些、稍多些←→少なめ

少し多めに計る（多稱一點）

飯を多めに装う（多盛些飯）装う（穿戴、偽裝、盛）装う（穿戴、偽裝）

少し多めに入れる（再多裝些）

奪（ㄉㄨㄛˊ）

奪〔漢造〕奪、褫奪

争奪（爭奪）

強奪（搶奪、掠奪）

略奪、掠奪（搶奪、掠奪）

生殺与奪（生殺予奪）

換骨奪胎（翻版、竄改、改頭換面）

褫奪（褫奪、剝奪）

奪回〔名、他サ〕奪回、奪還

陣地を奪回する（奪回陣地）

奪格〔名〕〔語〕（ablative 的譯詞）（梵語、拉丁語的）奪格（表示動作的起點、原因與手段）

奪還〔名、他サ〕奪回、收復

スト権奪還（奪回罷工權）

彼は世界のチャンピオンの座を奪還した（他奪回了世界冠軍）

奪取〔名、他サ〕奪取

要塞を奪取する（奪取要塞）

陣地を奪取する（奪取陣地）

奪い取る〔他五〕奪取、奪去（=引っ手繰る）

敵の手から武器を奪い取る（從敵人手中把武器奪過來）

戦争に勝ち、政権を奪い取る（贏得戰爭奪取政權）

奪胎、脱胎〔名、自サ〕改頭換面、剽竊他人的作品

換骨奪胎（脫胎換骨）

奪掠、奪略〔名、他サ〕掠奪、搶劫（=略奪、掠奪）

家畜が奪掠される（牲畜被搶劫）

奪掠農業（〔農〕只播種不施肥的農業耕種法）

奪う〔他五〕奪取，搶奪、剝奪、迷人，強烈吸引住

人の物を奪う（搶人家的東西）

発言権を奪う（剝奪發言權）

官職を奪う（罷官）

熱を奪う（解熱）

雪で足を奪われる（下雪不能出門）

其の疫病は何千と言う人命を奪った（那種瘟疫奪去了幾千人的生命）
心を奪う（迷人）
魂を奪う（銷魂）魂魂
人の胆を奪う（使人喪膽）
其の美しさは目を奪う許りである（其美貌程度令人銷魂）

奪い合う〔他五〕（互相）爭奪
勢力圈を奪い合う（互相爭奪勢力範圍）
一つの席を奪い合う（互相爭奪一個席位）

奪い合い〔名〕（互相）爭奪
覇権の奪い合い（爭奪霸權）
座席の奪い合いを為る（搶奪座位）

奪い返す〔他五〕奪還、奪回
指導権を奪い返す（把領導權奪回來）
陣地を奪い返す（奪回陣地）

奪い去る〔自五〕奪去、奪走

鐸（ㄉㄨㄛˊ）

鐸〔名〕風鈴、手搖鈴（演奏用）

〔漢造〕鐸，鈴
木鐸（木鐸）
新聞は社会の木鐸である（報紙是社會的先導）
一世の木鐸を以て任ずる（自命為時代的先導）
銅鐸（銅鐸-日本古代吊鐘形的青銅器）

朵（ㄉㄨㄛˇ）

朵〔漢造〕枝葉上的花果為朵
耳朵（耳、耳朵〔=耳〕）
耳朵、耳埵、耳朵（耳垂）

朵雲〔名〕（對別人書信的敬稱）朵雲、華翰、大札
朵雲拝読（拜讀大札）

朵翰〔名〕（對別人書信的敬稱）朵翰、華翰、大札（=朵雲）

躱（ㄉㄨㄛˇ）

躱〔漢造〕藏身逃避曰躱、避、藏

躱す，交わす，交す〔他五〕躱開、閃開、躱避開
体を躱す（躱開身體）躱す交わす
攻撃を躱す（躱開對方的攻擊）
刀を躱す（躱開刀）
左へ体を躱す（把身體向左閃開）

交わす、交す〔他五〕交、交換、交結、交叉
話を交わす（交談）
初めて言葉を交わす（初次交談）
挨拶を交わす（相互打招呼）
杯を交わす（互相碰杯）
手紙を交わす（相互通信）
意見を交わす（交換意見）
顔と顔を見交わす（相互對看）
握手を交わす（互相握手）
木木が枝を交わして生い茂る（樹木繁茂枝葉交叉）
密かに眼差しを交わす（偷偷地互通眼神）

咄（ㄉㄨㄛˋ）

咄〔感〕咋舌聲（=ちょっ）、招呼聲、輕蔑聲、驚異聲
咄、何事ぞ（呸！扯蛋！）
咄、何たる怪事ぞ（唉！豈非咄咄怪事！）

咄嗟〔名〕瞬間、倏忽、一轉眼、轉眼之間
咄嗟に思い付く（猛然想起來）
咄嗟には答えられない（馬上回答不了）
咄嗟に機転（臨機應變、及中生置）
咄嗟の一瞥（突然瞟一眼）
咄嗟の間に考えを廻らした（一轉眼想出了主意）
咄嗟に身を躱わして事無きを得た（猛然一閃身體躱了過去）

咄咄〔副〕咋舌聲（＝ちょっ、ちぇっ）、（驚異貌）咄咄（＝おやおや）

咄咄の怪事（咄咄怪事）

咄咄人に迫る（咄咄逼人）

咄す、話す〔他五〕說，講、告訴，敘述，商量，商談、交渉，談判

日本語で話す（用日語講）

英語を話す（說英文）

すらすらと話す（說得流利）

ゆっくり話して下さい（請說慢一點）

彼や此やと話す（說這說那、說來說去）

彼は話そうと為ない（他不想說）

話せば分る（一說就懂）

話せば長く為る（說來話長）

まあ御話し為さい（請說一說）

もう一度話す（再說一遍）

話したら切りが無い（說起來就沒完）

考えを人に話す（把想法說給別人）

君に話す事が有る（我有些事要跟你談）

誰にも話さないで下さい（請不要告訴任何人）

此の方が先日御話し申し上げた李さんです（這位就是前幾天跟你說過的李先生）

万事は後で御話し為よう（一切都等以後再談吧！）

私は其の事を搔い摘んで話した（我扼要地談了那件事）

彼は話すに足りる人だ（他是個可資商量的人）

父に話して見たが、許して呉れなかった（和父親談了一下但他沒答應）

先方が駄目だと言うなら、私から一つ話して上げよう（如果對方不同意我來和他們談談）

離す、放す〔他五〕使…離開、使…分開、隔開，拉開距離←→合わす、合わせる

身から離さず大切に持つ（時刻不離身珍重地帶著）話す放す

彼は滅多にパイプを口から離した事が無い（他總是煙斗不離嘴）

彼は忙しく手を離せない（他忙得騰不出手）

彼は何時も本を離さない（他總是手不釋卷）

本を手元から離さない（手不釋卷）

目を離す（忽略、不照顧、不加注意）

子供から目を離す事が出来ない（孩子要時刻照看）

一メートル宛離して木を植える（每隔一米種一棵樹）

机と机とを離す（把桌子拉開距離）

一字一字離して書く（一個字一個字地拉開空隔寫）

手を離す（放手、鬆手、撒手）

吊革から手を離す（放開車的吊帶）

解き離す（解開）

喧嘩している二人を離す（拉開打架的兩個人）

運転する時はハンドルから手を離しては行けない（駕駛時手不能離開駕駛盤）

話〔名〕話、說話，講話，談話、話題，商量，商議，商談，傳說，傳言，故事，事情，道理（也寫作咄或噺）單口相聲＝落語

こそこそ話（竊竊私語）

一人話独り話（自言自語）

話上手（會說話、健談）

話下手（不會說話、不健談）

詰まらない話（無聊的話）

話を為る（講話、說話、講故事）

話を為ては行けない（不許說話）

話が旨い（能說善道、健談）

彼は話が旨い（他能說會道）

話が角張る（說話生硬、說話帶稜角）

話が空転する丈（只是空談）

何卒話を続けて下さい（請您說下去吧！）

話の仲間入りを為る（加入談話）

話半分と為ても（即使說的一半可信）

此処丈の話だが（這話可是說到哪算到哪）

御話中（正在談話、電話佔線）
御話中失礼ですが（我來打擾一下）
話が尽きない（話說不完）
話を逸らす（把話岔開、離開話題）
話で紛らす（用話岔開、用話搪塞過去）
話が合わぬ（話不投機、談不攏）
話が出来る（談得來、談得攏、談得投機）
話の種に為る（成為話柄）
話の接ぎ穂が無くなる（話銜接不下去）
話を変える（變換話題）
其の話はもう止めて！（別提那話了！）
話を元に戻して（話歸本題）
話が又元に戻る（話又說回來）
話は現代の社会制度に及んだ（話談到了當代的社會制度）
食事の話と言えば（で思い出したが）、何時に御昼を召し上がりますか（提起吃飯〔我倒想起來了〕你幾點吃午飯？）
話が前後する（語無倫次、前言不搭後語）
話の後先が合わない（前言不搭後語）
話に乗る（參與商談）
話が成立する（談妥了）
話が纏まった（談妥了、達成協議）
双方の話が纏まった（雙方談妥了）
話が付いた（談妥了、達成協議＝話が決まった）
話を付ける（談妥了、達成協議＝話が付いた。話が纏まった）
早く話を付けよう（趕快商定吧！）
話は其処迄は運んでいない（談判尚未進展到那裏）
一寸話が有るのだが、今晩都合は如何ですか（有點事和你商量，今晚有時間嗎？）
耳寄りな話（好消息）
皆の話では彼は中中学者らしい（據人們說，他似乎是個很了不起的學者）

彼は結婚したと言う話だ（聽說他結婚了）
彼の人は去年死んだと言う話だ（聽說他去年死了）
話の後（下文）
話の種（話題、話柄）
話の場（語言環境）
昔話（故事）
御伽噺、御伽話（寓言故事）
真に迫った話（逼真的故事）
身の上話（經歷）
虎狩の話（獵虎記）
面白い話を聞く（聽有趣的故事）
子供に話を為て聞かせる（說故事給孩子聽）
良く有る話さ（常有的事）
馬鹿げた話（無聊的事情）
彼は全く話の分らぬ男だ（他是個不懂道理的人）
案外話が分る人だ（想不到是個懂道理的人）
話が別だ（另外一回事）
其は別の話です（是另外一回事、那又另當別論）
旨い話は無いかね（有沒有好事情？有沒有賺錢的事情？）
寄席に話を聞きに行く（到曲藝場去聽單口相聲）
話が弾む（談得非常起勁、聊得起勁）
話に為らない（不像話、不成體統）
話に花が咲く（越談越熱烈）
話に実が入る（越談越起勁了）
話を変わる（改變話題）
話を切り出す（說出、講出）
話を掛ける（跟…打招呼）
話を句切る（把話打住、說到這裡）
話を遮る（打斷話）
話を続ける（繼續說下去）

ㄉ

話を引き出す（引出話題、套話、拿話套）

咄、話、噺〔名〕單口相聲（=落語）

寄席に話を聞きに行く（到曲藝場去聽單口相聲）

咄家、噺家（說書的藝人、說單口相聲的藝人）

咄家、噺家〔名〕說書的藝人、說單口相聲的藝人

堕（墮）（ㄉㄨㄛˋ）

堕〔漢造〕落下、掉下

堕する〔自サ〕墮、墮落、陷於（=陥る、落ち込む）

模倣に堕する（一味模仿）

彼の絵は優美に過ぎて柔弱に堕する恐れが有る（他的畫過於優美有流於柔弱的危險）

堕胎〔名、自サ〕〔醫〕墮胎、打胎

堕胎罪に問われる（被處墮胎罪）

三ヵ月の胎児を堕胎する（打掉三個月的胎兒）

堕落〔名、自サ〕墮落、走下坡路

堕落した政治家（墮落的政治家）

人格の堕落（人格的墮落）

彼は堕落して博打許りしている（他墮落得光賭錢）

舵（ㄉㄨㄛˋ）

舵〔漢造〕舵

操舵（掌舵）

転舵（轉舵）

舵角〔名〕〔海〕舵角、舵位

舵角指示器（舵角指示器、舵位儀）

舵機〔名〕〔船〕船舵，舵柄，操舵裝置（=船の舵）。〔空〕飛機舵

舵効速力〔名〕舵效速率（使舵生效的船速）

舵手〔名〕舵手、掌舵人（=舵取り、コックス）

ボートの舵手を勤める（當小艇的舵手）勤める努める務める勉める

舵輪〔名〕〔海〕舵輪

舵輪を握る（掌舵、握住舵輪）

舵、梶〔名〕（寫作〔舵〕）舵、（寫作〔梶〕）車把，舵柄（=梶棒）

舵を誤る（掌錯舵、領錯方向）

上手舵！（撐上水舵）

下手舵！（撐下水舵）

取り舵（理舵左舷）

舵が良く利く（舵很好使）

舵が良く利かない（舵不大好使）

急に反対の舵を取る（忽然把舵轉向相反方向）

舵子、舵取り（舵手）

舵を取る（掌舵、〔轉〕操縱，掌握方向）

一国の舵を取る（掌握一國的政權）

梶、楫〔名〕船槳（=櫂）

舵取り、楫取り〔名、自サ〕掌舵、掌舵的人。〔轉〕領導，領導者

楫取り腕（轉向臂）

楫取引棒（汽車轉向拉杆、操舵拉杆）

舵取り、楫取り〔名〕（舵取り、楫取り的音便）舵手

惰（ㄉㄨㄛˋ）

惰〔漢造〕懶、懈怠

勤惰（勤惰）

怠惰（怠惰、懶惰）

遊惰（懶惰、遊手好閒）

懶惰（懶惰）

惰気〔名〕惰氣、懈怠、鬆懈

惰気満満（懈懈怠怠、鬆鬆垮垮）

討論は惰気満満たる物であった（討論進行得鬆鬆垮垮）

惰行〔名〕以慣性的力進行

惰弱、惰弱〔名、形動〕懦弱、體弱←→剛健

其の懦弱振りは見て折れない（那種懦弱的樣子簡直令人受不了）

懦弱な性質（懦弱的性格）

懦弱な国民（懦弱的國民）

懦弱な生活を為る（過著頹廢的生活）

懦弱な（の）体を鍛える（鍛鍊衰弱的身體）

惰性〔名〕〔理〕惰性，慣性（=慣性）、習慣

只惰性で動いている（只是靠慣性移動）飲める呑めるのめる

電車が止まると惰性で身体が前へのめる（電車一停人的身體由於慣性往前撲）身体身體

休みに為っても学校が在った頃の惰性で早く目が覚める（儘管放假了由於學校上課養成的習慣早晨也醒得很早）覚める醒める冷める褪める

一度始めると惰性が付いて止められない（一旦開始就成了習慣停不下來）

惰性的（惰性的、慣性的）止める辞める病める已める

惰性系（〔理〕慣性系）

惰走〔名、自サ〕因慣性而繼續移動

惰農〔名〕懶惰的農民←→精農

惰眠〔名〕睡懶覺、懶惰，無所事事，虛度光陰

惰眠を貪る（貪睡懶覺、無所事事）

惰眠を醒ます（從懶覺中覺醒）醒ます覚ます冷ます

日本が徳川三百年の惰眠を貪っている間に世界は著しく進歩した（日本在徳川幕府三百年的混沌沉睡期間世界有了顯著的進步）

惰力〔名〕慣性、慣性力

惰力で走る（靠慣性往前跑）

惰力運転（慣性運轉、惰性運轉、滑行運轉）

堆、塠（ㄉㄨㄟ）

堆（也讀作塠）〔漢造〕堆積、海底隆起的山丘

大和堆（大和堆）

武蔵堆（武藏堆）

堆石〔名〕堆積的石頭。〔地〕冰磧、冰川堆石（=モレーン）

側堆石（側磧）

終堆石（終磧、尾磧）

堆積〔名、自他サ〕堆積，累積、〔地〕沉積

芥の堆積を処分する（處理堆積的垃圾）芥塵芥塵

停車場には貨物が堆積している（車站上堆積著貨物）

堆積物（堆積物）

堆積鉱床（沉積礦床）

堆積岩（沉積岩、水成岩）

堆土〔名〕土堆、堆積的土

堆肥、塠肥，積肥，積み肥〔名〕〔農〕堆肥

堆肥を作る（造堆肥）作る造る創る

堆肥の匂い（堆肥的味道）匂い臭い

堆黒〔名〕黑雕漆（堆朱的一種）

堆漆〔名〕堆漆、雕漆（堆朱、堆黑的總稱）

堆朱〔名〕雕漆

堆朱の盆（雕漆盆）

堆〔名〕稲堆（=稲叢）

堆い〔形〕堆得很高、堆積如山

堆い塵の山（堆積如山的垃圾）芥塵芥塵

机の上には本が堆く積まれている（桌上堆滿書籍）

碓（ㄉㄨㄟˋ）

碓〔漢造〕舊時舂穀用之器具

碓、唐臼〔名〕碓、碓臼（搗米的工具）（=踏臼）

兌（ㄉㄨㄟˋ）

兌〔漢造〕喜悅、交換、摻和、易經卦名之一-代表沼澤

兌換〔名、他サ〕〔經〕兌換

米ドルは金と兌換出来ない（美元不能兌換黃金）

兌換券（兌換券）

兌換証券（兌換證券）

兌換銀行（兌換銀行）

兌換停止（停止兌換）

兌換紙幣（兌換紙幣）

対、对（對）（ㄉㄨㄟˋ）

対〔名〕對比，對方，相對，反面、對等、同等，廂殿，配殿（＝対の屋対）、（讀作対）一對，一雙
〔漢造〕相對，相向，對答，對方，（讀作対）一對，一雙、（舊地方名）對馬國的簡稱（＝対馬の国）

苦の対は楽（與苦相對的是樂）
黒は白の対である（黑是白的反面）
日本対ソ連のバレーボール試合（日本對蘇聯排球賽）
労働者対資本家の争い（工人對資本家的鬥爭）
試合は三対二で私達のチームが勝った（比賽以三比二我隊得勝）
此の大学の男子の学生と女子の学生の割合は六対一です（這個大學的男生與女生的比例是六比一）
対の力量（能力不相上下、能力對等）
対で将棋を指す（以對等下日本象棋）指す刺す挿す差す射す注す鎖す点す
対に為る（成雙、成對）
敵対（敵對、作對）
相対（相對）
絶対（絕對，無與倫比←→相対、堅決，斷然）
反対（反對←→賛成、相反、相對、顛倒、反對來，倒過來）
応対（應對、接待、應酬）
一対（一對）

対す〔自五〕對、面對、對於、相對、對待、對應、針對，對付，對抗（＝対する）

学校と体育館が道を挟んで対している（學校和體育館隔道相對）
白に対す黒（黑對白）
親切な態度で客に対す（以親切的態度對待客人）
彼女は考古学に対す関心が強い（她對考古學很有興趣）
彼は誰に対しても丁寧だ（他對誰都很有禮貌）

対する〔自サ〕對、面對、對於、相對、對待、對應、針對，對付，對抗

私の家に対している建物は小学校です（對著我家的建築物是小學）
中国に対する日本の態度（日本對中國的態度）
文学に対する興味（對文學的興趣）
黒は白に対する色だ（黑是白的反對色）
親切な態度で客に対する（以親切的態度對待客人）
其の質問に対する答えは斯うだ（對於那個質問的回答是這樣的）
其の決定に対する抗議を提出した（提出了對於這個決定的抗議）
日中両国間の国交正常化は、第三国に対する物ではない（日中兩國間的邦交正常化不是針對第三國）
敵は全力を以て我我に対した（敵人以全力來對抗我們）
九の三に対するは三の一に対するのと等しい（九比三等於三比一）

対案〔名〕（對別人提案的）反提案、反建議
対案を示す（提出反提案）
対案を練る（擬定反提案）練る煉る錬る邐る

対位法〔名〕（意contrappunto的譯詞）〔樂〕對位法

対陰極〔名〕〔理〕對陰極

対英〔名〕對英國
対英貿易（對英貿易）
対英為替（對英匯兌）
対英相場（對英匯率）

対応〔名、自サ〕對應，對等，相對，對立、調和，協調、均衡、適應、應付
上下、左右、前後等は対応した関係に在る概念だ（上下左右前後等是相對關係的概念）
カーテンの色と壁の色が良く対応している（窗簾和牆壁的顏色很協調）
政局の新段階に対応して内閣を改造する（為適應政局的新階段而改組內閣）

交通事情に対応して一方通行を実施する（為適應交通情況實行單線通行）

対応策（對策）

対応性（對應性、針對性）

対応部〔樂〕對應部

対応原理〔理〕對應原理

対応楽節〔樂〕對應樂句

対価〔名〕〔法〕代價、補償、等價報酬

金相当の対価物を得る（得到和錢相當的等價物）

対化学戦〔名〕〔軍〕防化學戰

対化学戦兵（防化兵）

対化学戦中隊（防化連）

対外〔名〕對外國、對外部（的個人或集體的關係）←→対内

対外援助（外援）

対外債務（外債）

対外拡張（對外擴張）

対外政策（對外政策）

対外硬派（對外強硬派）

対外放送（對國外廣播）

対外支払い（對外支付）

対外関係（對外國關係，國際關係、對外界的關係，〔工廠或企業〕對外部的個人及集體的關係）

対外証券投資（對外證券投資）

対角〔名〕對角。〔數〕對角

対角線（對角線）

対岸〔名〕對岸

対岸に渡る（渡過對岸）

対岸の火事（隔岸觀火，〔喻〕與自己無關的事件）

対顔〔名、自サ〕見面、會面、會見（=対面）

対眼鏡〔名〕目鏡（=接眼レンズ）

対義語〔名〕反義詞（=アントニム）←→同義語、對偶詞（在某種意義上構成一組的詞:如父-母、千言-萬語）

対記録、タイ記録〔名〕平記錄、與記錄相等（=タイレコード）

世界タイ記録を出す（平世界記錄）

対局〔名、自サ〕（圍棋、象棋）對局，下棋（=手合わせ）、面對時局

両者の対局が始まった（雙方開始對局了）

対極〔名〕相反的極端。〔電〕異性級

対極に立場に在る（立場完全截然相同）

対極線（〔數〕極線）

対空〔名〕對空←→対地

対空射撃（對空射擊）

対空陣地（對空陣地）

対空ミサイル（對空導彈）

対空監視兵（空哨兵）

対空レーダー（防空雷達）

対偶〔名〕一對，兩對（=一揃い）、同伙，伙伴，配偶，夫婦。〔語〕對偶法（=対句）。〔邏〕對當、換質位法。〔數〕對偶，換質位

対偶を使った文章（用對偶法寫的文章）

対決〔名、自サ〕〔法〕對證，對質，對抗，較量，攤牌，辨明是非

法廷で原告と被告を対決させる（在法庭上讓原告與被告對質）

真向から対決する（正面交鋒）

二つの政党が政治的対決を繰り返した（兩個政黨反復進行了政治較量）

対決の段階に入った（到了攤牌的時候）

対決を避ける（避免攤牌）

対弦〔名〕〔數〕對弦

対晤〔名、自サ〕相會、會晤

対碁〔名〕〔圍棋〕棋藝相當、棋逢敵手

対語〔名、自サ〕對話，面談

対語、対語〔名〕對語詞（如山，水、花、鳥）。〔語〕反義詞（如大，小、上、下）

対向〔名、自サ〕面對，相對、從反對方向走來

対向車に注意（注意對面來的車輛）

対抗〔名、自サ〕對抗、抵抗、抗衡、比賽

何処迄も対抗する（對抗到底）
都市対抗競技（都市間的體育競賽）
日米対抗水上競技（日米水上運動比賽）
新薬に対抗して病菌も強く為る（病菌抵抗新藥也會變得頑強）
侵略に対抗する（抵抗侵略）
力は常に其れに対抗する力を生む（力經常產生與其對抗的力）
金力では私は彼とは対抗出来ない（在財力上我不能和他對抗）
対抗策（對策）
対抗駅伝（長途接力賽跑）
対抗馬（賽馬中實力相似互爭優勝的馬、〔轉〕競賽中勢均力敵的對手）

対校〔名、自サ〕校際，學校對學校、校對，校訂
野球の対校試合を為る（舉行棒球校際比賽）
源氏物語の写本を対校する（校訂源氏物語的抄本）

対合〔名〕對合。〔數〕自乘，乘方，冪方

対坐、対座〔名、自サ〕對坐、相對而坐
客と対坐して碁を打っている（和客人對坐下著圍棋）

対策〔名〕對策，應付的方法。〔舊〕（古代的）考試，對策
どうも旨い対策が無い（怎麼也沒有好辦法）
公害対策を練る（研究公害對策）
台風対策を立てる（制定應付台風的對策）
地震対策（防震對策、抗震政策）

対峙〔名、自サ〕對峙，相對而立、對抗，相持不下
二つの山が対峙している（兩山對峙）
警察とデモ隊が対峙している（警察隊伍與示威隊伍相對峙）
双方相対峙して一歩を引き下がらない（雙方相持不下）

対質〔名、自サ〕〔法〕對質、對證（=対決）
当事者相互間の対質を命じる（命令當事人互相對質）

証人と他の証人と対質させる（使證人和另外證人對質）

対酌〔名〕對酌、對飲

対手〔名〕對手、敵手、對方（=相手）

対処〔名、自サ〕處理、應付、對付
新情勢に対処する（應付新形勢）
困難に対処する手腕（應付困難的本領）

対蹠、対蹠〔名、自サ〕對蹠、正相反
彼等二人の意見は対蹠している（他們倆的意見正相反）
両方の意見は全く対蹠的で妥協の余地が無い（雙方的意見完全是針鋒相對的無妥協的餘地）
対蹠点（正相反之處）
対蹠的（正相反的）

対称〔名〕對稱，相稱（=釣合）。〔語法〕第二人稱的別稱←→自称、他称。〔邏數〕對稱（=シンメトリー symmetry）
地球は赤道を中心と為て対称を為しては居ない（地球並不以赤道為中心相對稱）
対称の法則（對稱定律）
対称分（對稱部分、對稱分量）
対称曲げ（對稱彎曲）
対称的装飾（對稱裝飾）
対称式（對稱式）
対称関数（對稱函數）
対称群（對稱群）
対称軸（對稱軸）
対称心（對稱中心）
対称の要素（對稱素）
対称面（對稱面）

対症〔名〕針對症狀
対症的（對症的，頭痛醫頭的、治標的，不作根本解決的）
対症的治療（對症的治療）
対症療法（對症療法）

対象〔名〕對象（=目当て）

認識の対象（認識的對象）

課税の対象（課税的對象）

世の中の有らゆる事が悉く我我の思考対象と為り得る（社會上的一切事物都可作為我們的思考對象）

此れは高校生を対象と為る辞書です（這是以高中學生為對象的辭典）

対照〔名、他サ〕對照、對比（＝コントラスト）

訳文を原文と対照する（把譯文和原文對照一下）

面白い対照だね（真是個有趣的對比呀！）

白雪を頂いた富士が青空と美しい対照を為している（白雪山巔的富士山和藍天形成美麗的對照）

山田は痩せて長身、田中は背が低くて太っていて、全く対照的だ（山田瘦高田中矮胖真是鮮明的對比）

対小数〔名〕〔數〕（對數的）尾數

対審〔名、他サ〕〔法〕對審、使兩造當庭辯論的審理

対人〔名〕對人、對別人

対人関係（對人關係）

対人信用（對人信用）

対陣〔名、自サ〕（作戰或運動比賽時的雙方）對陣

川を挟んで敵味方が対陣する（敵我雙方隔河對峙）

両軍は一千二百メートルの距離を隔てて対陣していた（兩軍隔開一千兩百米距離相對布陣）

対数〔名〕〔數〕對數（＝ロガリズム）

対数関数（對數函數）

対数表（對數表）

対数歪（對數應變）

対生〔名、自サ〕〔植〕（枝葉）對生←→互生、輪生

橡の木の葉は対生する（橡木的葉子是對生的）

対席〔名、自サ〕對著座、（有某種關係的兩人）出席同一集會

対戦〔名、自サ〕對戰。〔體〕競賽，比賽

昨年の覇者と対戦する（和去年冠軍比賽）

対戦チーム（比賽的兩隊）

対戦成績（比賽成績）

対潜演習〔名〕〔軍〕反潛艇演習

対戦車砲〔名〕〔軍〕反坦克砲

対戦車ミサイル〔名〕〔軍〕反坦克導彈

対談〔名、自サ〕對談、對話、會談（＝対話、話し合い）

彼と対談中です（與他會談中）

対地〔名〕對地、空中對地面

対地攻撃（對地面攻擊）

対地速度（對地速度-按地面距離算出的飛機速度）

対置〔名、他サ〕放在對立位置

対中〔名〕對中

対中貿易の発展（對中貿易的發展）

対頂角〔名〕〔數〕對頂角

対敵〔名、自サ〕對敵，敵對、對頭，對手，敵方

対敵闘争（對敵鬥爭）

対敵行動（敵對行動）

対敵通商禁止（禁止對敵通商）

対点〔名〕〔天〕朔望、〔數〕對點

対当〔名、自サ〕相對、相稱，相當（＝相当）

対当額（相稱的數額）

対当関係（〔邏〕〔拉 opposptio 的譯詞〕對當關係）

対等〔名、形動〕對等、同等、平等

対等の原則（對等原則）

対等の力（勢均力敵、旗鼓相當）

対等の要素（同等成分）

男女を対等に扱う（男女同等待遇）

対等のパートナー（平等伙伴）

対等の関係に立つ（處於平等關係）

対等に付き合う（平起平坐）

対等に話し合って解決する精神（平等協商解決的精神）

人は生まれ乍らにして対等である（人生下來就是平等的）

力量は略対等です（力量大致相等）略粗

対独〔名〕對德
　対独貿易（對德貿易）

対内〔名〕對內←→対外
　対内政策（對內政策）
　対内問題（對內問題）

対日〔名〕對日
　対日政策（對日政策）

対の屋〔名〕〔舊〕（正殿東西側的）廂殿、配殿（＝対）

対比〔名、他サ〕對比、對照
　両国の生活水準を対比する（對比兩國的生活水準）
　今昔の対比から丈でも此の大鉄橋の重要さが分かる（僅就今昔對比也能看出這座大鐵橋的重要性）今昔今昔
　対比的（成對比的、成對照的、顯然不同的＝対照的）
　ドイツ人とフランス人の国民性は対比的だ（德國人和法國人的國民性是顯然不同的）

対舞〔名、自サ〕（二人）對舞

対物〔名〕對物
　対物貸付（擔保品抵押貸款、以物做擔保品的貸款）対物鏡（〔理〕〔對〕物鏡）
　対物信用（〔經〕實物抵押貸款）←→対人信用

対米〔名〕對美國
　対米政策（對美政策）
　対米貿易（對美貿易）
　対米為替rate（對美匯率）

対辺〔名〕〔數〕對邊

対馬〔名〕〔象棋〕平手、棋技相等

対面〔名、自サ〕會面、見面
　初対面（初次見面）
　親子が三年振りで対面した（父〔母〕子隔了三年見面了）
　別れていた兄弟が感激の対面を為た（別離的兄弟進行了激動的會面）

　対面交通（對面交通、面對面的交通、－在人行道與車道不分的道路上行人走右側車輛走左側、在道路一側人與車面對通行）
　対面交通を実施する（實施對面通行）

対訳〔名〕對譯、對照原文的翻譯
　"アラビアン、ナイト"の英和対訳本を読む（讀"天方夜譚"的英日對譯本）
　英和対訳会話辞典（英日對譯會話辭典）
　此の英文学叢書は英和対訳に為っている（這部英文學叢書是英日對譯的）

対立〔名、自サ〕對立、對峙
　対立関係（對立關係）
　対立面（對立面）
　労働者と資本家との対立が益益激化する（工人與資本家的對立更加激化）
　両派の意見が対立する（兩派意見相對立）
　此れは大衆の利益と対立している（這違背群眾的利益）
　対立性（〔植〕對位性）
　対立形質（〔植〕等位基因）

対流〔名〕〔理〕對流
　対流作用（對流作用）
　対流を起こす（引起對流）
　対流電流（對流電流）
　対流圏（〔氣〕對流層）←→成層圏、圏界面
　対流伝熱（〔理〕對流傳熱）

対量〔名〕〔理、化〕（化合）當量

対塁〔名、自サ〕〔軍〕對壘、對陣、對峙

対聯、対聯〔名〕對聯

対聯、対連〔名〕對聯（＝対聯）、成對排列

対論〔名、自サ〕（雙方）面對面辯論、抗辯，對抗辯論

対話〔名、自サ〕對話、對談、會話、談話（＝対談、ダイアローグ dialogue）
　英語で対話する（用英文對談）
　対話の上手な人（擅長對談的人）
　対話劇（話劇、對話為主的戲劇）

其の小説は殆ど対話である（那部小說幾乎全是對話）

対〔名〕（兩件東西一樣）成對，成雙、對句（=対句）

〔接尾〕（接在數詞下用作助數詞）一對、一雙

対に為る（配成對）

対に為さない（不成對）

対の屏風（一對屏風）

対に着物（兩件一樣的衣服）

大小で対に為っている夫婦の茶碗（一大一小成為一對的鴛鴦茶碗）

花瓶一対（一對花瓶）

一対の花瓶（一對花瓶）

一対の茶碗（一對茶杯）

対形〔名〕〔機〕成對、對稱形

対形の原理（對稱原理）

対形蒸気タービン turbine（並列複式汽輪機）

対形誘導電圧調整器（雙電感式電壓調整器）

対句〔名〕對句、儷句（山紫水明-山紫水明、帯に短し、襷に長し-高不成低不就）

対句を為す（構成對句）

対重〔名〕〔建〕平衡重

対丈〔名〕〔縫紉〕按身長縫製（不留放長的存頭）

寝間着は対丈に仕立てる（睡衣要按身長縫製）

対丈の外套（按身長縫製的大衣、托到腳跟的大衣）

対束〔名〕〔建〕雙柱架

対幅〔名〕對聯、雙幅畫

対麻痺〔名〕〔醫〕下身兩側麻痺、截癱

隊（ㄉㄨㄟˋ）

隊〔名，漢造〕隊，隊伍、集體組織（主要指軍隊）、（有共同目的的）幫派或集團

隊を組んで進む（列隊前進）

一隊の兵士（一隊戰士）

三隊に為って飛行する（成三隊飛行）

愚連隊（流氓集團）

軍隊（軍隊、部隊）

連隊、聯隊（〔陸軍編制的〕聯隊、團）

本隊（〔對支隊、別働隊而言的〕主力部隊、中心部隊，本隊、這個隊）

支隊、枝隊（支隊、分隊）

別働隊、別動隊（別動隊）

兵隊（軍隊，士兵、軍人）

騎兵隊（騎兵隊）

探険隊（探險隊）

自衛隊（自衛隊-第二次世界大戰後日本的國防軍：包括陸上自衛隊、海上自衛隊、航空自衛隊）

横隊（橫隊）←→縦隊

縦隊（縱隊）

編隊（編隊）

大隊（〔軍〕營）

分遣隊（分遣隊）

隊員〔名〕隊員、隊的成員

越冬隊隊員（越冬隊隊員）

隊旗〔名〕（軍隊等的）隊旗

隊形〔名〕（橫隊或縱隊等的）隊形

隊形を整える（整理隊形）

隊形を保つ（保持隊形）

隊形が乱れる（隊形紊亂）

隊形を乱さずに（隊形整齊地）

隊伍〔名〕隊伍

隊伍を整える（整隊）

隊伍を組む（排隊）

隊伍から脱落する（掉隊）

隊伍に加える（參加隊伍）加える咥える銜える

隊士〔名〕步隊的士兵

隊商〔名〕結隊客商（沙漠地區）商隊（=キャラバン caravan）

隊長〔名〕隊長，領隊，（某一種隊伍的）頭頭，（舊陸軍的）排（連、營）長

ヒマラヤ登山隊の隊長（喜馬拉雅登山隊隊長）

デモ隊の隊長（示威隊伍的領隊）

隊付き、隊付，隊附き、隊附〔名〕在部隊服役、屬於某部隊

隊付きを解く（解除在部隊的任務）

少尉に為ると一年間は隊付きである（當了少尉就要在部隊服役一年）

隊名〔名〕隊名

隊列〔名〕行列、隊伍

革命の隊列（革命隊伍）

隊列を乱す（搞亂隊伍）

隊列に加える（加入隊伍）

大きな隊列を組む（組織龐大隊伍）

端、端（ㄉㄨㄢ）

端〔名〕邊、頭（=端、端）

〔造語〕零頭、零星物

口の端（口邊）

山の端（山頭、山頂、山脊）

軒の端（檐頭）

端数（零數、尾數）

端物（零頭、零碎的東西）

端唄〔名〕（和著三弦唱的）小曲、短歌

端書、葉書〔名〕明信片（=郵便葉書）、記事簽

絵葉書（風景明信片）

往復葉書（往返明信片）

葉書を出す（寄明信片）

葉書で返事を為る（用明信片答覆）

葉書では失礼に為るから、封書で出し為さい（用明信片太失禮了還是發一封信吧！）

葉書電報（傳真電報）

万国郵便連合葉書（國際通用明信片）

端書き、端書〔名〕序言，卷頭語、（詩歌的）旁注、頭注、（書信用語）再啟、又啟

端書〔名〕序言（=端書き、端書）、明信片（=端書、葉書）

端緒〔名〕事物的線索（頭緒）

端株〔商〕（不滿一股的）散股，股尾、（達不到交易所規定的交易單位的）零星股票

端切れ、端切れ〔名〕裁剩的碎布頭、下腳布料

端境〔名〕青黃不接

今が丁度端境に為る（現在正是青黃不接時期）

端境期（青黃不接時期）

端尺、羽尺〔名〕衣料、尺頭（成人做一件和服外掛所需衣料）←→着尺

端数〔名〕零數、尾數

端数を切り捨てる（抹去零數）

端数は四捨五入の事（尾數要四捨五入）

端銭、端錢〔名〕零錢、微少的錢（=端金）

端金〔名〕零錢、微少的錢

千円や二千円の端金では如何にも為ようが無い（一兩千日元的零錢怎麼也做不了）

端反、端反り〔名〕（草笠形盔、碗等）向外翻的檐、卷檐

端綱〔名〕馬韁繩

端本〔名〕殘本←→完本

一冊無くしたので端本に為った（缺一冊成了殘本了）

端武者、葉武者〔名〕小兵、列兵、步卒

端物〔名〕零碎的東西，不完整的東西、（淨瑠璃的）短篇或片斷的唱詞

端物ですから御安くして置きます（因為是零頭所以廉價出售）

端役〔名〕（演戲中的）配角，不重要的角色、不重要的工作，不重要的職務←→主役

端役を勤める（當配角）

劇団に入り立てだから、未だ端役しか遣らせて貰えない（因為剛參加劇團不久所以只讓我演一些不重要的角色）

端山〔名〕山麓小丘、山脈的丘陵地帶←→深山、深山

端〔名〕端，頭（=端、先）、開端，開頭

〔漢造〕端正、端，頭、項目、開端，開頭

りょうたん
両端（兩端、兩頭）

たん　ひら
端を開く（開端）

たん　　はっ
端を発する（發端）

まったん
末端（末端、尖端、盡頭）

せんたん　せんたん
先端、尖端（頂端、尖端、先鋒）

せんたん
戰端（戰端）

いったん
一端（一端、一頭、一部分）

きょくたん
極端（極端）

ひったん
筆端（筆端、筆勢）

ぜったん
舌端（舌端、舌鋒）

ほったん
發端（發端、開端）

たんおうらん
端黃卵〔名〕〔動〕端黃卵

たんきゃくるい
端脚類〔名〕〔動〕端足目

たんけい
端溪〔名〕〔地〕（中國廣東的）端、溪端溪硯的略稱

たんけいけん　　　　　すずり
端溪硯（端溪硯）硯

たんけいせき　　　　いし
端溪石（端溪石）石

たんげい
端倪〔名、他サ〕端倪，始末，推測，揣測

　　　　　べ
端倪す可からず（不可推測）

いか　らくちゃく　　　　たんげい　ゆる
如何に落着するか端倪を許さない（結果如何不容揣測）

たんげい　べ　　　　　　　しんぼう
端倪す可からざる深謀（不可揣測的深謀遠慮）

つまべに　　　　　　　　　　　　　　　　　　　　　　　つまくれない　つま
端倪〔名〕（折扇或信頭上染的）紅邊（=端紅、爪
くれない
紅）

たんげつ
端月〔名〕正月的異稱

たんげん　たんごん
端嚴、端嚴〔名、形動〕端嚴、莊重

たんげん　すがた
端嚴な姿（莊重的姿態）

たんご
端午〔名〕端午、端陽

たんご　　せっく
端午の節句（端午節）

たんご　　こいのぼり
端午の鯉幟（〔凡有男孩的家庭〕端午節時掛的鯉魚旗）

たんざ　たんざ
端坐、端座〔名、自サ〕端坐、正坐

しょさい　たんざ　　　ほん　よ
書斎に端坐して本を読む（端坐在書房裡讀書）

たんし　　　　　　　　　　　　　　terminal
端子〔名〕〔電〕端子、接線頭（=ターミナル）

いんたんし
陰端子（負極端子）

たんしばん
端子盤（接線端子頭）

たんしでんあつ
端子電圧（終端電壓）

たんし
端刺〔名〕〔動〕端刺、觸角芒

たんしゅう
端舟〔名〕小船

たんしょ　たんしょ　たんちょ
端初、端緒、端緒〔名〕端緒、頭緒、線索、開端

ま　もんだいかいけつ　たんしょ　み　だ
未だ問題解決の端緒が見い出されたい（還沒有找到解決問題的頭緒）

たんしょ　つか
端緒を掴む（抓住頭緒）

それ　かいかく　たんしょ　な
其が改革の端緒と為った（那成了改革的開端）

はんにんたんさく　たんしょ　え
犯人探索の端緒を得る（得到搜索犯人的線索）

たんせい
端正〔名、形動〕端正、端莊、端方

たんせい　かおつき
端正な顔付（端正的臉型）

はな　たか　　　　　　たんせい　み
鼻が高いので端正に見える（鼻子高所以顯得相貌端莊）

たんせい
端整〔名、形動〕端整、端正整潔

ようしたんせい
容姿端整（姿容端整）

たんぜん
端然〔形動タルト〕端然

たんぜん　すわ
端然と座る（端然而坐）

たんてい　　たんてい
端艇、短艇〔名〕小艇、小船、舢舨（=ボート、艀）

たんていか
端艇架（船上的吊艇架）

たんていそうれん
端艇操練（救生艇操練）

たんてき　たんてき
端的、単的〔形動〕直率，不隱諱，直截了當、明顯，清楚

たんてき　い
単的に言う（直率地說）言う云う謂う

ないめんせいかつ　たんてき　うつ
内面生活を単的に写す（如實地描寫内心的活動）写す移す映す遷す

そこ　たんてき　　あらわ
其処に単的に現れている（在那裏明顯地表現出來）現れる表れる顕れる

たんのう
端脳〔名〕〔動〕終腦

たんまつ
端末〔名〕（電線等的）末端、〔計〕末端裝置←→
ちゅうおうそうち
中央裝置

たんまつき
端末機（末端機）

たんれい
端麗〔名、形動〕端麗

ようしたんれい　　おんな
容姿端麗な女（姿容端麗的女子）

端〔名〕邊，邊緣（＝端、縁）、端緒，線索
 軒の端（檐頭）

端紅、爪紅〔名〕〔植〕鳳仙花的古稱（＝）、（信紙、扇面等頭上染成的）紅邊（＝端紅）

端紅〔名〕（信紙、扇面等頭上染成的）紅邊（＝端紅、爪紅）

端黒、褄黒〔名〕黑邊、黑緣

端〔名〕端，頭，邊，邊緣、片斷、開始、從頭，盡頭，零頭，斷片
 棒の端（棍子頭）
 紐の両端（帶子的兩端）
 道の端を歩く（靠路邊走）
 端迄見えぬ（看不到邊）
 紙の端を切って形を揃える（把紙邊剪整齊）
 汚れた食器をテーブルの端に寄せる（用過的餐具收拾到桌邊上）
 言葉の端を捕らえて難癖を付ける（抓住話的片斷挑剔）
 端から順順に問題を解いて行く（從頭一個個地解決問題）
 本を端から端迄読む（從頭到尾把書看完）
 木の端（碎木頭、木頭斷片）
 布の切れ端を合わせて、布団を作る（拼起碎布做被子）

端〔名〕〔方〕端，頭，邊，邊緣（＝端）

橋〔名〕橋、橋樑
 橋を渡る（過橋）橋嘴端箸渡る涉る亘る
 橋を渡す（搭橋、架橋）
 川に橋を架ける（在河上搭橋）架ける掛ける懸ける駆ける翔ける駈ける搔ける
 橋の上を歩く（在橋上走）
 橋の番人（看橋人、守橋人）
 橋の袂に佇む（佇立橋畔）
 其の川には橋が二つ掛かっている（那條河上架有兩座橋）川河皮革側
 橋の下を潜る（從橋下鑽過去）潜る潜る下る舌

 御乗り換えの方は此の橋を御渡り下さい（換車旅客請過此天橋）
 橋が無ければ渡らぬ（中間沒有搭橋人、事情不好辦）

嘴〔名〕喙、鳥嘴（＝嘴）

嘴、喙〔名〕〔動〕喙、鳥類的嘴
 嘴が黄色い（黃口小孩、乳臭未乾）
 嘴を入れる（插嘴、管閒事）
 嘴を挟む（插嘴、管閒事）挟む鋏む挿む剪む
 嘴を鳴らす（咬牙、咬牙切齒）鳴らす為らす生らす慣らす馴らす均す

箸〔名〕箸、筷子
 竹の箸（竹筷子）箸端橋嘴
 箸を付ける（下箸）付ける着ける漬ける就ける附ける突ける浸ける衝ける憑ける
 箸を下ろす（下箸）下す卸す
 箸を取る（拿筷子）取る撮る採る執る捕る摂る獲る盗る
 箸を置く（放下筷子）置く擱く措く
 日本や中国では、箸で食事を為る（在日本和中國用筷子吃飯）擦る刷る摺る掏る磨る擂る
 箸が転んでも可笑しい年頃（動不動就發笑的年齡-多指十七八歲的女孩）
 箸で銜める様（諄諄教誨-務使徹底理解）
 箸に目鼻（瘦皮猴）
 箸にも棒にも掛からぬ（無法對付）
 箸の上げ下ろしにも小言を言う（對一點點小事都挑毛病、雞蛋裡面挑骨頭）言う云う謂う
 箸より重い物を持たない（養尊處優、毫無工作經驗）
 箸を持って食う許りだ（飯來張口-喻照料得無微不至）

端居〔名〕坐在（通風的）檐下或廊下

端折、端折る〔他五〕撩起來、簡化，省略
 裾を端折る（撩起下擺）

説明を端折る（簡略說明）

端折って読む（粗枝大葉地看）

時間が無いので説明を少し端折ります（時間不夠說明稍微簡略一些）

端飾り〔名〕〔建〕瓦檐飾

端切機〔名〕〔機〕（布料等的）裁切機、修剪機

端くれ、端っくれ〔名〕碎片，碎屑、（在某一行業或階層中）地位低，能力差（的人）

木の端くれ（碎木片）

紙の端くれ（紙屑、碎紙片）

英語も端くれ位は知っている（英語也懂得一點）

役人の端くれ（小官、小吏）

学者の端くれ（勉強算是個學者）

教師の端くれ（勉強算是個教師）

彼でも詩人の端くれだ（他總得算是個詩人）

端っこ、端っこ〔名〕〔俗〕邊上、角落

端っこに畏まっている（規規矩矩地坐在一邊）

端近〔名、形動〕靠近門口、靠近外邊

其処は端近ですから、どうぞ此方へ（那邊太靠近門口了請到這邊來）

端なく（も）〔副〕沒想到、沒有料到

端なくも秘密が漏れた（沒想到秘密竟洩漏了）

端縫い，端縫、端縫い〔名〕〔縫紉〕折邊縫（將布邊折回少許，然後縫上，以防毛邊）

端端〔名〕細節，細微之處、這點那點

言葉の端端に迄気を付ける（對話裡細微之處都很注意）

行為の端端に其の人の性格が現れる（在行為的細微之處能表現出一個人的性格來）

話の端端に解せない点が有る（話中有些不能理解之處）

端喰〔名〕〔建〕夾撐木（為防止木板翹曲或分離、在木板兩端嵌上的木條）

端〔名〕零數、零星（的東西）

十を三で割ると端が出る（三除十有零數〔除不盡〕）

端を切り捨てる（抹去零頭）

端物（零碎的東西）

端役人（小官吏）

端ない〔形〕卑鄙的、下流的、粗俗的

端ない口を効く（說粗野的話）

端ない振舞を為る（舉止不體面）

端女〔名〕女僕、女傭（=下女）

端〔名〕邊、端

河端（河邊）

道端（路邊）

井端（井邊）

炉の端（爐邊）

池の端を散歩する（在池邊散步）

畑、畠〔名〕旱田,田地（=畑.畠）

畑を作る（種田）

畑で働く（在田地裡勞動）

畑、畠〔名〕旱田，田地、專業的領域

大根畑（蘿蔔地）

畑へ出掛ける（到田地裡去）

畑を作る（種田）

畑に麦を作る（在田裡種麥）

畑仕事（田間勞動）

経済畑の人が要る（需要經濟方面的專門人才）

其の問題は彼の畑だ（那問題是屬於他的專業範圍）

君と僕とは畑が違う（你和我專業不同）

商売は私の畑じゃない（作買賣不是我的本行）

旗、旌、幡〔名〕旗，旗幟。〔佛〕幡、風箏（=凧）

旗を上げる（升旗）

旗を下ろす（降旗）

旗を広げる（展開旗子）

旗を振る（揮旗、掛旗）

旗を掲げる（掛旗）

ㄉ

大勢の人が旗の下に馳せ参じる（許多人聚集在旗下）大勢大勢

旗を押し立てて進む（打著旗子前進）

国連の本部には色色の国の旗が立っている（聯合國本部豎立著各國的國旗）立つ経つ建つ

旗が風にひらひら翻っている（旗幟隨風飄動）

旗を掲げる（舉兵、創辦新事業）

旗を巻く（作罷，偃旗息鼓、敗逃，投降，捲起旗幟）巻く撒く蒔く捲く播く

傍、側〔名〕側、旁邊

側から口を出す（從旁插嘴）

側で見る程楽でない（並不像從旁看的那麼輕鬆）

側の人に迷惑を掛ける（給旁人添麻煩）

将〔副〕又、仍（=又、矢張り）

〔接〕或者、抑或（=或は）

雲か霞か将雪か（雲耶霞耶抑或雪耶）将旗機傍端畑畠画秦側幡旙

散るは涙か将露か（落的是淚呢？還是露水呢？）

機、織機〔名〕織布機

織機を織る（織布）

家に織機が三台有る（家裡有三台織布機）

秦〔名〕（姓氏）秦

端〔名〕（事物的）開始、（物體的）先端，盡頭

端から調子が悪い（從開始就不順利）

岬の端に在る（海角上的盡頭）

端〔接尾〕開始、正…當時

寝入り端を起こされる（剛睡下就被叫起來了）

出端を挫かれる（一開始就碰釘子）

短（ㄉㄨㄢˇ）

短〔名、漢造〕短、不足，缺點←→長

短を補う（補短）

短を護る（護短）護る守る

人の短を言う勿れ（勿道人之短）

短を捨てて長を取る（捨短取長）

長短（長短，長度、長和短、多餘和不足、長處和短處、優點和缺點）

最短距離（最短距離）

短衣〔名〕短衣

短音〔名〕短音←→長音

短音階〔名〕〔樂〕小音階←→長音階

旋律的短音階（旋律小音節）

自然短音階（自然小音節）

和声的短音階（和聲小音節）

短音程〔名〕〔樂〕小音程

短歌〔名〕短歌（日本傳統和歌的一種、由五，七，五，七，七形式的五個句子、即三十一音組成）←→長歌

短角〔名〕〔植〕短角（果）

短気〔名、形動〕性急、沒耐性、性情急躁（=気短）

短気を起こす（發脾氣）

短気を起すな（別急躁）

短気者（急性子的人）

短気な男（性急的人）

短気な事を為る（操之過急）

彼は短気で怒ると心にも無い事を言う（他性急一發火就說一些並非出自本心的話）

短気は損気（急躁則吃虧、急性子吃虧）

短期〔名〕短期←→長期

紛争の短期解決（紛爭的短期解決）

短期計画（短期計劃）

短期戦（短期戰、速決戰）

短期公債（短期公債）

短期手形（短期票據）

短期貸付（短期放款）

短期間（短期間）

短期大学（短期大學=短大）

短期講習（短期講習）

短期見越し売り（〔商〕賣空、空頭帳戶）

短距離〔名〕短距離、短距離賽跑（四百米以下）、短距離游泳（二百米以下）←→長距離

短距離の旅行（短距離旅行）

短距離輸送（短距離運輸）

短距離往復列車（短途往返列車）

短距離爆撃機（短距離轟炸機）

黒人が色色の短距離競走に優位を占めた（黑人在各項短跑中占有優勢）

短距離競走（短距離賽跑）

短距離水泳選手（短距離游泳選手）

短句〔名〕短句，短語，（特指）（連歌連、句等末尾的）七，七形式的句子←→長句

短句集（短語集、熟語集）

短軀〔名〕矮子、短小的身軀（=ちび）←→長身

瘦身短軀の貧弱な男（身材瘦小體弱的人）

短靴〔名〕短筒鞋←→長靴

此の短靴は少し小さいので靴擦れが出来た（這雙短筒鞋有點小把腳磨破了）

短径〔名〕（橢圓的）短徑、最小直徑←→長徑

短檠〔名〕短架燈、短蠟燭臺

短見〔名〕短見、淺見、膚淺的見解

短剣〔名〕短劍，匕首（=短刀）←→長劍、（鐘表的）短針，時針（=短針）

短剣で刺す（用短劍刺）

短剣を腰に吊る（懸掛短劍）

短剣標（〔印〕劍號）

短呼〔名、他サ〕〔語〕為便於發音把應有的長音讀作短音（如女房-妻子、也讀女房）

短行路蒸留〔名〕〔化〕分子蒸餾

短才〔名〕不才、菲才

浅学短才（才疏學淺）

私の様な短才の者の及ぶ所ではない（不是我這樣沒有才能的人所能比得上的）

短尺，短冊，短尺，短冊〔名〕詩箋（長約36厘米、寬6厘米）、長方形（=短冊形）

和歌の書いて有る短冊（寫有和歌的詩箋）

短冊の句を書く（把詩句寫在書箋上）

大根を短冊に切る（把蘿蔔切成長方塊）

短視〔名〕近視、短見，沒有遠見（=短見）

短詩〔名〕短詩

短詩作者（短詩作家）

短資〔名〕〔經〕短期貸款（=コール）

短肢症〔名〕〔醫〕短肢症

短時間〔名〕短期、短時間

短時間テスト（短期試驗）

短時日〔名〕短期間

短時日には出来上らない（短期間内做不成）

短軸〔名〕〔數〕（結晶、橢圓的）短軸

短日〔名〕日照時間短

短日植物（短日照植物-如菊花）

短日月〔名〕短期間、短歲月

社会改革は然う短日月の間に出来る物ではない（社會改革不是那麼短期間內所能辦成的）

短銃〔名〕手槍（=ピストル）

短銃を提げて行く（帶手槍去）

短縮〔名、他サ〕縮短、縮減

夏期休暇を二週間短縮する（夏季休假縮短二星期）

労働時間の短縮を要求する（要求縮短勞動時間）

生産の短縮（生産的縮減）

飛行機は世界の距離を短縮した（飛機縮短了世界的距離）

短縮法（〔繪畫〕〔按照透視法的〕縮短方法）

短所〔名〕短處、缺點←→長所

長所も有れば短所も有る（既有長處也有短處）

短所を補う（補短）

短所を直す（改正缺點）

彼の長所は即ち短所である（他的長處也就是他的短處）

短小〔名、形動〕短小、矮小←→長大

短章〔名〕短詩、短文章
　此れは私の好きな優れた短章の一つだ（這是我喜歡的優秀短文之一）

短信〔名〕短信、短箋、便條

短針〔名〕（錶的）短針、時針←→長針

短水路〔名〕〔泳〕（25-50米的）短距離游泳路線←→長水路
　短水路記録（短距離游泳記録）

短舌〔名〕〔醫〕結舌、舌繋帯短縮

短箋〔名〕短箋，短信，便條、小張信紙，便條用紙

短旋法〔名〕〔樂〕小調、小音階

短打〔名、自サ〕〔棒球〕短打
　短打戦法（短打戦法）
　短打が効を奏した（短打奏效）

短大〔名〕短期大學（=短期大学）

短調〔名〕〔樂〕小調、小音階（=マイナー）←→長調
　ハ短調の交響曲（C小調交響曲）
　ト短調チェロ協奏曲（G小調大提琴協奏曲）

短長格〔名〕（詩的）短長格、抑揚格
　短長格詩（短長格的詩、抑揚格的詩）

短嘲詩〔名〕警句、短嘲詩、諷刺詩（=エピグラム）

短艇、端艇〔名〕小艇、小船、舢舨（=ボート、艀）
　端艇架（船上的吊艇架）
　端艇操練（救生艇操練）

短刀〔名〕短刀、匕首
　短刀を胸に突き刺す（把短刀刺入胸膛）
　短刀を懐に呑んでいる（懷揣短刀）

短頭〔名〕〔解〕短頭
　短頭の人（短頭的人）

短頭蓋〔名〕〔解〕短頭蓋

短波〔名〕〔無〕短波←→長波
　二十メートルの短波を用いて放送する（用二十米的短波播宋）
　短波送信機（短波發報機）
　短波長（短波波長）

短波受信機（短波接收機）

短髪〔名〕短髪、短頭髪

短尾〔名〕〔動〕短尾
　短尾類（短尾類）
　短尾類の動物（短尾類動物）

短肥水準儀〔名〕定鏡水準儀

短評〔名〕短評
　短評を加える（加以短評）
　短評を載せる（登載短評）

短文〔名〕短文、短句←→長文
　百語の短文（一百個字的短文）
　次の語を用いて短文を作れ（用下列的詞作成短句）

短兵〔名〕（刀劍等）短兵器、短槍，短矛

短兵急〔形動〕短兵相接。〔轉〕突然，冷不防
　短兵急に要求する（突然提出要求）
　短兵急な要求（突然的要求）
　短兵急に話せと言っても困る（突如其來地就叫我說真為難）

短篇、短編〔名〕短篇←→長篇、中篇
　短篇小説（短篇小説）
　短篇映画（短篇電影）

短命〔名、形動〕短命、命短←→長命
　短命に終る（夭折、短命而終）
　惜しい事に此の作家は短命だった（很可惜這位作家命短）
　短命な植物（生長期短的植物）
　短命内閣（短命内閣）

短毛〔名〕短毛
　短毛種の猫（短毛種的貓）

短夜、短夜〔名〕夏夜、夏天的短夜

短絡〔名、自サ〕〔電〕短路（=ショート）。〔喻〕武斷，簡單地判斷
　短絡試験（短路試驗）
　其の考えは短絡しているね（那個想法有點武斷吧！）

短絡的発想（過於簡單的想法）

短慮〔名、形動〕淺慮，淺見、急性子←→深慮

短慮功を成さず（性急不成事）

父は息子の短慮を戒めた（父親勸戒兒子的短淺見解）

短い〔形〕（時間、距離、長度）短、低矮、簡短、（見識、目光）短淺←→長い

冬は日が短い（冬季天短）

短い時間で有効に話す（在短促時間內作有效的談話）

彼の人はもう先が短い（他話不長了）

十年と言う月日は何と短いのだろう（十年的歲月有多麼短啊！）

髪の毛を短く切る（把頭髮剪短）

短い距離（短距離）

短い灯台（矮燈塔）

短い演説（簡短的演說）

文を短くする（縮短句子）

気が短い（性情急躁、好動肝火）

短目〔名、形動〕短一點、稍短些←→長目

文章は短目に書くのが良い（文章寫短一點好）

緞（ㄉㄨㄢˋ）

緞〔漢造〕光滑而厚密的絲織物

緞子〔名〕〔紡〕緞子

金襴緞子（金線織錦緞）

緞帳〔名〕帶花的厚地窗簾、（能捲起放下的）舞台布幕、低級小戲（=緞帳芝居）、低級小戲演員（=緞帳役者）

舞台の緞帳が上がる（舞台的幕揭開）

緞通，段通〔名〕（來自中文〝毯子〞的音譯）地毯、絨毯

段、段（ㄉㄨㄢˋ）

段、反〔名〕（寫作反）布匹的單位（一反長十米幅、寬34釐米、適於做普通成人一件和服用）。

〔舊〕距離單位（約11米）、地積單位（一段為300坪、一町的十分之一、約十公畝）

段收、反収〔名〕一〝段〞地的收穫量（一段為300坪、一町的十分之一、約十公畝）

段当，反当，段当り，反当り，反当たり〔名〕每一〝段〞地

段当り八俵二石の出来高（每段地八俵二石的產量）

段歩、反歩〔接尾〕（助數詞的用法）以反或段為單位計算土地面積的用語

五反歩の畠（五反的旱田、五段的旱田）

段別、反別〔名〕每一反（段）田、土地面積的名稱（町、反（段）、畝、步）

反別割り（按反〔段〕計算的地捐）

段〔名〕段，層，格、節、樓梯、台階、（印刷品的）段，排，欄、（文章的）段落、（戲劇的）一幕，一場、（武術、圍棋、象棋等的）段，等級、（能力、質量的）等級，程度、（書信用語）點，地方，時候、（五十音圖的）段←→行

〔漢造〕分等級，分種類、（文章的）段落，台階、做法、（柔道、劍術、圍棋等的）段，等級

二段入りの菓子箱（二層裝的點心盒）

ロケットの第一段（火箭的第一節）

上の段に花瓶を置く（在上層放花瓶）

段を上がる（上台階）

段を下りる（下台階）

二段組に為る（分兩欄排版）

此の文章を三つの段に分けられる（這篇文章整個可以分成三段）

忠臣蔵五段目（忠臣蔵第五場）

九段（久段）

柔道初段（柔道一段）

彼の人は私とは段が違う（我和他差遠了）

段違いの強さ（特別強）

此の生地と彼の生地では段が違う（這個料子和那個料子質量不同）

此の段に付いて宜しく御願い申し上げます（關於這一點敬請多多關照）

御無礼の段御許し下さい（失禮之處請見諒）

愈愈と言う段に為れば私が加勢する（一旦到了緊要關頭我將進行幫忙）

いざ机に向って筆を執る段に為ると、何も頭に浮かんで来ない（一旦坐在桌前拿起筆來的時候腦子裡就什麼也浮現不出來）

格段（特別、非常、格外）

分段（分段、段落）

文段（文章的節段、段落）

石段（石階、石級）

手段（手段、方法）

初段（初段）

序段（最初段落）

算段（籌措、張羅）

三段（三階段、報刊的三欄）

有段者（有段者、夠級別的人）

昇段（升段）

上段（上層、上座、舉劍高出一層的地方、高段的人）←→中段、下段

段位〔名〕段位（柔道，劍術，圍棋，象棋等的等級、在〝級〟之上）

段板〔名〕樓梯板

段階〔名〕階梯，台階，樓梯，梯子，階段，步驟、時期、等級

其の研究の第二段階に入る（進入該項研究的第二段階）

生産の全段階（生産的全部過程）

段階的撤兵が行われた（進行分階段的撤兵）

予備的段階（預備階段）

条約は批准の段階に達しない（條約沒有達到批准的階段）

調査の結果は未だ発表の段階に達しない（調查的結果還不到發表的時期）

給与に幾つかの段階が付いている（工資分成若干等級）

段階滴定（〔化〕差示滴定）

段菊〔名〕〔植〕馬薔

段丘〔名〕〔地〕台地、階地、斜坡

河岸段丘（河岸階地）

海岸段丘（海岸階地）

段級制〔名〕等級制

段差〔名〕等級差別、（道路等）高低平面的差異

先に段差有り（前面有斷坡）

段索〔名〕〔船〕繩梯橫索

段車〔名〕〔機〕錐輪、塔輪、快慢輪

段だら〔名〕許多層、一階階的梯磴、各種顏色相間的橫條紋

段だら坂（一段段逐漸升高的坡道）

段だら染の模様（各種顏色相間的橫條紋的圖案）

段だら縞（不同顏色相間的橫條紋織物）

段だら筋（不同顏色相間的橫條花紋）

段だら染（印染不同顏色相間的橫條紋的織物＝段染）

段段〔名〕〔俗〕樓梯，台階、一條條，一樣一樣〔副〕漸漸

段段を上がる（上台階）

段段を下りる（下台階）

段段に為っている道（成階梯狀的道路）

灯台へ昇るコンクリートの段段の手前に灯台長の官舎が有った（在上燈塔的水泥台階前邊有燈塔長的官舎）

御申し付けの段段、確かに承知致しました（您吩咐的一件件事我都懂得了）

段段増す（逐漸增加）

僕は段段英語が分かって来た（我漸漸地懂英語了）

段段聞いて見ると其の子は孤児であった（慢慢地一打聽原來那個孩子是孤兒）

客が段段帰って行く（客人陸續地回去了）

段段畑〔名〕梯田

丘の急斜面に段段畑が上へ上へと続いていた（在山崗的陡坡上延續著層層梯田）

段畑〔名〕梯田（＝段段畑）

家の前の土地に段畑を作る（在家的前面土地造梯田）作る造る創る

元荒山だった処が今は一面の段畑に変わった（原來的荒山現在變成了一片梯田）

段ち〔名〕〔俗〕（程度、能力）相差很遠，懸殊、（二物的）高度不同（=段違い）

二人の実力は段ちだ（兩個人的實力相差懸殊）

彼の強さは段ちだ（他強得無與匹敵）

我国の南北の気候は段ちである（我國南北氣候相差懸殊）

段ち平行棒（高低槓）

段違い〔名、形動〕（程度、能力）相差很遠，懸殊、（二物的）高度不同←→互角、五分五分

段違いに強い（特別強）

此の両画家は段違いだ（這兩位畫家相差懸殊）

段違いの実力（懸殊的實力）

段違い平行棒（〔體〕高低棒）

段違いの棚（格子距離不同的擱板）

段落〔名〕本領差、品質差（=段違い）

段通、緞通〔名〕（來自中文〝毯子〞的音譯）地毯、絨毯

段取、反取〔名〕（江戶時代）按〝段〞交納的地捐

段取り、段取〔名〕安排、順序、程序、打算、計劃、方法

明日の段取り（明天的安排）明日明日明日

段取りを決める（決定計劃）

どんな段取りで遣るんだね（按怎樣的程序做呢？）

段取りは結構だが実行が困難だ（計劃很好但實行卻困難）

仕事は来月から開始の段取りだ（工作計劃下月開始）

段梯子〔名〕（樓梯似的）寬踏板的梯子

段梯子を上がる（上梯子）上がる挙がる揚がる騰がる

段梯子を下りる（下梯子）下りる降りる

段鼻〔名〕鷹勾鼻

段平〔名〕〔俗〕寬刃刀、大砍刀

段平を振り回す（揮舞大砍刀）

段袋〔名〕大口袋，旅行布袋、肥大的西服褲子

がらくたを段袋に入れる（把七零八碎的東西裝在大口袋裡）

段幕〔名〕紅白橫條或五色橫條相間的幕

段物〔名〕由數段構成的箏曲、〝淨瑠璃〞的選段、語言較多富於戲劇性並具有故事情節的長曲（如長唄、清元節等））

段落〔名〕段落

段落を付ける（使有個段落）

段落に分ける（分成段落）

此れで仕事も一段落付いた（工作就此告一段落）

段落〔名〕本領差、品質差（=段違い）

あ段〔名〕あ段（五十音圖的第一段:あ、か、さ、た、な、は、ま、や、ら、わ）

断（斷）（ㄉㄨㄢˋ）

断〔名〕果斷，堅決、斷定、決定

〔漢造〕切斷、果斷

此の際唯〝断〞の一字有るのみ（如今只有當機立斷）

時を見て断を下す（當機立斷）下す下ろす

最後の断を下す（做出最後決定）

切断、截断（切斷、截斷、割斷、切除）

中断（中斷）

横断（橫斷，橫切、橫渡、橫越、橫貫、橫穿）←→縦断

縦断（縱斷）

間断（間斷）

一刀両断（一刀兩斷、毅然決然）

同断（同前、同樣道理）

道断（沒法說）

言語道断（豈有此理、荒謬絕倫）

決断（決斷，果斷，當機立斷、〔古〕〔對善惡、正邪的〕裁斷）

判断（判斷、推斷、占卜）

裁断（裁斷，裁決、剪裁，裁剪）

処断（裁斷，裁決、處分，處置）

専断、擅断（專斷，剛愎自用）

剪断（剪切）

独断（獨斷、專斷）

武断（武斷，憑主觀判斷、黷武，憑藉武力）

不断、普段（不斷、不果斷、平素，日常）

果断（果斷、果決、斷然）

即断（立斷、立即決定）

速断（從速決定、從速判斷、輕率的判斷）

診断（〔醫〕診斷、〔轉〕判斷）

優柔不断（優柔寡斷）

断じる〔他上一〕判斷、斷定、判決（＝斷ずる）

罪を断じる（判罪）

是非善悪を断じる（判斷是非善惡）

断ずる〔他サ〕判斷、斷定、判決

軽軽に断じ難い（很難輕易斷定）軽軽（輕率、草率、簡單）軽軽（輕輕地、輕易地、毫不費力地）

罪を断ずる（判罪）断ずる 談ずる 弾ずる

或る行為を違法と断ずる（把某行為判為違法）或る 在る 有る

断じて〔副〕（下接否定語）決（不）（＝決して）、絕對，一定，堅決（＝屹度、必ず）

断じて行かぬ（決不去）

私は断じて署名しない（我決不簽名）

断じてそんな事は為ない（我決不做那樣事）

断じて勝つ（一定勝）

僕は断じて遣り通せる（我絕對能做到底）

断じて行えば、鬼神も之を避く（斷而敢行鬼神避之－史記李斯傳）

断案〔名〕判斷，斷定。〔邏〕結論

委員会は此の問題に対して最後の断案を下した（委員會對這個問題做出了最後的裁決）

断案に到達する（得出結論）

断雲〔名〕斷雲、片雲、飛雲（＝千切れ雲）

断雲の間から日が差して来た（從斷雲縫裡射出陽光）

断音〔名〕（聲音的）中斷、〔樂〕斷奏

断音装置（鋼琴的制音器）

断音符（斷音符）

断崖〔名〕斷崖、懸崖

断崖上の灯台（斷崖上的燈塔）

断崖を攀じ登る（攀登懸崖）

断崖から墜落する（從懸崖上墜落下來）

断簡〔名〕斷簡殘篇

断簡零墨（斷簡殘篇）

断岸〔名〕峭立危險的河岸

断橋〔名〕斷橋

断金〔名〕親密的友情（出自〝易經〞－二人同心、其利斷金）

断金の交わり（緊密堅固的友情）

断金の契（斷金之契）

断言〔名、他サ〕斷言、斷定、肯定

其は事実だと僕は断言する（我肯定那是事實）

必ず成功するとは断言出来ない（不敢斷言一定會成功）

断弦、断絃〔名〕斷弦、音樂中斷、妻子逝世

断乎、断固〔副、形動タルト〕斷然、毅然、決然、堅決

断固たる決心（堅強的決心）

断固たる措置を取る（採取堅決的措施）

断固たる処置に出る（採取斷然的措施）

断固反対する（堅決反對）

断固と為て要求を拒絶する（斷然拒絕要求）

断断乎、断断固〔形動タルト〕（斷乎、斷固的強調說法）斷然、決然、堅決

断断乎して戦う（堅決戰鬥）

夫人は断断乎と為て肯わなかった（夫人堅決地沒有答應）首肯 肯く 肯う

断口〔名〕斷口，碴口。〔礦〕斷口，斷面，裂縫（＝断面）

断交〔名、自サ〕斷交、絕交、斷絕國交
　両国は断交した（兩國斷絕邦交了）
　両国は今断交状態に在る（兩國目前處於斷絕邦交的狀態）

断行〔名、他サ〕斷然實行、堅決實行
　値下げを断行する（堅決實行降價）

断郊〔名〕越野、穿過郊外
　断郊競走（〔體〕越野賽跑）

断獄〔名〕（經審判）斷罪，定罪，處斬，斬刑（＝打首）

断魂〔名〕比喻很傷心

断裁、断截〔名、他サ〕裁切
　断裁機（裁紙機）
　売れない本を断裁する（把銷不出去的書切毀）

断截、断切〔名、他サ〕切斷
　生地を断截する（剪斷布料）
　断截面（裁斷面、切斷面）

断ち切る、裁ち切る〔他五〕切斷、裁斷、割斷、斷絕、遮斷
　電線を断ち切る（切斷電線）
　紙を二つに断ち切る（把紙裁成兩半）
　連絡を断ち切る（斷絕聯繫）
　二人の関係を断ち切る（斷絕二人的關係）
　敵の退路を断ち切る（截斷敵人的退路）
　補給路を断ち切る（截斷補給路）

断罪〔名、自サ〕斷罪，定罪，判罪、〔古〕斬首
　彼は反逆の廉で断罪された（他以叛逆案被判罪）

断食〔名、自サ〕斷食、絕食
　七日間の断食を行う（進行七天的絕食）
　七日七日
　断食ストを遣る（舉行絕食罷工）
　修行の為断食する（為修行而斷食）

断食療法（斷食療法）

断酒〔名、自サ〕戒酒、忌酒、禁酒（＝禁酒）

断種〔名、自サ〕斷種、絕育
　断種手術を行う（實行絕育手術）

断叙法〔名〕〔修辭〕斷敘法（指省略表示關係的詞、使語言更有力，具有想像餘地的敘述法）

断章〔名〕文章的片段、斷章取義

断水〔名、自他サ〕（因工程或水源不足而）斷水、停水
　全市に亙る断水（全市停水）
　明日都内の一部で断水が行われる（明天城內一部分實行斷水）
　断水区域（斷水區域）

断絶〔名、自他サ〕斷絕、絕滅
　国交を断絶する（斷絕邦交）
　交通を断絶する（斷絕交通）
　一家断絶した（一家都死光了）

断線〔名、自サ〕斷線
　雪の為諸所で電線が断線した（由於下大雪有些地方電線斷了）
　断線率（〔電燈泡等的〕斷線率、燒壞率）

断然〔副、形動タルト〕斷然，斷乎，顯然，確實，絕對，毅然，堅決、（下接否定語）決（不）
　断然拒絶する（斷然拒絕）
　断然傑出している（絕對優越）
　私より彼の方が断然上手だ（他比我顯然高明）
　彼の方が断然優勢だ（他顯然占優勢）
　断然煙草を止める（毅然戒菸）
　断然辞職する（堅決辭職）
　そんな事は断然しない（決不做那樣事）

断層〔名〕斷層、〔喻〕（意見、想法等的）差異，分歧
　断層を起こす（產生斷層）
　衝上断層（上衝斷層、逆掩斷層）
　走向断層（走向斷層）

水平断層（水平斷層）
断層地震（斷層地震）
断層面（斷層面）
断層盆地（斷層盆地）
世代の断層（世代的隔閡、不同年代之間的隔閡）
断層写真（斷層X射線照片）

断想〔名〕片斷的想法、不連續的思維

断続〔名、自サ〕斷續、間斷、間歇
断続的に降る雨（時落時停的雨）
砲声が断続して聞こえる（斷續地聽見砲聲）
断続的に仕事を為る（斷斷續續地工作）
断続器（〔電〕斷續器、接觸斷路器、中斷電流器）

断腸〔名〕斷腸、萬分悲慟
断腸の思いが為る（感到萬分悲慟）

断腸花〔名〕〔植〕秋海棠（＝秋海棠）

断定〔名、他サ〕斷定、判定、判斷
断定を下す（下斷定）
精神が錯乱していた者と断定せざるを得ない（不得不斷定為神經錯亂者）
俄に断定は出来ない（不能馬上斷定）

断頭〔名〕斷頭、斬首
断頭の刑（斬刑）
断頭台（斷頭台）
断頭台に上がる（上斷頭台）

断熱〔名〕〔理〕絕熱
断熱線（絕熱線）
断熱変化（絕熱變化）
断熱量計（絕熱量熱器）
断熱材（絕熱材料）
断熱減率（絕熱陡度）
断熱消磁（絕熱去磁）
断熱不変量（絕熱不變量）
断熱膨張（絕熱膨脹）

断熱煉瓦（絕熱磚、隔熱磚）

断念〔名、他サ〕斷念、死心、絕念、放棄
彼の計画は未だ断念しない（還不放棄那項計畫）
見込の無い事は早く断念し為さい（沒指望的事趕快死了心吧！）
洋行を断念する（放棄出國的計畫）

断髪〔名、自サ〕剪髪、（婦女髮型之一）短髮
断髪娘（剪短髮的女孩）
断髪に為ている（剪著短髮）

断碑〔名〕斷碑
宇治橋断碑（宇治橋斷碑）

断尾術〔名〕（馬羊等）剪短尾巴的手術

断片〔名〕片斷、部分
会話の断片（會話的片斷）
生活の断片（生活的片斷）
断片的（片斷的、部分的、不完全的）

断篇、断編〔名〕（文章的）片段

断末魔、断末摩〔名〕臨終、臨死前的痛苦
断末魔の叫ぶ（臨死的痛苦喊叫）
断末魔の苦しみ（臨終的痛苦）
断末魔に迫る（臨終）

断脈〔名〕〔礦〕交互層斷錯

断滅〔名、自他サ〕滅絕、絕滅

断面〔名〕斷面、截面、剖面
直立断面（垂直斷面）
横断面（横斷面）
水平断面（水平斷面）
幹の断面（樹幹的斷面）
家庭生活の一断面（家庭生活的一個剖面）
断面図（斷面圖、截面圖、剖面圖）

断面積法則〔名〕〔數〕面積律

断流〔名〕〔電〕斷流、斷路
断流検波器（斷路器、斷續器）
断流器（斷流器、中斷電流器）

断路〔名〕〔電〕斷路、斷線、斷開、切斷
　　断路スイッチ（斷路開關）

断る、断わる〔他五〕預先通知，事前請示，事先說好，謝絕，拒絕，禁止，道歉，賠不是，辯白，解釋，解雇，辭退
　　前以て断って置く（預先通知一下）
　　断らずに入って来る（未經請示就進來）
　　誰に断ってそんな事を為たのか（你那麼做事前向誰請示了？）
　　一応事前に断って下さい（請事先說一聲）
　　きっぱり断るせ（斷然拒絕）
　　入場を断る（謝絕入場）
　　注文を断る（謝絕定貨）
　　出席を断る（拒絕出席）
　　援助の申し出を断る（謝絕援助的要求）
　　婦人の頼みは断り兼ねる（婦女的託付不好拒絕）
　　如何しても断り切れない（怎麼也拒絕不了）
　　言い難くても、良く断るが良い（雖然不好開口還是好好道歉才對）
　　事情を説明して失敗した事を断った（說明情況對於沒作到表示了歉意）
　　主人に断った（被雇主解雇了）

断り、断わり〔名〕預告，預先通知，事先打招呼、謝絕，拒絕，推辭，禁止，道歉，賠禮
　　休業の御断り（停止營業的預告）
　　断り無く訪問する（事先沒打招呼就去訪問）
　　予め御断りして置きます（事先通知一下）
　　一言の断りも無く立ち去る（不辭而別、事先也不打招呼就走了）一言一言一言
　　断り無しに人の部屋に入っては行けない（不要事先不打招呼就進入人家的家裡）
　　断りが為てなかったので問題が起こった（因為事先沒打招呼出了問題）
　　断りの手紙（拒絕的信）
　　断りを食らう（遭到拒絕）

　　御気の毒ですが、御断りし無ければ為りません（很抱歉我不能答應您的要求）
　　入場御断り（禁止入場）
　　室内喫煙御断り（室內禁止吸菸）
　　外来者入場御断り（非本單位職工謝絕入場）
　　断り状（道歉的信）
　　君に御断りし無ければ為らない事が有る（有件事我得向你道歉）
　　今頃断りを言って何に為るのだ（現在道歉有什麼用處）

御断り〔名、他サ〕（断り的鄭重說法）謝絕、道歉、預先通知
　　入場御断り（〔牌示〕謝絕入場、閒人免進）
　　室内喫煙御断り（〔牌示〕室內請勿吸煙）
　　小便御断り（〔牌示〕〔此處〕禁止小便）
　　押し売りは御断りを為る（〔牌示〕謝絕叩門賣貨）
　　君に御断りし無ければ為らない事が有る（我有一件事應該向你道歉）
　　前日に御断り下さい（請在前一天給個通知）
　　前以て御断りが無ければ出来ません（事前沒有個通知可做不到）

断つ、截つ、絶つ〔他五〕截、切、斷（＝截る、切る、伐る、斬る）
　　布を截つ（把布切斷）
　　二つに截つ（切成兩段）
　　大根を縦二つに断ち切る（把蘿蔔豎著切成兩半）
　　紙の縁を截つ（切齊紙邊）
　　同じ大きさに截つ（切成一樣大小）

截つ〔他五〕裁剪
　　用紙を裁つ（裁剪格式紙）
　　着物を裁つ（裁剪衣服）
　　上着を寸法に合わせて裁つ（按尺寸裁剪衣服）

建つ、立つ〔自五〕建、蓋

此の辺りは家が沢山立った（這一帶蓋了許多房子）

家の前に十階のビルが立った（我家門前蓋起了十層的大樓）

公園に銅像が立った（公園裡豎起了銅像）

立つ〔自五〕站、立、冒、升、離開、出發、奮起、飛走、顯露、傳出、（水）熱、開、起（風浪等）、關、成立、維持、站得住腳、保持、保住、位於、處於、充當、開始、激動、激昂、明確、分明、有用、堪用、嘹亮、響亮、得商數、來臨、季節到來

二本足で立つ（用兩條腿站立）立つ 経つ 建つ 絶つ 発つ 断つ 裁つ 起つ 截つ

立って演説する（站著演説）

其処に黒いストッキングの女が立っている（在那兒站著一個穿長襪的女人）

居ても立っても居られない（坐立不安）

背が立つ（直立水深沒脖子）

煙が立つ（冒煙）煙 煙

埃が立つ（起灰塵）

湯気が立つ（冒熱氣）

日本を立つ（離開日本）

怒って席を立って行った（一怒之下退席了）

旅に立つ（出去旅行）

米国へ立つ（去美國）

田中さんは九時の汽車で北海道へ立った（田中搭九點的火車去北海道了）

祖国の為に立つ（為祖國而奮起）

今こそ労働者の立つ可き時だ（現在正是工人行動起來的時候）

鳥が立つ（鳥飛走）

足に棘が立った（腳上扎了刺）

喉に骨が立った（嗓子裡卡了骨頭）

矢が彼の肩に立った（他的肩上中了箭）

虹が立つ（出現彩虹）

噂が立つ（傳出風聲）

人の目に立たない様な所で会っている（在不顯眼的地方見面）

風呂が立つ（洗澡水燒熱了）

今日は風呂が立つ日です（今天是燒洗澡水的日子）

波が立つ（起浪）

外には風が立って来たらしい（外面好像起風了）

戸が立たない（門關不上）

彼処の家は一日中が立っている（那裡的房子整天關著門）

理屈が立たない（不成理由）

計画が立った（訂好了計劃）

彼の人の言う事は筋道が立っていない（那個人說的沒有道理）

三十に為て立つ（三十而立）

世に立つ（自立、獨立生活）

暮らしが立たない（維持不了生活）

身が立つ（站得住腳）

もう彼の店は立って行くまい（那家店已維持不下去了）

顔が立つ（保住面子）

面目が立つ（保住面子）

義理が立つ（盡了情分）

男が立たない（丟臉、丟面子）

人の上に立つ（居人之上）

苦境に立つ（處於苦境）

優位に立つ（占優勢）

守勢に立つ（處於守勢）

候補者に立つ（當候選人、參加競選）

証人に立つ（充當證人）

案内に立つ（做嚮導）

市が立つ日（有集市的日子）

隣の村に馬市が立った（鄰村有馬市了）

会社が立つ（設立公司）

気が立つ（心情激昂）

腹が立つ（生氣）

値が立つ（價格明確）

証拠が立つ（證據分明）

役に立つ（有用、中用）

田中さんは筆が立つ（田中擅長寫文章）

歯が立たない（咬不動、〔轉〕敵不過）

声が立つ（聲音嘹亮）

良く立つ声だ（嘹亮的聲音）

驚いて声も立たぬ（嚇得連聲音都發不出）

九を三で割れば三が立つ（以三除九得三）

春立つ日（到了春天）

角が立つ（角を立てる）（不圓滑、讓人生氣、說話有稜角）

立つ瀬が無い（沒有立場、處境困難）

立っている者は親でも使え（有急事的時候誰都可以使喚）

立つ鳥跡を濁さず（旅客臨行應將房屋打掃乾淨、〔轉〕君子絕交不出惡言）

立つより返事（〔被使喚時〕人未到聲得先到）

立てば歩めの親心（能站了又盼著會走-喻父母期待子女成人心切）

立てば芍薬、座れば牡丹、歩く姿は百合の花（立若芍藥坐若牡丹行若百合之美姿-喻美女貌）

立つ、経つ〔自五〕經過

時の立つのを忘れる（忘了時間之經過）

余りの楽しさに時の立つのを忘れた（快樂得連時間也忘記了）

日が段段立つ（日子漸漸過去）

一時間立ってから又御出で（過一個鐘頭再來吧！）又叉復亦股

月日の立つのは早い物だ（隨著日子的推移）早い速い

時間が立つに連れて記憶も薄れた（隨著時間的消逝記憶也淡薄了）連れる攣れる釣れる吊れる

彼は死んでから三年立った（他死了已經有三年了）

断ち切る、裁ち切る〔他五〕切斷、裁斷、割斷、斷絕、遮斷

電線を断ち切る（切斷電線）

紙を二つに断ち切る（把紙裁成兩半）

連絡を断ち切る（斷絕聯繫）

二人の関係を断ち切る（斷絕二人的關係）

敵の退路を断ち切る（截斷敵人的退路）

補給路を断ち切る（截斷補給路）

断ち物、断物〔名〕（向神佛許願）禁忌食用（的鹽或茶等）、忌口

塩は断ち物だから食べられない（鹽是忌吃的所以不能吃）

明神様に断ち物を為て子供の病気が治る様に御願いする（向神明許願忌口祝願孩子病癒）

断ち割る〔他五〕劈開、切開、割開（=切り裂く）

薪を断ち割る（劈開劈柴）薪薪

魚の背を断ち割る（把魚從背脊劈成兩片）

鍛（ㄉㄨㄢˋ）

鍛〔漢造〕鍛鍊、鍛造

鍛金〔名〕冶煉金屬

鍛工〔名〕鍛冶，鍛造、鍛冶工人（=鍛冶）

鍛工場（鍛造車間）

鍛工機（鍛機）

鍛鋼〔名〕〔冶〕鍛鋼

鍛接〔名〕鍛接、鍛焊

鍛造〔名、他サ〕鍛造

鍛造機（鍛造機、鍛壓機）

鍛鉄〔名〕鍛鐵，熟鐵、煉鐵

鍛冶〔名、他サ〕冶煉、鍛製

鉄を鍛冶する（鍛鐵）

鍛冶〔名〕鍛冶，打鐵、鐵匠

鍛冶工（〔機〕鍛工）

鍛冶場（鐵匠爐、鍛工車間）

鍛冶屋(かじや)（鐵匠、鐵匠爐）

鍛錬、鍛鍊(たんれん)〔名、他サ〕鍛鍊
　身体を鍛錬(しんたい たんれん)して艱苦(かんく)に耐(た)えさせる（鍛鍊身體使之能耐艱苦）身体身體(しんたいからだ)
　心身(しんしん)を鍛錬(たんれん)する（鍛鍊身心）

鍛(きた)える〔他下一〕鍛鍊、錘鍊
　鉄(てつ)を鍛(きた)える（鍛鐵、打鐵）
　刀剣(とうけん)を鍛(きた)える（鍛造刀劍）
　体(からだ)を鍛(きた)える（鍛鍊身體）
　腕(うで)を鍛(きた)える（鍛鍊本領）
　革命(かくめい)の意志(いし)を鍛(きた)える（鍛鍊革命意志）
　砲火(ほうか)の中(なか)で鍛(きた)えられる（在戰火中受到鍛鍊）
　鍛(きた)えに鍛(きた)える（千錘百鍊）
　長(なが)い間(あいだ)鍛(きた)え抜(ぬ)かれた民主党員(みんしゅとういん)（久經鍛鍊的民主黨員）

鍛(きた)え〔名〕鍛鍊、錘鍊
　鍛(きた)え方(かた)が足(た)りない（鍛鍊得不夠）

鍛(きた)え上(あ)げる〔他下一〕煉成、鍛鍊好
　刀(かたな)を鍛(きた)え上(あ)げる（把刀鍛好）
　体(からだ)を鍛(きた)え上(あ)げる（鍛鍊好身體）
　困難(こんなん)の中(なか)で鍛(きた)え上(あ)げる（在困難中磨練出來）
　鍛(きた)え上(あ)げた軍人(ぐんじん)（鍛鍊出來的軍人）
　鍛(きた)え上(あ)げた腕(うで)（熟練的本領）

蹲(そん)（ㄉㄨㄣ）

蹲(そん)〔漢造〕彎曲著腿站著

蹲踞(そんきょ)、蹲居(そんきょ)〔名、自サ〕蹲、〔相撲〕蹲踞（上體往下蹲，腳尖著地的一種力士賽前對峙的姿勢）
　蹲踞(そんきょ)の姿勢(しせい)（蹲著的姿勢）

蹲(つくば)う〔自五〕蹲（＝蹲(うずくま)る、しゃがむ）
　上役(うわやく)の前(まえ)で這(は)い蹲(つくば)う（在上司面前卑躬屈節）

蹲(つくばい)、蹲踞(つくばい)〔名〕蹲、（設在檐下或庭園中的）石製洗手盆（因須蹲下洗手故名）
　蹲(つくばい)の水(みず)を取(と)り換(か)える（換洗手盆的水）

蹲(うずくま)る、踞(うずくま)る〔自五〕蹲、踞、蹲坐、蹲伏
　物蔭(ものかげ)に蹲(うずくま)る（蹲藏在遮掩的地方）
　縁(えん)の下(した)に犬(いぬ)が蹲(うずくま)る（狗蹲伏在廊下）
　腹(はら)が痛(いた)むので道端(みちばた)に蹲(うずくま)る（因肚子痛而蹲在路旁）

盾(じゅん)（ㄉㄨㄣˋ）

盾(じゅん)〔漢造〕盾
　矛盾(むじゅん)（矛盾）
　互(たが)いに矛盾(むじゅん)する（相互矛盾）
　前後矛盾(ぜんごむじゅん)する（前後矛盾）

盾(たて)、楯(たて)〔名〕盾，擋箭牌。〔轉〕後盾
　盾(たて)で矢(や)を防(ふせ)ぐ（以盾擋箭）盾楯縱豎殺陣館(たてたてたてたてたて　たてたて)
　権力(けんりょく)を盾(たて)に取(と)る（以權力為後盾）
　御金(おかね)の力(ちから)を盾(たて)に取(と)って自分勝手(じぶんかって)な事(こと)を為(す)る（依仗金錢的力量為所欲為）
　人質(ひとじち)を盾(たて)に為(し)て逃亡(とうぼう)した（以人質為掩護逃跑了）
　証文(しょうもん)を盾(たて)を取(と)って脅迫(きょうはく)する（以契約為憑威脅人）
　盾(たて)に取(と)る（借口、作擋箭牌）
　盾(たて)に突(つ)く（借口、作擋箭牌）
　盾(たて)の半面(はんめん)（片面、事情的一面）
　盾(たて)の両面(りょうめん)を見(み)よう（要全面地看問題）
　物事(ものごと)は盾(たて)の両面(りょうめん)を見無(みな)ければ行(い)けない（凡事要看其正反兩面）
　盾(たて)を突(つ)く（反抗）

縦(たて)、豎(たて)〔名〕縱，豎、長、經線，經紗（＝縦糸(たていと)）←→横(よこ)
　縦(たて)に書(か)く（豎著寫）書(か)く欠(か)く描(か)く搔(か)く
　縦(たて)に線(せん)を引(ひ)く（豎著畫線）引(ひ)く曳(ひ)く惹(ひ)く挽(ひ)く轢(ひ)く牽(ひ)く退(ひ)く弾(ひ)く
　首(くび)を縦(たて)に振(ふ)る（同意、贊成）振(ふ)る降(ふ)る
　横(よこ)の物(もの)を縦(たて)にも為(し)ない（橫倒的東西都不肯扶起來，〔喻〕懶惰）
　縦(たて)から見(み)ても横(よこ)から見(み)ても（無論從哪方面看）
　縦(たてじゅう)十センチ(centimeter)（長十公分）
　其(そ)の部屋(へや)は縦(たて)六メートル(meter)、横(よこ)五メートル(meter)（那間屋子長六米寬五米）

盾形〔名〕〔植〕盾狀

盾狀火山〔名〕〔地〕盾形火山

楯突く〔自五〕反抗、對抗、頂嘴
　親の楯突くのは良くない（和父母頂嘴不好）
　上役に楯突いて解雇された（因反抗上司被解雇）

遁（ㄉㄨㄣˋ）

遁〔漢造〕逃遁
　隱遁（隱遁、遁世）

遁竄、遯竄〔名、自サ〕逃竄

遁辞〔名〕遁辭、逃避之詞（＝逃げ口上）
　遁辞を設けて逃げる（借詞逃避）設ける儲ける
　責任回避の遁辞を弄する（玩弄迴避責任的遁詞）弄する労する聾する
　遁辞に窮する（無詞可借）給する窮する休する

遁術〔名〕隱身術、遁甲之術（＝忍術）

遁世、遯世〔名、自サ〕出家、隱居

遁走〔名、自サ〕逃走、（臨陣）脫逃
　敵は一戦をも交えないで遁走した（敵人一仗沒打就逃跑了）

遁走曲〔名〕〔樂〕賦格曲（＝フーガ）

遁俗〔名、自サ〕逃避世俗遁入佛門

遁入〔名、自サ〕遁入、鑽進

遁避〔名、自サ〕逃避、回避、遁世
　遁避生活（遁世生活）

逃げる、迯げる〔自下一〕逃走，逃跑，逃脫，逃遁（＝逃れる）、逃避，躲避，迴避，避免（責任等）、（比賽中）甩開追上來的對手而取勝
　這這の体で逃げる（狼狽不堪地逃跑）
　命辛辛逃げる（勉勉強強逃出命、僅以身免）
　一目散に逃げる（一溜煙似地逃走）
　逃げるより他に仕方が無い（只有逃走別無辦法）
　敵は蜘蛛の子を散らす様に逃げた（敵人四散奔逃）

　小鳥が逃げた（小鳥跑了）
　虎が逃げた（老虎跑了）
　刑務所から逃げる（越獄逃走）
　嫌な仕事を逃げる（避開討厭的工作）
　責任の有る地位を逃げる（避開負責任的地位）
　其の話を持ち出すと彼は逃げて終う（一提到那件事他就把話叉開）
　巧く理由を付けて其の場を逃げる（巧妙地找個理由敷過去）
　逃げた魚は大きい（沒釣上來的魚往往認為是大魚、眼看到手而失掉的東西往往認為是最好的而感到可惜）
　逃げるが勝つ（三十六計走為上策）

逃れる、遁れる〔自下一〕逃跑，逃出，逃脫，逃遁（＝逃げる），逃避，規避，躲避，避免，擺脫（＝免れる）
　浮世を逃れる（隱遁）
　危い所を逃れる（從危難中逃出來）
　虎口を逃れる（逃出虎口）
　死を逃れる（死裡逃生）
　罰を逃れる（逃脫懲罰）
　法の網を逃れる（逃出法網）
　身を以て逃れる（空身逃出、僅以身免）
　敵の包囲から逃れる（從敵人包圍中逃出來）
　逃れる道を見出す（找到逃脫的路）
　彼は逃れられない運命と諦めた（他以為逃脫不了而任命了）
　責任を逃れる（逃避責任）
　徴兵を逃れる（逃避徵兵）
　禍を逃れる（擺脫災禍）
　約束を逃れ様と為る（想要爽約）

噸（ㄉㄨㄣˋ）

噸、屯、瓲、トン〔名〕（公制重量單位）噸（符號為t、合一千公斤）、（容積單位）噸（貨物 40 立方英呎、石料為 16 立方英呎、煤為 49 蒲式耳）、（船的排水量）噸

一万噸の船（排水量一萬噸的船）

彼のタンカーは何万噸積みですか（那艘油輪能裝幾萬噸？）

噸数、トン数〔名〕噸數、（軍艦的）排水噸數、（車或商船的）裝載噸數

発送トン数（發貨噸數）

頓（ㄉㄨㄣˋ）

頓〔漢造〕頓時，突然、頓挫，挫折、一次、收拾

停頓（停頓）

整頓（整頓、整理、收拾）

頓首再拝（頓首再拜）

頓に、頓に〔副〕頓然、忽然、突然、陡然（＝俄に、急に）

人口が頓に増加した（人口陡然增加）

公害問題が最近頓に議論される（最近忽然議論起公害問題來了）

最近、頓に記憶力が衰えて来た（近來記憶力忽然衰退了）

頓狂〔形動〕突然狂叫、突然做出發狂似的動作

頓狂な声を出す（突然發出瘋狂的叫聲）

彼の頓狂な振舞を見て御覧（請看他那種瘋瘋癲癲的舉止）

頓教〔名〕〔佛〕提倡頓悟的教派←→漸教

頓悟〔名、自サ〕〔佛〕頓悟、突然悟道←→漸悟

頓挫〔名、自サ〕頓挫、挫折、停頓

物価の暴落で事業は頓挫した（由於物價暴跌事業陷於停頓）

計画に一頓挫を来たした（計劃受到一下挫折）

抑揚頓挫（抑揚頓挫）

頓才〔名〕機智、機靈、隨機應變的才能

頓知頓才（聰明伶俐）

頓才の有る人（能隨機應變的人）

頓死〔名、自サ〕急逝、驟死、暴卒、突然死亡。〔象棋〕將死（即必輸棋）

頓着、頓着〔名、自サ〕介意、在意、放在心上（＝気に掛ける）

詰まらぬ事に頓着しない（對於瑣事不介意）

身形に頓着しない（不修邊幅）

物議等に頓着せずにどんどん遣れ（不要理會甚麼物議只管做下去）

頓首〔名、自サ〕頓首，磕頭、（用於書信）頓首

頓証菩提〔名〕〔佛〕頓證菩提（由於某種機緣突然悟道成佛-祈禱亡人冥福的用語）

頓知、頓智〔名〕機智、機靈

頓智の利く人（機靈人）

頓智を利かして逃げる（一機靈逃之夭夭）

頓智に富んだ話（富於機智的談話）

咄嗟の頓智で彼の怒りを解いた（靈機一動使他消了氣）

頓痴気〔名〕〔俗、罵〕蠢貨、傻瓜、笨蛋（＝間抜け）

此の頓痴気奴（你這個笨蛋）

私って何て頓痴気なんだろう（我該多麼傻呀！）

頓珍漢〔名、形動〕〔俗〕前後不符，前後矛盾、自相矛盾，前言不搭後語、傻事，笨事

頓珍漢な事許り言う（淨說些前後矛盾的話）

頓珍漢な答えを為る（所答非所問）

話がどうも頓珍漢だ（所說的話有點前後矛盾）

彼の言う事は丸で頓珍漢だ（他說的簡直前言不搭後語）

御互いに頓珍漢な事許り遣り合っている（兩個人做的全是南轅北轍）

頓珍漢な事許りする（淨做傻事）

頓病〔名〕急病

頓服〔名、他サ〕〔醫〕一次服下（的藥劑）

頓服薬（頓服劑-如解熱、安眠或通便藥）

鎮静剤を頓服する（一次服下鎮靜劑）

頓馬〔名、形動〕愚傻、癡呆（＝間抜け、鈍間）

頓馬な男（傻子）

頓馬許り遣って叱られる（淨做傻事挨申斥）

頓〔名〕急

頓の事（急事）頓富

頓、一向〔副〕只顧、一心一意（＝只管、一向、一途に）

頓、直物〔副〕〔古〕只顧、一味、一個勁地（＝只管、一向）

鈍（ㄉㄨㄣˋ）

鈍〔名、形動〕鈍、遲鈍、愚鈍

〔漢造〕鈍、愚鈍、鈍角、不鮮艷

　鈍な奴（頭腦遲鈍的家伙）

　頭が鈍に為る（腦筋遲鈍）

　此の鉈は鈍に為った（這把柴刀鈍了）

　利鈍（利鈍、智愚）

　愚鈍（愚蠢、遲鈍、愚魯）

　魯鈍（愚笨、遲鈍）

鈍ずる〔自サ〕變鈍、變愚蠢

　貧すれば鈍ずる（貧則鈍）

鈍付く〔名、形動〕〔俗〕頭腦遲鈍（的人）、粗布棉襖（＝鈍付く布子）

鈍化〔名、自サ〕鈍化，變遲鈍、停滯

　才能が鈍化する（才能變得遲鈍）

　相場が鈍化する（行情停滯）

鈍角〔名〕〔數〕鈍角←→銳角

　道路が鈍角を為して曲っている（道路彎成鈍角）

　鈍角三角形（鈍角三角形）

鈍感〔名、形動〕頓感、感覺遲鈍←→敏感

　鈍感な人（感覺遲鈍的人）

　悪口にも慣れて鈍感に為った（罵也挨慣了變得麻木不仁了）

鈍器〔名〕鈍刀，不快的刀←→利器、無刃凶器（指棍棒等）

　死体に鈍感で殴って跡が有る（屍體上有被棍棒毆打的痕跡）

鈍鋸歯狀〔名〕〔動、植〕鈍鋸齒狀

鈍甲〔名〕〔動〕河鱸、蕩魚、土附魚

鈍行〔名〕〔俗〕慢車、普通列車←→急行

　鈍行で行く（坐慢車去）

鈍根〔名、形動〕秉性遲鈍、先天愚笨←→利根

　鈍根な人（秉性遲鈍的人）

　鈍根に生まれ付いていう（天生愚笨）

鈍才〔名〕蠢才、笨貨←→英才、秀才

鈍重〔名、形動〕笨重、遲鈍，不機靈，反應慢

　鈍重な軍靴（笨重的軍鞋）

　鈍重な男（反映慢的人）

　鈍重な感じの人（看起來不機靈的人）

鈍調〔名〕〔商〕呆滯、不活躍

　鈍調市況（蕭條的市面）

鈍痛〔名〕悶隱、隱隱作痛←→激痛

　鈍痛を覚える（覺得隱隱作痛）

　鈍痛が為る（隱隱作痛）

鈍刀〔名〕鈍刀←→利刀

鈍頭〔名〕鈍頭（葉或花瓣等呈圓形的一頭）←→銳頭

鈍物〔名〕蠢貨、笨蛋←→才物

鈍磨〔名、自サ〕磨鈍

鈍麻〔名、自サ〕〔醫〕感覺麻木

鈍くも〔副〕〔舊〕竟然愚蠢地、竟然糊塗地（＝愚かにも）

鈍る〔自五〕變鈍，不快。〔轉〕變遲鈍，變笨拙、消沉

　小刀が鈍る（小刀鈍了）鈍る訛る

　運動しないと体が鈍る（一不運動身體就會不靈便）

　腕が鈍る（本事不濟事、本事生疏）

鈍ら〔名、形動〕鈍，不鋒利、懶惰、懶漢、不爭氣，腦筋笨、笨蛋，膽小鬼

　此の刀は鈍らだ（這刀不快）

　刃が鈍らに為る（刀刃鈍了）

　こんな鈍らでは何も切れない（這麼鈍的刀什麼也切不動）

　鈍らでは一生梲が上がらない（終日悠悠蕩蕩一輩子也沒出息）

　彼は全く鈍らで始末の負えない（他完全是個笨蛋簡直沒辦法）

　鈍ら武士（怕死的武士）

ㄉ

鈍し炉〔名〕〔冶〕退火爐

鈍る〔自五〕變鈍，不快、變遲鈍、變弱
　小刀の切れ味が鈍る（小刀不快了）
　年取って頭が鈍る（上了年紀腦子遲鈍）
　決心が鈍る（決心發生動搖）
　視覚が鈍る（視覺減弱）

鈍らせる〔他下一〕弄鈍，使遲鈍、削弱，減弱，減退
　刀を鈍らせる（把刀弄鈍）
　決心を鈍らせる（動搖決心）
　興味を鈍らせる（掃興）
　努力を鈍らせる（洩勁）
　論鋒を鈍らせる（挫其談鋒）

鈍い〔形〕鈍的、遲鈍的、遲緩的，緩慢的、（光等）暗淡的，不強烈的、（聲音）不清晰，不響亮
　小刀が鈍くて切れない（小刀不快切不動）
　感覚が鈍い（感覺遲鈍）
　神経が鈍い（神經遲鈍）
　頭が動きが鈍い（腦子不靈活）
　動作が鈍い（動作緩慢）
　鈍い光（暗淡的光）
　鈍い鉛色の空（暗灰色的天空）

鈍色、鈍色〔名〕（舊時喪服用的）深灰色、淺墨色

鈍い〔形〕緩慢的、遲鈍的、愚蠢的、對女人軟弱、唯命是從
　鈍い汽車（慢吞吞的火車）
　足が鈍（走路慢）
　仕事が鈍い（工作慢）
　決断が鈍い（遲疑不決、優柔寡斷）
　電車等が今朝は大変鈍い（電車等今天早晨特別慢）
　頭の働きが鈍い（頭腦遲鈍）
　頭の回りが鈍い（腦筋轉得慢）
　物覚えが鈍い（記憶力差）
　万事に鈍い人（對任何事都不敏感的人）
　細君に鈍い夫（聽妻子擺布的丈夫）

鈍臭い〔形〕緩慢的、遲鈍的、令人著急的
　御前の仕事は本当に鈍臭いね（你辦事真滿慢）
　此の襤褸自動車は鈍臭い（這個破汽車真慢）

鈍臭〔副、自サ〕〔俗〕緩慢、遲鈍（＝鈍鈍）
　鈍臭と為ていないで、さっさと遣り為さい（別那麼慢騰騰的趕快做）

鈍鈍〔副、自サ〕遲緩地、慢吞吞地
　鈍鈍した動作（遲緩的動作）
　鈍鈍と進む（緩慢地前進）
　鈍鈍と歩く（慢吞吞地走）
　鈍鈍喋る（慢吞吞地講）
　交通が混雑していたので鈍鈍運転を為無ければ為らなかった（由於交通混亂不得不慢吞吞開車）

鈍間〔名、形動〕動作緩慢（的人）、笨蛋，腦筋遲鈍的人、黑青臉的喜劇魁儡（＝鈍間人形 野呂松人形）
　彼は鈍間だ（他是個慢性子）
　鈍間な（の）男（慢性子的人）
　彼の男は何を為るにも鈍間だ（那個人做甚麼都慢吞吞的）
　此の鈍間野郎奴（你這個笨蛋！）
　あんな子供に嬲られるとは君も余程鈍間だ（受那樣孩子的欺負說明你也真夠上各大笨蛋了）

鈍間猿〔名〕〔動〕懶猴

鈍間人形、野呂松人形〔名〕黑青臉的喜劇魁儡（木偶戲裡的一種木偶）（＝鈍間）

冬（ㄉㄨㄥˊ）

冬〔漢造〕冬、冬季、冬天
　初冬（初冬、孟冬＝初冬）
　旧冬（去年冬季）
　越冬（越冬）

冬営〔名〕冬季扎營。〔轉〕越冬準備

冬営地（冬季營地）

冬瓜、冬瓜〔名〕〔植〕冬瓜

冬芽〔名〕〔植〕冬芽←→夏芽

冬季〔名〕冬季

　冬季を利用して灌漑水路を作る（利用冬季挖灌溉渠）

　冬季オリンピック（冬季奧林匹克運動會）

　冬季休暇（寒假）

冬期〔名〕冬季、冬季期間

　此の湖は冬期には結氷する（這湖冬季結冰）

　冬期講習会（冬季講習班）

冬月〔名〕冬季，冬天、冬夜的月亮

冬至〔名〕冬季←→夏至

　冬至線（冬至線＝回帰線）

　冬至点（冬至點）

冬青〔名〕〔植〕冬青（＝黐の木）

冬扇夏炉〔名〕冬扇夏爐。〔喻〕不合時宜（＝夏炉冬扇）

冬天〔名〕冬天、冬天的天空

冬眠〔名〕冬眠。〔轉〕停頓←→夏眠

　蛇や蛙は冬眠する（蛇和蛙冬眠）

　冬眠動物（冬眠動物）

　蛙は土の中で冬眠する（蛙在地裡冬眠）

　春が来て蛇が冬眠から覚める（春天來到蛇由冬眠中甦醒過來）冷める醒める覚める褪める

　事業は目下冬眠状態だ（事業目前正處於停頓狀態）

　冬眠腺（〔動〕冬眠腺）

　冬眠鼠（冬眠鼠）

冬緑油〔名〕〔化〕鹿蹄草油、水楊酸甲酯

冬〔名〕冬季、冬天

　冬を過す（過冬）

　寒い冬（寒冷的冬天）

　冬だと言うのに何と暖かい日でしょう（大冬天卻多麼暖和）

　冬休み（寒假）

冬服（冬裝）

冬立つ（立冬）

冬囲い〔名〕御冬，防凍、防寒稻草，防凍罩，御寒圍蓆

　冬囲いを為る（御冬、防凍）

冬枯れ〔名〕冬季草木枯萎、冬天的淒涼景象。〔商〕冬天的淡季←→夏枯れ

　家の商売は今が冬枯れです（本店的營業現在正是冬天淡季）

　宣伝を盛んに為て冬枯れを防ぐ（大肆宣傳以防冬季蕭條）

冬木〔名〕冬天枯萎的樹、冬樹，常綠樹（＝常盤木）

冬木立ち〔名〕冬天枯萎的小樹叢

冬着〔名〕冬裝、防寒服、冬天穿的衣服←→夏着

冬草〔名〕冬天的枯草←→夏草、越冬的青草

冬毛〔名〕（鳥獸等秋天長出的）絨毛←→夏毛

冬仔、冬子〔名〕冬天生的動物崽←→夏仔

　羊の冬仔と春仔を飼養する（飼養冬羔和春羔）

冬越し〔名、自サ〕越冬、過冬

　其の老人は今年も元気で冬越しした（那位老人今年也很硬朗地過了冬）

冬籠る〔自五〕閉門越冬，呆在家裡過冬、（動物）冬眠，蟄伏

冬籠り〔名、自サ〕閉門越冬，呆在家裡過冬、（動物）冬眠，蟄伏

　冬籠りの支度を為る（作過冬準備）

　北国では冬籠りの支度に忙しい（在北方忙著準備過冬）

　蛇や蛙は冬籠りを為る（蛇蛙等冬眠）

　蛙の冬籠り（青蛙的冬眠）

　熊は洞穴の中で冬籠りする（熊在洞穴冬眠）洞穴洞穴

冬作〔名〕冬季作物、越冬的作物（如冬小麥）（＝冬作物）←→夏作

冬ざれ〔名〕（俳句）冬天的荒涼時節（景象）

冬ざれた〔連体〕冬季荒涼的

冬支度〔名、自サ〕過冬的準備、冬天的服裝、冬季穿的服裝

　冬支度で忙しい（為準備過冬很忙）

冬将軍〔名〕嚴冬的別名
ナポレオンを破ったロシアの冬将軍（使拿破崙吃了敗仗的俄國嚴寒）

冬空〔名〕冬天的天空、好像冬天的天氣，像冬天的樣子←→夏空
此の冬空に冷水浴を為る人が居る（有人在這麼冷的天氣洗冷水澡）

冬鳥〔名〕在南方越冬的候鳥←→夏鳥
冬鳥は、秋に為ると南方に向って飛んで行き、其処で冬を越す（候鳥一到冬天就飛向南方在那裡過冬）

冬場〔名〕（給人以某種影響的）冬季、冬季期間←→夏場
冬場丈の商売（只在冬季做的買賣）

冬日〔名〕冬天的太陽、柔弱的陽光←→夏日
冬日が差す（冬天的陽光照射）

冬服〔名〕冬裝、冬天穿的服裝←→夏服
冬服に着換える（換穿冬天的衣服）

冬胞子〔名〕〔植〕冬孢子

冬蒔き〔名〕〔農〕冬播

冬向き〔名〕適合冬天用（的）
冬向きの布地（冬裝的衣料）

冬物〔名〕冬季用品、冬季衣料、冬裝←→夏物
冬物売り出し（冬季用品上市）
冬物一式（一套冬裝）
冬物のバーゲンセール（冬季大拍賣）

冬休み〔名〕寒假、冬季休假←→夏休み
南方で冬休みを過す（在南方度寒假）
後十日で冬休みに為る（再過十天就放寒假了）

冬山〔名〕冬季荒山、冬季登山、冬季登的山←→夏山
冬山に挑む（征服冬季的山）

冬葱、分葱〔名〕〔植〕冬蔥

東（ㄉㄨㄥ）

東〔漢造〕東、東方、（五行說的）春、東京
江東（〔地〕江東-東京隅田川東岸地區）
極東（遠東）

東亜〔名〕〔地〕東亞（=東アジア）
東亜諸国（東亞各國）

東夷〔名〕（中國古代指東方民族）東夷、（日本指居住日本東方的民族）蝦夷、古代京都貴族對關東、東北武士的稱呼
東夷西戎（東夷西戎）

東夷〔名〕〔古〕（京都人鄙視關東武士的說法）關東佬、關東蠻子

東瀛〔名〕東瀛，東方大海。〔轉〕日本

東縁〔名〕〔天〕東緣

東欧〔名〕東歐←→西欧
東欧人（東歐人）

東下〔名、自サ〕由京城去東部地方（=東下り）

東下り〔名〕去關東地方

東海〔名〕東海，東方的海、（古時中國對日本國的稱呼）東海，東瀛、〔地〕（中國的）東海、東海道（日本古八道之一）（=東海道）
東海小島（東海小島）
東海の君子国（東海日本國）

東海地方〔名〕〔地〕東海地方（從中部日本的南部到三重縣一帶的西太平洋地區）

東海道〔名〕〔地〕東海道（古日本八道之一）、東海街道（江戶時代從京都到東京的沿海道路）、東京神戶間的幹線道路
東海道五十三次（〔史〕江戶日本橋到京都三條大橋之間的五十三個驛站）
東海道本線（東京神戶間的鐵路幹線）
東海道新幹線（東京大阪間的高速鐵路線）

東京〔名〕〔地〕東京
東京都（東京都、東京市）
東京駅（東京車站）
東京裁判（東京遠東國際軍事法庭的審判-1946-48）
東京タワー（東京塔）
東京の隣知らず（東京人不認識鄰居、〔喻〕大城市裡人情淡薄）

東宮、春宮〔名〕皇太子、皇太子的宮殿
東宮妃（皇太子妃）妃后

とうけい【東経】〔名〕〔地〕東經←→西経

とうこう【東郊】〔名〕東方的郊外、春天的野外

とうこうせいてい【東高西低】〔名〕〔氣〕（日本夏季氣壓的）東高西低←→西高東低

とうごく【東国】〔名〕〔地〕東方的國家、舊指三重縣岐阜縣以東的地方、關東（舊指本州的箱根山，足柄山以東的地方）、朝鮮（朝鮮人對中國自稱其本國的說法）

とうざい【東西】〔名〕東和西、東方和西方，東部和西部，東洋和西洋、方向、事理，道理

　にほんはとうざいにながくのびたくにだ　日本は東西に長く延びた国だ（日本是東西延伸的國家）

　とうざいぼうえき　東西貿易（東西方貿易）

　とうざいぶんかのこうりゅう　東西文化の交流（東西方文化的交流）

　ここんとうざいにわたるけんきゅう　古今東西に亘る研究（涉及古今東西的研究）亘る渉る渡る

　とうざいなんぼくからあつめる　東西南北から集める（由東西南北匯集到一起）

　くにのとうざい、よのここんをろんぜず　国の東西、世の古今を論せず（不論古今中外）

　とうざいがわからなくなる　東西が分からなく為る（不辨方向、不辨東西）

　とうざいもしらないこども　東西も知らない子供（不懂事理的孩子）

　とうざいもわきまえないこども　東西も弁えない子供（不懂事理的孩子）

　とうざいとうざい　東西東西（〔表演前等請大家安靜的開頭語〕請各位安靜、請各位注意）

　とうざいをうしなう　東西を失う（迷失方向、不知如何是好）

　とうざいをべんぜず　東西を弁ぜず（不辨東西、不懂事理）

とうざいや【東西屋】〔名〕街頭廣告人（＝広目屋、ちんどん屋）

とうさんどう【東山道】〔名〕〔地〕東山道（古時日本的八道之一 — 從京都經中部山地至青森縣）

とうじょう【東上】〔名、自サ〕由關西向東京東上←→西下

　きんじつちゅうにとうじょうする　近日中に東上する（近幾天到東京去）

とうしん【東進】〔名、自サ〕向東前進

　たいふうはとうしんしつつある　台風は東進しつつ在る（台風正在向東前進）

とうせい【東征】〔名、自サ〕東征

とうせん【東遷】〔名、自サ〕東遷

とうぜん【東漸】〔名、自サ〕逐漸東移←→西漸

　ぶっきょうのとうぜん　仏教の東漸（佛教的東漸）

とうだい【東大】〔名〕東京大學（＝東京大学）

とうたいりく【東大陸】〔名〕〔地〕（包括亞非歐澳的）東半球大陸

とうたん【東端】〔名〕東端←→西端

とうてん【東天】〔名〕東方的天空、黎明的天空

　やがてとうてんはくれないにそめられた　軈て東天は紅に染められた（不久東方的天空變紅了）紅紅

とうてんこう【東天紅】〔名〕報曉雞聲、東方紅（日本高知縣特產的一種雞，啼聲長而優美）

　にわとりはとうてんこうをつげる　鶏は東天紅を告げる（雄雞報曉）

とうと【東都】〔名〕東京、（對西安而言的）洛陽

とうどう【東道】〔名〕東面的道路、東道主，主人（＝東道の主）

　とうどうのしゅとなる　東道の主と為る（作東道、作主人）

とうどく【東独】〔名〕東德（＝東独逸、東ドイツ、ドイツ民主共和国）

とうなん、ひがしみなみ【東南】〔名〕東南←→西北

　ここはとうきょうのとうなんにあたる　此処は東京の東南に当たる（這裡是東京的東南方）

　とうなんアジア　東南Asia（東南亞）

とうなんとう【東南東】〔名〕東南東

とうびなん【東微南】〔名〕東稍偏南

とうびほく【東微北】〔名〕東稍偏北

とうぶ【東部】〔名〕東部←→西部

とうふう、はるかぜ、こち【東風】〔名〕東風、春風（＝春風）←→西風、西風

　とうふうがこおりをとく　東風が氷を解く（春風解凍）

　ひがしかぜがふく　東風が吹く（颳東風）

とうほう、ひがしかた【東方】〔名〕東方←→西方、西方、西方

　たいようはとうほうからでる　太陽は東方から出る（太陽從東方出來）

　しのとうほうさんkilometerのところにあるやま　市の東方三キロの所に在る山（在市的東方三公里處的山）

ひがしかた【東方】〔名〕東方、（比賽時東西兩隊時的）東隊，東面那隊

とうほう【東邦】〔名〕遠東、東方的國家

とうほく、ひがしきた【東北】〔名〕東北。〔地〕日本本州東北部地方（＝東北地方、奥羽地方）。〔地〕（中國的）東北

　とうほくのかぜ　東北の風（東北風）

　とうほくにながれるかわ　東北に流れる川（向東北流的河）

　とうほくじん　東北人（東北地方的人）

とうほくとう【東北東】〔名〕東和東北之間的方位

とうほんせいそう【東奔西走】〔名、自サ〕東奔西走、到處奔走

東奔西走して資金を集める（到處奔走籌集資金）

東名高速道路〔名〕（東京名古屋之間的）東名高速公路

東面、東面〔名、自サ〕東面、朝東、向陽

東洋〔名〕〔地〕亞洲（=アジア）、東洋，東方（亞洲東部和東南部的總稱）←→西洋

　東洋文明（東方文明）
　東洋趣味（東方趣味、東方色彩）
　東洋諸國（東亞和東南亞各國）
　東洋通（熟悉東方情況的人）
　東洋人（東方人）
　東洋音樂（東方音樂-亞洲各民族音樂的總稱）
　東洋学（〔歐洲從十九世紀開始研究東方的〕東方學）
　東洋風（東方式、東方風味、東方色彩）

東洋紙〔名〕東洋紙-日本福岡縣特產的包裝用厚紙

東洋織り〔名〕（鋪墊用的）粗棉織品、（做袋或套用的）棉絲混紡物

東洋緞通〔名〕（土耳其、波斯、印度、中國、日本手工生產的）東洋地毯（的總稱）

東横線〔名〕東京橫濱間的鐵路線

東、吾妻〔名〕〔古〕關東地方、日本東部地方
　東下り（去關東地方）

東遊〔名〕〔古〕（平安時代流行的）祭祀神社時的四人或六人的歌舞

東歌〔名〕（〝萬葉集〞卷十四，〝古今和歌集〞卷二十中所載的）關東地方的民俗歌

東男〔名〕關東男子
　東男に京女（男子數關東婦女數京都、關東男子魁偉京都婦女秀麗）

東菊〔名〕〔植〕東菊

東下駄〔名〕婦女用木屐

東琴〔名〕〔樂〕日本古代六弦琴（=和琴）

東路〔名〕〔古〕從京都到關東地方的道路、關東地方

東屋、四阿〔名〕（庭園中的）亭子

東〔名〕東，東方、東風（=東風、東風、東風）←→西

東から吹く風（從東面颳來的風）
東を向く（向東）
東に向かって歩く（朝東走）
窓が東に在る部屋（窗戶朝東的房間）
東の空が白む（東方的天空發白）
日本はアジアの東に在る（日本在亞洲東方）
風は東からだ（風從東面颳來）
東が吹く（颳東風）

東側〔名〕東側，東面，東邊、東方國家（在歐洲指蘇聯及東歐各國）←→西側

東白〔名〕魚肚白、東方發白

東チーモル〔名〕（亞洲）東帝汶

東ドイツ、東独逸〔名〕東德

東日本〔名〕東日本、日本東半部（一般指〝靜岡縣〞的〝濱名湖〞附近與〝新潟縣〞的〝親不知〞附近連結縣以東的地區、狹義指中部地方東部太平洋沿岸地區和關東地方）

東半球〔名〕東半球←→西半球
アジア、ヨーロッパは東半球に在る（亞洲歐洲在東半球）

東向き〔名〕朝東、向東
　東向きの部屋（朝東的房間）
　彼の家は東向きだ（那房子朝東）

東山時代〔名〕〔史〕東山時代（〝室町時代〞中期，〝足利義政〞將軍執政的年代-1449-1473年、為日本文化藝術的昌盛時代）

東ローマ帝國〔名〕〔史〕東羅馬帝國←→西ローマ帝國

東〔名〕東、東方（=東）

東雲〔名〕黎明、拂曉
　東雲の空（拂曉的天空）
　東雲の光（曙光、晨曦）

東雲草〔名〕〔植〕牽牛花的異稱

恫（ㄉㄨㄥˋ）

恫〔漢造〕內心痛苦、利用威勢嚇唬人

恫喝〔名、他サ〕恫嚇、威嚇、嚇唬（=威かす、脅かす、嚇かす）
恫喝して金を巻き上げる（嚇唬人勒索金錢）

小国と言えども、決して大国の武力恫喝を恐れない（雖然是小國也決不怕大國的武力恫嚇）

恫喝外交（訛詐外交）

洞（ㄉㄨㄥˋ）

洞〔漢造〕洞、洞穴、洞察
　空洞（空洞、洞穴）
　鍾乳洞（鍾乳岩洞）
　玄武洞（玄武岩洞）
洞窟〔名〕洞窟、洞穴（＝洞穴）
　洞窟壁画（洞窟壁畫）
　洞窟住居址（穴居遺址）
　洞窟人類（舊石器時代的穴居人類）
洞穴、洞穴〔名〕洞穴、洞窟（＝洞）
　洞穴から古代陶器が発掘された（從洞穴裡發掘出古代陶器）
　洞穴に隠れる（藏在洞穴裡）
洞見〔名、他サ〕洞見、洞察、看透（＝見抜く、見通す）
　事態を洞見する（洞察局勢）
洞察、洞察〔名、他サ〕洞察（＝洞見）
　物の本質を洞察する（洞察事物的本質）
　洞察力が無い（沒有洞察力）
　彼の社会に対する洞察眼は鋭い（他洞察社會的眼力敏銳）
洞視〔名、他サ〕洞察（＝洞察）
洞門〔名〕洞口
洞〔名〕〔舊〕洞、洞穴（＝洞穴）
　崖の途中に洞が有る（在山崖的半腰有個洞）
洞が峠〔名〕觀望、騎牆、看風使舵（＝日和見）—洞が峠是京都和大阪之間的一個山嶺，天正十年山崎戰役時，〝筒井順慶〞在這裡觀望形勢，一時不肯決定投向〝豐臣秀吉〞還是投向〝明智光秀〞，典故出此）
　洞が峠を極め込む（看風使舵 採取觀望態度）
　暫く形勢を見ていた彼も終に洞が峠を下った（一時觀望局勢的他也終於拋棄了騎牆態度）
洞、空、虚〔名〕孔、洞、窟窿

　木の洞（樹洞）
　洞の有る大木（有窟窿的大樹）
　虫歯の洞に綿を詰める（往蛀牙的洞裡堵棉花）

凍（ㄉㄨㄥˋ）

凍〔漢造〕凍
　冷凍（冷凍）←→解凍
　解凍（解凍）
凍餓〔名〕凍餓、飢寒
凍害〔名〕凍害（霜凍或寒流對農作物等造成的損害）
凍寒〔名〕結冰的嚴寒
凍結〔名、自他サ〕上凍，結冰（＝凍り付く）。〔經〕（資金等）凍結、冷凍，冷卻，冰凍，冷藏
　冬期は此の川は凍結する（冬天這條河結冰）
　港が凍結した（港口結冰封住了）
　外国資産を凍結する（凍結外國資產）
　凍結を解除する（解除凍結）
　凍結器（冷卻器、冷藏庫、冰箱）
　凍結室（冷卻室）
　凍結手術（冷凍手術）
　凍結乾燥（〔理〕凍乾）
凍原〔名〕凍原、凍土帶（＝ツンドラ）
　凍原地帯（凍土地帶）
　凍原気候（凍原氣候）
凍死〔名、自サ〕凍死（＝凍え死）
　厳寒で凍死者が出る（由於嚴寒有人凍死）
凍え死〔名、自サ〕凍死（＝凍死）
　寒気の為に凍え死する（由於寒冷而死）寒気 寒気
凍傷〔名〕凍傷、凍瘡（＝凍瘡、霜焼）
　手が凍傷に罹る（手上長凍瘡）
　凍傷で耳を遣られる（凍壞耳朵）
　凍傷を冒される（長凍瘡）冒す犯す侵す
凍瘡〔名〕凍瘡、凍傷（＝凍傷）
　凍瘡が出来た（長了凍瘡）

凍上〔名、自サ〕（因嚴寒地面的）凍土突起（對建築或鐵路有破壞性）

凍石〔名〕〔礦〕凍石、滑石

凍土〔名〕凍土
　凍土帶（凍土帶）

凍氷〔名〕冰
　凍氷貯藏所（冰窖）

凍てる〔自下一〕凍冰、冰冷（＝凍る、凍て付く）
　今夜は酷く凍てる晩だ（今晚特別冷）

凍て〔名〕凍、冰冷
　凍ての酷い冬の夜（凍得厲害的冬夜）
　凍て返る（暖和時又轉冷，地面又凍結起來）
　凍て緩む（〔冬季時凍結的地面〕漸漸解凍）

凍て雲〔名〕靜止不動的冬雲

凍て付く〔自五〕上凍，結冰、冰冷
　凍て付いた道（上凍的道路）
　凍て付く夜空には星の群が瞬いていた（在冰冷的夜空中星群在閃爍）

凍る、氷る〔自五〕結冰、結凍
　川が氷る（河川結冰）
　水が氷る（水結冰）
　氷った小道（結了冰的小路）
　道路はかちかちに氷っている（道路凍得硬梆梆的）
　コックが氷って動かなく為った（水龍頭凍得擰不動了）
　寒くて身体が氷る様だ（冷得渾身像凍了冰似的）
　港は氷って航行が出来ない（港口結冰不能航行）

凍り付く〔自五〕凍上、結成堅冰（＝凍み付く）
　凍り付いたパイプ（凍了的管道）
　戸が敷居に凍り付いて開かない（門凍到門檻上開不開）

凍み付く〔自五〕凍上、凍結（＝凍り付く）
　下駄が地面に凍み付いて離れない（木屐凍在地上拔不開）

凍り豆腐，氷り豆腐、凍み豆腐〔名〕凍豆腐

凍える〔自下一〕凍僵
　手が凍える（手凍僵）
　手足が凍えて仕事が出来ない（手腳凍僵不能工作）手足手足手足

凍みる〔自上一〕凍，結凍（＝凍る、氷る）、（寒風）刺骨
　北風が強いから、今夜は凍みるだろう（北風很大今晚大概要上凍）北風北風
　夜風が身に凍みる（夜裡的風寒冷刺骨）

凍み〔名〕凍、冰凍
　凍み豆腐（凍豆腐）
　凍みが強い（凍得厲害、冷得厲害）

胴（ㄉㄨㄥˋ）

胴〔名〕軀幹、（物體的）中間部分、（鼓、三弦的）共鳴箱。〔劍術〕護胸、（對胸部的）一擊、船艙、膽子，膽量
　胴が長い（軀幹長）
　胴回り（腰圍、腰身）
　馬の胴（馬的腰身）
　胴震いする（因寒冷等發抖）
　僕は胴が太いから、君の上着は着られない（我的腰圍粗穿不了你的上衣）
　着物の胴が短い（衣服的腰身短）
　飛行機の胴の所に会社の印が付いている（飛機的機身上印著公司的標誌）印標驗徵記
　此の壺は胴が細く出来ている（這個罐子腰身細）
　胴を付ける（穿上護胸）
　胴を一本入れる（擊中胸部一劍）

胴上げ，胴上、胴揚げ，胴揚〔名、他サ〕（為了表示慶祝或歡迎）眾人把某人橫著向空中拋起
　優勝した選手を胴上げする（把優勝的選手拋起來）
　彼は凱旋者の様に何遍も胴上げされた（他好像凱旋者一樣被拋起好幾次）

胴衣〔名〕（裹在軀體上的）衣服（=胴衣、胴着）
　救命胴衣（救生衣）
　防弾胴衣（防彈服）
胴衣、胴着〔名〕襯襖（穿在外衣和內衣中間的防寒內衣）、（劍道的）護胸
　綿入れの胴衣（棉襖）
胴裏〔名〕（棉衣或夾衣）上半截的裡子
　胴裏を付ける（掛上半截的裡子）
胴親〔名〕（放賭抽頭的）局東、局頭（=胴元、胴取り）
胴取り，胴取，筒取り，筒取〔名〕（放賭抽頭的）局東、局頭（=胴親）
胴元、筒元〔名〕（放賭抽頭的）局東局頭（=胴親）
胴返し、胴返〔名〕〔擊劍〕收刀反擊（擊中對方胸腹後，收刀護面，再反手打擊對方另側胸腹面或手腕）、本利平，一本一利
　胴返しの利（一本一利）
胴金〔名〕（刀把、刀鞘、刀柄等）中間的銅〔鐵〕箍
胴亀〔名〕〔動〕甲魚、元魚（=鼈）
胴亀蓮〔名〕〔植〕水鱉、白蘋、馬尿花（=水鱉）
胴枯病〔名〕〔植〕凋枯病、枯萎病
胴切り〔名、他サ〕（用刀）橫砍胸腹部、橫著切（長圓物）
胴声〔名〕破鑼嗓子、走了調的粗啞的嗓子（=胴ま声、胴間声）
胴差〔名〕〔建〕（木造建築柱與柱之間的）橫樑
胴締〔名〕札腰，把腰部繫住、腰帶（=バンド）、（婦女用）腰帶（=腰紐）、繫住東西中腰（的繩帶）（柔道或相撲）剪（用兩腿把對手的腰纏住）
胴体〔名〕（人、動物、雕像等的）軀體，軀幹、（飛機的）機身（=胴）
　彼の人は胴体が長い（他上身長）
　胴体外皮（飛機的外殼）
　胴体着陸（機身著陸）
胴突、胴突，土突、土突き〔名〕（土突的轉變）。〔建〕打地基（=地固め）、（打地基用的）夯（=蛸、蛸胴突）
胴中〔名〕中腰，軀幹中間部分、正中間，正當中

大根を胴中から二つに切る（從正中間把蘿蔔切成兩段）
胴長〔名〕軀幹長，腰身長、（釣魚時穿的）膠皮連腳褲
胴抜き、胴抜〔名〕腰部用不同布料縫製的和服襯衣、（夏季穿的）半截裡西服上衣
胴の間〔名〕日本式船的中間船艙、船的寬度
胴間声、胴間声〔名〕破鑼嗓子、走了調的粗啞的嗓子
　胴間声を張り上げる（使勁拉開破鑼嗓子）
胴部〔名〕軀幹部
胴震い〔名、自サ〕顫抖、哆嗦、打冷顫
　急に冷え込んで胴震いが為た（忽然冷起來打了個冷顫）
　怪談を聞いて胴震いする（聽妖怪故事嚇得直哆嗦）
　寒さで思わず胴震いした（冷得不禁打了個寒顫）
胴骨〔名〕背骨與肋骨、膽子，膽量
胴巻き、胴巻〔名〕（旅行時纏在腰上的）錢腰帶、錢兜子
　胴巻きを確り肌に巻き付けて置く（把錢腰帶緊緊圍在腰上）
胴丸、筒丸〔名〕（古代的）筒形輕便鎧甲
胴回り、胴廻り〔名〕腰身、腰的周圍（=ウエスト）
　胴回りの寸法を量る（量腰身）
胴欲、胴慾〔名、形動〕貪婪、殘酷、冷酷（=貪欲）
　胴慾な高利貸し（貪婪殘酷的高利貸）
　胴慾者（貪婪的人）
胴乱〔名〕（馬口鐵製的）植物採集箱、（掛在腰間，裝圖章、藥品、金錢等的）四角形皮袋（腰包）
　胴乱を肩に植物採集に行く（背著植物採集箱去採集植物）
胴忘れ、胴忘〔名、自サ〕（度忘的長讀音）（本來知道而）一時想不起來
　何と言う名前だったか胴忘れして終った（叫什麼名字一時想不起來了）

動（ㄉㄨㄥˋ）

動〔名〕動⟷静

〔漢造〕動作、舉動、行動、動亂、發動、活動、運動

静中動有り（靜中有動）

言動（言行）

原動（產生動力的根源）

挙動（舉動、行動）

騒動（騷動、擾亂、風潮、鬧事、暴亂）

暴動（暴動）

妄動、妄動，盲動（妄動、盲動）

反動（反動,逆歷史潮流而動、〔理〕反動,反作用）

他動（他動、及物）

自動（自動、不及物）

始動〔機〕始動、起動、開動）

発動（發動、行使）

運動（〔理〕運動、〔身體的〕運動,體育運動、〔政治社會〕活動,奔走鑽營）

移動（移動、轉移）

異動（異動、調動）

活動（活動,工作、〔舊〕電影＝活動写真）

流動（流動）

微動（微動）

激動（激動,激昂、激烈震動、動盪,急劇變動）

振動（振動,動搖、〔理〕振動、震盪、擺動）

震動（震動）

心動（心博）

浮動（浮動、不固定）

不動（不動、堅定不可動搖、〔佛〕不動明王）

鳴動（轟隆作響）

蠢動（蠢動、策動）

動じる〔自上一〕動搖、驚慌（＝動ずる）

少しも動じない（鎮定自如）動じる同じる

些かも動じる気配が無い（毫不驚慌、毫不動搖的跡象）

動ずる〔自サ〕（因突然的變故等）心神不定、心慌、動搖

物に動ずる気色が無い（沒有動搖的樣子）動ずる同ずる

彼は何事にも動じない（他對任何事都無動於衷）

動圧〔名〕〔理〕動壓力（＝動圧力）

動因〔名〕（事件發生的）直接原因、動機

戦争勃発の動因（戰爭爆發的直接原因）

動員〔名、他サ〕動員、調動、發動

軍隊を動員する（動員軍隊）

動員令を敷く（發布動員令）敷く布く若く如く

動員令が下る（下動員令）

国内資源を総動員する（動員國內一切資源）

動員を解く（解除動員）解く説く溶く

其のショーは広汎な観客を動員した（那個演出轟動了大量觀眾）

動応力〔名〕〔建〕動力應力、動載應力

動画〔名〕動畫片（＝アニメーション animation）

動画製作者（動畫片繪製者）

動荷重〔名〕（牽馬過橋時等的）動負載、動載荷⟷静荷重

動滑車〔名〕〔機〕動滑車、移動滑車⟷定滑車

動感〔名〕動感、動的感覺

動感に溢れた絵（充滿動感的畫）

動眼神経〔名〕〔解〕動眼神經、第三腦神經

動悸、動気〔名、自サ〕心臟悸動、心跳得厲害

坂を上ると動悸が為る（一上高坡心就跳）

突然動悸が為て死んだ（突然心跳得厲害而死去）

心臓がどきどき動悸を打った（心臟怦怦地跳得利害）

動機〔名〕動機、直接原因（＝切っ掛け）

結果は悪いが動機は良い（結果不好但動機是好的）

私は個人的な動機で来たのではない（我來並不是出於個人的動機）

何か不純な動機が有るらしい（似乎有什麼不純的動機）

此れが動機で二人は敵に為った（由於這個原因兩人成了仇人）

動機分析（〔經〕動機分析）

動機調査（〔經〕動機調査）

示導動機（〔樂〕指導動機、基本思想、中心思想）

動機付け（〔心〕動機的形成）

動機論（〔哲〕動機論）

動議〔名〕（臨時）動議、提議

緊急動議（緊急動議）

動議に賛成する（贊成提議）

動議を提出する（提出動議）

動議を却下する（駁回動議）

動議を可決する（通過動議）

動議を握り潰す（擱置動議）

動議を撤回する（撤回動議）

動議を起立で決める（用起立方式表決動議）

討論終結の動議を出す（提議結束討論）

動径〔名〕〔數、天〕向量徑

動原核〔名〕〔動〕（原生動物的）動核

動原体〔名〕〔動〕（染色體的）著絲點

動向〔名〕（社會、人心等的）動向（=成り行き）

動向を見る（觀察動向）

其は注目す可き新しい動向である（那是值得注意的新動向）

通信社は世界の動向を毎日探る（通信社每天探索世界的動向）

日本の世論の動向は彼の考えに反対である（日本的輿論趨向於反對他的想法）世論 世論

動作〔名〕動作

動作が敏活だ（動作敏捷）

動作が鈍い（動作遲鈍）

動作が鈍い（動作遲緩）

ぎごちない動作（笨拙的動作）

きびきびした動作を為る（動作麻利）

動作が素早い（動作敏捷）

淑やかな動作（穩靜的動作）

動作を起こす（動作起來）

彼の動作はどうも商人らしい（他的舉止動作很像商人）

動作電流（工作電流、吸動電流）

動作研究（動作研究－分析企業的設備及作業情況來研究提高作業效能）

動座〔名、自サ〕（神輿或貴人等）移動座位、（大將）出陣、離席或起立（向對方表示敬意）

動索〔名〕〔海〕（帆船用的）活動索具

動産〔名〕動產←→不動產

動産銀行（動產銀行）（=興業銀行）

動産質（〔法〕動產擔保權）

動産信託（動產信託）

動産抵当（動產抵押）

動産保険（動產保險）

動詞〔名〕〔語法〕動詞

動詞の活用（動詞的活用）

動磁力〔名〕〔理〕磁。〔動、通〕勢

動軸〔名〕〔機〕旋轉主軸

動植物〔名〕動植物

動静〔名〕動靜、動態、情況、狀況、狀態、情形、消息

政局の動静を探る（刺探政局的情況）

自分の動静を友人に知らせる（把自己的情況告知朋友）

敵の動静を伺う（窺探敵人的動靜）伺う 窺う 覗う

用心深く回りの人人の動静を窺う（細心觀察周圍每一個人的情況）

御動静御漏らし下さい（請示知近況）

動線〔名〕〔建〕動線、活動線、動作路線、流動路線

動体〔名〕運動物體。〔理〕流體
　動体視力（對運動物體的視力）
　動体写真法（動體攝影法）

動態〔名〕動態←→静態
　人口の動態調査を行う（進行人口的動態調査）

動地〔名〕大地動搖、驚天動地

動的〔形動〕動的，活動的，變動的，變化的、生動的，活潑的←→静的
　言語は動的な表現である（言語是動的表現）
　音楽は動的な表現である（音樂是動的表現）
　人口の動的密度（人口的動態密度）
　動的に表現する（作生動的表現）
　表現な描写（生動的描寫）

動天〔名〕驚天動地

動転、動顛〔名、自サ〕轉動，轉變、大吃一驚，驚慌失措（＝仰天）
　気が動転して口も利けない（嚇得說不出話來）

動電学〔名〕動電學

動電気〔名〕〔電〕動電

動電力〔名〕〔理〕電動勢

動粘性〔名〕〔化〕動黏滯性、動黏滯度

動配偶子〔名〕〔植〕游動配子

動臂〔名〕〔機〕動臂（轉臂）起重機

動物〔名〕動物←→植物
　下等動物（下等動物）
　動物を愛護する（愛護動物）
　動物界（動物界）
　動物学（動物學）
　動物地理学（動物地理學）
　動物園（動物園）
　動物性食物（動物性食品）
　動物性蛋白質（動物性蛋白質）
　動物質（動物質）
　動物性（獸性）
　動物相（動物志、動物區系）
　動物極（〔動〕動物性極）
　動物繊維（動物纖維）

動摩擦〔名〕〔理〕摩擦（滑動摩擦和滾動摩擦的總稱）

動脈〔名〕〔解〕動脈←→静脈、交通幹線
　動脈が硬化した（動脈硬化了）
　動脈血（動脈血）
　動脈硬化症（動脈硬化症）
　動脈栓塞（動脈栓塞）
　動脈瘤（動脈瘤）
　国鉄の動脈（國營鐵路的幹線）
　オランダでは水路が商業の動脈である（在荷蘭河道是商業的交通幹線）

動名詞〔名〕〔語法〕動名詞

動揺〔名、自他サ〕動搖，不安，不穩定，不平靜、搖動，搖擺，搖晃，擺動
　人心が動揺する（人心動搖）
　心の動揺を隠す（掩飾內心的不安）
　彼の顔に動揺の色が見えた（他臉上現出動搖的神色）
　価格の動揺を静まる（價格的波動穩定下來）
　国際情勢が動揺する（國際局勢動盪）
　電車が動揺するので本も読めない（電車搖擺看不了書）
　地震で激しい動揺が起こった（由於地震發生了激烈的晃動）
　舟が左右に動揺する（船左右搖擺）

動用字〔名〕挪用偏旁的異體漢字（如把〝峰〞寫成〝峯〞等）

動乱〔名、自サ〕動亂，騷亂、慌亂，煩亂
　動乱の世（亂世）
　動乱が起こる（發生動亂）

動乱を静める（平息騒亂）
動乱を鎮圧する（鎮壓騒亂）
中東動乱の将来を占う（推測中東動亂的前景）
烈しく動乱する心（十分煩亂的心情）

動力〔名〕動力、原動力
 動力で精粉機を動かす（用動力推動製粉機）
 動力炉（動力反應爐）
 動力計（功率計）
 動力学（動力學）
 動力変成作用（〔地〕動力變質作用）

動輪〔名〕（機車等的）驅動輪

動く〔自五〕動、搖動，擺動，轉動，開動，行動，活動、動搖、變動、調動
 虫が動いている（蟲在動）
 其処を動くな（原地不許動！）
 私が戻って来る迄此処を動くなよ（在我返回以前可不要離開這裡呀！）
 市場が動かない（市場停滯）市場市場
 歯が動く（牙齒活動）
 振子が動いている（鐘擺在擺動）
 電気で動く（電動）
 汽車が動き出した（火車已開動了）
 エンジンが動かなく為った（引擎停了）
 人の思いの儘に動く（任人擺布）
 部下が思う様に動いて呉れない（部屬不聽指揮）
 友人の為に動く（為朋友活動）
 陰で黒幕が動く（黑手在暗裡活動）
 人民大衆が十分に動き出して来た（人民群眾充分發動起來了）
 金で動かない（不為金錢所動）
 心が動く（動心）
 心が動かない（不動心）

動かない結論（不可變動的結論）
其の方針は動かない（那項方針決不變更）
彼の社長就任は動かない所だ（他就任總經理是不會改變的）
当分今の位置を動かない積もりだ（暫時不打算離開現在的職位）

動き〔名〕動，活動、動向、動態、更動，調動
 素早い動きを見せる（顯出敏捷的動作）
 心の動き（心境、心情的變化）
 世論の動き（輿論的動向）世論
 世界の動き（世界的動態）
 注目す可き動き（值得注意的動向）
 不穏な動きが多少見られる（有些動盪不安）
 政界は其に対して何の動きも見せない（政界對此一點反映也沒有）
 人事に新しい動きが有った（人事上有新的調動）
 動きが取れない（動彈不得，一籌莫展，寸步難移，進退維谷、不可動搖、絕對確鑿）
 此の問題に為ると彼は動きが取れなく為った（一提出這個問題他就難住了）
 借金で動きが取れない（因負債寸步難行）
 動きの取れない証拠を突き付ける（提出不可動搖的證據）

動かす〔他五〕動，活動、搖動、移動、挪動、開動，轉動、動員、發動、感動、打動、推動、更動，變動
 体を動かす（活動身體）
 指一本動かさない（不動一根指頭）
 風が枝葉を動かす（風吹動枝葉）枝葉枝葉
 机を動かす（搬動桌子）
 車を動かす（開車）
 機械を動かす（開動機器）
 船を動かす（開船）
 大衆を動かす（動員群眾）
 兵を動かす（調動軍隊）

ㄉ

大金を動かす（運用巨款）大金大金

心を動かされる（為、、、所感動）

動かされ易い（易受感動）

御世辞に心を動かされない（對奉承無動於衷）

人心を動かす（打動人心）人心人心

独占資本が政府を動かして工事を停止させた（壟斷資本推動政府把工程停下來了）

動かす事の出来ない真理（千真萬確的真理）

動かし得ない事実（不容否定的事實）

動かし難い決心（不可動搖的決心）

動かせない証拠は山程有る（鐵證如山）

何物も彼の決心を動かす事は出来ない（沒有甚麼能夠改變他的決心）

社内の人を動かす（更動公司人員）

ポストを動かす（調職、調動工作單位）

動かぬ〔連語、連體〕確實的、不可動搖的、不可否定的

動かぬ証拠が有る（有確鑿的證據）

動む、響む〔自五〕響動，轟鳴、人聲沸騰

雷が鳴り響む（雷聲轟鳴）

動（と）も為れば〔副〕動輒、動不動就

夏は動（と）も為れば睡眠不足に陥り勝ちだ（夏天很容易睡眠不足）

決心が動（と）も為れば崩れ然うに為る（決心動不動就要垮）

棟（ㄉㄨㄥˋ）

棟〔漢造〕棟、棟樑、一座房屋

病棟（醫院裡單棟的病房）

第三棟（第三棟）

棟梁〔名〕棟樑、木工師傅

彼は将来国家の棟梁たる可き器だ（他將來是國家的棟樑之材）

彼の棟梁は腕が良い（那位木工師傅手藝好）

棟〔造語〕（棟的轉變）屋脊

棟札（蓋房上樑時在屋脊上掛的牌子）札札

棟門（由二柱支撐兩側上有傘形屋脊頂蓋的門）門門

胸〔造語〕（胸的轉變）胸、胸脯

胸毛（胸毛）胸棟

胸骨（胸骨）

棟瓦、棟瓦〔名〕屋脊瓦

棟木〔名〕棟樑

棟木を上げる（上大樑）

棟〔名〕屋脊，房頂、大樑、刀背

〔接尾〕（數房屋的助數詞）棟、幢

棟が別に為っている（另成一棟、分成兩棟）

五棟（五棟）

一棟に十世帯が住む（一棟房子住十戶人家）

胸〔名〕胸，胸部，胸腔，胸脯、心，心臟，心裡，內心，心胸

胸を張って歩く（挺起胸膛走路）胸棟旨宗張る貼る

胸から背中に掛けて火傷を為た（從前胸到後背都燒傷了）

胸を揉む（揉揉胸部）

母親の胸で乳を吸う（在母親懷裡吃奶、貼著母親胸膛吸奶）乳房

新鮮な空気を胸一杯に吸う（飽吸新鮮空氣）

子供を胸に抱き締める（把孩子緊緊抱在懷裡）

胸に手を当てて反省する（捫心自問）当てる中てる充てる宛てる

心配で、心配で、胸がどきどきした（因過份擔心心跳得厲害）

彼の気の毒な人達を思うと胸が痛む（想起那些可憐的人們心裡就難受）痛む傷む悼む

感動で胸が詰まる（感動得說不出話來）

其の真心には全く胸を打たれた（完全被他的一片真心誠意感動了）打つ撃つ討つ

胸の奥から搾り出した様な言葉だった（肺腑之言、發自內心深處的話）

昔の思い出を何時迄も胸に秘めている（把過去的回憶永遠埋在心裡）

此の知らせを聞いて、やっと胸を撫で卸した（聽到這個消息總算鬆了口氣）聞く 聴く 訊く 効く

胸の病気が中中治らない（肺病不容易處理）治る 直る

彼の人は少し胸が悪い（他的肺部不太好）

胸を患う（患肺病）患う 煩う

胸が痛む（痛心、傷心、難過）痛む 傷む 悼む

胸が一杯です（激動、受感動）

嬉しくて胸が一杯です（滿心歡喜）

胸が裂ける（心如刀割）裂ける 割ける 咲ける 避ける

胸が騒ぐ（心驚肉跳、忐忑不安）

胸が透く（心裡愉快、除去了心病）透く 空く 好く 酸く 漉く 梳く 鋤く 剥く 抄く

胸が狭い（度量小、小心眼、心胸狹窄）

胸が潰れる（〔因為憂傷或悲哀而〕心碎）

胸が撲通撲通地跳どきどきする（心驚肉跳、心蹦蹦地跳）

胸が轟く（心跳、心驚肉跳、忐忑不安）

胸が塞がる（心情鬱悶、心裡難受）

胸が焼ける（燒心、吐酸水、胃裡難受、胃口不舒服）

胸が悪い（患肺病，患肺結核、燒心，噁心、心情不好，心裡不舒服、可惡，令人討厭）

胸に一物（有る）（心懷叵測、心裡別有企圖）

胸に聞く（仔細思量）聞く 聴く 訊く 効く 利く

胸に釘（打つ）（〔弱點被揭穿而〕刺痛心胸）打つ 撃つ 討つ

胸に応える（打動心靈、深受感動）応える 答える 堪える

胸に成竹有り（胸有成竹）

胸に畳む（藏在心裡）

胸に手を当てる（置く）（捫心自問、仔細思量）

胸に鑢を掛ける（非常苦惱、苦惱至極）

胸の霧（心中難以拂拭的不安）

胸の炎（愛情的火焰）

胸を痛める（煩惱、苦惱）痛める 悼める 傷める 炒める

胸を打ち明ける（傾吐衷曲）

胸を打つ（感動、打動）打つ 撃つ 討つ

胸を躍らせる（滿心歡喜、心情萬分激動）躍る 踊る

胸を焦がす（焦慮、苦苦思念）

胸を摩る（抑制憤怒）摩る 擦る

胸を突く（動心、嚇一跳、吃一驚）突く 衝く 尽く 搗く 付く 附く 憑く 撞く 就く 着く 漬く

胸を撫で下ろす（放下心來、鬆了口氣）

胸を冷やす（嚇破膽、大吃一驚）

胸を膨らます（滿心歡喜、滿懷希望）膨らむ 脹らむ

宗、旨〔名〕（常用…を旨と為る的形式）以…為宗旨

節約を旨と為る（以節約為宗旨）

服装は質素を旨と為る（服裝最好要樸素）

文章は簡潔を旨と為る（文貴簡潔）

正直を旨と為可し（應以正直為宗旨）

旨〔名〕意思、要點、大意、趣旨

御話の旨は良く分りました（您說的意思我完全明白了）

此の旨を貴方から彼に伝えて下さい（請你把這個意思轉告給他）

母から上京する旨の手紙が来た（母親來信說要來京）

社長の旨を受けて行動する（稟承經理的意旨行事）

棟上げ、棟上〔名〕〔建〕上樑、上樑儀式

棟上げを為る（上樑）

棟飾り〔名〕〔建〕脊飾

棟別〔名〕（日本中世時期向莊園主將軍、諸侯等交納的）房屋稅（＝棟別錢）

棟祭〔名〕上樑儀式（＝棟上げ、棟上）

棟割長屋〔名〕（間壁成若干間的）長棟房子、隔開後幾戶合住的長棟房子

他（ㄊㄚ）

他〔名、漢造〕其他，另外，此外，別人，他人，別處，他處、別的事情（=他）←→自、他意，二心

他の人人（其他的人們）

他の事を話す（談其他的事情）

他の三つ（其他三個）

他の三人（其他三人）三人

他に例を求める（另外找例子）

他に行く所が無い（此外無去處）

居を他に移す（移居他處）移す遷す写す映す

此れより他に方法が無い（此外別無他法）

彼を措いて他に適当な人は無い（除他以外別無適當的人）於いて

自他共に許す（公認）

己を責め、他を責めない（責備自己不責備他人）

顧みて他を言う（顧左右而言他）

我に於いて他無し（我無他意、我無二心）

自他（自己和他人、自動詞和他動詞）

利他（利他、捨己利人）←→利己

愛他主義（利他主義）

排他（排他、排外）

他愛〔名〕愛他、利他（=愛他）

他愛主義（利他主義=愛他主義）

他愛無い、他愛無い〔形〕（為了加強語氣也作他愛の無い、他愛も無い）不省人事、輕而易舉，容易，愚傻，糊塗，天真，孩子氣，無聊，無謂，不足道

他愛無く眠っている（酣睡）

他愛無く酔う（醉得不省人事，酩酊大醉）

他愛も無い試合だった（一場輕而易舉的比賽）

他愛無く勝負が付いた（一下子就分了勝負）

他愛も無く勝つ（輕而易舉地獲勝）

他愛も無く負ける（一下子就敗了、輕而易舉地被擊敗）

他愛無い言葉（傻話、荒謬的話）

他愛無い奴で一向頼りに為らない（這個糊塗傢伙一點也靠不住）

他愛も無い子供の言葉に係う（把天真孩子的話也耿耿於懷）係う拘う

他愛も無い愚痴を溢す（發孩子氣的牢騷）溢す零す

他愛無い事に笑う（為無聊的事發笑）

他愛無い事を言う（說廢話）

他愛無い議論（不足道的議論）

他意〔名〕他意，二心、惡意

他意は無い（別無二意）

他意の無い事を示す（表示沒有惡意）

他界〔名、自サ〕〔佛〕來世，來生、死，逝世

祖父は先年他界した（祖父前些年死了）

Schubertは三十代で他界した（舒伯特三十多歲就去世了）

他覚〔名〕〔醫〕他覺（症狀）、別人能看出的症狀

他形〔名〕〔化〕假晶

他郷〔名〕他鄉、異鄉、外國、異域←→故鄉

故郷を離れて他郷に（を）流離う（離開故鄉流浪他鄉）故郷故鄉

他郷で生活する（在異鄉生活）

他郷に在る事十年（在異鄉十年）

他行〔名、自サ〕〔舊〕出外、外出

只今父は他行して家に居りません（現在父親外出不在家）

他行中（外出中、正在外出）

他家〔名〕別人家（=他所の家）←→自家、当家

他家へ嫁ぐ（出嫁）

他家へ養子に行く（過繼到別人家當養子）

他家受精〔名〕〔生〕異體受精、異花受精

他家生殖〔名〕〔生〕異體受精、異花受粉

他見〔名、他サ〕示人、給別人看

　他見を憚る秘密の書類（不能給別人看的秘密文件）

　他見を許さない（不許出示他人）

　他見無用（禁止別人看）

他県〔名〕外縣、別的縣

他言、他言〔名、他サ〕洩漏、外傳、對別人說

　此の話は他言無用だ（這話不可洩漏）

　妄りに他言するな（不要胡亂洩漏）妄り濫り

　此の事は他言出来ない（這件事不能外傳）

　他言しない事を誓う（發誓保密）

　此れは他言を憚る事です（這是一件不能外傳的事）

他校〔名〕外校、別的學校

他国〔名〕外國、別的國家、他鄉、異鄉←→自国

　他国に劣らぬ文化を築く（建立不亞於外國的文化）

　他国渡り（投奔他鄉）

　他国へ出稼ぎに行く（到外地去打拼）

他殺〔名〕他殺、被殺←→自殺

　他殺の疑いが有る（有他殺的嫌疑）

　自殺でなくて他殺だ（不是自殺而是被殺）

他山〔名〕他山，別的山（=よその山）、其他的寺院（=他寺）

他山の石〔連語〕他山之石

　此の老人の苦言を他山の石と為て下されば幸いだ（如果能夠把我這個老人的逆耳忠言當作他山之石實為幸甚）

　他山の石と為る（作為他山之石、喻將他人的言行作為自我修養的參考）

　他山の石以て玉を攻む可し（他山之石可以攻玉-詩經）

他紙〔名〕其他報紙、別的報紙

他誌〔名〕其他刊物、別的雜誌

他事〔名〕他事，別的事、他人的事，與己無關的事（=他所事）

　今日来たのは他事ではない、就職の件だが（我今天來不是為了別的事是關於找工作的問題）

　他事を顧みる暇が無い（無暇顧及他事）

　家内一同無事ですから他事乍御安心下さい（全家平安請勿掛念）

他室〔名〕他室、別的房間

他日〔名〕他日、改日、以後（=他の日、何時か）

　他日を期して別れる（容他日再會而別）

　訪問を他日に譲る（改在他日進行訪問）

　他日の再会を約す（約定他日再會）

　他日の用に充てる（充作以後再用）充てる当てる中てる宛てる

他社〔名〕其他公司、其他報社、其他神社

他者〔名〕別人、其他人（=他の者）

他借〔名〕向他人借金錢和物品

他州〔名〕他州、別的州

他宗〔名〕其他宗派、別的宗教、別的宗旨

　他宗の人は御断り（謝絕其他宗派的人）

他出〔名、自サ〕外出、出門（=外出）

　社長は只今一寸他出して居ります（經理剛出去一會兒工夫）

　稀には他出する事も有る（偶而也出出門）

他所〔名〕別處、他鄉

　他所へ移転する（遷移到別處）

　故郷を出て他所に住む（離開故鄉住在他鄉）住む棲む済む清む澄む

他所、余所〔名〕別處、遠方、他鄉、別人家、（…を余所に形式）與己無關，不顧，漠不關心

　余所を見る（看別處）

　此の店の品物は余所より安い（這家商店的東西比別處便宜）

　用事が出来て余所へ行った（因有事出去了）

　彼の人は余所から移って来た人です（他是從他鄉遷來了）

　余所で食事を為る（在外吃飯、在別人家吃飯）

余所で御馳走に為る（在別人家吃飯）
余所の叔父さん（別人家的叔叔）
勉強を余所に遊び惚ける（淨貪玩、不用功）
浮世を余所に為る（看破紅塵）
喜怒哀楽を余所に生活する（不為七情所動地生活）
余所の御馳走より家の茶漬け（別人家的宴席不如自己家的茶泡飯）
余所の花は赤い（野花比家花香）
余所の見る目も痛痛しい（旁觀者也都覺得可憐）

他所事、余所事〔名〕別人的事、與己無關的事
余所事じゃない（決非與己無關）
余所事の様に思っているらしい（他似乎認為此事與他無關）
余所事の様に思っていたら大間違だ（認為事不關己可是大錯特錯）

他書〔名〕其他的書

他序〔名〕（恩師或前輩為作者寫的）代序←→自序

他生〔名〕〔佛〕他生，前世，後世←→今生、由其他原因而生
他生の縁（前世因緣=多生の縁）

他称〔名〕〔語法〕他稱、第三人稱（=第三人稱）←→自称、対称

他心〔名〕他心、他意

他心、徒心〔名〕（男女之間的）外心、不忠實的心（=浮気な心）

他性〔名〕〔哲〕他性、不同

他姓〔名〕他姓、別的姓
他姓を冒す（冒稱他姓）冒す侵す犯す

他説〔名〕別的主張、別的學說

他薦〔名、他サ〕他人推薦、第三者推薦←→自薦
他薦自薦の候補者が多数有った（別人推薦和毛遂自薦的候選人有很多）

他村〔名〕他村、別的村子

他端〔名〕他端、另一端

他店〔名〕別的商店

他店勘定（客戶帳戶）

他動詞〔名〕〔語法〕他動詞、及物動詞←→自動詞

他動的〔形動〕他動的

他人〔名〕他人，別人、外人、陌生人、局外者
病気の辛さは他人には分らない（生病的苦痛別人是不知道的）
他人はいざ知らず（別人怎樣姑且不論）
他人の事許り気に為る（光把別人的事放在心上）
他人の世話を焼く前に自分の事を為為さい（先掃個人門前雪然後再管他人瓦上霜）
赤の他人（毫無關係的人）
遠い親類より近くの他人（遠親不如近鄰）
他人扱い（當外人看待）
他人の出る幕じゃない（不是局外人露面的時候）
他人は嘴を入れるな（局外人別插嘴）
未だ他人だ（兩個人還沒結婚）
他人の疝気を頭痛に病む（為別人的事情瞎擔心）
他人の飯を食う（離家在外歷經艱苦）

他人行儀〔名、形動〕多禮、像客人般的客氣
他人行儀は止して貰おう（請別客氣）
如何して今夜はそんなに他人行儀何だい（今晚為什麼這麼客氣呢？）

他人事、人事〔名〕別人的事
迚も他人事とは思えない（決不能認為事不關己）
丸で他人事の様に言う（說得就像和自己無關似的）
君は笑っているが、他人事ではないだぞ（你還在笑這可不是別人的事情）

他年〔名〕他年、將來、以後（=後年）

他念〔名〕他念、別的心思（=余念）
他念無い（沒有他念、專心）

他派〔名〕其他黨派

他筆〔名〕別人書寫（的東西）←→自筆

他部〔名〕（官廳、機關團體的）其他的處、其他部分

他物〔名〕其他的東西、別人的所有物

他聞〔名、自サ〕別人聽見
　他聞を憚る（怕別人聽見）

他方〔名〕他方，另一方向、其他方面
〔副〕另一方面
　山から目を離して他方を眺める（視線離開山眺望他方）
　他方の言い分も聞く（也聽取其他方面的意見）
　弟はsportsは得意だが他方勉強には弱い（弟弟很擅長體育但另一方面學期卻很差）

他面〔名〕他面，其他方面，另一方面、（副詞性用法）從另一方面看，在另一方面
　他面に於いて（在其他方面）
　他面から考察する（從其他方面考察）
　物事の一面だけを見て他面を顧みないと偏見に陥る（只看事物的一方面而不顧另一方面就會陷於偏見）
　優しいが他面厳しい躾を為る（很和藹但另一方面卻進行嚴格的管教）易しい

他門〔名〕〔佛〕別的宗門，其他的宗派，其他的一族，其他的門第

他用〔名〕他用，別用，其他用途、他事，其他的事情
　他用に堪えない（不堪作其他用途）
　他用で外出致して居ります（因有他事外出了）

他力〔名〕外力，他人之力、依賴阿彌陀佛普度眾生的本願而成佛，坐享其成，只依靠外力（=他力本願）
　他力に頼るのは感心しない（我不贊成借助他人之力）

他力本願〔名〕〔佛〕依賴阿彌陀佛普度眾生的本願而成佛、坐享其成，只依靠外力
　彼の人は何事も他力本願だ（他甚麼事都想靠別人做）

他力本願では向上しない（依靠外力是不會進步的）

他律〔名〕他律、不能自律、受外界支配←→自律
　他律とは自分以外の威力、權勢、法則に拘束される事を言う（他律指的是為身外的威力權勢和法則所拘束）
　他律的な人間（不能自律的人）

他流〔名〕別派、異派、其他的流派←→自流
　他流試合（和別派比武）

他励〔名〕〔電〕他激
　他励発電機（他激發電機）

他、外〔名〕別處，旁處，外部（=他所、余所）、另外，別的，其他，以外
〔副助〕（下接否定語）只有、只好
　他とは違っている（與別處不同）
　此れと同じ品を他でずっと安く売っている（同樣的東西別處賣的便宜很多）
　内の人が無ければ他から搜す（如果內部沒有人就從外部找）
　他から来た人（外地來的人）
　他の店（別的店）
　此れは他の人の帽子だ（這是別人的帽子）
　他の事なら兎も角、此れだけ御免だ（別的事還可商量唯獨這事可辦不到）
　他に説明の仕様が無い（另外沒有方法說明）
　他に何か無いか（此外沒有什麼嗎？）
　君の他に頼る人が無い（除你以外我沒可依靠的人）
　月給の他に少し収入が有る（除月薪外還有少許收入）
　釣りの他に道楽は無い（除釣魚外別無愛好）
　風邪を引いている他は悪い所は無い（除了感冒以外沒有什麼病）
　佐藤他五名（佐藤以外還有五名）
　私は此の他に何も知らない（除此以外我一無所知）
　所用の者の他入る事を禁ずる（閒人免進）

他でもない、今初め無ければ間に合わないからだ（不是因為別的主要是因為現在不開始就來不及了）

他でもない、働かざる得ないから働くのだ（不是別的因為不勞動不成所以才勞動）

石炭は石に一種に他ならない（煤不外乎是石頭的一種）

今日の成功を見たのは絶え間ない努力の結果に他為らない（得到今日的成功不外乎是不斷努力的結果）

相手の挑戦で応じないと言う事は負けた事に他為らない（不接受對方的挑戰就等於敗給他了）

斯う為ったからには謝る他無い（既然是這樣就只好道歉）誤る

私と為ては行く他無い（我只好去）

然うするより他仕方有るまい（只好如此恐怕毫無辦法）

彼より他知っている者は居無い（除他以外沒人知道、只有他知道）

他し、異し〔造語〕別的、以外的（=別の、他の）

 他し男（別的男人、情夫）徒し、空し
 他し女（別的女人、情婦）
 他し国（他國、外國）
 他し人（他人）
 他し事は扨置き（他事暫且不提、閒話少敘、言歸正傳）

鉈（ㄊㄚ）

鉈〔名〕劈柴刀、厚刃短劈刀、（整修石板瓦用的）鑿刀（=大鉈）

 （大）鉈を振るう（大量削減預算，職工等）
 予算に（大）鉈を振るう（大刀闊斧地削減預算）

鉈鎌〔名〕（砍樹、修枝用的）鉤刀
鉈豆〔名〕〔植〕刀豆
鉈豆煙管〔名〕刀豆莢狀煙袋、平扁形煙袋

塔（ㄊㄚˇ）

塔〔名、漢造〕塔

 五重の塔（五層塔）
 石塔（石塔、墓碑、墓石）
 卵塔、蘭塔（無縫塔、卵形塔身的石塔）
 五輪塔（五輪塔）
 television塔（電視塔）
 仏塔（佛塔、寺院的塔）
 無線塔（無線電塔）
 Eiffel塔（艾菲爾鐵塔、巴黎鐵塔）
 堂塔伽藍（寺院）

塔狀雲〔名〕〔氣〕塔狀雲（雷雨前的厚雲）

塔城冰塊〔名〕〔地〕（形成冰河的）塔形冰塊、冰塔、冰雪柱

塔婆〔名〕〔佛〕塔形木牌、卒塔婆（=卒塔婆）

 塔婆に戒名と経文が書いて有る（塔形木牌上寫著戒名和經文）

塔望遠鏡〔名〕（研究太陽的）塔狀望遠鏡

塔門〔名〕（古代埃及寺院的）塔門

塔屋〔名〕〔建〕大樓頂上的小屋（升降機塔、換氣塔、裝飾亭之類）

塔頭〔名〕〔佛〕禪宗祖師墳墓所在地、本寺院內的小寺

沓（ㄊㄚˋ）

沓〔漢造〕語多如水流不止之狀為沓、眾多的、鞋

 雜沓、雜踏、雜閙（人多擁擠、人山人海、熙熙攘攘、喧閙）

沓、靴、履〔名〕鞋

 子供靴（童鞋）
 紳士靴（男鞋）
 婦人靴（女鞋）
 短靴（普通皮鞋）
 編み上げ靴（高腰皮鞋）
 長靴（長筒皮鞋）

護謨靴、ゴム靴（膠鞋）

護謨長靴、ゴム長靴（膠皮長鞋）

運動靴（運動鞋）

ズック靴（帆布鞋）

靴の底（鞋底）

靴の踵（鞋後跟）踵

靴の甲（鞋面）

靴紐（鞋帶）

靴敷き（鞋店）

靴を直す（修皮鞋）

靴を脱ぐ（脱鞋）

靴を履く（穿鞋）穿く

靴を磨く（擦皮鞋）

靴一足（一雙鞋）

此の靴は足に合わない（這雙鞋不合腳）

此の靴は窮屈だ（這雙鞋小）

此の靴は小さい（這雙鞋小）

靴は履いた儘で結構です（可以穿著鞋進來）

靴の儘上がっては行けません（請勿穿鞋入內）

靴工（製鞋工人）

靴師（製鞋工人）

靴を隔てて痒きを掻く（隔鞋搔癢）

沓脱ぎ、靴脱ぎ〔名〕（設在房屋門口或通往院子的走廊的）脱鞋的地方

靴脱ぎ石（門口或走廊脱鞋處放鞋的石塊或石板）

踏（ㄊㄚˋ）

踏〔漢造〕踏、踩

舞踏、舞蹈（舞蹈＝ダンス、古時朝賀等時的拜舞）

高踏（高蹈、超逸、清高、超脱世俗）

前人未踏（前人未曾走過）

踏歌〔名〕載歌載舞、（平安時代正月中旬少年男女在宮廷中）邊歌邊舞慶祝新正的舞蹈

踏査〔名、他サ〕勘查、勘測、踏勘、實地調查

実地踏査（實地勘查）

史跡を踏査する（勘查史蹟）

新線路の踏査が終った（新線路的勘察工作做完）

踏襲、蹈襲〔名、他サ〕承襲、沿襲、沿用

前例を踏襲する（沿用舊例）

前内閣の政策を踏襲する（沿襲前内閣的政策）

踏青〔名〕踏青（＝野遊び）

踏破〔名〕走過（艱險的道路）、走遍

山頂を踏破する（越過山頂）

日本Alpsの峰峰を踏破した（遍登日本阿爾卑斯山的群峰）

全国を踏破する（走遍全國）

踏み破る、踏破る〔他五〕踏破，走遍、踢破、踩破

Alpsを踏み破る（踏遍阿爾卑斯山）

踏む、践む、履む〔他五〕踏，踩、踐踏、踏上、實踐、履行、估計、經歷、遵守、賴帳、押韻

ミシンを踏む（踩縫紉機、做縫紉工作）

人の足を踏む（踩別人的腳）

芝生を踏む可からず（不許踐踏草坪）

釘を踏む（踩上釘子）

外国の地を踏む（踏上外國的土地）

初めて此の土地を踏んだ（初次來到這個地方）

初舞台を踏む（初登舞台＝初舞台に出る）

八歳で初舞台を踏む（八歳就登台表演）

場数を踏む（反覆實踐、累積經驗）

敵地を踏む（親臨敵人陣地）

約を踏む（履約）

手続きを踏む（履行手續）

値を踏む（估價）

千円と踏む（估計値一千日元）

此れは踏めるよ（這可以出個好價）

如何踏んでも一万円の値打が有る（怎麼估計也値一萬日元）

彼は幾等安く踏んでも議員には踏めるよ（怎麼低估他也像是個議員）

実現は不可能と踏む（估計不能實現）

大学の課程を踏む（學完大學的課程）

正道を踏む（走正道）

韻を踏む（押韻）

薄氷を踏む（戰戰兢兢如履薄冰）

踏んだり蹴ったり（又踢又踹、欺人太甚）

此れじゃ丸で踏んだり蹴ったりだ（這簡直欺人太甚）

踏み〔名〕〔商〕補進（虧本買回賣空的股票等）←→投げ

踏み跡、踏跡〔名〕足跡、腳印

踏み誤る〔自五〕失足、邁錯了步、踩錯了地方

踏み荒らす、踏荒らす〔他五〕亂踩、踏壞

花園を踏み荒らす（把花園踩得亂七八糟）

残る隈無く踏み荒らされた（被踐踏得沒一點好地方）

踏み石、踏石〔名〕（日式房子進門處放的）踏腳石、（庭園中稍有間隔的）腳踩石（=飛び石）

踏み石に履物を揃える（把鞋履整齊地擺在踏腳石上）

踏み石伝いに（沿著腳踩石走）

踏み板、踏板〔名〕（風琴、縫紉機等的）踏板、（蓋溝渠等用的）踏板，過板，踩板

踏み入れる〔他下一〕步入、跨進、邁進

危険の場所に足を踏み入れる（走進危險的地方）

此の森には誰も足を踏み入れていない（這個森林裡誰也沒有進來過）

外国の領土に足を踏み入れる（踏上外國的領土）

踏み臼、踏臼〔名〕碓（腳踏舂米臼）（=唐臼、碓）

踏み絵、踏絵〔名〕（江戸時代）為證明不是天主教徒，讓人踏刻有聖母瑪利亞或耶穌像的木板或銅板。〔轉〕檢查思想（的手段）

踏み替える〔他下一〕換腳踩、更換踏的腳

足を踏み替える（換腳踩）

踏み固める〔他下一〕踏結實

土を踏み固める（把土踏實）

踏み固められた雪（被踩硬的雪）

踏み被る〔他五〕踏入水坑（洞穴）中、腳踏（泥水）後濺回到身上、自作自受、受騙上當

踏み切る、踏切る〔他五〕踏斷、橫過。〔體〕起跳、下定決心。〔相撲〕腳踩出圈外

鼻緒を踏み切る（踏斷木屐帶）

線路を踏み切った所に本屋が有る（穿過鐵道那裏有一家書店）

力強く踏み切る（用力起跳）

一歩踏み切って金を出す（下定決心掏錢）

寄られて呆気無く踏み切る（一靠就輕易地被靠出了圈）

踏切〔名〕（鐵路）平交道。〔體〕起跳，起跳點。〔相撲〕腳踩出圈外。〔轉〕決心（=踏ん切り）

無人踏切（無人看守的平交道）

踏切を渡る（過平交道）

踏切注意（小心火車）

汽車が踏切に近付いて汽笛を鳴らす（火車開近平交道鳴笛）

踏切が拙い（起跳不好）拙い

踏切板（起跳板）

踏切が有って敗れる（因腳踩出圈而失敗）

中中踏切が付かない（總下不了決心）

踏切番〔名〕〔鐵〕平交道看守員

踏切番小屋（平交道値班室）小屋

踏ん切り〔名〕（踏切的音便）下決心

踏ん切りが付かない（下不了決心）

踏ん切りが悪い（游移不定）

踏み砕く〔他五〕踏碎、踩碎

踏車〔名〕（灌溉用）腳踏水車

踏鍬〔名〕（用一隻腳蹬著挖土的）鐵鍬

踏み消す〔他五〕踏滅、撲滅、鎮壓

踏み子〔名〕〔機〕腳踏板
　踏み子を踏む（踩腳踏板）

踏み越える、踏越える〔自下一〕踩過，邁過、渡過，擺脫
　敷居を踏み越える（邁過門檻）
　危機を踏み越える（渡過危機）

踏み越す、踏越す〔他五〕〔相撲〕腳出場地
　相手の倒れる前に自分が踏み越す（在對方倒下之前自己先出場地）

踏み越し、踏越し〔名〕〔相撲〕腳出圈外（＝踏切）
　踏み越しが有って負ける（腳踩出圈而敗）

踏み堪える、踏堪える〔他下一〕〔相撲〕叉開雙腳站穩（頂住對方的猛推）。〔轉〕忍耐住，忍受住
　鋭い押しをじっと踏み堪える（站穩腳跟頂住對方的猛推）
　土俵際で踏み堪える（在場地邊緣叉開雙腳站穩）
　踏み堪える力（耐性）
　困難を踏み堪える力に乏しい（缺乏忍受住困難的力量）

踏み込む、踏込む〔自五〕陷入，跨進，踩陷進去、闖入，擅自進入
　〔他五〕踩進去
　泥の中に踏み込む（陷入泥中）
　草叢に踏み込む（走進草叢）
　事件の核心に踏み込む（陷入事件的核心裡）
　社会主義と言う新時代に踏み込んだ（跨進了社會主義的新時代）
　警察に踏み込まれる（警察突然前來搜查）
　片足を穴に踏み込む（把一隻腳踩進洞裡）
　田の中へ堆肥を踏み込む（把堆肥踩進水田裡）

踏ん込む〔自五〕〔俗〕（踏み込む的音便）踩進、下決心、闖入〔他五〕踩進去、踩下去
　泥沼に踏ん込む（踩進泥坑裡）
　田の中へ堆肥を踏ん込む（把堆肥踩進田裡）

踏み込み、踏込み〔名〕〔相撲〕（一站起來）越過中線先踏入對方那一邊、（設在日式房屋一進門處）放鞋的地方、深入
　踏み込みが良い（搶先踏入對方那一邊）
　調査の踏み込みが足りない（深入調查不夠）

踏み込み畳、踏込畳〔名〕〔茶道〕（舗在主人出入口接近通往洗茶具處的）草蓆

踏み殺す〔他五〕踩死
　彼は象に踏み殺された（他被象踩死了）

踏み毀す〔他五〕踩碎、踏壞、踏毀

踏み拉く、踏拉く、踏み拉く，踏拉く〔他五〕用腳踩得亂七八糟
　夏草を踏み拉く（踩毀夏天長的草）
　野原の草花が踏み拉かれている（野地上的花草被踩得一塌胡塗）

踏み締める、踏締める〔他下一〕用力踩、踩結實
　一歩一歩踏み締めて坂を登る（一步一步使勁踏著上坡）登る上る昇る
　土を踏み締める（把土踩結實）
　私は確り足を踏み締めて演説を始めた（我站穩之後開始了演說）

踏み台、踏台〔名〕（從高處取東西用的）腳搭，凳子，梯凳、（為達到目的而暫時利用的）墊腳石，手段
　踏み台に乗って物を取り卸す（登上凳子取下東西）卸す下す降ろす
　人を踏み台に為る（把人當作墊腳石）
　人を踏み台に為て出世する（踩著別人向上爬）
　踏み台に為って遣る（給當墊腳石）

踏み継ぎ〔名〕腳搭，凳子，梯凳（＝踏み台、踏台）

踏み倒す、踏倒す〔他五〕賴帳，欠債不還、踏倒，踢倒、（給…）丟臉
　借金を踏み倒す（借錢不還）

タクシー代を踏み倒す（賴掉計程車錢）

方方の料理屋を踏み倒す（欠很多飯館錢不還）方方

踏み出す、踏出す〔自、他五〕邁出，邁步、出發，進入、開始、著手。〔相撲〕腳踩出圈

第一歩を踏み出す（邁出第一步）

国外に踏み出す（出國）

文壇に踏み出す（進入文藝界）

土地開拓に踏み出す（著手進行開荒）

土俵を踏み出す（腳踩出場地-按規定算輸）

踏み出し〔名〕開始

踏み出しが良い（開市大吉、良好的開端）

踏み出しが悪い（開張不利、不良的開端）

踏み立てる〔他下一〕踏地站起、踏地驚起（鳥等）、（腳）扎上（=踏み抜く、踏抜く）

釘を踏み立てる（扎上釘子）

踏み段、踏段〔名〕（梯子等的）台階

石の踏み段（石頭台階）

踏み段を上がる（上台階）上がる揚がる挙がる騰がる

踏み段を下りる（下台階）下りる降りる

踏み段を設ける（設台階）設ける儲ける

踏み違える〔他下一〕失足、扭腳

踏み付ける、踏付ける〔他下一〕用力踩住。〔轉〕藐視、輕視、欺負、壓迫

箱を踏み付ける（用勁踩住箱子）

確り踏み付けて置く（使勁踩住）

人を踏み付けるにも程が有る（欺人太甚）

其は人を踏み付けた仕打ちだ（那是欺負人的做法）

踏み付けられて立ち上がれない（受壓迫站不起來）

踏ん付ける〔他下一〕（踏み付ける的音便）（用力）踩住、踩上

下駄で毛虫を踏ん付ける（用木屐踩住毛毛蟲）

踏み付け〔名、形動〕踐踏、藐視、欺負

人を踏み付けに為る（欺負人）

踏み付けな（の）仕打（藐視人的做法）

踏み潰す、踏潰す〔他五〕踩壞，踩破、踏毀、消滅（敵人），踏平（敵陣）、使人丟臉

芝生を踏み潰す（把草坪踩壞）

葡萄を踏み潰す（把葡萄踩破）

人の顔を踏み潰す行為（使人丟臉的行為）

踏み面、踏面〔名〕踏面（台階或階梯上腳踩的地方）

踏み面〔名〕（車的）輪胎著地面、支撐面、滑動面

踏み所，踏所，踏み処、踏み所，踏所〔名〕立足處、落腳處、放腳處

部屋中に本が散乱していて足の踏所も無い（滿屋子裡亂放著書沒有下腳的地方）

踏まえ所〔名〕立足點，立足處、立場（=立場）

踏み場、踏場〔名〕立足處、立足點、落腳處（=踏み所，踏所，踏み処、踏み所，踏所）

踏み止まる〔自五〕站穩，用力站住不動、留下，堅持到底、停步、只注

踏み止まって敵を防ぐ（站住抵禦敵人）

ずるずる滑ったが、中途で踏み止まった（滑溜地滑下來可是在半途站住了）

最後迄踏み止まる（堅持到最後）

飽く迄踏み止まる決心だ（決心留下來幹到底）

皆帰ったが一人踏み止まって仕事を遣り遂げる（大家都回去了一個人留下來把工作做完）

踏み止まって良かった（停下來對了）

踏み止め石〔名〕〔建〕（支承拱腳的）斜交石

踏み均す〔他五〕踩平

土を踏み均す（把土踩平）

踏み均した道（踏平的道路）

踏み鳴らす、踏鳴す〔他五〕踏響、跺腳

怒って足を踏み鳴らす（氣得直跺腳）

足を踏み鳴らして部屋を出る（跺著腳走出屋子）

床を踏み鳴らして騒ぐ（腳跺地板大吵大鬧）床

踏み躙る〔他五〕踏毀，蹂躪、違約，爽約

他国を踏み躙る（蹂躪別國）

信義を踏み躙る（背信棄義）

草花を踏み躙る（踐踏花草）

面目を踏み躙る（使人丟臉、使人無法下台）

約束を踏み躙る（爽約）

踏み抜く、踏抜く〔他五〕用力踩穿、扎腳，扎刺

床を踏み抜く（把地板踩出個洞）

釘を踏み抜く（踩上釘子）

ゴム靴での山歩きは踏み抜く恐れが有る（穿膠鞋走山路會扎腳的）

踏み抜き、踏抜き、踏み貫き〔名〕扎腳、腳踩上刺（釘）

踏み値〔名〕〔經〕估價

踏み外す、踏外す〔他五〕失足，踩空。〔喻〕脫離正軌，幹不正經的事、失敗，下台

崖を踏み外して海中に落ちる（踩空懸崖掉到海裡）

人の道を踏み外す（誤入歧途走上邪路）

彼の事だから踏み外す心配は無かろう（他這個人不用擔心有越軌行為）

踏み開かる〔自五〕叉開雙腳站著

踏み開ける〔他下一〕叉開雙腳擺開架勢

踏み幅〔名〕〔建〕梯段、梯級

踏みボタン〔名〕腳踏按鈕

踏み迷う、踏迷う〔自五〕迷路。〔轉〕誤入歧途，走上邪路

山道を踏み迷う（在山裡迷路）

恋の闇路に踏み迷う（彷徨於戀愛的迷途上）

踏み分ける〔他下一〕用腳蹬開（樹枝草叢等）前進

道無き道を踏み分ける（用腳蹬著尋路前進）

深い草叢を踏み分けて進む（用腳蹬著濃密的草叢前進）

踏み藁〔名〕鋪牲口圈的稻草

踏み藁を敷く（給牲口圈鋪上稻草）敷く如く若く

踏み割る、踏割る〔他五〕踩碎、踩破

踏み渡る〔自五〕（從泥、水中）走過去

泥の中を踏み渡る（從泥中穿過去）

踏まえる、踏んまえる〔他下一〕踏踩，用力踏。〔轉〕根據、依據

大地を踏まえる（腳踏實地）

両足を踏まえて大石を持ち上げる（兩腳用力踏地舉起大石頭）

鬼を踏まえた四天王の像（腳踏小鬼的四大天王像）

此れは最新の学説を踏まえた社会史である（這是根據最新學說編寫的社會史）

事実を踏まえて（根據事實）

踏ん反る、踏ん反り返る〔自五〕（腆肚伸腿）向後仰，向後靠，傲慢，擺架子

椅子に踏ん反り返る（向後仰著坐在椅子上）

踏ん反り返って物を言う（傲氣十足地說話）

踏ん張る〔自五〕叉開雙腳使勁站住、堅持，固執，掙扎，加油

体を弓形に為て踏ん張る（哈下腰叉開雙腳使勁站住）弓形弓形弓形

土俵際で踏ん張る（在摔跤場邊上用力站住）

鐙を踏ん張る（兩腳用力蹬馬鐙）

もう少しだから踏ん張れ（只差一點了加油！）

頑固に踏ん張って一寸も動かない（頑固地堅持毫不動搖）

踏ん張り〔名〕堅持、努力、掙扎、加油

もう一踏ん張りする（再加一把勁）

最後の踏ん張りが効かない（最後的掙扎無濟於事）聞く聴く訊く効く利く

獺、獺（ㄊㄚˋ）

獺、獺 〔漢造〕水獺（形如小狗的水獸，屬哺乳動物綱，食肉目）

獺〔名〕〔動〕水獺

獺、川獺〔名〕〔動〕水獺、水獺皮
　獺のオーバー（水獺皮大衣）嘘鶯

獺〔名〕〔動〕水獺、水獺皮

特（ㄊㄜˋ）

特〔名〕雄牛、供祭祀的一頭牛。

〔漢造〕（有時讀作特）特、與眾不同
　奇特、奇特（奇特，珍奇，可嘉，值得讚揚）

特に〔副〕特、特別（=取り分け、殊更）
　特に断って置くが（特別先說一下）
　特に此の事に注意を為て貰い度い（請特別注意此事）
　一紳士（特に名を秘す）（一位紳士〔姑隱其名〕）
　本日に限り入場料は特に半額（限今日票價特別減半）
　梅雨時は特に食べ物に気を付け為さい（梅雨季節請特別注意飲食）
　数学の成績が特に悪い（數學的成績特別壞）
　特に君の為に注文したんだ（這是特別給你要的）
　特に言う可き程の事も無い（並沒有特別值得說的）

特異〔名、形動〕異常，特別，非凡，出眾，卓越
　特異な体質（特別的體質）
　特異な才能を持つ（有卓越才幹）

特飲街〔名〕（有女招待的）特殊飲食店街

特化〔名、自サ〕〔生〕特殊化

特価〔名〕特價、特別廉價、特別減價
　特価で投げ売る（按特價拋售）
　只今特価販売中です（本店正大減價甩賣）
　特価品（特價品）
　特価売場（廉價品專櫃）

特科〔名〕〔軍〕特種、特殊兵種
　特科兵（特種兵-舊指步兵以外的騎兵、砲兵、工兵、航空兵、輜重兵、憲兵等兵種）

特快〔名〕特快電車（=特別快速電車）

特記〔名、他サ〕特別記載、大書特書
　特記に値する（值得大書特書）
　今年度の文壇で特記す可き傑作（今年文壇上值得大書特書的傑作）

特技〔名〕特別技能（技術）
　彼の特技は徒手体操だ（徒手體操是他的特殊技能）
　彼はradio製作の特技を持っている（他特別擅長裝配收音機）

特急〔名〕特快，特別快車（=特別急行列車）、火速，趕快
　特急の停車駅（特快車停車站）
　特急で東京へ立つ（坐特快往東京出發、坐特快到東京去）
　特急で原稿を送る（把原稿火速寄去）
　特急で遣りましょう（加快做吧！）

特級〔名〕特級、最高級、最上等
　特級酒（特級酒）
　特級官（特任官-官吏的最上級、總理大臣、最高法院院長等）

特許〔名、他サ〕（政府的）特別許可，（政府授予發明人及其繼承人的）專利特許，專利權（=特許権）
　鉄道敷設の特許を得る（取得鋪設鐵路的特別許可）
　特許期限を延ばす（延長特別許可的期限）
　bus営業に対する特許（對經營公車的特別許可）
　採掘の特許を申請する（申請採礦的特別許可）
　特許会社（特許公司）
　商標の特許を取る（取得商標的專利權）
　designの特許を取る（取得設計的專利權）
　専売の特許を出願する（申請專賣權）

特許を得た発明（得到專利權的發明）

特許出願中（正在申請專利）

特許企業（特許企業-政府特許的電力、煤氣、地方鐵路等公共企業）

特許権（特許權、專利權）

特許事務所（〔政府批准代辦申請專利註冊商標等手續的特許代辦處）

特許状（政府頒發的特許證）

特許審判（特許廳關於專利權爭訟的審判）

特許庁（〔通商產業省下辦理專利、註冊等事務的〕特許廳）

特許品（特許品、有專利權的製品）

特許法（特許法、專利法）

特銀〔名〕特殊銀行（如日本輸出入銀行、日本開發銀行等）（=特殊銀行）

特遇〔名、他サ〕特殊待遇

特訓〔名〕（對運動員等的）特別訓練（=特別訓練）

英語の特訓を受ける（受英語的特別訓練）

特恵〔名〕特惠、特別優惠

A国の輸入品を特恵待遇する（給予A國的進口貨特惠待遇）

特恵関税（特惠關稅）

特恵税率（特惠稅率）

特掲〔名、他サ〕特別顯示

特権〔名〕特權

外交官の特権（外交官的特權）

特権を享受する（享受特權）

特権を失う（喪失特權）

特権思想（特權思想）

特権階級（特權階級）

特権取引（約期選擇交易-在契約到期前一方有權付出一定的貼水以解除契約的交易）

特権付買い（購買選擇權-到期有權要求交貨）

特権付売り（售賣選擇權-到期有權要求對方接受貨物）

特功〔名〕特殊的功勞

特攻〔名〕〔軍〕特攻（=特別攻擊）

特攻隊（第二次世界大戰末期的日本敢死隊）

特攻機（特攻飛機、自殺飛機、敢死飛機-以機身衝撞敵人飛機或軍艦與之同歸於盡）

特効、特效〔名〕〔醫〕特效

特効薬（特效藥）

結核に特効の有る薬（結核病的特效藥）

特高〔名〕〔舊〕（專管政治思想的）特種高等警察（=特別高等警察）

特作〔名〕特殊作品、特別拍攝的影片

超特作（超級特攝影片）

特撮〔名〕特殊攝影（=特殊撮影）

特撮場面（特技鏡頭）

特産〔名〕特產

特産品（特產品）

特産物（特產品）

貴州の特産茅台酒（貴州的特產茅台酒）

特旨〔名〕（天皇的）特旨

特使〔名〕特使

外国へ特使を派遣する（向外國派特使）

特使配達電報（專人投遞的電報）

特質〔名〕特質、特徵

日本文化の特質を研究する（研究日本文化的特徵）

特写〔名〕特別攝影

本誌特写（本雜誌特別攝影）

特車〔名〕〔軍〕坦克（自衛隊對坦克的新稱）

特赦〔名〕〔法〕特赦

特赦を行われる（施行特赦）

特赦に会って出獄する（遇到特赦而出獄）

特殊〔名、形動〕特殊、特別

特殊な（の）方法（特殊的方法）

特殊な（の）措置（特殊的措施）

特殊な（の）任務（特殊的任務）

特殊な（の）性質（特殊的性質）

特殊な（の）目的（特殊的目的）
特殊な（の）原因（特殊的原因）
特殊児童（身心發育遲緩的異常兒童）
特殊鋼（特殊鋼）
特殊裏書（除轉讓外另加其他條件的特種背書）
特殊学級（中小學為身心發育不全的兒童設立的特別班）
特殊教育（對聾啞盲等兒童的特殊教育）
特殊銀行（特殊銀行-如日本輸出入銀行、日本開發銀行）
特殊勤務（出差加班等特殊勤務）
特殊撮影（電影特技攝影）
特殊進化（特殊適應演性化）
特殊性（特殊性質）
特殊取り扱い郵便（掛號信等特種郵件）
特殊部落（受到嚴重不平等待遇的特殊部落）
特殊兵器（原子、生物、化學武器以外的殺傷力大的武器）
特殊飲食店（有女招待的飲食店）

特種〔名、形動〕特別類型
　特種な（の）頭痛（特別類型的頭痛）
　特種な（の）薬剤（特種藥劑）

特種〔名〕（報紙的）特訊、特別消息、獨家消息（＝スクープ）
　特種を出す（登載特別消息）
　特種を載せる（登載特別消息）載せる乗せる伸せる熨せる
　特種を取る（採取特別新聞）
　こんな事件が特種に為るとは思わなかった（沒想到這種事件會成了特別新聞）

特需〔名〕特別需要（特指美軍在日本採購軍用物資）、政府特別訂貨
　特需工場（特需工廠-為美國軍隊生產軍用物資的工廠）

特集、特輯〔名、他サ〕專刊、專輯、專集
　特集号（雜誌的專刊號）
　特集記事（報紙、雜誌的專題報導、專題文章）
　新年特集号（新年專刊）

特出〔名、自サ〕出眾、傑出、卓越
　彼の声は多くの人の中で特出している（他的聲音出眾）

特小〔名〕特別小號（的東西）

特称〔名〕特稱，特別稱呼。〔邏〕特稱
　太閤は豊臣秀吉の特称である（太閣是豐臣秀吉的特稱）
　全称から特称を推論する（從全稱推論特稱）

特賞〔名〕特獎
　特賞が当たった（得了特獎）
　特賞に入選する（被選入特獎）

特色〔名〕特色、特徵、特點、特長
　各人の特色を発揮する（發揮各自的特點）
　髪の黒いのも東洋人の特色の一つだ（黑髮也是東方人的特徵之一）
　彼は特色の有る作家だ（他是個有特色的作家）

特信〔名〕特電、特別電訊

特進〔名、自サ〕特別進級、特別升進
　二階級特進する（特別升進兩級）

特漉、特濾〔名〕特別抄的上等紙

特性〔名〕特性、特點←→通性
　此の品は熱に強いと言う特性が有る（這種東西有耐熱的特性）
　此れと言った特性の無い男（沒有什麼特點的人）
　特性吸収帯（〔理〕特性吸收帶）
　特性放射（〔理〕標識輻射）
　特性方程式（〔理〕物態方程）

特製〔名、他サ〕特製

注文により特製した品（根據訂貨特製的東西）

本社特製の化粧品（本公司特製的化妝品）

特製本（精裝本）

特設〔名、他サ〕特設

大会の為にスタンドを特設する（為了開大會特設看台）

特設電話（專用電話）

特設道路（專用道路）

特設売場（特設售貨處）

特設リンク（特設滑冰場）

特設ステージ（特設的舞台）

特撰〔名、他サ〕特別用心製做（的東西）、被特別推薦的優良品

特選〔名、他サ〕特別選出（的東西）、（美術、展覽會等）特別選出的優秀作品

特選した新柄を展覧する（展出特選的新花樣衣料）

日展特選の日本画（日本美術展覽會特選的日本畫）

特選品（特別選出的東西）

特薦〔名、他サ〕特別推薦

特捜〔名〕特別搜查（=特別搜查）

特捜班（特別搜查班）

特装〔名〕特別裝訂、特殊裝備

特装版（精裝本）

特装車（特殊裝備車-如消防車、自動卸貨卡車、競選宣傳車）

特損〔名〕〔商〕（估計不到的）特別損失

特大〔名〕特大、特大號

足が大きいので特大の靴を買う（因腳大買特大號的鞋）

特大サイズ（特大號尺寸）

特待〔名、他サ〕特殊待遇

特待生（因成績優異免學費待遇的學生、成績優異的公費生）

特担分損〔名〕〔商〕單獨海損

特段〔名〕〔舊〕特別、格外（=特別）

特段の措置（特別的措施）

特注〔名、他サ〕特別訂貨（=特別注文、特別發注）

特注品（特訂物品）

特長〔名〕特長

各人の特長を生かす（發揮個人的特長）

特徴〔名〕特徵、特色

他と異った特徴（與眾不同的特徵）

犯人の特徴は左の頬に痣が有る点である（左頰有痣是犯人的特徵）

彼の文章には特徴が無い（他的文章沒有特色）

象の鼻は象にだけ見られる特徴だ（象鼻子是象獨具的特徵）

特徴付ける〔他下一〕使具有特徵、賦予特徵

乾性油は空中から酸素を吸収すると言う特性に依って特徴付ける（乾性油的特徵是它具有從空氣中吸收氧氣這種特性）

特点〔名〕特點、特色（=特徵）

特定〔名、他サ〕特別指定、特別規定

特定の人だけに見学を許可する（只准許特別規定的人參觀）

日本では煙草や塩は特定の店で売る（在日本香菸和鹽在特別指定的商店出售）

特定遺贈（特別指定的遺贈物-金錢、權利）

特定財産（在總財產中特別指定的部分財產）

特定株（證券交易所指定減少手續費的優待股票）

特定局（特定郵局、三等郵局）

特典〔名〕特別的儀式、特別待遇

授爵の特典に浴した（得到授爵的特別恩典）

会員の特典（會員的特別待遇）

特電〔名〕（通訊社 國外特派員的）專電（=特別電報）

ロイター特電（路透社專電）

タス通信社特電（塔斯社專電）

特等〔名〕特等
特等で入選（以特等入選）
特等席（特等座、劇場的包廂）
特等室（船的特等艙）

特任〔名、他サ〕特別委任

特認〔名、他サ〕特別承認

特派〔名、他サ〕特別派遣
海外に記者を特派する（向國外特派記者）
特派全権公使（特派全權公使）
特派全権大使（特派全權大使）
特派員（特派員）

特配〔名、他サ〕特別配給、（股票的）額外分紅
妊婦用の米を特配を受ける（得到孕婦用的特配米）

特売〔名、他サ〕特別賤賣、（機關不經投標）賣給特別指定的人
大特売（大賤賣）
夏の衣料を特売する（廉價出售夏季衣料）
特売品売場（廉價品售貨處）

特発〔名、自他サ〕加班（車）。〔醫〕特發，自發，原發
特発電車（加班電車）
特発性疾患（特發性疾病、自發性疾病）
特発病（特發疾病、自發疾病）

特筆〔名、他サ〕特別寫出、大書特書
此の点は大いに特筆する価値が有る（這一點值得大書特書）
其は特筆す可き大事件だ（那是值得大書特書的大事件）
特筆大書（大書特書）

特別〔名〕特別、格外 ←→ 普通、一般
特別に安くする（特別減價）
特別の（な）場合は考慮しても良い（特別情況也可以考慮）

彼は特別に良い待遇を受けている（他受到特別優待）
私はもう病人じゃないから、特別扱いに為ないで貰い度い（我已經不是病人了請不要特別照顧）
貴方だけ特別に知らせます（只特地告訴你一個人）
今日は特別良く出来ました（今天做得特別好）
特別国会（特別國會）
特別会計（特別會計）
特別急行（特別快車）
特別教育活動（課外活動-如班會等）
特別高等警察（〔舊〕特務警察）
特別担保（為特定債權提供的特別擔保品）
特別当座預金（隨時可以存取的小額活期存款）
特別機（專機）
特別世界日（〔地球物理〕特定世界觀測日-國際地球物理年期間特別指定精密觀測的日期）

特報〔名、他サ〕特別報導
オリンピックのニュースを特報する（特別報導奧運會的消息）
海外からの特報が入電した（國外發來特別報導的電報）

特務〔名〕特別任務
特務を帯びる（身負特殊任務）
特務艦（特務艦-海軍的輔助艦-運輸艦-破冰船-測量船-加油船的總稱）
特務機関（專做諜報活動的特務機關）

特命〔名〕特別命令、特別任命
首相の特命を受けて渡欧する（接受首相的特別命令赴歐）
特命全権公使（特命全權公使）
特命全権大使（特命全權大使）

特免〔名、他サ〕特別許可、特別免税、特別赦免
特免品（特種免稅品）

特約〔名、自サ〕特約、特別約定
製作所と特約して一手販売する（和製造廠特約獨家經銷）
特約店（特約店）

特有〔名、形動〕特有
此の地方特有の風俗（這個地方特有的風俗）
百合の花特有の強い匂い（百合花特有的濃郁的香味）臭い

特融〔名〕〔商〕特別通融（資金）

特用〔名〕特別使用、特殊用途
特用作物（棉、菸、茶、麻、桑等經濟作物）

特利〔名〕〔商〕高於規定的利息
特利預金（高利息存款）

特立〔名、自サ〕特出，傑出。〔古〕獨立
特立した才能（傑出的才能）

特例〔名〕特例，例外、特別的範例
特例は認めない（不許有例外）
君の場合は特例と為て許可される（你的情形可以作為例外照准）

苔（ㄊㄞˊ）

苔〔漢造〕苔
青苔（青苔＝青苔）
緑苔（綠苔）
碧苔（碧苔）
舌苔（舌苔）

苔蘚〔名〕〔植〕蘚苔（＝苔）

苔類〔名〕〔植〕蘚苔類

苔、蘚、蘿〔名〕〔植〕苔，地衣，蘚苔，綠苔、像蘚苔似的白斑
苔（が）生す（生苔）生す産す
庭石に苔が付いて来た（院子裡的點景石長了一層青苔）
舌に苔が出来ている（舌頭上起了舌苔）

苔が生える（〔喻〕古老、陳舊）生える栄える映える這える
苔の生えた学説（陳舊的學說）
苔の生えた考え（陳舊的想法）
転がる石に苔は生えない（滾動的石頭上不長苔、戶樞不蠹、流水不腐）

苔色〔名〕青苔色、深綠色（＝モスグリーン moss green）

苔清水〔名〕長著青苔的岩間的清流

苔の衣〔連語〕出家人（隱士）的粗布衣

苔の下〔連語〕墳墓之下、九泉之下

苔筵〔名〕寒酸的臥具

苔瑪瑙〔名〕〔礦〕蘚紋瑪瑙

苔桃〔名〕〔植〕越橘
苔桃属（烏飯樹屬）

苔生す〔自五〕長苔、生苔
苔生した石（長了青苔的石頭）
年の経て苔生した石碑（年久生苔的石碑）

苔生し〔名〕長苔、生苔
苔生しの庭石（長青苔的庭院點景石）

胎（ㄊㄞ）

胎〔漢造〕懷胎，懷孕、胎，子宮，萌芽，物之起源
受胎（受胎、受孕、妊娠）
懐胎（懷胎、懷孕＝妊娠）
脱胎、奪胎（改頭換面、剽竊他人作品）
換骨奪胎（脫胎換骨）
堕胎（墮胎、打胎）
多胎現象（多胎現象）
母胎（母胎、母體懷胎）
母胎内で発育不十分（懷孕期間發育不良）
母胎を離れる（誕生）
母胎を出る（誕生）
胚胎（胚胎、〔轉〕起因，起源）

胎衣〔名〕胞衣（＝えな）

胎衣を納める（埋胎盤）

胎位〔名〕〔醫〕胎位、胎兒的位置

胎芽〔名〕〔植〕胚芽，珠芽，腋芽（＝珠芽,零余子.零余子）、兩個月以內的胎兒

胎教〔名〕胎教

胎教を施す（施行胎教）

胎形保有〔名〕〔生〕產後胎期性狀

胎座〔名〕〔植〕胎座（胚珠附著處）

胎児〔名〕〔醫〕胎兒

胎児の教育（胎教）

妊婦は胎児の為に栄養を充分取る必要が有る（孕婦為胎兒必須充分攝取營養）

胎児切開（碎胎術）

胎生〔名〕〔動〕胎生←→卵生

胎生動物（胎生動物）

哺乳類は胎生である（哺乳類是胎生的）

胎生学（胚胎學）

胎中〔名〕胎中

胎動〔名、自サ〕〔醫〕胎動。〔轉〕前兆，苗頭，萌芽

胎動期に達する（到胎動期）

革新の気運の胎動が感じられる（感覺到革新趨勢的苗頭）

胎毒〔名〕胎毒（嬰兒頭部臉部的皮膚病）

胎内〔名〕胎內、胎裡

子供が胎内に在る時の注意（小孩在胎內期間的注意事項）

胎内仏（裝在大佛肚裡的小佛）

胎内潜り〔名〕（名勝等地的）只能通過一人的狹窄洞穴、（陰曆六月三十日的廟會上）在神社的牌坊旁用茅草做的圓環（認為穿過去可以去掉心靈的污垢）

胎盤〔名〕〔解〕胎盤

胎盤循環（胎盤循環）

胎便〔名〕胎便、嬰兒出生後第一次的大便（＝蟹屎、蟹糞）

胎膜〔名〕〔動〕胎膜

台（ㄊㄞˊ）

台〔名〕高台（＝台）、台，座，架，基底，坐墊。
〔接尾〕台，架，輛（計算車輛，機械等的量詞）、（也寫作〝代〞）年代，年齡，金額，番號等數字的大致範圍。〔印〕十六頁為一台的紙的量詞。
〔漢造〕（也讀作〝台〞）台地，高崗，樓台，高壇、木台，台架、襯墊、根據，基礎、表示尊敬、與〝颱〞字通用、〝台灣〞的簡稱

台に登って号令を掛ける（登台喊口令）

花瓶の下に台を置く（花瓶下墊上底座）

発動機を台の上に据え付ける（把發動機安裝在座上）

カステラを台に為たケーキ（用蛋糕襯底的洋點心）

バス二台（兩輛公車）

カメラ五台（五架照相機）

テープ、レコーダーを五台買い入れた（買了五台錄音機）

彼はもう七十台の年だ（他已是七十多歲了）

五万円台を割った（突破了五萬日元大關）

百番台の方は此方へ、二百番台の方は彼方で並んで下さい（一百號以上的請排這邊二百號以上的請排在那邊）

駿河台（駿河台地）

富士見台（眺望富士山的高台）

高台（高地，高崗、交易所的高櫃檯）

灯台（燈架、燭台、燈塔）

番台（雜技場、澡堂等處門口收費員坐的高台）

盤台、盤台，板台（魚商使用的橢圓形盛魚木盤）

露台（涼台、露天舞台、露天的高台）

楼台（高樓、樓閣、亭台）

気象台（氣象台）

天文台（天文台）

とけいだい　時計台（鐘樓）
ものほしだい　物干し台（晾曬場、乾燥室）
えんだい　縁台（擺在屋外供休息納涼等用的長板凳）
えんだい　演台（講桌、演講時所用的桌子）
えんだい　円台（圓台）
はんだい　飯台（飯桌＝卓袱台 ちゃぶだい）
ちょうれいだい　朝礼台（朝會台）
へいきんだい　平均台（〔體〕平衡木）
けんだい　賢台（〔書信用語〕台端-對同輩以上的敬稱）
けんだい　見台（〔放書或樂譜的〕閱書架、樂譜架）
どだい　土台（底座、基礎、本來，根本）
とだい　渡台（到台灣去）
きだい　機台（〔機〕機座）
きだい　貴台（〔書信用語〕尊台、閣下）
そんだい　尊台（台端、尊右＝貴台 きだい）
ろうだい　老台（〔書信用語〕〔對老年人的尊稱〕…、老）
たいほく、たいぺい　台北、台北（台北）
ほうだい　砲台（砲台）
ほうたい　訪台（訪台）
ぶたい　舞台（舞台、大顯身手的地方）

台網 だいあみ 〔名〕大拖網
台石 だいいし 〔名〕基石
　台石を据える（安置基石、奠基）据える 饐える 吸える
台下 だいか 〔名〕台下、樓下、架子下面
　〔代〕〔敬〕閣下
台閣、台閣 たいかく、たいかく 〔名〕高閣，樓閣。〔轉〕內閣
　台閣に連なる（參加內閣）連なる 列なる
　台閣に列する（參加內閣）
台替わり、台替り だいがわり、だいがわり 〔名〕〔商〕（行市漲價）打破大關
台木、砧木 だいぎ、だいぎ 〔名〕（嫁接用的）砧木、台架、作台架用的木頭
台形 だいけい 〔名〕〔數〕梯形（原作梯形）

　台形螺旋（梯形螺紋）螺旋捩子 捻子
　台形バイト（梯形車刀）
　台形歪（梯形失真）
台座 だいざ 〔名〕台座、佛座。〔建〕柱礎
　植木鉢を台座の上に乗せる（把花盆放在台座上）
　仏像を台座に据えて置く（把佛像安置在佛座上）
　台座が来る（〔古〕〔事後〕興師問罪）
　台座後光を仕舞う（佛像失去台座和後光、丟盡面子、喪失性命）
　台座の別れ（死掉）
　台座を据える（〔有了精神準備而〕沉著、鎮靜）
　台座を放す（殺頭）話す 放す 離す
台紙 だいし 〔名〕（襯托相片、圖畫等的）台紙、底紙、硬紙襯
　台紙無しの写真（未襯台紙的照片）
　台紙に貼る（貼在襯紙上）貼る 張る
台詞、台辞、台詞，科白 だいし、だいじ、せりふ、せりふ 〔名〕〔劇〕台詞，道白、說詞，說法（＝言い草 いいぐさ）
　独り台詞（獨白）
　脇台詞（旁白）
　うろ覚え台詞（記得模糊的台詞）
　台詞の無い俳優（沒有台詞的演員）
　台詞の無い役を為る（扮演沒有台詞的角色）役
　台詞を言う（道白、說台詞）
　台詞を間違えた（弄錯台詞）
　其では丸で芝居の台詞だ（那聽起來像舞台上的道白）
　此れは彼の得意の台詞だ（這就是他的最拿手的說法）
　君の台詞で彼はかっと来たんだ（由於你的說法使他勃然大怒）
　台詞回し（說台詞的技巧）

六

台詞回しが上手だ（台詞說得好）
台詞回しが下手だ（台詞說得不好）
台詞回しに気を付ける（注意台詞的技巧）

台車〔名〕台車（安裝車身的底架）、轉向架、平板車

台十、台十能〔名〕帶座的炭火鏟子
台十能で火種を火鉢に移す（用炭火鏟子把火種移到火盆裡）移す遷す写す映す

台状〔名〕台狀、平台狀
台状の小山（平台狀小山）

台尻〔名〕槍托

台子〔名〕〔茶道〕（四腳）茶具架
茶碗を台子に乗せて置く（把茶杯放在茶具架上）

台数〔名〕台數
自動車の生産台数（汽車的生產輛數）

台地〔名〕台地、高地、高台、高崗、高起的平地
台地に家を建てる（在台地上蓋房子）立てる断てる発てる経てる断てる絶てる裁てる起てる
川向こうは台地に為っている（河對岸是高崗）
台地玄武岩（台地玄武岩）
武蔵野台地（武藏野高地）

台帳〔名〕（商家的）總帳、底帳、流水帳（＝大福帳）、原始帳簿（＝元帳）。〔劇〕腳本、劇本（＝脚本、台本）
台帳に書き込む（記入底帳）
土地台帳（土地登記冊、地籍冊）

台胴〔名〕〔建〕底座、柱墩
円柱下部の台胴（圓柱腳下的底座）

台所、台所〔名〕廚房、炊事房（＝勝手、キッチン）。〔轉〕財務、（家庭的）經濟狀況
台所で料理を作る（在廚房做菜）作る造る創る
冷蔵庫を台所に据える（把冰箱安置在廚房）
台所仕事（廚房活）

台所道具（廚房用具）
会社の台所は火の車だ（公司的財務極其困難）
一家の台所を預かる（掌管一家的財務）預る与る

台無し〔名〕弄壞、糟塌、毀滅、斷送、完蛋
此の長雨で作物が台無しだろう（這樣霪雨會把莊稼毀掉）
風に吹かれて花は台無しだ（花被封刮毀了）吹く葺く拭く
彼の一生を台無しに為て終った（把他的一生斷送掉了）
新しい服が雨に降られて台無しに為った（新衣服被雨給淋壞了）
汚れて台無しの靴（髒透了的皮鞋）
構わなかった物だから立派な家が台無しに為った（因為無人照管很漂亮的一所房子完蛋了）

台場〔名〕〔舊〕砲台
品川の御台場（品川砲台）

台秤〔名〕台秤、磅秤
台秤で測る（用台秤秤、過磅）測る計る量る図る謀る諮る

台盤、台盤〔名〕擺放食器類有腳的台
台盤所（廚房、稱貴人的妻子）

台聞〔名〕（身分高的人的）聽、聽入（＝高聞）

台墨〔名〕〔敬〕（他人的）信

台本〔名〕〔劇〕（電影、戲劇、廣播等的）腳本、劇本（＝脚本、シナリオ scenario）
台本の通りに喋るのは難しい（完全照劇本講是很困難的）
台本の無い台詞を言う（即興插入台詞、說沒有劇本的台詞）

台輪〔名〕〔建〕框緣、下楣（柱）、線腳、額枋

台枠〔名〕底架、底框、（機器的）支架

台割り〔名〕〔印〕分割印刷物的版面

台割〔名〕〔商〕（行情下跌）突破大關

台翰〔名〕台翰、華翰、尊函、大函

台頭、擡頭〔名、自サ〕抬頭。〔轉〕勢力增強
今度の選挙では進歩的勢力の擡頭が目立った（這次的選舉中進步力量的抬頭很顯著）
新人が続続擡頭する（新人不斷得勢）
台風、颱風〔名〕（typhoon 的譯詞）〔氣〕颱風
颱風警報を出す（發出颱風警報）颶風
沖縄が颱風に荒らされた（沖繩受到颱風侵襲）
颱風は日本海上で消滅した（颱風在日本海上解消了）
颱風が愈愈九州に接近しつつ在る（颱風正在逐漸接近九州）
今年の九月始めの颱風が大きな被害を与えた（今年九月初的颱風造成了巨大的災害）
台風の目（颱風眼＝台風眼）
台風眼（颱風眼）
台風眼に入る（進入颱風眼）
台覧〔名〕（皇族、貴族等）台覽、御覽
台覧の栄を浴びる（蒙受台覽的光榮）
台覧を賜る（親臨台覽）
台臨〔名〕（三后或皇族）出席
台湾〔名〕台湾
台湾坊主〔名〕〔俗〕禿頭病（＝禿頭病）
〔氣〕低氣壓（一般指冬末發自台灣東北海面迅速向東北發展影響日本的低氣壓）
台湾坊主を鬘でカモフラージュする（用假髮掩飾禿頭）
台〔名〕（高的）台、（器物的）座
蓮の台（〔佛〕蓮花座）

駘（ㄊㄞˊ）

駘〔漢造〕馬銜脫落、放蕩的
駘蕩〔形動タルト〕駘蕩、安適舒暢
春風駘蕩たる風景（春風駘蕩的風景）
春風春風
春風駘蕩たる花の都（春風駘蕩的花都）
春風駘蕩と為て日は中中暮れない（春風和煦夜幕遲遲不落）

颱（ㄊㄞˊ）

颱〔漢造〕大風為颱、夏天熱帶海洋面上的熱帶氣旋，是一種極猛烈的風暴
颱風、台風〔名〕（typhoon 的譯詞）〔氣〕颱風
颱風警報を出す（發出颱風警報）颶風
沖縄が颱風に荒らされた（沖繩受到颱風侵襲）
颱風は日本海上で消滅した（颱風在日本海上解消了）
颱風が愈愈九州に接近しつつ在る（颱風正在逐漸接近九州）
今年の九月始めの颱風が大きな被害を与えた（今年九月初的颱風造成了巨大的災害）

擡（ㄊㄞˊ）

擡〔漢造〕舉起
擡頭、台頭〔名、自サ〕抬頭。〔轉〕勢力增強
今度の選挙では進歩的勢力の擡頭が目立った（這次的選舉中進步力量的抬頭很顯著）
新人が続続擡頭する（新人不斷得勢）
擡げる〔他下一〕抬起，舉起、冒頭、得勢
筍が地面から頭を擡げる（竹筍從地上冒出頭來）
蛇が鎌首を擡げる（蛇抬起曲頸）
反抗心が頭を擡げ始めた（反抗心開始冒頭）
持ち前の悪癖が再び頭を擡げて来た（他的老毛病又冒頭了）

太、太（ㄊㄞˋ）

太（也讀作太）〔漢造〕大、極大，粗大、極度、最高，至尊
太陰〔名〕太陰、月亮
太陰暦〔名〕〔天〕太陰曆、陰曆

太陰太陽暦〔名〕〔天〕陰陽曆

太虛〔名〕太空（＝大空）。〔佛〕太虛

太極〔名〕〔哲〕太極、宇宙之本、萬物產生的根源

太極拳〔名〕〔體〕太極拳

太古〔名〕太古、上古（指有史以前）
　太古の時代（太古時代）

太古代〔名〕〔地〕太古代

太鼓〔名〕鼓、大鼓
　太鼓の撥（鼓槌）
　太鼓を打つ（打鼓）打つ擊つ討つ
　太鼓を鳴らす（打鼓）
　太鼓を叩く（逢迎、奉承、隨聲附合）叩く敲く
　太鼓打ち〔動〕日本產的一種水蝎子
　太鼓医者（幫閒醫生-醫術不高明只會吹拍的醫生）
　太鼓判（鼓形大圖章、〔轉〕可靠的保證）
　太鼓判を捺す（蓋上大印、確實保證）捺す押す圧す推す
　太鼓持ち（拿鼓的人、〔在酒宴說笑話演餘興為業的〕藝人，幫閒、奉承者，阿諛者）
　彼奴は社長の太鼓持ちだ（他是專拍經理馬屁的）
　太鼓橋（半圓形拱橋、羅鍋橋）
　太鼓腹（大肚子、大腹便便）
　太鼓腹を抱えて笑う（抱著大肚子笑、捧腹大笑）
　彼女は太鼓腹を抱えている（她快臨產了）
　太鼓結び（婦女的圓鼓形腰帶結）

太公〔名〕祖父、父親、稱別人的父親或高齡的人

太公望〔名〕〔史〕太公望，姜太公（呂尚的別名）、釣魚人
　今度の日曜日は太公望だ（這個星期天我去釣魚）
　太公望を決め込む（以太公望自居、專心致志地埋頭於釣魚）

太后〔名〕太后、皇太后

太皇太后〔名〕太皇太后

太閣〔名〕〔古〕太閣（攝政及太政大臣的敬稱）。〔俗〕太閣（豐臣秀吉的俗稱）

太山、大山〔名〕大山（＝大きな山）
　大山鳴動して鼠一匹（雷聲大雨點小、虎頭蛇尾）
　大山木、泰山木（〔植〕荷花玉蘭）

大山〔名〕大山，高大的山、大投機
　大山が外れる（大投機落空）
　大山桜（〔植〕〔野生的〕大山櫻花）
　大山猫（〔動〕猞猁）

太子〔名〕太子，皇太子。〔史〕聖德太子（＝聖德太子）
　太子に立つ（立為太子）
　太子堂（祀奉聖德太子的祠堂）

太始〔名〕開始、肇始、太初，天地萬物之始

太守〔名〕〔舊〕太守（領有一國或一國以上土地的諸侯）、太守（中國古時的地方行政長官）

太初〔名〕太初、太始、開天闢地
　太初に就いての興味有る神話が世界各地に伝わっている（世界各地流傳著有關開天闢地的有趣神話）

太上〔名〕最良、天子的尊稱

太上天皇〔名〕太上皇（＝上皇-古時讀作上皇）

太祖〔名〕太祖（中國、朝鮮王朝的第一代皇帝）

太宗〔名〕太宗（業績僅次於太祖的皇帝）

太息，大息、太息〔名、自サ〕嘆息、嘆氣（＝溜息を付く）
　長大息（長嘆）
　天を仰いで大息する（仰天長歎）

大息〔名〕深吸氣，深呼氣、嘆氣（＝溜息）
　大息を付く（長出一口氣、嘆一口氣）

タイタイ 太太〔名〕（中文音譯）太太（＝奥様）

太白〔名〕〔天〕太白星，金星（=太白星）、精白砂糖、粗絲線、一種白薯

太白星〔名〕〔天〕太白星、金星

太傅〔名〕太傅（中國古代官名、位列三公、為皇帝之師）

太平、泰平〔名、形動〕太平

　天下太平（天下太平）

　太平の（な）世の中に生れた（生在太平盛世）

　太平の夢を破る（打破太平的美夢）

　太平を謳歌する（謳歌太平）

　万世の為に太平を開く（為萬世開太平〔之基〕）開く 拓く 啓く 披く

太平洋〔名〕〔地〕太平洋

　太平洋戦争（太平洋戰爭-1941-1945）

　太平洋横断飛行（橫斷太平洋飛行）

太平楽〔名〕（雅樂的曲名）太平樂。〔俗〕寬心話，信口開河

　太平楽を並べる（信口開河、淨說寬心話）

太陽〔名〕太陽、日

　太陽が昇る（出太陽、太陽升）昇る 上る 登る

　太陽が上がる（出太陽、太陽升）上がる 揚がる 挙がる

　太陽に当てる（曬太陽）当てる 中てる 充てる 宛てる

　太陽に照らされた富士の雪（陽光照射的富士山上的白雪）

　夏は太陽の光が強い（夏天陽光強烈）

　太陽定数（〔天〕太陽常數）

　太陽電池（〔理〕太陽電池）

　太陽燈（〔醫〕太陽燈）

　太陽熱（太陽熱、太陽能）

　太陽年（太陽年、陽曆年-從春分到翌年春分約365、24日）

　太陽崇拝（太陽崇拜）

　太陽族（太陽族-模仿〝石原慎太郎〞1956年所著〝太陽的季節〞中主角所主張的、解放男女的性生活、放蕩無羈、打破現在社會習慣的青年集團）

　太陽族映画（太陽族電影-根據〝太陽的季節〞作者〝石原慎太郎〞小說改編的幾部電影的總稱）

　太陽虫（〔動〕太陽蟲）

　太陽中心説（〔天〕日心學說）

　太陽時（〔天〕太陽時-平均太陽日的1/24）

　太陽磁界（〔天〕太陽磁場）

　太陽磁気（〔天〕太陽磁）

　太陽日（〔天〕太陽日-太陽從子午線到翌日子午線的日周時間、一年四季中每日各不相同）

　太陽神（〔宗〕太陽神）

　太陽儀（〔天〕量日儀）

　太陽系（〔天〕太陽系）

　太陽向点（〔天〕太陽向點）

　太陽黒点（〔天〕太陽黑點、日斑）

　太陽脱出速度（〔宇〕擺脫太陽系速度、第三宇宙速度-秒速最低16、7公里）

　太陽輻射（〔天〕太陽輻射）

　太陽面爆発（〔天〕耀斑、色球爆發）

　太陽暦（太陽曆、陽曆、西曆）

　太陽炉（太陽爐、太陽灶）

　太陽雑音（〔天〕太陽射電噪音、太陽射電干擾）

太牢、大牢〔名〕太牢（祭祀用的豚，牛，羊三牲）←→少牢、大牢（江戶時代監禁平民的監獄）

太神楽、代神楽、太太神楽〔名〕（在〝伊勢神宮〞演奏的）神樂（=太太神樂）、太神樂（江戶時代的雜技、包括獅子舞、耍碟、變魔術等）

太空，大空、大空，太空〔名〕〔佛〕大空、太空，天空，空間（=大空）

大空〔名〕天空（=大空，太空，大空，太空）

　晴れ渡る大空（萬里無雲的天空）

　青青と為た大空を仰ぐ（仰視碧藍的天空）

大空の下で（在天空下）
大空を飛翔する（在空中飛翔）
太政官、太政官〔名〕〔史〕太政官（昔日總轄中央、地方各官廳、總理政務的官衙、相當於內閣）
太政大臣、太政大臣〔名〕〔史〕太政大臣（太政官的最高長官、相當於宰相）
太宰府〔名〕〔史〕太宰府（古時設在九州筑前官廳、管理九州、壹歧、對馬、並負責當地國防外交事務）
太刀、大刀〔名〕長刀、〔古〕直刀
大刀を佩く（佩帶長刀）
大刀捌きも鮮やかだ（大刀揮舞得俐落）
太刀魚、太刀の魚〔名〕〔動〕刀魚、帶魚
太刀打ち〔名、自サ〕拿大刀交鋒（厮殺）、（下接否定語）競爭，較量，爭勝負
太刀打ち出来ない（〔對方強大〕不成對手、敵不過）
私の実力では迚も彼に太刀打ち出来ない（我的實力簡直不能和他較量）
中小企業は大企業に迚も太刀打ち出来ない（中小企業簡直不能和大企業競爭）
太刀音〔名〕大刀相撃的聲音、大刀砍物的聲音
太刀音も勇ましく（大刀相撃的聲音也鏘鏘作響）
太刀懸〔名〕掛放大刀（的台架）
太刀影〔名〕大刀的閃光、刀光劍影
太刀風〔名〕掄刀時帶出的風。〔轉〕猛烈的刀法
烈しい太刀風に追い捲られる（被猛烈的刀法殺退）烈しい激しい
太刀風凄く切り捲る（揮舞大刀猛烈砍殺）
太刀先〔名〕刀尖（=切っ先、鋒）。〔轉〕舌鋒，詞鋒
太刀先鋭く切り込む（用刀尖猛刺進去）
議論の太刀先が鈍る（爭論的詞鋒不銳利）
太刀捌き〔名〕刀法、使大刀的手法
太刀捌きが軽い（刀法輕快）
太刀筋〔名〕刀法

太刀筋が良い（刀法純熟）
太刀取り〔名〕為剖腹自殺者解除痛苦而砍斷其頭的人、劊子手，刀斧手。〔相撲〕捧刀隨〝橫綱〞上場的力士（=太刀持ち）
太刀持ち、太刀持〔名〕（古時給主君拿刀的）近侍。〔相撲〕捧刀隨〝橫綱〞上場的力士（=太刀取り）
太刀持ちを務める（擔任捧刀隨橫綱上場的任務）務める勉める勤める努める
大刀、大刀〔名〕大刀、長刀←→小刀、小刀、脇差
大刀を腰を差す（腰配大刀）
大刀踊り（大刀舞）
太夫、大夫〔名〕〔史〕（古時五位的官職）大夫、（歌舞伎、淨琉璃等藝人中地位較高的）上等藝人、（歌舞伎中的）旦角、頭等妓女（=花魁）
太夫元、大夫元（劇團的老板=興行主）
太夫職（頭等妓女）
大夫〔名〕〔舊〕大夫（日本受五位以上勳位者的通稱）。〔舊〕大夫（中國舊制官職名、位居士之上、卿之下）。〔轉〕出色人物、諸侯的家臣之長、松樹的雅稱
太郎〔名〕長子，老大、（同類中）最大，最優秀的、第一，事物的開始
太郎と花子（太郎和花子）
太郎鎚（大槌）
阪東太郎（利根川的別稱）
奈良太郎（東大寺的大鐘）
太郎月（一月、正月）
太郎冠者〔名〕（狂言等裡面大名的）資格最老的僕人
太柄、駄柄〔名〕〔木工〕木釘、暗榫
太柄で接合する（用暗榫接合）
太い〔形〕粗←→細い、肥胖、（膽子）大←→小さい、無恥，不要臉（=太太しい、図太い）、（聲低而音量）大
腕が太い（胳膊粗）
太い糸（粗線）
太い糸で着物を縫う（用粗線縫衣服）

太い綱で箱を縛る（用粗繩綁箱子）
帯が太い（帶子寬）
線が太い（線條粗、顯得有力）
線の太い男（粗線條的男人）
先太い声の人から貴方に電話が掛かって来た（剛才一個粗嗓音的人打電話給你）
太い足（粗腿）
彼の木は大きくて太い（那棵樹又大又粗）
胆っ玉が太い（膽子大）
神経が太い（心寬、不走心、大膽、什麼都不在乎）
太い奴（無恥的東西）
太い事を為る（幹不要臉的勾當）
太い了簡を起こす（想起了卑鄙的主意）了簡了見料簡
見付かりさえしなければ良いと言うのは太い了見だ（不被人發現就沒有關係真是厚臉皮的想法）
太さ〔名〕粗細（的程度）
太さが一センチ有る（有一公分粗）
其の太さは何の位ですか（那個有多麼粗？）
親指程の太さのパイプ（大拇指那麼粗的管子）
太藺、莞〔名〕〔植〕藨草屬植物、（美洲）燈心草、紙莎草
太糸〔名〕粗線、合股線
太糸期（〔生〕粗線期）
太織、紬〔名〕紬-用粗線織的絲織品、一種粗綢
太書き〔名〕粗筆道
太書きの万年筆（粗筆道的鋼筆）
太書きに為る（寫成粗筆道）
太絹、紬〔名〕紬、粗綢（一種厚絲織品）
太棹〔名〕三弦的粗杆、粗杆三弦←→細棹
太字〔名〕筆道粗的字←→細字。〔印〕黑體（＝ゴシック Gothic）
太字用万年筆（寫粗筆道用的鋼筆）
太軸〔名〕粗杆、粗軸

太軸の万年筆（粗杆的鋼筆）
太縞〔名〕〔布〕寬格紋、寬條紋
太筋〔名〕粗線、粗纖維
太筋入りの（帶粗線的）
太っ腹〔名、形動〕肚量大、大肚皮
太っ腹の大親分（肚量大的大頭頭）
太索、太綱〔名〕〔船〕粗索、大纜、錨鏈
太面〔名〕粗筆道
太面の活字（黑體字）
太箸〔名〕（新年儀式上用的）粗筷子
太巻き〔名〕卷得粗（的東西）、粗支（的香菸）←→細巻
太巻きの煙草（粗支的香菸）
太巻きの寿司（粗卷的壽司）寿司鮨
太目〔名〕（編、織的）眼大、較粗
太目のズボン（肥腿褲子）jupon
太目に切る（切得粗一些）
太物〔名〕衣服料、棉織品，麻織品←→呉服（綢緞）
太物店（布店）
太股、太腿〔名〕大腿、大腿肚
太股迄泥濘る（泥濘沒到大腿）
太股を出す（露出大腿肚）
太股を露に為る（露出大腿肚）
太やか〔形動〕粗、胖
太らす〔他五〕養肥、使肥壯（＝太らせる）
市場に出す為の動物の子を太らす（為了上市把動物崽養肥）市場
太る、肥る〔自五〕胖←→痩せる、長大、增加
君は近頃肥りましたね（你近來胖了）
彼女は何を食べても肥らない質だ（她的體質吃什麼也不胖）
丸丸肥った人（胖得圓滾滾的人）
肥る質の人（體質好胖的人）質質質
財産が肥る（財產增加）
芋が肥る（白薯長大）

太り肉〔名〕肥胖、豐滿
　太り肉の女（肥胖的女人、豐滿的女人）

太太しい〔形〕厚臉皮、目中無人、毫不客氣、天不怕地不怕（=図図しい、横着だ）
　太太しい男（目中無人的人）
　太太しい態度を取る（採取目中無人的態度）
　言う事が太太しい（說話不要臉）

図太い〔形〕〔俗〕（多用於貶意）大膽、莽撞、冒失、厚臉皮、厚顏無恥（=図図しい、横着だ）
　図太い奴（冒失鬼、厚臉皮的傢伙）
　図太い事を為る（魯莽從事）
　思い切って図太く出て遣った（我索性拉厚了臉皮）
　彼の図太さには全く呆れた（他那厚顏無恥真令人吃驚）呆れる飽きれる厭きれる
　図太い神経の持主（厚著臉皮幹的傢伙）

汰、汰（ㄊㄞˋ）

汰、汰〔漢造〕把壞的除去（淘汰）、過分（奢汰）

汰る、揺る、淘る〔自、他五〕發生地震（=揺れる）、搖動，擺動、用水掏，刷洗
　風が柳の枝を揺る（風吹動柳枝）
　風が木の枝を揺る（風吹動樹枝）
　赤ん坊が揺り籠で揺られて眠った（嬰兒被用搖籃搖睡了）
　一日馬の背に揺られていた（在馬背上顛簸了一整天）
　水の中の砂を揺る（掏洗水裡的沙子）

泰（ㄊㄞˋ）

泰〔漢造〕安泰、（與〝太〞同）太，極
　安泰（安泰）

泰安〔名〕安泰

泰山〔名〕高大的山。〔地〕（中國的）泰山
　動かざる事泰山の如し（穩如泰山）
　泰山の安きに置く（置天下於泰山之安）
　泰山は土壌を譲らず（泰山不讓土壤〔故能成其高〕、河海不擇細流）

泰山木、大山木〔名〕〔植〕荷花玉蘭

泰西〔名〕泰西、西方
　泰西の名画を集める（蒐集泰西名畫）

泰然〔形動タルト〕泰然
　泰然たる態度（泰然的態度）
　泰然自若（泰然自若）
　ピストルを突き付けられても彼は泰然と為ていた（雖被手槍逼著他仍然泰然自若）

泰斗〔名〕泰斗、權威、大師（=泰山北斗）
　地震学の泰斗（地震學權威）

泰東〔名〕泰東（對東方的美稱）←→泰西

泰平、太平〔名、形動〕太平
　天下太平（天下太平）
　太平の（な）世の中に生れた（生在太平盛世）
　太平の夢を破る（打破太平的美夢）
　太平を謳歌する（謳歌太平）
　万世の為に太平を開く（為萬世開太平〔之基〕）開く拓く啓く披く

態、態（ㄊㄞˋ）

態（也讀作態）〔漢造〕樣子、形狀
　形態、形体（形態、樣子、形狀）
　姿態（姿態、姿勢、態度）
　醜態（醜態）
　重態、重体（病危、病篤）
　世態（世態）
　事態（事態、情勢、局勢）
　生態（生態、生活的狀態）
　静態（靜態）
　動態（動態）
　状態、情態（狀態、情形）
　俗態（俗態）

容態、容体（儀容，儀表，病狀，病情）

様態（樣態，情況，樣子，〔語法〕〔動詞的〕體）

幼態成熟（幼蟲期性成熟）

常態（常態）

変態（變態）

受動（被動）

受動態（被動態）

能動（主動）

態勢〔名〕態勢、姿態、陣勢、狀態（＝身構え、形）

見送りの態勢を持続する（繼續採取觀望態度）

態勢を整える（準備好、擺好架勢）

戦闘態勢を整える（擺開戰鬥陣勢）整える調える斉える

態勢を安定させた（穩住了陣腳）

敵に対して迎え撃つ態勢を構える（擺出迎擊敵人的姿態）

態度〔名〕態度，表現、舉止、神情、作風

話す態度が気持良い（說話態度使人感到愉快）

態度が落ち着いている（態度穩重）

態度を明らかに為る（表明態度）

厳然たる態度を取る（採取嚴正態度）

君の態度は良くない（你的態度不好）

曖昧な態度（曖昧態度）

先方が如何言う態度に出るか未だ分らない（還不知道對方採取怎樣態度）

先方の態度次第だ（取決於對方的態度）

敵の態度が軟化する気配は無い（敵人的態度沒有軟化的跡象）

態度は優しい（舉止溫和）易しい

態度悠揚と為て迫らず（神態從容不迫）

態度が怪しい（神情可疑）

態様、体様〔名〕形態、狀態、樣式（＝有樣、樣子、形）

水中動物の様々な態様をカメラに捕える（將水中動物的各種各樣的狀態拍成照片）捉える

態、体〔名〕外表，樣子，打扮，情況，狀態、（裝作的）姿態

狼狽の態も見せぬ（並沒有顯出狼狽像）

這這の態で引き下がる（狼狽不堪地退出來）

職人態の男（工人樣子的男人）

態を変える（改變打扮）変える替える買える換える代える帰る返る孵る

彼は満足の態に見える（他像是滿意的樣子）

苦しみの態（痛苦的樣子）

事業は中止の態だ（事業陷於停頓狀態）

思い入れの態（裝作沉思的樣子）

態良く断る（婉言拒絕）

態の良い事を言う（說漂亮話）

然有らぬ態で尋ねて見る（裝作若無其事的樣子打聽）尋ねる訪ねる訊ねる

然有らぬ態で通り過ぎた（裝作若無其事的樣子左過去了）

態の良い泥棒（裝得滿像樣的小偷）

名誉会長だ何て言ってるけれど態の良い免職さ（說是什麼名譽會長其實是體面的撤職）

気を悪くしない様に態良く断って呉れ（請婉言謝絕不要傷了和氣）

丁〔名〕（天干的第四位）丁

〔漢造〕成年男子、男傭人、達到役齡的男子、（線裝書的）張（正面和背面兩頁）

丁以下は落第と為る（丁以下不及格）

丁組の生徒（丁組的學生）

壮丁（壯丁、成年男子、徵兵適齡者）

装丁、装釘、装幀（裝訂）

使丁（工友、聽差、勤雜工）

馬丁（馬夫、馬童、牽馬人）

園丁（園丁、園林工人）

正丁、正丁（〔律令制〕稱二十二歲至六十歲的健康成年男子－作為租稅，兵役等的對象）

弟〔名〕弟（＝弟）←→兄

〔漢造〕（也讀作弟、弟）弟、弟子，徒弟、自己謙稱

兄たり難く弟たり難し（難兄難弟、優劣難分）

兄弟、兄弟（兄弟、弟兄）

舍弟（舍弟）←→舍兄

義弟（義弟，盟弟、內弟，小叔、妹夫）

貴弟（令弟）

從弟（表弟、堂弟）←→從兄

從兄弟、從兄弟（表兄弟、堂兄弟）

異母弟（異母弟）

幼弟（幼弟）

高弟（高足、得意門生）

皇弟（日皇之弟）

孝弟、孝悌（孝悌、孝敬父母兄友弟恭）

師弟（師傅和徒弟、老師和學生）

子弟（子弟，少年、兒子和弟弟）

姉弟（姊姊和弟弟）

門弟、門弟子（門人、弟子）

徒弟（徒弟、門人、弟子＝弟子）

愚弟（舍弟）

小弟、少弟（舍弟、小弟、幼小的弟弟）←→大兄

低〔名、漢造〕低

高より低と（從高到低）

高低（高低、凹凸、起伏、上下、漲落）

最低（最低←→最高、最壞，最劣＝最惡）

平身低頭（低頭，俯首、低頭認罪）

底〔名〕程度、種類

〔漢造〕底、達到、底子

此の底の品（這類東西）

目的の為には手段を選ばぬ底の男（為目的不擇手段的那類人）

水底、水底（水底）

海底（海底）

払底（匱乏、缺乏、告罄）

徹底（徹底、貫徹始終、徹底了解）

到底（怎麼也、無論如何也）

根底、根柢（根底、基礎）

基底（基礎、基底）

心底、真底（內心、本心、真心）

船底、船底（船底）

胸底（心中、內心深處）

筐底（箱底）

態、様〔名〕〔俗〕（様的轉變）（不好看的）樣子，醜樣，醜態，窘狀，狼狽相、（接動詞連用形下作接尾詞用法）表示動作的方法、樣式、時候

何だ其の態は（瞧你這成個什麼樣子！）

何と言う態だ（瞧那副狼狽相！）

此の態は如何したんだ（你怎麼弄成這個狼狽相？）

良い態だ（活該！大快人心！）

見られた態じゃない（簡直是出洋相）

書き態が悪い（寫法不好）

後ろ態に倒れる（朝後倒下）

立ち上がり態（剛一站起來）

態は無い（不成樣子、不成體統）

年がいもなく、かっとなったりして、態は無い（白活了那麼大歲數動不動就發火真不成體統）

態を見ろ（活該！自作自受！）

怠ける者だから、態を見ろ（你這個懶蟲活該！）

様〔名〕樣子，情景，姿態、（也寫作方）那個時候，方法，手段

此の絵は海の荒れ狂っている様が良く描かれている（這幅畫把海上波濤洶湧的情景表現得很好）

此の絵は海の様が良く描かれている（這幅畫把海浪表現得很好）

煙の棚引く様が見える（可以看到煙雲繚繞的情景）煙 煙

様を変える（改變面貌）変える 換える 替える 代える 帰る 返る 還る 孵る 蛙

町の様が一変した（街上的情況全變了）

様を作る（裝點門面、故作姿態）作る 創る 造る

様に為らない（不成體統、不成樣子）

帰る様に（在回去的時候）

治療の様（治療的方法）

様〔代〕〔敬〕（江戶時代婦女用語）您（＝貴方）、他（＝彼の人、彼の方）

様〔接尾〕接在人名或表示人的名詞下表示尊敬、用於表示恭敬或客氣

旦那様（主人、老爺）

田中様（田中先生〔女士〕）

御嬢様（小姐）

山田様が御見えに為りました（山田先生來訪了）

御客様（客人）

中村様（中村先生〔女士〕）

御医者様（醫生、大夫）

御父様（父親大人）

御天道様（太陽）

神様〔神〕

御苦労様（您辛苦了、勞駕您了）

御待ち遠様（讓您久候了）

御馳走様（承您款待了－飯後客套話）

御気の毒様（真可惜、真可憐）

様〔接尾〕（様的轉變多用於口語、様比様的尊敬或客氣的語氣強烈）表示對人的尊敬、（有時候也接在動植物等下）表示擬人化親愛或敬意（＝様）

（接在表示心意用語下）表示客氣、親切、敬意語氣

北山様（北山先生）

息子様（令郎）

王様（王先生）

御隣様（鄰居）

奥様（太太、夫人、你內人）

科長様（科長）

車掌様（車掌小姐）

御医者様（醫生、大夫）

御回り様（警察、刑警）

象様（大象）

御芋様（白薯）

御猿様（猴子）

御苦労様、御苦労様（您辛苦了、勞駕了）

御馳走様、御馳走様（蒙您招待了、謝謝您的款待）

御早う様（您早！）

ちゃん〔接尾〕（様的轉變）對自己人表示親暱，親切的稱呼、（下層社會用語）爸爸

兄ちゃん（哥哥）

姉ちゃん（姊姊）

父ちゃん（父親）

御父ちゃん、御父様（父親）

態、形〔名〕體形，身材，個子，裝束，打扮，儀表

態が大きい（身材高大）

態は小さいが力は有る（個兒雖小力氣可大）

態が構わない（不修邊幅）

態が良い（衣冠整齊）

男の態を為る（喬扮男裝）

彼は水夫の態を為ている（他穿著水手的裝束）

此の態では人前へ出られない（這樣打扮見不得人）

そんな酷い態で行くと馬鹿に為れる（這樣寒傖打扮去了會受人輕視）

鳴り、鳴 〔名〕聲、響

満座は暫く鳴りを静めた（全場一時鴉雀無聲）

鳴りを静める（突然鴉雀無聲、久無音訊）

先生が部屋に入って来ても学生達は鳴りを静めなかった（即使老師進了房間，學生們仍吵鬧不已）

鳴りを潜める（靜悄悄）

鈴の鳴りが良い（鈴的音好）鈴

此のベルは鳴りが悪い（這鈴聲壞了）

鳴りの良い楽器（聲音好聽的樂器）

也 〔助動、ラ型〕〔古〕（表示斷定＝だ、である）是、在（＝に在る）、名叫，叫做（＝と言う）、（接動詞終止形下）表示感動語氣（＝わい）、表示推測，聽說（＝樣だ）

千円也（一千元整）

本日は晴天也（今日晴也）

三国一の名山也（世界首屈一指之名山）

大和なる法隆寺（在大和地方的法隆寺）なる為なり的連體形

母なる人（做母親的人）なる的活用：なん、なり、ない、なる、なる、なれ、ない

京都なる伯父の元に寄寓せり（寄居於京都的伯父家）

偉大なる業績（偉大的業績）

顔回なる者有り（有名叫顔回者）

川中なる男（叫做川中的人）

某なる者有り（有某氏者）某

鹿ぞ鳴くなる（鹿鳴了）

甚くさやげり也（聽說好像非常吵鬧）

態と 〔副〕故意地（＝故意に）、特意地，有意地（＝態態）

態と恍ける（故意裝糊塗）恍ける 惚ける

態と負けて遣る（故意輸給對方）

態と話題をはぐらかす（故意把話題岔開）

此れは態としたのではない（這不是存心做的）

態と聞えない振りを為る（故意裝作聽不見）

態と遭った訳でないから勘弁して下さい（並非是故意的請您原諒）

彼は然り気無い口調で然う言った（他故意用若無其事的口吻那樣說了）

態とがましい、態とらしい 〔形〕故意似的、假裝似的、不自然的

態とらしい御世辞を言う（假意奉承）

態とらしい振りを為るな（別裝模作樣了）

態とらしいポーズを取る（故作姿態）

彼の身振りは態とらしい（他的姿態不自然）

態とらしく振舞う（做作、裝模作樣、裝腔作勢）

態態 〔副〕特意地、故意地

態態出掛けて行く（特意前往）

態態話を聞きに行く（特意去聽講）

其の為態態来たのだ（特意為此而來）

態態の御出でで恐縮しました（您特意來此真不敢當）

彼は態態東京から祝いに遣って来た（他特意從東京趕來祝賀）

御遠方の所を態態御出で下すって有り難う御座います（您遠道特意來此深表感謝）

態態空港迄迎えに行く（專程到機場去迎接）

態態で無くても御序でで結構です（您不必特意去只順便去一下就可以）

態態悪戯書きを為る（故意亂寫亂畫）

近くの店で買えるのに、態態遠く迄買いに行く（在就近商店裡本可買到卻故意到遠處去買）

掏（ㄊㄠ）

掏 〔漢造〕器中取物為掏、以手探取

掏る〔他五〕扒竊、掏摸

　掏摸に掏られた（被小偷偷了）掏る磨る擂る刷る摺る擦る摩る為る

　掏摸に御金を掏られた（錢被小偷偷走了）

　電車の中で財布を掏られた（在電車裡被扒手扒了錢包）

　人の懷中を掏ろうと為る（要掏人家的腰包）

刷る、摺る〔他五〕印刷

　色刷りに刷る（印成彩色）掏る剃る為る

　千部刷る（印刷一千份）

　良く刷れている（印刷得很漂亮）

　鮮明に刷れている（印刷得很清晰）

　此の雑誌は何部刷っていますか（這份雜誌印多少份？）

　ポスターを刷る（印刷廣告畫）

　輪転機で新聞を刷る（用輪轉機印報紙）

摺る、擦る、摩る、磨る、擂る〔他五〕摩擦、研磨、磨碎、損失，消耗，賠輸

　タオルで背中を擦って垢を落とす（用毛巾擦掉背上的泥垢）

　鑢で磨ってから鉋を掛ける（用銼刀銼後再用鉋子刨）

　マッチを擦って明りを付ける（划根火柴點上燈）

　墨を磨る（研墨）

　擂鉢で胡麻を磨る（用研缽磨碎芝麻）

　株に手を出して大分磨った（做股票投機賠了不少錢）

　すっからかんに磨って仕舞った（賠輸得精光）

　胡麻を擂る（阿諛、逢迎、拍馬）

　擦った揉んだ（糾紛）擦れる、摩れる、磨れる

為る〔自サ〕（通常不寫漢字、只假名書寫）（…が為る）作，發生，有（某種感覺），價值，表示時間經過，表示某種狀態。

〔他サ〕做（=為す、行う）充，當做，（を…に為る）作成，使成為，使變成（=に為る）

（…事に為る）（に為る）決定，決心，（…と為る）假定，認為，作為、（…ようと為る）剛想，剛要（御…為る）。〔謙〕做

　物音が為る（作聲、發出聲音、有聲音=音を為る）音音音音

　稲光が為る（閃電、發生閃電、有閃電）稲妻

　寒気が為る（身子發冷、感覺有點冷）

　気が為る（覺得、認為、想、打算、好像）
　←→気が為ない

　此のカメラは五千円為る（這個照相機價值五千元）

　彼は五百万円為る車に乗っている（他開著價值五百萬元的車）

　こんな物は幾等も為ない（這種東西值不了幾個錢）

　デパートで買えば十万円は為る（如果在百貨公司買要十萬元）

　一時間も為ない内にすっかり忘れて終った（沒過一小時就給忘得一乾二淨了）

　三日も為れば帰って来る（三天後就回來）

　さっぱり為た人（爽快的人）

　彼の男はがっちり為ている（那傢伙算盤打得很仔細）

　頭がくらくらと為てぼっと為る（頭昏腦脹）

　幾等待っても来為ない（怎麼等也不來）

　仕事を為る（做工作）

　話を為る（說話）

　勉強を為る（用功、學習）

　為る事為す事（所作所為的事、一切事）

　為る事為す事旨く行かない（一切事都不如意）

　為る事為す事皆出鱈目（所作所為都荒唐不可靠）

何も為ない（什麼也不做）

其を如何為ようと僕の勝手だ（那件事怎麼做是隨我的便）

私の言い付けた事を為たか（我吩咐的事情你做了嗎？）

此から如何為るか（今後怎麼辦？）

如何為る（怎麼辦？怎麼才好？）

如何為たか（怎麼搞得啊？怎麼一回事？）

如何為て（為什麼、怎麼、怎麼能）

如何為ても旨く行かない（怎麼做都不行、左也不是右也不是）

如何為てか（不知為什麼）

今は何を為て御出でですか（您現在做什麼工作？）

委員を為る（當委員）

世話役を為る（當幹事）

学校の先生を為る（在學校當老師）

子供を医者に為る（叫孩子當醫生）

彼を議長に為る（叫他當主席）

彼は娘をピアニストに為る積りだ（他打算要女兒當鋼琴家）積り心算心算

本を枕に為て寝る（用書當枕頭睡覺）眠る

彼は事態を複雑に為て終った（他把事態給弄複雜了）終う仕舞う

品物を金に為る（把東西換成錢）金金

借金を棒引に為る（把欠款一筆勾銷）

三階以上を住宅に為る（把三樓以上做為住宅）

絹を裏地に為る（把絲綢做裡子）

顔を赤く為る（臉紅）

赤く為る（面紅耳赤、赤化）

仲間に為る（入夥）

私は御飯に為ます（我吃飯、我決定吃飯）

今度行く事に為る（決定這次去）

今も生きていると為れば八十に為った筈です（現在還活著的話該有八十歲了）

卑しいと為る（認為卑鄙）卑しい賤しい

此処に一人の男が居ると為る（假定這裡有一個人）

行こうと為る（剛要去）

出掛けようと為ていたら電話が鳴った（剛要出門電話響了）

隠そうと為て代えて馬脚を現す（欲蓋彌彰）表す現す著す顕す

御伺い為ますが（向您打聽一下）

御助け為ましょう（幫您一下忙吧！）

掏摸、掏児〔名〕扒手、小偷

掏摸を働く（當扒手）

掏摸に遭う（遭遇小偷）遭う会う逢う遇う合う

掏摸を捕える（捉小偷）捉える

掏摸に金を掏られた（錢被小偷偷走了）

財布を掏摸に遭られた（錢包被扒手扒走了）

掏摸に御用心（〔牌示〕謹防扒手）

泥棒、泥坊〔名、他サ〕小偷，賊、偷（＝盗む）

泥棒を捕らえる（捉賊）

巡査が泥棒を捕らえた（警察捉住了小偷）

月給泥棒（只拿工資不積極工作的人）

泥棒を見て縄を綯う（臨時抱佛腳、臨渴掘井）

泥棒に追い銭（賠了夫人又折兵）

昨夜隣の家に泥棒が入った（昨天晚上鄰家鬧賊了）

自転車を泥棒する（偷自行車）

泥棒根性（賊性、盜癖、劣根性）

泥棒回り（眾人圍成一團從右往左輪流做事-因和服左衿在上如從右往左正好進入他人腰包裡）

盗人〔名〕（盗人的音便）。〔俗〕賊、小偷（=盗人、泥棒）
盗人〔名〕〔舊〕盗賊、小偷（=盗人、泥棒）
　盗人を捕まえる（捉賊）
　盗人根性（賊性、賊心）
　盗人宿（盗賊藏身的旅店）
　盗人萩（〔植〕山馬蝗）
　盗人猛猛しい（做了壞事反而蠻不講理、厚顏無恥、賊喊捉賊）
　盗人に追銭（賠了夫人又折兵）
　盗人に鍵を預ける（揖盗入室）
　盗人にも三分の理有り（強盗也有三分裡）
　盗人の後の棒千切り木（賊走了拿棍棒、賊走關門）
　盗人の昼寝（喻為幹壞事做準備）
　盗人を捕えて見れば我子也（是出意外，手足無措、對親人也不應該放鬆警惕）
　盗人を見て縄を綯う（發現小偷搓繩子，喻臨渴掘井，臨陣磨槍，臨時抱佛腳）

滔（ㄊㄠ）

滔〔漢造〕水勢盛大貌、不絶貌
滔天〔名〕（水勢浩瀚、聲勢旺盛貌）滔天
　滔天の波瀾を上げる（掀起滔天的波濤、軒然大波）上げる揚げる挙げる
　滔天の勢い（洶湧澎湃的氣勢）
滔滔〔形動タルト〕（大水）滔滔、（話語）滔滔不絶，口若懸河、（聲勢等）洶洶
　滔滔と流れる黄河（波濤滾滾的黄河）
　滔滔と述べ立てる（滔滔不絶地陳述）
　滔滔と受け答えする（對答如流）
　滔滔たる非難の声（一派非難聲）

絛（ㄊㄠ）

絛〔漢造〕編繩為絛、絲帶
絛虫、条虫〔名〕〔動〕絛蟲（=絛虫、真田虫）
　絛虫駆除薬（驅絛蟲藥）
　絛虫類（絛蟲類）
絛虫、真田虫〔名〕〔動〕絛蟲（=絛虫、条虫）
　腸に絛虫が寄生する（絛蟲寄生在腸裡）
　絛虫駆除薬（殺絛蟲藥）

韜（ㄊㄠ）

韜〔漢造〕弓箭的套子、掩藏
韜晦〔名、自他サ〕韜光養晦，隱才不外露、隱匿，藏躲（=晦ます）
　韜晦を試みる（企圖韜光養晦）
　足跡を韜晦する（隱匿蹤跡）
韜略〔名〕六韜和三略。〔轉〕兵法

濤（ㄊㄠ）

濤〔漢造〕波濤
　波濤（波濤）
　怒濤（怒濤）
　奔濤（奔濤）
　松濤（松濤=松風）
濤声〔名〕濤聲
濤、波、浪〔名〕波，波浪，波濤。〔轉〕波瀾，風波。〔理〕（振動）波。〔喻〕浪潮、連綿起伏、高低起伏、（皮膚的）皺紋
　波が荒い（波濤洶湧）荒い粗い洗い
　浪が立つ（起浪）
　浪が静まる（風平浪靜）静まる鎮まる
　浪に攫われる（被浪沖走）攫う浚う
　浪に呑まれる（被浪吞沒）吞む飲む
　浪に漂う（漂流、飄盪）
　浪に乗る（趁著浪頭、趁勢）乗る載る
　浪を打つ（起波浪、頭髮呈波浪形）
　浪を被る（浪打上甲板）
　浪を切って進む（破浪前進）
　浪の穂（浪頭）

浪の音（濤聲）
逆巻く浪（翻卷的大浪、洪濤巨浪）
波を巻き起こす（掀起風波）起す興す熾す
平地に波を起す（平地起波瀾）
音の波（音波）
光の波（光波）
横波（横波）
時代の波（時代的浪潮）
失業の波（失業浪潮）
人（の）波（潮水般的人群）
山（の）波、山並、山脈（山嶺起伏、山脈）
甍の波（脊瓦鱗次櫛比）
作品に波が有る（作品中有好有壞）
景気の波（行情的變動）
成績に波が有る（成績有時好有時壞、成績有高低起伏）
老いの波（老人的皺紋）老い負い追い
浪静か也（風平浪靜、喻天下太平）
浪に乗る（乘著勢頭、趁勢）
勝利の浪に乗って追撃する（乘勝追撃）
波にも磯にも付かぬ心地（心情忐忑不安）

並、並み〔名〕普通、一般、平常

〔造語〕排列、並列、並比、同樣、每

並の人間（普通人）
並の製品（普通的製品）
並以上の才能（才能出眾）
彼は何処か並の人と違っている（他有些地方和一般人不一樣）
身長は並よりも高い（身長也比一般人高）
並で無い（不平常、不尋常）
上二百円、中一百八十円、並一百五十円（上等的二百日元、中等的一百八十元、普通的一百五十元）
並手形（普通票據）

並肉（中等肉、下等肉）
並木（路旁並排的樹木）
家並（房子的排列情況＝屋並、每家，家家戶戶＝家毎）
世間並（和社會上一般情況一樣）
人並（和一般人一樣）
例年並（和往年一樣）
家族並に取り扱う（和家裡的人一樣對待）
親戚並に付き合い（和親戚一樣的交往）
課長並の待遇（和科長同等的待遇）
月並の例会（每月的例會）
軒並に国旗を掲げる（家家戶戶掛國旗）

桃（ㄊㄠˊ）

桃〔漢造〕桃

桜桃（櫻桃樹、櫻桃＝桜桃、〔誤用〕山櫻桃＝山桜桃、梅桃）
桜桃，桜桃、桜ん坊，桜ん坊（櫻桃）
山桜桃，梅桃、山桜桃，梅桃（山櫻桃、毛櫻桃）
黄桃（黃桃）
白桃（白桃、久保桃）
蜜桃（蜜桃）
水蜜（桃）（水蜜桃）

桃花〔名〕桃花

桃花四喜（表示祥瑞的桃花四鵲圖）
桃花水（桃花汛）
桃花の節（三月三日女孩的桃花節）

桃源〔名〕仙境、桃花源、世外桃源

桃源郷（桃源郷）
桃源の夢（桃源夢）

桃仁〔名〕〔中藥〕桃仁

桃仁酒（桃仁酒）

桃李〔名〕桃李、門生，學生

桃李門に満つ（桃李滿門、桃李滿天下）
桃李の装い（漂亮的裝束）
桃李も言わざれども下自ら蹊を成す（桃李無言下自成蹊-史記）

桃〔名〕〔植〕桃樹，桃子、粉紅色（=桃色）
桃の花（桃花）
桃栗三年柿八年（桃栗三年柿八年結果）

股、腿〔名〕股、大腿
股の付け根（大腿根）股桃百

百〔名〕百（=百）。多數
百人（百人）
百千（千百個、多數）
百千鳥（群鳥）
百千の花（百花、萬紫千紅）

桃色〔名〕桃紅色，粉紅色。〔俗〕桃色。〔俗〕稍有左傾思想略帶進步色彩（的人）
薄桃色（淡粉色）
桃色の花（粉紅色的花）
桃色遊戯（〔青年男女不正常的〕戀愛遊戲）

桃尻〔名〕（不善騎馬）坐不穩馬鞍
桃太郎〔名〕（日本童話）桃太郎
桃の節句〔連語〕三月三日日本女孩的桃花節（=雛祭り）
桃山時代〔名〕〔史〕桃山時代（指織田信長、豐臣秀吉掌握政權的時代-1573-1600、也是日本美術史上時代劃分之一（=安土桃山時代）
桃割れ、桃割〔名〕裂桃式頂髻（日本少女髮型之一-將頭髮左右分開挽成像桃子裂成兩半的頂髻）

逃（ㄊㄠˊ）

逃〔漢造〕逃、逃走
遁逃（遁逃）
逃竄〔名、自サ〕逃竄
逃走〔名、自サ〕逃走、逃跑
逃走を企てる（企圖逃跑）
犯人が逃走した（犯人逃走了）

逃走経路（逃走路線）
逃脱〔名、自サ〕逃脫
逃脱速度（〔宇、理〕〔物體脫離引力而離開天體的〕第二宇宙速度、逃脫速度）
逃避〔名、自サ〕逃避
現実からの逃避（逃避現實）
逃避生活を為る（過逃避現實的生活）
現実の煩わしさから逃避する（從現實的煩瑣中逃避出來）
逃避行（逃避之行、躲開煩惱）
恋の逃避行（戀愛的出走、私奔）
逃亡〔名、自サ〕逃亡，亡命、逃走，逃跑，逃遁
外国へ逃亡する（逃亡國外）
逃亡中の罪人（在逃犯人）
逃亡を企てる（企圖逃跑）
捕虜が逃亡した（俘虜逃跑了）
逃亡犯人を捜索する（搜索在逃的犯人）
逃奔〔名、自サ〕逃奔、逃跑
逃がす、逃す〔他五〕放掉，放跑（=逃げさせる）、放跑掉，沒有抓住（=逃げられる）、丟掉，錯過
亀を海へ逃がして遣る（把龜放回到海裡）
籠を開けて鳥を逃がす（打開籠子把鳥放跑）
開ける明ける空ける飽ける厭ける
泥棒を逃がす（沒抓住小偷）
釣った魚を逃がした（上了鉤的魚跑掉了）
チャンスを逃がす（錯過機會）
良い口を逃がす（丟掉一個美缺）
此の機会を逃がさないで、良く勉強し為さい（不要錯過這個機會好好學習）
逃がした魚は大きい（沒釣上來的魚往往認為是大魚。
＊眼看到手而失掉的東西往往認為是最好的而感到可惜）
逃げる〔自下一〕逃走，逃跑，逃脫，逃遁（=逃れる）、逃避，躲避，迴避，避免（責任等）。（比賽中）甩開追上來的對手而取勝
這這の体で逃げる（狼狽不堪地逃跑）

命辛辛逃げる（勉勉強強逃出命、僅以身免）
一目散に逃げる（一溜煙似地逃走）
逃げるより他に仕方が無い（只有逃走別無辦法）
敵は蜘蛛の子を散らす様に逃げた（敵人四散奔逃）
小鳥が逃げた（小鳥跑了）
虎が逃げた（老虎跑了）
刑務所から逃げる（越獄逃走）
嫌な仕事を逃げる（避開討厭的工作）
責任の有る地位を逃げる（避開負責任的地位）
其の話を持ち出すと彼は逃げて終う（一提到那件事他就把話叉開）
巧く理由を付けて其の場を逃げる（巧妙地找個理由敷過去）
逃げた魚は大きい（沒釣上來的魚往往認為是大魚、眼看到手而失掉的東西往往認為是最好的而感到可惜）
逃げるが勝つ（三十六計走為上策）

逃げ〔名〕逃跑、逃避、逃遁
　逃げも隠れも為ぬ（不逃也不藏）
　逃げを打つ（準備逃跑、找藉口逃避）
　逃げを張る（準備逃跑、找藉口逃避）
　逃げを打っても駄目だ（你想找藉口迴避也不行）
　逃げを打って約束を誤魔化す積りか（你想找藉口毀約嗎？）

逃げ足、逃足〔名〕逃跑（的速度）、想要逃跑（的樣子）（=逃げ腰、逃腰）。（賽馬、賽自行車）（把追趕者）甩掉的速度
　逃げ足の速い男（逃得快的人）
　直ぐ逃げ足に為る（一說就想逃跑）
　逃げ足が良い（甩得好）

逃げ失せる〔自下一〕逃掉、逃得無影無蹤
　賊が山奥へ逃げ失せた（賊逃到山裡不見了）

逃げ果せる〔自下一〕逃掉、逃之夭夭

逃げ後れる〔自下一〕（逃晚了）沒逃掉（=逃げ損う）
　逃げ後れて捕らえられた（沒逃掉被逮住了）

逃げ落ちる〔自上一〕逃脫、遠逃（=逃げ延びる、逃延びる）
　外国へ逃げ落ちる（遠走高飛到國外）
　此処迄逃げ落ちれば大丈夫だ（逃到這裡算是脫險了）
　命辛辛逃げ落ちる（死裡逃生）

逃げ帰る、逃帰る〔自五〕逃回來
　こそこそ（と）逃げ帰る（偷偷地逃回來）

逃げ隠れ、逃隠れ〔名、自サ〕逃避、逃匿
　もう逃げ隠れは致しません（我再也不逃了）

逃げ隠れる〔自下一〕逃遁、逃匿

逃げ切る、逃切る〔自五〕（成功地）逃跑，逃掉，逃脫、（賽馬，賽自行車）成功地甩開對手到達終點

逃げ口、逃口〔名〕逃路
　何処にも逃げ口が無い（無路可逃）
　万一の時の逃げ口を考える（考慮緊急時候的逃路）

逃げ口上、逃口上〔名〕遁辭、藉口
　逃げ口上の巧い人（善於找藉口的人）
　逃げ口上を言って避ける（找藉口迴避）避ける
　逃げ口上を使って避ける（找藉口迴避）
　其は逃げ口上に過ぎない（那只是遁詞）
　国の為と言うのが、悪党の最後の逃げ口上だ（所謂為了國家乃是壞蛋最後的藉口）

逃げ腰、逃腰〔名、形動〕想要逃脫（逃跑）、想要逃避（責任）
　強そうな相手と知って逃げ腰に為る（知道對方很厲害想要逃脫）

逃げ言葉、逃言葉〔名〕遁辭（=逃げ口上）

逃げ込む、逃込む〔自五〕逃進，躲入，竄入、（比賽中）甩開追上來的對手而取勝
　鼠が穴に逃げ込む（老鼠逃入洞裡）

追われて家に逃げ込む（被追得逃入屋內）

雨に降られて其の教室に逃げ込む（被雨淋了躲進那個教室裡）

彼は二位とは一メートルの差で逃げ込んだ（他和第二名相差一米而取勝）

Aチームはチームに五点の差を付けて逃げ込んだ（A隊贏了B隊五分而獲勝）

逃げ去る、逃去る〔自五〕逃掉、逃開、逃走

そそくさと逃げ去る（慌慌張張地逃開）

逃げ支度、逃支度〔名〕逃跑的準備

逃げ支度を為ている（正在做逃跑準備）

彼は逃げ支度の最中だ（他正準備要逃跑）

火事が近いので、慌てて逃げ支度を為た（因離失火的地方很近急急忙忙做了逃避的準備）

逃げ損う〔自五〕沒有逃掉（＝逃げ後れる）

逃げ出す、逃出す〔自五〕逃出，逃走，逃掉，溜掉，開始逃跑

こっそり会場から逃げ出す（偷偷從會場溜掉）

一目散に逃げ出す（一溜煙似地逃走）

こんな嫌な仕事から早く逃げ出し度い（想趕快從這種討厭的工作中溜掉）

敵を見て逃げ出した（看見敵人就撒腿逃了起來）

我軍の猛攻で敵は逃げ出した（由於我軍的猛攻敵人開始逃跑了）

逃げ散る〔自五〕逃散、四散奔逃、逃得七零八落

逃散、逃散〔名、自サ〕逃散、逃亡

逃散能〔化〕逸散性、逸散度

逃げ延びる、逃延びる〔自上一〕逃脫、遠遁、遠逃

やっと此処迄逃げ延びた（好容易才逃到這裡）

此処迄逃げ延びれば大丈夫だ（一逃到這裡就不要緊了）

遥遥九州迄逃げ延びる（千里迢迢逃到九州）

逃げ場、逃場〔名〕逃避的地方（＝逃げ所）

逃げ場を作る（準備逃避的場所、製造逃避的口實）

突然の事故で逃げ場を失う（由於事出突然沒有地方逃避）

逃げ場が無くなる程皆の非難を浴びた（被大家責難得無處容身）

逃げ惑う、逃惑う〔自五〕（不知逃向哪裡好）亂竄

突然の火事で人人が逃げ惑う（突然失火人們亂竄）

逃げ回る、逃回る〔自五〕（到處）亂逃、亂跑、亂竄

悪事を働いて方方逃げ回る（做了壞事到處亂逃）

小鳥は籠の中を端から端へ逃げ回っている（小鳥在籠子裡來回亂跑）

逃げ水、逃水〔名〕陸上的海市蜃樓

武蔵野の逃げ水（武藏野的海市蜃樓-古時很著名）

逃げ道、逃道〔名〕逃脫的道路、逃避的方法（手段、途徑）

逃げ道を断つ（斷絕逃路）断つ立つ裁つ絶つ経つ発つ截つ起つ

予め逃げ道を考えて置く（預先想好退路）

逃げ道が無く為って遂に捕らえられる（沒有逃路終於就縛）

巧い逃げ道が有る（有個逃避的高招）

矢継ぎ早の質問で相手の逃げ道を塞ぐ（用一連串的追問堵住了對方逃避的途徑）

逃げ易い〔形〕容易逃脫、難以捉摸

幸運と福は逃げ易い（運氣和幸福轉瞬即逝）

逃す〔他五〕錯過，放過，逸失（＝逃がす、逃す）。（接尾詞用法）表示錯過，放過，漏掉等意

折角の機会を逃した（把難得的機會錯過了）

うっかりして聞き逃す（一疏忽而聽漏）

今度だけは見逃して遣る（只饒你這一次）

逃れる〔自下一〕逃跑，逃出，逃脫，逃遁（＝逃げる）、逃避，規避，躲避，避免，擺脫（＝免れる）

浮世を逃れる（隱遁）
危い所を逃れる（從危難中逃出來）
虎口を逃れる（逃出虎口）
死を逃れる（死裡逃生）
罰を逃れる（逃脫懲罰）
法の網を逃れる（逃出法網）
身を以て逃れる（空身逃出、僅以身免）
敵の包圍から逃れる（從敵人包圍中逃出來）
逃れる道を見出す（找到逃脫的路）
彼は逃れられない運命と諦めた（他以為逃脫不了而認命了）
責任を逃れる（逃避責任）
徵兵を逃れる（逃避徵兵）
禍を逃れる（擺脫災禍）
約束を逃れ樣と為る（想要爽約）

逃れ〔名〕逃避、避開。

〔接尾〕迴避、逃避
　　責任逃れ（逃避責任）

淘（ㄊㄠˊ）

淘〔漢造〕淅米、淘米、淘汰
淘汰〔名、他サ〕淘汰
　　自然淘汰（自然淘汰）
　　人為淘汰（人為淘汰）
　　冗員を淘汰する（淘汰冗員）
　　淘汰作用（淘汰作用）
　　淘汰盤（洗礦槽）
淘げる〔他下一〕淘選、淘米
淘げ屋〔名〕淘選金屬的人、拾荒者

陶（ㄊㄠˊ）

陶〔漢造〕陶器、教育，培養

製陶（陶瓷製造）
薰陶（薰陶）
陶化〔名、自サ〕淘冶、感化、薰陶、誘導
陶化煉瓦〔名〕磁磚
陶瓦〔名〕陶器和瓦器、上釉的瓦
陶画〔名〕陶器上的畫
陶棺〔名〕（古代）陶製的棺材
陶管〔名〕陶製管
陶器〔名〕陶器、陶瓷器（=瀨戶物、燒き物）
　　陶器寫真術（把照片燒在陶瓷器上的技術）
陶器、須惠器〔名〕（考古）（古墳時代後期到奈良、平安時代的）古陶器
陶芸〔名〕陶瓷工藝
陶工〔名〕陶工、陶匠
陶磁器〔名〕陶瓷器（=瀨戶物、燒き物）
陶人〔名〕陶瓷器匠（=陶工、陶物造り）
陶酔〔名、自サ〕陶醉
　　自己陶酔（自我陶醉）
　　美酒に陶酔する（陶醉於美酒）
　　バレーの美しさに陶酔する（陶醉於芭蕾舞的優美）
　　陶酔境（陶醉的境地）
陶性合金〔名〕〔冶〕陶瓷合金、金屬（合金）陶瓷
陶製〔名〕陶製
　　陶製パイプ（陶製煙嘴）
　　陶製のペンダント（陶製的垂飾）
陶然〔形動タルト〕陶然、舒暢
　　陶然と酔う（陶然而醉）
　　陶然と寝ている（舒舒服服地睡著）
　　陶然たる気持（舒暢的心情）
　　名曲に聞き惚れて陶然と為る（聽名曲聽得心曠神怡）
陶枕〔名〕陶枕、瓷枕
陶土〔名〕陶土、瓷土
　　陶土製品（陶土製品）
陶土板〔名〕〔化〕素燒板

陶片追放〔名〕〔史〕陶片放逐、貝殼放逐（古希臘城邦的放逐制度，把要放逐國外的人名寫在陶片上進行投票、達一定票數即決定放逐）（=貝殼追放、オストラシズム ostracism）

陶冶〔名、他サ〕陶冶、薰陶
　品性を陶冶する（陶冶性情）
　陶冶性（可塑性、可教育性）

陶窯〔名〕陶瓷窯（=窯）

陶砂、礬砂、礬水〔名〕明礬水、膠水（=サイズ size）
　礬水を引く（在紙絹上加礬水以免書畫時洇墨）
　礬水紙（繪畫用礬水紙、有光紙=美濃紙）

陶、須恵〔名〕陶器（=陶物、陶器、陶器、瀬戸物、焼き物、陶器物）、姓氏

陶物、陶器〔名〕陶器
　陶物師（陶匠）
　陶物作り（陶匠、製作陶器的人）

末〔名〕末端，末節，將來，前途，最後，結局，後裔，子孫，末世，亂世，晚年
　〔形式名詞〕結果
　三月の末頃（三月底前後）三月三月三か月
　道の末（道路的盡頭）
　明治の末（明治末年）
　年の末（年末）
　月の末（月底）
　元も末も同じ太さだ（頭尾一樣粗）
　君の論は末に走ると言う物だ（你的說法可以說是捨本求末了）
　そんな事は末の問題だ（那是無關緊要的問題）
　末の有る若者（有前途的青年）
　末の見込が無い（將來沒出息）
　彼の男は末の事を少しも考えない（那個人一點也不想將來的事）
　末頼もしい（前途有望的）
　末恐ろしい（前途不堪設想）
　末の末迄契る（發誓白頭偕老）
　末が案じられる（由衷地擔心將來）
　口論の末殴り合いに為った（吵到最後互相毆打起來）
　ジンギスカンの末（成吉思汗的後裔）
　某の末（某人的後裔）
　彼が一番末です（兄弟姊妹中數他最年輕）
　末は男の子です（最小的是個男孩子）
　末の妹（么妹）
　木の末（樹梢）
　流れの末（河川的下游）
　此の世も末だ（已經末世了、此世也完了）
　行く末長く栄える（活得長遠）栄える
　停年で退職した労働者達は末を幸せに送っている（退休老工人們過著幸福的晚年）
　末始終より今の三十（十鳥在林不如一鳥在手）
　末の露本の雫（人生如朝露）
　彼は散散回り道を為た末に自分の進む可き道を見付けた（他繞了一大圈終於找到了自己該走的路）
　彼は散散道楽を為た末にへたばって終った（他是大肆荒唐了一陣結果完蛋了）
　十分考えた末（充分考慮之後、充分考慮的結果）
　其は十分考えた末決めた事だ（那是經過充分考慮之後決定的）

綯（ㄊㄠˊ）

綯〔漢造〕糾絞繩索

綯う〔他五〕搓、捻（=捩る、縒る）
　縄を綯う（搓繩）
　泥棒を見て縄を綯う（臨陣磨槍、臨渴掘井）

綯い交ぜる〔他下一〕（把不同顏色的線）混合搓揉成繩、（性質不同的東西）交織在一起
　彼は嘘と真実を綯い交ぜて警官に話した（他真假參半地向警察說了）

綯い交ぜ〔名〕交織、混雑
其の記事は事実と想像を綯い交ぜに為ていた（那則消息參雜了事實和想像）
様様の感情が綯い交ぜに為る（種種感情交織在一起、百感交集）

討（ㄊㄠˇ）

討〔漢造〕探討，討論、討伐、征討
　検討（探討、討論）
　探討（探討）
　征討（征討）
　追討（追討、討伐、掃蕩）
討議〔名、自他サ〕討論、共同研討
　徹底的に討議する（徹底地進行討論）
　討議を凝らす（仔細討論）
　討議に付する（提出討論）
　討議を打ち切る（結束討論）
　緊急な討議案を出す（提出緊急的討論方案）
　其の動議に就いて討議を重ねる（對那項動議再三進行討論）
　公害問題が討議に上がる（公害問題提上議程）
討究〔名、他サ〕研討、探討、深入研究
　自由討究（自由研討）
　討究を重ねた（反覆研討）
　半生を掛けて討究した成果を著書に為る（把半生探討的成果著成書）
討伐〔名、他サ〕討伐
　匪賊を討伐する（討伐土匪）
　討伐戦（討伐戰）
討幕〔名、自サ〕〔史〕討伐幕府（特指江戸幕府）
　尊皇討幕（〔史〕尊皇討幕）
討匪〔名、自サ〕討匪
討論〔名、自サ〕討論（＝ディスカッション discussion）
　討論に加わる（参加討論）
　討論を打ち切る（停止討論）
　討論に入る（進入討論）
　討論に付する（提出討論）
　其の計画は未だ討論中である（那個計畫尚在討論中）
　自由討論の皮切りを為る（開始自由討論）
　報告が済んでから其に就いて討論する（報告完了以後對此進行討論）

討つ、打つ〔他五〕殺、討、攻
　首を討つ（砍頭）
　敵を討つ（殺敵、報仇）仇
　賊を討つ（討賊）
　不意を討つ（突然襲撃）

打つ〔他五〕打，揍、碰，撞、撃（球）、拍、敲響、射撃、指責、打動、打字、拍發、打進、注射、貼上、刻上、彈（棉花）、擀（麵條）、耕、鍛造、捶打、編，搓、張掛、丈量、下棋、賭博、交付部分、繋上、演出、採取措施某種行動或動作。
〔自五〕内部流動
　相手の頭を打つ（揍對方的頭部）
　打ったり蹴ったりする（拳打腳踢）
　びしゃりと人の耳を打つ（啪地打了一記耳光）
　散散に打つ（痛打、毒打）
　倒れて頭を打つ（摔倒把頭撞了）
　波が岸を打つ（波浪沖撃海岸）
　ヒットを打つ（〔棒球〕安全打）hit
　球を打つ身構えを為る（拉好架勢準備撃球）
　手を拍って喜ぶ（拍手稱快）
　鼓を打つ（撃鼓）
　鐘を打つ（敲鐘）
　今三時を打った所だ（剛響過三點）
　鳥を撃つ（打鳥）
　空気銃で鳥を撃つ（用空氣鎗打鳥）
　大砲を撃つ（開砲）

三発撃つ（射撃三發）
誤って人を撃つ（誤射傷人）
投網を打つ（投網、撒網）
礫を打つ（擲小石頭）飛礫
水を打つ（灑水）
首を討つ（砍頭）
敵を討つ（殺敵、報仇）仇仇
賊を討つ（討賊）
不意を討つ（突然襲擊）
非を打つ（責備）
心を打つ（扣人心弦）
私は強く胸を打たれました（使我深受感動）
タイプライターを打つ（打字）
電報を打つ（拍電報）
釘を打つ（釘釘子）
杭を打つ（打樁）
コンクリートを打つ（灌混凝土）
注射を打つ（打針）
裏を打つ（裱貼裡子）
額を打つ（掛匾額）
銘を打つ（刻銘）
古綿を打ち直す（重彈舊棉花）
饂飩を打つ（擀麵）
田を打つ（耕田）
刀を打つ（打刀）
箔を打つ（捶箔片）
能面を打つ（製作能樂面具）
衣を打つ（搗衣）
紐を打つ（打繩子）
幕を打つ（張掛帳幕）
土地を打つ（丈量土地）
碁を打つ（下圍棋）

将来への布石が打たれた（已為今後作好準備）
博打を打つ（賭博）
手金を打つ（付定錢）
罪人に縄を打つ（綁縛罪犯）
芝居を打つ（演戲、耍花招、設騙局）
相撲の興行を打つ（表演相撲）
新しい手を打つ（採取新的措施）
ストを打つ（斷然舉行罷工）
もんどり（でんぐり返し）を打つ（翻跟斗）
寝返り許り打って寝付けない（輾轉反側睡不著）
打てば響く（馬上反應、馬上見效）
打てば響く様な返答（立即做出回答）
彼の人は打てば響く様な人だ（他是個乾脆俐落的爽快人）
脈打つ、脈擊つ（脈搏跳動）
脈が打つ、脈が擊つ（脈搏跳動）

打つ、擊つ〔他五〕射擊、攻擊
鳥を撃つ（打鳥）
空気銃で鳥を撃つ（用空氣鎗打鳥）
大砲を撃つ（開砲）
三発撃つ（射擊三發）
誤って人を撃つ（誤射傷人）

打つ、拍つ〔他五〕拍
手を拍って喜ぶ（拍手稱快）

討ち入る、討入る〔自五〕殺入、攻進、襲擊
夜中敵の砦に討ち入る（夜間殺入敵人的城堡）夜中夜中夜中

討ち入り、討入〔名〕殺入、攻進、襲擊
赤穂義士の討ち入り（元祿時代赤穂四十七義士的襲擊）

討ち死に、討死〔名、自サ〕戰死、陣亡
勇ましく戦って討ち死にした（力戰而亡）
華華しい討ち死にを為る（壯烈陣亡）

討ち従える、討従える、打ち従える、打従える〔他下一〕征服、制服
　敵を打ち従える（制服敵人）

討ち平らげる〔他下一〕討伐、平定（=平定する）

討ち止める、討止める、打ち止める、打止める、擊ち止める、擊止める〔他下一〕釘住，釘牢、結束（演出，比賽）、殺死，擊斃
　芝居を打ち止める（散戲）
　敵を打ち止める（殺死敵人）
　唯一発で虎を打ち止めた（只一槍就把老虎打死了）

討ち取る、討取る、打ち取る、打取る、擊ち取る、擊取る〔他五〕殺死，擊斃、擊敗，打敗，攻取，捕獲
　敵の大将を打ち取る（擊斃敵軍主將）
　決勝戦で強敵を打ち取る（決賽時打敗強敵）

討ち果たす、討果たす、打ち果たす、打果たす〔他五〕（把仇敵等）殺死、（把敵人）徹底打敗，打垮

討ち滅ぼす、討滅ぼす〔他五〕（討伐、攻打）使滅亡、消滅（=滅ぼす）

討滅〔名、他サ〕討滅

討ち漏らす、討漏す〔他五〕漏打、漏網
　討ち漏らした敵兵（漏網殘敵）

討っ手、討手〔名〕參加討伐的人，追捕者
　討っ手を差し向ける（派人追剿）

打ち手、打手〔名〕（也寫作討ち手、討手）參加討伐的人，追捕手（=討っ手、討手）、射擊手、劊子手、賭博者

偸、偷（ㄊㄡ）

偸、偷〔漢造〕不告而取他人的東西

偷安〔名〕偷安
　偷安を貪る（貪圖安逸）

偷視、盜視〔名、他サ〕偷看（=盜み見）
　盜視する癖が有って人に嫌われる（因有偷看的毛病遭人厭惡）

偷盜〔名〕〔佛〕（五戒或十惡之一）偷竊，盜竊、盜賊

偷盜罪（竊盜罪）

盜〔名、漢造〕盜賊、偷盜
　盜に食を齎す（盜糧）
　夜盜（夜賊、地蠶）
　竊盜（竊盜、竊賊、小偷）
　強盜（強盜）

盜む、偷む〔他五〕盜竊、偷偷地、偷閒。〔棒〕盜壘
　金を盜む（偷錢）
　彼の時計を盜まれた（他的錶被偷了）
　人目を盜んで（偷偷地、背著人目）
　足音を盜んで廊下へ出た（躡足溜到走廊裡）
　私は仕事の暇を盜んで遣って来ました（我乘工作空閒趕來了）
　半日の閑を盜んで（擠出半天的空閒）

盜み〔名〕偷盜、盜竊
　盜みを為る（行竊、偷東西）
　盜みを働く（做賊、行竊、偷東西）
　盜みを覚える（學會偷盜、行竊、偷東西）
　盜みに入る（鑽進人家行竊）

投（ㄊㄡˊ）

投〔漢造〕扔、擲、投身、投靠、投入、投手、投球
　来投（來投）
　意気投合（意氣相投）
　好投（〔棒球〕投得好）
　暴投（〔棒球〕猛投）
　高投（高投）

投じる〔自上一〕投入、投合、迎合、跳進、投機、乘機、投降、投宿（=投ずる）
〔他上一〕投、扔、投放、關進（=投ずる）
　仕事に身を投じる（投入工作）
　時流に投じる（迎合潮流）

意気相投じる（意氣相投）
人の好みに投じる（投人所好）
川に身を投じて自殺する（投河自殺）
機に投じて儲ける（投機賺錢）
ホテルに投じる（住旅館）
筆を投じる（投筆）
資本を投じて株を買う（投資買股票）
獄に投じる（關進監獄）

投ずる〔自、他サ〕投入、投身、扔擲、投射、投宿、投靠、投進、投機、投合
　火中に投ずる（投入火中）
　海に身を投じて死ぬ（投海自盡）
　獄に投ずる（投入牢獄）
　列車に石ころを投ずる（向火車投石頭）
　一票を投ずる（投上一票）
　筆を投じて剣を取る（投筆從戎）
　投手は自信を持って第一球を投じた（投手充滿信心地投出第一球）
　斜陽は赤い光を木木の葉を投じ、葉も枝も燃える許りに輝いている（夕陽的紅光投射到群樹的葉上連枝帶葉都映成鮮紅色）
　温泉旅館に投じて一泊した（到溫泉旅館住了一晚）
　敵に投ずる（投敵）
　敵陣に投ずる（投敵）
　教育事業に身を投ずる（獻身於教育事業）
　政争の渦中に身を投ずる（投身於政爭的漩渦中）
　資を投ずる（投資）
　其の為に投じた労力（為此投入的勞力）
　大金を投じて贅沢な事務所を建てる（投入大量金錢蓋奢華辦公處）
　機に投ずる（乘機）
　意気相投ずる（意氣相投）
　時流に投ずる（迎合時潮）
　世人の好みに投ずる（迎合社會的愛好）
　人気に投ずる策を考える（考慮迎合人心的方法）

投映〔名、他サ〕放映（幻燈等）
　投映機（幻燈機）

投影〔名、自他サ〕投射的影子，照上的影子、射影、影現、（光、數、心、繪畫）投影
　塔の姿が池の面に投影している（塔影投射在池面上）
　月明りの障子に庭の竹の投影が美しい（庭院的竹影映在月光下的紙窗上很美麗）
　文学は時代精神の投影だ（文學是時代精神的投影）
　投影画（投影畫）
　投影画法（投影畫法）
　投影図法（投影畫法）
　球面投影法（地圖的球式投影法）
　投影法（〔心〕投射法）
　投影面（投影面）

投象〔名、自他サ〕投影（＝投影）

投鉛手〔名〕〔海〕測深員

投下〔名、他サ〕投下、投資
　爆弾投下（投下炸彈）
　ヘリコプターから救援物資を投下する（從直升機投下救濟物資）
　地方工業に資本を投下する（為地方工業投資）

投函〔名、他サ〕投函、（把郵件）投入信箱、（把選票等）投進箱裡
　葉書を投函する（把明信片投入信箱）

投機〔名〕投機，利用時機謀取利益、（利用行情波動中賺取差額的）投機交易，買空賣空
　投機的な（の）事業（投機性事業）
　投機心を煽る（煽動投機心）煽る呷る
　投機が当たる（投資得利）
　投機が外れる（投資失利）
　土地の投機に手を付ける（染指土地投機）

投機購買（投機性買進）
投機売却（投機性賣出）
投機熱（投機熱）
株式の投機を遣る（買賣股票進行投機）
投機取引（空頭投機交易、買空賣空）

投球〔名、自サ〕〔棒球〕投球、投出的球
見事な投球（漂亮的投球）
左手の投球（左手投球）
彼の投球にはカーブが多い（他投的球曲線多）多い被い覆い蓋い蔽い

投句〔名、自サ〕（向雜誌、報紙等）投俳句稿、投稿的俳句

投光〔名、自サ〕投光、照明
投光装置（照明設備）
投光照明（〔運動場等用的〕強力照明、泛光照明）
投光器（〔建築物、車輛前的〕照明燈）

投降〔名、自サ〕投降（=降参）
敵兵百名が投降して来た（一百名敵兵來降）
投降兵（投降兵）

投稿〔名、自サ〕投稿
投稿が新聞に載った（投的稿上報了）
雑誌に小説を投稿する（向雜誌投小說稿）
投稿者（投稿人）
投稿欄（報紙雜誌等的讀者來信欄）

投合〔名、自サ〕投合、相投
意気投合（意氣相投）
意見が投合する（意見相投）
時代の要求に投合する（符合時代的要求）
時好に投合する（迎合時尚）

投獄〔名、他サ〕下獄、關進監獄
無実の人を投獄する（把無辜的人關進監獄）
投獄を免れる（免於入獄）免れる免れる

投資〔名、他サ〕投資
財産を全部事業に投資する（把財產全投資在事業上）
土地に投資する（對土地投資）
新企業に投資する（對新企業投資）
投資で損を為る（因投資而虧損）
鉱山に多額の投資を為る（對礦山大量投資）
投資債券（投資債券）
投資証券（投資證券）
投資仲介人（投資經紀人）
投資会社（〔控制其他企業的股票、專門以投資為目的的〕投資公司）
投資市場（〔資本家認為可供投資的〕投資市場）
投資信託（投資信託-通過證券公司和信託銀行的一種投資、證券公司吸收投資者資金、交付信託銀行運營謀利、並對出資人發行受益證券、分配利潤）

投射〔名、他サ〕投射、投影。〔理〕入射
投射物（拋射物、射導彈、射飛彈、射砲彈）
投射角（入射角）
投射光線（入射線）

投手〔名〕〔棒球〕投手（=ピッチャー）
左腕投手（左手投手）
投手を遣る（當投手）
投手戦（〔兩隊投手都投出好球使打手不能進攻的〕投手競賽）

投宿〔名、自サ〕投宿、住店
旅館に投宿する（住進旅館）
投宿者（旅客）

投書〔名、自他サ〕投稿，寄稿、投匿名信，寫匿名信
新聞に投書する（向報紙投稿）
投書欄（雜誌報紙上的讀者來信欄）
投書規則（投稿規則）

投書原稿（投的原稿）

臨時バスを増発するよう会社に投書した（寫信給公司希望加開臨時班車）

学校当局に反省を求める投書が舞い込んだ（有人來信要求學校當局反省）

犯人を知っている旨投書して来た（有人來信說知道誰是犯人）

貴紙に此の投書を載せて下さるよう御願いします（希望貴報把我這封信登出來）

投書箱（意見箱）

投身〔名、自サ〕跳進河（海、火山口等）（=身投げ）

投身自殺（跳進河裡自殺）

華厳の滝に投身する（跳進華嚴瀑布自殺了）

投身狂（〔醫〕自殺狂）

投石〔名、自サ〕扔石頭

デモ隊は某大使館に投石する（示威隊伍向某大使館扔石頭）

投扇興〔名〕（江戸時代）投扇遊戲

投弾〔名、自サ〕投炸彈（手榴彈等）

投擲〔名、他サ〕投擲。〔體〕投擲比賽（田賽中鉛球、鐵餅、鏈球、標槍的總稱）（=投擲競技）

手榴弾を投擲する（扔手榴彈）手榴弾

投入〔名、他サ〕投入，扔進去（=投げ入れる）、投入（資本、勞力等）（=注ぎ込む）

コイン投入口（自動販賣機等的投錢孔）

池の中に石を投入する（往池子裡扔石頭）

投票用紙を投票箱に投入する（把票投入票箱）

外国の企業に資本を投入する（向外國企業投資）

五万の兵力を投入した（投入了五萬兵力）

投げ入れる〔他下一〕投入、扔入（=投げ込む）

牢に投げ入れる（送進牢獄）

此の川に芥を投げ入れないで下さい（請不要把垃圾扔進這條河裡）

ポストに手紙を投げ入れる（把信投進郵筒）

投げ入れ，投入，抛入〔名〕〔花道〕自由式插花法（不講究型式盡量保持自然的一種插花法）、現代插花法（=投げ入れ花）

投票〔名、自サ〕投票

記名投票（記名投票）

無記名投票（無記名投票）

投票で決める（以投票決定）

投票で選挙する（投票選舉）

最多数の投票を得て当選する（得最多數票而當選）

投票締め切り（投票截止）

投票区（投票區）

投票立会人（監票人）

投票棄権者（投票棄權者）

投票箱（投票箱）

投票集め（拉票、爭取選票）

投錨〔名、自サ〕投錨、下錨←→抜錨

横浜港に投錨する（停泊在橫濱港）

投錨地（錨地）

投錨！（〔口令〕下錨！）

投法〔名〕〔棒球〕投球法

投薬〔名、自サ〕投藥、下藥

患者に投薬する（給病人下藥）

投融資〔名〕投資和融通資金

投与〔名、他サ〕投與，扔給。〔醫〕給（病人）藥

散薬を二日分投与する（給病人兩天的藥粉）

投了〔名、自サ〕〔圍棋、象棋〕認輸（輸者把棋子擲到棋盤上表示已輸）

午後九時投了した（下午九時一方認輸決定了勝負）

投力〔名〕投擲力。〔棒球〕投球能力

投網〔名〕（撒出後呈圓錐形的）漁網、撒網、旋網（=打網、投げ網、唐網）

投網を打つ（投網、撒網）

投網を投げる（投網、撒網）

投網打ちに行く（撒網捕魚去）

投げる〔他下一〕投，拋，扔，擲，摔。〔喻〕提供。〔喻〕投射、投棄、扔掉、投入、跳入、（認為沒希望而）放棄，不認真做，潦草從事。〔商〕（看落而）拋出，拋售

ボールを投げる（扔球）

槍を投げる（投標槍）

手榴弾を投げる（投手榴彈）手榴弾

相手を床に投げる（把對方摔在地板上）床牀

話題を投げる（提供話題）

淡い光を投げる（投射微弱的光線）

芥を川に投げると罰せられる（向河裡倒垃圾要受罰）芥塵

川に身を投げる（投河）

仕事を投げる（放棄工作、不認真做工作）

試合を投げる（〔認為贏不了〕不參加比賽）

俳優達が舞台を投げる（演員不認真表演）

試験を投げる（放棄考試）

匙を投げる（認為不可救藥而放棄、認為無法挽救而死心、束手無策）

医者が匙を投げる様な病気（不治之症）

彼の男には匙を投げた（他是不可救藥的、對他真是束手無策）

投げ〔名〕投，扔、〔相撲〕（抓住對方兜襠布）摔倒。〔圍棋、象棋〕認輸。〔商〕拋出。〔建〕斜度

投げを打つ（〔把對方〕摔倒）

投げ物（拋出的股票或商品）

投げ上げる〔他下一〕拋起、往上扔

ボールを空に投げ上げる（把球往空中扔）

投げ上げサーブ（高拋發球）

投げ足〔名〕（日本人在草蓆上）把腿伸出來坐、（坐時）伸出來的腿

投げ売り、投売り〔名、他サ〕拋售、甩賣

出血投げ売り（虧本甩賣）

冬物一掃の為に方方の店投げ売りを為ている（為了清理冬貨各商店都在進行拋售）方方

彼等は海外市場で余剰物資の投げ売りを遣ろうと為ている（他們準備在海外市場傾銷剩餘物資）

投げ売り商品（拋售的商品）

投げ落とす〔他五〕扔下、擲下

人を階下へ投げ落とす（把人扔到樓下）

投げ返す〔他五〕扔回去、投回去

球を投げ返す（把球扔回去）球玉珠弾魂霊偶

投げ掛ける、投掛ける〔他下一〕投到，扔過去（＝投げ付ける）、披上

彼の腕に身を投げ掛ける（把身體投到他的懷抱裡）

優しい微笑みを投げ掛ける（投以溫存的微笑）

疑問を投げ掛ける（提出疑問）

大きな不安を投げ掛ける（使對方感到非常不安）

太陽が窓に光を投げ掛ける（陽光照射窗戶）

人に言葉を投げ掛ける（和人說起話來）

羽織を肩に投げ掛ける（把外掛披在肩上）

投げ勝つ、投勝つ〔自五〕〔棒球〕憑投手取勝、投球封住打手而取勝←→打ち勝つ

投げキッス、投げキス〔名、自サ〕（離別時的）飛吻

ボーイフレンドに投げキッスを送る（向男朋友送飛吻）

投げ首、投首〔名〕〔俗〕低著頭（思考）

思案投げ首（左思右想無計可施）

投げ込む、投込む〔他五〕投入、扔進（＝投げ入れる）

牢に投げ込む（關進監獄）

ポストに葉書を投げ込む（把明信片投入信箱）

此の川に芥を投げ込まないで下さい（請不要把垃圾扔進這條河裡）

投げ込み〔名〕投入、扔進、自由式插花法（=投げ入れ，投入，拋入）

投げ仕事〔名〕潦草的工作
　投げ仕事を為る（草率從事）

投げ島田、投島田〔名〕後髻下垂的髮型（=下げ島田）

投げ捨てる、投捨てる、投げ棄てる〔他下一〕扔掉，拋棄、丟棄、丟開
　紙屑を投げ捨てる（扔掉廢紙）
　船から投げ捨てる（從船上扔掉）
　遥か彼方に投げ捨てる（拋到九霄雲外）
　中途で仕事を投げ捨てた（把工作中途丟開）
　職務を投げ捨てて遊び回る（放棄職守到處遊玩）

投棄〔名、他サ〕拋棄（=投げ捨てる、投捨てる、投げ棄てる）
　投棄処分（拋棄處分）

投げ銭、投銭〔名〕擲給乞丐（或賣藝人等的）錢幣

投げ相場〔名〕〔商〕拋售價格

投げ出す、投出す〔他五〕拋出，扔下、拋棄、放棄、豁出，拿出
　足を投げ出す（伸出腿）
　机の上に本を投げ出す（把書扔在桌子上）
　株式を市場に投げ出す（把股票拋到市場上）
　自動車から投げ出される（從汽車裡甩了出來）
　泥棒は荷物を投げ出して逃げた（小偷扔下行李就跑了）
　投げ出す様に物を言う（說話像連珠砲一樣）
　仕事を投げ出す（中途丟下工作）
　地位を投げ出す（拋棄地位）
　投げ出さないで最後迄遣って下さい（不要半途而廢請堅持到底）
　命を投げ出す（豁出生命）
　私財を投げ出す（獻出私財）
　内閣を投げ出す（交出內閣）
　ぽんと一千万円を投げ出す（一下子就拿出一千萬日元）
　大金を投げ出して事業を始める（拿出鉅款興辦事業）

投げ付ける、投付ける〔他下一〕投擲、（對著…）扔去、扔到…上
　犬に石を投げ付ける（投石打狗）
　私に向って本を投げ付けた（把書向我猛擲過來）
　相手を床に投げ付ける（把對方摔到地板上）
　人に悪口を投げ付ける（罵人）
　互いに侮辱の言葉を投げ付け合った（互相辱罵）
　勝手に為ろと投げ付ける様に言って出て行った（隨你的便對他大喝一聲就走出去了）

投げ釣り、投釣り〔名〕用繞線盤把釣絲投到海裡的一種釣魚法

投げ飛ばす、投飛ばす〔他五〕（遠遠地）猛扔出去、猛摔出去
　相手を土俵の外に投げ飛ばす（〔相撲〕把對手摔出摔跤場外）

投げ索、投げ縄、投縄〔名〕（捕捉野獸用的）套索
　投げ索で捕らえる（用套索捕捉）

投げ荷〔名、他サ〕〔海〕（船舶遇險時）投棄的貨物（=打ち荷）
　浮標付き投げ荷（繫有浮標的投棄貨物）

投げ節、投節〔名〕（江戶時代）一種妓院街流行的情歌小調

投げ文、投文〔名〕從屋外投進來的信、匿名信、（火車列車長為了報告車上事故向車外投出的）信件

投げ物、投物〔名〕〔商〕拋出的股票（商品）、拋售的貨物、甩賣品
　投げ物一巡（經過一陣拋售風市價〔漸趨平穩〕）

投げ矢〔名〕（遊戲用的）投標、飛鏢
　投げ矢の盤（飛盤）
　投げ矢を投げる（投擲飛鏢）

投げ槍、投槍〔名〕投槍、〔體〕標槍

投げ遣り〔名、形動〕投過去，扔過去、（把工作等）扔下，丟開、馬虎，草率，隨便

　仕事を投げ遣りに為る（把工作丟開不管）

　投げ遣りな（の）性格（馬虎的性格）

　仕事が投げ遣りである（工作馬虎）

　投げ遣りな（の）態度では何事も出来ない（態度馬馬虎虎什麼工作也做不成）

　勉強を投げ遣りに為るな（你功課不能馬馬虎虎）

投げ環〔名〕〔理〕環、（遊戲）擲環

投げ技，投技、投げ業，投業〔名〕〔相撲、柔道〕摔倒的招數

投ぐ〔他下二〕投，拋，扔，擲，摔（＝投げる）

凪ぐ、和ぐ〔自五〕變得風平浪靜

　海が凪いで来た（海上平靜了）投ぐ凪ぐ和ぐ薙ぐ

　昼頃に為ると風が急に凪いで仕舞った（到了午間風突然平息了）

薙ぐ〔他五〕橫砍、橫割

　鎌で草を薙ぐ（用鐮刀割草）薙ぐ凪ぐ和ぐ

　草でも薙ぐ様に人を殺す（殺人如麻）

頭（ㄊㄡˊ）

頭（也讀作頭）〔漢造〕頭、統帥，首領，上部，頂部，開頭，最初，附近，近處，邊緣，邊上。
（助數詞用法用於計算牛馬等）頭

　長頭（〔人類學〕長頭-前後長的頭形）

　短頭（短頭）

　鳥頭体（〔動〕鳥頭體）

　断頭（斷頭、斬首）

　弾頭（導彈魚雷等的彈頭）

　禿頭（禿頭＝禿頭）

　光頭（禿頭＝禿頭）

　咬頭（〔解〕牙尖）

　後頭（〔解〕後腦殼）

叩頭（磕頭、頓首）

喉頭（喉頭）

低頭（低頭）

地頭（該地，當地、封建時代領主指派管理莊園的莊頭）

枝頭（枝頭＝枝の先）

指頭（指尖＝指の先）

番頭（商店旅館等的掌櫃、劇團的領班）

船頭（船老大＝船長、船夫＝船子、船乗り、水夫）

座頭（古時的一種盲人官名、盲人樂師，盲人按摩師、盲人，瞎子）

音頭（領唱的人、集體舞蹈、集體舞蹈的歌曲、雅樂中最先吹起笛子等管樂的人、帶頭的人，首倡者）

蔵人の頭（掌管宮廷中文書總務等事務官員的頭頭）

年頭（年初、歲首）

念頭（心頭、心上）

心頭（心頭）

初頭（開頭、起初、起始）

冒頭（開頭、起始）

陣頭（隊伍的最前列、各種工作的第一線）

人頭（人頭、人數、人口）

徹頭徹尾（徹頭徹尾、從頭到尾、完完全全）

駅頭（車站附近-尤指車站前、站台附近）

会頭（工商會協會等的會長）

街頭（街頭、大街上）

店頭（鋪面、門市）

点頭（點頭、〔植〕轉頭）

社頭（神社前）

路頭（街頭、路邊、路旁）

露頭（礦脈的露頭）

口頭（口頭）

枕頭（枕邊、床頭）

牛五頭（牛五頭）

頭韻〔名〕頭韻法←→脚韻
　頭韻を踏む（押頭韻）

頭花〔名〕〔植〕頭狀花（序）

頭角〔名〕頭角
　嶄然頭角を現わす（嶄然顯露頭角、顯出才華出人頭地）

頭胸部〔名〕〔動〕頭胸部（蜘蛛、蝦、蟹頭和胸連在一起的部分）

頭骨〔名〕〔解〕頭骨、頭蓋骨

頭索類〔名〕〔動〕頭索類

頭首〔名〕首腦、首領、頭目（＝頭、親分）

頭書〔名、他サ〕頭注，眉批、文章的開頭。〔法〕判詞前的字句
　難解な語を説明した頭書が付いている（有解釋費解詞句的頭注）
　頭書の通り（如文章開頭所述）

頭書き〔名〕（書的）眉注（書籍本文上方空白處的批或注）

頭狀〔名〕〔植〕頭狀
　頭狀花序（頭狀花序）
　頭狀花（頭狀花）

頭身〔造語〕頭部長度和身長的比例
　八頭身（頭部長度為身長的八分之一─被認為美女的標準）

頭神経節〔名〕〔動〕頭神經節

頭數〔名〕（動物的）頭數
　飼育頭數（飼養頭數）
　頭數を数える（數頭數）
　家畜の頭数が増えた（家畜的頭數增加了）増える殖える

頭數〔名〕人數（＝人數）
　頭數が多い（人數多）
　頭數が少ない（人數少）
　頭數を揃える（湊齊人數）
　頭數が足りない（人數不足）
　頭數を増す（增加人數）増す益す
　頭數を減らす（減少人數）

頭声〔名〕〔樂〕頭聲←→胸声

頭足〔名〕頭足、頭和足
　頭足類（頭足類、頭足綱）
　頭足綱（頭足綱、頭足類）

頭損失〔名〕〔理〕壓頭損失

頭注、頭註〔名〕（加在書籍本文上方的）眉批←→脚注

頭頂〔名〕〔動〕（特指昆蟲的）頭頂

頭頂骨〔名〕〔解〕頂骨

頭取〔名〕頭兒，首長、（銀行的）行長，董事長、（劇場等的）後台總管
　銀行の頭取（銀行的行長）
　劇場の頭取（劇場的後台老板）
　相撲の頭取（相撲的總管）

頭髪〔名〕頭髮（＝髪の毛）
　頭髪を伸ばす（把頭髮留長）伸ばす延ばす展ばす
　頭髪用brush（髮刷）

頭部〔名〕頭部
　頭部に負傷する（頭部負傷）

頭部波〔名〕〔理〕頭頂波、脫體波、沖激波

頭目〔名〕（歹徒等的）頭目、頭子、頭頭（＝頭）
　山賊の頭目（山賊的頭目）

頭領、統領〔名〕首領、頭目、統帥者（＝頭）

頭顱〔名〕頭顱腦袋（＝頭、頭）

頭盔、突盔〔名〕（古代的）尖頂盔

頭垢、雲脂〔名〕頭皮、頭垢、膚皮
　雲脂取り（箆子）
　雲脂櫛（箆子）
　雲脂取り香水（洗髮液）
　雲脂がぼろぼろ落ちた（膚皮紛紛脫落）
　雲脂性の男（好長頭皮的男人）
　雲脂が出る（長頭皮）

雲脂を掻く（撓頭皮）

頭〔名、漢造〕〔舊〕頭、腦袋（＝あたま）

　頭が高い（高傲無禮傲慢趾高氣揚妄自尊大）

　頭の高い人（自以為了不起的人）

図（也讀作圖）〔名、漢造〕圖、圖表、繪圖、地圖、設計圖、圖畫、圖書。〔俗〕（多用於貶意）情況，光景，情景，樣子、〔俗〕心意、（讀作と）謀劃，策劃、（中國的）八卦圖

　図で示す（用圖表示）

　図で表わす（用圖表示）表わす現わす著わす顕わす洗わす

　御宅の近くの図を画いて呉れ（請把府上附近的地圖畫給我）書く斯く欠く画く描く昇く

　此の山水の図は三百年程前に画かれた物だ（這幅山水畫是大約三百年前畫的）

　他所では見られない図だ（是在別處看不見的光景）他所余所他所

　余り結構な図じゃない（不是太體面的樣子）

　図に当たる（正中下懷、正合心意）

　図に外れる（不合心願、不稱心）

　図が無い（毫無道理、無法無天）

　図に乗る（得意忘形、借勢逞能）

　図に乗って我儘を為る（趁勢任意胡來）

　彼は人が良いからと言って君も図に乗っちゃ行けない（你可不要以為他脾氣好就一味任意胡來）

　設計図（設計圖）

　天気図（天氣圖）

　雄図（宏偉的計畫）

　壯図（壯志宏圖）

　後図（將來的計畫）

　河図絡書（河圖洛書）

頭打ち、頭打、頭打ち〔名〕〔經〕（行市）達到極限、達到頂點

　人員が頭打ちの状態だ（人員達到了飽和點）

　生産が頭打ちの状態だ（生産已達到最大限度）

　進学率の伸びが頭打ちに為っている（升學率的增長已達到頂點）

頭重、頭重、頭重〔名〕頭重，頭沉，倔強，不肯向人低頭。〔經〕行情呆滯，行情不活潑，行情似漲不漲

頭蓋、頭蓋〔名〕〔解〕頭蓋

　頭蓋を有する動物（有頭蓋動物 脊椎動物）

　頭蓋切開術（顱骨切開術）

　頭蓋骨、頭蓋骨（頭蓋骨、顱骨）

　頭蓋癆（〔醫〕頭蓋癆）

　頭蓋測定法、頭蓋測定法（頭蓋測量法）

頭寒足熱〔名〕頭涼腳熱（利於安眠的一種健康法）

頭巾〔名〕頭巾、兜帽

　御高祖頭巾（〔把頭和臉全部裹起來只露出眼睛的〕女用防寒頭巾）

　頭巾を被る（戴上兜帽）

　頭巾を取る（摘下兜帽）

　頭巾付きのオーバー overcoat（皮猴、棉猴）

　頭巾と見せて頬被り（華而不實）

頭巾、頭襟、兜巾〔名〕（修道者在山野巡行時戴的）黑布頭巾。〔建〕方柱頂

頭上〔名〕頭上、頭頂上

　頭上に落ちる（落在頭上）

　鳥が頭上を舞っている（鳥在頭上飛翔）

　頭上注意（〔牌示〕留心撞頭）

頭陀〔名〕〔佛〕修行、頭陀，修道僧，游方僧，游方僧背的行囊（＝頭陀袋）

　頭陀袋（游方僧背的行囊、〔什麼都裝的〕萬寶囊，褡褳）

　頭陀袋に荷物を入れて肩に背負う（把東西裝在褡褳裡背在肩上）

頭痛〔名〕頭痛、煩惱，苦惱（＝悩み）

　割れる様な頭痛が為る（頭痛得像要裂開似的）

　少し頭痛が為る（有些頭痛）

酷く頭痛が為る（頭痛得厲害）

頭痛を訴える（喊頭痛）

薬で頭痛を直す（服藥醫治頭痛）直す治す

叔父は頭痛持ちです（我的叔父有頭痛病）

私には其の問題が何時も頭痛の種だ（那個問題總是我煩惱的原因）

他人の疝気を頭痛に病む（為他人的煩惱而擔憂、杞人憂天）病む已む止む

頭痛鉢巻だ（絞盡腦汁、特別煩惱〔操心〕）

頭痛鉢巻で対策を練る（絞盡腦汁研究對策）

頭抜ける、図抜ける〔自下一〕（常用頭抜けて的副詞形式）特別、出眾、超群、出類拔萃（=並外れる）

頭抜けて背が高い（個子特別高）

頭抜けて速く走る（跑得特別快）

彼はクラスの中で頭抜けて良く出来る（他在班裡成績特別好）

頭熱〔名〕頭部發燒（=逆上）

頭熱が有る（頭發燒）

頭脳〔名〕頭腦，腦筋，腦力，智力，判斷力、首腦，領導人（=頭）

頭脳明晰な人（頭腦清晰的人）

頭脳の足りない人（智力不足的人）

頭脳労働（腦力工作）

頭脳が鋭い（頭腦敏銳）

はっきりした頭脳（清醒的頭腦）

日本の頭脳の海外流出（日本的人材外流）

彼は稀に見る頭脳の持主だ（他是個罕見有頭腦的人）

頭脳を絞る（絞腦汁、費心思）絞る搾る

頭脳線（〔手相〕表示頭腦敏捷或遲鈍的掌上線條）

公団の頭脳（〔房產等〕公團的首腦）

会社の頭脳と言われる人（被稱為公司首腦的人物）

頭風〔名〕頭痛（=頭痛）

頭物〔名〕〔商〕上等貨、高檔品←→裾物（下等貨、次等品）

頭〔名〕頭，腦袋、頭髮，頭部、頂端、首領、頭目、頭腦，腦筋、想法，念頭、人數。〔經〕行市的最高峰

頭が痛い（頭痛）

頭を下げて御辞儀を為る（低頭行禮）

頭を縦に振る（點頭、同意、答應）

頭を横に振る（搖頭、反對、不同意）

頭を抱えて逃げ出す（抱頭鼠竄）

今日は頭が重い（今天感覺頭沉重）重い思い想い

頭を刈る（剪髮）

頭を剃る（剃頭）剃る反る

頭を結う（梳頭）

年を取って頭が大分薄く為った（上了年紀頭髮稀得多了）

頭が白く為った（頭髮白了）

釘の頭を叩く（敲釘帽）

釘の頭を打つ（敲釘帽）

山が雲の上から頭を出す（山從雲上露出山頂來）

彼は其の連中の頭だ（他是那些人的頭目）

冴えた頭（清醒的頭腦）

はっきりしない頭（不清楚的頭腦）

頭が良い（腦筋好）

頭が悪い（腦筋壞）

頭の鋭い人（腦筋靈敏的人）

頭の鈍い人（腦筋遲鈍的人）

頭の古い人（腦筋舊的人）

頭が入る（費腦筋、費思量）

頭を痛める（傷腦筋）痛める傷める悼める炒める

頭を使う（用腦筋、思考）

頭を動かす（用腦筋、思考）

彼の人は頭が変だ（他腦筋不正常）

彼の男は少々頭が足りない（他有點遲鈍）

彼の人は数学の頭が有る（他有數學的腦筋）

頭に置く（考慮）

彼は未だ頭が固まらない（他思想還沒定型）

彼は我我と頭が違う（他和我們的想法不同）

政治の事許りが頭に在る（他滿腦子想的都是政治）

あんな奴の事は頭に置いていない（他那樣的人我根本沒有放在心裡）

人夫の頭を揃える（湊足壯工的人數）

頭が上がらない（抬不起頭來、起不來）

彼の人の前では頭があがらぬ（在他的面前抬不起頭來）

頭隠して尻隠さず（藏頭露尾、欲蓋彌彰）

頭が下がる（欽佩、佩服）

彼の人の前へ出ると自然と頭が下がる（一到他的面前就自然感到肅然起敬）

頭が低い（謙虛、謙恭）

頭から水を浴びたよう（如冷水澆頭一般）

頭に来る（頭昏腦脹，神智失常，氣得發昏，頭痛，酒上頭）

此の酒は直に来る（這個酒喝了馬上頭痛）

頭の上の蝿も追われぬ（自顧不暇）

頭の黒い鼠（家賊）

頭の天辺から足の爪先迄（從頭頂到腳下、整個、通通）

頭を上げる（抬頭、伸張勢力）

頭を搔く（〔因失誤、難為情等〕撓頭）

頭を下げる（鞠躬行禮、屈服，認輸、欽佩、佩服）

頭を下げて頼む（俯首拜託）

頭を悩ます（傷腦筋、苦思焦慮）

頭を撥ねる（揩油、佔便宜）

頭を捻る（絞腦汁、費心思）

難しい問題に頭を捻る（為了一個難題而大費心思）

頭を丸める（削髮為僧）

頭株〔名〕首領、頭目（＝頭分）

会社の頭株の人人（公司的頭頭們）

頭から〔副〕開頭，一開始、根本，完全

頭から撥ね付ける（一開始就予以拒絕）

頭から問題に為ない（根本沒當作一回事）

頭金〔名〕定金、押金（＝手金、手付金）

頭金を打つ（付定金）

頭金五万円、後は月賦で結構です（先交五萬元定金以後按月攤付即可）

頭越し〔副〕隔著頭、越頂

余り人が多くて、頭越しにしか見られなかった（人太多了只能隔著人頭去看）

頭熟し〔名〕不問情由、不容分說、不分青紅皂白、毫不留情

頭熟しに叱り付ける（不容分說地加以斥責）

頭熟しに叱り飛ばす（不容分說地加以斥責）

頭熟しに決め付ける（痛加申斥）

彼の議論は頭熟しに遣っ付けられた（他的議論遭到徹底的攻擊）

頭でっかち〔名、形動〕〔俗〕大頭，腦袋大、上面大下面小、光說不練

頭でっかちな（の）人（腦袋大的人）

屋根が大きくて頭でっかちな感じを与える（房頂大給人以上面大下面小的感覺）

頭でっかちの尻窄まり（虎頭蛇尾）

頭撥ね〔名〕〔俗〕揩油、抽頭、傭錢

頭割り、頭割〔名〕按人數均分（均攤）

費用を頭割りに為る（平均分攤費用）

費用は銘銘頭割りで出した（費用由每個人分攤了）

ど頭〔名〕（ど頭的簡略、ど是接頭語）〔俗、方〕頭、腦袋

頭〔名〕頭，腦袋（＝頭）、頭髮、頭目，首領，首腦、頂端，最初，頭一個，頭一名
　頭を横に振る（搖頭、不同意）
　頭を縦に振る（點頭、同意）
　頭を下げる（低頭）
　頭を項垂れる（垂頭喪氣）
　頭を上げる（抬頭）
　頭を下す（落髮、出家）
　頭の霜（白頭髮）
　大工の頭（木匠頭頭）
　人の頭に立つ（站在頭目的地位）
　盜賊の頭（匪首）
　頭に為る（當頭目）
　頭文字（西方文字的大寫字母）
　十五の娘を頭に三人の子供が有る（十五歲的長女以下還有三個孩子）

頭字〔名〕（按五十音分類時）最初的字頭、以西方文字大寫字母構成的略語（如PTA等）

頭立つ〔自五〕當頭目、當首領
　頭立った看護婦（為首的護士）

頭付き〔名〕〔烹〕帶頭的魚、整條魚

頭分〔名〕首領（的身分）、頭目（＝親分）

頭文字〔名〕（西方文字句首的詞或專有名詞開頭使用的）首字（＝イニシャル）、大寫字母（＝キャピタル）
　頭文字で書き起こす（用大寫字母寫起）
　頭文字を組み合わせて作った略語（把大寫字母組合在一起造成的略語）
　頭文字で略式の署名を為る（用首字作簡略的簽名）

頭〔接尾〕表示剛一（＝途端）、表示數第一的人、表示尖端，頂端
　出会い頭に彼に（と）ぶつかった（剛一出門就遇上他了）

出世頭（第一個露頭角的人）
目頭（眼角）
波頭（浪頭）

頭〔名〕〔舊〕頭（＝頭）、幼兒搖頭（＝頭頭）
　否と頭を振る（搖頭否定）
　頭を振って否定する（搖頭否定）
　頭を縦に振る（點頭、首肯）
　謝れと言うのに、頭を振って応じない（讓他認錯可是他卻搖頭不肯）
　頭を為る（幼兒搖頭）
　頭する間（轉瞬間）

頭、首〔名〕（文）頭（＝頭）
　頭を垂れて黙祷する（垂首默禱）
　頭を回らす（回頭，扭過頭去，回首，回憶過去）

頭〔名〕〔方〕頭、腦袋（＝頭、頭）
　頭天天（幼兒輕拍腦袋）

頭〔名〕〔舊〕頭、腦袋（＝頭、おつむ）
　坊やの頭を撫でる（撫摸孩子的腦袋）
　頭を丸める（削髮〔為僧〕）

透（ㄊㄡˋ）

透〔漢造〕透過
　浸透、滲透（滲透）

透化〔名、自サ〕〔化〕透明化、玻璃化

透過〔名、自サ〕透過、穿過
　光が透過する（光線透過）
　透過性（滲透性，滲透率，透氣性，透氣率，可滲性，可滲率）
　透過能（穿透力、穿透性、貫穿性）

透角閃石〔名〕〔礦〕透閃石

透輝石〔名〕〔礦〕透輝石

透視〔名、他サ〕〔光、醫、心〕透視、透過障礙看到內部的眼力
　X線透視法（X光線透視法）

レントゲンで透視する（用X光透視）

卵を電灯に当てて透視する（用電燈透視雞蛋）

透視画法（透視畫法、配景法）

彼は密閉した箱の中の品物を当てる透視力を持っている（他有透視的眼力，能猜中密封箱裡的東西）

透視画（透視畫、透視圖、投影圖、配景圖）

透磁率〔名〕〔理〕導磁力

透湿性〔名〕〔化〕透潮性、滲潮性

透射〔名〕透射、幅射

化学線透射性能（化學線透射性能、透光化線性能）

透浸油〔名〕〔化〕（木材防腐的）浸漬油

透水〔名〕〔地〕透水、滲水

透水層（沙礫等容易透過地下水的透水層）

透水性（透水性、滲透性）

透水度（滲蝕度）

透析〔名、他サ〕〔化〕透析、滲析、隔濾膜分離

透析器（滲析器）

透析的（透析的、滲析的、分解的、有分離力的）

透石膏〔名〕透明石膏

透蛋白石〔名〕〔礦〕水蛋白石

透熱〔名〕〔醫〕透熱

透熱性（透熱性）

透熱療法（透熱療法）

透壁分氣法〔名〕〔化〕透壁分氣法、微孔分氣法

透膜性〔名〕〔化〕透膜性、透析性、滲析性

透明〔名、形動〕透明。〔轉〕純潔，單純

透明に為る（變得透明）

透明で無い（不透明）

無色透明の物体（無色透明物體）

透明な液に為った時の温度（變成透明液體時的溫度）

透明質（透明質）

透明樹脂（透明樹脂）

透明体（透明體）

透明度（透明度）

透明ワニス（光漆）

透明で単純な心（純潔單純的心）

一種異様な明るさを持った透明な音（具有一種奇異的明朗的純潔的聲音）

透明膜（透明膜）

透かす，透す、空かす〔他五〕留開縫隙，留出空隙，留出間隔、間伐、間拔、透過（…看）、空著肚子。〔俗〕放悶屁

雨戸を少し空かして置く（把板窗打開一小縫）賺す（哄騙）

板を空かして打ち付ける（把板子隔開釘上）

羽目板を空かして打ち付ける（把護牆板稀開釘上）

行間を空かさずに組む（行間不留空隙排字）

樹木は空かさなければならない（樹木必須間伐）

庭の立木を空かす（間伐庭園的樹木）

木の枝を空かす（間伐樹枝）

枝を空かして風通しを良くする（疏剪樹枝使通風良好）

木の間を空かして見る（透過樹縫看）

木の間を空かして日を射し込む（陽光透過樹縫射了進來）

ガラスを空かして見る（透過玻璃看）

ランプを空かして見る（迎著油燈看）

卵を明りに空かして見る（迎亮檢查雞蛋）

腹を空かす（餓肚子、不吃東西）

御腹を空かして食事を待つ（餓著肚子等候開飯）

腹を空かせた儘食事を待つ（空著肚子等候開飯）

子供達は御腹を空かして母親の帰りを待っていた（孩子們空著肚子等媽媽回來）

誰が空かした（有人放悶屁了）

賺す〔他五〕（用好話）哄，勸（=宥める、賺す、騙す）、誆騙，哄騙（=騙す、瞞す）

子供が泣いているから賺して遣り為さい（孩子哭了去哄哄吧！）

赤ん坊を賺して寝付かせる（哄嬰兒睡覺）

脅しつたり賺しつたりして、遂にうんと言わせた（連嚇帶哄終於使他答應了）

子供を宥め賺す（哄孩子）

やっと賺して帰して遣った（好不容易勸他回去了）

賺して金を取る（騙錢）

透かし〔名〕（欄杆等的）間隙、空隙、透明、透亮、（紙的）水印、悶屁（=透かし屁）。〔相撲〕使對方撲空而摔倒

透かし細工（透瓏工藝品）

透かし封筒（開窗信封）

透かし入りの紙幣（帶水印的紙幣）

透かし模様押し付け機（壓水印的膠輥機）

透かし編み、透かし編〔名〕透亮編織（物）、花邊（=レース）

透かし編みのセーター（透瓏毛衣、鉤花毛衣）

透かし絵〔名〕紙上迎亮可看出來的畫（花紋）

透かし織り，透かし織、透き織り，透き織〔名〕薄紗、薄絹

透かし切り，透かし切、透かし伐り，透かし伐〔名〕間伐（樹木）、打枝（=間伐）

透かし羽蛾，透羽蛾，透翅蛾〔名〕〔動〕透翅蛾

透かし屁、透かしっ屁〔名〕悶屁、無聲屁

透かし屁を放る（放悶屁）放る籤る干る

透かし塀〔名〕花牆、透孔牆

透かし彫り、透かし彫〔名〕鏤空雕花、透瓏鏤刻

透かし彫りの象牙玉（鏤空雕花象牙球）

精巧な象牙の透かし彫り（精巧的雕花象牙）

透かし門〔名〕透瓏的門、由外部可以看見內部的門

透かさず〔連語、副〕立刻、馬上、緊跟著、間不容髮（=直ぐに）

透かさず機会に乗ずる（馬上抓住機會）

透かさず機会を捕える（馬上抓住機會）

透かさず責任を追及する（立即追究責任）

間を透かさず並べる（不留空隙緊挨著擺放）

透かさず半畳を入れる（馬上對演員喝倒彩）

透く、空く〔自五〕有空隙，有縫隙，有間隙、變少，空曠，稀疏，透過…看見，空閒，有空，有工夫、舒暢，痛快，疏忽，大意←→込む

戸と柱の間が空いている（門板和柱子間有空隙）鋤く好く漉く梳く酸く剝く剝く抄く

間が空かない様に並べる（緊密排列中間不留空隙）

未だ早ったので会場は空いていた（因為時間還早會場裡人很少）

旅行の季節が過ぎたので旅館は空いている然うです（因為已經過了旅行季節聽說旅館很空）

歯が空いている（牙齒稀疏）

枝が空いている（樹枝稀疏）

座るにも空いてない（想坐卻沒座位）

バスが空く（公車很空）

汽車が空いた（火車有空座位了）

手が空く（有空閒）

今手が空いている（現在有空閒）

胸が空く（心裡痛快、心情開朗）

カーテンを通して向こうが空いて見える（透過窗簾可以看見那邊）

レースのカーテンを通して向こうが空いて見える（透過織花窗簾可以看見那邊）

腹が空く（肚子餓）

御腹が空く（肚子餓）

杈も空かん男だ（真是叫人大意不得的人）

好く〔他五〕喜好、愛好、喜歡、愛慕（＝好む、好きに為る、好きだ）

（現代日語中多用被動形和否定形，一般常用形容動詞好き，代替好く。不說好きます而說好きです。不說好けば而說好きならば。不說好くだろう，而說好きに為る）

塩辛い物は好きだが、甘い物は好かない（喜歡鹹的不喜歡甜的）

彼奴はどうも虫が好かない（那小子真討厭）

好きも好かんも無い（無所謂喜歡不喜歡）

好いた同士（情侶）

彼の二人は好いて好かれて、一緒に為った（他倆我愛你你愛我終於結婚了）

洋食は余り好きません（我不大喜歡吃西餐）

好く好かぬは君の勝手だ（喜歡不喜歡隨你）

人に好かれる質だ（討人喜歡的性格）

梳く〔他五〕（用梳篦）梳（髮）

櫛で髪を梳く（用梳子梳髮）

剝く〔他五〕切成薄片，削尖，削薄，削短

魚を剝く（把魚切成片）透く 空く 好く 梳く 漉く 抄く 鋤く 酸く

竹を剝く（削尖竹子）

髪の先を剝く（削薄頭髮）

枝を剝く（打枝。削短樹枝）

結く〔他五〕結、編織（＝編む）

網を結く（編網、織網、結網）

抄く，漉く〔他五〕抄、漉（紙）

紙を抄く（抄紙、用紙漿製紙）透く 空く 好く 梳く 剝く 鋤く 結く

海苔を抄く（抄製紫菜）

鋤く〔他五〕（用直柄鋤或鍬）挖（地）

畑を鋤く（挖地。翻地）畑 畠 畠

透き，透、隙、空き〔名〕間隙，縫隙，空隙（＝隙間、透き間、空き間）

空處，空間，餘地（＝余地）、空餘，閒暇（＝暇）

空隙，漏洞，疏忽，可乘之機（＝油断、チャンス）

戸の隙（門縫）抄き 鋤く 好き 漉き 梳き 酸き 剝き 剝き 抄き

戸の隙から覗く（從門縫裡看）

戸の隙からそっと中を覗く（從門縫裡偷偷地往裡看）

人集かりの隙を縫って歩く（從人堆的縫隙穿過去）

割り込む隙が無い（沒有擠過去的餘地）

今一人入る隙が有る（還能容納一個人）

仕事の隙を見て送りに駆け付ける（乘著工作的餘暇前來送行）

仕事の隙を見て伺いましょう（乘著工作的餘暇去拜訪您吧！）

隙を伺って逃げる（乘隙逃跑）

間がな隙がな勉強する（一有工夫就用功）

隙を見て逃げる（乘隙逃跑）

敵は中中隙を見せない（敵人警戒森嚴無懈可擊）

隙を見て脱走する（乘隙逃跑）

敵に隙を見せない（不給敵人可乘之機）

隙を狙う（伺機）

敵に隙を与えない（不給敵人可乘之機）

隙を乗ずる（乘隙、成績）

相手に付き込む隙を与えない（不給對方可乘之機）

隙を乗じて入る（乘虛而入）

隙さえ有れば潜り込む（有空隙就鑽）

隙無く武装している（全副武裝）

彼の身形には一分の隙も無かった（他穿戴得整整齊齊）

隙の無い防備（萬全的準備）

一分の隙も無い（無可乘之機、無懈可擊）

隙の無い議論（無懈可擊的論述）

油断も隙も為らない（不可有半點疏忽）

家の子供は悪戯で油断も隙も有った物じゃない（我的孩子很淘氣一時都不能疏忽）

透き色、透色〔名〕（織物等）迎亮看的顏色

透き写し、透写し〔名、他サ〕（把原圖鋪在下面）描繪，透寫，剽竊，抄襲

　地図を透き写しに為る（描繪地圖）
　此の写本は原本を透き写し（に）為た物だ（這個抄本是描繪原書的）
　此の論文はA氏の本の透き写しだ（這篇論文是抄襲A氏的書的）

透写〔名、他サ〕透寫、複寫、映寫、描圖（=トレース）
　古写本を透写する（複寫古抄本）
　透写紙（透寫紙、描圖紙）
　透写台（下面安有電燈的透寫桌、描圖桌）

透き垣、透垣、透垣、透垣〔名〕（稀疏的）竹籬、籬笆
　透垣の朝顔の花が咲いている（爬在籬笆上的牽牛花開了）

透き影〔名〕透過縫隙看見的身影，（隔著玻璃、紙窗等）迎亮看見的影子，由暗處向明處看見的影子
　木の間から一匹の駒の透き影がちらっと見えた（透過樹枝閃現一匹馬的影子）
　山の端に人の透き影が見える（看見山邊上有個人影）

透き蚕、透蚕〔名〕（停食桑葉快要吐絲作繭）身體發亮的蠶、病蠶

透き通る、透通る、透き徹る〔自五〕透明、清澈、清脆
　透き通ったガラス（透明的玻璃）
　着物が薄くて腕が透き通って見える（衣服薄得可以看見胳膊）
　印刷が裏に透き通って見える（印字透過紙背）
　透き通る様な青い色を為た海（清澈的藍色大海）
　透き通った声（清脆的聲音）

透徹〔名、自サ〕清澈，清新、透徹，清晰，精闢
　透徹した大気を吸う（呼吸清新的空氣）
　透徹した湖水（清澈的湖水）
　透徹した理論（精闢的理論）
　透徹した頭脳（清晰的頭腦）

透間, 透き間、隙間、空間, 空き間〔名〕間隙，空隙，縫隙、空暇，閒暇（=手隙、暇）
　戸の空間から風がびゅうぴゅう吹き込む（風從門縫中颼颼地吹進來）
　戸の空間から雪が吹き込む（由門縫吹進來雪花）
　岩の空間から透き通った水が流れている（從岩石縫隙中流出清澈的水）
　本棚には空間無く本が並んでいる（書架上擺滿了書毫無空隙）
　地震で柱と壁の間に空間が出来た（由於地震柱子和牆壁之間出現了縫隙）
　歯の空間を穿る（剔牙縫）
　空間を狙って逃げ出す（乘隙逃跑）
　空間を見ては勉強する（一有功夫就用功）
　空間を見て手伝う（抽空就幫忙）

空間, 空き間、空間, 明き間〔名〕空房間（=空部屋,空き部屋、明部屋, 明き部屋）

空隙（=隙間、空間, 空き間、透間, 透き間）
　空間に為て置く（把房間空起來）
　部屋を借り度いのですが、空間は有りませんか（想想租房子有空房間嗎？）
　少しの空間も無い（一點空地方也沒有）
　部屋は荷物が一杯で空間が無い（屋子裡堆滿了東西一點空地方也沒有）

透き間風、隙間風〔名〕（從縫隙吹進的）賊風（=隙風）。〔喻〕（感情上的）裂痕，隔閡
　隙間風を防ぐ（堵住賊風）
　隙間風の来る所に坐る（坐在賊風處）
　此処は隙間風が入る（這兒有賊風）

其の事が有ってから、二人の間に隙間風が入った（從那事件發生以後二人之間產生了隔閡）

透き間容積、隙間容積 [名][理] 餘隙容積

透き見、透見 [名、他サ] 窺視、偷看（=覗き見）

塀の節穴から透き見（を）為る（從板牆的木節眼窺視）

透き身、剝き身 [名] 薄肉片、薄魚片、曝醃魚肉片

透き身に為る（切成薄片）

鱈の透き身（薄鱈魚片）

透き目 [名] 間隙，空隙，縫隙、空暇，閒暇（=透間，透き間、隙間、空間、空き間）

透綾、透綾 [名] 薄絹

透笠 [名]（帶孔的）草笠、斗笠

透ける、空ける [自下一][俗] 透過、看見

垣根が透けて見える（透過籬笆可以看見那邊）

着物が薄くて腕が透けて見える（衣服很薄可以看見胳膊）

平静を装った声だが、裏側の動揺が透けて見えた（雖然語聲假裝得很鎮静，但可以很清楚地看見內心的動搖）

透す、徹す、通す [他五] 穿過，通過，引進、貫徹、堅持、通過、說妥、訂叫、通知。

[接尾]（接動詞連用形）連續、一貫、一直、到底

針に糸を通す（縫針）

管の詰まりを通す（打通管子堵塞地方）

煙管を通す（通煙袋）

今度此の道にバスを通す然うだ（聽說這條路要通公車了）

筋を通して話し為さい（通情達理地說）

ガラス戸は光を通す（玻璃門透光）

此のレインコートは絶対に雨を通さない（這雨衣決不透雨）

窓を開けて風を通して下さい（請把窗戶打開透透風）

笊を通して水を切る（用笊籬把水空掉）

寒さが着物を通した（寒氣透過衣服）

御客さんを二階へ通す（把客人領進二樓）

客間へ通して下さい（請進來客廳）

御客様を御通し為さい（請客人進來）

三時間通して勉強する（連續用功三個小時）

生涯独身で通す（一輩子不結婚）

此の冬はストーブ無しで通した（這一冬一直沒有生火爐）

二十四時間通して歩いた（連續走了二十四小時）

此の書類はざっと眼を通した丈だ（這文件只是粗看了一遍）

彼は学生時代にずっと一番で通した（他在學生時代一直考第一）

一年間を通して一日も休まなかった（全年一天也沒休息）

其の劇は四十日間通して上演された（那齣戲一直演了四十天）

我意を通す（堅持己見）

無理を通す（蠻幹到底）

遣り度い事を遣り通す人だ（是個想做就做到底的人）

新しい党規約を通す（通過新黨章）

野党側の反対に会って国会を通せなかった（遭到在野黨反對國會沒能通過）

政府案を無修正で通した（原案通過政府的提案）

人を通して希望を申し出る（通過別人提出自己的希望）

仲人を通して結婚を申し込む（通過媒人求婚）

此の門を通して下さい（請讓我通過這門）

先に通して遣る（叫他先過去）

通して呉れ（讓我過去吧！）

切符の無い人は通しません（沒有票的人不能進去）

貴方の事は先方に通して有る（您的事情已經和對方說過了）

もう通して置きましたから、直ぐ出来るでしょう（已經給您定下了馬上就好吧！）

追加の分はもう通したのか（追加的菜已經定了嗎？）

労働を通して青年を教育する（通過勞動教育青年）

社長に通す（通知總經理）

遠く迄見通す（高瞻遠矚）

雨が一週間降り通している（雨連著下了一星期）

子供は終夜泣き通した（小孩哭了一夜）

一晩中勉強し通した（用功了一整晚）

疲れたので朝迄眠り通した（因為疲勞一直睡到早晨）

難しくても遣り通そうと為る（即使困難也想做到底）

如何しても頑張り通す（無論如何也要堅持到底）

透る、徹る、通る〔自五〕通過、穿過、通暢、透過、響亮、被請進室內、知名、通用、通行、了解、前後一貫、客人點的菜由飯館服務員通知帳房或廚房

家の前を通る（走過家門）

右側を通って下さい（請靠右邊走）

山道を通って山村に辿り着いた（走過山路來到一個山村）

此の道は、夜余り自動車が通らない（這條路晚上不太過汽車）

二人並んで通れる位の道幅（兩人並排走得過去的路寬）

工事中だから人を通らせない（因為正在修路不讓人走）

カナダを通って英国に行く（通過加拿大往英國去）

何の道を通って帰ろうか（走哪條路回去呢？）

人込みの中を通る（穿過人群）

トンネルを通ると海が見える（一穿過隧道就看到海）

此の部屋は風がから涼しい（這房間通風很涼快）

此の糸は太過ぎて針穴に通らない（這條線太粗穿不過針眼）

御飯が喉を通らない（吃不下飯）

此の下水は良く通らない（這下水道不通暢）

詰まっていた鼻が通る（不通氣的鼻子通了）

雨が肌迄通る（雨濕透皮膚）

水が通らぬ防水布（不透水的防水布）

此の魚は未だ中迄火が通っていない（這魚做得還不夠火候）

声が通る（聲音響亮）

歌声は隅隅迄良く通る（歌聲響徹各個角落）

もう少し通る声で御願いします（請大聲點）

声は低いけれども、良く通る（聲音雖小但很清朗）

客が奥に通る（客人被請進屋裡）

応接間に通ってから、間も無く主人が出て来た（被引進客廳以後不久主人就出來了）

彼は変り者で通っている（他以怪人著稱）

世界に名の通った商品（世界聞名的商品）

英語は大抵の国で通っている（英語在大多數國家通用）

其の馬鹿馬鹿しい説が世間で通っているから不思議だ（那種荒謬的說法在社會上還行得通可真奇怪）

此の切符で通る（這票就能通用）

私の意見が通る（我的意見得到通過）

彼女は二十歳と言っても通る程若く見えた（她看上去那麼年輕即便說是二十歲人們也會相信）

そんな言い訳を為たって通らない（即便那麼辯解也通不過）

何時も無理が通る思ったら間違いだ（總以為硬幹行得通是錯誤的）

汽車が通る（通火車）

吹雪で汽車が通れなくなった（由於大風雪火車不通了）

片田舎迄busが通る様に為った（連偏僻的郷村也通公車了）

法案が議会を通る（法案通過議會）

入学試験に通る（入學考試通過）

此の文章はどうも意味が通らない（這篇文章的涵義總有些不懂）

何を言っているか、ちっとも話が通ってない（一點也不明白他在說甚麼？）

筋の通った遣り方（合理的做法）

其の説明では筋が通らない（那種解釋說不通）

カレー一丁通っているか（一份咖哩飯要了沒有？）

ずっと前に帳場に通った筈だ（早就告訴帳房了）

貪、貪（ㄊㄢ）

貪（也讀作貪、貪）〔漢造〕貪

慳貪（貪婪，吝嗇，冷酷無情，苛薄冷酷＝突慳貪）

貪汚〔名〕貪汚

貪色〔名〕貪色

貪心、貪心〔名〕貪心

貪官〔名〕貪官

貪官汚吏（貪官汚吏）

貪食、貪食〔名、他〕貪食、貪吃

彼は貪食家だ（他是個貪吃的人）

他国の領土を貪食する（鯨吞他國領土）

貪欲，貪慾、貪欲，貪慾〔名、形動〕貪欲、貪婪

貪欲な考え方（貪得無厭的想法）

貪欲の塊（極其貪婪的人）

貪婪、貪婪〔名、形動〕貪婪（＝貪欲，貪慾，貪欲，貪慾）

貪婪な人（貪婪的人）

貪婪飽く事を知らず（貪得無厭）

貪婪の徒（貪婪之徒）

貪婪で飽くを知らない（貪得無厭）

貪吏、貪吏〔名〕貪官汚吏

貪吝〔名〕貪婪吝嗇

貪る〔他五〕貪、貪圖、貪婪

暴利を貪る（貪圖暴利）

享楽を貪る（貪圖享樂）

安逸を貪る（貪圖安逸）

貪る様に食べる（狼吞虎嚥）

犬が貪る様に餌を食べている（狗貪婪地吃著狗食）

貪る様に食卓に並んだ料理を見詰める（貪婪地望著擺在桌上的菜）

貪る様に本を読む（如飢似渴地讀書）

惰眠を貪る（貪睡懶覺）

貪り〔名〕貪、貪婪

灘（ㄊㄢ）

灘〔漢造〕水淺流急砂石淤積的地方

灘〔名〕遠離港口浪高難航的大海，波濤洶湧的海面、灘酒（兵庫縣灘地方產的一種日本清酒＝灘酒）

玄海灘（玄海灘）

灘の生一本（純灘酒）

痰（ㄊㄢˊ）

痰〔名〕痰

喀痰（吐痰、吐的痰）

血痰（血痰）

痰を吐く（吐痰）吐く掃く穿く履く刷く佩く

喉に痰が絡まる（喉嚨裡堵住痰）

痰切り、痰切〔名〕祛痰、祛痰藥、祛痰藥糖（=痰切り飴）
　痰切り飴（用大豆、芝麻、生薑等製成有祛痰作用的藥糖）

痰咳〔名〕痰和咳嗽、痰咳
　痰咳に効く薬（祛痰止咳藥）

痰唾〔名〕痰和唾沫、痰
　痰唾吐く可からず（〔牌示〕不許吐痰）

痰壺〔名〕痰盂

痰吐き〔名〕痰盂（=痰壺）

痰持〔名〕多痰的人

潭（ㄊㄢˊ）

潭〔漢造〕水潭

潭心〔名〕潭心

潭水〔名〕潭水

潭潭〔形動タリ〕水等深又滿（=湛湛）

潭、淵〔名〕淵，潭，深水處←→瀬。〔轉〕深淵
　淵に棲む魚（棲於深水處的魚）住む澄む清む済む
　昨日の淵今日の瀬と為る（滄海桑田）
　底無しの淵（無底深淵）
　絶望の淵に沈む（陷於絶望的深淵）

縁〔名〕緣、邊、框、檐、旁側
　崖の縁から転げ落ちる（從懸崖的邊緣滾下來）淵渕
　眼鏡の縁（眼鏡框）眼鏡
　黒縁の眼鏡（黑框眼鏡）
　縁を付ける（鑲邊）
　道路の縁を通る（走路邊）
　彼は疲労の為目の縁が黒い（他因疲勞眼圈黑了）
　側の縁に立つ（站在河邊）側側
　縁の広い帽子（寬檐帽子）

談（ㄊㄢˊ）

談（也寫作譚）〔名、漢造〕談、話、談話
　帰朝談を聞く（聽歸國後的談話）
　引揚者の談に拠ると（據歸國者談）
　談偶社会主義問題に及ぶ（談話偶然涉及到社會主義問題）偶適
　同日の談ではない（不可同日而語）

政談（政談，政論、政治故事，政談作品）

清談（清談）

史談（史話、歷史故事-常用於書名）

示談（說合、調停、和解）

軍談（江戶時代以戰爭為主題的通俗小說、講戰爭故事的評論）

相談（商量，協商、請教，諮詢，建議，提議、協議，商定）

対談（對談、會談、對話）

鼎談（三人對面交談）

面談（面談、面洽）

漫談（漫談，閒談，閒聊、單口相聲）

雑談（閒談、閒聊）

閑談（閒談、閒聊）

歓談（歡談、暢談、暢敘）

款談（款談）

講談（說評書、講故事）

高談（〔敬〕高論、高聲談話，高談闊論）

巷談（街談巷議）

奇談（奇談）

綺談（趣話）

冗談（戲言、笑話、詼諧、玩笑）

商談（貿易談判、商業談判）

笑談（談笑、玩笑、笑話）

美談（美談、令人欽佩的話）

会談（會談，面談、〔特指外交等的〕談判）

快談（暢談、愉快的談話）

怪談（鬼怪故事、荒誕的故事）

車中談（車內談話）

談義〔名、自サ〕〔佛〕講經，說教、訓斥，教訓、講話，冗長無趣的話）

御談義を聞かせる（教訓）

御談義を聞く（受訓斥）

釣談義（漫談釣魚）

下手の長談義（囉嗦無趣的漫長講話）

御談義が長くて閉口した（訓話太長真吃不消）

談笑〔名、自サ〕談笑

談笑の中に問題の解決が付いた（在談笑中解決了問題）內

談笑裏に両巨頭の会談は終った（兩巨頭在談笑中結束了）

談叢〔名〕叢談

談判〔名、自サ〕談判，協商，交涉，商洽，接洽

外交談判（外交談判）

談判の決裂（談判破裂）

談判は旨く進行している（談判在順利進行）

談判が決裂した（談判決裂了）

音を小さくする様に談判する（商洽把聲音弄小一點）

談柄〔名〕〔舊〕話題、話柄

面白い談柄（有趣的話題）

談余〔名〕順便談

談林、檀林〔名〕〔佛〕寺院、談林風（江戶時代俳風之一、西山宗因所創、自由奔放富於幽默、在松尾芭蕉的俳風以前盛行一時=談林風）

談論〔名、自サ〕談論、議論

談論風発する（談論風生）

談話〔名、自サ〕談話

談話を始める（開始談話）始める創める

談話を止める（中止談話）止める已める辞める病める

声高に談話す可からず（請勿高聲談話）

談話の形式で発表する（以談話形式發表）

炉辺談話（爐邊談話）

談話体（談話體、談話形式）

談話を取る（採訪某人的談話）取る採る執る盜る摂る獲る捕る撮る

談じる〔自上一〕談，說（=話す）、談判（=掛け合う）（=談ずる）

昔の事を談じ合う（互談往事）

彼は共に談じるに足りない（不值得與他一談）

相手と此の事件を談じる（與對方談判此事）

先方に談じ込む（強行找對方談判）

談じ合う〔自五〕交談、互談、互相商量

昔の事を談じ合う（互談往事）

談合〔名、自サ〕〔舊〕商量、磋商、商議（=話し合い）

事前に良く談合する（事前好好商量）

皆で談合したら良い考えが出る（大家一塊商量就能想出好主意）

談合尽く、談合尽〔名〕經過協商決定（=相談尽く）

談合尽くでした事を、今更苦情は言えないじゃないか（經過協商決定的事現在又怎麼還能有意見呢？）

談じ込む〔自五〕責備、責問、抗議

隣家へ談じ込む（到鄰家去抗議）

談ずる〔自サ〕談，說（=話す）、商量，商議，交涉，談判（=掛け合う）（=談じる）

政治を談ずる（談政治）

懐旧談を談じ合う（互談往事）

一つ社長に談じて見よう（跟經理商量一下吧！）

隣家へ談じ込む（和鄰居交涉）

壇（ㄊㄢˊ）

壇〔名、漢造〕壇，台、祭壇、專家們的世界

壇に上がる（上台、登講台）

壇を下りる（下台、下講台）

祭壇_{さいだん}（祭壇）

戒壇_{かいだん}（戒壇、受戒的台）

教壇_{きょうだん}（講台）

演壇_{えんだん}（講台）

仏壇_{ぶつだん}（佛龕）

石壇_{いしだん}（石壇）

花壇_{かだん}（花圃）

華壇_{かだん}（花道界）

登壇_{とうだん}（登上講台）

降壇_{こうだん}（下講台、大學教師非退休的去職）

講壇_{こうだん}（講台）

土壇場_{つちだんじょう}（土壇場）

歌壇_{かだん}（詩壇、和歌界）

文壇_{ぶんだん}（文藝界）

詩壇_{しだん}（詩壇＝詩人_{しじん}の社会_{しゃかい}）

俳壇_{はいだん}（俳句界）

論壇_{ろんだん}（講台、言論界）

画壇_{がだん}（繪畫界）

楽壇_{がくだん}（音樂界）

劇壇_{げきだん}（戲劇界）

壇上_{だんじょう}〔名〕台上

　壇上_{だんじょう}の人_{ひと}と為_なる（在台上演講）

　壇上_{だんじょう}に現_{あら}われる（出現在台上、上講台）現_{あら}われる表_{あら}われる顕_{あら}われる

　壇上_{だんじょう}に立_たつ（站在台上）立_たつ截_たつ断_たつ発_たつ経_たつ絶_たつ裁_たつ起_たつ

壇場_{だんじょう}〔名〕壇場、沒有台子的場所

　得意_{とくい}の壇場_{だんじょう}に在_ある（處在得意的境地）

壇尻_{だんじり}、樂車_{だんじり}、山車_{だんじり}〔名〕（廟會、祭典時載有假山、人物、草木、禽獸等伴以笛鼓吹打的）花車（＝山車_{だし}）

曇（ㄊㄢˊ）

曇_{どん}（也讀作_{たん}）〔漢造〕陰

　晴曇_{せいどん}（陰晴＝晴_はれと曇_{くも}り）

曇色_{どんしょく}〔名〕黯淡的顏色、不鮮艷的顏色

曇天_{どんてん}〔名〕陰天←→晴天_{せいてん}、雨天_{うてん}

　曇天続_{どんてんつづ}き（連陰天）

曇華_{どんどく}、檀特_{どんどく}〔名〕〔植〕美人蕉（＝カンナ^{canna}）

曇_{くも}らす〔他五〕使黯淡，使朦朧，使模糊，使失去光澤。〔轉〕帶愁容，不高興、顫抖、變憂鬱、變黯然、變得遲鈍、變得悲傷

　湯気_{ゆげ}がガラス^{glass}を曇_{くも}らす（水蒸氣使玻璃變得模糊）

　顔_{かお}を曇_{くも}らす（面帶愁容）

　声_{こえ}を曇_{くも}らす（聲音顫抖）

　心_{こころ}を曇_{くも}らす（變得心情憂鬱）

　判断力_{はんだんりょく}を曇_{くも}らす（使判斷力變得遲鈍）

　目_めを曇_{くも}らせて私_{わたし}を見_みた（用悲傷的眼神看我）

　涙_{なみだ}に声_{こえ}を曇_{くも}らす（泣不成聲）

曇_{くも}らせる〔他下一〕使黯淡，使朦朧，使模糊，使失去光澤。〔轉〕帶愁容，不高興、顫抖、變憂鬱、變黯然、變得遲鈍、變得悲傷（＝曇_{くも}らす）

　息_{いき}を吹_ふき掛_かけて硝子_{ガラス}を曇_{くも}らせる（哈氣把玻璃弄模糊）

　心配_{しんぱい}で顔_{かお}を曇_{くも}らせる（擔心得面帶愁容）

　声_{こえ}を曇_{くも}らせ乍言_{ながらい}う（聲音顫抖地說）

曇_{くも}る〔自五〕陰天、（透亮或有光澤的東西）變模糊不清，朦朧、（因憂慮）表情（心情）暗淡，憂鬱不樂，變遲鈍，不聰明，語音含混不清

　大分曇_{だいぶくも}って来_きた（天陰得沉了）

　鏡_{かがみ}が曇_{くも}る（鏡子模糊）

　涙_{なみだ}で曇_{くも}る眼鏡_{めがね}を拭_ふく（擦拭被眼淚弄得模糊不清的眼鏡）拭_ふく葺_ふく吹_ふく

　心_{こころ}が曇_{くも}る（心情黯淡、鬱鬱不樂）

　顔_{かお}が曇_{くも}る（神情變得憂鬱不安）

　酒_{さけ}を沢山飲_{たくさんの}んだので頭_{あたま}が曇_{くも}って終_{しま}った（由於飲酒過多腦子變得遲鈍了）

曇_{くも}り、曇_{くもり}〔名〕〔天〕陰←→晴_はれ、晴_{はれ}。（光、色、聲等）模糊不清，朦朧，內疚，虧心，私心，（人格上的）汙點

　晴後曇_{はれのちくもり}（晴轉陰）

曇空（陰天）

眼鏡に曇が出来る（眼鏡模糊不清）眼鏡

曇無き身の落ち着き（不做虧心事的人胸懷坦然）

彼の身には一点の曇も無い（他的身上沒有一點汙點）

曇り勝ち、曇勝ち〔名、形動〕常常陰天、動不動就陰天、一來就陰天

曇り勝ちの天候（動不動就陰天的天氣）

近頃は曇り勝ちだ（近來常常是陰天）

曇り勝ちな心（動輒憂鬱的心情）

曇りガラス〔名〕毛玻璃、磨砂玻璃（=艷消しのガラス）

曇りガラスの窓（毛玻璃窗）

曇声〔名〕不清楚的語聲、含淚說話的聲音（=くぐもり声）

檀（ㄊㄢˊ）

檀（有時讀作旦）〔漢造〕〔植〕衛茅。〔佛〕布施

白檀（〔植〕白檀、檀香木）

栴檀（〔植〕苦楝=楝、栴檀=白檀）

紫檀（〔植〕紫檀）

黒檀（〔植〕黑檀樹、黑檀木、烏木）

檀越、檀越〔名〕〔佛〕施主

檀家〔名〕檀家、施主

檀紙〔名〕一種有皺紋的白色日本紙（用於包裝、裱糊等）

檀徒〔名〕〔佛〕施主

檀特、曇華〔名〕〔植〕美人蕉（=カンナ）

檀那、旦那〔名〕〔佛〕檀越，施主、（商人家的雇傭者稱男主人）主人、老爺、（妻妾稱丈夫）老爺、稱別人的丈夫、（商人對男主顧的稱呼）先生。〔俗〕（稱呼比自己地位高的男人或警察）老爺

檀那は今御出掛けに為る所です（主人現在正要出門）

檀那様は御元気でいらっしゃいますか（您丈夫好嗎？）

檀那、御安くして置きます（先生便宜點賣給您）

警察の檀那が来られた（警察老爺來了）

大檀那（大老爺）

若檀那（少爺）

小檀那（小少爺）

檀那芸〔名〕商人等玩票

檀那寺〔名〕〔佛〕施主所屬的寺院、菩提寺

檀林、談林〔名〕〔佛〕寺院、談林風（江戶時代俳風之一、西山宗因所創、自由奔放富於幽默、在松尾芭蕉的俳風以前盛行一時=談林風）

檀〔名〕〔植〕衛茅、白杜、土芩樹、明開夜合

檀弓、真弓〔名〕衛茅木做的弓、（寫作真弓）弓的美稱

壜、瓶（ㄅㄧㄣˊ）

壜、瓶〔名〕瓶子

ビール壜（啤酒瓶）

壜の栓（瓶塞）

ウイスキーを一壜平らげる（喝光一瓶威士忌）

壜に詰める（裝入瓶內）詰める摘める積める抓める

壜を濯ぐ（涮瓶子）濯ぐ漱ぐ雪ぐ

壜詰め，壜詰、瓶詰め，瓶詰〔名〕裝瓶，瓶裝，裝瓶罐頭

壜詰め機械（裝瓶機）

壜詰めで売る（用瓶裝出售）

壜詰めに為る（做成瓶裝罐頭）

壜詰めと樽入りの葡萄酒（瓶裝和木桶裝的葡萄酒）

譚（ㄊㄢˊ）

譚〔漢造〕放縱肆言為譚、言談（古通〝談〞）

譚歌〔名〕（取材於歷史、神話、傳記的）敘事性歌曲、通俗歌曲、根據故事編的民謠（=バラード法）

譚詩〔名〕（自由體的）敘事詩（=バラード法）

譚詩曲〔名〕〔樂〕敘事曲

鐔（ㄊㄋˊ）

鐔〔漢造〕劍柄與刃相接處的護手
鐔、鍔〔名〕（刀劍的）護手、鍋緣、帽緣。〔機〕軸環、（管子的）凸緣
　模樣の彫って有る鍔（刻有花紋的護手）唾
　鍔の広い帽子（帽緣寬的帽子）

唾〔名〕唾液（＝唾）
　唾を吐く（吐唾液）唾鍔
　人に唾を引っ掛ける（吐人一口唾液）
　悪口を言われて、其の上唾迄引っ掛けられた（挨頓臭罵還被吐了一身口水）

唾〔名、自サ〕唾液、吐唾液（＝唾）
　唾を吐く（吐唾液）唾椿
　唾を垂らす（流涎、垂涎）
　手に唾する（往手上吐口水、要幹起來）
　指に唾を付けてページを繰る（手指沾點口水翻書頁）繰る来る剋る
　彼はぐっと唾を呑んだ（他使勁嚥了口唾液－忍氣吞聲、抑制強烈感情）
　唾を飛ばし乍話し続ける（口水四濺地講個不停）
　唾でも吐き掛けて遣りたかった（我真想吐他一口口水）
　天を仰ぎて唾す（仰天吐口水、害人反害己、搬起石頭砸自己的腳）

坦（ㄊㄋˇ）

坦〔漢造〕平安為坦、寬而平、廣大、心地光明
坦懷〔形動〕心地光明無私
坦然〔形動タルト〕坦然
坦坦〔形動タルト〕平坦、平靜，平凡，平穩，無變化
　坦坦と為た平野（平坦的原野）
　坦坦たる道（平坦的道路）
　坦坦たる半生（平穩的半生、平凡的半生）
　氏は坦坦と為て其の仕事を六十年間続けた（他平穩地持續做了六十年那項工作）

炭（ㄊㄋˋ）

炭〔漢造〕木炭、煤。〔化〕碳的簡稱
　木炭（木炭、炭筆、炭條）
　薪炭（薪炭、燃料）
　活性炭（活性碳）
　石炭（煤炭）
　泥炭（泥煤）
　骸炭（焦炭＝コークス）
　塊炭（塊炭）←→粉炭
　黒炭（黑煤、瀝青煤）
　褐炭（褐煤）
　亜炭（褐炭）
　粉炭（煤屑）
　無煙炭（無煙煤）

炭化〔名、自サ〕碳化
　炭化カルシウム（碳化鈣）
　炭化水素（碳化氫）
　炭化弗素（碳氟化合物）
　炭化鋼（碳化鋼）
　炭化鉄（碳化鐵）
　炭化器（增碳器）
　炭化珪素（碳化硅、金剛砂）
　炭化硼酸（碳化硼）

炭価〔名〕煤的價格
炭殻〔名〕煤灰渣、爐灰渣
　炭殻煉瓦（煤渣磚）
炭庫〔名〕貯煤庫
炭坑〔名〕煤礦、煤坑、煤井
　炭坑を掘る（開採煤礦）
　炭坑浸水（坑道進水）

炭坑夫（礦工）
炭鉱〔名〕煤礦
　　　炭鉱爆発（礦井爆炸）
　　　炭鉱労働者（礦工）
　　　炭鉱地帯（煤礦區）
炭材〔名〕做木炭的木材
炭酸〔名〕〔化〕碳酸
　　　炭酸脱失（脱碳）
　　　炭酸除去（脱碳）
　　　炭酸カリウム（碳酸鉀）
　　　炭酸鉛（碳酸鉛）
　　　炭酸ナトリウム（碳酸鈉）
　　　炭酸欠乏症（缺碳酸血、血液缺二氧化碳）
　　　炭酸アンモニウム（碳酸銨）
　　　炭酸塩（碳酸鹽）
　　　炭酸ガス（二氧化碳）
　　　炭酸カルシウム（碳酸鈣）
　　　炭酸基（羧基）
　　　炭酸紙（複寫紙）
　　　炭酸水素カリウム（碳酸氫鉀）
　　　炭酸水素ナトリウム（碳酸氫鈉）
　　　炭酸ストロンチウム（碳酸鍶）
　　　炭酸石灰（碳酸鈣）
　　　炭酸泉（溫泉、礦泉）
　　　炭酸同化（碳酸同化作用）
　　　炭酸ソーダ（碳酸鈉）
　　　炭酸マグネシウム（碳酸鎂）
　　　炭酸リチウム（碳酸鋰）
　　　炭酸水（汽水、蘇打水）
　　　炭酸水素塩（碳酸氫鹽）
炭山〔名〕產煤的礦山
炭質〔名〕煤炭或木炭的質量
炭車〔名〕運煤車

炭種〔名〕煤的種類
炭塵〔名〕煤屑、煤粉
　　　炭塵爆発（煤塵爆炸）
炭水〔名〕煤和水。〔化〕碳化氫
　　　炭水化物（醣類、糖化物、碳水化合物）
　　　炭水車（煤水車＝テンダー tender）
炭疽〔名〕〔醫〕炭疽熱
　　　炭疽菌（炭疽桿菌）
　　　炭疽病（炭疽病）
　　　炭疽熱（炭疽熱）
炭素〔名〕〔化〕碳
　　　放射性炭素に依って測定した年代（根據放射性碳測定的年代）
　　　炭素を除く（除碳）
　　　炭素を含ませる（滲碳、使碳化）
　　　炭素を含む（含碳）
　　　炭素と化合させる（使與碳化合）
　　　炭素棒（碳精棒）
　　　炭素ブラシ brush（碳刷）
　　　炭素除去（除碳）
　　　炭素脱失（脱碳）
　　　炭素鋼（碳鋼）
　　　炭素環式化合物（碳環型化合物）
　　　炭素星（〔天〕碳星〔Ｃ型星〕）
　　　炭素族元素（〔化〕碳族元素）
　　　炭素線（碳絲）
炭層〔名〕煤層
　　　炭層の深い炭坑（煤層深的煤井）
炭柱〔名〕煤礦礦井的支柱
炭田〔名〕煤田
炭肺〔名〕〔醫〕煤礦工人易患的矽肺病的一種
炭脈〔名〕〔礦〕煤層
炭団〔名〕煤球。〔俗〕（相撲表示失敗的）黑點
　　　炭団を埋けて置く（把煤球火壓上）

炭団屋（煤舖）

炭団を重ねる（連敗）

炭団に目鼻（醜八怪、黑鐵蛋）

炭〔名〕炭，木炭（=木炭）、燒焦的東西

　山で炭を焼く（在山上燒炭）炭墨隅角

　山で炭を作る（在山上燒製木炭）

　火鉢に炭を継ぐ（往火盆裡添炭）継ぐ注ぐ接ぐ次ぐ告ぐ

　火鉢に炭を入れる（往火盆裡放炭）

　炭俵（裝炭的稻草包）

　火事場には柱だけが炭に為って残っている（失火的地方只剩下燒焦了的柱子）

角、隅〔名〕角落、邊上

　荷物を部屋の角に置く（把東西放在屋角）

　角から角迄捜す（找遍了各個角落）

　此の辺は角から角迄知っている（這一帶情況一清二楚）

　重箱の角を突く様な事を為る（對不值得的瑣事追根究柢．吹毛求疵）

　全世界の隅隅（全世界每個角落）

　角に置けない（不可輕視、懂得道理、有些本領）

墨〔名〕墨汁、墨汁、墨縄、墨色、墨色、墨染

　墨を磨る（研墨）擦る摺る刷る摩る擂る掏る為る

　墨が濃い（墨濃）

　墨が薄い（墨淡）

　墨が滲む（墨水滲開）

　墨を磨るは病夫の如く筆を執るは壯士の如く（研墨要輕握筆要有力）

　墨が濃過ぎる（墨色太黑）

　墨を筆に付ける（往筆上醮墨）

　墨を打つ（木工打墨線）

　墨の流した様（烏雲密布、漆黑一片）

　一面に墨の流した様な夜空（一片漆黑之夜空）

雪と墨（喻性格完全不同）

朱墨、朱墨（朱墨）

朱墨で書く（用朱色顏料寫）

藍墨（藍墨）

入墨、文身、文身、刺青、刺青（刺青）

墨の衣（染成黑色的衣服）衣

鍋墨を掻き落とす（刮鍋煙）

鍋墨の煤を掻き落とす（刮鍋底灰）

烏賊の墨（烏賊的墨汁）

章魚が墨を吐いた（章魚噴黑色墨汁）章魚蛸凧胼胝

炭掻き、炭掻〔名〕炭耙、炭火鉤

炭籠〔名〕（盛炭用的）炭籠（=炭入れ、炭取り）

炭窯、炭竈〔名〕（燒炭的）炭窯（=炭焼き窯）

炭木〔名〕（燒炭用的）炭木

炭俵〔名〕稻草編的炭包

炭壺〔名〕（悶滅炭火的）熄火罐（=火消し壺）

炭手前〔名〕〔茶道〕（往茶爐裡）添炭、調整火侯

炭取り、炭取〔名〕炭籠

炭火〔名〕炭火

　炭火に当たる（烤炭火）

　炭火でパンを焼く（用炭火烤麵包）

　炭火を起す（生炭火）起す興す熾す

　炭火が消え掛かっている（炭火快要滅了）

炭屋〔名〕木炭舖、木炭商人

炭焼き、炭焼〔名〕燒炭、燒炭的人。〔烹〕炭烤（=網焼き、グリル grill）

　山で炭焼きを為る（在山裡燒炭）

炭櫃〔名〕〔古〕（農家在室中央修造的）地爐（=囲炉裏）、圓火盆（=火桶）

探（ㄊㄢˋ）

探〔漢造〕探尋、探索、偵探、探子

　内探（暗中偵查、秘密調查）

探海鉤〔名〕〔海〕打撈鉤（打撈用的四爪錨）

探海燈〔名〕〔海〕（海上）探照燈（=サーチライト searchlight）

探海燈で海面を探る（用探照燈探索海面）

探海燈で照らす（用探照燈照）

探究〔名、他サ〕探究、研究

科学の探究（科學的研究）

生まれ付き探究心の強い人が居る（有的人天生就喜好研究）

美の本質を探究する（研究美的本質）

探求〔名、他サ〕探求、尋求

真理の探求（真理的探求）

古代遺跡の探求（探求古代遺跡）

人生の意義を探求する（探求人生的意義）

探検、探険〔名、他サ〕探險

北極探険に出掛ける（去北極探險）

探険飛行（探險飛行）

探険船（探險船）

探険家（探險家）

探険者（探險者）

探険小説（探險小説）

探険記（探險記）

アフリカ探険記（非洲探險記）

探険隊（探險隊）

探険隊を組織する（組織探險隊）

探険隊を指揮する（指揮探險隊）

探険隊を派遣する（派遣探險隊）

探鉱〔名、自サ〕勘察礦脈、勘探礦脈

探鉱者（礦產等的勘探者）

探査〔名、他サ〕探查、探索、探測

深海探査用の船（深海探測船）

十分探査する（充分探查）

探索〔名、他サ〕探索、搜索、搜尋

問題の在処を探索する（探索問題的所在）

犯人の行方を探索する（搜索犯人的下落）

徹底的に探索する（徹底探索）

史料を探索する（搜尋史料）

探索行動（搜索行動）

探察〔名、他サ〕探察、偵察

探察士（飛機上的觀察員）

探書〔名〕尋求書籍、徵求書籍

探書欄（徵書欄）

探照燈〔名〕探照燈（=サーチライト）

探勝〔名、自サ〕探訪名勝

探勝に出掛ける（出外探訪名勝）

名勝の地を探勝する（探訪名勝）

探傷機〔名〕探傷器、探傷儀

探春〔名〕（去郊外）春遊

探針、探り針〔名〕〔醫〕探針

探測〔名、他サ〕探測

探測機（探測器）

探測気球（測風氣球）

探測ロケット（探空火箭）

探題〔名〕〔佛〕（論議法華經、維摩經時）選定論題的僧人、（在詩歌會上用抽籤方法）定題詠詩、探題（鎌倉、室町時代駐重要地方統轄政務的官職：如九州探題、六波羅探題等）

探知〔名、他サ〕探知、探查

レーダー其の他の探知装置（雷達以及其他的偵查裝置）

探知所（核實驗的監測站）

探知機（探測器、檢波器）

電波探知機（雷達）

探鳥〔名、自サ〕（在野外）觀察辨認野鳥

探鳥会（觀鳥會）

探鳥に出掛ける（出外觀察野鳥）

探偵〔名、他サ〕偵探，偵查、偵探，特務，刑警，偵查員

彼等は私の行動を探偵している様だ（他們好像在偵查我的行動）

探偵事件を手掛ける（插手偵探事件）

軍事探偵（軍事偵探）

秘密探偵（密探）

私立探偵（私人偵探）

素人探偵（業餘偵探）

探偵に付けられる（被偵探盯梢）

探偵を途中で撒く（途中甩掉偵探）

探偵小説（偵探小説＝推理小説）

探偵物（偵探故事、偵探小説、偵探影片）

探梅〔名、自サ〕探梅、賞梅、去梅林觀賞梅花

探聞〔名、他サ〕探聞、探知、探聽（＝探知）

探訪〔名、他サ〕採訪

社会探訪（社會採訪）

探訪記事（採訪消息）

探訪記者（採訪記者）

探湯，盟神，誓湯，探湯，盟神，誓湯〔名〕盟神探湯（古代咒術審判之一、為了辨明爭執雙方的是非曲直、使當事人在神前發誓後、把手伸入滾開的水中、以手不被燙傷者為勝、被燙傷者為敗）

探す、捜す〔他五〕尋找，尋求、搜尋、搜查、探訪，探索

引き出しの中を捜す（翻找抽屜裡）

人の身体を捜す（搜查身體）

所持品を捜す（搜查攜帶物品）

口（勤め口、仕事、職）を捜す（找工作、找職業）

突破口を捜す（尋找突破口）

手探りで捜す（用手摸索著找）

血眼に為って捜す（拼命尋找）

鵜の目鷹の目で捜す（瞪著眼睛到處尋找）

人の作品等の穴を捜す（挑剔別人作品等的錯處）

途中で落とした物を捜しに行く（去尋找自己在路上遺失的東西）

何処を捜しても無い（到處尋找都沒有）

捜せず仕舞だ（到底也沒能找到）

家の中を隈なく捜したが見当たらなかった（把家裡都搜尋遍了也沒找到）

君は何を捜しているのか（你在找什麼？）

七度捜して人を疑え（要經過仔細尋找後再懷疑別人）

景勝の地を探す（探訪名勝）

インフレ退治の方法を探す（探索消滅通貨膨脹的方法）

探し回る、捜し回る〔自五〕到處尋找、到處搜尋

方方捜し回ったが、適当な人物が見当たらない（到處物色也沒找到合適的人）

家中捜し回ったけれども、如何しても無い（家裡到處找遍怎麼找也沒有）

探し物、捜し物〔名〕尋找的東西

捜し物を為る（尋找東西）

捜し物が出て来た（尋找的東西找到了）

粗探し〔名、自サ〕挑剔、找毛病、吹毛求疵

彼は良く人の粗探しを為る（他好找別人的毛病）

粗探し的批評（苛刻的批評）

粗探し癖（好吹毛求疵的脾性）

探る〔他五〕（用手或腳等）探，摸、探聽，試探、偵探、探索，探求，探訪。〔醫〕用探針探

手で探る（用手摸）

ポケットを探って煙草を出す（用手摸袋子掏出香菸來）

盲人が杖で道を探る（盲人用手杖探路）

暗い廊下を探り探り行く（在黑暗的走廊裡摸索著走）

敵情を探る（摸敵情）

敵の動きを探る（偵查敵人動向）

相手の意向を探る（試探對方的意向）

人の意中を遠回しに探る（委婉地試探別人的想法）

二人は相手が本当に如何思っているか探るように顔を見合わせている（兩個人你看我我看你好像在試探對方真正的想法）

河を遡って水源を探る（逆流而上探索水源）

秋の西湖を探る（探訪秋天的西湖）
香山の紅葉を探る（探訪香山的紅葉）

探り〔名〕探索，探問，刺探，密探，偵探。〔醫〕探針，探條、圖章前面的凹進部分

探りの提案（探索性的建議）
探りを入れる（試探、刺探、派密探、用探針探）

探り足〔名〕用腳探索前進
闇の中を探り足で行く（在黑暗中用腳探索前進）

探り当てる〔他下一〕探索到，摸索到，探尋到，探聽到，偵查出（=探し当てる、捜し当てる）
壁を撫でて電灯のスイッチを探り当てる（摸著牆探索到電燈的開關）
彼の居所を探り当てた（探聽到他的住處）居所
相手の真意を探り当てる（摸清對方的真意）
要領を探り当てた（摸著了規律）

探し当てる、捜し当てる〔他下一〕找到、搜尋到
友人の家をやっと捜し当てた（好容易才找到了朋友的家）
必要な本を旨く捜し当てた（幸運找到了自己需要的書）
捜し当てる迄苦心と言ったら無かった（不知道費了多少苦心才找到）
複雑な断層の中に秘められている豊かな原油を捜し当てた（在地質複雑的斷層中找到了豐富的石油）

探り出す〔他五〕摸索出，探聽出，試探出，偵察出，刺探出
先方の意向を探り出す（試探出對方的意向）
敵内部の様子を探り出す（偵察出敵人的内部的情況）
秘密情報を探り出した（探出了秘密情報）
何も探り出せなかった（什麼底也沒有摸到）

探し出す、捜し出す〔他五〕找出、搜尋出
人の居所を捜し出す（找到某人的住處）

良い地位を捜し出した（找到了好職位）
其の語は此の辞書から捜し出した（那個詞從這部辭書裡查出來了）
草の根を分けても捜し出して見せる（我一定要千方百計搜尋出來）

嘆、歎（ㄊㄢˋ）

嘆、歎〔名、漢造〕嘆息、讚嘆、哀嘆、悲嘆、慨嘆、感嘆
嘆を発する（嘆息）
髀肉の嘆（髀肉復生之嘆）
慨世の嘆（慨世之嘆）
詠嘆、詠歎（詠嘆，吟詠、讚嘆，感嘆）
感嘆、感歎（感嘆、讚嘆）
長嘆、長歎（長嘆=長嘆息）
驚嘆、驚歎（驚嘆）
悲嘆、悲歎（悲嘆）
愁嘆（愁嘆）
慨嘆、慨歎（慨然興嘆、痛惜、嘆惜）
嗟嘆（嗟嘆、慨嘆、感嘆、讚嘆）

嘆じる、歎じる〔自上一〕嘆息、感嘆、嘆賞（=嘆ずる、歎ずる）
不運な身の上を嘆じる（為遭遇不幸的身世嘆息）

嘆ずる、歎ずる〔自サ〕慨嘆、嗟嘆、悲嘆、讚嘆（=嘆じる、歎じる）
身の不幸を嘆ずる（哀嘆自身的不幸）
議会の腐敗を嘆ずる（嗟嘆議會的腐敗）

嘆願、歎願〔名、他サ〕請願、請求、懇求
政府に救助を嘆願する（請求政府救助）
彼は村民の嘆願に拠って釈放された（根據村民的懇求他被釋放了）
嘆願を入れる（接受請願）
嘆願書（請願書）
嘆願書を提出する（提出請願書）

嘆願書を差し出す（突出請願書）

嘆嗟、歎嗟〔名〕嗟嘆

嘆辞、歎辞〔名〕感嘆的話、讚嘆之詞

嘆称，歎称，嘆賞，歎賞〔名、他サ〕讚賞、讚嘆

嘆称を博する（博得讚賞）

見る人は皆嘆称せずには居られなかった（看的人無不讚嘆）

先生は私の書いた文章を嘆賞した（老師讚賞我寫的文章）

頻りに嘆賞する（讚嘆不已）

嘆称に値する（值得讚嘆）

嘆傷、歎傷〔名〕感嘆悲傷

嘆声、歎声〔名〕嘆息聲、慨嘆聲、讚嘆聲

名画の前で思わず嘆声を漏らす（在名畫面前情不自禁地發出讚嘆聲）

名画の前で思わず嘆声を発する（在名畫面前情不自禁地發出讚嘆聲）

嘆訴、歎訴〔名〕嘆訴、愁訴

嘆息、歎息〔名、自サ〕嘆息

嘆息し乍言う（一邊嘆息一邊說）

其の悲報に接して一同深く嘆息した（接到這個悲訊大家都深深地嘆了一口氣）

嘆美、歎美〔名、他サ〕讚美、讚嘆

嘆美に耽る（耽於讚美、一個勁地讚美）

嘆美して已まない（讚嘆不已）

反抗や戦闘は猛烈な程嘆美せられる（反抗或戰鬥越激烈越受到讚美）

嘆く、歎く〔自五〕嘆息，嘆氣、悲嘆，哀嘆、慨嘆，嘆惋←→喜ぶ

毎日を嘆き暮らす（終日嘆息）

不慮の死を嘆く（悲嘆某人死於不測）

不幸な身を嘆く（悲嘆不幸的身世）

学力の低下を嘆く（慨嘆學業成績下降）

子供の無いのを嘆く（嘆惋沒有孩子）

嘆き、歎き〔名〕悲嘆、哀嘆、慨嘆、嘆息←→喜び

嘆きに沈む（沉浸於悲嘆之中）

嘆きに暮れる（終日唉聲嘆氣）

嘆きの種（悲嘆的根源）

嘆きの余り健康を害する（過於悲傷傷害健康）

世相に嘆きを感じる（慨嘆世態）

嘆き明かす〔他五〕終夜嘆息

母は二日二晩を嘆き明かした（母親憂愁了兩天兩夜）

嘆き暮らす、嘆き暮す〔他五〕終日唉聲嘆氣、每天哀聲嘆氣、哀聲嘆氣地過活

嘆き死に〔名、自サ〕悲傷（憂愁）而死

嘆かわしい〔形〕可嘆的、可悲的←→喜ばしい

風紀が甚しく乱れているのは誠に嘆かわしい（風紀極其紊亂誠然可嘆）

湯（ㄊㄤ）

湯〔名〕（商朝的）湯王。

〔漢造〕熱水

温湯（適當溫度的熱水）

薬湯（湯藥＝煎じ薬、加藥的洗澡水＝薬湯）

熱湯（熱水、開水）

銭湯（營業的浴池、澡堂＝風呂屋）

般若湯（〔僧侶間的隱語〕酒）

金城湯池（金城湯池、銅牆鐵壁）

湯治〔名、自サ〕溫泉療養

熱海へ湯治に行く（到熱海溫泉去療養）

湯治する積りで別府へ行った（為了溫泉治療到別府去了）

湯治旅館（溫泉旅館）

湯治療養（溫泉療養）

湯治場（溫泉療養地）

湯傷〔名〕燙傷

湯傷を受ける（受到燙傷）

湯池〔名〕金城湯池、銅牆鐵壁

金城湯池（金城湯池、銅牆鐵壁）

湯薬〔名〕〔醫〕湯藥（＝煎じ薬）

湯婆〔名〕湯婆子、暖腳壺（＝湯湯婆）

湯湯婆〔名〕（金屬或陶瓷製的）湯婆子、暖腳壺
　湯湯婆を入れて寝る（被窩裡放進湯壺睡覺）

タンメン〔名〕（中文譯音）湯麵、熱湯麵

湯〔名〕開水，熱水、浴池、洗澡水、溫泉、（營業性的）澡堂，公共浴池（＝銭湯）、（熔化的）液體金屬、湯藥，煎藥
　白湯（白開水）
　微温湯（溫水、微溫的水）温む
　微温湯（溫水澡）←→熱湯（燒熱了的洗澡水）
　湯が冷める（開水涼了）冷める醒める褪める覚める
　湯を沸かす（燒開水）
　湯が沸いた（水開了）沸く湧く涌く
　良い湯だ（這個洗澡水正好）
　湯に入る（入浴、洗澡）
　湯に浸かる（泡澡）浸かる漬かる
　子供に湯を使わせる（給孩子洗澡）使う遣う
　湯加減が良い（洗澡水涼熱正合適）
　箱根の湯（箱根溫泉）
　湯の町（溫泉勝地）
　湯に行く（到澡堂去洗澡）
　鉛を湯に熔かす（把鉛熔化成鉛水）熔かす溶かす融かす鎔かす解かす梳かす
　湯の辞儀は水に為る（洗澡一謙遜澡水就涼了，〔喻〕客氣也要看情況）
　湯を引く（入浴）
　湯を沸かして水に為る（〔喻〕勞而無益）

湯垢〔名〕水垢、水銹、水碱（＝水垢）
　鉄瓶の中に湯垢が付いた（鐵壺裡結了水垢）
　湯垢を落とす（去掉水垢）
　硬水では湯沸かしに湯垢が付く（用硬水燒水水壺上長了水碱）

湯上がり、湯上り〔名〕剛洗完澡時、浴巾（＝湯上がりタオル）、沐浴後穿的浴衣，單衣
　湯上がりの散歩で風邪を引いた（因為剛洗完澡就去散步感冒了）
　湯上がりに冷たいジュースを飲む（剛出浴時喝冰果汁）
　湯上がりのビールは何とも言えない（洗澡後喝啤酒真是妙不可言）
　湯上がりを使う（用浴巾擦身）

湯中り〔名、自サ〕（因入浴時間太長）身體不舒服、暈池、暈塘（＝湯疲れ）

湯浴み〔名、自サ〕〔舊〕沐浴、入浴（＝入浴）

湯搔く〔他五〕（為去掉蔬菜的澀味）用開水燙一燙、用開水焯菜
　菠薐草を湯搔く（燙一燙菠菜）
　野菜を一旦湯搔いてから味を付ける（把青菜先用開水焯一下再調味）
　豆萌やしはさっと湯搔けば良い（豆芽用熱水燙一燙就好）
　野菜を軽く湯搔く（將青菜稍微燙一燙）

湯加減〔名〕熱水的溫度、沏茶的溫度、澡水溫度。〔冶〕淬火液溫度
　湯加減を見る（試看澡水溫度）
　湯加減は如何ですか（澡水溫度怎樣？）

湯帷子〔名〕浴衣

湯釜〔名〕煮熱水的鍋、蒸汽機關車的鍋爐

湯川粒子〔名〕〔理〕湯川粒子

湯灌〔名〕〔佛〕（死人入殮前用熱水）擦淨身體

湯具〔名〕入浴前後穿的單件和服（＝湯帷子）、婦女和服的襯裙（＝湯巻、腰巻）

湯口〔名〕（溫泉的）噴口。〔冶〕澆注口，直澆口

湯気〔名〕蒸氣，熱氣、（熱氣凝結的）水滴，水珠
　浴室に湯気が籠る（浴室裡滿屋熱氣）
　鉄瓶が湯気を立てている（水壺在冒熱氣）
　湯気が立つ（冒熱氣）
　湯気の立っている御飯（熱氣騰騰的米飯）

湯気で窓ガラスが曇る（窗玻璃因水珠變模糊）

湯気を立てて怒る（怒氣沖沖）怒る

湯気に中る（洗澡時患貧血）

湯桁〔名〕溫泉用木板圍起來的浴槽、浴槽周圍的板框

湯畑、湯煙〔名〕（從溫泉或浴池升起的）熱氣、霧氣

湯境〔名〕〔冶〕冷隔、冷疤

湯冷まし〔名〕冷開水，涼白開水、冷卻開水用的器具

湯冷ましを飲む（喝冷開水）

湯冷め〔名、自サ〕洗澡後身上感覺發冷

湯冷めしない様に（洗澡後請不要冷著）

湯煎〔名、他サ〕（把物品裝在容器內）放入開水燙

バターを湯煎して溶かす（把黃油間接以熱水化開）

湯煎鍋（〔理〕水浴鍋）

湯錢〔名〕（公共浴池的）洗澡費（＝入浴料）

湯滝〔名〕溫泉水形成的小瀑布、熱水淋浴

湯滝に掛かる（洗熱水淋浴）

湯炊き〔名〕〔烹〕（煮飯時）開水下米

湯出し口〔名〕〔冶〕（熔爐的）鐵水出口、鋼水出口

湯立て、湯立つ〔名〕巫師用葉片沾神前的鍋內熱水撒在參列人身上的儀式（用於淨身去邪）

湯玉〔名〕開水煮沸的水花、滾開的熱水

湯玉が飛ぶ（水開得翻滾）

湯暖房〔名〕水暖、熱水供暖設備

湯茶〔名〕茶水、開水和茶

湯茶を用意する（準備茶水）

湯茶の接待を為る（茶水招待）

湯疲れ〔名〕洗溫泉或洗澡時間過長而疲勞

湯注ぎ〔名〕盛熱水的木桶（＝湯桶）

湯漬け、湯漬〔名〕開水泡飯

湯漬けを食べる（吃開水泡飯）

湯漬けと漬物で晩御飯を済ます（以開水泡飯和醬菜解決晚餐）

湯壺〔名〕（溫泉等的）熱水池、熱水槽（＝湯船、湯槽）

岩で出来た湯壺（岩石做的熱水池）

湯桶〔名〕盛熱水的木桶

湯桶読み〔名〕〔語〕由兩個漢字組成的單詞，上面一字〝訓讀〞，下面一字音讀的〝讀法〞←→重箱読み

湯桶〔名〕（木製）浴盆、澡盆

湯豆腐〔名〕〔烹〕燙豆腐、豆腐鍋（把豆腐煮過後加醬油作料等）

湯通し〔名、他サ〕（為防布料縮水去漿而）用熱水浸、過水

湯通しを為た生地（用水浸過的布料、下過水的布料）

湯通し機（毛織品加工的煮呢機）

湯殿〔名〕〔舊〕浴室、洗澡間

湯殿付き貸家（帶浴室的出租房屋）

湯女〔名〕〔古〕在溫泉旅館服務的女傭人、（江戶時代）澡堂的妓女

湯煮〔名〕水煮（的食物）

蟹の湯煮缶詰（水煮蟹罐頭）

湯の花，湯の華，湯花，湯華〔名〕水垢（＝湯垢）、礦泉或溫泉的沉澱物

湯の花を落とす（除掉水垢）

湯熨、湯熨し、湯熨斗〔名〕蒸氣燙、熱水燙（用蒸氣熨斗燙衣服）

湯熨を掛ける（用蒸氣熨斗燙平）

湯呑み，湯呑，湯飲み，湯飲〔名〕（圓筒形）茶碗、茶杯（＝湯呑み茶碗）

湯葉、湯波、油皮、豆腐皮〔名〕豆腐皮、腐竹

湯場〔名〕有溫泉的地方

湯腹〔名〕灌了很多水覺得發脹的肚子、光喝水的水飽

湯腹も一時（水飽也能暫時解餓、〔喻〕權宜之計）

湯引く〔他五〕用開水燙（＝茹でる）

食べる前にさっと湯引く（吃之前用開水燙一下）

湯船、湯槽〔名〕澡盆，澡桶，浴池（=浴槽）。〔古〕（收費的）沐浴船
　体を湯船に付ける（泡在澡盆裡）
湯巻き、湯巻〔名〕（古時貴婦人的）浴衣（=居巻き）、日本婦女的內裙（=腰巻）
湯水〔名〕開水和水、到處都有的東西、多得很的東西
　湯水の様に使う（揮金如土）
　湯水も喉を通らなくなる（湯水不進、生命垂危）
湯道〔名〕〔冶〕橫澆口、流道
湯文字〔名〕（女）婦女的內裙（=湯巻き、湯巻）、浴衣（=浴衣）
湯元、湯本〔名〕溫泉湧出的地方、有溫泉的地方
　湯元が枯渇する（溫泉枯竭）
　湯元に近い風呂場（溫泉附近的浴池）
湯屋〔名〕（營業的）澡堂，公共浴室（=風呂屋、銭湯）〔古〕浴室，洗澡間（=湯殿）
　湯屋に行く（到澡堂去）
湯痩せ〔名〕因洗澡過度而消瘦、洗澡後身體消瘦
湯量〔名〕溫泉湧出量
　湯量が豊富な温泉（水量豐富的溫泉）
湯沸かし、湯沸し〔名〕燒水壺、燒水用具
　湯沸かしに水を入れて火に掛ける（把燒水壺加水放在火上稍）
　自動湯沸かし器（自動燒水器）
　gas 湯沸かし器（瓦斯熱水器）
　湯沸かし型原子炉（沸騰反應爐）

堂（ㄊㄤˊ）

堂〔名〕佛堂、會堂。〔古〕（接待賓客、舉行儀式的）正廳，大廳
　〔漢造〕會堂、朝廷、商店等的名稱或雅號、佛堂、對別人母親的尊稱、居室
　御堂を建てる（建造佛堂）建てる立てる裁てる絶てる経てる発てる断てる截てる
　堂に満つ（聚滿一堂）
　堂に会する（會於一堂）会する解する介する改する
　聴衆が堂に溢れる（聽眾擠滿了會場）
　堂に入る（登堂入室）
　彼の演說は堂に入った物だ（他的演說已登堂入室、他的演說技巧很高明）
講堂（〔學校〕禮堂、〔佛〕講經堂）
食堂（食堂、飯廳、餐館、飯館）
議事堂（會議廳、國會大廈）
公会堂（公共禮堂、公眾集會廳）
礼拝堂（禮拜堂）
廟堂（廟堂、宗廟=御霊屋、朝廷）
文明堂（文明堂）
聖堂（孔廟、基督教堂）
地蔵堂（地藏堂）
母堂（〔敬〕您的母親）
草堂（草堂，草庵、〔謙〕舍下，草舍）
堂宇〔名〕廳堂的房檐（=堂の軒）、廳堂，殿堂
　宏壮な堂宇（宏偉的廳堂）
堂奥〔名〕堂的深處、（技藝等的）奧秘境地
　堂奥に入る（進入奧秘境地）
堂舎〔名〕廳堂館舍。〔轉〕廟宇祠堂
堂上〔名〕堂上。〔古〕允許上殿的公卿（四位以上）←→地下（不准上清涼殿的四五品以下的官吏或門第）
堂塔〔名〕（寺院的）殿堂和佛塔、寺院
　奈良には堂塔伽藍が甍を連ねている（奈良市裡寺院鱗次櫛比）
堂堂（形動タルト、副）堂堂，儀表堂堂、威風凜凜、堂堂正正，冠冕堂皇、無所顧忌，勇往直前，公然，大搖大擺
　堂々たる風格（儀表堂堂）
　堂々と行進する（威風凜凜地前進）
　堂々たる門構え（富麗堂皇的街門）門構え
　堂々と争う（無所畏忌地爭鬥）

堂堂たる暮らしを為る（過著豪華的生活）

堂堂たる体付き（魁偉的體型）

堂堂と所信を述べる（光明正大地擺出自己的觀點）述べる陳べる延べる伸べる

彼の態度は堂堂たる物であった（他的態度光明正大）

年は行かぬが、堂堂たる文章を書く（年紀還小但文章寫得富麗堂皇）

白昼堂堂と盗みを働く（大白天公然行竊）

堂堂回り、堂堂巡り〔名、自サ〕環繞寺院大殿的周圍祈禱、（說話或議論）來回兜圈子（毫無進展）、議員輪流走到主席台前投票、小孩子（手拉手）圍圈圈玩

彼の話は何時も堂堂回りだ（他說話總是兜圈子）

議論は堂堂回りして何時果てるとも知らなかった（議論來回兜圈子沒完沒了）

堂堂回りを為て投票する（議員輪流走去投票）

堂守り、堂守〔名〕看廟的人、廟公

唐（ㄊㄤˊ）

唐〔名〕（中國的）唐朝。

〔漢造〕中國的、外國的、西洋的、南洋的、荒謬、突然

唐の時代（唐代）

毛唐（〔對外國人的蔑稱〕洋人、洋鬼子＝外人、毛唐人）

荒唐無稽（荒謬、荒誕無稽）

唐小豆〔名〕〔植〕相思子

唐臼、唐臼、碓、殻臼〔名〕臼（＝踏み臼）、磨（＝磨り臼、碾き臼）

唐団扇〔名〕（圓形或瓢形的）中國式團扇

唐音、唐音〔名〕唐音（日本漢字讀音的一種、指宋元明清時代傳入日本的中國音、如行灯、普請）（＝宋音）←→漢音、呉音

唐画〔名〕唐朝的畫、中國人的畫、中國國畫（＝唐絵）

唐鍬、唐鍬〔名〕鋤頭

唐楽〔名〕唐代音樂、古時由中國或天竺傳到日本的音樂、日本倣古中國音樂的樂曲、歌舞伎一種伴奏樂

唐辛子、唐芥子〔名〕〔植〕辣椒

唐擬宝珠〔名〕〔植〕大葉玉簪花（＝大葉擬宝珠）

唐桐〔名〕〔植〕赫桐

唐虞〔名〕唐虞、堯舜

唐虞三代（唐虞三代、堯舜加夏商周三代）

唐犬〔名〕（江戶時代的）一種洋種獵狗

唐硯〔名〕唐硯、中國硯

唐胡麻〔名〕〔植〕蓖麻

唐独楽〔名〕（玩具）空竹、響簧、抖嗡子

唐山〔名〕唐國（中國的古稱）

唐桟〔名〕（原係荷蘭進口）有紅，淺黃豎條紋的深藍色棉布（＝桟留縞）

唐三彩〔名〕（中國的）唐三彩陶器

唐紙〔名〕（繪畫用中國製或日本仿造的）宣紙

唐紙〔名〕（主要糊日式隔扇用的）花紋紙、格扇（＝襖）

唐紙を開ける（拉開紙隔扇）開ける明ける空ける厭ける飽ける

唐紙を締める（關上紙隔扇）締める閉める絞める占める染める湿る

唐紙を張り替える（重糊紙隔扇）

唐詩〔名〕唐詩、（日本的）漢詩

唐繻子〔名〕蘇杭緞（蘇州和杭州產的綢緞）

唐人〔名〕（江戶時代）中國人（＝唐人）、（江戶時代）外國人、不懂道理的人

帰化した唐人（入日本籍的中國人）

唐人飴（麥芽糖）

唐人唄（江戶中期流行的仿中國調的歌曲）

唐人髷（江戶時代末期流行的少女髮型－桃割和銀杏返し相兼的一種髮型）

唐人町（江戶時代中國人居住區、唐人街）

唐人と港で貿易を為る（在港口和外國人進行貿易）

唐人の寝言（莫名其妙的話、令人不懂的話）

唐船〔名〕〔古〕中國式的船、由中國來的船、與中國進行貿易的船

去

唐扇（とうせん）〔名〕中國製的扇子

唐萵苣（とうぢさ）〔名〕〔植〕萵菜、萵蓬菜（=不斷草、萵菜）

唐縮緬（とうちりめん）〔名〕一種薄而軟的毛織品（=メリンス、モスリン）

唐机（とうづくえ）〔名〕中國製的桌子、中國式紫檀木桌

唐天（とうてん）〔名〕棉絨、平絨（=別珍）

唐土、唐土，唐（とうど、もろこし、から）〔名〕〔古〕唐土、中國

　唐人（もろこしびと）（中國人、外國人）

唐黍（もろこし）〔名〕〔植〕高粱（=高粱、高粱、コーリャン）

唐黍（とうきび）〔名〕玉蜀黍的別名（=玉蜀黍）、高粱的別名（=唐黍）

唐突（とうとつ）〔形動〕唐突、突然、冒然、冒昧（=突然、出し抜け、不意）

　唐突な感じを受ける（感到突然）
　唐突な質問を発する（提出突如其來的問題）
　唐突で恐縮ですが（我很冒昧）
　唐突に私に見当の付かない話を始めた（突然對我說起摸不著頭腦的話）

唐菜（とうな）〔名〕〔植〕（淺綠色葉有白筋的）日本白菜

唐茄子、番南瓜（とうなす、ばんなんきん）〔名〕（東京一帶）南瓜（類的總稱）（=南瓜）、（京都特產長葫蘆形）南瓜（=唐瓜）

唐桧（とうひ）〔名〕〔植〕檜樹

唐筆（とうひつ）〔名〕中國毛筆

唐風（とうふう）〔名〕唐朝的樣式（=唐樣）、中國的樣式

　唐風の模様（中國式花樣）

唐物（とうぶつ）〔名〕〔舊〕外國貨、舶來品

　唐物屋（とうぶつや）（洋貨舖）

唐変木（とうへんぼく）〔名〕〔罵〕蠢貨、糊塗蟲（=間抜け）

　此の唐変木奴（これのとうへんぼくめ）（這個糊塗蟲！）

唐木、唐木（とうぼく、からき）〔名〕（中國或南亞細亞產的紫檀、黑檀等）硬木（的總稱）、貴重木材

唐墨（とうぼく）〔名〕中國製的墨（=唐墨）

唐本（とうほん）〔名〕〔古〕由中國傳到日本的書籍

　彼の図書館には唐本類が多い（那個圖書館中國的原版書很多）

唐丸（とうまる）〔名〕〔動〕（喜啼的）黑鬥雞

唐丸籠（とうまるかご）〔名〕飼養黑鬥雞的竹籠、（江戶時代）押解犯人的竹囚籠

唐箕（とうみ）〔名〕〔農〕風車、扇車

　唐箕に掛けて籾殻を取る（用扇車扇去穀殻）

唐名、唐名（とうみょう、とうめい）〔名〕〔古〕（多用於官職職稱）中國式的名稱（如把和名〝參議〞稱作〝宰相〞等）（=唐名（からな））

唐綿（とうわた）〔名〕〔植〕馬利筋、芳草花、蓮生桂子花

唐木香、木香（もっこう）〔名〕〔植〕木香、重瓣白（黄）木香（=木香花）

唐隷、棠隷、朱華（はねず）〔名〕〔植〕唐隷、粉紅色（=唐隷色）

唐（から）〔名〕中國（的古稱）、外國

〔接頭〕表示中國或外國來的、表示珍貴或稀奇之意

　唐から渡って来た品（從中國傳來的東西）
　唐殼空韓漢幹

　唐歌（からうた）（中國的詩歌）

　唐錦（からにしき）（中國織錦）

　唐衣（からころも）（珍貴的服裝）

空（から）〔名、接頭〕空、虛、假（=がらんどう、空っぽ、空虛）

　空の瓶（からびん）（空瓶子）殼漢唐韓幹
　空の箱（からはこ）（空箱子）
　空に為る（からになる）（空了）
　財布も空に為った（錢包也空了）
　空に為る（からにする）（弄空）
　コップの水を空に為る（把杯子裡的水倒出）
　箱を空に為る（把箱子騰出來）
　頭の中が空の人（沒頭腦的人）
　空笑いを為る（裝笑臉、強笑）
　空元気を付けている（壯著假膽子、虛張聲勢）
　空念仏（からねんぶつ）（空話、空談）
　空談義（からだんぎ）（空談）
　空文句（からもんく）（空話、空論）
　空手形（からてがた）（空頭支票、一紙空文）

殻〔名〕外殻、外皮、蛻皮、空殻、豆腐渣（=御殻、雪柴花、雪花菜、卯の花）

玉蜀黍の殻（玉米皮）唐空漢韓

栗の殻（栗子皮）

貝の殻（貝殻）

貝殻（貝殻）

卵の殻（蛋殻）

殻を取る（剝皮）

蛇の殻（蛇蛻皮）

蛇の抜殻（蛇蛻）

蝉の殻（蝉蛻）

蝉の脱殻（蝉蛻）

古い殻を破る（打破舊框框）

蝉が殻から抜け出る（蝉從外殻裡脫出）

蛻の殻（脫下的皮、空房子）

殻の中に閉じ込む（性格孤僻）

缶詰の殻（空罐頭）

弁当の殻（装飯的盒）

殻〔名〕殘渣．煤渣．雞骨頭．無用的東西

殻を煮出してスープを取る（煮雞骨頭做湯）柄

鳥殻（雞骨頭）

石炭殻（煤渣、劣質焦炭）

幹〔名〕幹、稈、莖、箭桿（=矢柄）、柄、把。（數帶柄器物的助數詞）桿、挺

麦の幹（麥桿）幹空唐殻韓

鉄砲百幹（槍一百挺）

韓〔名〕〔古〕朝鮮(的古稱)

韓人（韓人、朝鮮人）

唐綾〔名〕中國織法的綾子、自中國傳去的凸花絲織品（=綸子）

唐糸〔名〕中國傳來的絲線、納豆（因會牽絲）

唐芋、唐薯〔名〕甘藷、番薯、紅薯、白薯、山芋（=薩摩芋、甘藷）

唐歌〔名〕漢詩（=漢詩）←→大和歌

唐織り、唐織〔名〕從中國進口的紡織品、仿造中國製的紡織品

唐金、青銅〔名〕青銅

唐金の花瓶（青銅的花瓶）

此れは唐金で鋳造した仏像だ（這是青銅造的佛像）

唐皮、唐革〔名〕虎皮、(江戶時代)(荷蘭進口的)皺紋皮

唐衣〔名〕(古代的)女子禮服

唐衣〔名〕中國古式服裝、美麗服裝，珍貴服裝

唐草〔名〕蔓藤式花樣（=唐草模樣）、〔植〕苜蓿的別名（=苜蓿）

唐草模樣（蔓藤式花樣）

唐紅、韓紅〔名〕深紅、大紅、濃艷的紅色

唐紅〔名〕(一種鹼性染料)品紅、洋紅（=フクシン fuchsine）

唐子〔名〕(江戶時代)理中國髮型穿中國服裝的小孩、古時少年的中國式抓髻（=唐子髷）、中國裝束的洋娃娃（=唐子人形）

唐子髷（古時少年的中國式抓髻）

唐子人形（中國裝束的洋娃娃、中國古代裝束的偶人）

唐心、漢心、漢意〔名〕中國式的思想方法、崇華思想，景仰中國的心理←→大和心

唐獅子〔名〕獅子(也寫作唐獅子與猪或鹿相區別時的名稱)、(屏風和壁畫等藝術品的)獅子圖案

唐鋤、犁〔名〕〔農〕犁（=牛鍬）

唐大黃〔名〕〔植〕單脈大黃

唐竹、漢竹〔名〕漢竹(做笛子用)、(古時)從中國進口的竹子

唐橘〔名〕〔植〕百兩金(一種常綠小灌木可供觀賞)（=橘、柑子）

唐津〔名〕唐津陶瓷（=唐津焼き、唐津焼）、(關西方言)陶瓷器的總稱

唐津焼き、唐津焼（唐津陶瓷-九州佐賀縣唐津市產的陶瓷器的總稱）

唐津物（陶瓷器）

唐手、空手〔名〕(由沖繩傳來的)拳術、空手道

唐手チョップ chop（用手掌狠砍）

二人で唐手の試合を為る（二人賽拳）

唐戸、唐戸〔名〕四角兩扇開的板門（=妻戸）

唐撫子〔名〕〔植〕石竹花（的別名）（=石竹）

唐錦〔名〕中國式樣的錦緞、中國產錦緞

唐破風〔名〕〔建〕（桃山時代建築特徵之一）元寶屋脊（山檐）、正門廟宇等建築中裝飾用的曲線形前檐

唐櫃、唐櫃〔名〕（六隻腿的）中國古式箱子（櫃子）

唐松、落葉松〔名〕〔植〕日本落葉松

アメリカ唐松（美洲落葉松）

唐門、唐門〔名〕元寶屋脊的門

唐樣〔名〕中國式（=唐風）、中國的書法（特指明代的書法）、（鎌倉時代傳到日本的）宋代的廟宇建築形式

唐輪〔名〕（古時）少年的中國式抓髻（=唐子髷）

螳（ㄊㄤˊ）

螳〔漢造〕螳螂

螳螂, 蟷螂、蟷螂〔名〕〔動〕螳螂

螳螂の斧（螳臂擋車、〔喻〕自不量力）

糖（ㄊㄤˊ）

糖〔名、漢造〕糖、糖分

尿に糖が出る（尿裡有糖分）

砂糖（糖、砂糖）

蔗糖（蔗糖）（正讀應是蔗糖）

有平糖（糖棍-來自葡語 alfeloa〔糖點心〕）

製糖（製糖）

精糖（精製糖、上等白糖）←→粗糖

金平糖、金米糖（金米糖-來自葡語 confeito）

果糖（果糖、左旋糖=フラクトース）

加糖（加糖）

葡萄糖（葡萄糖）

乳糖（乳糖）

麦芽糖（麥芽糖）

糖衣〔名〕〔醫〕糖衣

丸藥に糖衣を施す（給丸藥裹上糖衣）

糖衣錠（糖衣錠）

糖液比重計〔名〕糖量計

糖化〔名、自サ〕〔化〕糖化（作用）

糖菓〔名〕糖果

糖菓商（糖果店、糖果商人）

糖業〔名〕製糖業

糖形成〔名〕〔生化〕糖原生成、糖原合成

糖原質〔名〕〔化〕糖原、糖元、肝糖、動物澱粉（=グリコーゲン）

糖剤〔名〕〔醫〕糖果劑

糖酸〔名〕〔化〕糖質酸、葡萄糖二酸、巳糖二酸

糖脂質〔名〕〔化〕糖脂

糖質〔名〕〔化〕甜性，甜度、含糖分的物質（=澱粉質）

糖蛋白質〔名〕〔生〕配糖腙類、腙類與糖基的結合物

糖尿病〔名〕〔醫〕糖尿病

糖分〔名〕糖分、〔俗〕甜味

糖分を含む（含有糖分）

糖分の多い果実（糖分多的水果）

尿の糖分の有無を調べる（檢查尿內有無糖分）

糖分が欲しい（想吃甜的）

糖蜜〔名〕（製糖時剩下的）糖蜜、（廢）糖漿、糖水

糖類〔名〕〔化〕糖類（味甜、溶於水的炭水化合物的總稱）

疼（ㄊㄥˊ）

疼〔名、漢造〕傷痛為疼、痛

疼痛〔名、自サ〕〔醫〕疼痛

疼痛を感じる（感覺疼痛）

疼痛を覚える（感覺疼痛）

手術の後が疼痛する（手術後疼痛）

疼く〔自五〕疼，陣陣劇痛，針扎似地作痛、（精神上）痛楚

　　歯が疼いて堪らない（牙疼得要命）堪る溜る溜まる貯まる

　　胸の疼く思いが為る（心如針刺〔刀割〕）

　　心が疼く（痛心）

　　古傷が疼く（想起過去的過失非常難過）

疼き、疼〔名〕疼、劇疼、抽痛

　　歯の疼きを止める（止住牙疼）止める已める辞める病める

　　疼きが止んだ（疼止住了）止む已む病む

　　傷の疼きが止まらない（傷口疼痛不止）止まる留まる停まる泊まる

　　歯の疼きが和らいだ（牙痛好些了）

痛〔漢造〕疼、悲苦，苦惱，極，甚

　　苦痛（肉體或精神上的痛苦）

　　頭痛（頭痛、煩惱、苦惱）

　　腹痛（腹痛）

　　陣痛（〔分娩時的〕陣痛、〔事物產生前的〕苦惱，艱苦，困難）

　　神経痛（神經痛）

　　鎮痛剤（止痛劑）

　　心痛（心痛，胸口痛，擔心，憂慮）

　　腎痛（腎痛）

痛〔感〕（疼痛時發出的喊聲）好疼！

　　あ、痛（啊！好疼！）

痛い〔形〕痛的。（因受打擊或觸及弱點等感到）痛心的，難過的，難受的，難堪的

　　腹が痛い（肚子疼）

　　胃が痛い（胃疼）

　　痛然うな泣き声（像疼似的哭聲）

　　少しも痛くない（一點也不疼）

　　其の痛さといったらない（疼得要命）

　　如何にも痛げに見える（看來好像很疼）

　　百万円の損は痛い（損失一百萬日元很難過）

　　王手飛車取りか、此れは痛い（〔象棋〕將軍抽車可真夠嗆）

　　最後三分間の失策が痛かった（最後三分鐘的失策太可惜了）

　　痛い所を付く（揭短、揭瘡疤、攻撃弱點）

　　痛い所に触れる（揭短、揭瘡疤、攻撃弱點）

　　痛い目に合う（難堪、倒霉、感到為難）

　　痛い目に合わせる（給…難堪。給…厲害看。跟…過不去）

　　後で痛い目に合わせるぞ（回頭給你厲害看）

　　痛くも痒くもない（不痛不癢、滿不在乎）

　　痛くもない腹を探られる（無緣無故被人懷疑、受到莫須有的猜疑）

　　痛くもない腹を探られて誰が気持良く思う物か（無端受到猜疑誰心裡會痛快呢？）

痛む〔自五〕疼痛。（因打撃或損失等）痛苦，苦惱，傷心

　　虫歯が痛む（蛀牙疼）痛む傷む悼む

　　傷が痛むので眠れなかった（傷口痛得不能睡覺）

　　心が痛む（傷心）

　　懐が痛む（金錢上受到意外損失）

　　不幸な友の身の上を思うと胸が痛む（想到朋友的不幸遭遇很痛心）

　　痛む上に塩を塗る（火上澆油）

痛み、傷み〔名〕疼，痛，悲痛，悲傷，難過，煩惱、損傷，損壞、（水果等）腐爛，腐敗

　　激しい痛みを感ずる（感覺疼得厲害）

　　ひりひりする痛み（針扎似的疼）

　　肩やら背やら方方に痛みが走った（連肩帶背到處串著疼）方方方方

　　胸に刺す様な痛みが有る（胸部刺痛）

　　痛みを止める（止痛）止める已める辞める病める止める留める

　　薬を飲んで痛みを鎮める（吃藥鎮痛）鎮める静める沈める

　　心の痛み（傷心、苦處）

品物の痛みは其程酷くない（貨物的損傷並不那麼大）

大分痛みが出る（損壞很多）大分大分

此の林檎は痛みが酷い（這蘋果爛了好多）

縢（ㄊㄥˊ）

とう〔漢造〕以繩索束合

縢る〔他五〕（縫紉）（用線）織補、鎖、交叉地縫

ボタンの穴を縢る（鎖扣眼）botao葡

靴下の穴を縢る（補襪子的窟窿）

綻びを上手に縢る（巧妙地縫補開綻的地方）

縁を縢る（鎖邊）

謄（ㄊㄥˊ）

とう〔漢造〕謄寫（=写す）

謄写〔名、他サ〕抄寫（=書き写す）、謄寫

原稿を謄写する（抄寫原稿）

謄写物（油印的材料）

謄写紙（複寫紙、蠟紙）

謄写版（謄寫版）

謄写版原紙を切る（寫鋼版、刻蠟版）

謄本〔名、自サ〕謄本，副本，繕本←→抄本、戶口副本（=戶籍謄本）

謄本を取る（做成副本）

意見書の謄本を作る（抄意見書的副本）

騰（ㄊㄥˊ）

とう〔漢造〕高漲、跳躍

高騰、昂騰（物價高漲）

沸騰（沸騰、情緒高漲、群情激昂）

奔騰（飛騰、飛漲）

暴騰（行市暴漲、猛漲）←→暴落

騰貴〔名、自サ〕騰貴、漲價←→下落

物価の騰貴が著しい（物價顯著高漲）

米価は一割騰貴した（米價暴漲一成）

物価は益益騰貴の傾向に有る（物價有益漸上漲的趨勢）

騰勢〔名〕〔商〕漲勢、上漲趨勢

株価は今騰勢に在る（股票價格現在趨於上漲）

騰躍〔名、自サ〕（馬術）騰躍、跳躍

騰落〔名、自サ〕〔商〕漲落

相場の騰落（行市的漲落）

株価が騰落する（股票價格波動）

騰がる、上がる〔自五〕上漲←→下がる

物価が上がる（物價上漲）

上がる、挙がる〔自五〕提高，提升，長進←→下がる，得到，收到，查到，被發現，被抓住、（身體的一部分）舉，抬

スピードが上がる（速度加快）speed

腕が少しも上がらない（本領一點也沒提高）

風采が上がらない（其貌不揚）

利益が上がる（得到利益）

荷が港に上がる（在碼頭卸貨）

証拠が上がる（查到證據）

星が上がる（犯人或嫌疑犯落網）

痛くて手が上がらない（首疼得舉不起來）

上がる、揚がる、挙がる〔自五〕升起，揚起、發出、揚名

闘志が上がる（鬥志高昂）

賛成の声が上がった（贊成的呼聲四起）

名が上がる（出名）

揚がる〔自五〕（食品）炸好

海老天が揚がる（蝦炸好了）

上がる〔自五〕登，升←→下がる、進入，進來，結束，完成，停止、死，（草木）枯、怯場、發慌、入學，上學、去，訪問。

〔他五〕〔敬〕吃、喝、吸

〔接尾〕（接動詞連用形）極端、完全

湿度が上がる（濕度上升）

階段を上がる（上樓梯）
舞台に上がる（登上舞台）
太陽が上がる（太陽升起）
陸に上がる（登陸）
何卒御上がり下さい（請進）
基礎課程が上がった（基礎課程已學完）
ポスターが刷り上がる（廣告畫已印好）
雨が上がる（雨停了）
脈が上がった（已經死了、沒希望了、絕望了）
魚が上がる（魚死了）
馬が上がる（馬受驚）
試験場で上がって終った（在考場上發慌）
中学へ（に）上がる（升上中學）
直ぐ御届けに上がります（立刻給您送去）
夕方御宅へ（に）上がります（傍晚到您家去）
御酒を上がる（喝酒）
煙草も上がる然うです（聽說也吸菸）
何卒御上がり下さい（請您吃〔喝〕吧！）
何卒御菓子を御上がり下さい（請用點心吧！）
何を召し上がりますか（您想吃〔喝〕點什麼呢？）
逆上せ上がる（頭昏腦脹）
震え上がる（直打哆嗦）

籐（ㄊㄥˊ）

籐〔名〕〔植〕白籐、紅籐（椰子科）。
〔漢造〕籐
　籐で編んだ籠（用籐編的籃子）
　籐のステッキ（籐的手杖）
　籐の枕（籐編枕頭）

重籐，滋籐、重籐，滋籐（背上纏有籐皮的弓）
籐椅子〔名〕籐椅子
　籐椅子に腰掛ける（坐在籐椅上）
籐家具〔名〕籐製家具
籐細工〔名〕籐製工藝品
籐蓆〔名〕籐編的蓆子

藤（ㄊㄥˊ）

藤〔名〕〔植〕藤、紫藤、藤蔓（＝藤）。
〔漢造〕藤、爬蔓植物的總稱、藤原氏的略稱、藤原氏的後裔
　紫藤（紫藤）
　葛藤（糾紛、糾葛）
　葛藤（青藤、防己科植物）
　源平藤橘（源氏、平氏、藤原氏、橘氏）
　佐藤（佐藤）
　近藤（近藤）
藤黃〔名〕〔植〕藤黃、藤黃漿（可作黃色顏料或通便藥）
藤花〔名〕〔植〕藤花（＝藤の花）
　藤花の宴（藤花宴－平安時代在籐花開放時日皇設宴會見群臣）
藤四郎〔名〕（俗隱）（素人的倒讀）外行、（關西方言）有盜心的人
藤八拳〔名〕日本狐拳（＝狐拳）
藤本〔名〕〔植〕爬蔓植物（＝蔓植物）
藤〔名〕紫藤、淡紫色（＝藤色）
　藤棚（藤蔓架）
　藤色（淡紫色）
藤色〔名〕淡紫色
藤葛〔名〕〔植〕藤蔓、蔓草的總稱
藤衣〔名〕用藤蔓纖維做的粗衣服、麻布的喪服
藤細工〔名〕用藤蔓製造工藝品、藤蔓製的工藝品
藤棚〔名〕藤架
藤壺〔名〕〔動〕藤壺、（"源氏物語"中女人物名）桐壺帝妃（住在藤壺宮）

藤壺の付着した難破船の船体（付著藤壺的遇難船的船體）

藤蔓〔名〕藤蔓

藤波、藤浪〔名〕藤花被風吹形成波浪、藤花串

藤袴〔名〕〔植〕（貫葉）澤蘭

藤松藻科〔名〕〔植〕藤松藻科

藤豆、鵲豆〔名〕（埃及）菜豆、扁豆

藤紫〔名〕淡紫色、紫藤顏料粉

藤原時代〔名〕〔史〕藤原時代（指平安初期弘仁時代、即公元810年至823年以後的270年間、美術上擺脫唐朝影響、創造〝國風文化〞的時代）

梯（ㄊㄧ）

梯〔漢造〕木階為梯

梯形〔名〕〔數〕梯形

其の丘陵は横から見ると梯形を成している（那個丘陵從旁看是梯形）

梯尺〔名〕縮尺（=縮尺）

梯狀〔名〕梯狀（=梯形）

梯進〔名、自サ〕〔軍〕梯隊前進

梯陣〔名〕梯陣、梯形陣、梯次配置

梯陣形に配置する（梯次配置）

梯隊〔名〕〔軍〕梯隊、梯次配置

梯団〔名〕〔軍〕（大部隊移動時為了方便分成幾個）梯隊

梯列〔名〕〔軍〕梯形、梯次配置

梯列に配置する（梯次配置）

梯、梯子〔名〕梯子、串酒館喝酒取樂（=梯子酒）

梯を登る（登梯子）

梯に乗る（爬梯子）

梯を掛ける（搭梯子）

塀に梯が掛けて有る（牆上搭著梯子）

梯の段（梯級）

非常梯（發生火警等時用的安全梯、太平梯）

繰り出し梯（消防用的伸縮梯）

梯形回線網（〔電〕梯形網路）

梯子酒〔名〕由這家喝到那家、串酒館喝酒取樂

昨日は梯子酒を為て終電車で帰った（昨天從這家喝到那家最後坐末班電車才回家）

梯子車〔名〕（消防用）梯車

梯子状鉱脈〔名〕〔礦〕梯狀脈

梯子段〔名〕樓梯

梯子段を上がる（上樓梯）上がる揚がる挙がる騰がる

梯子段を下りる（下樓梯）下りる降りる

梯子段を踏み外す（踩空了樓梯）

梯子飲み、梯子飲〔名〕由這家喝到那家、串酒館喝酒取樂（=梯子酒）

梯子乗り〔名〕在直立的梯子上表演雜技（的演員或藝人）

啼（ㄊㄧˊ）

啼〔漢造〕出聲號哭、鳥獸的鳴叫

啼泣〔名、自サ〕掉眼淚

其の場に居合わせた者は悉く啼泣した（當時在場的人全都掉眼淚了）

啼哭〔名〕啼哭

啼く、鳴く〔自五〕（鳥等）啼、鳴叫

鶯が啼く（黃鶯啼）泣く

猫が煩く啼く（貓不停地叫）

雁（牛、犬、豚、象、虫）が啼く（雁〔牛、狗、豬、象、蟲〕叫）雁

朝、鶏の啼く声を聞いて目を醒ました（早晨聽到雞叫而醒來）醒ます覚ます冷ます

啼く蝉よりも啼かぬ蛍が身を焦がす（不說出口的人比說出口的人反而有真情實意）

啼く猫は鼠を捕らぬ（好叫的貓不捉老鼠、〔喻〕好說的人反而不辦真事）

泣く〔自五〕哭，啼哭，哭泣、（因感動或興奮等）啼泣，落淚，感覺為難，吃到苦頭，傷腦筋，懊悔，沮喪。〔商〕哀求解除合約或忍痛減價

わあわあと泣く（哇哇地哭）

声を出して泣く（放聲大哭）

嬉し泣きに泣く（高興得哭起來）
よよと泣く（鳴鳴地哭）
啜り泣く（啜泣、抽抽搭搭地哭）
今にも泣き然うである（差點哭出來）
身も世も無く泣く（哭得死去活來）
泣くのを堪える（忍著眼淚）
泣き乍言う（邊哭邊說）
泣き度く為る位だ（簡直要哭出來）
テレビを見て泣く（看電視而落淚）
其の台詞に打たれて満座は泣いた（被說詞所感動全場落淚）打つ撃つ討つ
優勝時待った時には嬉しく皆で泣いた（決定勝利的時候大家高興得哭了）
悪天候に泣く（壞天氣使人頭痛）
たった一球の失投に泣く（只是一球投錯後悔莫及）
名医の看板が泣く（虧得算是名醫、真為名醫牌子丟人）
一円を笑うものは一円に泣く（一文錢逼倒英雄漢）
もう千円泣いて下さいよ（請再降一千日元吧！）
五百円泣きましょう（忍痛給你減少五百日元吧！）
泣いて暮すも一生、笑って暮すも一生（人生得樂且樂）
泣いて馬謖を斬る（揮淚斬馬謖）斬る切る伐る着る
泣いても笑っても（不管如何、不管想任何辦法）
泣いても笑っても今日限り（無論如何就只有今天一天了）
泣く子と地頭には勝てぬ（對很不講理的人毫無辦法）
泣く子も目を明け（要識相、要認清時勢）
泣く者が有れば、笑う者が有る（有哭的就有笑的、不可能全都滿意）

堤（ㄊㄧˊ）

堤〔漢造〕堤

堰堤（堰堤、堤防、堤壩、攔河壩）
長堤（長堤）
突堤（伸入海中的防波堤、河口的防沙堤）
石堤（石堤）
防波堤（防波堤、〔喻〕防範物）

堤防〔名〕堤防

海岸に堤防を築く（在海岸築堤防）
堤防が切れる（決堤）
石で堤防の斜面を敷き詰める（用石頭砌堤坡）

堤〔名〕堤，壩、水庫，蓄水池

堤を築く（築堤）堤包鼓
堤が切れる（決堤）
千丈の堤も蟻の穴より崩れる（千丈之堤潰於螻蟻之穴）
谷川を堰き止めて出来た堤（擋住山谷河流築成的水庫）

包み、包〔名〕（也用作助數詞）包、包裹、包袱

蓆包み（草包）
綿一包み（一包棉花）
包みに為る（包上）
二包みに分ける（分成二包）
弁当の包みを広げる（打開飯盒包）
友人の家に本の包みを忘れた来た（把書包忘在朋友家裡了）
食後に一包み宛飲む（飯後各服一包）

提、提（ㄊㄧˊ）

提（也讀作提）〔漢造〕手提、提出、提攜、統率、（讀作提）佛教用語

前提（前提）

招提（梵語 caturdisa）（招闘提奢之略）（寺院）

菩提（菩提）

提案〔名、他サ〕提案、建議

憲法改正に就いて提案する（就修改憲法提出議案）

提案は満場一致で通過した（議案經全場一致通過）煎れる炒れる

彼の提案は容れられなかった（他的建議未被採納）容れる入れる居れる鋳れる要れる射れる

提起〔名、他サ〕提起、提出

再軍備に就いて問題を提起する（就重整軍備提出問題）

離婚訴訟を提起する（提出離婚訴訟）

提議〔名、他サ〕提議、建議、倡議、提出議案

彼の提議に同意する（同意他的建議）

講和を提議する（提議媾和）

其の提議は否決された（那個提議被否決了）

彼の提議で（在他的倡議下）

提議を出す（提出建議）

提供〔名、他サ〕提供、供給

資料を提供する（提供資料）

安価に提供する（廉價供應）

新華社提供のニュース（新華社提供的消息）

会場に私の家を提供する（提供我的房屋作為會場）

提琴〔名〕〔樂〕提琴（=バイオリン）、（明樂、清樂中使用的）四弦胡琴

提携〔名、自サ〕提攜、攜手、協作、合作（=タイアップ）

技術提携（技術合作）

提携を続ける（繼續合作）

外国の会社と提携する（和外國公司協作）

互いに提携する（彼此合作）

我が社は日本と技術提携を為ている（本公司和日本技術合作）

提言〔名、他サ〕建議、蹄疫

彼等は僕の提言を容れなかった（他們沒有採納我的建議）

明日の会合で此の案を提言する積りだ（打算在明天的會上提出這個方案）

提示〔名、他サ〕提示，出示。〔樂〕呈示部（=提示部）

証拠を提示する（出示證據）

門衛に身分証明書を提示して入門する（出示身分證給守衛看後進門）

提出〔名、他サ〕提出

証拠を提出する（提出證據）

論文を提出する（提出論文）

不信任案の動議を提出する（提出不信任案動議）

請願の書類を関係官庁に提出する（把申請的文件提交主管機關）

提出者（提出者、提議者）

提唱〔名、他サ〕提倡，倡導。〔佛〕（禪宗）說法

物理学界に新学説を提唱する（向物理學界提倡新學說）

提訴〔名、自サ〕〔法〕控訴、提起訴訟

国際連合に提訴する（向聯合國控訴）

労働組合は資本家側の違法を提訴した（工會控訴資方違法）

提督〔名〕（海軍）提督、艦隊司令官（=アドミラル admiral）

提督の率いる艦隊（海軍司令統率的艦隊）

提督の任に就く（就任提督）

提諭法〔名〕（修辭）提喻法、舉喻法

提要〔名〕（主要用於書名）提要、概要、簡明教程

生物学提要（生物學提要）

自動車運転法提要（汽車駕駛法教程）

提論〔名、他サ〕提議、提出論述

提灯、挑灯〔名〕提燈，燈籠。〔俗〕（鼻子流出的）鼻涕泡

提灯を点ける（點燈籠）

提灯に火を点す（點燈籠）
提灯で足元を照らす（用燈籠照腳底下）
提灯を提げる（提燈籠）
岐阜提灯（岐阜產的橢圓形燈籠）
鼻から提灯を出す（噴出鼻涕泡）
提灯競走（提燈競走）
提灯行列（提燈遊行隊伍）
提灯で餅を搗く（不能得心應手）
提灯に釣鐘（彼此不相稱、分量相差懸殊）
彼の二人は提灯に釣鐘だ（那兩人相差懸殊）
提灯を持つ（替別人抬轎、吹捧）
自分で自分の提灯を持つ（自吹自擂）

提灯持ち、提灯持〔名〕打燈籠（的人）、替旁人吹捧（的人）
提灯持ちを為る（給人抬轎子、捧場、吹噓）
彼奴は社長の提灯持ちだ（那傢伙淨拍總經理的馬屁）

提灯屋〔名〕燈籠舖，做燈籠的人、（寫毛筆字時）描字的人

提、提子〔名〕（銀錫等做的）鍋狀帶提梁的酒壺

提げる、下げる〔他下一〕提、搭、背（=ぶら下げる）
手に鞄を提げている（手提著背包）
肩からカメラを提げている（肩上背著照相機）

提げ重、提重〔名〕（重是重箱之略）提盒、帶提梁的套盒

引っ提げる、引提げる〔他下一〕提、攜帶、率領、提出，帶著
鞄を引っ提げて駆け出す（提著皮包跑出去）
兵三千を引っ提げて出陣する（率領三千士兵出征）
老躯を引っ提げて事に当たる（以衰老之軀而從事）
賃金引き上げの要求を引っ提げて会社側と折衝する（提出提高工資的要求來和公司談判）
重要な提案を引っ提げて会議に臨む（帶著重要的提案參加會議）

蹄（ㄊㄧˊ）

蹄〔漢造〕蹄
有蹄類（有蹄類）
有蹄動物（有蹄動物）
馬蹄（馬蹄）

蹄炎〔名〕（獸醫）蹄炎
蹄冠〔名〕〔動〕蹄冠
蹄形〔名〕蹄形、馬蹄形
蹄骨〔名〕〔動〕蹄骨
蹄叉〔名〕〔動〕蹄叉
蹄状〔名〕蹄狀、蹄形
蹄状指紋（畚箕形指紋）
蹄鉄〔名〕蹄鐵、馬掌
蹄鉄を打つ（釘馬掌）
蹄鉄工（馬掌工）
蹄葉〔名〕〔動〕蹄葉

醍（ㄊㄧˊ）

醍〔漢造〕清酒、精製的乳酪
醍醐〔名〕醍醐（用牛乳，羊乳精製成濃厚的美味甜漿液）、妙味、深奧的妙趣（=醍醐味）
醍醐味〔名〕（醍醐原義是用牛乳或羊乳提煉的精華）妙味，美味如醍醐、深奧的妙趣，樂趣。〔佛〕佛家的妙法，如來佛最高的教法
釣の醍醐味（垂釣的妙趣）
醍醐味を満喫した（飽嚐樂趣）

題（ㄊㄧˊ）

題〔名、自サ〕題、題目、標題、問題。
〔漢造〕題字、題辭、題目、標題、話題、問題、品評
題を出す（出題）
題の意味が良く分らない（不十分了解標題的意義）

日本の印象と言う題で感想文を書いた（以日本印象為題寫了一篇感想）

自由と題する論文（以自由為題的論文）

今日はどんな題に就いて話し合いましょうか（今天就什麼問題進行討論呢？）

出された題を良く読んでから答案を書き為さい（仔細看好出的問題後再寫答案）

外題（外標題、書皮上的書名、題目、標題、特指歌舞伎等的劇目）←→内題

内題（書籍扉頁或本文前的標題）

兼題（開俳句或和歌吟詠會時事先擬就的題目）←→即題、席題

即題（當場出的詩，和歌，俳句或文章的題、即席作曲演奏）

席題（俳句或和歌的集會上即席出的題=即題）

主題（主題、主要内容、中心旋律）

首題（首題、經典的頭一句、議案或通告等的摘由）

標題、表題（書名、〔講演，論文，音樂，戲劇，詩歌等的〕標題，題目）

宿題（課外作業、有待將來解決的問題）

本題（本題，正題，這問題，本問題）

命題（命題、課題）

課題（課題、所負的任務、提出的題目）

歌題（和歌的歌題）

仮題（臨時的題目、非正式的題目）

問題（問題、專題、麻煩、亂子）

例題（例題、練習題）

話題（話題、談話材料）

品題（品題、品評）

題する〔他サ〕題名，標題，命題，題字，題詞

マルクスは資本論と題する大作を著した（馬克思著了題名為資本論的巨作）

記念写真に自分の名前を題した（在紀念相片上題上了自己的名字）

題意〔名〕問題的意義

題詠〔名〕按題賦詩（作俳句）

題詠は自由題の歌より作り難い（按題賦詩比隨意吟詠難）

題下〔名〕就…題目（問題）

対外貿易の題下で会議を行う（就對外貿易的問題舉行會議）

題画〔名，自サ〕在畫面上題詩文，題跋、題有詩文，題跋的畫

題額〔名，自サ〕在匾額上題詩文、寫上姓名，寺號等掛在門口的匾額

題言〔名〕（碑帖、書畫上的）題詞或題字、（書刊、雜誌上的）題跋

題号〔名〕標題、書名

雑誌の題号を変える（更換雜誌的名稱）

題材〔名〕（藝術作品、學術著述的）題材、主題材料

小説の題材を求める（尋找小説的題材）

題詞〔名〕題詞（=題辞、題字）

題詩〔名〕題詩（在書畫上題寫詩句）、按題賦詩，按題賦的詩

題辞、題字〔名〕（在圖書、繪畫、碑帖上）題詞、題字

題知らず〔名〕和歌的題目和被吟詠情況不清楚

題簽〔名〕（線裝書的）書名簽、題簽

題跋〔名〕題跋，題辭和跋文、跋文，書後

題名〔名〕（圖書、詩文、戲劇、電影等的）題名、標題

書物の題名を貸し出しカードに記入する（將書名登記在借書卡上）

此の絵に題名を付ける（給這幅畫題名）

東京の夜と言う題名の映画（題名為東京之夜的電影）

題目〔名〕題目，標題，問題，項目，條款。〔宗〕日蓮宗念〝南無妙法蓮華經〟

題目を見ると大体内容が想像出来る（一看題目大致可以想像到内容）

此の題目に付いての討論は此れで打ち切りに為る（關於這個問題的討論就到這裡）

題目を並べるだけで実際には何の解決にも為らない（只是羅列一些條款實際上什麼也解決不了）

御題目を唱える（日蓮宗念經、〔轉〕空喊口號）

鵜、鵜（ㄊㄧˊ）

鵜〔名〕〔動〕鸕鶿、魚鷹、墨鴉、水老鴉

鵜を使って魚を捕る（用魚鷹捕魚）

鵜の真似を為る烏（水に溺れる）（東施效顰、畫虎不成反類犬）

卯〔名〕卯（十二支之一）、卯時、東方

兎〔名〕兔（＝兔）

兎の毛（兔毛、微小，絲毫、兔毛筆、毛筆的別稱）

兎の毛で突いた程の隙も無い（無懈可擊、沒有絲毫破綻、一點點漏洞也沒有）

兎〔名〕〔動〕兔

野兎（野兔）

飼い兎（家兔）

アンゴラ兎（安哥拉兔）

兎の肉（兔肉）

此の辺は兎が出然うだ（附近可能有兔子）

兎網（捉兔網）

兎穴（野兔穴）

兎小屋（兔窩）

兎結（狀似兔耳的繩結）

兎飼養場（養兔場）

兎死すれば狐之を悲しむ（兔死狐悲）

兎に祭文（對牛彈琴）

有、有〔名、漢造〕有、所有、具有、又有。〔佛〕迷惘↔無

無から有を生ずる（無中生有）生ずる請ずる招ずる

終に我が有に帰した（終於歸我所有）終に遂に

有か無か（有無與否、有或無）

一年有半（一年有半）

有資格者（有資格者）

十有五年の歳月は経った（經過十又五年歲月）経つ経る減る

固有（固有、特有、天生）

万有（萬有、萬物）

特有（特有）

稀有、希有（稀有、罕見）

未曾有（空前）

無何有の郷（烏托邦、理想國）

私有（私有）

領有（領有、占有、所有）

市有（市有）

所有（所有）

占有（占有）

専有（專有、獨占）

三有、三有（〔佛〕三界-欲界，色界，無色界、欲有，色有，無色有的總稱）

空有（空有）

偶有（偶然具有）

得〔他下二〕（得る的文語形式、得的終止形為得）得到，能夠、精通、擅長

得る〔他下二〕（得る的文語形式、主要用於書寫語言中、活用形為え、え、うる、うる、うれ、えよ）得，得到，（接尾詞用法、接動詞連用形下）能夠，可能

大いに得る所が有る（大有所得）売る

少しも得る所が無い（毫無所得）

利益を得る（得到利益）

実行し得る計画（能夠實行的計畫）

其れは有り得る事だ（那是可能有的事）

鵜飼い、鵜飼〔名〕養魚鷹（的）、用魚鷹捕魚（的漁夫）（＝鵜匠、鵜匠）

鵜飼いを為る（飼養魚鷹捕魚）

鵜飼い舟（用魚鷹捕魚的船）

去

鵜匠（うじょう）、鵜匠（うしょう）〔名〕魚鷹（的）、用魚鷹捕魚（的漁夫）（=鵜飼い、鵜飼）

鵜の目鷹の目（うのめたかのめ）〔連語〕銳利的目光、用銳利的目光找

鵜の目鷹の目で捜す（用銳利的目光四下尋找）探す捜す

鵜呑み（うのみ）〔名〕整吞、囫圇吞棗、生吞活剝（=丸呑み）

飴玉を鵜呑みに為る（把糖球整個吞下去）

人の話を鵜呑みに為る（盲信旁人的話）

参考書の説明を鵜呑みに為る（囫圇吞棗地理解參考書的說明）

鵜舟（うぶね）〔名〕飼養魚鷹捕魚的船

体、体（體）（ㄊㄧˇ）

体（たい）〔名〕身體（=体）、體形，樣子（=形）、體態，姿態、本體，實體，本質、（助數詞用法）尊

〔漢造〕（也讀作体）人身、形態、外觀、本性，實質，作用

体を交わす（把身體閃開、〔轉〕避開）

此の字は崩れて体を成さない（這個字歪歪扭扭不成樣子）

草書体（そうしょたい）（草書體）

名は体を現わす（なはたいをあらわす）（名義表現實體）

仏像一体（ぶつぞういったい）（一尊佛像）

身体、身体，体，躰（しんたい、からだ、からだ、からだ）（身體）

新体（しんたい）（新的體材）

神体（しんたい）（神社供的神體、禮拜對象-一般是劍、鏡、玉）

人体（じんたい）（人體、人的身體）

人体（にんてい）（人品=人体）

人体（にんてい）（風采，裝束，舉止，相貌=風体、人品，品格=人体）

五体（ごたい）（五體，全身、書法的五體-篆、隸、真、行、草）

古体（こたい）（古體，古式、古體詩-律詩、絕句以外的漢詩體）←→近体

近体（きんたい）（近代體裁、絕句律詩）

今体（きんたい）（現代體裁）

基体（きたい）（〔哲〕〔substratum 的譯詞〕根基、基礎）

機体（きたい）（機體、機身、飛機）

固体（こたい）（固體）

気体（きたい）（氣體）

液体（えきたい）（液體）

個体（こたい）（個體、各自單獨生活的生物體）

肉体（にくたい）（肉體）←→精神、靈魂

憎体、憎体（にくたい、にくてい）（可憎的、討厭的）

死体、屍体（したい）（屍體=屍）

肢体（したい）（肢體、手足和身體）

詩体（したい）（詩的體材）

四体（したい）（身體、四體-頭，胴，手，足、俳句四體-雅體，野體，俗體，鄙體）

国体（こくたい）（國家體制、國民體育大會的簡稱）

黒体（こくたい）（黑體-能全部吸收外來電磁輻射而毫無反射和透射的理想物體）

生体（せいたい）（生物、生物體、活體）←→死体、屍体

成体（せいたい）（發育成熟的動物）

政体（せいたい）（政體）

聖体（せいたい）（耶穌基督的聖體、聖餅、聖餐）

整体（せいたい）（整體）

自体（じたい）（自己身體、原來、究竟、本身，自身）

字体（じたい）（字體、字形）

事体（じたい）（事體）

文体（ぶんたい）（文體）

分体（ぶんたい）（〔生〕裂殖）

粉体（ふんたい）（粉狀體）

風体（ふうたい）（風采、打扮、衣著）

本体（ほんたい）（真相、實體、主體、神體、主佛）

主体（しゅたい）（主體、核心）←→客体

実体（じったい）（實體、實質、本質）

失体、失態（丟臉，有失體統、失策，失敗）

鯛〔名〕〔動〕鯛、棘鬣魚（俗稱加級魚、大頭魚）

　蝦で鯛を釣る（拋磚引玉）釣る吊る

　腐っても鯛（瘦死駱駝大於牛）

　鯛の尾より鰯の頭（寧為雞口不為牛後）

対〔名〕對比，對方，相對，反面，對等，同等，廂殿，配殿（=対の屋对）、（讀作対）一對，一雙
〔漢造〕相對，相向，對答，對方，（讀作対）一對，一雙，（舊地方名）對馬國的簡稱（=対馬の国）

　苦の対は楽（與苦相對的是樂）

　黒は白の対である（黑是白的反面）

　日本対ソ連のバレーボール試合（日本對蘇聯排球賽）

　労働者対資本家の争い（工人對資本家的鬥爭）

　試合は三対二で私達のチームが勝った（比賽以三比二我隊得勝）

　此の大学の男子の学生と女子の学生の割合は六対一です（這個大學的男生與女生的比例是六比一）

　対の力量（能力不相上下、能力對等）

　対で将棋を指す（以對等下日本象棋）指す刺す挿す差す射す注す鎖す点す

　対に為る（成雙、成對）

　敵対（敵對、作對）

　相対（相對）

　絶対（絕對，無與倫比←→相對、堅決、斷然）

　反対（反對←→贊成、相反、相對、顛倒，反對來，倒過來）

　応対（應對、接待、應酬）

　一対（一對）

隊〔名〕〔漢造〕隊、隊伍。集體組織（主要指軍隊）/（有共同目的的）幫派或集團

　隊を組んで進む（列隊前進）

　一隊の兵士（一隊戰士）

　三隊に為って飛行する（成三對飛行）

　愚連隊（流氓集團）

　軍隊（軍隊、部隊）

　連隊、聯隊（〔陸軍編制的〕聯隊.團）

　本隊（〔對支隊、別働隊而言的〕主力部隊、中心部隊。本隊、這個隊）

　支隊、枝隊（支隊、分隊）

　別働隊、別動隊（別動隊）

　兵隊（軍隊、士兵、軍人）

　騎兵隊（騎兵隊）

　探險隊（探險隊）

　自衛隊（自衛隊-第二次世界大戰後日本的國防軍：包括陸上自衛隊、海上自衛隊、航空自衛隊）

　横隊（横隊）←→縦隊

　縦隊（縦隊）

　編隊（編隊）

　大隊（〔軍〕營）

　分遣隊（分遣隊）

黛〔名〕黛（古代婦女畫眉的顏料）、描眉的筆（=黛）、青黑色

黛、眉墨〔名〕眉黛、描眉，描的眉、（寫作黛）遠看群山的景像

体する〔他サ〕體會、領會、體貼、理解

　人情を体する（領會人情）対する帯する題する

　恩師の意を体して研究を続ける（體會恩師的用意繼續研究）

体当たり、体当り〔名、自サ〕（以自身）衝撞，撞倒（對方），（空戰時以自機）衝撞（敵機）。〔轉〕拼命幹，全力以赴

　体当たりを食わせる（捨身衝撞）

　どしんと船の横腹に体当たりを為る（咚地一聲撞到船幫上）

　入学試験に体当たりする（拼命準備考學校）

　大仕事を体当たりで遣る（拼命幹大事業）

　体当たり主義（拼命主義）

体位〔名〕體格標準，體質、身體的位置
　体位の向上（增強體質）
　体位を横に為る（把身體橫過來）
　体位が傾いている（體位傾斜）
　体位を変える（變換身體位置）変える替える換える代える買える帰る還る返る孵る蛙

体育〔名〕體育←→德育，知育、體育課
　体育を重んずる（注重體育）
　体育の日（日本體育節-十月十日）

体液〔名〕〔生理〕體液
　体液説（體液致病説）

体温〔名〕〔生理〕體溫
　体温を測る（量體溫）測る計る量る図る謀る諮る
　体温が上がる（體溫升高）上がる揚がる挙がる騰がる
　体温計（體溫計）
　体温調節（恆溫動物的體溫調節作用）

体外〔名〕體外←→体内
　体外受精（水棲動物的體外受精）
　体外寄生虫（體外寄生蟲）
　体外培養（〔生〕外植）
　体外循環（體外循環）

体格〔名〕體格（=体付き）
　立派な体格を為ている（體格魁偉）
　頑丈な体格を為ている（體格矯健）
　体格がスポーツマンらしい（體格像運動員）
　体格が悪くて不合格に為る（因體格不好沒有錄取）
　体格がっしりしている（身體健壯）
　華奢な体格（苗條纖弱的身體）華奢華車花車
　体格を検査する（體格檢查、體檢）

体固め〔名〕〔摔跤〕壓軀幹（利用體重壓倒對手取勝的一種著數）

体感〔名〕身體所受的感覺、（對內臟刺激引起的）體感（如飢渴、嘔吐、性慾等）
　体感温度（體感溫度、實效溫度-綜合氣溫、溫度、風速、日照等因素使人體感到的溫度）

体環〔名〕〔生〕體環、環帶、環節

体技〔名〕體力比賽（相撲、摔跤、拳擊、柔道等的總稱）
　体技の向上に努める（努力提高體力比賽項目的水平）努める勤める務める勉める

体躯〔名〕身軀、體格（=身体、身体，体，軀）
　堂堂たる体躯の持主（體格魁偉的人）

体配り〔名〕擺好架勢、準備好抵禦攻擊的姿態

体刑〔名〕體刑，肉刑、〔法〕剝奪人身自由的刑罰（分為勞役、禁錮、拘留三種）（=自由刑）←→罰金刑
　体刑を加える（施加體刑）加える咥える銜える
　体刑制度（體刑制度）

体形〔名〕形狀，形態（=形、形）、（人或動物的）體形

体型〔名〕體型、人體的類型

体系〔名〕體系、系統（=システム）
　完全な体系を成している（形成完整的體系）
　歴史学の体系を打ち立てる（建立歷史學的體系）
　何の体系も無しに本を読む（毫無系統地讀書）
　体系的（有系統的、成體系的=システマティック）

体験〔名、他サ〕體驗、親身經驗
　面白い体験を為た（經歷了有趣的事情）
　三十年の舞台生活の体験を語る（敘述三十年舞台生活的體驗）
　自分の体験した事（親身體驗的事情）

体言〔名〕〔語法〕體言（日語詞彙在語法上的一種分類、表示概念而沒有活用的自立語、即名詞、代名詞的總稱）←→用言

体現〔名、他サ〕體現、具體表現

民主主義の理想を体現する（體現民主主義的理想）

彼の詩には美と荘厳とが体現されている（他的詩裡體現著美與莊嚴）莊嚴 莊嚴

体腔〔名〕〔動〕體腔

体腔上皮（體腔上皮）

体腔動物（體腔動物）

体細胞〔名〕〔生〕體細胞

体細胞分裂（體細胞分裂）

体細胞突然変異（體細胞突變）

体捌き〔名〕〔柔道〕扭轉動作

体質〔名〕體質、（事物的）素質，本性

体質が弱い（體質弱）

特異性体質（特異性體質）

虚弱な体質を改善する（改進虛弱的體質）

肺病に罹り易い体質（易患肺病的體質）

其は僕の体質に合わない（那個不合乎我的性格）

企業の体質を改善する（改善企業的素質）

体臭〔名〕體臭，身體的氣味。〔轉〕特點，獨特風格或氣氛

男の体臭（男人的氣味〔體臭〕）

此の作品には彼の体臭が感じられる（這個作品可看出他的獨特風格）

体重〔名〕體重

近頃体重が減った（近來體重減少了）

体重を測る（量體重）

体重を片足に掛ける（把身體重心放在一條腿上）

彼は元通りの体重に為った（他恢復了原來的體重）

体循環〔名〕〔生理〕體循環（＝大循環）←→小循環

体状〔名〕形狀、形體

体色〔名〕（動物的）體色、膚色

体色変化（體色變化）

体心格子〔名〕〔化〕體心（式結晶）格子、體心晶格

体制〔名〕體制，結構（生物或政治、經濟社會等作為有機體的組織或形式）、（統治者行使權力的）方式

社会主義的体制（社會主義體制）

戦時体制を取る（實行戰時體制）

国内体制を強化する（加強國內體制）

経済体制（經濟結構）

ベルサイユ体制（凡爾賽體制）ベルサイユ ヴェルサイユ

体勢〔名〕體態、姿勢（＝構え、姿勢）

体勢を立て直す（重整姿勢）

体性神経〔名〕〔動〕體神經

体積〔名〕〔數〕體積、容積

体積を求める（求體積）

体積効率（容積效率）

体積弾性（體積彈性）

体積磁化率（體積磁化率）

体積弾性率（體積彈性模量）

体積抵抗（體積電阻）

体積力（體積力、質量力）

体節〔名〕〔動〕體節

体節動物（環節動物－環形動物和節足動物的總稱）

体節制（分節現象）

体操〔名〕體操、體育課

私は毎朝ラジオ体操を為る（我每天早上做廣播操）

体操競技（體操比賽）

体操の時間（體育課時間）

体側〔名〕身體的側面

体長〔名〕（動物的）體長、身長

体長を測る（量身長）

体調〔名〕健康狀態（一般指競賽時身體狀況）（体の調子、コンディション）

申し分の無い体調に在る（在良好的健康條件下、健康條件毫無問題）
体調を取り戻した（恢復了健康狀態）

体得〔名,自サ〕體會、通曉、領會、體驗（=会得）
自分で小説を書いて見て始めて其の難しさを体得した（自己試寫小説體會到寫小説的不易）
此の事に対する体得は未だ浅い（對這件事的體會還不深）
自分の体得した事から話そう（從個人的體驗來談談）
受験の骨を体得する（領會考試的竅門）

体読〔名〕文字的意義讀後能領會其真意

体内〔名〕體內←→体外
体内受精（體內受精）
体内諸器官（體內的各器官）
体内培養（〔生〕植入）

体認〔名,他サ〕體驗、體會（=体得）
親の有難みを体認する（體會父母的恩情）

体熱〔名〕體熱、體溫
体熱を発散する（發散體溫）

体罰〔名〕體罰
体罰を加える（施加體罰）

体表〔名〕身體的表面
体表着生動物（皮上寄生蟲）

体壁層〔名〕〔解〕體壁層

体貌〔名〕容貌，風采，姿容（=姿、容貌）、禮貌

体膨張、体膨脹〔名〕〔理〕體積膨脹
体膨張係数（體積膨脹係數）
体膨張率（體積膨脹率）

体面〔名〕體面、面子（=面目）
体面を保つ（保持體面）
体面を取り繕う（圓上體面）
他人の体面を傷付けては行けない（不要傷害別人的面子）

体面を重んずる（講究面子）
そんな事を為ると貴方の体面に係わります（做那種事關係到你的面子）
体面論は拗置いて、道義上から言っても許す可からざる事だ（體面上姑且不論從道義上講也是不能允許的）

体用〔名〕本體和作用，原理和應用。〔語法〕體言和用言

体様、態様〔名〕形態、狀態、樣式（=有様、様子、形）
水中動物の様々な態様をカメラに捕える（將水中動物的各種各樣的狀態拍成照片）捉える

体量〔名〕身體的重量、體重（=体重）
体量が大分増えた（體重增加了不少）大分大分

体力〔名〕體力
体力が衰える（體力衰退）
体力が続かない（體力不支）
体力的に劣る（在體力上較差）
体力検定（體力檢定）
高熱が続いても体力が強いから持っているのだ（因為體力很強即使繼續發高燒也經得住）
彼は其を為す体力は充分有る（他有足夠的體力來做這個工作）

体練、体錬〔名〕鍛鍊身體

体、態〔名〕外表，樣子，打扮，情況，狀態，（裝作的）姿態
狼狽の態も見せぬ（並沒有顯出狼狽像）
這這の態で引き下がる（狼狽不堪地退出來）
職人態の男（工人樣子的男人）
態を変える（改變打扮）変える替える買える換える代える帰る返る孵る
彼は満足の態に見える（他像是滿意的樣子）
苦しみの態（痛苦的樣子）
事業は中止の態だ（事業陷於停頓狀態）

思い入れの態（裝作沉思的樣子）

態良く断る（婉言拒絕）

態の良い事を言う（說漂亮話）

然有らぬ態で尋ねて見る（裝作若無其事的樣子打聽）尋ねる訪ねる訊ねる

然有らぬ態で通り過ぎた（裝作若無其事的樣子走過去了）

態の良い泥棒（裝得滿像樣的小偷）

名誉会長だ何て言ってるけれど態の良い免職さ（說是什麼名譽會長其實是體面的撤職）

気を悪くしない様に態良く断って呉れ（請婉言謝絕不要傷了和氣）

てい 丁〔名〕（天干的第四位）丁

〔漢造〕成年男子、男傭人、達到役齡的男子、（線裝書的）張（正面和背面兩頁）

丁以下は落第と為る（丁以下不及格）

丁組の生徒（丁組的學生）

壮丁（壯丁、成年男子、徵兵適齡者）

装丁、装釘、装幀（裝訂）

使丁（工友、聽差、勤雜工）

馬丁（馬夫、馬童、牽馬人）

園丁（園丁、園林工人）

正丁、正丁（〔律令制〕稱二十二歲至六十歲的健康成年男子-作為租稅，兵役等的對象）

てい 弟〔名〕弟（＝弟）←→兄

〔漢造〕（也讀作弟、で）弟、弟子，徒弟、自己謙稱

兄たり難く弟たり難し（難兄難弟、優劣難分）

兄弟、兄弟（兄弟、弟兄）

舎弟（舎弟）←→舎兄

義弟（義弟，盟弟、內弟，小叔、妹夫）

貴弟（令弟）

従弟（表弟、堂弟）←→従兄

従兄弟、従兄弟（表兄弟、堂兄弟）

異母弟（異母弟）

幼弟（幼弟）

高弟（高足、得意門生）

皇弟（日皇之弟）

孝弟、孝悌（孝悌、孝敬父母兄友弟恭）

師弟（師傅和徒弟、老師和學生）

子弟（子弟，少年、兒子和弟弟）

姉弟（姉姉和弟弟）

門弟、門弟子（門人、弟子）

徒弟（徒弟、門人、弟子＝弟子）

愚弟（舍弟）

小弟、少弟（舍弟、小弟、幼小的弟弟）←→大兄

てい 低〔名、漢造〕低

高より低と（從高到低）

高低（高低、凹凸、起伏、上下、漲落）

最低（最低←→最高、最壞，最劣＝最悪）

平身低頭（低頭，俯首、低頭認罪）

てい 底〔名〕程度、種類

〔漢造〕底、達到、底子

此の底の品（這類東西）

目的の為には手段を選ばぬ底の男（為目的不擇手段的那類人）

水底、水底（水底）

海底（海底）

払底（匱乏、缺乏、告罄）

徹底（徹底、貫徹始終、徹底了解）

到底（怎麼也、無論如何也）

根底、根柢（根底、基礎）

基底（基礎、基底）

心底、真底（內心、本心、真心）

船底、船底（船底）

胸底（心中、內心深處）

筐底（箱底）

体裁、体裁〔名〕樣子，樣式，外表，外形，體面，體統，（應有的）形式，局面，體裁，奉承話，門面話

体裁を飾る（裝飾外表）

此の門は体裁が良い（這個門的樣式好看）

体裁を繕う（修飾外表、裝潢門面）

此の本の体裁は気が利いている（這本書的裝幀很漂亮）

体裁良く配列する（排列整齊）

皆の前で叱られて、体裁が悪かった（當眾挨罵很難為情）

学問を衒うのは体裁の良い物じゃない（炫耀學問並不體面）

体裁が良くない（不體面、不成體統）

こんな恰好では体裁が悪い（這套打扮不體面）

体裁の良し悪しを言って入られない（也顧不得體面不體面了）

体裁上夫婦と為っている（為了體面裝成夫婦）

体裁良く断る（婉言謝絕）

此の会社は会社の体裁を成していない（這家公司不具備公司應有的局面）

此の並木は並木の体裁を成していない（這條路上樹列夠不上樹列）

私は御体裁は言えない性分だ（我生來就不會說奉承話）

御体裁許り言う男（光說漂亮話的人）

体裁振る〔自五〕擺架子、裝腔作勢、裝飾門面、講究排場

あんな体裁振る奴は嫌いだ（我討厭那種擺架子的傢伙）

彼は嫌に体裁振る男だ（他是個太裝腔作勢的人）

体たらく、為体〔名〕（多用於責難或自嘲）（難看的）樣子、狼狽相

今は落魄れて彼の体たらくです（現在落魄到那種樣子）落魄れる零落れる

何だ此の体たらくは（你怎麼搞到這種地步）

何と言う体たらくだ（怎麼搞得那麼狼狽）

尾羽打ち枯らして此の体たらくで御座います（潦倒成這種狼狽相）

体良く〔副〕體面地、委婉地（=体裁良く）

体良く断る（委婉地拒絕、婉言謝絕）

体良く追い払う（委婉地打發走）

体、躰、身体、身体〔名〕身體、體格，身材、體質，健康，體力

体を鍛える（鍛鍊身體）

体を壊す（傷害身體、患病）壊す毀す

体を大切に為る（保重身體）

体の調子が悪い（身體不舒服）

体を祖国に捧げる（把自己獻給祖國）捧げる奉げる

体を粉に為て働く（拼命地工作）

体を張る（不惜生命地幹、豁出命幹）張る貼る

体に力が無い（渾身無力）

自由な体（閒散的身體、婦女沒有丈夫）

普通の体ではない（懷孕、身體有孕）

体を悪く為ない様に（請不要損壞身體）

体がしっかりしている（體格健壯）

体のほっそりした女（身材苗條的女人）

体のでっぷりした男（身材肥胖的男子）

肉食は私の体に合わない（肉食不適合於我的體質）

体が良く為る（健康好轉、恢復健康）

体が続かない（體力支持不住）

あんなに働いて良く体が続く物だ（那樣幹活難得體力還能支持）

体を売る（賣淫、出賣肉體）

体を惜しむ（惜力、不肯努力）

体を知る（與異性發生關係）

体を投げ掛ける（撲過去）

身体〔名〕身體（=身体、体）
　身体の欠陥（身體的缺陷）
　身体の清潔（身體清潔）
　身体は強健である（身體強健）
　身体の自由を失う（身體失去自由．身體不能轉動．手腳不靈活）
　身体を壮健に為る（使身體強壯起來）
　身体髪膚之を父母に受く（身體髪膚受之父母〔不可毀傷〕）
　身体検査（〔醫〕體檢、身體檢查。搜身）
　身体検査に合格する（體檢合格）
　身体検査を受ける（遭受搜身）
　身体障害者（殘廢者．身體有生理缺陷者）
　身体障害者福祉法（關於殘障者福利的法律）
　身体装検器（〔機場用檢查隱藏物的〕身體檢查器。搜身器）

体付き〔名〕體格、體形、姿態
　彼は中背で体付きも悪くなかった（他是中等身材體格也很好）
　体付きのほっそりした人（身材苗條的人）
　体付きの頑丈な人（體格健壯的人）
　男の様な体付きの女（體態像男人一樣的女人）

剃（ㄊㄧˋ）

剃〔漢造〕用刀削除毛髮
剃除〔名、自サ〕剃除
剃度〔名、自サ〕剃髮為僧尼
剃髪〔名、自サ〕剃髮、落髮
　剃髪して尼に為る（落髮為尼）海女尼甘天
剃刀〔名〕剃刀，剃頭刀，刮臉刀。〔轉〕頭腦聰明，敏銳
　電気剃刀（電鬍刀）
　剃刀を磨ぐ（磨剃刀）磨ぐ研ぐ砥ぐ

　剃刀の刃（剃刀刃）刃歯羽葉波覇播派
　剃刀の様な男（明敏果敢的人）
　剃刀の様に頭の切れる人（非常聰明的人）
　剃刀検事（聰明果敢的檢察官）
　剃刀の刃を渡る（走鋼絲、冒毀滅危險的行動）渡る渉る亘る

剃る〔他五〕剃、刮
　鬚を剃る（剃鬍子）反る鬚髭髯
　頭を剃る（剃頭、出家）
　剃った許りだ（剛刮的）
　此の頃は電気剃刀で髭を剃る人が多く為った（近來用電鬍刀刮鬍子的人多了）

反る〔自五〕（向後或向外）彎曲，卷曲，翹曲、身子向後彎，挺起胸膛
　本の表紙が反る（書皮翹起）剃る
　板が日に当たると反って終う（木板太陽一曬就要翹稜）
　勉強を為て疲れた時には背中を反らせると気持が良く為る（讀書疲倦時伸伸腰就覺得舒服）

剃り〔名〕剃頭，刮臉、剃刀（=剃刀）
　剃りを当てる（用剃刀剃）反り橇

反り〔名〕彎曲，翹曲、刀身的彎度
　木の反りを利用する（利用木頭的彎度）
　反りが強い（翹得厲害）
　刀には少し反りが有る（刀身略彎）
　反りが合わない（刀彎裝不進鞘裡、脾氣不合）
　彼とは如何しても反りが合わない（我和他脾氣怎麼也合不來）

剃り味〔名〕剃頭，刮臉時的感覺
剃り跡〔名〕剃頭後的痕跡、刮完臉後的痕跡
　髭の剃り跡が濃い（刮鬍後很青）濃い請い乞い来い鯉
　剃り跡の濃い顎（鬍茬很濃的下巴）
剃り落とす〔他五〕剃（刮）掉、剃（刮）去

ぞりぞりと髪の毛を剃り落とされて終った（把頭髮刷刷地剃掉了）

剃り立て〔名〕剛剃（刮）、新剃（刮）
剃り立ての顔（剛刮的臉）

ぞりぞり〔名、副〕剃頭髮或鬍鬚的聲音。（兒）剃頭髮、（兒）頭髮
ぞりぞりと髪の毛を剃り落とされて終った（把頭髮刷刷地剃掉了）

剃る〔他五〕〔方〕剃（=剃る）
鬚を剃る（刮鬍子）刷る 磨る 摩る 摺る 擦る 掏る 擂る 為る

刷る、摺る〔他五〕印刷
色刷りに刷る（印成彩色）掏る 剃る 為る
千部刷る（印刷一千份）
良く刷れている（印刷得很漂亮）
鮮明に刷れている（印刷得很清晰）
此の雑誌は何部刷っていますか（這份雜誌印多少份？）
ポスターを刷る（印刷廣告畫）
輪転機で新聞を刷る（用輪轉機印報紙）

摺る、擦る、摩る、磨る、擂る〔他五〕摩擦、研磨、磨碎、損失、消耗、賠輸
タオルで背中を擦って垢を落とす（用毛巾擦掉背上的泥垢）
鑢で磨ってから鉋を掛ける（用銼刀銼後再用鉋子刨）
マッチを擦って明りを付ける（划根火柴點上燈）
墨を磨る（研墨）
擂鉢で胡麻を磨る（用研鉢磨碎芝麻）
株に手を出して大分磨った（做股票投機賠了不少錢）
すっからかんに磨って仕舞った（賠輸得精光）
胡麻を擂る（阿諛、逢迎、拍馬）
擦った揉んだ（糾紛）擦れる、摩れる、磨れる

掏る〔他五〕扒竊、掏摸
掏摸に掏られた（被小偷偷了）掏る 磨る 擂る 刷る 摺る 擦る 摩る 為る
掏摸に御金を掏られた（錢被小偷偷走了）
電車の中で財布を掏られた（在電車裡被扒手扒了錢包）
人の懐中を掏ろうと為る（要掏人家的腰包）

為る〔自サ〕（通常不寫漢字、只假名書寫）（…が為る）作，發生，有（某種感覺），價值，表示時間經過、表示某種狀態
〔他サ〕做（=為す、行う）充，當做、（を…に為る）作成，使成為，使變成（=に為る）
（…事に為る）（に為る）決定，決心、（…と為る）假定，認為，作為、（…ようと為る）剛想，剛要
（御…為る）〔謙〕做
物音が為る（作聲、發出聲音、有聲音=音を為る）音 音 音 音
稲光が為る（閃電、發生閃電、有閃電）稲妻
寒気が為る（身子發冷、感覺有點冷）
気が為る（覺得、認為、想、打算、好像）←→気が為ない
此のカメラは五千円為る（這個照相機價值五千元）
彼は五百万円為る車に乗っている（他開著價值五百萬元的車）
こんな物は幾等も為ない（這種東西值不了幾個錢）
デパートで買えば十万円は為る（如果在百貨公司買要十萬元）
一時間も為ない内にすっかり忘れて終った（沒過一小時就給忘得一乾二淨了）
三日も為れば帰って来る（三天後就回來）
さっぱり為た人（爽快的人）
彼の男はがっちり為ている（那傢伙算盤打得很仔細）
頭がくらくらと為てぼっと為る（頭昏腦脹）
幾等待っても来為ない（怎麼等也不來）

仕事を為る（做工作）
話を為る（說話）
勉強を為る（用功、學習）
為る事為す事（所作所為的事、一切事）
為る事為す事旨く行かない（一切事都不如意）
為る事為す事皆出鱈目（所作所為都荒唐不可靠）
何も為ない（什麼也不做）
其を如何為ようと僕の勝手だ（那件事怎麼做是隨我的便）
私の言い付けた事を為たか（我吩咐的事情你做了嗎？）
此から如何為るか（今後怎麼辦？）
如何為る（怎麼辦？怎麼才好？）
如何為たか（怎麼搞得啊？怎麼一回事？）
如何為て（為什麼、怎麼、怎麼能）
如何為ても旨く行かない（怎麼做都不行、左也不是右也不是）
如何為てか（不知為什麼）
今は何を為て御出でですか（您現在做什麼工作？）
委員を為る（當委員）
世話役を為る（當幹事）
学校の先生を為る（在學校當老師）
子供を医者に為る（叫孩子當醫生）
彼を議長に為る（叫他當主席）
彼は娘をpianistに為る積りだ（他打算要女兒當鋼琴家）積り心算心算
本を枕に為て寝る（用書當枕頭睡覺）眠る
彼は事態を複雑に為て終った（他把事態給弄複雜了）終う仕舞う
品物を金に為る（把東西換成錢）金金
借金を棒引に為る（把欠款一筆勾銷）
三階以上を住宅に為る（把三樓以上做為住宅）

絹を裏地に為る（把絲綢做裡子）
顔を赤く為る（臉紅）
赤く為る（面紅耳赤、赤化）
仲間に為る（入夥）
私は御飯に為ます（我吃飯、我決定吃飯）
今度行く事に為る（決定這次去）
今も生きていると為れば八十に為った筈です（現在還活著的話該有八十歲了）
卑しいと為る（認為卑鄙）卑しい賤しい
此処に一人の男が居ると為る（假定這裡有一個人）
行こうと為る（剛要去）
出掛けようと為ていたら電話が鳴った（剛要出門電話響了）
隠そうと為て代えて馬脚を現す（欲蓋彌彰）表す現す著す顕す
御伺い為ますが（向您打聽一下）
御助け為ましょう（幫您一下忙吧！）

剔（ㄊㄧˋ）

剔〔漢造〕剔除
剔抉〔名、他サ〕挖出、揭發，揭露
　不正事件を剔抉する（揭發壞事）
　社会の矛盾を剔抉する（揭發社會矛盾）
　爬羅剔抉（徹底揭露別人）的缺點
剔出〔名、他サ〕摘除（=抉り出す）
　卵巣を剔出する（摘除卵巢）
　眼球を剔出する（摘除眼球）
　剔出器（〔醫〕吸出器、拔出器）
剔除〔名、他サ〕切除（=取り去る）
　胃剔除（胃切除）

涕（ㄊㄧˋ）

涕〔漢造〕眼淚、鼻涕（通洟）
涕泣〔名、自サ〕涕泣、流淚、哭泣

其の場に居合わせた者は悉く涕泣した（當時在場的人全都哭了）

涕涙〔名〕流淚

同席の者は涕涙を禁じ得なかった（在場的人不由得流了淚）

涕、涙、泪〔名〕淚，眼淚、哭泣，同情

熱い涙（熱淚）熱い厚い暑い篤い

空涙（假淚、貓哭耗子假慈悲＝嘘の泪）

御涙頂戴物（引人流淚的情節〔故事、節目等〕）

御涙頂戴の映画（賺人眼淚的電影）

血の涙（心酸淚）

涙を拭く（拭淚）拭く葺く吹く

涙を流す（流淚）

目から涙が溢れ出る（眼淚奪眶而出）

彼女の目から涙が溢れた（她的眼淚奪眶而出）

玉葱を刻んでいたら涙が出て来た（一切洋葱眼淚就流了出來）

涙を堪えて可愛い息子を懲らしめた（忍著淚處罰心疼的兒子）堪える耐える絶える

涙を一杯溜めた目（眼淚汪汪的眼睛）溜める貯める矯める躊躇う

聞くも涙語るも涙の物語（所聽所講都是令人悽然淚下的故事）

母は涙乍に娘に秘密を打ち明けた（母親邊哭邊將心裡的秘密告訴女兒）

眠っている子供の頬に涙の跡が付いていた（正在睡覺的孩子臉頰上留有淚痕）

涙が出る程笑う（笑到流淚）

思わず嬉し涙が出た（不禁高興得流出淚來）

涙を流して（邊流著眼淚）

涙を流し乍（邊流著眼淚）

涙を湛え乍話して吳れた（邊眼淚汪汪地講給聽了）湛える稱える讚える

涙を押える（忍住眼淚）押える抑える

涙を催す（感動得流淚）

涙を払って別れた（揮淚而別）

目に涙を浮かべる（含淚）

涙を浮かべて発言する（含著眼淚發言）

涙をぽろぽろと溢す（淚珠簌簌地掉下來）溢す零す

涙の零れる話（令人同情的事）零れる溢れる毀れる溢れる

雀の涙（少許、一點點）

雀の涙程のボーナス（少得可憐的獎金）

血も涙も無い（狠毒、冷酷無情）

涙片手に（聲淚俱下地）

涙勝ち（愛哭、愛流淚）

涙に暮れる（悲痛欲絕、淚眼矇矓）暮れる

涙に沈む（非常悲痛）

涙に咽ぶ（哽咽、抽抽搭搭地哭）咽ぶ噎ぶ

涙を呑む（飲泣吞聲）

涙を揮う（揮淚）

涙ぐむ（含淚）

涙霞（淚眼矇矓）

涙顔（淚痕滿面）

涙川（淚如泉湧）

涙金（斷絕關係時給的少許贍養費）

涙曇り（眼淚汪汪）

洟〔名〕鼻涕

洟を啜る（吸鼻涕）洟鼻花華

洟を擤む（擦鼻涕）

鼻を擤む（擦鼻涕）

洟を垂らしている子（拖著鼻涕的孩子）垂らす足らす詑す

洟を引っ掛けない（連理都不理、不屑理會）

替、替（ㄊㄧˋ）

替、替〔漢造〕代替

隆替（盛衰）

交替、交代（輪流、替換）

代替（代替）

替える、代える、換える〔他下一〕換，改換，更換、交換、代替，替換

〔接尾〕（接動詞連用形後）表示重、另

医者を換える（換醫師）

六月から夏服に換える（六月起換夏裝）

此の一万円札十枚に換えて下さい（請把這張一萬日元的鈔票換成十張一千日元的）

彼と席を換える（和他換坐位）

布団の裏を換える（換被裡）

書面を以て御挨拶に代えます（用書面來代替口頭致辭）

簡単ですが此れを以て御礼の言葉に代えさせて戴きます（請允許我用這幾句簡單的話略表謝忱）

書き換える（重寫）

着換える（更衣）

変える〔他下一〕改變、變更、變動

方向を変える（改變方向）帰る返る還る孵る反る蛙

位置を変える（改變位置）替える換える代える

主張を変える（改變主張）

内容を変える（改變內容）

態度を変える（改變態度）

顔色を変える（變臉色）

名前を変える（改名）

遣り方を変える（變更作法）

規則を変える（更改規章）

禿山を水田に変える（把禿山變為水田）

敵味方の形勢を変える（轉變敵我的形勢）

局面を変える（扭轉局面）

手を変える（改變手法、換新花招）

手を変え品を変え説きを勧める（百般勸說）

返る、還る、帰る〔自五〕回來、回去、歸還、還原、恢復

家に帰る（回家）

里（田舎）に帰る（回娘家〔鄉下〕）

もう直ぐ帰って来る（馬上就回來）

今帰って来た許りです（剛剛才回來）

御帰り為さい（你回來了－迎接回家的人日常用語）

生きて帰った者僅かに三人（生還者僅三人）

朝出たきり帰って来ない（早上出去一直沒有回來）

帰らぬ旅に出る（作了不歸之客）

帰って行く（回去）

とっとと帰れ（滾回去！）

来客が返り始めた（來客開始往回走了）

君はもう返って宜しい（你可以回去了）

元に返る（恢復原狀）

正気に返る（恢復意識）

我に返る（甦醒過來）

本論に返る（回到主題）

元の職業に返る（又做起原來的職業）

貸した本が返って来た（借出的書歸還了）

年を取ると子供に返る（一上了年紀就返回小孩的樣子）

悔やんでも返らぬ事です（那是後悔也來不及的）

一度去ったも再び帰らず（一去不復返）

孵る〔自五〕孵化

雛が孵った（小雞孵出來了）

此の卵は幾等暖めても孵らない（這個蛋怎麼孵也孵不出小雞來）

鶏の卵は二十一日間で雛に孵る（雞蛋經二十一天就孵成小雞）

反る〔自五〕翻（裡作面）（=裏返る）、翻倒，顛倒，栽倒（=引っ繰り返る）

〔接尾〕（接動詞連用形下）完全、十分
　紙の裏が反る（紙背翻過來）
　徳利が反る（酒瓶翻倒）
　舟が反る（船翻）
　漢文は下から上に反って読む（漢文要從底下反過來讀）
　静まり反る（非常寂靜、鴉雀無聲）
　呆れ反る（十分驚訝、目瞪口呆）

替え、代え、換え〔名〕代替,替換（物）,代理（人）、按比率（交換）
　電球の代え（備用的電燈泡）
　代えが居ない（無人代替）
　替え襟（替換用的領子、假領）
　代え歯車（替換的齒輪、備用的齒輪）
　一台五千円代えで買う（按每台五千日元的價錢收買）

替え歌、替歌〔名〕原譜換詞的歌（多為下流的歌詞）←→元歌
　卑猥な替え歌（下流猥褻的替換歌詞）

替え着、替着〔名〕替換的衣服
　替え着の用意を為る（準備替換的衣服）
　替え着無しの晴れ着無し（在家出門只有一件衣服）

替えズボン、替ズボン〔名〕（和上衣不成套的）褲子
　替えズボンを穿いて登校する（穿不同於上衣的褲子上學）
　此の背広は替えズボン付きです（這套西裝帶有另一條褲子）

替え玉、替玉〔名〕替身、冒牌貨、冒名頂替的人（物）
　替え玉を使う（用人頂替、用冒牌貨）
　映画で危険な場面は替え玉が演ずる（電影裡危險的場面由替身來扮演）
　手品師が替え玉で観客の目を誤魔化す（魔術師用假東西蒙騙觀眾的眼睛）

　替え玉受験（替別人考試）

替え地、替地〔名〕交換土地，換的土地、抵償的土地，替換的土地

替え手、替手〔名〕替手，替換者。〔樂〕（日本音樂中）用不同旋律伴奏的手法←→本手

替え名、替名、代え名〔名〕別名、劇中扮演的人名
　彼の人は幾つかの替え名を持っている（他有好幾個別名）

替え刃、替刃〔名〕刮臉刀的備用刀片

替え紋、替紋〔名〕（代替定紋的）副紋（=替わり紋、裏紋）←→定紋（用於衣服等上的一定的家徽）

替わる，替る、代わる，代る、換わる，換る〔自五〕更換，更迭、代替，替代，代理
　内閣が代る（內閣更迭）
　来学期から英語の先生が代る（下學期起更換英語教員）
　…取って代る（取而代之）
　機械が人力に（取って）代る（機器代替人力）
　部長に代って応対する（代替部長進行接待）
　私が暫く代って遣りましょう（由我來替做幾天吧！）
　私に代って尋ねて下さい（請你替我問一下）
　父に代って御客を案内する（我替父親招待客人）
　一同に代って御礼申し上げます（我代表大家向你致謝）

変わる、変る〔自五〕變化，改變、不同，出奇、改變時間、改變地點、遷居、遷移、轉職、調任
　風向きが変わる（改變風向）風向替わる換わる代わる
　顔色が変わった（變了臉色）顔色
　今度の改訂版は内容も変わる（這次的修訂版內容也改變了）
　毛虫は蝶に変わる（毛蟲變成蝴蝶）
　新内閣の顔触れが変わった（新政府的成員有了變動）

永久に変わらない（永久不變）

変わった人（奇怪的人、古怪的人）

性格が変わっている（性情古怪）

何方に為ても大して変わらない（哪個都差不多、二者沒什麼不同）

時に因って変わり、所に因って異なる（因時而異因地而異）

変わった物を見ると直ぐ気移りが為る（見異思遷）

別に人と変わった所も無い（沒有什麼跟旁人不同之處）

今日の献立は変わっている（今天的菜單新奇）

期日が変わる（日期改變）

新しい家に変わる（遷入新房）

別の会社に変わる（調到別的公司去）

バスの停留所が変わった（車站改變地點了）

住所が変わったので御知らせします（因為遷居特此通知）

所変われば品変わる（一個地方一個樣、十里不同風百里不同俗）

替わり，替り，代わり，代り〔名〕代替，替代，代理、補償，報答、（常用御代り）再來一碗（飯湯等），再來一盤（菜等）

代りの品（代替品）

石炭の代りに為る燃料（代替煤的燃料）

此れはステッキの代りに為る（這個可以代替拐杖用）

人の代りに行く（代理別人去）

薪の代りに石炭を燃料と為る（不用柴而用煤作燃料）薪

代りを届けさせる（叫人送去替換的東西）

英語を教えて貰う代りに、日本語を教えて上げましょう（請你教給我英語我來教給你日語）

手伝って上げる代りに雑誌を買って下さい（我幫你的忙請你給我買一本雜誌）

昨日毀した茶碗の代りを持って来た（我拿來了一個碗補償昨天打破的那個）

先立って奢って貰った代り今日は私が奢ろう（前些天你請我了今天換我來請你客）

御飯の御代りを為る（再來一碗飯）

コーヒーの御代りを為る（再來一杯咖啡）

変わり、変り〔名〕變，變化、改變，變更、差別、不同、異狀，不正常、事變，變故

機械の調子には何の変わりも無い（機器的運轉情況沒有任何變化）替わり換わり代わり

二人の意見には少しの変わりも無い（兩人的意見完全相同）

御変わりは有りませんか（您好嗎？）

変わり無く暮す（平安度日）

変わりズボン（不同顏色的褲子）

変わり編み（編織變針、花式織法）

挿げ替える〔他下一〕另安，另裝（=付け替える）、另行任用（工作人員）

ラオを挿げ替える（另安個煙袋桿）羅宇

鼻緒を挿げ替える（換一付木屐帶）

傘の柄を挿げ替える（換一個傘把）

幹部を挿げ替える（另行任用幹部）

髢、髱（ㄊㄧˋ）

髢、髱〔漢造〕頭髮少的人，拿別人的頭髮添在自己的頭上

髢〔名〕（女）頭髮、（女人用）假髮、夾入的頭髮

髱、髱〔名〕（女人頭髮梳出的）燕尾（=髱）

髱鋏（燕尾卡子）

嚏（ㄊㄧˋ）

嚏〔漢造〕噴嚏

嚏〔名〕（嚏的轉變）噴嚏（=嚏）

嚏〔名〕噴嚏（=嚏）

嚏〔名〕噴嚏（=嚏嚏）

去

去

嚏を為る（打噴嚏）

嚏が出る（打噴嚏）

彼は続け様に大きな嚏を幾つも為た（他接連打了好幾個大噴嚏）

昨日君の噂を為ていたのだが嚏が出なかったか（昨天我們在背後談到你你沒有打噴嚏嗎？）

嚏の木〔名〕〔植〕木藜蘆

薙、薙（ㄊㄧˋ）

薙、薙〔漢造〕除草、剃髮

薙髮〔名、自サ〕剃髮（=剃髮）

薙〔他五〕橫砍、橫割

鎌で草を薙ぐ（用鐮刀割草）薙ぐ 凪ぐ 和ぐ

草でも薙ぐ様に人を殺す（殺人如麻）

凪ぐ〔自五〕變得風平浪靜

海が凪いで来た（海上平靜了）和ぐ 薙ぐ

昼頃に為ると風が急に凪いで仕舞った（到了午間風突然平息了）

和ぐ〔自五〕平息、變得風平浪靜（=凪ぐ）

暴動が和いだ（暴動平息了）

心が和ぐ（心裡平靜）

薙ぎ、薙〔名〕山崩掃平處

薙ぎ倒す〔自五〕（橫著）砍倒。〔喻〕掃平、橫掃

草を薙ぎ倒す（把草砍倒）

全てを薙ぎ倒す勢で（以所向披靡之勢）全て 凡て 総て 統べて

群がる強敵を薙ぎ倒す（掃蕩蜂擁而來的勁敵）群る 叢る 簇る

強豪を次次薙ぎ倒して一躍有名に為った（把勁敵一一擊敗而一躍成名）

機関銃でばたばたと薙ぎ倒す（用機關槍劈哩啪啦地掃射）

薙刀、長刀〔名〕（長把刃尖向後彎曲的）長刀

薙刀を振り回す（揮動長刀）

薙ぎ払う、薙払う〔他五〕橫掃、橫著砍掉

草を薙ぎ払う（把草砍掉）

薙ぎ伏せる〔他下一〕砍倒（=薙ぎ倒す）

帖、帖（ㄊㄧㄝˇ）

帖〔名〕折頁、法帖（=法帖）

〔接尾〕（助數詞用法）（計算幕幔的單位）帖，付（兩塊幕幔為一帖）、（計算屏風楹的單位）面、（計算紙張單位）、帖（美濃紙48張為一帖、半紙20張為一帖、洋紙24張為一帖、紫菜10張為一帖）。

〔漢造〕（也讀作帖）帖、簿

帖仕立てに為る（作成折頁式）

秋萩帖（秋荻法帖）

手帖、手帳（筆記本、雜記本）

画帖画帳（畫帖、畫冊、畫簿）

法帖（法帖、字帖）

墨帖（墨帖）

貼（ㄊㄧㄝ）

貼〔接尾〕（包藥的）劑數。

〔漢造〕貼

一貼（一劑）

貼布（貼布）

貼付，貼附、貼付，貼附〔名、他サ〕黏貼、貼上（=貼り付ける）

印紙を貼付せよ（貼上印花）

切手を貼付する（貼上郵票）

貼り付く、張り付く，張付く〔自五〕貼上、黏上

ぴったり貼り付いて中中剥がれない（黏得結結實實的很難剝下來）

汗で肌着が体に貼り付く（由於出汗襯衣黏在身上）

貼り付ける、張り付ける，張付ける〔他下一〕貼上、黏上

封筒に切手を貼り付ける（把郵票貼在信封上）磔

膠で貼り付ける（用骨膠黏上）

塀にビラを貼り付ける（往牆上貼傳單）

切り傷に絆創膏を貼り付ける（傷口上貼上橡皮膏）

貼用〔名、他サ〕〔醫〕貼用

貼る〔他五〕貼、黏、糊

窓に紙を貼る（糊窗戶紙）張る

ビラを貼る（貼標語）

切手を貼る（貼郵票）

膏薬を貼る（貼藥膏）

張る〔自五〕伸展，延伸，覆蓋，膨脹，緊張，（負擔）過重，（價格）過高，裝滿

〔他五〕伸展，擴張，鋪開，張掛，牽拉（繩索等）、設置，開設，盛滿（液體）、鋪設，擺開（陣勢）、固執，堅持（己見）、毆打，壯觀瞻，好虛榮，講排場，保持面子、對抗、較量、追求，爭女人、蒙上、賭、監視，警戒

根が張る（扎根）

木の芽が張る（樹木發芽）

蜘蛛の巣が張る（結蜘蛛網）

暖めた牛乳に膜が張る（煮過的牛奶上覆蓋一層奶皮）

薄氷が張った（凍上了一層薄冰）薄氷 薄氷

乳が張る（奶脹、乳房發脹）乳乳

腹が張る（腹脹、肚子脹）

気が張る（精神緊張）

仕事が張る（工作太忙）

荷が張る（負擔過重）

値が張る（價錢過高）値 値

経費が張る（費用浩大）

欲が張る（貪心太大）

肩が張る（肩膀痠痛、膀大凌人）

荷が少し張り過ぎた（貨物裝得太滿了）

大衆の中に根を張る（扎根在群眾之中）

幕を張る（張掛帳幕）

翼を張る（展翅）

帆を張る（揚帆）

テントを張る（搭帳篷）

ネットを張る（撒網）

肘を張る（撐起〔架起〕臂肘）

胸を張って歩く（挺起胸膛走路）

カンバスを枠に張る（將畫布繃在畫框上）

煙幕を張る（施放煙幕）

勢力を張る（擴張勢力）

電線を張る（拉上電線）

縄をぴんと張る（把繩子拉緊繃直）

蜘蛛が巣を張る（蜘蛛結網）

綱を張って洗濯物を干す（牽拉繩子曬乾衣服）

弓に弦を張る（拉上弓弦）

弓を張る（拉弓、張弓）

宴を張る（設宴）

非常線を張る（設置警戒線）

店を張る（開設商店）

露店を張る（擺攤販）

桶の水を張る（桶裡裝滿水）

床を張る（鋪地板）床床

天井を張る（鑲天花板）

タイルを張る（鋪磁磚）

壁にベニヤ板を張る（牆上貼膠合板）

陣を張る（擺開陣勢）

論陣を張る（展開辯論）

強情を張る（固執己見）

逃げを張る（堅持要逃跑）

意地を張る（固執己見、意氣用事）

頬ぺたを張る（打耳光）

見えを張る（擺排場、壯觀瞻、撐門面）

大関を張り続ける（保住大關的稱號）

相手の向うを張る（跟對方較量）

彼の女を二人で張る（兩個人爭那個女人）

太鼓を張る（蒙上鼓皮）

千円を張る（賭一千日元）

相場を張る（投機）

警察が表で張る（警察在門外監視）

星を張る（看住嫌疑犯）

女を張る（對女人嚴加管束）

体を張る（不惜生命地做）

貼り合わせる〔他下一〕使（音調）和諧、（紙等數張）黏在一起

貼り紙、張り紙，張紙〔名〕貼紙，糊紙、招貼，廣告，標語、付籤、飛簽

貼り紙細工（貼紙工藝品）

工員募集の貼り紙を出す（貼出招收員工的廣告）

注意す可き箇所に貼り紙を付ける（在應注意的地方貼上付籤）

張り出す、張出す〔自、他五〕使…突出、使向外伸出←→凹む、（相撲等）寫在選手排行榜之外

張り出した額（額頭突出）

軒を張り出す（把屋簷修得伸出一些）

庇を大きく張り出す（使屋簷向外伸出一大截）

貼り出す、張り出す，張出す〔他五〕公布、揭示

成績を張り出す（公布成績）

壁に告示を張り出す（在牆上貼告示）

生徒の作品を張り出す（把學生作品貼出去展覽）

張り出し、張出し〔名〕突出的部分。〔相撲〕正榜以外公布出來的力士等級名單

窓は張り出しに為っている（窗戶突出牆外）

張り出しの座敷（挑出的客廳-指突出於底層牆外的房間）

張り出し舞台（舞台的幕前部分）

張り出し額（額頭突出）

船尾張り出し（船尾突出部）

張り出し受け（〔建〕托座、牆上突出來的燈架）

壁の張り出しランプ（壁燈）

張り出し縁側（陽台）

張り出し横綱（副榜橫綱、相撲選手排行榜外的橫綱）

貼り出し，貼出し、張り出し，張出し〔名〕布告、廣告

掲示板の張り出しを読む（看布告板上的告示）

絵が張り出しに為る（優秀學生的圖畫被展出）

貼り札，貼札、張り札，張札〔名〕招貼、廣告、告示、標籤

貸間の貼り札を出す（貼出出租房間的廣告）

面会謝絶の貼り札を為る（貼出謝絕會客的條子）

無用の者入る可からずと言う貼り札が有る（貼著閒人免進的條子）

其の瓶には毒薬と貼り札が為て有る（那個瓶子上貼著毒藥字樣的標籤）

貼り札無用（禁止張貼）

貼り雑ぜ、張り混ぜ〔名〕將各種書畫圖片等裱糊在一起

貼り雑ぜの屏風（裱糊著各種書畫的屏風）

鉄（鐵）（ㄊㄧㄝˇ）

鉄〔名〕鐵（=鉄）、堅硬如鐵的事物、鐵青色，帶紅鐵色（=鉄色）

〔漢造〕鐵、武器、堅硬似鐵的事物、鐵路

鉄を製錬する（煉鐵）

精錬した鉄（熟鐵）

鉄のカーテン（鐵幕-指史大林統治下的蘇聯和東歐人民）

鉄の様な意志力（鋼鐵般的意志）

鉄の様な厳格な紀律（鐵的嚴格紀律）

鉄の意志を曲げない（鋼鐵意志不可曲）

鉄は熱い内に打つ（打鐵趁熱）
砂鉄、砂鉄（鐵礦砂）
製鉄（煉鐵）
精鉄（精煉的鐵、優質鐵）
磁鉄（磁鐵）
寸鉄（小武器、精闢扼要的話）
金城鉄壁（銅牆鐵壁、堅固的據點）
国鉄（國有鐵路）
私鉄（私營鐵路）
電鉄（電力鐵路＝電気鉄道）
地下鉄（地下鐵）
鋼鉄（鋼鐵＝鉄鋼）

鉄啞鈴〔名〕鐵製啞鈴
　鉄啞鈴を使う（做鐵製啞鈴操）

鉄案〔名〕鐵案、不可動搖的斷定
　鉄案を下す（下最後的判斷）

鉄色〔名〕鐵色、鐵青色、帶紅鐵色

鉄隕石〔名〕鐵隕石

鉄雲母〔名〕〔礦〕鐵黑雲母

鉄御納戸〔名〕鐵灰色、帶鐵綠色

鉄兜〔名〕鋼盔
　鉄兜を被った兵士（戴鋼盔的士兵）

鉄橄欖石〔名〕〔礦〕鐵橄欖石

鉄屑〔名〕廢鐵（＝スクラップ）

鉄格子〔名〕（門窗等的）鐵格柵

鉄材〔名〕鐵材、鋼材
　架橋用の鉄材を運ぶ（運送架橋用的鋼材）

鉄剤〔名〕〔藥〕鐵劑
　貧血症の人は鉄剤を呑むと良い（患貧血症的人吃鐵劑好）

鉄細菌〔名〕〔生〕鐵細菌

鉄錆〔名〕鐵銹
　鉄錆色（鐵銹色）

鉄山〔名〕鐵礦山
　日本には鉄山は少ない（日本鐵礦山少）

鉄十字〔名〕鐵十字
　鉄十字勲章（鐵十字勳章）

鉄重石〔名〕〔礦〕鐵重石

鉄症〔名〕〔醫〕鐵末沉著病

鉄条〔名〕粗鐵絲、鐵蒺藜
　鉄条網（鐵絲網）
　鉄条を張る（拉上鐵蒺藜）
　電気鉄条（電網）
　鉄条を巡らした建物（圍繞鐵絲網的建築）
　巡らす廻らす
　鉄条を破って行く（衝破鐵絲網前進）

鉄人〔名〕鐵人、非常健康的人

鉄族元素〔名〕〔化〕鐵族元素

鉄道〔名〕鐵道、鐵路
　高架鉄道（高架鐵路）
　地下鉄道（地下鐵路）
　鉄道を敷設する（鋪鐵路）
　鉄道を敷く（鋪鐵路）
　鉄道が通ずる（通火車）
　鉄道の通じていない村（不通火車的村莊）
　鉄道の無い地方（沒有火車的地方）
　鉄道で旅行する（坐火車旅行）
　鉄道営業法（鐵路營業法）
　鉄道運賃（鐵路運費）
　鉄道局（鐵路局）
　鉄道従業員（鐵路員工）
　鉄道線路（鐵路線）
　鉄道郵便（鐵路郵件）
　鉄道旅行（鐵路旅行）
　鉄道大臣（〔就〕鐵道部長）
　鉄道網（鐵路網）
　鉄道自殺（臥軌自殺）
　鉄道往生（臥軌自殺＝鉄道自殺）

鉄道便（鐵路貨運、火車托運）

鉄道馬車（明治時代雙馬拉的有軌公共馬車）

鉄道省（〔就〕鐵道部-現改為運輸省）

鉄道株（鐵路股票）

鉄道旅客（鐵路旅客）

鉄道連絡（鐵路聯運）

鉄道貨物（鐵路貨物、鐵路貨運）

鉄道敷設（鋪設鐵路）

鉄の肺〔名〕〔醫〕鐵肺

鉄白雲石〔名〕〔礦〕鐵白雲石

鉄礬土〔名〕礬土、鋁土礦（=ボーキサイト）

鉄菱〔名〕〔軍〕三角釘、擋路鈎

鉄瓶〔名〕鐵壺

鉄瓶に湯がちんちんと沸いている（鐵壺裡水開得嘩嘩響）

火鉢に鉄瓶を掛ける（把鐵壺放在火盆上）

鉄縁〔名〕鐵框、鐵邊

鉄縁の眼鏡（鐵框眼鏡）眼鏡

鉄分〔名〕鐵分，鐵質、（新鍋的）鐵銹（=金気）

此の温泉は鉄分を多く含んでいる（這個温泉水含有很多鐵質）

鉄分の出る鉄瓶（有鐵銹的鐵壺）

鉄棒〔名〕鐵棒，鐵棍，鐵條。〔體〕單槓（=鉄棒、金棒）

鉄棒で殴る（用鐵棍打）

鉄棒を為る（練單槓）

鉄棒競技（單槓比賽）

鉄棒にぶら下がる（在單槓上懸垂）

鉄棒で逆上がりを為る（在單槓上翻轉）

鉄棒、金棒〔名〕鐵棒，鐵棍、（頂端有鐵環的）巡更用鐵杖、（體操用）單槓

鬼に鉄棒（如虎添翼、錦上添花）

君が一緒に行って呉れるなら鬼に鉄棒だ（如果你也能一起去那我就甚麼也不怕了）

鉄棒を引く（到處散播謠言、在鄉里中搬弄是非）

鉄棒引き（巡更者、在鄉里中散布謠言者）

彼は鉄棒引きだ（他是個好在鄉居理搬弄是非的人）

鉄無地〔名〕青色素地（的紡織品）

鉄無地の羽織（青色素地的和服外掛）

鉄Mangan重石〔名〕〔礦〕鎢錳鐵礦

鉄面皮〔名、形動〕厚臉皮、厚顔無恥

鉄面皮で押し通す（厚著臉皮挺過去）

平気で嘘を付くとは鉄面皮な奴だ（張著眼睛說瞎話真是個無恥的傢伙）

方方借り倒して済ましている何て鉄面皮な男だ（到處借錢不還若無其事真是個厚顔無恥的人）

鉄輪〔名〕鐵輪，鐵環、火車，火車輪

鉄路〔名〕鐵路（=鉄道）、鐵路線（=鉄道線路）

鉄路の露と消える（被火車壓死）

鉄腕〔名〕鐵腕（〔喻〕腕力強大無比）

鉄腕投手（〔棒球〕鐵腕投手、著名投手）

鉄火〔名、形動〕燒紅的鐵、〔史〕鐵火烤問（日本古戰國的刑訊法）、刀劍，槍砲，砲火、賭博（=鉄火打、博打）。〔烹〕用生金槍魚做的菜飯（=鉄火丼、鉄火巻き）、潑辣，凶悍（=鉄火肌）

鉄火の巷（戰場）

鉄火を潜る（出入於槍林彈雨之中）

鉄火打ち（賭徒=博徒）

鉄火丼（〔烹〕生金槍魚蓋飯）

鉄火肌（潑辣，凶悍、豪邁，男子氣概）

鉄火味噌（〔烹〕〔用牛蒡絲、豆子、辣椒等加香油炒的〕辣醬）

鉄火巻き（〔烹〕生金槍魚片紫菜壽司捲）

鉄火場（賭場=博打場）

鉄火場で命を掛けての勝負の最中である（正在賭場上拼命賭輸贏）

鉄火な（の）女（潑辣的女人、悍婦）

鉄環〔名〕鐵環、鐵圈

鉄管〔名〕鐵管
　鉄管を埋める（埋管道）
　鉄管を入れる（埋管道）
　水道の鉄管が寒さで破裂した（自來水管凍裂了）
　鉄管ビール（鐵管啤酒－自來水的打趣說法）

鉄幹〔名〕老梅樹的樹幹

鉄軌〔名〕鐵軌

鉄器〔名〕鐵器
　上古の鉄器が発掘される（發掘出上古的鐵器）
　琺瑯鉄器（琺瑯器皿）
　鉄器商（五金行）

鉄騎〔名〕身穿鎧甲的騎兵、英勇的騎兵
　鉄騎百万（百萬鐵騎）

鉄脚〔名〕（怎麼走也不累的）鐵腳，鐵腿，腳力好、鐵腳（橋墩等）
　鉄脚を誇る選手（以鐵腳自豪的選手）

鉄灸、鉄炙〔名〕（烤肉等用的）烤架

鉄橋〔名〕鐵橋、鐵路橋
　鉄橋を架ける（架設鐵橋）
　鉄橋を通る（通過鐵橋）
　汽車が汽笛を鳴らして鉄橋を渡る（火車鳴笛過鐵橋）

鉄筋〔名〕鐵筋，鋼筋、鋼筋水泥，鋼筋混擬土（=鉄筋コンクリト）
　太い鉄筋を入れる（加入粗鋼筋）
　鉄筋コンクリト（鋼筋水泥、鋼筋混擬土）

鉄琴〔名〕〔樂〕鐵琴、鐘琴（打擊樂器的一種類似木琴）

鉄血〔名〕鐵和血、武器和士兵、〔喻〕武力，軍備
　鉄血宰相ビスマルク（鐵血宰相俾斯麥）

鉄拳〔名〕鐵拳
　鉄拳を食わす（飽以鐵拳）
　鉄拳を振り回す（掄起鐵拳）
　鉄拳制裁を加える（用鐵拳加以制裁、加以武力制裁）

鉄工〔名〕鐵工、鐵匠
　鉄工所（鐵工廠）

鉄甲〔名〕鐵甲、鐵製的盔甲

鉄坑〔名〕鐵礦山、鐵礦井

鉄鉱〔名〕〔礦〕鐵礦
　鉄鉱石（鐵礦石）
　鉄鉱石には磁鉄鉱、赤鉄鉱、褐鉄鉱等である（鐵礦中有磁鐵礦赤鐵礦褐鐵礦等）
　鉄鉱泉（含鐵礦泉）

鉄鋼〔名〕鋼鐵（=鋼鉄）
　鉄鋼業（鋼鐵業）
　鉄鋼製品（鋼鐵製品）
　鉄鋼労連（日本鋼鐵工會聯合會）

鉄骨〔名〕鐵骨、鋼骨、鋼鐵架構
　鉄骨で組み立てる（用鋼骨架成）
　今度の建物は凄く頑丈な鉄骨だ（新建築是非常堅固的鋼骨架構）
　鉄骨構造（鋼骨結構）

鉄鎖〔名〕鐵鎖、枷鎖
　鉄鎖で繋ぐ（用鐵鏈繫住）
　奴隷は鉄鎖に繋がれて働かされた（奴隸戴著鐵鏈被強迫勞動）

鉄柵〔名〕鐵柵欄
　周りに鉄柵が巡らして有る（四周圍著鐵柵欄）
　動物園の檻の前に鉄柵が巡らして有る（動物園的鐵籠前圍繞著鐵柵欄）

鉄索〔名〕鐵索，鐵繩、索車，纜車（=ケーブル）
　鉄索を両岸に渡して吊り橋を架ける（用鐵索跨越兩岸架吊橋）

鉄札〔名〕鐵牌。〔佛〕（記下壞人名字和罪惡送入地獄的）鐵牌←→金札

鉄傘〔名〕（體育場等的）鐵架圓屋頂

国技館の大鉄傘の下で熱戦を繰り広げる（在國技館的鐵架傘形屋頂下展開熱烈的比賽）

鉄酸塩〔名〕〔化〕高鐵酸鹽

鉄質〔名〕鐵質

鉄質土（鐵質土）

鉄舟〔名〕鐵船、（架設浮橋用的）平底船

鉄舟橋（浮橋）

鉄床、鉄床，金床，鉄砧〔名〕鐵砧（＝鉄敷、金敷）

鉄漿、鉄漿，御歯黒，鉄漿〔名〕（古時已婚的婦女用鐵漿）染黑牙齒、（染牙齒用的）鐵漿（用鐵片泡在醋或茶裡製成）

鉄漿を付ける（塗鐵漿染齒－日本古代婦女習俗）

鉄心〔名〕鋼鐵意志。〔理〕鐵芯（＝鉄芯）

鉄心石腸（鐵石心腸）

鉄心コイル（鐵芯線圈）

鉄製〔名〕鐵製、鐵造

鉄製の鍋（鐵鍋）

鉄製のベット（鐵床）

鉄製の器具（鐵器）

鉄製の車体（鐵製車身）

鉄石〔名〕鐵（和）石。〔喻〕剛毅，堅定

鉄石の心（鋼鐵般的意志）

鉄石心腸（鐵石心腸）

鉄泉〔名〕〔地〕含鐵礦泉

別府温泉は鉄泉だ（別府溫泉是含鐵礦泉）

鉄扇〔名〕（古代武士用的）鐵骨扇子

鉄扇で敵を倒す（用鐵扇打倒敵人）

鉄船〔名〕鐵船、裝甲艦

鉄銭〔名〕（江戶時代用鐵鑄造的）鐵錢

鉄線〔名〕鐵絲。〔植〕鐵線蓮

鉄線を張り渡す（拉上鐵絲）

有刺鉄線（鐵蒺藜）

鉄線蓮（鐵線蓮）

鉄窓〔名〕鐵窗、監獄、監牢

無実の罪で鉄窓に繋がれる（以莫須有的罪名被關進監獄）

鉄窓に呻吟する（呻吟於監牢中）

鉄則〔名〕鐵的法則

鉄則を作る（制定鐵的紀律）

賃銀鉄則（〔經〕工資鐵則）

民主主義の鉄則（民主主義的鐵則）

鉄損〔名〕〔電〕鐵損、鐵耗

鉄柱〔名〕鐵柱、鐵架

高圧線の鉄柱（高壓線的鐵架）

鉄腸〔名〕鋼鐵意志（＝鉄心）

鉄槌〔名〕大鐵鎚。〔體〕鏈球（＝ハンマー）。〔喻〕堅決措施，嚴厲禁止（處罰、打擊）

鉄槌を揮う（揮鐵槌）

町の不良を鉄槌を下す（對街道上的流氓嚴加取締）

当局は俗悪映画に鉄槌を下した（當局對有傷風化的影片採取的堅決的措施）

鉄蹄〔名〕鐵蹄、馬掌

鉄蹄で蹂躙する（以鐵蹄來蹂躪）

鉄刀〔名〕鐵刀

鉄刀木、鉄刀木〔名〕〔植〕（產於馬來西亞一帶的）鐵刀木、青龍木、黑黃檀

鉄湯〔名〕鐵水、鋼水

鉄桶〔名〕鐵桶

鉄桶の堅陣（鐵桶般的堅固陣地）

鉄桶の陣を張るS高校のナイン（布置了像鐵桶一般的陣式的S高中的棒球隊）

鉄塔〔名〕鐵塔、（架電線用的）塔狀電線桿

遥かにテレビ放送用の高い鉄塔が見える（遠處可以看見電視廣播的高高的鐵塔）

鉄鉢、鉄鉢〔名〕〔佛〕（化緣用的）鐵鉢

家家で鉄鉢に米を入れて貰う（每家化緣請求把米放進鐵鉢裡）

鉄板、鉄鈑、鉄板〔名〕鐵板

ドラム缶は鉄板で作る（汽油桶用鐵板做）

軍艦の外側は厚い鉄板で覆われている（軍艦的外側是用厚鐵板包起來的）
　鉄板焼（鐵板燒）

鉄扉〔名〕鐵門

鉄筆〔名〕（雕刻用）小刀、（寫複寫紙或蠟紙的）鐵筆
　此の鉄筆は原紙が良く切れる（這隻鐵筆刻蠟紙很好寫）

鉄粉〔名〕鐵粉、鐵粉末

鉄壁〔名〕鐵壁
　金城鉄壁（銅牆鐵壁）
　鉄壁の守備を敷く（戒備森嚴、嚴加戒備）

鉄片〔名〕鐵片
　鉄片を買い集める（收買碎鐵片）
　薄い鉄片（薄鐵片）

鉄砲、鉄炮〔名〕〔舊〕槍，步槍、（划狐拳的三種姿勢之一）拳頭。〔相撲〕雙手猛撲對方的胸部河豚的別（=河豚）。〔烹〕紫菜飯卷、（日式澡盆的）燒水鐵管、劇場中最容易看（出入方便的）席位、吹牛皮，說大話（=法螺）
　鉄砲を担ぐ（扛槍）
　鉄砲を撃つ（放槍）
　鉄砲で人を撃ち殺す（用槍打死人）
　鉄砲を向ける（舉槍瞄準）
　鉄砲を出す（出拳頭）
　熊が鉄砲で死ぬと言うのはとんだ落とし話だ（所謂熊因吃河豚而死真是個大笑話）
　壊れた風呂の鉄砲を修理する（修理澡盆的鐵管）
　鉄砲の方迄温くなった（連鐵管也不熱了）
　彼の人の話は何時も鉄砲だ（他的話總是吹牛皮）
　鉄砲水（奔流的洪水）
　鉄砲打ち（放槍〔的人〕）
　鉄砲汁（〔烹〕河豚湯）
　鉄砲玉（槍彈、糖球、〔俗〕一去不復返）
　鉄砲虫（〔動〕天牛幼蟲）
　鉄砲百合（〔植〕麝香百合）
　鉄砲魚（〔動〕射水魚）
　鉄砲風呂（帶燒水鐵管的澡盆）
　鉄砲腹（用槍射擊自己的腹部自殺）

鉄沓〔名〕（馬的）蹄鐵（=蹄鉄）

鉄敷、金敷〔名〕鐵砧（=鉄床、鉄床，金床，鉄砧）

鉄渋、金渋〔名〕（水面上的）鐵銹
　鉄渋の有る水（有鐵銹的水）

鉄梃〔名〕（鐵製）撬杠

鉄砧，鉄床，金床、鉄床〔名〕鐵砧（=鉄敷、金敷）

鉄〔名〕鐵（=鉄、真金）

挑（ㄊㄧㄠ）

挑〔漢造〕撥動為挑、挑撥、挑戰、挑釁

挑戦〔名、自サ〕挑戰
　無言の挑戦（無言的挑戰）
　挑戦を受ける（受到挑戰）
　挑戦に応ずる（應戰）
　世界記録に挑戦する（向世界紀錄挑戰）
　挑戦的態度に出る（採取挑戰的態度）
　彼の語気には何時に無い挑戦的な所が有った（他的語氣裡有異常的挑戰味道）
　挑戦者の資格を獲得する（取得挑戰者的資格）
　挑戦状（挑戰書）

挑灯、提灯〔名〕提燈，燈籠。〔俗〕（鼻子流出的）鼻涕泡
　提灯を点ける（點燈籠）
　提灯に火を点す（點燈籠）
　提灯で足元を照らす（用燈籠照腳底下）
　提灯を提げる（提燈籠）
　岐阜提灯（岐阜產的橢圓形燈籠）
　鼻から提灯を出す（噴出鼻涕泡）
　提灯競走（提燈競走）
　提灯行列（提燈遊行隊伍）

提灯で餅を搗く（不能得心應手）
提灯に釣鐘（彼此不相稱、分量相差懸殊）
彼の二人は提灯に釣鐘だ
提灯を持つ（替別人抬轎、吹捧）
自分で自分の提灯を持つ（自吹自擂）

提灯持ち、提灯持〔名〕打燈籠（的人）、替旁人吹捧（的人）
提灯持ちを為る（給人抬轎子、捧場、吹噓）
彼奴は社長の提灯持ちだ（那傢伙淨拍總經理的馬屁）

提灯屋〔名〕燈籠舖，做燈籠的人、（寫毛筆字時）描字的人

挑発、挑撥〔名、他サ〕挑撥、挑起、挑逗
戦争を挑発する（挑起戰爭）
挑発的態度を取る（採取挑釁態度）
どんなに挑発されても（即使怎麼挑逗也）
挑発に乗るな（別上了他人挑撥的當）

挑発的〔形動〕挑釁性的、挑逗性的
挑発的な態度を取る（採取挑釁態度）
挑発的な小説（色情小說）
挑発的な服装（挑逗色情的衣服）
挑発的言辞を弄する（玩弄挑逗色情的言詞）

挑む〔自、他五〕挑戰，挑釁、征服、打破、挑逗，調情
戦いを挑む（挑戰）
決戦を挑む（要求決戰）
強敵に挑む（向強敵挑戰）
喧嘩を挑む（找碴打架）
ヒマラヤ山脈に挑む（一心要征服喜馬拉雅山脈）
世界記録に挑む（誓破世界紀錄）
女に挑む（挑逗女人、向女人調情）

挑み、挑〔名〕挑戰、競爭
挑み合い（互相競爭、買賣雙方互相堅持不讓）

挑み顔（爭執不讓的面孔）
挑み事（爭勝負、比賽）
挑み業（爭勝負、比賽）

挑み合う〔自五〕互相挑戰、互相競爭

条（條）（ㄊㄧㄠˊ）

条（條）〔名〕條、項、款。
〔接助〕（用於候文、也作形式名詞）由於，所以、（表示逆接）雖然。
〔接尾〕（助數詞用法）（計算細長物用語）條，行，條，項
〔漢造〕條、條款、（市區的區劃）條
条を追って討議する（逐條討論）
此の条の規定に依り（根據這條規定）
御通知仕候条（特此通知故請…）
冬とは言い条（雖說是冬天）
涙数条（眼淚數行）
一条小溝（一條小渠）
第一条（第一條）
一条（一條、一道、一件事）
数条（數行）
箇条、個条（條款，項目、項，條）
逐条（逐條、竹像）
科条（法律〔條目〕、罪狀）
金科玉条（金科玉律）
九条（九條）

条下〔名〕（該）條下、（見）該條
既に第一の条下に於いて詳細に記したり（已經在第一條下詳細記載）

条款〔名〕條款
最恵国条款（最惠國條款）

条規〔名〕條文的規定
憲法の条規に拠り（按照憲法的條文規定）
条規を曲げる（歪曲條文的規定）

条規に従う（服從條文的規定）
条規に照らして罰する（按照規定處罰）

条件〔名〕條件、條文，條款
 付帯条件（付帶條件）
 条件を出す（提出條件）
 条件を付ける（付加條件）
 条件を変更する（改變條件）
 条件を満たす（滿足條件）
 条件が難しい（條件苛刻）
 条件に依っては承諾する（條件合適就答應）
 君が手伝うと言う条件の下に引き受けよう（在你協助的條件下我來承擔吧！）
 和解条件（和解條款）
 契約の条件（契約的條款）
 条件反射（〔生理〕條件反射）
 条件文（〔語法〕條件句）
 条件付ける（作為〔某事物成立的〕必需條件）
 条件付き（帶條件）
 条件付分岐（〔計〕條件轉移）
 条件付き不等式（〔數〕條件不等式）
 条件収束（〔數〕條件收斂）
 条件法（〔語法〕條件法、條件語氣）
 条件的好気性（〔生〕兼性需氣〔菌〕）
 条件的嫌気性（〔生〕兼性厭氣〔菌〕）
 条件節（〔語法〕條件從句）
 条件闘争（〔滿足某一條件便可讓步的條件〕鬥爭）

条項〔名〕條目、條款、項目
 不必要な条項を削る（刪去不必要的條款）
 契約の条項に規定する（規定在合約的條款裡）
 遺言状の条項を実行する（執行遺囑的各項）

条痕〔名〕條痕
 条痕の付いた（帶條痕的）
 条痕板（條痕板）

条章〔名〕條目、條款
 憲法の条章に何等抵触する物ではない（這是毫不違反憲法條款的）
 法規の条章を改める（修改法規的條款）

条条〔名、副〕條條、每條
 右の条条に違背しない（不違背以上的任何一條）
 疑問の条条（有問題的各條）
 条条審議する（逐條審議）

条線〔名〕〔化〕輝紋

条虫、絛虫〔名〕〔動〕條蟲（＝絛蟲、真田蟲）
 絛虫駆除薬（驅條蟲藥）
 絛虫類（條蟲類）

絛虫、真田虫〔名〕〔動〕條蟲（＝絛蟲、条虫）
 腸に絛虫が寄生する（條蟲寄生在腸裡）
 絛虫駆除薬（殺條蟲藥）

条鉄〔名〕條形鐵

条播〔名、他サ〕〔農〕條播（＝条蒔き、筋蒔き）

条蒔き、筋蒔き〔名〕〔農〕條播（＝条播）

条幅〔名〕（書畫的）條幅

条文〔名〕條文
 憲法の条文を引用する（引用憲法的條文）
 条文を設ける（規定條文）設ける 儲ける も 受ける
 条文に在る通り（如條文所規定）
 法律の条文に違反は為ない（不違反法律的條文）
 条文に明記する（載入條文）
 条文の解釈で意見が対立する（在條文的解釋上意見對立）

条目〔名〕項目、條款（＝条項）
 条目毎に審議する（逐條審議）

条約〔名〕〔法〕條約

通商条約（通商條約）
現行国際条約（現行國際條約）
条約の改訂（條約的修訂）
条約の発効（條約的生效）
条約を結ぶ（簽訂條約）
条約を締結する（簽定條約）
条約を交換する（交換條約）
条約を廃棄する（廢除條約）
条約を批准する（批准條約）
条約に調印する（在條約上簽字）
条約国（締約國）

条理〔名〕〔古〕條里（城市或土地的區劃）
条理制（〔史〕條里制-大化改新時的土地區劃制）

条理〔名〕條理、道理
条理の有る話（有條理的話、有道理的話）
条理の立った話（有條理的話、有道理的話）
条理に叶う（合乎道理）叶う適う敵う
彼の言う事には条理が無い（他說的毫無道理）
条理が立たない言い分（站不住腳的說法）

条令〔名〕條令

条例〔名〕條例、法規
新聞条例（新聞出版條例）
条例を発布する（頒布條例）
都の公安条例（東京都的公安條例）
会社側は条例に無視している（公司方面無視了條例）
条例違反（違反條例）

条、件〔名〕（文章的）一段、一節、一部分
彼の条が物語のクライマックスだ（那一段是故事的高潮）条 行
此の条が分らない（這一節我不懂）分る解る判る

条の如し（如前文所述）

行〔名〕（文章等的）豎行、縱線
三行半、三下り半（〔古〕休書、離婚書、休妻的文書-因一般只寫三行半、故名）行 件 条
三行半を書く（寫休書）書く掻く描く斯く欠く

下り、降り〔名〕下，降、從首都（特指東京）到地方去←→上り、下坂（=下り坂）、下行列車（=下り列車）、瀉肚（=下り腹）
其処で道は下りに為る（路在那裡變成下坡）
此処から下りだ（從這裡開始是下坡）
上りは辛いが下りは楽だ（上坡費勁下坡容易）
此の汽車は下りだ（這列車是到地方去的）
週末には下りの列車が混雑する（周末開往地方的列車壅擠）

蜩（ㄊㄧㄠˊ）

蜩〔漢造〕蟬的一種
蜩（かなかな）〔名〕〔動〕（蟬的一種）茅蜩（=蜩）
蜩、茅蜩、茅蟬（ひぐらし）〔名〕〔動〕茅蜩（=蜩）

眺（ㄊㄧㄠˋ）

眺〔漢造〕張目遠望為眺
眺望〔名、他サ〕眺望，瞭望（=見晴らし）、（眺望的）風景，景致
眺望が良い（適於眺望、風景美麗）
眺望の良いホテル（適於眺望的旅館）
木立が眺望を妨げる（樹木妨礙眺望）
眺望の利く高台の家（能夠眺望的居高臨下的住宅）
眺望絶佳の地（風景絕佳之地）
窓からの眺望は非常に良い（從窗外望去的景致非常好）

眺める〔他下一〕眺望，遠眺（=見渡す）、凝視，注視。〔商〕觀望

月を眺める（眺望月亮）長める
夏の夜空を眺める（眺望夏季的夜空）
山に登って下を眺める（登山向下眺望）
海が眺められる家（能夠遠望大海的房子）
美しい景色を眺め乍歩く（一面望著美麗的風景一面走）
海岸から沖を行く船を眺める（從海岸眺望海上航行的船隻）
世界を眺め回す（環顧全球）
じっと眺める（定睛凝視）
ぼんやり眺める（呆呆地盯著看）
母の写真を眺める（凝視母親的相片）
展覧会で絵を眺めて半日を過した（在展覽會上觀賞畫展度過半天）

眺め〔名〕眺望、瞭望、（眺望的）風景、景致、凝視，注視
建物の為此方の窓の眺めが利かない（因為房屋擋著這邊的窗戶不能遠望）
春の眺め（春天的景致、春光）
何と素晴らしい北国の眺め（好一派北國風光）
此の家は眺めが良い（這所房子可以眺望遠景）
此の部屋は海の眺めが良い（這個房間可以眺望海上風光）

跳（ㄊ一ㄠˋ）

跳〔漢造〕跳
跳舞（跳舞）
跳開橋〔名〕吊開橋、開合橋
跳弾〔名〕〔軍〕跳彈
跳弾射撃（跳彈射擊）
跳馬〔名〕〔體〕跳木馬、木馬
跳躍〔名、自サ〕跳躍。〔體〕跳躍，跳高，跳遠
飛魚が見事に跳躍する（飛魚跳得很漂亮）
跳躍競技（跳躍比賽）
跳躍選手（跳躍選手）
跳躍種目（跳躍項目）
跳躍板（跳躍板）
跳躍器（〔動〕彈器）

跳ね躍る〔自五〕跳躍、歡躍、（馬）騰躍
跳梁〔名、自サ〕（任意）馳騁，奔跑、跳梁，猖獗，橫行
山野を跳梁する鹿（在山野到處奔跑的鹿）
匪賊が跳梁している（土匪猖獗）

飛ぶ〔自五〕飛翔、飛行、飛跑、飛揚、飛過、飛濺、飛散、飄飛
鳥が飛ぶ（鳥飛）溝溝
飛行機が飛ぶ（飛機飛翔）
空路香港へ飛ぶ（乘飛機飛往香港）
彼は今朝飛行機でLondonへ飛んだ（他今晨乘飛機飛往倫敦）
ballが高く飛ぶ（球高高飛起）
埃が飛ぶ（塵土飛揚）
大風で家の瓦が飛んで終った（屋瓦被大風吹跑了）大風大風
風が強いので、窓を開けると紙が飛ぶ（因為風大一開窗就會把紙吹掉）
帽子が飛んだ（帽子吹跑了）
飛ぶ様に走る（飛跑）
知らせを聞いて病院へ飛んで行った（接到通知飛跑到了醫院）知らせ報せ
遅刻し然うなので学校へ飛んで行った（因為要遲到飛跑到學校）
暗く為って来たから、飛んで帰ろう（天黑了趕快回去吧！）
急報を受けて飛んで来た（接到緊急通知就火速跑來了）
五pageから八pageへ飛ぶ（從第五頁跳到第八頁）
此の辺は番地が飛んでいる（這一帶門牌不挨著）

二階級も飛んで少佐に為った（跳了兩級升為少校）

犯人は北海道へ飛んだらしい（犯人似乎逃到北海道去了）

デマが飛ぶ（謠言傳開）

噂が四方に飛ぶ（傳聞傳到各處）

指令が各支部に飛ぶ（指令傳到各支部）

彼の思いは遠い祖国へ飛んだ（他的心飛向遙遠的祖國）

しゃぶしゃぶ水を飛ばして進む（嘩啦嘩啦地濺著水往前走）

泥水が飛ぶ（泥水四濺）

インクが飛んで洋服を汚して終った（墨水飛濺把西裝弄髒了）

木の葉が風に吹かれて飛んだ（樹葉被風颳得飄落）

雲が風に吹かれて飛んだ（雲彩被風吹散）

八月に入ると木犀の香りが飛ぶ（一進八月桂花飄香）

石と鉄がぶつかると火花がに吹かれて飛んだ（石頭和鐵碰撞就迸出火花）

小遣い銭がすっかり飛んで終った（零錢花得乾乾淨淨）

今迄の苦労も一度に飛んで終った（以往付出的辛勞一下子化為烏有）

話はとんでもない処に飛んだ（話說得離題太遠了）

首が飛ぶ（被斬首、被撤職、被解雇）

飛ぶ鳥も落とす勢い（權勢不可一世）

飛ぶ様に売れる（暢銷、賣得飛快）

飛んで火に入る夏の虫（飛蛾撲火、自投羅網）

跳ぶ、飛ぶ〔自五〕跳、跳起、跳過

天井に手が届く迄跳ぶ（跳到手能夠得著頂篷）

蚤が跳んだ（跳蚤跳跑了）

ヒューズが跳んだ（保險絲斷了）

春の大地を跳ぶ若人の溌剌たる姿（活躍在春天大地上的青年人朝氣蓬勃的姿態）

蛙がぴょんぴょんと跳んでいる（青蛙砰砰地跳著）

跳箱を跳ぶ（跳過跳箱）

猫が塀から屋根へ跳んで逃げた（貓從牆跳上屋頂跑了）

階段を跳んで下りる（跳著下樓梯）

彼は走り高跳で二メートル跳んで優勝した（在跳高比賽中他跳過兩米得到第一名）

此の溝が跳べるか（你能跳過這條溝嗎？）

石から石へ跳んで歩く（從一塊石頭跳到另一塊石頭上跳著走）

跳び兎、跳兎〔名〕〔動〕（南非沙漠中的）跳兔

跳び下りる，跳下りる、跳び降りる，跳降りる、飛び下りる，飛下りる，飛び降りる，飛降りる〔自上一〕（從高處或行駛中車輛）跳下

二階から飛び下りて足を折った（由二樓跳下來把腿摔斷了）

電車から飛び下りる（從電車上跳下來）

跳び下り，跳下り、飛び下り，飛下り〔名〕跳下

飛び下りは危険だ（跳下去危險）

ビルから飛び下り自殺を為る（跳樓自殺）

跳び越す，跳越す、飛び越す，飛越す〔他五〕跳過、越過，超越，越級晉升

小川を飛び越す（跳過小河）

ハードルを飛び越す（跳欄）

易易と六フィート飛び越す（不費力地跳過六英尺）安安

級を飛び越して昇進する（越級晉升）

彼は私を飛び越して上に為った（他的級別超過我了）上上上上

跳び越える，跳越える、飛び越える，飛越える〔他下一〕跳過、飛過、越過、超過

塀を飛び越える（跳過牆去）

飛行機で太平洋を飛び越える（坐飛機飛過太平洋）

先輩を飛び越えて昇進する（超越前輩晉級）

跳手〔名〕跳躍者

跳鼠〔名〕〔動〕（亞洲、北非沙漠中的）跳鼠

跳び箱，跳箱、飛び箱，飛箱〔名〕〔體〕跳箱

　跳箱を跳ぶ（跳跳箱）

　跳箱が得意です（擅長跳跳箱）

跳鯊〔名〕〔動〕飛鯊、泥猴、彈塗魚

跳び虫跳虫〔名〕〔動〕跳蟲、水虱

跳ねる〔自下一〕跳，跳躍，濺，飛濺，散戲，散場，爆，裂開，崩開。〔商〕（行情）飛漲

　馬が跳ねる（馬騰躍）跳ねる撥ねる

　魚が水面に跳ねる（魚躍出水面）

　蛙が良く跳ねる（青蛙善跳）

　ボールが一メートル程跳ねた（球蹦了約一米高）

　ズボンに泥が跳ねる（泥濺到褲子上）

　油が外に跳ねる（油往外濺）

　水道の水が跳ねる（自來水飛濺）

　九時に芝居が跳ねる（九點散戲）

　劇場が跳ねた後の混雑（劇場散戲後的混亂）

　炭が跳ねる（炭爆）

　栗が跳ねる（栗子裂開）

　桶の箍が跳ねる（桶箍崩開）

撥ねる〔他下一〕彈、（物體一端或兩端）翹起，（漢字筆畫的）鉤、淘汰、拋掉、飛濺、彈射、提成。〔語〕發撥音（用〝ん〞表示的音）

　爪の先で小虫を撥ねる（用指尖彈小蟲）跳ねる刎ねる

　びんと撥ねた口髭（兩頭往上翹的八字鬍）

　汗の縦棒を撥ねては行けない（汗字的一豎不能鉤上去）

　撥ねる処と、止める処をはっきり区別する（挑筆的地方和頓筆的地方要區分清楚）

　筆記試験で撥ねる（筆試時沒有錄取）

　二十人許り撥ねられた（二十來個人被淘汰了）

　粗悪品を撥ねる（把不合格品淘汰掉）

　船の荷を撥ねる（把船上的貨物拋入海中）

　小数点以下を撥ねる（將小數點以下捨掉）

　自動車に撥ねられる（被汽車撞倒）

　泥を撥ねて歩く（濺著泥水走路）

　頭を撥ねる（提成、揩油、抽取佣金）

　上前を撥ねる（提成、揩油、抽取佣金）

　撥ねる音（撥音）

跳ね〔名〕濺，濺起、飛濺的泥水，濺起的泥水、（用假名書寫）散戲，散場

　ズボンに泥の跳ねが掛かる（褲子濺上了泥水）

　彼の自動車が私に跳ねを掛けた（那輛汽車濺了我一身泥水）

　体中に水の跳ねが掛かった（濺了我一身水）

　跳ねは十一時（十一點散場）

　芝居の跳ね時は混雑する（散場時壅擠不勘）

　跳ね太鼓（散場鼓）

撥ね、撥〔名〕提成，抽頭、（漢字筆畫）往上挑的部分，撇，鉤（如〝捺〞和〝鉤〞等）

　びん撥ね（抽頭、揩油）跳ね

　会計係が会費のびん撥ねを遣った（會計揩了會費的油）

　撥ねを一つ書く（寫一撇）

　此の撥ねは拙い（這一撇寫得不好）

跳ね上がる〔自五〕跳，跳起來、（泥水等）飛濺、（物價等）暴漲，猛漲。〔轉〕（不服從領導）輕舉妄動，行動過激

　跳ね上がって喜ぶ（高興得跳起來）喜ぶ歓ぶ悦ぶ慶ぶ

　馬が驚いて跳ね上がる（馬驚得跳起來）

　鬚の先がびんと跳ね上がった（鬍子往上翹）

川では魚が勢い良く跳ね上がっている（河裡的魚活蹦亂跳）

ズボンの裾に泥が跳ね上がる（褲腳濺上泥水）

物価が跳ね上がる（物價爆漲）

野菜の値段が三倍に跳ね上がった（菜價漲了三倍）

余り跳ね上がった行動は取るな（不要採取過激的行動）

跳ね上がり、跳ね上り〔名〕跳起、（物價）暴漲，猛漲、（不服從領導的）過激行動，過火行動（的人）、輕佻的姑娘（＝御転婆娘）

物価の跳ね上がりが恐い（物價的暴漲可怕）
恐い 怖い 強い

跳ね上がり者（輕佻的女人）

跳ね板び〔名〕跳板

跳び板，跳板、飛び板，飛板〔名〕〔體〕（跳水用）跳板（＝スプリング、ボール）

跳板跳び込み（跳板跳水）

跳ね起きる〔自上一〕（從床上）跳起來、一躍而起

地震に驚いて跳ね起きる（由於地震一驚從床上一躍而起）

火事だの声で跳ね起きた（聽到失火啦的叫聲舊跳了起來）

跳ね返す〔他五〕推翻、翻轉、頂撞回去、拒絕

上に為った相手を跳ね返す（把壓在自己身上的對手翻倒在地）

跳び掛って来た男を跳ね返す（把撲過來的人頂撞回去）

ボールを跳ね返す（把球反彈回去）

人の忠告を頑固に跳ね返す（堅決拒絕別人的忠告）

跳ね返る〔自五〕跳回，彈回、跳躍，歡躍、反過來影響、（市場價格）回升

球が塀に当たって跳ね返る（球撞在牆上彈回來）

電波が電離層から跳ね返る（電波從電離層反射回來）

跳ね返って喜ぶ（高興得亂蹦亂跳）

此の護謨毬は良く跳ね返る（這個皮球彈得高）護謨ゴム

運賃の値上げが物価に跳ね返る（運費的提高反過來影響物價）

然う言う無理を部下に強いれば我が身に跳ね返って来る物だ（如果硬要部下那麼做最後是要自食其果的）

跳ね繰り返る〔自五〕〔俗〕（＝跳ね返る）跳回，彈回、跳躍、歡躍、反過來影響、（市場價格）回升

跳ね返り〔名〕跳回，彈回、輕佻的女人，野丫頭（＝御転婆）、輕率。〔商〕（市場行情的）回升

運賃の値上げの跳ね返り（運費上漲的連鎖反應）

跳ねっ返り〔名〕（跳ね返り的強調說法）跳回，彈回、輕佻的女人，野丫頭（＝御転婆）、輕率。〔商〕（市場行情的）回升

跳ね掛かる、撥ね掛かる〔自五〕濺上

着物に泥が撥ね掛かった（衣服濺上了泥水）

跳び掛かる，跳び掛る、飛び掛かる，飛び掛る〔自上一〕（為了攻擊對方）猛撲過去

鷲が兎に飛び掛かった（老鷹向兔子猛撲了過去）

行き成り彼に飛び掛かって組み伏せる（突然猛撲過去把他扭倒）

私は余程飛び掛かって横面をグワンと張り曲げて遣ろうかと思った（我真想上去狠狠地揍他一個嘴巴）

跳ね掛ける、撥ね掛ける〔他下一〕濺上

ページにインクを撥ね掛ける（書頁上濺上墨水）

跳ね構え〔名〕〔機〕活動橋的平衡裝置、豎旋橋的雙翼

跳ね炭、跳炭〔名〕爆炭

跳ね退く〔自五〕跳開、閃開、躲開（＝飛び退く）

跳ね橋、跳橋、撥橋、刎橋〔名〕吊橋、活動橋、開合橋

跳ねハンマー〔名〕〔機〕杵錘、（夾板）落錘

跳ね回る〔自五〕跳來跳去、亂蹦亂跳

兎が檻の中で跳ね回る（兔子在籠中跳來跳去）

雪が降ったので子供達は大喜びで庭を跳ね回る（因為下雪孩子們在院子裡亂蹦亂跳）

跳び回る, 跳回る, 飛び回る, 飛回る, 跳び廻る, 跳廻る, 飛び廻る, 飛廻る〔自五〕飛來飛去、跑來跑去、東奔西走

虫が電灯の周りを飛び回る（蟲在電燈周圍飛來飛去）

兎が山を飛び回る（兔子滿山跑）

子供が雪の上を飛び回る（小孩在雪上跑來跑去）

金策に飛び回る（為籌款東奔西走）

彼方此方飛び回ってやっと五万円丈拵えた（到處奔走好容易預備了五萬日元）

跳ねかす〔他五〕〔俗〕濺起、飛濺

泥を跳ねかしながら歩いて行く（一面濺起泥漿一面走去）

自動車が水を跳ねかして通る（汽車濺起泥水駛過）通る透る居る

糶（ㄊㄧㄠˋ）

糶〔漢造〕賣米、出售穀物

糶る, 競る〔他五〕〔舊〕競爭（＝争う）、（買主搶購）爭出高價、拍賣、（寫作糶る）行商

激しく競る（激烈地競爭）迫る

決勝点近くで三人が優勝を競る（在決勝點附近三人競爭優勝）

さあ、五百円、七百円、もっと競る人は無いか（喂，五百日元，七百日元，出更高價的有沒有？）

田舎を糶って歩く（在鄉間做行商）

迫る〔他五〕逼近、催促

迫る、逼る〔他五〕強迫、逼迫

〔自五〕逼近、迫近。變窄、縮短。困境、困窘。急迫、急促

返事を逼る（強迫回答）

辞職を逼る（迫使辭職）

仕事の必要に逼られて（迫於工作的需要）

敵に投降を逼る（迫使敵人投降）

爆撃で平和交渉を逼る（以炸逼和）

試験が逼っている（考期迫近）

眼前に逼った危険（迫於眉睫的危險）

夕暮れが逼る（夜幕降臨）

其の地方には冬が逼っていた（那地方即將入冬）

時間が逼っている（時間緊迫）

距離が逼る（距離縮短）

道幅が逼っていて車が通れない（路面狹窄車過不去）

貧に逼って盗みを働く（迫於貧困而行竊）

病気で息が逼る（因病呼吸急促）

糶り、競り〔名〕競賽，競爭（＝競り合い）、拍賣（＝糶り売り, 糶売, 競り売り, 競売）、（由於魚群蜂擁而來）海面上出現泡沫而翻白（＝沸き）、（只寫作糶り）行商

競りで売る（拿出拍賣、交付拍賣）

競りに出す（拿出拍賣、交付拍賣）

競りで値を付ける（以拍賣方式定價錢）値値

糶り呉服屋（賣布匹綢緞的行商）

糶り売り, 糶売, 競り売り, 競売〔名, 他サ〕拍賣（＝糶り、競り、競売）、（寫作糶り売り、糶売）行商

繊維製品の糶売を為る（拍賣纖維製品）

家具を糶売に出す（把家具拿出去拍賣）

糶り市, 糶市, 競り市, 競市〔名〕拍賣市場

糶り場, 糶場, 競り場, 競場〔名〕拍賣場

天（ㄊㄧㄢ）

天〔名〕天，天空←→地。〔宗〕天國，天堂（＝天国）、天道，天理，天命，蒼天，上帝，（字畫、貨物的）上部，（書的）天頭←→地

〔漢造〕太空、上天、天然、天生、天國、物的上部、天子

天に沖する（沖天）沖する 注する 註する 誅する

天を摩する高閣（摩天高樓）

天を仰ぐ（仰望天空）

真逆天から降って来た訳でも有るまい（決不會是從天而降的）

天にも地にも頼るのは貴方一人です（世上可以依賴的只有你一人）

天に在す我等の父（我們在天之父）在す 坐す

天に昇る（昇天、上天）昇る 上る 登る

天にも昇る心地だ（歡天喜地、得意洋洋）

成功に酔って、彼は天にも昇る気持で家に帰った（他因為成功樂得歡天喜地地回家了）

天に逆らう者は滅びる（逆天者亡）滅びる 亡びる

天の時地の利（天時地利）

運を天に任せる（聽天由命）

事を謀るは人に在り、事を為すは天に在り（謀事在人成事在天）

軽い怪我で済んだのは天の助けだ（只受一點輕傷乃是天助）

天に祈る（禱告蒼天）

天地無用（〔寫在貨物包裝箱上〕切勿倒置）

人は必ず天に打ち勝つ（人定勝天）

天知る地知る我知る人知る（天知地知我知人知-莫謂無人知曉-後漢書）

天高く馬肥ゆ（秋高馬肥）

天に在っては願わくは比翼の鳥と作らん、地に在っては願わくは連理の枝と作らん（在天願作比翼鳥，在地願為連理枝-白居易長恨歌）

天に口無し、人を以て言わしむ（天無口使人言之）

天に順う者は存し天に逆らう者は亡ぶ（順天者昌逆天者亡-孟子）

天に風雨人に疾病（天有不測風雲，人有旦夕禍福）

天に二日無し（天無二日國無二主）

天に踢り地に蹐す（踢天蹐地、天雖高而踢背地雖厚而蹐足、戰戰兢兢小心謹慎地生活）

天に向って唾する（向天而唾、害人反害己）

天を仰いで唾する（仰天而唾、害人反害己、搬石頭砸自己的腳）

天にも地にも掛け替え無い（任何東西也不能代替的、最寶貴的、最心愛的）

天の時は地の利に如かず、地の利は人の和に若かず（天時不如地利地利不如人和-孟子）

天の配剤（上天巧妙的安排、天理循環）

天の美禄（天理循環、酒）

天は二物を与えず（人無十全）

天は自ら助くる者を助く（天助自助者）

天を恨みず人を咎めず（不怨天不尤人-論語）

共に天を戴かず（不共戴天）

九天（九天，九霄、九重，宮中、九天體）

上天（天，上天=空←→下土、上帝，老天爺=上帝，死，升天=昇天）

上天気（好天氣）

青天（青天=青空）

晴天（晴天）←→曇天、雨天

雨天（雨天）←→晴天

曇天（陰天）←→晴天、雨天

仰天（非常吃驚、大吃一驚）

曉天（拂曉的天空）

悪天（壞天氣）

好天（好天氣）

好天気（好天氣）

後天（後天）←→先天

荒天（暴風雨的天氣）

所天（敬仰服從的對象-如子對父、妻對夫、臣對君）

　　先天的（先天的、生就的=生まれ付き）

　　後天的（後天的、憑經驗的）←→先天的

　　全天（全天候）

　　全天候（全天候）

　　昇天（升天、死）

　　衝天（沖天）

　　聖天（歡喜天、歡喜佛=大聖歡喜天）

　　有頂天（有頂天-九天中最高的天、歡天喜地，得意洋洋）

　　吉祥天（吉祥天女-賜眾生以福德的女神）

　　四天王（四大天王、四大金剛、部下門人中最出色的四人）

天安門〔名〕（中國北京）天安門

天衣〔名〕天人穿的衣服

　　天衣無縫（天衣無縫）

天位〔名〕（天皇、天子的）皇位

　　天位に即く（即皇位）

天為〔名〕天為、造化←→人為

天意〔名〕天意、自然的道理

　　天意を従う（順從天意）

　　天意測る可からず（天意叵測）

　　天意を無視した行動（違背天意的行動）

天板〔名〕桌面、（取暖用）爐杭上蓋的平板

天一神〔名〕（迷信認為可以支配吉凶禍福的）天一神（=天一神）

天運〔名〕天命、命運、天體的運行

　　斯う為るのも天運だ（落得這樣也是天命）

　　天運と諦める（認命）

天恩〔名〕天恩，自然的恩惠。〔舊〕皇恩，聖恩

　　天恩に馴れて人為を疎かに為ては行けない（不應一味靠天吃飯而忽視人為）

　　天恩枯骨に及ぶ（皇恩及於枯骨）

天下〔名〕天下，全國，世界，宇內，（幕府的）將軍

　　天下に敵無し（天下無敵）

　　天下の笑い者と為る（取笑於天下）

　　天下に並ぶ者の無い剛の者（天下無比的強手）剛の者豪の者強の者

　　天下に名を轟かせる（名震天下）

　　金は天下の回り持ち（金錢到處轉、貧富無常）

　　天下の形勢を窺う（觀察天下大勢）窺う伺う覗う

　　天下を取る（奪取天下、掌握政權）

　　天下は一人の天下に非ず（天下非一人的天下）

　　彼は如何に貧乏しても志は天下国家に在る（他無論如何貧困仍然志在天下國家）

　　天下無比（無與倫比、舉世無雙）

　　天下無双（無與倫比、舉世無雙）

　　天下様（將軍大人）

　　天下の憂に先って憂い、天下の楽に後れて楽しむ（先天下之憂而憂後天下之樂而樂）

　　天下は廻り持ち（榮枯無常）

　　天下晴れて（公開、公然）

　　天下晴れての夫婦に為る（成為公開〔合法〕的夫妻）

　　天下一（天下第一）

　　天下一品（天下第一）

　　其の美しさったら天下一品だ（說到她的美貌那是舉世無雙）

　　其の本は天下一品だ（這書是現存的唯一版本）

　　天下分け目、天下分目（決定政權的歸屬、決定勝負的關鍵）

　　天下分け目の決戦（你死我活的決戰）

　　天下取り（統一天下、掌握政權〔的人〕、攻城遊戲，占地盤遊戲）

天下る、天降る〔自五〕下凡，由天而降。〔轉〕強迫命令

　　此れは天下った案（這是個強迫命令的方案）

天下り、天降り〔名〕神仙下凡，由天而降。〔轉〕（事前不徵求意見而）由上級指派或決定
　天下り（的）の命令（強迫命令、硬性決定）
　此は天下りの案だ（這是一個強迫命令式的方案）
　天下り人事（由上級決定的人事）
　天下り的に（強迫命令式的）

天が下〔名〕天下、世界上、整個日本
　天が下彼に勝る頭脳無し（整個日本沒有比他腦筋更好的）
　天が下に隠れも無い（天下皆知、盡人皆知）

天火〔名〕（落雷等引起的）天火
　天火日（〔迷信〕天火日-忌葺屋頂，上梁等）

天火〔名〕西餐用的烤爐（=オーブン）
　天火で肉を焼く（用烤爐烤肉）

天花粉、天瓜粉〔名〕（取自王瓜根的）痱子粉
　子供の首筋に天花粉を付ける（給小孩脖子擦痱子粉）

天花、天華〔名〕天上靈妙的花。〔佛〕（作佛事時撒在佛前的）蓮瓣紙花

天界〔名〕天上世界、太空
　幾等大型の望遠鏡でも天界の謎を悉く解く訳には行かない（無論多大的望遠鏡也不能全部探明宇宙之謎）

天外〔名〕天外，宇宙之外、天邊，遙遠的地方
　奇想天外（異想天開）
　魂　天外に飛ぶ（魂飛天外）
　天外へ飛び去る（飛向天外、飛向遙遠的地方）

天涯〔名〕天涯、天邊
　天涯万里に思いを馳せる（馳騁於天涯萬里）
　天涯の孤客と為る（身為天涯孤客）
　天涯孤独の身（天涯孤身）
　天涯地角（天涯海角）

天蓋〔名〕（佛像、棺材等上面蓋的）寶蓋，華蓋、（雲遊僧戴的）深草笠、（僧人隱語）章魚。〔解〕耳蝸覆膜

　天蓋で覆う（用華蓋遮蓋）覆う蓋う被う蔽う

天蝎宮〔名〕〔天〕天蠍宮

天から〔副〕根本、全然、簡直、壓根兒（=てんで）
　天から間違っている（壓根兒就錯了）
　天から問題に為ない（根本不當一回事）
　先方は天から相手に為ない（對方根本不加理睬）

天眼〔名〕千里眼，富有洞察力的眼睛。〔佛〕天眼（=天眼）、（因痙攣）眼珠上翻
　天眼通（天眼通、千里眼）
　彼は天眼通だ（他是個千里眼）
　天眼鏡（相面用的大型凸鏡、〔舊〕望遠鏡）

天顔〔名〕龍顏、皇帝的容顏
　天顔に咫尺する（謁見皇帝）

天気〔名〕天，天氣、晴天，好天氣。〔喻〕（人的）心情、天機（=天機）
　晴れた天気（晴天）
　今日の天気は如何ですか（今天天氣怎麼樣呢？）
　良い御天気ですね（是個好天氣呀！）
　嫌な御天気ですね（是個討厭的天氣呀！）
　山の天気は変わり易い（山裡的天氣容易變）
　天気が鬱陶しい（天氣鬱悶）
　明日の御天気は悪い然うだ（據說明天天氣不好）
　天気は晴れ然うです（天要晴的樣子）
　天気が持ち直す（天氣好轉）
　天気が変る（變天）
　天気模様（天色）
　天気予報（天氣預報）
　今日は御天気かしら（不曉得今天是否晴天）
　明日は天気に為るかな（明天可能是晴天吧！）

御天気屋（喜怒無常的人）
彼は御天気屋だ（他是個喜怒無常的人）
御天気者（喜怒無常的人、沒準脾氣的人＝御天気屋）
御天気師（在路上向農民詐騙財物的騙子）
今日は親父の御天気が悪い（今天爸爸不高興〔鬧情緒〕）
天気図（氣象圖）
天気運（碰上的天氣）

御天気〔名〕（天気的鄭重說法）天氣，好天氣。〔俗〕情緒，心情（＝機嫌）
今日は御天気が良い（今天的天氣好）
御天気の都合で行くか如何かを決める（看天氣好壞決定去不去）
気を付けろ、今朝は親父の御天気が悪いぞ（你可要注意今天早上老闆脾氣不好）

御天気師〔名〕〔俗〕（在路上向農民詐騙財物的）騙子（俗稱〝丟包的〞）

御天気者〔名〕喜怒無常的人、沒好脾氣的人（＝御天気屋）

御天気屋〔名〕喜怒無常的人、沒好脾氣的人
御天気屋だから何を為るか知れない（他是個喜怒無常的人說不定會做出甚麼事來）

天機〔名〕天機、天性，天賦的才能、（皇帝的）氣色，健康
天機漏らす可からず（天機不可洩漏）
天機知る可からず（天機不可知）
天機を奉伺する（恭請聖安）

天球〔名〕〔天〕天球、天體
天球儀（天球儀）

天牛〔名〕〔動〕天牛（＝髪切虫）

天宮図〔名〕算命天宮圖

天極〔名〕〔天〕天極（地軸的延長和天球的交點）、北極星

天金〔名〕書籍頂端的燙金
辞書には良く天金が為て有る（辭典頂端常燙金）

天金の本（頂端燙金的書）

天狗〔名〕天狗（一種想像的妖怪、有翼、臉紅鼻高、深居山中、神通廣大、可以自由飛翔）
自誇，自負，驕傲，翹尾巴（的人）
彼は釣天狗だ（他是個愛吹自己很會釣魚的人）
天狗に為る（自負起來）
一度や二度褒められたからと言って天狗に為っては行けない（不要因為博得一二次表揚就驕傲）
彼は彼れで英語は天狗だから可笑しい（他那點應文水準還翹尾巴未免可笑）
天狗の鼻比べを遣る（各自競相大吹大擂）
天狗党（〔史〕天狗黨－幕府末期〝水戶藩〞以〝藤田東湖〞為首的尊王攘夷過激派）
天狗連（自吹自擂的人們）
天狗茸（〔植〕鬼筆鵝膏－一種有毒蘑菇）
天狗の鉞（〔考古〕雷石＝雷斧）
天狗螺（〔動〕天狗螺）
天狗猿（〔動〕天狗猿）
天狗の襷（〔植〕石松的俗稱＝日陰の葛、日陰鬘、石松）
天狗の団扇（〔植〕八角金盤的俗稱＝八手）

天具帖〔名〕用楮樹皮製的柔軟高級薄皮包裝紙

天空〔名〕天空
天空を翔ける（翱翔）
高山が天空に聳え立っている（高山聳入雲霄）
飛行機は見る見る天空に吸い込まれて行った（飛機眼著在空中消失）
天空海闊（海闊天空、胸襟開闊）

天草〔名〕〔植〕石花菜（＝心太草）

天刑〔名〕天譴、天的懲罰
天刑病（癩瘋病＝癩病、ハンセン病）

天恵〔名〕天惠、天佑
天恵の豊かな地方（得天獨厚的地方）

天恵に浴する（蒙受天惠）

天啓〔名〕天的啟示、上帝的啟示
　天啓が下る（上天啟示）

天警〔名〕上天的警告

天険〔名〕天險、天然的要害
　天険に立て籠って敵を迎え撃つ（固守天險迎擊敵人）
　天険に依って敵を防ぐ（據天險以防敵）

天譴〔名〕天譴、天罰（＝天罰）

天元〔名〕萬物生育的根本、（圍棋棋盤上）正中的黑星
　天元を打つ（下正中一個子）

天工、天功〔名〕天工、大地的運行←→人工
　天工の美（自然之美、大地之美）
　天工の美景に見蕩れる（看天然美景看得出神）見蕩れる 見惚れる

天候〔名〕天氣（＝天気）
　天候が定まらない（天氣陰晴不定）
　天候が不順で稲の出来が悪い（因天氣反常稻子收成不好）
　明日の天候を見た上で旅行するか為ないかを決める（看明天天氣如何再決定是否去旅行）

天国〔名〕〔宗〕天國，天堂←→地獄。〔轉〕樂園，理想境界（＝楽園、パラダイス paradise）
　霊魂は天国へ昇った（靈魂昇上天堂）
　此処は子供の天国だ（這裡是兒童的樂園）
　老人の天国（老人的樂園）
　天国に居る様な気持である（〔歡天喜地〕如在天堂）
　歩行者天国（行人徒步區）

天骨〔名〕天性、天資、天生的骨骼

天才〔名〕天才
　彼は音楽の天才だ（他是個音樂天才）
　天才的な作曲家（天才的作曲家）
　彼の天才は既に幼時に現われていた（他的天才在幼年時就已經表現出來了）
　彼は天才を十分に発揮している（他充分發揮了天才）
　天才は努力也（天才即努力）
　天才教育（天才教育）
　天才児（天才兒童）

天災〔名〕天災、自然、災害
　天災に見舞われる（遭到天災）
　天災に逢う（遭到天災）
　天災と諦める（認為是一場天災而想開）
　天災を蒙った人人に寝具、衣服等を贈る（把被褥衣服等贈送給受災的人們）贈る 送る
　天災は忘れた頃に遭って来る（禍常起於疏忽）
　天災地変（天災地禍）

天際〔名〕天際、天邊
　天際に望見する山山（在天邊上望見的群山）

天蚕〔名〕〔動〕天蠶（＝天蚕糸蚕）
　天蚕糸（釣魚用的天蠶絲）

天蚕糸、天蠶糸〔名〕（釣魚用的）天蠶絲
　天蚕糸蚕（〔動〕天蠶＝天蚕）

天産〔名〕天然產物
　種種の天産に富む（各種天然物產豐富）種種 種種 種種
　天産の果実は人工の加わった物より小さい（天然果實比人工加工的小）
　天産物（天然產物）

天子〔名〕天子、皇帝
　天子の位に即く（即皇位）

天使〔名〕天使，安琪兒（＝エンゼル angel）。〔古〕欽差，天使。〔喻〕溫柔可愛的人←→悪魔
　天使の面影が有る（有天使的面容）
　天使が地上に舞い降りる（天使下凡）
　汚れを知らない幼児の心は天使の様だ（沒沾染上惡習的幼兒心有如天使）穢れ 汚れ 汚れ

赤ちゃんの寝顔は天使の様に清らかだ（嬰兒的睡臉如同天使般純潔）

白衣の天使（白衣天使、女護士）白衣白衣

知天使（〔宗〕〔九級天使中的第二級〕司知識的天使）

天資 〔名〕天資、天賦、天份（=天稟）

天資豊かな人間（富有天分的人）

天資英明（天資聰穎）

天賜 〔名〕天賜、恩賜

天竺 〔名〕〔古〕天竺國，印度，天空，高空，頂點，高峰，天邊，外國，厚棉布（=天竺木綿）

天竺迄も知れ渡った男（天下知名人士）

天竺葵（〔植〕天竺葵、老鶴草=ゼラニウム）

天竺鼠（〔動〕天竺鼠、豚鼠、土撥鼠=モルモット）

天竺様（〔建〕天竺式〔佛教建築樣式〕=大仏様）

天竺木綿（厚棉布、洋標布）

天竺牡丹（〔植〕天竺牡丹、西番蓮、大麗花=ダリア）

天竺味噌（天竺辣醬-一種內摻辣椒的豆醬）

天竺浪人（流浪漢=宿無し）

彼の人は天竺浪人だ（他是個流浪漢）

天質 〔名〕天資、天性（=天資、天性）

天日 〔名〕天日、太陽

砲煙立ち昇り天日為に暗し（炮煙昇起天日為之昏暗）

天日製塩（日曬的鹽、曬製鹽）

天日 〔名〕太陽光（熱）

天日に晒す（曝曬）晒す曝す

天日に当てるのは良くない（不宜于太陽曬）

天日製塩（太陽曬鹽）

天赦日 〔名〕天赦日（陰曆一年中最好的吉日-四季中各有一天）

天爵 〔名〕天爵（無官位但有德望受人尊敬的人）←→人爵（由人規定的爵位）

彼は天爵に安んじて人爵を望まない（他安於天爵不希求人爵）

天主 〔名〕〔宗〕天主、上帝

天主教 〔名〕〔宗〕天主教（=カトリック教）

天主教堂（天主教堂）

天守 〔名〕瞭望樓、城堡中央的高樓（=天守閣）

城の本丸に天守が聳えている（瞭望樓聳立在城的中央）

天守閣（瞭望樓、城堡中央的高樓）

天寿 〔名〕天壽、天年

父は天寿を全うして九十歳で歿した（父親享盡天年九十歲去世了）殁する歿する

天寿を全うしないで死ぬ（未盡天年而死、夭亡）

天授 〔名〕天與，天賜、天賦

天助 〔名〕天助、天佑

此れは全く天助に因る物だ（這完全是天助）

天象 〔名〕天象，（日、月、星等）天體現象←→地象、天氣（=空模様）

天象に拠って未来を占う（根據天象預卜未來）

天上 〔名〕天上，天空←→地上。〔佛〕天上世界。〔名、自サ〕升天，死去

雲雀は鳴きながら天上へ上って行く（雲雀邊叫邊飛上天空）

夢の中に天上の美しい楽の音が聞えた（在夢中聽到了天上優美的樂聲）

天上界（〔佛〕極樂世界、天上世界）

天上天下唯我独尊（天上天下唯我獨尊、宇宙間唯我獨尊）

彼は親兄弟に見守られながら天上した（他在父母兄弟看護下死去）

天井 〔名〕頂棚，天花板、物體內部最高處。〔經〕（物價上漲的）頂點，最高限度

飾り天井（藻井）

模様入りの天井（有花樣的天花板）

天井を張る（鑲天花板）

天井から電灯がぶら下がっている（電燈從天花板上懸垂著）

大掃除で、天井の煤を払う（大掃除打掃天花板灰塵）

鼠が天井で騒いでいる（老鼠在天花板上吱吱喳喳鬧著）

天井板（天花板）

天井裏（棚頂、天花板頂上）

熱い湯を飲んで口の中の天井を火傷した（喝熱水把上牙膛燙傷了）

此の株の値段も天井を付いたらしい（這個股票的行市可能也漲到頂了）

物価は天井知らずに上がった（物價沒有止境地猛漲）

天井を突く（物價上漲到頂點、達到頂棚）

天井から目薬（無濟於事、毫無效果）

天井川（河床高出兩岸的地上河）

天井知らず（物價漲得沒有止境）

天井抜け（＝物價漲得沒有止境＝天井知らず）

天井桟敷（大劇院等後部遠離舞台的下等席位＝聾桟敷）

天井温度（〔理〕最高溫度）

天壌〔名〕天壤、天地（＝天地）

此れは天壌間の孤本です（這是世間唯一珍本）

天壌無窮（天長地久、萬世永存）

天職〔名〕天職、神聖職責、（適合個人才能天性的）天賦的職務

児童教育を天職と考えて勤める（從事兒童教育認為這是神聖職責）

大工が私の天職です（木匠是我的天職）

コックを天職と為る（以廚師為天職）

天心〔名〕天心、天空當中、天意（＝天意）

月が天心に掛かっている（月亮升上天空）

明月天心に在り（皓月當空）

天真〔名、形動〕天真

天真に大口を開けている（天真地張著大口）
開ける明ける空ける厭ける飽ける

天真爛漫〔名、形動〕天真爛漫、（無知的委婉說法）天真，幼稚

天真爛漫に戯れる（天真爛漫地玩耍）

天真爛漫の（な）子供（天真爛漫的兒童）

彼は実に天真爛漫な男だ（他實在是個天真幼稚的人）

天人〔名〕天與人

彼の罪は天人共に許さぬ所だ（他的罪惡為天人所不容）

天人〔名〕〔佛〕天女、天仙、美女

天人の羽衣（天仙的羽衣）

天人の五衰（天人臨終時的五種衰像）

天人花（〔植〕桃金娘）

天人石鯛（〔動〕扁鮫＝エンゼル、フィッシュ）

天神 天神〔名〕天神↔地祇 地神、（祭祀菅原道真的）天滿宮

天神の怒りに触れる（觸怒天神）

天神地祇（天神和地祇）

彼の社は天神様を祭っている（那神社供著菅原道真）

天神髭（兩端下垂式鬍鬚）髭鬚髯

天神髷（天神髷—江戶時代的髷中卷髪插簪的婦女髮型之一）

天水〔名〕雨水（＝雨水雨水）

天水を溜めて飲料に供する（貯存雨水作飲料）

天水桶（貯存雨水供防火用的大平水桶）

天成〔名〕天然形成、天生

此の山岳地帯は天成の要塞と為ったいる（這個山岳地帶形成天然的要塞）

天成の美声（天生的好嗓子）

彼は天成の詩人であった（他是一個天生的詩人）

天声〔名〕上天（神）的聲音

天声人語（天聲人語）

天性〔名〕天性、秉性

のんびりしているのは彼の天性だ（從容不迫是他的天性）

天性豪邁の質（生性豪邁的素質）

天性正直だ（秉性正直）

何も気に留めないのは彼の天性だ（什麼事都不在乎是他的秉性）

習慣は第二の天性也（習慣為第二天性）

天青色〔名〕天藍色、普魯士藍

天青石〔名〕〔礦〕天青石

天祖〔名〕天皇的祖先（指從国常立尊到天照大神）、天照大神

天鼠〔名〕蝙蝠的別稱

天則〔名〕自然法則

天測〔名、自サ〕測天、觀測天體、天體定位

　天測器械（測天儀器-如望遠鏡、六分儀、經緯儀、子午儀、天頂儀、赤道儀等）

　天測窓（〔空〕觀測天窗、飛機的星窗）

天孫〔名〕天神的子孫、〔神話〕（天照大神的孫子）瓊瓊杵尊

　天孫降臨（天孫降臨-"玉照大神"的孫子"瓊瓊杵尊"奉"玉照大神"之命從"高天原"降臨"日向國高千穂"）

天体〔名〕〔天〕天體

　天体の変化を観測する（觀測天體的變化）

　天体観測の為、ロケットを打ち上げる（為了觀測天體發射火箭）

　天体望遠鏡（天體望遠鏡）

　天体分光学（天體光譜學）

　天体位置推算表（〔天〕星曆表）

天台〔名〕〔佛〕天台宗（=天台宗）

　天台宗（天台宗-日本佛教的一派、以"最澄法師"為始祖）

天地〔名〕天擴，天和地、天地，世界（=天地）、（書畫等的）上下

　天地を覆す変化（天翻地覆的變化）

　天地に誓う（對天地發誓）

　天地を震わせる（〔豐功偉績〕震撼天地）震う揮う振う奮う篩う

　両者の間には天地の差が有る（二者之間有天壤之別）

　偉人の逝くや天地も為に泣く（偉人逝世天地為之哭泣）

　新しい天地を求めて旅立つ（動身去尋求新天地）

　小天地を成す（組成小天地）

　天地を空ける（上下留下空白）空ける明ける開ける飽ける厭ける

　天地が逆に為る（上下顛倒了）

　天地無用（〔寫在貨物包裝上〕請勿倒放、不可倒置、禁止倒置）

　天地人（三才，天地人，宇宙萬物、天地人-表示三種東西的區別或次序）

　天地神明（天地神明）

　天地神明に誓う（在天地神明前發誓）違う

　天地根元造り（〔建〕屋頂直葺到地面的日本原始住宅的建築方式）

　天地開闢（開天闢地）

天地〔名〕天地、全世界

天柱〔名〕（想像中支撐天的）天柱、〔轉〕（維持社會的）道義

天柱、身柱〔名〕〔醫〕頸窩（針灸的穴位=盆の窪）、小兒疹-小兒的血衝上頭症

天誅〔名〕天誅、天罰

　悪人に天誅を下す（天誅壞人）

　悪人に天誅を加える（天誅壞人）

天頂〔名〕〔天〕天頂、頂點（=天辺）

　天頂儀（天頂儀）

　天頂点（天頂點）

　天頂距離（天頂距）

天朝〔名〕（古代朝廷的尊稱）天朝

　天朝様（當朝天子）

天長節〔名〕（日皇誕辰的舊稱）天長節

天長地久〔名〕天長地久

天手古舞い、天手古舞〔名、自サ〕忙得不可開交、手忙腳亂、（樂得）手舞足蹈
  引越しで家中が天手古舞いだった（全家因搬家弄得手忙腳亂）
  今日は天手古舞いの忙しさだ（今天忙得喘不過氣來）
  彼は天手古舞いを為て場内を駆け回った（他在場內奔波忙得不可開交）
  突然百人もの学生団体が泊る事に為ったので其の旅館は天手古舞いだった（那家旅館突然要有上百人的學生團體投宿因而忙得不可開交）
  注文が殺到して天手古舞いする（訂貨紛至沓來忙得不可開交）
  嬉しかって天手古舞いする（樂得手舞足蹈）

天底〔名〕〔天〕天底

天帝〔名〕〔宗〕天帝、上帝

天帝釈〔名〕〔佛〕帝釋天（=帝釈天-佛法的保護神）

天敵〔名〕（殺死某種生物害蟲的）天敵、天然敵人
  天敵は人間の味方である（天敵為人類之友）
  貝殻虫を撲滅するのに天敵を利用する（利用天敵撲滅貝殼蟲）

天天〔名〕〔兒〕頭、腦袋（=頭）
  御頭天天（幼兒摸自己的腦袋）

天堂〔名〕〔宗〕天堂、天國、極樂世界

天道〔名〕天道，上帝、太陽
  御天道様（太陽）
  御天道様がちゃんと見て知っていらっしゃる（老天爺有眼）
  天道様と米の飯は何処へも付いて回る（天無絕人之路不愁沒有飯吃）
  天道様は見通し（瞞得過人瞞不過神）
  天道を人を殺さず（天不絕人）
  天道虫、瓢虫〔動〕異色瓢蟲、紅娘子、花大姐

天道乾し〔名〕曬乾
  天道乾しに為る（用太陽曬乾）

天道〔名〕天道，天理，自然規律。〔天〕天體運行的軌道、天神，上帝
  天道に背く（違反天理、違反自然規律）

天童〔名〕小天使、（祭祀時扮仙人的）童男童女

天動説〔名〕〔天〕天動說←→地動説

天綴〔名〕〔烹〕炸蝦麵條上澆的雞蛋滷

天丼〔名〕〔烹〕炸蝦大碗蓋飯（=天麩羅丼）

天南星〔名〕〔植、藥〕天南星

天南蛮〔名〕〔烹〕蔥花炸魚麵

天女〔名〕天女，天仙、女神。〔俗〕美人
  天女の様な美女（天仙般的美女）

天然〔名〕天然、自然
  天然の美（自然美）
  高山には夏でも天然の雪が有る（在高山上下天也有天然積雪）
  其の石は天然に然う言う形に為ったのだ（那塊石塊的形狀是天然形成的）
  日本の天然の美に恵まれている（日本的天然美景得天獨厚）
  天然gas（天然瓦斯）
  天然gasoline（天然汽油、凝析油）
  天然ゴム（天然橡膠）護謨
  天然樹脂（天然樹脂）
  天然繊維（天然纖維）
  天然soda（天然蘇打）
  天然染料（天然染料）
  天然ウラン（天然鈾）←→濃縮ウラン
  天然色（天然色）
  天然痘（天花=疱瘡）
  天然林（天然森林）←→人工林
  天然肥料（天然肥料）←→化学肥料
  天然記念物（天然紀念物）

天王〔名〕〔佛〕天王、牛頭天王

天王山、天王山〔名〕（京都府）天王山、〔喻〕勝敗的分界線、決定性時刻（=関ヶ原）

天王山の戦い（決定性的一戰、決戰）

天王星〔名〕〔天〕天王星

天皇〔名〕天皇、日皇

皇太子が天皇の位に即く（皇太子即天皇位）

天皇旗（日皇旗）

天皇制（天皇制、天皇統制的政治體制）

天皇陛下（天皇陛下）

天皇機関説（〔法〕日皇機關說-1935年美濃部達吉提出的說法、認為天皇只是行使主權的最高機關、主權不在天皇而在國家、因此當時遭到軍國主義和右翼的反對）

天皇、皇尊〔名〕〔古〕（日本的）天皇（=天皇、皇、皇、皇）

皇〔名〕〔古〕（日本的）天皇（=天皇、皇、皇、皇）

天馬〔名〕天馬、（希神）飛馬（=ペガサス、ペガソス、ペガスス）

天馬の様に空を翔る（有如飛馬翔空）

天馬空を行く（天馬行空）

天盃〔名〕御賜酒杯

天罰〔名〕天罰、天誅、報應

御前が失敗したのは天罰だ（你的失敗是上帝的懲罰）

嘘を付いた天罰だ（那是撒謊的報應）

天罰覿面（報應不爽、現世報）

天パン〔名〕（西餐用烤爐中的）鐵方盤

天引き、天引〔名、他サ〕先行扣除

月給から税金を天引きする（從薪水中先扣除稅款）

利子を天引きして貸す（扣除利息後貸款）

天引き貯金（發薪時先行扣下的儲蓄存款）

天平〔名〕〔史〕聖武天皇時代的年號（729-745）

天平の甍（天平之甍）

天平文化（天平時代的貴族文化）

天秤〔名〕天平、扁擔（=天秤棒）、一根線上栓兩個釣魚鉤、兩頭掛、一頭掛一個、半斤八兩、不相上下

天秤に掛ける（用天平秤、〔喻〕權衡，衡量-利害、優劣、得失等）

両候補者の主張を天秤に掛ける（衡量兩位競選人的主張）

天秤で担ぐ（用扁擔挑）

天秤を肩に行商を為る（挑扁擔做行商）

天秤に為る（兩邊掛、一邊掛一個）

天秤棒（扁擔）

天秤宮（〔天〕天秤宮-黃道十二宮之第七宮）

天秤座（〔天〕天秤座-位於天秤宮的星座）

天稟〔名〕天稟、天賦、稟賦（=天賦）

彼は優れた天賦を持っている（他具有卓越的稟賦）

天賦を発揮する（發揮天才）

天府、テンプ〔名〕（鐘表等的）擺輪、擺輪游絲機構

天賦〔名〕天賦、天稟（=天稟）

天賦の才に恵まれる（富有天才）

数理に明るいのが彼の天賦だ（精通數理是他的天賦）

天賦の楽才が有る（有音樂天才）

天賦人権説（天賦人權說）

天婦羅、天麩羅〔名〕（一說來自葡tempero）。〔烹〕（裹麵）油炸食品（蝦魚等）。〔俗〕鍍金（銀）。〔俗〕虛有其表的東西，冒牌的東西

牡蠣の天婦羅（麵炸牡蠣）

天婦羅を揚げる（裹麵炸蝦魚）

天婦羅御飯（炸蝦蓋飯）

此の時計は金の様に見えるが天婦羅だ（這隻表看來像金的其實是鍍金的）

天婦羅時計（鍍金殼表）

天婦羅大学生（冒牌大學生）

天福〔名〕天福

天福を祈る（祈天福）

天袋〔名〕（床側、壁櫥上的）小櫃櫥←→地袋

天物〔名〕天然產物、天賜的產物

天分〔名〕天分，天資、天職
　彼は音楽に優れた天分を持っている（他具有卓越的音樂天才）
　天分に恵まれる（富有天資）
　天分も有るし、勉強も好きだから失敗する筈が無い（天資好又肯用功一定錯不了）
　文学者と為ての天分を尽くす（盡文學家的天職）

天兵〔名〕天兵

天辺〔名〕天邊、天際

天辺〔名〕頂，頂峰（=頂、頂上）、（事物的）頂點、極點
　頭の天辺から足爪迄（從頭頂到腳尖、全身）
　山の天辺に月が出た（山頂上出了月亮）
　塔の天辺に登る（登上塔頂）
　頭の天辺に禿が有る（頭頂禿一塊）
　不景気の天辺（蕭條的頂點）

天変〔名〕天空的變異（如颱風、雷、暴雨、日月蝕）
　天変地異（天地變異、天崩地裂-如洪水、山崩、地裂等）

天保〔名〕〔史〕仁孝天皇的年號（1830-1844）、（江戶時代天保年間的銅幣）天保錢（=天保錢）
　天保錢（〔江戶時代天保年間的銅幣〕天保錢、〔俗〕〔來自天保錢不足一分錢〕蠢人，智力差的人，落伍者，老古板、〔俗〕戰前日本陸軍大學畢業生〔胸前佩戴的徽章〕）

天疱瘡〔名〕〔醫〕天疱瘡

天魔〔名〕〔佛〕天魔、妖魔
　天魔に魅入られる（被妖魔迷住）

天幕〔名〕（掛在頂棚上作為裝飾用的）天篷、帳篷（=テント）
　天幕を張る（搭帳篷）

天窓〔名〕天窗
　天窓を開けて部屋を明るくする（打開天窗讓屋裡明亮）

天満宮〔名〕天滿宮（祭祀菅原道真的廟）

天命〔名〕天命，命運、天年
　人事を尽くして天命を待つ（盡人事聽天命）
　此れが天命だと諦める（認為這是天命而斷念）
　天命の尽きる迄最善を尽くす（至死竭盡全力）

天明〔名〕天亮、拂曉（=夜明け）

天網〔名〕天網
　天網恢恢疎に為て漏らさず（天網恢恢疏而不漏-老子）

天目〔名〕（茶道用）茶碗（=天目茶碗）、大（茶）碗
　天目で酒をがぶ飲みする（用大碗大口大口地喝酒）
　天目山（中國浙江安徽交界的天目山、日本山梨縣東部的天目山、〔轉〕關鍵，最後關頭）
　今夜が闘争の天目山だ（今夜是決定鬥爭成敗的最後關頭）
　天目茶碗（茶道用茶碗=天目）

天文〔名〕天文、天文學
　天文を見る（觀測天文）
　大学に入ったら天文を専攻する（若進大學就專攻天文學）
　天文時（天文時）
　天文台（天文台）
　天文学（天文學）
　天文学的数字に達する（達到天文數字）
　天文測定学（天體測量學）

天門冬〔名〕〔植〕天門冬

天佑、天祐〔名〕天佑、天助
　全く天佑に帰する（完全由於上天保佑）
　我等に天佑有り（上天保佑我們）
　怪我を為なかったは全く天佑であった（沒有負傷完全是上帝保佑）

天与〔名〕天賦、天賜

天与の賜物（上天的賜予）

天与の才能を思う存分発揮する（充分發揮天賦的才能）

天与の資源に富む（沒有負傷完全是上帝保佑）

天来〔名〕天來、天降

天来の福音（天降的福音）

天来の詩人（卓越的詩人）

天籟〔名〕天籟，自然界的聲音、絕妙的詩歌

天覽〔名〕（天皇）御覽

此の菊は天覽の栄に浴した（此菊榮蒙日皇觀賞）

研究の結果を天覽に供する（把研究成果獻給日皇觀看）

剣道の天覽試合（御前擊劍比賽）

天利〔名〕先行扣除的利息

天理〔名〕天理

天理に背く（違背天理）

天理教（天理教-神道宗派之一、本部在奈良天理市、創始人為中山美伎）

天領〔名〕皇室領地

天狼星〔名〕〔天〕天狼星

天爾呼波、弓爾呼波〔名〕（訓讀漢文時）要補讀的詞（指日語的助詞、助動詞、用言的詞尾及接尾詞等）、（江戶時代）助詞，助動詞的總稱、（特指）助詞、助詞，助動詞的用法、話語的條理

天爾呼波が合わない（話講得不合邏輯、前言不答後語）

天〔名〕天（=天、空）↔土

天翔ける〔自五〕在太空中飛翔、飛天

天照らす〔自五〕普照、治理天下

天照大神、天照大御神〔名〕〔神話〕天照大神（意為太陽之神、被認為是天皇的祖先）

天照皇大神宮〔名〕（祭祀天照大神的）皇大神宮（=皇大神宮）

天つ、天津〔連體〕（〝つ〞是古代的助詞、〝の〞的意思）天的、天上的

天つ日（太陽）

天つ神（天神、天上的神）

天つ日嗣（繼承皇位、日皇皇位的繼承）

天つ御祖（天皇的遠祖）

天つ御子（天皇、天子）

天つ少女（天上住的仙女=天女）

天の川、天の河、天の漢、天漢〔名〕〔天〕天河、銀河

天河〔名〕天河

天漢〔名〕天河、銀河

天の邪鬼〔名〕脾氣憋扭的人，性情乖僻的人（=旋毛曲り）、（廟門裡）踩在哼哈二將腳下的小鬼

左と言えば右と言う、弟の天の邪鬼は小憎らしい（你說東他偏說西弟弟的彆扭脾氣真有點令人討厭）

天の原〔名〕天空、太空

天晴れ，天晴，適〔名〕漂亮、非常好、值得佩服。〔感〕真好！漂亮！有本事！

天晴な功績（卓越的功績）

若いのに天晴だ（年輕輕的值得欽佩）

敵乍天晴な者だ（雖然是敵人卻值得欽佩）

良く遣った。天晴、天晴（幹得好漂亮！漂亮！）

天晴堂堂と遣って除けた（真好！做得非常漂亮）

天鵞絨、ビロード〔名〕天鵝絨

添（ㄊ一ㄢ）

添〔漢造〕添

加添（添加）

添加〔名、自他サ〕添加、加上

調味料を添加する（加上調味料）

謂れ無き事迄添加されて困惑した（甚至加上莫須有的事感到為難）

食品（の）添加物（食品添加物）刈る狩る獵る枯る駆る馳る

添景、点景〔名〕（風景畫或照片上添加的）點綴性人物或動物
田園風景の添景に稲を刈る農夫を描いた（為點綴田園風景畫上割稻子的農民）描く画く

添削〔名、他サ〕增刪、修改
生徒の作文を添削する（批改學生作文）
先生に添削して戴いた作文を清書する（抄寫清楚老師給批改的作文）

添書〔名、自サ〕（派遣使者或餽贈時）所附的信（=添え状）、（對文件等）所附的意見條、介紹信（=紹介状）
添書を付けて贈物を持たせて遣る（附上信派人把禮品送去）
議案に添書して事務局に渡す（議案上附上意見條送交秘書處）
添書を持って大家の門を叩く（持介紹信趣訪專家）

添え状、添状〔名〕（隨東西或派去的人一起送去的）附信（=添書）

添え手紙〔名〕（隨東西或派去的人一起送去的）附信（=添書、添え状、添状）

添え文、添文〔名〕（隨東西或派去的人一起送去的）附信（=添え状、添書）

添え書き、添書〔名、自サ〕（鑑定、考釋書畫的）題跋，評介、（書信或文件末尾的）追加字句，又及（=追って書き）
手紙に添書を為る（在書信末尾加上又及）

添え筆、添筆〔名〕（鑑定、考釋書畫的）題跋，評介、（書信或文件末尾的）追加字句，又及（=添え書き、添書）

添乗〔名、自サ〕（旅行社等特派人員）陪同旅遊
添乗員（陪同旅遊人員）

添数〔名〕〔數〕添標、尾標

添性〔名〕〔邏〕非本質屬性

添接〔名〕〔建〕夾板接合

添付、添附〔名、他サ〕添上、附上
願書に写真を添付して出す（附上照片提出志願書）
申込書に返信用封筒を添付する事（申請書須附上回信信封）
写真添付の証明書（黏有相片的證明書）
添付の切手（附上的郵票）

添う、副う〔自五〕增添，添上，緊跟，不離地跟隨，結婚，結成夫妻一起生活
趣を添う（增添生趣）添う沿う副う然う
影の形に添う如く（猶如影不離形、形影不離地）
添われぬ縁と諦めた（認為結不成夫妻而死心蹋地了）
連れ添う相手（配偶）
添わぬ内が花（結婚前〔戀愛的時候〕最快樂）

沿う、添う〔自五〕沿，順、按照，遵循
道に沿って柳の木が植えて有る（沿路邊種柳樹）
道路は海岸に沿って走っている（道路沿海岸延伸著）
此の方針に沿って交渉する（按照這個方針進行交涉）

副う〔自五〕符合、滿足（要求）
御期待に副えず誠に申し訳有りません（很抱歉沒能滿足您的願望）
名実共に副う（名符其實）
身に副う（與身分相稱）
身に副わない（與身分不相稱）

然う〔副〕那樣
〔感〕（表示驚訝）是嗎？。（表示肯定）是
然う怒るなよ（別那麼生氣啊！）
私も然う思う（我也是那樣想）
然うは言っても（話雖如此）
然う何時迄も放って置けない（也不能老那麼放著不管）
其は然うと（姑且不說）
値段は然う（は）高くない（價錢並不那麼貴）

嗚呼、然うですか、分りました（啊！是啊！我明白了）

然うです、其の通りです（是的，就是那樣）

添水〔名〕石碓，利用水車或竹筒做的引進水力的裝置、利用流水使竹筒敲擊石頭發出聲響的裝置

添水唐臼（水力搗米臼）

添い、沿い〔造語〕沿、順

川沿いの家（河沿的房子）

線路沿いに行く（順著鐵路走）

添い遂げる、添遂げる〔自下一〕夫妻偕老，白頭到老、如願結成夫妻

仲睦まじく添い遂げる（和睦偕老）

末永く添い遂げる（白頭偕老）

五十年間添い遂げる（五十年來的夫妻）

二人は添い遂げられないのを悲觀して心中した（兩人由於不能結婚悲觀失望而自殺了）

どんな反對に逢っても添い遂げる（無論別人怎樣反對也要結婚）

添い寝、添寝〔名、自サ〕在（幼兒等）旁邊陪睡（＝添い臥）

乳を飲ませ乍添い寝を為る（餵著奶在旁邊陪著睡）

添い臥〔名、自サ〕睡（躺）在（別人）身旁（＝添い寝、添寝）

母が添い臥して遣ると、子供は安安と眠った（媽媽在旁邊一躺下孩子就安安穩穩地睡了）

添える、副える〔他下一〕添加，附加、伴隨，陪同

景品を添える（附帶贈品）

口を添える（替人美言）

一言御口を添えて頂き度い（請幫我說句話）

興を添える（助興）

手を添える（幫忙、撫摸）

錦上花を添える（錦上添花）

肉に野菜を添える（肉裡配上青菜）

御數を添えて食べる（配著菜吃）

手紙に寫真を添えて送る（隨信附寄照片）

彩りに人參を添える（為了點綴配上胡蘿蔔）

プレゼントにカードを添える（在禮物上附上卡片）

入學願書に寫真を添えて提出する事（將報考志願書附加像片交來）沿える

看護婦を添えて散步させる（讓護士陪著散步）

兄を添えて幼稚園に遣る（讓哥哥陪著送到幼稚園）

添え、副え〔名〕添加、輔助

添え木，添木、副え木〔名〕支柱。〔醫〕夾板

風が吹くから植木に副え木を為よう（因為刮風給移植的樹綁上支柱吧！）

副え木を当てている患者（纏著夾板的患者）

添え鞍〔名〕（設於騎手背後供婦女等乘用的）後鞍、添鞍

添え鞍に乗る（坐在後鞍上）

添え狀、添狀〔名〕（隨東西或派去的人一起送去的）附信（＝添書）

添え乳、添乳〔名、自サ〕躺在孩子旁邊餵奶

添え乳した儘眠る（躺在孩子旁邊餵奶睡著）

添え手紙〔名〕（隨東西或派去的人一起送去的）附信（＝添書、添え狀、添狀）

添え柱〔名〕支柱（＝支柱）

添え番，副番、添番〔名〕（值班者缺勤時的）輔助值班員、值班助手

添え筆、添筆〔名〕（鑑定、考釋書畫的）題跋，評介、（書信或文件末尾的）追加字句，又及（＝添え書き、添書）

添え文、添文〔名〕（隨東西或派去的人一起送去的）附信（＝添え狀、添書）

添え物、添物〔名〕附加物、附錄、搭配物、贈品、（為色香味而添飾的）配菜。〔喻〕可有可無（不重要）的

彼の本を買ったら、此れも添え物と為て買わされた（一買那本書還搭配著讓買這個東西）

此れが添え物と為て付いていた（這是作為贈品的）

私等は添え物に過ぎません（像我這樣的人是可有可無的）

添わせる 〔他下一〕〔舊〕使結婚，使結成夫妻、使在近旁

彼の二人を速く添わせて遣る（叫他們兩個人早點結婚吧！）

病人に看護婦を添わせる（給病人請個護士）

添わる 〔自五〕〔俗〕添加、加上、付上（＝加わる、付く）

衣服に校章が添わる（衣服上別個校章）

一切の責任が身に添わって来る来る（一切的責任加在身上）

田（ㄊㄧㄢˊ）

田 〔漢造〕田、產地、鄉間

水田、水田（水田、稻田）

良田（良田）

美田（肥沃的田地）

塩田（鹽田）

公田（公田）

荒田（荒廢的田地＝荒廃田）

炭田（煤田）

丹田（丹田、下腹部）

油田（油田）

田園 〔名〕田園、田地

田園将に荒れなんとす（田園將蕪）

田園の生活に慣れる（習慣於田園生活）慣れる 熟れる 馴れる 狎れる 為れる 生れる 鳴れる

田園の風景を絵に書く（畫田園風景畫）

田園交響曲（田園交響曲-貝多芬第六交響曲）

田園都市（在城郊建設的田園式城市）

田翁 〔名〕田叟、老農

田楽 〔名〕（寺院神社中的）田楽歌舞（古時是插秧時的一種民間歌舞）。〔烹〕醬烤串豆腐（＝田楽豆腐）。〔烹〕醬烤串魚片（＝田楽焼き）

田楽刺し（〔把許多東西〕穿成串）

田者 〔名〕農夫、鄉下人（＝田舎者）

田紳 〔名〕鄉紳

田租 〔名〕（舊時的）地稅、田畝稅

高率な田租（高率的田畝稅）

田鼠 〔名〕（もぐら的別稱）鼴鼠

田鼠 〔名〕〔動〕田鼠、野鼠（＝野鼠、隈鼠）

田宅 〔名〕田宅、土地和房屋

田地、田地 〔名〕田地

荒地を開墾して田地に為る（開墾荒地為良田）

田畑，田畑、田畑，田畠 〔名〕水田和旱田、田地

洪水で田畑が冠水した（因為洪水水田和旱田都淹水了）

田畑を耕す（耕田）費やす

田夫 〔名〕農夫、鄉下人、莊稼漢

田夫野人（田夫野人、俗子農夫）

田麩、田麩 〔名〕魚鬆

鯛田麩（鯛魚鬆）

田野 〔名〕田野

山の上から見れば見渡す限り田野である（從山上一看是一望無際的田野）

田野を横切って行く（穿過田野走去）

田 〔名〕稻田、水田（＝田圃）←→畑，畑，畠，畠

田に水を引く（往田裡引水）

田を耕す（種田、耕田）

田を作る（耕種稻田）

田を植える（種稻）

田も遣ろう畦も遣ろう（〔喻〕〔過分溺愛〕恨不得甚麼東西都想給）

我が田へ水を引く（只顧自己方便、自私自利）

我田引水（只顧自己、自私自利）

他 〔名、漢造〕其他，另外，此外、別人，他人，別處，他處、別的事情（＝他）←→自、他意，二心

他の人人（其他的人們）

他の事を話す（談其他的事情）

他の三つ（其他三個）

他の三人（其他三人）三人

他に例を求める（另外找例子）

他に行く所が無い（此外無去處）

居を他に移す（移居他處）移す遷す写す映す

此れより他に方法が無い（此外別無他法）

彼を措いて他に適当な人は無い（除他以外別無適當的人）於いて

自他共に許す（公認）

己を責め、他を責めない（責備自己不責備他人）

顧みて他を言う（顧左右而言他）

我に於いて他無し（我無他意、我無二心）

自他（自己和他人、自動詞和他動詞）

利他（利他、捨己利人）←→利己

愛他主義（利他主義）

排他（排他、排外）

た〔名、漢造〕多←→少。（以多と為る形式）（認為重要）值得感謝

多を頼んで横暴な振舞を為る（依仗人多勢眾橫行霸道）

御援助を大いに多と為て居ります（深深感謝您的援助）

関係者の苦労を改めて多と為度い（對有關人員的辛苦願再次表示感謝）

繁多（繁多、繁忙）

煩多（麻煩、煩瑣）

幾多（許多、多數）

雑多（各式各樣、五花八門、種類繁多、許許多多）

誰、孰〔代〕誰（=誰）

誰か烏の雌雄を知らんや（誰知烏鴉的雌雄、比喻人的善惡難辯）

戦争が済んで喜ばない者は誰一人有るまい（戰爭結束了沒有一個人會不高興的）

誰〔代〕誰（=誰、孰）

誰が行く（誰去？）

誰も行かない（誰都不去）

誰か来たぞ（有人來了）

誰が信用する者か（誰能相信呢？）

誰でも欲しい人に上げる（誰要就給誰）

合格したのは誰ですか（誰考上了？）

此れは誰の鉛筆ですか（這是誰的鉛筆？）

然うでないと誰が言えよう（誰能說不是那樣？）

おやおや誰かと思えば王君ではないか（哎呀！我還以為是誰呢？這不是小王嘛！）

其の事は或る友人に聞いたのだが、誰と名指す事は装う（那件事是我一個朋友那裏打聽的但姑且不說出他的姓名）

誰でも欠点の無い人は無い（任何人沒有無缺點的）

誰にも言っては為らない（對誰都不許說）

雑踏の中で誰が誰だが分からなかった（在熙熙攘攘的人群中分辨不出誰是誰來了）

田遊び、田遊〔名〕（預祝稻穀豐收的）祭神演出

田芋〔名〕〔植〕芋頭（=里芋）

田五加木、狼把草〔名〕〔植〕狼把草

田植え、田植〔名、自サ〕〔農〕插秧（=植え付け）

田植えが始まる（開始插秧）

田植え歌（插秧歌）

田植え踊り（插秧舞）

田打ち、田打〔名〕〔農〕（春初）翻田、翻地

田打ち歌（翻田歌）

田鶉〔名〕〔動〕田雞、食用蛙

田金、鏨、鑽〔名〕鋼齒、鏨刀、鏨子、（鍛造用的）剁刀

田鼈、水爬虫〔名〕〔動〕田龜（=河童虫）

田芥〔名〕〔植〕石龍芮
田草〔名〕水田裡的雜草
田の草〔名〕稻田裡的雜草
　田の草取り（除草）
田計里、田鳧〔名〕〔動〕田鳧
　田鳧の鳴き声（田鳧的叫聲）
田子〔名〕農民
田子作、田吾作〔名〕〔謔〕鄉下佬、莊稼佬（肥担桶〔糞桶〕的担桶+常用於人名下的作）
田毎の月〔名〕一塊一塊水田裡反映著的中秋月影
田芹〔名〕〔植〕芹菜（=芹）、石龍芮（=田芥）
田鶴〔名〕〔動〕鶴
田作り、田作〔名〕耕田、沙丁魚乾（=田作、鱓）
田作、鱓〔名〕沙丁魚乾（=田作り、田作）
　鱓の魚混じり（小魚串在大串上、濫竽充數）
　鱓の歯軋り（蚍蜉撼大樹、螳臂擋車）
田螺〔名〕〔動〕田螺
田の面〔名〕水田的表面
　田の面の飛ぶ燕（在水田上飛翔的燕子）
田雲雀〔名〕〔動〕鷚（鶺鴒科的鳴禽）
田平子〔名〕〔植〕稻槎菜（=仏の座）
田舟〔名〕在水田裡運稻苗稻草肥料的船、在水鄉作交通和運貨用的船
田道、田路〔名〕田間小路（=畦道、畷、縄手、田圃道）
田虫〔名〕〔俗〕頑癬、金錢癬（=白癬）
　顔に田虫が出来た（臉上起了頑癬）
田守り〔名〕守護稻田（的人）
田圃〔名〕田地、莊稼地
　田圃道（田間小路）
　田圃の畦（田埂）畦畔
　二、三年前迄は此の辺は一面の田圃でした（兩三年以前這一帶是一片田地）
田舎〔名〕鄉下，鄉間、鄉村、農村、田園、故鄉、家鄉、老家←→都会
　田舎の人は義理固い（鄉下人重人情）

田舎生まれ（鄉下出生）
田舎出（鄉下出身）
田舎育ち（鄉間長大）
田舎弁（鄉下口音）
田舎大尽（鄉下大財主）
田舎気質（鄉下的樸素氣質）
田舎芝居（鄉間演出的戲劇）
田舎者（鄉下佬）
田舎っ兵衛（〔罵〕鄉下佬）
田舎家（農家、村舍、城市裡農村風味的房子）
田舎訛り（鄉下口音）
都心から然程離れていないのに全くの田舎だ（離市中心不太遠卻完全是鄉村）
田舎道（村路）
田舎へ帰る（回家鄉）
私の田舎は信州です（我的老家是信州）
田舎びる（有鄉間風味、帶鄉下樣）
田舎染みる田舎
田舎間（田舎間-關東地方量日本式房間大小的尺度、一間=1,82米）
田舎廻り（下鄉巡迴演出或經商、官員等下鄉巡視、〔轉〕在地方的分公司調來調去）
田舎味噌（大麥醬-大麥趜做的黑紅色醬較一般的醬鹹）
田舎臭い（鄉下派頭質樸土氣粗俗）
田舎汁粉（小豆粥-關西叫善哉）
田舎風（鄉村派頭、鄉村風味）
田舎〔名〕鄉村，鄉間（=田舎）、田舎，鄉村的房間
　田舎漢（莊稼漢）

恬（ㄊㄧㄢˊ）

恬〔漢造〕安靜的、心神安適的、淡然，安然，無動於中

恬と為て〔副〕恬然
　恬と為て恥じない（恬不知恥）

恬然〔形動タルト〕恬然
　恬然と為て恥じない（恬不知恥）恥恥じ羞じ愧じ
　あんな悪い事を為ても恬然と為ているので此方が顔負けする（做那樣壞事還滿不在乎真叫人替他害臊）

恬淡、恬澹〔形動タルト〕恬淡、淡薄
　無欲恬淡（恬淡無慾）
　利欲に恬淡な人（利慾淡薄的人）
　恬淡たる態度（恬淡的態度）
　恬淡と為ている（恬淡）

甜（ㄊㄧㄢˊ）

甜〔漢造〕甘美為甜

甜菜〔名〕〔植〕甜菜、蒁菜、糖蘿蔔（＝砂糖大根）
　甜菜糖（甜菜糖＝ビート糖）

砂糖大根〔名〕〔植〕甜菜、蒁菜、糖蘿蔔

真桑瓜〔名〕〔植〕甜瓜、香瓜（＝甘瓜）

甘い〔形〕甜、甜蜜、（口味）淡、寬，姑息，好說話、藐視，小看，看得簡單、樂觀，天真，膚淺，淺薄、（說話）好聽，巧妙，蠢，愚，傻，頭腦簡單，鬆，弱，鈍，軟，沒價值，無聊
　甘い菓子（甜點心）
　もう少し砂糖を入れて甘くして下さい（請再稍加一點糖弄甜些）
　彼は甘いも辛いも知っている（苦辣酸甜他都經驗過）辛い辛い
　薔薇の甘い香（玫瑰花的甜蜜的芳香）
　甘い愛の囁き（甜蜜的愛情細語）
　甘い味噌汁（口味淡的醬湯）
　もし甘ければもう少し塩を入れて看為さい（如果淡的話再少放一點鹽看）
　甘くして呉れ（把口味弄得淡一點吧！）
　此の煙草は甘い（這個煙淡）
　甘い叱り方（溫和的申斥）
　彼の先生は点が甘い（那老師分數給的寬）
　子供に甘いから言う事を聞かない（對小孩太姑息了所以不聽話）聞く聴く訊く利く効く
　女に甘い（對女人心軟）
　君は俺を甘く見るのか（你瞧不起我嗎？）
　あんな奴は甘いもんだ（那傢伙很好對付）
　難しい仕事じゃないのですが、甘く見ると失敗しますよ（雖然不是困難的工作可是若看得簡單了就會失敗了）
　甘い考え（樂觀的想法、如意算盤）
　甘い言葉に乗るな（不要上花言巧語的當）
　甘い言葉で女を誘惑する（用甜言蜜語誘惑婦女）
　彼の男はちと甘い（他有點頭腦簡單）
　甘い鋸（鈍鋸）
　此の庖丁は甘い（這把菜刀刀刃軟）
　螺旋が少し甘い（螺絲有點鬆）
　相場が甘い（行情疲軟）
　ピント（punt荷）が甘い（焦點有點沒對準）
　甘い芝居（無聊的戲劇）
　甘い小説（沒價值的小說）

填（ㄊㄧㄢˊ）

填〔漢造〕填塞、填補、充滿

充填（填充、填補）

装填（裝填〔子彈、底片等〕）

補填（填補、補貼、補償）

填隙〔名〕填隙、堵縫（＝コーキン caulking）

填材〔名〕〔建〕填料（＝詰物）

填充〔名、他サ〕填充、裝滿
　割れ目を填充する（填滿裂縫）
　虫歯を填充する（填補蛀牙）
　一樽の醬油は五本の瓶に填充して尚残った（一桶醬油裝滿五個瓶子還有剩餘）

填裝〔名、他サ〕裝填（=裝填）
　フィルムを填裝する（裝底片）

填塞〔名、他サ〕充填（=充填）
　虫歯にセメントを填塞する（給蛀牙填上填充材料）

填入〔名〕填入、塞進

填補〔名、他サ〕填補、補充、彌補
　欠員を填補する（補充空額）
　欠損を填補する（彌補虧損）

填絮、槙皮〔名〕填絮、麻絮（用於填塞船縫等）

填まる，填る，嵌まる，嵌る〔他五〕吻合，嵌入，合適、陷入、掉進、沉溺、迷戀（女色）
　戸が旨く填まらない（門關不嚴實）旨い巧い上手い甘い美味い
　指輪が旨く填まる（戒指正好套得進去）
　靴のボタンが填まらない（鞋扣扣不上）釦ボタン
　条件に填まる（恰合條件）
　自動車が溝に填まる（汽車陷進水溝）溝溝
　敵の計略に填まる（中敵人圈套）
　女色に填まる（沉溺女色）

填まり込む、嵌まり込む〔他五〕套入，（因碰撞而）插進、陷入、沉溺於，迷戀於
　泥の中に填まり込む（陷入泥中）
　事件に深く填まり込んでいる（深深陷入事件之中）
　女に填まり込む（沉溺於女色）

填まり役，填り役、嵌まり役、嵌り役〔名〕在戲劇或工作上最適合的角色與職務
　此れは彼の填まり役だ（這件事讓他來擔任最合適沒有了）
　彼なら填まり役だ（他演這個角色太合適了）
　桃太郎侍は彼の填まり役だ（桃太郎武士由他來演最合適）

填める、嵌める〔他下一〕鑲嵌，安上、戴上、插入、欺騙，使陷入，使沉入
　戸を填める（安上門）
　引き戸に硝子を填める（把玻璃鑲在拉門上）硝子ガラス
　指輪にダイヤを填める（戒指鑲上鑽石）
　手袋を填める（戴手套）
　義足を填める（裝上義肢）
　指輪を填める（戴戒指）
　刀を鞘に填める（把刀插入鞘內）
　人を填める（陷害人）
　罠に填める（騙人上圈套）
　一杯填められた（上了個當）
　猫を池に填める（將貓扔進水池裡）

填め込む、嵌め込む〔他五〕鑲上，嵌入，鑲嵌，安插、納入，放入，填入
　窓にガラスを填め込む（把玻璃鑲在窗子上）
　不適任だが彼を無理に填め込んだ（儘管他不勝任但也勉強安插進去了）
　自分の考えを計画に填め込む（把自己的想法納入計畫中）

填め込み、嵌め込み〔名〕嵌上、鑲上
　填め込みの窓（安上的窗戶）
　填め込みが甘い（鑲得不緊）
　填め込みのダイヤモンド（鑲上的鑽石）
　填め込みゲージ（安裝跳表）

忝（ㄊㄧㄢˇ）

忝〔漢造〕羞辱

忝ない、辱ない〔形〕誠惶誠恐、非常感謝、不勝感謝（之至）（=有り難い）
　其は忝ない（那太感謝了）

千万 忝 なく存じます（不勝感謝之至）
貴方の 忝 ない御好意を有り難く受ける（多蒙厚愛不勝感謝）
色色御配慮戴き実に 忝 ない（蒙您多方關照不勝感謝）実に 誠に 真に 信に 允に 慎に

忝 くする、辱 くする〔連語、他サ〕〔舊〕承蒙…有愧有愧、承蒙（下贈）…十分榮幸
　天覧を 忝 くする（承蒙天皇觀看十分榮幸）

忝 む、辱 む〔他四〕〔古〕感到羞辱、感到有愧、感到誠惶誠恐、十分感謝

忝 うする、辱 うする〔連語、他サ〕承蒙…有愧有愧、承蒙（下贈）…十分榮幸（= 忝 くする、辱 くする）

庁（廳）（ㄊㄧㄥ）

庁（廳）〔漢造〕官署、（行政機關的）外局
　官庁（官廳、政府機關）
　府庁（府的辦公廳）
　県庁（縣政府）
　登庁（到機關上班）
　当庁（該機關）
　退庁（從機關單位下班）
　道庁（北海道政府）
　同庁（同機關）
　支庁（隸屬於都道府縣的地方行政機關、地方廳、分廳）
　市庁（市政府）
　検察庁（檢察廳）
　警視庁（警視廳、首都警察局）
　文化庁（文化廳）
　水産庁（水產廳）
　印刷庁（印刷廳）

庁舎〔名〕官署的建築物
　厳しい庁舎が建ち並ぶ（排列著莊嚴的官廳）厳しい

庁務〔名〕官廳的事務
庁令〔名〕廳的命令、官廳發布的行政命令

汀（ㄊㄧㄥ）

汀〔漢造〕水邊的平地、水中的小洲
汀州〔名〕沙灘（= 干潟）
汀線〔名〕海面與陸地的交界線、海岸線（= 汀線、渚線）
汀、渚〔名〕水濱、岸邊、海濱（= 波打ち際）
　汀伝いに散歩する（沿著海濱散步）
　汀に立って沖の船を眺める（站在岸邊眺望海上船隻）

汀、渚〔名〕汀、水邊，河濱，湖濱，海濱（= 汀、水際）
　汀に遊ぶ水鳥（在水邊遊玩的水鳥）水鳥

聴、聴（聽）（ㄊㄧㄥ）

聴〔漢造〕聽、聽覺、聽從
　視聴（視聽、注意、注目）
　試聴（試聽）
　謹聴（敬聽、傾聽、聆聽）
　傍聴（旁聽）
　傾聴（傾聽、靜聽、謹聽）
　静聴（靜聽）
　清聴（清聽、垂聞、垂聽）
　拝聴（恭聽、聆聽）
　陪聴（陪聽）

聴音〔名〕聽音
　耳は聴音器官である（耳朵是聽音的器官）

聴音機〔名〕（探測入侵飛機或潛艇等的）音響探測器

聴覚〔名〕〔解〕聽覺
　聴覚過敏症（聽覺過敏症）
　聴覚器官（聽覺器官）
　聴覚神経（聽覺神經）

聴覚を失う（喪失聽覺、耳聾）
聴覚を動かす（動用聽覺）
耳は聴覚作用を司る器官である（耳朵是掌管聽覺作用的器官）
鳥は聴覚が人間以上に発達している（鳥的聽覺比人的孩發達）
聴覚型〔名〕聽覺型（記憶型的一種）
聴覚型の人（對聽覺印象特別敏感的人）
聴官〔名〕〔解〕聽覺器官
聴器〔名〕〔解〕聽覺器官（＝聴官）
聴許〔名、他サ〕允許、准許
彼の辞職は聴許された（他的辭職已被批准）
天皇の聴許を仰ぐ（呈請天皇批准）
聴講〔名〕聽講、旁聽
聴講を許す（准許旁聽）
藤田先生の講義を聴講する（聽藤田先生講課）
聴講者が多い（聽講者很多）
聴講料（聽講費）
聴講随意（可以隨便旁聽）
聴講生（旁聽生）
聴講券（聽講症）
聴光器〔名〕聽音辨光器（將光變音使盲人聽音後神經分析而了解書報內容）
聴骨〔名〕〔解〕鼓骨
聴罪〔名〕〔宗〕牧師聽信徒懺悔
聴罪師〔名〕〔宗〕（天主教或基督教）聽信徒懺悔的牧師
聴視〔名〕聽看、又聽又看
テレビの聴視者（聽看電視的人）
聴視覚〔名〕聽覺和視覺（＝視聴覚）
聴取〔名、他サ〕聽取、收聽
事情を聴取する（聽取情況）
ラジオを聴取する（收聽廣播）
ラジオの聴取率（廣播收聽率）

聴取者参加番組（廣播的聽眾參加表演的節目）
聴き取る，聴取る、聞き取る，聞取る〔他五〕聽見，聽懂、聽後記住、聽取
日本語は話すのは易しいが聴き取る事が難しい（日語好講但不容易聽懂）
君の言う事が良く聴き取れなかった（沒聽見你說的什麼）
先生の話を良く聴き取って置く（要聽了牢實記住老師的講話）
調査の情況を聴き取る（聽取調查的情況）
聴き取り，聴取り、聞き取り，聞取り〔名〕聽見，聽懂、聽後記住、聽取、聽力（＝ヒアリング hearing）
日本語を聴き取りで書けますか（你能憑聽把日語寫下來嗎？）
聴き取り書き（檢查員等的聽取調查書、審訊紀錄）
聴き取り学問（聽來的學識、拾人牙慧的學問）
聴き取りの試験（聽力測試）
聴衆〔名〕聽眾
聴衆が会場に溢れた（聽眾擠滿會場）
彼は聴衆の心を捕えた（他抓住了聽眾的心理）
聴衆の皆さん（各位聽眾）
立会演説会の聴衆が騒ぎ出す（辯論演說會的聽眾鬧起事來）
聴従〔名、自サ〕聽從
他人の言葉に聴従する（聽從別人的話）
聴診〔名、他サ〕〔醫〕聽診
胸部を聴診する（聽診胸部）
聴診法（聽診法）
聴診器〔名〕〔醫〕聽診器
聴診器を当てる（放上聽診器）
聴診器で診察する（用聽診器診察）
聴神経〔名〕〔解〕聽神經
聴度〔名〕聽度

聴度計（聽度計）

聴道〔名〕〔醫〕聽管、耳道

聴納〔名、他サ〕聽從（勸告、申訴等）

聴胞〔名〕〔解〕聽泡、聽囊

聴聞〔名、他サ〕〔佛〕聽說法，聽說教。〔法〕（行政機關採取某種行政措施時向利害關係人）徵詢意見。〔宗〕聽信徒懺悔

　　説教を聴聞する（聽說法）
　　聴聞会（徵詢意見會）
　　聴聞僧（聽懺悔僧）

聴力〔名〕聽力

　　聴力が発達している（聽力發達）
　　老人の聴力が鈍い（老年人耳沉）
　　聴力試験（聽力測驗）
　　聴力計（聽力計）

聴話器〔名〕（聾人用）助聽器

聴く、聞く、訊く〔他五〕聽、聽說，聽到，聽從，應允，答應，打聽，徵詢，品嘗，嘗酒，聞味

　　良く注意して聞く（好好注意聽）
　　熱心に話を聞く（聚精會神地聽講話）
　　ぼんやり聞く（馬馬虎虎地聽）
　　身に入れずに聞く（馬馬虎虎地聽）
　　始めから終り迄聞く（從開頭聽到末了）
　　毎日日本放送を聞く（每天都聽日本廣播）
　　聞こうと為ない（不想聽、聽不進去、置若罔聞）
　　聞いて聞かない振りを為る（裝沒聽見、置若罔聞）
　　聞けば聞く程面白い（越聽越有意思）
　　もう一言も聞き度くない（一句話也不想再聽了）
　　聞いているのかね（你是在聽嗎？）
　　まあ聞いて下さい（請您姑且聽一聽吧！）
　　ねえ、御聞きよ（喂！您聽著啊！）
　　彼が日本語を話すのを聞いていると日本人と思われる位だ（聽他說日本話簡直就像日本人似的）
　　噂に聞く（傳說）
　　風の便りに聞く（風聞）
　　聞く所に拠れば（聽說、據說）
　　私の聞いた所では然うではない（據我聽說不是那樣）
　　聞いた事の無い島（沒聽說過的島）
　　良く聞く名前（常聽說的名字）
　　そんな事は聞いた事が無い（那種事情沒聽說過）
　　君が来る事は彼から聞いた（聽他說你要來）
　　彼が死んだと聞いて吃驚した（聽說他死了嚇了一跳）
　　御宅で女中が入用だと聞いて参りました（聽說府上要個女傭我就來了）
　　党の呼び掛けを聞く（聽從黨的號召）
　　指導者の言い付けを聞く（聽從領導的指示）
　　私の言う事を良く聞き為さい（你要好好聽我的話）
　　他人の言う事を聞くな（不要聽別人的話）
　　彼奴は人の事何か聞く男じゃない（那個傢伙不是個聽話的人）
　　忠告を聞く（聽從勸告）
　　人の頼みを聞く（答應別人的請求）
　　訴えを聞く（答應申訴）
　　彼の希望も聞いて遣らねば為らない（他的希望也得答應）
　　駅へ行く道を聞く（打聽到車站去的路）
　　聞いて見て呉れ（你給我打聽一下）
　　根堀り葉堀り聞く（追根究底）
　　理由を聞き度い（我要問理由何在）
　　君に聞くが、君が遣ったんだろう（我來問問你是你做的吧！）

先ず自分の身に聞いて見給え（首先要問問你自己、首先要反躬自省一下）

後聞き度い事が有りませんか（再也沒有要問的嗎？）

大衆の意見を聞く（徵詢群眾的意見）

酒を聞く（嘗酒味）

香を聞く（聞香味）

聞いて極楽、見て地獄（耳聞不如眼見、耳聞是虛眼見為實）

聞いて千金、見て一文（耳聞不如眼見、耳聞是虛眼見為實）

聞くは一時の恥、聞かぬは一生の恥（求教是一時之恥不問是終身之羞、要不恥下問）

聞くは見るに如かず（耳聞不如眼見、耳聞是虛眼見為實）

聞けば聞き腹（不聽則已一聽就一肚子氣）

聞けば気の毒、見れば目の毒（眼不見嘴不饞耳不聽心不煩）

利く、効く〔自五〕有效，見效，奏效，有影響，起作用、好用，好使，敏銳，頂用、（交通工具等）通，有，可以，能夠，經得住，（常用利かない形式）〔俗〕（數量好多）不止，豈止。

〔他五〕（以口を利く形式）說（話）、關說

此の薬は良く利く（這個藥很有效）聞く聴く訊く

此の薬は非常に良く利く（這個藥很有效）

此の薬草は色色な病気に利く（這種草藥能治很多病）

幾等薬を飲んでも利かない（吃多少藥也不見效）

万病に利く薬（萬靈藥）

薬は利き過ぎたらしい（藥力似乎太猛了、〔轉〕處置似乎太嚴了）

芥子が利いた（芥末味出來了）芥子辛子

塩味が利いている（有鹹味了）

酒が段段体に利いて来る（酒力漸漸涌上身來）

無理の利く体（能經得起勞累的身體）

無理が利かない（不能勉強）

病気上がりで無理が利かない（病剛好不能勉強）

賄賂が利かない（賄賂不起作用）

体が利かない（身體不聽使、身體不行了）

手が利かない（手不好使、手拙）

右手より左手が良く利く（左手比右手好使）

顔が利く（有勢力）

目が利く（有眼力、眼力高）

鼻が利く（鼻子好使、嗅覺靈敏）

耳が良く利く（耳朵靈）

年を取ると目が利か無く為る（一上年紀眼睛就不好使了）

腕が利く（能幹、有本領）

気が利く（機敏、機靈、心眼快）

眺めが利く（能看得很遠）

見通しが利かない（看不清楚、前途叵測）

どんな鑢も此の金属には利かない（怎麼樣的銼也銼不動這種金屬）

病気の為体の自由が利かない（因為有病身體不能動彈）

鶴嘴が利かない（鎬刨不動）

ブレーキが利かない（剎車不靈）

ブレーキが利かないと危険だ（剎車若是不靈可就危險了）

其処は電話が利く（那裡通電話）

彼の村迄はバスが利く（有公車通到那個村子）

釘が利く（釘子能釘結實、意見等生效）

洗濯が利く（經得住洗）

裏返しが利く（可以翻裡作面）

修繕が利かない程破損している（破損得不能修理了）

貯蔵の利く食品（可以貯藏的食品）

百や二百では利かない（不止一二百）

口を利く（說話、關說）

冗談口を利く（詼諧、說笑話）

山田さんに口利いて貰う（請山田先生給關說一下、請山田先生給美言一番）

聴き込む，聴込む，聞き込む，聞込む〔他五〕聽到、探聽到、偵查到

彼の男の噂を聴き込む（聽到那人的風言風語）

思い掛けない所から話を聴き込んだ（從意想不到的地方聽到了一些說法）

その男に就いて何か聴き込んだ事でも有るか（關於那人你探聽到什麼沒有？）

聴き込み，聴込み、聞き込み，聞込み〔名〕聽到、探聽到、偵查到

聴き込みを手掛かりに為て犯人の捜査に当たる（以探聽到的情況為線索搜查犯人）

聴き込みを続ける（繼續偵查）

聴き手，聴手、聞き手，聞手〔名〕聽者、聽眾←→話し手、語り手

話し手、聴き手、事柄は言語成立の三条件である（講話者聽眾內容是構成語言的三個條件）

中中の聴き手だ（是個了不起善於聽別人講話的人、是個忠實的聽眾）

良い聴き手に為るのは難しい（當一個善於聽別人講話的人可不容易）

聴き手が少ない（聽眾很少）

聴す，許す，赦す〔他五〕准許，許可，饒恕，寬恕，免除，容許，承認，公認，委託，信賴，放鬆，鬆懈，釋放。〔棒球〕容讓，容許

入学を許す（准許入學）

此れは国際法の許さぬ所だ（那是國際法所不准許的）

面会を許す（許可面會）

医師の開業を許す（准許醫師開業）

謝る迄は許さない（不認錯不寬恕）

御無沙汰御許して下さい（久未問候請多見諒）

今度だけは許して上げよう（這一次饒恕你吧！）

再試験を許す（免去複試）

課税を許す（免除課稅）

事態は一刻の猶予も許さない（事態刻不容緩）

事情が許せば然う扱おう（如果情況容許就那麼處理吧！）

傍聴者の発言を許す（容許旁聽者發言）

時間の許す限り（只要在時間容許範圍內）

事情の許す限り尽力しよう（盡可能的努力吧！）

彼は一世の学者を以て許されている（他被公認是當代的學者）一世一世

自他共に許す専門家（人所公認的專家）

心を許す（以心相許、信賴）

彼女は其の男に心を許した（她完全信賴了他）

男に肌を許す（女人以身相許）

女に心を許さない（不輕信女人）

心を許した友（知心朋友、知己）

二人は深く許した間柄（兩人是知心朋友）

気を許す（放鬆警惕）

一寸気を許した隙にスーツ、ケースが盗まれて終った（稍一疏忽手提箱被偷走了）

許されて刑務所を出る（被釋放出獄）

本塁打を許す（容許對方本壘打）

三本の安打を許す（容許對方三次安打）

廷（ㄊㄧㄥˊ）

廷〔漢造〕法庭、宮廷

法廷（法庭）

出廷（出庭、出席法庭）

退廷（退庭，從法庭退出、退朝，從朝廷退出）

休廷（休庭、停審）
朝廷（朝廷）
宮廷（宮廷、皇宮、禁中）

廷議〔名〕朝廷的評議

廷臣〔名〕廷臣、朝臣
　王は優れた廷臣を沢山召し抱えている（國王聘用很多優秀廷臣）

廷丁〔名〕（法庭上的）衙役（廷吏的舊稱）

廷内〔名〕法庭内
　裁判長は廷内の秩序維持の為傍聴人の退廷を命じた（審判長為了維持法庭内的秩序命令旁聽人退席）

廷吏〔名〕庭吏、法庭上的雜務職員

亭、亭（ㄊㄧㄥˊ）

亭〔漢造〕中國古代的十里長亭、雅號，居室名，旅館，飯館
　亭長（亭長）
　芸亭（芸亭）
　池亭（池畔的亭子）
　二葉亭（雙葉亭）
　時雨亭（時雨亭）
　曲亭馬琴（江戸末期的戲作者，著有南總里見八犬傳等=滝沢馬琴）
　料亭（日本式飯館=料理屋）
　旅亭（旅館、旅舍）
　清風亭（清風亭）

亭主〔名〕（一家的）主人，（茶道的）東道主、（旅館或茶館等的）主人，老板。〔俗〕丈夫
　亭主役を為る（當主人、當東道主）
　亭主振りが良い（殷勤的主人）
　宿屋の亭主（旅館的老闆）
　彼の女は亭主持ちだ（那個女人有丈夫）
　亭主思い（時刻惦念丈夫的妻子）
　亭主の顔に泥を塗る（給丈夫臉上抹灰、使丈夫丟臉）
　知らぬは亭主許り也（丈夫戴綠帽子滿街都知道）
　亭主を尻に敷く（妻子欺壓丈夫）

亭主関白〔名〕〔俗〕丈夫跋扈、大男人主義←→嬶天下、嬶天下（老婆當家、老婆掌權）
　彼の家は亭主関白だ（他的家是丈夫說了算）

亭亭〔形動タルト〕亭亭、（樹木）高聳（=すくすく）
　杉の古木の亭亭と為て眺め（古杉亭亭聳立的景色）
　亭亭たる杉の並木（亭亭的杉木街樹）

庭（ㄊㄧㄥˊ）

庭〔漢造〕庭院、家中
　校庭（校園、操場）
　前庭（房屋的前院、耳部的前庭）
　後庭（後院、後宮、後殿）
　家庭（家庭）

庭園〔名〕庭園、（住宅的）花園
　屋上庭園（屋頂花園）
　日本式の庭園（日本式的庭園）
　庭園を造る（建造庭園）

庭球〔名〕網球（=テニス）
　庭球を遣る（打網球）
　庭球場（網球場）
　庭球界（網球界）
　庭球選手（網球選手）

庭訓〔名〕庭訓、家庭的教訓、家庭教育
　庭訓を守る（遵守庭訓）守る守る漏る洩る盛る
　庭訓往来（尺牘範文）

庭樹〔名〕庭園中的樹木（=庭木）

庭上〔名〕庭前、庭園
　庭上は一面雪に覆われた（庭園覆滿白雪）
　庭に一株の芭蕉が植えて有る（庭前植有一株芭蕉）

庭中〔名〕院中、庭內（=庭、内）

庭内〔名〕庭内、院中
　庭内に植木の手入れを為る（修整院内的花木）

庭〔名〕庭院、庭園、特定的場所、風平浪靜的海面（水面）。〔古〕家庭
　庭を造る（建造庭園）造る作る創る
　庭に池を造る（在院子裡造水池）
　彼は庭弄りが好きだ（他愛擺弄院子裡的花草樹木）
　庭を掃く（打掃院子）掃く穿く吐く履く刷く佩く
　庭の手入れを為る（修整院子）
　学びの庭（學校）
　教えの庭（課堂）
　農家の庭（農家的場院）
　戦の庭（戰場）戦軍
　庭の訓（庭訓、家庭教育）教え訓え

庭石〔名〕庭園景石、庭園踏腳石（=飛石）

庭石菖〔名〕〔植〕庭菖蒲

庭弄り〔名他〕整修庭園、擺弄院落
　趣味は庭弄りです（愛好是整修庭院）
　庭弄りを為る（整修庭院）

庭梅〔名〕〔植〕郁李

庭漆〔名〕〔植〕樗、臭椿

庭木〔名〕庭園的樹木
　庭木の手入れを為る（修整庭園的樹木）

庭木戸〔名〕庭園的柵欄門

庭草〔名〕庭園的草

庭口〔名〕庭園的出入口

庭下駄〔名〕在院子裡穿的高齒木屐

庭苔〔名〕庭院長出的苔癬

庭先、庭前、庭前〔名〕（院子接近屋簷的部分）庭前、院子
　庭前の梅が咲いた（庭前梅花開了）
　庭前の梅が咲いた（庭前梅花開了）

　御庭前で失礼（對不起不進屋裡打擾了）
　庭先渡し（農產品的產地交貨）
　庭先相場（農產品的產地價格）

庭師〔名〕園丁、花匠、園林工人、園藝師、造園師（=庭作り）

庭叩き〔名〕〔動〕鶺鴒（=鶺鴒）

庭水、行潦、潦〔名〕雨後積水、（古代詩文中）"ながるる""行方知らぬ""すまぬ"的枕詞）

庭作り〔名〕修建庭園（的工人）、造園（師）（=庭師、造園）

庭伝い〔名〕穿過庭院
　庭伝いに隣家に行く（穿過院子去鄰居家）

庭常、接骨木〔名〕〔植〕接骨木

庭面〔名〕庭院（表面）

停、停（ㄊㄧㄥˊ）

停（有時也讀作 **停**）〔漢造〕停、停留、停止
　調停（調停）

停音〔名〕〔樂〕休止
　停音符（休止符）

停会〔名、自他サ〕休會
　議長は停会を宣した（主席宣布休會）
　会議は暫く停会する（會議暫時休會）
　国会は停会に入った（國會休會了）
　国会は停会に為った（國會休會了）

停学〔名〕停學（處分）
　停学を命ずる（勒令停學）
　停学処分を受ける（受到停學處分）
　停学を食らった学生（受到停學處分的學生）
　一週間の停学に処せられた（受到停學一周的處分）

停刊〔名〕停刊

停限年齢〔名〕退休年齡（=停年、定年）

停止、停止〔名、自他サ〕停止，禁止、（車馬）停住，停下、（事物、運動等）停頓

停止を命ずる（命令停止）

歌舞音曲を停止する（禁止歌舞音樂）

其の新聞は一週間発行を停止された（那份報紙被停刊一星期）

電車が急に停止した（電車突然停下了）

交差点で車の停止を命ぜられた（在交叉點被命令停車）

会社の業務を停止する（暫停公司業務）

取引は停止状態に在る（交易處於停頓狀態）

呼吸が一時停止した（呼吸停止了一會兒）

停止浴（〔攝〕定影液）

迅速停止浴（速顯液）

停止液（〔攝〕停顯〔影〕液）

停車〔名、自他サ〕停車、剎車

臨時停車（臨時停車）

一時停車（暫時停車）

非常停車（緊急剎車）

急停車（急煞車）

踏み切りで一時停車する（在平交道暫時停車）

次は名古屋迄停車しません（下一站到名古屋前不停車）

停車時間（停車時間）

停車信号（停車信號）

停車場、停車場（車站、火車站、三輪車計程車停車處）

停職〔名、自サ〕停職（處分）

停職を命ずる（命令停職）

停船〔名、自サ〕停船

警察の命に因って停船させられた（由於警察的命令被迫停船）

検疫の為港外で停船する（因為檢疫在港外停船）

停戦〔名、自サ〕停戦

講和の為に両軍は停戦した（兩軍因講和而停戰了）

停戦交渉が成立した（停戰談判達成協議）

停戦会談（停戰會談）

停滞〔名、自サ〕停滯,停頓、（貨物）滯銷、（金融）呆滯。〔醫〕存食,積食

事業が停滞する（事業停頓）

水の流れが停滞する（水流淤積）

金融は停滞している（金融呆滯）

不景気で貨物が市場に停滞している（由於不景氣市場上貨物滯銷）市場市場

食物が胃に停滞している（胃裡積食）

停滞前線（氣導致梅雨和秋雨連綿的）靜止鋒

停潮〔名〕海面升降停止

停電〔名、自サ〕停電、停止供電

停電の御知らせ（停電通知）知らせ報せ

渇水期の為停電する日が多い（因為是乾涸期停電的日子多）

停電の為電車が動かない（由於停電電車不走了）

停電日（停電日）

停頓〔名、自サ〕停頓

資金難の為事業は停頓している（因為資金困難事業陷於停頓）

交渉は暗礁へ乗り上げて停頓して終った（談判遇到障礙而停頓了）

停年、定年〔名〕退休年齡（＝停限年齡）

我我の停年は満六十歳だ（我們的退休年齡是年滿六十歲）

彼は今年で停年だ（他今年該退休了）

停年に達する（達到退休年齡）

停年退職（退休）

停年制（退休制度）

停泊、碇泊〔名、自サ〕停泊、拋錨

港内に外国航路の商船が停泊している（外國航線的商船停在港內）

ていはくじょ
停泊所（停泊地）

ていはくち
停泊地（停泊地）

ていはくいち
停泊位置（停泊位置）

ていはくりょう
停泊料（停泊費）

ていはくにっすうちょうかわりましきん
停泊日数超過割増金（停泊超期費）

停留〔名、自他サ〕停留、停止、停住

バスは此処に停留しない（公共汽車不在這裡停）

ていりゅうきごう
停留記号（〔樂〕延聲記號）

ていりゅうじょ、ていりゅうじょう
停留所、停留場（公車站、電車站）

ちょうにん、ていにん
停任、停任〔名〕停止任用

ちょうはい、ていはい
停廃、停廃〔名〕廢止

停まる、止まる、留まる〔自五〕停止，停下、停頓、停留、（寫作止まる）止於，限於←→越える

事故の為会議の進行が停まる（因發生事故會議停頓）

病気の進行は一時停まっている（病情暫時停止發展）

げんしょく とど
原職に留まる（留職）

いもうと はは きょうり とど こと な
妹と母は郷里に留まる事に為った（母親和妹妹決定留在家鄉）

行く人、留まる人（走的人留下的人）

用が無いから此処に留まる必要は無い（因為沒有事無需留在這裡）

ニュースを集める為当分現地に留まる（因為搜集消息暫時留在當地）

単に希望を述べたに止まる（只是表示了我的希望）

彼の悪事は此れのみに止まらない（他做的壞事不止於此）

此の習慣は其の地方に止まる（這個習慣只限於那個地區）

停める、止める、留める〔他下一〕停下，停住，阻止、留下、留住、遺留、（寫作止める）止於，限於（某限度）

怪しい音に不図足を停める（聽到可疑聲音突然停下腳步）

はなし ちゅうと と
話を中途で停める（中途把話停下）

あしあと とど
足跡を留める（留下腳印）

家族を郷里に留めて単身赴任する（把家屬留在家鄉自己單身赴任）

昔の華麗さの影さえ留めていない（昔日的豪華已杳無蹤跡可尋了）

被害を最小限に止める（把損害限制在最小限度）

大略を述べるに止める（只是敘述概略）述べる陳べる伸べる延べる

彼の新作の批評は此れに止めて置こう（對他的新作品的評論就止於此吧！）

停まる、留まる、留る、止まる、止る〔自五〕停止，停住，停下，止住、停頓、堵塞、不通、棲息、落在、釘住、固定住、抓住、（眼睛）注意、看到、留在（耳邊）

時計が停まった（表停了）泊まる泊る

行列はぴたりと停まった（隊伍突然停了下來）

此の列車は次の駅で停まらない（這次列車在下一站不停）

もう三つ停まると動物園だ（再停三站就是動物園）

ショー、ウィンドの前で足が停まる（在櫥窗前停下腳步）

エンジンが停まっている（引擎停了）

噴水は今日は停まっている（噴水池今天沒有噴水）

痛みは停まったか（疼痛止住了嗎？）

みゃく と
脈が停まった（脈搏停了）

出血が中中停まらない（出血止不住）

可笑しくて笑いが停まらない（滑稽得令人笑不停）

下水が停まる（下水道堵住了）

水道が停まる（水管堵住了）

脱線事故で電車が停まる（因出軌電車不通）

水道工事の為午後十時から午前六時迄水が停まります（因修理水管從下午十點到上午六點停水）

此の路次は先が停まっている（這條巷子前面走不過去）
雀が電線に停まっている（麻雀落在電線上）
蝶が花に停まっている（蝴蝶落在花上）
此のピンでは停まらない（用這圖釘釘不住）
釘が短くて、板が旨く停まらない（釘子太短板子釘不住）
桶側は箍で停まっている（木桶外面用箍箍住）
電車の吊革に停まる（抓住電車的吊環）
隠れん坊する者、此の指に停まれ（玩捉迷藏的人抓住這個手指頭！）
彼の人の声が耳に停まっていて離れない（他的聲音縈迴在我耳邊）
白いハンカチが目に停まった（看到了白色手帕）
人影が目に停まる（看到人影）
説教を聞いても耳に停まらない（挨了一陣説教也只當耳邊風）
御高く停まる（高高地、高傲地）
彼は随分御高く停まっている（他非常高傲自大）
御高く停まて官僚風を吹かせている（高高在上官氣十足）

泊まる、溜る〔自五〕停泊、投宿，過夜，值宿，值夜班
港に泊まっている船（停泊在港口的船）止まる留まる停まる
友人の家に泊まる（住在朋友家裡）
彼処では泊まる所が無い（那裡沒有住處）
其のホテルには五百名の客が泊まれる（那飯店可住五百客人）
交替で役所に泊まる（輪流在機關值夜班）

停める、留める、止める〔他下一〕（把…）停下，停住，停止，止住，堵住、制止，阻止，關閉，關上，禁止，阻擋，釘住，扣上，固定住，留住，扣留，留心，注目，記住，止於，限於
車を停める（把車停下）泊める
タクシーを停める（叫計程車停下）
供給を停める（停止供給）
筆を停める（停筆）
手を停める（停手不做）
ショー、ウインドの前で足を停める（在櫥窗前停下腳步）
其の角で停めて下さい（請在那個拐角停下）
血を停める（止血）
痛みを停める（止痛）
堰を造って河の流れを停める（築堤堵住河流）
息を停めて下さい（〔透視等時〕請憋住氣）
喧嘩を停める（制止吵架）
不作法な行為を停める（制止粗魯行為）
煙草を呑むのを医者に停められた（被醫師制止抽菸了）
幾等停めようと思っても涙が停まらなかった（眼淚怎麼也抑制不了地流下來）
大学受験を停める（勸阻不要考大學）
インフレを停める措置を取る（採取抑制通貨膨脹的措施）
ガスを停める（把煤氣關上、停止供應煤氣）
エンジンを停める（把引擎停下）
通行を停める（禁止通行）
行くに任せて強いに停めなかった（任他去沒有強加阻擋）
紙をピンで停める（用大頭針把紙釘住）
釘で板を停める（用釘子把木板釘住）
釦を停める（扣上扣子）ボタン
用も無いのに長く停める（並沒有事卻把人長期留下）
警察に停められた（被警察扣留了）
心を停めて見る（留心觀看）
目を停める（注目）
心に停める（記在心裡）
気に停めないで呉れ（不要介意）

議論を其の問題だけに停める（討論只限於這個問題）

停めて停まらぬ恋の道（愛情是阻擋不住的）

泊める〔他下一〕留宿、停泊

一晩泊めて下さい（請留我住一宿）止める留める停める

友人を泊める（留朋友住下）

避難民を泊める（收容難民）

旅行者を泊める（留旅客住宿）

彼の旅館は一晩二千円で泊める（那旅館一宿要兩千日元）

彼のhotelは千人の客を泊められる（那旅館住一宿可以住一千名客人）

船を一時港に泊める（把船暫時停在港口）

町（ㄊㄧㄥˇ）

町〔名、漢造〕（市街區劃單位）街，巷、（介於市與村之間的自治團體）鎮，街、町（距離單位-約109米）、町（面積單位-約9918平方米）

千代田区神田神保町（千代田區神田神保町）

町役場（鎮政府）

町長（鎮長）

市町村（市鎮村-日本地方自治體）

町営〔名〕鎮營、街營（的企業）

町家〔名〕街上的房子、商家、商人家裡

町家〔名〕城鎮的商家、舖面房

町家が立て込む（街上房子鱗次櫛比）

町家の若旦那（商人家裡的少掌櫃）

町家の娘（商家姑娘）

町会〔名〕（町議会的舊稱）鎮議會、街道居民委員會（=町内会）

町会議員（鎮議員）

町会を開く（召開鎮議會）

町会事務所（街道居委會辦事處）

町議〔名〕鎮議會議員（=町議会議員）

町議会〔名〕鎮議會

町史〔名〕鎮史、鎮的歷史

町署〔名〕鎮警察署

町政〔名〕鎮的自治行政

町制〔名〕（作為自治團體的）鎮的制度

町制を布く（施行鎮制）布く敷く如く如く

町勢〔名〕鎮的（經濟）情況

町勢一覧（鎮的經濟情況一覽表）

町税〔名〕鎮稅、鎮徵收的稅

町村〔名〕鎮與村

町村会議員（鎮村議會議員）

町村組合（鎮村聯合協議會）

町村長（鎮村長）

町長〔名〕鎮長

町内〔名〕同一街道內

町内会を作る（組織街道居民會）

町内一の美人（全街道最漂亮的女人）

町内の噂話（街談巷議）

町内の寄り合い（街道上的集會）

町内挙って寄付した（全街道居民都捐了款）

町内会（街道居民委員會）

町人〔名〕（江戶時代的一個社會階層）商人、手藝人←→武士、百姓

町人気質（商人氣質）

町人根性（商人根性）

町人物（以商人為題材的作品）

町版〔名〕民間書店出版（的書（=坊刻）

町費〔名〕鎮的經費

町歩〔接尾〕町步（以〝町〞為單位計算田地，山林面積時的用語、一町合9918平方米）

二百町歩の田（二百町歩的田地）

町民〔名〕鎮上的居民

町名〔名〕街名、鎮名

町名地番変更（街名地號變更）

町有〔名〕鎮的所有

町有財産（鎮有財產）

町立〔名〕鎮立

町立の中学校（鎮立的中學）

町、街〔名〕鎮，城鎮←→田舎、（也寫作街）街，大街（=通り）、町（行政區劃，位於市、區之下）

町へ行く（到鎮上去、進城）

町に居る（在鎮裡、住在城裡）

町の人が皆出て見物した（鎮上的人都出來看熱鬧了）見物

町で暮らした貴方には此処は静か過ぎるでしょう（對在城裡過慣了您來說這裡恐怕太寂靜了）

町中の評判に為る（弄得滿城風雨）

町の隅隅に迄広める（傳播到街頭巷尾）

街の燈（街燈）

街の女（街娼、野雞）

街を歩いていたら、先生に会った（在街上走著遇見老師了）

日曜日の街は人通りが多い（星期天大街上人多）

行列を組んで街を練り歩く（列隊緩步走過大街）

品川区の大井町一丁目三番地に住む（住在東京品川區大井町一丁目三號）

＊（町作為街名時有時讀作 町 — 如田村町、神保町）

襠〔名〕〔縫紉〕（因幅寬不足等）接幫佣的布料、（和服裙子的）內襠

羽織に襠を入れる（給外掛幫上一塊布）町

袴の襠が高い（裙子內襠太靠上）

町医〔名〕（對醫院醫師而言的）私人開業醫師、（江戶時代）（對御用醫師而言的）市井開業醫師

町医者〔名〕開業醫師（=町医）

町角、街角〔名〕街角、街口、巷口

街角の煙草屋（街口的香煙鋪）

街角迄送って行きましょう（送您到街口吧！）

街角で待つ（在街口等候）

町方〔名〕（對鄉村而言）城鎮←→村方、有關城鎮或城市工商業者的事物←→地方、（江戶時代）（町奉行下屬的同心、岡引等）下級衙役（=御町）

町着〔名〕上街時穿的衣服

町工場〔名〕市鎮上的小工廠

町筋〔名〕街道

裏通りの余り広くない町筋（巷子裡不太寬的街道）

町住い〔名〕城市居住、城市生活

町住いを為る（住在城市、過城市生活）

町年寄〔名〕（江戶時代）（在町奉行屬下）辦理市政的官吏

町道場〔名〕城鎮裡的練武場

町中〔名〕市內、市中心區

遊覧バスで町中を見物する（乘遊覽車參觀市內）

車を走らせて町中をドライブする（驅車在市內兜風）

晴れ着で町中を歩く（穿著華麗衣服在市內走）

町並み、町並〔名〕街上房屋的排列情況

町並が良く揃っている大通り（樓房排列整齊的大街）

町の紳士〔名〕〔俗〕幫匪、強盜、（美國）暴力團團員（=ギャング）

町場〔名〕鬧市區、市內商業區

町場、丁場〔名〕兩個驛站之間的距離、分擔的工區

其処迄は本の一町場だ（到那裏只不過一站的路程）

町外れ〔名〕郊外、市郊、市鎮的盡頭

僕の家は町外れに在る（我的家在市郊）在る有る或る

町幅〔名〕街道的寬度

町幅が狭い（街道狹窄）

町奉行〔名〕〔史〕町奉行（江戶幕府設在江戶、京都、大阪、駿府等大都市、管理行政，司法，治安等的官吏、相當於市長）

町奉行所（町奉行所、市政衙門）
町屋形船〔名〕帶篷的遊艇
町役人〔名〕（江戸時代）（在幕府直轄城市或領主居城、町奉行屬下的）民政官吏
町役場、町役場〔名〕鎮公所
町奴〔名〕（江戸時代的）（市民中的）俠客、義士、好漢（＝俠客）←→旗本奴

挺、挺（ㄊㄧㄥˇ）

挺〔漢造〕站在前頭
挺する〔他サ〕挺
　身を挺して国難を当たる（挺身應付國難）挺する呈する訂する締する
挺身〔名、自サ〕挺身
　挺身して難局に当たる（挺身肩負難局）
　挺身敵地に乗り込んで功績を立てる（挺身闖入敵陣建立功勛）
　挺身隊（敢死隊、志願部隊）
挺進〔名、自サ〕挺進
　敵中深く挺進した（向敵陣縱深挺進）
　機動力の有る挺進隊を組織する（組織具有機動力的挺進隊）
挺〔接尾〕（數槍、墨、臘、櫓等細長物的單位）隻、枝、桿、塊
　（數蚊帳、布幕等的單位）頂、架
　銃三挺（三隻槍）
　ピストル二挺（兩隻手槍）
　二挺の籠（兩頂轎子）

梃、梃（ㄊㄧㄥˇ）

梃、梃〔漢造〕棒棍
梃、梃子〔名〕槓桿、撬、千斤頂（＝レバー lever）
　梃子で石を持ち上げる（用槓桿把石頭撬起來）
　大きな石を梃子で動かす（用撬撬開大石頭）
　梃子でも持ち上げられない（即使用撬也撬不起來）

梃子比（〔機〕槓桿率）
梃子の原理（槓桿原理）
梃子でも動かぬ（死頑固、堅持己見）
梃子摺る、手子摺る、手古摺る〔自五〕為難、棘手、難對付、束手無策
　彼の事件には随分梃子摺った（在那件事情上不知傷了多少腦筋）
　彼の男は狡くて本当に梃子摺る（那人很狡詐實在難對付）
　私も小さい頃は腕白で随分親を梃子摺るらした物だ（我小時候也很淘氣給父母惹了很多麻煩）
　子供に泣かれて梃子摺った（孩子哭得我實在沒辦法）
　ちんぴらには梃子摺る（小流氓不好對付）
梃入れ、梃入〔名、自サ〕〔商〕防止行情跌落的措施或對策、（用…に梃入れを為る的形式）撐腰、打氣
　大量に売りに出て梃入れ（を）為る（大量拋售維持行情）
　大量に買って梃入れを為る（大量買入以維持行情）
　事業は政府の梃入れが有って急に活気を帯びて来た（由於政府採取措施，事業馬上活躍起來了）
　梃入れ作用を為る（起刺激作用）
梃前、手古舞〔名〕（江戸時代）女扮男装的一種舞蹈（廟會或祭祀節日、左手拿鐵杖、右手拿牡丹花扇、走在神輿花車前面、緩步開道、邊唱邊舞）

艇（ㄊㄧㄥˇ）

艇〔名、漢造〕小舟
　艇を走らす（開小艇）
　第十号艇（第十號艇）
　艦艇（〔大小軍艦的總稱〕艦艇）
　舟艇（小艇、舢舨）
　短艇、端艇（小艇、小船、舢舨）

競艇（きょうてい）（汽艇競賽）
魚雷艇（ぎょらいてい）（魚雷艇）
潜航艇（せんこうてい）（潛水艇〔＝潜水艦（せんすいかん）〕）

艇員〔名〕（賽艇的）全體隊員

艇庫〔名〕艇庫
ボートの艇庫に納（おさ）める（把小艇收入艇庫）納（おさ）める 収（おさ）める 治（おさ）める 修（おさ）める

艇差〔名〕（賽船時）船與船之間之差距
艇差一艇身（一艇之差距）

艇首〔名〕（小船的）船首、船頭（＝舳先（へさき））
艇首を沖に向けて漕（こ）ぐ（把船首朝向海上划去）漕ぐ 扱ぐ
艇首座（船首座）

艇身〔名〕艇身、艇的長度
我（わが）クルー（crew）は半艇身の差で優勝した（我們隊員以半艇身之差獲勝）

艇体〔名〕（飛艇的）艇身

艇隊〔名〕（魚雷艇等組成的）艇隊
魚雷艇隊（ぎょらいていたい）（魚雷艇隊）

艇長〔名〕艇長

艇尾〔名〕艇尾
艇尾座（艇後座、艇尾台）

禿（ㄊㄨ）

禿〔漢造〕無髮為禿、沒有頭髮的、山上沒有草木的、毛脫落的

禿頭、禿頭（とくとう、はげあたま）〔名〕禿頭（的人）
禿頭病（とくとうびょう）（禿髮病）
禿頭を撫（な）でる（撫摸禿頭）
禿頭は良（よ）く光（ひか）る（禿頭真亮）

禿髪（とくはつ）〔名〕禿頭（＝禿（はげ））

禿筆（とくひつ）〔名〕禿筆（＝禿び筆、禿筆）。〔謙〕拙作
禿筆を呵（か）して拙文を草（そう）する（呵禿筆寫拙文）草する 走する 相する 奏する

禿び筆、禿筆（ちびふで、ちびふで）〔名〕禿筆、〔謙〕拙筆

禿、禿（かぶろ、かむろ）〔名〕〔古〕禿頭，禿山、瀏海頭（以前兒童髮型之一）、妓女的侍女

禿びる〔自上一〕（筆尖等）磨禿
禿びた筆（ちびたふで）（禿筆）
禿びた鉛筆（ちびたえんぴつ）（禿鉛筆）

禿げる〔自下一〕禿，頭髮脫落、（山）光禿禿
頭（あたま）がつるつるに禿げる（頭禿得光溜溜的）剥（は）げる 接げる 矧げる
年を取ると段段頭が禿げて来る（上了年紀頭就漸漸禿起來）
山の中腹が禿げている（山腰光禿禿的）

禿〔名〕禿，禿頭，斑禿、禿頭的人，禿子、光禿，不長樹木（的山等）
帽子で禿を隠す（用帽子遮掩禿頭）
傷痕（きずあと）が禿（はげ）に為（な）った（傷疤不長毛了）
彼の人は頭に禿が有る（他頭上有斑禿）
禿の先生（禿頭的老師）
彼処（あそこ）に居（い）る禿（はげ）は誰（だれ）だろう（在那裏的禿子是誰？）
山が禿に為る（成了禿山）
山火事で禿山に為る（因火災燒得光禿禿的山）

剥げ〔名〕（油漆等）脫落、剝落（處）
ペンキ（pek荷）の剥げが目立（めだ）つ（油漆的脫落很明顯）禿 接げ 矧げ

禿上がる〔自五〕禿頂、拔頂、頭頂脫髮
禿上がった人（禿了頂的人）
額（ひたい）が禿上がっている（額髮脫落了）

禿鷹（はげたか）〔名〕〔動〕禿鷹（＝禿鷲（はげわし））

禿茶瓶、禿げ茶瓶（はげちゃびん、はげちゃびん）〔名〕〔謔〕禿驢、禿和尚、電燈泡（對禿頭的諷刺說法）

禿山（はげやま）〔名〕禿山、不長樹木的山

禿鷲（はげわし）〔名〕〔動〕禿鷹、鷲（＝禿鷹（はげたか））

つるっ禿け、つるっ禿〔名〕〔俗〕光禿禿、禿頭（的人）
つるっ禿の頭（あたま）（禿得精光的頭）

凸（ㄊㄨˊ）

凸〔漢造〕凸

凸レンズ（凸透鏡）

凹凸（凹凸、凹突不平、高低不平=凸凹）

凸円〔名〕凸圓

凸円形（凸圓形）

凸型〔名〕凸型←→凹型

凸形〔名〕凸形←→凹形

凸状〔名〕凸狀

凸面〔名〕凸面

凸面鏡（凸面鏡）

凸角〔名〕〔數〕凸角。〔軍〕（戰壕的）突角、（築城、陣地的）棱堡

凸起〔名〕（中間）凸起（的東西）

凸鏡〔名〕凸面鏡

凸子〔名〕〔機〕挺杆、推杆、隨動杆

凸版〔名〕〔印〕凸版←→凹版

凸版印刷（凸版印刷）

凸〔名〕突出，突出的東西、突出額、額頭突出（=御凸）

御凸を柱にぶつつけた（前額撞到柱子上了）

凸助〔名〕〔俗〕（凸坊的粗俗說法、含貶意）淘氣小孩

此の凸助奴（這個頑皮鬼）

凸坊〔名〕淘氣鬼（=悪戯っ子、腕白小僧）

家の凸坊は手に負えない（家裡這個淘氣鬼簡直拿他沒辦法）

凸凹〔名、自サ〕凹凸不平、高低不平、不均衡

凸凹の土地（凹凸不平的土地）

彼の路は凸凹が有って歩き難い（那條路高低不平不好走）

凸凹した道（坑坑洞洞的道路）

給与の凸凹を均す（調整工資的高低不均）

サラリーの凸凹を均す（調整薪水的高低不均）

生産高は所に依って凸凹が有る（產量因地區而有高有低）

此のクラスの生徒は学力が凸凹だ（這般的學生程度參差不齊）

凸凹〔名〕凹凸

図、図（圖）（ㄊㄨˊ）

図（也讀作圖）〔名、漢造〕圖、圖表、繪圖、地圖、設計圖、圖畫、圖書。〔俗〕（多用於貶意）情況，光景，情景，樣子、〔俗〕心意、（讀作圖）謀劃，策劃、（中國的）八卦圖

図で示す（用圖表示）

図で表わす（用圖表示）表わす現わす著わす顕わす洗わす

御宅の近くの図を画いて呉れ（請把府上附近的地圖畫給我）書く斯く欠く画く描く昇く

此の山水の図は三百年程前に画かれた物だ（這幅山水畫是大約三百年前畫的）

他所では見られない図だ（是在別處看不見的光景）他所余所他所

余り結構な図じゃない（不是太體面的樣子）

図に当たる（正中下懷、正合心意）

図に外れる（不合心願、不稱心）

図が無い（毫無道理、無法無天）

図に乗る（得意忘形、借勢逞能）

図に乗って我儘を為る（趁勢任意胡來）

彼は人が良いからと言って君も図に乗っちゃ行けない（你可不要以為他脾氣好就一味任意胡來）

設計図（設計圖）

天気図（天氣圖）

雄図（宏偉的計畫）

壯図（壯志宏圖）

後図（將來的計畫）

河図絡書（河圖洛書）

図案〔名〕圖案，設計、設計圖（=デザイン）

図案を募集する（徵求圖案）

図案を作る（繪製圖案）

ポスターの図案を考える（設計廣告畫的圖案）

此の図案は良く出来ている（這個圖案繪製得很好）

広告図案を画く（畫廣告圖案）

図入り〔名〕帶插圖

図入りの参考書（帶插圖的參考書）

図会〔名〕畫冊、圖冊

江戸名所図会（江戸名勝畫冊）

図絵〔名〕〔舊〕圖畫（絵、図画）

図画〔名〕畫、圖畫、畫畫、圖和畫（＝絵、図絵）

図画を画く（畫圖畫）

僕は図画が不得手だ（我不擅長圖畫）

図画用紙（圖畫紙）

図画の先生（圖畫老師）

図画工作（小學的圖畫手工課）

図解〔名、他サ〕圖解

機械の使用法を図解する（用圖說明機器的操作法）

内臓の図解が壁に掛けて有る（牆上掛著内臟圖解）

図解を入れた教科書（帶圖解的教科書）

図解力学（圖解力學）

図柄〔名〕（紡織品的）圖案、花樣

此の織物は図柄が良い（這個紡織品的花樣好）

図鑑〔名〕圖鑑

鳥類図鑑（鳥類圖鑑）

植物図鑑（植物圖鑑）

図距離〔名〕圖距、地圖上的距離

図形〔名〕圖形，圖案，圖樣。〔數〕（立體、面、線、點構成的）圖形、圖式（＝図式）

図形で表す（用圖形表示）

図形で示す（用圖形表示）

美しい図形の描かれた飾り皿（繪有美麗圖案的美術盤）

図工〔名〕製圖工、（中、小學的）圖畫和手工

図工に設計図を複写させる（叫製圖工複製設計圖）

図工科（圖畫手工課）

図示〔名、他サ〕圖示、圖解、用圖說明

会場の位置を図示する（圖示會場的位置）

主要な都市名を白地図に図示せよ（在空白地圖上圖示主要都市名稱）

図示計器（自動記錄器）

図示馬力（機指示馬力-IHP）

図式〔名〕圖表（＝グラフ）。〔哲〕圖式（＝シェーマ）

事件の全貌を図式に書いて示す（把事件的全貌製成圖表表示出來）

学説を図式化して説明する（把學說做成圖式加以說明）

図式解法（圖式解法）

図上〔名〕地圖上、圖面上

山の方向を図上で調べる（在地圖上查山脈的走向）

図上作戦（圖上演練、軍棋）

図上測定（圖面測定）

図心〔名〕〔機〕矩心、斷面的重心、平面圖形的重心

図説〔名、他サ〕圖解說明、插圖說明

図説すれば直ぐ解る（用圖解一說明就明白）

社会科の図説を作る（做社會課的圖解說明）

図説辞典（圖解詞典）

図像学〔名〕（古代學上的）肖像學、（美術史上研究基督教、佛教美術品的）圖像學（＝イコノグラフィー）

図題〔名〕作圖或繪圖的題目

図取り、図取〔名〕繪圖樣

家の図取りを為る（繪製房屋圖樣）

図無し〔名、形動〕出奇的、不同尋常的

図無しにぐすりぐすり泣く（抽抽搭搭地哭個沒完）

体格の大きな、足袋も図無しを穿いた程の人だ（是一個體格魁偉布襪子也要穿特大號的人）

図抜ける、頭抜ける〔自下一〕（常用頭抜けて的副詞形式）特別、出眾、超群、出類拔萃（＝並外れる）

頭抜けて背が高い（個子特別高）

頭抜けて速く走る（跑得特別快）

彼はクラスの中で頭抜けて良く出来る（他在班裡成績特別好）

図嚢〔名〕〔舊、軍〕（裝地圖用的方形）挎包、背包

図嚢を腰に下げる（腰繫挎包）提げる

図版〔名〕（印在書中的）插圖

図版を入れる（加插圖）

図引き、図引〔名、自サ〕製圖、製圖者

図引き紙（製圖紙）

図引き機械（製圖儀器）

図表〔名〕圖表（＝グラフ）

図表に為る（製成圖表）

国勢を図表に為て解説する（把國家的情況製成圖表加以解說）

図譜〔名〕圖譜、畫譜

鳥類図譜（鳥類圖譜）

動物図譜（動物圖譜）

図太い〔形〕〔俗〕（多用於貶意）大膽，莽撞，冒失，厚臉皮，厚顏無恥（＝図図しい、横着だ）

図太い奴（冒失鬼、厚臉皮的傢伙）

図太い事を為る（魯莽從事、幹厚顏無恥的勾當）

思い切って図太く出て遣った（我索性拉厚了臉皮）

彼の図太さには全く呆れた（他那厚顏無恥真令人吃驚）

図太い神経の持主（厚著臉皮幹的傢伙）

図星〔名〕鵠的，靶心、（某人的）心事，企圖，要害

図星に当たる（射中靶心、中鵠）当たる中る

図星を指す（猜對企圖、說中心事、擊中要害）指す射す鎖す挿す注す差す刺す

図星を指されてぐうの音も出なかった（被道破了心事一聲不吭了）

其は図星だ（說的正對）

如何です、図星でしょう（怎樣我猜著了吧！）

図面〔名〕（土木、建築、機械等的）藍圖、設計圖、構造圖

家の設計の図面（房屋設計的藍圖）

図面を引く（畫設計圖）

図様〔名〕圖樣、圖案、圖型、花樣（＝図柄、模様）

図録〔名〕圖錄、圖鑑

図図しい〔形〕厚顏的、無恥的、厚臉皮的（＝厚かましい）←→しおらしい

何て図図しい奴だ（多麼厚顏無恥的傢伙）

図図しい事を言うな（別說不要臉的話）

彼奴は何処迄図図しいのだろう（那傢伙太不要臉了）

彼は図図しくも又遣って来た（他居然厚著臉皮又來了）

幾等図図しくもそんな事は言えないよ（臉皮多麼厚也不會說出那種話呀！）

彼奴の図図しさには呆れる（那傢伙臉皮厚得令人吃驚）呆れる飽きれる厭きれる

いけ図図しい〔形〕〔俗〕厚臉皮的、死不要臉的、沒皮沒臉的

いけ図図しい奴（死不要臉的傢伙）

図体〔名〕〔俗〕（有時用於貶意）笨大的身體

大きな図体を為た人（傻大個子、蠢笨的大個子）

図体許り大きい（光是個頭大-而胸中無物）

図書、図書〔名〕圖書、書籍（＝書物）

児童向きの図書を出版する（出版適合兒童的書籍）

図書室（圖書室）
図書館（圖書館）
図書目録（圖書目錄）

図籍、図籍〔名〕地圖和戶籍、圖表和書籍、書籍

図南〔名〕圖南，向南發展。〔轉〕打算作大事業
　図南の翼（圖南之翼、運出搞大事業的計畫）
　図南鵬翼（圖南鵬翼）

図る、謀る〔他五〕圖謀，策劃，（常寫作謀る）謀算，欺騙、意料、謀求
　事を謀るは人に在り（謀事在人-成事在天）
　自己の利益を謀る（圖謀私利）
　再起を謀る（企圖東山再起）
　自殺を謀る（尋死）
　殺害を謀る（謀殺）
　旨く謀られた（被人巧騙）
　人を謀って謀られる（想騙人反被人騙）
　豈図らんや（孰料、沒想到）
　国家の独立を謀る（謀求國家的獨立）
　交通安全を図って道を広げる（為使交通安全而擴展道路）

計る、測る、量る〔他五〕丈量、測量、計量、推量
　升で計る（用升量）
　秤で計る（用秤稱）
　物差で長さを計る（用尺量長度）
　土地を計る（丈量土地）
　山の高さを計る（測量山的高度）
　利害得失を計る（權衡利害得失）
　数を計る（計數）
　相手の真意を計る（揣測對方的真意）
　一寸話した丈ので、彼の人の気持を計る事が出来ない（只簡單地談了一下還揣摩不透他的心意）
　己を以て人を計る（以己之心度人之腹）

諮る、計る〔他五〕諮詢、協商
　内閣に諮る（向內閣諮詢）
　案を会議に諮る（將方案交會議協商）
　親に諮る（和父母商量）

図らざる〔連語、連体〕意想不到的、沒有料到的、意外的
　図らざる結果（意想不到的結果）

図らざりき〔連語〕真沒想到、真沒料到（=図らなかった）

図らず（も）〔副〕不料、沒想到（=意外にも）←→果たして
　図らず（も）皆同じ考えだった（沒想到大家的想法相同）
　図らず（も）彼は其処に居合わせた（沒想到他在場）

突（ㄊㄨˊ）

突〔漢造〕衝突，衝撞、突起，突出、突然
　追突（衝撞、從後面撞上）
　猪突（（莽撞、冒進、蠻幹）
　煙突（煙囪、〔隱〕〔計程車司機為了侵吞車費〕關著計程器載客）
　唐突（唐突、貿然、冒昧）

突顎〔名〕〔解〕突顎、凸顎、顎部前凸

突形〔名〕〔植〕（葉子等）尖形

突撃〔名、自サ〕突撃、衝鋒
　突撃を敢行する（奮勇突擊）
　敵に向って突撃する（向敵人衝鋒）
　要塞を突撃で占領する（突擊占領了要塞）
　突撃路を開く（打開衝鋒路）
　突撃喇叭を鳴らす（吹衝鋒號）

突如（副、形動タルト）突然、突如其來地
　突如と文壇に現れた新人（突然登上文壇的新人）
　突如と為て文壇に現れた新人（突然登上文壇的新人）

突如と為って起った大事件（突然發生的重大事件）

突如有力なる部隊が側面から攻撃を加えて来た（突然強有力的部隊從側面攻上來）

突然〔副〕突然（=出し抜け）

彼は突然遣って来た（他突然來了）

突然問われると一寸御答えが出来ない（您這突然一問我有點答不上來）

突然辞職した（突然辭職）

突然新しい考えが浮かんだ（突然想起了一個新主意）

突然の吉報で驚いた（聽到突如其來的好消息吃了一驚）

突然変異（〔生〕突變）

突然変異説（突變理論）

突然変異体（突變體、突變型）

突として〔副〕突然

突入〔名、自サ〕突入、衝進、闖進、毅然進入

敵陣に突入する（衝入敵人陣地）

ストに突入する（毅然開始罷工）

自動車が人込みの中に突入した（汽車衝進了人群）

突き入れる〔他下一〕（用力）扎進去、插進去

杭を地中に突き入れる（把樁插進地裡去）

突燃〔名、自サ〕突燃、爆燃、突然燃燒

突燃器（爆燃器）

突角〔名〕突出的角

突角陣地（〔軍〕突角陣地）

突貫〔名、自他サ〕刺穿，刺透（=突き通す）、一氣呵成、突擊，衝鋒（=突擊）

突貫作業で堤防を修復する（搶修堤防）

突貫工事（一氣呵成的工程）

敵前へ突貫する（向敵前衝鋒）

突貫で要塞を落とす（衝鋒攻陷要塞）

突起〔名、自サ〕突起，突出，隆起、突然起立

微突起（〔植〕短尖頭）

虫様突起（〔解〕闌尾）

薔薇の茎に在る尖った突起は棘である（薔薇莖上的尖尖隆起是刺）

山道に岩が突起していた（山路上岩石嶙峋）

突厥〔名〕〔史〕突厥

突厥文字（突厥文字）

突兀〔形動タルト〕突兀，高聳，卓越，超群

峰が突兀と聳える（山峰高聳）

突先〔名〕〔俗〕尖端

鼻の突先（鼻尖）

突出〔名、自サ〕突出

蟹の目は突出している（螃蟹的眼睛突出著）

岬がずっと海へ突出している（岬角遠遠突入海中）

突出した岩の陰で嵐を凌いだ（在突出的岩石背後躲避暴風雨）

戦線の突出部（戰線的突出部分）

突き出る、突出る〔自下一〕突出，伸出、扎出來

額が突き出る（前額突出）

庇が突き出る（屋簷伸出）

海に突き出ている（突出海面）

腹が突き出る年齢（肚子突出來的年齡）

針が突き出る（針扎出來）

突き出す、突出す〔他五〕突出，伸出，探出，挺起、推出去。〔相撲〕猛力推出、扭送

手を突き出す（伸出手去）

窓から首を突き出す（從窗戶探出頭去）

窓が突き出している（窗戶突出來）

胸を突き出して歩く（挺起胸膛走路）

人を部屋の外に突き出す（把人推出屋外）

土俵の外に突き出す（猛力推出場外）

万引を警察へ突き出す（把扒手扭送給警察）

突き出し、突出し〔名〕推出去。〔相撲〕猛力推出、（日本料理）開胃菜、初出茅廬

突き出しを喰らう（被推出界外）

突き出しで勝つ（因推出界外而取勝）
突き出しを出す（上開胃菜、上小菜）
突き出しから失敗する（一開始就失敗）
突き出し十万円俸給を取る（一參加工作就拿十萬日元工資）

突き出す〔他五〕驅出、趕出、撐出
職場から突き出される（被趕出工作崗位）
人の粗を出る（挑人毛病）
巣から雛を突き出す（從鳥巢趕出小鳥）

突出す〔他五〕〔俗〕突出，伸出，探出，挺起、推出去（=突き出す、突出す）

突進〔名、自サ〕突進、猛衝、直衝上去
敵艦に向って突進する（向敵艦猛衝過去）
列車は二百キロの時速で突進する（列車以二百公里的時速向前飛馳）
向こう見ずに突進する（不顧一切地猛衝）

突き進む、突進む〔自五〕猛衝、奮勇前進、一直往前
敵陣目指して突き進む（以敵陣為目標奮勇前進）
後から後へと身を挺して突き進んで行く（前仆後繼地奮勇前進）

突端〔名〕突出的一端
半島の突端（半島的尖端）
岬の突端（岬角的尖端）

突端〔名〕〔俗〕突出的邊緣、最遠的邊緣
向こうの突端の家（對面最靠外邊的房子）

突端〔名〕〔俗〕突出的尖端、最初
岬の突端（岬角的尖端）
文章の突端に（在文章的開頭）

突堤〔名〕（伸入海中的）防波堤、（河口的）防沙堤

突破〔名、他サ〕突破，衝破、闖過，衝過，超過，打破
敵の戦線を突破する（突破敵人戰線）
敵の包囲を突破する（突破敵人的包圍）

突破口（突破口、打開的缺口）
全力を尽くして難関を突破する（竭盡全力突破難關）
日産一万台を突破する（日產超過一萬輛）
志願者は三千人を突破した（應募者超過三千）
記録を突破する（打破紀錄）

突き破る、突破る〔他五〕突破，衝破、刺破，戳破
敵の重囲を突き破る（突破敵人重圍）
経済封鎖を突き破る（突破經濟封鎖）
濁流が堤を突き破る（濁流衝破堤防）
幾重の障害を突き破る（衝破層層阻力）
指で障子を突き破る（用手指戳破紙窗）
雛が卵の殻を突き破って出る（小鳥破殼而出）
彼等の張子の虎を突き破る（戳破他們那些紙老虎）

突盔、頭盔〔名〕（古代的）尖頂盔

突外れ〔名〕〔俗〕緊靠邊上、最遠的邊緣
村の突外れの森（村子緊邊上的樹林）

突発〔名、自サ〕突然發生
突発した事故の為大混雑を来した（因為突然發生了事故造成了極大混亂）
突発事件（突發事件）
突発的な災害（突然發生的災害）

突飛〔形動〕反常，離奇，古怪，與眾不同、突然、（交易所用語）行情突然高漲
突飛な男（古怪的人）
突飛な考え（離奇的想法）
突飛な思い付き（離奇的想法）
突飛な行動を為る（作出奇怪的行動）
突飛な質問（奇怪的提問）
突飛な服装（奇裝異服）
突飛な話（奇談、離奇的故事）

子供は突飛な悪戯を為て母を怒らせる（小孩子淘氣得離奇把媽媽惹火）

五円方突飛した（突然漲了五日元左右）

突き飛ばす、突飛ばす〔他五〕撞出很遠、用力猛撞、撞倒

自動車に突き飛ばされる（被汽車撞出很遠）

前の人を突き飛ばす（把前面的人撞倒）

突拍子〔名、形動〕異常、越出常軌

突拍子も無い（走調、失常）

突拍子も無い声（走了調的聲音、非常大的聲音）

突拍子も無い事（越出常規的事）

突風〔名〕突然颳起的暴風、轉瞬即息的陣風、忽強忽弱的風

突風で家が倒れた（房子被突然颳起的暴風吹倒了）

突沸〔名〕〔理〕崩沸

突く〔他五〕支撐、拄著

肘を突いて本を読む（支著肘看書、手托著腮看書）

頬杖を突いて本を読む（用手托著下巴看書）

手を突いて身を起こす（用手撐著身體起來）

杖を突く（拄拐杖）

杖を突いて歩く（拄著枴杖走）

手を突いて謝る（兩手拄在草蓆上低頭認錯）

がっくり膝を突いて終った（癱軟地跪下去）

突く、衝く〔他五〕扎，刺，戳、冒、不顧、衝、沖天、刺激、刺鼻、攻擊，打中

槍で突く（用長槍刺）

棒で突く（用棍子戳）

棒で地面を突く（用棍子戳地）

針で指先を突いた（針扎了指頭）

判を突く（打戳、蓋章）

短刀で喉を突く（用短刀刺喉嚨）

鳩尾を突かれて気絶した（被擊中胸口昏倒了）

吹雪を突いて進む（冒著風雪前進）

風雨を突いて出掛ける（冒著風雨出門）

濃霧を突いて登山する（冒著濃霧登山）

激しい浪が天を突く（巨浪沖天）

意気天を突く（氣勢衝天）

雲を突く許りの大男（頂天大漢）

富士山が雲を突いて聳える（富士山聳立雲上）

鼻を突く臭い（衝鼻的氣味）匂い

つんと鼻を突く臭いが為る（聞到一股嗆鼻的氣味）

胸を突く急坂（令人窒息的陡坡）

敵陣を突く（攻擊敵陣）

不意を突く（出其不意）

足元を突く（找毛病）

相手の弱点を突く（攻擊對方的弱點）

議論の矛盾を突く（駁斥議論的前後矛盾）

急所を突く（打中要害）

突く、撞く〔他五〕撞、敲、拍、頂

玉を突く（撞球、打台球）

鐘を突く（敲鐘、撞鐘）

角で突く（用角頂）

毬を突く（拍球、打球）

毬を突いて遊ぶ（拍球玩、打球玩）

突く、吐く〔他五〕嘆氣，呼吸，說，漏，吐

息を突く（出氣）

溜息を突く（嘆氣）

此の金が入れば一息突く事が出来る（進這一筆錢就能喘一口氣了）

嘘を突く（說謊）

悪態を突くな（不要說別人壞話）

反吐を突く（嘔吐）吐く穿く佩く履く掃く

付く、附く〔自五〕附著，沾上、帶有，配有、增加，增添、伴同，隨從、偏袒、向著、設有、連接、生根、扎根

七

（也寫作㕮く）點著，燃起、值、相當於、染上、染到、印上、留下、感到、妥當，一定、結實、走運

（也寫作就く）順著、附加、（看來）是

泥がズボンに付く（泥沾到褲子上）
血の付いた着物（沾上血的衣服）
鮑は岩に付く（鮑魚附著在岩石上）
甘い物に蟻が付く（甜東西招螞蟻）
肉が付く（長肉）
智慧が付く（長智慧）
力が付く（有了勁、力量大起來）
利子が付く（生息）
精が付く（有了精力）
虫が付く（生蟲）
錆が付く（生銹）
親に付いて旅行する（跟著父母旅行）
護衛が付く（有護衛跟著）
他人の後からのろのろ付いて行く（跟在別人後面慢騰騰地走）
君には迚も付いて行けない（我怎麼也跟不上你）
不運が付いて回る（厄運纏身）
人の下に付く事を好まない（不願甘居人下）
あんな奴の下に付くのは嫌だ（我不願意聽他的）
彼の人に付いて居れば損は無い（聽他的話沒錯）
娘は母に付く（女兒向著媽媽）
弱い方に付く（偏袒軟弱的一方）
味方に付く（偏袒我方）
敵に付く（倒向敵方）
何方にも付かない（不偏袒任何一方）
引き出しの付いた机（帶抽屜的桌子）
此の列車には食堂車が付いている（這次列車掛著餐車）
此の町に鉄道が付いた（這個城鎮通火車了）
谷へ下りる道が付いている（有一條通往山谷的路）
種痘が付いた（種痘發了）
挿し木が付く（插枝扎根）
電灯が付いた（電燈亮了）
もう明かりが付く頃だ（該點燈的時候了）
ライターが付かない（打火機打不著）
此の煙草には火が付かない（這個煙點不著）
隣の家に火が付いた（鄰家失火了）
一個百円に付く（一個合一百日元）
全部で一万円に付く（總共值一萬日元）
高い物に付く（花大價錢、價錢較貴）
一年が十年に付く（一年頂十年）
値が付く（有價錢、標出價錢）値
然うする方が安く付く（那麼做便宜）
色が付く（染上顏色）
鼻緒の色が足袋に付いた（木屐帶的顏色染到布襪上了）
足跡が付く（印上腳印、留下足跡）
帳面に付いている（帳上記著）
染みが付く（印上污痕）汚点
跡が付く（留下痕跡）
目に付く（看見）
鼻に付く（嗅到、刺鼻）
耳に付く（聽見）
気が付く（注意到、察覺出來、清醒過來）
目に付かない所で悪戯を為る（在看不見的地方淘氣）
目鼻が付く（有眉目）
凡その見当が付いた（大致有了眉目）
見込みが付いた（有了希望）
判断が付く（判斷出來）

思案が付く（想了出來）
判断が付かない（沒下定決心）
話が付く（說定、談妥）
決心が付く（下定決心）
始末が付かない（不好收拾、沒法善後）
方が付く（得到解決、了結）
けりが付く（完結）
収拾が付かなく為る（不可收拾）
彼の話は未だ目鼻が付かない（那件事還沒有頭緒）
御燗が付いた（酒燙好了）
実が付く（結實）
牡丹に蕾が付いた（牡丹打苞了）
彼は近頃付いている（他近來運氣好）
今日は馬鹿に付いている（今天運氣好得很）
ゲームは最初から此方に付いていた（比賽一開始我方就占了優勢）
川に付いて行く（順著河走）
塀に付いて曲がる（順著牆拐彎）
付録が付いている（附加附錄）
条件が付く（附帶條件）
朝飯とも昼飯とも付かぬ食事（既不是早飯也不是午飯的飯食、早午餐）
シルクハットとも山高帽とも付かない物（既不是大禮帽也不是常禮帽）
板に付く（純熟,老練、貼附,適當）
手に付かない（心不在焉、不能專心從事）
役が付く（當官、有職銜）

付く〔接尾、五型〕（接擬聲、擬態詞之下）表示具有該詞的聲音、作用狀態
がた付く（咯噔咯噔響）
べた付く（發黏）
ぶら付く（幌動）

付く、点く〔自五〕點著、燃起
電灯が付いた（電燈亮了）
もう明かりが付く頃だ（該點燈的時候了）
ライターが付かない（打火機打不著）
此の煙草には火が付かない（這個煙點不著）
隣の家に火が付いた（鄰家失火了）

付く、就く〔自五〕沿著、順著、跟隨
川に付いて行く（順著河走）
塀に付いて曲がる（順著牆拐彎）

就く〔自五〕就座,登上、就職、從事、就師,師事、就道,首途
席に就く（就席）
床に就く（就寢）床
塒に就く（就巢）
緒に就く（就緒）
食卓に就く（就餐）
講壇に就く（登上講壇）
職に就く（就職）
任に就く（就任）
実業に就く（從事實業工作）
働ける者は皆仕事に就いている（有勞動能力的都參加了工作）
師に就く（就師）
日本人に就いて日本語を学ぶ（跟日本人學日語）習う
帰途を就く（就歸途）
世界一周の途に就く（起程做環球旅行）
壮途に就く（踏上征途）

即く〔自五〕即位、靠近
位に即く（即位）
王位に即かせる（使即王位）
即かず離れずの態度を取る（採取不即不離的態度）

漬く、浸く〔自五〕淹、浸
床迄水が漬く（水浸到地板上）

漬く〔自五〕醃好、醃透（=漬かる）
　此の胡瓜は良く漬いている（這個黃瓜醃透了）

着く〔自五〕到達（=到着する）、寄到，運到（=届く）、達到，夠著（=触れる）
　汽車が着いた（火車到了）
　最初に着いた人（最先到的人）
　朝台北を立てば昼東京に着く（早晨從台北動身午間就到東京）
　手紙が着く（信寄到）
　荷物が着いた（行李運到了）
　体を前に折り曲げると手が地面に着く（一彎腰手夠著地）
　頭が鴨居に着く（頭夠著門楣）

搗く、舂く〔他五〕搗、舂
　米を搗く（舂米）
　餅を搗く（舂年糕）
　搗いた餅より心持ち（禮輕情意重）

憑く〔自五〕（妖狐魔鬼等）附體
　狐が憑く（狐狸附體）

築く〔他五〕修築（=築く）
　周囲に石垣を築く（四周砌起石牆）
　小山を築く（砌假山）

突き〔名〕刺，戳、撞、衝、〔擊劍〕以竹劍刺（喉嚨）。〔相撲〕一站起來就用手掌推撞對方的胸部或肩部
　一突きで倒す（一下子撞倒）
　突きを一本取る（刺中對方喉嚨而得一分）

付き、付〔名〕附著、燃燒、協調、人緣、相貌。
　〔俗〕運氣
　〔接尾〕（接某些名詞下）樣子、附屬、附帶
　付きの悪い糊（不黏的漿糊）
　白粉の付き（白粉的附著力）
　付きの悪いマッチ（不容易點著的火柴）
　此の薪は乾いていて、付きが良い（這個劈柴乾一點就著）
　此の服に彼の帽子では付きが悪い（那頂帽子配這件西服不協調）
　何処と無く付きの悪い男（總覺得有點處不來的人）
　付きの悪い男がうろついている（一個古怪的人徘徊著）うろつく
　付きが回って来る（走運、否來運轉）
　付きが変わった（運氣變了）
　顔付（相貌、神色）
　手付き（手的姿勢）
　撓やかな腰付き（優美的身腰）撓やか嫋やか
　大使館付き武官（駐大使館武官）
　司令官付き通訳（司令隨從翻譯）
　社長付き秘書（總經理專職秘書）
　条件付き（附有條件）
　保証付き（有保證）
　瘤付き（帶著累贅的孩子）
　ガス、水道付きの貸家（帶煤氣自來水的招租房）

付き、就き〔接助〕（用に付き、に就き的形式）
就，關於、因為、每
　此の点に付き（關於這點）
　増産問題に付き社員の意見を求める（關於增產問題徵求社員的意見）
　雨天に付き中止（因雨停止）
　病気に付き欠席する（因病缺席）
　一ダースに付いて百円（每打一百日元）
　一人に付き三つ（每人三個）

に付き〔連語〕關於，就（=…に付いて）、由於、每
　表記の件に付き報告申し上げます（就上面記載的問題報告一下）
　祭日に付き休業（因節日歇業）
　病気に付き欠席する（因病缺席）
　五人に付き一人の割合（每五人有一人的比例）

に就き、に就いて〔連語〕就、關於、對於、每

手数料は荷物一個に就き二百円です（手續費是每件行李要二百日元）

此の点に就いては問題が無い（關於這點沒有問題）

日本の風俗に就いて研究する（研究日本的風俗）

彼が何よりも真剣に考えたのは、悪の渦巻く現実に就いてあった（他想得最認真的還是眼前烏煙瘴氣的現實）

日本語に就いての感想（關於日語的感想）

一人に就いて五円（每人五日元）

一ダースに就いて百円（每打一百日元）

突き合う、突合う〔自五〕對頂、對撞

二頭の牛は角で突き合った（兩頭牛用角對撞）

兵士が剣で突き合う（戰士用劍對刺）

突き合い、突合い〔名〕對頂、對撞

角で突き合いを為る（用角對撞）

突き合わす、突き合す〔他五〕使對上，緊挨著，面對面、對照、核對、對質、對證 突き合わせる

膝を突き合わせて話す（促膝談心）

猿と顔を突き合わす（和猴子面對面）

突き合わせる、突き合せる〔他下一〕使對上，緊挨著，面對面、對照、核對、對質、對證

布と布を突き合わせる（把兩塊布緊緊對上）

鼻を突き合わせる（緊貼臉）

膝を突き合わせて懇談する（促膝談心）

帳簿と在庫品とを突き合わせる（把帳簿和庫存核對一下）

賄賂を贈った側と受け取った側とを突き合わせる（把贈賄一方和受賄一方對證一下）

突き合わせ、突合せ〔名〕對上

突き合わせ熔接（對頭焊接）

突き合わせ継手（對接接頭）

突き明ける〔他下一〕戳穿，鑿穿，推開，撞開

穴を突き明ける（鑿個窟窿）

戸を突き明ける（把門推開）

突き上げる、突上げる〔他下一〕由下往上頂（推）。〔喻〕下級對上級施加壓力（迫使採取某種行動）

〔自下一〕噁心、想吐

空中に突き上げる（頂到空中去）

拳を突き上げる（往上舉拳頭）

突き上げ、突上げ〔名〕來自下面的壓力

彼は下の者から猛烈な突き上げを受けている（他受到下級很大的壓力）

突き上げ戸、突上げ戸（折頁釘在門檻上用支棍向上開的門）

突き当たる、突き当る〔自五〕衝突，撞上。〔轉〕遇到，碰到

トラックが電柱に突き当たる（卡車撞到電線桿）

船が岩に突き当たった（船撞到岩石上了）

路次を突き当たって左に曲がる（走到巷子盡頭向左彎）

最後に経費の問題に突き当たった（最後碰到了經費問題）

存亡の問題に突き当たる（遇到了存亡問題）

後一息の所で壁に突き当たった（在事已垂成的時候遇到了障礙）

突き当たり、突当り〔名〕衝突，撞上、（道路等的）盡頭

廊下の突き当たり（走廊的盡頭）

突き当たりの部屋（盡頭的房屋）

此の路地の突き当たりが私の家です（這條巷子的盡頭就是我家）

突き当てる〔他下一〕使撞上，使碰上，找到，查明、譏諷，諷刺

頭を柱に突き当てる（把頭撞到柱子上）

自動車を塀に突き当てる（把汽車撞到牆上）

隠れ場を突き当てた（找到隱匿處）

突き落とす、突き落す〔他五〕推下去、〔相撲〕（抱住對方肩頭）推倒

崖から人を突き落とす（從山崖把人推下去）

相手を突き落とす（把對手擰腰推倒）

突き落とし、突落し〔名〕推下去、〔相撲〕（抱住對方肩頭）推倒

突き落としを食わす（把對方擰腰推倒）

突き返す、突返す、突っ返す〔他五〕推回去，撞回去、退回去，頂回去。〔擊劍〕還刺

力を入れて突き返す（用力推回去）

贈物を突き返す（把禮物退回去）

納品が不合格で突き返された（交的貨不合格被退回了）

突き返し、突返し〔名〕〔擊劍〕還刺

敏速な突き返し（敏捷還刺）

突っ返す〔他五〕（突き返す、突返す的口語形式）推回去，撞回去，退回去，頂回去

土俵の真中に突っ返す（推回摔跤場當中）

抗議文を突っ返す（退回抗議文）

納品が不合格で突っ返された（交的貨不合格被退回來了）

不法の要求を突っ返す（把非法要求頂回去）

突き掛かる〔他下一〕向…扎、向…刺、進攻，頂撞

牛が車に突き掛かった（牛頂到車上）

突っ掛かる、突っ掛る〔自五〕（突き掛かる的轉變）頂嘴，頂撞、強烈反抗，猛衝、猛撞、撞上，碰上

彼は怒りっぽくて誰にでも突っ掛かる行く（他愛發火對誰都愛頂嘴）

行き成り突っ掛かって来る（突然猛撲過來）

自動車が突っ掛かって来た（汽車猛衝了過來）

敷居に突っ掛かって転んだ（絆到門檻上摔倒了）

突っ掛ける、突っ掛る〔他下一〕猛幹，一氣呵成、隨便穿（鞋）、猛撞，突然碰上、掛上、吊在、鈎上

草履を突っ掛ける（拖拉著草鞋）

自転車に突っ掛けられて怪我を為た（被自行車撞上受了傷）

突っ掛け〔名〕拖鞋式草鞋（=突っ掛け草履）、（以突っ掛けに的形式、作副詞用）突然，直接

突っ掛けに行く（〔不經預約、介紹〕直接去）

突っ掛け者（〔自己不伸手〕專靠別人的人）

突っ掛け者の人持たれ（專靠別人的懶漢）

突っ掛け草履（拖鞋式草鞋）

突き固める〔他下一〕〔建〕搗實、夯實、牢固

土を突き固める（把土夯實）

突き固め〔名〕〔建〕搗實、夯實、牢固

突き固め機（搗固機）

突き固めコンクリート（夯實混凝土）

突き金、突金〔名〕〔礦〕小鋼鑿

突き傷、突傷〔名〕扎傷、刺傷

突き傷が化膿した（扎傷化膿了）

突き切る、突切る〔他五〕刺透，刺穿、穿過、冒，頂著，衝過。〔台球〕撞足，打完（規定分數），得分

刀で腹を突き切る（用刀刺破肚子）

線路を突き切る（穿過鐵路）

敵陣の中を突き切る（穿過敵陣）

風波を突き切って港に着く（突破風浪開進港口）

雨を突き切って進む（冒雨前進）

突き切り、突切り〔名〕〔台球〕撞足、打完（規定分數）、得分

突き切りを遣る（撞足分數）

突っ切る〔他五〕穿過，横過、衝破，突破

踏切を突っ切る（穿過平交道）

横丁を突っ切る（穿過小巷）

野原を突っ切って行く（穿過原野走去）

敵陣を突っ切る（衝破敵陣）

風波を突っ切って港に着く（突破風浪開進港口）

突っ切り〔名〕〔機〕切斷
　突っ切りバイト（切刀、割刀）
　突っ切り盤（切斷機）
突き錐、突錐〔名〕鑽子、鞋鑽
突き崩す、突崩す〔他五〕推倒，推垮、突破，擊潰
　俵の山を突き崩す（把堆得很高的草袋推倒）
　敵の防備を突き崩す（突破敵人的防備）
　突き崩されない証拠が有る（有駁不倒的證據）
突き桁橋、突桁橋〔名〕懸臂橋
突き込む、突っ込む〔自五〕闖進，衝進、深入
〔他五〕插入，塞進、鑽進、深入追究，尖銳指摘、戳穿，扎透、埋頭，專心致志
　敵陣に突っ込む（衝進敵陣）
　突っ込め（〔口令〕衝鋒！衝啊！）
　突っ込んだ話を為る（深入地談）
　突っ込で研究する（深入研究）
　官僚主義を突っ込んで批評する（深入批評官僚主義）
　真剣に突っ込んだ討論が行われている（進行了認真深入的討論）
　突っ込んだ、木目の細かい、骨の折れる準備工作（深入細緻艱苦的準備工作）
　手をポケットに突っ込む（把手插入口袋裡）
　がらくたをトランクの中に突っんで置く（把破爛東西塞進皮箱裡）
　水中に頭を突っ込む（把頭鑽進水裡）
　誤りを突っ込む（尖銳地指摘錯誤）
　矛盾する点を突っ込まれて返答に詰まる（被尖銳地指摘了矛盾地方無言以對）
　指を障子に突っ込む（用手指戳穿紙窗）
　学問に首を突っ込む（埋頭治學）
　余計な事に頭を突っ込むな（不要干預不相干的事）

突っ込み〔名〕深入鑽研、徹底追究。〔俗〕整批（買賣）
　研究の突っ込みが足りない（研究得不夠深入）
　突っ込みで買うと安く付く（整批買就便宜些）
　好いも悪いも突っ込みで（好的壞的都包在一起）
　突っ込み値段（整批價錢）
　突っ込み売り（整批賣）
突き殺す、突っ殺す〔他五〕刺死、扎死
　槍で突き殺す（用長槍刺死）
　一人で五名の敵を突き殺した（一個人刺死了五個敵人）
突き転ばす、突転ばす、突っ転ばす〔他五〕撞倒、衝倒（=突き倒す）
　自動車が子供を突き倒す（自行車把小孩撞倒）
突き刺さる、突刺さる〔自五〕扎入、扎上
　魚の骨が喉に突き刺さった（魚刺刺在喉嚨上了）
　釘が自動車のタイヤに突き刺さった（釘子刺進汽車輪胎裡）
突き刺す、突刺す〔他五〕扎，刺，插、扎入，扎透、刺痛，打動
　短刀を胸に突き刺す（用短刀刺進胸膛）
　槍で突き刺す（用長槍刺）
　竹竿を地面に突き刺す（把竹竿插在地面上）
　其の言葉は私の胸を突き刺した（那句話刺痛了我的心）
　身を突き刺す様な寒風（刺骨的寒風）
突き損い、突損い〔名〕〔台球〕撞錯，失誤、扎錯，沒扎到
突き袖、突袖〔名〕（把手褪在衣袖）向前支出袖口（表示裝腔作勢的樣子）
突き倒す、突倒す〔他五〕撞倒，推倒，頂倒，衝倒。〔相撲〕猛力撞倒

行き成り相手を突き倒す（冷不防地把對方撞倒）

突き倒し、突倒し〔名〕〔相撲〕猛力撞倒

突き立つ、突立つ〔自五〕扎上（＝突き刺さる）。聳立，直立，豎立

棘が突き立った（扎上了刺）

絶壁は屏風の様に突き立っている（斷崖像屏風似地聳立著）

突き立てる、突立てる〔他下一〕扎上，插上、猛推，猛撞、衝破，突破

竹竿を地に突き立てる（把竹竿插在地上）

刀を腹に突き立てる（把刀扎進腹部）

激しい突き立てて相手を土俵際に追い詰める（連推帶搡地把對方推到場界邊上）

突っ立つ〔自五〕〔俗〕（突き立つ、突立つ的音便）挺立、聳立、呆立

両足を踏ん張って突っ立っている（叉開雙腿挺立著）

煙突が三本突っ立っている（三個煙囪聳立著）

ぼんやり突っ立っていないで手伝え（別呆呆站著幫幫忙）

突っ立てる〔他下一〕〔俗〕（突き立てる、突立てる的音便）扎上，插上、樹起、（立てる的強調說法）使勁插、筆直地豎起

短刀を床に突っ立てて脅す（把短刀插在地板上進行威嚇）

庭の真中に柱を突っ立てる（在庭院中間立起一根柱子）

突っ立ち上がる〔自五〕〔俗〕突然站起、一躍而起

突き玉、突玉〔名〕〔台球〕撞的球

突き付ける、突付ける〔他下一〕擺在眼前，放在眼前、（以強硬的態度）提出

証拠を突き付ける（把證據擺在眼前）

ピストル（把手槍對準某人）

鼻の先へ握り拳を突き付ける（把拳頭舉到鼻尖上）

抗議文を突き付ける（提出強硬抗議）

辞表を突き付ける（以強硬態度提出辭呈）

無理な要求を突き付ける（提出無理的要求）

突き詰める、突詰める〔他下一〕追究到底、反覆思考，左思右想、一味苦思苦想、鑽牛角尖

突き詰めて質問する（追根問底）

最後迄突き詰めるのには努力を要する（探討個究竟要費力氣）

突き詰めて言えば（說到底、說句到家的話）

余り突き詰めて考えると神経衰弱に為る（過於苦思苦想會弄成神經衰弱）

突き詰めて考える質の人（偏要鑽牛角尖的人）

突き通す、突通す〔他五〕扎透，刺透，穿透（＝突き抜く、突抜く）、貫徹（＝貫く）

布に針を突き通す（用針扎透布）

主張を突き通す（貫徹主張）

突き通る、突通る〔自五〕扎透，刺透，穿透（＝突き抜ける、突抜ける）

小刀の先が紙を突き通って机に突き刺さった（小刀的刀尖扎透了紙扎到桌子上了）

突き止める、突止める〔自下一〕追究，徹底查明、扎住、扎死，刺死（＝突き殺す、突っ殺す）

病気の原因を突き止める（追究疾病原因）

噂の出所を突き止める（追究謠言的出處）
出所 出所 出所

彼の住所を突き止める（查明他的住所）

針で突き止める（用針扎住）

槍で突き止める（用長槍刺死）

突き抜く、突抜く〔他五〕扎透、穿透（＝突き通す、突通す）

弾丸が壁を突き抜く（子彈打穿牆壁）

突き抜ける、突抜ける〔自下一〕扎透，穿透（＝突き破る）。穿過，越過（＝通り抜ける）

焼夷弾が天井を突き抜ける（燒夷彈穿透天花板）

路地を突き抜ける（穿過巷子）

林を突き抜けて行く（穿過樹林走去）

雲を突き抜け、霧を払って飛んで行く（穿雲撥霧地飛去）

突き抜け周波数〔名〕〔電〕穿透頻率（高於電離層臨界頻率的頻率）

突き除ける、突き退ける〔他下一〕撞開、推開

人を突き除けて先に乗る（推開別人先上車）

人を突き除けて通る（推開別人走過去）

突き鑿、突鑿〔名〕〔機〕鏨恐鑿

突き始め〔名〕〔台球〕開球

突き放す、突放す〔他五〕推開、甩開、撇開

縋る手を突き放す（把扶過來的手推開）

余り冷淡な言葉に突き放された様な気が為た（由於話語太冷淡覺得被拋棄了似的）

突っ放す〔他五〕（突き放す、突放す的音便）甩開、猛然推開、冷淡對待，拋開不管

手を突っ放す（把手甩開）

要求を突っ放す（對要求不加理睬）

素気無く突っ放されて終った（乾脆被拒絕了）

突き棒、突棒〔名〕（驅趕家畜等的）棒子，刺棒。〔建〕木夯

突き棒で囲いに追い込む（用刺棒趕進圈裡）

突棒〔名〕（江戶時代捕抓犯人的刑具）狼牙棒

突き目、突目〔名〕（因打、碰等的）眼睛外傷、（風景畫中小人物的）點睛

突き戻す、突戻す〔他五〕推回去、頂回去（=突き返す）

突き遣る〔他五〕推開、推到一旁（=突き除ける、突き退ける）

突き指、突指〔名, 自サ〕戳傷手指

野球で球を受け損ねて突き指を為た（玩棒球時接球沒接好戳傷了手指）

突く、突っ突く〔他五〕（突き付く的轉變）（用指等）捅，戳、（鳥等用嘴）啄、欺負、虐待、折磨、挑撥、唆使、挑毛病、吹毛求疵、（用筷子）夾

肘で突く（用肘輕推一下）

誰かが背中を突くのを感じた（覺得有人捅了背部一下）

蜂の巣を突く（捅馬蜂窩）

幾等突いても居眠りしている（不論怎麼捅他還在打瞌睡）

脇見を為ている友達を突く（捅往旁邊看的朋友）

鳥が木の実を突く（鳥啄樹上的果實）

魚を餌を突く（魚啄餌）

弱い者を突く（欺負弱者）

姑が嫁を突く（婆婆折磨媳婦）

彼を突いて株を買わせる（唆使他買股票）

誰かが後ろで突いているに違いない（一定有人在背後挑撥）

何処からも突かれない様に書くのは難しい（很難寫得挑不出一點毛病來）

欠点を突く（挑毛病）

牛鍋を突く（吃牛肉火鍋）

突っ突く〔他五〕〔俗〕（突き付く的音便）捅、戳（=突く）

水道工が長い竿を突っ突いている（管道工用長竿捅管洞）

突き〔名〕捅、戳、啄

鳥の突きの順位（禽鳥的等級-最凶的啄次凶、次凶的啄一般的）

突っ突き〔名〕捅，戳，啄、（乒乓球）台上削球

突き回す〔他五〕反復戳、反復捅

フォークで突き回す（用叉子反復叉）

突っ〔接頭〕（突き的加強語氣）表示猛力、突然的意思

突っ走る（猛跑）

突っ込む（闖進）

突っ撥ねる（拒絕）

突っ支う〔他五〕支、頂、撐、支撐

棒で戸口を突っ支う（用棒子把門頂上）

突っ支い〔名〕支，頂，撐，支柱，支撐物（=突っ張り）

入口の戸に突っ支いを為る（把大門頂上）

突っ支い棒（支柱、頂棍=突っ支い）

暴風で倒れない様に庭木に突っ支い棒を為る（給庭院的樹加上支棍以免暴風颳倒）

突っ支い棒を為て戸を開けて置く（開開門用棍頂上）

突っ慳貪、突慳貪〔形動〕（態度、言語等）粗暴、簡慢、冷淡、不和藹

突慳貪な返事（簡慢的回答）

突慳貪にあしらう（冷淡對待、粗暴對待）

突慳貪な口の利き方（說話刺耳）

突慳貪な挨拶（冷淡的寒喧）

そんなに突慳貪に言わなくても良い（說話何必那麼粗暴）

突っ張る〔他五〕頂上，支撐、猛烈反駁、堅持己見。〔相撲〕（伸開雙臂用手掌）使勁猛推

〔自五〕抽筋、突然劇痛

小屋を丸太ん棒で突っ張る（用木棒把小屋頂上）

我我は突っ張って遣った（我們猛烈反駁他一頓）

会議で強硬に突っ張って遣った（在會議上加以猛烈反駁）

自分の意見を最後迄突っ張る（始終堅持己見）

欲の皮を突っ張らせる（得寸進尺）

両力士は土俵の上で猛烈に突っ張っている（兩個摔交力士在場上彼此用力猛推）

横腹が突っ張る（腰窩突然劇痛）

突っ張り〔名〕頂上，支撐、頂棍，支柱。〔相撲〕用力猛推，推出界外

突っ張りを為て塀を支える（頂上棒子把牆支住）支える 閊える 使える 遣える 仕える 痞える

戸に突っ張りを支う（門支上頂棍）買う

土俵上で両力士が激しい突っ張りを見せている（兩個摔交力士在場上彼此用力猛推）

突っ走る〔自五〕（俗猛跑）（=勢い良く走る）

自動車が突っ走る（汽車猛跑）

何れ程遠く迄突っ走っている（跑得該有多遠）

突っ撥ねる〔他下一〕〔俗〕（突き撥ねる的音便）（嚴厲）拒絕（對方的要求等）

会社側の案を突っ撥ねる（嚴厲拒絕公司方面的提案）

人の願いを突っ撥ねる（拒絕別人的要求）

突っ伏す〔自五〕（突き伏す的音便）突然伏下、臉朝下躺下

彼女は突っ伏して泣いた（她突然伏下臉哭了）

突〔接頭〕〔俗〕（突き的音便）用於加強語氣或意思

突出す（推出去）

突のめる（向前傾摔倒）

耳を突裂く爆音（震耳欲聾的爆炸聲）

徒（ㄊㄨˊ）

徒〔名〕（含輕蔑意）徒、人、徒輩（=仲間、輩、連中）

〔漢造〕徒行，步行，徒手，空手，徒然，白白，徒刑、徒輩

学問の徒（有學問的人們、文人）

忘恩の徒（忘恩之徒）

無頼の徒（無賴之徒）

宗徒（信徒）

囚徒（囚徒、囚犯=囚人）

衆徒、衆徒（眾僧）

学徒（在學學生、學者、科學工作者）

信徒（信徒）

門徒（門徒，門人、弟子、施主、淨土真宗=門徒宗）

暴徒（暴徒）

逆徒（逆塗、叛徒=反逆者）

戸〔名〕門，大門、拉門、窗戶、板窗

一枚戸（單扇門）

両開き戸（兩面開的門）

戸を開ける（閉める）（開〔關〕門）
戸から出入りする（從大門出入）
雨戸（木板套窗）
ガラス戸（玻璃窗）
戸を下ろす（放下窗）
戸が閉まっている（門關著）
戸が少し開いている（門稍微開著）
戸は全部外側へ開く（所有門都向外開）
人の口に戸は立てられない（人嘴是堵不住的）

門、戸〔名〕門、閂、大門、矢門、門扇、海峽
　戸から出入りする（從大門出入）出入り 出入り
　戸口（出入口、出發點、原因）
　一枚の戸（一扇門）
　戸を開ける（關門）開ける 明ける 空ける 飽ける 厭ける
　戸を閉める（關門）閉めう 締める 絞める 占める 染める 湿る
　戸閉まりする（關上門）
　人の口に戸は立てられない（人嘴是封不住的）
　硝子戸、ガラス戸（玻璃門）
　雨戸（木板套窗）
　戸を繰る（拉開木板套窗）来る 刳る
　台湾戸（台湾海峽）

砥〔名〕砥、磨刀石（=砥石）
　砥で研ぐ（用磨刀石磨）研ぐ 磨ぐ 砥ぐ
　坦坦砥の如き大道（平坦似鏡的大道）大道 大道
　荒砥（粗磨刀石）
　仕上げ砥（細磨刀石）

斗〔名〕斗（=斗升、斗枡）、酒勺（=柄杓）
〔接尾〕（助數詞用法）斗（一升的十倍、約18公升）
〔漢造〕星名、喻高大、喻容量微小、（讀作斗）。
〔俗〕鬪的簡寫

　胆、斗の如し（膽大如斗）
　米五斗（米五斗）
　五斗米（五斗米、喻俸祿少）
　五斗米に節を曲げる（為五斗米折腰）
　酒一斗（酒一斗）
　北斗（北斗星）
　泰斗（泰斗、權威、大師）
　斗胆（斗膽）
　斗室（斗室）
　闘争（鬥爭、爭鬥）

途（也讀作途）〔名、漢造〕途、路、道路
　帰国の途に就く（就歸國之途、起程回國之路、踏上回國之路）
　渡欧の途に在る（在赴歐途中）
　前途（前途，將來、前方，前程）
　帰途（歸途=帰路、帰り道）
　三途の川（〔佛〕〔死者走向冥府途中的渡河〕冥河）
　三途の川を渡る（渡冥河、死亡）

都〔名〕都、首都（=東京都）
〔漢造〕首都、東京都、都市
　都の水道局（首都自來水公司、東京自來水公司）
　京都（京都）
　古都（古都、故都）
　故都（故都）
　旧都（故都）
　新都（新首都）
　皇都（皇都）
　江都（江戸-舊時東京的別稱）
　商都（商業都市）
　省都（中國的省會）
　水都ベニス（水都威尼斯）

堵〔名、漢造〕牆（＝垣）
見物人堵の如し（遊人如堵）
安堵（放心、〔古〕領主對領地所有權的確認）

蠹〔名〕蠹，書魚（＝蠹魚、衣魚、紙魚）、蛀蟲，木蠹（＝木食虫）

衣魚、紙魚、蠹魚〔名〕〔動〕衣魚、蠹魚、蛀蟲
衣魚の食った本（蛀蟲蛀了的書）食う喰う食らう喰らう
晴れ着を衣魚に遣られた（好衣服被蛀蟲咬壞了）
藏書を衣魚に遣られた（藏書好衣服被蛀蟲咬壞了）

徒競走〔名〕賽跑（＝駆け競べ、かけっこ）

徒刑〔名〕〔舊〕（明治初期對重罪的）流刑、徒刑（今用懲役）
有期徒刑（有期徒刑）
無期徒刑（無期徒刑）

徒行〔名〕徒步、步行

徒死〔名、自サ〕白死、無謂的死、無價值的死（＝徒死、徒死、犬死）
そんな事で死んでは徒死に為る（那種事死了毫無價值）

徒死、徒死、無駄死、犬死〔名〕白死、白送死、無謂的死、無價值的死、無意義的死（＝徒死）
死んだって徒死だ（死了也白死）
徒死を為る（白送命、死了無意義、死了無價值）

徒事〔名〕徒然之事、無益的事
徒事ではなかった（並非無益之事）

徒事〔名〕無用的事、白費勁的事

徒事〔名〕無用的事、白費勁的事、淫亂的事

徒事、唯事、只事〔名〕（後面常接否定）普通的事、平常的事、常有的事、一般的事
徒事ではない（不是平常的事、非同小可）
此れは徒事ではない（這事非同小可）
徒事では済まされない（不能輕易放過）

徒事、無駄事〔名〕徒勞無益的事
徒事を為るな（別做徒勞無益的事）

徒爾〔副〕徒然、白費（＝無駄、悪戲）
其の努力は決して徒爾に終る物ではない（這種努力決不會白費）

徒手〔名〕徒手，赤手，空手（＝空手、素手）、沒有資本，全靠己力
徒手で戦う（空手戰鬥）戦う闘う
徒手で巨万の富を積む（白手起家累積億萬財富）
徒手空拳（赤手空拳）
徒手空拳で敵に立ち向かう（赤手空拳和敵人搏鬥）
徒手体操（徒手體操）←→機械体操

徒渉、渡渉〔名、自サ〕徒涉、徒步涉水、跋涉
其の川は徒渉し得る（那條河可以徒步渡過去）
徒渉作戦（渡河作戰）

徒食〔名、自サ〕坐食、只吃飯不做事（＝居食い、徒食、無駄食）
良い若者が徒食する（挺狀的年輕人坐著吃不做事）
為す事も無く徒食する（無所事事地白吃飯）
無為徒食（坐食、游手好閒）

徒食、無駄食〔名、自サ〕吃零食，吃零嘴（＝間食い）、坐食，不勞而食（＝徒食）

徒然、徒然〔名、形動〕無聊、閒得無聊、無事可做閒得慌
徒然に任せて日記を書く（因無聊寫日記消遣）
徒然に生け花の稽古を為る（閒得無聊而學插花）
徒然を慰める（消遣、慰藉無聊）

徒然〔名、形動〕無聊，寂寞，閒來無事（＝手持無沙汰）、悠閒，閒散
〔副〕〔古〕仔細（＝熟、熟熟、善く善く）

徒然為る儘に、友人の家を訪れた（由於太無聊到友人家裡去走走）訪れる訪ねる尋ねる

徒然の余り（過於無聊）

徒然を慰める（消遣）

酒を飲んで徒然を慰める（喝酒解悶）

田舎暮らしの徒然を愛する（喜愛鄉村生活的優閒）

顔を徒然眺めれば（仔細一看臉）

徒然草（鎌倉末期的隨筆）

徒卒〔名〕步兵

徒長〔名、自サ〕〔農〕徒長（因施肥過多或光線不足等農作物光長莖葉）

徒長枝（徒長枝）

徒弟〔名〕徒弟、學徒、門人、弟子（＝小僧、弟子）←→親方

大工の徒弟に入る（去當木匠徒弟）

大工の徒弟に為る（去當木匠徒弟）

徒弟の生活は苦しい（當學徒的日子是很苦的）

徒弟制度（學徒制度）

徒党〔名〕（企圖做壞事的）黨徒、幫夥

徒党を組む（結黨、聚眾）組む汲む酌む

一味徒党の者が全部逮捕された（一夥黨徒全都給逮捕了）

徒輩〔名〕〔蔑〕徒輩、傢伙、東西（＝輩、輩）

彼の徒輩に何が出来よう（那些傢伙們能幹什麼？）

恥知らずの徒輩（無恥之徒）

徒費〔名、他サ〕浪費、白費、枉費（＝無駄遣い）

国民の血税を徒費するな（別浪費人民的血汗稅款）

労力の徒費が多い（勞力的浪費很大）

時間の徒費だ（白費時間）

徒労〔名〕徒勞、白費力氣

徒労に終る（以徒勞告終）

折角の骨折も徒労に帰した（好不容易的努力也白費了）帰する期する記する規する

徒論〔名〕空論

徒〔名、形動〕徒、白、空（＝徒、徒）

折角の好意も徒に為る（一番好意也白搭了）徒仇空婀娜

好意を徒に為る（辜負好意）

徒や疎かに思う（小看、輕視、不當回事）

人の好意を徒や疎かに思うな（別把人家的好意不當回事）

仇、寇〔名〕〔古〕（唸作仇、寇）敵人（＝敵）。仇人（＝仇、敵）。仇恨（＝怨み、仕返し）。報仇。危害，毀滅

父の仇を討つ返す（為父報仇）徒

恩を仇で返す（恩將仇報）

其の事を仇に思う（為那事而懷恨）

親切の積りが仇と為った（好心腸竟成了惡冤家）

愛情が彼女の身の仇と為った（她的愛情反而毀滅了她）

仇を恩で報いる（以德報怨）

仇を成す（為る）（加以危害、禍害人、冤枉人。動物禍害人）

徒疎かに、徒や疎かに〔副〕（多接否定句）忽視、輕視

御親切の程、徒疎かには思いません（您的親切我是忘不了的）

御恩の程、徒疎かには思いません（大恩決忘不了）

人の好意を徒疎かに思うな（別把人家的好意不當回事）

徒口、徒口，無駄口〔名〕（沒有誠意的）空談、空話

彼の人は徒口許り叩く（他淨說空話）

徒口、無駄口〔名〕閒聊、閒話、廢話

徒口を利く（閒聊、說廢話）

徒口を叩く（閒聊、說廢話）叩く敲く

徒口を利かない（不閒聊）

徒口を利いては行けません（不要瞎扯）

一体、御前の徒口が多いぞ（你的廢話本來就是多）

徒口を利かないで仕事を為さい（別閒聊了做事吧！）

徒口を叩いていないで速くし為さい（別閒聊趕快做吧！）

徒口、無駄言、徒言〔名〕閒話、空話、廢話（＝徒口、無駄口）

徒言を言う（閒聊、說廢話）

徒話、無駄話〔名〕閒聊、閒話、廢話

徒話を為る（閒聊、聊天）

徒話許りする（淨閒聊、淨聊天）

彼は徒話が好きだ（他喜歡閒聊）

徒話は止して、ちゃんと用件を言い為さい（甭說廢話了談正事吧！）

徒心、他心〔名〕（男女之間的）不忠實的心（＝浮気な心）

徒桜〔名〕易謝（短命的）櫻花

徒し、空し〔造語〕易變的，無常的（＝儚い）、空洞的，無益的（＝空しい）

徒し心（男女之間的不忠實的心）

徒し世（塵世）

徒し言葉（空話、費話）

徒名、仇名〔名〕（男女關係的）艷聞，風流名聲、虛名（＝浮名）

渾名、綽名〔名〕綽號、外號

徒情、仇情〔名〕一時的親切、易變的愛情、一時心血來潮的愛情、露水姻緣（＝気紛れの儚い恋）

徒浪、仇浪〔名〕胡亂翻滾波濤，無風起的浪。〔轉〕易變的人心

徒夢〔名〕幻夢、幻想

徒に、徒〔副、形動〕白白地，徒然地（＝空しい、虛しい）、無用，無益（＝無駄）

徒時を過す（虛度光陰・使時間白白過去）

徒一生を送る（虛度一生）

徒騒ぎ立てる（徒然吵鬧一通）

徒年を取る（老大無成）

徒外見を飾る（徒有其表、空飾外表）

徒為る（落空、前功盡棄）

徒金を費やす（白浪費錢）

徒な抵抗は止めろ（不要做無用的抵抗）

徒、徒歩〔名〕〔舊〕徒步、步行

徒歩渡り（徒步過河）

徒歩にて行く（徒步而行）

二三十人の男達が馬に跨がってのも有り、徒歩のも有る（二三十個男人們也有騎馬的也有步行的）

徒歩〔名、自サ〕徒步、步行

駅迄徒歩で十分程掛かる（步行到車站約十分鐘）

徒歩旅行（徒步旅行）

徒、徒士〔名〕（諸侯出行時在前開路的）步卒、下級武士

徒立ち〔名〕徒步出發（＝歩いて出掛ける）

徒走り〔名、自サ〕徒步跑

徒跣〔名〕〔舊〕光著腳走、赤腳走路

御徒〔名〕〔舊〕徒步扈從

徒、只〔名〕白給，免費，不要錢，普通，平常、白白，空白

只の酒（不要錢的酒）

只でも要らない（白給也不要）

其を只で差し上げます（把這個免費送給您）

只で貰える（白得）

百円です、丸で只みたいな物です（一百日元簡直像白給似的）

此れは御前に遣るが、只ではないよ（把這個給你但可不是白給的）

只より高い物は無い（沒有比白得的東西再貴的了）

彼の人は只の人ではないらしい（他不像是個一般的人）

只の体ではない（不是正常的身體、懷孕了）

そんな事を為て只では置かないぞ（做那種事情可不白饒你）

其が社長の耳に入ったら、只では済まないだろう（這要是被經理聽見了可不會白饒你）

唯、只 〔副〕唯、只、僅

〔接〕但是、不過、然而

只聞いて見ただけです（只是打聽了一下）

只命令に従うのみ（只有服從命令）

語学の修得は只練習有るのみだ（要學好外語只有練習）

只運を天に任せる他は無い（只能聽天由命）

只一人生き残る（僅一人保住了性命）

三十人の中で皆出来たのは只一人でした（在三十人中全部做對的僅有一人）

皆帰って只一人残った（都回去了只剩下一個人）

只泣いて許りいる（光是哭）

若い間は只勉強さえ為れば良い（年輕的時候光用功就行了）

只金儲け許り考える（光想賺錢）

遊びに行っても良いですよ、只御昼には帰っていらっしゃい（你可以去玩不過中午可要回來）

其は屹度面白いよ。只少し危ないね（那一定很有趣不過有點危險）

徒ならぬ、普ならぬ 〔連體〕不尋常的，非一般的。

〔轉〕懷孕，姙娠

徒ならぬ顔付（不尋常的面孔）

徒ならぬ仲に有る（非一般的關係）

犬猿も徒ならぬ仲（水火不容的關係）

徒ならぬ貴方の頼みだから（因為您不同於別人前來相求〔所以自當效勞〕）

徒ならぬ身（懷孕之身）

徒人，直人，只人 〔名〕普通人，平常人。〔史〕（在皇帝面前臣子的自稱）微臣，卑職、官位低的人、俗人，沒出家的人

徒者、只者 〔名〕（後面常接否定）普通人、平凡的人、尋常的人、一般的人

徒者ではない（不是一般的人）

徒、無駄 〔名、形動〕徒勞，無益，白費，浪費

無駄な努力（白費勁）

無駄な仕事は止めた方が良い（最好不做徒勞無益的事）

そんな無駄を言っている間を勉強を為為さい（把你閒聊的時間用來學習吧！）

彼の人は直ぐ忘れるから教えても無駄だ（他是個健忘的人教也無用）

彼の男に忠告しても無駄だ（就是勸他也是徒勞）

彼に親切を尽くしても無駄だ（怎樣好心對待他也是白費）

無駄を省く（避免浪費）

私達の生活には沢山の無駄が有る（在我們生活中有許多浪費）

御金を無駄に使っては行けない（不能亂花錢）

無駄に時を費やす（白白浪費時間）

時間が無駄に為る（時間浪費了）

彼の文章は言葉に無駄が無い（他的文章沒有廢話）

無駄な事を喋っていないで仕事を始め為さい（別閒扯了開始做事吧！）

徒足、無駄足 〔名〕白去、白跑一趟

徒足を踏む（白跑了一趟、走冤枉路）

徒足を為る（白跑了一趟、走冤枉路）

徒足を運ぶ（白跑了一趟、走冤枉路）

徒足だった（白跑了一趟、走冤枉路）

徒足かも知れないが、行って見ようか（也許白跑一趟不過去看看吧！）

徒書、無駄書 〔名〕白寫，白畫、亂寫、亂寫的字，亂畫的畫

徒金、無駄金 〔名〕白花的錢、冤枉錢

彼は少なからず徒金を使った（他白花了不少錢、他花了不少冤枉錢）

徒時間、無駄時間〔名〕〔機〕無用時間，空耗時間，等待時間、滯留時間，停歇時間，死區時間

徒損、無駄損〔名〕〔機〕無用功損耗

徒遣い，無駄遣い、徒使い〔名、自サ〕浪費、亂用、亂花錢

　予算を徒遣いする（濫用預算）

　費用を徒遣いする（亂花費用）

　徒遣いを為ないで貯金しよう（不要亂花錢把錢存起來吧！）

　そんな今要らない物を買うのは徒遣いだ（買那些現在不需要的東西是浪費）

　電気を徒遣いしない様に気を付け為さい（注意不要浪費電）

徒花，無駄花、徒花、徒花〔名〕（花開而不結果的）謊花、有名無實、茄子的雄花的異稱

　パパイヤの徒花が落ちる（木瓜的謊花掉了）

　南瓜の徒花が落ちた（南瓜的謊花落了）

　インフレ景気は一種の徒花だ（通貨膨脹的繁榮是一現的曇花）

　茄子には徒花が無い（茄子不開謊花）

徒話、無駄話〔名〕閒聊、閒話、廢話

　徒話を為る（閒聊、聊天）

　徒話許りする（淨閒聊、淨聊天）

　彼は徒話が好きだ（他喜歡閒聊）

　徒話は止して、ちゃんと用件を言い為さい（甭說廢話了談正事吧！）

徒骨、無駄骨〔名〕徒勞、白費力氣（=徒骨折り、無駄骨折り）

　徒骨を折る（白受累、白辛苦）

　徒骨に終る仕事（徒勞無益的工作）

　徒骨に為る（終歸徒勞、落個白受累）

　徒骨に終る（終歸徒勞、落個白受累）

徒骨折り、無駄骨折り〔名〕徒勞、白費力氣（=徒骨、無駄骨）

　徒骨折りに為らない様に確り計画を立てて行う（認真制定好計畫再去做以免徒勞）

　徒骨折りに終る（終歸徒勞）

　徒骨折りを為る（白費力、費力不討好）

徒徒〔副〕無益地、白白地（=むざむざ）

徒飯、無駄飯〔名〕閒飯、吃閒飯、白吃飯

　徒飯を食う（吃閒飯、光吃飯不做事）

　御前に家で徒飯を食わせて置く訳には行かない（不能讓你呆在家裡吃閒飯）

徒矢、徒矢〔名〕沒射中的箭、射空了的箭

屠（ㄊㄨˊ）

屠〔漢造〕屠、切、宰殺

屠牛〔名〕屠牛、宰牛、殺牛

　屠牛場（宰牛場）

屠殺〔名、他サ〕屠殺、屠宰

　牛を屠殺する（宰牛）

　屠殺場（屠宰場）

屠獸〔名〕屠宰牲畜（獸類）

　屠獸者（屠戶）

屠所〔名〕屠宰場

　屠所の羊（屠宰場的羊、瀕死頹唐之物）

屠場〔名〕屠宰場

屠蘇、屠蘇〔名〕屠蘇散（用花椒，桔皮，肉桂等用於泡酒）、屠蘇酒（加入屠蘇散，新年喝用）

　屠蘇機嫌（喝了屠蘇酒醺醺快意）

屠畜〔名〕肉畜

屠腹〔名、自サ〕切腹自殺（=切腹）

屠る〔他五〕屠宰、殲滅。〔轉〕（比賽時）打敗（對方）

　牛を屠る（宰牛）

　敵に一挙に屠る（一舉殲滅敵人）

　十対三で相手を屠る（以十比三打敗對方）

　横綱を屠る（〔相撲〕打敗一級力士）

荼、荼（ㄊㄨˊ）

荼、荼〔漢造〕苦菜、毒害

荼毘、荼毗〔名〕〔佛〕火葬、火化（=火葬）

遺骸を荼毘に為る（將遺體火化）
荼毘に付す（火葬、火化）
荼毘所（火葬場）

荼毒〔名〕荼毒

途（ㄊㄨˊ）

途（也讀作途）〔名、漢造〕途、路、道路

帰国の途に就く（就歸國之途、起程回國之路、踏上回國之路）
渡欧の途に在る（在赴歐途中）
前途（前途，將來，前方，前程）
帰途（歸途＝帰路、帰り道）
三途の川（〔佛〕〔死者走向冥府途中的渡河〕冥河）
三途の川を渡る（渡冥河、死亡）

途次〔副〕途中（＝道すがら）
帰国の途次Cairoに立ち寄った（歸國途中在開羅停留了一下）

途上〔名〕路上、中途
帰宅の途上で友人に出会った（在回家的路上遇到朋友）
開発の途上に在る（在開發途中）
発展途上の国国（發展中國家）

途絶、杜絶〔名、自サ〕杜絕、斷絕、停止
吹雪で交通が途絶した（因大雪交通斷絕了）
取引が途絶した（交易停止了）
密輸入が途絶した（走私進口杜絕了）

途絶える、跡絶える〔自下一〕斷絕、杜絕、中斷（＝中断する）
大雨で交通が跡絶えた（因大雨交通斷絕了）
雪が積って人の往来が跡絶えた（雪深沒有行人了）
息子からの便りが跡絶えた（兒子的消息斷了）

途端〔名〕正當…時候、剛一…時候（＝弾み、拍子）
立ち上がった途端に頭がぶつけた（剛一站起來的時候碰了頭）
犯人が旅館から出た途端に警官に捕えられた（犯人剛一走出旅館就被警察捉到了）
私が入った途端に彼は出て行った（正當我進來的時候他走出去了）
見た途端に彼だと解った（我剛一看的時候就知道是他）解る分る判る

途中〔名、副〕途中、中途
途中迄見送る（送行到中途）
学校へ行く途中で本屋に立ち寄る（在去學校的中途到書店轉一下）
話の途中で座を立つ（不等話說完就離席）
途中で事故が遭った（途中發生事故）
資金が続かず途中で止めた（資金接不上中途停下來了）止める已める病める辞める
宇宙船は月への飛行中、途中三回軌道を修正した（太空船在飛往月球途中三次糾正了軌道）
途中計時（〔體〕中途計時）
千五百meter自由型の千meter正式途中計時（一千五百米自由式游泳的一千米正式中途計時）
途中下車（中途下車）
途中下車を為て見物しましょうか（中途下車觀光一下好嗎？）
此の切符で途中下車が出来ますか（這張票可以中途下車嗎？）
途中下車前途無効（中途下車此票失效）

途轍〔名〕道理、（應履行的）程序、步驟

途轍も無い〔形〕極不合理，毫無道理，荒謬絕倫、非比尋常，出人意料，嚇人，出奇
途轍も無い事を考える（妄想毫無道理的事情）
途轍も無い事を言う（說極荒謬的話）
彼は途轍も無い事を言い出した（他竟說出了叫人無法想像的話）

途轍も無い大金（多得不得了的巨款）大金
途轍も無い数量の入荷で捌き切れない（貨到得太多了一時銷不出去）
途轍も無い計画を立てる（制訂龐大驚人的計畫、制訂不合實際的計畫）
途轍も無い大物（龐然大物）
途轍も無い嘘（漫天大謊）
途轍も無い暑さ（熱得要命）
全く途轍も無い結果だ（簡直是意料不到的結果）

途方〔名〕方法，手段，條理，道理

彼は子供の教育に対して丸で途方を失っているかの様だ（他對孩子的教育簡直無計可施了）
途方に暮れる（想不出辦法、無路可走）
両親に死なれて、彼女は途方に暮れて終った（失掉了雙親她走投無路了）
途方も無い（毫無道理、駭人聽聞）
途方も無い事を考えた物だ（想入非非、異想天開）
途方も無い事を言う人だ（這人説話毫無道理）
途方も無い値段（駭人聽聞的價格）
途方も無い計画（駭人聽聞的龐大計畫）
途方も無い図図しさ（從未見過的厚臉皮）
途方も無く安い物（便宜得出奇的東西）
途方も無く高い（貴得離譜）
途方も無い時間に遣って来た（深更半夜〔大清早〕跑來了）

途惑う、戸惑う〔自五〕不知所措，困惑，迷失方向，找不著門，（夜裡醒來）睡糊塗

予想しなかった質問を為れて途惑う（對方提出了沒有料到的質問不知如何回答才好）
行き成り聞かれて返事に途惑う（被突然一問不知如何回答）
始めて東京に出て来て途惑う事許りだ（初次來到東京淨是一些令人感到困惑的事）
駅の出口が分らず途惑った（搞不清車站的出口在哪裡）

途惑い、戸惑い〔名、自サ〕不知所措，困惑、迷失方向，找不著門，（夜裡醒來）睡糊塗

夜中に目を覚まして途惑いする（半夜醒來糊裡糊塗不辨方向）
家が広いので途惑いする（房子大找不著門）
何を途惑いしているのだ（你在那裏慌慌張張地幹什麼呢？）
如何話して良いのか彼に途惑いが見られる（他不知怎麼説才好顯得有些困惑）
何れを選んで良いのか途惑いを感じる（不知挑選那個好感到困惑）

途、道、路、徑〔名〕道路、道義，道德，方法，手段、路程、專門、領域、手續、過程、路上、途中

道を歩く（走路）
道を尋ねる（問路）尋ねる訪ねる訊ねる
道を譲る（讓路）
道を迷う（迷路）
道を説く（講道、說教）説く梳く解く溶く
道に背く（違背道義）背く叛く
道に叶う（合乎道義）叶う適う敵う
帰り道（歸途）
子たる物の道（為人子者之道）
生活の道（生活方法）
治療の道が無い（無法治療、沒有方法之治療）
外に採る可き道が無い（別無辦法）
道を急ぐ（趕路）
村迄は一里程の道だ（離村有一里左右的路程）
問題解決の道は未だ未だ遠い9離解決問題還很遙遠）
道が捗る（路上無阻）

千里の道を遠しともせず（不遠千里）

其の道の人に聞く（向那領域的專家請教）

其の道の達人（那領域的高手）

ちゃんとした道を踏んで来る（履行正式的手續）

学校へ行く道で先生に会う（在去學校的途中遇上老師）会う 遭う 逢う 遇う 合う

道が付く（有了路子、可以聯繫了、有了頭緒）

道を切る（斷絕關係、斷絕往來）

道を決する（決定前進的方向）

道を付ける（開闢道路、弄出頭緒、作出開端）

道を開く（開闢途徑、鋪平道路）

彼は後進に道を開く為辞職した（他為後進開闢道路而辭職）

途足〔名〕〔軍〕旅次行軍、便步行軍

途足で行軍する（進行旅次行軍、拉練）

塗（ㄊㄨˊ）

塗〔漢造〕（與途同）途，道路、塗抹、爛泥

道聴塗説（道聽途說）

糊塗（敷衍，彌縫、掩飾，搪塞）

塗工〔名〕粉刷工人，油漆工人、粉刷作業，油漆作業

塗擦〔名、他サ〕塗擦、塗抹

傷口に薬を塗擦する（往傷口上抹藥）

塗擦剤（塗擦劑）

塗装〔名、他サ〕塗飾、塗抹、塗漆、噴漆

壁の塗装が奇麗だ（牆壁塗飾得很美）

塀をコールタールで塗装する（用瀝青塗牆）

塗装屋（油漆工）

塗炭〔名〕塗炭

人民を塗炭の苦しみから救う（拯救人民於塗炭之苦）

人民は塗炭の苦しみを嘗めている（人民正處於水深火熱之中）嘗める 舐める 甞める

塗板〔名〕（寫粉筆或繪畫用黑色或綠色）塗色板、黑板

塗り板、塗板〔名〕（寫字用）油漆板。〔舊〕黑板（＝黒板）

塗布〔名、他サ〕塗、抹、擦（藥）

ペニシリン軟膏を患部に塗布する（在患部塗上青黴素軟膏）

塗布剤（塗敷劑）

塗抹〔名、他サ〕塗抹，塗上、塗掉，抹去

絵の具を画面に塗抹する（把顏料塗到畫面上）

塀の落書を塗抹する（把牆上亂寫的字塗掉）

塗料〔名〕（油漆等）塗料

緑の塗料を壁に塗る（牆上塗上綠色塗料）

塗る〔他五〕塗，擦、抹、厚厚地擦粉、轉嫁（罪責）

薬を塗る（抹藥）

色を塗る（上色）

ペンキを塗る（上油漆）

靴墨を塗る（擦鞋油）

バターを塗る（抹黃油）

壁を塗る（抹牆）

白粉を塗る（擦粉）

罪を塗る（轉嫁罪責）

彼は私の顔に泥を塗った（他給我丟臉）

塗り、塗〔名〕塗抹，塗（的）漆、塗法，上油漆的情況、漆器（＝塗り物、塗物）

ペンキの塗りが剝げた（塗的油漆剝落了）剝げる 禿げる 剝げる

此の御盆は塗りが良い（這個托盤漆得好）

輪島塗り（輪島漆）

塗りに斑が有る（塗得不均勻）

塗り桶（塗漆桶）

塗り笠（塗漆草帽）

塗り上げる〔他下一〕塗抹完畢、上完油漆

其は舶来の白ペンキで塗り上げられた（那是用進口的白油漆漆的）

塗り上げ、塗上〔名〕塗抹完畢，上完油漆（=塗り上げる事）、最後一道油漆（=上塗り）←→中塗り、下塗り

塗り上げは何時に為るか（幾時能上完油漆呢？）

壁に塗り上げを為る（把牆抹上最後一層泥灰）

塗り絵、塗絵〔名〕兒童著色用的線條畫（紙上印出景物輪廓由兒童自己上色）

塗り替える、塗替える〔他下一〕重畫、重新塗抹（油漆）

地図を塗り替える（重畫地圖、併吞他國）

塗り替え、塗替え〔名〕重新油漆、重新粉刷

其の家はペンキの塗り替えを為た（那所房子重新油漆了）

塗り隠す、塗隠す〔他五〕塗蓋，塗掉（=塗り消す、塗消す）。〔轉〕掩飾，掩蓋

染みを塗り隠す（把汙垢塗蓋）染み汚点汚点

間違いの文句を塗り隠す（塗掉寫錯的句子）

自分の欠点を塗り隠すな（不要掩飾自己的缺點）欠点缺点

塗り薬、塗薬〔名〕〔藥〕塗劑（塗擦用的藥水或藥膏等）

塗り薬を付ける（抹藥）

塗り消す、塗消す〔他五〕塗掉、抹去（=塗り隠す、塗隠す）

染みを塗り消す（把汙垢塗蓋）染み汚点汚点

塗り下駄、塗下駄〔名〕油漆的木屐

塗り下駄を履く（穿油漆的木屐）履く穿く履く吐く掃く

塗りこくる、塗りたくる〔他五〕胡抹亂塗 表示加強該動作 搶奪 搥翻

私が字等書ける物ですが、只墨を塗りたくるだけです（我哪會寫字只不過是亂塗罷了）搶奪 搥翻

原色を塗りたくった前衛画（用原色塗抹成的前衛派繪畫）搶奪 搥翻 前衛画

塗り籠める、塗り込める，塗込める〔他下一〕（放進東西後）用泥把上面封住

塗り籠め〔名〕像倉庫一樣抹厚泥牆的房間

塗り師，塗師、塗師〔名〕漆工、漆匠、漆器工人

塗師屋（漆匠鋪）

塗り立てる、塗立てる〔他下一〕充分塗抹，漆得漂漂亮亮、濃妝豔抹、厚厚地化妝

店の前を塗り立てる（把店面粉飾一新）

店の前の壁を白く塗り立てる（把店面的牆粉刷得雪白）

壁一面に泥を塗り立てる（滿牆塗泥）

顔中にシャボンを塗り立てる（塗滿臉肥皂）

煌びやかに塗り立てた馬車（塗得油亮的馬車）

芝居の役者に紅や白粉をこてこて塗り立てている（戲劇演員厚厚地塗脂抹粉）

塗り立て、塗立〔名〕剛上完油漆

ペンキ塗り立て（油漆未乾）

ペンキ塗り立てに付き注意（油漆未乾請注意）

塗り立ての壁（剛油漆過的牆）

此の机は塗り立てだ（是剛上過油漆的桌子）

塗り付ける、塗付ける〔他下一〕抹上，厚厚塗上、推諉，轉嫁

顔に墨を塗り付ける（往臉上塗墨）

罪を他人に塗り付ける（把罪責轉嫁給別人）

責任を人に塗り付ける（把責任推在別人身上）

塗り潰す〔他五〕全面塗抹、全面塗上（=塗り消す）

壁に書いて有る字を塗り潰す（把牆上的字全部塗蓋上）

誤記の箇所を墨で塗り潰す（用墨塗掉寫錯的地方）

壁にペンキを塗り潰す（牆壁全塗上油漆）

空を青一面に塗り潰す（萬里無雲的蔚藍天空）

銀一色に塗り潰された天井（一片雲色的天花板）

塗り直す、塗直す〔他五〕重新塗、重新漆、改塗、改漆

気に入らない部分を塗り直す（把不合意的地方充新粉刷）

塗り残し、塗残し〔名〕未塗抹部分、沒塗漆的地方

塗り箸、塗箸〔名〕漆筷子

塗り箸で素麺を食う（用漆筷子挾麵-筷子滑夾不上來、〔喩〕工作不容易做）

塗り船〔名〕船體，船舷，瞭望台塗漆的船

塗り骨、塗骨〔名〕油漆的扇子骨

塗り盆、塗盆〔名〕油漆的托盤

塗り斑、塗斑〔名〕塗抹不匀（處）、油漆（粉刷）中不均匀的斑點、油漆（粉刷）中的斑點

塗り物、塗物〔名〕漆器（=漆器）

塗り物師（漆匠、製造漆器的工匠）

塗り椀、塗椀〔名〕油漆的木碗

御吸い物を塗り椀に入れる（把湯盛在漆碗裡）

塗す〔他五〕滿塗、滿抹、滿敷、滿撒

餅に黄粉を塗す（黏糕上滿撒豆粉）

ドーナツに砂糖を塗す（甜甜圈上撒滿了砂糖）

粉を塗す（塗粉、抹粉）粉粉

塗る〔自下二〕沾滿全身（=塗れる）

塗れる〔自下一〕（血、汗、泥、塵土等）沾滿全身

血に塗れる（滿身是血）

汗と埃に塗れて働く（全身沾滿汗水和塵土工作）

一敗地に塗れる（一敗塗地）

塗れ〔接尾〕沾污、沾滿

泥塗れ（渾身是泥）

汗塗れのシャツ（沾滿汗水的襯衫）

土、土（ㄊㄨˇ）

土〔名〕土，土地，地方、土（五行之一）、星期六（=土曜日）

〔漢造〕（有時也讀作土）土，土壤、地方，地區、土耳其（=土耳古）、（舊地方名）土佐的簡稱（今高知縣）

彼の土（彼土、那個地方、那個國家）

此の土に留まりて（住在這個地方）

土に帰す（歸土、死亡）

沃土（肥沃的土地=沃地）

粘土（黏土=粘土）

領土（領土）

郷土（郷土，故郷、郷間，地方）

本土（本土、本國）

辺土（邊疆、邊遠地方、偏僻地方=片田舎）

風土（風土、水土）

焦土（燒成廢墟的焦土、燒後的黑土地）

浄土（淨土，極樂世界、淨土宗=浄土宗）

露土戦争（俄國土耳其戰爭）

土州（土州、土佐國）

土佐〔名〕（舊地方名）土佐國、土州（今高知縣）、土佐節，土佐地方產的木魚（=土佐節）、土佐產寫墨筆字用的高級紙（=土佐半紙）、日本畫的土佐畫派（=土佐派）

土佐節（土佐節-淨琉璃的一派、土佐地方產的木魚）

土佐半紙（土佐產寫墨筆字用的高級紙）

土佐犬（土佐地方的大型猛犬）

土佐派（日本畫的土佐畫派）

土佐絵（土佐的畫或畫風）

土地〔名〕土地，耕地、土壤、土質，當地，某地方、地面、地區、領土

土地を耕す（耕地）

広広と為た土地（遼闊的土地）

土地を借りる（租地）

土地を切り開く（開墾土地）

土地改革を行う（進行土地改革）

土地を遊ばせて置く（閒置土地）

土地売り渡し証書（賣地契）
土地不動産会社（地產公司）
痩せている土地に肥料を遣る（對瘠土施肥）
此の土地は良く肥えている（這塊土地很肥沃）
土地の名産（當地的名產）
土地の人（當地的人）
土地の者（當地的人）
土地に明るい（熟悉當地情況）
此の土地は不案内だ（對這個地方不熟悉）
土地のボス（地頭蛇、當地的一霸）
駅に近い土地を捜している（找一塊靠近車站的地面）
繁華な土地（繁華地區）
歴史的縁の有る土地（有歷史淵源的地區）
縁所縁
土地併呑（吞併領土）
土地を追われたインディアン（被強奪了領土的印地安人）
土地家屋（土地房屋）
土地柄（當地的風氣、風俗、習慣、情形等）
土地鑑（對該地地理情況的知識）
土地管轄（法院的管轄地區）
土地言葉（方言）
土地収用（土地徵用）
土地訛（鄉土口音、當地口音）
土地増価税（土地增值稅）
土地台帳（地籍簿）
土地立入権（興辦公共事業者對他人的土地暫時使用權）
土地建物（土地房屋）
土地っ子（當地土生土長的人）

土圧〔名〕〔建〕土的壓力

土居〔名〕土堤、土城堡、土堡壘、中世紀領主等的直轄地

土硫黄〔名〕〔化〕土硫磺（火山地帶游離狀的硫磺礦物）

土一揆、土一揆〔名〕〔史〕（室町時代的）農民暴動、農民起義

土運船〔名〕浚泥船

土芥〔名〕塵芥，垃圾、沒有價值的東西

土塊、土塊〔名〕土塊（=土の塊）
鍬の先で土塊を砕く（用鋤頭打碎土塊）
鶴嘴を振って土塊を均す（揮起鎬平整土塊）

土方〔名〕〔俗〕土木工程工人

土釜〔名〕砂鍋、土製飯鍋

土窯、土竈〔名〕土灶（=竈）、土造炭窯、（質脆易燃的）土窯炭（=土竈炭）

土管〔名〕（下水道等用的）缸管
下水の土管を埋める（埋下水道的缸管）

土岩層〔名〕〔地〕岩石表層、表皮岩、風化岩

土器〔名〕土器，陶器（=土器）、（原始時代的）土器遺物
弥生式土器（彌生時代的土器）

土器〔名〕土器，素燒陶器（=土器）、素陶酒杯。〔古〕酒宴

土偶〔名〕泥偶人、（日本繩文時代的）陶俑

土下座〔名、自サ〕（古代貴族等通過時老百姓）匍伏跪在地上（致敬）。〔轉〕低姿態，謙卑地懇求（認錯）
土下座（を）為て殿様の御通りを迎えた（跪在地上迎接老爺通過）
土下座して彼に謝り為さい（要叩首向他道歉）

土建〔名〕土木建築（=土木建築）
土建業（土木建築業）
土建屋（土木建築業者、土木建築公司）

土語〔名〕土話、方言

土工〔名〕土木工程、土木工人（=土方）

土窖〔名〕土窖

土候国〔名〕（原在英國統治下的印度和阿拉伯的）酋長國、土邦

土豪〔名〕當地的豪族、（來源中國）土豪
　土豪劣紳（土豪劣紳）

土左衛門〔名〕（原為肥大相撲力士名）淹死鬼、溺死的屍體
　土左衛門が上がる（漂上來溺死的屍體）
　土左衛門に為る（淹死）

土産〔名〕土產（品）、（從外地帶回的）當地特產（＝土産物）

土産〔名〕（出門帶回的）土產、（贈給人的）禮品
　旅先から買って来た土産（旅行中帶回來的土產）
　子供達に土産を買って行って遣ろう（給孩子們買些土產帶去吧！）
　京都の土産（京都的土產）
　御土産を貰う（收到禮品）
　此れは友人達への良い御土産に為る（這是個贈給朋友們的好禮品）

土産話〔名〕旅行見聞、旅行印象談
　旅行の土産話を為る（談旅行見聞）
　此れは土産話に為る（這倒是個可以回去講講的見聞）

御土産〔名〕（土產的鄭重說法）（從旅行的地方帶回來的）土產、禮物、禮品、紀念品
　御土産を貰う（收到禮物）
　そら御土産を遣ろう（喂！給你帶好東西來啦！）
　此の話は国の友人達への良い御土産に為る（這一番話將是給我家鄉朋友們很好的紀念品）
　御土産付きの花嫁（已經懷孕的新娘）

御土産〔名〕〔兒〕禮物、好吃的、好東西（＝土産）
　御土産頂戴（給我好吃的呀！）

土質〔名〕土質、土內含的物質成分
　土質の悪い畑（土質不好的旱田）
　野菜の出来、不出来は土質の良し悪しにも依る（蔬菜長的好壞也和土質的優劣有關）
　土質を検査する（檢查土內含的物質成分）
　土質力学（土壤力學）

土砂〔名〕砂土、土和砂
　川底の土砂を浚う（浚渫河底的砂土）浚う攫う
　土砂崩れ（坍方）
　トンネル内で土砂崩れが起きる（隧道裡發生了塌方）
　土砂崩れで倒壊し土を被った家が三軒有った（有三家因塌方而倒塌被埋在土下）

御土砂〔名〕（本來是〝土和砂〞的意思、只作以下的用法）
　御土砂を掛ける（說點奉承話緩和一下對方的情緒－來自人死入殮時上面撒點砂土以緩和屍體僵硬的迷信）

土砂降り〔名〕大雨傾盆、大雨如注
　土砂降りに為り然うだ（好像要下暴雨）
　帰り道で土砂降りに遭った（在回來的路上遇上了傾盆大雨）
　こんなに早く土砂降りに為るとは誰も思わなかった（誰也沒料到這麼快就下起了暴雨）

土城〔名〕（舊中國和朝鮮農村的）土圍

土壌〔名〕土壤
　島の土壌を調査する（調查海島的土壤）
　此の平野は土壌が肥えている（這個平原土地肥沃）
　土壌改良剤（土壤改良劑）
　土壌学（土壤學）

土人〔名〕土著，當地人，土人，未開化的人
　南洋の土人（南洋的土人）

土人形〔名〕泥人、泥偶

土性〔名〕（五行說的）土性、土質
　土性図（土質圖、土壤分布圖）

土性骨、土性根〔名〕〔俗、罵〕（土是接頭語）（天生的）倔脾氣、狗脾氣、賤骨頭、劣根性（＝ど根性）

彼奴の土性骨を叩き直して遣る（把他的賤骨頭改過來）

土星〔名〕〔天〕土星

土製〔名〕土製（的器皿）

　土製の器（土製器皿）

　土製模造品（土製祭器）

土石〔名〕土石（水泥業用語）、土和石

　川が押し流して来た土石（河水沖來的土石）

　土石流（土石流、泥石流）

土倉、土倉，窖〔名〕地窖、土倉，土庫、（鎌倉、室町時代）當鋪

土葬〔名、他サ〕土葬←→火葬

　死体を土葬に為る（把屍體埋葬土裡）

土層〔名〕土層

土蔵〔名〕（外塗泥灰的）倉庫、當鋪的別稱（＝質屋）

　土蔵焼（〔烹〕整燒鯽魚或香魚）

　土蔵破り（扒開倉庫進行偷竊〔的賊〕）

　土蔵作り、土蔵作（四面塗抹泥灰的房屋）

土足〔名〕穿著鞋，不脫鞋、光腳，跣足（＝跣、裸足）、帶泥的腳

　土足の儘座敷に上がる（穿著鞋就進鋪著蓆子的房間）

　土足で蹴る（穿著鞋踢人）

　土足で踏み付ける（穿著鞋踩）

　土足厳禁（嚴禁穿鞋進入）

　土足は御遠慮下さい（請勿穿鞋進入）

土俗〔名〕當地的風俗

　興味深い土俗を探る（探訪極有趣的當地風俗）

　土俗学（民俗學的舊稱）

土賊〔名〕土匪

土台〔名〕〔建〕底座。〔轉〕基礎

　〔副〕本來、根本、簡直

　橋の土台（橋基）

　此の家は土台が確りしている（這房子地基很鞏固）

　土台床（基石、柱座）

　成功の土台を築く（打好成功的基礎）

　会社の土台が固まる（公司的基礎鞏固了）

　其の小説は経験を土台と為て書いている（那本小說是根據個人經驗寫的）

　土台無理な要求だ（根本要求就不合理）

　土台為っていない（根本就不行、簡直不成樣子）

　土台話に為らぬ（根本不像話、荒謬絕倫）

土壇場〔名〕法場，刑場。〔轉〕最後，末了，最後關頭，千鈞一髮之際，無可挽回的境地

　最後の土壇場に追い遣った（趕到絕境）

　土壇場で逃げる（在千鈞一髮之際逃跑了）

　土壇場で勢を盛り返した（在最後關頭挽回頹勢）

　土壇場迄行かねば諦めない（不到黃河心不死）

　土壇場で背負い投げを食わせた（〔柔道〕臨末了把對方摔倒、在最後關頭背棄對方）

土着〔名、自サ〕土著

　土着の民族（原住民）

　インディアンがアメリカ大陸に土着していた（印地安人原來住在美洲大陸上）

　土着の動植物を研究する（研究當地的動植物）

土中〔名〕土中

　土中から石器を掘り出す（由土中掘出石器）

　土中植物（地下芽植物）

土柱〔名〕〔地〕（由於雨水沖刷上部頂著岩石的）土柱

土突き，土突、胴突、胴突〔名〕〔建〕打地基（＝地固め）、（打地基用的）夯（＝蛸）

土手〔名〕（防風、浪等的）堤，堤壩、（用稻草葺頂的）土板牆、（作生魚片的）大魚的脊背肉塊、（老人掉牙後的）牙齦，牙床

土手っ腹〔名〕〔俗〕肚子

　土手っ腹を蹴破る（踢破你小子的肚子！）

土手っ腹に風穴を開けて遣るぞ（〔用刀、手槍〕給你肚子開一個窟窿）

土留め，土留、土留め〔名〕防止土堤崩塌的柵欄設施

土鍋、土鍋〔名〕砂鍋
　土鍋で御飯を炊く（用砂鍋煮飯）

土嚢〔名〕土袋、沙袋
　土嚢を積んでバリケードを築く（堆沙袋作擋牆）

土橋〔名〕上面鋪土的木橋

土鳩〔動〕家鴿（=家鳩）

土蛮、吐蕃〔名〕未開化的土著

土匪〔名〕土匪

土樋〔名〕土製導水管、陶管、缸管

土百姓〔名〕（土是接頭語）。〔蔑〕莊稼漢、鄉下老（=どん百姓）

土俵〔名〕土袋子。〔相撲〕摔交場（=土俵場）
　土俵を積んで洪水を防ぐ（堆土袋防洪）
　力士が土俵に上がる（相撲力士走上摔交場）
　終に土俵を割る（終於出了圈、終於戰敗）
　土俵を踏み切る（腳出了圈）
　土俵を退く（退出相撲界）
　土俵入り（相撲上場儀式-比賽開始前一流力士全體圍上緞子兜襠布在場上列成環形的儀式）（=手数入）
　土俵場（相撲比賽場）
　土俵際（相撲比賽場的邊界、〔轉〕決定成敗的緊要關頭=土壇場）
　土俵際に追い詰められる（被推到摔交場地邊緣）
　土俵際でまんまとして遣られた（在緊要關頭被人巧妙地給捉弄了）

土瓶〔名〕（有提樑的陶製）茶壺或水壺
　土瓶で茶を入れる（用茶壺泡茶）
　土瓶蒸し（〔烹〕陶壺燉菜-把蘑菇、雞肉、魚肉、青菜放在陶壺裡燉的菜）
　土瓶割（〔動〕尺蠖）

土茯苓〔名〕〔中藥〕土茯苓

土墳〔名〕墳墓（=土饅頭）

土饅頭〔名〕墳墓

土塀〔名〕土牆
　土塀を廻らした家（圍著土牆的房子）
　土塀囲い（土圍牆）

土木〔名〕土木工程
　土木建築（土木建築）
　土木建築業（土木建築業）
　土木技師（建築工程師）
　土木工学（土木工程學）
　土木工事（土木工程）
　土木作業（土木工程作業）
　土木機械（土木工程器械）

土木香、大車〔名〕〔植〕土木香

土木通〔名〕〔植〕土木通、土通草（補養藥）

土間〔名〕（沒有鋪地板的）土地房間、（舊時歌舞伎劇場正面的）池座，觀覽席
　農家の土間は広い（農戶的土地房間很廣）
　土間で縄を綯う（在土地房間搓繩子）

土民〔名〕土著居民、當地居民

土盛り、土盛り〔名、自他サ〕（建築工程等）填土
　土盛りを為る（填土）
　低い所を土盛りする（往低處填土）

土焼き，土焼、土焼き，土焼〔名〕（泥燒的）陶器、瓦器（=素焼き）

土用〔名〕立春，立夏，立秋，立冬前十八天、（特指）立秋前十八天，伏天，暑伏（=夏の土用）
　土用干し（入伏-立秋前十八天-前後曬衣服或書籍防蟲蝕=虫干し）
　土用休み（〔舊〕歇伏、休夏=夏休み）
　土用波（入伏-立秋前十八天-前後無風而起的大浪）
　土用三郎（進入伏天後第三天-即立秋前第十六天、根據此日的晴雨預卜今年收成的好壞）

土曜〔名〕星期六（=土曜日）

土曜日〔名〕星期六
　土曜日から日曜日へ掛けての旅行（周末旅行）

土竜〔名〕鼴鼠（＝土竜、鼴鼠、土竜、鼴鼠、土竜、鼴鼠）。〔喻〕駿馬

土塁〔名〕〔軍〕野戰工事

土類〔名〕〔化〕鹼土
　土類金属（鹼土金屬）

土瀝青〔名〕〔礦〕土瀝青（＝アスファルト）

土〔名〕土、土地、土壤、土質、地面，地表
　祖国の土を踏む（踏上祖國的土地）
　黒い土（黑土）
　良く肥えた土（肥沃的土壤）
　土を盛って田畑を造る（墊土造田）
　土を掛ける（蓋土、培土）
　土を掻いて見る（扒開土看）
　土の匂いに溢れる（鄉土氣息十足）
　土の中に埋める（埋在土裡）
　土の様な顔色（面如土色）
　土を掘る（掘地）
　土を起こす（翻地）
　蔓草が土を這う（蔓草爬地）
　稲の穂が垂れて土に付き然うだ（稻穗垂得快要觸地了）
　土一升（に）金一升（寸土千金、喻地價昂貴）
　土が付く（〔相撲〕輸、敗）
　土積りて山と為る（積土成山、滴水成池、集腋成裘）
　土に帰る（歸土、入土、死）
　土に灸（白費力）
　土に（と）為る（死）
　異郷の土と為る（死於他鄉）

土〔名〕槌、錘子、榔頭（＝ハンマー hammer）
　蒸気槌（蒸氣錘）
　空気槌（氣錘）
　金槌（鐵錘）
　木槌（木槌）
　槌で釘を打ち込む（用錘子釘釘子）
　議長が槌で机を叩く（主席用槌子敲桌子，警告維持會場次序）叩く敲く
　槌を打つ（用錘子打）打つ撃つ討つ
　槌で庭を掃く（趕快準備款待貴賓。恭維、說奉承話）掃く吐く佩く履く刷く

土遊び〔名、自サ〕玩土（＝土弄り）
　子供が土遊びを為る（小孩玩土）

土穴〔名〕（動物的）地洞

土弄り〔名〕（小孩）玩土（＝土遊び）、為興趣做園藝

土入れ〔名〕〔農〕培土
　麦の土入れは済んだ（小麥培完了土）

土色〔名〕土褐色，茶褐色、土色，蒼白色（＝土気色）
　土色の肌（茶褐色皮膚）
　顔が土色に為る（面如土色）

土臼〔名〕土臼

土狼〔名〕〔動〕（南非產）土狼

土蛙〔名〕〔動〕土蛙

土掻き器〔名〕刮土器

土籠、土籃〔名〕土籃、土筐

土型〔名〕土製的鑄型←→金型、木型

土壁、土壁〔名〕土壁、土牆

土臭い〔形〕土味，土腥味、土氣，土裡土氣
　土臭い百姓娘（土裡土氣的農家姑娘）
　土臭い者（土包子）
　彼女の趣味には土臭い所が有る（她的愛好有些土裡土氣）

土蜘蛛〔名〕〔動〕地蜘蛛（＝地蜘蛛）。〔史〕古代日本一個穴居的原始民族

土栗〔名〕〔植〕硬地皮星、翻白草

土気〔名〕土味，土腥味、土氣，土裡土氣

土気色〔名〕土色、蒼白（＝土色）

顔が土気色に為る（面現土色、面無血色）

土煙〔名〕飛塵

自動車が走り去った後に土煙が濛濛と起った（汽車跑過後一片飛塵）

土捏〔名〕和泥、泥水匠、和泥的工具（鏝等）

土捏機（和泥機）

土細工〔名〕泥製工藝品

土団子〔名〕土團子、土饅頭（往昔祈禱許願時曾用作供品）

土付かず〔名〕〔相撲〕全勝、沒輸過一次（的力士）

土付き苗田植機、土付苗田植機〔名〕帶土小苗插秧機

土戸〔名〕（地窖外塗泥灰的）土門

土均し、土平し〔名〕平整土地、平整土地用的農具（=地均し）

戊〔名〕（土の兄之意）（天干的第五位）戊

土の神〔名〕土神、地祇

土蜂〔名〕〔動〕土蜂

土豚〔名〕〔動〕（南非產的）土豚（一種食蟻獸）

土船〔名〕運土的船、（日本童話中的）泥船

土踏まず〔名〕腳掌心。〔俗〕（出門就坐車）一步也不走

土篩〔名〕土篩

土偏〔名〕（漢字部首）土字旁

土埃〔名〕塵埃、塵土

風が強いので土埃が酷い（因為風大塵土飛揚）

土穿り〔名〕挖土。〔蔑〕挖土工，農民

土蛍〔名〕螢蛆（螢的幼蟲或退化的雌螢）

土仏〔名〕泥菩薩、泥佛像

土仏の水遊び（泥菩薩玩水，喻不知大禍臨頭）

土仏の夕立に逢うた様（泥菩薩讓雨打了似的，喻無精打采，垂頭喪氣）

土寄せ〔名〕〔農〕培土

馬鈴薯（の土寄を為る（給馬鈴薯培土）

土寄せ機（培土機）

土牢〔名〕〔古〕土牢、地牢

土牢の中に監禁される（被關在土牢裡）

土筆、土筆、土筆〔名〕〔植〕筆頭菜

吐（ㄊㄨˇ）

吐〔漢造〕吐、吐出

呑吐（呑吐、出入）

嘔吐（嘔吐=戻す、吐く）

音吐（吐音、聲音）

音吐朗朗（聲音嘹亮）

吐息〔名〕（由於灰心、失望或放心）大喘氣，出長氣、嘆氣（=溜息）

ほっと吐息を吐く（放了心大喘一口氣）付く突く撞く衝く就く尽く搗く憑く

苦し然うに重い吐息を漏らす（痛苦地深深嘆氣）漏らす洩らす盛らす守らす

青息吐息（長吁短嘆）

石油の値上げで多くの会社は青息吐息だ（由於石油漲價許多公司都長吁短嘆）

吐逆〔名、自サ〕反流、嘔吐

吐血〔名、自サ〕（由消化系統的）吐血-由肺部稱為喀血

吐月峰〔名〕〔古〕煙灰罐（=灰吹き）（靜岡市的山名、所產竹子適作菸灰缸、故名）

吐根〔名〕〔植〕吐根（根可製催吐劑、祛痰劑）

吐剤〔名〕〔醫〕催吐劑

吐糸管〔名〕〔動〕吐絲管

吐瀉〔名、自サ〕〔醫〕連吐帶瀉（=吐き下し）

中毒して激しく吐瀉する（因中毒吐瀉得很厲害）

吐瀉物（吐瀉的東西）

吐瀉剤（吐瀉劑）

吐酒石〔名〕〔化〕吐酒石、半水合酒石酸氧銻鉀

吐乳〔名、自サ〕〔醫〕（嬰兒）吐奶

吐糞症〔名〕〔醫〕腸阻塞（的別稱）

吐露〔名、他サ〕吐露

真情を吐露する（吐露真情）

吐蕃、吐蛮〔名〕未開化的土著

吐く〔他五〕吐出、吐露，說出，冒出，噴出

　血を吐く（吐血）
　痰を吐く（吐痰）
　息を吐く（吐氣、忽氣）
　彼は食べた物を皆吐いて終った（他把吃的東西全都吐了出來）
　ゲエゲエするだけて吐けない（只是乾嘔吐不出來）
　彼は指を二本喉に突っ込んで吐こうと為た（他把兩根手指頭伸到喉嚨裡想要吐出來）
　意見を吐く（說出意見）
　大言を吐く（說大話）
　彼も遂に本音を吐いた（他也終於說出了真心話）
　真黒な煙を吐いて、汽車が走って行った（火車冒著黑煙駛去）
　遥か彼方に浅間山が煙を吐いていた（遠方的淺間山正在冒著煙）
　泥を吐く（供出罪狀）
　泥を吐かせる（勒令坦白）
　泥を吐いて終え（老實交代！）

穿く、履く、佩く、帶く、著く〔他五〕穿

　靴を履く（穿鞋）履く 穿く 吐く 掃く 刷く 佩く
　スリッパを履く（穿拖鞋）
　雨靴を履く（穿雨鞋）
　下駄を履く（穿木屐）
　此の靴は履き心地が良い（這雙鞋穿起來很舒服）心地 心地良い 善い 好い
　此の皮靴は少なくとも一年履ける（這雙皮鞋至少能穿一年）
　靴下を穿く（穿襪子）
　ズボンを穿く（穿褲子）
　スカートを穿く（穿裙子）

佩く〔他五〕佩帶（＝帯びる）

　剣を佩く（佩劍）穿く 履く 吐く 掃く

刷く、掃く〔他五〕打掃、（用刷子等）輕塗。〔農〕掃集（幼蠶）

　箒で庭を掃く（用掃帚掃院子）吐く 履く 佩く 穿く 排く
　部屋を掃いて綺麗に為る（把屋子打掃乾淨）
　眉を掃く（畫眉）
　薄く掃いた様な雲（一抹薄雲）

吐き掛ける〔他下一〕唾在人身上，吐在…上、將要唾（吐），開始唾（吐）

　酒臭い息を吐き掛ける（吐出酒味很重的氣息）

吐き薬〔名〕〔藥〕催吐劑

吐き下し〔名、自サ〕上吐下瀉（＝吐瀉）

吐き口〔名〕（水庫等的）溢水口、（液體的）排出口

吐き気、吐気〔名〕噁心、想要吐的感覺

　吐き気が為る（想要嘔吐、令人作嘔）
　名前を聞いただけで吐き気が為る（光是聽他的名字就令人作嘔）
　吐き気を催させる（令人作嘔）
　船に酔って吐き気を催す（暈船覺得要吐）
　彼等の汚い遣り方には吐き気を覚える（他們那種卑鄙的手法令人作嘔）

吐き捨て〔名〕〔機〕放出、放泄

　吐き捨て管（放出管）
　吐き捨てコック（放出旋塞）
　吐き捨て弁（放泄閥、排氣閥）

吐き出す〔他五〕吐出、冒出，噴出，湧出，拿出，退回、傾吐，發洩出來

　食物を吐き出す（把食物吐出來）
　余りの苦しさに思わず吐き出した（因為太難受不禁吐出來了）
　吐き出す様に一言言った（終於冒出了一句話）
　煙突が濛濛と煙を吐き出している（從煙囪裡騰騰冒出黑煙）濛濛朦朧
　火山が火と煙を吐き出す（火山噴出火和煙）

毎日何万と言う乗客が此の駅から吐き出される（每天從這個車站湧出好幾萬乘客）

彼は横領した五十万円を吐き出した（他把侵吞的五十萬日元吐出來了）

贓物を吐き出す（吐出贓物）

鬱憤を吐き出す（發洩積憤）

吐き出し〔名〕〔機〕放出、排出、噴出

吐き出し機（排氣機）

吐く、尖く〔他五〕吐（＝吐く）、說出（＝言う）、呼吸，出氣（＝吹き出す）

反吐を吐く（嘔吐）

嘘を吐く（說謊）

息を吐く（出氣）

溜息を吐く（嘆氣）

付く、附く〔自五〕附著，沾上、帶有，配有，增加，增添，伴同，隨從，偏袒，向著，設有，連接，生根，扎根、（也寫作尖く）點著，燃起，值，相當於，染上，染到，印上，留下，感到，妥當，一定，結實，走運、（也寫作就く）順著，附加，（看來）是

泥がズボンに付く（泥沾到褲子上）

血の付いた着物（沾上血的衣服）

鮑は岩に付く（鮑魚附著在岩石上）

甘い物に蟻が付く（甜東西招螞蟻）

肉が付く（長肉）

智慧が付く（長智慧）

力が付く（有了勁、力量大起來）

利子が付く（生息）

精が付く（有了精力）

虫が付く（生蟲）

錆が付く（生銹）

親に付いて旅行する（跟著父母旅行）

護衛が付く（有護衛跟著）

他人の後からのろのろ付いて行く（跟在別人後面慢騰騰地走）

君には迚も付いて行けない（我怎麼冶也跟不上你）

不運が付いて回る（厄運纏身）

人の下に付く事を好まない（不願甘居人下）

あんな奴の下に付くのは嫌だ（我不願意聽他的）

彼の人に付いて居れば損は無い（聽他的話沒錯）

娘は母に付く（女兒向著媽媽）

弱い方に付く（偏袒軟弱的一方）

味方に付く（偏袒我方）

敵に付く（倒向敵方）

何方にも付かない（不偏袒任何一方）

引き出しの付いた机（帶抽屜的桌子）

此の列車には食堂車が付いている（這次列車掛著餐車）

此の町に鉄道が付いた（這個城鎮通火車了）

谷へ下りる道が付いている（有一條通往山谷的路）

種痘が付いた（種痘發了）

挿し木が付く（插枝扎根）

電灯が付いた（電燈亮了）

もう明かりが付く頃だ（該點燈的時候了）

ライター（lighter）が付かない（打火機打不著）

此の煙草には火が付かない（這個煙點不著）

隣の家に火が付いた（鄰家失火了）

一個百円に付く（一個合一百日元）

全部で一万円に付く（總共值一萬日元）

高い物に付く（花大價錢、價錢較貴）

一年が十年に付く（一年頂十年）

値が付く（有價錢、標出價錢）値

然うする方が安く付く（那麼做便宜）

色が付く（染上顏色）

鼻緒の色が足袋に付いた（木屐帶的顏色染到布襪上了）
足跡が付く（印上腳印、留下足跡）
帳面に付いている（帳上記著）
染みが付く（印上污痕）污点
跡が付く（留下痕跡）
目に付く（看見）
鼻に付く（嗅到、刺鼻）
耳に付く（聽見）
気が付く（注意到、察覺出來、清醒過來）
目に付かない所で悪戯を為る（在看不見的地方淘氣）
目鼻が付く（有眉目）
凡その見当が付いた（大致有了眉目）
見込みが付いた（有了希望）
判断が付く（判斷出來）
思案が付く（想了出來）
判断が付かない（沒下定決心）
話が付く（說定、談妥）
決心が付く（下定決心）
始末が付かない（不好收拾、沒法善後）
方が付く（得到解決、了結）
けりが付く（完結）
収拾が付かなく為る（不可收拾）
彼の話は未だ目鼻が付かない（那件事還沒有頭緒）
御燗が付いた（酒燙好了）
実が付く（結實）
牡丹に蕾が付いた（牡丹打苞了）
彼は近頃付いている（他近來運氣好）
今日は馬鹿に付いている（今天運氣好得很）
ゲームは最初から此方に付いていた（比賽一開始我方就占了優勢）
川に付いて行く（順著河走）

塀に付いて曲がる（順著牆拐彎）
付録が付いている（附加附錄）
条件が付く（附帶條件）
朝飯とも昼飯とも付かぬ食事（既不是早飯也不是午飯的飯食、早午餐）
シルクハットとも山高帽とも付かない物（既不是大禮帽也不是常禮帽）
板に付く（純熟，老練、貼附，適當）
手に付かない（心不在焉、不能專心從事）
役が付く（當官、有職銜）

付く〔接尾、五型〕（接擬聲、擬態詞之下）表示具有該詞的聲音、作用狀態
がた付く（咯噔咯噔響）
べた付く（發黏）
ぶら付く（幌動）

付く、点く〔自五〕點著、燃起
電灯が付いた（電燈亮了）
もう明かりが付く頃だ（該點燈的時候了）
ライターが付かない（打火機打不著）
此の煙草には火が付かない（這個煙點不著）
隣の家に火が付いた（鄰家失火了）

付く、就く〔自五〕沿著、順著、跟隨
川に付いて行く（順著河走）
塀に付いて曲がる（順著牆拐彎）

就く〔自五〕就座，登上、就職，從事、就師，師事、就道，首途
席に就く（就席）
床に就く（就寝）床
塒に就く（就巢）
緒に就く（就緒）
食卓に就く（就餐）
講壇に就く（登上講壇）
職に就く（就職）
任に就く（就任）

実業に就く（從事實業工作）

働ける者は皆仕事に就いている（有勞動能力的都參加了工作）

師に就く（就師）

日本人に就いて日本語を学ぶ（跟日本人學日語）習う

帰途を就く（就歸途）

世界一周の途に就く（起程做環球旅行）

壮途に就く（踏上征途）

突く〔他五〕支撐、拄著

杖を突いて歩く（撐著拐杖走）

頬杖を突いて本を読む（用手托著下巴看書）

手を突いて身を起こす（用手撐著身體起來）

がっくり膝を突いて終った（癱軟地跪下去）

突く、衝く〔他五〕刺，戳，冒，衝，攻，抓，乘

槍で突く（用長槍刺）

針で指先を突いた（針扎了指頭）

棒で地面を突く（用棍子戳地）

鳩尾を突かれて気絶した（被擊中了胸口昏倒了）

判を突く（打戳、蓋章）

意気天を突く（幹勁衝天）

雲を突く許りの大男（頂天大漢）

つんと鼻を突く臭いが為る（聞到一股嗆鼻的味道）

風雨を突いて進む（冒著風雨前進）

不意を突く（出其不意）

相手の弱点を突く（攻擊對方的弱點）

足元を突く（找毛病）

突く、撞く〔他五〕撞、敲、拍

毬を突いて遊ぶ（拍皮球玩）

鐘を突く（敲鐘）

玉を突く（撞球）

即く〔自五〕即位、靠近

位に即く（即位）

王位に即かせる（使即王位）

即かず離れずの態度を取る（採取不即不離的態度）

漬く、浸く〔自五〕淹、浸

床迄水が漬く（水浸到地板上）

漬く〔自五〕醃好、醃透（＝漬かる）

此の胡瓜は良く漬いている（這個黄瓜醃透了）

着く〔自五〕到達（＝到着する）、寄到，運到（＝届く）、達到，夠著（＝触れる）

汽車が着いた（火車到了）

最初に着いた人（最先到的人）

朝台北を立てば昼東京に着く（早晨從台北動身午間就到東京）

手紙が着いた（信寄到）

荷物が着いた（行李運到了）

体を前に折り曲げると手が地面に着く（一彎腰手夠著地）

頭が鴨居に着く（頭夠著門楣）

搗く、舂く〔他五〕搗、舂

米を搗く（舂米）

餅を搗く（舂年糕）

搗いた餅より心持ち（禮輕情意重）

憑く〔自五〕（妖狐魔鬼等）附體

狐が憑く（狐狸附體）

築く〔他五〕修築（＝築く）

周囲に石垣を築く（四周砌起石牆）

小山を築く（砌假山）

吐かす、抜かす〔他五〕〔俗〕說、瞎說、瞎扯

要らぬ事を吐かすな（別胡說、別瞎扯、別說廢話）

何を吐かす（胡說什麼？）

良くも俺にそんな事を吐かすな（你竟敢對我說這些話！）

早く吐かせ（快說！）

抜かす〔他五〕遺漏、漏掉、略過、放過、跳過
　大事な所を抜かした（漏掉了要緊的地方）
　三字抜かした（漏掉三個字）
　一行抜かした（漏掉一行）一行
　私は抜かして下さい（不要把我算進去、我不算數）
　三行抜かして読む（跳過三行往下唸）
　昼飯を抜かす（把午飯略掉）
　編み針を一目抜かす（跳過一針織）一目
　抜かして差し支えない言葉は皆抜かす（可以省略的話全省略掉）
　腰を抜かす（腰節骨軟站不起來、非常吃驚）

兎（兔）（ㄊㄨˋ）

兎〔漢造〕兎、月、太陽
　脱兎（脱兔、非常快）
　脱兎の勢い（迅猛的氣勢、飛快）
　脱兎の如く逃げ出した（像脱兔一般地逃跑了）
　玉兎（月亮）
　玉兎、銀波に映じる（玉兔映銀波）
　狡兎（狡兔）
　狡兎死して走狗煮らる（狡兔死走狗烹）
　烏兎（日與月、歲月、光陰）
　烏兎怱怱（歲月如梭、光陰似箭）

兎角〔副、自サ〕（多用假名書寫）種種，這個那個，這樣那樣、動輒，總是，動不動、不大工夫，不大會兒，不知不覺之間
　彼は止めさせられる前から兎角の噂が有った（他在被免職之前就有種種不好的傳說）
　子供に就いて兎角言う前に親が反省す可きだ（在這麼那麼責備孩子以前大人首先應該反躬自省）
　彼の人には兎角の批評が有る（對他有這樣那樣的批評）
　兎角健康が優れない（身體總是不太好）
　寒い時には兎角風邪を引き易い（天冷的時候總好感冒）
　近頃は兎角雨が降り勝ちだ（這些日子常下雨）
　人は兎角自分の欠点には気が付かない物だ（人總是看不到自己的缺點）欠点缺点
　若い者は、兎角然う言う風に考える物だ（年輕人總是愛那麼想）
　兎角する中に出発の日が近付いて来た（不久出發的日子就快到了）
　兎角する内に日が暮れた（不一會兒天就黑了）内中裏

兎角〔副、自サ〕（兎角的音便、現寫作假名）種種，這個那個、好，動不動、不知不覺
　兎角する内に日が暮れた（不知不覺地天黑了）
　兎角健康が優れない（動不動就鬧病）
　若い者には兎角有り勝ちだ（這在年輕人裡是常有的事情）

兎に角〔副〕（現多用假名、有時作兎に角に）總之、姑且、好歹、反正、姑且不論、無論如何、不拘怎樣
　兎に角昼迄待って見よう（總之等到中午看吧！）
　兎に角現物を見てからの話だ（無論如何要看到實物再說）
　兎に角一つ遣って見よう（好歹先做一下看看吧！）
　僕は兎に角其では君が困るだろう（我倒無所謂那麼一來你不好辦吧！）
　兎に角事実だ（反正是事實）
　兎に角御知らせ致します（姑且通知您一下）
　旅行し度いと思うが、御金は兎に角、何よりも暇が無い（我本想去旅行錢姑且不論最主要的是沒有時間）
　金高は兎に角と為て御礼を為なくては為らない（錢數多少倒不拘總得表示一下謝意）金高金高

兎も角〔副〕（現多用假名）姑且不論，暫且不談、總之，好歹，無論怎樣，不管怎樣

食事は兎も角、まあ御茶を一杯（飯回頭再說先請來一杯茶）

素行は兎も角彼が名画家である事は間違いない（人品如何姑且不談他確不失為一個名畫家）

費用の点は兎も角の事と為て、第一時間が無い（費用多少姑且不談首先沒有時間）

冗談は兎も角、如何する積りだ（玩笑姑且不談首先沒有時間）

贅沢は兎も角彼は今日食うのにも困っている（奢侈當然談不到現在他連吃飯都成了問題）

十代の言葉なら兎も角彼の年で分別の無い話だ（若是十幾歲的孩子還有可說，那麼大歲數也太不懂事了）

好し悪しは兎も角と為て、其が事実だ（好壞姑且不談那可是事實）

外の人には兎も角私には何もかも打ち明け給え（對別人且不說對我可一點也不要隱瞞）

兎も角食わねば為らぬ（不論如何總得吃飯）

兎も角行って見ましょう（不管怎樣去看一看吧！）

兎も角値段が高過ぎる（總之價錢太貴）

兎や角〔副〕（現多用假名）種種、多方、這個那個地

彼の身の回りを兎や角を為る（多方照顧他的生活）

彼は兎や角非難されている（他受到種種批評）

兎や角気を揉む（憂心忡忡）

兎や角の評が有る（有種種評論）

兎や角言う（說三道四、說長道短、說這說那）

人の事を兎や角言うな（不要總議論別人）

其以上兎や角言わずに（別再說這說那地）

兎眼〔名〕〔醫〕兔眼（因顏面神經麻痺睡覺時眼皮不能閉攏）

兎欠〔名〕〔醫〕兔唇（=兎唇、兎唇、兎唇）

兎唇〔名〕〔醫〕兔唇（=兎唇、兎唇）

兎唇、欠唇〔名〕〔醫〕兔唇（的人）

兎唇、三唇、三つ唇〔名〕〔醫〕兔唇（的人）

兎唇の人（兔唇的人）

兎〔名〕兔（=兎）

兎の毛（兔毛、微小，絲毫、兔毛筆、毛筆的別稱）

兎の毛で突いた程の隙も無い（無懈可擊、沒有絲毫破綻，一點點漏洞也沒有）

兎〔名〕〔動〕兔

野兎（野兔）

飼い兎（家兔）

アンゴラ兎（安哥拉兔）

兎の肉（兔肉）

此の辺は兎が出然うだ（附近可能有兔子）

兎網（捉兔網）

兎穴（野兔穴）

兎小屋（兔窩）

兎結（狀似兔耳的繩結）

兎飼養場（養兔場）

兎死すれば狐之を悲しむ（兔死狐悲）

兎に祭文（對牛彈琴）

兎馬、驢〔名〕〔動〕驢（=驢馬）

兎狩り〔名〕獵野兔

兎狩りに行く（獵野兔去）

兎座〔名〕〔天〕天兔星座

兎耳〔名〕長耳朵。〔轉〕耳朵長的人，包打聽（=情報屋）

彼は兎耳だ（他的耳朵很靈）

托（ㄊㄨㄛ）

托〔漢造〕（用手掌）托、托子、依靠、（與託通）寄託、委託

茶托（茶托、茶碟）

花托（花托）

寄託（寄託、寄存、委託保管）

委託（委託、託付）

依託（委託、託付、寄存、依靠）

託す、託す〔他五〕託，託付，委託，託轉，代辦，託詞，藉口，寄託（＝託する、託する）

後事を友人を託す（把後事託給朋友）

家族への伝言を友人に託した（託朋友給家人帶個口信）

病に託す（託病）

我が子に望みを託す（把希望寄託孩子身上）

喜びを詩歌に託した（用詩歌表達了自己的喜悅）

託する、託する〔他サ〕託，託付，委託，託轉，代辦，託詞，藉口，寄託

後事を友人を託して死んだ（把後事託給朋友就死了）

財産を友人に託する（把財產委託給朋友）

大事を託するに足る（足以委託重任）足りる

伝言を託する（託帶口信）

御見舞品を託する（託人轉送慰問禮品）

私は此の手紙を御渡しする様託されて参りました（我是受人委託來送這封信的）

事務多忙に託して夜遅く帰宅する（藉口工作太忙晚上很晚回家）

病気に託して欠席する（託病缺席）

心情を詩歌に託する（把心情寄託於詩歌）詩歌詩歌

託生、託生〔名〕〔佛〕一蓮託生、同生共死、同甘共苦（＝一蓮托生）

死ぬ時は託生だ（同生共死）

託生を決意する（辭職時決心一同辭職）

託鉢〔名、自サ〕〔佛〕托鉢、化緣

托鉢に出る（出去化緣）

托鉢僧（化緣和尚）

僧侶達が今朝托鉢に来た（僧人們今天早晨來化緣了）

托葉〔名〕〔植〕拖葉

託（ㄊㄨㄛˋ）

託〔漢造〕委託、寄託、託故、藉口、啟示

寄託（寄託、寄存、委託保管）

委託（委託、託付）

依託（委託、託付、寄存、依靠）

信託（信託、委託、託管）

供託（〔提供信託之意〕寄存、委託保管）

付託、附託（託付、委託）

負託（託付、委託）

嘱託（囑託、委託、特約顧問或人員）

結託（勾結、合謀、夥同）

仮託（假託、託詞、藉口）

神託（神諭、天啟、神的啟示＝託宣）

託す、託す〔他五〕託，託付，委託，託轉，代辦，託詞，藉口，寄託（＝託する、託する）

後事を友人を託す（把後事託給朋友）

家族への伝言を友人に託した（託朋友給家人帶個口信）

病に託す（託病）

我が子に望みを託す（把希望寄託孩子身上）

喜びを詩歌に託した（用詩歌表達了自己的喜悅）

託する、託する〔他サ〕託，託付，委託，託轉，代辦，託詞，藉口，寄託

後事を友人を託して死んだ（把後事託給朋友就死了）

財産を友人に託する（把財產委託給朋友）

大事を託するに足る（足以委託重任）足りる

伝言を託する（託帶口信）

御見舞品を託する（託人轉送慰問禮品）

私は此の手紙を御渡しする樣託されて參りました（我是受人委託來送這封信的）

事務多忙に託して夜遅く帰宅する（藉口工作太忙晚上很晚回家）

病気に託して欠席する（託病缺席）

心情を詩歌に託する（把心情寄託於詩歌）詩歌詩歌

託言〔名、自サ〕藉口，託故（＝口實）、寄言，託帶口信（＝託け）

託児〔名〕拖兒

託児所に子供を預ける（把孩子托在托兒所）

託生、托生〔名〕〔佛〕一蓮託生、同生共死、同甘共苦（＝一蓮托生）

死ぬ時は托生だ（同生共死）

托生を決意する（辭職時決心一同辭職）

託宣〔名〕神諭、天啟、神的啟示（＝神託）、（貶）主張

託送〔名、他サ〕託送

荷物を託送する（託運貨物）

託送狀（託運單）

託送品（託運物品）

託送手荷物（託運行李）

託送電報（用電話託電報局拍發的電報）

託つ〔他五〕抱怨，發牢騷，鳴不平，託故，藉口，強調（客觀）（＝託ける）

世を託つ（憤世）

我が身の不遇を託つ（抱怨自己不走運）

託ける〔自下一〕託故，藉口、強調（客觀）

病気に託けて欠席する（託病不出席）

自分の失策を他人に託ける（把自己的失策歸咎於別人）

何かに託けては騒ぎ出す（借點甚麼口實就鬧起來）

託け〔名〕託故、藉口

託けは直ぐ分る（借口一聽便明白）

託ける、言付ける〔他下一〕託付、託帶口信

〔自下一〕假託、託詞、藉口

彼に手紙を託ける（託他把信帶去）

彼に託けた事は届きましたか（託他帶的口信帶到了嗎？）

病に託けて来ない（託病不來）

病気に託けて休む（託病請假）

託け、言付け〔名〕託付、託帶口信

言付けを伝える（轉達囑託）

彼に頼んだ言付けを御聞きに為りましか（託他帶的口信您聽到了嗎？）

彼に何か言付けは有りませんか（有無要帶給他的口信？）

託かる、言付かる〔他五〕受託（＝託けられる）

此の手紙を託かって参りました（我受託把這封信帶來了）

母から宜しくと託かって来ました（母親叫我問您好）

託かり物（託付物、託帶的東西）

脱（ㄊㄨㄛ）

脱〔漢造〕脱，摘、逃脱、擺脱、脱落、超脱世俗

離脱（脱離）

洒脱（灑脱、銷撒）

超脱（超脱）

脱する〔自、他サ〕逃脱，逃出、脱離、離開、脱落，漏掉、脱稿、去掉、除掉

敵の包囲を脱する（從敵人包圍中逃脱）

危機を脱する（逃脱危機）

死地を脱する（逃出死地）

隊列を脱する（離開隊伍）

党を脱する（脱黨）

名簿に彼の名を脱した（名冊上把他的名字漏掉了）

誤って一行脱して写した（弄錯了漏寫一行）

稿を脱する（脱稿）

洗濯物から水分を脱する（去掉洗滌衣物水分）

脱亜鉛〔名〕〔冶〕除鋅、鋅的浸析

脱衣〔名、自サ〕脱衣←→着衣
　脱衣場で脱衣する（在更衣場脱衣）

脱営〔名、自サ〕由軍營逃脱、開小差

脱塩〔名、自サ〕〔化〕脱鹽、淡化

脱塩素〔名〕〔化〕脱氯
　脱塩素剤（脱氯劑）

脱銀〔名〕〔冶〕脱銀、除銀

脱誤〔名〕脱落與錯誤

脱獄〔名、自サ〕越獄
　脱獄の相談を為る（商量越獄）
　死刑囚が脱獄した（死囚越獄了）
　脱獄囚（越獄犯）

脱牢〔名、自サ〕越獄（＝脱獄）
　囚人が脱獄した（囚犯越獄了）

脱監〔名、自サ〕越獄（＝脱獄、牢破り）

脱字〔名〕漏字、掉字
　二字脱字が有る（掉了兩個字）
　誤字、脱字の無い文章を書く（寫沒有錯字掉字的文章）
　脱字記号（漏字符號、加字符號）

脱渋〔名、自サ〕（柿子等）去掉澀味

脱塵〔名〕脱俗

脱税〔名、自サ〕漏税、偷税
　脱税が発覚した（偷税被發現了）
　二重帳簿で脱税する（用兩套帳偷税）
　脱税行為（偷税行為）
　脱税品（漏税貨、走私貨）

脱俗〔名、自サ〕脱俗、超俗
　彼の字には脱俗の風が有る（他的字有超俗的風格）
　出家脱俗して道を修める（出家脱俗去修道）
　修める治める収める納める

脱文〔名〕漏掉的字句

脱帽〔名、自サ〕脱帽、佩服，服輸，甘拜下風
　脱帽して立つ（脱帽站立）
　教室に入ったら脱帽せよ（進教室要脱帽）
　国旗を掲揚する時は脱帽するのが礼儀だ（升國旗時脱帽是禮貌）
　彼の努力に脱帽する（佩服他的努力）
　君には迚も敵わない、脱帽するよ（簡直比不了你我算服了）敵う適う叶う

脱毛〔名、自他サ〕脱毛（＝脱け毛，脱毛、抜け毛，抜毛）、（美容）拔去不必要的毛
　脱毛剤で手足の毛を取る（用脱毛劑將手腳上的毛脱掉）
　脱毛症（秃頭症、頭髮脱落症）

脱け毛，脱毛、抜け毛，抜毛〔名〕掉頭髮、脱落的頭髮（＝抜け髪）
　脱毛を止める（控制住掉頭髮）止める已める辞める病める
　彼女の髪の毛は脱毛が酷い（她頭髮掉得厲害）止める留める停める
　脱毛を防ぐ薬（防止掉頭髮的藥）

脱落〔名、自サ〕脱落、脱離
　文字の脱落が無いか調べる（審查有無掉字）
　此の本はページの脱落が有る（這本書有掉頁的地方）
　練習が厳しいので脱落する者が後を絶たない（練習太艱苦了掉隊的人接連不斷）
　グループから脱落した（脱離了小組）
　脱落膜（〔動〕蜕膜）

脱離〔名、自サ〕脱離、離開（＝抜け離れる、離脱）
　脱離反応（〔化〕消去反應、消去作用）

脱略〔名〕省略、脱落

脱硫〔名〕〔化〕脱硫、除硫
　脱硫装置（脱硫裝置）

脱力〔名〕〔醫〕四肢無力
　脱力感（倦怠感、無力感）

脱燐〔名〕〔化〕脱磷、除磷

脱鱗〔名、自サ〕脱屑、蜕皮、脱皮、表皮脱落

脱路〔名〕逃脱路線

脱漏〔名、自サ〕遺漏
　甚だしい脱漏（嚴重的遺漏）

脱蠟〔名、他サ〕脱蠟、去蠟

脱化〔名、自サ〕蛻化、蛻變、轉變
　蛹から脱化して成蟲に為る（蛹蛻化變成成蟲）
　蝉が脱化した（蟬脱殻了）
　漢字から脱化して、仮名が出来た（從漢字演變出了假名）仮名仮名 真名

脱会〔名、自サ〕退會（=退会）
　脱会届け（退會申請〔書〕）
　研究会を脱会する（退出研究會）
　昨年十人の脱会者が有った（去年有十人退會）

脱殻〔名、自サ〕〔動〕脱殻、（小雞）從蛋殻裡脱出

脱け殻, 脱殻、抜け殻, 抜殻〔名〕（蛇、蟬等）蛻下來的皮（空殻）、失神（發呆）的人
　蛇の脱殻（蛇皮）
　蝉の脱殻（蟬蛻）
　彼は脱殻同然に為って終った（他簡直像掉了魂似的）

脱簡〔名〕書中編章脱落

脱却〔名、自他サ〕擺脱，抛棄、逃出，逃脱
　旧思想を脱却する（抛棄舊思想）
　旧思想から脱却する（抛棄舊思想）
　先人の模倣を脱却する（擺脱對前人的模仿）
　危機を脱却する（逃出危機）
　危険を脱却する（脱離危險）
　危険から脱却する（脱離危險）

脱臼〔名、自サ〕脱臼、脱位
　肩が脱臼する（肩膀脱臼）
　肩を脱臼した（肩膀脱臼了）

脱去〔名、自サ〕脱下、逃走，逃脱

脱句〔名〕脱落（漏掉）的句子

脱剣〔名、自サ〕摘去佩刀（配劍）

脱肛〔名、自サ〕〔醫〕脱肛

脱稿〔名、他サ〕脱稿、完稿←→起稿
　其の著作は既に脱稿した（那部著作已經脱稿）
　彼が執筆中の小説は直に脱稿する（他執筆的小説即將完稿）

脱穀〔名、自サ〕〔農〕脱穀、脱粒
　脱穀場（脱穀場）
　足で踏んで脱穀する（用腳踏脱穀）
　脱穀機（脱穀機）
　麦を脱穀機で脱穀する（用脱穀機打麥子）

脱酸〔名、自サ〕〔化〕脱氧、去氧
　脱酸剤（脱氧劑、去氧劑）

脱脂〔名、自サ〕脱脂
　脱脂大豆（脱脂大豆）
　脱脂綿（脱脂棉、藥棉花）
　脱脂乳（脱脂牛奶）
　脱脂粉乳（脱脂奶粉）

脱湿〔名〕去濕、吸濕、減濕、乾燥、脱水
　脱湿器（乾燥器）

脱臭〔名、自サ〕脱臭、除臭
　脱臭剤（除臭劑）

脱出〔名、自サ〕逃出，逃脱，逃亡。〔醫〕（腸或子宮）脱出，脱垂
　国外に脱出する（逃亡國外）
　パラシュート(parachute)で脱出した（用降落傘逃走了）
　奇跡的に生死の境を脱出した（奇蹟般地脱出生死的境地）
　脱出速度（〔理〕逃逸速度）

脱け出す、抜け出す〔自五〕脱出，脱身，溜走，擺脱，悄悄地溜出去（=脱け出る、抜け出る、忍び出る）
（頭髮或牙齒等）開始脱落
　彼はこっそり脱け出した（他悄悄地溜了）
　脱け出そうと折を待つ（等待機會想要逃跑）

授業をサボって学校を脱け出す（不上課溜出學校、曠課逃學）

金糸雀が籠から脱け出した（金絲雀從籠子裡溜走了）金糸雀、時辰雀、カナリア

貧困から脱け出した（擺脫了貧困）

ごった返す野次馬の群からやっと脱け出した（好不容易才從一幫亂起閧的人群中掙脫出來）

脱け出る、抜け出る〔自下一〕離開（＝離れ出る）、高聳（＝聳える）、傑出（＝抜きん出る）、潛逃，悄悄地溜出（＝脱け出す、逃れる）、出現（＝現われ出る）

蝉が殻から脱け出る（蟬脫殼）

塔が空に高く脱け出る（塔矗立在空中）

一際脱け出た秀才（出人頭地的高材生）

一段と脱け出た好成績（出類拔萃的好成績）

会場を脱け出る（溜出會場）

絵から脱け出た様な美人（像從畫上出現的美人）

脱硝〔名、自サ〕〔化〕脫硝作用、脫硝酸鹽

脱錆〔名〕除銹、去銹

脱錆剤（除銹劑）

脱色〔名、自サ〕〔化〕脫色、去色、漂白←→着色

脱色剤（去色劑）

脱水〔名、自サ〕〔化〕脫水，去水。〔醫〕脫水

脱水剤（去水劑）

脱水作用（脫水作用）

脱水装置付き電気洗濯機（帶脫水裝置的電動洗衣機）

脱水機（脫水機）

脱水症状（脫水症狀）

脱水素〔名〕〔化〕脫氫（作用）

脱水素酵素（脫氫酶）

脱垂〔名〕〔醫〕脫垂

脱籍〔名〕脫籍、除籍

脱船〔名、自サ〕（船員等）私自下船

脱線〔名、自サ〕（火車或電車）出軌，脫軌、（行動或言論）脫離常軌，離開本題

脱線して転覆した（出軌翻了車）

列車が脱線する（火車出軌）

話が一寸脱線してね（話有點離題了）

彼の演説は時時脱線する（他的演說常常離題）

此の頃の若い人達の為る事は大人から見ると脱線が多い様だ（最近年輕人做的事在成年人來看都好像越出了常軌）

脱走〔名、自サ〕逃脫、逃跑、逃亡、私逃

兵営を脱走する（從兵營逃走、開小差）

集団で脱走する（集體逃跑）

脱走を企てる（企圖逃跑）

脱走兵（逃兵）

脱退〔名、自サ〕脫離、退出

組合を脱退する（退出工會）

脱退者（退出者）

脱退声明（退出聲明）

脱胎、奪胎〔名、自サ〕改頭換面、剽竊他人的作品

換骨脱胎（脫胎換骨）

脱炭〔名〕〔化〕脫炭

脱窒〔名〕〔化〕除氮、脫氮（作用）

脱着〔名〕〔化〕解吸（作用）

脱腸〔名、自サ〕〔醫〕疝氣（＝ヘルニア）

脱腸に為る（得了疝氣）

脱腸の手術（疝氣手術）

脱兎〔名〕脫兔、非常快

脱兎の勢い（飛快、迅猛的氣勢）

脱兎の如く逃げ出した（像脫兔一般地逃跑了）

脱刀〔名〕卸下佩刀、廢除佩刀

脱党〔名、自サ〕脫黨、退黨←→入黨

社会党を脱党する（退出社會黨）

脱党行為（脫黨行為）

脱藩〔名、自サ〕（江戶時代）脫離藩籍、武士脫離藩主成為浪人

脱皮〔名、自サ〕（昆蟲或蛇等）蛻皮，退殼。〔轉〕轉變，脫胎換骨，打破因襲
  蛇の脱皮した脱殻（蛇蛻的皮）
  開国に因って日本は脱皮した（由於開放和外國交往日本變了樣）
  敗戦に因って日本は一つの脱皮を成し遂げた（因為戰敗日本取得了一個新的轉變）
  脱皮液（〔動〕蛻皮液）
  脱皮腺（〔動〕蛻皮腺）

脱糞〔名、自サ〕大便

脱法〔名、自サ〕逃避法律、鑽法律的漏洞
  巧みに脱法する（巧妙地逃避法律）
  脱法行為（逃避法律的犯法行為）
  其れは明らかに脱法行為と為る（這是明顯的違反法律的行為）

脱ぐ〔他五〕脫、脫去、脫掉、摘掉、蛻掉
  着物を脱ぐ（脫掉衣服）
  帽子を脱ぎ為さい（把帽子脫掉吧！）
  靴を脱ぐのですか（要脫鞋嗎？）
  春が来ると冬着を脱ぐ（春天一到來就脫掉冬裝）
  一肌脱ぐ（助人一臂之力）

脱ぎ捨てる、脱捨てる〔他下一〕（把衣服）脫下丟開、（衣服等）脫下扔掉。〔轉〕擺脫，除掉
  着物を部屋に脱ぎ捨てて置く（脫下衣服信手丟在屋裡）
  外套を玄関に脱ぎ捨てる（把大衣脫在門口）
  古い偏見を脱ぎ捨てる（擺脫陳舊的偏見）
  蛇が殻を脱ぎ捨てた（蛇蛻了皮）
  封建主義の殻を脱ぎ捨てる（擺脫封建主義舊套）

脱ぎ捨て、脱捨て、脱ぎ棄て、脱棄て〔名〕脫下不疊起來（的衣服）、（把衣服）脫下扔掉
  脱ぎ捨てを畳む（疊好脫下來沒有疊的衣服）

脱げる〔自下一〕（穿在身上的東西）脫落下來，掉下來、能脫下來
  帽子が脱げる（帽子掉落）
  此の靴は中中脱げない（這鞋真不容易脫）

脱がせる〔他下一〕（脫ぐ的使役形）使脫掉、幫別人脫掉
  彼は彼女の外套を脱がせて遣った（他幫她脫掉大衣）
  手を貸して外套を脱がせる（幫人脫掉大衣）

脱、抜〔名〕脫落，遺漏、愚笨的人，智慧不足的人。〔商〕行市超過某價格
  帳簿に抜が有る（有漏帳）
  彼の人は本当に御抜さんだ（他真是個愚笨的人）
  七十円抜（超過七十元）

脱け字，脱字、抜け字，抜字〔名〕落字、掉字

陀（ㄊㄨㄛˊ）

陀〔漢造〕（梵語 da、dha 的音譯字）山阜傾頹為陀、山勢或水勢不平狀
  阿弥陀（〔佛〕阿彌陀佛、靠後戴〔帽子〕〔＝阿弥陀被り〕、抓大頭〔＝阿弥陀籤〕）
  仏陀（〔佛〕佛，佛陀、聖僧、釋迦牟尼）
  曼陀羅、曼荼羅（〔佛〕〔梵語 mandala 的音譯〕〔意為圓輪，道場，壇，本質等〕曼陀羅，諸佛菩薩圖，雜色圖，花花綠綠的圖）
  弥陀（〔佛〕阿彌陀佛〔＝阿弥陀〕）

陀羅尼〔名〕〔佛〕（真言密教的梵文）陀羅尼、咒文（＝呪）

駄（ㄊㄨㄛˊ）

駄〔接尾〕（助數詞用法）馱（一匹馬所負荷的重量、約為 135 公斤）

〔漢造〕（也讀作駄）馱、馱馬、馬馱運的貨物、粗糙，無聊，無價值、鞋
  荷駄（馬馱運的貨物）
  無駄、徒（徒勞，無用，無益、白費，浪費）
  足駄（高齒木屐＝高下駄）
  高足駄（高齒木屐）

下駄（日本式木屐、〔印〕空鉛）

駄菓子〔名〕（以雜糧為原料的）粗點心

駄菓子屋（粗點心店）

駄句〔名〕拙句、歪詩、拙劣的俳句

駄句を捻る（作歪詩）

駄句る〔自五〕（把駄句改為動詞的說法）作歪詩、作拙劣的詩

駄犬〔名〕（雜種的）劣狗

駄作〔名〕拙劣的作品、無價值的作品

此の小説は駄作だ（這篇小說是部拙劣的作品）

駄酒〔名〕劣質酒、味道不好的酒

駄洒落〔名〕拙劣的詼諧、無聊的笑話

駄洒落を飛ばす（說些無聊的笑話）

矢鱈に駄洒落を言う人（亂說低級笑話的人）

駄駄〔名〕磨人、小孩撒嬌

駄駄を捏ねる（撒嬌〔不聽話〕）

駄駄っ子〔名〕撒嬌的人、磨人的人、不聽話的人

駄賃〔名〕運費、腳力錢。〔轉〕報酬，小費，跑腿錢

駄賃を遣る（給報酬）

駄賃が少ないと嫌な顔を為る（小費給得少露出不滿意的神色）

骨折りの駄賃に此の本を上げよう（把這本書送給你作為酬勞吧！）

行き掛けの駄賃に（牽馬到批發店去取貨時順便賺跑腿錢、順便兼辦旁的事）

駄津、啄長魚〔名〕〔動〕頜針魚

駄馬、駄馬〔名〕駄東西的馬（＝荷馬）、劣馬

駄文〔名〕拙文、無聊的文章（有時用於謙稱自己的文章）

駄弁〔名〕廢話

駄弁を弄する（說廢話、說無聊的話）

駄弁る〔自五〕〔俗〕饒舌、閒聊天

友人の家で三時間も駄弁っていた（在朋友家聊了三個鐘頭）

長い事駄弁った（閒聊了半天）

駄柄、太柄〔名〕〔木工〕木釘、暗榫

駄柄で接合する（用暗榫接合）

駄法螺〔名〕〔俗〕吹牛、瞎吹、胡吹、說大話

駄法螺を吹く（瞎吹牛、胡說大話）吹く拭く葺く噴く

駄本〔名〕沒價值的書

駄目〔名〕（圍棋）空眼、在終局時不屬於任何一方的地方

〔形動〕白費，無用，無望（＝無駄、徒）、不行，不可以、不好，不可能

駄目を詰める（填空眼）

幾等言ったって駄目だ（怎樣說也白費）

駄目と諦める（認為沒有指望而斷念）

駄目な事は何回遣っても駄目だ（徒勞的事再做幾次也白費）

彼の人に会っては駄目だ（不要見他）

笑っては駄目です（不要笑）

良く考えなくちゃ駄目だよ（不好好考慮可不行）

彼は教師と為ては駄目だ（他當教師不夠格）

体を駄目に為た（把身體弄壞了）

機械が駄目に為った（機器壞了）

彼はもう駄目に為った（他已經不行了）

今日中に仕上げる何て事は迚も駄目だ（今天內完成根本不可能）

此の靴は山登りには駄目だ（這種鞋登山不行）

彼の男は駄目だ（那個人不行）

駄目を押す（〔圍棋〕填空眼、再次確認）

駄目押し（〔圍棋〕填空眼、叮囑，叮嚀、〔棒球〕在勝敗已定時為確保勝利再追加得分）

駄目を出す（向演員交待演出注意事項、指出缺點，責令修改）

駄目を踏む（做無益的事）

駄物、駄物〔名〕次貨、劣等貨、粗劣的東西、不值錢的東西（＝下らない物）

彼の店は駄物許りだ（那家店淨是劣等貨）

駝（ㄊㄨㄛˊ）

駝〔漢造〕駱駝
　駱駝（駱駝）
駝鳥〔名〕〔動〕鴕鳥
駝馬〔名〕〔動〕駱駝的別稱（=駱駝）

妥（ㄊㄨㄛˇ）

妥〔漢造〕安適為妥
妥協〔名、自サ〕妥協、和解
　彼等と妥協する余地が無い（跟他們沒有妥協餘地）
　彼は人と妥協の出来ない男だ（他是一個不能和別人妥協的人）
　彼の態度には少しも妥協性が無い（他的態度一點妥協性也沒有）
　世間と妥協する（和社會協調）
　妥協的（妥協的、協調的）
　妥協案（妥協方案）
妥結〔名、自サ〕妥協
　交渉が妥結した（交涉達成協議了）
　四千円で妥結した（以四千日元雙方妥協了）
　妥結条件（妥協條件）
妥当〔名、自サ、形動〕妥當、妥善、穩妥（=適切）
　妥当な意見を述べる（講穩妥的意見）述べる陳べる延べる伸べる
　妥当と認める（認為妥善）
　此の計画の推し進め方は全く妥当である（執行這個計畫的方法完全妥當）

楕（橢）（ㄊㄨㄛˇ）

楕〔漢造〕圓而帶長
楕円、橢円〔名〕橢圓。〔數〕橢圓
　楕円形（橢圓形）
　楕円体（橢圓體）
　楕円柱（橢圓柱）
　楕円アーチ（橢圓拱）
　楕円面（橢圓面）
　楕円状ギャラクシー（〔天〕橢圓星系）
　楕円星雲（橢圓星系=楕円状ギャラクシー）
　楕円発条（橢圓形板彈簧、雙弓板彈簧）
　楕円偏光（〔理〕橢圓偏振光）

拓（ㄊㄨㄛˋ）

拓〔漢造〕開拓，開闢、拓本，拓片
　開拓（開拓、開墾、開闢）
　干拓（排水開墾、將湖沼，海濱等築堤排水成為水田，旱田或鹽田）
　手拓（手拓）
　宋拓（宋拓）
拓殖、拓植〔名、自サ〕開墾和殖民
　拓殖銀行（拓殖銀行）
　北海道の拓殖を為る（開墾北海道）
　南洋諸島に拓殖する（在南洋群島殖民）
拓地〔名〕開墾土地
拓本〔名〕（金石文字等）拓本（=石刷り）
　拓本を取る（取拓本）
拓務〔名〕（海外）拓殖事務
　拓務省（〔舊〕拓殖省）
拓く、開く〔自五〕開（=開く、咲く）、開放，開始，開朗←→閉じる、閉ざす、拉開←→縮まる
〔他五〕開、打開，拆開，開設，開辦，開張、召開，開拓，開墾，開發，開闢，開創，開通，展開，開導，放開。〔數〕開方←→閉じる
　戸が開く（門開）拓く開く啓く披く
　戸は内に開く（門向裡開）
　車の扉が開いた（車門開了）
　戸は外に開く（門向外開）
　傘が開く（傘張開）
　夜開く花（夜晚開的花）

花が開く（花開）

蕾が開く（阿蕾開放）

銀行が開く（銀行開門）

ハンドバッグの口が開く（手提包開著）

胸が開く（心情舒暢、心情開朗）

店は九時に開く（商店九點開門）

点数が開く（分數相差懸殊）

年が開いている（年齡差距大）

先頭との間が開く（跟不上隊頭）

値段が可也開く（價錢相差很大）

AとB大分値段が開く（A和B價錢相差很大）
大分大分

最後の馬と五十メートルも差が開いた（和最後匹馬距離拉開五十米）

本を開く（打開書本）

扇を開く（打開扇子）

口を開く（打開嘴巴）

戸を開く（打開門）

蓋を開く（打開蓋子）

胸部を開いて手術を為る（打開胸腔進行手術）

手紙を開いて読む（拆開信看）

魚を開いて干し物に為る（剖開魚腹曬乾）

心を開く（推心置腹）

友人に心を開く（對朋友推心置腹）

胸襟を開く（推心置腹）

愁眉を開く（展開愁眉）

百ページを開く（打開第一百頁）

作家の著書は人人の目を開かせた（作家的著作使人們大開眼界）

店を開く（開設商店）

銀行を開く（開設銀行）

新しい流派を開く（開創新派別）

祝宴を開く（舉辦慶賀宴會）

展覧会を開く（展覽會開幕）

送別会を開く（開歡送會）

口座を開く（開戶頭）

土地を開く（開墾土地）

荒地を開いて畑に為る（開荒種地）

血路を開く（打開一條血路）

昇進の路を開く（開闢高昇之路）

新天地を開く（開闢新天地）

北海道を開く（開發北海道）

新しい局面を開く（開闢新局面）

運命を開く（開創命運）

座談会を開く（召開座談會）

緊急会議を開く（召開緊急會議）

世人の蒙を開く（啟蒙世人）

知識を開く（灌輸知識）

目を開いて未来を見る（放眼看未來）

距離を開く（擴大距離）

平方を開く（開平方）

柝（ㄊㄨㄛˋ）

柝〔漢造〕木頭裂開為柝、古守夜者用來報更，警盜的木梆

擊柝（敲梆子〔的聲音、敲梆子打更〔的人〕）

柝の頭、木の頭〔名〕（歌舞伎）（閉幕或換場時所打）梆子的第一聲

唾（ㄊㄨㄛˋ）

唾〔漢造〕唾液、唾棄、唾罵

咳唾（咳唾）

咳唾珠を成す（咳唾成珠、出口成章）

唾液〔名〕〔生理〕唾液（＝唾、唾）

唾液が出る（出唾液、口內生津）

唾液を飲み込む（嚥下唾液）

唾液腺〔名〕〔解〕唾液腺

唾液腺染色体（唾液線染色體）

唾棄〔名、他サ〕唾棄、嫌惡、憎惡
　唾棄す可き男（令人唾棄的人）

唾壺〔名〕痰壺（＝痰壺）、煙灰缸（＝吐月峰）

唾腺〔名〕〔解〕唾液腺

唾罵〔名、他サ〕唾罵

唾〔名〕唾液（＝唾）
　唾を吐く（吐唾液）唾鍔
　人に唾を引っ掛ける（吐人一口唾液）
　悪口を言われて、其の上唾迄引っ掛けられた（挨頓臭罵還被吐了一身口水）

唾〔名、自サ〕唾液、吐唾液（＝唾）
　唾を吐く（吐唾液）唾椿
　唾を垂らす（流涎、垂涎）
　手に唾する（往手上吐口水、要幹起來）
　指に唾を付けてページを繰る（手指沾點口水翻書頁）繰る来る剤る
　彼はぐっと唾を呑んだ（他使勁嚥了口唾液－忍氣吞聲、抑制強烈感情）
　唾を飛ばし乍話し続ける（口水四濺地講個不停）
　唾でも吐き掛けて遣りたかった（我真想吐他一口口水）
　天を仰ぎて唾す（仰天吐口水、害人反害己、搬起石頭砸自己的腳）

推（ㄊㄨㄟ）

推〔漢造〕推、推舉、推量
　類推（類推、類比推理）
　邪推（胡亂猜想、往壞裡猜測）

推する〔他サ〕推察、推測（＝推し測る、推し量る）
　彼の心は略推する事が出来る（他的心情大致可以推察出來）略粗

推圧〔名〕〔機、建〕推力、側向壓力

推移〔名、自サ〕推移、變遷、演進、發展
　時代の推移（時代的變遷）

　情勢は目まぐるしく推移する（局勢瞬息萬變）

推し移る〔自五〕推移、變遷
　月日は推し移る（歲月推移）月日月日
　世は推し移る（世事變遷）
　世と共に推し移る（隨社會變遷、與時俱進）

推究〔名、他サ〕推究、推敲、考究、深入研究
　大いに推究す可き問題（需要深入考究的問題）

推挙、吹挙〔名、他サ〕推舉、推薦、薦舉
　彼を会長に推挙する（推舉他為會長）
　一同の推挙を受ける（受大家的推舉）

推計〔名、他サ〕推算、推測統計
　十年後の世界人口を推計する（推算十年後的世界人口）
　推計学（〔數〕推測統計學）

推考〔名、他サ〕推想、推察、琢磨、推理思考

推敲〔名、他サ〕推敲
　原稿を推敲する（仔細修改原稿）
　推敲の余地が有る（有推敲的餘地）
　推敲に推敲を重ねる（反復推敲）
　此の文には推敲の跡が見える（這篇文章可以看出是經過推敲的）

推察〔名、他サ〕推察，推測，猜想，諒察，體諒，同情
　私の推察通りだった（正如我所推測的那樣）
　僕の推察が誤らなねれば（如果我的推錯不錯的話）
　推察が当たる（猜測正確）
　推察が外れる（猜測錯誤）
　彼の口振りから推察すると、彼はちっとも困っていないらしい（從他的口吻來看他一點也不難過）
　人の心を推察する（體諒別人的心）
　御愁傷の程さこそと御推察申し上げます（對您的悲傷深表同情）

推参〔名、自サ〕造訪、登門拜訪（多用於表示冒昧的歉意）

〔形動〕冒失、冒昧、不禮貌

昨日は突然推参しまして失礼しました（昨天突然拜訪失禮得很）

推参な振舞（冒失的舉止）

推参至極な奴（毫無禮貌的傢伙）

推算〔名、他サ〕推算、推想

当日の参列者は約二千人と推算される（那天的參加者估計約有二千人）

推奬〔名、他サ〕推薦

多くの読者が推奬する本（許多讀者推薦的書）

産地推奬の御土産品（產地推薦的土特產）

推称、推賞〔名、他サ〕稱讚、推崇、頌揚、誇獎

口を極めて推賞する（滿口稱讚）

新聞紙上で推賞される（被報紙所推崇）

推進〔名、他サ〕推進、推動

被抑圧民族の解放運動を推進する（推動被壓迫民族的解放運動）

彼の熱意が此の仕事を推進する力と為っている（他的熱情成了這件工作的推動力量）

推進器（螺旋槳）

二翼推進機（雙翼螺旋槳飛機）

推進母体（細胞核、彗星核、原子核）

推進薬（〔化〕推進劑、發射藥）

推し進める、押し進める〔他下一〕（用手）向前推進、推進、推動，推行，進行，奉行

車を少し推し進める（向前推進）

政策を推し進める（推行政策）

此の論を一歩推し進めて行くと（如果把這個理論進一步推進一步的話）

社会主義建設を新たな段階に推し進める（把社會主義建設推向新的階段）

四つの現代化を推し進める（推進四個現代化）

推選〔名、他サ〕（有時與推薦通用）推選

彼を会長に推選する（推選他當會長）

推薦〔名、他サ〕推薦、推舉、介紹

彼を校長に推薦する（推舉他當校長）

良書を学生に推薦する（給學生介紹好書）

彼の人は推薦出来ない（那個人我可不能推薦）

彼の人なら安心して推薦出来る（若是那個人我可以放心推薦）

推薦校友（推薦校友、名譽校友）

推薦入学制（保送入學制）

推薦状（介紹信）

推測〔名、他サ〕推測、猜測、估計

根拠の有る推測（有根據的推測）

推測通り（果然不出所料）

私の推測は誤らなかった（我沒猜錯）

単に推測に過ぎない（只不過是臆測而已）

推測が当たる（猜測對了）

推測が外れる（猜測錯了）

到底推測が出来ない（根本無法猜測）

推し測る、推し量る〔他五〕推測、推度、推想、猜測、揣度、揣想

相手の心を推し測る（推測對方的心理）

我が身に比べて人の心を推し測る（以己心度人心）

部分で全体を推し測る（以部分推測全體）

推し測り難い陰険な下心を持って（居心叵測地）

彼の言う事を如何に推し測って見ても分らなかった（他的話怎麼揣度也弄不明白）

日の出、日の入りで大体の時間を推し測った（憑日出日落推測了大致的時間）

推量〔名、他サ〕推量、推測、推斷（=推察、推し測る、推し量る）

其は人人の推量に過ぎない（那只是人們的推測）

君の推量が当たった（你猜對了）

推戴〔名、他サ〕推戴、推舉
氏を日中友好協会の会長に推戴する（推舉他為日中友好協會會長）
推戴式（就任儀式、就任典禮）

推断〔名、他サ〕推斷、判斷
現象から真相を推断する（從現象推斷真相）
推断を下す（下判斷、下結論）

推知〔名、他サ〕推測、推察（＝推察）

推重〔名、他サ〕推崇、尊重（＝尊重）
先輩の意見を推重する（尊重前輩的意見）

推定〔名、他サ〕推定，推斷、推算、估量、〔法〕（無反證之前的）推定，假定
デモの参加者は百万人と推定される（參加示威遊行的估計有一百萬人）
古墳の位置は此の辺であったと推定する（推斷古墳的位置在這一帶）
推定位置（估計位置）
推定年齢（估計年齡）
有罪と推定する（推定為有罪）
推定相続人（假定繼承人）
推定全損（海上保險的推定全部損失）

推挽、推輓〔名、他サ〕推舉、推薦（＝推薦、推挙、吹挙）
友人を顧問に推挽する（推薦朋友為顧問）

推服〔名、他サ〕心服、敬服、推崇而佩服（＝敬服）
一同は彼の献身的な行為に心から推服している（大家對他的獻身行為從心裡感到敬佩）
彼の人には推服する（對他不得不佩服）

推問〔名〕訊問、吟味

推理〔名、他サ〕〔邏〕推理、推論、推斷
直接推理（直接推論）
間接推理（間接推論）
演繹推理（演繹推理）
帰納推理（歸納推理）
省略推理法（省略三段論）
推理を進める（進行推理）
既知の事実を基に為て未知の事柄を推理する（根據已知事實推斷未知事項）
推理力（推斷立）
推理小説（推理小說、偵探小說）

推力〔名〕推力
推力軸受け（推力軸承、側向壓力軸承）
ロケットの打ち上げ時の推力（發射火箭時的推力）

推論〔名、他サ〕推論，推斷，判斷。〔邏〕推理（＝推理）
資料を基づき、次の様に推論する（根據資料推斷如下）
犯罪の動機を推論する（推斷犯罪的動機）
推論を下す（下判斷）
推論式（〔邏〕三段論法）

推す〔他五〕推斷、推測、推想、推論、推薦、推舉、推選、推戴
彼の口振りから推と見込みが無い（從他的口氣推測是沒有希望的）
一部の資料から推すと（根據部分材料來推斷）
色色の事情から推して考えると（根據各種情況來推想）色色種種種種種種
彼を会長に推して（推選他當會長）
彼を推して校長に為た（推舉他當校長）
彼は推されて議長と為った（他被推選為會議主席）
新刊書を推す（推薦新書）推す押す圧す捺す

押す、捺す、推す、圧す〔他五〕按，蓋，捺，壓，貼、推擠、冒著、不顧、押韻、壓倒、推測、推想，推斷、推論、推薦、推舉、推選、推戴←→引く
印を捺す（蓋印、蓋章）
判を捺す（蓋印、蓋章）

署名した処に印を捺す（在簽名下面蓋章）
スタンプを捺す（打戳印）
拇印を捺す（按手印）
金箔を捺す（貼金箔）
紙を捺す（貼紙）
ベルを圧す（按電鈴）
指で圧すと膿が出る（用指頭一按就出膿）
ぐいぐい推す（用力推）
そんなに推すな（別那麼擠啊！）
船を推す（搖船、盪舟）
一回推す（推一下）
船を棹で推す（用桿搖船）
櫓を推す（搖櫓）
車を推す（推車）
戸を推す（推門）
後ろから推す（從後面推）
病を押して仕事を為る（帶病工作）
風雨を押して行く（冒著風雨前往）
病気を押して出席した（冒著病出席了）
韻を押す（押韻）
大勢に圧される（被大勢壓倒）
世論に圧される（受到輿論壓力）
念を押す（叮囑、叮問、叮嚀）
駄目を押す（〔圍棋〕補空眼、叮囑、叮問、叮嚀）
押しも押されも為ぬ（一般公認的、無可否認的）
彼は押しも押されも為ぬ立派な学者だ（他是一般公認的偉大學者）
押すに押されぬ（彰明較著的、無可爭辯的）
押すに押されぬ事実（無可爭辯的事實）
彼の口振りから推すと見込みが無い（從他口氣上推測大概沒希望）
他は推して知る可しだ（其他可想而知）

王さんを会長に推す（推舉王先生做會長）
新刊書を推す（推薦新書）

推し、押し〔接頭〕（接動詞前面）表示勉強，強行，硬要、表示單純加強語氣
押し通す（貫徹、強行到底）
押し黙る（硬不說話）
押し隠す（隱藏、掩蓋）
押し広める（推廣、擴展）推し押し圧し捺し

推し、押し〔名〕推，推動、（用重的東西）壓，（壓東西的）重物，壓的東西、威力，壓力，威嚴、魄力，堅持力，毅力，自信力，大膽，厚臉皮
〔接頭〕（接動詞前）表示勉強，強行，硬要、加強語氣
押しも押されも為ぬ（眾所公認、一般公認的、地位穩固、牢不可破、無可否認的）
押しを為る（壓東西）
漬物の押しを強くする（把壓鹹菜的東西加重）
押しが利く（有威嚴、能服人）
彼の人は押しが利かない（他沒有威嚴不能服人）
押しが弱い（沒有魄力）齢
押しが強い（有魄力、敢幹、自信力強）
斯う為れば押しの一手だ（既然這樣就只有堅持到底了）
押し通す（貫徹、強行到底）
押し黙る（老不說話、一言不發）
押し隠す（硬要隱瞞）
押し入る（強行進入）入る入
押し頂く（拜領）
押し広げる（推廣、擴展）

推して〔副〕推想
余は推して知る可し（其餘可想而知）推して押して圧して捺して
困難な事は推して知る可し（困難可推想而知）

車体の壊れ方から為ても衝突の激しさは推して知られる（衝撞的激烈程度從車箱的破壞情況也可推想而知）

推して知る可し〔連語〕可想而知

其の困難は推して知る可しだ（其困難是可想而知的）

推し当てる、押し当てる〔他下一〕推碰，推撞，遮掩，安放。（寫作推し当てる）推測，推量

壁に推し当てられた（被推撞到牆上了）

胸へ手を推し当てる（把手放在胸口上）

頭に手を推し当てる（以手捂頭）

袖を顔に推し当てる（以袖遮面）

戸に耳を推し当てる（把耳朵貼在門上）

相手の胸に頭を推し当てる（把頭頂在對方懷裡）

此の中に何が有るか推し当てて御覧（你猜猜這裡面有什麼？）

推し当て〔名、形動〕推測 推量（也寫作押し当て）。〔機〕接觸，觸著

推し当てが外れた（猜錯了）

推し当て歪み計（接觸式應變計）

推し当てピン、ゲージ pin gauge（接觸式栓規）

推し及ばす〔他五〕推及、推行到

此の制度を農村にも推し及ばす（把這個制度也推行到農村）

推し立てる〔他下一〕推舉、擁戴

皆に推し立てられて学級委員に為った（被大家推舉當了班級委員）

推し弘める、押し広める〔他下一〕（押し是加強語氣的接頭詞）推廣、宣揚、傳播

新しい製品を各地に推し弘める（向各地推廣新產品）

先進的経験を推し弘める（推廣先進經驗）

マルクス、レーニン主義を推し弘める（宣揚馬列主義）

流言を推し弘める（散布謠言）

頽（ㄊㄨㄟˊ）

頽〔漢造〕衰落

衰頽（衰頽、衰落）

廃頽、廃退（頽廢、衰微＝退廢）

敗頽（崩潰荒蕪）

頽運〔名〕衰運、敗運、衰頽的氣勢

頽勢、退勢〔名〕頽勢

頽勢を挽回する（挽回頽勢）

頽唐〔名、自サ、形動〕頽唐、頽廢

世間の気風が頽唐する（世風頽廢）

頽唐的な流行歌（頽廢的流行歌、靡靡之音）

頽唐派の文学（頽廢派的文學）

頽廃、退廃〔名、自サ〕頽廢，頽敗，衰頽，荒廢

社会の気風が一日一日と頽廃する（社會風氣日漸頽廢）

道義の頽廃今日より甚だしきは無い（道義之頽廢沒有甚於今日者）

頽廃するに任せた焼跡（任其荒廢的火災遺跡）

頽廃的（頽廢的）

頽廃派（頽廢派＝デカダンス decadence 派）

頽齢〔名〕高齡、老齡（＝年寄り）

頽れる〔自下一〕頽喪，頽唐、（無力地）坐下，倒下

部屋に入って来るなり頽れる（一進屋子就頽然坐下）

頽れる、傾れる、雪崩る〔自下一〕傾斜，歪、（冰雪、土砂等）崩落，（崩塌的積雪，沙堆等）傾瀉而下

地震で屋根が傾れる（由於地震屋頂歪斜）

丘は南に向って傾れている（小山向南延伸）

雪が傾れて小屋が埋まった（雪崩下來把小屋埋住了）

頽れ、傾れ、雪崩〔名〕雪崩、傾斜，斜坡。〔轉〕雪崩一般，蜂擁、（陶器上）下垂狀的釉

表層雪崩（表層雪崩）

雪崩がどっと起った（突然發生雪崩）

山の雪崩に日が照り映える（太陽照在山坡上）

雪崩を打つ群集（蜂擁的人群）

人の雪崩（擁擠的人群）

雪崩の様に押し寄せる（蜂擁而至）

雪崩を打って逃げる（潰逃、亂竄）

雪崩を打って会堂を出る（從會堂蜂擁而出）

頽る、廢る〔自五〕〔方〕廢除，成為廢物、過時，不再流行、衰微，衰落（＝廃れる）

腿（ㄊㄨㄟˇ）

腿〔漢造〕人體下肢脛（小腿）和股（大腿）的總稱

腿骨〔名〕〔俗〕腿骨（包括大腿骨、脛骨、腓骨）

腿節〔名〕〔動〕股肢節、（昆蟲的）股節

腿、股〔名〕股、大腿

腿の付け根（大腿根）桃百

桃〔名〕〔植〕桃樹，桃子。粉紅色（＝桃色）

桃の花（桃花）

桃栗三年柿八年（桃栗三年柿八年結果）

百〔名〕百（＝百）。多數

百人（百人）

百千（千百個．多數）

百千鳥（群鳥）

百千の花（百花．萬紫千紅）

退（ㄊㄨㄟˋ）

退〔漢造〕後退

進退（進退、去留、行動，態度，舉止）

引退（引退、退職）

隠退（退隱、隱居）

勇退（〔給後來人讓路〕主動辭職）

優退（〔選拔賽等因連勝而〕退出比賽）

脱退（脱離、退出）

敗退（敗退、敗北、退卻）

減退（減退、衰退、低落）←→増進

衰退（衰退、萎縮）

辞退（辭退、謝絶）

撃退（撃退，打退、逐出，趕走）

一進一退（忽好忽壞）

退位〔名、自サ〕（帝王）退位←→即位、辭官，告老還郷

退院〔名、自サ〕（病人）出院←→入院、（議員）走出議院←→登院。〔佛〕（寺院的住持）退隱

退院しても好い（可以出院了）良い好い善い佳い

退院には未だ早い（出院還為時過早）速い早い

退院を許される（允許出院）

母は明日退院します（我母親明天出院）

全快して退院する（痊癒出院）

父は退院後暫く家で静養する積りです（父親出院後準備暫時再家休養一段時間）

退隠〔名、自サ〕隱退

功成し遂げて退隠する（功成隱退）

退嬰〔名〕（嬰意為保守）退縮、保守←→進取

退嬰主義は老人の中に多い（保守主義在老人中較多）

退嬰の気風（頹風）

退嬰的（保守的、消極的）

彼は退嬰的だ（他很消極）

彼は何事に於いても退嬰的だ（他對任何事情都是保守的）

退嬰政策（保守政策）

退役、退役〔名、自サ〕（軍人、軍艦）退役、退役、復員

退役して故郷に帰る（退伍後回郷）故郷故郷

退役軍人（退伍軍人）

退役恩給（退伍軍人的復員費）

退役艦（退役軍艦）

退化〔名、自サ〕〔生〕退化←→進化、退步，倒退

人間の尾骶骨は尻尾の退化した物だ（人的尾骨是尾巴退化的結果）

使用しない器官は退化する（不使用的器官就要逐漸退化）

退化器官（退化器官）

文明の退化（文明的倒退）

退会〔名、自サ〕退會←→入会

退会（の）届を出す（提出退會申請書）

作家協会を退会する（退出作家協會）

退学〔名、自サ〕退學←→復学

中途退学（半途退學）

退学を命ぜられた（被命令退學、被開除學籍）

病気の為退学する（因病退學）

退官〔名、自サ〕辭去官職、從官職告退

病気の為退官する（因病辭去官職）

退却〔名、自サ〕退卻，退走。〔轉〕離去，走開←→進撃

敵は慌てて退却した（敵人倉皇退卻了）

敵は退却を始めた（敵人開始退卻了）

遅く為ったからそろそろ退却しよう（太晚了該回去了）

退去〔名、自サ〕退去、離開、出境

退去を命じる（命令離去、命令離境）

彼を国外に退去させる（將他驅逐出境）

退居〔名、自サ〕隱居

退京〔名、自サ〕離京、出京←→入京、上京

退勤〔名、自サ〕下班←→出勤

午後五時に退勤する（下午五點下班）

退屈〔名、自サ、形動〕無聊、鬱悶、寂寞、厭倦

毎日家に閉じ込められて退屈を覚える（每天被關在家裡感覺無聊）

今日の映画は大変面白かったので終り迄ちっとも退屈しませんでした（今天的電影很有意思，看到底一點也不厭倦）

退屈な日常生活（無聊的日常生活）

どうも御退屈様でした（讓您久等了）

退屈凌ぎ（消遣）

退屈凌ぎに本を読む（為消遣看書）

退屈紛れに絵を習う（為排遣寂寞而習畫）学ぶ

退屈然うな顔を為ている（臉上帶著厭倦的神色）

退下〔名、自サ〕退去、離開（=退去）

退行〔名、自サ〕倒走，後退。〔生〕器官退化。〔天〕逆行

退校〔名、自サ〕退學（=退学）、放學回家（=下校）

病気で退校する（因病退學）

退校処分（退學處分）

退校に処する（作退學處分）

不良学生を退校させる（開除品行不端的學生）

退耕〔名、自サ〕辭官為民、隱退務農、解甲歸田

退紅、褪紅〔名〕粉紅、淡紅

退紅色、褪紅色〔名〕粉紅色、淺紅色、桃紅色（=薄桃色）

退黄色、褪黄色〔名〕淡黄色、奶油色（=クリーム色）

退座〔名、自サ〕退席，離座、退團，退出劇團（日本劇團多稱××座）

頃合いを見計らって退座する（伺機退席）

座長と反りが合わないので退座した（因和團長合不來而退出了劇團）

退散〔名、自サ〕逃散，逃走，散去，走開

泥棒は悲鳴に驚いて退散した（小偷被喊叫聲嚇跑了）

即刻退散を命じた（命令立即走開）

そろそろ退散した方が好いんじゃないかな（差不多該回去了吧！）

退治〔名、他サ〕（舊時也寫作対治）打退，討伐，征服，降伏、消滅，撲滅，肅清

桃太郎の鬼退治の話（桃太郎打退妖怪的故事）

悪者を退治する（懲治壞人）

蚊を退治する（消滅蚊子）

蜚蠊を退治する（消滅蟑螂）

虫で別の虫を退治する（以蟲治蟲）

退治る〔他上一〕消滅、殲滅（＝打ち滅ぼす、退治する）、一下子吃光

稲の害虫を退治る（消滅水稻的害蟲）

退室〔名、自サ〕退出房間

退社〔名、自サ〕向公司辭職←→入社、從公司下班←→出社

他に就職口が有ったので退社した（因另有工作就辭職了）

退社時間は乗物が混雑する（下班時間交通工具很擁擠）

五時に退社する（五點鐘下班）

退守〔名、自サ〕退守、採取守勢

退縮〔名、自サ〕〔生理〕（器官、功能等）退縮、衰退、萎縮

歯茎が退縮する（牙齦萎縮）

退出〔名、自サ〕退出、退下、下班

宮中を退出する（從皇宮退出）

社長室を退出する（退出經理辦公室、離開經理辦公室）

退出の時間（下班時間）

退出を命じる（命令退出）

退城〔名、自サ〕退出城外

退場〔名、自サ〕退場、退席、退出（會場、議場、運動場、舞台、劇場等）←→入場、出場

退場を命ずる（令其退席）

御静かに御退場下さい（請安靜地退場）

拍手を浴びて舞台から退場する（在鼓掌聲中從舞台退下）

退場口（下場門、出口）

退色、褪色〔名、自サ〕退色、掉色

染めの悪い布は褪色も速い（染得不好的布退色也快）

鮮やかな色程褪色し易い（顏色越鮮豔越容易掉色）

退職〔名、自サ〕退職←→就職

六十歳で退職する（六十歲退職）

郷里で就職する為に今の会社を退職する（為了在家鄉工作從現在的公司退職）

停年退職（退休）

停年退職者（退休人員）

退職金（退職金）

退職手当（退休金＝恩給）

退職年金（退職金、退職津貼）

退心〔名〕消極的心情或想法

退身〔名、自サ〕退身、辭官

退陣〔名、自サ〕由陣地撤退、脫離某一陣營、下台，辭職

食糧の補給路を絶たれて余儀無く退陣する（食糧補給線被切斷不得已而撤退）

内閣に退陣を迫る（迫使內閣辭職）

退陣表明（宣布下台）

彼は既に第一線からは退陣している（他已經退出了第一線）

重役は総退陣する事に為った（理事決定全部辭職）

退水〔名〕洪水消退、（水球比賽）違反規則退出泳池

退勢、頽勢〔名〕頹勢

退勢を挽回する（挽回頹勢）

退席〔名、自サ〕退席、退場

途中で退席した（中途退了席）

退席を命じる（命令退場）

退蔵〔名、他サ〕囤積、儲藏、死藏、隱藏←→活用

物を退蔵しては何の役にも立たない（把東西死藏起來就沒有一點用處）

退蔵品（隱藏的物品）

退蔵物資（囤積的物資、死放不用的物資）

退団〔名、自サ〕退出某個團體←→入団

A劇団を退団する（退出了A劇團）

退庁〔名、自サ〕（從官廳）下班←→登庁

官吏は退庁時間が来る時ちゃんと退庁する（官吏準時下班）

退庁時間は五時です（五點下班）

退朝〔名〕退廷、退出朝廷

退潮〔名〕退潮，落潮（=引き潮）。〔轉〕衰退趨勢，趨向低潮

明日の東京湾の退潮時刻は八時三十分だ（明天東京灣的退潮時間是八點半）

退潮の兆が見える（出現衰退的徵兆）兆し萌し

景気退潮（經濟繁榮走下坡路）

退廷〔名、自サ〕〔法〕退庭（從法庭退出）。〔舊〕退朝（從朝廷退出）

退転〔名、自サ〕〔佛〕（修行）退步、倒退、中止、（因家業衰敗而）轉移他鄉

退任〔名、自サ〕卸任、退職

France大使は退任して帰国の途に就いた（法國大使卸任啟程回國了）

取締役は任期満了に因って退任した（董事因任期屆滿卸任了）

退任の挨拶（卸任致詞）

退廃、頽廃〔名、自サ〕頽廢，頽敗，衰頽，荒廢

社会の気風が一日一日と頽廃する（社會風氣日漸頽廢）

道義の頽廃今日より甚だしきは無い（道義之頽廢沒有甚於今日者）

頽廃するに任せた焼跡（任其荒廢的火災遺跡）

頽廃的（頽廢的）

頽廃派（頽廢派=decadence法）

退避〔名、自サ〕退避、躲避、轉移

婦女子や病人を退避させる（讓婦幼和病人轉移）

傷病兵の退避を命ずる（命令傷病兵轉移）

退避命令（疏散命令）

退歩〔名、自サ〕退步（=後戻り）←→進歩

進歩しなければ退歩する（不進則退）

飛行技術が退歩する（航空技術退步）

退寮〔名、自サ〕搬出宿舍←→入寮

退路〔名〕退路、後路、逃路←→進路

退路を断つ（截斷退路）立つ断つ絶つ経つ裁つ発つ截つ起つ

退る〔自五〕〔舊〕向後退（=退く）

御辞儀を為て退る（行個禮退出去）

一歩後へ退る（向後退一步）

退って守る（退而防守）守る守る

退る、蹟る〔自五〕後退

後へ退ると壁にぶつかる（往後一退就要撞到牆上）

退く〔自五〕後退←→進む、退出，離開、退職，退位

一歩後へ退く（向後退一步）

退いて守る（退守）

退いて考えて見る（退一步想）

進む事を知って退く事を知らない（知進不知退）

御前を退く（從天皇面前退下）御前御前御前

職を退く（退職）

第一線を退く（退出第一線）

野に退く（下野）

王位を退く（退位）

退ける、斥ける〔他下一〕斥退，使退下←→進める、擊退，打退，拒絕，排除，撤銷

悪人を退ける（斥退壞人）

随員を退けて密談する（退去左右的人進行密談）

敵の攻撃を退ける（擊退敵人的進攻）

彼の意見を退ける（不採納他的意見）

要求を退ける（拒絕要求）

無能の役人を退ける（撤銷無能的官員）

反対者を退ける（排除反對者）

退かす〔他五〕（把東西）挪開，移開、（使人）躲開，斥退（=退かせる）

邪魔な物は退かせ（把礙事的東西挪開！）

退く〔自五〕躲開、讓開（=退く）

一寸退いて呉れ（躲開點）

退ける〔他下一〕挪開、移開（=退ける）

車が通れないから此処の荷物を退けて呉れ（車開不過去把這裡的東西移開）

道路の石を退ける（搬開路上的石頭）

退く〔自五〕退後（=退く）、退避、退出

〔他下二〕〔古〕挪開、推開（=退ける）

戸口から退く（從門口往後退）

退けっ、邪魔するな（走開！別在這裡礙事）

其処を退いて下さい（請躲開那裡）

会を退く（退會）

退ける〔他下一〕挪開、推開（=退ける）

〔接尾〕表示做得出色，精彩、漂亮、表示勇敢或果敢

机の上の本を退ける（把桌子上的書挪走）
退ける 除ける

一寸、椅子を退けて下さい（勞駕！把椅子挪一挪）

鮮やかに遣って退ける（做得漂亮）

難しい仕事を易易と遣って退けた（把難辦的工作輕而易舉地完成了）

目の前で言って退けた（當面大膽地說了出來）

彼は本人の前で平気で悪口を言って退ける（他竟敢當著本人滿不在乎地說他的壞話）

退く、引く〔自五〕後退、辭退、退落、減退、（妓女）不再操舊業

後へ退く（向後退）

もう一歩も後へ退かぬ（一步也不再退）

私は退くに退かれぬ立場に在る（我處於進退兩難的地步）

退くに退かれず（進退兩難、進退維谷）

会社を退く（辭去公司工作）

役所を退く（辭去機關工作）

校長の職を退く（辭去校長職務）

潮が退く（退潮）

熱が退く（退燒）

川の水が退いた（河水退了）

腫れが退いた（消腫了）

曳く、引く、牽く〔他五〕曳、引、拉、牽←→押す

綱を曳く（拉繩）曳く引く牽く弾く轢く挽く惹く退く

袖を曳く（拉衣袖-促使注意）

弓を曳く（拉弓、反抗）

幕を曳く（拉幕）

車を曳く（拉車）

牛を曳く（牽牛）

船を曳く（拖船）

裾を曳く（拉著下擺）

弾く〔他五〕彈、彈奏、彈撥

バイオリンを弾く（拉小提琴）

琴を弾く（彈琴）

三味線（彈三弦）

引く、惹く、曳く、挽く、轢く、牽く、退く、轢く、碾く〔他五〕拉、曳、引←→帶領、引導。引誘、招惹。引進（管線）、安裝（自來水等）。查（字典）。拔出、抽（籤）。引用、舉例。減去、扣除、減價、塗、敷。繼承、遺傳。畫線、描眉、製圖。提拔。爬行、拖著走。吸氣。抽回、收回。撤退、後退、脫身、擺脫（也寫作退く）

綱を引く（拉繩）

袖を引く（拉衣袖，勾引、引誘，暗示）

大根を引く（拔蘿蔔）

草を引く（拔草）

弓を引く（拉弓，反抗，背叛）

目を引く（惹人注目）
人目を引く服装（惹人注目的服装）
注意を引く（引起注意）
同情を引く（令人同情）
人の心を惹く（吸引人心）
引く手余った（引誘的人有的是）
美しい物には誰でも心を引かれる（誰都被美麗的東西所吸引）
客を引く（招攬客人．引誘顧客）
字引を引く（查字典）
籤を引く（抽籤）
電話番号を電話帳で引く（用電話簿查電話號碼）
例を引く（引例、舉例）
格言を引く（引用格言）
五から二を引く（由五減去二）
実例を引いて説明する（引用實例說明）
此は聖書から引いた言葉だ（這是引用聖經的話）
家賃を引く（扣除房租）
値段を引く（減價）
五円引き為さい（減價五元吧！）
一銭も引けない（一文也不能減）
車を引く（拉車）
手に手を引く（手拉著手）
子供の手を引く（拉孩子的手）
裾を引く（拖著下擺）
跛を引く（瘸著走．一瘸一瘸地走）
蜘蛛が糸を引く（蜘蛛拉絲）
幕を引く（把幕拉上）
声を引く（拉長聲）
薬を引く（塗藥）
床に油を引く（地板上塗一層油）床床油脂膏

線を引く（畫線）
蠟を引く（塗蠟、打蠟）
罫を引く（畫線、打格）
境界線を引く（設定境界線）
眉を引く（描眉）
図を引く（繪圖）
電話を引く（安裝電話）
水道を引く（安設自來水）
腰を引く（稍微退後）
身を引く（脫身，擺脫、不再參與）
手を引く（撤手、不再干預）
金を引く（〔象棋〕向後撤金將）
兵を引く（撤兵）
鼠が野菜を引く（老鼠把菜拖走）
息を引く（抽氣、吸氣）
身内の者を引く（提拔親屬）
風邪を引く（傷風、感冒）
気を引く（引誘，刺探心意）
彼女の気を引く（引起她的注意）
血を引く（繼承血統）
筋を引く（繼承血統）
尾を引く（遺留後患．留下影響）
跡を引く（不夠、不厭、沒完沒了）

挽く〔他五〕鋸．鏇．拉
鋸で板を挽く（用鋸鋸木板）鋸鋸
木材を鋸で挽く（用鋸鋸木材）木材木材
轆轤鉋で挽く（用鏇床鏇）轆轤鉋轆轤鉋
車を挽く（拉車）
荷車を挽く（拉貨車）貨車

碾く〔他五〕磨碎
臼で豆を碾く（用磨磨碎豆子）引く挽く退く轢く曳く弾く惹く牽く
臼で米を碾く（用磨磨碎大米）

肉を碾く（絞肉）

粉を碾く（磨粉）粉粉

轢く〔他五〕（車）壓（人等）
自動車が人を轢いた（汽車壓了人）引く 弾く
挽く 惹く 曳く 牽く 退く

車が人を轢いた（車子撞倒了人）

子供が自動車に轢かれて死んで終った（小孩被汽車輾死了）終う仕舞う

惹く〔他五〕引誘，吸引，招惹

目を惹く（惹人注目）

注意を惹く（引起注意）

同情を惹く（令人同情）

客を惹く（招攬客人）

人の心を惹く（吸引人心）

惹く手余った（引誘的人有的是）

彼女の気を惹く（引起她的注意）

美しい物には誰でも心を惹かれる（誰都被美麗的東西所吸引）

息を惹く（吸入空氣）

退ける、引ける〔自下一〕下班，放學。（以気が退ける的形式）難為情，不好意思，拉不下臉來。（退く、引く的可能形）能退、減價，降價

学校は五時に退ける（學校五點放學）

会社が退けてから、映画へ行こう（公司下班後看電影去吧！）

金を借りるのはどうも気が退ける（借錢總覺得不好意思）

度度御小遣を貰うのも気が退ける（一再要零用錢也拉不下臉來）

もう少し後ろへ退けないか（能否再向後退一點？）

値段は幾等か退けますか（價格能否便宜些）

値段は引けません（不能減價）割引

もう一円も退けません（一日元也不能再讓了）

退け、引け〔名〕下班，收工，收攤，遜色，見紲，惡於、虧損，賠錢。〔商〕收盤

引けに為る（下班、收工、收攤）

役所の引けは六時だ（機關是六點下班）

引けを取る（相形見紲、比不上、有遜色）

誰にも引けは取らない（不亞於任何人）

私は日本語ではクラスの誰にも引けを取らない（我在日語方面不遜於班上任何人）

引けが立つ（賠錢、出了虧空）

退け際、引け際〔名〕臨完、末了、臨下班時，臨放學時、引退時（=引き際）。〔商〕臨近收盤時分

退け際に客がどやどやと来る（臨下班時來了一幫客人）

退け時、引け時〔名〕下班時、放學時

退け時には電車が混む（下班時電車擠）

退き時，引き時，退時，引時〔名〕脫身（撒手）的好時候，好機會、退休的時候

今は退時だ（現在正是脫身的好機會）

蛻（ㄊㄨㄟˋ）

蛻〔漢造〕蟲類脫皮

蝉蛻（蟬蛻，蟬衣、解脫、擺脫）

蛻、裳脱け、藻抜け〔名〕（蟬或蛇等）蛻皮、蛻的皮（=脱け殻）

蛻皮（蛻下的皮）

蛻の殻〔連語〕蛻下的皮（=蛻皮）、（人走後留下的）空房子或空被窩、（靈魂出竅的）屍體

警官が踏み込んだ時は家の中は蛻の殻だった（警察闖進去的時候房子已是空空的）

蛻ける〔自下一〕脫皮

団、団、団（團）（ㄊㄨㄢˊ）

団（有時讀作団、団）〔漢造〕團、團圓、團體、集團

大団円（大團圓、圓滿收場、圓滿結局的場面=フィナーレ、大尾）

退団（退出團體）

入団（參加團體）

一団（一團、一群、一個集團、團體）

集団（集團、極體）

軍団（軍團-兩個步兵師以上的兵力組成、介於軍和師團之間、〔史〕駐屯在各地的軍隊）

師団（師、師團）

旅団（旅）

兵団（兵團-由八個師組成）

楽団（樂團）

劇団（劇團）

青年団（青年團）

使節団（使節團）

院外団（院外團體-非議員黨員在議會外進行政治活動的團體）

視察団（視察團）

観光団（觀光團）

調査団（調査團）

蒲団、布団（用蒲葉編的圓墊子、被褥，坐墊的總稱）

団員〔名〕團員

青年団員（青年團員）

団円、団圓〔名、形動〕團圓、圓滿、結束，終結，結果

大団円（大團圓、圓滿收場、圓滿結局的場面＝フィナーレ、大尾）

団歌〔名〕團歌

団塊〔名〕團塊。〔礦〕結核

白雲の団塊（白雲團）

団旗〔名〕團旗

団結〔名、自サ〕團結

団結を固くする（加強團結）

諸国間の団結（各國間的團結）

団結して敵に当たる（團結對敵）

団結は力也（團結就是力量）

団結権（〔日本憲法規定工人階級可以建立工會的〕團結權）

団子〔名〕米粉糰、丸子

肉団子（肉丸子）

団子に目鼻（圓臉）

糯米で団子を作る（做糯米糰子）

花より団子（好看不如好吃、捨華求實）

団子鼻（蒜頭鼻）

団子魚（〔動〕獅子魚、雀魚）

団交〔名〕團體交涉（＝団体交渉）

団纖花〔名〕〔植〕團傘花序

団体〔名〕團體、集體

遊覧団体（觀光團體）

政治団体（政治團體）

宗教団体（宗教團體）

団体で第一位である（競賽等團體第一）

団体を作る（組織團體）

団体を解散する（解散團體）

団体乗車券（集體乘車證）

団体活動（團體活動）

団体旅行（團體旅行）

団体交渉（由工會代表勞方集體進行的勞資談判）

団体行動（集體行動）

団団〔形動タルト〕團團，圓圓、（露珠等）集聚貌

団団たる月（圓圓的月亮）

露団団（露珠聚集一片）

露が団団と光る（露水圓圓地發亮）

団地〔名〕住宅區（主要指有計劃地集中建立很多公寓或住宅的地方）、（有計劃地建立的）工廠區

団地のアパート（apartment house）（住宅區的公寓）

住宅団地（住宅區）

団地族（〔俗〕住宅區的居民）

工場団地（工廠區）

団長〔名〕團長、團體的代表者

団匪〔名〕匪幫、成幫結夥的土匪

団服〔名〕團服、社團的制服

団平、団平船〔名〕（江戸時代）堅固的日本式平底貨船

団欒〔名、自サ〕團樂、團圓、團聚
　一家団欒する（全家團樂）
　一家団欒の楽しみ（全家團圓之樂）
　夕食は一家団欒の一時です（晚飯是一家團聚之時）
　正月には子供達が帰郷して一家団欒する（新年時孩子們返鄉一家團圓）

団栗〔名〕碗形殼中的果實（如橡實、枹子）、（特指）橡實，櫟樹果實
　団栗の背比べ（半斤八兩、都不怎麼樣、兩個一樣平庸無奇）
　彼等は団栗の背比べだ（他倆是難兄難弟）
　団栗の背比べの中では優れている方だ（他是矮子裡挑出來的將軍）
　団栗の粉（橡實麵粉）
　団栗目、団栗眼（大圓眼睛、圓而醜的大眼睛）

団扇、団扇〔名〕（打ち羽之意）團扇、相撲的裁判扇（=軍配団扇）
　団扇で扇ぐ（用團扇扇）扇ぐ煽ぐ仰ぐ
　団扇を上げる（宣布某人相撲得勝）
　団扇太鼓（日蓮宗信徒使用的太平鼓，有柄單皮鼓）

団居、円居〔名、自サ〕團坐，團團圍坐（=車座）、團圓，團聚，團樂（=団欒）
　円居の人人（團團圍坐的人們）
　楽しい一家の円居（全家快樂的團聚、全家歡聚一堂）

呑（ㄊㄨㄣ）

呑〔漢造〕呑下、併呑
　併呑（呑併、呑滅）

呑酸〔名〕〔醫〕胃酸過多症
　呑酸嘈囃（胃灼熱）

呑舟〔名〕呑舟
　呑舟の魚（呑舟之魚、〔轉〕大人物）
　呑舟の魚は支流に泳がず（呑舟之魚不游支流、〔喻〕大人物不拘小節，大人物不與小人交往）

呑噬〔名、他サ〕呑噬、侵呑

呑吐〔名、他サ〕呑吐、出入
　此の駅は一日に何十万人もの人を呑吐している（這個車站一天出入好幾十萬人）
　相模灘は太平洋の水を呑吐している（相模灣呑吐著太平洋的水）

呑む、飲む〔他五〕喝，飲，呑，吸，呑沒（寫作呑む）、藐視，不放在眼裡、（不得已）接受、暗中攜帶。〔商〕（證券商或經紀人）侵呑、（謠曲）特殊發音之一（字音末尾的つ發成鼻音）
　水を飲む（喝水）
　酒を飲む（喝酒）
　薬を飲む（吃藥）
　子供が乳を飲む（小孩喝奶）
　酒をしょっちゅう飲む人（經常喝酒的人）
　ぐいぐい飲む（咕嘟咕嘟地喝）
　飲みに行きましょうか（喝酒去吧！）
　一杯飲もうではないか（我們喝上一杯吧！）
　今日は飲まず食わずだ（今天是沒吃也沒喝）
　酒は飲んでも飲まれるな（人喝酒不能讓酒醉人、喝了酒不要亂鬧）
　一口に呑む（一口呑下）
　蛇が蛙を呑んだ（蛇把青蛙呑下去了）
　波が船を呑んだ（波浪把船呑沒了）
　果物の種を呑んで終った（把果核呑下去了）
　煙草を飲む（吸菸）
　一日一箱飲む（一天吸一包）

一日に何本御飲みですか（您一天吸菸幾支？）

涙を飲む（飲泣）

声を飲む（吞聲）

恨みを飲む（飲恨）

涙を飲んで彼と別れた（忍著眼淚和他分手了）

敵を呑む（把敵人不放在眼裡）

彼は君を呑んで掛かっている（他根本瞧不起你）

気を呑まれる（被氣勢壓倒）

相手に呑まれては行けない（不要被對方嚇倒）

相手の要求を飲む（無可奈何地接受對方的要求）

こんな条件は迚も飲む事は出来ない（這種條件怎麼也不能接受）

懐に短刀を呑む（懷裡暗中攜帶短刀）短刀

凶漢は匕首を呑んでいた（凶手暗帶著匕首）

飲む打つ買う（吃喝嫖賭）

呑み、飲み〔名〕喝、（酒桶或醬油桶上的）桶嘴（=呑み口）、（證券經紀人在交易所外的）套購行為（=呑み行為）

徒飲み（白喝不給錢）

飲み友達（酒友）

呑み明かす、飲み明かす〔他五〕通宵飲酒

今夜は呑み明かそうじゃないか（我們今晚痛飲一夜吧！）

久し振りで会った友達と呑み明かした（和久別重逢的朋友喝了一夜酒）

呑み掛ける、飲み掛ける〔他下一〕剛開始喝（酒）、喝到半途停下不喝

呑み掛けたら電話だ（剛端起酒杯就來了電話）

呑み掛け、飲み掛け〔名〕喝到半途中止、喝剩下的殘餘物

呑み掛けで席を立つ（喝到半途就退席）

呑み掛けの酒（未喝完的酒）

呑み掛けの煙草（未吸完的煙）

其は僕の呑み掛けだよ（那是我喝剩的）

呑み切る、飲み切る〔他五〕喝完、喝光（=飲み尽くす）

呑み薬、飲み薬〔名〕內服藥←→塗り薬、付け薬

一日に三回呑み薬を飲む（一天吃三次藥）

呑み薬と注射で病気が直った（連吃藥帶打針病好了）

呑み口、呑口〔名〕（酒桶或醬油桶上的）桶嘴、菸袋嘴

呑み口を開ける（啟開桶嘴）

呑み口を付ける（安上桶嘴）

樽に呑み口が付いている（酒桶上安著桶嘴）

呑み行為、呑行為〔名〕（證券經紀人在交易所外的）套購行為、倒賣行為

呑み込む、飲み込む〔他五〕（囫圇）吞下，嚥下、領會，理解、熟悉

唾を呑み込む（吞口水）

ごくりと呑み込む（一口吞下）

一息に呑み込む（一口吞下）

涙を呑み込む（把眼淚咽在肚裡）

蛇が蛙を呑み込んだ（蛇吞了青蛙）

渦巻きは其のボートを呑み込んだ（漩渦吞沒了那隻小船）

桜桃の種を呑み込まない様に為為さい（小心別把櫻桃核吞下去）桜ん坊 桜桃 桜桃

葉巻は吹かす物で呑み込む物ではない（雪茄煙是往外噴的而不是吸進肚裡的）

骨を呑み込む（領會訣竅）

彼の気性を呑み込む（熟悉他的脾氣）

彼の人の性格は中中呑み込めない（那個人的性格摸不透）

私には要点が呑み込めなかった（我沒有抓住要點）

彼は人を逸らさない骨を良く呑み込んでいる（他很懂得不得罪人的竅門）

彼には其の情勢が良く呑み込めていない様だ（他似乎還沒有很好地理解這個形勢）

生徒に此の事を良く呑み込ませるは容易ではない（讓學生完全領會這一點並不容易）

呑み込み、飲み込み〔名〕（囫圇）吞下，嚥下、領會、理解、熟悉

呑み込みが速い（領會得快）

呑み込みが良い（善於領會）

呑み込みの悪い子供（理解能力差的孩子）

早呑み込みする（囫圇吞棗）

呑み過ぎる、飲み過ぎる〔他下一〕喝（吸）太多、喝（吸）過量

酒を呑み過ぎる（飲酒過量）

一杯呑み過ぎた（喝多了點）

睡眠薬を呑み過ぎて死んだ（吃安眠藥過量死去）

煙草は（を）呑み過ぎては行けない（吸菸不可過多）

呑み過ぎ、飲み過ぎ〔名〕飲酒過量

前夜の呑み過ぎ（前天晚上飲酒過了量）

呑助、飲み助，飲助〔名〕（俗）酒鬼，好喝酒的人（=呑兵衛、飲兵衛，飲んだくれ）

彼は呑助だ（他是個酒鬼）

呑み倒す、飲み倒す〔他五〕喝酒不付錢、喝酒喝得傾家蕩產（=呑み潰す）

呑み尽くす、飲み尽くす〔他五〕喝完、喝光（=飲み切る、飲み乾す）

呑み付ける、飲み付ける〔他下一〕使勁喝、喝慣，吸慣

呑み付けた煙草（吸慣了的香菸）

呑み潰す、飲み潰す〔他五〕喝得傾家蕩產、喝酒消耗時間

家屋敷を呑み潰す（把房產喝光）

九一日を呑み潰す（喝了整整一天）

呑み潰れる、飲み潰れる〔自下一〕醉倒

駅のホームにで呑み潰れている男（倒在站台上的醉漢）

呑み難い、飲み難い〔形〕難喝、不好喝⇔飲み良い

此の薬は呑み難い（這藥難喝）

呑み難い酒（不好喝的酒）

呑み残り、飲み残り〔名〕喝（吸）到半途而止、喝（吸）剩下的殘餘物（=飲み止し、飲み掛け）

酒の呑み残り（喝剩下的酒）

煙草の呑み残り（吸剩下的煙）

呑み屋、呑屋〔名〕（交易所用語）進行套購（倒賣）的證券經紀人、賽馬賽車的黑賭場、放賭抽頭的局東（=呑み行為）

呑まれる、飲まれる〔自下一〕（呑む、飲む的被動形）被喝掉、被吞沒、被（對方、場面、氣勢等）壓倒

子供等にジュースをすっかり呑まれて終った（果汁被孩子們全喝光了）

浪に呑まれる（被波濤吞沒）

人波に呑まれる（被埋沒在人群裡）

気力に呑まれる（被氣勢壓倒）

彼女は彼の恐ろしい様子に呑まれて何も言わなかった（她懾於他那可怕的神氣一聲沒吭）

呑める、飲める〔自下一〕（水、酒等）能喝，（菸）能抽、能喝酒，有酒量

其の水は呑める（那個水能喝）

此の煙草は呑めない（這個菸不能吸）

君は呑めるかね（你能喝酒嗎？）

彼は中中呑める然うだ（看來他很能喝）

呑める口（有點酒量）

呑気、暢気〔名，形動〕悠閒，安閒，無憂無慮、不拘小節，不慌不忙，從容不迫，馬馬虎虎，滿不在乎，粗心大意，漫不經心

呑気な顔（無憂無慮的面孔）

呑気な生活（悠閒的生活）

呑気に暮らす（悠閒度日）

学生時代は呑気だ（學生時代最逍遙自在）

田舎生活は呑気だ（鄉下生活悠閒自在）

呑気な人は長生きする（無憂無慮的人能長壽）

彼は独身で呑気に暮らしている（他單身過得自由自在）

何も為ないで楽に暮らせる何て呑気な身分だ（甚麼都不做就能過得很舒服真有福氣）

呑気に構えている（態度不慌不忙，從容不迫）

物事を呑気に考える（把事情看得很樂觀）

明日は試験が有るのに彼は呑気に遊んでいる（明天有考試他卻在不慌不忙地玩）

呑気な質の人（漫不經心的人、樂天派）

自分の年を知らないとは随分呑気な人だ（連自己的歲數都不知道真夠馬虎了）

呑気者、暢気者（逍遙自在的人、無憂無慮的人、漫不經心的人）

彼奴は生来の呑気者だ（那個傢伙是個天生的樂觀派）

呑気症〔名〕〔醫〕高空恐怖症、氣流恐怖症

呑兵衛、飲兵衛〔名〕酒鬼、酗酒者、喝大酒的人（＝呑み助、飲んだくれ）

息子が呑兵衛で困っている（兒子是個酒鬼感到頭痛）

呑太郎、暢太郎〔名〕酒鬼，酗酒者，喝大酒的人（＝呑兵衛、飲兵衛）、逍遙自在的人，無憂無慮的人，漫不經心的人（＝呑気者、暢気者）

屯（ㄊㄨㄣˊ）

屯〔漢造〕駐屯

駐屯（駐屯、駐紮）

屯営〔名、自サ〕駐屯、駐紮

小部隊が村で屯営する（小部隊駐紮在村裡）

屯所〔名〕駐地，駐屯地。〔舊〕警察署

屯所に集まる（在駐地集合）

屯田〔名〕（軍隊）屯田，屯田制。〔古〕皇室領地

屯田兵（屯田兵）

屯〔名、自サ〕集合、聚集、集合的地方、（舊時東京市內的）警察署，派出所

皆が屯して議論している（大家聚在一起談論著）

広場に人が屯している（廣場上聚集著人）

彼方此方に学生が屯している（學生這一群那一夥地聚集著）

屯所（營房、警察所、集合處）

豚（ㄊㄨㄣˊ）

豚〔漢造〕豬、（對自己兒子的謙稱）犬子（＝豚児）

養豚（養豬）

豚カツ（炸豬排）

豚カツ〔名〕〔烹〕炸豬排（＝ポーク、カツレツ）

豚脂〔名〕豬油（＝ラード）

豚脂油（精煉豬油-用於燈油、皮革用油或肥皂原料）

豚児〔名〕（謙稱自己的兒子）犬子

豚児が何時も御世話に為っています（犬子多承照顧）

豚舍〔名〕豬圈（＝豚小屋）

豚汁、豚汁〔名〕豬肉醬湯

豚丹毒〔名〕豬丹毒、豬的急性敗血症

豚肉、豚肉〔名〕豬肉

豚肉商（豬肉商）

豚背丘〔名〕〔地〕拱背、險峻的山脊

豚毛〔名〕豬毛、豬鬃

豚〔名〕〔動〕豬

子豚（小豬）

食用豚（肉用豬）

豚を飼う（養豬）

豚の様に太る（胖得像豬）

豚小屋（豬圈）

豚小屋肥（豬舍肥）

豚に真珠（投珠與豬、毫無意義）

猪〔名〕野豬（＝猪）

猪〔名〕〔動〕野豬

猪の子、家〔名〕〔古〕野豬（＝猪）、豬（＝豚）

豚尾猿〔名〕（產於婆羅洲、蘇門答臘的）豚尾猿

豚草〔名〕〔植〕豬菜、豚草

豚小屋〔名〕豬圈、簡陋的房屋，骯髒的小房
　こんな豚小屋で御宜しければ又御出掛け下さい（如不嫌棄舍下又窄又髒就請再來吧！）
　丸で豚小屋同然（簡直像豬圈一樣）

豚箱〔名〕〔俗〕拘留所（＝留置場）
　豚箱に入れられる（被關進拘留所）
　豚箱入りだぞ（把你關起來！）

でん、とん（ㄊㄨㄣˊ）

臀、臋〔漢造〕屁股、臀部
臀痛〔名〕〔醫〕臀痛、股關節痛
臀肉〔名〕（豬等的）臀部軟肉
臀部〔名〕臀部、屁股
　臀部に打撲傷を負う（臀部受毆打傷）

臀、尻、後〔名〕屁股，臀部、後邊、後頭、最後，末尾、尖端、末端、後襟、底部、結果、後果，餘波
　ズボンの尻が抜けている（褲子屁股破了）
　子供の尻を叩く（打小孩屁股、督促孩子）
　彼は私の方へ尻を向けて座った（他屁股朝著我坐下了）
　人の尻に付いて行く（跟在別人後邊走）
　女の尻を追い回す（追逐女人）
　言葉尻（話把）
　尻から数えた方が速い（從後頭數快）
　成績は尻から五番目である（成績是倒數第五）
　帳簿の尻を合わせる（核對帳尾）
　縄の尻（繩頭）
　杖の尻（拐杖尖）
　尻を絡げる（〔為行動方便〕把後襟披起來）
　尻を捲る（撩起後衣襟）
　鍋の尻（鍋底）
　徳利の尻（酒壺底）
　尻を拭う（善後、擦屁股）
　彼は何時も息子の尻を拭わされる（他經常替兒子收拾事後局面）拭う拭く
　子供が悪戯を為たので隣から尻が来た（因為孩子淘氣鄰居找上門來了）
　今更尻の持って行く所が無い（事到如今無處去追究責任了）
　尻が暖まる（久居某處、久任某職、呆慣、住慣）
　尻が重い（動作遲鈍、屁股沉）
　尻が軽い（敏捷，活潑、〔女子〕輕浮，輕挑）
　尻が来る（〔因有關係等〕受到牽連、〔為追究責任〕找上門來）
　尻が据わる（久居某處、長呆下去）
　尻が据わらぬ（居不久、呆不下去）
　尻が長い（〔客人〕久坐不走）
　尻から抜ける（記不住、聽過就忘）
　尻から焼けて来る様（驚慌失措）
　尻が割れる（壞事敗露、露出馬腳）
　尻こそばゆい（〔心中有鬼〕穩不住神、難為情、不好意思）
　尻に敷く（妻子欺壓丈夫）
　尻に付く（當尾巴、跟在別人屁股後）
　尻に火が付く（火燒屁股、迫切、緊急）
　尻に帆を掛ける（急忙逃走）
　尻も結ばぬ糸（做事有始有終、不願善後）
　尻を食らえ（〔罵〕吃屎去吧！滾他的蛋！）
　尻を据える（長期呆下去）
　尻を端折る（披起衣襟、省去末尾）
　尻を引く（沒完沒了地要）
　尻を持ち込む（前來追究責任、拿來善後的問題）

たい、とん（ㄊㄨㄣˋ）

褪〔漢造〕卸除衣服為褪、脫卸、脫落

褪紅色、退紅色〔名〕粉紅色、淺紅色、桃紅色（=薄桃色）

褪黃色、退黃色〔名〕淡黃色、奶油色（=クリーム色）

褪色、退色〔名、自サ〕退色、掉色

染めの悪い布は褪色も速い（染得不好的布退色也快）

鮮やかな色程褪色し易い（顏色越鮮豔越容易掉色）

褪せる〔自下一〕褪色、掉色（=褪める）

色褪せた着物（掉了色的衣服）褪せる焦る

色が褪せ易い（容易掉色）

色が褪せない（不褪色）

日に焼けてカーテンの色が褪せた（陽光曬得窗簾退色了）

褪める〔自下一〕退色、掉色、落色（=褪せる）

色が褪める（退色）褪める醒める覚める冷める

褪めない色（不褪的顏色）

其の色は褪め易い（那種顏色容易退色）

服が日に焼けて色が褪めて終った（衣服被太陽曬退了色）

冷める〔自下一〕（熱的東西）涼，變冷（=冷える）、（熱情、興趣等）降低，減退（=失せる、薄らぐ）

御飯が冷めた（飯涼了）覚める醒める褪める

御茶が冷めた（茶涼了）

冷めない内に御上がり（趁熱吃吧！）

冷めないように火に掛けて置く（放在火上使它不涼）

興が冷める（掃興、敗興）

熱が冷めた（燒退了、退燒了、熱情降低了）

彼の撮影熱も冷めたらしい（他的攝影興趣也似乎減退了）

二人の間の愛情が冷めない内に、早く結婚した方が良い（最好趁著兩個人之間的愛情還沒有減退趕快結婚）

革命の情熱が、何時迄も冷めないように為て置か無ければ為らない（必須保持革命熱情永不減退）

覚める、醒める〔自下一〕（常用目が覚める形式）（從睡夢中）醒，醒過來、（也可以使用目が覚める形式）（從迷惑、錯誤、沉醉中）覺醒，醒悟，清醒

朝六時頃に目が覚める（早晨六點鐘左右醒過來）

一晩中目が覚めていた（一夜醒著沒睡著）

夜中に大きな音で目が覚めた（半夜裡被大的聲響震醒了）

眠りから覚める（從睡中醒來）

目の覚める様な色（鮮豔醒目的顏色）

失敗して目が覚めた（失敗後醒悟過來了）

彼の人は今夢中に為っているから、中中目が覚めないだろう（他現在正在入迷恐怕不容易，覺醒得過來）

彼の人は此の頃やっと迷いから覚めた（他最近好不容易從迷惑中醒悟過來了）

余り寒いので、酔が覚めて終った（因為天太冷酒醒了）終う仕舞う

麻酔が覚めると痛くて堪らなかった（麻醉一過痛得受不了）堪る溜る貯まる

通（ㄊㄨㄥ）

通〔名、形動〕精通，內行，專家，通情達理，通曉人情世故，善於體貼人情，（在曲藝界妓館等）會玩會逛（的人）。〔俗〕神通廣大、暢通

〔接尾〕（計算文件、書信等的助數詞）通、封、件、紙

〔漢造〕穿過、往返、交往、告知、聯繫、貫徹始終、廣泛、普遍、姦淫

消息通（消息靈通人士、情報專家）

通を振り回す（賣弄自己是行家）

彼は日本通だ（他是個日本通）

彼の人は歌舞伎に掛けては中中の通だ（對於歌舞伎他非常內行）

彼の通な計らいで、二人は結婚する事が出来た（由於他體貼人情的安排兩個人得以結了婚）

其が通な遣り方だ（那是通情達理的做法）

通を失う（神通不靈）

手紙一通（書信一封）

診断書二通（診斷書二紙）

正副二通を差し出す（提出正副本二件）

貫通（貫通、貫穿）

開通（通車、通話）

普通（普通、一般、通常）

不通（不通，斷絕，斷絕關係，不來往，不通曉）

交通（交通、通信，往來）

流通（流通）

内通（私下勾結敵人、通姦）

共通（共同）

私通（通姦）

四通八達（四通八達）

密通（男女私通、串通一氣）

姦通（通姦）

通院〔名、自サ〕（經常或定期）到醫院去

退院後も又通院を続けている（出院以後還繼續常到醫院去）

通韻〔名〕（詩）通韻（如冬韻和東韻可通用）、（江戸時代以前）五十音圖中同段音可通用（如 煙 可寫作 烟）

通運〔名〕運送、運輸、搬運

通運の便が好い（運輸方便）

通運会社（運輸公司）

通家〔名〕世交、專家，行家，通情達裡的人（=通人）

通貨〔名〕通貨、（法定）貨幣

通貨制度の改革（幣制改革）

通貨価値の切り下げ（貨幣貶值）

通貨をドルにリンクさせる（使貨幣和美元掛鉤）

通貨危機とインフレの相互作用（貨幣危機和通貨膨脹的相互作用）

通貨投機買いのラッシュ（投機搶購貨幣之風）

通貨を濫発する（濫發貨幣）

通貨自由兌換の回復（恢復貨幣的自由兌換）

其の国の通貨で支払う（用該國貨幣支付）

通貨安定（幣值穩定）

通貨偽造罪（偽造假鈔罪）

通貨金融危機（貨幣金融危機）

通貨交換レート（貨幣兌換率）

通貨収縮（通貨緊縮）

通貨戦争（貨幣戰）

通貨体制（貨幣體制）

通貨建決算方式（貨幣計價結算方式）

通貨秩序（貨幣秩序）

通貨発行高（貨幣發行額、貨幣供應量）

通貨膨脹（通貨膨脹）

通貨流通高（貨幣流通量-包括現鈔和支票的流通量）

通貨選択約款（〔借貸契約中為避免幣值下跌遭受損失由放款人指定的〕貨幣選擇條款）

通過〔名、自サ〕通過，經過、（電車等）駛過不停、（議案、考試等）通過，批准

船は海峡を通過して西へ進んだ（船通過海峡向西駛去）

通過経路（通過的路徑）

次の駅は通過します（下一站不停車）

試験を無事に通過した（順利通過了考試）

税関を通過する（辦完海關手續、得到海關批准、通過海關）

議案は今度の国会を通過し然うも無い（議案不見得能在這屆國會通過）

通過税（過境税）

通過駅（〔快車等〕不停的車站）

通過貨物（過境貨物）

通過貿易（轉口貿易）

通り過ぎる〔自上一〕走過、越過（=通り越す）

彼は何の挨拶も為ないで通り過ぎた（他連招呼也沒打就走過去了）

其の駅は私が眠っている間に通り過ぎたらしい（好像在我睡著的時候越過了那個車站）

通解〔名、他サ〕全面解釋（=通釈）

右の文を通解せよ（試全面解釋上文）

通客〔名〕博聞多識的人、通情達理的人、熟悉花街柳巷情況的老手（=通人）

通格〔名〕〔語法〕（common case 的譯詞）通格

通学〔名、自サ〕通學、走讀

列車で通学する（坐火車通學）

通学生（通學生）

通学定期券（通學定期車票）

通学学校（〔沒有宿舍的〕通學學校）

通巻〔名〕（期刊、叢書等從頭算起的）總卷數

第五巻第二号（通巻三十八号）（第五卷第二期〔總卷數第三十八期〕）

通患〔名〕通病、共同的弊病、共同的憂患

天下古今の通患（古今天下共同的憂患）

通款〔名〕通好、通敵（=内通）

通関〔名、自サ〕通關、報關、結關

通関手続きを為る（報關）

通関費用（報關費）

通関業者（報關行）

通関手続を済ます（辦好結關手續）

通関許可書（貨物的結關證）

通関ベース（〔作為規定進出口目標、計算出口實績的一種依據的〕通過海關基數、通過海關的貨物量）

通観〔名、他サ〕通觀、全面觀察

世界情勢を通観する（綜觀世界局勢）

過去の時代から現代迄（を）通観する（通觀古今）

通気〔名〕通風、通空氣

自然通気（自然通氣）

人工通気（人工通氣）

押し込み通気（壓力通氣）

吸い込み通気（吸入通氣）

ポンプで坑内の通気を良くする（用幫浦使坑內空氣暢通）

通気孔（通氣孔）

通気弁（通氣閥）

通気調整装置（調氣裝置、空調裝置）

通気竪坑（〔礦〕通風竪坑）

通気圧（〔礦〕通氣壓力、通風壓力=通気力）

通気力（〔礦〕通氣壓力、通風壓力=通気圧）

通気性（〔機、化〕通氣性）

通気組織（〔植〕通氣組織）

通義〔名〕公論，一般通行的道理、通常的解釋

此れが天下の通義と言う物だ（這是一般的公論）

通暁〔名、自サ〕通曉，精通。〔古〕徹夜，通宵達旦（=夜通し）

日本歴史に通暁する（精通日本歷史）

五箇国語に通暁している（通曉五國語言）

通勤〔名、自サ〕通勤、上下班←→住み込み

自宅から役所に通勤する（從家裡到機關去上班）

毎日電車で通勤する（每天上下班坐電車）

通勤列車（通勤列車）

通勤バス（班車）

通勤定期乗車券（通勤定期車票）

通勤客（上下班旅客）

通勤証明書（通勤證、外住工作證）

通径〔名〕〔數〕（橢圓的）正焦弦

通計〔名、他サ〕總計、共計、合計（=総計）
　一年間の経費を通計する（總計一年的經費）
　会費は通計二万円に為る（會費共計為兩萬日元）

通経〔名〕〔醫〕通經血
　通経剤（通經劑）

通見〔名、他サ〕綜觀（=通覧）

通券〔名〕〔古〕路條、通行證（=通行券）

通言〔名〕通用的語言，一般的語言、内行人的話

通語〔名〕通用的語言，一般的語言、内行人的話（=通言）

通行〔名、自サ〕通行，交通，往來，一般通用，廣泛流傳
　右側を通行して下さい（請靠右邊走）
　新しい橋は来月から通行が許される（新橋下個月起准許通行）
　此方は通行禁止（這裡禁止通行）
　一方通行（單行道）
　通行止め（禁止通行）
　通行本（廣泛流傳版本的書）
　通行券（通行證）
　通行料（通行費）
　通行税（通行税、交通税）
　通行権（通行権）
　通行信号（行車信號）

通交、通好〔名、自サ〕（國家間）互通友好
　通交条約（友好條約）

通航〔名、自サ〕通航、航行
　パナマ運河を通航する（從巴拿馬運河航行）
　通航料（通航費）

通告〔名、他サ〕通告、通知
　通告を受け取る（接到通知）
　通告を発する（發出通知）
　三日前に通告する（在三天以前通知）

通告処分（通告處分-税務機關責令違反税法者限期繳納税款或罰款的一種行政處分）

通告電（通電）

通索〔名〕〔海〕游動絞轆
　通索孔（通索孔）

通算〔名、他サ〕通計、總計
　一年間の出席日数を通算する（總計一年的出席日數）
　未決三十日通算一年の禁錮（未判決三十日加算在内一年的監禁）三十日

通産省〔名〕通商産業省（=通商産業省）

通産相〔名〕通商産業大臣、對外貿易和工業部長

通史〔名〕〔史〕通史
　台湾通史（台灣通史）

通事、通詞、通辞〔名〕〔古〕（江戸時代）通事，譯員，翻譯、（居間）傳話，回話
　長崎のオランダ通事（長崎的荷蘭語翻譯）

通り詞、通り言葉〔名〕一般通用的話、（某階層的）行話
　反省と言う言葉が此の頃通り詞に為っている（反省這句話近來已成為一般通用的詞）

通時言語学〔名〕（法 linguistique diachronique 的譯詞）歷時語言學（研究語言在時間上的發展、變化情況的語言學）←→共時言語学

通式〔名〕一般通用的方式

通日〔名〕（從一月一日算起的）總日數
　二月二十日、通日五十一日（二月二十日總日數五十一日）

通釈〔名〕（多用於參考性的注釋書名）通解、全面解釋（=通解）

通称〔名〕俗稱、通稱，一般通用的稱呼
　通商産業省、通称通産省（通商産業省 通稱通産省）
　彼処は通称親不孝通りと言う（那裡俗稱不孝街）

通商〔名、自サ〕通商、貿易
　或る国と通商を始める（和某國開始貿易）

米国と通商する（和美國通商）

アフリカ諸国との通商を盛んに為る（發展和非洲各國的貿易）

通商協定（貿易協定）

通商港（通商口岸）

通商関係部門（貿易機構）

通商事情（貿易情況）

通商条約（通商條約）

通商代表部（事務所）（貿易代表處、商務參贊處）

通商機構（商務機構）

通商破壞船（劫掠商船的武裝快艇）

通商産業省〔名〕通商産業省、對外貿易和工業部（日本政府掌管工商、貿易、度量衡及資源的部門）

通常〔名〕通常、平常、普通（＝普通）

明日から通常の通り授業を始める（從明天起照常上課）

労働時間は通常八時間である（工作時間通常是八小時）

通常軍裝（軍便服）

通常服（便服）

通常礼裝（通常禮服、軍禮服）

通常兵力（常規部隊）

通常為替（普通匯款）

通常郵便物（普通郵件）

通常兵器（常規武器）

通常国会（〔日本國會的〕定期常會-規定每年十二月上旬召開、會期一百五十天、可延長一次）←→特別国会、臨時国会

通信〔名、自サ〕通信，通音信，通信息、通訊聯絡、通訊稿

通信が途絶える（音信不通、信息斷絕）

台北からの通信に依れば（據來自台北的通訊）

飛行機から基地に通信する（從飛機上向基地通訊）

地震の為其の地方の通信が一時途絶した（由於地震那個地方的通訊一時斷絕了）

彼は日本の新聞に通信を寄せている（他給日本報紙寫通訊稿）

通信士（報務員、電訊員）

通信社（通訊社）

通信制（函授教育制）←→定時制

通信員（〔報紙、雜誌的〕通訊員）

通信係り（〔公司等的〕通訊員）

通信筒（〔由飛機等投下的〕通信筒）

通信弾（信號彈）

通信線（通信線路）

通信長（電台長）

通信網（通信網）

通信欄（〔報刊等的〕通信欄）

通信簿（學校發給學生家長的通知書-現改為通知表）

通信施設（通訊設備）

通信事務（通訊工作）

通信事業（通訊事業-指郵政，電話，電報、報導事業-指報社，雜誌社，廣播，電視）

通信器材（通訊器材）

通信販売（函售）

通信講座（函授講座）

通信教育（函授教育）

通信教授（函授教學）

通信機関（通訊工具-指郵政、電話、電報、無線電等）

通信衛星（通訊衛星）

通人〔名〕通人，博學多識的人，（某方面的）專家，行家、通情達理的人，體貼人情的人，深通世故的人、熟悉花街柳巷情況的老手

此の道の通人だ（是這個行道的行家）

漢詩に掛けての通人（漢詩的專家）

通人振る（裝行家）

彼は通人で人情の機微を良く察する（他是個深通世故的人，善於體貼世路人情微妙之處）

通水〔名、自他サ〕（管道溝渠）通水、灌水、疏水

通水溝（溝渠）

通水tunnel（涵洞）

通水管（水管）

通性〔名〕通性、共通性←→特性

鳥類の通性（鳥類的通性）

金属の通性（金屬的共同性）

獣類の通性（獸類的通性）

通性と個性（共性和個性）

通説〔名〕一般的說法，共同的論調、全般的解說、通盤的解釋、通情達理的說法

学界の通説と為れている（被認為學術界的一般說法）

通船〔名、他サ〕通船，使通航、通航的船隻，來往的船隻。（往來停在海上船隻和陸地之間的）駁船，聯絡船

通船料（通航費）

通し船荷証券〔名〕〔商〕（through bill of landing 的譯詞）聯運證書、聯運提貨單

通則〔名〕一般的規則，通用的規則←→変則、（某規定中的）總則←→細則

右側通行が通則に為っている（靠右邊走是一般的規則）

通俗〔名、形動〕通俗、易懂

通俗な（の）考え方（通俗的想法）

科学を通俗な物に為る（使科學通俗化）

通俗教育（通俗教育、普通教育）

通俗小説（通俗小說）

通俗化（通俗化、庸俗化）

通俗的（通俗的）

通題、通り題〔名〕（俳諧）在座的人都用同一題目句作

通達、通達〔名、自他サ〕傳達，下達，通知，通告、精通，熟悉、暢通

外交部の通達（外交部的通告）

政府の方針を国民に通達する（把政府的方針傳達給人民）

芸術に通達する（精通藝術）

通脱木〔名〕〔植〕通脱木、通草

通知〔名、他サ〕通知、告知（＝知らせ、報せ）

通知を出す（發通知）

通知を受ける（接到通知）

着いたら直ぐ通知して下さい（到了請立即通知我一下）

予め会合の日時を通知する（預先通知開會的日期和時間）

通知の有り次第（一旦有了通知就…，通知一到就…）

追って通知有る迄（在隨後有通知以前）

通知漏れ（通知時漏掉）

通知表（學校發給家長的通知書）

通知簿（學校發給學生家長的通知書＝通信簿）

通帳〔名〕（存款、賒帳、配給等的）帳簿、憑單（＝通い帳）

銀行の預金通帳（銀行存款帳簿）

貯金通帳（存摺）

米穀通帳（購糧本、配給米憑單）

酒屋の通帳（酒店賒帳的憑單）

通い帳〔名〕（存款、賒帳、配給等的）摺子（＝通帳）

銀行の通い帳（銀行的存摺）

酒屋の通い帳（酒店的記帳本）

通い帳で酒を買う（賒帳買酒）

通牒〔名、他サ〕通牒，書面通知、（上級機關對下級機關的）通告，訓令（＝通達）

最後通牒（最後通牒、哀的美敦書）

通牒を発する（發出通牒）

依命通牒（根據上級指示下達的通告）

通天〔名〕〔植〕楓的一種、（江戶時代）歌舞伎劇場最高樓座、通天橋（=通天橋）
　通天橋（通天橋-京都東福寺內溪谷洗玉潤上的長廊、為觀賞楓葉名勝之一）

通電〔名、自他サ〕〔理〕通上電流、（中國）發給各地的電報
　通電を発する（發出通電）

通洞〔名〕〔礦〕平峒

通道組織〔名〕〔植〕通導組織

通読〔名、他サ〕從頭到尾讀一遍、粗略過目一遍←→精読、熟読
　資本論を通読する（通讀資本論）
　一通り通読する（大致通讀一下）

通尿器〔名〕〔醫〕導尿管

通年〔名〕全年、一整年
　通年で四単位の講義（全年四個單位的講義）
　通年営業（整年營業）

通念〔名〕普通的想法、一般的想法
　其が社会の通念だ（那是社會上普通的想法）
　然う言った古い社会通念は中中根強い物が有る（那種陳腐的社會上的一般想法是非常根深蒂固的）

通嚢〔名〕〔動〕小囊、橢圓囊、前列腺囊

通波器〔名〕〔電〕接收器、帶通電路

通比〔名〕〔數〕公比

通票〔名〕〔鐵〕（單線用的）通票、路簽、通行棒（=スタブ、タブレット）

通風〔名、自サ〕通風、換氣（=風通し）
　通風に注意する（注意通風）
　通風の好い部屋（空氣流通的房間）
　通風日照の条件を良くする（改善通風透光的條件）
　通風孔（通風孔）
　通風器（通風器）
　通風井（風井）
　通風塔（通風塔）

通り風〔名〕陣風

通分〔名、他サ〕〔數〕通分
　通分母（通分母）

通弊〔名〕一般的通病
　一般の通弊（一般的通病）
　権威を笠に着て威張るの昔の役人の通弊だ（依仗權勢擺官架子是舊時官吏的通病）

通弁〔名〕〔古〕（江戶時代的）譯員、翻譯（=通訳）

通宝〔名〕通寶（古時鑄在貨幣上的字樣）、通貨，貨幣
　永楽通宝（永樂通寶）
　天下の通宝（通用的貨幣）

通法〔名〕一般通用的法則。〔數〕簡化

通報〔名、他サ〕通報、通知（=知らせ、報せ）
　気象通報（氣象報告）
　前線からの通報が届く（接到來自前線的通報）
　現地の模様を通報する（通報當地的情況）
　通報を受けると直ちに行動を起こす（接到通知馬上行動起來）

通棒〔名〕坐禪時打心不定人用的棒、嚴厲斥責、猛烈打擊

通謀〔名、自サ〕同謀、共謀、共同策畫（=共謀）
　数人が通謀して各個に罪を犯した時（數人共謀各自犯罪時）

通門証〔名〕出入證
　通門証を提示して下さい（請出示出入證）

通夜〔名〕通宵，徹夜、（靈前）守夜、（在佛堂）坐夜，徹夜祈禱（=通夜）

通夜〔名〕（靈前）守夜、（在佛堂）坐夜，徹夜祈禱（=通夜）
　御通夜を為る（在靈前守夜）

通約〔名、他サ〕〔數〕約分（=約分）
　通約し得ない（不能約分）
　通約数（約數）

通訳〔名、他サ〕翻譯，口譯、譯員（=通弁）
　同時通訳（同聲翻譯）

中国語の通訳を為る（翻譯中國話）

英語を日本語に通訳する（把英文翻譯成日文）

日本語の通訳を務める（當日語翻譯）

通訳を通して話す（通過翻譯說話）

通訳生（日本官署的低級翻譯）

通有〔名〕通有、共有、共同

通有の心理（共同的心理）

通有性（共有性、共同性）

其は日本人の通有性だ（那是日本人的共同性）

通用〔名、自サ〕通用，通行、兩用，兼用、（在某期間）通用，有效、通常使用

日本銀行の紙幣は全国に通用する（日本銀行的紙幣全國通用）

そんな古臭い考えは今の世の中には通用しない（那種陳腐的想法在現在的社會上行不通）

通用語（普通話、通用的語言）

晴雨何れの場合でも通用する傘（晴雨兩用傘）

切符の通用期間は三日迄だ（車票的有效期到三日為止）

通用口（便門、常走的小門）

通用門（便門、常走的門）←→正門

通覧〔名、他サ〕綜觀，通盤看、通讀（=通読）

最近の形勢を通覧する（綜觀最近的局勢）

通利〔名〕〔醫〕通便

通利剤（通便劑）

通理〔名〕社會通用的道理

通力〔名〕〔俗〕神通、神通廣大（=神通力）

通力を失う（失去神通）

通例〔名、副〕通例，常例，慣例、照例

May dayにデモを行うのが通例に為っている（五一節舉行遊行示威成了慣例）

デパートは通例月曜が休みだ（百貨店通常是星期一休息）

通路〔名〕通路、通道

自動車が狭い通路を塞ぐ（汽車堵住狹窄的通路）

通路を開ける（打開一條通路）

通路に当たる（正當過道）

群集を掻き分けて通路を作る（撥開人群闢出一條通路）

通路にも聴衆が一杯だった（通道上也擠滿了聽眾）

通路の脇の席（劇場通道旁的席位）

後から来た客は客席の通路を通って行く（後來的客人從客席的通道走過去）

通い路〔名〕路線

雲の通い路（雲的漂浮路線）

通廊〔名〕〔建〕走廊

通廊付客車（帶走廊的客車廂）

通論〔名、他サ〕公論，一般的定論、通論，概論

其は天下の通論だ（那是社會上的公論）

言語学通論（語言學通論）

通話〔名、自サ〕（也作助數詞）（電話）通話

電話で互いに通話する（用電話互相通話）

只今通話中です（現在正在通話中、電話占線）

一通話三分以内（一次通話限三分鐘以內）

只今のは五通話でした（剛剛是五次通話）

通話料（通話費）

通話口（通話口承）

通話度数計（通話計次表）

混線して通話が出来ない（因有干擾電話打不通）

即時通話（立即通話）

通じ〔名〕排泄，大小便、（多指）大便（=便通），理解，領會，懂得（=分り、悟り）

通じが止まる（大便不通）止まる

御通じは如何ですか（大小便怎麼樣？）

通じを付ける（通大小便、吃瀉藥）

通じが有る（大便通了）

通じ薬（瀉藥）

通じが早い（領會得快）

通じの鈍い人（反應慢的人）

どんなに言っても通じない（怎麼說也不懂）

通じて〔副〕總的說來，一般地（＝一般に、総じて）、總計起來，總共（＝合計）

以上の如く、通じて農民の生活は大いに向上した（如上所述農民的生活總的說來大大提高了）

滞在期間の延長は通じて十日を越える事が出来ない（逗留期間總共不能超過十天）

通じる〔自上一〕通、通往、通曉，精通、領會，理解、私通、通敵、暢通、共通、通用、相通（＝通ずる）

〔他上一〕通、弄通、使通、使理解、打通、（常用を通じて形式）在整個範圍，在整個期間、（常用を通じて形式）通過，經過（＝通ずる）

此の辺は間も無く地下鉄が通じる様に為る（不久這一帶地下鐵就要通車了）

此の二つの字の意味は通じて使われる（這兩個字可以通用）

電話が通じる（通電話）

此方の気持が相手に通じない（我的心意對方不能理解）

彼の人にはユーモアが通じない（那個人不懂得幽默）

話が相手に通じない（對方沒聽懂我的話）

此の方面の事に私は通じていない（我不懂這方面的事情）

古今を通じる（精通古今）

敵に通じてスパイ行為を為る（通敵做間諜活動）

電流を通じる（通上電流）

自分の意志を他人に通じる（使別人理解自己的意思）

名刺を通じる（遞名片）

気脈を通じる（串通）

誼を通じる（友好往來）

姉を通じて御願いし度い事（通過我的姉姉託您的那件事）

此の地方は一年を通じて暖かだ（這地方一年到頭暖和）

通ずる（也作通じる）〔自〕通、通往、通曉，精通、領會，理解、私通、通敵、暢通、共通、通用、相通

〔他サ〕通、弄通、使通、使理解、打通、（常用を通じて形式）在整個範圍，在整個期間、（常用を通じて形式）通過，經過

汽車が通ずる（通火車）

電話が通ずる（通電話）

電流が通ずる（通電流）

故障の為電車が一時通じなく為った（由於故障電車暫時不通了）

此処から台中迄バスが通じている（從這裡到台中通公車）

海岸に通ずる道（通到海岸的道路）

此の道は彰化に通じている（這條路通到彰化）

土地の事情に通ずる（熟悉當地的情況）

日本語に通じている（精通日語）

古今に通ずる（精通古今）

私の気持が通じた（領會了我的心情）

一向話が通じない（一點也不懂我的意思）

冗談が通じない人（不懂得詼諧的人）

亭主の有る女と通ずる（和有夫之婦私通）

敵方に通ずる（通敵）

敵に通じてスパイ行為を働く（通敵做間諜行為）

大便が通ずる（大便通暢）

一般に通ずる問題（一般共同的問題）

全体に通ずる規定（通用於全體的規定）

洪と宏とは音が通ずる（洪和宏字音相通）

電流を通ずる（通電流）

湖迄道を通ずる（把道路修到湖邊）

全国各地に鉄道を通ずる（使全國各地通鐵路）

自分の意志を他人に通ずる（使別人領會自己的意思）

一生を通じて（一生中）

一年を通じて（全年裡）

全国を通じて（在全國範圍內）

此の規定は各区を通じて適用される（這個規定適用於各區）

生涯を通じて人民に奉仕する（為人民服務一輩子）

四季を通じて香りを齎す（四季飄香）

ラジオやテレビを通じて知らせる（通過收音機或電視通知）

同志を通じて連絡を取る（通過同志取得聯繫）

金融資本家は銀行を通じて全国の金融を支配する（金融資本家通過銀行控制全國的金融）

人人は自分の生産闘争と階級闘争の実践を通じて社会の歴史の発展過程を促進させる事が出来る（人們通過自己的生産鬥爭和階級鬥爭的實踐促進社會歷史的發展過程）

気脈を通ずる（串通、勾搭、一個鼻孔出氣、一脈相傳）

刺を通ずる（遞名片）

誼を通ずる（通好、有好往來）

情を通ずる（通敵、男女私通＝情を通ず）

通がる、通ぶる〔自五〕〔俗〕充行家，假裝精通，賣弄自己是內行，假裝通情達理，假裝善於體貼人情，賣弄通曉人情世故

彼は何にでも通がる癖が有る（他對什麼都愛充內行）

通う〔自五〕通行、經常來往、走讀、通勤、流通、通曉、相通、相似

台中台北間を通うバス（往來於台中台北間的公車）

来年から地下鉄が通う様に為る（從明年起地鐵要通車了）

其の地方に今では汽車が通っている（那個地方現在通火車了）

学校へ通う道（每天上學的路）

私はバスで学校に通っている（我每天坐公車上學）

郊外から電車で勤め先に通う（每天從郊外坐電車上班）

通い慣れた道（走熟了的路）

若い時其処へは良く通った物だ（年輕的時候經常到那裏去）

病院に一ケ月も通わなければならない（要跑一個月的醫院）

電流が通っている針金（通有電流的鐵絲）

未だ息が通っている（還在喘氣-沒有死）

空気の良く通う所に置いて下さい（請放在空氣流通的地方）

私の心は先方に通わなかった（對方沒有懂得我的意思）

彼奴は血の通っている人間じゃない（那個人冷酷無情）

二人の心が通う（二人心心相印-意氣相投）

何処と無く顔だけ似通う所が有る（總覺得面孔上有相似之處）

通い、通〔名〕往來、經常來往、通勤。〔轉〕工作、帳本，存摺（＝通い帳）

香港横浜通いの船（往來於香港與橫濱之間的輪船）

私は毎日病院通いです（我天天到醫院去看病）

今月は芝居に通い詰めだ（這個月我天天去看戲）

通いの女中（通勤的女傭）

住み込みか通いか（住宿呢？還是通勤？）

家の店員は住み込みでなくて通いです（本店的店員不住宿是通勤）

通いの御手伝いさんを頼む（請一位不住宿通勤的幫手）

何処に御通いですか（你在哪裡工作？）

通い箱、通箱〔名〕（工廠或商店給買主送貨用的）送貨箱

通わす〔他五〕使往來、使走讀、通勤、使流通、使相通（=通わせる）

管に水を通わす（往管裡放水）管管

心を通わす（心心相印）

通わせる〔他下一〕使往來、使走讀、通勤、使流通、使相通

子供を家から学校に通わす（讓孩子每天從家裡上學）

電流を通わす（通上電流）

バスを通わす（通公車）

空気を通わす（使空氣流通）

相手に思いを通わす（使對方了解心意）

通す、透す、徹す〔他五〕穿過、通過，引進、貫徹、堅持、通過、說妥、訂叫、通知

〔接尾〕（接動詞連用形）連續、一貫、一直、到底

針に糸を通す（縫針）

管の詰まりを通す（打通管子堵塞地方）

煙管を通す（通煙袋）

今度此の道にバスを通す然うだ（聽說這條路要通公車了）

筋を通して話し為さい（通情達理地說）

ガラス戸は光を通す（玻璃門透光）

此のレインコートは絶対に雨を通さない（這雨衣決不透雨）

窓を開けて風を通して下さい（請把窗戶打開透透風）

笊を通して水を切る（用笊籬把水空掉）

寒さが着物を通した（寒氣透過衣服）

御客さんを二階へ通す（把客人領進二樓）

客間へ通して下さい（請進來客廳）

御客様を御通し為さい（請客人進來）

三時間通して勉強する（連續用功三個小時）

生涯独身で通す（一輩子不結婚）

此の冬はストーブ無しで通した（這一冬一直沒有生火爐）

二十四時間通して歩いた（連續走了二十四小時）

此の書類はざっと眼を通した丈だ（這文件只是粗看了一遍）

彼は学生時代にずっと一番で通した（他在學生時代一直考第一）

一年間を通して一日も休まなかった（全年一天也沒休息）

其の劇は四十日間通して上演された（那齣戲一直演了四十天）

我意を通す（堅持己見）

無理を通す（蠻幹到底）

遣り度い事を遣り通す人だ（是個想做就做到底的人）

新しい党規約を通す（通過新黨章）

野党側の反対に会って国会を通せなかった（遭到在野黨反對國會沒能通過）

政府案を無修正で通した（原案通過政府的提案）

人を通して希望を申し出る（通過別人提出自己的希望）

仲人を通して結婚を申し込む（通過媒人求婚）

此の門を通して下さい（請讓我通過這門）

先に通して遣る（叫他先過去）

通して呉れ（讓我過去吧！）

切符の無い人は通しません（沒有票的人不能進去）

貴方の事は先方に通して有る（您的事情已經和對方說過了）

もう通して置きましたから、直ぐ出来るでしょう（已經給您定下了馬上就好吧！）
追加の分はもう通したのか（追加的菜已經定了嗎？）
労働を通して青年を教育する（通過勞動教育青年）
社長に通す（通知總經理）
遠く迄見通す（高瞻遠矚）
雨が一週間降り通している（雨連著下了一星期）
子供は終夜泣き通した（小孩哭了一夜）
一晩中勉強し通した（用功了一整晚）
疲れたので朝迄眠り通した（因為疲勞一直睡到早晨）
難しくても遣り通そうと為る（即使困難也想做到底）
如何しても頑張り通す（無論如何也要堅持到底）

通し〔名〕（把客人）請進、領進、直達、連貫、（飯館上正菜前的）簡單小吃、長本大戲（=通し狂言）

客を奥へ御通しする（把客人請進來）
御通ししましょうか（請進來嗎？）
東京迄通しで行く（直達東京-中途不下車）
京都迄の通しの自動車（直達京都的汽車）
番号は通しに為っている（號碼是從頭連貫下來的）
御通しを持って来る（上小吃）
ハムレットを通しで上演する（上演全部哈姆雷特）

通し〔接尾〕（接名詞或動詞連用形）一直（作某種動作）

夜通し勉強する（徹夜用功）
一日歩き通しで大層疲れた（足走了一天太累了）
喋り通しに喋る（口若懸河地說）
殴られ通しに殴られた（一直被打得不亦樂乎）
一日中立ち通しの仕事（整天一直站著的工作）

通して〔連語〕通過、連續，接連

通訳を通して話す（通過翻譯說話）
三日間通して（接連三天）
一年中通して（一年到頭、整年）

通し馬〔名〕（驛站間）不換馬
通し切符〔名〕車船的通票、通用幾場的戲票

東京迄の通し切符が買えるか（能買到東京的通票嗎？）

通し狂言〔名〕長本大戲、成本大套的戲（=通し）
通し柱〔名〕〔建〕通天柱
通し番号〔名〕從頭連續的號碼
通しページ〔名〕整本書連續編排的通頁
通しボルト〔名〕帶帽螺釘
通し矢〔名〕連射遠靶的箭、〔史〕（江戶時代在京都三十三間堂前舉行的）射箭比武

通る、透る、徹る〔自五〕通過、穿過、通暢、透過、響亮、被請進室內、知名、通用、通行、了解、前後一貫、客人點的菜由飯館服務員通知帳房或廚房

家の前を通る（走過家門）
右側を通って下さい（請靠右邊走）
山道を通って山村に辿り着いた（走過山路來到一個山村）
此の道は、夜余り自動車が通らない（這條路晚上不太過汽車）
二人並んで通れる位の道幅（兩人並排走得過去的路寬）
工事中だから人を通らせない（因為正在修路不讓人走）
カナダを通って英国に行く（通過加拿大往英國去）
何の道を通って帰ろうか（走哪條路回去呢？）
人込みの中を通る（穿過人群）

トンネルを通ると海が見える（一穿過隧道就看到海）

此の部屋は風が通るから涼しい（這房間通風很涼快）

此の糸は太過ぎて針穴に通らない（這條線太粗穿不過針眼）

御飯が喉を通らない（吃不下飯）

此の下水は良く通らない（這下水道不通暢）

詰まっていた鼻が通る（不通氣的鼻子通了）

雨が肌迄通る（雨濕透皮膚）

水が通らぬ防水布（不透水的防水布）

此の魚は未だ中迄火が通っていない（這魚做得還不夠火候）

声が通る（聲音響亮）

歌声は隅隅迄良く通る（歌聲響徹各個角落）

もう少し通る声で御願いします（請大聲點）

声は低いけれども、良く通る（聲音雖小但很清朗）

客が奥に通る（客人被請進屋裡）

応接間に通ってから、間も無く主人が出て来た（被引進客廳以後不久主人就出來了）

彼は変り者で通っている（他以怪人著稱）

世界に名の通った商品（世界聞名的商品）

英語は大抵の国で通っている（英語在大多數國家通用）

其の馬鹿馬鹿しい説が世間で通っているから不思議だ（那種荒謬的說法在社會上還行得通可真奇怪）

此の切符で通る（這票就能通用）

私の意見が通る（我的意見得到通過）

彼女は二十歳と言っても通る程若く見えた（她看上去那麼年輕即便說是二十歲人們也會相信）

そんな言い訳を為たって通らない（即便那麼辯解也通不過）

何時も無理が通る思ったら間違いだ（總以為硬幹行得通是錯誤的）

汽車が通る（通火車）

吹雪で汽車が通れなくなった（由於大風雪火車不通了）

片田舎迄バスが通る様に為った（連偏僻的鄉村也通公車了）

法案が議会を通る（法案通過議會）

入学試験に通る（入學考試通過）

此の文章はどうも意味が通らない（這篇文章的涵義總有些不懂）

何を言っているか、ちっとも話が通ってない（一點也不明白他在說甚麼？）

筋の通った遣り方（合理的做法）

其の説明では筋が通らない（那種解釋說不通）

カレー一丁通っているか（一份咖哩飯要了沒有？）

ずっと前に帳場に通った筈だ（早就告訴帳房了）

通らせる〔他下一〕讓路、使通過

通れる〔自下一〕（通る的可能形）能通過

此の道通れない（此路走不通）

廊下は二人並んで通れる（走廊可併排走過兩個人）

道はやっと自動車が通れる位だ（道路剛能通過汽車）

通り〔名〕大街，馬路，通行、來往、流通、通暢、（聲音）響亮、人緣、聲響、通用、眾所周知、了解，領會、通順、（形式名詞用法）（與已知內容、情況、方法等）一樣，同樣，原樣，照樣

〔接尾〕（助數詞用法）（接表示數目詞後）種，種類，套，組

表通り（前街）

裏通り（後街）

私の家は通りに面している（我的家臨街）

車で其の通りを通った事が有る（曾坐汽車走過那條街）

大吹雪で通りが見付からない（由於大風雪找不著路）

車の通りの少ない場所（車輛來往少的地方）

車の通りの多い場所（車輛來往多的地方）

自動車の通りが激しくて危ない（來往汽車太多危險）

Londonで国王の御通りを見た事が有る（曾經在倫敦看見國王出行）

退け、俺様の御通りだ（躲開！老子要過去）

此の下水は通りが悪い（這個下水道不通暢）

此の部屋は風の通りが良い（這個房間通風好）

君の声は通りが好い（你的聲音響亮）

通りの悪い声（不響亮的嗓音）

近所では通りの好い医者（在附近聲譽很好的醫師）

上にも下にも通りの好い人物（無論對上對下人緣都很好的人）

世間の通りが大事だ（社會上的人緣很要緊）

通り名（通稱、習慣稱呼）

多くの作家はpen nameの方が世間に通りが好い（許多作家以筆名著稱）

通りの良い言葉（易懂的話、通俗的話）

然う言っちゃ通りが悪い（那麼說不好懂）

文章の通りが良い（文章通順）

本物の通りの贋物（和真品一模一樣的假貨）

下記の通りに紹介する（茲介紹如下）

御承知の通り（像您了解的那樣）

悪戯半分に言ったのが其の通りに為った（原來半開玩笑說的話卻應驗了）

教えた通りに遣って御覧為さい（按照教給你的那樣做做看）

其の通りに為れば、間違いが無い（照那樣做不會錯）

計画の通りに行う（按計畫一樣進行）

昨日は天気予報の通り雨だった（昨天像天氣預報那樣下了雨）

全く其の通りです（完全是那樣、你說的完全對）

遣り方は幾通りも有る（辦法有多種）

解決する方法は二通り有る（解決方法有兩種）

教科書を一通り買って来た（買來了一套教科書）

通り〔接尾〕（接名詞後）原樣，同樣、表示程度、表示街名

君の考え通りに為給え（照你想的做吧！）

代表団は予定通りに東京に到着した（代表團按照預定到達了東京）

期日通り任務を完成する（如期完成任務）

此れは注文通りの品物だ（這和原訂的貨絲毫不差）

元通りに終って置き為さい（照原樣收起來）

建築は九分通り出来上がった（建築已完成了九成）

千代田通り（千代田大街）

通り雨〔名〕小陣雨

多分通り雨だから、一寸雨宿りして行こう（多半是小陣雨避一會兒去吧！）

通り合わせる〔自下一〕恰巧路過、偶然路過

難破船は通り合わせた汽船に助けられた（遇難船被恰巧駛過的輪船搭救了）

通り一遍〔名、形動〕偶然路過、泛泛，膚淺

本の通り一遍の客（只是偶然路過的客人）

通り一遍の説明を為ただけです（只是作了泛泛的說明）

私は彼の人とは通り一遍の付き合いです（我和他是泛泛之交）

通り一遍の（な）挨拶（泛泛的寒喧、一般寒喧話）

通り掛かる〔自五〕恰巧路過

通り掛かったので、一寸寄って見た（因為恰巧路過順便進去坐一會兒）

通り掛かった汽船に助けられた（被恰巧駛過的輪船救上來了）

通り掛かり〔名〕路過，過路、（路過）順便（=通り掛け）

通り掛かりの人に道を尋ねる（向過路的人問路）

通り掛かりに一寸御寄しました（因為路過順便來看看）

御通り掛かりの節は是非御寄り下さい（路過時務請順便來坐坐）

通り掛け〔名〕路過順便（=通りすがり）

通り掛けに友人の下宿に立ち寄る（路過順便到朋友的宿舍看看）

通りすがり〔名〕路過（順便）（=通り掛け）

通りすがりの店で買い物を為る（在路過的商店買東西）

通りすがりに本屋へ寄って見る（路過順便到書店看看）

通りすがりの人に道を聞く（向路過的人問路）

通り切手〔名〕（通過關卡的）通行證（=通り手形）

通り句〔名〕（諺語等）一般通用的語句

通り雲〔名〕飄動的雲彩

通り越す〔自五〕通過，越過、渡過、闖過、超過、超越

弾がひゅうと彼の頭上を通り越した（槍彈嗖的一聲從他頭上越過）

自転車の上から挨拶して通り越していった（騎在車上打個招呼就過去了）

うっかりして停留所を通り越した（一馬虎越過了站）

危機を通り越す（闖過危機）

暑い何て言う所は通り越して茹だる様だ（熱得沒法說簡直像上鍋蒸的一樣）

冷たさを通り越して痛く為って来た（已經不是冷覺得疼起來了）

通り筋〔名〕（走的）道路、大道

通り相場〔名〕公認的行市，一般的價錢、公認，一般評論

此れ位の値段は通り相場ですよ（這個價錢是公認的行市）

江戸っ子は気は短いと言うのが通り相場だ（東京人脾氣躁是公認的）

人生八十が通り相場なら、私は未だ今日明日は、棺桶へ入り然うにも無い（假如一般公認人生八十那麼我一兩天還進不了棺材）

通り手形〔名〕（通過關卡的）通行證（=通り切手）

通り名〔名〕通稱、祖輩傳下來的名字

遠山の金さんと言う通り名（通稱遠山的金先生）

通名〔名〕通稱

通り抜ける〔自下一〕穿過

人込みを通り抜ける（穿過人群）

番兵の居る所を通り抜け様と為る（想要穿過崗哨）

此の路地は通り抜けられません（這條巷子穿不過去）

通り抜け〔名〕穿過去

通り抜けが出来る（可以穿過去）

通り抜け無用（禁止穿行）

此の道は通り抜けに為っている（這條路可以穿過去）

通り値〔名〕一般公認的價錢（=通り相場）

通り魔〔名〕過路的妖魔、神出鬼沒的歹徒

通り魔の様な強盗（神出鬼沒的強盜）

通り道〔名〕通路、通過的路

通り道を塞ぐ（堵塞通路）

通り道を開ける（打開通路）

通り道の邪魔を為る（妨礙交通）

学校の通り道に在る（在去學校的途中）

通り道のpostに投函して下さい（請投入路過的信箱中）

通り物〔名〕過路的妖魔 神出鬼沒的歹徒（=通り物）

通り者〔名〕知名人士，頭面人物、通達世故的人、放蕩的人，酒色之徒，賭徒，賭徒的頭子

其の通り〔連語〕正是那樣、完全正確

全く其の通りだ（你說的完全正確）
遺憾乍ら全く其の通りだ（很遺憾確實是那樣）
其の通りには出来兼ねます（我不能照你所說的那樣做）

通桑花、旋節花〔名〕〔植〕旋節花（五倍子代用或作黑色染料）

通古斯、ツングース Tungus〔名〕通古斯族

通せん坊、通せん坊〔名〕兒童張開雙手擋住行人的遊戲。〔轉〕走不過去，停止通行
此処から先は道路工事で通せん坊に為っている（前面道路正在施工停止通行）

通草、木通〔名〕〔植〕通草

通草木葉〔名〕〔動〕通草蛾

通宵、通宵〔名〕通宵、整夜

通夜〔名〕一定期間閉居在神社或寺院裡整夜念佛、通宵陪伴守靈

同（ㄊㄨㄥˊ）

同〔漢造〕同、相同、共同

不同（不同，不一樣，混亂，不整齊）
帯同（帶同，偕同）
大同（世界大同、大致相同、合併，大聯合）
大同小異（大同小異、相差無幾）
大同団結（大同團結-不同黨派或團體為共同目的聯合起來團結合作）
異同（不同，差別）
合同（聯合，合併，〔數〕迭合）
混同（混同、混淆、混為一談）
協同（協同、共同、合作、同心協辦）
共同（共同）
相同（同源）
付和雷同、附和雷同（隨聲附合、追隨別人）

同案〔名〕該案，該意見，同一方案，同一意見

同位〔名〕同位，地位相同、〔數〕同位

開票の結果二人が同位に為った（開票結果二人票數相同）
同位角（同位角）
同位元素（同位素=同位体）
同位体（同位數=アイソトープ）

同意〔名、自サ〕同義（=同義）、同意，贊成、意見相同

同意語（同義詞）
同意出来ない（不能同意）
同意を表する（表示同意）
提案に同意する（贊成提議）
相手の同意を求める（徵求對方同意）
此の点では御同意が出来兼ねます（這一點礙難同意）
同意見（同樣意見、意見相同）
同意義（意義相同=同義）
同意語（同義詞）

同一〔名、形動〕同樣，相同、同等，相等

同一な（の）考えを持っている（有同樣的想法）
同一な（の）服装（同樣的服装）
此等の植物は同一種類に属する（這些植物屬於同一種類）
甲と乙とを同一に見る（對甲乙同等看待）
何の本も同一の値段で売る（哪本書的賣價都一樣）
両者の理論を同一に為れては困る（把兩個人的理論看成一樣就糟了）
同一に論ずる可き物ではない（不能相提並論）
同一視（同樣看待、同等看待）
白人と黒人とを同一視す可きである（應當同等看待白人和黑人）
同一轍（如同一轍、同一途徑）
同一轍を踏む（同出一轍）

同韻〔名〕同韻

同音、同音〔名〕字音相同、同樣高音（演奏）、同聲發言
　同音異議（同音異義）
　同音語（同音詞、同音異義詞）
　異口同音（異口同聲）

同温〔名〕等温（＝等温）

同化〔名、自他サ〕同化（生物攝取外界營養使變成自身成分的活動）、吸收（他人或外界的知識變成自己的東西）、（意識形態風俗習慣等的）同化，感化，融化
　同化細胞（同化細胞）
　同化組織（同化組織）
　植物の同化作用（植物的同化作用）
　食物は同化されて有機組織と為る（食物同化後變成有機組織）
　彼は他人の考えを同化する力が有る（他有吸收他人思想的能力）
　原住民に同化する（與土著同化）

同価〔名〕〔化〕等價

同格〔名〕同格，同等資格，等級相同。〔商〕商品中同級的品種。〔語法〕同格語
　公立大学を国立大学と同格に為る（把公立大學和國立大學列為同格）
　司長は局長と同格ですか（司長和局長等級相同嗎？）
　主語と同格の言葉（和主語同格的詞）

同学〔名〕同學，同窗（＝スクールメート school mate）、學習同種學問的人
　同学の誼（同學之誼）

同額〔名〕同等金額
　同額の報酬（同額的報酬）
　毎月同額の積立金を為る（每月提出同額的儲蓄金）

同感〔名、自サ〕同感、贊同、同一見解
　全く同感です（想法完全一樣）
　彼の意見に大いに同感した（對他的意見非常同意）
　御同感の事と思います（我想您也一定有同感）

同気〔名〕氣質（性格）相同（的伙伴）
　同気相求める（同氣相同）

同期〔名〕同期，同時期、（入學或畢業）同學年，同年級。〔電〕同步
　石油の生産高は昨年の同期より三十五％も増加している（石油的產量比去年同期增加35％）
　僕達は大学で同期だった（我們在大學是同年級）
　同期機（同步機）
　同期検定器（同步示波器、同步指示器）
　同期電流（同步電流）
　同期交流発電機（同步交流發電機）
　同期パルス（同步脈衝）
　同期軌道（人造衛星的同步軌道）

同義〔名〕同義
　同義の語で言い換える（改用同義詞說）
　此の語は其の語と同義だ（這個詞和那個詞是同義詞）
　同義語（同義詞）
　同義因子（〔生〕多對因子）

同級〔名〕同等級、同年級
　同級に取り扱う（同等處理）
　彼は僕と同級です（他和我同年級）
　同級生（同級生）
　同級体（〔生〕同構異素體）

同居〔名、自サ〕同居←→別居、同住
　夫婦は同居する（夫婦同居）
　一軒に三所帯が同居している（三家住在一所房子裡）
　同居人（同住的人）

同郷〔名〕同郷
　同郷の友人（同郷的朋友）
　同郷の誼で（因同郷關係）

彼は私と同郷人だ（他和我是同郷）

同業〔名〕同業，同行、同業者
　同業の誼で助け合う（因同業關係互相幫助）
　同業組合（同業工會）
　同業者（同行業者）

同極化合物〔名〕〔化〕無極化合物

同衾〔名、自サ〕同床（=共寢）

同君〔名〕該人、那個人、上述的人（=其の人）

同訓〔名〕同訓（漢字不同而訓讀相同-如値、價讀音相同）
　異字同訓（異字同訓）

同家〔名〕同族（=同じ家筋）、同一家（=同じ一家）、該家，那家（=其の家）

同系〔名〕同一系統
　三社共同系の資本だ（三個公司都屬於同一系統的資本）
　同系交配（〔生〕同種繁殖）

同形〔名〕形狀相同
　同形の三角形（同形三角形）
　兩方を同形に為る（使兩方形狀相同）
　同形元素（〔生〕同晶形元素）
　同形胞子（〔生〕同形胞子）

同型〔名〕同一類型（形式）
　同型の犯罪（屬於同一類型的犯罪）

同慶〔名〕同慶
　目出度く御卒業の由御同慶の至りです（欣悉畢業衷心表示祝賀）

同穴〔名〕同穴、合葬、埋在一個墓穴裡
　偕老同穴（偕老同穴）
　同穴の契り（白頭偕老之盟）
　同穴蝦（〔日本九州近海產的〕鴛鴦蝦）

同月〔名〕同月，同一個月（=同じ月）、該月（=其の月）

同縣〔名〕同縣、該縣

彼は私と同縣人です（他和我是同一個縣的人）

同權〔名〕同權
　男女同權（男女平權）男女

同原、同源〔名〕〔生〕同源、同一語源，同一詞源

同語〔名〕同語、該語（=其の語）
　同語反覆（〔邏〕同語反覆、同義反覆）

同工〔名〕同工、技術（技巧）相同
　同工異曲（異曲同工）

同甲〔名〕同年

同行〔名〕同行，旅伴、（信奉同一宗教的）教友、同去朝山拜廟的人、（文章或五十音圖中的）同一行

同行〔名、自サ〕同行（的人）、一起走（的人）
　首相に同行して歐米を廻る（和首相一起遍訪歐美）
　警察へ同行して戴き度い（請一起到警察那裡去）
　御同行させて下さい（讓我和您一起走吧！）
　同行の一人が病氣に為った（一個同伴病了）
　警官は其の男を警察へ同行させた（警察把那個人帶到警察局去了）
　同行者（同行者）

同好〔名〕同好、嗜好相同
　同好の士が集まる（同好者聚在一起）
　囲碁の同好会（圍棋愛好者會）
　同好者（同好者）
　同好会（同好會）

同国〔名〕同一國家，同一鄉里、本國，該國
　彼の鄉里は私と同国です（他的老家和我是同一地方）

同根〔名〕同一來源、弟兄

同坐〔名、自サ〕〔舊〕連坐、牽連（=連座）
　汚職事件に同坐して起訴される（和貪汙事件有牽連而被起訴）

同座〔名、自サ〕同席（=同席）、同一劇團

彼と同座して話し合った（和他坐在一起進行了協商）

同罪〔名〕同罪
　両人共同罪と見られる（認定兩人是同罪）

同鞘〔名〕〔商〕（期貨交易各交貨月份之間或東京與大阪之間的）行市不漲不落

同士〔名〕（意見、目的、理想、愛好等相同的人）同好、志同道合的人

〔接尾〕（最近多用假名寫）（彼此關係、性質相同的人）彼此、一伙、們
　同士を集める（糾集同好）
　時時二三の同士が連れ合って山を登る（有時兩三個志同道合的人一塊去爬山）
　男同士の争う（男人們的爭吵）
　敵同士（仇家、冤家）敵仇
　隣同士に為る（彼此成為鄰人）
　当人同士で夫婦に為ったのだ（他倆是自己結合成了夫婦的）
　従兄弟同士（表〔堂〕兄弟〔姉妹〕們、表〔堂〕兄弟〔姉妹〕關係）從兄弟從姉妹

同志〔名〕同志、同一政黨的人
　同志諸君（同志們）
　同志の皆さん（各位同志）
　全党の同志に呼び掛ける（號召全黨同志）
　同志討ち、同志討（同室操戈、自相殘殺、起内鬨）
　敵兵は同志討ちを遣った（敵軍起了内鬨）

同士、同志〔名〕（同士的短呼音）一伙、伙伴（=仲間連れ）
　女同士（婦女一伙）
　同士軍（内鬨、同室操戈）軍戰
　同士打（内鬨、窩裡反、同室操戈）

同氏〔名〕該氏、他
　同氏の言に拠ると斯うである（據該人說是這樣的）

同旨〔名〕同樣宗旨

同視〔名、他サ〕同一視之、一視同仁、同樣看待（=同一視）
　あんな低劣な小説と此れを同視しては困る（把這個作品和那種低級小說同樣看待可不行）

同歯性〔名〕同型齒←→異歯性

同字〔名〕同字、相同的字
　同字別心（別吟）（〔俳句的〕同字異義-例如春日有春日和春日兩種讀法）

同次〔名〕〔數〕同次
　同次方程式（〔數〕同次方程式）

同時〔名〕同時、同時代

〔副〕（多用と同時に的形式）同時，立刻、同時並舉（兼有）

〔接〕同時、並且、也、又
　着いたのは二人殆ど同時だった（二人幾乎同時到達）
　同時放送（同時廣播）
　同時通訳（〔國際會議等的〕同聲傳譯）
　同時送受電信（〔電〕雙工電信、雙工傳輸）
　其の二人は同時の人ではない（那兩個人不是同時代的人）
　父が帰宅すると同時に私が出掛けた（父親一回到家我就出去了）
　彼は王君と同時に洋行した（他和王先生同時出國了）
　両者を合わせて同時に用いる（二者同時並用）
　同時に二つの地位を占める（同時兼占兩個職位）
　彼の長所は認めるが、同時に弱点も分る（承認他的優點同時也知道他的缺點）
　登山は愉快であるが、同時に危険も伴う（登山是一件快事但同時也不無危險）
　此の本は興味が有ると同時に有益でも有る（這本書很有趣同時也很有益）
　長所で有ると同時に短所でも有る（既是優點同時也是缺點）

同時代（同時代）

同時犯（〔法〕同時犯-二人或二人以上未經預謀在同時同地的犯罪）

同時錄音（〔電影〕同步-錄音攝影時同時收錄動作和發聲＝シンクロナイズ）

同時計数回路（〔電〕符合電路）

同軸〔名〕同軸、共軸

同室〔名、自サ〕同室（的人）←→別室

寮で同室の友人（在學校宿舍裡同房間的朋友）

宿屋で客を同室させる（旅館裡讓別人與別人同住一個房間）

同質〔名〕同一性質←→異質

同質の石鹸を比較して見る（比較同一性質的肥皂）

同質二像（〔礦〕雙晶現象、同質二形、二態現象）

同質三像（〔礦〕三形性、三晶現象）

同質仮像（〔礦〕同質假像、同質異晶、全變質作用）

同質異性（〔化〕同素異性、同分異構）

同質異形（〔礦〕同素異形、同素異構）

同質異像（〔礦〕同質異晶現象）

同質倍数性（〔動〕同源多倍性）

同質量元素（〔化、理〕同量異位素、同量異序元素）

同日〔名、副〕同日，同一天、當天，那天（＝同じ日、其の日）

同日午後から討論会が有る（當天下午開討論會）

彼の父は彼が生れた同日に死んだ（他的父親在他誕生當天死了）

両者は同日の談ではない（二者不可同日而語）

同社〔名〕同一神社，同一公司、該神社，該公司

同車〔名、自サ〕同車、同乘、同坐一輛車（＝同乘）

彼と同車で会場へ行く（跟他同車到會場去）

駅迄同車する（一同坐車到車站）

同種〔名〕同一種類、同一人種←→異種

此れと同種の品が多数有る（和這個同類的商品很多）

同種抗原（〔生〕同種抗原）

同種抗体（〔生〕同種抗體）

同種寄生（〔植〕同種寄生）

同種療法（〔醫〕順勢療法、類似療法）

黒人と白人は同種ではない（黑人和白人不是同一種族）

同種同文（同文同種）

同種凝集素（〔生〕同種凝集素、同族凝集素）

同舟〔名、自サ〕同舟（的人）

同舟の人人（同舟的人們）

呉越同舟（吳越同舟、意見不同的人攪在一起）

同舟相救う（同舟共濟）

同宗〔名〕同一宗派（教）、該宗派（教）

同臭〔名〕（含貶意）同一志趣、氣味相投

同重元素〔名〕〔化〕同量異位素、同量異序元素（＝同重体）

同重体〔名〕〔化〕同量異位素、同量異序元素（＝同重元素）

同宿〔名、自サ〕同住一個公寓（旅館）（的人）

同処、同所〔名〕同處，同一地方、該處，那個地方

御手紙は何卒同処宛に願います（信件請寄到該處）

同書〔名〕同書，同一本書、該書，那本書

同書第三章より（引自同書第三章）

同上〔名〕同上（＝同前）

同乘〔名、自サ〕同乘、同坐

記者はヘリコプターに同乘して現地に向った（記者一同乘直升機飛往現場）

同乗者（同乘的人）

同情〔名、自サ〕同情
　私は君に心から同情する（我衷心同情你）
　同情を寄せる（寄與同情）
　彼には一片の同情心も無い（他沒有一點同情心）
　同情有る見方を為る（採取同情的看法）
　大いに同情される（深受同情）
　同情溢れる許りである（萬分同情）
　人の苦境に同情を表す（示す）（對別人的困境表示同情）
　同情に値する（值得同情）
　同情に訴える（訴諸同情）
　其の様な難儀は我我の同情を引く（喚起する）（那樣困難引起我們的同情）
　同情罷業（スト strike）（同情罷工、支援罷工）

同床異夢〔名〕同床異夢

同色〔名〕同一顏色
　同色染（染成一色）

同職〔名〕同一職業（職務）、這種職業（職務）
　同職組合（同業工會）

同心〔名〕同心，一條心。〔史〕（鎌倉、幕府戰國時代的）步兵。〔史〕（江戶時代的）下級官員。〔數〕同心
　彼と私とは同心一体だ（他跟我是一體同心）
　此の人達は同心の人人だ（這些人是一條心）
　同心円（〔數〕同心圓）

同人、同人〔名〕同一個人、該人，那人、同好，同人，志同道合的人，愛好相同的人
　異名同人（名字不同的同一個人）異名異名
　同人は当日旅行中だった（那人當時正在出外旅行）
　同人は当日出張中だった（那天此人正在出差）
　同人を結成する（結合同好）

　同人雑誌、同人雑誌（同人雑誌-主義、傾向或愛好等相同的人組織的雑誌）
　同人種（同一人種）

同仁〔名〕同仁
　一視同仁（一視同仁）

同数〔名〕數目相同
　賛否同数の投票（贊成和反對同數的投票）
　同数花（〔植〕同數花）

同姓〔名〕同姓
　此の村には同姓が多い（這個村子裡同姓的很多）
　同姓同名（同名同姓）

同性〔名〕性質相同、性別相同←→異性
　同性愛（同性愛、同性戀）

同声〔名〕同音、單聲

同棲〔名、自サ〕住在一起、（非夫婦男女）同居
　同棲（して）十年に為る（已同居十年）

同勢〔名〕同行的人們、一起走的人們
　同勢八人がAmericaに向けて出発した（一行八人向美國出發了）
　明日のハイキング hiking は同勢五人です（明天的郊遊共五個人）

同席〔名、自サ〕同席，同座，同乘，在場、同席位，同等地位
　私も同席した（我也在座、我也在場）
　同席の人に先の駅の名前を尋ねた（向同座的人打聽下一站的名字）尋ねる訪ねる訊ねる
　祝賀会で彼と同席した（慶祝會上和他坐在一起了）

同船〔名、自サ〕同乘一條船、該船
　修学旅行の一団と同船する（和參觀旅行的一隊學生同乘一條船）

同前〔名〕同前、同上（=同上）

同然〔名、形動〕同樣、一樣（=同様）
　此れは拒絶も同然だ（這等於拒絕）
　彼奴は獣（も）同然だ（他簡直和野獸一樣）

彼は私に其を約束したも同然だ（那件事他對我等於說定了）

徒（も）同然の値段（等於白給〔奉送〕的價錢）徒只唯

同祖〔名〕同祖

同祖から出ている（同祖所出、出自一個祖先）

同素〔名〕〔化〕同素、同素異形

同素性（同素異形）

同素体（同素異形體）

同素環式化合物（同素環化合物）

同窓〔名〕同窗、同學（=クラス、メート）

同窓の友人（同學）

同窓会（同學會）

同窓会誌（同窗會會報）

同窓生（同窗、同學）

同族〔名〕同族、一族

同族の人（同族的人）

同族体（〔化〕同族體）

同族会社（同族公司-由親屬組成的公司）

同族団（同族集團）

同族目的語（同源賓語）

同族列（〔化〕同系類）

同属〔名〕同一種類、同類的人、同族（=同族）

同体〔名〕同體，一體，一個身體。〔相撲〕同樣姿勢

二人が一心同体に為る（二人同心同德）

同体で土俵に落ちる（一塊倒在場地上）

同体で取り直しと為る（由於同時倒下而重新比賽）

同大〔名〕大小相同、該大學

同断〔名、形動〕同樣道理、相同、同前（=同樣）

此れも前と同断の事柄だ（這也是和上面相同道理的事情）

前同断（與前相同）

以下同断（以下相同）

同地〔名〕同一個地方，同一塊土地、該地

同地払い手形（〔商〕開票地付款的票據）

同値〔名〕〔數〕同值、等值、等價（=等值）

同着〔名〕同時到達

二人は同着で二位に入った（二人同時到達並列第二）

同調〔名、自他サ〕（收音機或電視機等的）調音，調整音調、同一步調，贊同

ダイヤルを廻して東京放送に同調させる（撥動指針對整東京廣播）

相手の提案に同調する（贊同對方的提案）

同調者（贊同者）

同調回路（電調諧電路）

同潮線〔名〕同潮線、等潮線

同店〔名〕同店，這個店鋪、該店，那個店鋪

同点〔名〕同分，平分，分數相同、該點

同点の答案（分數相同的答案）

両軍の得点は同点に為った（兩隊得分相同）

同点決勝試合（平局決賽）

同等〔名〕同等級、同資格

男女を同等に扱う（男女同等待遇）男女

中学卒業又は同等以上の学力有る者（中學畢業或具有同等以上學力者）

同道〔名、自サ〕同行、一塊走、一起走

御同道しましょう（陪你一起去吧！）

母と同道して入学式に行く（和母親一起去參加入學典禮）

同認〔名〕〔心〕自居作用（以理想中的某人自居的一種變態心理）

同年〔名〕同一年、同年紀、該年，那年

其は同年の出来事である（那是同一年發生的事情）

彼は僕と同年です（他和我同年紀、他和我同歲）

同年三月卒業（那年三月畢業）

同年輩〔名〕年紀差不多的人
　同年輩の作家が集まった（年歲相仿的作家會集一堂）

同い年〔名〕（同じ年的轉變）同歲、同年齡
　僕は君と同い年だ（我和你同歲）
　同い年の人と結婚する（和同歲的人結婚）
　二人は同い年だ（兩個人同歲）

同輩〔名〕平輩、同樣身分或地位←→先輩、後輩
　彼とは同輩です（和他是同輩）
　同輩の誼で何とか都合を付けて呉れ（看在同事的情誼上請給想個辦法）
　同輩の誼で、何とか助けて呉れないか（看在同輩情誼能否幫忙呢？）

同伴〔名、自他サ〕同伴，同去，偕同、（男女）同行（＝道連れ）
　御同伴（男女雙雙、一對）
　夫人同伴で台湾を訪問する（偕同夫人訪問台灣）
　先輩に同伴する（和前輩一同去）
　夫人を同伴して出発する（偕同夫人出發）
　同伴者（同伴、同行的人、〔思想上的〕同路人）

同藩〔名〕〔史〕同一個藩、同屬一個大名的藩士（家臣）、該藩

同筆〔名〕同一人的筆跡
　此の二つの写本は同筆である（這兩個抄本是同一個人的筆跡）

同病〔名〕同病（的人）
　同病の患者（患同樣病的病人）
　同病相憐れむ（同病相憐）

同封〔名、他サ〕附在信內、和信一起
　家族一同の写真を同封します（隨信附上全家的照片）
　同封の葉書で御返事下さい（請用信內的明信片賜復）

同風〔名〕同樣風俗、同樣的風、向同一方向刮的風

千里同風（千里同風、〔喻〕天下太平）

同腹〔名〕同母，一母所生（的兄弟姊妹）←→異腹、志趣相同（的人），志同道合（的人）
　同腹の兄弟（同胞弟兄）兄弟兄弟

同文〔名〕同文，文字相同、同樣的文章，內容相同的文章、該文
　アメリカとイギリスとは同文の国だ（美國和英國是同文的國家）
　同文同種（同文同種）
　同文の手紙を二通出す（發出兩封同樣的信）
　以下同文（以下同前）
　同文電報（同文電報－把內容相同的電報、在一個電信局轄區內送給若干收信者）

同分母〔名〕〔數〕同分母

同母〔名〕同母←→異母
　同母兄（同母的哥哥）

同邦〔名〕同國、同一國家

同房〔名〕同一牢房
　同房の一人が脱走した（同牢房的一個人跑了）
　同房者（同牢房的人）

同朋〔名〕伙伴，朋友、（室町、江戶時代）在將軍大名身旁處理雜務的僧人、（寺院的）轎夫

同胞、同胞〔名〕同胞，親兄弟姊妹、同胞（＝同胞）←→異人
　同胞が互いに争う（兄弟相爭、兄弟鬩牆）
　四海同胞（四海同胞）
　同胞に告ぐ（告同胞）
　海外の同胞（海外的僑胞）
　愛国の華僑同胞（愛國僑胞）

同胞〔名〕同胞、兄弟（＝同胞，同胞、兄弟）

同苗〔名〕〔舊〕同姓、同族

同名〔名〕同名、名字相同
　同姓同名（同名同姓）
　同名異人（名同人異）
　同名異物（異物同名）

同盟〔名、自サ〕同盟、聯盟、結盟

　軍事同盟（軍事同盟）

　同盟を結ぶ（締結同盟）

　非同盟政策を取る（採取不結盟政策）

　小党派は同盟して与党に対抗する（小黨派聯合起來對抗執政黨）

　同盟休校（罷課）

　同盟罷工（同盟罷工）

　同盟罷業（同盟罷工）

　同盟国（同盟國）

同門〔名〕同門、同師的門徒（＝相弟子）

　同門の誼（同門之誼）

　同門に学んだ間柄（同出一門的關係、一師之徒之關係）学ぶ習う

同夜〔名〕同夜、該夜、那天晚上

　同日同夜、事を同じくして二つの事件が起った（同日同夜同時發生了兩起事件）

同役〔名〕同事、同職務的人

　御同役（同事）

同友〔名〕志同道合的朋友

同憂〔名〕同憂

　同憂の士（同憂之士）

同様〔名、形動〕同様、一個様

　皆同様な事を言う（大家都那麼説）

　昨年と同様の作柄（和去年同様的收成）

　私も貴方と同様に心配しています（我也和你一様擔心）

　其じゃ強盗も同様だ（那簡直和強盜沒有區別）

同率〔名〕同様比率、同一百分比

　利益は出資者が同率に分ける（利益由投資者按同一比率分配）

同流〔名、自サ〕合流、同一河流、同一流派、該派

同僚〔名〕同僚、同事

同類〔名〕同類，同種類、同夥（＝仲間）

　同類の植物を集める（搜集同類的植物）

　同類相集まる（同類相聚、物以類聚）

　僕は彼の連中の同類ではない（我不是那一夥的人）

　同類意識（同類意識）

　同類項（〔數〕同類項）

同齢〔名〕同齢、同年

　同齢林（同齢的樹林）

同列〔名〕同列，同排、一起，偕同、同等地為（程度）、該列

　私の席は貴方と同列です（我的座位跟你同排）

　御夫婦御同列で御出で下さい（請您夫婦一起來）

　彼の男と同列に考えられては困る（可不能以為和他一様）

　年長者と同列に扱われた（受到年長者同等之待遇）

　同列に論じられない（不能相提並論）

同和教育〔名〕同和教育（指廢除封建身分差別、根據民主主義的理想、建設真正自由平等社會的教育、特指部落解放的教育運動）

同じる〔自上一〕入夥、同意、贊成（＝同ずる）

　此の要求は直ちに同じる訳には行かない（對於這個要求不能馬上同意）動じる

同ずる〔自サ〕同意，贊成、參與，附和（＝同じる）

　直ちに同ずる訳には行かない動ずる（不能立即表示同意）

　彼の意見に同ずる者が多い（贊成他意見的人多）

同じ〔形動、連體〕（來自文語形容詞同じ的詞幹、作為形容動詞連體形不用同じな、而用連體詞形式的同じ）相同，一様，同様、同一，同一個

〔副〕（常使用同じ…なら的形式）一様，同様、反正，左右（＝どうせ）

（シク）（現在口語中仍留有終止形同じ和連用形同じく等残餘形式）同、同様（＝同じい）

　同じ高さ（同様高度）

同じ考えだ（同樣的想法）

同じ資格で談判する（以同等資格談判）

大方同じだ（大致相同、差不多一樣）

ＡとＢは同じだ（Ａ和Ｂ一樣）

ＡはＢと同じでない（Ａ和Ｂ不一樣）

今日行っても明日行っても同じだ（今天去和明天去都一樣）

君の帽子は僕のと同じに見える（你的帽子看起來和我的一樣）

十年前と同じで少しの進歩も無い（和十年前一樣一點進步也沒有）

奴等は全く同じ代物だ（他們完全是一路貨色）

彼の人は死んだも同じだ（他等於死了一樣）

日本にも同じ様な諺が有る（在日本也有同樣的諺語）

蛇と同じ様な悪人を決して憐れみは為ない（決不憐惜蛇一樣的壞人）

同じ戦線に立つ（站在同一條戰線上）

同じ医者に掛かる（請同一個醫師診治）

同じ事を何遍も言う（同一件事情重覆說多少遍）

彼と同じ建物に住んでいる（和他住在同一棟建築物裡）

彼は同じ学校に三十年も勤めている（他在同一個學校裡一直工作了三十年）

一昨日見たのと同じ映画だ（和前天看的是同一部電影）一昨日一昨日一昨日

同じ日本でも九州と北海道は大分違う（儘管是同一個日本九州和北海道大不相同）大分大分

同じ金を使うなら、活かして使え活かす生かす（一樣花錢要花在刀口上）

同じ行くなら早く行った方が好い（要去最好早去）

同じ遣るなら大きい事を為ろ（反正要做就要做件大事）

全く同じ（完全相同）

右に同じ（同右、同上）

二人の長所と短所を同じくしている（兩個人的優缺點相同）

日を同じくして語る可からず（不可同日而語）

同じ穴の狢（一丘之貉）

同じ穴の狐（一丘之貉）

同じ釜の飯を食う（吃同一鍋飯、生活在一起、同甘共苦）

同じ事だ（是一回事、沒什麼差別）

皆帰する所は同じ事だ（結果沒什麼差別）

何れも同じ事だ（哪個都一樣、也沒什麼差別）

彼が成功しようと失敗しようと僕に取っては同じ事だ（他的成敗對我來說是一回事）

同じ事なら（反正要的話、要是同樣的話）

同じ事なら英語を学びます（要是同樣的話我學英語）学ぶ習う

同じ事なら大きい方が良い（反正大小都一樣還是要大的好）

同じ屋根の下に起き伏しする（在同一屋簷下生活、生活在一起）

同じい〔形〕〔舊〕相同、一樣（不常使用、一般使用形容動詞同じだ的形式、特別是連體形一般不使用同じい而使用同じ）

重さが同じい（重量相同）

両者の実力は同じい（兩者的實力一樣）

僕も同じく知らぬ（我也同樣不知道）

私も人間ですから君と同じく物の哀れは知っている（我也是一個人所以和你一樣是懂得情感的）

ＡとＢは同じくない（Ａ和Ｂ不一樣）

同じく〔接〕同、又（＝同様に、それから）

参議院議員田中文一郎、同じく鳩山武四郎（参議院議員田中文一郎和鳩山武四郎）

台湾大学卒業生張君、同じく李君、同じく王君（台灣大學畢業生張君和李君和王君）

同じくは〔副〕同樣的話、一樣的話（＝同じ事なら）

同じくは日本語を選びます（同樣的話我選日語）

同じ（形動、副）〔俗〕相同、一樣（=同じ）

桐（ㄊㄨㄥˊ）

桐〔漢造〕梧桐

　　梧桐、梧桐（梧桐=青桐）

桐油、桐油、桐油〔名〕桐油、桐油紙、桐油紙雨衣

　　桐油漆（桐油漆）

　　桐油紙（桐油紙）

　　桐油合羽（桐油紙雨衣）カッパ合羽

桐〔名〕〔植〕梧桐、梧桐花葉的紋章（家徽）、琴的別稱（因琴用桐木製造）、（舊時一個一兩的）金幣的別稱（因上面鑄有梧桐花葉的紋章）

　　桐は軽く、柾目が美しく、艶が有り、湿気や熱気を防ぐ事が出来る（桐木材質輕紋理美觀色澤鮮亮還能防潮防熱）桐霧限錐

限〔名〕〔商〕交貨期限（=限月）

　　先限（期貨交易）

　　中限（下月尾交易）

　　当限（限月內交貨）

　　五月限（五月內交貨、五月底以前交貨）

限, 限り、切り〔名〕切,切開,切斷、（常寫作限）限度,終結,段落,（能樂、淨琉璃的）煞尾←→口、歌舞伎的最後一齣戲（=切り狂言）、王牌（=切り札）

　　人の欲には限が無い（人的慾望是無止境的）

　　話し出したら限が無い（說起來沒完沒了）

　　一一数え上げると限が無い（不勝枚舉）

　　そんな事を気に為たら限が無い（那種事介意起來沒完沒了）

　　甘やかせば限が無い（驕寵起來沒完沒了）

　　軍備競争には限が無い（軍備競賽沒有止境）

　　限の無い仕事（沒完沒了的工作）

　　限の無い厄介事（糾纏不休的麻煩事）

　　丁度限が良い（正好到一段落）良い好い善い佳い良い好い善い佳い

　　仕事に限を付ける（把工作做到一個段落）付ける附ける漬ける就ける着ける突ける衝ける

　　一先ず此で限を付けよう（姑且到此為止吧！）

　　限の良い所で止め為さい（在到一個段落時就放下吧！）

　　ピンから限迄（從開始到末尾、從最好的到最壞的）〔葡 pinta〕

錐〔名〕錐、鑽

　　錐で穴を開ける（用錐子鑽出孔眼、鑽孔）開ける明ける空ける飽ける厭ける

　　螺旋錐（木工用麻花鑽）錐霧桐限

　　腹が錐で揉む様に痛む（肚子像錐子扎似地疼痛）

　　錐囊を脱す（錐囊中脫穎而出、口袋裡藏不住錐子）脱す奪す

　　錐の囊中に処るが如し（如錐處囊中-史記平原君列傳）居る折る織る居る

　　錐を立つ可き地（立錐之地）

霧〔名〕霧、霧氣（=飛沫、繁吹）

　　霧が降りる（下霧、起霧=霧が出る）降りる下りる

　　霧が掛かる（下霧、有霧=霧が立つ）掛かる斯かる架かる懸かる罹る繋る懸る

　　霧が深い（霧大、霧濃、大霧瀰漫）

　　霧が晴れる（霧散了）

　　霧が立ち込める（霧籠罩著）

　　霧を吹く（噴霧、噴水滴）吹く拭く噴く葺く

　　着物に霧を吹く（往衣服上噴霧）

桐の糸〔名〕琴弦

桐の木炭〔名〕桐木木炭（用於火藥或懷爐）

桐一葉〔名〕一葉知秋

　　桐一葉落ちて天下の秋を知る（桐落一葉而知天下秋、喻衰亡之先兆已經現出）

銅（ㄊㄨㄥˊ）

銅〔名、漢造〕〔礦〕銅（＝銅）
　銅を含む（含銅）
　銅を着せる（包銅）
　精銅（純銅、精煉銅、優質銅）
　赤銅（紅銅，紫銅、紅銅色，紫銅色）
　青銅（青銅）
　金銅（鍍金的銅）
　黄銅鉱（黃銅礦）
銅貨〔名〕銅幣、銅錢（＝銅錢）
　十円銅貨（十日元銅幣）
銅器〔名〕銅器、青銅器
　殷墟から銅器が発掘された（從殷墟發掘出來的銅器）
　銅器時代（〔考古〕銅器時代）
銅壺〔名〕銅水壺（用銅或鐵製的水壺）
銅鼓〔名〕〔樂〕銅鼓（中國苗族的打擊樂器、也叫諸葛鼓）
銅坑〔名〕銅礦井
銅鉱〔名〕銅礦
銅合金〔名〕銅合金
銅婚式〔名〕（結婚十五周年紀念）銅婚式
銅山〔名〕銅礦山
銅臭〔名〕銅臭、貪錢
　銅臭芬芬たる人（銅臭薰人的人、貪財的人）
銅色〔名〕古銅色
　銅色人種（紅色人種）
銅色〔名〕棕褐色、紅黑發亮的顏色
　銅色の肌（棕褐色的皮膚）
　銅色に日焼けする（皮膚被太陽曬成棕褐色）
銅製〔名〕銅製
　銅製の湯沸し（銅製水壺）
銅線〔名〕銅絲
銅銭〔名〕銅錢、銅幣（＝銅貨）
銅像〔名〕銅像
　銅像を建てる（建立銅像）
銅族元素〔名〕〔化〕銅族元素（銅金銀三元素）
銅鏃〔名〕〔史〕（彌生時代的）青銅箭鏃
銅損〔名〕〔電〕銅耗
銅鐸〔名〕銅鐸（日本古代吊鐘形的青銅器）
銅牌〔名〕銅獎牌（＝銅メダル）
銅鈸，銅鈹、銅鈸〔名〕〔佛〕銅磐、銅鉢
銅鉢〔名〕〔佛〕銅磐、銅鉢（＝銅拍子）
銅拍子〔名〕〔樂〕銅鈸（＝銅鈸，銅鈹、銅鈸）
銅板〔名〕銅板
銅版〔名〕〔印〕銅版
　銅版で写真を印刷する（用銅版印刷照片）
　銅版絵付（陶瓷器上的銅版印畫法）
　銅版画（銅版畫）
　銅版蒔絵（漆器上的銅版泥金畫）
銅盤〔名〕大銅盆
銅鑼〔名〕鑼
　銅鑼を鳴らす（鳴鑼）
　出帆の銅鑼が鳴り響いた（開船的鑼響了）
　銅鑼焼（豆餡烤餅）
銅〔名〕〔俗〕銅（＝銅、銅）
　銅の鍋（銅鍋）
銅、赤金〔名〕銅（＝銅、銅）
　銅の薬缶（銅水壺）
赤〔名〕紅，紅色、〔俗〕共產主義（者）
〔造語〕（冠於他語之上表示）分明，完全
　私の好きな色は赤です（我喜歡的顏色是紅色）
　信号の赤は止まれと言う意味です（信號的紅色是停止的意思）
　赤の御飯を炊いて御祝いを為た（做紅小豆飯來慶祝）
　彼は赤だ（他是共產主義者）
　赤の団体（共產主義者的團體）

<ruby>裸<rt>はだか</rt></ruby>（赤條精光）

<ruby>裸<rt>はだか</rt></ruby>の<ruby>他人<rt>たにん</rt></ruby>（毫無關係的人、陌生人）

<ruby>裸恥<rt>はじ</rt></ruby>（當眾出醜、丟人現眼）

<ruby>垢<rt>あか</rt></ruby>〔名〕（皮膚上分泌出來的）污垢，油泥、<ruby>水銹<rt>みずあか</rt></ruby>（＝水垢）

<ruby>垢<rt>あか</rt></ruby>だらけの<ruby>体<rt>からだ</rt></ruby>（滿是污垢的身體）

<ruby>御風呂<rt>おふろ</rt></ruby>に<ruby>入<rt>はい</rt></ruby>って<ruby>垢<rt>あか</rt></ruby>を<ruby>落<rt>お</rt></ruby>とす（洗個澡把污垢洗掉）<ruby>入<rt>はい</rt></ruby>る 入る

<ruby>爪<rt>つめ</rt></ruby>の<ruby>垢<rt>あか</rt></ruby>（指甲裡的污垢）

<ruby>こころ<rt></rt></ruby>の<ruby>垢<rt>あか</rt></ruby>（思想上的髒東西）

<ruby>鉄瓶<rt>てつびん</rt></ruby>に<ruby>垢<rt>あか</rt></ruby>が<ruby>付<rt>つ</rt></ruby>いた（水壺長了水銹）付く 着く 突く 就く 附く 憑く 衝く 点く 吐く 搗く 尽く 撞く 漬く

<ruby>童<rt>どう</rt></ruby>（ㄊㄨㄥˊ）

<ruby>童<rt>どう</rt></ruby>〔漢造〕童、兒童

<ruby>童男童女<rt>どうなんどうにょ</rt></ruby>（童男童女）

<ruby>児童<rt>じどう</rt></ruby>（兒童、學齡兒童＝<ruby>童<rt>わらべ</rt></ruby>、<ruby>子供<rt>こども</rt></ruby>）

<ruby>幼童<rt>ようどう</rt></ruby>（幼童）

<ruby>学童<rt>がくどう</rt></ruby>（學童、小學兒童）

<ruby>牧童<rt>ぼくどう</rt></ruby>（牧童）

<ruby>神童<rt>しんどう</rt></ruby>（神童）

<ruby>悪童<rt>あくどう</rt></ruby>（頑童、壞孩子、調皮搗蛋的傢伙）

<ruby>童画<rt>どうが</rt></ruby>〔名〕為兒童畫的畫、兒童畫的畫

<ruby>童顔<rt>どうがん</rt></ruby>〔名〕兒童一般的面貌

<ruby>彼<rt>かれ</rt></ruby>は<ruby>童顔<rt>どうがん</rt></ruby>なので<ruby>年<rt>とし</rt></ruby>より<ruby>若<rt>わか</rt></ruby>く<ruby>見<rt>み</rt></ruby>える（他長了一副童顏）

<ruby>祖父<rt>そふ</rt></ruby>の<ruby>笑顔<rt>えがお</rt></ruby>は<ruby>全<rt>まった</rt></ruby>く<ruby>童顔<rt>どうがん</rt></ruby>だ（祖父的笑容活像小孩一樣）

<ruby>童形<rt>どうぎょう</rt></ruby>〔名〕（古時成人禮以前的）兒童打扮（裝束）

<ruby>童詩<rt>どうし</rt></ruby>〔名〕兒童詩

<ruby>童子<rt>どうじ</rt></ruby>、<ruby>童児<rt>どうじ</rt></ruby>〔名〕童子、兒童（＝<ruby>童<rt>わらべ</rt></ruby>、<ruby>子供<rt>こども</rt></ruby>）

<ruby>三歳<rt>さんさい</rt></ruby>の<ruby>童子<rt>どうじ</rt></ruby>（三歲的兒童）

<ruby>三尺<rt>さんじゃく</rt></ruby>の<ruby>童子<rt>どうじ</rt></ruby><ruby>尚是<rt>なおこれ</rt></ruby>を<ruby>知<rt>し</rt></ruby>る（連三尺的兒童都知道）

<ruby>童女<rt>どうじょ</rt></ruby>、<ruby>童女<rt>わらわめ</rt></ruby>〔名〕（舊獨作童女）女童

<ruby>童心<rt>どうしん</rt></ruby>〔名〕童心，兒童的心靈、赤子之心，純真的心

<ruby>童心<rt>どうしん</rt></ruby>を<ruby>傷付<rt>きずつ</rt></ruby>け<ruby>度<rt>た</rt></ruby>くない（不願傷害兒童的心靈）

<ruby>童心<rt>どうしん</rt></ruby>に<ruby>返<rt>かえ</rt></ruby>って<ruby>子供<rt>こども</rt></ruby>を<ruby>遊<rt>あそ</rt></ruby>ぶ（返回兒童的心情和小孩一起玩耍）

<ruby>童体<rt>どうたい</rt></ruby>〔名〕（雕刻等的）兒童的姿態（體態）

<ruby>童貞<rt>どうてい</rt></ruby>〔名〕在室男←→<ruby>処女<rt>しょじょ</rt></ruby>、（天主教的）修女

<ruby>童貞<rt>どうてい</rt></ruby>を<ruby>守<rt>まも</rt></ruby>る（保持童貞）守る 守る

<ruby>童貞説<rt>どうていせつ</rt></ruby>〔宗〕〔聖母瑪利亞〕處女懷胎說

<ruby>童貞生殖<rt>どうていせいしょく</rt></ruby>（〔生〕無核卵生育）

<ruby>童僕<rt>どうぼく</rt></ruby>、<ruby>僮僕<rt>どうぼく</rt></ruby>〔名〕童樸

<ruby>童蒙<rt>どうもう</rt></ruby>〔名〕小孩、幼童（＝<ruby>子供<rt>こども</rt></ruby>）

<ruby>童幼<rt>どうよう</rt></ruby>〔名〕幼童、幼兒、兒童

<ruby>童謡<rt>どうよう</rt></ruby>〔名〕童謠、兒童詩歌、兒童作的詩歌

<ruby>童謡<rt>どうよう</rt></ruby>を<ruby>作<rt>つく</rt></ruby>る（寫童謠）

<ruby>童謡<rt>どうよう</rt></ruby>を<ruby>歌<rt>うた</rt></ruby>う（唱童謠）

<ruby>童謡踊<rt>どうようおどり</rt></ruby>（童謠舞）

<ruby>童謡歌手<rt>どうようかしゅ</rt></ruby>（童謠歌唱家）

<ruby>童話<rt>どうわ</rt></ruby>〔名〕童話

<ruby>童話劇<rt>どうわげき</rt></ruby>（童話劇）

<ruby>童話作家<rt>どうわさっか</rt></ruby>（童話作家）

<ruby>童<rt>わらべ</rt></ruby>〔名〕小孩、兒童（＝<ruby>童<rt>わらわ</rt></ruby>、<ruby>子供<rt>こども</rt></ruby>）、〔古〕童樸

<ruby>童歌<rt>わらべうた</rt></ruby>〔名〕童謠、兒歌

<ruby>童<rt>わらわ</rt></ruby>〔名〕小孩、兒童（＝<ruby>童<rt>わらべ</rt></ruby>、<ruby>子供<rt>こども</rt></ruby>）

<ruby>童声<rt>わらわごえ</rt></ruby>〔名〕童聲

<ruby>童友達<rt>わらわともだち</rt></ruby>〔名〕童年的朋友、竹馬之友

<ruby>童名<rt>わらわな</rt></ruby>〔名〕幼名、乳名

<ruby>童<rt>わらべ</rt></ruby>、<ruby>童部<rt>わらわべ</rt></ruby>〔名〕小孩、兒童（＝<ruby>童<rt>わらべ</rt></ruby>、<ruby>童<rt>わらわ</rt></ruby>）

<ruby>童<rt>わらんべ</rt></ruby>〔名〕小孩、兒童（＝<ruby>童<rt>わらべ</rt></ruby>、<ruby>童<rt>わらわ</rt></ruby>）

<ruby>僮<rt>どう</rt></ruby>（ㄊㄨㄥˊ）

<ruby>僮<rt>どう</rt></ruby>〔漢造〕未成年的人、供人使喚的小孩

<ruby>僮僕<rt>どうぼく</rt></ruby>〔名〕僮僕

<ruby>僮族<rt>チワンぞく</rt></ruby>〔名〕（中國南方少數民族）壯族

瞳（ㄊㄨㄥˊ）

瞳〔漢造〕目珠為瞳、眼珠、眸子

瞳孔〔名〕〔解〕瞳孔（=瞳、眸）

　暗がりでは瞳孔が大きく開く（在黑暗中瞳孔放大）

　瞳孔散大（瞳孔擴大）

　瞳孔縮小（瞳孔縮小）

瞳子〔名〕瞳孔（=瞳、眸）

瞳、眸〔名〕瞳孔，瞳仁，眼珠，眼睛

　円らな瞳（圓眼珠）

　瞳を輝かせる（目光炯炯）

　瞳を据える（注視、凝視）

　瞳を凝らす（注視、凝視）

　暗闇でじっと瞳を凝らす（在黑暗中凝眸注視）

筒（ㄊㄨㄥˇ）

筒〔名〕搖骰子的盒、（賭局的）局東（=筒親）、（鼓等）共鳴箱、輪轂

筒親、胴親〔名〕（放賭抽頭的）局東（=筒元、胴元、筒取り、筒取、胴取り、胴取）、（鼓等）共鳴箱

筒取り、筒取、胴取り、胴取〔名〕賭場裡設賭抽頭的人（=筒親、胴親）

筒丸、胴丸〔名〕（古代的）筒形輕便鎧甲

筒元、胴元〔名〕賭場裡設賭抽頭的人（=筒親、胴親）

筒狀花〔名〕〔植〕筒狀花、管狀花

　筒狀花冠（筒狀花冠、管狀花冠）

筒〔名〕筒、砲筒，槍筒、槍，砲、井筒（=井筒）、（從米袋探取樣品用的）竹筒

筒井〔名〕筒井、圓井

　筒井筒（圓井筒、圓井膛）

筒井順慶〔名〕〔俗〕（原為日本戰國時代的武將名）兩面派、騎牆主義者（=二股者）

筒音〔名〕槍聲、砲聲

　戰場から筒音が響いて來る（從戰場上傳來槍砲聲）

筒形、筒型〔名〕筒形、管形

筒形ヒューズ（〔電〕保險絲管）

筒形受話器（〔電〕圓筒形受話器）

筒形接点（〔電〕圓筒形接典）

筒形ピストン（〔機〕管筒活塞）

筒形スイッチ（鼓形開關）

筒形下水（筒形排水渠）

筒形丸天井（〔建〕筒形拱頂）

筒瓦〔名〕半圓筒形瓦、脊瓦、俯瓦

筒切り〔名〕（圓長物的）橫切、切成圓片（=輪切り）

　大根の筒切り（圓蘿蔔片）

筒口〔名〕槍口、炮口（=筒先）

　筒口を敵機に向ける（把砲口瞄向敵機）

筒咲き〔名〕（開）筒狀花（如牽牛花等）

筒先〔名〕筒口，管口，槍口，砲口（=筒口）、（操縱）水龍帶管口（的消防員）

　ホースの筒先を上に向けて放水する（把水龍帶的管口對向上方噴水）

　筒先を揃えて發射する（調準砲口一齊發射）

筒袖〔名〕筒袖、窄袖

　働く時は筒袖を着る（工作時穿窄袖衣服）

筒っぽ〔名〕〔俗〕窄袖和服（=筒袖）

筒鳥〔名〕〔動〕筒鳥、布穀鳥（杜鵑的一種）

筒抜け〔名〕（原意是管子沒有底、一裝東西全都漏掉）（祕密等）完全洩漏，（隔壁的語聲）聽得真切、耳邊風、馬耳東風、一耳聽進一耳冒出、（房屋等可以）穿堂而過、（金錢等）隨收隨花、積攢不了、（房屋）漏得厲害

　味方の情報が敵に筒抜けだ（我方的情報全都洩漏給敵人了）

　隣の部屋の話が筒抜けに聞える（隔壁房間的語聲聽得一清二楚）

　筒抜けに耳に入る（聽得清清楚楚）

　幾等忠告しても右から左へ筒抜けだ（怎麼提意見也是耳邊風）

　彼の店は表から裏へ筒抜けに為っている（那家店可以進前門出後門穿堂而過）

筒鋸〔名〕筒形鋸、圓筒鋸

統（ㄊㄨㄥˇ）

ㄊ

統〔漢造〕血統、系統、統率、統轄。〔地〕（界與系之間的）統

- けっとう 血統（血統）
- でんとう 伝統（傳統）
- せいとう 正統（正統）
- けいとう 系統（系統、血統、體系）
- だいとうりょう 大統領（〔特指〕美國總統、〔對有一技之長表示親暱的稱呼〕師傅，老板）
- ありたとう 有田統（有田統）

統一〔名、他サ〕統一、一致、一律←→分裂
- 国の統一を図る（謀求國家的統一）
- 思想を統一する（統一思想）
- 内部の統一を欠いている（内部不統一）
- 国内は良く統一を保っている（國内完全保持著統一）
- 此の彫像は良く統一の取れた作だ（這座雕像是個很勻稱完整的作品）
- 卸売りの価格を統一する（統一批發價格）
- 彼は服も靴も靴下もネクタイも皆茶色で統一した物を着けている（她穿著的衣服鞋襪和領帶一律是茶色）
- 彼の学校の教授法は統一が取れていない（那所學校的教授法不統一）
- 統一的（統一的、一致的）
- 統一戦線（統一戰線）
- 統一場理論（〔理〕統一場論）

統覚〔名〕〔心、哲〕統覺
- 統覚検査（統覺測驗）

統括〔名、他サ〕總括、匯總、歸攏一起
- 色色の事実を統括する（總括各種事實）
- 主語は述語に統括される（主語由謂語總括起來）

統べ括る〔他五〕總括，總結，統管，統轄
- 今御話した内容を簡単に統べ括ると次の通りです（簡單地總括我剛才講的内容就是如下這樣）
- 校長が全校を統べ括る（校長統管全校工作）

統轄〔名、他サ〕統轄
- 中央政府は地方官庁を統轄する（中央政府統轄地方機關）

統監〔名、他サ〕（對政治、軍事等）統轄監督
- 総司令官は全軍を統監する（總司令官統率監督全軍）
- 彼は統監代理です（他是代理統監）
- 演習を統監する（統率監督演習）

統御〔名、他サ〕統御、統治
- 国を統御する（統治國家）
- 統御の権を握る（掌握統治大權）
- 統御宜しくを得る（統治得法）得る得る

統計〔名、他サ〕統計
- 人口増加の統計を取る（統計人口增加情況）
- 統計を表で示す（用圖表表示統計結果）
- 信頼す可き資料に拠る統計（根據可靠資料的統計）
- 此の問題に就いては統計の数字が区区区区である（關於這個問題統計數字分歧不同）
- 統計値（統計數值）
- 統計学（統計學）
- 統計図表（統計圖表）
- 統計的（統計的、統計上的）
- 統計的数字（統計數字）

統合〔名、他サ〕統一、合併、綜合
- 無数の人の力を統合する（匯合無數人的力量）
- 二つの学校を統合して総合大学を作る（合併兩校建立綜合大學）
- 統合的に進める（統一進行）

統合計画（綜合計畫）

統合日本地理（日本綜合地理）

統裁〔名、他サ〕（最高負責人）統率和裁斷、總裁決

統帥〔名、他サ〕（軍隊的）統帥

軍を統帥する（統帥軍隊）軍戰

統帥権（統帥權、軍隊的最高指揮權）

統制〔名、他サ〕統一控制、統一管理

物価統制（統制物價）

言論を統制する（限制言論自由）

価格に関する統制を撤廃する（撤銷關於價格的控制）

重要産業の統制を強化する（加強對重要產業的統制）

統制品（統制品）

統制経済（統制經濟）

統率〔名、他サ〕統率

一軍を統率する（統率一軍）

統率者に為る（成為統率者）

統率力（統率能力）

統治、統治〔名、他サ〕統治

委任統治（委任統治）

国を統治する（統治國家）

統治権（統治權）

統領、頭領〔名〕首領、頭目、統率者（＝頭）

統べる、総べる〔他下一〕總括，概括，統率，統轄，統治

今御話した事を簡単に統べると、斯う為ります（簡單概括一下我剛才講的話就是這樣）

滑

全軍を統べる（統率全軍）

其の王国では国王が国家を統べている（那個王國是由國王統治著國家）

滑る、辷る〔自五〕滑行，滑溜，打滑，〔俗〕不及格，考不上、失去地位、退位、讓位、失言、溜嘴、走筆

氷の上を滑る（滑冰）

汽車が滑る様に出て行った（火車像滑行一樣開出）

道が滑るから気を付け為さい（路滑請小心）

足が滑って転び然うだった（腳一踏滑差一點摔倒了）

バナナの皮を踏んで滑った（踩上香蕉皮打滑了）

手を滑って、持っていたコップを落とした（手一滑把拿著的玻璃杯摔落了）

試験に滑った（沒考及格）

大学を滑った（沒考上大學）

委員長を滑った（丟掉了委員長的地位）

言葉が滑る（說出不應該說的話）

口が滑る（說話溜嘴）

うっかり口が滑って然う言って仕舞った（不小心一張嘴就這麼說了）

筆が滑る（走筆寫出不應該寫的事）

滑った転んだ（嘮嘮叨叨發牢騷說長道短）

滑ったの転んだのと文句を並べる（嘮嘮叨叨發牢騷）

桶（ㄊㄨㄥˇ）

桶〔漢造〕可以大量盛物的木質容器為桶

湯桶（盛熱水的木桶）

桶〔名〕木桶

桶で水を汲む（用木桶打水）

桶に箍を嵌める（用箍箍木桶）

桶風呂（木桶式澡盆）

桶屋（桶匠、桶鋪）

水桶（水桶）

漬物桶（鹹菜桶）

桶の胴（桶幫）

桶に一杯の水（滿滿一桶水）

痛（ㄊㄨㄥˋ）

痛〔漢造〕疼、悲苦，苦惱、極，甚

　苦痛（肉體或精神上的痛苦）
　頭痛（頭痛、煩惱，苦惱）
　腹痛（腹痛）
　陣痛（〔分娩時的〕陣痛、〔事物產生前的〕苦惱，艱苦，困難）
　神経痛（神經痛）
　鎮痛剤（止痛劑）
　心痛（心痛，胸口痛、擔心，憂慮）
　腎痛（腎痛）

痛飲〔名、他サ〕痛飲、暢飲
　友人と痛飲する（和友人痛飲）

痛快〔名、形動〕痛快、愉快
　痛快な男（豪爽的人、爽朗的人）
　痛快に感じる（感覺痛快）
　何とも言えない痛快さだ（好不痛快！）
　人の気持を大いに痛快に為せる（大快人心）
　痛快に批評する（痛加批評）

痛悔〔名〕痛悔、非常後悔

痛覚〔名〕疼痛的感覺
　痛覚過敏（〔醫〕痛覺過敏症）
　痛覚脱失（〔醫〕痛覺缺失）
　麻酔剤が効いてが無い（麻醉藥生效沒有疼痛的感覺）

痛感〔名、他サ〕痛感、深感、強烈感受到
　新たに認識する必要を痛感する（痛感有重新認識的必要）
　工事の厖大さを痛感する（深感工程的浩大）
　現代化の重大な意義を痛感する（深感現代化的重大意義）
　病気を為て始めて健康の有難みを痛感した（生了病才深感健康的可貴）

痛諫〔名〕苦諫

痛苦〔名〕痛苦
　痛苦に耐える（忍耐痛苦）耐える堪える絶える

痛撃〔名、他サ〕痛擊、嚴重打擊
　痛撃を加える（加以痛擊）
　敵を空から痛撃する（從空中痛擊敵人）
　インフレで業者は痛撃を受けた（由於通貨膨脹工商業者受到了沉重打擊）

痛言〔名、他サ〕嚴詞、直言、痛切陳詞、逆耳的忠言
　侵略者の戯言に痛言を浴びせる（痛斥侵略者的胡說八道）

痛哭〔名、他サ〕痛哭、慟哭（＝慟哭）
　痛哭の声を聞く（聽見痛哭聲）

痛恨〔名、他サ〕痛心悔憤
　痛恨の極みだ（非常痛心）
　千載の痛恨事（遺恨千古的事）
　斯う言う惨事を引き起こしたのは痛恨に耐えない（造成這樣的慘劇令人不勝痛心）
　一生の痛恨事（一生痛悔之事）

痛事〔名〕遺恨、痛恨事

痛事〔名〕〔舊〕（慘遭不幸等的）痛苦事、沉痛經驗

痛心〔名、自サ〕痛心
　多数の犠牲者を出した事は痛心に堪えない（犧牲了許多人不勝痛心）

痛責〔名、他サ〕痛責、痛斥

痛惜〔名、他サ〕痛惜、非常惋惜
　彼の死は人人の痛惜する所だ（他的死為人們所痛惜）
　痛惜哀悼の念に堪えません（不勝痛惜哀悼）

痛切〔名、形動〕痛切、深切、迫切
　痛切な体験（切身的體會）
　学習の必要を痛切に感じる（痛感有學習的必要）

痛切の極めである（極為迫切）

此の上も無い痛切さを感ずる（感到無比迫切）

其は全ての人に取って痛切の（な）問題（那對每個人都是迫切的問題）

痛打〔名、他サ〕痛打，痛擊。〔棒球〕猛烈擊球，用力擊球

敵に痛打を与える（痛擊敵人）

痛打を浴びせる（給以痛打）

痛嘆、痛歎〔名、自サ〕深為惋惜、非常嘆息

事件の頻発は痛嘆す可き事だ（一再發生事件令人殊深惋惜）

痛点〔名〕（皮膚上的）痛點

痛罵〔名、他サ〕痛罵、大罵

痛罵を浴びせる（加以痛罵）

其は裏切り行為だと痛罵する（痛罵那是背叛行為）

痛爆〔名、他サ〕猛烈轟炸

敵艦を痛爆する（猛炸敵艦）敵艦敵艦

痛風〔名〕〔醫〕痛風

痛風に罹る（患痛風）

痛風を病む（患痛風）病む已む止む

痛風に悩む（苦於痛風）

痛憤〔名、他サ〕痛憤、極為憤慨

裏切行為に痛憤する（痛憤背叛行為）

痛憤の余り殴り付ける（痛憤之餘加以毆打）

痛棒〔名〕痛責、〔佛〕禪師管教僧徒的戒杖

痛棒を食らう（受到嚴厲譴責）

痛棒を食らわす（嚴加譴責）

痛痒〔名〕痛癢

痛痒を感じない（無關痛癢、無動於衷、滿不在乎）

何の痛痒も感じない（無關痛癢）

痛し痒し〔連語〕左右為難、很傷腦筋

痛し痒しの問題（左右為難的問題、難以決定的問題）

手頃な品を見付けたが値段が高いので痛し痒しだ（找到了合適的東西但是價錢太貴真傷腦筋）

痛烈〔名、形動〕激烈、猛烈

痛烈に攻撃する（猛烈攻擊）

痛烈な打撃を与える（給以猛烈的打擊）

痛烈に非難する（痛斥）

私の事を痛烈に扱き下ろした（把我貶斥得一文不值）

痛論〔名、他サ〕痛加批判、嚴厲批評

社説は官僚主義に就いて痛論している（社論嚴厲批評了官僚主義）

痛〔感〕（疼痛時發出的喊聲）好疼！

あ、痛（啊！好疼！）

痛い〔形〕痛的、（因受打擊或觸及弱點等感到）痛心的，難過的，難受的，難堪的

腹が痛い（肚子疼）

胃が痛い（胃疼）

痛然うな泣き声（像疼似的哭聲）

少しも痛くない（一點也不疼）

其の痛さといったらない（疼得要命）

如何にも痛げに見える（看來好像很疼）

百万円の損は痛い（損失一百萬日元很難過）

王手飛車取りか、此れは痛い（〔象棋〕將軍抽車可真夠嗆）

最後三分間の失策が痛かった（最後三分鐘的失策太可惜了）

痛い所を付く（揭短、揭瘡疤、攻擊弱點）

痛い所に触れる（揭短、揭瘡疤、攻擊弱點）

痛い目に合う（難堪、倒霉、感到為難）

痛い目に合わせる（給…難堪、給…厲害看、跟…過不去）

後で痛い目に合わせるぞ（回頭給你厲害看）

痛くも痒くもない（不痛不癢、滿不在乎）

痛くもない腹を探られる（無緣無故被人懷疑、受到莫須有的猜疑）

痛くもない腹を探られて誰が気持良く思う物か（無端受到猜疑誰心裡會痛快呢？）

痛く、甚く〔副〕〔舊〕非常、厲害（＝甚だしく、非常に）

痛く心配する（很不放心）

痛く批評される（深受批評）

痛く感心する（很欽佩）

痛がる〔自五〕感覺疼、怕疼

痛がって泣く（疼哭了）

痛がって踠く（疼得掙扎）

痛痛しい〔形〕悲慘的、心痛的、非常可憐的

酷い怪我で見るも痛痛しい狀態だった（傷勢很重那種樣子令人看著都心痛）

痛痛しい程痩せている（痩得令人可憐）

痛痛しげに見える（看著可憐）

痛痛しげな有樣（可憐的樣子）

痛い痛い病〔名〕（公害）鎘中毒疼痛病（由工廠廢水引起、因患者喊痛い痛い而得名）

痛む〔自五〕疼痛、（因打擊或損失等）痛苦，悲痛，苦惱，傷心

虫歯が痛む（蛀牙疼）痛む傷む悼む

傷が痛むので眠れなかった（傷口痛得不能睡覺）

心が痛む（傷心）

懷が痛む（金錢上受到意外損失）

不幸な友の身の上を思うと胸が痛む（想到朋友的不幸遭遇很痛心）

痛む上に塩を塗る（火上澆油）

痛み、傷み〔名〕疼，痛、悲痛，悲傷，難過，煩惱、損傷，損壞、（水果等）腐爛，腐敗

激しい痛みを感ずる（感覺疼得厲害）

ひりひりする痛み（針扎似的疼）

肩やら背やら方方に痛みが走った（連肩帶背到處串著疼）方方方方

胸に刺す様な痛みが有る（胸部刺痛）

痛みを止める（止痛）止める已める辞める病める止める留める

薬を飲んで痛みを鎮める（吃藥鎮痛）鎮める静める沈める

心の痛み（傷心、苦處）

品物の痛みは其程酷くない（貨物的損傷並不那麼大）

大分痛みが出る（損壞很多）大分大分

此の林檎は痛みが酷い（這蘋果爛了好多）

痛み入る〔自五〕〔舊〕（書信用語）惶恐、不敢當、不好意思

色色御手数を掛けまして実に痛み入ります（給您添許多麻煩太過意不去了）

御丁寧な御挨拶で痛み入ります（您太客氣了使我惶恐不安）

御親切な思い召し痛み入ります（您的盛情實在不敢當）

痛み止め〔名〕鎮痛、止痛（藥）

痛み止めを打って出場している（打鎮痛劑後出場）

痛める〔他下一〕弄痛，使疼痛、令人痛苦，令人傷心

腹を痛めた子供（親生子女）痛める傷める悼める炒める

心を痛める（傷心）

彼女は一人で胸を痛めている（她一個人憂心忡忡）

痛める、傷める〔他下一〕損壞，破壞、傷害，受傷

引越しで家具を痛めた（搬家損壞了家具）

無理を為て体を痛めない様に為為さい（別勉強做以免傷了身體）

痛め付ける〔他下一〕給以嚴重打擊、痛加攻擊（責難）

弱点を突いて相手を痛め付ける（抓住弱點大肆攻擊對方）

我我の心は悲しみに痛め付けられている（我們為悲哀而痛楚）

痛ましい〔形〕可憐的、凄慘的、目不忍睹的

　見るも痛ましい（目不忍睹）

　痛ましい負傷者（可憐的負傷者）

　痛ましい物語（凄慘的故事）

　地震の後の痛ましい光景（地震後的凄慘情景）

　痛ましげに見える（顯得可憐）

痛ましさ〔名〕可憐的樣子、凄慘的情景

　事故の惨死者の痛ましさに目を覆う（死於事故的凄慘情景令人目不忍睹）

痛手〔名〕重傷，重創、沉重的打擊（損害）

　痛手を負う（負重傷）

　不況で痛手を受けた（由於蕭條受到沉重打擊）

　戦争の痛手を癒す（醫治戰爭創傷）

　冷害で米作は痛手を受けた（由於氣候寒冷水稻受到嚴重損害）

慟（ㄊㄨㄥˋ）

慟〔漢造〕哀傷而放聲大哭為慟

慟哭〔名、自サ〕放聲大哭

　弟の遺骨の前で慟哭する（在弟弟遺骨前慟哭）

拿（ㄋㄚˊ）

拿〔漢造〕執取、握持、提取、逮捕、掌握
拿捕、拏捕〔名、他サ〕捕拿、捉拿（＝捕まえる）
　漁船が拿捕された（漁船被扣留了）
　拿捕条項（捕拿條項）
　拿捕艦船回航員（押送捕獲船的船員）
拿獲〔名、他サ〕捕拿、捉拿（＝捕まえる）
　漁船が敵国船に拿獲された（漁船被敵國船隻捕獲了）

吶（ㄋㄚˋ）

吶、訥〔漢造〕訥、口吃（＝吃る）
吶喊〔名、自サ〕吶喊
　吶喊の声を出した（發出吶喊的聲音）
　吶喊の声を上げる（發出吶喊的聲音）
　敵陣目掛けて吶喊する（吶喊著向敵陣衝鋒）
吶吶、訥訥〔副、形動〕結結巴巴、不流暢
　吶吶と為て言う（結結巴巴地說）
　吶吶と（為て）語る（結結巴巴地說）
　吶吶と話す（結結巴巴地說）

那（ㄋㄚˋ）

那〔漢造〕什麼、哪個
　刹那（霎那、瞬間、頃刻）
　旦那、檀那（檀越、施主、老爺）
　禅那（參禪）
　檀那寺（菩提寺）
　支那（日本對中國舊稱）
　旦那芸（商人等玩票）
　旆那、センナ（番瀉樹 senna）
　維那（維那－統率寺務，掌管僧眾雜事）
那辺、奈辺〔代〕哪裡（＝何の辺、何処）

問題は那辺に在るか（問題在哪裡？）
彼は真意は那辺に在るか理解に苦しむ（真不明白他的真意何在）
那謨、那無〔感〕〔佛〕南無（念佛時先唸的詞、〔歸依〕〔頂禮〕之意）（＝那無）

納（ㄋㄚˋ）

納〔漢造〕（也讀作衲、妠、肭、軜）納入、收納、繳納
　出納（出納、收支）
　加納（〔地名，姓氏〕加納）
　嘉納（嘉納、欣然接受、准許）
　仮納（假納）
　収納（收納、收藏）
　笑納（笑納、接受）
　完納（繳清）
　上納（上納、上繳）
　献納（〔對國家，寺院〕奉獻）
　奉納（〔對神佛〕奉獻）
納衣、衲衣〔名〕〔佛〕百衲衣（用破布縫的僧衣）（＝衲袈裟）
納会〔名〕年終最後一次（慰勞，總結等的）集會（＝納め会）←→発会、初会。〔商〕（交易所的）月末交易日
納棺〔名、他サ〕入殮
　納棺を済ませる（入殮完畢）
　納棺式（入殮儀式）
納期〔名〕（商品，稅款等）繳納期限
　所得税の納期が迫る（繳所得稅的期限逼近）
　納期通り品物を納める（按期交貨）
納経〔名、他サ〕〔佛〕向寺院繳納（的）經文
納金、納銀〔名、自サ〕繳款、繳的款←→出金
　税の納金を済ませる（繳完稅款）
　労働組合に納金する（向工會繳款）
納骨〔名、他サ〕安放骨灰

納骨堂（安放骨灰的靈堂）
明日納骨します（明天安放骨灰）

納采〔名〕納采（交換訂婚禮品）（=結納）
納采の儀（納采儀式）

納札〔名、自サ〕（參拜神社，寺院為紀念或許願而張貼的）紙籤或木牌（=納め札）

納室〔名〕娶妻

納受〔名、他サ〕收納，接受（東西）、接受，採納（意見）、（神佛）聽取（祈求）
忠告を納受する（接受忠告）

納税〔名、自サ〕納税、繳納税款
納税の義務が有る（有納税的義務）
国民は納税の義務を負う（國民負有納税義務）
納税申告（納税申報）
納税貯蓄（納税儲蓄、為準備税款而儲蓄）
期日に納税する（如期繳税）
納税通知書（繳税通知書）
納税済みの印を押す（蓋税款繳訖章）

納租〔名、自サ〕繳納租税（=納税）

納入〔名、他サ〕繳納、交納（=納め入れること）
速く納入しないと期限が切れる（不趕快繳納就要過期）
期日通り税金を納入する（按期繳税）
納入告知（繳納通知）

納杯〔名〕酒宴的最後一杯酒（=納め杯）、酒宴的結束

納品〔名、他サ〕繳納物品，交貨、繳納的物品，交的貨
期日迄に納品を納める（在期限内交貨）
約束通り期日に納品する（如期交貨）
百貨店に納品する（向百貨公司交貨）
納品に異状が有れば取り換えます（交的貨如不合格就退貨）
納品書（交貨單）

納付〔名、他サ〕（向政府）繳納（=納め入れること）
税金を納付する（繳納税金）
納付額（繳納金額）
納付期限（繳納期限）
納付義務者（繳納義務人）

納幣〔名〕向神佛供（的）幣帛或供（的）物（=供物、奉幣）、納采（皇族訂婚時男女雙方交換彩禮）

納本〔名、自サ〕（舊時出版社向政府機關）繳納新書樣本、（向訂戶）交書
点検の為に納本を為る（呈交新書以備檢查）

納米〔名〕年貢米

納涼〔名、自サ〕納涼、乘涼（=涼み）
納涼客（到外面納涼的人們、納涼的客人）
納涼花火大会（納涼煙火晚會）
納涼に出掛ける（出去乘涼）

納言、納言〔名〕大納言，中納言，少納言的總稱

納屋〔名〕儲藏室、庫房（=物置小屋）
農具を納屋から出す（從庫房裡拿出農具來）

納所、納所〔名〕〔佛〕（禪宗寺院的）米錢出納處。〔佛〕勤快的小和尚。〔古〕繳納錢糧處，管收納錢糧的官吏
納所坊主（勤勞和尚）

納豆〔名〕納豆（蒸後發酵的大豆）
納豆売り（賣納豆的）

納得〔名、他サ〕理解，領會、同意，認可（=飲み込む）
納得の行く様に説明する（解説得使人能夠了解）
相手が納得する迄説明する（解説到對方完全明白為止）
納得が行かない（不能理解、想不通）
納得が行かぬ（不能理解、想不通）
納得尽くで（經取得同意）

御互いに納得尽くで決めた事だ（這是雙方同意下所決定的事）

君の言う事は納得出来ない（你說的無法使人信服）

納戸〔名〕藏衣室、儲藏室、藍灰色（=納戸色）

納戸茶（靛綠色）

納戸色（藍灰色）

納まる、収まる〔自五〕容納，受納、繳納、平息，結束，解決，復原，復舊，心滿意足

食べた物が胃に納まらない（胃裡存不住食物，反胃）修まる治まる

剣が鞘に納まっている（劍在鞘內）剣

果物が箱の中に納まった（水果裝進箱子裡了）

此の文章は五ページで納まると思う（這篇文章我看五頁就夠了）

税金が未だ納まらない（税還沒繳納）

御宅の電気代は未だ納まっていない（您家的電費還沒繳）

風が納まった（風停了）

喧嘩が納まった（吵架吵完了）

痛みが納まらない（止不住痛）

円く納まれば良い（如能圓滿解決才好）

腹の虫が納まらない（怒氣未消）

元に納まる（復原）

元の地位に納まった（恢復了原來的地位）

今度は台北で納まって行く様です（這次似乎要在台北住下了）

彼は今では校長で納まっている（他現在心滿意足地當著校長）

今では立派な翻訳家で納まっている（今天也算是有名的翻譯家了）

どんな事が有っても平気で納まり返っている（無論有甚麼都泰然自若）

然う納まるよ（你別臭美了！）

無欲で心が納まる（無欲而心滿意足）

車内に納まる（穩坐在車裡）

修まる〔自五〕（品行）端正、改好、改邪歸正

素行が修まらない（品行不端正）

放蕩の癖が抜けてやっと身が修まった（放蕩荒唐的毛病總算改邪歸正了）

治まる〔自五〕安定、平息、平定、平靜（=静まる）

国が治まる（國家安定）治める修まる収まる納まる

内乱が治まった（內亂平定下來）

騒動が静まって国内が治まる（騷動平息國內穩定）

天下大いに治まる（天下大治）

納まり，納り，収まり，収り，治まり，治り〔名〕
平息、解決、了結、安定

納まりが付く（完畢、得到解決、有下場）

事件は納まりが付いた（事件得到了解決）

此の身の納まりが付かない（找不到歸宿、沒有安身立命之處）

納まりを付ける（完畢、設法解決、使有下場）

納まりが悪い（不安定、不穩定）

納まり返る，納り返る，収まり返る，収り返る〔自五〕
鎮靜，不動聲色心、滿意足

どんな危険に逢っても納まり返っている（無論遇到任何危險也不動聲色）

納まり返った顔（心滿意足的神色）

納める、収める〔他下一〕繳納、收藏，放進，結束，完畢、（接動詞連用形下）表結束

注文品を納める（交付訂貨）修める治める戡める

月謝を納める（交學費）

税金を納める（納稅）

屑鉄を国へ納める（把碎鐵獻給國家）

会費を納める（繳納會費）

利益を納める（收益、獲利）

勝利を納める（取得勝利）

倉庫に納める（收入倉庫裡）
物を箱に納める（把東西裝進箱子裡）
遺骨を納める（把遺骨收藏起來）
敗兵を納める（收容敗兵）
野菜を公共食堂へ納める（把青菜賣給公共食堂）
元の所へ納める（歸回原處）
ピストルを袋に納める（把手槍收到套裡）
贈物を納める（收下禮品）
抜身を鞘に納める（把拔出的刀放入鞘裡）
干戈（矛）を納める（收兵、結束戰鬥）
もう一回で収めましょう（再來一次就結束吧！）
もう一杯で収めましょう（再喝一杯來結束吧！）
歌い収める（唱完）
書き収める（寫到此收尾）
舞い収める（舞畢）

修める〔他下一〕學習，研究、修，修養
学を修め、業を習う（修習學業）業業業
一芸を修める（學會一門手藝）
彼は大学で英文学を修めた（他在大學學習了英國文學）
洋裁を一通り修めるのに幾年掛かりますか（裁縫全部學習要花幾年功夫）
身を修める（修身）

治める〔他下一〕治理，統治、平定，鎮壓，平息，排解
国を治める（治國）治める修める収める納める
家を治める（持家）
武力を持って治める（以武力統治）
水を治める（治水）
暴徒を治める（鎮壓暴徒）

騒動を治める（平息風潮）
内乱を治める（平定内亂）
喧嘩を治める（排解爭吵）
紛争を円満に治める（圓滿地解決糾紛）
二人の仲を丸く治めた（使兩人言歸於好）

納め〔名〕最後、結尾
納め稽古（〔一年當中〕最後一次練習）
納め会（期末會、年會）
納め相場（〔年終〕最後行市）
此が故郷の見納めだ（這是最後一次看見故鄉了）

捺（ㄋㄚˋ）

捺〔漢造〕捺（=捺す、押さえる）
押捺（蓋印）

捺印〔名、自サ〕蓋章（=押印）
証文に捺印する（在契約上蓋章）
署名捺印する（簽名蓋章）
捺印者（蓋章人）

捺染〔名、他サ〕（布匹）印染（=プリント）
両面捺染（雙面印花）
捺染機（印花機）
捺染キャラコ（印花布）
捺染工場（印染廠）
捺染法（印染法）

捺す、押す、推す、庄す〔他五〕按，蓋，捺，壓，貼、推擠、冒著，不顧、押韻、壓倒、推測，推想，推斷，推論，推薦，推舉，推選，推戴 ←→引く
印を捺す（蓋印、蓋章）
判を捺す（蓋印、蓋章）
署名した処に印を捺す（在簽名下面蓋章）
スタンプを捺す（打戳印）
拇印を捺す（按手印）

金箔を捺す（貼金箔）
紙を捺す（貼紙）
ベルを圧す（按電鈴）
指で圧すと膿が出る（用指頭一按就出膿）
ぐいぐい推す（用力推）
そんなに推すな（別那麼擠啊！）
船を推す（搖船、盪舟）
一回推す（推一下）
船を棹で推す（用桿搖船）
櫓を推す（搖櫓）
車を推す（推車）
戸を推す（推門）
後ろから推す（從後面推）
病を押して仕事を為る（帶病工作）
風雨を押して行く（冒著風雨前往）
病気を押して出席した（冒著病出席了）
韻を押す（押韻）
大勢に圧される（被大勢壓倒）
世論に圧される（受到輿論壓力）
念を押す（叮囑、叮問、叮嚀）
駄目を押す〔圍棋〕補空眼、叮囑、叮問、叮嚀）
押しも押されも為ぬ（一般公認的、無可否認的）
彼は押しも押されも為ぬ立派な学者だ（他是一般公認的偉大學者）
押すに押されぬ（彰明較著的、無可爭辯的）
押すに押されぬ事実（無可爭辯的事實）
彼の口振りから推すと見込みが無い（從他口氣上推測大概沒希望）
他は推して知る可し（其他可想而知）
王さんを会長に推す（推舉王先生做會長）
新刊書を推す（推薦新書）

訥（ㄋㄚˋ）

訥、吶〔漢造〕訥、口吃（＝吃る）
訥言〔名〕口吃
訥訥、吶吶〔副、形動〕結結巴巴、不流暢
訥訥と為て言う（結結巴巴地說）
訥訥と（為て）語る（結結巴巴地說）
訥訥と話す（結結巴巴地說）
訥弁〔名、形動〕笨嘴笨舌、不善談吐、拙於言詞←→能弁
訥弁の人（笨嘴笨舌的人）
彼は訥弁だ（他不善言辭）
訥弁で思っている事の半分も言えない（說話很笨想說的話一半也說不出來）
訥弁ながら心を打つ話だった（雖拙於言辭但動人心弦）

乃、廼（ㄋㄞˇ）

乃、廼〔漢造〕你，你的、以及，甚至
乃至〔接〕至，乃至（＝から、迄）、或，或者（＝或は、又は）
百円乃至百五十円掛かる（需要一百日元乃至一百五十日元）
五百人乃至六百人の観客（五百到六百人的觀眾）
半年乃至一年で完成する（半年到一年完成）
父乃至母には当然知らせ可きだ（當然要通知父親和母親）
班長乃至副班長が出席する（班長或副班長出席）
乃至は（或者）
鉛筆乃至はボールペンで書く事（請用鉛筆或原子筆寫）
乃翁〔代〕〔舊〕（老人自稱）俺、我、吾（＝儂 俺）
乃公〔代〕（傲慢的自稱）乃公、俺（＝俺様）
乃公出てずんば（乃公不出〔其如蒼生何〕、捨我其誰）

乃祖、廼祖 〔名〕祖父、你的祖父

乃父 〔名〕你父（父對子稱自己）、其父（他人之父）、家父（自己的父親）（=親父）

乃ち、即ち、則ち 〔接〕即是、正是、就是、於是

　江戸即ち今の東京（江戸也就是現在的東京）

　四季即ち春、夏、秋、冬（四季即春夏秋冬）

　其れが即ち私の望む所だ（這就是我所希望的）

　渇すれば則ち飲む（渇則飲）

　戦えば則ち勝つ（戰則勝）

　学びて思わざれば則ち暗し、思いて学ばざれば則ち危うし（學而不思則罔思而不學則殆）

　乃ち、僕は言下に拒絶した（於是我馬上拒絕了）

奈（ㄋㄞˋ）

奈 〔漢造〕柰是果名（與蘋果同類而異種），俗字作奈、無奈、怎麼樣

奈翁 〔名〕拿破崙（=ナポレオン）

奈行、ナ行 〔名〕〔語法〕ナ行（な、に、ぬ、ね、の）

　奈行変格活用（ナ行變格活用-死ぬ、行ぬ二詞）

奈辺、那辺 〔代〕哪裡、何處（=何処、何の辺）

　真意（は）奈辺に在りや（真意何在？）

　問題は奈辺に在るか（問題在哪裡？）

奈変、ナ変 〔名〕〔語法〕（文語動詞的）ナ行變格活用

奈良 〔名〕〔地〕奈良

　奈良県（奈良縣）

　奈良市（奈良市）

　奈良漬け、奈良漬（奈良醬菜）

　奈良時代（朝）（奈良時代〔朝〕）

奈落 〔名〕（梵 naraka）地獄、舞台下面的地下室、最底層（=どん底）

　奈落の底（地獄的最下層、無底深淵、永久不能翻身的境遇）

　奈落の底に落ち込む（墜入十八層地獄）

　彼女は奈落の底へ突き落とされた（她被推進萬劫不復的境地）

　奈落の淵に立つ（陷入無法解脫的困境）

奈何、如何 〔副〕（〔如何に〕的音便）如何、怎麼樣（=どうか、何の様に）

　理由の奈何を問わず（不論有甚麼理由）

　試験の成功は努力奈何に因って定める（試験的成功與否取決於努力如何）

　変化の奈何に依って対策を決める（根據變化的情況來決定對策）

　要は君の態度奈何だ（關鍵在於你的態度如何）要

　此に対する政府の所見奈何（政府對這事意見如何？）

奈何せん 〔連語〕如何、無奈

　奈何せん暇が無い（無奈沒有功夫）

　奈何せん、最早救う手段が無い（無奈已經無法挽救）

奈何となれば 〔連語〕為什麼呢、原因在於

　奈何となれば計画が杜撰だからだ（原因在於計畫不周）

奈何とも 〔連語〕怎麼也、怎樣也（=奈何にも）

　斯う為っては奈何とも為難い（事已至此怎麼也不好辦）

　最早奈何とも為難い（為時已晚、無法挽回了）

如何 〔副、形動〕如何、怎麼樣

　今日御気分は如何ですか（您今天覺得怎麼樣？）

　もう一杯コーヒーを如何ですか（再給您斟一杯咖啡怎樣？）

　御意見は如何ですか（您的意見怎麼樣？）

　御機嫌如何ですか（你好嗎？）

御花は如何ですか（買枝花吧！）
御食事は如何為さいますか（飯怎麼辦呢？在哪兒吃？）
如何な物でしょう、御任せ下さいませんか（怎麼樣？交給我來辦吧！）
其は如何な物かと思われます（我覺得不太可靠）
如何でしょう、私が名代に参っては（我代表你去怎樣？）
其の計画は如何な物でしょうか（那個計畫行嗎？）

如何〔副〕如何、怎麼樣（＝如何に、如何）
君なら如何する（若是你的話怎麼辦？）
貴方は彼を如何思いますか（你認為他怎麼樣？）
如何為りと勝手に為ろ（你愛怎麼辦就怎麼辦？隨你的便吧！）
此の数時間を如何遣って有意義に過ごそうかと考えていた（考慮如何有意義地度過這幾個鐘頭）
私の考えて如何にでも為る（事情如何全憑我的想法來取決）
敵を如何する事も出来ない窮地に叩き込んで終う（把敵人逼近吳凱奈何的困境）
事態が如何為るかと心配した（擔心事態將會變成變成什麼樣子）
如何も斯うも有るもんか（你別東拉西扯了）
彼は如何にでも為れと言う態度だ（他的態度是管它的呢！）
そんな事は彼の口一つで如何にでも為る（那件事怎麼就憑他一句話）
其は人の意志では如何にも為らない事だ（那是不以人的意志為轉移的）
如何って別に知恵を持ち合わせていない（怎麼辦呢我並沒有好主意）
其は如何とも言えない（那我可不敢說什麼）

傷は如何有れ、直ぐ様病院に連れて行こう（傷口不管怎樣馬上帶到醫院去）
如何だい（怎麼樣？）
御加減は如何ですか（您的身體怎麼樣？）
如何ですか、もう帰ろうではないか（怎麼樣我們該回去了吧！）
如何したら好いだろう（怎麼辦才好？）
如何だ、参ったか（怎麼樣你認輸了吧！）
君、散歩は如何です（喂！去散步如何？）
足を如何為すった（腳怎麼了？）
顔色が悪いね、如何したの（你臉色不太好怎麼了？）
如何しようも無い（毫無辦法、無法挽救）

耐（ㄋㄞˋ）

耐〔漢造〕堅持、忍耐
忍耐（忍耐＝耐え忍ぶ、耐忍）
耐圧〔名〕耐壓
耐圧力（耐壓力）
耐火〔名〕耐火
耐火建築（耐火建築）
耐火材料（耐火器材）
耐火材（耐火建築器材）
耐火煉瓦（耐火磚）
耐火材被覆（耐火塗料、耐熱保護層）
耐火物（耐火物、耐火材料）
耐震耐火（耐震耐火）
耐火粘土（耐火黏土）
耐火石材（耐火石材）
耐火度（耐火度）
耐火構造（耐火結構）
耐海水鋼〔名〕耐海水腐蝕鋼
耐寒〔名〕耐寒←→耐暑
耐寒訓練（耐寒訓練）
耐寒性の植物（耐寒性植物）

耐寒設備（耐寒設備）
耐寒装置（耐寒設備）
耐寒育苗（防寒育秧）
耐乾燥性〔名〕〔植〕耐旱性、抗旱性
耐久〔名〕耐久、持久（＝長持ち）
耐久実験を為る（做耐久的實驗）
耐久飛行記録（持久飛行紀錄）
耐久力（耐久力）
耐久限界（〔理〕持久極限、疲勞限度）
耐久度（〔理〕耐久度、耐用性）
枕木の耐久年月（枕木的耐久年月）
耐久性（耐久性、耐用性）
耐久消費財（耐久消費財－如相機，家具）
耐久年限（使用年限）
耐久生産財（耐久生産財）
耐航性〔名〕（海空）適航性、適航能力
耐酸〔名〕耐酸
耐酸ラッカ（耐酸漆）
耐酸材（耐酸材料）
耐酸性（耐酸性）
耐酸陶磁器（耐酸陶瓷器）
耐酸性の有る合金（具有耐酸性合金）
耐酸コンクリート（耐酸混凝土）
耐湿〔名〕耐濕防濕
耐湿性（耐濕性）
書庫は耐湿設備が必要だ（書庫須有防潮設備）
耐暑〔名〕耐暑、耐熱 ←→耐寒
耐食、耐蝕〔名〕耐蝕、耐腐蝕
耐食アルミニウム合金（耐蝕鋁合金）
耐食合金（耐蝕合金）
耐食性（耐蝕性、抗蝕性）
耐食性が強い（抗蝕性很強）
耐震〔名〕耐震、耐地震

耐震建築（耐地震建築物）
耐震性の構造を有する建築（具有抗震性結構的建築）
耐水〔名〕耐水，防水、耐潮，防潮
ナイロンは耐水性が有る（尼龍具有耐水性）
耐性〔名〕耐受性、抗藥性
耐性菌（抗藥菌）
耐性が出来る（產生抗藥性）
耐性が有る（有抗藥性）
耐性株（抗藥性菌株）
耐張碍子〔名〕〔電〕耐拉絕緣子、拉線絕緣子
耐熱〔名〕耐熱、耐暑
耐熱合金（耐熱合金）
耐熱鋼（耐熱鋼）
耐熱行軍（耐暑行軍）
耐熱試験（耐熱試驗）
耐爆〔名〕抗爆、抗震
耐爆剤（抗爆燃劑、抗震劑＝アンチ、ノック剤）
耐乏〔名〕刻苦耐勞、忍受艱苦
耐乏生活（樸素生活）
耐乏生活を送る（過艱苦樸素生活）
耐乏予算（徵重稅平衡國家預算）
耐乏の時代（忍受艱苦生活的時代）
耐油性〔名〕耐油性
耐油性ゴム（耐油性橡膠）
耐輸性〔名〕（果物類的）耐運輸性
耐用〔名〕耐用
耐用年数（年限）（使用年限）
耐用性（耐用性）
耐力〔名〕〔機〕（實用）彈性極限應力、屈服點
耐力強度（屈服強度、屈服點）
耐える、堪える、勝える〔自下一〕忍耐，勝任（＝我慢する、辛抱する、堪える忍ぶ）

ろ

貧窮に耐える（忍耐貧窮）絶える
苦労に耐える（忍耐勞苦）
寒さに耐える（耐寒）
湿気に耐える（能耐濕）
試練に耐える（承受考驗）
水に耐える（耐水）
悪の誘惑に耐える（經得起邪惡的誘惑）
痛みに耐える（忍痛）
高温に耐えるコップ（耐高溫的杯子）
長年の使用に耐える（經得起多年使用）
鑑賞に耐える（值得鑑賞）
重い責任に堪える（無法勝任重責）
任に堪える（勝任）
任に堪えない（不勝任）
温室の中で育てられた花は風雨に耐えられない（溫室裡培養的花朵經不起風吹雨打）
生活の為に苦しみに耐える事は当然な事だと看做す（把為生活吃苦耐勞看成是當然事）
此以上こんな生活は耐えられない（這種生活再也無法忍受）
聞くに堪えない下品な話（不堪入耳的下流話）

絶える〔自下一〕斷絕、終了、停止、絕滅、消失
息が絶えた（斷了氣）
食糧が絶える（糧食斷絕）
子孫が絶える（絕子絕孫）
私の子供は体が弱いので、心配の絶える時が無い（我的孩子體弱老是無時無刻地擔心）
父が死んで、学資がふっつり絶えた（父親死了學費突然斷絕了）
通信は全く絶えた（通信完全停止）
彼の国は内乱が絶えない（那個國家不斷發生內亂）

此の人種は既に絶えて終った（這個人種已經滅絕了）終う仕舞う
富士山の頂上には年中雪の絶えた事が無い（富士山頂上的雪整年不消）
泉の水が絶えた（泉水斷了、泉水枯竭了）泉水

耐え難い，耐難い、堪え難い，堪難い〔形〕難以忍受的、忍耐不了的（=忍び難い）
耐え難い侮辱を受ける（遭受難以忍受的侮辱）
耐え難い苦痛を忍ぶ（忍住難以忍受的痛苦）
耐え難い暑さ（受不了的暑熱）

耐え兼ねる，耐兼ねる、堪え兼ねる，堪兼ねる〔自下一〕難以忍受、支持不下
空腹に耐え兼ねる（飢餓難耐）
昨晩は暑さ耐え兼ねて窓を皆開けて寝た（昨晚受不了炎熱把窗戶全部打開才睡）
床が其の重さに耐え兼ねて落ちた（地板經不起那種重量而坍塌了）

耐え切れる，耐切れる、堪え切れる，堪切れる〔自下一〕能忍耐、忍受得了
苦痛に耐え切れる（受不了痛苦）

耐え忍ぶ，耐忍ぶ、堪え忍ぶ，堪忍ぶ〔自五〕忍住、忍受、忍耐（=堪える）
悲しみを耐え忍ぶ（忍住悲哀）
苦しい生活を耐え忍ぶ（忍受艱苦的生活）
他人の嘲笑を耐え忍ぶ（忍受他人的嘲笑）
耐え忍ぶにも限度が有る（忍耐也有個限度）

耐え抜く，耐抜く、堪え抜く，堪抜く〔自五〕忍受（過來）、經受（住）、克制（住）
苦しさに耐え抜く精神を養う（培養能承受艱苦的精神）
苦難の年月を耐え抜く（從艱苦的日子裡熬出來）

春の草花は冬の寒さに耐え抜いて綺麗な花を咲かせる（春天的花草承受了冬天的寒冷開出美麗的花朵）

耐う、堪う、勝う〔自、他下二〕忍耐、勝任（=耐える、堪える、勝える）

内（ㄋㄟˋ）

内〔漢造〕（也讀作内）内、内部、宮内、國内、内心

家内（家屬、内人）
室内（室内）
社内（公司内、神社内）
車内（車内）
閣内（内閣内部）
体内（體内）
核内（原子核内）
郭内、廓内（城郭内、煙花巷内）
学内（大學内部）
年度内（年度内）
東京都内（東京都内）
期限内（期限内）
時間内（時間内）
予算内（預算内）
対内（對内）
体内（體内）
胎内（胎内、胎裡）
隊内（隊内）
年内（年内、當年之内）
宇内（宇内、天下、全世界）
海内（海内、國内、天下）
参内（進宮、晉謁天皇）
入内（皇后正式進入皇宮）

内圧〔名〕〔理〕内壓、内壓力

内圧試験（内壓試驗）

内意〔名〕内心的想法（=内内）、私下的想法、秘密的意旨

内意を漏らす（吐露心裡話）
内意を探る（探探心意）
内意を受ける（接受密旨）
社長の内意を受けて交渉に当る（按照總經理的意思進行交涉）

内因〔名〕内因←→外因

紛争の内因（紛争的内因）
紛争の起こった内因を調査する（調查引起紛爭的内在因素）

内院〔名〕〔佛〕内院（寺院深處修行的地方）。〔佛〕内院（彌勒佛起居説法的地方）、齋宮（賀茂神社内未婚皇女起居的地方）

内閲〔名、他サ〕私下查閱、秘密查閱

内謁〔名、自サ〕私下謁見、（通過天皇左右）私下懇求

内謁を賜る（天皇私下召見）

内炎、内焔〔名〕〔化〕内焰、還原焰←→外炎、外焰

内苑〔名〕内苑（神社或皇宮内的庭院）←→外苑（神社或皇宮外圍内的庭園）

内苑、内園〔名〕内苑、禁苑、宮城内庭園

内縁〔名〕非正式的婚姻，同居、親屬關係

内縁の妻（夫）（女〔男〕同居、同居的妻子〔丈夫〕）
彼等は内縁関係だ（他們是同居關係）

内宴〔名〕私人宴會、内宴（平安時代一月二十日前後在宮中招待文士的例行宴會）

内応〔名、自サ〕内應、通敵（=内通、裏切り）

敵に内応する（通敵）

内奥〔名〕内部深處、靈魂深處

人間性の内奥（人性的靈魂深處）

内科〔名〕内科←→外科

内科病院（内科醫院）
内科病室（内科病房）
内科学（内科學）
内科医（内科醫師）

内科の権威（内科權威）
内科の医者に見て貰う（請内科醫師看病）
内花頴〔名〕〔植〕内桴
内花被〔名〕〔植〕内花被
内火艇〔名〕汽艇、摩托艇（=ランチ launch）
内果皮〔名〕〔植〕内果皮
内海、内海〔名〕内海（=入海）←→外海、外海
　内海を航行する船舶（航行内海的船隻）
　瀬戸内海（瀬戸内海）
内海〔名〕内海，海灣（=入海）。湖←→外海、外海
内界〔名〕精神世界、内心世界←→外界
内外、内外、内外、内外〔名、造語〕内外、國内外、左右，上下，前後
　市の内外に（在市内外）
　内外の情勢（國内外的情勢）
　内外の人（本國人漢外國人）
　内外人（本國人漢外國人）
　内外記者団（國内外記者團）
　一週間内外（一星期左右）
　五十円内外（五十元上下）
　校舎の内外は掃除が行き届いている（校舎内外島掃得乾乾淨淨）
　内外に其の名を馳せている（馳名中外）
　百万円内外の費用で済ませる（要一百萬元左右的經費才夠）
　一週間内外で完成するだろう（一星期左右能完成吧！）
　百人内外の人が入れる部屋（能容納百人上下的屋子）
内外径比〔名〕〔機〕内外徑比、幅比
内外〔名〕〔古〕内外，國内外、内外典（内典-佛教經典、外典-儒家經典）、内外宮
　内外の差別が無い（一視同仁）
　内外典（内典-佛教經典、外典-儒家經典）
　内外宮（伊勢神宮的内宮和外宮）

内角〔名〕〔數〕内角、〔棒球〕内角（球），本壘内角（=インコーナー in corner）←→外角
　三角形の内角の和は二直角に等しい（三角形的内角和等於兩個直角）
　内角球（内角球）
内郭，内廓、内郭〔名〕内城、城内的圍牆←→外郭，外廓
内閣〔名〕内閣
　内閣を組織する（組閣）
　内閣を倒す（倒閣）
　内閣入り（入閣）
　内閣が倒れた（内閣倒台）
　内閣を改造する（改組内閣）
　内閣が総辞職する（内閣總辭）
　内閣の閣僚（閣員）
　内閣に更迭が有った（内閣有更動）
　新内閣の顔触れ（新内閣成員）
　連立内閣（聯合内閣）
　内閣官房（内閣官房=國務院辦公廳）
　陰の内閣（影子内閣、在野内閣）
　内閣官房長官（内閣官房長官）
　内閣総理大臣（内閣總理大臣、総理、首相）
内患〔名〕内患、内憂（=内憂）←→外患
　内患に悩む（為内憂而煩惱）
内観〔名、他サ〕〔心〕内觀，内省（=内省）。〔佛〕内觀
内含〔名〕〔邏〕内含、内包、包含在内
内岸〔名〕〔建〕内壕、（壕溝）内岸
内記〔名〕〔古〕（起草詔令，掌管宮廷紀録等的）中務省官員
内規〔名〕内部規章、内部守則
　其の遣り方は会社の内規に触れる（那種做法觸犯了公司的内部規章）
　内規に依れば室内での電熱器の使用は禁じられている（根據内部規章禁止室内使用電爐）

内規に反する（違反內部規章）

內儀〔名〕〔舊〕有地位人的妻子、（尊稱）某人妻子、（尊稱）商人妻子（＝御上）、內部的事情，秘密的事情

御內儀（內掌櫃、老闆娘）

內議、內義〔名〕內部的討論、密議（＝密議）

內議に属する事柄（屬於密商的事）

內客〔名〕內部的客人、秘密的客人

內曲〔名〕內彎、向內彎曲

內局〔名〕（中央部門的）直屬司（局）←→外局

內菌根〔名〕〔植〕內生菌根

內勤〔名〕內勤、室內勤務、在辦公室工作←→外勤

内勤を希望する（希望做內勤）

内勤から外勤に転じた警官（由內勤轉為外勤的警官）

內勤員（者）（內勤人員）

內勤巡查（內勤警察）

內勤記者（內勤記者）

內勤医（病房醫生）

內宮〔名〕（伊勢市的）皇大神宮（＝皇大神宮）←→外宮

內訓〔名〕內部訓示，內部訓令、對婦女的訓誡

內外科〔名〕內科和外科

內外科医（通科醫師、通看各科的開業醫師）

內徑〔名〕（槍砲的）內徑，口徑、器物內部的尺寸

內見〔名、他サ〕（非正式的）私下觀看、（非公開地）內部觀看（＝內覽）

內檢〔名、他サ〕預先到現場調查（檢查）（＝下檢分）

內玄關、內玄關〔名〕（在正門，後門外自家人出入的）旁門、便門←→表玄関

内玄関へ回る（繞道旁門）

内玄関から出入りする（從旁門出入）

內顧〔名〕內顧

内顧の憂い（內顧之憂）憂い憂い

內語〔名〕本國語言←→外語、內心語言（internal speech 的譯詞）(如默讀書刊)（＝內言語）

內向〔名〕內向←→外向

內向型（內向型）←→外向型

內向型の人（內向性格的人）

內向性（內向性）

內向的（內向的）

內向な人（性格內向的人）

內向〔名〕〔植〕（花藥）內向

內攻〔名、自サ〕內攻。〔轉〕精神上的打擊，有怨氣

病気が内攻する（疾病內攻）

內攻性疾患（內攻性疾病）

其の病気は內攻した（病已內攻）

不満が內攻する（怨氣聚集心底）

內訌〔名〕內訌（＝內紛、內輪揉め）

内訌が収まった（內訌平息了）

內訌外患（內憂外患）

內航〔名〕國內航行

內航海運（國內沿海航運）

內航路（國內航線）

內航船（國內航船）

內腔〔名〕〔解、植〕腔管

內腔動物（內肛亞綱動物）

內項〔名〕〔數〕內項（＝內率）←→外項

內港〔名〕內港←→外港

內合〔名〕〔天〕下合

內呼吸〔名〕〔醫〕內呼吸←→外呼吸

內剛外柔〔名〕內剛外柔←→內柔外剛

內柔外剛〔名〕內柔外剛←→內剛外柔

內交涉〔名〕預備談判、非正式談判

内交渉を為る（舉行預備談判）

內酵素〔名〕〔生化〕（胞）內酶

內國〔名〕國內（＝国内）←→外国

內國為替（國內匯兌）

內國戰（內戰）

内国郵便為替（國內信匯）

内国市場（國內市場）

内国航路（國內航線）

内国法（國內法）

内国公債（國內發行的公債）

内国貿易（國內貿易）

内国人（本國人）

内国商業（國內貿易）

内国通信（國內通訊）

内国待遇（國民待遇）

内骨格〔名〕〔動〕內骨骼←→外骨格

内骨成〔名〕〔解〕軟骨細胞間的骨化

内妻〔名〕非正式結婚的妻子、外家、姘婦（＝内縁の妻）←→本妻、正妻

内済〔名、自サ〕私下了結、私下和解

　内済に為るが良い（最好是私下解決）

　其の事は内済に為て置きましょう（那件事私下和解吧！）

　或る条件で内済に為った（以某種條件私下了結了）

　内済金（私下了結所花的錢、私下了結費）

内債〔名〕內債←→外債

　内債を発行する（發行國家公債）

内在〔名、自サ〕內在、存在於內部←→外在

　内在的（內在的）

　内在的価値（內在價值）

　内在的矛盾（內在矛盾）

　内在的な繋がり（內在聯繫）

　反対の声が内在する（內部有人反對）

　其の物に内在する価値（那東西的內在價值）

　神は各人の心に内在する（神在各人的心裡）

　内在性ウイルス（內在性病毒、潛在病毒）

内侍〔名〕〔古〕内侍司的女官、掌侍（内侍司的第三等官）、齋官寮的女官

　内侍の司（内侍司-後宮十二司之一，掌管後宮一切事宜）

　内侍所（日本皇宮中的溫明殿，神鏡祭祀之所＝賢所、日本傳國寶鏡八咫鏡的別稱）

内肢〔名〕〔動〕內肢、（昆蟲的）內肢節

内眥〔名〕〔解〕內眥

内示、内示〔名、他サ〕非正式提出、暗中指示，秘密指示

　予算の内示（在內部提出的預算）

　内示を受ける（暗中指派任務）

　転勤の内示を受ける（接到調職的非正式通知）

　任務を内示する（受到秘密指示）

内耳〔名〕〔解〕內耳←→外耳、中耳

　内耳炎（內耳炎）

　内耳腔（耳前停）

内事〔名〕私事、內部的事情←→外事

　内事を明かす（揭露隱私）

　他人の内事に干渉する（干涉別人私事）

内治、内治〔名〕內政←→外交

内痔核〔名〕〔醫〕內痔核

内視鏡〔名〕內視鏡

内室〔名〕（對人妻的尊稱）尊夫人（＝奥方）、太太（＝奥さん、内儀）

内質〔名〕〔生〕內漿、細胞內層質

内実〔名、副〕真相，實情（＝内情、実情、内幕）、實際

　企業経営の内実を公開する（公開企業經營的內幕）

　内実は斯うだ（實際情況是這樣）

　私も内実弱っている（實際上我也無能為力）

　私も内実困っている（說實在我也正在為難著）

内旨〔名〕朝廷的內部消息、內命的旨趣

内斜視〔名〕〔醫〕內斜視、集合性斜視、鬥雞眼

内斜面〔名〕〔軍〕內斜面

内借、内借、内借り〔名、他サ〕預借、預支（=前借）、暗中借款，秘密借款↔内貸

　給料を内借する（預支薪水）

　内借で、もう貰う物が無くなった（再三預支已經沒有可領的了）

内需〔名〕國內需要↔外需

　生産が少なくて内需を満たせない（生產少不能滿足國內需要）

　内需産業（內需產業）

　内需筋（國內用戶）

内珠皮〔名〕〔植〕內珠皮↔外珠皮

内種皮〔名〕〔植〕內種皮

内周〔名〕內圈、內側周長↔外周

内集団〔名〕內集團、自己人的集團（共同利益的集團）

内祝言〔名〕只有少數親友參加的小型婚禮

内祝、内祝い〔名〕家裡內部的慶祝，自家人的慶祝、內部慶祝時的贈品

　先ず仲間丈で内祝を為る（先由自家人慶祝）

　此の品は母の病気の全快の内祝です（這是為了慶祝母親病癒的一點禮物）

内出血〔名、自サ〕內出血↔外出血

　外傷は大した事は無いが内出血が心配だ（外傷不太重要但內出血令人擔心）

内緒，内証，内所，内証〔名〕秘密、生活，生計、內室，廚房、妻妾、近親、一家人、妓院鴇母的房間或帳房

　内緒の貯金（私下的存款）

　内緒の話だが（這話只限你我知道）

　内緒に為る（保密）

　此は絶対に内緒だよ（這要絕對保密）

　此の話は内緒に為て置いて下さい（這事請不要告訴別人）

　内緒で御耳に入れ度い事が有ります（我有件事想偷偷地告訴你）

内緒事、内証事（秘密事、隱私）

内緒事を打ち明かす（吐露秘密）

内緒話、内証話（秘密的話、悄悄話）

　内緒話を為る（說私密話）

　内緒は火の車だ（家裡困窘得不得了）

内証〔名〕〔佛〕內心悟道、秘密、生活，生計、內室，廚房、妻妾、近親、一家人、妓院鴇母的房間或帳房（=内緒、内証、内所）

内助〔名、他サ〕內助（從內部給予幫助，尤指妻子幫助丈夫）、妻子（=家内）

　彼の成功は夫人の内助の功が大きい（他的成功多虧了夫人的內助）功勳

　彼の成功は夫人の内助の功に因る所が大きい（他的成功得力於太太的幫助很大）

　夫を内助する（妻子照料家務）

内相〔名〕內相、內務大臣（=内務大臣）

内傷〔名〕內傷↔外傷

　内傷を受ける（受內傷）

内鞘〔名〕〔植〕中柱鞘

内情〔名〕內情、內部情況（=内実、内幕）

　内情を暴露する（暴露內情）

　内情を漏らす（洩漏內情）

　内情を探る（探聽內部情況）

　内情を知っている者（知道內幕的人）

　彼は其の会社の内情に通じている明るい（他深知那家公司的內情）

内食〔名、自サ〕在內部食堂吃飯、在住宿處搭伙

　内食券（內部飯票）

内植〔名〕〔植〕間植、套種

内職〔名、自サ〕副業，工讀（=副業、アルバイト德arbeit）。〔俗〕（開會，上課時）做其他的事↔本職

　内職に写真する（業餘從事攝影）

　内職して勉強する（半工半讀）

　内職に翻訳を遣る（業餘做翻譯）

　生活に追われて内職する（為生活所迫做副業）

母は毎晩遅く迄内職している（母親每天晚上做副業到很晚）

内職と為てビルの警備員を為ている（以擔任大樓警衛為副業）

昼は会社勤めを為夜は内職にバーテンを為ている（白天在公司上班晚上從事酒保副業）

奥さん向きの内職（適合家庭主婦的副業）

内心〔名、副〕內心，心中（=心中）。〔數〕內心（多邊形內切圓的中心）

内心では如何思っているか分からない（心裡怎麼想不知道）

彼は内心私の愚を笑った（他心裡笑我愚蠢）

彼はああは言う物の内心は嬉しいのだ（他雖然那麼說可是心裡卻很高興）

内心を打ち明ける（說出心裡話）

内心びくびくする（心裡忐忑不安）

内心不快を覚える（內心感到不快）

内申〔名、自サ〕內部呈報、非正式匯報

内申制度（由畢業學校向報考學校提出有關考生的成績等資料的內申制度）

内申書（非正式的呈文、由畢業學校向報考學校提出有關考生的成績等資料的報告書）

内診〔名〕〔醫〕內診（診察婦女生殖器）、醫生在家給病人看病（=宅診）←→往診

内親王〔名〕公主（天皇的女兒或孫女=皇女）←→親王

内陣〔名〕神社或寺院供奉神佛的正殿←→外陣

内水〔名〕內陸水域、本國水域

内水面（內陸水面）

内水面漁業（淡水漁業）

内生〔名〕〔植〕內生

内生植物（內生植物）

内生芽胞（內生孢子）

内生菌根（內生菌根）

内生胞子（內生孢子）

内生変数〔名〕〔經〕內生變數（原因發生在經濟內部的變數）

内声〔名〕〔樂〕內聲部←→外声

内政〔名〕內政←→外交

内政に干渉しない（不干涉內政）

隣国の内政には干渉しない（不干涉鄰國內政）

相互内政不干渉（互不干涉內政）

内政部長（內政部長）

内省〔名、他サ〕反省（=反省）。〔心〕內觀（=內観）

今日一日の行いを内省する（反省今天一天的行為）

自分の行動を内省して見ると恥ずかしい思いが為る（一反省自己的行為就覺得可恥）

其の言葉は深い内省から生まれた物だ（那句話是由深刻的反省有感而發的）

内省的体験（內省的體驗）

内省的な気質（內省體性）

内生活〔名〕內心活動、精神生活

内積〔名〕〔數〕內積

内切、内接〔名、自サ〕〔數〕內切、內接←→外切、外接

内切円（內接圓）

内切多角形（內接多邊形）

内旋〔名〕〔植〕內捲

内戦〔名〕內戰、國內戰爭（=内国戦）

其の国は内戦が絶えない（那個國家內戰不斷）

内戦を止めて、共に外敵に当れ（停止內戰一致對抗外敵）

内線〔名〕內線，內部的線單位、內部的電話分機←→外線

内線作戦（內線作戰）

内線防御作戦（內線防禦作戰）

内線の十番（分機十號）

内線の１０５番を御願いします（請接 105 號分機）

内争〔名〕内鬨、内部紛爭（=内訌、内紛、内輪揉め）
家庭の内争（家庭內部紛爭）

内装〔名〕（房屋、車船）內部設備、內包裝←→外装
内装工事（內部裝飾工程）
居間の内装工事が為度い（想重新裝潢起居室）

内奏〔名、他サ〕（未經正式手續對天皇）秘密上奏、在後宮上奏

内層〔名〕內層、〔地〕內窗層，內圍層，內露層←→外層
内層板（造船用的內層板）

内蔵〔名、他サ〕暗藏，潛伏，內中包藏、宮中倉庫（=内蔵）
内戦の危機を内蔵している（潛伏著內戰的危機）
現代アメリカの社会に内蔵している諸問題（潛伏在現代美國社會的各種問題）
シンクロ装置を内蔵するカメラ（帶有快門閃光裝置的照相機）
セルフ、タイマー内蔵のカメラ（裝有自拍器的照相機）

内蔵、内庫〔名〕（宮廷）內庫（=内蔵）、房屋內部的倉庫，連接住宅建造的倉庫←→庭倉

内臓〔名〕內臟
内臓を摘出する（切除內臟）
蛙の内臓を調べる（解剖青蛙的內臟）
内臓疾患（內臟疾病）
内臓学（內臟學）
内臓変位（逆位）（內臟異位）
内臓神経節（內臟神經節）
内臓弓（鰓弓）
内臓嚢（內臟囊）

内挿法〔名〕〔數〕內插法、插植法（=補間法）

内属〔名、自サ〕〔哲〕固有，內在，基本屬性，與生俱來、內屬，臣屬

内孫、内孫〔名〕內孫、嫡孫←→外孫、外孫

内体〔名〕〔植〕（具氣囊花粉的）內體

内対角〔名〕〔數〕內對角

内堆石〔名〕〔地〕內冰磧、冰川內冰磧

内題〔名〕書籍扉頁或本文前的標題←→外題

内大臣〔名〕（古代官名）內大臣（=内大臣, 内大臣, 内大臣）（戰前）內大臣（掌管玉璽，輔佐天皇處理皇室事務和國政）（=内府）

内諾〔名、自サ〕私下答應、非正式承諾
内諾を得る（取得非正式承諾）
内諾を与える（給予非正式承諾）
既に彼の内諾を得ている（得到他非正式承諾）
彼の申し出に内諾を与えた（私下答應他的要求）

内達〔名、他サ〕內部通報、非正式通報

内探〔名、他サ〕暗中偵查、秘密調查（=内偵）

内談〔名、自サ〕密談，私下談（=密談）、預備會談，非正式商談（=下相談）
娘の結婚の事で彼と内談した（和他私下談有關女兒結婚的事）
息子の事に就いて先生と内談した（私下和老師談兒子的事情）
一寸君に内談が有る（有點事和你私下談）
内談が有って来た（我來有密事相商）

内地〔名〕（對殖民地）本國←→外地、（對北海道、沖繩以外的）本州，四國，九州、國內（=内国）、內陸（=内陸）
内地人（本國人）
内地米（本地產的米、國內產的米）
内地排水法（〔土木〕內地排水法）
抑留者の内地送還（把拘留者送還國內）
中国内地を旅行する（在中國內地旅行）

内柱〔名〕〔動〕內柱

内中胚葉〔名〕〔動〕內中胚層

内長〔名〕〔植〕内長、内生

内長分枝（内生分枝）

内長茎植物（内生茎植物）

内徴〔名〕〔醫〕主観症状、自覺症状（＝自覚症状）

内寵〔名〕内寵（封建統治者寵愛的姬妾或宦官）

内通〔名、自サ〕通敵（＝内応,裏切り）、通姦（＝密通,私通）

敵に内通して秘密書類を持ち出す（私通敵人把秘密文件帶出）

敵に内通する（通敵）

外国と内通する（裡通外國）

内通者（内奸）

内通して情報を流す（通風報信）

内廷〔名〕内廷、宮廷内部←→外廷

内廷費（國庫每年撥給皇室的費用）

内定〔名、自他サ〕内定,内部決定,暗中決定（＝元決まり）←→本決まり

彼の後任は木村に内定した（内定木村接他的後任）

彼は会長に内定している（已内定他為會長）

会議の開催地は既に内定していた（會議地點已經内定）

内偵〔名、他サ〕秘密偵査、暗中調査（＝内探）

敵情を内偵する（秘密偵査敵情）

敵の動静を内偵する（秘密偵査敵人動靜）

本件に就いて内偵を進める（有關這件事暗中進行調査）

内庭、内庭〔名〕裡院、中庭（＝中庭）

内底板〔名〕〔船〕内底板

内的〔形動〕内在的、精神的

其と此とは同じ様に見えるが内的な関連は無い（那個和這個看來相同但並沒有什麼内在的聯繫）

内的な原因を理解する（瞭解内在原因）

彼は彫刻は木の持つ内的な美しさを引き立てている（他的雕刻表現出木材的内在美感）

此は彼の内的生活を知る一つの材料に為ろう（這個可以作為瞭解他的精神生活的一個材料）

内的生活（精神生活）

内的独白（〔劇〕内心獨白）

内典〔名〕〔佛〕佛經←→外典

内点〔名〕〔數〕内點

内展〔名〕〔動〕内陷、内褶

内転〔名、自サ〕〔醫、動〕内收。〔數〕内旋

内転筋（内收肌、閉殻肌）

内転トロコイド（長短幅圓内旋輪線）

内転サイクロイド（内擺線、圓内旋輪線）

内殿〔名〕（皇宮、廟宇）内殿

内帑〔名〕内帑、内庫、君主所有的財物

内帑金（内帑、皇帝身邊的錢）

内筒砲〔名〕〔軍〕小口徑步槍

内毒素〔名〕〔醫〕内毒素

内内〔名、副〕暗地裡、私下地、秘密地（＝こっそり、内密）

私が内内で調べよう（我暗中調查一下吧！）

私の来た事は内内に願います（我來的事情請予保密）

此の事は内内に願い度い（這件事情不要向外聲張）

内内に為る（保密）

内内心配する（暗地裡擔心）

内内で（に）御知らせする（私下通知你）

彼等は内内で月に二回会っている（他們一個月私下見兩次面）

内内で遣った事だが遂にばれて終った（秘密做的事但終於暴露了）

内内〔名、形動〕家裡,内部,秘密,暗中（＝内内、内輪）

内内の事ですから他へは別に知らせませんでした（因為是家裡內部的事情所以沒有通知別人）

内内で済ます（內部解決）

内内の相談で決めた（私下商量決定的）

内内に（内内に）（秘密地、暗中地）

内内に相談する（背地裡商量）

其の話は内内に為て下さい（這件事請保密）

内軟骨腫〔名〕〔醫〕內生軟骨瘤

内肉、内肉〔名〕〔生〕內質、內漿、細胞內質層（＝內質）

内乳〔名〕〔植〕胚乳←→外乳

内燃〔名〕〔理〕內燃

内燃式（內燃式）

内燃動車（〔鐵〕內燃機車）

内燃機油（內燃機油）

内燃機関（內燃機）

内燃力（內燃力）

内燃機関車（內燃機車）

内燃力発電所（內燃機發電站）

内燃機関船（內燃機船）

内燃タービン（〔機〕內燃氣輪機）

内燃ポンプ（〔機〕內燃幫浦）

内破〔名〕〔語〕（聲音）內破裂

内破音（內破裂音）

内擺線〔名〕〔數〕內擺線、圓內旋輪線（＝内サイクロイド＝hypocycloid）

内胚葉〔名〕〔生〕內胚葉、內胚層

内発〔名、自サ〕內發、內部發生、自然發生

内発的動機（自發的動機）

内発するエネルギー（內部自然發生的能量）

内反脚〔名〕〔醫〕弓形腳

内反足、内翻足〔名〕〔醫〕扁平足、內翻足

内反膝〔名〕〔醫〕弓形腳、膝內翻

内皮〔名〕〔解〕內皮，內側的皮。〔植〕內皮層，內果皮←→外皮

内皮細胞（內皮細胞）

内皮腫（內皮瘤）

内府、内府〔名〕〔古〕內府，內庫、內大臣的別稱

内部〔名〕內部，裡面（＝内側）、內幕，內情（＝内輪）←→外部

建物の内部に爆薬を仕掛けた（在建築物裡面安裝炸藥）

内部の事情に詳しい者の仕業だ（一定是瞭解內情的人所做的）

家の内部（屋子內部）

彼は内部の事情を知っている（他知道內情）

内部の人（內部的人）

内部の事情（內情、內幕）

内部組織（內部組織）

内部工作（內部工作、暗中進行活動）

内部エネルギー（〔理〕內能）

内部回転（〔化〕內轉動）

内部抵抗（內電阻、內阻力）

内部留保（〔企業利潤作為公積金〕內部保留）

内部記憶装置（〔計〕內存儲器）

内部標準法（〔理〕內標準法）

内部原形質（〔動〕內胚層質）

内部紛争（內部糾紛）

内部照射（〔理〕內輻射）

内評〔名〕私下的評論（議論、批評）

内評定（秘密商定、內部商量、內評定始）

内評定始（室町時代的問注所，政所在正月新年規定日期開始辦公）

内服〔名、他サ〕〔醫〕內服（＝内用）←→外用

此の薬は皮下注射しても内服しても良い（這藥也可皮下注射也可內服）

内服薬（內服藥）

内服用避妊剤（口服避孕藥）

内服ワクチン（口服疫苗）

内福〔形動〕外表看不出來實際上很殷實富裕

内福な家庭（實際上很富裕的家庭）

内覆組織〔名〕〔解〕內皮

内紛〔名〕內鬨、內部紛爭

他党の内紛を利用して自党の勢力を広げる（利用其他黨的內部糾紛擴張自己黨的勢力）

内聞〔名、他サ〕秘密聽到，私下聽到、不公開，保密

内聞の話（秘密的話）

内聞する所に依れば（根據我私下聽到的）

内聞に達する（秘密傳到上級耳中）

君の善行が校長先生の内聞達した然うだ（聽說你做的好事已被校長從旁聽到）

内聞に済ます（暗中解決）

其の事を内聞に為る（不對外公開那件事）

内分〔名他サ〕秘密，不公開（＝内聞、内密）。〔數〕（線的）內分←→外分

内分に為る（不公開、不聲張）

此の事は内分に願います（這件事情請保密）

此の事は彼には内分に願います（這件事情請不要告訴他）

内分に済ます（暗中解決、私下了結）

内分泌、内分泌〔名〕〔生理〕內分泌←→外分泌、外分泌

内分泌学、内分泌学（內分泌學）

内分泌腺、内分泌腺（內分泌腺）←→外分泌腺、外分泌腺

内分泌系統、内分泌系統（內分泌系統）

内分泌器官、内分泌器官（內分泌器官）

内閉性〔名〕〔心〕孤獨性、獨自思考

内閉性的思考（獨自思考）

内壁〔名〕內壁、內牆←→外壁

内変〔名〕內部的變化，國內的變故。〔礦〕內變質（作用）

内篇、内編〔名〕內編（古代指論著中的主要部分）←→外篇、外編

内方〔名〕內部，裡面←→外方、對他人妻子的尊稱（＝内儀、内室）

内報〔名、他サ〕內部通報、秘密報告、私下通知、暗中通知、內部消息

事件の詳細に就いて内報が有った（事件詳情已得到非正式的報告）

発表前に作品の入選の内報が有った（在發表前接到非正式的作品入選通知）

内報を受ける（得到內部通報）

内包〔名、他サ〕包含，含有。〔邏〕內包，內含←→外延

矛盾を内包する（含有矛盾）

可能性を内包する（含有可能性）

内包鉱物（內容礦物－指礦物內所包含的另種礦物）

内包穎〔名〕〔植〕內穎

内幕、内幕〔名〕內幕、內情←→外見

内幕を暴く（揭穿內幕）

内幕を曝け出す（揭穿內幕、暴露內幕）

内幕を探る（刺探底細）

内幕話（內幕〔消息〕）

日本独占資本の内幕（日本壟斷資本的內幕）

内膜〔名〕〔解〕內膜、〔植〕（孢子）內壁

子宮内膜炎（子宮內膜炎）

内密〔名、形動〕秘密，不公開（＝内緒、秘密）←→公然

内密の指示（秘密指示）

内密の外交（秘密外交）

内密に調査する（暗中調查）

此の事は内密に願います（這件事請你保密）

内密に交渉を進める（私底下進行交渉）

貴方に内密の話が有る（有件事想和你私下談）

内務〔名〕内務，國內行政事務。〔軍〕内務（整節，室內課程等）

内務省（内務省、內政部）

内務大臣（内務大臣、內政部長）

内務長官（美英的內政部長）

内務次官（內務次官、內政部副部長）

内務班（內務班）

内命〔名、他サ〕密令、內部命令、非正式命令

会長の内命を受けて調査に為る（奉會長的密令進行調查）

内命を発する（發出密令）

内命を受ける（接受密令）

内面、内面〔名〕內部，裡面、心理，精神方面←→外面、表面、外面

表面から内面へ（由外到裡）

箱の内面に紙を貼る（箱子裡面貼紙）

内面研磨盤（〔機〕內圓磨床）

事物の内面を見る（觀察事物的內部）

此の小説は内面描写が優れている（這本小說心理描寫很好）

其の作品の中で作者は自分の内面を掘り下げている（作者在那部作品中對自己的心理剖析得很透徹）

見掛けは弱然うだが内面は確りしている（表面看來很懦弱內心卻很剛強）

内面夜叉の如し（蛇蠍心腸）

内面化（內在化、使深入內心）

内面生活（精神生活）

内面描写（內在描寫、心理描寫）

内面的（內部的、心理的、精神的）

内面的世界（內心世界）

内面的考察（內省、反省）

内面的知識（內部組織）

内面〔名〕對自己人的態度

内面が悪い（對自己人態度不好）

内面の良い人（對自家人和顏悅色的人）

内毛〔名〕〔植〕內毛

内蒙古〔名〕〔地〕內蒙古

内野〔名〕〔棒球〕內野（=インフィールド infield、ダイヤモンド diamond）←→外野

内野手（內野手）

内野安打（內野安打）

内野フライ fly（內野高飛球）

内野ヒット hit（內野安打）

内約〔名、他サ〕私下約定，暗中約定、密約，默契

彼等二人の間には何か内約が有るらしい（他們二人之間似乎有什麼默契）

彼と内約しているので君の方は御断りする（由於和他私下約定好了所以無法答應您）

内憂〔名〕內憂←→外患

内憂外患（內憂外患）

内憂外患交交至る（內憂外患接踵而來）

我国は内憂外患に悩まされている（我們國家正面臨內憂外患）

内用〔名、他サ〕〔醫〕內服（=内服）←→外用，私事，秘密事

一日に三度、食後に内用する（一天三次飯後服用）

内用薬（內服藥）←→外用薬

内洋〔名〕內海（=内海）←→外洋

内容〔名〕內容（=中身、中味）←→形式

内容は良いが文章が気に食わない（內容很好文章不討人喜歡）

此の映画には内容が無い（這部電影缺乏內容）

小包の内容は何ですか（包裹的內容是什麼？）

全く内容の無い話（空洞無味的話）

教育の内容を豊かに為る（豐富教育的內容）

内容証明（內容證明）

内容証明郵便（內容證明郵件、保價郵件）

内容見本（內容簡介）

御申し越し次第内容見本無料送呈（內容簡介承索即免費奉上）

内葉〔名〕〔動〕內小葉、（昆蟲）肢節內葉

内乱〔名〕內亂（=內紛）

内乱が起こる（發生內亂）

内乱を起こす（發動內亂）

内乱を鎮める（評定內亂）

内乱は漸く鎮まった（內亂終於平定）

内覧〔名、他サ〕內部觀覽、秘閱（=內見、內閱）

内覧会（〔正式展覽前的〕預展）

内陸〔名〕內陸、內地、大陸

内陸から日本海側に掛けては雪に為るでしょう（從內陸到日本海方面大概都已被雪覆蓋了吧！）

内陸運輸（內地運輸）

内陸河（內陸河）

内陸国（內陸國家）

内陸川（內陸河）

内陸氷河（大陸冰河）

内陸性気候（大陸性氣候）←→海洋性気候

内陸河川（內陸河）

内陸湖（內陸湖）

内率〔名〕〔數〕內項（=內項）←→外率

内流〔名〕內向流、內向氣流（或水流）

内龍骨〔名〕〔船〕內龍骨

内力〔名〕〔理〕內力、內應力←→外力

内輪〔名〕〔機〕內環、內圈←→外輪

内輪山〔名〕復火山（老火山口內新生的小火山）←→外輪山

内輪〔名、形動〕家裡，內部（=內內）、保守，穩健，謹慎，溫和（=控え目）、內八字腳（=內股）、〔建〕拱門的拱腹（線），內弧←→外輪

内輪の事だから内輪で解決しよう（因為是內部問題由內部來解決吧！）

内輪の事だ（から）、漏らしては行けない（這是內部問題不要洩漏）

内輪の秘密を曝け出す（洩漏內部機密）

皆内輪の者だ、話が有れば十分に言えば良い（都是自己人有話儘管說好了）

内輪に言う（說得留有餘地）

何事も内輪に遭るが良い（凡事穩健些好）

内輪に暮す（有節制地過日子）

一番内輪な意見だ（是最保守謹慎的意見）

此は内輪に見積って百万円は為る（這個即使保守估計也值一百萬日元）

内輪割れ、内輪割（內部分裂）

内輪揉め（內鬨、內部糾紛）

内輪揉めを起こす（引起內鬨）

共和党員の間に絶えず内輪揉めが有る（共和黨員之間不斷發生內鬨）

内輪喧嘩（內部爭吵、內鬨）

内輪喧嘩（を）為る（起內鬨）

内淋巴、内リンパ〔名〕〔解〕內淋巴

内惑星〔名〕〔天〕內行星←→外惑星

内苑、内園〔名〕內苑、宮城內庭園

内裏〔名〕皇居（的舊稱）、模擬天皇皇后裝束的一對偶人（=內裏雛）

内裏様（宮中貴人〔特指天皇〕、模擬天皇皇后裝束的一對偶人=內裏雛）

内裏雛（模擬天皇皇后裝束的一對偶人=內裏樣）

内匠寮〔名〕內匠寮（宮廷中司營造裝飾等事務的機構）

内障，底翳、内障〔名〕〔醫〕內障

内障に罹った目（內障眼）

私の左眼は白内障に罹っていた（我左眼得了白內障）

白内障、白底翳（白內障）

黒内障、黒底翳（黑內障）

青底翳（青光眼＝緑内障）

内障（〔醫〕內障、〔佛〕內障，內心煩惱的障礙）

内障眼（〔醫〕內障＝白內障、白底翳、黒內障、黒底翳、青底翳、緑内障）

内、中、裏、家〔名、代〕內，中、裡↔外、之內，以內、時候，期間（＝間），家，家庭（＝家）、自己人，自己的丈夫，妻子、內心。〔古〕宮裡或天皇的尊稱。〔佛〕佛教，佛經、（方言）我

内へ入る（進入裡面）

十人の内九人迄が賛成する（十人之中有九人贊成）

内から錠を掛ける（從裡面上鎖）

内から錠を掛けて置く（從裡面上鎖）

多数の内から選び出す（從多數裡選出）

拍手の内に壇上に上る（在鼓掌聲中登上講壇）

クラスの内で彼が一番背が高い（在班上他個子最高）

此も私の仕事の内です（這也是我工作範圍之內的事）

若い内に勉強しなければならない（必須趁著年輕用功）

暗い為らない内に早く帰ろう（趁著天還沒黑快回去吧！）

御喋りを為ている内に家に着いた（說著說著就到家了）

二、三日の内に出発する（兩三天以內出發）

三日の内に遣り遂げる（三天以內完成）

内を建てる（蓋房子）

三階建の内（三層樓房）

内へ帰る（回家）

内へ遊びにいらっしゃい（到我家來玩吧！）

今夜は内に居ます（今晚在家）

内程良い所は無い（沒有比家裡再好的地方）

内を持つ（成家、結婚）

内を外に為る（經常外出不在家、老不在家）

内の者（家人、我的妻子）

内中で映画を見に行く（全家人去看電影）

内の人（我的丈夫）

内の子に限ってそんな事は無い（我家小孩不會做那種事）

内の奴（我的老婆）

一応、内に相談して見ます（這要和家裡人商量一下）

彼は内の者だ（他是自家人）

内の中の盗人は掴まらぬ（燈底下暗內賊捉不著）

内の社長（我們經理）

其の計画は内で立てよう（那項計畫由我們來制定吧！）

内の学校（我們學校）

抑え切れない内の喜び（抑制不住內心的喜悅）

内に省みて疚しくない（內省不疚）

熱情を内に秘める（把熱情埋藏在心裡）

家、内〔名〕家，家庭，房子、家裡人、自己的丈夫或妻子

家へ帰る（回家）

家を建てる（蓋房子）

三階建ての家（三層樓房）

今夜は家に居ます（今晚在家）

家へ遊びにいらっしゃい（到我家來玩吧！）

家を外に為る（經常外出不在家）

家を持つ（成家、結婚）

家中で映画を見に行く（全家人去看電影）

家の子に限ってそんな事は無い（我家小孩不會做那種事）

家の人（我的丈夫）

家の者（家屬、我的妻子）

家の中の盗人は捕まらぬ（家賊難防）

家〔名〕房屋、家、家庭、家世，門第

家を建てる（蓋房子）

家を空ける（騰房子）

家中埃だらけだ（滿屋都是灰塵）

住む家が無い

家に帰る（回家）

家を出る（離開家出門、出走）

家を畳む（收拾家當）

家に燻る（悶居家中）

貧農の家に生れる（生於貧農家庭）

未だ家を成さない（還沒有成家）

家を持つ（成家、結婚）

彼の家は代代農家だった（他的家代代務農）

古い家（歴史悠久的門第）

家を継ぐ（繼承家業）

家を外に為る（拋家在外）

家、屋〔名〕家房屋（＝家）。〔古〕屋頂（＝屋根）

〔接尾〕（接名詞下表示經營某種商業的店鋪或從事某種工作的人）店、鋪。

具某種專長的人。

（形容人的性格或特徵）（帶有輕視的意思）人

日本商店、旅館、房舍的堂號、家號、雅號（有時寫作"舎"）。

此の屋の主人（這房屋的主人）

屋鳴り振動（房屋轟響搖晃）

家主（房東）

空家、明家（空房子）

郵便屋さんが手紙を配っている（郵差在送信）

左官屋さんが来ました（瓦匠師傅來了）

薬屋（藥店）

魚屋（魚店）

肉屋（肉舖、賣肉商人）

八百屋（菜舖、萬事通）

新聞屋（報館、從事新聞工作者）

銀行屋（銀行家、從事銀行業務者）

本屋（書店、書店商人）

鍛冶屋（鐵匠爐、鐵匠）

闇屋（黑市商人）

事務屋（事務工作人員）

政治屋（政客）

何でも屋（萬事通、雜貨鋪）

威張り屋（驕傲自滿的人）

恥かしがり屋（易害羞的人）

喧し屋（吹毛求疵的人、好挑剔的人、難對付的人）

分らず屋（不懂事的人、不懂情理的人）

千三つ屋（土地經紀人、撒謊大家、吹牛大王）

周旋屋（經紀人、代理店）

気取り屋（裝腔作勢的人、自命不凡的人、紈絝子弟）

菊の屋（菊舍）

木村屋（木村屋）

高山屋（高山屋）

木材屋（木材行）

大和屋（大和屋）

鈴の屋（鈴齋－本居宣長的書齋名）

中〔名〕〔舊〕期間（＝間）

〔結尾〕表示整個期間或區域

此の間中（這期間）

世界中又と無い（全世界獨一無二）
家中捜した（家裡全找遍了）
一晩中眠れなかった（整晚都沒睡覺）
夏中熱海に居た（在熱海待了整個夏天）
一日中働いた（工作了一整天）

ちゅう 中〔名〕中央，當中，中庸，中間、中等。（對上下而言的）中卷

〔接尾〕在…之中。在…裡面。正在…。正在…中

〔漢造〕中、中間、中庸、內部、中途、射中、中國、中學

北中南の三峰（北中南三峰）峰峰
中を失わず（不偏不倚、保持中庸）
二派の中を取る（採取兩派的中間路線）
成績は中位です（中等成績）
乗客中の一人（乘客中的一位）
級中で一番だ（在班裡數第一）
来月中に上京する（下月裡進京）
今日中に仕上げねばならない（今天裡必須做完）
授業中（正在教課）
会議中（正在開會）
学校は今休暇中です（現在學校正在放假）
修繕中に付休業（因為修理內部停止營業）
正中（〔物體的〕中心，中央、中正，不偏不倚、（射擊等）中的，正著，正中。〔天〕（日、月等）到達子午線，過南北線〔＝南中〕）
南中（〔天〕南中，南中天，天體經子午線、到中天）
身中（身中）
人中（眾人之中、〔上唇正中凹下的部分〕人中）
陣中（陣地之中、戰陣之中）
塵中（塵世、灰塵之中）

心中（心中、內心）
心中（〔古〕守信義、（相愛的男女因不能結婚等感到悲觀而）一同自殺，情死。〔轉〕兩個以上的人同時自殺）
胸中（胸中、內心、心裡）
囊中（囊中、口袋裡、錢包裡）
脳中（腦裡、心裡）
市中（市內，市區。〔經〕市場）
車中（車中）
社中（社裡，社內，公司內部、〔劇團或戲班的〕同行，同夥）
船中（船中、船裡、船上）
連中、連中（夥伴，一夥，同夥、〔演藝團體的〕成員們）
簾中（簾內、貴夫人、夫人-對公卿，大名的妻子的敬稱）
講中、講中（參加標會的人們、遊山拜廟的團體）
口中（口中、嘴裡）
女中（女傭，女僕，〔飯館或旅館等的〕女服務生。〔古〕女子，婦女）
書中（書中，信中，文中、書信）
暑中（暑期、炎暑期間-指三伏天）
十中八九、十中八九（十之八九、十有八九）
集中（集中、作品集內）
最中（正在最盛期、正在進行中）
在中（在內、內有）
寒中（隆冬季節，三九天裡、嚴冬，嚴寒的冬天）
閑中（閒暇無事的時候）
忙中（忙中）←→閑中
寰中（天子直接統治的土地，寰宇之內、天下，世界）
眼中（眼中、眼裡、心目中）
忌中（居喪期間-普通為四十九天）

ろ

道中（〔舊〕途中、旅途中、妓女盛裝在妓館區遊行〔=花魁道中〕）

途中（途中、中途）

土中（土中）

相談中（協商中）

進行中（進行中）

今週中（本周內）

命中（命中）

的中、適中（射中，擊中，猜中）

百発百中（百發百中，彈無虛發、準確無誤）

一発必中（一發必中、必定說中）

十発五中（十發五中）

個中、箇中（個中、此中）

訪中（訪中）

日中（白天、晝間、中日、日本和中國）

日中（白天、日間〔=日中〕）←→夜中

夜中（夜半、半夜、子夜、午夜）

夜中（一夜、整夜）

夜中（夜間）

中印国境（中印邊界）

一中（第一中學）

付属中（附中、附屬中學）

中〔名〕裡面，內部←→外、當中、其中、中間。〔俗〕東京吉原，大阪新町的妓院。〔俗〕（記者在機關）採訪中。〔商〕下月底到期的期貨、下月底交割的定期交易，近期貨（=中限）

鞄の中から本を取り出す（從皮包裡拿出書來）

中に何が入っているか（裡面裝著什麼？）

戸は中から開いた（門由裡面開了）

箱の中へ入れる（放到箱子裡）

雪の中を歩いて帰る（冒著雪走回來）

泳ぐ中で泳ぎを覚える（在游泳中學游泳）

御忙しい中を来て頂いて恐縮です（您在百忙之中撥冗前來不敢當）

中で一番良い子（其中最好的一個孩子）

中でも酷いのは（尤有甚者）

此は数有る中の本の一例だ（這只是很多之中的一個例子）

中一日置いた（中間隔一天）

中に立つ（居中、居間）

森の中を通って行く（穿過森林）

中の兄（二哥）

中の息子は戦死した（二兒子陣亡了）

人込みの中に割って入る（擠進人群裡去）

中に入って貰う（請當中間人）

橋の中程迄来る（走到橋中間）

正月中の七日（正月十七、正月中間的第七天）七日七日

中の品（中等貨）

中の方を向く（面向中間）

中を取る（折衷、取乎中）

中を行く（折衷、取乎中）

御中、御腹〔名〕〔俗〕（原來是婦女用語）肚子、胃腸

御中が痛い（肚子痛）

御中が空いた（肚子子餓了）空く好く漉く梳く酸く剥く抄く透く抄く

御中が大きい（肚子大了、懷孕了、有孩子了）

御中を壊す（腹瀉、鬧肚子）毀す

僕は御中（が）一杯だ（我吃得很飽了）

裏〔名〕背面，後面、（衣服的）裡子，（鞋襪的）底子、裡面，內部、背後、內幕，幕後、（棒球）後半場、反面。

〔數〕倒換、（技藝的）簡略方法（=略式）、（茶道）裏千家流派（=裏千家）←→表

紙の裏（紙的背面）裏浦心占卜

手の裏（手掌）

足の裏（腳底）
毛皮の裏（皮裡子）
家の裏（房子後面）家家家家家
家の裏を通る（從房子後面過去）
裏を見よ（請看背面）
用法は裏に書いて有ります（用法寫在背面）
裏の通り（後街）
裏へ回る（往後面繞）
裏門から入る（從後門進去）入る入る
裏山（後山）
裏付き生地（襯料、裡布）
裏を付ける（掛上裡子）
着物に裏を付ける（把衣服掛上裡子）
裏が擦り切れる（衣服襯裡磨破了）
靴の裏を張り替える（換鞋底）
裏で策略を巡らす（幕後策畫）巡らす廻らす回らす
政界の裏（政界的內幕）
裏の意味（背後的意思）
心の裏を見透かす（看穿內心深處）
彼の言葉の裏には黙諾の意が読まれた（看出他的話裡有默認的意思）
言葉の裏を読み取る（聽其弦外之音）
裏取引（幕後交易）
一回の裏（棒球第一局的後半場）
五回の裏に三点取った（第五局下半拿了三分）
裏を返す（重來一次、衣服翻裡作面）
裏を返せば（反過來說、從反面來看）返す反す帰す還す孵す
裏を言う（說反面話）言う謂う云う
裏の言葉（說反面話）
言葉の裏を行く（說了不算）

レコードの裏を掛ける（把唱片換過來放）
法律の裏を潜る（鑽法律的空子）潜る潜る潜む
物事には大抵裏が有る物だ（凡事大概都有隱蔽的內幕）
裏には裏が有る（內幕裡還有內幕、戲中有戲、內情複雜、話中有話、裡頭有蹊蹺）
此には何か裏が有る様だ（這裡面好像有甚麼內幕似的）
裏の裏を行く（鑽空子、將計就計=裏を行く）行く往く逝く行く往く逝く
裏を搔く（〔古〕刀劍砍通或射穿裡面、鑽空子，將計就計）
敵の裏を搔く（鑽敵人的空子）
裏を取る（〔俗〕證實-根據實證查明口供的真假）取る捕る摂る採る撮る執る獲る盗る録る
犯人の自供の裏を取る（核實罪犯的口供）

裏、裡〔接尾〕（接在體言之下）表示在…之中
〔漢造〕背面、裡面、在…之中（=の裡）
盛会裏に終る（在盛會中結束）
会議が秘密裏に進められた（會議在秘密中舉行）
事が極秘密裏に進められている
奏楽裏に厳粛な式が挙行される（在奏樂聲中舉行嚴肅的儀式）
手裏剣、手裏剣（撒手劍-以手擲出以傷敵人的短劍、撒手劍術）
脳裏、脳裡（心裡、腦海裡）
胸裏、胸裡（胸中、心中、內心）
心裏、心裡（心中、內心）
内裏（皇居的舊稱、模仿天皇皇后裝束的一對男女偶人=内裏雛、内裏様）
禁裏、禁裡（禁宮、皇宮）
暗暗裏（暗中、背地）
事件が暗暗裏に葬られる（事件在暗中被掩蓋起來）

ろ

暗暗裏に調査を進める（暗中地進行調查）

成功裏（成功裡）

大会は成功裏に閉幕した（大會成功地閉幕了）

内入、内入り〔名〕償還債務或貸款的一部份（＝内払い）、收入，賺得（＝儲け）

内鰓、内鰓〔名〕〔動〕内鰓←→外鰓

内劣り〔名、自サ〕華而不實、金玉在外敗絮其中

内掛け〔名〕〔相撲〕内勾←→外掛け

相手を内掛けで倒す（用内勾把對手摔倒）

内貸し〔名、他サ〕預付一部分（工資，報酬）←→内借り

月給の半分を内貸しする（預付半月工資）

内隠し、内隠〔名〕衣服暗袋（＝内ポケト）

内冑、内兜〔名〕盔的裡面。〔轉〕隱情，内情（＝内幕、内懐）

内冑を見透かす（識破隱情、抓住對方弱點）

内釜〔名〕日本澡盆和燒水鍋裝在一起的浴缸←→外釜

内側、内側〔名〕内側←→外側、外側

内側から鍵を掛ける（從裡面鎖上）

内側のポケト（衣服裡袋）

内側へ開く（往裡開）

内側から開ける（從裡頭開）

内側壁（〔植〕内壁）

内側軸（〔船〕内側軸）

内金〔名〕定錢、定金（＝手付け）

内金を入れる（置く）（交定錢）

内金と為て千円を渡す（交一千元做定錢）

内金払い（預付、部分交付）

内金領収書（預付款收據）

内踝〔名〕内踝

内ゲバ〔名〕内部暴力（指日本學生運動組織内部形使暴力）、内鬨

内気〔名、形動〕覥腆、羞怯←→勝気

内気な娘（羞怯的姑娘）

内気な人（臉皮薄的人）

内気で人に物も言えない（覥腆得很對人連話都不能講）

内気配、内気配〔名〕〔商〕對下次開盤的估計

内稽古〔名〕老師在自己家裡教授（音樂，美術，書法等技藝）←→出稽古

内芸者〔名〕〔舊〕酒廊裡專屬的妓女

内校、内校〔名〕〔印〕（在印刷廠的）粗校

内校者（粗校者）

内中〔名〕全家、閤家

其の為内中大騒ぎだった（因此全家都驚慌不安）

内迫〔名〕〔建〕拱腹（線）

内高〔名〕〔史〕（江戸時代各地諸侯）實際收入的祿米數量←→面高

内弟子〔名〕（住留在師傅家裡的）徒弟

内弟子を取る（收徒弟）

内弟子に為る（當徒弟）

師匠が内弟子を置く（師傅收徒弟）

内鼠〔名〕家鼠、〔古〕沒有見過世面的人

内の人、家の人〔名〕家屬，家裡人（＝家族）、（對別人稱自己的丈夫）我的丈夫

内の人と相談して見る（和家屬商量看看）

内の者〔名〕家裡人、家裡的佣人、（自己的）妻子（＝女房）

内法〔名〕内側尺寸←→外法、（日式房屋）拉門上下框淨距、門楣門檻間的距離

内法が二尺有る（内側尺寸是二尺）

内法で測る（由内側量）

内歯車〔名〕〔機〕内齒輪

内歯車駆動（内齒輪傳動）

内箱〔名〕（大的火柴包裝等的）内裝小盒、藝妓院中侍候藝妓的人

内払い、内払〔名、他サ〕預付部分貸款（＝内渡し）、償還欠款的部分

内払いと為て五千円手渡す（交五千元作為一部分付款）

内払い金（部分付款、預付款）

内払金五千円也（預付款五百元）

内張、内張り〔名〕鑲在裡面的木板等內襯，內鑲、爐襯

内張板（〔船〕內側鑲板）

内表紙〔名〕（雜誌等）封皮的背面、內封皮

内開き、内開〔名〕（門等）往裡開←→外開き

内開きの門（往裡開的門）

内風呂〔名〕內部浴室，室內浴室（＝內湯）←→外風呂

内風呂完備（備有室內浴室）

其の下宿には内風呂が無い（那公寓沒內部浴室）

内懐〔名〕懷裡←→外懐。〔轉〕內心、隱情（＝內情、內幕）

内懐に本を挟む（把書夾在懷裡）

内懐に財布を入れる（把錢包放到懷裡）

内懐を見透かされる（被人看透內心）

内懐に短刀を忍ばせる（懷裡藏著短刀）

内耗り，内耗、内減り，内減〔名〕（糧穀加工）損耗量、損耗率

内耗を計算に入れる（把損耗量計算在內）

内弁慶〔名、形動〕在家稱雄在外懦弱（的人）（＝陰弁慶）

内の子供は内弁慶で困ります（我家孩子在家稱雄在外懦弱真沒法子）

内弁慶な子（在家老虎出門狗熊的孩子）

内弁慶の外菜虫（外味噌）（在家老虎出門狗熊）

内ポケット〔名〕裡面的衣袋、裡兜←→外ポケット

内ポケットに仕舞い込む（裝到裡兜裡）

内掘、内濠〔名〕城內的護城河←→外掘、外濠

内巻き〔名〕〔植〕內捲、向裡捲（的髮型）

内回り〔名〕（同心圓）轉內圈、家中，家庭內部、（雙軌環繞電車）內側線路←→外回り

内回りの仕事（家務事、家裡的事情）

山手線の内回り（東京都內山手線的內繞線）

内紫〔名〕〔動〕紫裏蛤。〔植〕文旦

内股，内腿、内股〔名〕大腿內側、內八字走路←→外股。〔柔道〕用腳從大腿內側把對方勾倒的招數

内股が擦れて痛い（大腿的內側磨傷很痛）

内股に歩く（腳尖朝裡邁步走）

内股膏薬、内股膏薬（兩面派、騎牆派、兩邊倒）

内股膏薬を遣る（耍兩面派手腕、兩面討好）

彼は内股膏薬だ（他是騎牆派）

内湯〔名〕（溫泉地帶旅館等的）內部浴室，室內浴池、引進自己家裡來的溫泉←→総湯

内湯有り（備有室內浴池）

内枠〔名〕內眶，裡框、限額以內←→外枠

内枠を嵌める（鑲上內眶）

内訳〔名、他サ〕明細、細目、詳細內容（＝明細）

内訳を為る（分成細目、列清單）

勘定書きの内訳（明細帳單）

合計に二万五千円、其の内訳の通り（總計兩萬五千元其細目如下）

内訳書（清單）

内訳表（明細表）

内渡し、内渡〔名、他サ〕交定金、先交一部分（貨款）、預付

内渡しと為て半額を支払う（價款先付一半）

内鰐〔名〕腳尖朝裡走路、O型腿←→外鰐（外八字）

内鰐に歩く（走內八字形）

内割〔名〕（糧食加工時）損耗量←→外割

内割引〔名〕〔商〕銀行貼現（＝銀行割引）←→外割引、真割引

咄（ㄉㄨㄛˊ）

咄咄、咄咄〔名、自サ〕嘮叨、囉嗦

咄咄を要しない（不要嘮叨）

怒鳴る、怒鳴る〔自五〕大聲呼喊、大聲責備
　　幾等怒鳴っても出て来ない（怎麼嚷也不出來）
　　何度怒鳴っても返事が無い（怎麼大聲叫喊也沒應聲）
　　そんなに怒鳴らなくても聞えますよ（用不著大聲叫嚷我聽得見啦！）
　　父に怒鳴られた（被父親申斥了一頓）
　　妹と騒いで父に怒鳴られた（和妹妹吵鬧被父親罵了一頓）

撓（ㄋㄠˊ）

撓〔漢造〕屈、搔、屈服、擾亂
撓曲〔名〕〔地〕單斜撓褶，彎曲
撓める〔他下一〕（用膠水泡後）錘硬皮革
撓革〔名〕用膠水泡後錘硬的皮革
撓、栞〔名〕（〔芭蕉〕俳句用語）（句中自然流露出來的）纖細餘情、弦外之音、餘韻
撓う〔自五〕（柔軟而）彎曲
　　君の手は良く撓うね（你的手真柔軟）撓める痛める炒める傷める
　　竹は良く撓う（竹子很柔韌）
　　良く撓う杖（有彈性的手杖）
　　竹が風で撓った（竹子被風吹彎了）
　　竹が雪で撓った（竹子被雪壓彎了）
　　枝が撓う程実が為っていた（果實結得樹枝都下垂）
　　柳の枝は撓う（柳枝柔軟彎曲）
　　物干竿に蒲団を掛けろと撓う（往曬衣桿掛被子桿就彎）
撓る〔自五〕〔俗〕柔軟、柔韌（＝撓う）
　　柳の枝が撓る（柳枝柔韌）
撓る〔自五〕（壓得）彎曲（＝撓う、撓む）
　　柳が撓る（柳樹彎曲）
撓垂れる〔自下一〕依偎（＝撓垂れ掛かる）、彎曲而下垂
　　女が恋人に撓垂れている（女人依偎著情人）
　　柳が撓垂れる（柳枝下垂）
　　雨の撓垂れた桃（被雨打得下垂的桃子）
撓垂れ掛かる〔自五〕依偎（＝撓垂れる）
　　彼女は彼に撓垂れ掛かっている（她依偎著他）
撓やか、嫋やか〔形動〕柔軟、柔韌（＝柔か、なよやか）、柔和，溫柔、有彈性
　　撓やかな手（柔軟的手）
　　此の生地は撓やかで感じが良い（這料子柔軟舒適）
　　撓やかな枝（柔軟的樹枝）
　　柳の枝が撓やかに風に戦ぐ（柳枝迎風搖曳）
　　撓やかな起居振舞（優美的舉止）
　　撓やかに歩く（步伐優美）
　　撓やかな物腰（舉止溫柔）
　　彼女には撓やかさが足りない（她不太溫柔）
　　撓やかな身の熟（柔軟的動作）
　　撓やかに曲がる釣竿（有彈性的釣桿、柔韌的釣桿）
撓める、矯める〔他下一〕弄彎（撓める）、弄直（矯める）、歪曲、矯正
　　弓を撓める（彎弓）撓める矯める溜める貯める
　　良く矯めて矢を射る（好好瞄準射箭）
　　松の枝を撓める（把松枝弄彎）
　　枝の若木の内に撓める（趁樹小的時候整修樹枝）
　　曲がった脊柱を矯める（把彎了的脊柱弄直）
　　悪癖を矯める（矯正壞毛病）
　　酒乱の癖を矯める（改變酒瘋的毛病）
　　法を矯めて行う（枉法而行）

撓む〔自五〕（棒或樹枝受外力）彎曲（=曲がる, 撓う）、鬆弛（=弛む, 弱る）

　林檎の重さで枝が撓んでいる（由於蘋果的重量樹枝彎了）撓める痛める炒める傷める

　梨は豊作で何の枝も撓んでいる（梨子結得很多把樹枝壓彎了）

　風で枝が撓む（樹枝被風吹彎）

　鉄の棒が撓む（鐵棍彎曲）

撓み〔名〕〔理〕撓曲、撓度

　撓み軸受（撓性軸承）

　撓み性（撓性、易彎性、柔軟性）

　撓み曲線（撓度曲線、撓曲曲線）

撓める〔他下一〕使…彎曲、弄彎

　枝を撓める（把樹枝弄彎）

　枝を撓めて李を採る（弄彎樹枝摘李子）

撓やか、手弱か〔形動〕柔韌，柔軟（=撓やか，嫋やか）、溫柔，優美

　撓やかな見事な文章（優美漂亮的文章）

鐃（ㄋㄠˊ）

鐃〔漢造〕金屬樂器，狀似鈴而無舌，有柄，舉奏發聲，具有引導鼓聲停止功能

鐃鈸，鐃鉢、鐃鈸，鐃鉢〔名〕〔佛〕鐃鈸（樂器名，比鈸大）

悩（ㄋㄠˇ）

悩〔漢造〕煩惱、苦惱

　苦悩（苦惱、煩惱）

　懊悩（懊惱、苦惱、煩惱）

　煩悩（煩惱）

悩殺〔名、他サ〕（女人魅力使男人）迷住、神魂顛倒

　悩殺する様な目付き（令人神魂顛倒的眼神）

　人を悩殺する様な魅力（令人神魂顛倒的魅力）

　彼は其の女に悩殺された（他被那個女人迷住了）

悩乱〔名、自サ〕因苦惱而心煩意亂

悩む〔自五〕煩惱，苦惱、感到痛苦

　生活問題に悩む（煩惱生活問題）

　進学問題に悩む（為升學問題感到煩惱）

　資金繰りに悩む（為籌措資金而煩惱）

　子供の将来に就いて悩む（為孩子的前途煩心）

　恋に悩む若者（為情煩惱的青年人）

　彼等は此の問題で悩んでいる（他們為這個問題苦惱）

　頭痛に悩む（苦於頭痛）

　彼の人は神経痛に悩む（他為神經痛所折磨）

　歯痛に悩む（害牙痛）

　喘息に悩まされる（為氣喘所苦）

悩み〔名〕煩惱，苦惱，痛苦、生病←→慰み

　産の悩み（分娩的痛苦）

　心の悩み（內心的痛苦）

　母親の悩み（作母親的煩惱）

　青春の悩み（青春期的煩惱）

　持てる者の悩み（有錢人的苦惱）

　悩みは誰にでも有る（誰都有煩惱）

　心の悩みを打ち明ける（傾述內心的痛苦）

　悩みは彼等が協力して呉れない事だ（煩惱的是他們不幫我的忙）

　息子の非行が悩みの種だった（兒子的不當行為令人發愁）

　体が弱いのが悩みの種だ（身體衰弱是苦惱的根源）

悩める〔自、他下一〕使煩惱，使痛苦、正在煩惱，苦惱（=悩ませる、苦しめる）

　悩める姿（愁眉苦臉）

　民を悩める（使人民痛苦、折磨人民）

　悩める女（正在煩惱的女人）

悩ます〔他五〕使煩惱，使苦惱、困擾、折磨（=苦しめる）←→慰める

　頭を悩ます（傷腦筋）
　心を悩ます（勞心、煩心）
　物価高に悩まされる（苦惱物價高漲）
　蚤に悩まされる（為跳蚤所擾）
　子供の進学問題で悩ましている（為孩子的升學問題傷腦筋）
　敵を悩ます（騷擾敵人）
　一晩中蚊に悩まされる（叫蚊子折磨了一夜）
　バッターを悩ます名投手（使打擊手苦惱的名投手）

悩ましい〔形〕苦惱的、痛苦的、難受的、煩人的、誘人的

　事業に失敗して悩ましい日日を送る（由於事業失敗日日煩惱）
　蚤に食われて悩み一夜を過ごした（被跳蚤咬得度過了一個難受的夜晚）
　病床に悩ましい一夜を明かす（在病床上難受了一夜）
　悩ましい春（惱人的春色）
　悩ましい場面（誘人的鏡頭）
　彼女の香水の香りが悩ましい（她身上的香味十分誘人）
　彼女は悩ましい程美しい（她非常豔麗）

脳（腦）（ろぅ〜）

脳〔名、漢造〕腦、頭腦、腦筋、腦力

　脳を使う（用腦）
　脳を使う仕事（用腦的工作）
　過度の勉強で脳を痛める（因用功過度傷腦）
　脳を休める（休息腦筋）
　適量の酒は脳を刺激しないで却って鎮める（適量的酒不但不會刺激腦反而使腦鎮靜）
　少し脳が悪い（腦力稍差）
　生まれ付き脳が弱かった（天生就記憶差）
　脳の弱い子（智力差的孩子）
　脳足りぬ男（傻瓜、笨蛋）
　脳検査（死後腦髓病理解剖）
　大脳（大腦）
　小脳（小腦）
　樟脳（樟腦）
　間脳（間腦）
　肝脳（肝和腦、心思，思考，腦筋，腦汁）
　前脳（前腦）
　頭脳（頭腦、腦筋、首腦）
　洗脳（洗腦、灌輸新思想）
　首脳、主脳（首腦）
　髄脳（腦髓、腦和髓、最重要部分）

能〔名、漢造〕能力，才能、功效。〔劇〕能樂

　能が有る（有能耐、有本事）
　能を隠す（隱藏才能）
　能を尽す（竭盡所能）
　能有る鷹は爪を隠す（真人不露相、大智若愚）
　能の限りを尽す（竭盡所能）
　飲み食い許りが能ではない（光能吃能喝算不了什麼能耐）
　能無し（飯桶、廢物）
　彼は眠るより外に能が無い（他除了睡覺沒有別的本事）
　人皆能不能有り（人各有長短）
　彼奴は寝るより外に何の能が無い男だ（那個傢伙除了睡覺沒有別的本事）
　能書（藥品說明書）
　薬を飲む前に薬の能を見て下さい（吃藥前請看一下說明書）
　御能を見に行く（去看能樂）
　本能（本能）

才能（才能、才幹）
知能、智能（智力、智慧）
技能（技能、本領）
低能（低能）
効能（效能、效力、效果）
多能（多能、多藝）
放射能（放射能）
堪能、堪能（擅長、熟練）
田楽能（〔寺院、神社〕田樂歌舞）
薪能（神事能的一種）

農〔名〕農業、農民
農に従事する（從事農業、務農）
農を業と為る（以務農為業）
士農工商（社會全體成員）
農を本と為（以農為本）
労農（工人和農民）
酪農（酪農）
老農（年老的農民、有經驗的農民）
篤農（熱心於農業生產的人）
小作農（佃農）←→自作農
自作農（自耕農）←→小作農
豪農（有錢有勢的富農）←→貧農
貧農（貧農）←→富農、豪農

膿〔名〕〔醫〕膿（＝膿）
膿を持つ（有膿、化膿）
化膿（化膿）
膿を出す（出膿、排膿）

膿〔名〕膿
膿を持つ（有膿、化膿）膿海
膿を出す（排膿、剷除積弊）
膿が溜まる（積膿）

脳溢血〔名〕〔醫〕腦溢血（＝腦出血）
脳溢血で死んだ（因腦溢血而死）

脳炎〔名〕〔醫〕腦炎
脳炎に罹る（罹患腦炎）
流行性脳炎（流行性腦炎）

脳下垂体〔名〕〔解〕腦垂體
脳下垂体ホルモン（腦垂體激素）
脳下垂体の移植（腦垂體移植）
脳下垂体機能不全（腦垂體機能不全）
脳下垂体機能亢進（腦垂體機能亢進）
脳下垂体切除術（腦垂體切除手術）

脳幹〔名〕〔解〕腦幹

脳橋〔名〕〔解〕腦橋（＝橋）

脳外科〔名〕腦外科

脳血栓〔名〕〔醫〕腦血栓

脳珊瑚〔名〕〔礦〕腦珊瑚

脳死〔名〕〔醫〕腦死

脳室〔名〕〔解〕腦室
脳室炎（腦室炎）
脳室撮影法（腦室攝影法）

脳写〔名〕〔醫〕腦照相術

脳腫瘍〔名〕〔醫〕腦腫瘤

脳充血〔名〕〔醫〕腦充血
脳充血を起こす（患腦充血）

脳出血〔名〕〔醫〕腦出血（＝腦溢血）

脳症〔名〕〔醫〕腦病
脳症を起こす（患腦病）

脳漿〔名〕腦漿、腦汁
脳漿を絞る（絞盡腦汁、挖空心思）

脳障害〔名〕〔醫〕腦功能障礙
脳障害を起こす（引起腦障礙）
脳障害を受けた人（患腦障礙的人）

脳神経〔名〕〔解〕腦神經
脳神経外科（腦神經外科）

脳震盪、脳振盪〔名〕〔醫〕腦震盪
脳震盪を起こす（引起腦震盪）

ろ

脳震盪を起こして倒れた（由於腦震盪昏倒了）

脳髄〔名〕〔解〕腦(=腦)

脳髄の機能に欠陥が起こる（腦的機能發生障礙）

脳水腫〔名〕〔醫〕腦水腫、腦積水、水腦

脳水腫に罹る（罹患腦積水）

脳性〔名〕〔醫〕腦性、影響腦

脳性小児麻痺（腦性小兒麻痺）

脳石〔名〕〔礦〕腦珊瑚(=脳珊瑚)

脳脊髄〔名〕〔解〕腦和脊髓

脳脊髄液（腦脊髓液）

脳脊髄炎（腦脊髓炎）

脳脊髄膜（腦脊髓膜）

脳脊髄膜炎（腦脊髓膜炎）

脳塞栓〔名〕〔醫〕腦栓塞

脳卒中〔名〕〔醫〕中風、腦溢血

脳足りん〔名〕〔俗〕傻瓜(=馬鹿、阿呆)

脳中〔名〕腦子裡、心裏(=脳裏)

脳中を去来する（縈繞於腦海）

脳天〔名〕頭頂、腦頂(=頭上)

棒で脳天を殴り付ける（用棍棒打頭頂）

脳天に一撃を食らわした（從頭頂給他狠狠一擊）

脳天から出す声（尖銳的聲音、尖叫聲）

ピストルで自分の脳天をぶち抜く（用手槍打穿自己的天靈蓋）

脳天気、脳転気〔名、形動〕〔俗〕輕舉妄動(的人)、輕浮(的人)

脳電図〔名〕〔醫〕腦電圖

脳内〔名〕腦中

脳内出血（腦中出血）

脳内圧（腦內壓力）

脳軟化症〔名〕〔醫〕腦軟化症、腦血栓症

脳波〔名〕〔醫〕腦波

脳波計（腦攝影儀）

脳波図（腦波圖）

正常脳波（正常腦波）

異常脳波（異常腦波）

脳梅毒、脳黴毒〔名〕〔醫〕腦梅毒

脳病〔名〕〔醫〕腦病、精神病，神經病

脳病院（腦病醫院、精神病醫院）

脳病を患った事が有る（患過腦病）

脳貧血〔名〕〔醫〕腦貧血

脳貧血を起こす（發生腦貧血）

脳貧血で倒れた（因腦貧血而昏倒了）

脳貧血で卒倒した（因腦貧血而昏倒了）

脳膜〔名〕〔解〕腦膜

脳膜炎（腦膜炎）

脳膜癌（腦膜癌）

脳膜炎に罹る（得腦膜炎）

脳味噌〔名〕〔俗〕腦(=脳)

脳味噌を絞る（絞盡腦汁、挖空心思）

脳味噌を足りない男（頭腦愚笨的人）

脳味噌を飛び出す（腦漿迸裂）

脳味噌を絞り尽くす（絞盡腦汁、挖空心思）

脳裏、脳裡〔名〕腦海裡、心裡

脳裏に浮かぶ（浮現在腦海裡）

脳裏に閃く（忽然想起、忽然湧上心頭）

深く脳裏に印する（深深印在腦海裡）

名案が脳裏に閃いた（忽然想出妙計）

彼の時の惨状が脳裏に刻み込まれて離れない（那時的慘狀印在腦海裡難以消失）

彼の恐ろしい経験が脳裏を去らない（那可怕的經驗總離不開腦海）

南（ﾅﾝ）

南〔漢造〕南、南方

東南（東南）

西_{せい}南_{なん}（西南）
江_{こう}南_{なん}（江南、大江以南、長江以南）
湖_こ南_{なん}（湖南）
華_か南_{なん}（華南）
河_か南_{なん}（河南、黃河以南）
斗_と南_{なん}（北斗星以南、普天之下）
指_し南_{なん}（教導、指示）
城_{じょう}南_{なん}（城南-東京城南）
湘_{しょう}南_{なん}（湘南-神奈川縣相模灣沿海一帶）
図_ず南_{なん}（向南發展、打算作大事業）

南阿_{なんア}〔名〕南阿爾卑斯（=南_{なん}アルプス）、南非（=南_{なん}アフリカ）

南_{なん}阿_ア共_{きょう}和_わ国_{こく}（南非共和國）

南緯_{なんい}〔名〕南緯←→北緯_{ほくい}

南_{なん}緯_い三_{さん}十_{じゅう}度_ど十_{じゅう}五_ご分_{ふん}に（在南緯三十度十五分）

南欧_{なんおう}〔名〕〔地〕南歐←→北欧_{ほくおう}

南下_{なんか}〔名、自サ〕南下←→北上_{ほくじょう}

街_{かい}道_{どう}を南_{なん}下_かする（沿街道朝南）
汽_き車_{しゃ}に乗_のって南_{なん}下_かする（乘火車南下）
大_{たい}軍_{ぐん}を率_{ひき}いて南_{なん}下_かする（率領大軍南下）

南柯_{なんか}〔名〕南柯

南_{なん}柯_かの夢_{ゆめ}（南柯一夢）

南画_{なんが}〔名〕（中國畫的一派）南畫（=南宗画_{なんしゅうが}）←→北画_{ほくが}

南宗画_{なんしゅうが}〔名〕南宗畫（=南画_{なんが}）←→北宗画_{ほくしゅうが}

南海_{なんかい}〔名〕南海_{なんかい}、南洋_{なんよう}、南海道_{なんかいどう}（日本七道之一-指和歌山、淡路島、四國地方）

南海道_{なんかいどう}〔名〕南海道（日本七道之一-指和歌山、淡路島、四國地方）

南学_{なんがく}〔名〕（江戶時代在土佐地方盛行的）朱子理學

南岸_{なんがん}〔名〕南岸

南紀_{なんき}〔名〕（紀伊國南部）和歌山到三重縣南部一帶

南極_{なんきょく}〔名〕〔地〕南極。〔理〕南極（磁針指南的一端）←→北極_{ほっきょく}

南_{なん}極_{きょく}探_{たん}検_{けん}に出_で掛_かける（去南極探險）
南_{なん}極_{きょく}の横_{おう}断_{だん}飛_ひ行_{こう}（飛越南極）
南_{なん}極_{きょく}観_{かん}測_{そく}隊_{たい}（南極觀測隊）
南_{なん}極_{きょく}探_{たん}検_{けん}隊_{たい}に派_は遣_{けん}する（派遣南極探險隊）
南_{なん}極_{きょく}区_く（南極區）
南_{なん}極_{きょく}光_{こう}（南極光）
南_{なん}極_{きょく}海_{かい}（南極海）
南_{なん}極_{きょく}洲_{しゅう}（南極洲）
南_{なん}極_{きょく}大_{たい}陸_{りく}（南極大陸、南極洲）
南_{なん}極_{きょく}圏_{けん}（南極圈）
南_{なん}極_{きょく}星_{せい}（南極星）
磁_じ南_{なん}極_{きょく}（南磁極）

南京_{なんきん}〔名〕南京、稀奇小巧的東西、從中國，東南亞引進的東西、南瓜的別名

南_{なん}京_{きん}様_{さん}（中國人）
南_{なん}京_{きん}下_{した}見_み（〔建〕互搭被疊板壁）
南_{なん}京_{きん}木_も綿_{めん}（南京產結實耐穿本色布）
南_{なん}京_{きん}玉_{だま}（〔玻璃或陶瓷〕有孔玻璃球）
南_{なん}京_{きん}米_{まい}（〔中國、泰國、緬甸〕稻米）
南_{なん}京_{きん}虫_{むし}（臭蟲、金殼女錶）
南_{なん}京_{きん}豆_{まめ}（落花生）
南_{なん}京_{きん}町_{まち}（日本唐人街）
南_{なん}京_{きん}varnish（揮發漆、酒精清漆）
南_{なん}京_{きん}繻_{じゅ}子_す（中國緞）
南_{なん}京_{きん}花_{はな}火_び（爆竹）
南_{なん}京_{きん}袋_{ぶくろ}（麻袋）
南_{なん}京_{きん}黄_は櫨_ぜ（〔植〕櫨樹、烏櫨）
南_{なん}京_{きん}焼_{やき}（白地青花瓷、粗瓷器）
南_{なん}京_{きん}鼠_{ねずみ}（〔實驗或寵物〕小白鼠）
南_{なん}京_{きん}鉋_{がんな}（〔木工〕小鐵刨）
南_{なん}京_{きん}錠_{じょう}（洋鎖、荷包鎖）

南行〔名、自サ〕南下、向南去

南航〔名、自サ〕往南飛行

南国〔名〕南國、南方各地←→北国、北国
- 南国的な顔立ち（南方人的臉型）
- 南国情緒（南方的情趣）
- 南国の踊り（南方的舞蹈）
- バナナは南国の果物だ（香蕉是南方的水果）

南山〔名〕南邊的山。（中國）終南山。（日本）高野山←→北嶺

南支〔名〕〔舊〕戰前日本稱中國華南

南進〔名、自サ〕南進、向南方推進（擴張）

南西〔名〕西南
- 南西の強風（西南強風）
- 南西に向かって進む（向西南方前進）
- 南南西（南南西）
- 西南西（西南西）

南鮮〔名〕〔地〕南朝鮮（＝韓国）

南船北馬〔名、自サ、連語〕（原指中國交通情況）南船北馬、〔轉〕旅行各地

南総〔名〕〔地〕上總的別稱（今千葉縣中部）（＝上総）

南端〔名〕南邊←→北端
- 九州は日本の最南端の大きい島です（九州是日本最南端之大島）
- アフリカの南端を回る（繞行非洲南端）

南中〔名〕中天、天體經過子午線
- 太陽が南中する時刻を正午と為る（太陽中天時算作正午）

南朝〔名〕〔史〕（南北朝）中國南朝（420-589）、日本吉野朝（1336-1392）←→北朝

南庭〔名〕南方之天空、〔植〕南天竹（＝南天竹）

南殿、なでん〔名〕紫宸殿

南都〔名〕南方的首都、奈良的別稱←→北都、奈良（興福寺）的別稱←→北嶺

南東〔名〕東南
- 南東の風（東南風）
- 南東に向かって進む（向著東南前進）
- 南南東（南南東）
- 東南東（東南東）

南南西〔名〕西南南（正南以西22度30分）

南南東〔名〕東南南（正南以東22度30分）

南蛮〔名〕〔古〕南蠻←→北狄

（室町到江戶時代指）泰國，菲律賓，爪哇等南洋一帶

（室町到江戶時代指）葡萄牙西班牙←→紅毛

（室町到江戶時代指）從南洋輸入的西洋文化，技術和宗教（＝吉利支丹、キリシタン）

〔方〕辣椒，玉蜀黍、南蛮煮（蔥魚雞等放在一起燉的菜）

- 南蛮寺（〔舊〕天主教堂）
- 南蛮鉄（〔舊〕進口的鋼鐵）
- 南蛮船（舊時經南洋到日本的西班牙，葡萄牙等國的船隻）
- 南蛮人（〔舊〕葡萄牙人，西班牙人）
- 南蛮屏風（〔舊〕描繪葡萄牙人到日本情景的屏風）
- 南蛮ギセル、南蛮煙管（〔植〕野菰）

南微西〔名〕南偏西

南微東〔名〕南偏東

南氷洋〔名〕〔地〕南冰洋（＝南極海）

南部〔名〕南部←→北部、日本岩手縣盛岡地方
- 南部の諸州（美國南方各州）
- 南部の人（美國南方人）
- 南部鉄瓶（盛岡產鐵水壺）
- 其の市の南部に在るホテル（在該市南部旅館）

南風〔名〕南風（＝南風）←→北風，北風、夏季的風、南方的歌謠、〔史〕南朝的勢力，吉野朝的勢力
- 南風競わず（南朝勢力衰微）

南風、みなみかぜ〔名〕南風←→北風，北風
- 南風が吹く（吹南風）

南風〔名〕（九州，四國等地吹的）和煦的南風或西風

白南風（〔九州地方船夫用語〕梅雨期過後刮的南風、六月刮的西南風）

南米〔名〕〔地〕南美、南美洲

南米航路（南美洲航線）

南方〔名〕南方←→北方、南洋，東南亞

南方仏教（小乘佛教）

南方に向かって航海する（向南航行）

南北〔名〕南北

磁針が南北を指す（磁針指南北）

南北アメリカ（南北美洲）

南北朝（中國南北朝、日本吉野朝）

南北を縦断する（貫穿南北）

南北問題（南北發展不平衡問題）

南北に転戦する（轉戰南北、南征北討）

南北戦争（美國南北戰爭 1861-1865）

南北会議（南北會議）

南滿〔名〕〔舊〕滿州南部（中國東北南部）

南溟、南冥〔名〕南方的大海

南面〔名、自サ〕面向南坐←→北面、南面稱王

南洋〔名〕〔地〕南洋，南洋群島、南洋（清朝末年指江浙福廣沿海地區）←→北洋

南呂〔名〕中國十二律之一、陰曆八月的異稱

南鐐〔名〕江戶時代的一種銀幣（=二朱判銀）、上等銀子（=南鋌，南挺）、銀的別稱

南無、南无、南謨〔名〕（梵 namas）〔佛〕〔皈依〕〔頂禮〕之意

南無妙法蓮華経（南無妙法蓮華經）

南無阿弥陀仏（南無阿彌陀佛）

南無三（〔感〕〔失敗時〕天呀！=南無三寶）

南無三宝（皈依三寶〔佛法僧〕、天呀！）

南無三宝、逃がしたか（天呀！怎麼讓他跑了）

南無三宝、此はしくじった（天呀！這可糟了）

南無や〔名〕〔感〕南無的加強語氣（=南無）

南瓜、カボチャ〔名〕〔植〕南瓜（=唐茄子）

南瓜の種（南瓜子）

南瓜に目鼻（醜陋不堪、矮胖的醜女）

南瓜面（醜面孔）

此の南瓜野郎（你這個傻瓜）

南〔名〕南方、南風←→北

南を受けた建物（朝南的房子）

バナナは南の方で出来る果物だ（香蕉是南方出產的水果）

横浜は東京南約三十キロメートルの処に在る（橫濱位於東京南方約三十公里處）

南する（往南面去）

南寄りの風（偏南風）

南が強い（南風大）

南へ行く（往南走）

風が南だ（風是南風）

真南（正南）

南〔名〕南（=みなみ）

南回帰線〔名〕〔地〕南回歸線←→北回歸線

南側〔名〕南面、南方←→北側

駅の南側は公園だ（車站南面是公園）

南十字星〔名〕南十字（星）座

南の冠座〔名〕〔天〕南（冕）（星）座

南半球〔名〕南半球←→北半球

南窓〔名〕南側的窗

南向〔名〕向南、向陽

喃（ㄋㄢˊ）

喃〔漢造〕喋喋不休

喋喋喃喃（喃喃私語）

喃語〔名〕（男女間）喃喃私語、嬰兒咿呀聲

喃語期（咿呀學語時期）

喃喃〔副〕喃喃、喋喋（=喋喋）

喋喋喃喃（男女竊竊私語）

楠（ㄋㄢˊ）

楠〔漢造〕樟科常綠喬木，葉為長橢圓形，花淡綠，實紫黑，木材芬芳細密，為建築和器具的良材

楠、樟〔名〕〔植〕樟木、樟樹（＝楠、樟）

楠、樟〔名〕〔植〕樟木、樟樹（＝楠、樟）

　楠の家具（樟木家具）

難（ㄋㄢˊ）

難〔名、漢造〕困難（＝難しい）、災難，苦難（＝災い）、問難，責難，缺點（＝傷）←→易しい、易

　易より難へ（由易到難）

　難無く遣り遂げた（毫不費力地完成了）

　難に当る（面對困難）

　深刻な食糧難に当たる（面臨嚴重糧食短缺的問題）

　難に遭う（遭難）

　難を免れる（免於遭難）

　難を免れない（免不了受責難）

　軽率だとの難を免れない（難免被指責說輕率）

　難を避ける（避難）

　難を避けて叔父の所に身を寄せた（到叔父家避難）

　難の付け所が無い（無可非難之處、無懈可擊）

　強いて難を言えば背が少し低い（如果硬要挑毛病就是身材稍矮些）

　水難（水災）

　困難（困難、窮困）

　至難（極難、最難）

　災難（災難）

　人選難（人選難）

　就職難（就業困難）

　遭難（遇難、遇險）

　火難（火災）

　家難（家中的災難）

　盗難（被盜、失竊）

　剣難（刀斧之災、殺身之禍）

　危難（危難、災難）

　大難（大難、嚴重困難）

　小難、少難（小災難、小困難）

　苦難（苦難、艱難、困難）

　多難（多南）

　非難、批難（非難、責難）

　避難（避難）

　艱難（艱難、困難）

　患難（患難）

　女難（女禍）

　論難（論難、責難）

難じる〔他上一〕非難、責難、毀謗（＝難ずる）

難ずる〔他サ〕非難、責難、毀謗（＝難じる、非難する、詰る、謗る）

難易〔名〕難易、困難與容易

　難易の差は有るが、何も大切だ（雖然難易不同可是哪個都重要）

　仕事の難易に因って報酬が違う（按工作的難易程度報酬不同）縒る撚る

　報酬は仕事の難易に依る（報酬按工作難易而定）依る因る由る縁る寄る拠る選る

難解〔名、形動〕難解、難懂

　此の小説は難解だ（這本小說難懂）

　難解な（の）問題（難懂的問題）

　此の論文には難解な箇所が幾つが有る（這篇論文當中有許多地方不太容易了解）

難関〔名〕難關

　難関に逢着する（遇上難關）

　難関に差し掛ける（遇上難關）

入学試験の難関を突破した（闖過了入學考試的難關）

難関に当たる（應付難關）

難関を乗り切る（突破難關）

超えられ然うも無い難関にぶつかる（遇到不能解決的難關）

難儀〔名、形動、自サ〕困難，麻煩、痛苦，苦惱、貧苦

難儀に忍ぶ（忍受困難）

難儀な事は自分達が引き受け、他人の便宜を謀る（困難留給自己方便讓給別人）

大変な難儀が身に降り懸かて来た（大難降臨了）

難儀を掛ける（為せる）（給人添麻煩）

若い頃女房に難儀を掛けた（年輕的時候叫老婆吃了苦）

頭痛で難儀する（頭痛得很難受）

彼の一家は非常に難儀している（他家的生活非常困苦）

彼は随分難儀だった相違無い（他一定很困苦）

難詰〔名、他サ〕責難、責問

相手の不正を上げて難詰する（責備對方的不正行為）

友達の行為を鋭く難詰する（尖銳責難友人的行為）

難球〔名〕（棒球、網球等）難接（打）的球、險球

難球を捕る（接難接的球）

難球を捕球する（接險球）

難境〔名〕逆境、困難的處境

難行〔名〕〔佛〕苦修。〔轉〕堅苦學習（技藝）

難行苦行（苦修苦行）

難行苦行する（苦修行）

難行道（〔禪宗〕等自力修行法、靜坐默念修行法）←→易行道

難行の生活（苦修生活）

難行〔名、自サ〕（事物）難以進展、難以開展

難行を続ける（難以進展）

会談は難行を続ける（會談進行得很不順利）

難曲〔名〕難以歌唱或演奏的曲子

バイオリンの難曲を熟す（運用自如小提琴的難曲）

巧みに難曲を弾き熟す（熟練地彈奏難曲子）

難局〔名〕難局，困難局面、〔象棋、圍棋〕難下的一局

難局に立つ（處境窘迫）

何とか難局を打開する（設法打開難局）

難局に当たる（應付困難局面）

難局を乗り切る（闖過困境）

難局に逢着する（碰上難局）

難局を切り抜ける（擺脫困境）

難局に陥る（陷入困境）

自ら難局に当る（親自對付困難局面）

難句〔名〕難句、難懂的句子

難句集（難句集）

難癖〔名〕缺點、毛病

難癖を付ける（挑剔、刁難）

彼は何時も人の難癖を付けたがる（他老想找人家的毛病）

彼は私の作品が独創性が無いと難癖を付けた（他以我的作品缺乏創新性而刁難我）

下手な職人は道具に難癖を付ける（拙匠常怪工具差）

難訓〔名〕難唸的漢字、難訓讀

難件〔名〕難以處理的事件、棘手的問題

難件を処理する（處理棘手問題）

難語〔名〕（後人）難解的話

難航〔名、自サ〕航海（航行）困難、（會議、交涉等）進展困難

暴風雨で船が難航する（因暴風雨船隻航行困難）

帰路は暴風雨に遭って難航した（在歸途中遇到暴風雨航行很困難）

連日連夜、会議は難航を続ける（會議連日連夜舉行仍然遲遲不見進展）

捜査は難航した（捜査的進展困難）

会議が難航する（會議遲遲不見進展）

難工事〔名〕艱難的工程

難攻不落〔名、連語〕難以攻陷、難以說服

難攻不落の要塞（難以攻陷的要塞）

彼女は難攻不落何だよ（她實在很難說服）

難産〔名、自サ〕難產、比喻事務難以辦成←→安產

御産は難産で遭った（分娩難產了）

初めなので難産した（因是頭胎難產了）

逆子なので難産した（因是倒胎難產了）

今度の組閣は中中の難産だった（這次組閣真是難產）

議案の成立は大変な難産だった（議案成立非常難產）

難字〔名〕難寫的漢字、難懂的漢字

難治〔名〕難治，不好治、難統治、難治理

極めて難治の病気（非常難治的病）

難事〔名〕困難的事情、難問題

一大難事に直面する（面臨一件非常困難的事情）

自ら進んで難事に立ち向かう（自願承擔困難的問題）

世間に難事無く、只心掛け次第だ（天下無難事只怕有心人）

難渋〔名、形動、自サ〕難澀，遲遲不進展、艱難，困難（＝難儀）

交渉が難渋を極める（談判很不順利）

問題の解決に難渋する（問題遲遲無法解決）

工事は難渋している（工程遲遲不盡）

難渋の文章（艱澀難懂的文章）

難渋者（受難者）

どうも道が悪く難渋した（道路不好就很吃力了）

病気で難渋する（苦於疾病）

道が滑り易くて難渋した（路滑不好走可吃力了）

難所、難処〔名〕難處、險處、難關（＝険しい処）

愈愈難所に差し掛かる（眼看來到難關）

交渉は最大の難所に差し掛かっている（面臨交涉最大的難關）

やっと難所を通り抜ける（好容易走過了難走的地方）

無事に難所を通り抜ける（平安地通過了難走的地方）

難症〔名〕〔醫〕難症、難治之症

此は中中の難症だ（這是疑難雜症）

難色〔名〕難色、為難的神色

難色を示す（面有難色）

A案に就いて皆が難色を示した（對A案全有難色）

父は彼女を外国に遣る事に難色を示した（父親不願讓她出國去）

難船〔名、自サ〕船隻遇難、遇難船

難船した人（乘船遭難的人）

大波に揉まれて難船する（船被大浪所捲而遇難）

難船を救う（搭救遇難船）

難船を救助する（救助遇難船）

難船信号（船隻遇難信號）

難船救助（營救失事船隻）

難戦〔名〕苦戰（＝苦戦）

難題〔名〕難題、難作的題目、難解決的問題、無理的要求（＝難問）

難題を持ち出す（提出難題）

此は難題だ（這是個難題）

難題を吹っ掛ける（故意找碴）

難題を持ち込む（提出無理要求、故意找碴）

難聴〔名〕〔醫〕聽力衰減，重聽、（廣播等）收聽不清楚
　難聴者（重聽者）
　老人性難聴（老年性重聽）
　難聴地域（收聽不佳地區）

難点〔名〕困難之點、缺點（＝欠点）
　難点を説明する（說明困難之點）
　条件に難点が有る（在條件上有困難）
　何処にも難点は無い（沒有什麼缺點）
　何処にも難点を見出せない（哪裡也找不出缺點）
　此の車は燃料を食うのが難点だ（這車的缺點是太費油了）

難読〔名〕難唸、不好讀
　難読字（難讀的字）
　難読名前（難唸的名字）
　難読症（誦讀困難症）
　難読氏名（難讀的姓名）

難無く〔副〕不費力地、輕而易舉地（＝容易く）←→辛うじて
　難無く目的を遂げた（很容易地達到了目的）
　難無く合格した（輕而易舉地考上了）
　難無く賊を取り押さえた（不費力地捉住了賊）
　難無く泥棒を取り押さえた（不費力地捉住了小偷）
　試験問題は難無く解けた（試題很容易地解出來了）

難燃〔名〕不易燃燒
　難燃性（不燃性）

難場〔名〕難處，難通過的地方（＝難所）、困境，窘境
　難場を切り抜ける（擺脫困境度過難關）

難破〔名、自サ〕船遇難失事（＝難船）

太平洋で暴風の為に難破した（船在太平洋遭遇暴風雨而失事）
　船の難破を救う（營救遇難船隻）
　暗礁に乗り上げて難破する（船觸礁失事）
　難破貨物（遇險船貨）
　難破船（因暴風雨而失事的船隻、遇難船）

難病〔名〕難治之症、疑難雜症
　癌は難病の一つと為れている（癌症被認為是一種難治之症）
　難病に罹る（罹患難治之症）
　難病を治療する（醫治疑難雜症）

難平〔名〕〔商〕（交易所行情漲落與預料相反的空頭為添補損失）頂著買進或賣出。〔轉〕愚蠢，笨蛋
　難平売り（上がり）（〔賣出後行情上漲時〕再賣出）
　難平買い（下がり）（〔買進後行情下跌時〕再買進）

難風〔名〕不利於航行的大風

難物〔名〕難以處理的事物、難以對付的人
　僕に取って数学は難物だ（我最怕數學）
　彼の人は中中難物です（那傢伙實在難對付）
　私には英語は難物中の難物です（對我來說英文是難加難）

難文〔名〕艱澀難懂的文章

難民〔名〕難民
　難民救済（救濟難民）
　難民受入れ国（接受難民的國家）
　難民キャンプ（難民營）
　難民収容所（難民收容所）

難問〔名〕難題、難以回答的問題
　難問を出す（出難題）
　難問を解く（解難題）
　教育上の難問（教育上的難題）
　難問に答える（回答難題）

如何遣って切り抜けるか難問だ（如何擺脫是個難題）

難役〔名〕艱鉅的任務

難役を受け付ける（承擔艱鉅的任務）

難波，浪花，浪速，難波〔名〕〔地〕難波（大阪市與其附近地區的古稱）

難波薔薇（〔植〕金櫻子）

難波の葦は伊勢の浜荻（名稱因地而異）

難波津〔名〕大阪的古稱、兒童習字歌訣

難波節、浪花節〔名〕浪花節（以三弦伴奏的民間說唱歌曲、類似我國鼓曲＝浪曲）

難波節的、浪花節的（〔形動〕拘泥於情義的〔言行〕）

難波節的な言動（浪花曲式的言行、重視人情面子的通俗古老的言行）

難波節的な感覚の人だ（重視人情義理感覺的人）

社長の難波節的な発想が人事の合理化を阻む元に為っている（社長那種拘泥於情義的思想是阻礙人事合理化的主因）

難い〔形〕難的（＝難しい）←→易い

解するに難くない（不難理解）難い硬い堅い固い

想像するに難くない（不難想像）

一通りの努力では成功は難い（一般的努力是難以成功的）

難きを先に為て獲るを後に為（先難後獲）

難い〔接尾〕（接動詞連用形構成形容詞）難以

予測し難い（難以預測的）

理解し難い（難以理解的）

得難い人物だ（是個難得的人）

難くない〔形、連語〕不難的（＝難しくない）

察するに難くない（不難察知）

難き〔名〕（文語形容詞〔難し〕的連體形）難、難事←→易き

難きに恐れない（不畏難）

易きを捨てて難きに就く（捨易就難）

何の難き事か此有らん（此事何難、這有什麼難的）

難い、悪い〔接尾〕（接動詞連用形下構成形容詞）困難的、不好辦的

食べ難い（不好吃、難吃）憎い

読み難い（難唸、不好唸）

話し難い（不好說、難開口）

答え難い質問（難以回答的提問）

扱い難い機械（難以掌握的機器）

此のペンは書き難い（這隻鋼筆不好寫）

此処では話し難いので一寸出よう（在這裡不好說話我們出去吧）

字が小さくて読み難い（字太小了很難讀）

彼の前ではどうも切り出し難かった（在他面前實在難以開口）

難しい、難しい〔形〕難懂的，難理解的、難辦的，複雜的，麻煩的，困難的，難治的，情緒不好的，不高興的，愛挑剔的，愛抱怨的←→易しい、容易い

難しい言葉（難以理解的話）

難しい文章で書いてある（文章寫得艱澀）

此の問題は恐ろしく難しい（這個問題特別難）

今日のテストは難しかった（今天的考試很難）

難しく考える勝つ事が纏まらない（由於想得太困難所以得不到解決）

然う難しく考える事も無いよ（不要想得那麼複雜）

難しい立場（困難的處境）

優勝は難しい（難獲冠軍）

難しい工事（麻煩的工程）

手続きが難しい（手續麻煩）

難しい理論を並べ立てる（羅列難以理解的理論）

難しい問題を解決する（解決難題）

ドイツ語の発音は中中難しい（德語發音很難）

外国語を上手に教えるのは難しい仕事です（教好外國語是件難差事）

此の申請は手続きが難しい（這種申請手續很麻煩）

彼の山に登るのはプロでも難しい（爬那座山連行家也覺困難）

会員に為るには難しい手続きが必要だ（要當會員麻煩手續是必要的）

円満な解決は難しい（難以圓滿解決）

此の容態は一寸難しい（病得這樣有點兒不好治）

難しい病気（難治的病）

難しい人だ（愛發牢騷的人）

年寄りは食物が難しい（老年人的飲食不好辦）

彼の年寄りは食べ物に難しい（那老人對食物很挑剔）

そんなに難しい顔付を為て一体如何したのですか（到底為什麼那麼不高興的樣子）

何か有ったらしく、一日中難しい顔を為ていた（好像有什麼事情整天扳著一副臉孔）

朝から難しい顔を為ている（從早上就一副不高興的臉）

難しがる〔自五〕感覺困難、認為難辦

難し屋〔名〕好挑剔的人、不好對付的人、脾氣古怪的人

彼は難し屋だ（他是個好挑剔的人、他是個不好對付的人）

しち難しい〔形〕〔俗〕非常困難的、非常麻煩的

しち難しい問題（非常麻煩的問題、特別困難的問題）

しち難しい顔を為ている（現出很不高興的神色）

男、男（ㄋㄢˊ）

男、男〔名〕男子（＝男）、（舊時說法）兒子（＝息子）、男爵（＝男爵）←→女

男女の別問わず（不分男女之別）

好男子（美男子、好漢）、

美男（美男子）

下男（男佣人、聽差）

善男善女（善男信女）

老若男女（男女老少）

嫡男（嫡子、嫡出長子）

長男（長子）

三男（三男）

次男、二男（次子、老二）

次男坊（次子、老二）

童男、童男（男童）

男系〔名〕男系、父系←→女系

男系親（男系親屬）

男系相続（男系繼承）

男工〔名〕男工←→女工

男根、男根〔名〕陰莖（＝ペニス）←→女陰

男子、男子〔名〕男孩子、男性、男子漢（＝益荒男）←→女子

男子を生む（生男孩子）

男子の生徒（男學生）

男子が出生した（男孩子出生了）

男子学生（男學生）

男子用靴下（男襪）

男子二百メトル自由形（男子二百公尺自由式）

男子シングルス（男子單打）

男子用トイレ（男廁）

婦人はあらゆる面で男子と平等の権利を有する（婦女在各方面享有男女平等的權利）

男子の一言金鉄の如し（男子漢一言為定）

男子の一言だ、心配するな（男子漢一句話說了算數）

男子たる者、大志を持て（身為男子漢要有大志）

男子と為て恥ずかしくない行動（不愧為男子漢的行動）

男の子〔名〕男孩子、小伙子、兒子←→女の子

男の子が生まれた（生了個男孩子）

男の子、男〔名〕成年男子、男孩、兒子、男佣人←→女

男児〔名〕男兒、男孩子←→女児

九州男児（九州男兒）

男爵〔名〕男爵

男爵を授けられる（被封為男爵）

男囚〔名〕男犯人←→女囚

男女、男女〔名〕男女

男女を問わず（不問男女）

遠くて近きは男女の仲（男女關係似遠而近）

男女平等（男女平等）

男女の平等（男女平等）

男女混合ダブルス（男女混合雙打）

男女両性具有者（兩性人）

男女共学（男女同校）

男女同権（男女同權）

老若男女（男女老、少男女老幼）

男女〔名〕陰陽人、兩性人（=男女両性具有者）

男妾、男妾〔名〕男妾、面首、受女人畜養的情夫（=ジゴロ）

男娼〔名〕男娼（陰間）

男色、男色〔名〕男同性戀（=ホモ）←→女色

男生〔名〕男學生

男性〔名〕男性、男子的性質←→女性

男性美（男性美）

男性ホルモン（男性荷爾蒙）

男性軍（男隊、〔團體中〕全體男子）

男性的（男性的=男らしい）

男性的な女（男性似的女孩）

岩登りは男性的スポーツだ（攀岩是男性的運動）

男声〔名〕男聲←→女声

男声合唱（男聲合唱）

男装〔名、自サ〕女扮男裝←→女装

男装の麗人（男裝美人）

男尊女卑〔名〕男尊女卑、重男輕女←→女尊男卑

男尊女卑の時代はもう過ぎた（重男輕女的時代已經過去）

男尊女卑の古い思想を一掃する（掃除男尊女卑的舊思想）

男優〔名〕男演員←→女優

男〔名〕（人的）男性，男人，男子（多指成年男子）、（泛指動物的）雄的，公的、（泛指男性的）人，傢伙（=奴）、（作為大男人主義，男子漢的）體面，聲響、（男子的）長相，面貌、（女子的）情人，情夫，男朋友，男僕←→女

男の着物（男人穿的衣服）

男の学生（男學生）

男の子（男孩）

男許りの会合（只有男性的集會）

此の赤ちゃんは男ですか女ですか（這嬰兒是男的還是女的？）

男に為る（成人）

もう一人前の男に為った（已經是成人了）

一人前の男に為る（培養成人、使有丈夫氣概）

男猫、雄猫（公貓=雄の猫）

男なら泣き言を言うな（男子漢不該說洩氣話）
此は男と男の約束だ（這是男子漢大丈夫之間的諾言）
男を知らぬ女（處女）
男を知らない（〔女子〕未接觸過男人）
君は幸せな男だ（你是個幸運兒）
男は度胸女は愛嬌（男子要勇敢女子要溫柔）
厭な男（討厭的人、討厭的傢伙）
大きな男（大漢）
陰険な男（陰險的傢伙）
立派な男（魁梧的人、體面的人、正派的人）
俺も男だ（我也是一個堂堂的男子漢）
御前は男じゃないか（你不是個男子漢嗎？）
彼は男の中の男だ（他是男子漢中的大丈夫）
男ならそんな事は出来ないよ（你要是個男子漢可不能做那樣的事）
彼の男は面白い事を言う（他說話很有趣）
彼の男は信用出来ない（那傢伙不可靠）
あんな男の言う事を気に為るな（那傢伙的話不必放在心上）
良い男（瀟灑的男人）
男が良くて頭が良い（長得漂亮又聰明）
男が出来た（有了男朋友）
男を拵えた（有了情夫）
男を作る（有情夫）
男を持つ（有情夫）
男を売る（露臉、提高聲價）
男を磨く（磨練男子漢氣概）
男を上げる（露臉）
男を下げる（丟臉）
男が立つ（有面子、露臉）
男が廃る（丟臉）
男を下げる事を為る（做丟臉的事）
今度の一件で彼は男を下げた（因這件事讓他丟了臉）

男一匹〔名〕男子漢、大丈夫
俺も男一匹だ（我也是一個男子漢）
男一匹こんな事でへこたれる物か（一個男子漢怎能為這種事就洩氣呢？）

男郎花、男郎花〔名〕〔植〕白花敗醬（敗醬科多年生草）

男帯〔名〕（和服的）男人腰帶

男親〔名〕父親←→女親

男形〔名〕〔劇〕（歌舞伎中）專扮演男性的演員、生角←→女形

男柄〔名〕（男人的）品格，人品、男人衣料的花樣

男気、侠気〔名〕丈夫氣概，豪俠氣概、血性，義氣
男気の有る人（有豪俠氣概的人）
彼の人は男気が強い（他富有豪俠氣概）

男気、男気〔名〕男子氣概

男気、男っ気〔名〕（家中的）男人氣氛
家には男気は全く有りません（我們家裡沒有一個男人的影子）

男嫌い〔名〕討厭男人厭、惡男人（的女人）←→女嫌い
彼女は男嫌いだ（她厭惡男人）

男臭い〔形〕（衣物等）有男人的體臭、男子氣十足、（女人）帶有男子氣，好像男人一般

男狂い、男狂〔名〕（女的）色情狂

男心〔名〕男子心、男子氣概、（女人）愛慕男人的心
男心と秋の空（男子的心好像秋天的雲變幻無常）

男殺し〔名〕殺死男人（的女人）。〔俗〕非常妖豔的女人，迷人的美女←→女殺し

男坂〔名〕（神社寺院前有兩條坡道時其中的）陡坡道←→女坂

男盛り、男盛 〔名〕（男子精力充沛的）壯年←→女盛り

　彼は男盛りだ（他正當精力充沛的壯年）

　男盛りで死んだ（正當壯年時就死了）

　三十、四十の男盛り（三、四十歲的壯年）

男座敷 〔名〕光是男人的宴會、沒有女人陪酒的宴會

男自慢 〔名、自サ〕男子（以自己的相貌，才幹等）自豪、（女子）誇耀自己的丈夫

男衆 〔名〕男子們、男佣人、名演員的隨從←→女子衆

　男衆は此方の席へ何卒（男的請到這邊坐）

男所帶 〔名〕沒有女人的家庭、單身漢的家庭、光棍的家庭←→女所帶（全是女人的家庭）

　男所帶は味気無い（沒有女人的家庭枯燥無味）

　男所帶に蛆が湧く（單身漢家裡髒得生蛆）

男姿 〔名〕男子的相貌（＝男振り）、（女）扮男裝

男好き 〔名〕討男人喜歡、（女人）喜愛男人←→女好き

　男好きの為る顔（惹男人愛的相貌）

　男好きの女（多情的女人、淫蕩的女人）

男伊達、男達 〔名〕大丈夫氣概、男子漢氣概、有俠氣的人、豪俠的人、俠客

　彼は男伊達だ（他是個豪俠之士）

　彼は土地の男伊達を持って任じている（他以當地的俠義之士自居）

男だてらに 〔副〕沒有大丈夫氣概、不像個男子漢

　男だてらにめそめそ泣くな（別哭哭啼啼的沒有一點大丈夫氣概）

男誑し 〔名〕〔俗〕風流的女性、賣弄風騷的女人、狐狸精

　男誑しで有名な女（以風騷出名的女人）

男手 〔名〕男勞動力、男子的筆跡（＝男文字）、漢字（＝漢字）←→女手

　此の仕事には如何しても男手が要る（這項工作一定得男勞動力）

　男手が足りなくて困っている（男的人手不夠正在傷腦筋）

　此の手紙は男手だ（這封信是男人的筆跡）

男泣かせ 〔名〕〔俗〕能迷住男人的女人、使男人神魂顛倒的女人、狐狸精

男泣き、男泣 〔名、自サ〕男人的哭泣、男人大聲哭

　子を失った父は男泣きに泣いた（死了孩子的父親忍不住嚎啕大哭）

男の節句 〔名〕端午節

男柱 〔名〕（橋梁或欄杆兩端）高大的柱子

男腹 〔名〕光生男孩的女人←→女腹

男旱 〔名〕〔俗〕女多男少、鬧男荒、女子不易找到戀愛或結婚的對象

　戰時中其の国は男旱で詰まらぬ男も女に持てる（戰爭期間那國家鬧男荒不像樣的男人也受女人歡迎）

男振り、男っ振り 〔名〕（男子的）相貌、風采、儀表、氣派、體面、身價←→女振り

　男振りが良い（相貌好、有氣派）

　堂堂たる男振り（儀表堂堂）

　男振りが上がる（體面起來）

　男振りを上げる（提高身價）

　男振りを下げる（不體面、降低身價）

男前 〔名〕（男子漢的）風度，氣派，姿態，相貌，儀表（＝男振り、男っ振り）

　男前が上がる（體面起來）

　良い男前だ（儀表堂堂）

　其の一件で彼は一躍男前を上げた（因那件事他的身價如入中天）

男勝り （名自サ）勝過男人、比男人能幹、巾幗英雄、女丈夫

　男勝りの仕事を為る（做起事勝過男人）

　彼の女は男勝りだ（那個女人比男人還能幹）

　男勝りの女（女中豪傑、巾幗英雄）

<ruby>男<rt>おとこ</rt></ruby><ruby>松<rt>まつ</rt></ruby>〔名〕〔植〕黑松（=<ruby>黒松<rt>くろまつ</rt></ruby>）

<ruby>男<rt>おとこ</rt></ruby><ruby>冥<rt>みょう</rt></ruby><ruby>加<rt>が</rt></ruby>〔名〕幸生為男兒身、身為男人的福氣（=<ruby>男冥利<rt>おとこみょうり</rt></ruby>）

　<ruby>男<rt>おとこ</rt></ruby><ruby>冥加<rt>みょうが</rt></ruby>に<ruby>尽<rt>つ</rt></ruby>きる（享盡男人的福氣）

<ruby>男<rt>おとこ</rt></ruby><ruby>冥<rt>みょう</rt></ruby><ruby>利<rt>り</rt></ruby>〔名〕幸生為男兒身、身為男人的福氣（=<ruby>男冥加<rt>おとこみょうが</rt></ruby>）

<ruby>男<rt>おとこ</rt></ruby><ruby>向<rt>む</rt></ruby>き、<ruby>男<rt>おとこ</rt></ruby><ruby>向<rt>むき</rt></ruby>〔名〕適於男用←→<ruby>女<rt>おんな</rt></ruby><ruby>向<rt>む</rt></ruby>き

　<ruby>男<rt>おとこ</rt></ruby><ruby>向<rt>む</rt></ruby>きの<ruby>柄<rt>がら</rt></ruby>（適合男子的花樣）

<ruby>男<rt>おとこ</rt></ruby><ruby>結<rt>むす</rt></ruby>び、<ruby>男<rt>おとこ</rt></ruby><ruby>結<rt>むすび</rt></ruby>〔名〕（結繩方法）正結、正扣←→<ruby>女<rt>おんな</rt></ruby><ruby>結<rt>むす</rt></ruby>び

<ruby>男<rt>おとこ</rt></ruby><ruby>文字<rt>もじ</rt></ruby>〔名〕男人寫的字、男人筆跡、漢字

<ruby>男<rt>おとこ</rt></ruby><ruby>持<rt>も</rt></ruby>ち、<ruby>男<rt>おとこ</rt></ruby><ruby>持<rt>もち</rt></ruby>〔名〕男人使用（的物品）←→<ruby>女<rt>おんな</rt></ruby><ruby>持<rt>も</rt></ruby>ち

　<ruby>男<rt>おとこ</rt></ruby><ruby>持<rt>も</rt></ruby>ちの<ruby>蝙蝠傘<rt>こうもりがさ</rt></ruby>（男用洋傘）

<ruby>男<rt>おとこ</rt></ruby><ruby>物<rt>もの</rt></ruby>〔名〕男用物品、男服裝←→<ruby>女<rt>おんな</rt></ruby><ruby>物<rt>もの</rt></ruby>

　<ruby>此<rt>これ</rt></ruby>は<ruby>男物<rt>おとこもの</rt></ruby>だ（這是男人用的）

<ruby>男<rt>おとこ</rt></ruby><ruby>役<rt>やく</rt></ruby>〔名〕〔劇〕扮演男角色（的女演員）（=<ruby>男形<rt>おとこがた</rt></ruby>）

　<ruby>男<rt>おとこ</rt></ruby><ruby>役<rt>やく</rt></ruby>を<ruby>遣<rt>や</rt></ruby>る（扮演男角色）

<ruby>男<rt>おとこ</rt></ruby><ruby>鰥<rt>やもめ</rt></ruby>〔名〕鰥夫、光棍、無妻的男人

　<ruby>男<rt>おとこ</rt></ruby><ruby>鰥<rt>やもめ</rt></ruby>に<ruby>蛆<rt>うじ</rt></ruby>が<ruby>湧<rt>わ</rt></ruby>く（光棍邋邋遢遢）

<ruby>男<rt>おとこ</rt></ruby><ruby>湯<rt>ゆ</rt></ruby>〔名〕男澡堂、男浴室←→<ruby>女湯<rt>おんなゆ</rt></ruby>

<ruby>男<rt>おとこ</rt></ruby>らしい〔形〕有男子氣概的、像一個大丈夫的、像個男子漢的←→<ruby>女<rt>おんな</rt></ruby>らしい

　<ruby>態度<rt>たいど</rt></ruby>が<ruby>男<rt>おとこ</rt></ruby>らしい（態度有男子氣概）

　<ruby>男<rt>おとこ</rt></ruby>らしい<ruby>人間<rt>にんげん</rt></ruby>（好漢子、好榜樣）

　<ruby>男<rt>おとこ</rt></ruby>らしさを<ruby>増<rt>ま</rt></ruby>した（增加了男子氣概）

　<ruby>男<rt>おとこ</rt></ruby>らしい<ruby>勝負<rt>しょうぶ</rt></ruby>を<ruby>為<rt>す</rt></ruby>る（進行公正的比賽）

　<ruby>男<rt>おとこ</rt></ruby>らしく<ruby>振舞<rt>ふるま</rt></ruby>う（舉止有男人氣概）

　<ruby>男<rt>おとこ</rt></ruby>らしからぬ<ruby>振舞<rt>ふるまい</rt></ruby>を<ruby>為<rt>す</rt></ruby>る（舉止沒有男人氣概）

　<ruby>男<rt>おとこ</rt></ruby>らしく<ruby>謝<rt>あやま</rt></ruby>れ（乾脆點賠個不是吧！）

　<ruby>彼<rt>かれ</rt></ruby>は<ruby>本当<rt>ほんとう</rt></ruby>に<ruby>男<rt>おとこ</rt></ruby>らしい（他的確有男子氣概）

<ruby>男<rt>お</rt></ruby>〔名〕男，男子（=<ruby>男<rt>おとこ</rt></ruby>）、（也寫作〔夫〕）夫，丈夫（=<ruby>夫<rt>おっと</rt></ruby>）

<ruby>男<rt>お</rt></ruby>、<ruby>雄<rt>お</rt></ruby>、<ruby>牡<rt>お</rt></ruby>〔造語〕（寫作〔男〕）表示較雄壯的一方←→<ruby>女<rt>め</rt></ruby>

　（寫作〔雄〕〔牡〕）表示雄性公的←→<ruby>雌<rt>め</rt></ruby>

　（寫作〔雄〕）表示雄壯的樣子

　<ruby>男滝<rt>おだき</rt></ruby>、<ruby>雄滝<rt>おだき</rt></ruby>（大瀑布）

　<ruby>男波<rt>おなみ</rt></ruby>、<ruby>男浪<rt>おなみ</rt></ruby>（大浪、高浪、巨浪）

　<ruby>雄牛<rt>おうし</rt></ruby>、<ruby>牡牛<rt>おうし</rt></ruby>（公牛）

　<ruby>雄花<rt>おはな</rt></ruby>（雄花）

　<ruby>牡鹿<rt>おじか</rt></ruby>（公鹿、雄鹿）

　<ruby>雄竹<rt>おだけ</rt></ruby>（大竹）

　<ruby>雄叫<rt>おたけ</rt></ruby>び（吶喊、吼叫）

<ruby>男男<rt>おお</rt></ruby>しい、<ruby>雄雄<rt>おお</rt></ruby>しい〔形〕英勇的、雄壯的、有丈夫氣的（=<ruby>勇<rt>いさ</rt></ruby>ましい）←→<ruby>女女<rt>めめ</rt></ruby>しい

　<ruby>男男<rt>おお</rt></ruby>しい<ruby>姿<rt>すがた</rt></ruby>（雄姿）

　<ruby>男男<rt>おお</rt></ruby>しい<ruby>歌声<rt>うたごえ</rt></ruby>（雄壯的高聲）

　<ruby>敢然<rt>かんぜん</rt></ruby><ruby>競争<rt>きょうそう</rt></ruby>の<ruby>道<rt>みち</rt></ruby>を<ruby>男男<rt>おお</rt></ruby>しく<ruby>前進<rt>ぜんしん</rt></ruby>する（在自由競爭的大道上奮勇前進）

<ruby>男神<rt>おがみ</rt></ruby>〔名〕〔古〕男神、男性的神←→<ruby>女神<rt>めがみ</rt></ruby>

<ruby>男滝<rt>おだき</rt></ruby>、<ruby>雄滝<rt>おだき</rt></ruby>〔名〕（一對瀑布中的）大瀑布←→<ruby>女滝<rt>めだき</rt></ruby>

<ruby>男波<rt>おなみ</rt></ruby>、<ruby>男浪<rt>おなみ</rt></ruby>〔名〕（起伏波浪中的）大浪、高浪、巨浪←→<ruby>女浪<rt>めなみ</rt></ruby>、<ruby>女波<rt>めなみ</rt></ruby>

　<ruby>男波女波<rt>おなみめなみ</rt></ruby>（大浪小浪）

　<ruby>男波女波<rt>おなみめなみ</rt></ruby>が<ruby>打<rt>う</rt></ruby>ち<ruby>寄<rt>よ</rt></ruby>せて<ruby>来<rt>く</rt></ruby>る（大浪小浪相繼湧來、起伏的波浪相繼湧來）

<ruby>男猫<rt>おねこ</rt></ruby>、<ruby>雄猫<rt>おねこ</rt></ruby>、<ruby>牡猫<rt>おねこ</rt></ruby>〔名〕〔動〕公貓、雄貓

<ruby>男<rt>おのこ</rt></ruby>、<ruby>男<rt>お</rt></ruby>の<ruby>子<rt>こ</rt></ruby>〔名〕男子（=<ruby>男<rt>おとこ</rt></ruby>）←→<ruby>女<rt>め</rt></ruby>の<ruby>子<rt>こ</rt></ruby>、男孩（=<ruby>男<rt>おとこ</rt></ruby>の<ruby>子<rt>こ</rt></ruby>）←→<ruby>女<rt>おんな</rt></ruby>、男僕（=<ruby>下男<rt>げなん</rt></ruby>）、在宮中服務的公卿

　<ruby>上<rt>うえ</rt></ruby>の<ruby>男<rt>おのこ</rt></ruby>（宮中的公卿）

<ruby>赧<rt>たん</rt></ruby>（ㄋㄢˇ）

<ruby>赧<rt>たん</rt></ruby>〔漢造〕臉紅（=<ruby>恥<rt>は</rt></ruby>じる）

　<ruby>愧赧<rt>きたん</rt></ruby>（赧愧）

<ruby>赧然<rt>たんぜん</rt></ruby>〔形動〕赧然

<ruby>嫩<rt>どん</rt></ruby>（ㄋㄣˋ）

<ruby>嫩<rt>どん</rt></ruby>〔漢造〕女子柔順美好為嫩、植物初生而柔嫩的、輕微的、缺乏經驗的

嫩、双葉、二葉〔名〕〔植〕子葉，最初生出的兩片嫩葉、（事物的）開端，萌芽、（人的）幼年

　嫩の内に絶つ（消滅於萌芽狀態、防範於未然）

　嫩の頃から育て上げる（從幼小扶養成人）

嫩芽〔名〕嫩芽（=若芽、新芽）

嫩葉〔名〕嫩葉（=若葉）

嫩綠〔名〕嫩綠（=若綠、新綠）

囊（ㄋㄤˊ）

囊〔漢造〕囊、口袋

　行囊（〔舊〕郵袋）

　雜囊（帆布袋）

　智囊、知囊（智囊、全部智慧）

　詩囊（詩囊）

　耳囊（〔解〕聽囊）

　子囊（〔植〕子囊）

　氷囊（冰袋）

　土囊（土袋、沙袋）

　図囊（〔軍〕背包）

　背囊（背囊、背袋）

　肺囊（〔動〕肺囊）

　胚囊（〔植〕胚囊）

囊果〔名〕囊果

囊腫〔名〕囊腫

　卵巢囊腫（卵巢囊腫）

囊狀〔名〕囊狀、袋狀

　囊狀葉（〔植〕瓶狀葉）

　囊狀腺（〔解、動〕囊狀腺）

囊中〔名〕口袋裡、錢包裡

　囊中に物を探る如し（如探囊取物）

　囊中一文も無し（囊空如洗）

　囊中一物も無し（囊空如洗）

　囊中無一物（囊空如洗）

　囊中の錐（囊中之錐、終必脫穎而出）

囊虫〔名〕〔動〕囊尾幼蟲

囊底〔名〕口袋裡、錢包底

　囊底を叩く（傾囊）

囊胚〔名〕〔動〕原腸胚

　囊胚形成（原腸形成）

囊尾虫〔名〕〔動〕囊尾幼蟲

囊胞〔名〕〔醫〕囊腫

囊、袋〔名〕袋，口袋、腰包，錢包（=巾着）。〔俗〕子宮，胞衣、果囊、袋狀物

　米を囊に入れる（把米裝進袋裡）

　飴を囊に入れる（把糖果裝進袋裡）

　囊の口を締める（把袋口綁緊）

　囊を貼る（糊紙袋）

　蜜柑の囊（柑橘的內皮）

　囊の中の鼠（囊中之鼠、甕中之鱉）

囊網、袋網〔名〕（捕魚用）袋狀魚網

曩（ㄋㄤˇ）

曩〔漢造〕昔日為曩、從前、過去

曩時〔名〕往昔（=曩昔、曩、日往時）

曩日〔名〕往昔（=曩昔、曩時）

曩昔〔名〕往昔（=曩日、曩時）

曩祖〔名〕祖先、祖宗（=祖先先祖）

曩に、先に〔副〕以前、以往（=前に、以前に）

　曩に御話した本は此です（我以前對你說過的書就是這本）

　曩に御見せした小說は此です（我以前讓你看的小說就是這本）

　曩に述べた通り（如前所述）

能（ㄋㄥˊ）

能〔名、漢造〕能力，才能、功效。〔劇〕能樂

　能が有る（有能耐、有本事）

能を隠す（隱藏才能）

能を尽す（竭盡所能）

能有る鷹は爪を隠す（真人不露相、大智若愚）

能の限りを尽す（竭盡所能）

飲み食い許りが能ではない（光能吃能喝算不了什麼能耐）

能無し（飯桶、廢物）

彼は眠るより外に能が無い（他除了睡覺沒有別的本事）

人皆能不能有り（人各有長短）

彼奴は寝るより外に何の能が無い男だ（那個傢伙除了睡覺沒有別的本事）

能書（藥品説明書）

薬を飲む前に薬の能を見て下さい（吃藥前請看一下説明書）

御能を見に行く（去看能樂）

ほんのう 本能（本能）

さいのう 才能（才能、才幹）

ちのう 知能、智能（智力、智慧）

ぎのう 技能（技能、本領）

ていのう 低能（低能）

こうのう 効能（效能、效力、效果）

たのう 多能（多能、多藝）

ほうしゃのう 放射能（放射能）

たんのう 堪能、堪能（擅長、熟練）

でんがくのう 田楽能（〔寺院、神社〕田樂歌舞）

たきぎのう 薪能（神事能的一種）

のうかい 能界〔名〕〔劇〕能樂界

のうがく 能楽〔名〕能樂（日本的一種古典樂劇=能）

能楽師（能樂演員）

能楽堂（能樂劇場）

能楽を鑑賞する（欣賞能樂）

のうらく 能楽〔名〕遊手好閒、遊手好閒的人（=のらくら）

のうらくもの 能楽者（遊手好閒的人、懶漢）

のうきょうげん 能狂言〔名〕能樂和狂言、夾在能樂中間演的狂言（喜劇）

のうぐみ、のうぐみ 能組み、能組〔名〕能樂演出節目表

のうさい 能才〔名〕〔古〕才幹、有才幹的人

のうし 能士〔名〕能幹的人、有才能的人

のうじ 能事〔名〕應做的事

学術の研究を以て一生の能事と為す（以學術研究作為終生的事業）

畢生の能事（終身的事業）

能事終れりと為す（認為責任已盡到）

のうしょ、のうじょ 能書、能書〔名〕擅長書法（的人）（=能筆）

能書家（書法家）

能書筆を選ばず（善書者不擇筆）

能書の評判が高い（以工書著稱）

のうがき、のうがき 能書き、能書〔名〕（藥劑等）效能説明書、自我吹嘘

能書には何でも効く様に為っている（説明書寫著什麼病都能治）

能書には頭痛に効くと書いて有る（説明書上寫著治療頭頭痛有效）

能書程薬は効かぬ（藥不像仿單説的那麼有效）

能書を散散聞かされる（聽別人自我吹嘘一陣）

能書を並べ立てる（自賣自誇）

能書を許り並べて、実行はさっぱりだ（光説不練）

のうしょうぞく 能装束〔名〕〔劇〕表演能樂穿的服装（=能衣装）

のうてんき、のうてんき 能転気、脳転気〔名〕〔俗〕輕浮（的人）

のうどう 能動〔名〕能動（=働き掛け）。〔語法〕主動（=能相）←→受動

能動態（主動語態）←→受動態

能動免疫（自動免疫）

能動主義（能動主義-否定物質第一性，宣揚精神有自發的能動作用）

のうどうてき 能動的（能動的、主動的）←→受動的

能動的に振る舞う（主動地行動）

能無し、能無〔名、形動〕無用（的人）
彼の男は能無だ（那傢伙是個廢物）
あんな能無に何が出来るか（那樣的廢物能做什麼？）
能無の男（沒有本事的人）

能否〔名〕有可能
能否を試す（試試可能與否）

能筆〔名〕擅長書法（的人）（=能書、能書）
能筆の評判が高い（以擅長書法著稱）
彼は中中の能筆だ（他寫一手好字）

能舞台〔名〕〔劇〕專門演能了的舞台（=能楽堂）

能文〔名〕善於寫文章
能文家（擅長寫作的人）

能弁〔名、形動〕善辯、雄辯（=雄弁）←→訥弁
能弁家（雄辯家）
立板に水を流す様な能弁家（口若懸河的雄辯家）
彼女の能弁にだしだしと為った（她的雄辯另我無言）

能面〔名〕能樂用的面具
能面打ち、能面打（製作能樂面具的工人）
能面の様（面貌秀麗、沒表情）

能役者〔名〕〔劇〕能樂演員（=能楽師）

能者〔名〕有才能的人、能樂演員（=能役者，能楽師）

能吏〔名〕能幹的官吏

能率〔名〕效率、勞動生產率
能率が良い（效率強）
能率が悪い（效率差）
能率を高める（提高效率）
能率の高い機械（效率高的機器）
人数の多い割に仕事の能率が上がらない（人數雖多而工作效率卻不那麼高）
能率的（有效率的）
能率的に働く（有效率的工作）

能率増進（增進效率、提高效率）
能率給（按工作量和工作效率給的工資）
生産能率（生產效率）
労働能率（勞動效率）

能力〔名〕能力、〔法〕行為能力
能力を伸ばす（發展能力）
能力を競う（爭強鬥勝）
其は全く彼の能力以上の事だ（那個完全超出了他的能力）
其は私の能力の限界を超えた仕事だ（那是我能力不及的工作）
彼はリーダーと為ての能力が備わっている（他有領導能力）
自分で考える能力を養う（養成自己獨立思考的能力）
生産能力（生產能力）
能力給（根據每人工作的能力規定的工資）
計算能力（計算能力）
思考能力（思考能力）
行為能力（行為能力）
無能力者（無行為能力者）
責任能力（責任能力）
能力者（行為能力者）

能力〔名〕寺廟內從事勞務的下級僧侶（=寺男）
能力頭巾（能劇和狂言中使用得一種頭巾）

能平、濃餅〔名〕（勾芡了的）青菜豆腐湯（=能平汁）

能う〔自五〕能夠（=出来る）
能う限りの努力を為る（盡其所能）与う
もう能う限りを尽した（已經盡其所能）
能う限りの援助を与える（給予最大限度的援助）
能わざるには非ず為さざる也（非不能也是不為也）

進む能わず（不能進）

読む事能わず（不能讀）

能う〔副〕（能く的音便，下接否定語）不能，難以（主要在日本西部使用）

能う言わんわ（〔俗〕真沒法兒說）

能う遣るよ（〔俗、諷〕真不簡單！）

能く、宜く、良く、善く、好く〔副〕好好地，仔細地，常常地，經常地、非常地，難為，竟能、太好了，真好

能く御覧下さい（請您仔細看）

能く考え為さい（好好想想）

病気は能く為った（病好了）

能く書けた（寫得漂亮）

能く有る事（常有的事）

能く転ぶ（常常跌倒）

能く映画を見に行く（常去看電影）

彼は能く学校をサボル（他常常翹課）

昔は能く一緒に遊んだ物だ（從前常在一起玩）

昨夜は能く眠れましたか（昨晚你睡得好嗎？）

彼女は歌が能く歌える（她唱歌唱得很好）

風邪が一向に能く為らない（感冒一直不好）

御話は能く分かりました（你說的我明白）

此の肉は能く煮た方が良い（這肉多煮一會兒較好）

若い時は能く野球を遣った物だ（年輕時常打棒球）

青年の能くする過ち（年輕人常犯的毛病）

日本には能く台風が来る（日本經常遭颱風）

此の二人は能く似っている（這兩個人長得非常像）

此の大雪の中を能く来られたね（這麼大的雪真難為你來了）

御忙しいのに能く御知らせ下さいました（難為您百忙中來通知我）

他人の前で能くあんな事を言えた物だ（當著旁人竟能說出那種話來）

能くあんな酷い事を言えた物だ（竟說出那樣無禮的話來）

あんな薄給で家族六人能く暮らせる物だ（那麼少的薪水竟能維持一家六口的生活）

能く御知らせ下さいました（承蒙通知太好了）

能くいらっしゃいました（來的太好！）

能く遣った物だ（做得太好了）

能くする、善くする〔他サ〕能夠、善於，擅長

凡人の能くする所ではない（不是一般人所能做到的）

筆舌の能くする所ではない（無法形容）

絵を能くする（擅長畫畫）

詩を能くする（擅長寫詩）

尼（ㄋㄧˊ）

尼〔名、漢造〕尼僧、尼估（=尼）

比丘尼（比丘尼）

修道尼（修女）

尼院〔名〕尼姑庵（=尼寺）、女修道院

尼公〔名〕出家為尼的貴婦（=尼君）

尼僧〔名〕尼姑（=尼、比丘尼）

尼〔名〕尼姑（=比丘尼）、修女（=修道尼）。〔俗〕〔罵〕臭娘們，臭丫頭

尼に為る（削髪為尼）

此の尼奴（這個臭娘們！）

此の尼、出て行け（你這個臭娘們！滾出去！）

海〔造語〕海（=海）

海浜（海濱）

海浜（海濱）

海人、海士、海女、蜑〔名〕漁夫、漁女、海女

海人（の）小船（小漁船）

真珠採りの海女（女潛水採珠員）

ろ

鮑を取る海女（採鮑魚的海女）
尼っ子〔名〕〔俗、罵〕死丫頭（=尼っちょ）
尼っちょ〔名〕〔俗、罵〕死丫頭（=尼っ子）
尼君〔名〕貴婦人出家為尼的尊稱（=尼公）
尼寺〔名〕尼姑庵、女修道院（=尼院）
尼法師〔名〕尼姑（=尼、比丘尼、尼僧）

泥（ㄋㄧˊ）

泥〔漢造〕泥、爛醉，神志不清
 雲泥（雲泥、高低懸殊）
 金泥（金泥、繪畫用金泥）
 銀泥（銀泥、繪畫用銀泥）
 朱泥（宜興陶器）
 汚泥（汙泥）
泥火山〔名〕〔地〕泥火山
泥灰〔名〕泥灰
 泥灰岩（泥灰岩）
 泥灰質（泥灰質）
 泥灰土採集場（採收泥灰的泥灰岩坑）
泥岩〔名〕〔礦〕泥岩
泥工〔名〕泥匠
泥鉱〔名〕泥狀礦石
泥沙、泥砂〔名〕泥沙
泥剤〔名〕〔醫〕膏藥、軟膏
泥質岩〔名〕〔礦〕細屑岩
泥匠〔名〕泥水匠、泥瓦匠（=左官）
泥像〔名〕泥像（中國古代陪葬品之一種）
泥漿〔名〕泥漿
泥狀〔名〕泥狀
 雨で庭の土は泥状に為った（因為下雨庭院土地變成泥狀了）
泥水、泥水〔名〕泥水
 雨上がりの泥水に足を突っ込む（把腳陷入剛下過雨的泥水中）
 バスが泥水を跳ね返して行った（巴士濺起泥水駛過）
 泥水に泥濘るんだ所で働く（在泥濘地方工作）
 自動車が泥水を跳ねかす（汽車濺起泥水）
 自転車が泥水を跳ね返す（腳踏車濺起泥水）
 泥水稼業（〔藝妓、妓女的〕苦海生涯）
泥酔〔名、自サ〕酩酊大醉（=酩酊）
 昨夜は泥酔して、如何して家に帰ったのか覚えていない（昨晚喝得酩酊大醉怎麼回到家的記不得了）
 昨夜は泥酔して駅のホーム platform で寝て終った（昨晚酩酊大醉在月台上睡了一碗）
 へべれけに泥酔する（喝得酩酊大醉）
泥塑〔名〕泥塑（人偶）
 泥塑人（泥塑人偶）
泥炭〔名〕〔礦〕泥炭、泥煤
 泥炭地（泥煤地）
 泥炭採掘所（泥炭採掘場）
 泥炭沼（泥炭沼）
泥地〔名〕泥沼、泥溏、沼澤地
泥中〔名〕泥中
 泥中の蓮（泥中蓮花、比喻出汙泥而不染）蓮
泥土、泥土〔名〕泥土（=泥）、廢物
 昔家屋は泥土で造った（以前房屋是用泥土造成的）
 泥土で丘を覆う（泥土埋過沙丘）
 泥土岩（細屑岩）
 泥土層（泥土層）
泥濘、泥濘〔名〕泥濘、使陷於困境
 泥濘に入る（陷入泥濘、陷入困境）
 大雨の為道路は泥濘と化した（因大雨泥濘載道）
 泥濘から出る（從泥濘中擺脫出來）
 車が泥濘に嵌まり込んだ（汽車陷在泥坑裡）

泥濘を歩く（在泥濘中跋涉）

泥濘に足を捕られる（陷進泥裡拔不出腳來）

泥濘へ足を踏み込む（角踩進泥裡）

雨上がりの泥濘道（語後的泥濘道路）

借金が重なって泥濘に嵌まって終った（陷入沉重的債務困境中）

泥濘る〔自五〕泥濘
雪解けて道が泥濘る（因為積雪融化路上泥濘不好走）

道が泥濘って歩き難い（道路泥濘步行困難）

泥板岩〔名〕頁岩（＝頁岩）

泥流〔名〕（火山泡發或山崩時的）泥流

泥〔名〕泥，泥土、小偷（＝泥棒）
雨の中を走ったので、ズボンの裾に泥が跳ねた（因為在雨地裡跑褲腳濺上了泥）

泥が沢山溜まった（積了好多泥）

着物に泥が付く（衣服濺上泥）

体中泥塗れに為る（滿身是泥）

泥の跳ねが掛かる（濺上了泥點）

手が泥だらけだ（滿手是泥）

こそ泥（小偷）

泥を吐く（供出罪狀）

泥を吐いた終え（老實交代）

泥を吐かせる（勒令坦白）

火事場泥（趁火打劫的小偷）

泥を塗る（抹黑、丟臉）

顔に泥を塗る（往臉上抹黑、給…丟臉）

父の顔に泥を塗る（使父親丟臉）

泥を被る（被責難、受批評）

泥を踏む（腳步不穩）

泥の様に（爛醉如泥、熟睡如泥）

泥煉瓦（土坯）

泥塀（土牆）

泥壁（土壁）

泥足〔名〕泥腳、賣笑生涯
犬が泥足で家に上がった（狗滿腿是泥進了屋子）

猫が泥足で家に上がって来た（貓滿腳沾著泥進了屋子）

泥足で家に入る（兩腳帶著泥進屋）

泥海〔名〕濁水的海、泥溏
洪水で市街地は泥海と化した（因為漲大水市街地區變成了泥溏）

泥絵〔名〕（加白堊粉的油畫顏料畫的）粗糙繪畫（多用於舞台背景或招牌）
泥絵の具、泥絵具（摻貝殼粉的粗糙油畫原料）

泥絵具でポスターを書く（用油畫原料畫海報）

泥蟹〔名〕〔動〕泥蟹

泥亀〔名〕鱉、甲魚（＝鼈）

泥臭い〔形〕有土腥味的、土氣的，鄉間的，不雅致的
泥臭い魚（有土腥味的魚）

泥臭い水（有土腥味的水）

泥臭い洒落（土氣的俏皮話）

泥臭い御洒落（土氣的打扮）

彼の人は泥臭い（他土裡土氣）

新人の演技が泥臭い（新手的演技還不到家）

泥靴〔名〕全是泥的鞋

泥試合（名自サ）互相揭短、互揭醜事
泥試合を繰り返す（再三互揭醜事）

両党は泥試合を演じる（兩黨演出互揭瘡疤的醜劇）

両者の言い分はどうやら泥試合に為って来た（雙方的說詞演變成了互揭瘡疤）

泥田〔名〕泥深的水田、淤泥水田

泥だらけ〔名〕滿是泥、全是泥（＝泥塗れ）

靴が泥だらけに為った（鞋上全是泥了）

泥泥〔名、副〕到處是泥，沾滿了泥、化成泥狀、（鼓、雷等）咚咚地，隆隆地

靴が泥泥に為る（鞋上全是泥）

転んで着物が泥泥に為る（跌了一跤衣服沾滿了泥）

アイスクリームがもう泥泥に為った（冰淇淋稀糊了）

道が泥泥で歩き難い（路上泥濘難走）

小麦粉を泥泥に溶かす（把麵粉和成糊狀）

御粥を泥泥に煮る（把粥煮得黏糊糊的）

泥泥と流れ出る（黏糊糊地流出來）

遠雷が泥泥と聞える（遠處雷聲隆隆）

泥泥と太鼓の音が為て幽霊が現れた（鼓聲咚咚幽靈出現了）

泥縄〔名〕臨渴掘井、臨時抱佛腳（泥棒を見て縄を綯う-抓住小偷才要搓繩子）

泥縄式の勉強（臨陣磨槍式的用功）

泥縄式の勉強では入学は出来ない（靠臨陣磨槍式的用功是考不上學校的）

泥人形〔名〕泥人偶

泥沼〔名〕泥沼，泥潭，泥溏，泥坑、喻難以自拔的困境

泥沼に嵌まり込む（陷入泥沼裡、陷入難以自拔的困境）

雨が降ると道が泥沼に為る（一下雨街道就成泥溏）

泥沼の様な政界（烏煙瘴氣的政界）

泥跳ね、泥撥ね〔名〕濺泥、濺的泥

濡れたタオルで泥跳ねを取り除く（用濕毛巾擦掉濺的泥）

泥深い〔名〕淤泥深、泥層厚

泥深い沼（泥深的沼澤）

泥棒、泥坊〔名、他サ〕小偷，賊、偷（=盗む）

泥棒を捕らえる（捉賊）

巡査が泥棒を捕らえた（警察捉住了小偷）

月給泥棒（只拿工資不積極工作的人）

泥棒を見て縄を綯う（臨時抱佛腳、臨渴掘井）

泥棒に追い銭（賠了夫人又折兵）

昨夜隣の家に泥棒が入った（昨天晚上鄰家鬧賊了）

自転車を泥棒する（偷自行車）

泥棒根性（賊性、盜癖、劣根性）

泥棒回り（眾人圍成一團從右往左輪流做事-因和服左衿在上如從右往左正好進入他人腰包裡）

泥塗れ、泥塗〔名〕滿是泥、全是泥（=泥だらけ）

泥塗れの着物（滿都是泥的衣服）

泥塗れに為って働く（工作弄得滿身是泥）

泥塗れの靴で部屋に入る（穿著滿是泥的鞋子進入室內）

泥塗れの青春（充滿苦難的青春時代）

泥道〔名〕泥濘的道路

雨上がりの泥道（雨後的泥濘道路）

泥除け、泥除〔名〕（車輪上的）擋泥板（刷）（=フェンダー）

泥除けを車に取り付ける（車上安上擋泥板）

こそ泥〔名〕〔俗〕小偷、竊賊（=こそこそ泥）

こそ泥を働く（當小偷）

家にこそ泥が入った（家裡進了小偷）

如何して彼はこそ泥を働いた（為什麼他會去做賊）

泥鰌〔名〕〔動〕泥鰍、鬍鬚稀少的人

泥鰌掬い、泥鰌掬（撈泥鰍、摸泥鰍舞）

泥鰌鬚（鬍鬚稀少〔的人〕）

泥鰌隱元（四季豆、扁豆）

泥障、障泥〔名〕（馬具）韉、鞍韉

泥障を打つ（用鐙敲打鞍韉催馬前進）

泥む、滯む〔自五〕拘泥（=拘る）、停滯（=滯る）

古に泥む（泥古、食古不化）

旧習に泥む（墨守成規）
余り文法に泥むと良い文章は書けない（過於居泥文法則無法寫出好文章）
仕事が泥んで捗らない（工作停滯不前）
工事が泥んで捗らない（工程停滯不前）
日が暮れ泥む（太陽遲遲不落山）
浮きが泥む（浮標在水面停住不動）

猊（ㄋㄧˊ）

猊〔漢造〕獅子（=獅子、唐獅子、唐獅子）、獅子座（=猊座）

猊座（獅子座）

狻猊（獅子的別名）

猊下〔名〕猊下（對高僧的敬稱）、高僧身旁

霓（ㄋㄧˊ）

霓〔漢造〕彩虹（=虹）

雲霓（雲霓、雲和彩虹）

虹霓、虹蜺（彩虹）

霓裳羽衣〔名〕像彩虹一樣美麗仙女穿的衣服

霓裳羽衣の曲〔名〕雲霓羽衣曲（樂曲名作曲者是唐玄宗，楊貴妃善為雲霓羽衣舞）

擬（ㄋㄧˇ）

擬〔漢造〕比擬、模擬

模擬、摸擬（模擬、模仿）

擬する〔他サ〕瞄準，對準、模擬，比擬，擬定，估計，預料

胸にピストルを擬する（把手槍對準胸膛）

自分を偉人に擬する（把自己比作偉人）

彼は次の外務大臣に擬せられている（預料他將擔任下任的外相）

擬す〔他五〕瞄準，對準、模擬、比擬、擬定，估計，預料（=擬する）

擬音〔名〕（用於廣播劇等的）擬音、象聲、形聲

擬音を使う（使用擬聲）

擬音効果（擬音效果）

今映画で聞かれる音の凡そ四分の一は擬音だ（現在電影裡鎖聽到的聲音大約四分之一是擬聲）

擬革〔名〕人造皮（=レザー）

擬革紙（人造皮紙）

擬議〔名〕擬議

擬球〔名〕〔數〕偽球面

擬古〔名〕擬古、仿古

擬古文（擬古文、仿古文）

擬古主義（擬古主義、仿古主義、古典主義）

擬古体（仿古文體）

擬古的（仿古的、古典風格的）

擬古派の人（仿古派的人、古典派的人）

擬猿類〔名〕〔動〕擬猿類（屬於靈長目的低級猿猴類的總稱）

擬酸〔名〕〔化〕假酸

擬死〔名〕〔動〕假死

擬似、疑似〔名〕〔醫〕擬似

擬似症（疑似症）←→真症

擬似符号（〔電〕疑似符號）

擬似コード（〔電〕假碼、假指令）

擬似軍事行動（準軍事行動）

擬似空中線（〔電〕仿真天線、假天線）

擬餌〔名〕（釣魚用）假魚餌

擬餌鉤（狀似魚餌的釣鉤）

擬晶〔名〕〔礦〕擬晶

擬傷〔名〕〔鳥〕裝傷、假傷

擬色〔名〕〔生〕模擬色

擬人〔名〕擬人、〔法〕法人

擬人法（〔修辭〕擬人法）

擬人化（擬人化、人格化）

擬制〔名〕〔法〕虛擬、假設

擬制資本（〔經〕虛擬資本、誇大資本、假設資本）
　擬制資産（虛構資産）
　擬制政府（魁儡政府）

擬勢〔名〕虛張聲勢（=虛勢）
　擬勢を張る（虛張聲勢）

擬製〔名、他サ〕假造、仿造
　擬製品（仿造品）
　擬製豆腐（仿造豆腐──一種素什錦）
　此は本物ではなく、擬製品だ（這不是真貨而是仿造品）

擬声語〔名〕擬聲語←→擬態語

擬戰〔名〕模擬戰

擬装、偽装〔名、自サ〕偽裝、掩飾（=カムフラージュ camouflage 法）
　擬装を行う（施迷彩）
　擬装軍艦（施迷彩軍艦）
　敵の擬装を見破る（識破敵人的偽裝）
　木の枝で擬装する（用樹枝掩飾）
　オリーブ olive の枝で戦車を擬装する（用橄欖枝偽裝坦克、用和平的表面掩飾戰爭）

擬足、偽足〔名〕〔動〕偽足、偽肢（=虚足）

擬態〔名〕〔動〕擬態
　保身擬態（保身擬態）
　擬態語（擬態語）←→擬声語
　枯葉に似せた擬態を為る毛虫（擬態酷似枯葉的毛蟲）

擬軟体動物〔名〕〔動〕擬軟體動物

擬粘性流動〔名〕〔地〕假黏性流動、假黏流

擬物法〔名〕（修辭）擬物法（把人比作無生物）

擬兵〔名〕〔軍〕模擬兵、偽裝部隊

擬砲〔名〕〔軍〕模擬砲、偽裝砲、假砲

擬宝珠、擬宝珠、擬宝珠〔名〕（欄杆柱上的）蔥花形的寶裝飾（=擬宝珠）、蔥花。〔植〕紫萼（百合科多年生草本）（=擬宝珠）

擬薬〔名〕〔醫〕安慰劑（=気休め薬）

擬羊皮紙〔名〕（包裝用）仿造羊皮紙、硫酸紙

擬う、紛う〔自五〕（因極相似）分辨不清、宛如
　夢かと擬う情景（猶如夢幻的情景）
　擬う方無し、紛う方無し（絲毫不錯、的的確確）
　擬う方無く父の筆跡だ（千真萬確是父親的筆跡）

擬い、紛い〔名〕偽造、假造、仿製（品）
　擬い真珠（假珍珠）
　宝石の擬い（假寶石）
　擬いも無く（千真萬確）
　擬いの道（難以辨認的道路）
　英語擬いの新造語（模仿英語創造的新詞）

擬い物，擬物、紛い物，紛物〔名〕〔古〕偽造品（=偽物、贗物）
　彼のダイヤ diamond の首飾りは擬い物だった（那個鑽石項鍊是假的）

擬える、紛える〔他下一〕使分辨不清、仿造，冒充
　見擬える（看錯）
　盛りに咲ける梅の花を残雪と擬える（將盛開的梅花誤認為殘雪）
　本物に擬えて作る（仿造實物製作）

擬、牴牾、抵牾〔造語〕像、似、模仿
　梅擬（〔植〕落霜紅）
　芝居擬の台詞を言う（說話彷彿在唸台詞）
　薔薇擬（像薔薇般）
　雁擬（〔中間夾海袋絲等的〕油炸豆腐）

擬える、準える、准える〔他下一〕比作、比喻（=擬える、準える、准える）
　人生を夢に擬える（把人生比作一場夢）

擬える、準える、准える〔他下一〕比作，比喻（=比べる）、模擬，仿造（=似せる、真似る、擬える，準える，准える）
　人生を旅に擬える（將人生比作旅行）

人生をマラソンに擬える（將人生比作馬拉松賽跑）

少女を花に擬える（把少女比作花朵）

外国の流行に擬えた洋服（仿造外國流行式樣的西服）

動物の形に擬えたビスケット（模擬動物形狀製成的餅乾）

古い中国の話に擬えて書いた小説（仿造中國古代故事寫成的小說）

擬える、比える、寄える〔他下一〕比擬

物語の中で狼を悪人と擬える（在故事中把狼比作壞人）

寓話に擬えて子供を諭す（假借寓言教育孩子）

昵（ㄋㄧˋ）

昵〔漢造〕親近、親暱

狎昵（親暱、狎昵）

親昵（親暱＝昵懇，昵近，入魂）

昵懇、昵近、入魂〔名、形動〕親密、親近（＝懇意）←→疎遠

昵懇の（な）間柄（親密關係）

彼の家とは昵懇に為ている（和那一家人往來很親密）

彼女とは昵懇に為ている（和她往來很親密）

私は彼の方とは別に為てはいません（我和他並不怎麼親密、我和他並無深交）

今後とも御昵懇に願います（今後請多指教）

逆（ㄋㄧˋ）

逆〔名、形動、漢造〕逆，倒，反，叛逆，反扭對方胳膊（＝逆手）。〔數〕逆定理←→順

此とは逆に（反之、和這個相反）

人の逆を行く（反其道而行）

逆に言えば（反過來說）

逆に為る（反過來、倒過來）

逆必ずしも真為らず（反過來並不一定對）

言う事と行う事が逆だ（言行相悖）

順逆（恭順和叛逆、正邪善惡）

可逆反応（可逆反應）

反逆、叛逆（叛逆、造反）

大逆無道（大逆無道）

逆位〔名〕〔生〕倒位

逆運〔名〕厄運、逆境（＝不運）

逆運に苦しむ（苦於逆境）

逆運と戦う（與厄運抗爭）

逆縁〔名〕〔佛〕逆緣（謗佛反而入佛的因緣）、年長者反給年幼者做佛事←→順緣、沒有因緣而順便為死者祝冥福

逆縁が順縁に為る（壞事變成好事）

逆為替〔名〕〔商〕逆匯兌（債權人不待債務人匯款，而逕發出以債務人為付款人的匯票賣給銀行，以收回債權的一種匯兌方式-出口商為了收回出口商品的貨款或海外旅行者在國外為了籌措旅費，多利用這種匯兌方式）

逆函数〔名〕〔數〕逆函數、反函數

逆起電力〔名〕〔電〕反電動勢

逆効果、逆効果〔名〕反效果

逆効果を来る（造成反效果、引起相反的效果）

成績の悪い子を叱ると逆効果を来る（齎す）（責罵成績差的孩子效果會適得其反）

逆交雑〔名〕〔生〕正反交、反交

逆コース〔名〕相反的路程、〔轉〕回頭路

逆コースを取る（朝著相反的方向走）

逆コースを歩む（走回頭路、開倒車、背道而馳）

逆鞘〔名〕〔商〕（定期交易中近期貨反而昂貴時月底交貨下月底交貨等）期貨差價←→本鞘（中央銀行貼現率反而比一般銀行貼現率高時）貼現率的差額←→順鞘

逆産〔名〕逆產、叛逆者的財產

ぎゃくさんしょぶん（逆產處分）
　　逆產を没収する（沒收逆產）
逆產〔名〕逆產、胎兒倒生
　　ぎゃくさんじ（逆產兒）
逆算〔名、自サ〕倒算，倒數，倒過來算。〔數〕逆運算
　　今から逆算する（從現在倒數）
　　今から逆算して二百年前（從現在倒數二百年前）
逆修〔名〕〔佛〕生前預修墳墓、預作佛事、年長者為年幼夭亡者作佛事
逆襲〔名、自サ〕反擊、反攻
　　逆襲を敢行する（斷然實行反擊）
　　負けずに相手に逆襲する（不示弱地反擊對方）
　　逆襲を加える（予以反擊）
　　夜陰に乗して逆襲する（趁著黑夜進行反攻）
逆順〔名〕倒過來的順序、恭順和叛逆（＝順逆）
逆上、逆上〔名、自サ〕（因憤怒悲傷震驚等）血往頭上湧、狂亂（＝逆上せる）
　　勝利の為逆上した（勝利衝昏了頭腦）
　　逆上して切り付ける（大動肝火揮刀砍去）
　　かっと為って逆上する（氣得發昏）
　　血を見て逆上する（看見鮮血便激昂起來）
逆上〔名〕頭部充血、上火、頭昏眼花（＝逆上、上気）
　　逆上目（火眼、因上火發炎而眼球充血）
　　逆上性（性情急躁、脾氣暴躁、愛發火〔的人〕）
　　私は逆上性だ（我是個性情急躁的人）
　　薬を呑んで逆上性を引き下げる（吃藥降火）
逆上せる〔自下一〕上火，頭部充血、頭昏眼花，衝昏頭腦、熱衷，沉溺、驕傲自大

　　長湯を為て逆上せる（洗澡時間過長而覺頭暈）
　　一寸した事で直ぐ逆上せる（一點事情就發火）
　　然う逆上せては行かん（不要那麼大火）
　　彼奴は一寸腕が有ると思って逆上せ上がっている（他自以為有點本事就覺得很了不起）
　　暑さで逆上せる（熱得頭昏腦脹）
　　成功で逆上せている（成功衝昏了頭腦）
　　何時からあんなに競馬に逆上せているのか（從何時開始那麼熱衷於賽馬呢？）
　　女に逆上せる（沉溺於女色、迷戀女人）
　　彼奴此の頃逆上せている（那傢伙近來很驕傲）
逆上せ上がる、逆上せ上る〔自五〕（嚴重地）頭昏眼花，頭昏腦脹、（非常）熱衷
　　怒って逆上せ上がる（氣得頭昏腦脹）
　　暑さで逆上せ上がる（熱得頭昏眼花）
　　彼は成功の為に逆上せ上がった（成功使得他昏頭轉向）
　　彼は其の女にすっかり逆上せ上がっている（他非常迷戀那個女孩）
逆上がり、逆上り〔名〕（單槓）前翻轉上、翻身上槓
逆心〔名〕叛逆心、叛意
　　逆心を抱く（懷叛逆心）
逆臣〔名〕逆臣←→忠臣
逆進〔名〕逆行、回動（＝逆行）
　　逆進装置（〔機〕回動裝置）
逆シングル〔名〕〔棒球〕異側單手接球
逆水、逆水〔名〕逆流的洪水
逆数〔名〕〔數〕倒數
　　四の逆数は四分の一だ（四的倒數是四分之一）
逆性石鹸〔名〕藥皂、消毒肥皂（＝陽性石鹸）
逆接〔名〕〔語法〕逆接←→順接

逆説〔名〕似是而非的說法、異說(=パラドックス)
　逆説的な表現（反論式的表現）（如〔急がば回れ〕—欲速則不達）

逆宣伝〔名〕反宣傳、效果適得其反的宣傳
　其は全く逆宣伝だ（那完全是反宣傳）
　野党のでっち上げだと逆宣伝する（進行在野黨捏造的反宣傳）

逆旋風〔名〕〔氣〕逆風

逆送〔名、他サ〕〔法〕送回（檢察廳起訴）（日本少年法規定，未成年犯罪由家庭裁判所處理，如罪行嚴重重新送交檢察官向法院起訴）

逆漕〔名、他サ〕倒划（小艇）

逆像〔名〕逆像、倒像

逆賊〔名〕反賊、叛徒
　逆賊を征伐する（討伐叛逆）

逆貸与〔名〕反貸與、反租借

逆探知〔名、他サ〕追查電波電話的發信處（人）

逆潮〔名〕逆潮、與風向船舶進路相反的潮流 ←→ 順潮

逆潮（しかしお）〔名〕（與主潮流方向相反的）倒流潮 ←→ 真潮

逆調〔名〕逆差、向壞的方向發展
　貿易の逆調（對外貿易逆差）
　国際収支が逆調に為る（國際收支變成逆差）

逆境〔名〕逆境 ←→ 順境
　逆境に在る（處於逆境）
　逆境に在る人（處於逆境的人）
　逆境と闘う（和逆境作挑戰）
　逆境に処する道（對付逆境的辦法）

逆光〔名〕逆光 ←→ 順光
　逆光で撮影すると被写体が黒く写る（用逆光拍照時被攝影物照成黑色）
　逆光線、逆光線（逆光線）
　逆光線で写真を撮る（用逆光線攝影）

逆行〔名、自サ〕逆行、倒行、倒退、開倒車 ←→ 順行
　時勢に逆行する（逆著時勢走）
　逆行的措置（倒行逆施）
　電車が逆行する（電車倒行）
　逆行を図る（企圖開倒車）
　逆行運動（〔天〕逆行）

逆手、逆手〔名〕〔柔道〕反扭對方胳膊、順勢反擊。〔體〕反手握棒 ←→ 順手
　逆手を取る（反扭對方胳膊）
　逆手を取って捩じ上げる（反扭對方胳膊）
　逆手を使う（順勢反擊）
　鉄棒を逆手に握る（反手握棒子）
　短刀を逆手に持つ（倒握短刀）
　逆手懸垂（反手引體向上）

逆手形〔名〕〔商〕（有票據溯求權者以溯求義務者付款人所發出的）逆匯票(=戻り手形)

逆提供〔名〕〔商〕反供應

逆滴定〔名〕〔化〕回滴定

逆転〔名、自他サ〕逆轉，反轉，倒轉、（飛機）翻筋斗
　逆転ホームラン（扭轉局勢的全壘打）
　形勢逆転（局勢惡化）
　ハンドルを逆転する（倒轉方向盤）
　形勢が形勢した（形勢逆轉了、局勢惡化了）
　逆転層（〔氣〕逆溫層）
　逆転温度（〔理〕轉換溫度）

逆徒〔名〕叛徒、叛逆(=反徒，叛徒，反逆者)

逆賭、逆覩、逆睹〔名、他サ〕預測(=予測)
　逆賭す可からず（不可預料）
　逆賭し難い（難以預料）
　前途逆賭す可からず（前途不可預料）
　形勢は逆賭し難い（局勢難以預料）

逆時計回り〔名〕逆時針方向旋轉

逆特恵〔名〕（關稅）逆特惠（發展中國家對進口特定先進國貨物所給予的特惠待遇）

逆止弁〔名〕〔機〕單向閥、止回閥

逆二乗の法則〔名〕〔理〕平方反比定律

逆張り〔名〕〔商〕做反盤（行情上漲時賣出、下跌時買進）←→順張り

逆反応〔名〕〔理化〕逆反應

逆比〔名〕〔數〕反比（=反比例）

逆比例〔名、自サ〕〔數〕反比例（=反比例）←→正比例

逆日歩〔名〕（在交易所賣主不能如期交出股票請求延期時）付給買主的利息←→順日歩

逆風〔名〕逆風、頂風（=向かい風）←→順風
　逆風を受ける（頂著風）
　逆風でヨットが進まない（因為頂風快艇前進受阻）

逆戻り、逆戻〔名、自サ〕往回走、開倒車，走回頭路
　交通止めで逆戻りする（因為禁止通行返回）
　無理の為たので病状は逆戻りして終った（因為勉強工作病情又復發了）
　其では全く逆戻だ（那完全是開倒車）

逆ユートピア〔名〕反烏托邦（描寫不存在的黑暗世界來批判現實文藝作品或思潮）

逆輸出〔名、他サ〕（進口以後加工）又再出口，再輸出
　スクラップを輸入して鋼材を逆輸出する（進口碎鐵加工又再出口鋼材）

逆輸入〔名、他サ〕（出口以後加工）又再進口，再輸入
　綿花を輸出して綿製品を逆輸入する（出口棉花又再進口棉製品）

逆用〔名、他サ〕反過來利用
　敵の宣伝を逆用する（反過來利用敵人的宣傳）

逆理〔名〕反論（=パラドックス、逆説）

逆流〔名、自サ〕逆流、倒流←→順流
　溝の水が逆流する（下水溝的水倒流）
　潮が満ちて海水が川に逆流して来た（由於海水上漲向河裡倒流了）

逆流冷却器〔名〕〔化〕回流冷凝器

逆浪、逆浪，逆波、逆浪，逆波〔名〕逆浪、倒浪、頂頭浪
　逆浪で生命の安全を求める（在亂世求生命的安全）
　四海の逆浪を鎮める（平息四海的混亂）
　逆浪に巻き込まれる（捲入逆浪之中）

逆、倒〔名、造語〕倒、顛倒（=逆様）
　逆に為る（顛倒、頭朝下）
　逆恨み（好心反成惡意）
　逆児（逆產兒）
　逆立つ（倒立）

逆恨み、逆怨み〔名、他サ〕被所恨的人懷恨、好心反成惡意
　逆恨みを買う（受到自己怨恨的人的抱怨）
　逆恨みを受ける（受人誤解、被人把好心當作惡意）
　彼は君の為を思って言っているのだから逆恨みするのは良くない（他是為你著想而說的不可以把好心當作惡意）

逆落とし，逆落し，坂落とし，坂落し〔名〕頭向下落下，倒栽蔥、（騎馬等）懸崖衝下、（柔道）扳倒對方
　相手を逆落としに為る（把對方摔了個倒栽蔥）
　相手を崖から逆落としに蹴り落した（把對方從懸崖上倒栽蔥地踢了下去）

逆毛〔名〕倒豎的毛髮
　逆毛を立てる（毛髮倒豎）

逆児、逆子〔名〕〔醫〕逆產、臀位、足位
　逆児だったので御産は重かった（因為是逆產所以非常難產）
　逆児に生まれる（難產）

逆事〔名〕不合理的事、反常（=逆事）

逆さ，逆、倒さ，倒〔名、形動〕顛倒、相反（=逆様）
　水に木の影が逆に映っている（樹影倒映在水中）

逆に落ちる（倒栽下去）

シャツの表と裏を逆に着って終った（把襯衫穿反了）

逆さ言葉〔名〕反語、反話(如把可愛い說成憎い)、倒語(如把犬說成ぬい)

逆屏風〔名〕（放在死人身旁）倒立的屏風

逆さ富士〔名〕（映在水中的）富士山倒影

逆睫、逆睫〔名〕〔醫〕倒睫毛、睫毛內翻

逆さ卍〔名〕〔史〕倒字、卍字（德國納粹黨的黨徽）

逆様〔名、形動〕顛倒、相反(=逆さ，逆，倒さ，倒、逆)

　逆様に為る（顛倒了、反了）

　銃を逆様に為る（把槍倒過來）

　逆様に落ちる（倒著落下）

　逆様に吊り下げる（倒掛、倒懸）

　夢は逆様（夢和現實相反）

　此の文句は逆様に読むと分かる（這句若是倒唸就懂了）

　順序が逆様だ（順序顛倒）

　彼の言う事は逆様だよ（他所說的和事實相反）

　白黒を逆様に為る（顛倒黑白）

　逆様の位置（顛倒的位置）

　切手を逆様に貼る（倒貼郵票）

　逆様に為て置く（顛倒著放、倒過來放著）

逆しま、倒〔名、形動〕顛倒(=逆様)、不合道理(=邪)

逆剃り、逆剃〔名〕倒剃、逆著毛剃

　逆剃りを為る（掛ける）（倒剃、逆著毛剃）

　逆剃りすると皮膚が荒れる（倒剃的話皮膚就變粗糙了）

逆立つ〔自五〕倒立、倒豎

　髪が逆立つ（毛髮倒豎、怒髮衝冠）

　恐ろしさで髪の毛が逆立つ（嚇得頭髮都豎立）

逆立つ浪（怒濤）

逆立ち、逆立〔名、自サ〕倒立、拿大頂

　曲芸師が梯子の上で逆立ちを為る（雜技演員在梯子上倒立）

　逆立ちして歩く（倒立行走）

　本棚の本が逆立ちに為っている（書架上的書放顛倒了）

逆立ちしても〔副〕（下接否定）不管怎麼努力也、竭盡全力也

　逆立ちしても追い付かない（不管怎樣也趕不上）

　逆立ちしても彼には敵わない（我就是三頭六臂也比不上他）

逆立てる〔他下一〕倒立、倒豎

　羽を逆立てる（蓬起羽毛）

　猫の毛を逆立てて唸る（貓豎起毛嗚嗚叫）

　髪を逆立てて怒る（怒髮衝冠）

逆飛び（込み）、逆飛（込）〔名、自サ〕（頭朝下）跳水

逆蜻蛉〔名〕俯衝(=蜻蛉返り)、倒翻跟斗(=逆蜻蛉返り)、倒立，倒栽蔥(=真っ逆様)

　逆蜻蛉を切る（朝後翻跟斗）

逆撫で、逆撫〔名、他サ〕逆著（紋理）撫摸、反捋，倒捋

　神経を逆撫でする（故意惹人發怒）

逆捩じ、逆捩〔名〕倒扭，反擰、（對責難，抗議等的）反擊，反駁

　逆に彼から逆捩じを食わされた（反被他訓了一頓）

　人が好意を言っているのに彼は逆捩じを食わせた（人家好心勸他卻不識好人）

　先方からの文句に逆捩じを食わせる（對對方的不滿加以反駁）

逆柱〔名〕倒裝的木柱

逆火〔名〕（內燃機的）逆火、回火

逆帆〔名〕逆帆、反帆（風從前方吹來帆貼到桅桿上）

　逆帆に為る（變成逆帆）

逆巻く〔自五〕波浪翻滾、波濤洶湧
　逆巻き流れる川（波浪翻滾的河川）
　逆巻くストの浪（波濤洶湧的罷工浪潮）
　怒涛が逆巻く（怒濤洶湧）
　逆巻く激流（洶湧的激流）
　逆巻く大波（波濤洶湧）
　逆巻く浪に飛び込む（跳進洪濤巨浪裡）

逆叉〔名〕〔動〕逆戟鯨（＝鯱）

逆剥け、逆剥〔名、自サ〕（指甲根部上起的）肉刺、倒刺（＝ささくれ）
　逆剥けが出来る（起肉刺）

逆目〔名〕倒著的木紋，逆著的紋理、倒豎的眼睛

逆茂木〔名〕〔軍〕鹿砦、以有刺的樹枝編成的柵欄

逆夢〔名〕與現實相反的夢 ←→ 正夢
　此れが逆夢なら良いのだが（希望這是個反夢才好）
　夢は逆夢と言う事が有る（有時作夢與現實相反）

逆寄せ、逆寄〔名〕反擊、反攻

逆らう〔自五〕違背、違反、拂逆（＝逆う、逆る）←→従う
　親に逆らう（忤逆）
　彼は逆らわずに聞いていた（他恭順地在聽著）
　法律に逆らう（違法）
　風に逆らって進む（逆風前進）
　人の気に逆らう（拂逆人意）
　忠言耳に逆らう（忠言逆耳）
　流れに逆らって漕ぎ上る（逆流上划）
　逆らう事の出来ない歴史の流れ（不可抗拒的歷史潮流）
　流れに逆らって舟を漕ぐ（逆水行舟）
　貴方の御気持に逆らい度くは無い（我不想違背你的心願）

逆艪〔名〕船的後櫓、（安在船首和船尾）能前進和後退的櫓

逆旅〔名〕旅店、旅館（＝旅館）

逆鱗〔名〕天子的震怒。〔轉〕上級的不快
　逆鱗に触れる（觸怒上級）
　社長の逆鱗に触れる（觸犯總經理）

匿（ㄋㄧˋ）

匿〔漢造〕隱匿
　隱匿（隱匿、隱藏）
　蔵匿（隱匿、隱藏）
　秘匿（隱匿、秘藏）

匿名〔名〕匿名
　匿名の手紙（匿名信）
　送主は匿名を希望している（贈送者希望不公布姓名）送主 贈主
　匿名で投書する（匿名寫信給報紙）
　匿名で寄付を為る（匿名捐款）

匿う〔他五〕隱匿、窩藏
　罪人を匿う（窩藏罪人）
　犯人を匿う（窩藏犯人）
　外国の亡命者を匿う（隱藏外國逃亡的人）
　犯人を匿うと罪に為る（窩藏犯人有罪）

溺（ㄋㄧˋ）

溺〔漢造〕溺、沉溺
　沈溺（沉溺）
　耽溺（沉溺）
　惑溺（沉溺）

溺愛〔名、他サ〕溺愛（＝猫可愛がり）
　両親は子供を溺愛しては行けない（父母親不可溺愛孩子）
　子供を溺愛する親（溺愛孩子的父母）
　末っ子を溺愛する（溺愛最小的孩子）末子 末子 末子 末子

溺死、溺死，溺れ死に〔名、自サ〕溺死、淹死（=水死）
- 溺死者（溺死者）
- 多数の溺死者を出した（淹死了許多人）
- 子供が川に落ちて溺死する（小孩墜河淹死）
- 子供が河に落ちて溺れ死にを為た（小孩墜河淹死了）

溺没〔名、自サ〕溺死、淹死（=溺れる）

溺れる〔自下一〕淹死（=溺没する）、溺愛（=溺愛する）、沉溺，沉迷（=耽る）
- 水に溺れる（溺水）
- 良く泳ぐ者は水に溺れる（善泳者溺於水、淹死會游泳的）
- 人の溺れるのを助ける（搭救溺水的人）
- 水に溺れた犬を打つ（打落水狗）
- 溺れる者は藁に縋る（藁をも掴む）（溺水者攀草求生、有病亂投醫、急不暇擇）
- 溺れるに及んで船を呼ぶ（臨渇掘井、臨時抱佛腳）
- 策士は策に溺れる（倒れる）（策士溺於策、聰明反被聰明誤）
- 子供への愛に溺れる（溺愛自己的兒女）
- 愛情に溺れる（迷戀於愛情、墜入情網）
- 酒に溺れる（沉湎於酒）
- 酒色に溺れる（沉湎於酒色）
- 科学の研究に溺れる（專心於科學的研究）

溺れ谷〔名〕〔地〕溺河

溺らす〔他五〕使溺水、使沉湎、使沉溺
- 犬を水に溺らす（把狗淹在水裡）
- 人を酒に溺らしては為らぬ（不要使人沉湎於酒）

溺器、尿器〔名〕尿壺（=尿瓶、尿壺）

睨（ㄋㄧˋ）

睨〔漢造〕盯視（=睨む）

睨視（盯視）

睥睨（睥睨、斜視）

睨む〔他五〕瞪眼、凝視、監視、推測
- 目を剥いて睨んでいる（瞪眼睛看）
- 山門の仁王が目を剥いて睨んでいる（山門的哼哈二將瞪著大眼睛）仁王二王
- 彼は怒った目で私を睨んだ（他用生氣的眼神瞪了我一下）
- 世界情勢を睨む（仔細觀察世界局勢）
- 盤面を睨む（仔細觀察棋勢）
- 警察に睨まれている（被警察盯上了）
- 彼の人に睨まれたら最後だ（若是讓他盯上可就倒霉了）
- 怪しいと睨む（認為可疑）
- 入場者は二千人と睨んでいる（估計入場者有兩千人）
- 彼は其の男がスパイと睨んだ（他推測那男人是個偵探）
- 私の睨んだ事に間違いは無い（我判斷得沒有錯）

睨み、睨〔名〕瞪眼，睨視、（制服人的）威力、指望，期待、估計，推測
- 藪睨み（斜視、斜眼）
- 一睨みで相手を縮み上がる（瞪一眼就把對方嚇破了膽）
- 彼は生徒に睨みが利く（他對學生有威嚴）
- 自分の子供に対して一向に睨みが利かない（他對自己的孩子一點也壓不住）
- 睨みを利かす（嚴厲監督）
- 睨みが外れる（指望落空）

睨まえる〔他下一〕〔俗〕瞪（=睨む）

睨めっこ〔名〕（遊戲）面對面做鬼臉（先笑者輸）（=睨めっくら，睨めくら，睨みくら）、（雙方）對立，對峙

睨めっくら、睨めくら、睨みくら〔名〕（遊戲）面對面做鬼臉（先笑者輸）（=睨めっこ）

睨める〔他下一〕〔舊〕瞪、怒目而視（=睨む）

ろ

睨み合う、睨合う〔自五〕互相瞪眼、互相敵視

二人は睨み合っている（二人互相敵視）

二人は互いに睨み合っていたが、間も無く取り組み合いを始めた（兩人對瞪了一會兒不久就打起來了）

睨み合い〔名〕互相瞪眼、互相敵視

双方が睨み合いの儘だ（雙方還相持不下）

部下の船員は彼と公然睨み合いの姿に為った（屬下的船員公然和他嫡對起來）

睨み合わせる、睨合せる〔他下一〕比較、對照

費用と睨み合わせて旅程を決める（比較費用來決定旅程）

予算と睨み合わせて購入の計画を立てる（對照預算制定購入計畫）

手持ちの金と睨み合わせて買うか如何か決める（以手頭有多少錢來決定買不買）

季節と農作業と睨み合わせ乍区分しで施工する（針對季節和農耕而分別施工）

睨み返す〔自五〕回瞪（對方）

叱られた子供が親を睨み返した（挨罵的孩子回瞪了家長一眼）

彼が睨んだので、私も睨み返して遣った（他瞪了我一眼我也就回瞪了一眼）

睨み据える、睨据える〔他下一〕銳目凝視

彼はじっと相手の目に睨み据えた（他目不轉睛地瞪著對方的眼睛）

睨み倒す〔他五〕以目光壓倒（對方）、目不轉睛地盯住（對方）

睨み付ける、睨付ける〔他下一〕瞪眼看、怒目而視（＝睨め付ける、睨付ける）

大声で叱って睨み付ける（大聲申斥怒目而視）

彼を睨み付けて黙らせた（瞪他一眼讓他安靜下來）

彼は物凄い顔で私を睨み付けた（他用一種可怕的神色對我怒目而視）

睨め付ける、睨付ける〔他下一〕瞪眼看、怒目而視（＝睨み付ける、睨付ける）

睨め付けられてすごすごと引き下がった（被瞪了一眼垂頭喪氣地退了出去）

睨め回す、睨回す〔他五〕怒目環視

捏（ろーせ）

捏〔漢造〕捻聚、虛構

捏造〔名、他サ〕捏造、虛構（＝でっち上げ）

其の話はどうも捏造らしい（那話好像是捏造）

其の話は彼が捏造した物だ（那話是他捏造的）

有りも為ない事を捏造する（憑空捏造）

彼の記事は全く週刊の捏造だ（那條消息完全是週刊捏造的）

捏ねる〔他下一〕捏，揣，揉合。〔轉〕搬弄

粉を捏ねる（揣麵、和麵）

泥を捏ねる（和泥）

セメントを捏ねる（和水泥）

理屈を捏ねる（強詞奪理、捏造理由）

駄駄を捏ねる（撒嬌、不聽話）

小さい子供が駄駄を捏ねる（小孩子磨人）

屁理屈を捏ねる（強詞奪理）

小理屈を捏ねたがる（好強詞奪理、好詭辯）

捏ねくる〔他五〕捏，揣，揉合。〔轉〕搬弄（＝捏ねる）

捏ね返す、捏返す〔他五〕反覆捏，揉搓，揣和（＝捏ね回す）。〔轉〕一再糾纏，擴大糾紛

粘土を捏ね返す（搓揉粘土）

メリケン粉を何回も捏ね返してから延ばす（把麵粉揉和很多次後壓薄）

小麦を捏ね返して饂飩を作る（揉和麵粉做麵條）

道が泥で捏ね返している（道路上滿是泥漿）

屁理屈を捏ね返す（一再強詞奪理）

捏ね返して再検討（反覆檢討）

捏ね繰り返す〔他五〕反覆捏，揉搓，揣和（=捏ね返す、捏ね回す）。〔轉〕一再糾纏，擴大糾紛

捏ね回す〔他五〕反覆捏，揉搓，揣和（=捏ね返す、捏ね繰り返す）。〔轉〕一再糾纏，擴大糾紛

捏ね掛ける〔自下一〕強烈議論

捏ね固める〔他下一〕捏硬

捏ね取り、捏取〔名〕（搗年糕時配合搗者）揉和年糕（的人）

捏ねる〔他下一〕捏
 土を捏ねて人形を作る（捏泥做人偶）
 粘土捏ねて人形を造る（用黏土捏泥人）
 新粉を捏ねて団子を作る（用米粉團做丸子）

捏ね焼き、捏焼〔名〕烤雞蛋魚肉餅

捏芋、仏掌薯〔名〕〔植〕佛掌薯預（山藥）

涅（ㄋㄧㄝˋ）

涅〔漢造〕黑土在水中者為涅、涅槃意譯圓寂，是佛教最高境界，佛經說信仰佛教的人，經過長期修道，就能除去一切煩惱，並能圓滿一切清淨功德，這種境界名為涅槃，後來遂稱佛或高僧的逝世為涅槃

涅槃〔名〕（梵文 Nirvana 的音譯）。〔佛〕涅槃、圓寂
 涅槃に入る（圓寂）
 涅槃会（農曆二月十五日，紀念釋迦牟尼逝世周年的法會）

涅、皂〔名〕（黑同根）水底沉澱的黑土、涅色

嚙（ㄋㄧㄝˋ）

嚙〔漢造〕以齒咬物為嚙（齧）

嚙む、咬む、嚼む〔他五〕咬，嚼。〔機〕（齒輪等）咬合、（流水）沖擊，拍岸
 犬に嚙まれる（被狗咬）
 チューインガムを嚙む（嚼口香糖）
 蚊に嚙まれる（被蚊咬）
 鉛筆を嚙むのは悪い癖だ（咬鉛筆是一種壞習慣）
 食物を良く嚙む（好好咀嚼食物）
 御飯を良く嚙んで食べる（飯要嚼細再嚥）
 嚙む馬は終い迄（秉性難移）
 嚙んで含める様に教える（諄諄教誨、詳加解釋）
 激流が岩を嚙む（激流沖擊岩石）
 嚙んで吐き出す様に言う（惡言惡語地說、以十分討厭的樣子說）
 波が岩を嚙む（波浪沖擊岩石）
 川の浪が岸を嚙む（河水浪花拍岸）

嚙み合う、嚙合う〔自五〕相咬，互鬥、（齒輪等）咬合，卡住、激烈爭論
 犬が嚙み合っている（狗在互咬）
 二匹の犬が嚙み合う（兩隻狗互咬）
 歯車が嚙み合う（齒輪咬合）
 両者の議論が嚙み合わない（兩者的議論總不能吻合）

嚙み合い、嚙合い〔名〕相咬，互鬥、（齒輪等）咬合，卡住
 犬と狼の嚙み合い（狗與狼互咬）
 又例の二人の嚙み合いが始まった（這兩個人又打起來了）
 此の歯車の嚙み合いが拙い（這個齒輪卡得不好）

嚙み合わせる、嚙合せる〔他上一〕上下齒互咬，把牙關咬緊、使互咬、（使齒輪）咬合
 嚙み合わせて歯形を取る（把牙關咬緊取齒模）
 歯車を嚙み合わせる（使齒輪咬合）
 犬を嚙み合わせる（使狗互咬）

嚙み合わせ、嚙合せ〔名〕（齒輪等）咬合、上下臼齒咬合部分
 歯車の嚙み合わせが良い（齒輪咬合好）
 歯車の嚙み合わせが悪い（齒輪咬合不好）

嚙み切る、嚙切る〔他五〕咬斷、咬破
 ロープを嚙み切る（咬斷繩索）

鼠が箱を噛み切って中に入る（老鼠把箱子咬破鑽到裡面去）

舌を噛み切る（咬斷舌頭〔自殺〕）

舌を噛み切って死んだ（咬斷舌頭死了）

噛み砕く、噛砕く〔他五〕咬碎，咬爛。〔轉〕詳細解釋，諄諄教誨

核を噛み砕く（把核咬碎）

丸薬を噛み砕いて飲む（把藥丸咬碎吃）

かちかちで、噛み砕ない（太硬嚼不爛、硬得咬不動）

噛み砕く様に言って聞かせる（諄諄教誨）

噛砕（〔名〕咬碎）

噛砕機（碎礦機）

噛み熟す〔他五〕嚼碎〔轉〕充分理解、深入理解

食物を噛み熟す（把食物充分嚼碎〔以利消化〕）

本の内容を噛み熟す（深入理解書的內容、掌握書的內容）

噛み殺す、噛殺す〔他五〕咬死、（笑，哈欠）憋住

犬が人を噛み殺す（狗咬死人）

欠伸を噛み殺す（把哈欠憋住）

笑いを噛み殺す（憋住笑）

噛み締める、噛締める〔他下一〕咬住，咬緊、用力嚼。〔轉〕玩味，細心領會

歯を噛み締める（咬緊牙關）

唇を噛み締める（咬住嘴唇）

硬い肉を噛み締める（用力嚼硬肉）

込み上げて来る涙を噛み締める（忍住湧上來的眼淚）

作品を噛み締める（欣賞作品）

教えを良く噛み締める（仔細玩味教誨）

Tolstoyは難解な処が多いが噛み締めると中中味が有る（托爾斯泰的作品難懂的地方很多，但仔細品味便覺得津津有味）

噛み煙草〔名〕口嚼的香菸

噛み付く、噛付く〔他五〕咬住（不鬆口）（=食い付く、齧り付く）。〔轉〕極力爭辯，極力反擊，反咬一口（=食って掛かる）

犬に噛み付かれる（被狗咬）

魚が餌に噛み付く（魚咬住餌）

彼に噛み付かれた（被他反咬一口）

噛り付く〔自五〕咬住（=齧り付く）

犬が肉に噛り付く（狗咬住肉）

子供が林檎に噛り付く（孩子大口地咬蘋果）

噛付き〔名〕劇場中最前排的座位、緊靠舞台的座位

噛み潰す、噛潰す〔他五〕咬碎，嚼碎（=噛み砕く）、忍住，憋住（=噛み殺す）

噛み潰さないと消化し難い（不咬碎難消化）

可笑しさを噛み潰す（忍住笑）

噛み分ける、噛分ける〔他下一〕細嚼，品味。〔轉〕體會，懂得，理解

漬物の味を噛み分ける（品嘗鹹菜的滋味）

世の中の酸いも甘いも噛み分ける（飽嚐人生的酸甜苦辣）

噛ます、噛す〔他五〕插入，塞進，使咬住、（相撲等）用力向上推。〔俗〕（用言語）嚇唬對方（=噛ませる）

梃子を噛まして動かす（用撬槓撬）

突っ張りを噛ます（把他推出去、用力頂推）

一発噛ます（嚇唬他一下）

噛ませる〔他下一〕（用槓桿等）插入，塞進。〔俗〕頂回去，殺住對方的威風

齧（ㄋㄧㄝˋ）

齧〔漢造〕以齒咬物為齧

齧歯目〔名〕〔動〕嚙齒目

齧歯類〔名〕〔動〕嚙齒綱

齧る〔他五〕咬。〔轉〕一知半解，稍微懂一點

鼠が箱を齧る（老鼠咬盒子）

鉛筆を齧らないで下さい（不要咬鉛筆）
林檎を丸共齧る（整個蘋果啃著吃）
子供は皮の儘、林檎を齧る（孩子連皮吃蘋果）
親の臑を齧る（靠父母養活）臑脛
文学を少し齧っている（稍微懂得一點文學）
ラテン語を少し齧っている（稍微懂得一點拉丁文）
何でも齧って見る（什麼都想學一點）

齧り付く、齧付く〔自五〕咬住。〔轉〕抓住不放，糾纏住，抱住，黏住
犬が足に齧り付く（狗咬住腳）
猫が鼠に齧り付く（貓咬住老鼠）噛む嚼む咬む
玉蜀黍に齧り付く（啃玉米）
地位に齧り付く（死守職位、決不辭職）
首に齧り付く（摟住脖子不放）
頸玉に齧り付く（摟住脖子不放）
机に齧り付く（拼命用功）
字引に齧り付く（一個勁地查字典）
仕事に齧り付く（埋頭工作）
石に齧り付いても遣り付く（死命地幹到底）
子供は私に齧り付いて離れない（小孩子把我糾纏住不離開）

齧り取る〔他五〕咬下來、咬掉

顬、顳（ㄋㄧㄝˋ）

顬、顳〔漢造〕鬢角、面頰骨
顳顬、顳顬，顬顬，蟀谷〔名〕〔解〕顳顬、太陽穴
顳顬骨（側頭骨）
顳顬筋（咀嚼肌=咀嚼筋）
顳顬に青筋を立てて怒る（氣得太陽穴上青筋暴起）
顳顬がずきずきする（太陽穴抽痛）

鳥（ㄋㄧㄠˇ）

鳥〔漢造〕鳥
益鳥（益鳥）
害鳥（害鳥）
怪鳥（怪鳥）
候鳥（候鳥）
飛鳥（飛鳥）
野鳥（野鳥）
夜鳥（夜間啼鳴的鳥）
鳴鳥（鳴鳥）
黄鳥（黄鳥、黄鶯）
名鳥（名鳥）
海鳥（海鳥）
迷鳥（失群的候鳥）
保護鳥（保護鳥）
駝鳥（鴕鳥）
九官鳥（八哥）
一石二鳥（一箭雙鵰、一舉兩得）

鳥学〔名〕鳥類學、禽學
鳥学者（飛禽學家）

鳥瞰〔名、他サ〕鳥瞰
機上から市街を鳥瞰する（從飛機上鳥瞰市區）
鳥瞰図（鳥瞰圖、概觀圖）
丘の上からは全市の鳥瞰図が得られる（從山丘上可以鳥瞰全市）
鳥瞰的（鳥瞰的、概觀的、概括的）
文学史を鳥瞰的に書く（概括地寫文學史）

鳥銃〔名〕鳥槍、打鳥的獵槍

鳥獣、鳥獣、鳥獣、鳥獣〔名〕鳥獸（=禽獸）

鳥獣でさえ親子の情は有る（就連鳥獣也有母子之情）
鳥獣保護区（鳥獣保護區）
鳥人〔名〕飛行家、飛行員
鳥人を夢見で飛行学校に入る（夢想當個飛行家而進入航空學校）
鳥葬〔名〕鳥葬（把屍體拋在山野任鳥啄食的一種殯葬法）
鳥頭体〔名〕〔動〕鳥頭體
鳥媒花〔名〕〔植〕鳥媒花←→虫媒花、風媒花
鳥盤類〔名〕（古生物）鳥臀目
鳥糞〔名〕海鳥糞
鳥糞石（海鳥糞石）
鳥卵学〔名〕鳥卵學
鳥卵学家（鳥卵學家）
鳥類〔名〕鳥類
鳥類と獣類（鳥類和獸類）
鳥類学者（鳥類學家）
鳥類保護（鳥類保護）
鳥類相（鳥類群）
鳥渡、一寸〔副、感〕一下子，暫時、一點點，稍微、（下接否定）不太容易、相當、喂
一寸待って下さい（請等一下）
一寸此を持って下さい（請幫我拿一下）
一寸の間の辛抱だ（暫時忍耐一下）
一寸休もう（休息一下吧！）
一寸覗く（略看一眼）
一寸来い（請來一下）
一寸御邪魔します（打擾您一下）
五万円と一寸（五萬日元還多一點點）
結果が分かる迄一寸時間が掛かり然うだ（要判明結果看來要費些時間）
彼は一寸名の知れた登山家だ（他是稍微知名的登山家）
今度の仕事で一寸纏まった金が入った（這次工作進了一批款）

一寸油断すると遣り損なう（一不小心就會弄錯）
一寸見る（略看一眼）
一寸も違わない（絲毫不差）
一寸足りない（稍微不足）
一寸考えても分かる筈だ（稍加考慮就會明白的）
一寸聞くと変だ（突然聽來很奇怪）
近く迄来たので一寸寄りました（我到附近來所以順便去串個門子）
一寸見た丈では表だか裏だか分からない（乍看之下不知道是表面或是裡面）
一寸直らない（不太容易好）
そんな事は一寸考えられない（難以想像是那樣）
一寸見当が付かない（不大容易估計）
一寸返事が出来なかった（我一時沒能回答上來）
此の時計は一寸直りません（這個錶不太容易修好）
此の雨は一寸止み然うも無い（這陣雨看來一時停不下）
高過ぎて一寸手が出ない（價錢貴得可買不起）
彼は一寸やそっとで音を上げる様な男ではない（他可不是輕易叫苦的人）
一寸綺麗な家だ（相當漂亮的房子）
一寸した財産（相當多的財產）
一寸した料理店（很好的飯店）
君には一寸難しいかも知れない（對你來說也許是稍難了些）
ねえ、一寸手を貸してよ（喂！請幫一下忙啊！）
一寸、此は幾等ですか（喂！這個多少錢？）
一寸、何処へ行くの（喂！要去哪裡？）
一寸貴方（喂！您呀！）

一寸した〔連體〕極普通的、經濟實惠的

一寸した事（微不足道的事）
一寸した風邪（輕微的感冒）
一寸した料理（經濟小吃）

一寸〔名〕一寸、近處、短距離

一寸刻みに進む（邁小步走）
一寸足（邁小步走）
一寸の虫にも五分の魂（弱者也有志氣不可輕侮、匹夫不可奪其志）
一寸下は地獄（一寸下面是地獄、比喻海員工作危險）
一寸伸びれば尋伸びる（能渡過當前的困難以後就輕鬆了）伸びる延びる
一寸の光陰軽んず可からず（一寸光陰一寸金、一寸光陰不可浪費）
一寸先（眼前、近處）
一寸先も見えない（伸手不見五指）
一寸先は闇（前途莫測、前途黯淡）
霧が深くて一寸先も見えない（霧很大伸手不見五指）
一寸逃れ（敷衍一時＝一時逃れ）
一寸逃れを言う（說敷衍一時的話）言う云う謂う
一寸試し（碎屍萬段）
一寸遣らず（寸步不許動、嚴密監視）
一寸法師（矮子＝小人、一寸法師－日本童話中人物）

丁度、恰度〔副〕整，正、正好，恰好、剛，才、好像，宛如

今十二時丁度だ（現在正十二點）
丁度十人（整十個人）
丁度三日（整三天）
丁度一万円（整一萬日元）
丁度其の時に（正好在那個時候）
丁度同じ日に（正好在同一天）
丁度図星に（正說在心坎上）
弾丸が丁度敵の頭に当たった（子彈恰好打中敵人的頭）
丁度良い時に着く（到得正是時候）
丁度良い所へ来た（來得正好）
丁度間に合った（恰好正趕上）
丁度日曜日だった（恰巧是星期天）
丁度開会時期に当たっている（適值開會期間）
丁度今帰った許り（正好剛剛回來）
丁度仕事を遣り終った所だ（剛剛做完工作）
丁度電話しようと思っていた所だ（剛要打電話）
丁度外出しようと為た途端に雨が降り出した（剛要出門就下起雨來了）
丁度そっくりだ（一模一樣）
丁度太陽の様だ（好像太陽一樣）
桜が散って丁度雪の様だ（落櫻宛如下雪一般）
私が見たのは丁度君が言ったのと同じ様な物だ（我所看到的恰如你所說的）

鳥、禽〔名〕〔動〕鳥，禽類的總稱、雞（＝鶏）

空飛ぶ鳥（飛禽）
空気銃で鳥を取る（打つ）（用空氣鎗打鳥）
囀る鳥（鳴鳥）
鳥も通わない処（僻遠之地）
鳥は古巣に帰る（落葉歸根）
鳥の将に死なんと為る其の鳴くや哀し（鳥之將死其鳴也哀）
鳥無き里の蝙蝠（山中無虎猴子稱王）
鳥疲れて枝を選ばず（倦鳥不擇枝、飢不擇食）

鳥、鶏〔名〕雞、雞肉

鳥網、鳥網、鳥網〔名〕捕鳥網

鳥居〔名〕（神社前的）牌坊、華表

鳥居派〔名〕鳥居派（由鳥居清信創始的浮世繪的流派之一-主要是美人畫，演員畫）

鳥打ち，鳥打，鳥撃ち，鳥撃〔名〕打鳥、鴨舌帽（＝鳥打帽）

　森へ鳥打に行く（到森林去打鳥）

　鳥打帽（鴨舌帽＝ハンチング hunting）

　鳥打帽を被る（戴鴨舌帽）

鳥餌〔名〕鳥食

鳥追い、鳥追〔名〕驅鳥節（農村中於正月十四日晚和十五日早上唱驅鳥歌青年們敲打棒棍勺子等物到各家巡迴的一種例行儀式）、（江戶時代）新年沿門彈三弦唱驅鳥歌乞討的女藝人

鳥威し、鳥威〔名〕田間驅鳥的假人或鳴器（如案山子、鳴子）

　鳥威しで雀を追う（用假人趕麻雀）

鳥飼〔名〕餵鳥（人）、養鳥（人）

鳥貝〔名〕〔動〕鳥蛤

鳥影〔名〕鳥影、鳥的飛影、鳥的姿態

鳥籠、鳥籠、鳥籠〔名〕鳥籠

鳥冑、鳥甲〔名〕古舞中樂者舞者所戴的鳳凰頭形的冠帽、烏頭（有毒植物）

鳥声、鳥声〔名〕鳥叫聲、鳥啼聲

鳥小屋〔名〕雞舍、雞窩（＝鶏舎）

　庭に鳥小屋を造る（在庭院中蓋雞舍）

鳥刺し、鳥刺〔名〕（用竹竿）黏鳥（的人）、買賣小鳥的人、生雞肉片

鳥捕り蜘蛛〔名〕〔動〕猛蛛（南美產大蜘蛛，主食為昆蟲小鳥）

鳥鍋〔名〕燉雞肉的平鍋、（烹飪）雞肉鍋

鳥肉、鳥肉〔名〕鳥肉、雞肉（＝鶏肉）

　鳥肉料理（雞肉料理）

　鳥肉専門店（專賣雞肉的店）

鳥の子〔名〕雞蛋、小雞、淡黃色（＝鳥の子色）、淡黃色上等日本紙（＝鳥の子紙）、紅白兩色的蛋形年糕（＝鳥の子餅）

鳥の子色〔名〕淡黃色

鳥の子紙〔名〕淡黃色上等日本紙

鳥の子餅〔名〕紅白兩色的蛋形年糕

鳥肌、鳥膚〔名〕雞皮疙瘩、粗糙的皮膚（＝鮫肌）

　鳥肌が立つ（起雞皮疙瘩）

　寒さで全身に鳥肌が立つ（冷得全身起雞皮疙瘩）

　鳥肌に為る（起雞皮疙瘩）

　ぞっとして全身に鳥肌に為る（嚇得全身起雞皮疙瘩）

　鳥肌の人（皮膚粗糙的人）

　急に寒い処へ出ると鳥肌が出来る（突然到冷處起雞皮疙瘩）

鳥笛〔名〕鳥笛（竹製樂器，奏聲如鳥鳴）

鳥衾〔名〕〔建〕東方建築的屋頂兩端向上翹起的圓棍形裝置

鳥辺野、鳥部野〔名〕〔地〕鳥邊野、鳥部野（位東京東山區，平安時代是火葬場公墓）

鳥偏〔名〕（漢字部首）鳥字旁

鳥目〔名〕夜盲症（＝夜盲症）

　ビタミンAの不足で鳥目に為る（因缺乏維生素A而患夜盲症）

鳥目〔名〕〔古〕中間有孔的錢幣、錢，金錢

鳥目絵〔名〕鳥瞰圖

鳥飯〔名〕（烹飪）雞肉燴飯

鳥黐〔名〕黏鳥膠、黏蟲膠

鳥屋〔名〕鳥店、雞肉店、賣雞肉料理的商店

鳥屋、塒〔名〕雞窩，家禽窩（＝塒）、（歌舞伎）演員從花道上場前的休息室、（巡迴演出的藝人等因賣座不好）悶在旅店裡、（夏末）鷹脫毛，妓女因梅毒而頭髮稀少

　鳥屋に入る（進窩、鳥類換毛）

　鶏の鳥屋（雞窩）

　鳥屋に就く（雞抱窩、鳥脫毛、妓女患梅毒、藝人因病等困在家中）

　鳥屋に就いている鶏（伏窩的雞）

鳥寄せ、鳥寄〔名〕（用假鳥，鳴器等）誘鳥

鳥羽〔名〕（用羽毛作的）假釣餌

鳥羽絵〔名〕（江戶時代）（以日常生活為題材的）滑稽漫畫、〔歌舞伎〕舞蹈的一種

鳥羽蛾〔名〕〔動〕鳥羽蛾

鳥茎〔名〕鳥羽的根部、毒箭（＝鳥茎の矢）

蔦（ㄋㄧㄠˇ）

蔦〔漢造〕柔軟細長的樣子

蔦〔名〕〔植〕長春藤、爬山虎

  蔦の絡んだ家（爬滿長春藤的房子）

蔦漆〔名〕〔植〕野葛，毒葉藤，鉤吻

蔦葛、蔦蔓〔名〕〔植〕蔓草的總稱（＝蔦）

蔦紅葉〔名〕〔植〕常春藤的紅葉、色木槭的別稱（＝板屋楓）

嫋（ㄋㄧㄠˇ）

嫋〔漢造〕女子色態柔美為嫋、風動貌、音調悠揚貌

嫋嫋、裊裊〔形動、副〕裊裊、裊娜

  嫋嫋たる微風（微風裊裊）

  嫋嫋たる柳枝（裊娜的柳枝）

  余韻嫋嫋（餘韻裊裊）

  余韻嫋嫋と為て尽きず（餘韻裊裊不絕）

  純情で嫋嫋と為た青年（天真而姿態優美的青年）

嫋嫋〔副、自サ〕非常柔軟，顫顫巍巍（＝嫋やか、撓やか）、不慌不忙，穩穩當當

  嫋嫋した（柔軟的、易彎曲的）

嫋やか、撓やか〔形動〕柔軟（＝柔らか、なよやか）、顫顫巍巍，柔韌、溫柔、優美

  嫋やかな手（柔軟的手）

  此の生地は嫋やかで感じが良い（這布料柔軟舒適）

  嫋やかに曲がる釣竿（顫顫巍巍的釣竿、柔韌的釣竿）

  柳の枝が嫋やかに戦ぐ（柳枝迎風搖曳）

  嫋やかな起居振舞（優美的舉止）

  嫋やかな物腰（舉止溫柔）

  嫋やかな身の熟し（柔軟的動作）

  彼女には嫋やかさが足りない（她不太溫柔）

嫋やか〔形動〕優美、溫柔（＝優美）

  嫋やかな乙女（婀娜的少女）

  嫋やかな手振り（優美的手勢）

  踊り方が嫋やかに見える（舞姿優美）

  雨に打たれて秋海棠の嫋やかさ（被雨淋過的秋海棠的嬌媚）

嬲、嬈（ㄋㄧㄠˇ）

嬲、嬈〔漢造〕調戲騷擾為嬲、戲弄、擾亂

嬲る〔他五〕欺凌，折磨（＝苛む）、嘲笑，愚弄（＝冷やかす）、玩弄，擺弄（＝弄ぶ）

  弟を嬲る（欺負弟弟）

  鼠が猫に嬲られている（老鼠被貓玩弄著）

  太郎が妹を嬲る（太郎嘲弄妹妹）

  彼は友達から嬲られて（他被朋友們嘲笑）

  人を嬲るな（別欺負人）

  散散皆に嬲られた（被大家玩弄得體無完膚）

  嬲れば兎も食い付く（狗急跳牆）

  人を嬲るのも好い加減に為給え（不要隨便嘲笑人）

嬲り殺し、嬲殺し〔名、他サ〕玩弄死、折磨死

  猫が鼠を嬲り殺しに為る（貓把老鼠玩弄死）

  猫が小鳥を嬲り殺しに為る（貓把小鳥玩弄死）

  父は地主に嬲り殺しに為れた（我父親被地主折磨死了）

  嬲り殺しに為れた死体（被折磨死了的屍體）

嬲り物、嬲物〔名〕玩物、被玩弄者

  御人良しの男を嬲り物に為る（把老實人當玩物、玩弄老實人）

  嬲り物に為る（成為嘲弄的對象）

尿（ㄋㄧㄠˋ）

尿〔名〕小便（=小便）←→糞、屎
　尿を検査する（檢查尿）
　尿に血が混じる（尿裡帶血）
　検査の為患者の尿を取る（為了檢查而取病患的尿）

尿意〔名〕尿意
　尿意を催す（有尿意、要撒尿）

尿学〔名〕〔醫〕泌尿學
尿管〔名〕〔醫〕輸尿管
尿器〔名〕尿壺（=尿瓶）
尿砂〔名〕〔醫〕尿結石
尿酸〔名〕〔化〕尿酸
尿色素〔名〕〔生化〕尿色素
尿失禁〔名〕〔醫〕尿失禁（=失禁）
尿漿膜〔名〕〔動〕尿囊絨膜
尿石〔名〕〔醫〕尿結石（腎結石、尿道結石、膀胱結石等）
尿素〔名〕〔化〕尿素
　尿素樹脂（尿素樹脂）
　尿素計（尿素計）
尿通〔名〕撒尿、小便
尿道〔名〕〔解〕尿道
　尿道炎（尿道炎）
尿毒症〔名〕〔醫〕尿毒症
尿閉〔名〕〔醫〕尿閉症、無尿症
尿量〔名〕尿量
尿〔名〕〔兒〕尿、小便（=しっこ）
尿尿〔名〕〔俗〕大小便
　尿尿の世話に為る（靠人服侍大小便）尿猪鹿肉獸
尿〔名〕尿之略
尿瓶、溲瓶〔名〕夜壺（=溲瓶）
尿〔名〕〔古〕小便（=小便）
尿〔名〕〔俗〕尿（=尿、尿、尿、小便）
尿〔名〕〔古〕尿、小便（=尿、尿、尿、小便）

　尿袋（膀胱）
尿〔名〕〔雅〕尿、小便（=尿）
尿〔名〕尿、小便（=尿、尿）

牛（ㄋㄧㄡˊ）

牛〔名〕牛（=牛）、牛肉、妓館的僕人（=妓夫）、二十八宿之一
　汗牛充棟（汗牛充棟、藏書多）
　牽牛（牽牛星、牛郎星）
　水牛（水牛）
　野牛（野牛）
　乳牛（乳牛）
　牧牛（牧牛、放牛）
　鬥牛（鬥牛、使牛相鬥、鬥牛用的牛）

牛飲馬食〔名、自サ、連語〕暴飲暴食、貪婪地吃喝
牛疫〔名〕牛疫、牛瘟
牛罐〔名〕牛肉罐頭
牛眼〔名〕〔醫〕牛眼（幼兒因綠內障，眼壓亢進眼球擴大）
牛後〔名〕牛後（=牛尾）←→鷄口
　寧ろ鷄口と為るも牛後と為る勿れ（寧為雞口勿為牛後）
牛脂〔名〕牛油（=ヘット）
牛耳〔名〕牛耳
　牛耳と執る（執牛耳、成為中心人物）
牛耳る〔他五〕〔俗〕執牛耳、操縱、支配
　彼が彼の会を牛耳っている（他把持著那個會）
　与党を牛耳る（控制執政黨）
　投手が打者を牛耳る（〔棒球〕投手控制擊球員）
牛車、牛車、牛車〔名〕牛車
牛車〔名〕（平安時代顯貴坐的）帶篷牛車
牛車の宣旨〔名〕〔史〕（親王、攝政王、關白）可乘牛車進入宮城建禮門的日皇旨意
牛舎〔名〕牛欄、牛圈、牛棚（=牛小屋）

牛太郎〔名〕妓館的攬客者、妓館的男僕（=妓夫）

牛刀〔名〕屠牛的刀
　鶏を割くに焉んぞ牛刀を用いんや（殺雞焉用牛刀）
　鶏を割くに牛刀を用いる（殺雞用牛刀、小題大作）
　牛刀を持って鶏を割く（殺雞用牛刀、小題大作）

牛痘〔名〕牛痘
　牛痘を植える（種牛痘）

牛鍋〔名〕牛肉火鍋、燉牛肉的鍋
　牛鍋屋（賣牛肉火鍋的飯館）

牛肉〔名〕牛肉（=ビーフ）
　牛肉屋（牛肉舖、牛肉店）

牛乳〔名〕牛乳、牛奶（=ミルク）
　牛乳を配達する（給訂戶送牛奶）
　牛乳を搾る（擠牛奶）
　生牛乳（鮮牛奶）
　牛乳を沸かす（煮牛奶）
　水で割った牛乳（加水的牛奶）
　牛乳で育てた赤ん坊（用牛奶餵的嬰兒）
　牛乳屋（牛奶店）
　牛乳消毒器（牛奶消毒器）
　牛乳計（牛奶比重計）
　牛乳培養基（牛奶細菌培養基）

牛馬〔名〕牛馬
　牛馬の様に扱き使う（像牛馬似地驅使）
　牛馬の様に扱き使われて来た（當牛做馬）
　牛馬の様な生活を強いられた（強迫過牛馬般的生活）強いる 誣いる（
　牛馬耕（畜耕）

牛皮〔名〕牛皮

牛皮、求肥〔名〕用糯米麵和糖做的一種點心

牛尾〔名〕牛尾、牛後（=牛後）

牛糞〔名〕牛糞、牛屎
　牛糞を肥料に為る（把牛糞做肥料）

牛歩〔名〕牛步、慢步
　牛歩主義（牛步主義）
　牛歩戦術（拖延戰術）
　牛歩で進む（緩慢前進、款款而行）
　牛歩遅遅と為て（慢吞吞地）

牛飯〔名〕〔烹〕牛肉蓋飯（=牛丼）

牛丼〔名〕〔烹〕牛肉蓋飯（=牛飯）

牛屋〔名〕牛肉店（=牛肉屋）、素燒牛肉鍋飯店

牛屋〔名〕牛欄（=牛小屋）、牛牧主，牛攤販、（明治時代）牛肉舖（=牛肉屋）

牛酪〔名〕黃油、奶油（=バター）

牛〔漢造〕牛
　牛頭馬頭（牛頭馬面）

牛黄〔名〕〔藥〕牛黃

牛王〔名〕佛之德、牛王宝印（神社護身符）、牛黃

牛角、互角〔名、形動〕勢均力敵、不相上下、互有優劣 ←→段違い
　牛角の勝負（不分勝負）
　試合を牛角に進める（勢均力敵地進行比賽）

牛頭〔名〕〔佛〕牛頭（地獄鬼卒牛頭人身）
　牛頭馬頭（牛頭馬面）
　牛頭天王（牛頭天王）

牛頭〔名〕牛頭
　牛頭を掛けて馬肉を売る（掛羊頭賣狗肉）

牛蒡、牛房〔名〕〔植〕牛蒡（=きたきす）。〔俗〕陰莖（=ペニス）
　牛蒡抜き、牛蒡抜（一下子拔出，連根拔出、〔轉〕選拔，抽調〔人才等〕、〔破壞示威遊行〕一個個地拉走、〔賽跑時〕一個個趕過去、〔釣魚時〕向上猛拉鉤、不負賠償只收利益）
　釘を牛蒡抜に為る（把鐵釘一下子拔出來）
　腕の有る選手許りを牛蒡抜に為る（把成績好的選手一個個地全拉走）

警察が座り込みを為ている学生を牛蒡抜きに為た（警察將靜坐的學生一個個架走了）

牛尾菜〔名〕〔植〕牛尾菜

牛尾魚、鯒〔名〕〔動〕牛尾魚

牛宿〔名〕〔天〕（二十八宿之一）牽牛星

牛膝〔名〕〔植〕牛膝

牛〔名〕〔動〕牛

　牛を引く（牽牛）

　牛を飼う（養牛）

　牛を追う（趕牛）

　子牛（牛犢）

　牛の乳を搾る（擠牛奶）乳乳

　食用牛（肉牛）

　牛の歩み（行動緩慢）

　牛の舌（牛舌）

　牛の涎（又細又長、漫長而單調）

　牛の尾（牛尾）

　牛に経文（對牛彈琴）

　牛の群（牛群）

　牛は牛連れ馬は馬連れ（物以類聚）

　牛二頭（兩頭牛）

　牛を馬に乗り換える（見風轉舵）

　牛の仔（牛犢）

　牛や馬以下の生活（牛馬不如的生活）

　牛に引かれて善光寺参り（不知不覺地做了善事）

　牛や馬にも及ばぬ（牛馬不如）

　牛を食うの気（自幼懷大志）

　牛追い牛に追わる（本末顛倒）

　牛に汗し棟に充つ（汗牛充棟、藏書多）

丑〔名〕（地支的第二位）丑、東北地方。〔古〕丑時（早晨二點或一點至三點）

　丑の年（丑年）牛

　丑の刻（丑時-早晨一時至三時）

大人〔名〕（江戸時代國學家之間對師長的尊稱）夫子大人。（古代對顯貴的尊稱）大人（=主）

　鈴屋の大人（鈴屋的夫子大人-對本居宣長的尊稱）

牛虻〔名〕〔動〕牛虻（=牛蝿）

牛合わせ、牛合せ〔名〕鬥牛（=闘牛）

牛市〔名〕牛市

牛追い、牛追〔名〕趕牛（駄子）的人

　牛追い牛に追わる（本末倒置）

牛飼い、牛飼〔名〕餵牛的、放牛的（牛使い、牛方）

　牛飼い星（牽牛星、彦星）

　牛飼い座（牧牛星座）

　牛飼いの少年（牧童）

牛蛙〔名〕〔動〕牛蛙（=食用蛙）

牛方〔名〕趕牛的人

牛羚羊〔名〕〔動〕牛羚。〔俗〕角馬

牛小屋〔名〕牛棚、牛欄

　牛小屋の掃除を為る（打掃牛圈）

牛殺し〔名〕殺牛的、屠夫。〔植〕毛葉石楠，老葉樹（=鎌柄）

牛の舌〔名〕〔動〕牛舌魚、舌鰹、鞋底魚（=舌平目）

牛の玉〔名〕牛黃（=牛黃）

牛の鼻木〔名〕牛鼻木、牛鼻的穿木。〔植〕毛葉石楠，老葉樹（=鎌柄、牛殺し）

牛蝿〔名〕〔動〕牛蝿（=牛虻）

牛繁縷〔名〕〔植〕牛繁縷

牛偏〔名〕（漢字部首）牛字旁

忸（ㄋㄡˇ）

忸〔漢造〕人良心扭絞為忸、羞慚的

忸怩〔副、形動〕忸怩、羞愧

　過去を顧みて内心に忸怩たる物が有る（回想過去內心羞愧）

　過去の自分を振り返って忸怩たる物が有る（回想過去的自己非常羞愧）

　忸怩と為て頭を垂れる（羞愧地低下頭）

内心忸怩てる思う（内心感到羞愧）

紐（ㄋㄧㄡˇ）

紐〔漢造〕可解之結為紐、器物可提起繫掛或帶動的部分、衣扣、帶子的交結處、聯結的

紐帯、中帯〔名〕紐帶、聯繫
　両者を結び付ける紐帯（結合二者的紐帶）
　両国交際の紐帯を固くする（加強兩國外交的聯繫）
　両国間の紐帯を堅くする（加強兩國之間的聯繫）

紐、紐〔名〕帶，細繩、（用於暗中操縱的）條件。〔隱〕（妓女等的）情夫
　靴の紐（鞋帶）
　靴の紐を結ぶ（繋鞋帶）
　紐で縛る（用細繩綑）
　靴の紐を解く（解開鞋帶）
　荷物の紐を解く（解開行李上的繩子）
　紐で繋ぐ（用繩拴上）
　紐付の援助（附帶條件的援助）
　紐付融資（附帶條件的貸款）
　紐の付かない助成金（無附加條件的補助金）
　彼の女は紐が付いている（她有情夫、那女人養了個小白臉）

紐形動物〔名〕〔動〕紐形動物（門）
紐革〔名〕皮帶、寬麵（=紐革饂飩）
　紐革饂飩（寬麵條=萁子麵）
紐鶏頭〔名〕千穂穀

紐付き、紐付〔名〕有帶的東西、附帶條件、有情夫、有兒女牽累、有背後關係
　紐付きの御金（附帶條件的錢）
　紐付きの経済援助（有條件的經濟援助）
　紐付きの女（有情夫的女人）
　社長の紐付き（總經理的背後關係）

紐解く、繙く〔自五〕解開腰帶、花蕾開放、翻閱
　哲学書を紐解く（翻閱哲學書）
　古典を紐解く（翻閱古籍）
　杏の花紐解く（杏花開放）

紐虫〔名〕〔動〕紐形動物
　紐虫類（紐形動物門）

粘（黏）（ㄋㄧㄢˊ）

粘液〔名〕黏液
　粘液を出す（流黏液）
　粘液腺（〔解〕黏液腺-黏膜上分泌黏液的腺體）
　粘液質（〔心〕黏液質-對刺激反應遲鈍缺乏熱情與活力）
　粘液質の人（冷漠不動感情的人）
　粘液菌（〔生〕黏液菌）
　粘液酸（〔化〕黏酸）
　粘液アメーバ（〔生〕黏液阿米巴變形蟲）

粘菌〔名〕〔植〕黏菌（=粘菌植物）
粘結性〔名〕〔理〕黏結性、燒結性
粘結炭〔名〕（適於煉鋼的）黏結性煤炭、黏結煤、燒焦煤
粘質〔名〕黏質、黏性
粘性〔名〕〔理〕黏性（=粘り気）
　粘性係数（黏度係數）
　粘性の法則（黏度定律）
　粘性率（黏性係數）
　粘性流（黏性流、滯流）
粘体〔名〕（黏度係數大的流體）黏體
粘弾性〔名〕〔理〕黏彈性
粘着〔名、自サ〕黏著（=粘り付く事）
　粘着した儘離れない（黏住離不開了）
　粘着力（黏著力、堅持力，毅力=粘り）
　粘着力が有る（有毅力）

粘着力が無い（沒有毅力）

彼は粘着力が無い（他缺乏毅力）

粘着力テープ（黏膠帶）

粘着性（黏著性）

粘着性膏薬（黏性藥膏）

テープに粘着性が無く為った（膠帶已經失去黏著性）

粘稠〔形動〕黏稠

粘稠剤（黏稠劑）

粘稠度（黏稠度）

粘泥〔名〕黏泥

粘土、粘土〔名〕〔礦〕黏土

粘土で人形を作る（用黏土作泥人）

粘土で壁の穴を塞ぐ（用黏土堵塞牆壁的洞）

粘土細工（黏土工藝）

粘土細工の人形（用黏土作的泥人）

ゴム粘土（橡皮娃娃）

粘土鉱物（黏土礦物）

粘土質（黏土質）

粘土、埴土〔名〕黏土、軟泥（取自水底的黑土）

粘度〔名〕黏度

粘度計（黏度計）

粘度法則（黏度定律）

粘度比重定数（黏度比重常數）

粘度指数向上剤（黏度指數改進劑）

粘板岩〔名〕〔礦〕黏板岩

粘膜〔名〕黏膜

鼻の粘膜に炎症を起こす（鼻腔黏膜發炎）

粘膜炎症（黏膜炎）

粘膜分泌物（黏膜分泌物）

粘毛〔名〕〔植〕黏毛

粘葉、粘葉〔名〕〔印〕蝴蝶裝訂法（=胡蝶裝，蝴蝶裝 -把書頁有字一面往裡疊起，在疊痕外塗漿糊裝訂，翻開時左右兩頁如蝴蝶翅膀鼓起）

粘力〔名〕黏力、黏性（=粘り強さ粘性）

粘る〔自五〕發黏、堅持，堅忍，有耐性（=頑張る）

此の糊はちっとも粘らない（這漿糊一點也不黏）

ゴム糊は非常に粘る（膠水很黏）

最後迄粘れ（堅持到最後）

粘った方が勝ちだ（堅持到底就是勝利）

喫茶店で閉店迄粘る（在茶館泡到打烊）

粘り〔名〕黏，黏性，黏度（=粘る事）、堅持，有耐性

粘りが有る（有黏性）

粘りの有る米（有黏性的米）

此の切手は粘りが無く為った（這張郵票不黏了）

此の糊は粘りが足りない（這漿糊不太黏）

彼は粘りが無い（他沒有耐性）

粘り気〔名〕黏性

粘り気が有る（有黏性）

粘り気が多い（黏性大）

糯米は粘り気が強い（糯米黏性大）

粘り付く〔名〕黏、黏上

ゴムがズボンに粘り付いている（口香糖黏在褲子上）

粘り強い〔形〕黏性大的、柔韌的，不屈不撓的，堅忍不拔的

粘り強い餅（黏性大的年糕）

レジンで作った糊は普通の糊より粘り強い（樹脂製成的漿糊比一般漿糊黏）

粘り強い紙（柔韌的紙）

粘り強い人（百折不撓的人）

粘り強く機会を待っている（不屈不撓的等待機會）

彼女の粘り強さには感心する（真佩服她有耐性）

自然災害と粘り強く戦う（和天災做頑強抵抗）

粘り野菊〔名〕〔植〕美國紫菊

粘い〔形〕黏、黏性
 粘い液（黏液）

粘さ〔名〕黏度、黏滯性

粘着く〔自五〕黏、發黏
 糊で指が粘着く（手指弄上漿糊發黏）
 糊が手に付いて粘着く（漿糊黏在手上）
 脂で手が粘着く（手沾上松脂黏糊糊的）

粘っこい〔形〕黏糊糊的（=粘い）、糾纏不休（=しつこい）

粘粘〔副、名、自サ〕黏、發黏，黏糊糊、黏性的東西←→ちらちら
 粘粘した土（黏土）
 口が粘粘する（嘴巴發黏）
 何が粘粘した物を踏んだ（踏到黏黏的東西）
 印刷用インキは迚も粘粘する（印刷用墨水很黏）
 粘粘と直ぐ物に粘着く（黏糊糊地一下子就黏到東西上）
 そんなに粘粘と質問する物ではない（不要纏問）
 粘粘が手に付いて洗って取れない（黏在手上的東西洗也洗不掉）
 粘粘する蕾が出始めていた（剛剛發出了綠油油的花苞）

年（ㄋㄧㄢˊ）

年〔名〕年（=とし）、年限（=年期）、年次、年度、年級、年齡
 年に一度（每年一次）
 年に一度の里帰り（每年一次的探親）
 年に五分の利息（年利五釐）
 年に六分の利子で貸す（以年利六釐放款）
 年が明けた（出師）
 年が明く（到期）
 年一年と（一年一年地）
 一年は３６５日だ（一年是三百六十五天）
 高校一年生（高中一年級生）
 １９７６年卒業組（1976年畢業班）
 半年、半年（半年）
 満二十年を以て成年と為る（年齡滿二十者為成年）
 晩年（晚年）
 当年（當年、今年、〔動〕雅鷗）
 同年（同一年、同歲、那年、該年）

年明け，年明、年明き〔名〕新年、（雇工或傭人的）期滿（=年明け）
 年明けの国会（新年後的議會）
 僕は今日で年明けだ（我今天滿徒了、我今天滿工了、我今天出師了）
 年明けには故郷へ帰ろう思っていた（我打算在期滿之後回家去）
 もう君の自転車も年明けだ（你的腳踏車已經該報銷了）

年一年〔連語〕逐年地（=年毎）
 彼の事業は年一年と栄えて行く（他的事業逐年地成長擴大）

年益〔名〕每年的收益、一年的利潤

年央〔名〕（交易）年中、一年的中間

年賀〔名〕賀年、拜年
 年賀の挨拶を回す（互相拜年）
 年賀の挨拶を交す（互相拜年）
 年賀の客（拜年的客人）
 年賀に歩く（到各處拜年）
 年賀葉書（賀年明信片）
 年賀郵便（賀年郵件）
 年賀状（賀年卡）
 年賀状を出す（寄賀年卡）

年会〔名〕年會

ろ

航空学会年会（航空學會年會）

航空学会の年会に出席する（出席航空學會年會）

年回〔名〕逝世周年（=年忌、回忌）

年忌〔名〕逝世周年、每年的忌辰（=年回、回忌）

三年忌（三周年忌辰）

年忌の法事を為る（作周年的佛事）

年忌み〔名〕厄運年齡、厄運之年（=厄年）

年額〔名〕年額（一年收支、產量等的總額）

税金は年額一万円だ（一年的稅額為一萬日元）

其の本屋の年額利益は大体一千万円だ（那家書店一年的收入大約一千萬日元）

年月日〔名〕年月日

年月日を記入する（寫上年月日）

年月日を順に記入する（依序寫上年月日）

生年月日（出生年月日）

年月日順に編入する（按年月日順序編下去）

年月日の無い手紙（未記年月日的信）

領収書に年月日を書く（在收據上寫上年月日）

年月、年月〔名〕年月、光陰、歲月

年月が経つに連れて其の価値も変わった（隨著時間的經過它的價值也有了變化）

年月が経つに連れて彼女は益益美しく為った（隨著時間的流逝她越來越漂亮了）

年月が流れる（時光流逝）

相当の年月が掛かる（需要相當長的時間）

長い年月（長年累月）

長い年月を費やした（費了長久的歲月）

年月を重ねる（經年累月）

年月を待ってから処置する積だ（想過一些時間再去處理）

年月〔名〕年月，光陰、歲月（=年月）、長年，多年來

彼から十年の年月が流れた（從那時起已經過了十年的歲月）

年月の望みが叶った（多年來的願望達成了）

年月の願い（多年來的願望）

研究に年月を重ねる（經年累月進行研究）

年が年中、年が年中〔副、連語〕一年到頭，終年、經常（=年から年中、何時も、常に、始終、初中始）

年から年中〔副、連語〕一年到頭，終年、經常（=年が年中、年が年中）

年から年中忙しい（一年到頭忙）

此の商売は年から年中忙しい（這種買賣一年到頭總是忙）

彼は年から年中出張を為ている（他經常出差）

年刊〔名〕年刊←→季刊、月刊、旬刊、週刊、日刊

年刊の学術雑誌（年刊學術雜誌）

年間〔名〕年間，年代、一年期間

明治年間（明治年間、明治年代）

年間計画を立てる（制定一年的計畫）

十年間（十年間）

年間一億円の利益を上げる（一年獲利一億元）

年間所得（一年所得）

年間予算（全年預算）

輸出額は年間一億dollarに達する（出口額一年達一億日元）

此の地方の年間降水量は約五百milliだ（這地區降雨量一年約五百厘米）

年鑑〔名〕年鑑

年鑑を出す（出版年鑑）

新聞年鑑（新聞年鑑）

経済年鑑（經濟年鑑）

年期、年季〔名〕學徒或傭工（合約約定）年限、長期累積的經驗、學徒，傭工（=年期奉公、年季奉公）

年期を入れる（學徒、學習、鍛鍊、累積經驗）

年期が明く（明ける）（滿徒、滿工、出師）

年期を勤め上げる（済ます）（學徒期滿、合約工期滿）

彼の技術は年期が入っていて、流石だ（他的技術很到家果然名不虛傳）

年期奉公、年季奉公（學徒、傭工＝年期、年季）

年期奉公を遣る出す（送去當學徒〔傭工〕）

息子を三年の年期奉公を出す（叫兒子去學三年的學徒）

年期奉公の契約を為る（簽訂定期學徒〔傭工〕的合約）

年期者、年季者（學徒的〔傭工的〕人）

年期〔名〕（條約等）定期為一年

年期小作（一年期限的佃耕）

年休〔名〕年度休假（＝年次有給休暇）

年休を取る（請工資照發的休假）

年級〔名〕年級

２年級（二年級）

年給〔名〕年薪（＝年俸）

年給幾等と言う取り決めえを為た（簽訂了年薪多少的合約）

年魚〔名〕當年死去的魚、香魚（＝年魚，香魚，鮎）

年魚，香魚，鮎、年魚〔名〕香魚

年紀、年記〔名〕年代、年齢、從某時點到現在的年月日

年切、年切り〔名〕雇傭年限、雇傭期滿、當學徒，當有期限的合約工（＝年期奉公、年季奉公）

年切増、年切り増し（延長雇傭年限）

年金〔名〕（一定期間或終身支給一定數額的）養老金

年金が付く（可以領取養老金）

三十年勤続すると年金が付く（工作三十年退休就可以領取養老金）

年金で生活する（靠養老金生活）

年金を貰って生活する（靠領取養老金生活）

年金を貰って引退する（領取養老金而退職）

終生年金（終身養老金）

年貢〔名〕年貢、地租、房地產的租稅

年貢を取り立てる（徵收貢糧、徵收地租）

年貢を納める（繳納稅款、繳納地租）

年貢を納め時（惡貫滿盈的日子、惡人伏法的日子）

彼奴はもう年貢を納め時だ（那小子已惡貫滿盈了）

年貢米（租糧）

年限〔名〕年限

年限が切れる（年限滿了）

四年の義務年限が切れる（四年義務年限滿了）

年功〔名〕多年來的功勞，資歷，工齡、多年工作經驗，老經驗，老練

昇進は年功に依る（升級根據資歷）

年功に報いて昇給させる（依據資歷升級）

年功を積む（積累工作經驗）

彼は販売員と為て年功を積んでいる（他是一個經驗豐富的推銷員）

流石は年功だ（到底還是老經驗）

流石は年功丈の事は有る（到底是有經驗的）

年功加俸（根據工齡增加工資）

年功規定（工齡規定、工齡條款）

年功序列（按照年齡或服務年限來做的地位的安排）

年の功、年の劫〔名，連語〕年高經驗多、閱歷深

亀の甲より年の功（閱歷最寶貴、薑還是老的辣）

流石に年の功だ（到底薑是老的辣）

流石は年の功で丸く収めた（到底是老前輩使事情得到圓滿解決）

年光〔名〕光陰、歲月（＝年月）

年華〔名〕光陰、歲月（=年月）

年号〔名〕年號
　年号を改める（更改年號、改元）

年差〔名〕〔天〕年變、周年變化

年祭〔名〕（誕辰、忌日等）周年紀念（日）（=回忌）
　十年祭（十周年紀念）

年菜〔名〕年菜

年產〔名〕年產量、一年的生產額

年算〔名〕年齡、年紀（=齡）

年始〔名〕年初（=年の始）←→年末、賀年，拜年（=年賀）
　年末年始（年終年初）
　友達に年始の挨拶を為た（祝朋友新年快樂）
　親類の所へ年始に回った（去親戚朋友家拜年）
　年始回り（拜年）
　年始状（賀年卡=年賀状）
　御年始（祝賀新年）
　御年始に行く（去拜年）

年歯〔名〕年齡（=年齡、年）

年次〔名〕年齡的次序，長幼順序、年度、每年
　年次計画（年度計畫）
　年次予算（年度預算）
　年次休暇（年度休假、年休）
　卒業年次（畢業年度）

年時〔名〕年月（時間）
　生没年時（生死年月）生没生殁

年式〔名〕〔機〕年式，年型，（特指汽車的）製造年的樣式
　年式が古い（年型舊、舊式）

年首〔名〕年初、歲首（=年始）

年酒〔名〕新年飲酒祝賀、新年招待客人的酒
　年酒を酌み交わす（新年與客人交杯換盞）

年寿〔名〕人的壽命、年歲

年収〔名〕一年的收入
　彼は年収一万ドルだ（他一年的收入是一萬美元）

年中、年中〔名、副〕全年，整年、一年到頭，經常地（=明け暮れ、絶えず）
　此の図書館は年中開いている（這圖書館一年到頭開放著）
　此の島は年中暖かい（這個島整年都很溫暖）
　彼の山は年中雪を頂いている（這座山積雪終年不化）
　農民達は年中無休で働いている（農民們一年到頭都在工作）
　年中忙しい（一年忙到底）
　年中ぶらぶらしている（一年到頭遊遊蕩蕩）
　年中行事、年中行事（每年定期的活動或儀式）
　父母会は此の学校の年中行事の一つだ（家長會是這個學校年中例行的活動之一）父母

年周視差〔名〕〔天〕周年視差

年初〔名〕年初、歲首（=年始、年の始）←→年末

年所〔名〕年數、年月、歲月（=年）
　相当の年所を経た（經過了相當的歲月）

年少〔名、形動〕少年，青年、年輕，年幼（=若者）←→年長
　年少乍実に確りしている（雖然年輕卻十分穩健）
　彼はチームで最年少だ（他在隊裡最年輕）
　年少気鋭（年輕有為、朝氣蓬勃）
　年少気鋭の学者（年輕有為的學者）
　最近年少者の犯罪が増えている（最近青少年犯罪在增加中）

年商〔名〕商店一年間的銷售額←→日商、月商
　年商一億の会社（一年銷售額一億的公司）

年数、年数〔名〕年數、年頭
　年数を経る（經過很多年）

年数が経つに従って（隨著年齢増加）

此の樹は大分年数が経っている（這棵樹已經經歷了不少年頭）

年租〔名〕每年的租税（=年貢）

年層〔名〕年齢階層（=年齢層）

若い年層（青年階層）

年代〔名〕年代、時代（=時代）

歴史の年代を覚えるのは苦手だ（我對背誦歴史的年代很不擅長）

二十五万年の年代を経た（經過二十五萬年的年代）

１９８０年代（八十年代）

千九百五十年代（二十世紀五十年代）

年代順（年代的順序）

年代記（年代記、編年史＝chronicle クロニクル）

年代順に並べる（按年代順序記載）

年代順に書く（按年代順序寫）

大正年代（大正時代）

年代学（年代學）

年長〔名、形動〕年長、年長的人（=年上）←→年少

幼稚園の年長組（幼稚園大班）

彼は私より三つ年長だ（他比我年長三歲）

年長故に座長の席に座る（因為年長而坐首位）

君達、グループの最年長は誰ですか（你們組裡年紀最大的是誰？）

年長者（年長者、年歲大的人）

年度〔名〕年度

年度に繰り越す（轉入下年度）

昨年度から今年度に掛けて（從去年度到本年度）

１９８８年度の予算（一九八八年度的預算）

年度始め（年度開始）

会計年度（會計年度）

年度が変わる（年度更新）

年度替わり（年度更新的時候、新舊年度之交）

年頭、年頭〔名〕年頭、年初（=年始）←→年末、歳末

年頭の挨拶（賀年詞、元旦賀詞）

年頭の御挨拶を申し上げます（謹致新年賀詞）

年頭所管（新年感想）

年頭所管を発表する（發表新年文告）

年頭〔名〕（同事，同伴中）最年長的人、年初（=年頭，年始）

七人の内で三十五歳の彼が年頭だ（七人之中三十五歲的他是老大哥）

年頭の感想を述べる（發表新年感想）

年内〔名〕年内、當年之内（=年の内）

其を年内に仕上げねばならぬ（那項工作必須年内完成）

新築中の家は年内に完成の予定です（新建的房子預定在年内完工）

年内は休まず営業致します（年底不休息照常營業）

年内には必ず御返しします（年内一定奉還）

年の内〔名〕今年内、歳末，年終

年の内には完成するだろう（今年内會完工吧！）

年の内は何処でも忙しい（年末家家戶戶都很忙、年底到處都忙）

年無し〔名〕（釣魚）看不出年數的大魚（如黑鯛等）

年年、年年〔名、副〕年年、每年、逐年（=年毎）

人口は年年増加する（人口逐年增加）

農作物は年年増産される（農作物年年增產）

年年同じ事を繰り返した（年年如此）

年年試験が難しく為る（考試一年比一年難）

年年歳歳（年年歳歳、年復一年＝毎年）

年年歳歳に進歩する（年年進步）

年年歳歳同じ事を為る（年復一年做著同樣的事）

年年歳歳花相似たり（年年歳歳花相似）

世の中が年年に変わって行く（社會一年一年地變化、社會逐年變化）

年年両国の川開きには必ず出掛ける（每年總要去看兩國橋祭水神的煙火）

年輩，年配、年配〔名〕大約的年紀（＝年頃）、相當大的年齡、通曉世故的年齡

六十年輩の老人（六十來歲的老人）

君等と同じ年輩の青年（漢你們年歲相仿的青年）

彼の息子は私と同年輩だ（他的兒子和我的年紀相同）

年輩の婦人（年歲相當大的婦女）

年輩の紳士（年長的紳士）

年払い、年払〔名〕分年付款，按年分期付款（＝年賦）←→月払い

年番〔名〕每年輪班值勤、當年值班的人

年百年中〔副〕經常、總是（＝年が年中、年がら年中、常に、何時も）

年百年中ぴいぴいだ（一年到頭生活貧困）

年表〔名〕年表

年表を作る（編造年表）

世界史年表を作る（編造世界史年表）

年賦〔名〕分年償付（＝年払い、年払）←→月賦

借金は十年の年賦で払う（借款分十年償還）

五か年の年賦で支払う（分五年付款）五箇年五ヶ年

年賦で買う（以分期付款的方法購買）

年賦金（每年償付的款項）

年譜〔名〕年譜

年譜を調べる（查閱年譜）

作家の年譜を調べる（查閱作家的年譜）

年別〔名〕按年、分年度

年別索引（分年度索引）

年別予算（分年度預算）

年甫〔名〕年初、年始

年甫市場（年初市場）

年俸〔名〕年俸、年薪（＝年給）

年俸百万円を給する（給予年薪一百萬日元）

三十万円の年俸を取る（領三十萬的年俸）

彼は年俸だ（他賺的是年薪）

年報〔名〕年報

年報を作る（編年報）

年報を作成する（編制年報）

貿易年報（貿易年報）

年末〔名〕年末、年終（＝年の暮れ）←→年始、年初

年末の大売り出し（年終大減價）

勘定は年末に為る（年終結帳）

年末賞与（年終獎金＝年末ボーナス）

年末は何と無く忙しい（年終時候總是忙忙碌碌）

年余〔名〕一年多

年余に亘る交渉（歷時一年多的交涉）

年来〔名、副〕幾年以來（＝長年、年頃）

年来の希望（幾年來的希望）

年来待ち兼ねた日が到頭来た（幾年來渴望的日子終於到來）

やっと年来の望みを果たした（終於實現多年的願望）

今年は十年来の暑い夏だ（今年的夏天是十年來最熱的）

年利〔名〕年息←→月利、日歩

年利五分で銀行から金を借りる（按年息五釐從銀行借款）

年利率（年利率）

年率〔名〕年利率
 年率六パーセントで増加する（年利率增加六％）

年輪〔名〕〔植〕年輪、技藝經驗、積年累月的歷史
 年輪を数える（數年輪）
 両者の年輪の差は争えない（兩者之間經驗能力之差是明顯的）
 言葉の年輪（語言的發展史）
 日本の年輪（日本的歷史）

年齢〔名〕年齡、歲數（=年）←→月齡
 年齢の差（年齡之差）
 年齢丈に見える（面貌和年齡相符）
 年齢より余程若く見える（比實際年齡年輕得多）
 年齢に為ては若く見える（比實際年齡年輕得多）
 年齢を問わず（不問年齡）
 学歴年齢を問わず（不問學歷年齡）
 此の紙に氏名、年齢、出生年月日を書く（在這張紙上寫上姓名年齡出生年月日）
 年齢制限（年齡限制）
 平均年齢（平均年齡）
 年齢層（年齡層）
 此の映画は二十才から三十才の年齢層に受けている（這部電影受到二十到三十歲年齡層的歡迎）

年歴、年曆〔名〕經歷、年代記（=年代記）

年老〔名〕年老、老人

年、歳〔名〕年、歲月、年齡、年代、年號
 年が暮れる（歲已雲暮、來到年底）
 年の暮れ（年底、年終、歲末）
 年の始め（年初）
 年の瀬（年末）
 年を越す（過年）
 年を渡る（過年）
 年を送る（辭歲）
 今年は酉の年だ（今年是雞年）
 新しい年を迎える（迎接新年）
 年が明けたら直ぐ出発する（過了新年就動身）
 一家団欒で年を越す（全家團圓過年）
 彼は病院で年を越した（他在醫院過了年）
 少々無理でも年の内に片付けて終おう（即使困難點也希望在一年內趕完）
 年と共に記憶も薄れていった（隨著歲月的流逝記憶也淡薄了）
 何卒良い御年を（祝新年快樂）
 来る年も来る年も（年復一年）
 年には勝てぬ（歲月不饒人）
 年の経つのは速い（光陰似箭）
 年は争えない（不服老不行）
 年を取って若返る（返老還童、老當益壯）
 年は薬（年老經驗多）
 年の功（閱歷深）
 年を取る（上年紀）
 年を取って頭が惚ける（上了年紀腦筋遲鈍）
 年が寄る（上年紀）
 年問わんより世を問え（與其問年齡不如問閱歷）
 年を拾う（上年紀）
 年を食っている（上了年紀）
 年が行っている（年紀大）
 年の行かない（年齡尚小的）
 年は幾つ（幾歲？）
 御年は御幾つですか（你多大歲數？）
 年の所為で目が良く見えなく為った（由於年齡關係眼睛有點不好了）
 年の所為か此の頃物覚えが悪く為った（或許年紀大了近來記性不好）

彼の夫婦は親子程も年が違う（那對夫婦有如父女般年齡懸殊）

年に為ては老けて見える（按歲數看起來顯得老）

男の年は気、女の年は顔（男人年紀看心情女人年齡看面貌）

八十迄生きれば年に不足は無い（若活到八十歲壽命就不算短了）

年が経つ（歲月變遷、光陰消逝）

こんな年に生まれた人（生在這個時代的人）

年の夜（除夕）

年に一回（每年一次）

年を守る（守歲）

年改まる（改元，換年號、來到新年）

年が替わる（改換年號、改換年頭）

年が返る（歲月更新）

年、歲〔造語〕年、歲

幾年、幾歲（幾年、幾歲）

二年、二歲（二年、二歲）

八年（八年）

三年の年月（三年的時光）

年上〔名〕年長、歲數大（=年長）←→年下

年上の人（年長的人、長輩）

彼は私より五つ年上である（他比我大五歲）

年上の従兄弟（年長的從兄弟）

彼は此の中で一番年上だ（在我們中他最年長）

彼は年上に見える（他看似年紀大）

私の方が一つ年上です（我大一歲）

年下〔名〕年幼、年齡較小←→年上

姉より三つ年下だ（比姐姐小三歲）

年下の者を虐めるな（不要欺侮年幼的人）

二つ年下の妹（小我兩歲的妹妹）

彼女は私よりずっと年下だ（她年紀比我小很多）

年占〔名〕占卜年成的豐欠、預卜一年的吉凶

年老いる〔自上一〕年老、上年紀（=年を取る）

年老〔名〕年老（的人）、上年紀（的人）

年男、歲男〔名〕〔古〕（武將家中）辦理新年裝飾的人、（立春前）撒豆驅邪的人（選本命年的男人充當）←→年女

兄が年男で豆を撒いた（今年是哥哥本命年他當撒豆驅邪迎福的人）

年女〔名〕（立春前）撒豆驅邪的女人←→年男、歲男

年甲斐〔名〕相應年齡的懂事程度、年老閱歷深

年甲斐も無い（簡直白活那麼大歲數、那麼大還不懂事）

年甲斐も無く喧嘩早くて困ります（白活那麼大動不動就打架真沒辦法）

其位の事が出来ないで年甲斐も無い（那麼點事都不能做真是白活了）

年嵩〔名、形動〕年長（=年上）、年老（=高齡）

二つ年嵩の兄（大兩歲的哥哥）

御婆さんは、余程に年嵩に見えます（老太太看來年紀很高）

彼の人は相当の年嵩に見える（納人顯得很年邁）

ずっと年嵩の人（高齡的人）

年恰好、年格好〔名〕大約的年齡（=年頃）

四十位の年恰好の男（四十歲左右的人）

丁度君位の年恰好の男だった（和你年紀相仿的人）

年が年〔連語〕偌大的年紀

年が年だから回復の望みは薄い（因為那麼大的年紀恢復的希望不大）

年子〔名〕（同母生）差一歲的孩子、靠肩膀的孩子

彼の兄弟は年子だ（他們兄弟倆差一歲）

年越し、年越〔名、自サ〕過年、除夕

故郷で年越しを為る（在家鄉過年）

毎年郷里で年越しする（每年都在老家過年）

年越し蕎麦（除夕吃的蕎麥麵）

年越し餅（年糕）

年毎〔名、副〕每年、逐年

年毎に弱って来る（一年比一年地衰弱起來）

年毎に人口が増える（人口年年增加）

年籠り、年籠〔名〕除夕住在寺廟裡過夜

年頃、年比〔名、副、形動〕大約的年齡、妙齡，適婚年齡，幾年來，多年來（=長年）

年頃は四十五六の人（大約四十五六歲的人）

遊び度いの年頃（貪玩的年齡）

同じ年頃の少女（年紀相仿的少女）

そろそろ年頃だ（快該結婚了）

年頃親しくしている友達（多年來一直很親密的朋友）

年の頃〔名、副、形動〕大約的年齡、妙齡，適婚年齡，幾年來，多年來（=年頃）

年盛り〔名〕壯年、血氣方剛時期

皆年盛りの連中だから仕事はどんどん進んでいった（都是年輕力壯小伙子工作進展得很快）

年玉〔名〕新年禮物、壓歲錢（=御年玉）

年玉を上げる（送新年禮物、給壓歲錢）

年強〔名、形動〕生日大（前半年出生的人）←→年弱

年弱〔名、形動〕生日小（後半年出生的人）←→年強

年神、歳神〔名〕喜福神（=年徳神、歳徳神）

年徳、歳徳〔名〕（陰陽家以該年干支而定的）吉利方向（=恵方、吉方）、喜福神（=年徳神 歳徳神）

年立て〔名〕年表、年紀、紀年

年取る〔自五〕長年歲、上年紀（=年寄る、老いる）

新年に為ると一つ年取る（過年長一歲）

又一つ年取った（又長了一歲）

儂も年取った者だ（我也老了）

年取ると耳が遠く為る（上年紀耳朵就背了）

年取り、年取〔名〕歲數大，上年紀、除夕除歲（立春前夕舉行的儀式）

年取りに為ると記憶力が衰える（一上年紀記憶力就衰退）

年取り魚（除夕吃的吉利魚）

年取り物（迎接新年的用品或費用）

年波〔名〕上年紀

寄る年波に額の皺も増える（上了年紀額頭皺紋也增多了）

寄る年波が彼の顔に表れている（上了年紀他的臉上出現皺紋了）

寄る年波には勝てない（歲月不饒人）

年の市、歳の市〔名、連語〕年貨市

町は年の市で大騒ぎだ（街上擺出年貨攤很熱鬧）

年の市が立つ（開年貨市場）

年の暮れ、歳の暮〔名、連語〕歲暮、年底（=年末）←→年の始め

年の暮れは何処でも多忙だ（年底哪裡都忙）

年の暮れは何かと忙しい（年底總是忙得不可開交）

年の瀬〔名〕年底、年關

年の瀬が越せ然うも無い（大有過不了年關的形）

年の瀬も近付き借金取りが遣って来る（年關將近債主登門）

年の瀬に為ると迚も忙しい（到了年關就忙得不得了）

年歯、年端〔名〕（多用在年幼者）年齡、歲數

年歯も行かぬ子供（年幼的孩子）

年歯も行かぬ子を働きに出す（令未成年的孩子出去做工）

年歯五歲其処らの子（五歲左右的孩子）

年の端〔名〕（較〔年歯、年端〕語氣鄭重）年齡、年初

年の端五歳其処らの子（五歲左右的孩子）

年経る〔自下一〕年老、陳舊

年増〔名〕中年婦女（江戶時代指二十到三十歲、現在指三十到四十歲）

年増の女（半老徐娘）

良い年増に為った（已經徐娘半老了）

年回り、年廻り〔名〕流年（男四十二歲、女三十三歲最凶）

年回りが良い（流年好、流年吉利）

今年は年回りが悪い（今年流年不利）

今年は二十九歲で年回りが悪い（今年二十九歲流年不利）

年回〔名〕每年的忌辰、逝世周年（=年忌、回忌）

年寄る〔自五〕上年紀（=老いる）

年寄ると意気地が無く為る（上了年紀就沒志氣了、上了年紀就沒好勝心了）

年寄ったが非常に元気だった（雖然上了年紀但仍活力十足）

年寄り、年寄〔名〕老人←→若者、（江戶幕府）老中、（各藩）家老、（村鎮）耆老。〔相撲〕顧問

年寄りを労る（關照老人）

年寄りを大事に為る（愛護老人）

年寄りの面倒を見る（照顧老人）

年寄りの物忘れ、若い者の物知らず（老人好忘事年輕人不懂事）

年寄りの冷水（老人喝涼水，比喻老人不量力做過分的事）

年寄り風を吹かす（老氣橫秋、倚老賣老）

引退して年寄りと為る（隱退後當顧問）

年寄り染みる、年寄染みる〔自上一〕老氣橫秋

年寄り染みた口を利く（一口老人的腔調）

年寄り染みた顔を為ている（一副老氣橫秋的面孔）

年若〔名、形動〕年輕

年若の者から順に並ぶ（由年輕人開始順序排列）

年若な人（年輕的人）

年若い〔形〕年輕的

年若い生命を惜しむ（愛惜年輕的生命）

年忘れ、年忘〔名〕忘年會（=忘年会）

年忘れに飲んで騒ぐ（在忘年會飲酒作樂）

拈（ㄋㄧㄢˇ）

拈〔漢造〕以手指持取東西、用手指揉搓

拈華微笑〔名〕參悟禪理、以心傳心（相傳釋迦在靈山大會上拈花示眾，弟子迦葉發出微笑表示理解，後人以此典故，比喻心領神會不待言傳）

拈出、捻出〔名、他サ〕擠出（=拈り出す）、想出（=考え出す）、籌措出來

新方法を拈出する（想出新辦法）

プランを拈出する（想出方案）

財源を拈出する（想辦法開闢財源）

やっとの事で授業料を拈出した（好不容易籌出學費來）

拈る、捻る〔他五〕拈，捻，扭，捏、扭轉。〔俗〕打敗，擊敗、深入構思，費盡心思、使與眾不同，使別具風趣

髭を拈る（捻鬚）陳ねる

頬を拈る（擰臉蛋）

スイッチを拈る（扭開關）

電灯を拈る（擰電燈開關）

腰を拈る（扭身）

腰を左へ拈る（把腰向左扭）

鶏の首を拈る（扭雞的脖子）

ガスの栓を拈って開ける（把瓦斯開關扭開）

体を拈る（扭轉身體）

栓を拈ってガスを止める（關掉煤氣開關）

首（頭）を拈る（轉頭、左思右想）

穴から身を拈って出る（扭轉身體從洞裡鑽出）

簡単に拈る（毫不費力地打敗）

あんな奴一拈りだ（那傢伙一碰就倒）

軽く拈って遣った（輕易打敗了）

此の問題は一寸拈って有る（這問題出得古怪）

詞を拈る（作詞）

此の文章は拈り過ぎた（這文章太咬文嚼字）

俳句を拈る（絞盡腦汁作俳句）

拈った問題（別出心裁的問題）

拈り，拈、捻り，捻〔名〕捻、（用〔御拈り〕形式）紙包上擰著的小費或香錢、扭轉。〔相撲〕扭倒、別具一格

髭を一拈りして話し出す（捻一捻鬍子說起話來）

一拈りの煙草を煙管に詰める（往煙斗裡裝一袋煙）

一拈りの塩（一撮鹽）

御拈り（祝賀等贈送紙包禮金）

拈り球（旋轉球）

拈り技（扭倒的招數）

拈りが聞いた作品（獨特引人注目的作品）

拈くる、捻くる〔他五〕玩弄，揉，搓、（〔言う〕〔為る〕的挖苦說法）玩弄，說，講

鉛筆を拈くり乍話す（一邊玩弄鉛筆一邊說）

骨董を拈くる（玩弄骨董）

俳句を拈くる（作俳句）

理屈を拈くる（講歪理）

拈くれる、捻くれる〔自下一〕彎曲，歪斜、乖僻，彆扭

拈くれた線を書く（畫條彎曲的線）

ネクタイが拈くれている（領帶歪斜著）

彼の子は少し拈くれている（那個孩子有點乖僻）

拈くれた考え（想法古怪）

鮎（ㄋㄧㄢˇ）

鮎、香魚、年魚〔名〕〔動〕香魚（漢語的〔鮎魚〕在日語中寫作〔鯰〕）

稚鮎（小香魚）

鮎〔動〕香魚（=鮎）

鮎並、鮎魚女〔名〕〔動〕六線魚（=油魚、油女）

鯰（ㄋㄧㄢˇ）

鯰〔漢造〕淡水魚名，頭平扁，口寬大，有鬚兩對，尾圓而短，體上多黏液，無鱗

鯰〔名〕〔動〕鯰魚、稔魚

瓢箪で鯰を押さえる（無法捉摸、不得要領）

瓢箪鯰（無法捉摸、不得要領、油滑的人）

彼の男は瓢箪鯰だ（他是個滑頭）

鯰髭〔名〕細長鬍鬚、長著細長鬍鬚的人。〔謔〕明治時代的官吏（官吏多留細長鬍鬚）

捻（ㄋㄧㄢˇ）

捻〔漢造〕（用手指）搓、扭、擰（=拈る、捻る）

捻挫〔名、他サ〕扭傷或挫傷（關節）

スキーで捻挫する（因滑雪兒挫傷）

スキーで足首を捻挫する（因滑雪而挫傷腳踝）

腕を捻挫する（扭傷了胳膊）

捻出、拈出〔名、他サ〕擰出，想出、籌措

新方法を捻出する（想出新辦法）

妙案を捻出する（想出好辦法）

プランを捻出する（想出方案）

財源を捻出する（想辦法籌措財源）

やっとの事で授業料を捻出した（好不容易籌出學費來）

捻転〔名、自サ〕扭轉

腸捻転（腸扭轉）

捻る，捻じる、捩る，捩じる、拗る，拗じる〔他五〕
扭，擰，撚（=捻る，拈る，撚る）、趁機責備

- タオルを捻る（擰毛巾）
- 栓を捻って水を出す（擰開水龍頭放水）
- 水道の栓を捻って水を出す（擰開水龍頭放水）
- 体を捻る（扭身體）
- 体を捻って恥ずかしがる（扭轉身體害羞）
- 彼は私の手をぎゅっと捻った（她使勁地扭了我手一下）
- そんな事は赤ん坊の手を捻る様な物だ（那真是易如反掌的事）

捻れる，捻じれる、捩れる，捩じれる〔自下一〕
扭，彎曲、乖僻

- 襟が捻れている（領子扭歪了）
- 着物の襟が捻れている（衣服領子扭歪了）
- ベットが捻れていますよ（床有點歪了）
- 戸が捻れて開けない（門扭歪了打不開）
- 心が捻れる（性格乖僻）
- 小さい子供を余り叱ると性質が捻れる（對小孩子過分苛責性情就會變得乖僻）

捻れ，捻じれ、捩れ，捩じれ〔名〕用力扭，扭彎曲、用力扭的形狀、扭曲，扭轉（=トーション）

- ネクタイの捻れを直す（整理領帶的扭勁處）
- 捻れ係数（扭轉係數）

捻子、捩子、螺子、螺旋〔名〕（〔捻る〕名詞化）
螺絲，螺釘、（水龍頭等）螺絲把柄

- 捻子を回す（轉螺絲）
- 捻子を締める（拴緊螺絲）
- 捻子を緩める（鬆螺絲）
- 捻子が緩む（螺絲鬆扣、精神鬆懈散漫）
- 捻子を抜く（拔螺絲）
- 捻子を巻く（上錶的發條、鼓勵，推動，督促）
- 捻子釘、捩子釘（螺絲釘）

捻子回し，捩子回し（螺絲刀、螺絲擰子）

捻る、拈る、撚る〔他五〕扭，擰，拈、扭轉、擊敗、深入構思，與眾不同

- 鬚を捻る（拈鬍鬚）
- 栓を捻ってガスを出す（擰開開關打開煤氣）
- 栓を捻ってガスを止める（擰開開關關煤氣）
- スイッチを捻る（扭開關）
- 電燈を捻る（擰電燈開關）
- ガスの栓を捻って開ける（把瓦斯開關鈕開）
- 頬を捻る（擰臉蛋）
- 鶏の首を捻る（扭雞的脖子、殺雞）
- 体を捻る（扭轉身體）
- 首（頭）を捻る（轉頭、左思右想）
- 腰を捻る（扭身）
- 腰を左へ捻る（把腰向左扭）
- 簡単に捻る（輕易地擊敗）
- 軽く捻って遣った（輕易地擊敗）
- 詞を捻る（作詞）
- 俳句を捻る（絞盡腦汁作俳句）
- 捻った問題（別出心裁的問題）
- 此の問題は一寸捻って有る（這問題拐了一大彎）

捻くる、拈くる〔他五〕擺弄，玩弄、說，講（=為る、言う的挖苦說法）

- 鉛筆を捻くり乍話す（一邊擺弄鉛筆一邊說話）
- 彼の人は一寸俳句も捻くる（他做一點俳句）
- 理屈を捻くる（講歪理）

捻くり回す、捻り回す〔他五〕〔俗〕擺弄，玩弄、絞盡腦汁，推敲（=捻り回す，捻回す）

- 骨董を捻くり回す（玩骨董）
- 作文を捻くり回す（絞盡腦汁寫文章）

捻くらせる〔他下一〕使乖僻、使古怪

捻くれた〔連語、連體〕扭歪的，扭曲的，歪曲的、乖僻的，古怪的

　彼の人の字は捻くれた字だ（他的字是歪斜的字）

　捻くれた根性（乖僻的性格）

　捻くれた考えを抱く（心懷偏見）

捻くれ者〔名〕乖僻的人、性格彆扭的人

捻くれる、拈くれる〔自下一〕彎曲，扭歪、乖僻、彆扭

　ネクタイが捻くれている（領帶歪著）

　彼の子は少し捻くれている（那孩子有點乖僻）

　捻くれた考え（彆扭的想法）

捻り，捻，拈り，拈、撚り、撚〔名〕捻，扭、扭轉，扭倒、別具一格、紙包上擰著的小費或香錢（用御捻形式）

　鬚を一捻りして話し出す（捻一捻鬍子說起話來）

　一捻りの煙草を煙管に詰める（往煙斗裡裝一袋煙）

　手首の捻り方（手腕的轉法）

　捻り球（〔撞球〕旋轉球）

　捻り技（〔相撲〕扭倒的招數）

　捻りが聞いた作品（獨特引人注目的作品）

　御捻り（祝賀等贈送用紙包禮金）

捻り紙，捻紙〔名〕（點火用的）紙捻

捻り出す、捻出す〔他五〕（絞盡腦汁）想出（辦法）。（千方百計）籌措（款項）

　一時間掛かって回答を捻り出す（用了一小時想出答案）

　頭を絞って代案を捻り出す（絞盡腦汁終於想出取代方案）

　如何しても結論さなければならない（無論如何必須想出結論來）

　やっと旅費を捻り出した（勉強籌出了旅費）

捻り潰す、捻潰す〔他五〕捻碎、捏碎

　虫を捻り潰す（把蟲捏死）

捻取る、捻取る〔他五〕擰掉，擰下，擰取、勒索，搶奪

捻り回す、捻回す〔他五〕擺弄，玩弄、費盡心思，絞盡腦汁

　人形を捻り回して壊す（把偶人玩弄壞）

　玩具を捻り回す（擺弄玩具）

　文章を捻り回す（絞盡腦汁寫文章）

　彼是方法を捻り回す（想盡各種辦法）

撚（ㄋㄧㄢˇ）

撚〔和造〕擰、搓

撚糸〔名、自サ〕撚線，把單絲捻成線、由單絲捻成的線↔単糸

　撚糸機、撚糸機（撚線機）

撚糸，撚り糸、縒糸，縒り糸〔名〕撚線、多股捻成的線

　黒白の撚糸（黑白色的撚線）

　撚糸機、撚糸機（撚線機）

撚る、縒る〔他五〕捻、搓、擰（=捻る，拈る）

　二本の糸を撚って丈夫に為る（把兩根線捻在一起使之結實）

　紙を撚る（捻紙、做捻紙）寄る依る拠る依る縁る因る由る

　腹を撚って大笑いする（捧腹大笑）

　腹の皮を撚る（捧腹大笑）

寄る〔自五〕靠近，挨近、集中，聚集、順便去，順路到、偏，靠、增多，加重，想到，預料到。〔相撲〕抓住對方腰帶使對方後退。〔商〕開盤

　近く寄って見る（靠近跟前看）

　側に寄るな（不要靠近）

　もっと側へ御寄り下さい（請再靠近一些）

　此処は良く子供の寄る所だ（這裡是孩子們經常聚集的地方）

　砂糖の塊に蟻が寄って来た（螞蟻聚到糖塊上來了）

三四人寄って何か相談を始めた（三四人聚在一起開始商量什麼事情）

帰りに君の所にも寄るよ（回去時順便也要去你那裡看看）

何卒又御寄り下さい（請順便再來）

一寸御寄りに為りませんか（您不順便到我家坐一下嗎？）

此の船は途中方方の港に寄る（這艘船沿途在許多港口停靠）

右へ寄れ（向右靠！）

壁に寄る（靠牆）

駅から西に寄った所に山が有る（在車站偏西的地方有山）

彼の思想は左（右）に寄っている（他的思想左〔右〕傾）

年が寄る（上年紀）

顔に皺が寄る（臉上皺紋增多）

皺の寄った服（折皺了的衣服）

貴方が病気だったとは思いも寄らなかった（沒想到你病了）

時時思いも寄らない事故が起こる（時常發生預料不到的意外）

三人寄れば文殊の智恵（三個臭皮匠賽過諸葛亮）

三人寄れば公界（三人鬪議、無法保密）

寄って集って打ん殴る（大家一起動手打）

寄ると触ると其の噂だ（人們到一起就談論那件事）

寄らば大樹の蔭（大樹底下好乘涼）

依る，因る，由る，拠る，縁る〔自五〕依靠、仰仗、利用、根據、按照、由於

命令に依る（遵照命令）選る寄る縒る撚る倚る凭る

慣例に依る（依照慣例）

慣例に依って執り行う（按照慣例執行）

労働に依って収入を得る（靠勞力來賺錢）得る得る

辞書に依って意味を調べる（靠辭典來查意思）

話し合いに依って解決し可きだ（應該透過談判來解決）

基本的人権は憲法に依って保障されている（基本人權是由憲法所保障）

学生の能力に依り、クラスを分ける（依照學生的能力來分班）分ける別ける

天気予報に依れば明日は雨だ（根據天氣預報明天會下雨）明日明日明日

医者の勧めに依って転地療養する（按醫師的勧告易地療養）進める勧める薦める奨める

撚り，捻、縒り、縒〔名〕捻，搓、捻的勁道

二本撚りの糸（兩股捻的線）

糸に撚りを掛ける（捻線）

此の綱は撚りが強い（這個繩子搓得緊）

此の紐は撚りが甘い（這條繩搓得不僅）

撚りを戻す（倒捻、鬆開捻的勁，破鏡重圓，恢復舊好）

夫婦の撚りを戻す（破鏡重圓，夫婦恢復舊好）

腕の撚りを掛ける（加點勁、加油幹）

腕に撚りを掛けて御馳走を作る（拿出所有本事做菜）

撚れる、縒れる〔自下一〕歪扭，折皺，糾纏、能捻，可以捻在一起

撚れたズボンにアイロンを掛ける（燙平滿是皺紋的褲子）

襟付けが撚れている（衣領釘得歪扭）

撚り線〔名〕〔機〕（多股）絞合金屬線，絞合電纜

撚り縄〔名〕（由幾股捻成的）麻繩，絞繩

撚り目，撚目、縒り目、縒目〔名〕（繩股的）捻合處，絞合處

碾（ㄋㄧㄢˇ）

碾〔漢造〕碾、石磨（=碾臼，挽臼，石臼）

碾く〔他五〕磨碎
　臼で豆を碾く（用磨磨碎豆子）引く挽く退く轢く曳く弾く惹く牽く
　臼で米を碾く（用磨磨碎大米）
　肉を碾く（絞肉）
　粉を碾く（磨粉）粉粉

曳く、引く、牽く〔他五〕曳、引、拉、牽←→押す
　綱を曳く（拉繩）曳く引く牽く弾く轢く挽く惹く退く
　袖を曳く（拉衣袖-促使注意）
　弓を曳く（拉弓、反抗）
　幕を曳く（拉幕）
　車を曳く（拉車）
　牛を曳く（牽牛）
　船を曳く（拖船）
　裾を曳く（拉著下擺）

引く、退く〔自五〕後退、辭退、退落、減退、（妓女）不再操舊業
　後へ退く（向後退）
　もう一歩も後へ退かぬ（一步也不再退）
　私は退くに退かれぬ立場に在る（我處於進退兩難的地步）
　退くに退かれず（進退兩難、進退維谷）
　会社を退く（辭去公司工作）
　役所を退く（辭去機關工作）
　校長の職を退く（辭去校長職務）
　潮が退く（退潮）
　熱が退く（退燒）
　川の水が退いた（河水退了）
　腫れが退いた（消腫了）

引く、惹く、曳く、挽く、轢く、牽く、退く、轢く、碾く〔他五〕拉，曳，引←→，帶領，引導、引誘，招惹，引進（管線），安裝（自來水等）、查（字典）、拔出，抽（籤）、引用，舉例、減去，扣除，減價，塗，敷，繼承，遺傳，畫線，描眉，製圖，提拔，爬行，拖著走，吸氣，抽回，收回，撤退，後退，脫身，擺脫（也寫作退く）
　綱を引く（拉繩）
　袖を引く（拉衣袖、勾引、引誘、暗示）
　大根を引く（拔蘿蔔）
　草を引く（拔草）
　弓を引く（拉弓、反抗、背叛）
　目を引く（惹人注目）
　人目を引く服装（惹人注目的服裝）
　注意を引く（引起注意）
　同情を引く（令人同情）
　人の心を惹く（吸引人心）
　引く手余った（引誘的人有的是）
　美しい物には誰でも心を引かれる（誰都被美麗的東西所吸引）
　客を引く（招攬客人、引誘顧客）
　字引を引く（查字典）
　籤を引く（抽籤）
　電話番号を電話帳で引く（用電話簿查電話號碼）
　例を引く（引例、舉例）
　格言を引く（引用格言）
　五から二を引く（由五減去二）
　実例を引いて説明する（引用實例說明）
　此は聖書から引いた言葉だ（這是引用聖經的話）
　家賃を引く（扣除房租）
　値段を引く（減價）
　五円引き為さい（減價五元吧！）
　一銭も引けない（一文也不能減）
　車を引く（拉車）
　手に手を引く（手拉著手）
　子供の手を引く（拉孩子的手）
　裾を引く（拖著下擺）

ろ

跛を引く（瘸著走、一瘸一瘸地走）
蜘蛛が糸を引く（蜘蛛拉絲）
幕を引く（把幕拉上）
声を引く（拉長聲）
薬を引く（塗藥）
床に油を引く（地板上塗一層油）床床　油　脂　膏
線を引く（畫線）
蝋を引く（塗蠟、打蠟）
罫を引く（畫線、打格）
境界線を引く（設定境界線）
眉を引く（描眉）
図を引く（繪圖）
電話を引く（安裝電話）
水道を引く（安設自來水）
腰を引く（稍微退後）
身を引く（脫身、擺脫、不再參與）
手を引く（撤手、不再干預）
金を引く（〔象棋〕向後撤金將）
兵を引く（撤兵）
鼠が野菜を引く（老鼠把菜拖走）
息を引く（抽氣、吸氣）
身内の者を引く（提拔親屬）
風邪を引く（傷風、感冒）
気を引く（引誘、刺探心意）
彼女の気を引く（引起她的注意）
血を引く（繼承血統）
筋を引く（繼承血統）
尾を引く（遺留後患、留下影響）
跡を引く（不夠、不厭、沒完沒了）

弾く〔他五〕彈、彈奏、彈撥
　バイオリンを弾く（拉小提琴）
　琴を弾く（彈琴）
　三味線（彈三弦）

轢く〔他五〕（車）壓（人等）
　自動車が人を轢いた（汽車壓了人）引く弾く挽く惹く曳く牽く退く
　車が人を轢いた（車子撞倒了人）
　子供が自動車に轢かれて死んで終った（小孩被汽車輾死了）終う仕舞う

惹く〔他五〕引誘、吸引、招惹
　目を惹く（惹人注目）
　注意を惹く（引起注意）
　同情を惹く（令人同情）
　客を惹く（招攬客人）
　人の心を惹く（吸引人心）
　惹く手余った（引誘的人有的是）
　彼女の気を惹く（引起她的注意）
　美しい物には誰でも心を惹かれる（誰都被美麗的東西所吸引）
　息を惹く（吸入空氣）

挽く〔他五〕鋸、鏇、拉
　鋸で板を挽く（用鋸鋸木板）鋸　鋸
　木材を鋸で挽く（用鋸鋸木材）木材木材
　轆轤鉋で挽く（用鏇床鏇）轆轤鉋轆轤鉋
　車を挽く（拉車）
　荷車を挽く（拉貨車）貨車

碾臼，碾き臼、挽臼，挽き臼〔名〕石磨（＝石臼）
　碾臼で回す（推磨）
碾米、碾き米〔名〕碾米、碾好的米
碾茶，碾き茶，挽茶，挽き茶〔名〕綠茶末（＝抹茶）
碾き割る〔他五〕磨碎、碾碎
碾き割り，碾割、挽き割り，挽割〔名〕磨碎，碾碎的麥←→押し割り，押割
　碾割麦（碾碎的麥）
　碾割飯（加碎麥的飯）

輦（ㄋㄧㄢˇ）

輦〔漢造〕天子的乘車、手推車（=手車、手輿、手輿）

駐輦（天子行幸途中停車=駐駕、駐蹕）

輦轂〔名〕輦轂、皇帝坐的車

輦轂の下（輦下、皇帝身邊、首都）

輦台、連台〔名〕（古時抬著旅客渡河用具）渡河用的板架

念（ㄋㄧㄢˋ）

念〔名〕念頭，觀念（=思い、考え）、心願，夙願，注意，用心（=気を付ける事）、二十的代用

感謝の念を満ちる（充滿感謝的心情）
憎悪の念に燃える（心裡非常憎惡）
不快の念を抱く（懷著不愉快的心情）
復讐の念を燃えている（心裡燃燒著復仇之火）
念を届く（夙願達成）
其は其は御念の入った事で（那可想得真夠周密啊！）
念を入る（用心周到、考慮慎密）
念の入った細工（精心製作的工藝品）
念の入った嘘（挖空心思撒的謊言）
中中念の入った仕事だ（這是一件非常細心的工作）
念を入れる（嚴加注意、留神、用心）
念を入れて書け（要用心好好寫）
念には念を入れよ（要再三的注意、要小心又小心）
念を押す（叮問、叮囑）
念も無い事（意外的事、未曾想過的事）
其の事に就いては息子に念を押して置いた（關於此事已經叮囑我的兒子）
念の為（為了慎重起見）
念の為もう一度言う（為了慎重起見我再說一遍）
念が晴れる（不再留戀、顧慮消除）
念が残る（留戀、有顧慮、下不了決心）

念八日（二十八日）
念の過ぐるは無念（考慮過多容易迷惑等於沒考慮）
思念（思念）
想念（想法、念頭、心思）
情念（感情）
無念（無所牽掛、什麼都不想、懊悔、遺憾）
観念（觀念）
概念（概念）
疑念（疑念）
雑念（雜念）
俗念（俗念）
通念（普通想法、一般想法）
道念（道義心、求道心、僧妻）
理念（理念、根本想法）
残念（遺憾，可惜、懊悔，悔恨）
失念（遺忘）
憶念（懷念、記憶）
記念（紀念）
信念（信念、信心）
軫念、宸念（皇帝的焦慮、聖慮）
執念（執著之念、記仇心）
入念（細心、仔細、周到、謹慎）
専念（一心一意、專心祈求）
正念（正念、本心、真心）
十念（口唸十遍阿彌陀佛）
実念論（實在論）

念じる〔他上一〕思念，想念、祈禱，祝告、念誦，默誦（=念ずる）

行って見度いと何時も念じている（老早就想去看看）
無事に帰る事を念じる（暗暗祈禱能夠平安地歸來）

無事御帰還を念じ上げます（祝你平安歸來）

幸多かれと念じています（祝你前途光明）

御経を念じる（在心裡默誦佛經）

一心に仏を念じる（一心唸佛）

念ずる〔他サ〕經常思念、念念不忘、祈禱，祝告、念誦，默誦（=念じる）

子供の無事を念ずる（經常掛念孩子平安）

無事に帰る様神に念ずる（祈求神明使平安歸來）

御経を念ずる（誦經）

念入り、念入〔形動〕周到，細緻，仔細（=丁寧）←→ぞんざい

念入りの細工（細緻的工藝品）

念入りな注意（嚴密的注意）

念入りな設計を為る（精心設計）

念入りな選択を為る（仔細加以選擇）

念入りに仕事を為る（細心工作）

念入りに見る（仔細觀察）

念入りに調べる（詳細調查）

念入りに化粧する（細心打扮）

刑事は何か小さい物を拾い上げると念入りに調べた（刑警撿起像是什麼的小東西仔細調查）

念入りな間違い（荒謬的錯誤、不應有的錯誤）

念願〔名、他サ〕心願，願望（=願い、望み）

念願を達成する（達成願望）

長い間の念願を届いた（長時期的願望實現了）

私の二十年来の念願を届いた（我實現二十年來的心願了）

長年の念願を叶った（實現多年的願望）叶う 適う 敵う

君の成功を念願している（希望著你的成功、祝你成功）

日本を訪れる事を私の念願であった（訪問日本曾經是我的心願）訪ねる 尋ねる 訊ねる

念校〔名〕〔印〕（製版前為慎重而進行的）最後校對

念持〔名、他サ〕（對佛的恩德等）念念不忘

念持仏（每天供奉參拜的神像）

念者〔名〕用心人、有心人、謹慎的人

念者の不念（謹慎的人也有一時疏忽）

念珠、念珠〔名〕〔佛〕念珠（=数珠、数珠）

念珠を弄る（數念珠）

念誦、念誦〔名、他サ〕〔佛〕誦經

念書〔名〕字據、〔古〕唸書，讀書（=読書）

念書を取る（立字據、寫下字據）

ねんとう〔名〕心頭，心上（=心、思い）

念頭に在る（在心上）

念頭に掛ける（懸在心頭、放心不下）

念頭に置く（放在心上）

念頭に置かない（不放在心上、不加考慮）

念頭に浮かぶ（湧上心頭）

其の事は絶えず念頭を去らない（那件事總是忘不掉）

念念〔名、副〕念念不忘，經常思念、（突然消逝）各種念頭。〔佛〕每一霎那，時時刻刻

念念に変ずる世の姿（時刻變化的世態）

念の為、念為〔連語、副〕為了慎重起見

念の為、もう一度勘定して御覧（為了慎重起見你再數一數）

念の為、もう一度言って置く（為了慎重起見再說一遍）

念の為、もう一度部屋を搜した（為了慎重起見把屋子又搜查了一遍）

念の為、自分が行って見て来た（為了慎重起見我親自去看過了）

念の為契約書を取り交わした（為了慎重起見交換了契約書）

雨天の時は中止です、念の為（注意！雨天暫停）

念晴らし、念晴し〔名〕消除疑慮
　念晴らしの為に（為了消除疑慮）
　其で念晴らしに為った（那就消除了疑慮）

念仏〔名、自サ〕〔佛〕念佛
　念仏を唱える（口唸阿彌陀佛）
　馬の耳に念仏（當耳邊風、對牛彈琴）
　念仏三昧（專心唸佛）
　念仏に日を送る（終日念佛）
　念仏三昧に暮す（終日專心唸佛）
　念仏宗（相信專心唸佛就能成佛澈悟的宗派、淨土宗，淨土真宗等的總稱）

念力〔名〕意志力、精神力
　念力は岩も通す（精誠所至金石為開）

念慮〔名〕思慮，思念（=思ん許り）
　念慮が足りない（考慮不周）

唸（ㄋㄨㄣˋ）

唸〔漢造〕呻吟、誦讀

唸る〔自五〕呻吟，哼哼（=呻く）、（獸類）吼，嘯，嘔（=吠える）、轟響，轟鳴，吟，哼，唱（=歌う）、喝采，讚嘆，叫好
　一晩中唸っていた（哼哼了一夜）
　痛みでうんうんと唸っている（痛得直呻吟）
　虎が唸る（虎嘯）
　檻の中の虎が急に唸り出した（鐵檻裡的老虎突然吼叫起來）檻（牢屋）
　風が唸る（風吼）
　凧が風に唸る（風箏迎風響叫）
　風で電線が唸っている（電線迎風響叫）
　モーターが唸る（發電機轟響）
　腕が唸る（技癢、躍躍欲試）
　浪花節を一曲唸る（唱一段〔浪花曲〕）

　大向うを唸らせる名演技（博得滿堂喝采的精彩演技）
　彼の演技は大向うを唸る（他的演技博得滿堂喝采）
　唸る程持っている（〔金錢〕多得很）
　唸る程金が有る（有的是錢）

唸り、唸〔名〕呻吟聲，吼聲，轟鳴聲。〔理〕節拍，差拍，周率差、（風箏的）響笛
　唸りを発する（立てる）（發出吼聲、發出轟鳴聲）
　弾丸が唸りを生じて飛んだ（子彈颼的一聲飛過去了）
　北風が唸りを上げる（北風呼嘯）
　空中遥かに凧の唸りが聞える（遠遠聽見空中風箏的響聲）
　唸り周波数（拍頻）
　唸り発振器（拍頻振盪器）
　唸り受信装置（拍頻接受裝置）
　凧に唸りを付ける（在風箏上掛上響笛）
　凧の唸り（風箏的響笛）

唸り声〔名〕呻吟聲、吼聲
　唸り声を発する（立てる）（發出吼聲、發出轟鳴聲）
　苦し然な唸り声（很痛苦的呻吟聲）
　犬が唸り声を上げて向かって来た（狗吠著撲上前來）
　虎が唸り声を上げて死ぬ（虎哀鳴而死）

娘（ㄋㄧㄤˊ）

娘〔漢造〕（與〔孃〕通）少女、姑娘

娘核、孃核〔名〕〔生〕子核

娘子〔名〕少女（=娘、少女）、婦女（=女、婦人）

娘子軍 娘子軍〔名〕娘子軍、隨軍妓女（=慰安婦）、婦女團體
　彼の国は娘子軍で有名です（那國家以娘子軍聞名）

娘〔名〕女兒、少女，姑娘（=少女、少女,乙女）
←→息子

ろ

娘を学校に遣る（送女兒入學）

娘を嫁に遣る（嫁女兒）

上の三人が娘で、一番下が息子です（三個大女孩都是女孩子-最小的是個男孩子）

田中さんは奥さんに死なれて、今は娘さんと二人で暮らしている（田中自妻子死後就和女兒兩人生活著）

娘一人に婿八人（一女八婿、僧多粥少）

娘三人持てば身代潰す（有三個女兒就會傾家蕩產、比喻需要很多嫁妝）

娘っ子（小姑娘、小丫頭）

田舎の娘（鄉下姑娘）

清純な娘（純潔的少女）

娘時代（少女時代、姑娘時代）

商店で働く娘さん（在商店工作的小姐）

娘元素〔名〕〔化〕子元素

娘心〔名〕純潔的少女心、少女的純潔心

娘盛り、娘盛〔名〕二八妙齡、荳蔻年華

彼の人は今が娘盛りで、本当に美しい（她正值妙齡非常漂亮）

娘盛りを過ぎる（過了二八妙齡）

娘婿〔名〕女婿（=女婿）

娘師〔名〕〔舊、隱〕盜賊、竊盜犯（=土蔵破り）

娘分〔名〕等於女兒（的女孩子）

嬢（孃）（ㄋㄧㄤˊ）

嬢〔名、漢造〕（與〔娘〕通）少女，姑娘（=娘）。〔敬〕小姐，女士

御嬢ちゃん（女孩子）

御嬢さん（小姐）

令嬢（令嬡）←→令息

愛嬢（愛女）

老嬢（老處女、老姑娘）

交換嬢（總機小姐）

花子嬢（花子小姐）

タイピスト嬢（打字小姐）

嬢核、娘核〔名〕〔生〕子核

嬢細胞〔名〕〔生〕子細胞

嬢ちゃん〔名〕（對女孩敬稱）小姐、小妹妹

御嬢ちゃんは御幾つですか（這位小妹妹幾歲了？）

嬢ちゃん〔名〕〔舊〕小姐、小姑娘（=御嬢様）

御嬢様〔名〕〔敬〕（比〔御嬢様〕更客氣的說法）令嬡，您的女兒，小姐，姑娘、大小姐

御宅の御嬢様は御幾つですか（令嬡幾歲了？）

御嬢様〔名〕令嬡，您的女兒，小姐，姑娘、嬌生慣養的小姐

御嬢様はもう学校ですか（令嬡已經上學了嗎？）

隣の御嬢様（鄰居的小姐）

鈴木さんの御嬢様、一寸御出（鈴木小姐請您來一下）

御嬢様育ち（嬌生慣養的小姐、當大小姐養大）

嬢はん〔名〕（關西方言）小姐（=御嬢様）

嬢はん〔名〕（大阪方言）小姐（=御嬢様）、姊姊，阿姐←→こうさん（最小女兒、老處女）

醸（醸）（ㄋㄧㄤˋ）

醸〔漢造〕醸造

吟醸（精心醸造）

新醸（新醸）

醸成〔名、他サ〕醸造（=醸し造る）、醸成，造成（=醸み成す）

酒を醸成する（醸酒）

和やかな雰囲気を醸成する（造成和諧的氣氛）

不穏な機運が醸成されつつ在る（醸成緊張的局勢）

有利な機運が醸成されつつ在る（有利時機正在形成）

醸造〔名、他サ〕醸造、醸製

ビールを醸造する（醸造啤酒）

醤油を醸造する（醸製醬油）

此の葡萄酒は十年前の醸造だ（這葡萄酒是十年前醸造的）

紹興酒は糯米から醸造する（紹興酒是糯米醸造的）

醸造酒（醸製的酒-有別於蒸餾的酒）

醸造元（醸造廠、醸造家、醸造處）

醸母〔名〕〔化〕酵母（＝酵母）

醸す〔他五〕醸造、醸成（＝醸造、醸成）

酒を醸す（醸酒）

紛争を醸す（引起紛爭）

紛擾を醸す（引起紛擾）

災いを醸す（醸成災害）

物議を醸す（引起議論）

醸し出す〔他五〕醸出、造成

友好な雰囲気を醸し出す（造成友好的氣氛）

研究的な雰囲気を醸し出す（造成研究的氣氛）

凝（ㄋㄧㄥˊ）

凝〔名〕凝塊、凝結塊

凝灰岩〔名〕〔礦〕凝灰岩（火山噴出凝結，用於土木建築）

凝議〔名、他サ〕熱心商議、仔細商討、慎密計議

凝血〔名、自サ〕凝血、已凝的血

凝血が出来る（血凝固）

凝結〔名、自サ〕凝結、凝固（＝凝り固まる）

凝結剤（凝結劑）

凝結核（〔氣〕凝結核）

凝結点（凝結點）

水蒸気が凝結する（水蒸氣凝結）

水蒸気が凝結して水に為る（水蒸氣凝結成水）

牛乳を凝結させる（使牛乳凝結）

凝固〔名、自サ〕凝固、凝結（＝凝り固まる）←→融解

血液が凝固する（血液凝固）

凝固性物質（凝固素、凝固蛋白）

凝固点（凝固點）

凝固剤（凝結劑）

凝固熱（凝固熱）

凝り固まる、凝固る〔自五〕凝固，凝結、狂熱，熱衷

ミルクが凝り固まる（牛奶凝固）

凝り固まった軍国主義（狂熱的軍國主義者）

凝り固まった信者（狂熱的信徒）

旧習に凝り固まる（拘泥舊習、墨守成規）

ジャズに凝り固まる（熱中於爵士樂）

凝り固まり、凝固り〔名〕凝塊，凝固物、熱心家，熱中者，狂信者

回教の凝り固まり（回教狂信者）

欲の凝り固まり（利慾薰心者）

凝膠〔名〕〔化〕凝膠（＝ゲル）

凝脂〔名〕凝脂、〔喻〕白而美的肌膚

凝視〔名、他サ〕凝視、注視（＝見詰める）

彼は彼女の顔を凝視した（他凝視著她的臉）

相手の顔を凝視する（凝視對方的面孔）

凝集、凝聚〔名、自サ〕凝集、凝聚

血液が凝集する（血液凝集）

凝集剤、凝聚剤（凝集劑）

凝集力、凝聚力（凝集力、凝聚力）

凝集素、凝聚素（凝集素）

凝集圧、凝聚圧（內聚壓力）

凝縮〔名、自サ〕凝縮，凝聚，凝結，總結，歸納 ←→凝固

凝縮器（〔化〕冷凝器）

凝縮水（冷凝水）
水蒸気が凝縮する（水蒸氣凝結）
水蒸気が凝縮して窓ガラスに付着した（水蒸氣凝結付著在窗玻璃上）

凝然〔副、形動〕凝然
凝然と為て動かない（凝靜不動）
凝然と見詰める（凝視）

凝滞〔名、自サ〕凝滯、停滯、停頓

凝着〔名、自サ〕凝結、黏上
凝着力（固著力、黏著力、附著力）
凝着素（凝集素）

凝乳〔名〕凝乳

凝念〔名、自サ〕凝思、凝神，聚精會神

凝離〔名〕〔化〕分凝

凝立〔名、自サ〕佇立
凝立して言葉も出ない（佇立不動說不出話來）
凝立して動かず（佇立不動）

凝る〔自五〕凝固、肌肉僵硬，痠痛、熱衷，入迷、講究，精緻←→飽きる、厭きる
油が凝る（油凝）
肩が凝る（肩膀痠痛）
博打に凝っている（沉迷於賭博）
宗教に凝っている（狂信宗教）
学問に凝る（專心治學）
仕事に凝る（埋頭於工作）
芝居に凝る（熱衷於戲劇）
彼は近頃釣りに凝っている（他近來迷上釣魚）
父は近頃、ゴルフに凝っている（父親最近熱衷於打高爾夫球）
衣裳に凝る（講究服装）
此の細工は中中凝っている（這工藝品很精緻）
食物に凝る（講究吃喝）
彼は食物に凝る癖が有る（他有挑食的毛病）
中中凝った装丁の本だ（這是本裝訂烤舊的書）
貴方の洋服は随分凝っていますね（你的衣服可真別致）

凝り〔名〕發硬、痠痛
乳の凝り（乳房因乳腺堵塞發硬）
肩の凝り（肩膀因肌肉緊張或血瘀而發硬痠痛）
肩凝り（肩痠、肩膀僵硬）
肩の凝りを揉み解す（按摩肩膀痠痛處）
此処に凝りが出来る（這裡有個硬塊）

凝り性、凝性〔名、形動〕熱衷一事的性格、執著講究的性格、死硬←→飽き性
父は凝り性だ（我父親對什麼都容易著迷）
彼は凝り性で寝食を忘れて仕事に掛かる（他廢寢忘食地熱衷於工作）
凝り性の男（死硬的人）

凝り屋、凝屋〔名〕熱衷於一種事物的人、對事物過於講究的人、狂熱家、死硬的人

凝らす、凝す〔他五〕凝集、集中
瞳を凝らす（凝眸）
工夫を凝らす（費盡心思、悉心鑽研）
心を凝らす（凝神、聚精會神）
趣向を凝らす（精心結構、別出心裁）
考えを凝らす（熟思、仔細思考）
思いを凝らす（苦思、費盡心思）
耳を凝らす（洗耳恭聽）
装いを凝らす（細心打扮）装い装い
祈願を凝らす（虔誠祈禱）

凝る〔自五〕凝結、凍結（=固まる）
水道が凝る（自來水管凍結了）
天地も凝る寒さ（天寒地凍）
池が凝る（池水結冰）

大変寒いので池の水が凝る（因為太寒冷持水結冰）

凝り〔名〕凝結、凍結

魚の凝り（魚凍）

凝り物は旨くない（凍過的東西不好吃）

凝り豆腐（凍豆腐的別稱）

凝らす〔他五〕使凝結、使凍結

食品を凝らして保存する（把食物冷藏起來）

鯉を煮て凝らす（把鯉魚煮了使凝成凍塊）

凝る、痼る〔自五〕聚縮、發硬

乳が凝る（乳房發硬）

凝、痼〔名〕聚縮，發硬，（彼此感情上的）隔閡，芥蒂

肩に凝が出来た（肩膀發硬）

背中に凝が有る（背上有個硬疙瘩）

凝が解ける（感情融洽了）

二人の凝が解けた（兩人之間芥蒂解開了）

事後に凝を残す（事後留下隔閡）

胸の凝が解れた（心裡的疙瘩解開了）

寧（ㄋㄧㄥˊ）

寧〔漢造〕無事、無憂無慮（＝安らか）

安寧（安寧）

康寧（安寧）

江寧（南京）

寧静（寧靜）

丁寧、叮嚀（恭恭敬敬、鄭重其事、殷勤）

寧馨児〔名〕神童（＝神童）

寧日〔名〕安閒無事的日子

寧日無し（無寧日）

忙しくて寧日無しと言う有様だ（忙得無一日空閒）

寧ろ、寧〔副〕寧可、毋寧、索性、莫如

小説家と言うより寧ろ詩人だ（與其說他是個小說家莫如說他是個詩人）寧 筵 莚 蓆

教師と言うより寧ろ学者と言った方が良い（與其說是教師不如說是學者）

辱めを受けるよりも、寧ろ死んだ方が良い（與其受辱莫如死了倒好）

こんな辛い目に会う位なら寧ろ死んで終った方が良い（與其吃這樣苦頭莫如死了倒好）

自分で作るより寧ろ買った方が安い（與其自己動手倒不如用買的較便宜）

屈服するよりは寧ろ死んだ方が増しだ（寧死不屈）

私は寧ろ此の様に考える（我寧可這樣想）

甘い物より寧ろ塩味の利いた物が好きだ（比起甜的東西來較喜歡鹹的）

檸（ㄋㄧㄥˊ）

檸〔漢造〕檸檬（芸香科常綠喬木，幹有刺，果實味酸，枝葉可作燃料，飼料，綠肥）

檸檬、レモン〔名〕檸檬

レモン水（檸檬水）（＝レモネード、レモナード、レモナーデ）

レモン色（檸檬色）

レモンティー（檸檬茶）

レモン油（檸檬油）

レモンイエロ、レモンエロ（檸檬色、淡黃色）

レモンカリ（檸檬汽水）

レモングラス（檸檬草）

レモンジュース（檸檬汁）

レモンスクウィーザー（檸檬榨汁機）

レモンスカッシュ（檸檬蘇打水）

獰（ㄋㄧㄥˊ）

獰〔漢造〕兇惡

獰悪〔形動〕獰惡，猙獰、粗暴，凶惡
獰猛、猙猛〔形動〕猙獰、凶惡
　獰猛な虎（兇猛的老虎）
　獰猛な奴（凶惡的傢伙）
　獰猛な顔付の男（一副凶相的人）

佞（ㄋㄧㄥˋ）

佞〔漢造〕口齒伶俐，能說會道（＝弁舌が立つ）、巴結，奉承（＝阿る）
　奸佞、姦佞（奸佞）
　不佞（不佞、不才）
佞奸、佞姦〔名、形動〕奸佞、口蜜腹劍
佞臣〔名〕奸臣
佞人〔名〕佞人、諂媚的人
　佞人共を遠ざける（避佞人而遠之）

奴（ㄋㄨˊ）

奴〔漢造〕（也讀作ぬ）奴隸。〔蔑〕奴
　農奴（〔史〕農奴）
　守銭奴（守財奴）
　売国奴（賣國賊）
奴畜生〔名〕（奴是接頭語）。〔俗〕畜生、王八蛋
奴輩〔名〕〔蔑〕小子們、伙計們（＝奴等）
奴婢、奴婢〔名〕奴婢
奴婢〔名〕〔古〕奴婢，男僕和女僕（＝下男と下女、奴婢）、（狹義指）賤民
奴僕、奴僕〔名〕奴僕、僕人（＝下男）
　奴僕視される（被當作奴僕看待）
奴僕〔名〕奴僕、男僕（＝下男）
奴隷〔名〕奴隸、奴僕
　奴隷を売買する（販賣奴隸）
　奴隷を解放する（解放奴隸）
　人民を奴隷化する（奴役人民）
　奴隷の様に使う（像奴隸一般地驅使）
奴隷根性（劣根性）
　金銭の奴隷と為る（當金錢的奴隸）
　彼は恋の奴隷に為っている（他成了戀愛的奴隸）
奴〔接尾〕（接在體言下）（表示輕蔑）（有時對晚輩表示輕蔑）東西，傢伙、（表示自卑）鄙人，敝人
　畜生奴（混蛋東西、兔崽子）奴目女芽雌
　此奴奴（這小子、這個小子）
　馬鹿奴（渾小子、混蛋東西）
　親爺奴（老小子、老頭子）
　此の私奴を御許して下さい（請寬恕我吧！）
奴〔名〕〔蔑〕人，傢伙、（粗魯地）指某物，事例或情況
　〔代〕〔蔑〕他、那個傢伙
　嫌な奴（討厭的傢伙）
　妙な奴（怪人、怪傢伙）
　あんな悪い奴は死んだ方が良い（那樣的壞蛋死了才好）
　大きい奴を一つ呉れ（給我一個大的）
　良く有る奴さ（常有的事）
　其は負け惜しみと言う奴さ（這是不認輸〔嘴硬〕的表現）
　奴に構うな（別管他）
　奴に一杯食わされた（被那個傢伙給騙了、上了他的當）
　奴の仕業だろう（是他幹的勾當吧！）
奴原、奴儕〔名〕（奴的複數）人們、東西們、傢伙們（＝奴等、奴共）
　怪しからん奴原だ（這些東西真可惡）
奴等〔名〕〔蔑〕人們、東西們、傢伙們
　質の悪い奴等だ（是一些品質惡劣的傢伙）
奴〔名〕（江戶時代武家的）奴僕（＝中間）。（精神上的）俘虜。（江戶時代）有俠氣的人（＝男伊達）。涼拌豆腐（＝奴豆腐）

〔代〕〔蔑〕他，那個傢伙（＝彼奴）。〔敬、謙〕在下，僕，臣（＝僕）

恋の奴（愛情的俘虜）

奴さんの為る事は信用出来ない（那傢伙辦的事不可靠）

奴さん〔代〕（男子對同輩晚輩下屬親暱或稍帶親蔑稱呼）他，那個傢伙（＝彼奴）、你，老朋友（＝大将）

奴杭、奴杭〔名〕〔建〕椿墊、墊椿

奴凧〔名〕（形如武家持槍奴僕的）風箏

奴豆腐〔名〕〔烹〕（切成色子塊過水後加作料的）涼拌豆腐（＝冷奴）

駑（ㄋㄨˊ）

駑〔漢造〕走不快的劣馬、才力淺薄

駑馬〔名〕劣馬。〔轉〕愚笨的人←→駿馬、駿馬

麒麟も老いては駑馬に如かず（麒麟老了不如劣馬，比喻人老珠黃不值錢）

駑馬に鞭打つ（鞭策能力差的人、勉勵自己去做）

駑馬に鞭打って頑張ります（我雖愚鈍但也願不斷鞭策自己努力）

駑馬に鞭打って働きます（我要鞭策自己好好工作）

努（ㄋㄨˇ）

努〔漢造〕用力（＝努める、励む）

努力〔名、自サ〕努力、奮勉

新製品の研究開発に努力する（努力研製新製品）

努力の賜物（努力的所得、努力的結果）

努力の甲斐が無い（白費力氣）

努力の甲斐も無く落選した（白費力氣落選了）

努力が報いられる（沒白費力氣）

弛まぬ努力の結果、見事に成功した（由於不懈的努力終於成功了）

弛み無く努力する（不斷地努力）

努力奮闘の生涯（努力奮鬥的一生）

努力家（實幹家）

努力の人（很努力的人）

努める、務める、勤める、勉める〔他下一〕服務，工作，做事，任職、擔任，扮演，努力，盡力、減價、（妓女）陪酒，陪客。〔佛〕修行←→怠ける怠る

会社に努める（在公司工作）

学校の教師を努める（擔任學校的教員）

役所に努める（在機關工作）

通訳を努める（當翻譯）

記者を努める（當記者）

職務を忠実に努める（忠實地做工作）

主役を勤める（扮演主角）

芝居で主役を勤める（在劇中扮演主角）

案内役を勤める（當嚮導）

ハムレットを勤める（扮演哈姆雷特）

極力努める（極力奮鬥）

人の前で涙を見せまいと努める（在人前忍住眼淚）

此でも君の為には随分勤めた積りだ（我覺得已經替你效了很大的勞了）

十円丈勤めましょう（少算你十塊錢吧！）

芸者が御座敷を勤める（藝妓陪酒）

努めて、勤めて、勉めて〔副〕盡量、盡可能、竭力（＝出来る丈）

相手の前で努めて不快の情を見せまいと為る（在對方面前盡可能不表露不愉快的感情）

努めて事を荒立てない（竭力設法不使事情鬧大）

努めて平静を装う（盡量裝作鎮靜）

努めて借金を避ける（盡量避免負債）

彼女は努めて明るい顔を為ていた（她竭力裝出明朗的笑容來）

努めて〔名〕〔古〕清早，清晨、翌晨、第二天早晨

努〔副〕（下接否定語）切勿、千萬（不要）、決（不）
　努心配為さるな（切勿擔心）
　努屈する勿れ（切勿屈服）
　努疑う莫れ（切勿懷疑）

努努〔副〕（下接否定語）切勿、千萬（不要）、決（不）（＝決して、少しも）
　私の言葉を努努疑って為らぬぞよ（千萬不要懷疑我的話呀！）
　そんな事を努努考えていません（那樣的事絲毫未考慮）
　努努私の言う事を疑っては為りません（千萬不要懷疑我的話）
　努努漏らしては為らぬ（決不可洩漏）

弩（ㄋㄨˇ）

弩〔漢造〕彈力很強的弓

弩弓〔名〕弩弓、大弓

弩級艦〔名〕大型戰艦（1906年英國開始建造的〔ドレッドノート dreadnaught〕-無畏戰艦）

弩、石弓〔名〕弩（＝弩、大弓）、（兒童玩的）彈弓、碼石

弩、大弓〔名〕（古代彈射石塊的）弩、大弓

怒（ㄋㄨˋ）

怒、恕〔漢造〕憤怒，惱怒、氣勢很盛
　喜怒哀楽（喜怒哀樂）
　激怒（震怒）
　憤怒，憤怒、忿怒，忿怒（憤怒）
　震怒（震怒）

怒気〔名〕怒氣
　怒気を含んだ言葉（含有怒氣的言詞）
　怒気を含んだ口調を抗議する（以怒氣沖沖的口氣提出抗議）
　満面怒気を湛える（怒容滿面）称える 讃える

　怒気を心頭に突く（怒從心頭起、怒上心頭）

怒号〔名、自サ〕怒號、怒吼
　怒号の渦巻く中で議長は閉会を宣した（在怒吼聲中議長宣布閉會）
　群衆が怒号している（群眾吶喊著）
　怒号する波（怒吼的波濤）

怒声〔名〕怒聲←→笑声
　怒声を発する（發出怒聲）
　会場には怒声が乱れ飛んだ（會場上怒聲四起）

怒張〔名、自サ〕〔醫〕（血管）怒張、抬頭挺胸、（書法）龍飛鳳舞，筆力奔放

怒潮〔名〕怒潮

怒濤〔名〕怒濤、狂潮、大浪
　怒濤逆巻く大海（怒濤洶湧的大海）
　怒濤の様に押し寄せる大軍（猶如怒濤洶湧而來的大軍）

怒鳴る、呶鳴る〔他五〕大聲呼喊、大聲責背
　幾等怒鳴っても出て来ない（怎麼大聲呼喊也不出來）
　何度怒鳴っても返事が無い（怎麼大聲呼喊也沒有應聲）
　留守なのか、何度怒鳴っても返事が無い（也許家裡沒人怎麼大聲叫喊也沒有應聲）
　大声で怒鳴って言う（大聲呼喊說）
　そんなに怒鳴らなくても聞えますよ（用不著大聲叫嚷我聽得見啦！）
　父に怒鳴られた（被父親申斥了一頓）
　妹と騒いで父に怒鳴られた（和妹妹吵鬧被父親罵了一頓）

怒鳴り合う〔自五〕互相吵鬧、互相怒罵

怒鳴り込む〔自五〕（因生氣等）到對方家裡去大吵大鬧

怒鳴り立てる〔自下一〕（〔怒鳴る〕的強調說法）大聲喊叫、大叫大嚷、大聲斥責
　「触っちゃ行かん」と彼は怒鳴り立てている（他大聲喊叫〔不許摸〕）

怒鳴り散らす〔他五〕亂罵一頓
　かんかんに怒って辺りを怒鳴り散らした（盛怒之下亂罵一通）
　あんなに子供を怒鳴り散らしては行かん（不要那樣亂罵孩子）

怒鳴り付ける〔他下一〕大聲斥責
　黙って外出したので怒鳴り付けられた（因為沒有大聲招呼就出去了被大聲斥責一頓）
　そんなに怒鳴り付ける事も有るまい（並不需要那麼大聲斥責吧！）

怒罵〔名、他サ〕怒罵
　僕の耳には亡父の怒罵の声が聞えるのです（我的耳朵能聽到亡父的怒罵聲）

怒髪〔名〕怒髮
　怒髪天を衝く（怒髮衝冠）

怒る〔自五〕生氣，發怒、責備，怒罵←→褒める
　嚇と怒る（勃然大怒）起る興る熾る
　彼は怒った顔を為ている（他怒形於色）
　かんかんに怒る（大發雷霆）
　詰まらない事を怒る（因一點小事而生氣）
　大いに怒る（大怒、大發脾氣）
　真赤に為って怒る（氣得臉紅脖子粗）
　彼は怒っている（他生氣了）
　怒って顔が蒼白く為る（氣得臉色蒼白）
　彼は怒り易い（他容易動怒）
　彼はぷんぷん怒って帰った（他氣呼呼地回去了）
　彼は怒り勝だ（他愛生氣）
　散散待たされてぷんぷん怒る（因等得不耐煩而非常氣憤）
　烈火の如く怒っている（怒火沖天）
　一人で怒っている（自己在生氣、生悶氣）
　ぶるぶる震えて怒る（氣得渾身發抖）
　社長にうんと怒られた（被經理痛罵了一頓）
　悪戯を為たのでお父さんに怒られた（因為頑皮被爸爸罵了）

起る、起こる〔自五〕發生、發作（＝生じる、出来る）
　起り得る事態（可能發生的事態）起こる起る興る熾る怒る
　戦争が起る（發生戰爭）
　事件が起る（發生事件）
　騒動が起る（鬧風潮）
　地位に変化が起る（地位起了變化）
　火事が起った（失火了）
　風が起って来た（刮起風來）
　物体を摩擦すると熱と電気が起る（摩擦物體就發生熱和電）
　満場嵐の様な拍手が起った（滿場響起暴風雨般的掌聲）
　地震は如何して起るのですか（地震是怎樣發生的？）
　後から後から色色な事が起った（種種事情接踵而起）
　何が起ろうと彼は平気だ（不管發生什麼事他都滿不在乎）
　彼はリューマチ（rheumatism）が起って臥せっています（他因為風濕病發作躺在床上）

興る、起る，起こる〔自五〕興起、振興、興旺←→滅びる
　新しい産業が起った（新的工業興建起來了）
　其の国が起ったのは十八世紀の半ばだった（那國家的興起是在十八世紀中葉）

熾る、起る，起こる〔自五〕（火）著起來、著旺
　七厘に火が起った（小炭爐裡火著起來了）
　火が起っている（火著旺了）

怒り〔名〕怒、生氣（＝怒り）

怒り狂う〔自五〕狂怒、暴跳如雷、大發雷霆
　烈火の如く怒り狂う（像烈火般大發雷霆）
　波が怒り狂う（波濤洶湧）

ろ

怒り上戸〔名〕喝酒就亂發脾氣的人、酒後脾氣壞的人

怒り出す〔自五〕生起氣來、發起脾氣來、動怒
　思わず怒り出した（不由得惱怒起來）
　恥ずかしさの余り怒り出す（惱羞成怒）
　面と向かって怒り出す訳にも行かない（也不好意思當面發脾氣）

怒り付ける〔他下一〕〔舊〕怒罵、怒斥（=叱り付ける）
　うんと怒り付けて遣った（狠狠地責罵了一番）

怒りっぽい〔形〕愛生氣、脾氣壞
　年を取るに連れて怒りっぽく為った（上了年紀越愛發脾氣）
　短気で怒りっぽい（性情急躁好發脾氣）

怒りん坊〔名〕〔俗〕急性子（的人）、易怒的人、脾氣暴躁的人

怒る〔自五〕發怒，生氣（=怒る）、（肩）聳立，挺起（=聳える、角張る）
　顔を真赤に為て怒る（氣得臉紅脖子粗）活かる生かる
　肩が怒っている（肩膀聳著）

怒り、怒〔名〕怒、憤怒、生氣（=立腹）
　怒りを招く（買う）（惹人生氣）碇錨
　無責任な言葉が彼の怒りを招いた（不負責任的話使他大為氣憤）
　怒りを抑える（壓住怒火）
　努めて怒りを抑えて話す（努力抑制心中的氣說話）
　怒りに燃える（燃起怒火）
　心の底から怒りが込み上げて来る（滿腔怒火湧上心頭）
　怒りが解ける（消怒、息怒）
　怒りを遷す（遷怒於人）遷す移す写す映す
　怒りに任せる（勃然大怒）
　怒りを爆発させた（惹起了鬱積的憤怒）
　怒肩（聳起的肩膀）←→撫で肩

怒毛（〔猛獸怒時〕豎起的毛）

怒らかす〔他五〕（生氣）瞪眼、聳（肩）
　目を怒らかして見る（怒目而視）
　肩を怒らかす（聳肩）

怒らす〔他五〕惹怒、瞪（眼）、聳（肩）（=怒らせる）
　余りからかって妹を怒らして終った（玩笑開得過火把妹妹惹惱了）
　肩を怒らす（聳肩）
　目を怒らして見る（怒目而視）

怒らせる〔他下一〕惹怒 使怒（=怒らせる）瞪（眼）、聳（肩）（=聳やかす）
　肩を怒らせる（聳肩）
　肩を怒らせて歩く（端起肩膀走）
　目を怒らせる（瞪眼）

搦、搦（ㄋㄨㄛˋ）

搦、搦〔漢造〕以手按壓為搦

搦める〔他下一〕逮捕，上綁（=縛る）、（登山等）為避免困難繞路而行
　賊を搦める（逮捕賊人）

搦捕、搦め捕る〔他五〕抓住綁上
　盜賊を搦め捕る（捕獲盜賊）

搦手〔名〕城堡後門、敵人後方←→大手、捕捉犯人的一隊人（=捕り手）、弱點，疏忽
　搦手から攻め入る（從城堡後門攻入）
　守りの薄い搦手から攻める（從防守薄弱的敵人後方進攻）
　搦手から取り入る（透過某人的妻子拉攏關係、走內線、走後門）
　搦手から説き伏せる（抓住弱點去說服他）

搦む、絡む〔自五〕纏繞、糾纏
　糸が足に搦む（線纏在腳上）
　痰が喉に搦む（痰堵住喉頭）
　先方が搦んで呉れば此方も其の考えが有る（對方若是糾纏我也有辦法對付）

良く搦む奴だ（愛糾纏的傢伙）

彼奴は酔うと人に搦む（他一喝醉就纏人）

搦み、搦〔接尾〕接近，上下（＝位）、包括在內（＝包）

四十搦みの男（四十歲上下的男子）

五十円搦み（五十日元左右）

千円搦みの品物（一千日元左右的東西）

荷物搦み（包括行李在內）

嚢搦みで売る（連袋賣）

搦み錨〔名〕〔海〕錨鏈纏繞、錨纏

諾（ㄋㄨㄛˋ）

諾〔漢造〕答應、承諾、挪威

応諾（應允、答應、同意）

唯唯諾諾（唯唯諾諾）

承諾（答應、承諾、應允）

許諾（許諾、允許）

快諾（慨允欣然、允諾）

ノルウィー諾威（挪威）

諾する〔他サ〕承諾、同意、答應←→承知する

協力を諾する（同意合作、答應幫忙）

諾意〔名〕承諾之意、答應之意

直ぐ諾意を示した（馬上表示應允之意）

諾成契約〔名〕〔法〕（經雙方同意即可成立的）合意合約←→要物契約

諾諾〔副〕諾諾、唯唯諾諾

唯唯諾諾（唯唯諾諾）

親の言に唯唯諾諾と従う（唯唯諾諾聽父母的話）

諾否〔名〕答應與否

諾否御一報下さい（是否應允請表示一下）

諾否を問う（尋問答應與否）

諾否を決める（決定答應與否）

諾約〔名〕承諾契約

諾う〔他五〕允諾、答應（＝承諾する、同意する）←→否む

彼の願いを諾わない（不答應他的請求）

懦（ㄋㄨㄛˋ）

懦〔漢造〕怯懦（＝膽病）

怯懦（怯懦、懦弱）

懦弱、惰弱〔名、形動〕懦弱、體弱←→剛健

其の懦弱振りは見て折れない（那種懦弱的樣子簡直令人受不了）

懦弱な性質（懦弱的性格）

懦弱な国民（懦弱的國民）

懦弱な生活を為る（過著頹廢的生活）

懦弱な（の）体を鍛える（鍛鍊衰弱的身體）

懦夫〔名〕懦夫（＝意気地無し）

糯（ㄋㄨㄛˋ）

糯〔漢造〕性軟而黏之稻米，可以釀酒或作糕點

糯〔名〕做年糕的穀類←→粳

糯米〔名〕糯米、江米

糯米で餅を搗く（用糯米搗製年糕）

糯米で赤飯を炊く（用糯米煮紅豆飯）糯餅望黐

暖（ㄋㄨㄢˇ）

暖、煖〔名〕暖（＝暖まり）←→寒、冷

暖を取る（取暖）

ストーブで暖を取る（生爐取暖）

寒暖の差が激しい（寒暖的溫度差很大）

温暖（溫暖）

春暖（春暖）

暖衣、煖衣〔名〕暖衣

暖衣飽食（豐衣足食）

暖海〔名〕暖海、水溫高的海

暖気〔名〕暖和的氣候（=暖か味）←→寒気
　立春が過ぎると暖気が日増しに感じられる（一過立春就感到一天比一天暖合了）
　暖気が加わる（漸漸暖和起來）
暖国、煖国〔名〕氣候溫暖的地方（或國家）←→寒国
　蜜柑は暖国に産する（橘子產於溫暖地帶）
暖室、煖室〔名〕暖房、溫室
暖色〔名〕（紅黃等）暖色←→寒色
暖帯〔名〕亞熱帶
　暖帯林（亞熱帶森林）
暖地〔名〕溫暖地方←→寒地
　暖地に生えている動物（生長在溫暖地帶的動物）
暖竹、煖竹〔名〕〔植〕蘆竹
暖冬〔名〕溫暖的冬天←→厳冬
　暖冬異変（反常的暖冬）
　今年は暖冬で雪が少なかった（今年冬天暖和雪少）
暖熱〔名〕暖熱
暖風、煖風〔名〕暖風
暖房、煖房〔名〕暖氣設備←→冷房
　其の部屋は暖房が効いていて快適だった（那房間有暖氣很舒服）
　部屋は石油ストーブで暖房する（用煤油爐子暖和室内）
　暖房装置（暖氣設備）
　スチーム暖房（蒸氣供暖）
　中央暖房法（集中加熱供暖法）
　蒸気暖房（蒸氣供暖）
暖流〔名〕〔地〕暖流←→寒流
暖炉、煖炉〔名〕暖爐、壁爐（=ストーブ）
　暖炉を焚く（生火爐）
　暖炉に当る（烤爐火）
　飾り暖炉（裝飾壁爐）

暖簾〔名〕掛在商店門上印有商號名的布簾。〔轉〕商店的字號，信譽。〔經〕商譽（老商店的無形財產，包括買賣關係，經驗，秘訣等）、營業
　私は質屋の暖簾を潜った事が無い（我沒有進過當鋪門簾、我沒有當過東西）
　暖簾が古い（字號老）
　古い暖簾を誇る（以老字號自豪）
　暖簾を売る（出兌鋪底）
　暖簾を下ろす（商店關門、歇業）
　暖簾街（名店街）
　数珠暖簾（珠簾）
　暖簾を汚す（に拘わる）（損傷商號的信譽）
　そんな事を為ては店の暖簾に拘わる（那樣做有損商譽）
　暖簾に腕押（和布簾比腕力，喻毫無成效，徒勞無益）
　彼奴に言って見た所で暖簾に腕押だ（跟他怎麼說也是白費力氣）
　暖簾を分ける（對於忠實服務多年的老店伙允許使用同一字號開業，資助本錢，貸與商品等）
　主人は番頭に暖簾を分けた（允許服務多年的老伙計使用同一字號開業）
暖簾内〔名〕本家（創始者）和別家（商店分號）的總稱
暖簾口、暖簾口〔名〕歌舞伎大道具的一種
暖簾師、暖簾師〔名〕賣假貨的奸商（=野師）
暖簾代〔名〕資助老分店開業的本錢
暖簾付〔名〕最受歡迎的娼妓
暖簾名〔名〕門簾上商家字號
暖簾分〔名〕允許服務多年的老伙計使用同一字號開業
暖かい，暖い，温かい，温い〔形〕溫暖的，暖和的、富足的，富裕的、和睦的，親密的（=暖かい，暖い，温かい，温い）
　暖かい天気（暖和的天氣）

暖かい内に召し上がって下さい（請趁熱吃吧！）

此の部屋は暖かい（這間房子暖和）

暖かい手を差し伸べる（伸出溫暖的手、給以熱情的援助）

今年の冬は暖かい（今年的冬天很暖和）

彼等は暖かく持て成された（他們受到親切的招待）

懐が暖かい（手頭寬裕）

暖かい歓迎（熱情的歡迎）

暖かい家庭（溫暖的家庭、和睦的家庭）

暖かく迎え入れる（熱情迎接）

彼の人は暖か味が無い（那個人很冷酷）

暖かい，暖い、温かい，温い〔形〕溫暖的，暖和的、富足的，富裕的，和睦的，親密的（＝暖かい，暖い，温かい，温い）

暖か，暖、温か、温〔形動〕溫暖，暖和、有錢，富足，和睦，親密（＝暖か，温か）

段段暖かに為る（漸漸暖和起來）

暖かな部屋（暖和的房間）

懐が暖かだ（手頭寬裕）

暖かな色（暖色）

二人の仲が暖かだ（兩個人很親密）

暖か人（親切的人）

暖かみ、温かみ〔名〕溫暖（的程度）、溫情，熱情

此の布団には未だ暖かみが残っている（這個被子裡還有一點熱氣）

暖かみの有る人（熱情的人）

暖かみの無い人（冷酷的人）

不幸に為て家庭の暖かみを知らない（不幸得很沒有嚐到家庭的溫暖）

暖か、温か〔形動〕〔俗〕溫暖，暖和、有錢，富足，和睦，親密（＝暖か，暖、温か，温）

暖まる、温まる〔自五〕暖和，取暖、富足，充裕（＝暖まる，温まる）←→冷える

火に当って暖まる（烤火取暖）

ストーブに当って暖まる（在爐邊烤火取暖）

部屋が暖まった（房間暖和了）

心の暖まる御話（暖人心的話）

彼は多忙で席の暖まる暇も無い

懐が暖まると、じっとして入られない（手頭一寬裕就坐不穩站不安了）

暖まり、温まり〔名〕暖，暖和、暖（熱）空氣（＝温もり）

暖まりが早い（暖〔熱〕得快）

一暖まりする（暖一暖）

暖まりが残っている（還有熱氣）

布団の暖まりが冷める（被子的熱氣涼了）

暖まる、温まる〔自五〕暖和，取暖、富足，充裕（＝暖まる、温まる）

暖める、温める〔他下一〕溫，熱，燙、恢復，保留，據為己有←→冷やす

御飯を暖める（熱飯）

スープを暖める（熱湯）

酒を暖める（燙酒）

雌鳥が卵を暖める（母雞孵蛋）

旧交を暖める（重溫舊交）

互いに友情を暖める（共敘友情）

論文テーマを暖める（溫習論文課題）

原稿を暖める（保留原稿喂了修改暫不發表）

ベンチを暖める（坐冷板凳）

暖める、温める〔他下一〕〔俗〕溫，熱，燙、恢復，保留，據為己有（＝暖める，温める）

暖とい、温とい〔形〕〔方〕溫暖的、暖和的（＝温い、暖かい）

此の頃は大分暖とく為った（近來天氣很暖和了）

名物饅頭の暖といのを御上がり下さい（有名的豆餡點心請吃熱點的）

農（ㄋㄨㄥˊ）

農〔名〕農業、農民

農に従事する（從事農業、務農）

農を業と為る（以務農為業）

士農工商（社會全體成員）

農を本と為（以農為本）

労農（工人和農民）

酪農（酪農）

老農（年老的農民、有經驗的農民）

篤農（熱心於農業生產的人）

小作農（佃農）←→自作農

自作農（自耕農）←→小作農

豪農（有錢有勢的富農）←→貧農

貧農（貧農）←→富農、豪農

農園〔名〕栽培園藝作物的農場

農園を経営する（經營農場）

アメリカで農園を営む（在美國經營園藝農場）

農園主（農園主）

農園で働く（在農場工作）

農科〔名〕農業科學、農學院

農科大学（〔舊〕農業大學）

農家〔名〕農戶，農民、農民的家

先祖は代代農家だった（祖先代代是農民）

農家に一晩泊まる（在農民家中住一宿）

農家に二泊する（在農民家中住二夜）

農会〔名〕農會

農外〔名〕農業以外

農外収入（農戶的副業收入）

農学〔名〕農學

農学を修める（學農）

彼は今台湾大学の農学部の学生だ（他現在是台大農學院的學生）

農学博士（農學博士）

農学校〔名〕農業中等專科學校、農專

農閑〔名〕農閒

農閑期、農閒期〔名〕農閒期←→農繁期

農閑期に大都市へ出稼ぎに行く（在農閒期出外到大都市賺錢）

農期〔名〕農時、農忙期（=農繁期）

農期に外さない（不誤農時）

農期には学校も休みに為る（在農忙期時學校也放假）

農器〔名〕農具（=農具）

農具〔名〕農具

農具を良く手入れする（整修農具）

農機〔名〕農業機械

農機具〔名〕農業機械器具

農機具修理人（修理農機農具的人）

農休日〔名〕農休日

農協〔名〕（日本）農民協會、農業合作社（=農業協同組合）

農業〔名〕農業、農耕

農業に従事する（從事農業）

機械化された農業（機械化農業）

農業科学（農業科學）

農業労働者（農業工人）

農業国（農業國）

農業高校（農校）

農業センサス（農業普查）

農業機械化（農業機械化）

農業集団化（農業集體化）

農業協同化（農業合作化）

農業は経済を発展させる上での基礎（農業是發展經濟的基礎）

農業手形（農業期票-農業合作社以對政府出賣農產物為擔保而發行的票據）

農業保険（農業保險-對於農業災害的損失保險）

農業協同組合（農業生產合作社-為謀求農民生產與生活的方便與提高而建立的公共團體）（=農協）

農芸〔名〕農業和園藝、農業技術
　農芸を習う（學習農藝）
　学校で農芸を習う（在學校學習農業技術）
　農芸化学（農藝化學）
　農芸展覧会（農藝展覽會）

農工〔名〕農業和工業、農民和工人
　農工業（農工業）
　農工銀行（農工銀行）

農工商〔名〕農工商

農耕〔名〕耕作、種田、務農
　彼等は其処に定着すると農耕を始めた（他們一定居在那裏就開始務農了）
　農耕用トラクター（農耕用拖拉機）
　農耕に馬を使う（用馬耕種）
　農耕用の家畜（耕畜）
　農耕に適する土地（適於耕種的土地）
　農耕用牽引車（農耕用牽引機）
　農耕法（農耕法）

農作〔名〕農作、耕種、耕作
　農作を為る（種農作物）

農作業〔名〕農事、田裡工作

農作物〔名〕農作物
　今年は農作物の出来が良い（今年農作物的收成好）

農産〔名〕農產品（=農產物）
　農産加工（農產品加工）
　農産加工品（農產加工品）

農産物〔名〕農產物、農產品
　農産物価格（農產品價格）
　農産物に富む地方（農產豐富的地方）
　農産物の集散地（農產品集散地）
　農産物を加工して輸出する（農產品加工輸出）

農山村〔名〕山村、農村和山村
　辺鄙な農山村（偏僻的山村）

農事〔名〕農事、有關農業的事情
　農事組合（農業合作社）
　農事に勤しむ（勤於務農）
　農事番組（農業常識節目）
　農事暦（農曆）
　農事機械（農業機械）
　農事試験場（農業試驗場）

農時〔名〕農時、農忙期（=農期、農繁期）

農舎〔名〕農民的房舍，村舍（=田舍家）、處理農產品的房子

農書〔名〕農業書籍

農相〔名〕農林大臣（=農林大臣）

農商務省〔名〕〔舊〕農商務省（農林省，通產省的前身）

農場〔名〕農場
　農場を経営する（經營農場）
　農場で働いている（在農場工作）
　農場経営者（經營農場者）
　農場労働者（農場工人）

農水産物〔名〕農水產品

農政〔名〕農業行政、農業政策
　農政学（農業行政學）

農専〔名〕農業專科學校（=農業專門学校）

農住都市〔名〕日本農業與住宅用地同時並存的設想都市

農桑〔名〕農耕和養蠶

農村〔名〕農村、鄉村
　農村工業（農產品加工業）

農大〔名〕農業大學（=農業大学）

農地〔名〕農業用土地、耕地←→宅地
　農地を宅地に為る（把農業用地改成住宅用地）

開墾して農地に為る（把荒地開墾成農田）
農地改革（〔1945年末駐日美軍總部指令下開始實行的耕者有其田的〕土地改革）
安定高収穫農地（穩定高產田）
農地法（〔農〕土地法）

農手〔名〕農業期票（＝農業手形）

農奴〔名〕農奴
農奴解放（農奴解放）
農奴の身分（農奴身份）

農道〔名〕農業用道路、農業之道，致力農業的精神（方法）

農博〔名〕農學博士（＝農業博士）

農繁〔名〕農忙←→農閑
農繁休業（農忙停課支農）
農繁休暇（農忙期休暇）

農繁期〔名〕農忙期←→農閑期
農繁期には猫の手も借り度い位だ（農忙時期忙得真是不可開交）
秋の取り入れの農繁期（秋收農忙季節）

農夫〔名〕農夫，農民（＝百姓）、雇農，長工（＝作男）

農婦〔名〕農婦、務農的婦女

農兵〔名〕農民軍、屯田兵（＝屯田兵）

農保〔名〕農業保險（＝農業保險）

農法〔名〕耕作技術、農耕方法
機械的な農法を採用する（採取機械式耕作技術）
進歩的な農法を採用する（採用先進的耕作方法）

農牧〔名〕農業和畜牧
農牧地（農牧地、農地和放牧地）
農牧の国（農牧業國家）

農本〔名〕重農、以農為本
農本主義（重農主義）
農本思想（重農思想）

農民〔名〕農民（＝百姓）

農民の声を聞く（聽聽農民的聲音）百姓（〔古〕百姓、一般人民）
農民層の分解（農民階層的分化）
農民一揆（農民起義）
農民運動（農民運動）
農民蜂起（農民起義）
農民離村（農民離開農村向城市集中）
農民人口（農業人口）
国民の大多数は農民である（國民的大多數是農民）

農務〔名〕農務，農工作、農業事務，農政（＝農政）

農薬〔名〕農藥
農薬を散布する（撒農藥）
無農薬野菜（沒有殘留農藥的蔬菜）
農薬中毒（農藥中毒）
農薬公害（農藥公害）

農林〔名〕農業和林業
農林事業（農林事業）
日本農林規格（日本農林規格）
農林省（農林省、農林部）
農林大臣（農林大臣、農林部長）
農林学校（農林學校）

濃（ㄋㄨㄥˊ）

濃〔漢造〕濃，密、（舊地名）美濃国

濃艶〔形動〕濃艷、嬌豔
濃艷な美人（妖艷的美人）
濃艷な姿（濃艷的姿容）

濃化〔名、自他サ〕使變濃
濃化油（濃縮油）

濃褐色〔名〕深褐色

濃厚〔形動〕濃厚、濃重，強烈←→淡泊、希薄
濃厚な色（濃厚的顏色）
濃厚な美人（妖艷的美人）

濃厚なスープ（濃湯）
濃厚な匂い（濃郁的香味）
濃厚な料理（味濃的菜餚）
濃厚な化粧（濃豔的化妝）
濃厚な味付けの料理（味濃的菜餚）
戦争気分が濃厚な為る（戰爭氣氛濃厚起來了）
濃厚液（濃汁）
汚職の疑いが濃厚に為った（貪汙的罪嫌加深了）
濃厚飼料（精飼料）
数学を研究する空気が濃厚で無い（研究數學風氣不盛）

濃紅色〔名〕深紅色

濃紺〔名〕深藏青色
濃紺の背広（深藏青色的西裝）
濃紺のユニホーム（深藏青色的制服）

濃彩〔名〕濃彩色←→淡彩

濃紫色〔名〕深紫色

濃集器〔名〕〔化〕增稠劑

濃縮〔名、他サ〕濃縮
濃縮ウラン（濃縮鈾）
濃縮したオレンジジュース（濃縮橘子汁）
濃縮器（濃縮器）
濃縮薬（濃縮藥）

濃色〔名〕濃色、深色←→濃い色
濃色団（〔化〕濃色團）

濃青色〔名〕藏青色、深藍色

濃粧〔名〕濃妝（＝厚化粧）

濃淡〔名〕濃淡、深淺（＝濃い事と薄い事）
濃淡を付ける（使顏色有深有淺）
水墨画は墨の濃淡に因って描かれた物だ（水墨畫用墨的濃淡描繪的）
色の濃淡（顏色的深淺）
味の濃淡（味的濃淡）

濃淡電池〔名〕濃差電池

濃度〔名〕濃度

薬品の濃度（藥品的濃度）
酒のアルコール濃度（酒的酒精濃度）
茶の濃度（茶的濃度）
濃度が高い（濃度高）
濃度が低い（濃度低）
交差点周辺の一酸化炭素の濃度は可也高かった（十字路口附近一氧化碳的濃度相當高）

濃密〔形動〕濃密、密度大、濃厚而細膩
木犀の濃密な香り（濃郁的桂花香）
濃密な色合いのカーテン（色彩鮮豔的窗簾）

濃霧〔名〕濃霧、大霧
濃霧が籠めて来た（起大霧了）
濃霧の中を航行する（在大霧裡航行）
濃霧警報（濃霧警報）
濃霧で一寸先が見えない（大霧伸手不見五指）

濃溶液〔名〕濃縮液

濃緑、濃緑〔名〕深綠色（＝濃い緑、濃い緑色）←→薄緑

濃餅、濃平〔名〕勾芡的青菜豆腐湯（用蘿蔔胡蘿蔔蘑菇炸豆腐加番薯粉熬製的濃菜湯）

濃い〔形〕濃的、深的、烈的、密的、稠的←→薄い、淡い
色が濃い（顏色深）請い乞い鯉恋
色彩を濃くする（把顏色弄深一點）
濃い藍（深藍）
霧が益益濃く為る（霧越來越濃）
濃い緑（深綠、墨綠）
濃い霧（濃霧）
御茶が濃くて飲めない（茶濃喝不得）
濃い茶（濃茶）
濃い酒は酔い易い（烈酒易醉人）
濃いスープ（濃湯）
髪の毛が濃い（頭髮很密）

御化粧が濃い（粧化得很濃）

血は水よりも濃い（血濃於水）

御粥が濃い（粥太濃）

二人は濃い仲である（兩個人很親密）

血の繋がりが濃い（骨肉關係密切）

濃さ〔名〕濃度

色の濃さ（顏色的濃度）

濃い口、濃口〔名〕（醬油顏色，味道）很濃←→薄口

濃い茶、濃茶〔名〕濃茶、濃茶色←→薄茶

濃い目〔名〕稍濃、偏濃←→薄目

濃染め〔名〕染深色

濃鼠〔名〕深灰色

濃紫〔名〕深紫色、暗紫色←→薄紫

濃やか，濃か、細やか，細か〔形動〕深濃，深厚、細膩，入微

濃やかな愛情（濃厚的愛情）

濃やかな交誼（深厚的友誼）

緑濃やかな松（蒼綠的松樹）

情の濃やかな人（多情的人）

濃やかな説明（詳細的說明）

考えが濃やかだ（想得細緻）

膿（ㄋㄨㄥˊ）

膿〔名〕〔醫〕膿（=膿）

膿を持つ（有膿、化膿）

化膿（化膿）

膿を出す（出膿、排膿）

膿液〔名〕〔醫〕膿（=膿、膿、膿汁、膿汁）

膿痂疹〔名〕〔醫〕膿痂疹（=飛火）

膿痂疹が移った（傳染上膿痂疹了）

膿胸〔名〕〔醫〕膿胸、胸腔化膿症

膿血、膿血〔名〕〔醫〕膿血、膿和血

膿汁、膿汁〔名〕〔醫〕膿（=膿、膿）

膿汁を出したからもう痛くない（膿已經出來所以不痛了）

膿毒症〔名〕〔醫〕膿毒症（細菌由化膿處經血行蔓延全身）

膿尿症〔名〕〔醫〕膿尿

膿皰〔名〕〔醫〕膿皰

膿皰疹（〔醫〕〔舊〕膿皰疹=膿痂疹）

膿瘍〔名〕〔醫〕膿瘍、膿腫

肺膿瘍（肺膿瘍）

膿漏眼〔名〕〔醫〕淋菌性結膜炎

膿む〔自五〕化膿（=化膿する）

腫物が膿んだ（腫包化膿了）膿む生む産む倦む熟む績む

腫物を膿ませる（使腫包化膿）

傷口が膿む（傷口化膿）

績む〔他五〕紡（麻）

苧を績む（紡麻）

熟む〔自五〕（水果）熟、成熟

柿が熟む（柿子成熟）

真赤に熟んだ桜ん坊（熟得通紅的櫻桃）桜ん坊桜桃

産む、生む〔他五〕（寫作産む）生，產、（寫作生む）產生，產出

子を産む（生孩子）

卵を産む（產卵、下蛋）

傑作を生む（產生傑作）

預金が利子を生む（存款生息）

良い結果を生んだ（產生好的結果）

噂が噂を生む（越傳越離奇）

実践は真の知識を生み、闘争は才能を伸ばす（實踐出真知鬥爭長才幹）

案ずるより産むが易い（事情並不都像想像的那麼難）

生んだ子より抱いた子（生的孩子不如抱來的孩子好。

*喻只生而不養不如自幼抱來扶養的孩子更可愛）

倦む〔自五〕厭倦，厭煩，厭膩、疲倦

倦まず撓まず（不屈不撓）
人を誨えて倦まず（誨人不倦）教える訓える
長い汽車の旅に倦む（對長途火車旅行感到厭倦）
魯迅は机に向って、一日中倦む事無く筆を揮って戦い続けた（魯迅終日伏在桌子上不倦地揮筆戰鬥）一日 一日一日一日

膿〔名〕膿
　膿を持つ（有膿、化膿）膿海
　膿を出す（排膿、剷除積弊）
　膿が溜まる（積膿）

海〔名〕海，海洋、連成一片、硯台存水的地方、（鹹水）湖←→陸
　海を渡る（渡海）
　海に出る（出海、下海）
　火の海（火海）
　血の海（血海）
　生い茂る原始林は緑の海の様に広がる（茂密的原始林像一片綠色的海洋）
　硯の海（硯池）
　海に千年河に千年（老江湖老奸巨滑）（=海千河千、海千山千）
　海とも山とも付かず（捉摸未訂未知數）
　海の物とも山の物とも付かない（捉摸未訂未知數）
　海を山に為る（移山倒海比喻做很難辦到的事）

弄（ㄋㄨㄥˋ）

弄〔漢造〕玩弄、耍弄、戲弄、捉弄、賣弄、嘲弄、愚弄、揶弄
　玩弄（玩弄）
　戲弄（戲弄）
　翻弄（玩弄、撥弄、愚弄）
　嘲弄（嘲弄、嘲笑）
　愚弄（愚弄）

弄する〔他サ〕玩弄、耍弄、賣弄（=弄ぶ、玩ぶ）
　詭弁を弄する（玩弄詭辯）弄する労する聾する
　技巧を弄する（賣弄技巧）
　田舎者を弄する都会人（捉弄鄉下人的城市人）
　策を弄する（耍花招）
　術策を弄する（耍花招）
　手段を弄する（耍花招）

弄火〔名〕玩火（=火遊び）
弄花〔名〕玩賞花卉、玩牌（=花合わせ）
弄瓦〔名〕生女孩←→弄璋
　弄瓦の喜び（弄瓦之喜）
弄璋〔名〕生男孩←→弄瓦
　弄璋の喜び（弄璋之喜）
弄玩〔名、他サ〕玩弄（=玩弄）
　人を弄玩する（玩弄人）
弄月〔名〕欣賞月色
弄言、哢言〔名〕玩弄言詞（=弄舌、哢舌）
弄舌、哢舌〔名〕多言、饒舌（=多言、饒舌）
弄筆〔名〕玩弄文筆、歪曲事實（=曲筆）
弄る〔他五〕〔俗〕玩弄、擺弄、撥弄、撫弄（=弄くる、弄る）
　火を弄る（玩弄火）
　子供が火を弄るのは危ない（小孩玩火危險）
　断り無しに勝手に機械を弄っては行けない（沒經允許不要擺弄機器）
　骨董を弄って暮す（玩賞骨董過日子）
　人事を弄る（隨便調動人事）
弄くる、弄る〔他五〕〔俗〕玩弄、擺弄、撥弄、撫弄（=弄る）
　子供はスイッチ等弄くる物ではない（小孩子不要玩弄開關）
　植木を弄くる（玩弄花草）

ラジオを弄くるのが好きだ（好撥弄收音機）

機構許り弄くって事態は良く為らない（只是亂改變機構局勢也不會好轉的）

弄り回す〔他五〕胡亂轉動、意擺弄

錠を弄り回す（亂擰鎖頭）

弄う〔他五〕（關西方言）擺弄、玩弄、摸（＝弄る）

弄る〔他五〕玩弄、撥弄（＝弄る、弄ぶ，玩ぶ）

ハンカチを弄る（擺弄手帕）

数珠を弄る（撥弄念珠）数珠数珠

展覧品を弄る勿れ（不要觸弄展覽品）莫れ

壊れ物ですから弄らないで下さい（因為是易碎品請勿擺弄）

話し乍原稿用紙を弄る（邊說話邊翻弄稿紙）

弄り物、弄物〔名〕玩物、消遣品（＝弄び物、玩び物、慰み物）

弄ぶ、玩ぶ〔他五〕玩弄、擺弄（＝弄る、弄くる）

花を弄ぶ（玩弄花）

骨董を弄ぶ（玩賞骨董）

火を弄ぶ（玩火）

運命を弄ばれる（被命運擺布）

女を弄ぶ（玩弄婦女）

法律を弄ぶ（玩弄法律）

田舎者を弄ぶ（輕視鄉下人）

書画を弄ぶ（欣賞書畫）

政治を弄ぶ（玩弄政治）

ナイフを弄ぶのは危ない（玩弄刀子很危險）

弄び物、玩び物〔名〕玩物、被玩弄的人

女、女（ㄋㄩˇ）

女、女、女〔名〕女子、女兒←→男

女三人有り（有三個女兒）

第三女（第三個女兒）

婦女（婦女、女性）

少女、少女（少女）

巫女、巫女（女巫）

士女（男女、紳士和婦女）

貴女（您、尊貴的女人）

紫女（〔源氏物語作者〕紫氏部的別名）

処女（處女）

長女（長女）

養女（養女）

次女（次女）

侍女（侍女）

男女、男女（男女）

男女（陰陽人）

子女（子女、女兒）

妻女（妻女、妻子和女兒、妻子）

遊女（妓女、藝妓）

貞女（貞女）

秋色女（江戶中期的女流俳人）

千代女（加賀千代-江戶中期的女流俳人）

鬼女（女鬼、殘酷的女人）

妓女（娼妓、意劑）

下女（女僕）

才女（才女）

淑女（淑女、女是）

美女（美女、美人）

醜女、醜女、醜女（醜婦）

修女（修女）

織女（織布的女子、織女星）

天女（天仙、女神）

信女（信女）

小女（身材短小女子、少女僕）

大女（塊頭大的女人）

女医〔名〕女醫師
わが校の校医は女医様です（我們學校的校醫是女醫師）

女陰〔名〕女性的陰部←→男根

女王〔名〕女王、王后（＝クイーン）
舞踏会の女王（舞會女王）
英国女王ビクトリア（英國女王維多利亞）
銀盤の女王（花式溜冰女冠軍）
社交界の女王（社交界女王）
女王蜂（蜂王）
花の女王（花王）

女学院〔名〕女子學院

女学生〔名〕女學生（＝女子学生）
セーラー服を着た女学生（穿水手服的女學生）
女学生の行列（女學生的遊行）

女学校〔名〕女子學校、〔舊〕女子中學（＝高等女学校）
娘を女学校に入れる（把女兒送進女子中學讀書）

女官、女官、女官〔名〕（宮中）女官

女監〔名〕女子監獄

女義〔名〕女人唱的淨琉璃曲、唱淨琉璃曲的女人（＝女義太夫）

女給〔名〕（日本餐廳，咖啡廳，酒吧等的）女服務生、女招待（＝ホステス）
カフェーの女給（咖啡館的女招待）

女教員〔名〕女教員（＝女教師）

女教師〔名〕女教師

女訓〔名〕對女子的訓誡

女系、女系〔名〕母系（＝母系）←→男系
女系の親族（母系親屬）

女傑〔名〕女傑、女中豪傑、巾幗鬚眉
昔は女傑と言われた人（當年被稱為巾幗鬚眉的人）

女権〔名〕女權

女権の拡張（女權的提高）
女権運動（女權運動＝ウーマンリブ）

女工〔名〕女工、女工人（＝女子工員）←→男工
妹は紡績工場の女工を為ている（妹妹在紡紗廠當女工）
紡績女工（紡織女工）
女工頭（女工頭、女領班）
女工を雇う（雇用女工）

女皇〔名〕女皇、女皇帝（＝女王）

女子〔名〕女子、女孩（＝女、娘）←→男子
女子大出身（女子大學畢業）
三人の女子を設けた（生了三個女兒）
女子大生（女大學生）
女子従業員（女工）
女子大学（女子大學）
女子百メートル背泳（女子百公尺仰泳）
女子教育（婦女教育）
女子店員（女店員）
女子と小人は養い難い（唯女子與小人難養也）小人小人小人

女子〔名〕〔舊〕〔方〕女子、女孩、女僕
女子衆（婦女們、女僕們）←→男衆
女子所帯（只有女人的家庭）
女子結び、女子結（〔結扣之一〕反扣＝女結び）←→男結び

女の子〔名〕女孩、少女、年輕女職員←→男の子
会社の女の子（公司的年輕女職員）
女の子を生んだ（生了一個女孩子）

女史〔名、代〕〔敬〕女士、中國古代女官名
女史タイプの女（有教養的婦女）
女史は婦人代表と為て国際会議を参加した（她以婦女代表的身份參加了國際會議）

女児〔名〕女孩（＝女の子）←→男児
女児を分娩する（生一個女孩）

女児出産（生女孩）

女囚〔名〕女犯人←→男囚
女囚を収容する刑務所（監禁女犯人的監獄）

女将、女将〔名〕（飯館，旅館等的）女主人、女掌櫃
女将が挨拶に出る（女主人出來打招呼）

女将軍〔名〕女將軍

女丈夫〔名〕女丈夫、女英雄、女傑
一代の女丈夫と為て聞えた人（作為一代的女英雄而聞名的人）

女色、女色〔名〕女色←→男色
女色に耽る（耽溺於女色）
女色に溺れる（沉迷於女色）
女色を遠ざける（不近女色）

女声〔名〕〔樂〕女聲←→男声
女声合唱（女聲合唱）

女婿、女壻〔名〕女婿（＝婿）
彼は田中教授の女婿だ（他是田中教授的女婿）
女婿と娘を仲直らせる（讓女兒女婿言歸於好）

女戒〔名〕戒女色

女誡〔名〕對婦女的勸誡、後漢班昭所撰的七篇女訓的儒家書（卑弱，夫婦，敬順，德行，專心，順從，叔妹）

女神、女神〔名〕女神
平和の女神（和平女神）
自由の女神像はニューヨークのシンボルだ（自由女神像是紐約的象徵）
勝利の女神が我我に微笑む（〔比賽時說〕勝利女神在對我們微笑）

女性、女性〔名〕女性，婦女。〔語法〕陰性←→男性
一人の美しい女性が彼を訪れた（一個美麗的女孩子訪問了他）
女性らしくない行為（不像一個女人的行為）

女性語（婦女特有的用語-如感動詞用あら，終助詞用わ）
女性的（女性的、陰性的、如同女子的）←→男性的
女性的な少年（娘娘腔的少年）
典型的な中国女性（典型的中國女性）
女性美（女性美）
ドイツの女性（德國的婦女）
女性ホルモン（女性荷爾蒙）
女性名詞（陰性名詞）
女性飛行士（女飛行員）
女性観（女性觀、對婦女的觀點）

女生〔名〕女生、女學生

女生徒〔名〕（中小學的）女生、女學生
小学校の女生徒（小學的女生）
男女共学の女生徒（男女合校的女生）

女専〔名〕女子専門學校（＝女子専門学校）

女装〔名、自サ〕女子服裝、男扮女中←→男装
女装している男（男扮女裝的人）
仮装行列に女装して参加した（扮女裝參加了化裝遊行）

女尊男卑〔名、連語〕女尊男卑←→男尊女卑
女尊男卑の国（女尊男卑的國家）

女体、女体〔名〕女人身體←→男体
美しい女体の像を描く（畫漂亮的女人身像）

女中〔名〕（旅館等）女服務生。〔舊〕女傭，女僕。〔古〕女人（＝御女中，御婦人）。〔古〕宮中女官（＝御殿女中、腰元）

女店員〔名〕女店員、女售貨員
彼女はデパートで女店員を為ている（她在百貨公司當女店員）
女店員はにこにこ笑っている（女店員笑咪咪）

女難〔名〕女禍（指男性因異性關係招惹的災禍）
彼は女難の相が有ると、占いに言われた（算掛的說他犯桃花）

彼には女難の相が有ると易者は言った（算命的說他的相貌犯桃花）

女兵〔名〕女兵、娘子軍、女戰士

女優〔名〕女演員←→男優
映画（の）女優（電影女演員）

女流〔名〕女流、（非家庭主婦的）女性，婦女
彼女は有名な女流作家だ（她是有名的女作家）
女流飛行家（女飛行員）
女流歌手（女歌唱家）

女礼〔名〕婦女的禮節（禮儀）

女郎、女郎〔名〕妓女

女郎〔名〕妓女（＝女郎）。〔古〕女郎，婦女（＝女性）、貴族或諸侯家女佣人
女郎を請け出す（替妓女贖身）
女郎の千枚起請（妓女起誓一千遍、比喻決不可信）
女郎買い（嫖妓、冶遊）
女郎の涙で倉の屋根が漏り（因妓女眼淚而傾家蕩產）
女郎上がり（妓女出身）
女郎蜘蛛（〔動〕黑底黃色條紋大型的蜘蛛）
女郎屋（妓館、妓院）

女郎、女童〔名〕〔俗〕〔罵〕臭娘們←→野郎、少女、丫環（＝女の童）

女郎花、女郎花〔名〕〔植〕敗醬草（敗醬科多年生草）（★女-女人、婦女）

女〔漢造〕婦女（＝女）
天女（天仙、女神、美女）
妓女，祇女，妓女，祇女（娼妓、意劑）
信女（信女）

女護が島〔名〕（沒有男人的）女人島。〔地〕八丈島

女僧〔名〕〔舊〕尼僧、尼姑（＝尼）

女帝、女帝〔名〕〔舊〕女皇帝

女人、女人，女人〔名〕〔舊〕女人、女子、婦女（＝女、女性）
女人禁制（〔佛〕禁止婦女進入）
女人結界（〔佛〕禁止女人進入的地區）
女人像（女性形象）
文学作品の女人像（文學作品中的女性形象）

女犯〔名〕〔佛〕僧人違犯女戒

女院、女院〔名〕〔古〕女院（過去對天皇生母和公主的尊稱）

女御、女御〔名〕〔古〕（次於正宮的）妃子、太上皇妃、皇太子妃

女房、女房〔名〕〔古〕宮中高級女官。〔古〕貴族侍女、老婆（＝妻、家内）←→亭主
女房を貰う（討老婆）
女房の尻に敷かれる（怕老婆）
世話女房（賢妻）
女房は家の宝（妻是家中寶）
女房と畳は新しい方が良い（老婆和草蓆都是新的好）
女房詞、女房言葉（古代宮中女官用的隱語-如將壽司說成壽司）
女房役（助手、幫手、輔佐者）
女房役を勤める（當助手）
女房役は楽ではない（當助手可不輕鬆）

女〔名〕女人，婦女，女性，女子、女子的容貌、姿色、情婦、妾、女傭、母的、雌的
女の人（女人）女
女の学生（女學生）女、嫗
女の売り子（女店員）女、嫗
女の友達（女朋友）女
女の友人（女朋友）女
女に優しい（對女人和氣）女
女に甘い男（對女人縱容的人）女
女に弄ぶ（玩弄女性）
女を引っ掛ける（騙女人）

女を張る（爭女人）

女を口説く（向女人求愛）

女持ちの品（女人用的東西）

女向きの品（女人用的東西）

女持ちの傘（婦女用的傘）

女は己を喜ぶ者の為に形作る（女為悅己者容）

女の地位を高める（提高婦女的地位）

女の髪の毛一本千の男繫ぐ（形容女人魅力大）

女の腐った様な男（沒出息的男人）

女の髪には大象をも繫がる（形容女人魅力大）

女の尻に敷かれる（怕太太）

女の一念岩をも通す（女人執著之心可以穿石）

女は化け物（女人一打扮就漂亮）

女に為る（女子成人、懂得男女關係）

女天下（女人掌權）

女共（婦女們）

女を拵える（有情婦、有外遇）

女が出来る（有情婦、有外遇）

女を囲う（置妾、納妾、小公館）

女を作る（置妾、納妾、小公館）

女を雇う（雇女傭）

宅では女を置かない（我們不用女僕）

女が上がった（變得漂亮了）

彼女は女自慢だ（她對自己的姿色很自負）

女が良い（長得漂亮）

良い女（長相好）

女犬（母狗）

実の無い女（愛情不真實的女子）

女〔名〕〔雅〕女子、女人、婦女（=女）

女郎花、女郎花〔植〕敗醬草=血眼草

女郎花月（陰曆七月的別稱-敗醬草花開之時）

女、嬢〔名〕女、女性、婦女（特別是年輕女人）

女〔名、造語〕〔古〕女人，女性←→男、妻、雌，牝

女の子（女孩子）

女の童（女童、女孩）

女雛（扮成皇后的偶人）

端女（女傭）

女神（女神）

本の女（前妻）

女夫，夫婦，妻夫、夫婦（夫婦）

生まず女（石女）

手弱女（窈窕淑女）

女狐（牝狐）

女花（雌花）

女牛（牝牛）

雌、牝、女〔造語〕雌、母、牝←→雄、牡、男

雌花（雌花）

雌、牝〔名〕雌，母，牝。〔罵〕女人←→雄、牡

雌馬（母馬）

其は雌か雄か（那是母的公的？）

雌〔名〕〔俗〕雌、牝（=雌、牝）

女夫，夫婦，妻夫、夫婦〔名〕夫婦

女夫，夫婦，妻夫〔名〕〔俗〕夫婦

女敵〔名〕與自己妻子私通的男人、奪妻的仇人

女滝、雌滝〔名〕雌瀑布、小瀑布（兩條瀑布中水量小水勢弱的一條）←→雄滝

女竹、雌竹〔名〕〔植〕山竹

女波、雌浪〔名〕大浪中的低浪←→雄波

女陽皺〔名〕〔植〕馬唐、儉草（=女日芝）

女女しい〔形〕女人似的、柔弱的←→雄雄しい

女女しい振舞を為る（舉止像女人一般）

女女しい振舞を為るな（別那麼沒骨氣）

女女しい男（女人一般的男人）

何だ女女しい、泣くのは止せ（幹嘛！像個女人似的別哭了）

彼は全く女女しい奴だ（他真是懦弱的傢伙）

娘〔名〕女兒、女孩、少女

女主〔名〕女主人←→男主

女親、女親〔名〕母親←→男親、男親

女仮名〔名〕平假名

女形，女方、女形〔名〕〔劇〕旦角、扮演女演員的男演員

彼は当代一の名女形だ（他是當代首屈一指的扮女名角）

女柄〔名〕女用衣料的花紋（花樣）

女気〔名〕婦女的心腸、婦女的溫柔氣質

女気〔名〕有女人在場的氣氛、有女人的韻味

女気が無い（一個女人也沒有）

全く女気で男が一人も居ない（全是女人一個男人也沒有）

女兄弟〔名〕姊妹

女嫌い〔名〕嫌棄女人（的男人）

女食い〔名〕玩弄女人（的人）

女狂い〔名〕耽溺於女色、色鬼

女心〔名〕女人心腸、女人愛慕男人的心、男人愛慕女人的心

女心と秋の空（女人的心秋天的雲-比喻其善變）

女子供〔名〕女孩、婦女和小孩

女殺し〔名〕殺死女子（的人）、（使女人傾心的）美男子

女坂〔名〕（兩個坡路中的）小坡路、慢坡路←→男坂

女盛り〔名〕妙齡（女子）、女人最美好的年華

彼女は女盛りである（她正當妙齡）

もう女盛りが過ぎる（已過妙齡）

女三昧〔名〕耽溺於女色

女所帯、女世帯〔名〕沒有男子的家庭、全家都是婦女←→男所帯

女姿〔名〕女人的姿態、（男扮）女裝

女好き〔名〕喜歡女人，好女色（的人）、女人所喜歡，適合婦女喜好←→男好き

彼奴は名代の女好きだ（那傢伙是個出名的色鬼）名代

女伊達、女達〔名〕女俠、豪爽的女人

女だてらに〔副〕〔蔑〕不像個女人樣、一個女流之輩（＝女の癖に）

女だてらに大酒を飲む（一個女人竟喝大酒）大酒大酒

女誑し〔名〕〔俗〕勾引婦女，玩弄女性（的人）

女付〔名〕女人的姿色（＝女振り）

女手〔名〕平假名、婦女寫的字、婦女的筆跡、單憑（一個）女人，作為一個出勞力的女人

女手一つで子供を育てる（單憑一個女人來扶養孩子）

女手で出来る仕事（女人能做的工作）

女出入り〔名〕〔俗〕不三不四的女人經常出入、和女人亂七八糟的關係

女出入りの多い家（不三不四的女人經常出入的人家）

女天下〔名〕女人掌權

女道楽〔名、他サ〕好嫖、好色

女の子〔名〕女孩，少女、〔俗〕青年職業婦女←→男の子

会社の女の子（公司的年輕女職員）

女の節句〔名〕三月三日的女孩節（＝雛の節句，雛祭り）

女腹〔名〕光生女孩（的婦女）←→男腹

女旱〔名〕適婚的男多於女、男多女少、鬧女荒

女旱の国（男多女少的國家）

女振り〔名〕女人的姿色（＝女付）

女振りが良い（姿色好）

女振りが悪い（容貌醜）

女部屋〔名〕閨房、女僕室、女監

女偏〔名〕（漢字部首）女字旁

ろ

女任せ〔名〕交給女人辦、由女人全權處理、交給女僕等去做

女向き〔名〕適合於婦女使用←→男向き
　女向きの品（適合於婦女使用的東西）

女結び〔名〕（結扣法之一）左扣←→男結び

女文字〔名〕女人寫的字、平假名（＝女手、平假名 - 起源於初創平假名時主要婦女使用，當時男人一般使用漢字）

女持ち〔名〕婦女用品、女用←→男持ち
　女持ちの傘（女人用的傘）
　女持ちの時計（女用錶）

女物〔名〕婦女用品
　女物の服装（婦女服裝）
　女物の日傘（婦女用陽傘）

女役〔名〕女人的任務、旦角（＝女形）

女役者〔名〕女演員

女寡〔名〕女寡婦

女湯〔名〕女澡堂、女浴池

女らしい〔形〕像女人的、有女人風度的、如女人一般的、女人氣派的←→男らしい
　彼女は如何にも女らしい（她舉止談吐很有女人味）
　其は女らしくない（那不像女人樣子）
　彼の男は女らしい（他像個女人、他沒有男子氣）

女童、女童〔名〕女孩、婦女和小孩

女の童〔名〕女孩、少女、丫環

女衒〔名〕（江戶時代把婦女騙賣到妓院的）人肉販子

虐（ㄋㄩㄝˋ）

虐〔漢造〕殘暴
　残虐（殘酷、殘忍、殘暴）

虐殺〔名、他サ〕屠殺、殘殺
　全住民を虐殺した（把居民全屠殺了）
　市民を虐殺する（屠殺市民的侵略軍）
　敵の捕虜を虐殺しない（不屠殺戰俘）

虐使〔名、他サ〕殘酷驅使、虐待

虐政〔名〕苛政（＝苛政）
　虐政は虎より恐ろしい（苛政猛於虎）

虐待〔名、他サ〕虐待
　捕虜を虐待しない（不虐待俘虜）
　虐待に耐え兼ねる（不堪虐待）
　精神的な虐待（精神上的虐待）

虐げる〔他下一〕虐待、欺凌←→慈しむ
　弱者を虐げる（虐待弱者）
　虐げられた人々（受虐待的人們）

瘧（ㄋㄩㄝˋ）

瘧〔漢造〕按一定時刻發冷發熱殘害身體至極之疾病為瘧

瘧〔名〕瘧疾（＝マラリア malaria）
　瘧を患う（患瘧疾、打擺子）
　瘧に罹る（得了瘧疾）掛る係る繋る懸る架る駆る
　瘧が起こる（打擺子）
　瘧を落す（治瘧疾）
　瘧が冷める（瘧疾退了）冷める褪める覚める醒める

瘧〔名〕〔古〕瘧疾（＝瘧）
　瘧に（を）患う（患瘧疾、打擺子）

國家圖書館出版品預行編目資料

日華大辭典(二) / 林茂編修.
-- 初版. -- 臺北市：蘭臺，2020.07-
ISBN 978-986-9913-79-9(全套：平裝)

1.日語 2.詞典

803.132　　　　　　　　　　　　　　109003783

日華大辭典（二）

編　　　修：林茂(編修)
編　　　輯：塗宇樵、塗語嫻
美　　　編：塗宇樵、塗語嫻
封面設計：塗宇樵
出　版　者：蘭臺出版社
發　　　行：蘭臺出版社
地　　　址：台北市中正區重慶南路1段121號8樓之14
電　　　話：(02)2331-1675或(02)2331-1691
傳　　　真：(02)2382-6225
E—MAIL：books5w@gmail.com或books5w@yahoo.com.tw
網路書店：http://5w.com.tw/
　　　　　　https://www.pcstore.com.tw/yesbooks/
　　　　　　https://shopee.tw/books5w
　　　　　　博客來網路書店、博客思網路書店
　　　　　　三民書局、金石堂書店
總　經　銷：聯合發行股份有限公司
電　　　話：(02) 2917-8022　　傳　　真：(02) 2915-7212
劃撥戶名：蘭臺出版社　帳號：18995335
香港代理：香港聯合零售有限公司
電　　　話：(852)2150-2100　　傳　　真：(852)2356-0735
出版日期：2020年7月 初版
定　　　價：新臺幣12000元整（全套不分售）
ISBN： 978-986-9913-79-9

版權所有・翻印必究